在南京东郊

在德国南部

2007 年，在莱比锡布商音乐厅

在日本

2010 年，在三峡

在阿姆斯特丹

在"麦家理想谷"开幕典礼上

苏童

在签售现场

苏童自选集

苏童◎著

天地出版社 | TIANDI PRESS

图书在版编目（CIP）数据

苏童自选集 / 苏童著.—成都：天地出版社，2017.6
（路标石丛书）
ISBN 978-7-5455-2674-5

Ⅰ．①苏… Ⅱ．①苏… Ⅲ．①中国文学—当代文学—作品综合集
Ⅳ．①I217.2

中国版本图书馆 CIP 数据核字（2017）第065144号

苏童自选集

出 品 人	杨 政
著 者	苏童
责任编辑	陈文龙　欧阳秀娟
封面设计	今亮后声
电脑制作	九章文化
责任印制	葛红梅

出版发行	天地出版社
	（成都市槐树街2号　邮政编码：610014）
网　址	http://www.tiandiph.com
	http://www. 天地出版社 .com
电子邮箱	tiandicbs@vip.163.com
经　销	新华文轩出版传媒股份有限公司

印　刷	北京中科印刷有限公司
版　次	2017 年 6 月第 1 版
印　次	2017 年 6 月第 1 次印刷
成品尺寸	160mm×238mm　1/16
印　张	40
字　数	655千
定　价	58.00 元
书　号	ISBN 978-7-5455-2674-5

序言

王蒙

新华文轩集团在做一套当代作家的自选集，第一批将出版陈忠实、史铁生、张炜、韩少功、王蒙的自选作品，目前签约的则还有熊召政、王安忆、赵玫、方方、池莉、苏童等同行文友，今后还将考虑出版港澳台及海外华语作家的自选作品。好事，盛事！

现在的文学创作并没有太大的声势，人们的注意力正在被更实惠、更便捷、更快餐、更市场、更消费也更不需要智商的东西所吸引。老龄化也不利于文学作品的阅读与推广，因为老人们坚信他们二十岁前读过的作品才是最好的，坚信他们在无书可读的时期碰到的书才是最好的，就与相信他们第一次委身的情人才是最美丽的一样。新媒体则常常以趣味与海量抹平受众大脑的皱折，培养人云亦云的自以为聪明的白痴，他们的特点是对一切文学经典吐槽，他们喜欢接受的是低俗擦边段子。

孟子早就指出来了，"耳目之官不思，而蔽于物。物交物，则引之而已矣。心之官则思，思则得之，不思则不得也。"他强调的是心（现在说应该是"脑"）的思维与辨析能力，而认为仅仅靠视听感官，会丧失人的主体性，丧失精神的获得。因为一切的精神辨析与收获，离不开人的思考。

当然，耳目也会激发驱动思维，但是思维离不开语言的符号，而文学是语言的艺术，是思维的艺术，是头脑与心灵而不仅仅是感觉的艺术。文艺文艺，不论视听艺术能赢得多多少百倍更多的受众，文学仍然是地基又是高峰，是根本又是渊薮。文学的重要性是永远不会过时与淡化的。

当代文学云云，还有一个问题，"时文"难获定论，时文受"时"的影响太大。学问家做学问的时候也是希罕古、外、远、历史文物加绝门暗器，不喜欢顺手可触、汗牛充栋的时文。

但读者毕竟读得最多最动心动情最受影响的是时文。时文而晒一晒，静一静，冷一冷，筛一筛，莫佳于出版自选集。此次编选，除王蒙一人而外都是文革后"新时期"涌现的作家，基本上是知青作家。知青作家也都有了三十年上下的创作历程与近千万字的创作成果。几十年后反观，上千万字中挑选，已经甩掉了不少暂时的泡沫，已经经受了飞速变化与不无纷纭的潮汐的考验，能选出未被淘汰的东西来，是对出版更是对读者的一个贡献。以第一批作者为例，陈忠实的作品扎根家乡土地，直面历史现实，古朴淳厚，力透纸背。史铁生身体的不幸造就了他的悲天悯人，深邃追问，碧落黄泉，振撼通透，沉潜静谧。张炜对于长篇小说的投入与追求，难与伦比，乡土风俗，哲思掂量，人性解剖，一以贯之，未曾稍懈。韩少功更是富有思辨能力的好手，亦叙亦思，有描绘有分解，他的精神空间与文学空间纵横古今天地，耐得咀嚼，值得回味。我的自选也忝列各位老弟之间，偷闲学学少年，云淡风清，傍花随柳，作犹未衰老状，其乐何如？

我从六十余年前提笔开写时就陶醉于普希金的诗：

> 我为自己建立了一座非人工的纪念碑，
> ……所以永远能和人民亲近，
> 我曾用诗歌，唤起人们善良的感情，
> 在残酷的时代歌颂过自由，
> 为倒下去的人们，祈求宽恕同情。
> ……不畏惧侮辱，也不希求桂冠，
> 赞美和诽谤，都心平静气地容忍。

看到文友们的自选集的时候，我想起了普希金的诗篇《纪念碑》。每一个虔诚的写者，都是怀着神圣的庄严，拿起自己的笔的。都是寄希望于为时代为人民修建一尊尊值得回望的纪念碑来的。当然，还不敢妄称这批自选集就已经是普希金式的纪念碑，那么，叫路标石就好。几十年光阴荏苒，总算有那么几块石头戳在那里，记录着时光和里程，记忆着希冀和奋斗，还有无限的对于生活、对于文学的爱惜与珍重。它们延长了记忆，扩展了心胸，深沉了关切与祝福，也提供给所有的朋友与非朋友，唤起各自的人生百味。

目录

长篇小说 ···························· 1

　　黄雀记　／ 3

　　河岸　／ 244

中篇小说 ···························· 457

　　妻妾成群　／ 459

　　刺青时代　／ 497

　　一九三四年的逃亡　／ 521

短篇小说 ···························· 555

　　一个礼拜天的早晨　／ 557

　　天使的粮食　／ 563

　　神女峰　／ 570

　　茨菰　／ 578

　　香草营　／ 591

散　　文 ···························· 605

　　自行车之歌　／ 607

河流的秘密　/ 611

一份自传　/ 615

想到什么说什么　/ 617

答自己问　/ 621

我为什么写《妻妾成群》　/ 625

附　　录

苏童主要作品出版年表　/ 627

长篇小说

黄雀记

上部　保润的春天

照　片

每年春暖花开的时候，祖父都要去拍照。

七十岁之后，祖父习惯了以算术的角度眺望死亡，对于自己延长的寿命，他很满意。加减法是容易计算的。他五十三岁那年在点心店吃汤圆，被汤圆里的热猪油烫了一下，不知怎么引发了心肌梗塞，送到医院去抢救，结果死而复生，以此推算，已经多活了十七年。再往前的死亡事件是蓄谋的，祖父那一年才四十五岁，突然活腻了，春天他去铁路道口卧轨，人都躺下来了，火车却迟迟不来，扳道工豢养的一条大狼狗先来了。祖父素来怕狗，准备好被火车碾，却不愿意被狼狗咬，于是狼狈地爬起来逃下了铁道。到了夏天，祖父还是想死。这次他选择了水路，是从僻静的西门城墙上跳进护城河的，他以为只要扑通一下，便可简易快捷地投入死神的怀抱，没想到一睁眼，人躺在了城墙下面，一群吵吵嚷嚷的中学生围着他，好奇地打听他跳河的动机。祖父仰视着孩子们纯真的眼睛，一时拿不定主意，是该批评孩子们狗捉老鼠多管闲事，还是应该对他们说一声谢谢。祖父的身体经过河水仓促的洗礼，显得轻盈而舒畅，只是右手手掌有点不舒服。抬起右手看看，手中不知什么时候抓到了一片枫树叶，抓得太紧，枫叶牢牢地粘在掌心里了。他坐起来，把枫叶从手掌上小心地剥离，对孩子们说了句：一言难尽。然后就爬起来，湿漉漉地走了。

祖父走出去好远了，听见孩子们在后面猜测他的去向，七嘴八舌的。有个尖利的声音说，什么叫一言难尽？这个人看来是活腻啦，会不会又去找地方寻死了？祖父看看高处的城墙，看看低处的护城河，又抬头看看天空，忽然朝孩子们的方向折返回来。虽然他的脚步有点拖沓，表情看起来也扭扭捏捏的，但他的目光给人以新生的感觉，它像夏日的天空一样，明朗，深远。他向孩子们匆匆地表了个态，算了算了，他说，既然狼狗不让我死，你们孩子也不让我死，那我就活着好了。无所谓，死不了就活着，活一天赚一天吧。

后来，祖父就消失在城墙拐角处了，一条费解的谜语，终于逃离了猜谜者的视线。那群中学生是出来春游的，偶然救下一名轻生者，本来属于典型的好人好事，但获救者对生死如此潦草、如此随意的态度，严重地挫伤了孩子们的成就感，也给他们带来了深深的困扰。他们不认识香椿树街的祖父，不知道他为什么一会儿要死，一会儿又要活下去了。他们不知道祖父是个守信的人，从此以后果真断了轻生之念。如果我们还是采用算术，如果活一天真的是赚一天，祖父足足多活了二十五年，赚了惊人的九千一百二十五天，赚了这么多，祖父当然是很满意的。

我们香椿树街上老人特别多，老人大多怕死，怕死的大多先走了。有一年夏天气温反常，狡诈的死神藏身于热浪，在香椿树街上巡弋，一口气拽走了七个可怜的老人。祖父冒着高温酷暑，逐一登门吊唁，发现七家葬礼都缺乏组织，敷衍了事，充满了这样那样的遗憾。最离谱的是码头工人乔师傅家，儿女们居然找不到乔师傅的照片。丧幔上的遗照令人不安，那是从乔师傅的工作证上剪下翻拍的，是几十年前的乔师傅，模样还很年轻，由于乔家两个儿子与其父面貌酷肖，所以，上门吊唁的人们都大吃一惊，死者看起来不是乔师傅，这么看很像他大儿子，那么看，又像他的小儿子了。祖父端详半天，心里话不宜声张，出了门便长叹一声，对邻居们说，这个乔师傅太节省了，一世人生啊，省什么都不能省那张照片，容易误会啊。

一个人无法张罗自己的葬礼，身后之事，必须从生前做起。这是祖父的信条。每年春暖花开的时候，祖父都要去鸿雁照相馆拍照，拍了好多年，连邻居们都知道了他的爱好，免不了要与他探讨这份爱好的意义。祖父对邻居们说，你们知道我脑子里有个大气泡的，气泡说破就破，我这条命，说走就走的，到时都靠他们，怎么也不放心，趁着身体还硬朗，就为自己准备一张新鲜的遗照吧。

拍照的日子是祖父的节日。节日的祖父格外讲究仪容。祖父先去理发店剃头修面，还额外要求相熟的老师傅替他挖耳屎、拔鼻毛。从香椿树街到市中心，以前祖父都是步行，现在老了，是步行加公共汽车。差不多是正午时分，他挂着一根龙头拐杖出现在鸿雁照相馆，衣冠楚楚，神色庄严，那套灰黑色的毛呢中山装上有樟脑丸的气味，皮鞋擦得铮亮，浑身散发着一首挽歌刺鼻的清香。

摄影师姚师傅早已经认识祖父了，他不记得祖父的姓名，背地里称其为年年拍遗照的老先生。祖父每次看见姚师傅都有点害羞，真心为自己延宕的生命感到歉疚。姚师傅我没死呀，又多活了一年，又来麻烦你了。他用道歉的语气对姚师傅说，再拍一张吧，姚师傅，这是最后一张，我脑子里的气泡最近越来越大，快要破了，明年，肯定不来麻烦你啦。

祖父的癖好，照相馆方面其实并不介意，介意的是他自己的家人，尤其是他的儿媳妇粟宝珍。在粟宝珍看来，祖父每拍一张照片，就是给小辈挖一个坑，祖父的遗照越来越多，儿孙们不仁不孝的泥潭便越来越深。在粟宝珍敏感的神经中枢里，祖父迈向鸿雁照相馆的脚步会发出恶毒的回响：不放心，不放心，不放心。它在向街坊邻居阴险地暗示：儿子不好，儿媳妇不好，孙子也不好，他们都不好，他们做事，我不放心。

每当春暖花开的时候，粟宝珍便进入了某种战斗的状态，她要求丈夫与儿子一起加入她的阵营，但丈夫对祖父的监视漫不经心，儿子干脆把她的指令当成耳旁风。这个家庭平素就谈不上和睦，一到春天更是频频爆发战争。战争的硝烟由祖父的照片引起，闻起来有一股呛人的不祥的怪味，他们祖孙三代加起来，不过四口人，无论战线怎么排列，都不免短促了些，有时候战火胡乱蔓延，就烧到了保润的头上。保润好好地吃着饭，一根筷子来敲他后脑勺了，粟宝珍迁怒于儿子旁观者的姿态，骂他还不如一根筷子有用。就知道吃！你还咧着嘴笑？你爷爷丢我一个人的脸？他丢的是我们全家的脸！粟宝珍把保润往门外推，催促他去追祖父，你吃出一身傻力气，派过什么用场？赶紧去，把那老糊涂拉回来！

当母亲暴怒的时候，保润不敢违抗母命，他当街拉拽过祖父，有一次甚至追上了公共汽车。保润说爷爷你别去拍照了，拍那么多遗照有什么用？又不是挑猪肉，还要讲究新鲜讲究质量，死人的遗照都是挂在墙上蒙灰的，哪张不都一样？祖父挥舞着龙头拐杖撵保润，我每年就拍一张照片，怎么就惹到你们了？回去告诉你妈，我拍照花自己的钱，不关你们的事！保润觉得祖父的逻辑出了问题，他说爷爷你好糊涂，怎么不关我们的事？你死了难道看得见？我们爱挂哪张挂哪张，要是挂错了，你还能从骨灰盒里爬出来，换一张遗照？

恰好是保润的一番直言，让祖父清醒地认识到死人的悲哀，人死了，确实是没有能力从骨灰盒里钻出来的，挂不挂照片，挂什么照片，只能听凭他们的孝心了。祖父对儿孙们的孝道毫无信心，思忖很久，有了个方案。他去装裱店里为最新的照片配了个黑框，拿回家，端端正正地挂到了客堂里。因为预感到家人的反对，也因为担心相框未来的命运，他还特意买了一瓶万能胶，准备使用科学手段把相框永远固定在墙板上。祖父踩着椅子做这些事，保润是目击者。对于祖父未雨绸缪的行动，保润不支持，也不反对，为了嘉奖保润的默契，祖父向他作出了必要的说明，今年这张拍得很好，我最满意。反正我脑子里那气泡越来越大了，哪天破了就翘辫子了，先挂好遗照，省得你们以后搞错了。

但可惜，万能胶不是万能的，要彻底粘结，需要漫长的时间和适宜的温度，保润的父亲后来轻易地用水果刀铲光了相框后面的万能胶，而保润的母亲粟宝珍为此气得浑身发抖。由于积怨已深，她对祖父的奚落听起来很是刻毒，你脑子里哪儿是什么气泡？是一堆垃圾！你还以为自己是毛主席，永远活在人民心中的？告诉你，别说你还活着，就是死了，你的遗照也不一定能上墙，客堂是一户人家的脸面啊，如果老人不值得小辈怀念，挂他照片干什么？不如腾出墙面，多贴一张漂亮的美人画！

祖父当时哭了。祖父把相框从地上捡起来，抱在怀里往自己的房间走，我的遗照不配挂客堂？那我挂在自己的房间里，不脏你们的眼睛，行了吧？祖父砰地撞上门，在门背后大声宣布，我的遗照我自己看，你们以后谁也别进我的房间了。

每年春暖花开的时候，保润都会去一次鸿雁照相馆，去跑腿，取祖父的遗照。

祖父永远是苍老的，今年的苍老，不过是重复着去年的苍老。保润从来不看祖父的照片，只有一次，他看了，一看便看出一场祸端。那天，他骑车从照相馆回家，半路上进了一家杂货店，替母亲买一包红糖。他随手在口袋里掏钱，带出照相馆的小纸袋，里面的照片掉出来了。不是祖父。照相馆的店员竟然犯了最忌讳的错误。一个少女的两寸黑白照片，无辜地展示在杂货店肮脏的地面上。是一个大眼睛的少女，圆脸，薄唇，扎了个刷子般的马尾，她不笑，微微地咬着嘴角。看起来，她似乎预知了照片的命运，正用一种忿忿的谴责性的目光，怒视着这个世界，包括保润。

保润原谅照相馆的失误，又惊讶于这失误的对仗与工整，一次小小的意外，垂垂老矣的祖父变换成一个豆蔻年华的少女，这样的变换，说不清是一次祝福，还是一个诅咒。保润蹲在地上端详那张照片，先是觉得好笑，后来便有点莫名的不安。他返回了鸿雁照相馆。在照相馆的门外，他掏出那个小纸袋，又看了一眼照片。街角的阳光照耀着那个无名少女的面孔，那面孔被暗房技术精简成小小的一块，微微泛出黄金般的色泽。他不认为她有那么美丽，但她对镜头流露的愤怒显得蹊跷而神秘，正是这丝愤怒，让保润感到一种难以形容的亲近。他不舍得了，不舍得把她交出去，不舍得把这一小片精致的愤怒交出去。是一瞬间的决定，小纸袋里三张照片，他抽出了其中一张，悄悄塞进了自己的钱包。

不是所有的错误都可以修正的，保润没能要回祖父的照片。这是一个意外的春天。意外从照片开始，结局却混沌不明。保润秘密地收获了一个无名少女的照片，但是，祖父最新的照片却被鸿雁照相馆弄丢了。

纸包不住火。祖父先是埋怨保润，后来冷静下来，分清了主要责任和次要责任，他亲自去鸿雁照相馆讨要说法。为了安抚这个古怪的老人，鸿雁照相馆许诺为祖父提供终生免费拍摄的机会，自以为这样的补偿尚属公平，祖父却流出了辛酸的泪水，他对姚师傅说，我哪儿还有什么终生？活不了几天的人，趁我现在活着，你们抓紧时间，多给我拍几张吧。

姚师傅给他补拍了三张照片。镁光灯第三次闪光的时候，声音格外地响亮，祖父突然惊叫了一声，破了！姚师傅没听清他在叫什么，只看见老人抱着脑袋，身体在凳子上痛苦地摇摆。破了！祖父满眼是泪，惊恐地瞪着姚师傅，破了，我脑袋里的气泡破了，你看见那股青烟了吗？我的魂飞走了，我要死了，我的脑袋空了，都空了！

魂

祖父丢魂的新闻轰动了香椿树街。

我们在街上遇见祖父，都下意识地注意他的脑袋。如果说我们的脑袋是一块肥沃的良田，那祖父的脑袋便是一片劫后的荒野，满目疮痍。他的白发如乱草，似乎被霜雪覆盖，原来饱满的后脑勺是空瘪的，隐隐可见一个锯齿形的疤痕，形状怪异，听说是以前被红卫兵用煤炉钩砸出来的。那个疤痕潜伏多年，或许就是祖父魂灵出逃的出口。让我们顺便再看一眼祖父的脖颈，那里原先有一条暗红色的沟堑，是上吊绳子留下的纪念，现在随着年纪增大，松弛的皮肤耷拉下来，形成几圈肉箍，也有人怀疑，祖父的魂不是飞走的，是碎了，顺着那几圈肉箍淌走了。

谁也没见过人的魂。祖父自称他的魂丢了，怎么证明他以前有魂，又怎么证明他现在没魂了呢？他的魂，到底飞到哪儿去了呢？大多数香椿树街居民没什么文化，习惯性地把魂灵想象成一股烟，有人在街边为煤炉逗火，看看煤球柴火上燃起的青烟，心里会咯噔一下，烟，魂，祖父的脑袋！他们不免会把煤炉想象成祖父的脑袋，而祖父的魂魄，自然便是煤炉上袅袅飘散的青烟。也有几个知识分子，具备了一些宗教知识和文化修养，他们坚持认为魂灵是一束光，不是什么青烟，那束光是神圣的，通常只有大人物或者圣人英雄才值得拥有，祖父不配，知识分子们还算仁慈，谁也没有去向祖父亲口宣布这个残酷的结论，你没有魂，你不过是一具行尸走肉。最不懂事的是街上的孩子，他们对魂灵一说很入迷，因为缺乏常识，又想象力泛滥，往往从飞禽走兽蚊蝇昆虫或者妖魔鬼怪中寻求魂灵的替身。理发店老严的小孙子有一天捧了一张涂鸦给祖父，画的是一个长了犄角的彩色骷髅头。小男孩说，爷爷你别伤心了，这是你的魂灵，我找到了，还给你。看那小男孩天真可爱，长犄角的骷髅头作为一颗魂灵的替身，显得威风凛凛，祖父并没有动怒。相比之下，王德基的儿子小拐就讨厌了，他曾经用筷子夹着一只死蝙蝠追着祖父，边跑边说，爷爷爷爷，这是你的魂灵，我爬到瑞光塔上给你找到的，找它不容易，你要给我两块钱，很便宜，是辛苦钱。

一个丢了魂的老人，免不了要丢失尊严。那么多香椿树街的老人中，绍兴奶奶最为同情祖父的遭遇，她跑来安慰祖父，告诉他丢魂并不是那么可怕的事。原来绍兴奶奶小时候在乡下也丢过魂，丢得也蹊跷，她好好地坐在屋后的茅缸上解手，脚掌上被什么舔了一下，定睛一看，是一条红眼睛的野狗，野狗的舌头也是红色的。她一下掉进了茅缸里，爬出来就丢了魂。绍兴奶奶说她丢魂以后再也不肯上茅缸解手，大小便都非要走一里地，跑到一棵松树边去，否则情愿憋着。邻村有个神汉过来指点她爹娘，说你们这家人得罪祖宗了，那野狗叼走你闺女的魂，不过是来提个醒，你家坟上好多年没香火了，坟里的祖宗没得吃没得穿，都跑光了，都在松树旁边游荡呢，你家再这么冷落祖宗，以后不是你闺女一个人丢魂，你们全家人解手都要找松树，不见松树谁也解不了手。她爹娘听了神汉的计策，牵着家里的所有儿女和牲畜跑到祖坟上，杀鸡宰羊，喊她的魂，喊了一天一夜。第二天早晨她就好了，又愿意坐到茅缸上去解手了。

祖父对绍兴奶奶的故事有点兴趣，但他认为自己的遭遇更加古怪。绍兴奶奶你是妇道人家，我们的魂不一样，丢魂也丢得不一样，怎么解手我知道，我是不记得家在哪儿了，那天回家，我跑到瑞光塔去了！祖父说，你说奇怪不奇怪？我以为我住在瑞光塔上的，辛辛苦苦爬到塔顶上，怎么也找不到我的房间，就去问人，塔上都是游客，谁也不认识我，都骂我是神经病啊！

反正都是丢了魂，有什么不一样？我认松树，你认瑞光塔罢了。绍兴奶奶说，我丢魂比你早，你要听我劝，依我看，人丢了魂，解手迟早要出问题，要是你认准了去瑞光塔解手，那怎么是好？多远的路啊！这样发展下去不行，年纪大了，大小便都憋不得呀！保润他爷爷，你听我一句话，赶紧带着小辈们去喊魂，多买点供品，到祖坟走一趟，热热闹闹地去把魂喊回来！

祖父面有难色，搓着膝盖说，绍兴奶奶你不知道我的难处，我的家世跟你也不一样，我家的祖坟早被刨了，祖坟上现在盖了个塑料加工厂呀，让我上哪儿喊魂呢？

绍兴奶奶惊惶地叫起来，哎呀呀，祖坟怎么会让人刨了呢？没什么也不能没祖坟呀，没了祖坟，祖宗都成了孤魂野鬼，让他们怎么帮你返魂呢？

祖父一下没了主张，他沉浸在一种巨大的恐惧中，顺着哀伤，自我贬抑道，不帮就不帮，丢魂就丢魂，反正这辈子我已经赚了不少寿命，死了一蹬腿，随它去吧。

保润他爷爷，千万不敢这么说！绍兴奶奶瞪大眼睛，一只手举起来，差点就捂住了祖父的嘴巴，你糊涂了？你这魂要是喊不回来，下辈子做不了人呀！能做头牛做匹马都算是福气，兴许是做了一只蚊子呢？让人一巴掌就拍死，活不了三分钟就要转世，你说可怜不可怜？兴许你不小心转成一只屎壳郎呢？专往粪堆里拱，臭烘烘的，你自己说恶心不恶心？看祖父急得脸色发灰，绍兴奶奶心有不忍了，有意舒缓了语气，为他出谋划策，你也是命苦，祖坟刨了也不都怪你，怪那些红卫兵没良心。你家祖宗的阴魂，现在也不知道被撵到什么地方去了，天南海北也要把他们喊回来，你家祖宗的照片呢？画像呢？好好供起来，好好喊几天，兴许他们能听见。

祖父犹豫着，欲言又止，看表情几乎要哭出来了。以前有很多我爹的照片，还有几张我爷爷的画像，后来让我烧了。祖父垂下头，不敢看绍兴奶奶的眼睛，我爹是汉奸，我爷爷是军阀，我怕那些东西惹祸，都烧光了。

绍兴奶奶眼见祖父返魂无望，朝天翻了个白眼，意思是爱莫能助了，她抱着胳膊往门外走，边走边说，再坏的祖宗也是祖宗啊，祖坟没了，祖宗的照片画像都让你烧了，你不丢魂谁丢魂？也不能都怪别人，依我看，是你自己把魂弄丢啦。

祖父不甘心放走绍兴奶奶这根救命稻草，觍着脸追到门口，向她讨要最后的良方。我还有几根祖宗的尸骨呢，有没有用？他说，当年我偷偷跑到祖坟上捡了两根尸骨，不敢让人知道，藏在一只手电筒里，埋起来了。绍兴奶奶眼睛一亮，尸骨比照片画像实在多了，尸骨好！别管两根三根的，那手电筒埋哪儿了？赶紧去挖，挖出来呀！祖父愣在那里，眨巴着眼睛，他焦急地回忆着，但是由于脑子里的气泡破了，回忆是徒劳的，他终究没有想起来埋藏手电筒的地点。在绍兴奶奶追问的目光下，祖父满头大汗，忽然呜呜大哭起来，一边哭一边用力拍打自己的脑袋，手电筒！手电筒埋在哪里了？我该死，什么都想不起来啦！

手电筒

四月的时候祖父还很健康，到了五月他就疯疯癫癫了。要成为一个疯子，有千万条不幸的道路，祖父的不幸之路，不仅偏僻，而且幽深，在我们看来，祖父也许算不上全世界最奇怪的疯子，但在我们香椿树街范围内，他的故事已足以世代流传了。

祖父说，他的手电筒埋在一棵冬青树下。

众所周知，香椿树街上根本没有什么香椿树，唯一的绿化便是冬青，工厂的大门口，街上的空地，房屋的墙根，到处可见高高低低的冬青，哪一棵冬青树下面埋着祖父的手电筒呢？这个关键的地点，祖父恰好记不清楚了。

最初祖父把目标圈定在孟师傅家门口，央求儿子去挖，儿子不肯做这荒唐事，委托孙子去挖，保润也不肯，嫌丢人现眼。祖父只好把铁锹扛在肩上，亲自上阵了。

孟师傅听见门外的动静，出来问祖父是不是要挖蚯蚓。祖父非常坦诚，说我这把年纪了，挖蚯蚓干什么？我在挖一只手电筒呢。孟师傅好奇起来，什么手电筒？怎么埋在我家门口啊？祖父说一言难尽啊，我当年从祖坟上捡了几根祖宗的尸骨，装在手电筒里，一时没地方埋，可能埋在这片冬青树下了。孟师傅一下跳了起来，说保润爷爷你欺人太甚了，怎么跑到我家门前来挖你家祖宗的尸骨？我要不是看你长辈的面子，三拳头把你打回家去！祖父不得不收起了铁锹，但他不甘心就此离去，弯着腰察看土坑，觍着老脸求情道，孟师傅你行行好，让我再挖几锹试试，我丢了魂，记性也丢光了，再多挖几锹，说不定什么都想起来了。孟师傅说原来你跑到我家门口搞科学试验啊，你家祖宗的尸骨，怎么可以埋到我家门口来？这不是骑在我头上拉屎么？你自己说，你骑我头上来拉屎，配不配？祖父羞愧地拖着铁锹，嗫嚅道，我是不配，不配。他后退了几步，借着一阵剧烈的咳嗽，酝酿了勇气，忽然向孟师傅抖出一个历史遗留问题，我也不是乱挖呀，孟师傅你一定忘了，你家的房子盖在谁家的土地上？这个地方，从前是我家的豆腐作坊，我埋东西，肯定埋在自家的地盘上啊。孟师傅有点蒙，保润他爷爷，你说的是中国话还是外国话？我怎么听不懂了呢？祖父谄媚地赔着笑脸，说，你是听不懂，那会儿你还小呢，不记事，去问你老母亲，她老人家一定是清楚的。孟师傅怀疑祖父神志不清，将三根手指竖在他眼前，老东西，这是几？祖父说，三。孟师傅不罢休，又凑近了检查祖父的瞳孔，祖父的瞳孔闪闪发亮。孟师傅只好敲开了临街的窗户，妈妈你来，我家的房子盖在谁家的地皮上？是盖在保润家的豆腐作坊上吗？窗后传来一片喊喊喳喳的声音，很快响起一个老妇人苍老而尖利的声音，谁在翻旧社会的老黄历？现在是新社会，地皮归谁房子归谁，谁说了都不算，毛主席说了算。孟师傅提醒老母亲说，妈妈，毛主席去世好多年了。老妇人沉默了一秒钟，很机警地给自己打了圆场，毛主席去世了还有政府在呢，怕什么？地皮房子都是政府的，政府给谁就归谁了！

祖父后来移师王德基家门口的冬青林，吸取了深刻的教训。残存的智慧告诉他，为了让香椿树街的街坊邻居容忍他的探索，必须投其所好，适当地使用心计。王德基冲出门来收缴铁锹的时候，祖父顺势抓住王德基的手，在那只手背上悄悄地写了两个字：金子。王德基没有耐心辨析祖父的字迹，甩了甩手说，保润他爷爷，你怎么把我手背当黑板呢？听说你魂丢了，舌头没丢吧？你不会说话了？祖父只好凑着王德基的耳朵告诉他，事情不宜张扬，他当年埋藏的不是一只普通的手电筒，是一只装满黄金的手电筒。果然，王德基心有所动，摸着额头，眼睛眨巴了半天，我说呢，你这把年纪哪儿来这么大的劲头？原来是挖黄金！王德基的眼睛突然放射出一道锐利的光芒，压低声音问，一只手电筒装满黄金，起码有一斤吧？是金条，金元宝？还是金戒指什么的？祖父点点头，冷静地回答，都有，都有一些。

这样，王家的老老小小都拥到门外来看祖父挖黄金了。王德基的小女儿秋红是个精明世故的女孩子，一边打着毛线一边及时提醒祖父，爷爷，这是我们家的地皮，要是挖到了黄金，我们一家一半，到时别赖皮啊。王德基性子急躁，看祖父的挖掘进展缓慢，便从家里拿了把铁锹，说爷爷你年纪大了，歇一会儿，我来挖，你别听小孩子乱说，我不贪心，要是真的挖出来黄金，我们四六开，你拿六，我拿四就行了。

王德基一家人中，倒是小拐对祖父保留了必要的怀疑，他说爷爷你魂丢了，一定是犯糊涂了，黄金那么值钱的东西，你不埋在自己家里，怎么会埋到我们门口来呢？祖父放下了手里的铁锹，耐心地向小拐解释，爷爷的魂丢得奇怪啊，记不清这几十年的事，小时候的事情记得一清二楚，你家，原先是我家商行堆煤的煤场啊，这儿宽敞，没人来，我兴许把手电筒埋这儿了。

祖父挖掘手电筒的路线貌似紊乱，其实藏着逻辑，他无意中向香椿树街居民展现了祖宗的地产图。这在街上引起了一波又一波的舆论反响，传说从孟师傅家到两百米开外的石码头，曾经都是祖父的家产。这几乎是半条香椿树街了，沿途不仅分布着七十多户居民，还有一家刀具厂，一间水泥仓库，白铁铺、煤球店、药店、糖果店、杂货铺，堪称香椿树街的心脏地带。人们在各自的屋檐下生活工作，早就淡忘了从前土地的历史，未料到祖父突然冒出来，以一把铁锹提醒他们，你们的房子盖在我的地皮上，你们吃喝拉撒，上班工作，都是在我的土地上。祖父扛着一把铁锹在半条香椿树街上走来走去，所经之处，历史灰暗的苔藓一路蔓延，他的脚步无论多么谨慎，对于沿途的居民或多或少是一种冒犯。居民们对于祖父的精神状态争议颇多，但是谁也无法否认，这年五月，祖父以一把铁锹领导了香椿树街的时尚；谁也无法否认，这年五月弥漫在香椿树街街头的掘金热，祖父是先驱，也是启蒙者。

祖父的手电筒里到底藏着什么东西？香椿树街的居民出于理性的推测，

或者出于浪漫的想象，基本上形成了两种派别：尸骨派和黄金派。毋庸讳言，改革开放了，经济要搞活，无论是尸骨派还是黄金派，大多数人都怀有一夜致富的梦想。有些人心里打起了发财的小算盘，考证祖父所言真伪，毕竟只要一把铁锹或者铁镐，无需投资或冒险，谁挖到尸骨算倒霉，谁挖到黄金谁走运。最早动手试挖的是王德基一家，连续两个早晨，邻居看见他家门前的冬青树都歪倒在墙上，四周一片泥泞，连水泥地面都似乎进行了一场夜耕。有人纳闷，说王德基不是尸骨派吗，他不是骂保润他爷爷满嘴谎话吗，怎么自己挖得这么起劲？有人一针见血，冷笑道，王德基这种人，嘴上一套背后一套，他算什么尸骨派？是两面派！

一场疯狂的掘金运动席卷了香椿树街南侧，其后，渐渐扩散到北端，最后甚至蔓延到了河对岸的荷花弄。每天夜里都有人出动，宁静的夜空里响起了铁镐铁锹与泥土亲密接触的声音。五月的夜晚会有很多秘密，这个秘密的趣味多于罪恶，只须半遮半掩。很多持锹人在月光下对视一笑，有人坦然，有人腼腆，然后各挖各的。即使是白天的冤家，在这样的夜晚也成了战友，或者同谋。掘金者劳作风格不一，属于黄金派的深耕细作，属于尸骨派的草草收兵。但是，俗话说众人拾柴火焰高，香椿树街唯一一条绿化带很快消失得干干净净，透过卧倒在地的冬青树枝的缝隙，可以清晰地看见一条路中之路，那路由污泥与混凝土的残渣组成，还散发着新鲜的土腥味，那路中之路，通往香椿树街居民的黄金美梦。

负责街道卫生的居民委员会遭遇了一场噩梦，三个女主任结伴闯到保润家来讨伐罪魁祸首。祖父当时正蹲在地上，用木楔加固松脱的锹柄，他试探着问主任们，是不是保润在外面惹了什么事？看着祖父无辜的麻木的样子，两个女主任都气哭了，另一个性格特别泼辣，她一脚踢飞了地上的铁锹，撸起袖子，对祖父坦言相告，爷爷，我真想打你一个耳光，解解心里的气！

那天中午保润从烹饪学校放学回家，觉得附近的街头弥漫着某种节日似的气氛。一群孩子聚集在他家门口拍烟纸，看起来都喜洋洋的。保润注意到家里的门没关好，王德基的儿子小拐钻在门缝里，正探头朝里面张望。保润过去揪住了小拐的耳朵，小拐被揪住耳朵，仍然用兴高采烈的声音，向他报告了那个消息，保润保润，你爷爷被绑走了，绑到井亭医院的白汽车上去了！保润一惊，松开了小拐的耳朵，问，谁？谁绑了我爷爷？小拐说，两个白大褂，还有居委会的人，还有你爸爸妈妈！

保润推开虚掩的家门，看见门后遗落着祖父的一只解放鞋，客堂里的四把椅子有三把翻倒在地，一只茶壶在地上碎成两半，保润猜想那是祖父挣扎的记录。厨房里冲出一股热汽，他过去察看，发现炉子上还煮着一壶沸水，快烧干了。祖父房间的门套拉着，明显是被强行撞开的，他走进去，差点被一把铁镐绊了个跟斗。祖父不知怎么找到的铁镐，他把自己的房间挖成了一个工地。保润对祖父的举动充满疑惑，房间里没有冬青树，祖父为什么也要挖一遍呢？仔细观察地面和墙角，可以看见粉笔残留的痕迹，有问号，有感叹号，还有一些神秘的圆圈和三角。房间里充满了一股浓烈的腥湿味，地面的大青砖都不见了，它们被小心地起出来，整整齐齐堆在墙边，湿漉漉的三个土坑，分布在房间的三个角落，看起来像三个干涸的泥潭。保润相信，祖父疯了，祖父真的疯了。祖父的梦想在泥潭深处腐烂，发出它特有的腥气。墙上那个提前挂好的黑色相框，不知怎么落在一个土坑里，祖父从墙上移居到坑里，显得非常焦灼，他的目光大部分被泥浆所阻隔，剩余的一簇，是纤细的受难者的目光，它由下而上，虔敬地仰视保润，向保润呼救，保润，救救我，你来救救我！

保润捡起了坑里的相框，重新挂在墙上，还用抹布把祖父脸上的泥浆擦干净了。他从坑里救起了祖父的遗照，仅此而已。祖父的事情是父母的事情，他管不了，也不知道怎么管。他不舍得祖父，但拯救祖父太麻烦，他怕麻烦。保润坐在祖父的大床上，环顾这个阴暗的房间，依稀想起祖父苍白枯瘦的脚掌，脚掌心的皱纹酷似一幅山水画，山势陡峭，水流平缓，他小时候与祖父睡一张床，总是看着祖父脚掌上的山水入睡的。现在他思念祖父，也是从祖父的脚掌心开始，为此，保润有点怅然，又觉得有点好笑。

祖宗与蛇

一个星期天的早晨，保润梦见了那个无名少女。

她站在鸿雁照相馆的门楼下，手持雨伞，噘着嘴巴，怂怂地打量天空。天空晴朗，她看起来正以晴朗的天空为敌。即使在梦里，保润也记得自己藏匿了她的照片，他心虚地从她身边跑过，目光斜向一瞥，听见她说，去死吧。即使在梦里，他也不能容忍别人的挑衅，所以他跑回去问，你他妈的让谁去死？那把浅绿色的阳伞对着保润突然打开，伞针刮到了他的肩膀，她晃了晃雨伞，说，你，去死吧。梦连结着身体，他感到肩膀上有刺痛，那刺痛缓缓地往下传递，一直传到腹部以下，然后，他醒了。

从楼下祖父的房间里传来了奇怪的噪音，一把铁锤持续试探着木榫的结构，笃，笃，笃。这试探其实类似诱杀，木料与铁锤的对峙并不长久，嗒的一声，一个古老而顽固的木榫被敲落了，阁楼上的空气发出诡秘的呼应。嗒，嗒，嗒。铁锤的敲击越来越果断，节奏越来越明快，祖父的雕花大床开始坍塌。八十八对木榫都在忙于告别，它们相处百年，多少有点厌倦，榫头与榫槽的告别共计一百七十六种，都是短促的，音色雷同，咯嚓。再见。如此而已。但是，每一对木榫都有一个共同的遗憾，大床的老主人消失很久了，无处告别，而当年的小主人正在阁楼上酣睡，对于大床的灭亡无动于衷。榫头怀念主人，匆匆留下了一些惜别之语，有的尖锐，有的深奥，榫槽怀念主人，发出了很多声叹息，带着点怨恨，也带着些缠绵。一张古老的床，它对主人的离情别意也是古老的，只有床幔上的蜘蛛能够听懂，蜘蛛行动不便，转告了天花板上的一群飞蛾，那群飞蛾临危受命，直抵保润的阁楼，可惜飞蛾天生是失声的，只能以骚扰的方式唤醒保润，它们轮番飞到他的脸上和肩膀上，保润不解其意，一巴掌拍死了三只飞蛾，他说，谁？是谁？吵死了，我要睡觉。

星期天的早晨，父母亲在楼下清空祖父的房间。保润，你快点下来，有一条蛇！母亲的尖叫彻底终结了保润的睡意。他跑下阁楼，父母已经在祖父的房间里慌作一团。他看见了蛇。果然有一条大蛇。那条大蛇盘在祖父的床柱上，蛇身接近两尺，遍身布满黑褐色的纹路，它的脑袋高高地昂起来，蛇眼湿润，羞怯，浓缩了一个苍老的问号，似乎向主人探询着这场变故的原因。

父亲手里拿着祖父用过的铁锹，母亲躲在父亲的身后，他们这样与蛇僵持着，已经好半天了。保润要去夺父亲的铁锹，父亲不放手，说，这肯定是条家蛇，拆床动静太大，把它惊出洞来了，家蛇不能打，打不得的。保润说，什么叫家蛇？咬不咬人？父亲说，家蛇不咬自家人，听说是祖宗的魂灵变的，能替后代守家。保润说，有意思，爷爷走了，它倒出来了，爷爷不是要找祖宗的魂吗？抓了它送到井亭医院去么？母亲在旁边叫起来，保润你瞎说什么？你爷爷是找两根死人骨头，不是找蛇！你眼睛好，赶紧找找蛇洞，把它送回洞里去，堵上洞口，以后别让它出来吓人了。保润仔细地搜寻着各个墙角，怎么也找不到蛇洞，他回头看了看那条蛇，觉得蛇在向他颔首示意，它属于祖父。还是送给爷爷去吧，我负责送，保润说，反正都是祖宗，反正爷爷要找祖宗，一条蛇，两根死人骨头，不都一样吗？母亲跺起脚来，怒声道，我没心思听你胡说八道！什么蛇都是蛇，什么蛇都要咬人，找不到蛇洞，就赶紧把蛇赶出去，就算它真是这个家的老祖宗，我也不要它，看你爷爷什么样，就知道老祖宗什么样了，这样的老祖宗，我还信不过呢！

在母亲的催逼下，保润戴上了一只手套，要去抓蛇，又被父亲制止了。你对它客气一点，小心一点，父亲说，千万别抓它，把它请出去，请出去就行了。

保润不知道怎样把一条蛇请出去，考虑了几秒钟，他去厨房拿了一只红色塑料桶，倒提起那根床柱，对准塑料桶抖了几下，他说，祖宗，我们商量一下行不行，请你到桶里去，行不行？

祖宗的魂灵被一个后代的智慧征服了，那条蛇僵直的身体忽然妥协，柔软地落在桶里，发出噗的一声闷响，仿佛一声叹息。母亲慌忙中拿了只锅盖，盖住了塑料桶，她吩咐保润，赶紧拎出去，桶不要了，锅盖记得给我拿回来。

保润提起塑料桶往家门外走，径直走到一只水泥垃圾箱边，放下了那只桶。这样草率地处理祖先的魂灵，保润感到了一丝亵渎，亵渎中隐隐夹杂了莫名的刺激。祖宗，对不住你了。他揭开锅盖，朝那条蛇挥了挥手，他说祖宗再见，去找我爷爷吧，再见了，祖宗。

大约过了五分钟，他们一家人都来到门口，远远地察看家蛇的去向。街上人来人往，那只红色塑料桶倾翻在垃圾箱边，蛇已经不见了踪影。保润听见了他父亲的叹息，还有他母亲懊悔的声音，那红桶还是新买的呀，你们刚才怎么就没想到，多走几步路到天井去？装那条蛇，该用那只蓝桶的。

保润依稀发现一道湿润的曲线闪着隐隐的白光，从香椿树街逶迤而过。那是蛇的道路。蛇的道路充满祖先的叹息声，带着另一个时空的积怨，它被一片浅绿色的阴影引导着，消失在街道尽头。保润极目远眺，看清那片阴影其实是一把浅绿色的阳伞，那么晴朗的星期天的早晨，那么温暖的春天，不知是谁打着一把浅绿色的阳伞出门了。

祖父的头发

第二天，鲍三大的黄鱼车来了。

鲍三大斜倚在车座上面，脚架在黄鱼车车把上，剔牙，耳朵里插一个耳塞，怀里抱一只半导体收音机。也许是被电台的新闻所打动，鲍三大的表情一惊一乍的，嘴巴张得很大，一根牙签盲目地停留在他的口腔里，不知何去何从。

保润不知道鲍三大的来意，他出去上了一趟公共厕所，不过隔了十几分钟，从公共厕所走回家，看见鲍三大的黄鱼车已经横在家门外了。他拔下鲍三大嘴里的牙签扔在地上，剔牙还要到我家门口剔？你幽默啊，你把黄鱼车横在我家门口，我怎么回家？

鲍三大愤然地摘下耳塞，推车给保润让出一条路，他说，谁喜欢到你家门口来？我来等货的，有人让我来拉你爷爷的大床。

保润说，你幽默啊，谁让你来拉我爷爷的大床？

鲍三大又从口袋里抽出一根牙签，朝身后一挥，古董店的邓老板。邓老板你认识吗？以前街角煤球店拖煤球的，现在是百万富翁，就是新闻里说的，先富起来的人！

他先富起来关我屁事？保润说，你幽默啊，他是百万富翁就能来拉我爷爷的大床了？

别问我，问你父母去！鲍三大朝屋里努努嘴，是他们把你爷爷的大床卖了，卖给邓老板，邓老板专门收老式红木大床，听说你爷爷的床卖了好多钱。

祖父的房间已经成为一堆新鲜的废墟，散发着热气。那张笨重的红木雕花大床倾颓在地，一堆木头的骨骸奇形怪状，有的堆在地上，有的倚在墙上，想着某些笨重的心事。阳光从临街的窗口灌进来，照亮了父亲，还有母亲。保润看见他们站在灰尘和垃圾中间，抬着一根床柱。父亲的脸汗涔涔的，额头和面颊上沾了几片黑灰，他的动作迟缓，表情带着一丝模糊的歉意，不知是向那张床致歉，还是向父辈留在床上的遗迹致歉。母亲穿着化工厂的蓝色工装，蓬乱的头发上落满了毛茸茸的尘卷。她的脸上永远驻留着一种怒意，现在，这怒意是针对祖父多年来藏匿的粮票、布票、糖票，还有很多一角两角的纸币，那些过时的券证被抹布抹干净了，皱巴巴的，以罪证的形状一一陈列在桌子上。

保润走进家门的时候，父亲正在替祖父受过。母亲怒声道，看看，看看你爹算不算人，别人抄他的家，抢他的金银财宝，他一个屁也不敢放，一转脸就偷自家的抽屉啊，怪不得家里的粮食永远不够吃，怪不得这个家永远这么穷，原来养了个家贼！

父亲蹲在满地的床柱床板中间，对着手腕上的一块红斑发愁，他说，好好的，怎么一下子冒出这块大红斑来了？痒得钻心，该不是老祖宗在抗议，抗议我们卖这张床吧？母亲过来察看父亲的手腕，开始有点惊慌，其后她把一条腿架在椅子上，将自己脚踝上的一块红斑与父亲的手腕作比较，很快，比较出了结果，她的态度更是轻蔑了。这跟祖宗有什么关系？大惊小怪的，这是老疯子养的跳蚤啊，是跳蚤咬的，我脚上也有啦。母亲去找了盒清凉油，给父亲抹了一层，自己脚踝处也抹了点，随后她亲自扛起一根床柱往外面走，嘴里说，人家鲍三大等在门外老半天了，你们还不快动手？搬完了还要打扫半天，这房间不卫生，全是老疯子的细菌啊。

父亲终究是服从母亲的。他指挥着保润，把祖宗的大床一片一片地运往门外。所有的庞然大物被分解后，都是如此琐碎，如此脆弱。祖宗栖居过的木头有祖宗的气味，那气味有点酸，有点苦，带着一点点腥气。抬起一根龙头床柱，仿佛抬起一个威严挺拔的男性先祖，抬起一片雕花床栏，仿佛抬起一个妩媚娴静的女性先祖，保润的手感有时沉重坚硬，有时柔软舒适。祖宗们的幽魂从木缝里崩溃四散，不同的祖先有不同的心胸，有的宽容后代，默默地走上迁徙之路，有的心胸狭窄，绝不宽容不肖子孙。有一根床柱的表现尤其过激，它不仅狠狠地击打了父亲的肩膀，还顺势弹跳，在保润的头顶上打了一下。还有个别祖宗的幽灵长着冰冷的牙齿，那些牙齿潜伏在镂刻的花鸟鱼虫之间，伺机严惩不孝子孙。保润在搬动一块鸟兽栏板的时候，大腿上被喜鹊啄了一口，这也罢了，后来他独自把一块蟠桃花板搬到门外，那只蟠桃竟然偷偷又在他耳朵上咬了一口。

祖宗也咬了保润。保润觉得自己是无辜的。祖宗的咬痕冰冷冰冷的，先是刺痛，其后发麻，渐渐地变痒痒了。他停下来挠痒，一边挠一边埋怨父母说，你们到底要干什么？爷爷说他的病快好了，他要回家了，你们卖了他的床，让他回来睡哪儿？

他的话你也信？疯成那样，能好得了吗？母亲说，你没听井亭医院的医生说，你爷爷的病是全世界独一例，要治好你爷爷的病，除非时光倒流，他的家，以后就在井亭医院了。

保润用目光征询父亲的态度，父亲的表情看起来非常尴尬，忽然对保润竖起一个巴掌，嘴角随之绽放出一丝灿烂的笑意。保润说，什么意思？父亲说，爷爷的床，卖了五百块啊。保润想了想，不屑地说，五百块算个屁，邓老板是生意人，倒个手再卖出去，起码一千块。父亲似乎认同保润的说法，有点颓丧，转个身，眼睛又亮了，竖起两根手指晃动着，对保润说，卖了大床腾空房间，又有两百块，每个月都有两百块。保润不解地追问，谁？谁每个月给你两百块？父亲说，马师傅！马师傅下海了，他要租下爷爷这个房间，破墙开店，一个月给我们两百块租金。保润瞪大眼睛，愣了半天，忽然火了，你们穷疯了？干脆你们把爷爷也卖了，他不是全世界独一例的疯子吗，他的脑子值得解剖，肯定很值钱，说不定能卖一万块！

保润惹怒了母亲。母亲说，你讽刺挖苦谁呢？两百块你嫌少，五百块你也嫌少，你挣过几个钱？嫌我们钻钱眼里翻跟斗？我们要钱干什么，带棺材里去吗？还不都为了你？看看保润无动于衷的样子，母亲气起来，用手指戳了一下儿子的脑门，早就看透了你这孩子，不犯罪就谢天谢地了，会有什么前途？没有前途得有点钱，钱能买到好工作好对象，做父母的一片苦心，你到底懂不懂啊？

父母亲的一片苦心，保润是懂的。懂，不等于赞同，他搬起一块床板，一边走一边反驳母亲，你们就知道个前途！再过二十年，地球就要毁灭了，前途有个屁用？有前途没前途，有钱没钱，都一个下场，统统被活埋，谁也跑不了！

最后一件床板搬出去了，祖宗们的痕迹悉数消失，祖父的房间瞬间成了一个新世界。阳光召唤着房间里的尘埃，尘埃已经老得步履蹒跚，它们集合的速度非常缓慢，经过无数次混乱无序的排列组合，尘埃勉强组成了一道肮脏的彩虹，懒洋洋地斜跨半空，祖父的房间显得瑰丽而诡异。保润注意到祖父的照片还在墙上，镜框已经蒙上了一片灰尘，祖父正躲在尘埃里微笑。那是祖父七十岁的微笑，含有魔法般不可思议的变化。如果你站在照片的左侧，会发现祖父的笑容透出某种邪恶与阴森；如果你站在照片的右侧，会发现那笑容比孩童更加纯洁更加调皮；如果是正对着祖父的照片，那诡谲的微笑便消失了，你看见的是最寻常的祖父，一张枯瘦如刀的面孔，一双忧愁而焦灼的眼睛，一种戒备多疑的表情，两片嘴唇咬着他一生一世的金科玉律，小心一点儿。小心一点儿。

祖父照片下方的墙上，有一片水渍，水渍扩散到墙角，在原先被柜子遮挡的地方，显现出一个椭圆形的洞孔。那洞孔发射着奇怪的水纹状阴影，水纹在地上蔓延，跳跃，令人惊悸。保润试着用手掌盖住洞孔，感觉到掌心上有一股尖锐的寒气，那寒气让他打了个哆嗦。这隐藏在黑暗中的洞孔，是家蛇的洞穴吗？这家蛇的洞穴，就是祖先之魂的栖居地吗？保润抬头望了一眼祖父的照片，这个瞬间，他洞察了祖父的恐惧和焦灼，那个洞孔随时迎候着祖父，祖父就要掉进去了。祖父的魂，已经提前坠落在这个洞孔里了。这个瞬间，他听见了祖父的哀号和哭泣，有人弄丢了我的魂，保润，你快把我的魂捞上来！怎么打捞祖父的魂，保润也没有什么好办法，他蹲在那个洞孔边，朝里面打量了半天，趁着父母在门外与鲍三大说话，悄悄从口袋里掏出了那个无名女孩的照片。

照片是温热的，还带着他的体温，女孩子的面孔是愤怒的，很多天以后，依然是那来历不明的愤怒打动了他的心。他爱这一丝愤怒，同时，对其保持着戒备。他捏着照片，脸涨得通红。他不舍得女孩那张微小的脸，以及更加微小的嘴唇，她诱发过他的愤怒，又启蒙了他朦胧的爱意，他不舍得她。但祖父在墙上说，就是她，就是她弄丢了我的魂，让她进去，让她进去。他听见了。他一咬牙，撕碎了照片，把照片的碎渣塞进了洞孔。就这样，一个陌生的女孩，被他交给更陌生的祖先了。洞孔里的世界深邃而绵长，他听见一个女孩无辜的青春穿越黑暗，她在黑暗中坠落，打着浅绿色的阳伞，沿途碰撞祖先们密集的苍老的幽灵。洞孔里的世界隐约回荡着凄厉的哭声，她在坠落，她在恸哭，她终于为祖父作出了赔偿。他感到了一丝安心，安心之余，还有些内疚。他随手抓了些玻璃渣和墙泥，彻底地堵住了那个洞孔。祖先幽灵的通道被堵住了，秘密被堵住了，所有来自黑暗深处的回声，也被他堵住了。

是一个忙碌而疲惫的下午。保润失魂落魄地跑上阁楼，坐在床铺上发呆。鲍三大的黄鱼车早就走远了，父母还在楼下忙碌。后来，一些黑色的絮状物从楼下飘上了阁楼。是母亲从祖父房间里扫出来的灰绒，它们像一只只黑蝴蝶围绕他飞舞，起初他没有在意，直至脖颈处感到强烈的刺痒，用手一抓，抓到了一绺卷结的头发。小拇指那么长的一绺头发，雪白雪白的，软绵绵的，他认出来，那是祖父的头发，一绺没有魂的白发。然后他发现了另外一绺头发，它像一只绝望的手掌，紧紧地扒在他的胸口。摘下来一看，那绺头发白了一半，另一半还是黑的，光泽已褪，但还算粗壮，还算茂密。那依然是祖父的头发，但他无法确定，那是祖父六十岁时候的头发，还是五十岁时候的头发，或者更早，是祖父四十岁时候的头发？

井亭医院

井亭医院在郊区，远离城市的繁华，离几个主要的公墓倒是很近。从香椿树街去那里，要穿越大半个城市和乡村的田野，理论上有公交车停靠井亭医院这一站，但需要经过五次换乘，极不方便。骑自行车稍微痛快些，只是路程太长，起码要花费一个多钟头。所以，对于居住在城北地带的居民来说，去井亭医院不算一次旅行，却需要事先做好旅行的准备。

保润第一次去井亭医院赶上清明时节，搭乘了卡车司机老金的便车。老金一家要去扫墓，顺路捎上了保润这一家。两个家庭为了不同的目标，爬上了同一辆东风牌卡车。扫墓祭祖的金家人表现轻松，几乎是春游的心情，女眷们忙里偷闲，在车上用锡箔折起了最后一批纸钱。粟宝珍勉强帮着金家折了几个元宝，忽然悲从中来，几滴泪水没有忍住，滴到了一只元宝上。金师母诧异起来，保润他妈，我们去扫墓都不伤心，你去看个病人，怎么伤心成这样呢？粟宝珍擦干眼泪，怨恨地说，我哪儿是伤心？是恨出来的眼泪。实话告诉你，我才装不出那份孝心，谁要去看这个害人的老疯子？我是去井亭医院缴赔款的，不缴不行了，不缴就要撵他回家了。看金家的女眷们不解其意，她从一个布袋里拿出了几个牛皮纸信封，都是来自井亭医院的公函。看看，都是来要钱的！粟宝珍抖着信封说，十五棵冬青树要赔一百块钱，八棵黄杨也是一百块，还有一棵桂花树，要赔两百块呢，那老疯子挖啊挖啊，挖掉了我五百块钱！

大家便在车上传阅那几页赔款通知，都很义愤。金师母认为医院方面敲竹杠了，尤其是桂花树标价两百块太贵，她说一棵桂花树香也就香半个月，哪儿有这么金贵？粟宝珍连连点头，我也说他们敲竹杠，打过电话吵了好几次，有什么用？人家说井亭医院是部级绿化示范单位，每棵树都是样板树，给人参观给人拍照的，就比一般的树金贵！金师母说，什么示范，什么样板？都是假的。我可知道怎么做生意，别听他们那一套，各个树种，统统杀半价！

一车人都在议论树与钱的关系，保润的父亲沉默不语，他坐在风口上，乱发如群鸟飞翔，目光躲避着粟宝珍，脸上知趣地保持着一种愧疚之色。老金的家眷们满腹疑问，七嘴八舌地问保润的父亲，不是说手电筒埋在香椿树街上的吗？不是说埋在冬青树下面吗？怎么到井亭医院挖开了？怎么黄杨桂花下面也要挖呢？保润的父亲苦笑一声，哪来什么手电筒？我祖上的家产早就没了，还有什么东西值得挖？你们别相信我爹的话，他真的丢了魂，脑子里一堆垃圾，他说什么，你们只当他是放了个屁吧。

金师母见保润的父亲表情痛苦，制止了小辈们的好奇心，她从另外一个角度安慰他，说祖父在医院乱挖树，医院也有责任，精神病人管不住自己，他们医护人员为什么不管住他呢？保润的父亲说，你们有所不知，我爹的病情是全世界独一例，医院会诊很多次了，都是大专家来，大专家都不知道他这种病人该用什么药，该归哪个科室管，医生都讲究个治愈率的，谁也不肯揽下我爹这个病人，没人管他啊！金师母说，这么有名的精神病院治不了你爹的病？那把他送那儿干什么？趁早转院吧。她的小儿子阿四这时候在旁边插嘴了，说，转院还不如送监狱呢，送监狱至少不花钱，包吃包住，监狱里又没有树，老头子想挖也挖不了。卡车上有人捂着嘴笑，金师母要打儿子，粟宝珍拉住她的手说，阿四这也不是玩笑话，倘若监狱肯收下老疯子，我就把他送监狱去，看谁拦得住我！一车人都下意识地观察保润的父亲，他的脸扭曲着，目光躲躲闪闪，瞥一眼那边的妻子，又看看原野里的景色，说，这是个教训，怪我太相信井亭医院了，把老头一个人丢医院不行，以后，还是要严加看管。

途经井亭医院的时候，卡车停下来，两家人分道扬镳，该去扫墓的去扫墓，该去医院的去医院。灰暗的天空微雨蒙蒙，保润记得很清楚，他尾随着父母走进井亭医院的大铁门，有个女孩打着一顶浅绿色阳伞从门里出来，与他擦肩而过，伞角像一只小鸟俯冲过来，在他脸颊上啄了一口。保润没说什么，持伞的女孩倒先发制人了，喂，你眼睛长在哪儿的？保润气恼地打了一下伞面，贼喊捉贼啊？是你的伞碰到我脸了，你他妈的眼睛长哪儿了？伞柄一歪，那女孩的面孔完整地展露在伞下，表情凶狠，挑战的目光里有一丝明显的好奇，她从头到脚审视着保润，嘴角上忽然浮现出调皮的笑意，喂，你是几病区的？赶紧给我回病房去，该服药了！

对付女孩子这种婉转而促狭的谩骂，保润从来没有什么好办法，他悻悻地退到一边，看着那把浅绿色阳伞从铁门里翩然而过，嘴里盲目地嘀咕一声，你等着。他想起了自己的梦。现实与梦境略有差异。伞下的女孩大约十四五岁，梳一把简约的马尾，有一张瘦小而精致的面孔，乌黑的杏仁眼，肤色略微有点黑，她的眉毛上扬，嘴角抿紧，都是为了强调她的高傲，以及对你的蔑视。她比照片上的无名少女漂亮多了，相比照片，她的愤怒也是立体的，类似那把浅绿色雨伞，实用，生动，有着艳丽的色彩和流线型的形状。保润犹豫了一下，还是神使鬼差地追了上去，他朝她怪笑一声，高喊道，喂，你在鸿雁照相馆丢过照片吗？

伞站住了，伞下的女孩回过头，从那种厌恶的表情来看，保润以为她又要骂人，但这次她还算客气，只是表达了对一家照相馆的轻蔑和不敬。鸿雁照相馆？谁去鸿雁照相馆拍照？她把伞面转动了一下，鼻孔里发出嗤的一声，你们乡下人，才喜欢去那里拍照呢。

保润的父母亲去医院办公室交涉赔款的事情，想省下点钱，结果碰了壁。医院方面说他们是公家的医院，不是菜市场的小商小贩，损坏公物照价赔偿，怎么可以讨价还价呢？又提醒粟宝珍注意措辞，这位大姐你别阴阳怪气绕圈子，是说我们敲竹杠吧？我们不想敲你家的竹杠，你们家病人是否需要住院，大家都应该慎重考虑一下，那老人不住院也完全可以，他对人没有攻击性，只是危害树木，你要是不愿意赔树，今天就先把人领回家去吧。争执半天，人家毫无让步之意，粟宝珍咬牙选择了全款赔偿，她对丈夫说，赔！要多少我们赔多少，就算倾家荡产，也不能让老疯子回家，你要让他回家，我就不回家了，你要是给他办出院手续，我今天就办住院手续！

粟宝珍一肚子冤屈，她不愿看见祖父，也不愿在井亭医院久留，情愿去公路上等候金家的卡车从墓地回返。保润看着父母在办公楼下分手，两个人似乎刚刚经历了一场劫难，母亲看起来是一个悲伤的受害者，而他的父亲，很像一个忏悔的罪人。

保润跟着父亲去了男病区，他们去看望祖父。这是他第一次进入井亭医院的纵深处。井亭医院的绿化名不虚传，满眼都是繁花绿叶，樱花、桃花和杏花，开得正艳，地上的绿岛到处可见石竹、海棠、月季和玫瑰。男病区的保安措施远远不如保润想象的那么森严，门卫盘问了几句，填写好会客单，父子俩就被放行了。保润几乎有点失望，问，这就可以进去了？门卫笑起来，你还想怎么样？进去是很容易，就是出来有点难，千万记得要拿好出门证。进了第二道铁门，保润朝四周张望，心里还是失望，嘴上就发起了牢骚，这地方到底是疗养院还是精神病院？怎么冷冷清清的？我还以为井亭医院有多热闹呢。父亲怒视着保润，你要到这儿来看热闹？那还不容易？以后你天天来陪爷爷，肯定有热闹让你看的！

他们上到二楼，一眼看见了祖父，他在楼梯上朝亲人们挥手。祖父不知从何处误听了消息，提前收拾好了行李，抱着一个鼓鼓囊囊的网线袋端坐在梯阶上，像一个迷路的孩童，正等待回家。祖父的身后有个五大三粗的男人，叼着香烟，身上穿白大褂，脚上套着黑色长筒胶靴，手上则戴了一副黑胶皮手套。保润觉得那副黑胶皮手套很时尚，它们像一对蝙蝠，紧紧地贴着祖父的肩膀。

多日不见，祖父的身形更瘦更小了，他的目光很委屈，也很焦灼，等了这么久！祖父说，你们怎么回事？让我等了这么久！父亲停步在楼梯上，冷冷地凝视祖父，爹，你又立功了，今天我们赔掉了五百块钱。祖父佯装耳聋，他把手伸向儿子，要儿子把他搀扶起来，但保润的父亲只是察看了一下祖父的手掌，今天怎么不挖了？这地方还有好多树呢，去挖啊！你挖多少我赔多少，我有的是钱！

祖父的表情分不清是害羞还是内疚，他试图从梯级上坐起来，被旁边的男护工按下去了。男护工问保润的父亲，今天真的要出院吗？老人家一大早就坐在这里了，说儿子今天接他回家，要走趁早，我不是管病人的，我管厕所的，还有八间厕所没打扫呢。保润的父亲说，那你赶紧去打扫厕所吧，我们暂时不回家，我们已经把赔款缴清了，一分钱也不少。

祖父眼睛里的光芒瞬间熄灭。他在男护工的怀里抗议。他的喉咙里涌出含糊的诅咒，听不清诅咒的对象是儿孙，还是医院方面，或者是那个男护工。祖父挣扎着把网线袋砸向儿子，投掷阻力太大，保润把网线袋顺利地截到了怀里。祖父张大了嘴巴开始哭号，眼泪、鼻涕以及唾沫组成的液体在下颚处涓涓流动，组成一股悲恸的潮水。保润从来没见过祖父这样哭号，那含糊的哭声夹杂着恶毒的誓言，不让回家我就挖！挖！挖！我就挖！我还要挖！

保润抱着祖父的行李经过走廊，终于发现了井亭医院热闹的那一面。走廊上有病人出没，一个秃头男子倚墙而立，闭着眼睛，眉头紧锁，似乎在思考某个深奥的问题，保润从他身边经过的时候，他的眼睛突然睁开，一把抓住了保润，你是组织上派来的？张书记迫害我，组织上要给我做主啊。保润甩开了秃头男子，什么组织？你幽默啊，我给你做主，谁给我做主？路经厕所，保润差点撞到另一个古怪的病人，他从厕所里出来，裸着下半身，裤子褪在膝盖处，撅着屁股夹着腿，在走廊上蟹行。保润只好放慢脚步，与他保持一定的距离，听见那病人嘴里在嘀咕，要节约用纸，要节约用水，要节约用电。保润不敢看那病人苍白干瘦的屁股，也不敢笑，斜着眼睛屏住呼吸，边走边说，热闹了，这下热闹了。

祖父的九号病房门口摆了两把椅子，其中一只椅子上坐了个面容清秀的年轻人，头发比女孩子还长，扎成一个马尾辫，他先用英语问候了保润，哈罗！然后就不怎么友好了，不仅手脚并用，阻挡住保润的去路，还向保润提出了一个尖锐而突兀的问题，爱情是什么？保润不解其意，说，什么爱情不爱情的？我爷爷住这个病房，我是他孙子。年轻人说，我不管什么爷爷孙子的，答不上来不准进去，爱情是什么？请回答！保润探头朝病房里看，说，爱情是什么？你告诉我么，我没恋爱过，真的不知道。那年轻人的神情显得高深莫测，我的爱情怎么能告诉你？这是口令，好好想一想。保润凭着本能说，爱情是什么？爱情，是狗屁？很幸运，保润的本能是对的，口令答对了一半，那年轻人宽容地纠正了保润，不是狗屁，是臭屁啊！然后是一阵狂笑，挡道的椅子被抽走了，保润得以顺利地进入祖父的病房。

九号病房里有一股说不清的臭味，混杂着馊味，还有来苏水刺鼻的气味。祖父的床铺已经收拾干净，一床褥子卷了起来，上面盖了一只发黑的枕芯。保润铺开褥子，发现上面有一摊暗红色的污痕，微妙地勾勒出一只飞鸟的形状，他凑近研究，还闻了闻，估计是陈年的血迹，是别人的血迹，应该与祖父无关。过了一会儿，他听见了一阵杂乱的愤怒的脚步声，堵门的椅子被踢翻了，那个守门的年轻人慌乱地跳起来，爱情是什么？那声口令没来得及问，九号病房门口响起了保润父亲的怒吼，爹，你别跟我闹了，我豁出去了，今天就留下来陪你，一直陪到你死！

祖父、父亲和儿子

在嘈杂拥挤人丁兴旺的香椿树街上，保润一家属于最简练的家庭，祖孙三代不过四口人，现在，这四口人也一分为二了，一半去了井亭医院，一半留在香椿树街上。

保润的父亲作出的牺牲，平息了街坊邻居对这个家庭的非议。虽然儿媳妇待老人刻薄，孙儿忘恩负义，儿子终归是孝顺的。保润经常会遇到饶舌的邻居，因为对他们的家事感兴趣，而对保润格外热情，迷信的老人们急于打听井亭医院是否帮祖父找回了魂，更多的邻居拉住他夸赞父亲的孝道，也顺便试探他作为孙辈对祖父的孝心，保润对此很不耐烦，他说，我爹管他爹，我妈管我爹，我什么都不管，别来问我，不关我什么事。

保润的父亲不知是以孝心打动了院方，还是凭借事实说服了院方，总之，井亭医院网开一面，他获得了极为特殊的陪护待遇。他在九号病房放了一张折叠躺椅，近距离全天候，日日夜夜地守着祖父。他在躺椅上睡了大半年，睡出了严重的后果，脊椎出了问题，开始哈着腰走路了。保润的父亲不在意他的脊椎，也不在意走路的仪态，只是担心自己的精神状态受到了环境的不良影响。他偶尔回家，对妻子吞吞吐吐地提及一件怪事，说他最近中了邪，对挖坑产生了异常的兴趣，看见地上有坑，无论坑大坑小，他都走不动路，停留在坑边，一心想捡个工具，挖几下。粟宝珍愕然，你也想挖？你也想挖手电筒吗？保润的父亲为自己辩解说，我不是挖手电筒，我就是忍不住想挖挖看，地下会有什么？粟宝珍脸色煞白，尖声反问丈夫，地下会有什么？保润的父亲思忖了一会儿，说，地下有很多声音，很有意思啊。他不顾妻子的惊惶，兴致勃勃地描述了他从坑里听见的所有声音。他说井亭医院树林里的土坑都是哭坑，那儿的新坑会传出婴孩的啼哭声，一早一晚尤其响亮。老坑里总有老人伤心的嘟囔声，嘟囔久了就哭，哭了一会儿又咳痰，喀喀喀，那口痰老也咳不出来。而办公楼后面的坑像一个个蜂窝，蜂窝里嘤嘤嗡嗡的，好像永远有一群女人聚在一起聊天，一会儿吵起来了，一会儿咪咪地笑起来，一会儿窃窃私语，一会儿大家谁也不说话，开始纺线了，对啊，肯定是纺线呢！你还记得我母亲以前怎么纺线吗？我听见那声音了，我母亲在地下纺线，天天都纺线啊！粟宝珍越听越怕，惊骇之下，她用一只手捂住了丈夫的嘴，不容许他再说下去，另一只手抓到了一只挖耳勺子，不好了，有妖气钻到你耳朵里啦！粟宝珍捉住丈夫的耳朵，开始强行替他采耳，她咬着牙说，要挖，你别怕疼，一定要把妖气挖出来，你不知道耳朵是通脑子的？再这样下去，你的魂也保不住了！

丢魂是否会遗传，谁也无法考证，但保润的父亲在井亭医院身心不适，这是一个清晰的事实。土坑扰乱了他的思想，而监护祖父繁重的任务拖垮了他的身体。一天深夜保润的父亲起夜，只是对着小便池憋了一下，中风突然发作，人便倒在厕所肮脏的水泥地上了。有个年轻的病人发现了他，不懂得呼救，径直把他拉出厕所，经过长长的走廊，拉到楼梯口，那病人气力不支，看见楼梯边运货的坡道，便急中生智，把昏迷者当成一包货物那样滑了下去。

那一滑当然鲁莽，直接造成了保润的父亲手脚多处骨折，但也有妙处，昏迷者轰隆隆地滚下楼去，一下苏醒过来，恰好又撞上了前来查夜的乔院长。乔院长懂得些心血管疾病的急救措施，马上安排急救车去人民医院，一切都算及时，保润父亲的一条命，算是保住了。

粟宝珍赶到井亭医院，向乔院长磕头谢恩，还献上一面锦旗，至于另一个恩人，她的感谢稍显保守，只给那病人送去了两只苹果。之后她的角色迅速转换，从一个报恩者变成一个复仇者，直奔九号病房，对着祖父大哭了一场。粟宝珍直言抗议公公的寿命，说你这样一个老疯子，对国家做不了贡献，对子孙没有什么恩惠，有什么必要这么长寿？这样活着拖累儿孙，小辈迟早要走到你前面去，你于心何忍呢？祖父听懂她的意思，明确表示道，我不寻死！以前我想死，你们为什么不让我死？现在我丢了魂，不可以死了，你们又要我死，没有魂怎么能死？我坚决不死，就算你们都死了，我也不死！

保润的父亲从医院回家了。他像一个疲惫的伤兵从战场归来，胳膊打了绷带，腿上还有石膏，挂了个铁架子坐在门口，不知是晒太阳，还是在想心事。他的相貌大变，两只眼珠子不知怎么鼓突出来，像金鱼的眼睛，注视任何目标，目光都显得有点狰狞，又有点悲伤。邻居们与他寒暄，谈及这大半年来在井亭医院的感受，保润的父亲自嘲道，白忙一场！我爹的魂没找回来，我自己的魂，差点也丢那儿了！邻居又打听祖父的境况，保润的父亲说，我爹好得很，身体比我还硬朗，我现在是泥菩萨过河自身难保，只好让保润去照顾他了。邻居们这才想起来，好久没见过保润了。

监护祖父的接力棒，悄悄地传到了保润手里。

他们是一家人。祖父的事情儿子管，儿子力不从心了，孙子必须站出来。一家人的事，保润终究脱不了干系。

四　月

保润青春期的大好时光，都挥霍在井亭医院了。

因为发育偏早，他的身高几年前已经提前封顶，浑身的肌肉横向发展，腿粗，背厚，衣服裤子勉强地包裹着身体，布料看上去随时都要绽裂。他唇边的一圈胡须越来越浓，不舍得修剪，胡须便像一丛黑草覆盖着上唇，别人觉得邋遢，他自己觉得好看。更早以前，他的面颊上曾经长满了青春痘，用手挤惯了，落下很多暗红色的疤痕，一看就让人联想到荷尔蒙分泌过盛的问题。

他的五官其实像母亲，粗略一看，还有几分清秀之气，他那特别的眼神，则难以找到遗传的出处。由于长期监视祖父，他的目光很像两只探照灯，视野开阔，光源很亮，是一束冷光。他打量任何人，都是咄咄逼人的，其眼神富含威吓的意味，老实一点，给我老实一点！那样的目光落在男孩身上，对方大多会有被挑衅的感觉，遇到脾气火爆的，免不了要指着保润的鼻子叫板，你瞪我干什么？我还看你不顺眼呢，走，去那边单挑。保润不知道他的目光容易冒犯别人，总是一头雾水，他不是那种喜欢动手的男孩，努力地与对方讲道理，说，我瞪你了？你有什么证据？我又不认识你，你又不是女孩子，我瞪着你干什么？

女孩子对保润的目光其实更加敏感。街上很多女孩子在私底下讨论保润为何如此不受欢迎，都归咎于他的那双眼睛。保润的目光怀疑一切，否定一切，而且还混淆一切。谁被保润盯一眼，谁会觉得自己今天的打扮错了，走路的姿势错了，轻佻是错的，端庄也是错的，所有漂亮的女孩，相貌平平的女孩，包括丑陋的女孩，她们在保润的视线之下打成了平手，因为都犯下了什么不可饶恕的错误。女孩子们对保润的目光作了个性化的描述，有人说像特务间谍，有人说像法官，有人说像变态流氓，有人说像一头狼，其中王德基的女儿秋红的描绘最为独特，她把保润的目光形容为一卷绳子。

他总是盯着我看！我才不要他看我，他一看我，我就头皮发麻，撒腿就跑。秋红说，他在我身后走路我也怕，就怕唰的一声，一卷绳子朝我飞过来！你们知道吗，他会捆人，我怕他用绳子把我捆起来，对我动手动脚啊！

女孩子们都不以为然，认为秋红的自我感觉好得离谱了，保润再怎么讨厌，也不至于用绳子捆人，即使捆人，也不至于捆她这个小黄脸婆。秋红赌咒发誓说，我骗你们是小狗，他捆人上瘾了，你们知道他是怎么伺候他爷爷的吗？用绳子捆，五花大绑啊！不信你们去问柳生他妈，我昨天去肉铺买肉，亲耳听她说的。

秋红没有撒谎。保润与绳子的亲密关系，最初是邵兰英向街坊邻居披露的。那年春天邵兰英家也遭遇了不幸，桃花一开，她女儿柳娟的相思病应时发作，免不了要和井亭医院打交道，除了保润家，就数柳生一家熟悉井亭医院了，所以，来自邵兰英的消息具有不可怀疑的权威性。

邵兰英是在医院的花园里遇见保润和祖父的。祖父绕着一个花坛散步，保润坐在长椅上吃馒头，手上有一根绳子一颤一颤的，那绳子引起了邵兰英的注意，它大约有七八米长，时而松弛，时而紧绷，最初她以为保润在遛狗，顺着绳子望过去，没看见狗的影子，原来遛的是人，绳子的尽头，拴着可怜的祖父。

祖父一定认出邵兰英是熟人，只是不记得她的名字，他披着一件蓝色中山装，迎着早晨的阳光对她热情地微笑，李阿姨，你怎么在这儿？你们家是谁丢魂了？邵兰英说，我不姓李，我是邵阿姨，我们家没人丢魂，是我女儿神经衰弱睡不好觉，小毛病，来配安眠药的。祖父识破了邵兰英的谎话，说，配安眠药去联合诊所就行了，还用跑这儿来？丢魂也不丢脸的，现在这世道，很多人都丢了魂，丢了魂就是不容易找啊。邵兰英赶紧打岔说，爷爷你让绳子拴着腰，不难受吗？怎么不让保润松开啊？祖父说，他不让松的，不绑就不能出来，出来了就得绑着，这是纪律。邵兰英哎哟一声，说，爷爷你可怜死了，这把年纪，还要遵守这样的纪律。平日里邵兰英一家与保润家井水不犯河水，从未有过什么交道，现在井亭医院牵线搭桥，两户不幸的人家走到一起来了，多少也算缘分。她从挎包里拿出一只香蕉，走到那个花坛边说，爷爷，给你一只香蕉吃。祖父嘴里道着谢，眼睛直直地瞪着香蕉，手却迟迟伸不出来。邵兰英诧异，凑过去察看，结果吓了一跳，祖父的蓝色中山装里面，是密密匝匝的考究的绳结，他的身体被绑得如此严实，哪儿还能伸手接香蕉呢？邵兰英看得心颤，忍不住以长辈的身份教训起保润来，保润，你爷爷以前多疼你，怎么能这样绑他？怎么能这样牵他？快把绳子松开，你爷爷是病人，不是犯人，不是一条狗啊。

据邵兰英的描述，保润当时坐在长椅上吃馒头，表情懒洋洋的。保润眯着眼睛打量邵兰英，顺手拽了一下绳子，犯人不挖树他挖树，狗不挖树他挖树，你知道不知道？保润对邵兰英说，你知道不知道？我松开了他就挖，挖一棵树一百块，你来赔啊？

从春天到春天，某些气候宜人的早晨，你很容易在井亭医院遇见保润和他的祖父。公平地说，他们是在散步，绳子是必需的，被缚者的散步，通常也称之为散步。

散步有益于改善祖父的精神循环系统，这是医生的说法。祖父诡谲的病情难倒了所有的医生，除了散步，他们似乎也开不出什么更好的医嘱。井亭医院占地大约九千平方米，作为祖孙俩可以自由行走的世界，不大，但也不算太小了。春天的祖父是危险的，保润小心地牵着他，像牵着一匹沉睡的野马。这个季节有着美好湿润的外表，四周鸟语花香，雪松、刺槐、古柏以及所有的果树都在疯狂生长，树上的晨露一旦滴在祖父的头上，保润就要小心了。春天的祖父擅长穿越时空，一抬眼，他便能在树木间看见祖先们的幽灵，看见它们可怜兮兮地攀爬在树干上，垂吊在树枝上，衣衫褴褛，无家可归，所以，祖父在树下呜呜地哭泣，一边哭一边忏悔，都是我不好，对不住祖宗！连一只手电筒都保不住，害得你们没地方去呀！为此，保润从来不允许祖父在任何树下长时间地停留。但是，春天就是险象环生的季节，保润能够阻隔春天的树，却不能阻止春天的风，清新和煦的东南风一旦吹到祖父的脸上，保润又要小心了，这种风不仅带来远方海洋的潮气，风中也穿梭着另外一些祖先慈爱的幽魂，快，快一点吧，别在这里受苦了，快找到你的魂，回到我们的身边来吧。祖父破译了春风的信息，大多是女性祖先絮絮叨叨的召唤，充满了谅解与宽容。所以，祖父在春风中呜呜地哭泣，他对慈爱的女祖先倾诉自己的困境，同时抱怨孙儿的不孝，他说，保润不让我挖，不让我挖啊！你们的尸骨挖不出来，我的魂找不回来，怎么能回到你们身边来呢？

春天的祖父最愚蠢，保润必须严防死守。保润每天坚持把祖父捆起来。捆绑祖父是合理的，捆绑祖父是合法的，捆绑祖父也符合大多数群众的要求，无论是医院方面还是其他病人家属，对保润的举动都表示理解。祖父被缚了，井亭医院的珍稀树木奇花异草有了安定祥和的环境；祖父被缚了，园艺组的花匠们放心了，没有人在绿化带里肆意挖掘，他们也无须承担额外的抢救名贵花木的任务；祖父被缚了，勤杂工们放心了，工具房里的铁锹不再一把一把地失踪，僻静的角落也不会出现莫名其妙的渣土和垃圾了；祖父被缚了，保润的父母也放心了，管住了祖父的手，母亲的钱包也安全了。

春天的祖父经常哭泣。祖父混浊的眼泪打动不了保润，他流下一缸的眼泪，也换不回一锹挖掘的权利。保润的使命是简单的，治理祖父的手，管好祖父的手，严禁挖掘。

严禁挖掘。

严禁挖掘。

春天的祖父是被缚的祖父。他的面容有点浮肿，双颊偶有蹊跷的红晕，眼睛里充满焦虑的光芒，因为失去了摆臂的动作，他走路的姿势显得僵硬，滑稽，像一只企鹅。春天的祖父目光下垂，沿途观察道路两侧的地形特点，坐标是树，辐射半径大约有五到六米。四月里泥土松软，是挖掘的最佳时节，他害怕有人盗走祖先的尸骨。一只手电筒。两根祖先的尸骨。所有隆起的地面都会引起祖父的关注，所有凹陷的洼地都会引发祖父的猜疑。春天的祖父被保润所监管，虽然胸有大志，却注定一事无成。

与祖父的癫狂相对应，春天的保润，更是不同凡响的保润。他专注于利用祖父的身体，搞革新搞试验，研究最完美的捆绑工艺。春天是保润多产的季节，祖父身上的绳结，最多的一天出现了六种花样，所以，春天的祖父，其实更像一面流动橱窗，专门陈列保润最新的创造发明。

通过祖父的身体，保润向人们展示了他的才华。想一想吧，正当四月阳春，其他病人因为季节性狂躁被捆绑在床上，不是皮带，便是铁链，他们像屠宰场里的牲口一样嚎叫着，毫无尊严。只有祖父在井亭医院自由行走，身上使用的是人性化的纤维绳，无伤，无血，无痛苦。经常有护工慕名而来，围着祖父，参观他身上的绳结。先看绳子的质地，那绳子由绿色和白色两种纤维揉制而成，一指粗细，杂货店里可以随便买到，并没有什么稀罕之处。值得一说的是绳结的工艺结构，它既有独创性，又有实用性，线条漂亮大方，结扣巧夺天工。捆一个人，能捆得如此华丽如此科学，着实令人惊叹，护工们称赞保润，看你老实巴交的，没想到你这么有才华，今天爷爷捆得好漂亮啊，这是什么结？保润不爱炫耀，示意祖父自己告诉他们。祖父哭丧着脸说，这叫文明结，不是我说的，我孙子说的。护工们好奇了，为什么叫文明结呢？保润懒得解释，对祖父说，你摸一下那儿，给他们看。祖父扭捏了一会儿，手贴着绳索慢慢下探，摸到了裤洞附近，做了一个解扣的动作，你们看，虽然捆着，我自己还可以小便的。护工发现了新大陆，都啧啧称奇，捆得这么紧，还可以自己小便？怪不得叫个文明结，是很文明啊！

四月以来我们对保润的捆绑绝技渐渐有所耳闻，听说他掌握的捆人花样大约在二十种以上，很多花样都是他自己命名的，譬如民主结和法制结，譬如香蕉结和菠萝结，还有什么梅花结和桃花结。其中法制结灵感来自于五花大绑的死刑犯，线条繁琐，结构厚重，研制起来也较为麻烦。保润几次探索，都无法得到祖父的配合，因为祖父看到绳索出现过多的菱形就会尖叫，保润后来弄清楚了，那种绳结的花型让祖父联想起当年枪毙曾祖父的情景，这样的抗拒，也算情有可原。保润暂且放祖父一马，同时也郑重地告诫祖父，你不喜欢法制结我也不强迫你，不过丑话说在前面，万一你犯了老毛病我就不客气了，什么结都没有，只有法制结，天天用法制结伺候你！

保润成了井亭医院的大名人。他的名声很快传遍所有的病区，经常有病人家属慌慌张张跑来找保润，说某某床发病了，急需保润出马，去捆一下人。起初保润很反感，说，要捆人找护工去，找我干什么？家属说，护工手脚太重了，他们捆病人就像捆一头猪啊，哪儿有你捆得好？人家说你捆了人，身上印子都不留的。如此廉价的赞扬并不能打动保润，保润说，你们把我当一台打包机了？别拍我马屁，我也不是捆谁都在行的，他是我爷爷，捆他配合，才能捆得好，捆别人没配合，怎么捆得好呢？病人家属不甘心，又掏香烟又赔笑脸，有人甚至偷偷往他口袋里塞过钱。祖父善心泛滥，轻易地做了别人的说客，他对保润说，快去快去，看人家多么信任你，你有一技之长，要为人民服务，不要翘尾巴呀。

保润拗不过人家的纠缠，去了一些陌生人的病房。怕别人的绳子用不惯，他还经常自带绳子。毕竟不是上门服务的水电师傅，人家也不是你爷爷，保润要展示自己的手艺，总要面对病人剧烈的反抗。安眠药镇静剂对于很多病人是无效的，捆人的时候，也是双方力量对峙的时候，保润必须胜出。有的病人身强力壮，出拳的出拳，出腿的出腿；有的病人体弱一些，习惯使用唾沫、牙齿、药瓶子、扁马桶之类的东西反抗；也有人阴险狡诈，会冷不防地采用妇女的手段，疯狂抓捏他的睾丸。保润每次去帮忙，都是去打一场恶仗。最惊险的是捆一个绰号猪猡的病人，猪猡发病前在果品仓库工作，也擅长捆扎，力气比保润还大，差点反客为主，如果不是几个护工及时赶来帮忙，保润说不定就被猪猡反捆了。

保润的双手，征服了越来越多陌生的身体。捆一个陌生人，比捆绑自己的祖父更加新鲜，更加刺激。看绳索沙沙地切入棉质衣物，咬住那些陌生的皮肤，犹如一条蛟龙游走于草地，丛草无声倒伏，他能够觉察到那些肉体从反抗到挣扎，渐渐柔顺，渐渐空洞，最后开始迎合绳子的思想。保润玩转绳子，每根手指都放射出探索的锋芒。他的绳子是有规划的，他的绳子是有理想的，他的绳子可以满足你对曲线的所有想象。他的绳子可以像一层新的皮肤，覆盖或者禁锢所有的人体，无论你是胖子还是瘦子。他的绳子是开放的，充满灵气的，它沿着或胖或瘦的人体穿梭围绕，可以变幻出多元化的造型。依靠一根绳子，保润成了一名特殊的艺术家。他对自己的绳艺充满自信，每次捆绑完毕，都让委托人亲自检查一下绳结的质量，看看这个菠萝结，怎么样？毫无疑问，保润的绳结代表着最高品质，不给别人质疑的余地，委托人无不惊叹于保润华美神奇的技巧，连连称赞道，真的像一只菠萝呀，捆得好捆得好，真的没想到，你这么年轻的小伙子，捆人捆得这么精彩！

做这样的善事，多少有点不三不四。保润每次走出别人的病房，都很疲累，累了便后悔，觉得自己像一个免费的刽子手，滥杀无辜，除了家属们感激的眼神，没有任何回报。下不为例。下不为例。他一次次这样告诫自己，但是他心里承认，捆人是如此奇妙的一项手工劳作，其妙处无法言传，他或许是迷上它了。

柳生来了

有一天，香椿树街大名鼎鼎的柳生来了。

柳生嘴里叼着一支香烟，靠在九号病室的门上，虚着眼睛看保润。保润只当没看见，柳生的派头摆不下去，就扔了一支香烟给保润，我是柳生啊，你不认识我吗？

他们一条街上住着，平时没有什么交道，柳生不一定认识保润，但保润肯定是认识柳生的。柳生天生高人一头，谁不认识他？柳生的父母都是肉铺的小刀手，父亲柳师傅在街东的肉铺，母亲邵兰英在街西的肉铺，两把刀各据一方，长期掌握着香椿树街居民餐桌的命运。父母亲宠爱儿子，为了让柳生顶替一份好工作，柳师傅提前退休，把公家的斩肉刀交给了儿子，自己去做了个体户，这样，柳家又多出一个餐桌的主宰者，那么年轻，看起来还要主宰很多年。只要你吃肉，便躲不开柳生一家人的手，这是每一个香椿树街居民必备的常识。新鲜猪肉与热气腾腾的猪下水衍生了权力，也罗织了人情，这户人家在街上的地位，也就不言而喻了。如果评比，柳生家一定可以列入香椿树街最受尊敬的家庭，只可惜，柳生有个花痴姐姐柳娟，每到春天桃花盛开的时候，便会去北门城墙下的桃花林，做一件秘密的事情。这个秘密取悦了城北地带的街头少年，却严重玷污了自家的门楣。

保润曾经跟着黑卵他们去北门桃花林看过柳娟，她穿一件宽松的白色毛衣，坐在石凳上为自己募款，膝盖上放了一只塑料盆。少年们围着她哄闹，有人朝那只塑料盆里扔硬币，嗒的一声，她嫣然一笑，向上拉起毛衣，亮出两只并不丰满的乳房，以示感谢。有少年问，柳娟你募了钱干什么？她说，去北京，去找我男朋友小杨，小杨在北京乐团拉小提琴啊。少年们又起哄，小杨怎么拉小提琴？拉给我们看看。柳娟不懂少年们的暗语，一手搭在下颌上，另一只手做了个拉弓的姿势，说，小提琴就是这么拉的，都是这么拉的。又有少年说，你们家那么多钱，随便拿点就行了，你为什么要出来讨钱？柳娟的脸上露出了凄苦的神情，我们家的钱都在我妈妈抽屉里锁着呢，我弟弟有钥匙，随便拿，我一分钱也拿不到，他们怕我去买火车票，你们知道到北京的火车票要多少钱吗？少年们谁也没去过北京，都被问住了，只有黑卵去过南京，走过去数了数脸盆里的硬币，说，这一点点钱，连南京也去不了，去什么北京？黑卵怪笑着，突然伸出手拉拽了一下柳娟的毛衣，去北京的车票很贵的，你这样保守不行，要全部开放，全部开放了，才能募到更多的钱。谁也没有料到，黑卵这一拉扯，引起了柳娟疯狂的尖叫，别碰我，只给看，不让碰！她一叫，周围的游人都朝这边看，少年们顿时有了罪恶感，很快作鸟兽散，纷纷逃离犯罪现场。保润匆忙间往柳娟的塑料盆里扔了一枚零钱，瞥见柳娟雪白的乳房左侧，有五个暗红色的瘢点，形状恰好像一朵桃花。少年们后来跑上城墙俯瞰桃花林，为柳娟乳房上的瘢痕争论不休。有人说那是胎记，有人说是牙痕，保润觉得最可信的是黑卵的说法，黑卵说那是邵兰英用香烟头烫的，她给女儿以必要的惩罚，柳娟出来募捐一次，烫一次，共计五次，正好烫出了一朵桃花的形状。

柳生一来，保润便想起柳娟，想起柳娟，眼前不免闪现出她乳房上暗色的桃花，脸一下发烫了，只好用手掌蒙住自己的脸孔，嘴里冷冷地问，找我干什么？

找你能干什么？柳生的大拇指朝身后一翘，去捆人，捆我姐姐。

保润摇头，说，不去，不捆。

为什么不去？柳生瞪起了眼睛，别人找你你都捆，我找你就不行？你故意不给我面子？

我不去女病区。保润抠了下鼻孔，说，我从来不捆女人。

柳生想说什么，看他的眼神似乎要陈述捆绑姐姐的必要性，另一方面，他明显懂得家丑不可外扬的道理，于是他突兀地骂了句脏话，操他妈的，她这样的女人，还算什么女人？你跟我走一趟，随便捆，千万别把她当女人。

保润推开了柳生热情的胳膊，换了张凳子坐下，仍然无动于衷，他说，我又不是打包机，要捆你姐姐，找女护工捆。我捆谁也不捆女人，捆个女人，有什么名气？

他们这么僵持着，柳生脸色难看了，一只手直指保润的鼻子，嘴里发出恼怒的叫声，你是妇联派来的？这么婆婆妈妈？要准备轿子来抬你是吗？我们一条街上住着，抬头不见低头见的，我对你那么器重，你为什么要故意得罪我？说，给个理由！

看起来柳生要寻衅闹事了，保润怕他扰乱了九号病房，做出了一点妥协。他从床底下抽了一根绳子，带着柳生来到走廊上，说，捆人也没那么难，我教你一个绳结，保证你几秒钟就学会，回去自己捆。他让柳生拿着绳子，以自己的身体做示范，教柳生捆一个最容易的梅花结。保润说，对付你那个姐姐，一个梅花结足够了，皮肉不受苦，就是不能动，不会给你家丢人了。

但是，最容易的梅花结，柳生也学不会，绳子绕几下他就糊涂了，他不怨自己笨，反而怨保润为难他，一下将绳子套到了保润的脖子上，什么梅花结桃花结，我搞不清楚，你帮我去捆一下，会死啊？

柳生一动粗，保润不买账了，他挣脱了绳子，对柳生下了逐客令，你趁早走吧，别在这儿影响别人休息，我天天得罪人，得罪的人多了，再多你一个也不怕。

柳生仍然不死心，斜着眼睛观察保润的表情，要不，开个条件？你要现金还是要实物？尽管开口，明天给你们家送一篮子猪肝去，怎么样？

我没有条件。现金猪肝都不要，我们家不爱吃猪肝。

那送一篮子猪爪子去？是肉联厂刚剁出来的新鲜猪爪子，有钱也买不到的。柳生似乎想到了什么，语气自信了很多，你不稀罕你妈肯定稀罕，她前几天排队没买到猪爪子，在店门口指桑骂槐，骂了半天社会风气！

保润有点动心了。他最喜欢吃猪爪子，他们全家，都喜欢吃猪爪子。但这么被一篮子猪爪子收买，他又觉得没面子。吃不上猪爪子，会死啊？他模仿着柳生的口气调侃了一句，腿往病房里走，脑袋却朝柳生转过去了，要不，把你姐姐带过来？带过来，我就捆。

这次轮到柳生犹豫了，他眯起眼睛打量男病区周遭的环境，正好看见那个十一床的从厕所出来，又没系裤子，嘴里说，要节约用纸，要节约用电，还要节约用水。柳生瞪着十一床裸露的下身，不知作出了何等联想，面露嫌恶之色，不行，我要把她带到这儿来，我妈妈不骂死我？柳生否决了保润的提议，甩着麻绳往外面走，嘴里愤慨地说，随便她去，我懒得管了，让她去脱，让她去做脱星，不关我屁事。话是赌气话，柳生终归不死心，走到楼梯口忽然想起什么，眼睛一亮，用绳子拍打着栏杆说，保润你过来，我问你一件事。

柳生的眼神显得很诡秘，那种诡秘吸引了保润，他走过去了。柳生勾住了他的肩膀，捂着半边嘴巴，压低嗓门说，保润，你在这儿闷不闷？要个妹妹吗？

这个问题很敏感，而且带着某种撩人的暧昧。保润一时弄不清柳生的动机，什么妹妹？哪儿的妹妹？

是你喜欢的妹妹，我知道的。柳生朝他挤了下眼睛，歪歪脑袋说，跟我走，去了你就看见她了。

谁？我喜欢谁了？

柳生说，你少给我装蒜，我的消息很灵通，看上老花匠的孙女了吧？人家在喂兔子，你盯着她问，去不去看电影？去不去看电影？有没有这事情？你承认不承认？

保润躲闪的眼神，多少泄露了一部分事情的真相。他鄙夷地笑了几声，很快坚持不住了，问柳生，是谁告诉你的？

别管谁告诉我的，你承认不承认？

保润承认了，只承认一半。女孩子就喜欢自作多情，她真以为自己是仙女了？谁钓她？保润说，我多了一张电影票，浪费了可惜，正好遇见她，随便问她一句的。

多一张票？为什么不送给我？柳生发出嗤的一笑，忽然拍了拍保润的肩膀，少来那一套，我们是兄弟，开门见山好，我问你，你还想不想钓她了？

保润先是摇头，看见柳生发亮的眼睛，很快又修改自己的态度，吞吞吐吐地说，无所谓。我不知道。

保润掩饰自己的技巧如此拙劣，这给了柳生很大的信心。柳生含笑盯着保润，一只轻薄的手突然发起袭击，掏向保润的裤裆，他一掏，保润一闪，两个人的隔阂似乎一下子消除了。柳生又抓住保润的耳朵，亲昵地拧了一下，跟我走，我就替你安排。你们一起去看电影，我来安排。

保润不习惯柳生的亲昵，他推挡着柳生的手，眼睛里仍然充满疑问，你们什么关系？她凭什么听你的安排？

什么关系？我是老大，是她老大。柳生这次捉住了保润的肩膀，推着他往前走，嘴里赌咒发誓道，我要骗你以后就不在街上混了，我是不是她老大，她听不听我的，去了你就知道了。

保润半信半疑，脚步却有点软弱，背叛了头脑，他跟着柳生走了几步，突然想起一个至关重要的疑点，慢！是你自己想钓她吧？你钓过她吗？钓上了吗？

我对她没兴趣，我不钓她。柳生说，你别想歪了，她想赚钱，她帮着伺候我姐姐，我已经给她不少钱了。看保润一脸惘然，又说，女孩子么，你不懂的，不花钱不投资，怎么当她老大？

保润不懂柳生的经验之谈，只是隐隐觉得，他被柳生抛出的最后一个诱饵俘虏了，他像一条饥饿的鱼，别无选择。外面阳光灿烂，春风软绵绵的，白玉兰在路边盛开，保润从不看花，但现在修长紧致的玉兰花苞引起了他的注意，如果需要开口赞美她，是不是应该有点文采？是不是可以赞美她的面孔像一朵玉兰花？一只褐色镶金边的蝴蝶飞离玉兰树，掠过他的头顶。保润对蝴蝶从未有过兴趣，但现在他发现了蝴蝶的美丽，那只蝴蝶让他想起了她的脖子，春天以来，有一只紫色的塑料蝴蝶挂件，一直在她雪白的脖颈上翩翩起舞。他像一条咬住诱饵的鱼，被柳生的鱼竿拉出了水面，胸口有点窒息，头脑有点乱。他的绳子被柳生拿过去了，那堆绿白相间的绳子正在柳生的胳膊上晃荡，一圈白色的诱惑，套着一圈绿色的邪恶，一圈绿色的邪恶，套着一圈白色的虚无。四月就是四月，这个季节充满了圈套，所有圈套都是以欲望编织而成的。仙女。仙女。一切都是怎么开始的？他是从什么时候开始想她的？他的身体隐约知情，而头脑一片茫然。反正都是这个春天的事，这个春天，这个奇怪的春天，不同凡响。

在女病区楼外的草地上，有一只漆成蓝色的铁丝兔笼。笼子里有两只兔子，一白一灰，像两个小巧精致的雕塑，静静地待在一堆菜叶里，兔笼上盖了一只破草帽，明显是为了给兔子遮阳。柳生没有骗他，那是仙女的兔笼。保润再清楚不过，有缘看见仙女的兔笼，便能看见仙女的身影了。

柳生说，你等一下，她马上就会下来了。

保润蹲下来，用食指探进笼子，两只兔子先后过来闻了闻他的食指，气味不好闻，继续去啃菜叶了。一个尖利的声音从楼梯那里传来，谁的贱手？别碰我的兔子！保润赶紧缩回手，看见仙女风一样地冲出了大楼的门洞，脖子上的紫色蝴蝶挂件左右摇晃，那对幸运的蝴蝶，似乎要飞起来了。保润闪到一边，给仙女让出一条路，以为她会继续教训自己，但她提起兔笼，径直朝柳生走过去了。老大，我给你姐姐唱了五支摇篮曲，把她唱睡着了。仙女朝柳生莞尔一笑，一只手在他的夹克口袋上重重地拍了一下，今天该结账了吧，老大？我很需要 Money 啊！

花匠的孙女

老花匠是井亭医院绿化事业的功臣。他来自一个偏僻的山区，耳朵不灵，说话口音很怪，说快了有点像外语，别人不容易懂。他知趣，轻易不和陌生人谈话，基本的应酬都用笑脸替代。不过，医院里的花草树木习惯了他的语言，愿意听他的指挥，长得都是国色天香。这么多年来，井亭医院的环境经过了多次整改，任何领导都不忍心去整改老花匠的宿舍，所以，老花匠一家始终安居在医院围墙下的铁皮屋里。由于地点和外形问题，那屋子常常被散步的人们误以为是公共厕所，四周围的卫生状况可想而知。老花匠请求医院的宣传干事在墙上刷一行标语，此处严禁大小便。那个宣传干事文化素养不错，觉得那种标语刷在住所墙上太不文明了，他拿着排笔改换思路，即兴创作了更完美的标语：育苗重地，闲人免入。

老花匠的家庭半途拼凑而来。他的生殖系统似乎有点问题，听说小时候在乡下被野狗咬了睾丸，打了半辈子光棍，后来娶了个寡妇，也是不会生养的，所以互不嫌弃。没有生育能力，不代表没有爱心，有一年夫妇俩回了一趟乡下老家，带回来一个瘦骨嶙峋的小女孩，说是他们的孙女儿。没有子女，哪儿来的孙女儿呢？大家不便点破这遗传谱系里明显的漏洞，就问小女孩叫什么名字，老花匠一时哑然，随口说，乡下小孩没有那么讲究，就叫个小丫头。那小女孩闻声竟然打了老花匠一巴掌，你才叫小丫头！她向老花匠发泄了不满，随后用一种炫耀的声音自报家门，我叫仙女，我的名字叫仙女！

她说她是仙女。

大家后来就叫她仙女了。

她在老花匠夫妇的膝下长大，也可以算是育苗基地里的一棵幼树，只不过树木花草都有朋友，她没有。在井亭医院这么特殊的环境里，小孩子是短缺的，陪伴她的，往往是她自己的影子。她贪玩，清楚地记得乡间孩子常做的游戏。她在地上画好一所宽绰的房子，蹲在旁边，眼巴巴地盯着过路的人们，邀请他们陪她跳房子。以她的年龄，自然无力鉴别大人们的精神状况，也因为她对所有人一视同仁，不免会有个别散步的病人，被她拽去做了玩伴。

大多数人喜欢孩子，包括疯子。有的病人看见仙女就掏口袋，给她吃水果糖，若是没有糖果，就给她一颗药丸作为见面礼。那药丸大多是镇静剂，外观漂亮，不是粉红色的，便是天蓝色的，外面包裹着一层糖衣。仙女把药丸含在嘴里，等到舔光了甜味，苦味出来了，她会熟练地把药丸吐在地上，从无大碍。有一次，仙女不小心把药丸吞下了肚子，玩着玩着，药性发作，丢下伙伴，兀自睡过去了，她在地上的一个格子里酣睡，像一条累坏的小狗。奶奶在铁皮屋里半天没听见孙女的声音，出去察看，正好看见一个戴眼镜的病人，粗看文质彬彬，细看是龇牙而笑的，他单腿蹦跳，一次次地跳过仙女的身体，嘴里发出亢奋的欢呼声。奶奶吓出了一身冷汗，拿了根竹竿一路打过去，打跑了那个病人，把仙女抱回了家。

奶奶没有文化，说不清楚一个精神病人对小孩子的危害，加上满脑子迷信，便吓唬仙女说那些病人都是鬼魂变身，吃了他们的糖果，邀请他们一起玩耍，魂儿就被他们勾去了。奶奶拍手跺脚地说，我的小仙女啊，再也不敢跟那些人跳房子了，再跳，你的魂儿就没啦。仙女想起自己丢失的那段午后时光，想起那个戴眼镜的男人如何在自己身上蹦来蹦去，大地下沉，耳边回荡着蹊跷的鼓声，她想推开那个男人的腿，偏偏手抬不起来，眼睛睁不开，只觉得自己的身体在鼓声里不断下沉，直到坠入梦乡。她相信，那正是魂儿被勾去的征兆，心里怕了，嘴上不肯认错，哭着质问奶奶，都怪你们！为什么要和鬼住在一起？我为什么不能上幼儿园？奶奶说，不是我们喜欢跟鬼住在一起，不是我们不送你去幼儿园，怪你爷爷没本事，只会栽树种花，我们是乡下人，除了这井亭医院，别的地方不要我们去啊。

老花匠也为此内疚，他无法给孙女寻找合适的伙伴，便到市场上去买来了几只兔子，委托兔子去做孙女的朋友。这个举措是有效的，仙女喜欢兔子，很快与兔子交上了朋友，自此不再去找人玩耍了。她养的兔子都有自己的名字，最初白兔就叫小白，灰兔就叫小灰，后来她上了学，有了文化，这样的名字嫌土气了，她给兔子取了非常洋气的名字，比如玛丽，比如露丝，比如杰克，比如威廉。

她像一丛荆棘在寂静与幽暗里成长，浑身长满了尖利的刺。一颗粉红色药片导致的昏睡，颠覆了她对世界的信任。她垂青的世界简略为一只兔笼，她垂青的生灵以兔子作为代表，具有强烈的排他性。没有人来矫正她对世界的认识，长此以往，殃及无辜，医院内外的人类一律没给她留下什么好感，包括养育她的那对老人，她对谁都骄横无礼，大家不懂她的愤怒，通常就不去招惹她。

谁都承认仙女容貌姣好，尤其是喂兔子的时候，她歪着脑袋，嘴巴模仿着兔子食草的口型，一个少女回归了少女的模样，可爱而妩媚。春天了，别人在草地上放羊，她放兔子。保润看见过好几次，她把兔子赶到新生的草丛里，自己守着兔笼，膝头摊开了一本书，不怎么看书，只是坐在草地上咬指甲，或者发呆。更多的时候她提着兔笼在井亭医院走来走去，昂着脸，目光傲慢，像一个手持宝物的女侠客穿行在吸血鬼的世界里。她有一张瘦小的瓜子脸，杏眼乌黑发亮，五官搭配紧凑而完美，她的泼辣是由稚气堆砌出来的，她的愤怒因为来历不明，显得有点脱俗，也异常尖利。她的眼神总在粗暴地驱逐别人，走开，走开，离我远一点。这个女孩的身影，弥漫着某种古里古怪的诗意，保润无法形容那股诗意，只是喜欢，因为喜欢，他常常在脑子里构想他给她的第一封信，但是由于他的文化水平太低，想出第一句：亲爱的仙女同志。第二句该怎么写，他至今没有想好。

有一次保润看见她在锅炉房打开水，鼓起勇气，对着她的背影打了个招呼，喂！她转过身来，你在叫谁？谁是喂？保润不得不退后一步，叫你呢，我们见过的，我多一张电影票，去看电影吗？她先是粲然一笑，扭过脸去想了想，再回头，已经是一副受辱的表情了。你见过的人多了，她说，见你妈妈最多吧？带你妈妈一起去看啊。

她的无礼，已经成为了个性，或者习惯。保润不知道柳生到底用了什么诀窍，做了这女孩的老大。这是一个灼热的谜团。保润解不开这个谜团。有一天柳生跑到男病区的楼外，高声大嗓地把保润喊下了楼。他告诉保润，承诺可以兑现了，看电影的事，都安排好了。仙女答应跟他去看一场电影，只不过有几个附加条件，必须在井亭医院以西三百米的汽车站接她，必须去工人文化宫，必须看进口的爱情片，看完电影必须带她去滑一场旱冰。

保润对这些附加条件有点反感，嘀咕道，去看一场电影，又不是去结婚，哪儿来这么多麻烦？柳生皱起了眉头，这怎么是麻烦？人家这是给你机会，她贪玩你就陪她玩，玩得越多，你的机会不是越多吗？

保润认真地问，有什么机会？柳生发出一声怪笑，拍拍保润的肩膀，你跟我装傻呢？你想要什么机会？你想要什么机会，就去创造什么机会么！

剩下的一个细节让保润有点担心。是滑旱冰的花销。以前他去过文化宫的旱冰场，有人偷旱冰鞋，文化宫方面严防顾客的偷窃行为，旱冰鞋的押金贵得离谱。保润手头拮据，所以他问柳生，你知道旱冰鞋现在押金多少钱？柳生看出他的尴尬，你是没有钱吧？没有魄力是大事，没有钱是小事，要不，我先借你点？保润爱面子，涨红了脸说，谁说我没钱？钱算个屁，我妈的小盒子里最近很多钱，她不给我钱，我就自己拿。

那天的天气不好，天空阴沉，郊区公路上小雨霏霏。他看见仙女头上戴着一个手帕叠成的帽子，站在公共汽车的站台上。她穿一件白底小红花的衬衣，蓝色牛仔短裙，背着个硕大的书包，远远地看过去，是一个候车上学的女学生，打扮寻常，但仍然美丽。他还是头一次在医院之外看见仙女，莫名其妙地胆怯了，自行车在公路中央打了几个圈，终于滑向汽车站台，去工人文化宫？他说，上来吧。

他记得很清楚，仙女给了他一个下马威。

她毫不掩饰对一辆半旧自行车的嫌弃。骑个破自行车去工人文化宫？开国际玩笑，屁股都要颠碎的。她用一种受骗的眼神瞪着保润，闹了半天，你没有摩托车的？你没有白头盔的？

保润愕然，什么摩托车？什么白头盔？

你不是罗医生的儿子？你到底是不是？你家的摩托车哪儿去了？还有头盔，早就说好的，我要戴白色的头盔！

原来还有更多的稀奇古怪的条件。保润知道柳生玩了鬼，她不是受了骗，就是认错人了。保润又羞又恼，赌气宣称他不是罗医生的儿子，是罗医生他爹。保润说，我没有摩托，只有自行车！你到底去不去工人文化宫？我数到三，你不去就算。一，二，听好，听好没有？马上就到三啦。

她看上去有点犹豫，手指含在嘴里咬着指甲，目光忽明忽暗的，很快作出了一个建议，你笨死了，没有摩托不会去借一辆？跑一趟井亭医院么，摩托又不稀奇的，女病区就好几辆！九床的弟弟有摩托，三十六床的丈夫也有摩托，医生的摩托就更多了，罗医生的那一辆最漂亮最威风，白色雅马哈，进口的，就停在花园里，你认识罗医生吧？去找罗医生借一下。

那让罗医生带你去吧。保润狠狠地蹬了几下自行车，离开公共汽车站台。骑出去好远了，他忽然听见身后刮来一阵异样的风声，一回头，发现仙女追上来了，仙女在追他。她跑得很急很快，呼呼地喘气，书包里不知什么东西琅琅作响，那张狭小精致的脸孔被细雨淋湿了，闪烁着一圈愤怒的白光。她的表情以及奔跑的姿势，像是要奋勇缉拿一个可恶的罪犯。保润被追得心慌，放慢了速度，以为她会说等一等，等我一下，但是她偏偏不说话，保润只好主动停下了自行车，你还要干什么？话音未落，眼前闪过一道黑影，那只硕大的书包琅琅作响，朝保润的脑袋飞过来了。

不知她在书包里塞了什么东西，保润虽然及时闪避了，但左侧肩膀还是被砸得发麻，哐当一下，自行车应声卧倒在公路上。他从来没有遭遇过一只书包的袭击，谈不上危险，羞辱感却很强烈。书包里滚出一只可口可乐的瓶子，瓶子里装的是水。他从地上爬起来，捡起瓶子朝她抢过去。仙女的身手很灵巧，跳一跳，躲过保润的还击，再一跳，跳过了自行车，自行车被她用作一道天然的防线，她站在防线那一端，叉着腰怒视保润，怎么样？你敢打我？谁让你拿我瓶子的？给我放回去！

她一向懂得先发制人，脸上有一种夸大的复仇的表情。因为剧烈的运动，她幼小而结实的乳房在衬衣下逸出动荡的曲线，那曲线上也燃烧着愤怒的火焰。也许是被她的愤怒所感染，他竟然顺从地把瓶子塞回了书包，但是，她不依不饶了，你来，骗子，来打我呀！她指着他的鼻子叫喊着，告诉你，敢打我的人还没生出来呢！她的眼角边挂着一朵泪花，泪花很小，但是很晶莹。保润愣在那里，看那个少女的脸上风云变幻，眼泪稀释了她的愤怒，多了一点委屈，多了一点怨恨，因此那张湿润的面孔显得新鲜，别致，甚至有一点性感。他说，你嚷嚷什么？是你打我的，我没打到你。她说，没打到不代表没打，那是你笨，你活该！事情至此显示了初步的公平。保润骑上了自行车，说，好，算我活该，我找柳生算账去。

对于保润来说，这条公路暂时失去了公路的意义，公路现在通往荒凉，通往隔绝。他被柳生蒙骗了，或许她也是受骗者。保润骑车骑得很慢，脑子里考虑着下一个目的地，是去井亭医院，还是去电影院，或者干脆回香椿树街找柳生算账？他没有主意，无论去哪儿，都不是他的计划，一个好日子突然崩溃，他不知道这一天自己应该干些什么了。

他看着公路，觉得这条公路显示出从所未有的寂寞。路边的春色被尘土覆盖，一场两场雨水下来，春色洗不干净，反而显得有点脏。九公里路碑处有一棵老榆树，春天以来乌鸦频频造访，它们栖息在老榆树的枝头，用一种刺耳的噪音来宣传春天的美妙。春天其实不一定是美妙的。他记得去年第一次搭车来看望祖父，恰好也是四月阳春，回家时他步行经过九公里路碑，看见一群人围在路碑四周吵吵嚷嚷的。有个男人躺在老榆树下，死了。他至今还记得那截被铰断的麻绳，大约有一米长，蟒蛇般地爬过死者的蓝白条病员裤，蛇首垂向草地，蛇尾拖曳在死者的小腹上，那个男人两只赤裸的脚掌朝向公路，灰黑色的，沾满了泥浆，远看像两朵野生的大蘑菇。

他的心里空空荡荡，几乎忘了被甩在路边的少女。他放弃了，事情却忽然有了转机，他先是听见那只书包琅琅的震颤声，然后仙女急促的呼吸声又追上来了。这一次，他没有回头，嘴里发出了必要的警告，再敢耍泼，我对你不客气！她依然不言不语，只是呼哧呼哧地追逐他的自行车。自行车后部猛地一震，车龙头晃了起来，他知道她上车了。他冷笑一声，自行车你也要坐了？谁允许你上来的？给我下去！她不理睬他，用一根手指在他后背上狠狠地捅了一下，得了便宜还卖乖？我是给你个面子，好好骑你的车吧。

他余怒未消，并没有接受她的恩赐。下去，下去。他努力地稳住龙头，嘴里说，我不要你给我面子，你坐罗医生家的摩托车去。后面的人说，你敬酒不吃吃罚酒？那就算罚你，行不行？罚你把我带到工人文化宫去。他说，你幽默啊，凭什么罚我？她说，凭什么？你们串通一气来骗我，我那么好骗的？谁敢骗我，就要谁付出代价！

他其实分不清这惩罚与恩赐的界限，出于自尊，两者都不宜轻易接受。他正在犹豫怎么办，公路上的天空陡然暗了一大片，要下大雨了。他看着天空说，要下雨了，看在老天的面子上，算了，就算我骗了你吧。

这样，他人生的自行车上，终于有了第一个女孩，是仙女。野地里的一群蜻蜓有感于气压的变化，以及他紊乱的心情，横穿公路向自行车致意，翅膀掠过了他们的头顶。她惊喜地叫起来，有蜻蜓啊。他瓮声瓮气地模仿她，有蜻蜓啊。这样的模仿即刻受到了报复，她推了他一下，你幽默啊，学女孩子说话算幽默吗？娘娘腔，恶心！他不说话了。沉默有时候代表保润的忍让，有时候代表他内心秘密的喜悦。风从原野上吹过来，湿润而沉重，一股清洌的花香环绕着他，若有若无的。他不知道那是茉莉还是栀子花香。是你身上的香味吗？那是什么香味？他几次想开口问，终究不好意思。隔着两厘米，也许只有一厘米，他能够感受到女孩子湿润的身体放射着某种温暖的射线，尤其是肩膀。偶然的一个触碰，她的体温无意中传递给他的后背，他身体内的某条秘密通道忽然亮了，一股温情犹如小河涨水，占据了他的整个身心。

他很后悔，那么长的路途，那么难得的谈话机会，都被他随意挥霍了。开始交流还算融洽，他说摩托车有什么稀奇的，为什么你非要坐摩托车呢？她的回答令人啼笑皆非，坐摩托车可以戴头盔，我喜欢戴头盔，白色头盔很漂亮。他问她怎么认识柳生的，仙女说，我挣他们家的钱，我给他姐姐送牛奶。他问她送一瓶牛奶挣多少钱，她不肯透露了，敷衍道，我给很多病人送牛奶，我要攒钱买一只录音机。他问她为什么要攒钱买录音机，她说，学唱歌啊。又刻薄地补上一句，难道你不喜欢录音机？你不是不喜欢，是买不起。他很想告诉她，你别瞧不起我，我家里的房子马上要租出去了，以后我们家会成为先富起来的人，别说录音机，电视机都买得起了，但是，他并不擅长向女孩子炫耀财富，话到嘴边又咽回去了，他说，好，算我穷，我买不起录音机。他知道男孩与女孩在一起的基本常识，应该顺着她的逻辑说话，但是，有个愚蠢的问题盘踞在他脑子里，像一簇火苗，扑了几次扑不住，终于还是烧起来了。你为什么那么听柳生的话呢？保润说，他让你跟谁看电影，你就跟谁看电影？仙女说，他骗我，说你是罗医生的儿子么，我见过罗医生的儿子骑摩托车，戴白头盔，穿黑皮裤，很帅！也许注意到了保润的身体突然变得僵硬，她迟疑了一下，说，你虽然不是罗医生的儿子，不过看起来老实巴交的，也好，至少不是坏人么。这个态度保润不满意，舌头突然就不听话了，你懂个屁，坏人脸上写字的？他说，柳生让你去吃屎，你也去吃屎？

只是一秒钟的寂静，然后是啪的一声，仙女从后面打了他一记响亮的耳光。他的脸上火辣辣的。解释已经来不及了，况且他没有解释妒忌的能力。仙女跳下了自行车，对着他的后背啐了一口。谁跟你这种人去看电影，谁才是吃屎的！她甩着书包往井亭医院的方向跑，这样骂几句不解气，又站定了，用手指戳着自己的脑门，尖声对保润叫喊，赶紧去井亭医院，让医生给你做个开颅手术，你脑子里长满了细菌，要打开来，要用消毒水，要用钢丝刷子刷一刷！

保润很后悔，这次是他的错了。他心里想道歉，就是开不了口，别人都习惯说对不起，保润从来没有养成这个习惯。他骑车追过去，绕着仙女转了一圈，怎么也说不出"对不起"那三个字，又转一圈，从口袋里掏出两张电影票，撕下了一张给她，你的票啊，去不去，随便你。女孩子手一甩，十三点，你以为我买不起一张电影票啊？滚开！他拿着那张电影票不知所措，忽然注意到仙女正站在九公里路碑旁边，那棵老榆树的一根枝条，不知什么时候被风折断了，半枯半青的，恰恰垂在她的头上。他忽发奇想，将电影票折了几下，卷在老榆树的断枝上，拿不拿随便你，他说，不过我要奉劝你，不要站在这里，这棵树上吊死过人的。

他独自飞车离去，越骑越快，他要尽快从这条公路上消失。人生的第一次约会，就这么失败了。机会。什么机会？什么机会都不存在了。他觉得羞耻。车进北城门，他把自行车停在城墙下，稍稍地歇了口气，心里依然悻悻的。雨下大了。啪嗒。啪嗒。城墙周围的空气里弥漫着尘土的微腥。他失去了目的地。还要不要去看电影？这是一个问题。他看电影，只看两类，如果不打仗，就必须抓特务。那部墨西哥电影不打仗，也没有特务，是两个外国人谈情说爱，迎合的是仙女的口味，他对此毫无兴趣。啪嗒。啪嗒。啪嗒。雨水开始从古老的城墙上溅下来，溅到他的身上，碎冰一样的寒冷。这个地方，适合两个恋人躲雨，并不适合他。保润骑到自行车上茫然四望，因为下雨，因为无处可去，他的自行车在十字路口兜了几个圈，最后还是拐向了工人文化宫的方向。

雨天的电影院里散发着一股霉烂潮湿的怪味，地上黏糊糊的，观众寥寥，黑暗中可见一些闪烁的人脸，大多成对成双，但他觉得视线里一片荒凉。对号入坐，他翻下旁边的座椅，随手抹一下，有几颗葵花籽壳钻在棉布椅套里，他把瓜子壳一颗一颗地挖出来了，椅座自动地弹回去，跟谁赌气似的，他也跟椅座赌气，跨出一条腿，压住了那张椅子，一个身体占下了两个座位。

他看见了墨西哥人。屏幕上的墨西哥女郎浓妆艳抹，泼辣野性，细腰丰乳，浑身散发着一种美艳成熟的光芒，那个风流倜傥的墨西哥军人留着胡子，看上去很帅，帅得有点流里流气。他们总在水边斗嘴，保润起初不知道他们为什么要斗嘴，慢慢就看懂了，那对男女，要谈一场纯真无邪的恋爱，对于演员的年龄来说，似乎有点虚假，保润对虚假的电影并不反感，只是觉得墨西哥的男女以及他们的爱情故事，离他太遥远了，因为遥远，所有爱情的细节都让他觉得莫名其妙。莫名其妙。保润就在这样的抱怨中打起了瞌睡，隐隐闻见一股栀子花的香味在黑暗中沉浮。不知过了多久，他忽然被某种声浪惊醒了。电影似乎进入了高潮，银幕上的墨西哥女郎用石块打晕了那个多情的军人，电影院里响起一片啧啧之声，观众骚动起来。有的观众惋惜男主角，啊呀不好，出血了。有的观众反感女主角，说，要死了，她怎么这么凶？这样的女人，娶她要倒霉的。只有一个女孩子发出咯咯的笑声，为墨西哥女郎大声叫好，打得好，打得好！

他一下辨认出了那个幸灾乐祸的声音。不知什么时候，仙女溜进了电影院，她选了一个僻静的座位，离保润的座位隔了五六排远。保润看不清她的脸，只看见放映机投射的白光恰好掠过她的头发，那一束马尾摇晃着，仿佛一束白色的火焰。保润站了起来，一下挡住别人的视线，后排的一个妇女对他很反感，问他，小伙子，你会不会看电影的？他被推了一下，只好坐下，嘴里顺势发出了一声叹息，谁要看电影？我是不会看电影的。

电影散场了，外面仍然大雨滂沱。保润率先冲到了门边，占据了最有利的地形。这是一次失而复得的机会，他再也不愿意与她失散了。人们从电影院里出来，一时无处可去，都挤在门厅躲雨。他阻挡了通道，被人推来搡去的，并不介意。他和仙女在混乱的人丛中偶尔对视，他这里是柳暗花明的心情，她那边却是一副冤家路窄的样子。保润手里抓着一件塑料雨披，只要仙女的目光撇过来，他就抖动一下雨披，手语是：我有雨披，你过来？仙女鄙夷地转过脸去，答复是：滚开。谁稀罕你的雨披！

必须承认，电影对观众是有教化作用的，即使是八竿子打不着的墨西哥爱情，也是一味兴奋剂，它让保润沉浸在某种虚幻而甜蜜的情感里。机会。他迎来了最后一次机会，他看见仙女把书包顶在头上，向旱冰场的方向跑去，一瞬间他热血奔涌，打开了塑料雨披追上去，凌空一兜，把自己和仙女一起兜在雨披里了。仙女惊叫道，干什么？自作多情啊，谁要跟你披一件雨披？他试探着说，这雨披很大的，可以兜两个人，不过你要是嫌挤我就出去，我淋点雨没关系。她抓着雨披一角，一边用胳膊肘拱他，这在他的预料之中，他坚持了一会儿，坚持不住了，正要从雨披里钻出去，听见她又说，算了算了，雨太大，你还是待在里面吧。

他们在一件雨披下走了五六十米的路。这段路不长，但来之不易，保润不知道如何表达他的珍惜之情。亲密来得有些突然，反而成了相互的忌讳，他们避免交谈，注意力都集中在各自的脚步上。他们走得越来越默契。雨点噼啪有声地打在蓝色塑料布上，衬托出雨披下沉默的世界。这个世界处于半封闭状态，小巧而含蓄，散发着无名的香味。因为脑袋靠着脑袋，保润不敢看她，他屏住呼吸，听见她微微的鼻息，还有咀嚼口香糖的声音，一股看不见的暖流恣意流淌，保润的身体竟然打了个寒战，他说，有点冷，你冷吗？那是他在雨披下想到的唯一的话题，可惜交流不成功，仙女视其为试探性的冒犯，她很敏感地往外移动了几厘米，瞪了保润一眼，有点冷？有点冷是什么意思？

旱冰场的场馆门外也站满了躲雨的人，大多是高中生模样的少男少女，有人似乎认识仙女，看着蓝色雨披下钻出来的两个人，不知是揶揄还是羡慕，他们用手指含在嘴里，打出一片响亮的唿哨，一个女孩高声起哄：浪漫，好浪漫！仙女羞红了脸，用手挤着马尾辫上的雨珠，低下头朝里面冲，嘴里嚷嚷着，让开，让开。他们让出一条路放走仙女，留下了保润。保润站在台阶上，抖落干净雨披上的水珠，不慌不忙地把雨披折好了，他问旁边的一个男孩，涨价了没有？现在旱冰鞋的押金是多少钱？

是仙女自己挑选的旱冰鞋。三十七码，鲜艳的粉绿色。她抢到一张长凳，坐上去换鞋，手忙脚乱的。保润替她提着旅游鞋。她的旅游鞋向他开放着，热乎乎的，白色鞋垫上有一圈汗渍，她的脚，也出脚汗的。之后，她的脚踝引起了保润的兴趣，他注意到她的脚踝上有圆珠笔画的一个花环，花环上还站了一只鸽子。保润说，和平鸽啊？她一把捂住自己的脚踝，画着玩的，不准看！她抬起头，莞尔一笑，那笑容稍显刻意，他从未见过她有这样温暖的眼神，罕见的善意，带着一点娇嗔。保润看得出来，她太喜欢滑旱冰了，他知道不是自己征服了她，是那双旱冰鞋替他征服了她。

工人文化宫的旱冰场罕有工人的身影，一直以来，这地方都是时尚的少男少女最推崇的聚会圣地，保润才十八岁，在人群里发现自己竟然老了，过时了。他穿豆绿色卡其布的裤子，别人穿蓝色牛仔裤，他穿宽大的深色外套，别人穿浅色的紧身夹克，除了穿着，他发现别人的表情神态也与他格格不入。他们快乐，他紧张。他们放肆，他拘谨。他们明朗，他却有点阴郁。他不清楚，那些少男少女是否在恋爱，只知道自己离恋爱还远，这地方并不属于他，他不过是一个闯入者，他不过是一个陪伴者罢了。

保润会滑一点旱冰，勉强有资格指导仙女，但是与那些会玩花样的男孩相比，那点水平就显得平庸了。他殷勤地示范了几个动作，不想让仙女发现自己的破绽，索性像一个职业教练一样，靠在栏杆上，看着仙女，嘴里吆喝着，保持平衡，保持平衡。仙女的粉绿色旱冰鞋鲜艳夺目，她的面颊上有两朵红晕，瞳孔发亮，有点紧张，有点享受，表情类似一名探险家。她的滑行时而莽撞，时而犹豫，保润对她喊，注意姿势，别像一只虾米一样。她停下来，拉着栏杆喘气，你才像一只虾米呢，也不看看你自己什么水平。她嘴里回敬着保润，目光却从保润脸上草草地掠过。她还不会掩饰自己，那目光投向一个穿白色连帽球衫的男孩，眼神里充满了敬仰或者崇拜。

　　是一个瘦高个的男孩，有一双漂亮而空洞的眼睛，多数时候他站在场地的角落里旁观，高手出现了，他才有兴趣上场，一上场就技惊四座。保润心里也承认，那男孩才是旱冰场上的王子，他只是没有留意，仙女与男孩之间隐秘的交流，发生在什么时候？是谁采取了主动？保润记得他弯腰紧了紧鞋带，等他直起身子，看见那个男孩已经牵着仙女的手了。他们开始练习S形的滑行，滑行区域慢慢地扩张，很快，男孩带着仙女，如同两艘快艇并排飞驰起来。旱冰场上的人群纷纷为其让道。不是男伴太高明，就是女伴太聪明，保润不相信自己的眼睛，仙女的进步如此神速，她大胆地张开一条胳膊，像一只飞鸟亮出翅膀，那翅膀坠下一条廉价的仿绿松石手链，沿途闪烁着一圈绿光。因为庆祝在旱冰场上获得新生，仙女的嘴里发出了一种奇特的欢呼声，呜，哇，呜，哇。

　　保润很窘，觉得四周的人都在偷偷观察他的反应。作为一个香椿树街的青年，他没有假充绅士的习惯。男孩冒犯了他，女孩背叛了他，他必须以牙还牙。不过，此处毕竟不是香椿树街，使用武力不文明，首先应该口头警告。保润有点急躁，横着身体走，像一个障碍物似的，挡住他们的S形路线，嘴里高喊着，你们搞什么？停住，快停住！他的路障设置不成功，口头警告被完全忽略，那男孩炫耀他的避人技巧，带着仙女轻巧地绕过去了。保润与男孩有过匆匆的对视，一眼认定对方来自城中优裕的家庭，有钱，没有胆。男孩唇边刚刚长出一圈胡须，鼻翼上沁了几滴汗珠，眼神无辜，神情忽而腼腆忽而自豪，这样一个稚嫩的男孩，自然不懂香椿树街的规矩，更不懂得什么是男人的挑衅。保润有点扫兴，无奈一股妒火烧到了脑门上，他不顾一切地追上去，在那男孩头顶上拍了一巴掌，从哪儿冒出来的？鸡巴毛还没长全，就敢出来钓女孩了？

　　这次警告奏效了，男孩意识到什么，松开仙女的手，知趣地退到一边。保润知道自己惹祸了。果然又惹祸了。旱冰场上的沙沙声忽然沉寂，所有人都在朝这边张望，仙女汗涔涔的脸蛋已经涨得通红，她冲过来推保润，推不动，就低下头用脑袋来撞他，十三点啊？你在干什么？她的声音听起来不是愤怒，是歇斯底里了，丢死人了，快滚开，我不认识你！

他好像一个宴会的主人，还没有举杯，便被宾客们驱逐了。保润快快地脱下旱冰鞋，坐在场地外的一个角落里，先是假装百无聊赖，靠着墙闭上眼睛，装睡。过了一会儿他醒悟过来，仙女根本就不会注意他，装睡没有任何意义。他又站起来，拎着鞋子走到栏杆边，默默地看着仙女他们滑行。既然已经沦为观众，他试着保持风度，为他们鼓掌。但是风度一样没有引起仙女的重视，她和那个男孩重新牵起手来，还示威似的朝他瞄了一眼，他们滑行的身影像一对标准的搭档，像一对初恋的情侣，更像一支箭，射穿了保润的心。保润承认自己是愚蠢的，他苦心经营的一点欢乐，一眨眼已经沦为羞耻，不是她的罪，便是他自己的错。此后，保润去上了一趟厕所，还去饮水机旁边喝了几杯水。两件事情打了岔，心情稍微有所好转。他决定放弃，结束这错误的一天。他用旱冰鞋敲着栏杆，对着仙女大声喊道，押金，记得把押金拿回来！仙女也许是故意的，她没理睬他。保润从她的书包里拿出可口可乐的瓶子，飞起一脚，瓶子朝场地中央飞了过去，你他妈的聋了？押金，八十块，记得拿回来！那塑料瓶子在旱冰场上滚动，几乎破坏了所有人的滑行，受害者纷纷用谴责的目光注视保润。仙女站在场地中央怒视着保润，大约过了两秒钟，她的手突然指向保润，大家别理他，她用尖锐的声音告知众人，别理他，他是井亭医院逃出来的疯子，头脑有病的！

保润苦笑了一下，没有反驳。这次他必须作出体面的选择了，他选择扬长而去。

讨 债

他以为她会来，等了好几天，不见她的人影。

旱冰鞋的押金还在她那里。他不知道她为什么不来还钱，她不来，他便有了理由去找她。一个理由，价值八十元，也许很多了，也许太少，还不够成为一个好理由。仙女和八十块钱。两件事如此缀接在一起，成为一道黏糊糊的难题，他为此坐立不安，内心多次掂量，最后趋向于势利的那个答案。一切看她的态度，如果仙女对他好，八十块钱便不重要，否则，那钱不能白白给她，一分钱也不能少。

他为祖父开辟了新的散步路线，牵拉着祖父朝育苗重地走，走到一棵香樟树边，他把绳头拴在树干上，告诫祖父，你老实一点，在这儿转几圈，我到老花匠家里办点事去。

一丛高大的蓖麻和几棵向日葵掩映着老花匠的棚屋，墙上的那行警示标语也许是被仙女故意涂掉了，只保留闲人两个字，棚屋因此显出几分调皮搞笑的气氛，看上去那不像是老花匠的家，是仙女一个人的家了。屋后便是井亭医院的围墙，墙头上有残存的铁丝网，四周的水杉、刺槐和银杏树长高了，铁皮屋顶便显得越来越矮。油毛毡的顶棚上晾晒着一匾萝卜干，还有一只彩色的塑料风车，斜插在屋檐下，迎风旋转。一块旧花布经过拼凑缝缀，充当门帘，遮住了门里的主人以及杂乱的家居杂物，夹板门半掩着，门后传来一个老妇人不停咳痰的声音。

仙女的窗子沐浴着春天的阳光。那窗子有点特别，形状像火车车窗，扁扁的咨嗇的一小块，窗玻璃一块透明，另一块模糊，是磨砂玻璃，上面还贴着新年留下的剪纸。有一只杏黄色的太阳帽挂在窗边，露出一个均匀的半圆形，窗台上堆着书、圆珠笔、头箍、梳子，一堆五颜六色的珠子链子闪着绚烂而虚假的光，还有一只大号的输液瓶，里面插了几枝粉红的月季，一只白色鞋垫很唐突地夹在月季花叶之间。这扇小窗透露了一个少女生活的基本信息：一，风华正茂；二，乱七八糟。

保润还记得那只白色鞋垫，屈辱的鞋垫让他联想起自己屈辱的遭遇，他和鞋垫一样，都是被她踩在脚下，随意使用、随意弃置的。他的脑子突然一热，骂了句脏话，随后他跳到一只倒扣的大缸上，朝屋里喊起来，仙女，你给我滚出来！

屋里隐约的音乐声沉寂了。窗后有人穿着塑料拖鞋沓沓地奔走，碎花布门帘掀开，是仙女的奶奶出来了。那老妇人白发零乱，神情凄苦，太阳穴上贴了一张膏药，眯着眼睛搜寻外面的声源。祖父也许在井亭医院太著名了，即使远远地站在香樟树下，老妇人也一眼认出了他，挖魂的？怎么跑这儿来了？她双手前摆，做了一个轰小鸡的动作，走，走，别上这儿来挖魂，这儿是苗圃，没你的魂。

祖父站在香樟树边，委屈地为自己申辩，我没挖，我好久没挖了，我五花大绑的，怎么挖你家的苗圃？

保润这时在缸上举起一只手，吸引老妇人的注意，他说，看这边！不关我爷爷的事，我找仙女，让她出来一趟。

老妇人打量着缸上的保润，脸上有了愠怒之色，仙女不在，在也不见你这种小流氓，看看，你还踩在我家水缸上？快下来，你把水缸踩坏了，要赔的。

保润跳下水缸，擅自朝仙女的窗子走过去。他说，谁是小流氓？老太婆请你不要随便污蔑人，随便污蔑人，要负法律责任的。他的脑袋还没来得及探进窗台，老妇人操起一把长竹条扫帚追过来了，你还说你不是小流氓？人家女孩子的房间，你鬼头鬼脑地看什么？你不是小流氓，是大流氓啊！

窗户后面响起噗嗤一声，那声音代表有人在偷偷发笑。保润急于察看究竟，一条腿跨到了窗台上，仙女，你滚出来！他这样高喊着，几乎看见了她投射在墙上的影子，遗憾的是仙女的奶奶不给他机会，她扑过来一把抱住他的另一条腿，把他从窗台上拽下来了，气死人了，你爷爷头脑有病，你爹妈呢？他们头脑也有病的，不教育你的？这么大的人了，一点家教都没有！

保润挣脱了老妇人，悻悻地离开了窗边。就这么离开，他不甘心，回头对着窗子大声说，躲有屁用？你欠我八十块钱，明天到男病区九号病室来还钱，明天不来还，每天一块钱利息！

仙女奶奶有点发怔，眨巴着眼睛，几秒钟的茫然之后，她恢复了镇定，忽然发出一声怒吼，挥起竹条扫帚朝保润腿上扫过去，一边扫一边骂，什么八十块？什么利息？敲诈勒索来了？敲诈勒索也得认个有钱人，怎么认到我家门上来了呢？谁不知道我们家穷得叮当响，你瞎了狗眼啊！

老妇人用出了全身的力气惩罚他。他且躲且跑，腿上被竹条扫帚狠狠地扫了好几下。空手而归是他料想过的结果，但他从没有料到，权利行使不当，会沦为这么难堪的罪行，他从棚屋仓皇逃离，就像逃离一个犯罪现场。跑出去好远了，他听见祖父在喊他，保润，你往哪儿跑？我还在树上呢！他回到香樟树边，解开惊慌失措的祖父，气咻咻地说，今天放她们一马，下次再说！

保润半新的裤子上留下了那把竹条扫帚的纪念。最难处理的是一些黏糊糊的黑色颗粒，它们牢牢沾在裤腿上，不愿分离，他起初不知其为何物，后来抠下来仔细研究，才发现那是兔子的粪便。

所谓的最后通牒，对她是完全无效的。此后好几天，保润没等到她的人影。

保润倒是见过柳生。他从祖父的病房看见柳生骑着自行车往女病区的方向去，像是看见了罪人，也像是遇到了救星，他下楼去追柳生，跑到楼下又站住了，见到柳生说什么呢？事情过去了，柳生的错，他已经谅解了，仙女的错，他不知道如何评判。他是爱面子的人，与柳生谈论仙女，谈论的是羞辱，与柳生谈论那八十块钱，谈论的是小器与猥琐，干脆，他把一切都藏在心里了。

他心情不好，对待祖父的态度便粗暴了许多。一连几天，他带祖父出去散步，为祖父绑的都是法制结。法制结不舒服，祖父对此有强烈的抵触情绪，不仅反抗，嘴里还嚷嚷，我不要法制结，我要民主结！祖父的抗议惊动了九号病房的病友，他们过来围观，都认为法制结太可怕了，它适用于死刑犯，对老迈体弱的祖父并不公平。病友们纷纷为祖父求情，按照各自的美学趣味向保润提出建议，有的倾向梅花结，有的倾向菠萝结，还有人以为民主结捆起来很容易，径直过来争夺保润的绳子，试图在祖父身上亲手尝试一把。保润好不容易驱散了那些病人，迁怒于祖父，竟然把祖父捆绑在铁床架子上了。他把一只痰盂踢到祖父的脚边，说，要小便小到痰盂里，今天自己伺候自己，我要出去买东西。祖父说，又要乱花钱，你到底去买什么东西？他梗着脖子想了想，说，买一把刀！

他骑车来到井亭医院的门口，看见灰白色的公路寂寥地躺在原野上，没有汽车，没有行人，只有一个废弃的塑料袋被风卷着，在公路上飘飘停停。他忽然意识到，自己比那个塑料袋还要茫然。要买一把什么样的刀？去哪儿买刀？买了刀干什么？其实他没想过。他只是想出去散散心。到哪儿去散心？这才是一个问题。他没有知心的朋友，也没有特别的爱好，其实他无处可去。他在宣传橱窗边停留了一会儿，推起自行车，在井亭医院怂怂地走，依稀觉得前面有一双绿色的旱冰鞋，正以 S 形的路线滑行，戏弄他，或者激怒他。经过小树林，空气中飘来一股农药刺鼻的气味，他看见了老花匠。老花匠身上背了个喷雾器，正忙着给几棵果树打农药。

他把自行车停在一棵桃树下，朝老花匠喂了一声，然后就抱着胳膊斜着眼睛，用问责的眼神打量着老花匠。老花匠听见了他特殊的问候，他认得保润，问，今天怎么是你一个人，你爷爷呢？保润摇了摇头，表示他没有兴趣拉家常。老花匠说，今天你爷爷犯错误了，关他禁闭了？保润鼻孔里哼了一声，说，我爷爷犯的是小错误，有人犯了大错误。老花匠不懂他复杂的暗示，露出黄牙嘿嘿一笑，随后表达了一份迟到的谢意，小伙子谢谢你啊，多亏你的绳子厉害，今年你爷爷很安分，我的花草树木也都安分了，去年春天你爷爷到处乱挖，可把我忙死了。老花匠的热情寒暄，被保润视为一种心虚的表现，他适时地发难，对老花匠嚷嚷起来，你呜噜呜噜地说什么呢？话都说不清楚，还来跟我玩虚情假意？老花匠惊愕地看着保润，小伙子，我说话你听不清楚，你说话我也听不清楚啊，什么叫虚情假意？保润说，你孙女欠我钱，你真的不知道？你谢我谢个屁，让她来见我，让她来还钱，我谢谢你行不行？

老花匠或许听说过保润上门要债的事，他眨巴着眼睛观察保润，利用对方的愤怒，对真相进行了核实。核实很快有了结果，老花匠表明了他的态度，我家仙女不懂事，从小任性惯了，你别跟她计较。老花匠开始掏裤子的口袋，掏出一个纸包，小心地打开来，数出六块钱来，往保润的手上送。老花匠说，这里是六块钱了，还差两块钱，下次一定还给你。

保润大约愣怔了两秒钟。你幽默啊，你他妈的太幽默了！他这么重复着口头禅，忽然拍掉老花匠的纸包，朝他大吼起来，不是八块钱，是八十块钱，你上她的当了！

老花匠这次被惊着了，他似乎无法相信，债务双方嘴里的金额，存在着如此巨大的落差。老花匠的眼睛直直地瞪着保润，思考了好一会儿，最初的惶恐渐渐变成轻蔑，其后，那目光里只剩下谴责之意了。小伙子，做人要正派，说话要凭良心，仙女是我养大的，我还不知道她？她从小穷惯的，八块钱都没有过，你敢借她八十，她都不敢拿你四十啊。

保润的面孔涨得通红，因为急于脱离困境，也因为急于揭穿仙女的真面目，他愤怒的陈述夹杂着大量的人身攻击，你真以为你孙女是个仙女？她是什么仙女？下贱透顶！她是一个诈骗犯，阴谋家！你瞪着我干什么？老子从来不说谎！你去工人文化宫问问，一双旱冰鞋的押金，是八块，还是八十块？

老花匠表情凛然，目光里燃起了怒火，什么叫下贱？什么叫诈骗犯？小伙子，你说话嘴巴干净一点。我不懂什么旱冰鞋湿冰鞋的，我不去什么工人文化宫，要去就去派出所，你们到底是怎么回事，到底是八块还是八十块，你们两个人，到底谁是诈骗犯，我去派出所，问个清楚！

他们都认为自己掌握正义，正义与正义之间，恰好充满敌意，就这样，一次难得的谈判不欢而散了。

老花匠背着喷雾器向着树林深处去，似乎有意躲避一个不知羞耻的恶棍。保润追进了树林，不知道自己是要继续申辩，还是要继续索债。从老花匠那里要回八十块钱，似乎是不可能的了。老人身上的工作服有盐化的一圈圈汗渍，头上的旧草帽起码用了十年以上，帽檐上印着一排曾经流行的口号，"为人民服务"。老人转过身去打药水，裤裆处露出一条裂口，隐约可见里面的花布裤衩，他脚上的一双解放鞋估计产自七十年代，每只鞋头上都绽开一个洞，露出枯黄的大脚拇趾。

树林里弥漫着农药酸溜溜的刺鼻的气味，很多无名的昆虫簌簌地逃离了树枝和叶子。保润吸紧鼻子，挥手驱赶着空中的飞虫，有好几次，他想缓和气氛，又不知从何说起，最后斜眼看着树梢，发出了一声模糊的指向不明的威胁，好，好，你等着。老花匠注意到保润尾随着他，厌恶的眼神里多出了一丝戒备，小伙子，你跟着我干什么？是不是捆人捆惯了，要捆我？保润反问道，捆你？捆你有什么用？老花匠不说话，举起喷雾器对着保润这边喷了一下，往前走一步，又喷一下，两次动作连贯地看，应该是一个警告：你有绳子我有农药，这农药有毒，你离我远一点好。保润冷笑一声，迎着农药的气雾走过去，走到一棵老柏树下，有一只白头翁从树上扑簌簌地飞起来，他目送鸟影远去，忽然意识到与老花匠的纠缠毫无意义，于是他站住了，我跟你这个老家伙啰嗦什么？他抬起腿朝老柏树的树干踹了一脚，说，回去告诉你孙女，我们走着瞧！

家

天还没黑透，保润家的门口便亮起了霓虹灯的灯光。

或者这么说，天还没黑透，马师傅的店铺外面便亮起了霓虹灯的灯光。这是香椿树街历史上第一家精品时装店，准备赶在五一劳动节开张，店面装修紧锣密鼓，灯光已在调试中了。

绚烂的彩色光源照耀着小半条香椿树街，吸引了很多街坊邻居。不知是哪个性急的亲朋好友，早早送来一只大花篮，花篮摆在台阶上，红色绢带被固定了。开张大吉。恭喜发财。两排祝福特别醒目。有过路人从自行车上下来祝贺马师傅，有人甚至中途离开餐桌，端着饭碗跑到店堂来参观。时装店的面积虽然不大，却尽最大可能浓缩了时代的奢华，堪称时尚典范。墙纸是金色的，地砖是银色的，屏风是彩色玻璃的，柜子是不锈钢的，吊灯是人造水晶的，它们罗列在一起，发出炫目的竞争性的光芒。从福建、广东与浙江定制的大批服装还在路上，金发碧眼的塑料模特已经提前站立在花丛中，赤膊上阵，随时愿意为主人的创业梦效劳。街坊邻居从时装店出来，都觉得心情复杂，马师傅用他的财富，如此轻易地改写了香椿树街的历史，寒酸破败的香椿树街，落后守旧的香椿树街，从此跟上了时代的步伐，这是马师傅的功劳，也是金钱的功劳。很多人由衷地称赞马师傅的大手笔，老马，你到底花了多少钱啊？才几天工夫，老疯子的破房间给你搞成了小香港！还有人向马师傅表达了自己的悔意，说，我就是胆小啊，要是前年跟你辞职下海就好了，我要是发了，就在隔壁开一家卡拉OK，街坊邻居都来唱歌，免费！

也有个别邻居的心态不是那么健康，比如王德基，他背着手来看热闹，半句祝贺的话也不说，眼神里都是妒意，这也罢了，马师傅不便赶他，没想到王德基后来像一只壁虎似的，贴墙而立，竖起耳朵倾听着什么。马师傅忍不住地提醒他，王师傅你要听什么？我这儿开服装店，不是北京的回音壁啊。王德基回过神来，用手指叩了一下金色的墙纸，居然问，疯老头是不是死了？他是不是死在井亭医院了？马师傅没好气了，说，你去隔壁问！我这里生意还没开张，拜托你嘴里说点吉利话行吗？

无论祖父是死是活，他曾经的房间，已经属于马师傅，一切都与祖父无关了。关于祖父的近况，香椿树街上大致流传着两种版本。一说他已经在井亭医院卧床不起，死期迫近，再也回不了家了，这传言的源头来自保润的母亲，经过左邻右舍的大力传播，属于主旋律。还有一种版本听起来像谣言，说疯老头已经挖到了祖先的尸骨，人已返魂，他在井亭医院天天闹着要回家，是家里人不准他回来了，小辈贪财，把疯老头的房间换成人民币了。

保润驻守井亭医院，不知家里的变化日新月异。那天他被父亲替换回家，骑车到了家门口，一时不敢下车了。祖父的房间似乎被某个怪兽一口吞噬，消失不见了，临街的窗户与墙体经过扩张改造，变成了豪华的玻璃移门，移门里侧，是花花绿绿的时装森林。一个黑暗而衰败的世界被精心粉饰，旧貌换新颜，却是别人的世界了。保润推着自行车，站在家门口发愣，想起去年国庆节祖父闹着要回家，他许诺祖父春节带他回家。春节的时候祖父几次三番往井亭医院的大门闯，他又继续向祖父许诺，说看你这个春天表现好不好，表现好了，五一就带你回家。平心而论，这个春天祖父的表现还算是不错，只是天有不测风云，保润的许诺再次成为空头支票，五一节就要来临，祖父的房间，已经是别人的时装店了。

保润不清楚父母与马师傅签的合约细节，他没有想到，连大门洞也割让一半给了时装店。原先的两扇黑漆木门只剩下了半幅，门洞后面形成了一条莫名其妙的夹弄，很黑，很窄。保润小心地扛着自行车通过夹弄，心里憋闷，嘴里大声叫起母亲的名字，粟宝珍，恭喜你，明年就成万元户了！

厨房里响起锅盖落地的声音，母亲在煤气灶边回应道，你讽刺谁呢？我们老了，钱也带不到火葬场，腾房子挣点钱，都是为了谁？我们要当万元户，都是为了谁啊？你这孩子，是吃粮食长大的？

他没有反对过父母的发家致富之路，但一切付诸现实之后，他发现了那条道路的泥泞之处，有点下贱，有点冷酷。这个家割让之后，局促了许多，也陌生了许多，屋檐下卑微而贫贱的气息愈加浓重了。保润有点厌恶这个家。厌恶七十年代的家具，厌恶潮湿的墙泥斑驳的墙壁，厌恶昏暗的十五瓦白炽灯，甚至厌恶桌上的青边大碗。母亲把晚餐端上餐桌，他斜着眼睛说，都成万元户了，还用这破碗？还吃油渣炒白菜？给我钱，我去买点卤牛肉来吃！

母亲看他更不顺眼。他从母亲的铁盒子里拿过钱，这个事实无法掩盖。晚餐过后，母亲来问他那八十元钱的下落，他心虚，轻描淡写地说，算我借你的行不行？不就是八十块吗？看你那样子，像是天塌下来了。母亲追问他，你是不是交了女朋友，约会花掉的钱？他不说话，鼻孔里发出一声莫名的冷笑。这样的态度让母亲觉得可疑，盘问便越来越深入越来越尖锐了，你哑巴了？拿那么多钱到底干什么去了？去赌了，还是去嫖了？他一下子恼了，大叫道，我天天伺候爷爷，上哪儿赌，上哪儿嫖？你们不是有钱了吗？我大便没草纸，那八十块钱，让我擦屁股了！母亲气急了，抓起一个锅刷冲过来，啪啪地打他的脑袋，我算看透了你这个孩子，你不是吃粮食长大的，你是吃屎长大的！八十块钱啊，不明不白地弄没了，你倒像吃了枪药？

现在他难得回家，一回家，照旧迎来一个烦人的夜晚。保润听见母亲在楼下的房间里咒骂他，骂一会儿便调转枪口，开始抱怨父亲无能，教子无方，又责怪祖父遗传细胞不好，上梁不正下梁歪，这个家里的三代男人，脑子不是少一窍，就是多一窍。母亲的怨诉有母亲的风格，无论愤怒与悲伤，都有着缓慢的节奏以及紊乱的方向。其后，母亲开始老调重弹，检讨自己的一生，她断定自己一生的悲剧从嫁入这个家庭开始，找错了婆家，嫁错了人，生错了儿，错一步错一生，再怎么努力，也就是个苦命人了。

对于母亲宏观的全方位的批判，保润早已习惯，他说，妈，你好幽默。这是唯一的回应。睡觉前他从柜子里找出了一条裤子，搭在椅子上，准备明天更换。那条穿脏了的旧裤子，被他往楼下一扔，没扔远，落在楼梯口了，他过去捡起裤子，闻到裤管上依稀还散发着兔粪的气味。他又掏了一遍口袋，摸到口袋深处的两张皱巴巴的票根，一红一绿，两张票根，它们紧紧地卷在一起了。他小心地展开来，工人文化宫，旱冰场，四月四号，这些细小的文字记载了一个雨天湿润的信息，慢慢地绽放，在灯光下狡黠地眨巴着眼睛，也许在向他道晚安，也许只是提醒他：把我们留下吧，留下做个纪念。

他留下了两张票根，把它们塞到了枕头下面。

家里的枕头很软，被窝里很好。棉被上有阳光留下的香味，那香味使他安静，也使他困倦。母亲悲愤的声音断断续续浮上阁楼，经过散漫的变奏，渐渐成了他的催眠曲。

一朵云从临街的小窗挤进阁楼，沿着多角形的天花板款款浮动，几乎触手可及。他认识那朵云。那朵云的面孔，是一张少女清新纯洁的面孔，带着促狭傲慢的微笑。他知道那朵云的名字。空气中弥漫着淡蓝色的雾气和栀子花香，那朵云降落下来，居然有两只脚，穿着一双浅绿色的旱冰鞋。他好奇地张开了双臂，但是他抱不住云，抱住的是一团虚无。即使在梦里，他也清楚地意识到，那是一朵云，那是一个少女抱不住的魂。他起床开灯，关上了临街的小窗，云被阻隔在窗外了，梦依然结伴而来，后半夜的梦与现实成功焊接，焊出一片巨大的旱冰场。旱冰场悬浮于半空，微微颤动，状如一块椭圆形的漂浮的巨毯。一群陌生的男孩沿着巨毯的边缘站立，像一圈路灯的灯柱。灯光很亮，他看见仙女的绿色旱冰鞋放射出两片绿光，在巨毯上跳跃。别人都轻易地攀上了巨毯，只有他上不去。巨毯上男孩的队伍越来越庞大，他们众星捧月，与仙女组成 S 形的路线，沿着巨毯的弧线行进，一路欢呼。S形的仙女。S 形的快乐。他能听见仙女夸张的笑声，还隐约听见了巨毯的纤维丝断裂的声音。他想跳，跳，跳起来抓住那块巨毯，把它从空中抽掉，但是他的手够不到，怎么也够不到。他够不到巨毯，他够不到仙女。

他的手在绝望地攀援，充满了愤怒，愤怒通过灼热的指尖，先压迫他，然后又挑逗他，他的手因此下探，不断地下探。一阵酥痒的快感集中在保润的小腹以下，忽然不可抑止地喷发了。这么深奥的梦，这么愤怒的梦，终究还是引发了雷同的结果。噗的一声。喷发。喷发。他在黑暗中醒来，不免有点羞恼，又有点恐惧。他试着分析自己的生理现象，越分析越纳闷，听说别的男孩梦遗，都与色情有关，他不一样。他的梦遗，总是与羞辱有关，与愤怒有关，甚至与 S 形有关。他的身体，为什么会准时发出噗的一声？那是破碎的声音，确实有个什么气泡破碎了。梦遗使他听见了身体里的一条谜语，这谜语与魂灵有关，他以祖父的遭遇作为猜谜的途径，努力地想象谜底。祖父的魂丢了，它从后脑勺的疤痕处飞出，那是魂灵最普通的出逃之路。他不一样。他怀疑自己的魂灵从头脑里坠落，一直坠落到生殖器的区域来了。噗的一声。那是魂灵破碎的声音，他听到了。他的魂与别人不一样，它是白色的，有一股淡淡的腥味，具备狡黠善变的形态，它能从液态变成固体，从固体变为虚无，它会流淌，也会飞翔，它从生殖器这个出口逃出去了。他与祖父不一样。他的魂，是被黑夜弄丢了。不，他的魂，是被她弄丢了。

早晨起床后他有点疲惫，丢魂的夜晚，总是给白天留下创伤。他来到阁楼的小窗边俯瞰街景，看见久别重逢的香椿树街躺在灰蓝色的晨光里。街上小雨，路面湿漉漉的，到处闪着蚌壳状的圆形光亮，过路的行人匆匆奔走，都是腿短身子长的体型，都是心急如焚的步态。有个穿雨披的妇女走得很慢，沿途用雨披遮挡手里的一炷香，嘴里高喊着一个名字，小美，小美，回家来！

那妇女的声音太凄厉了，听起来毛骨悚然。他探出窗子追逐她的身影，认出那是会计师老陈的老婆，她女儿小美，是香椿树街最漂亮的女孩之一，因此，保润对小美的境况很好奇，跑到楼梯口问母亲，那个小美，怎么啦？

母亲心里存着一股气，不愿意和他说话，别来跟我说话，我不跟吃屎的孩子说话。母亲跑到门外，细细地听了一会儿街上的喊魂声，自己有了谈兴，回来告诉儿子，听说小美丢了魂啊，不会说话只会哭，老陈的老婆喊了几个早晨了，还是没把魂喊回来。

又丢一个魂？他说，小美还是个中学生么，怎么也丢魂？

母亲说，去年是老人丢魂，今年轮到年轻人了，谁搞得清楚？老陈的老婆说小美是吃错了一只烂桃子，拉了一次肚子，从马桶上站起来，就丢了魂！骗鬼呢，谁没拉过肚子？吃一只烂桃子能把魂吃丢吗？拉一次肚子能把魂拉丢吗？她肯定在编谎呀，家丑不可外扬的，马师母说小美是早恋，不知被谁搞大了肚子。

谁？他追问道，是谁搞大了小美的肚子？

鬼知道是谁。母亲停顿了一下，忽然戒备起来，用什么东西敲了敲楼梯，你关心这种事干什么？人家小美未成年，不管是谁，都要枪毙的！

母亲终归是母亲，他下楼，看见早餐已经放在厨房的桌子上了。他坐下来，对着大饼油条和豆浆发愣，脑海里盘踞着两个女孩，一左一右，左侧是小美，坐在马桶上，右侧是仙女，她站在旱冰场上。母亲说，吃啊，都是粮食做的，记得吃了粮食，以后要说人话。他说他没有胃口。母亲说，有没有胃口都要吃，吃饱了上学去。他如梦初醒，忽然想起父亲替换他回家，是要让他回烹饪学校上学去的。他焦躁起来，推开早餐说，吃饱了就押赴刑场？我不吃！母亲说，你这是人话吗？学校是刑场？不吃不求你，早点上学去，我们已经跟王校长打好招呼了，你今天到他办公室去一下，学校里那堆事情，王校长会交代你的。

久违的书包早就放在楼梯口了，椅子上挂着雪白的厨师帽和围裙，都是母亲隔夜为他准备好的。按照父母的算盘，他要回烹饪学校上几天课，把实习考试应付过去，应付过去，就可以拿到厨师的证明了。父亲说那是他的前途，母亲说那是他的饭碗。他对着那只蓝色的书包思索着，手伸进去，抓到了一本彩色菜谱，油腻腻的，封面上是一盆松鼠鳜鱼。松鼠鳜鱼。他在烹饪学校曾经热衷于制作这道著名的菜肴，但这个早晨，那盆金黄色黏糊糊的东西让他感到反胃，他一扬手，把菜谱扔到了阁楼上。

趁着母亲在厨房里灌开水，他跑过厨房，把自行车从家里推到了街上。很不巧，自行车偏袒母亲，存心跟他作对，人都骑上了车，他发现轮胎泄了气，返身回去拿打气筒，拖延了两分钟，他的行踪便暴露了。母亲先是在餐桌上发现了保润的厨师帽，而后在楼梯口看见了保润的书包，捡起东西追出来，嘴里大叫，你这孩子也丢魂了？你不带书包不带厨师帽，去上什么学？

保润匆匆地给自行车轮胎打气。他说，上学的事以后再说，我今天不回学校，回井亭医院。

你敢！母亲脸上变了色，咬牙切齿地拉住儿子的自行车，王校长那边都打点过了，两瓶好酒两条好烟，花了不少钱。告诉你多少遍了，回学校混几天，你就拿到厨师执照了。

厨师执照谁稀罕？又不是飞行员执照。我骗你不是人，今天井亭医院要开护理观摩会，乔院长要我去表演，上午去一级病区，下午去二级病区，缺了我不行。

母亲诧异起来，问，什么事情缺你不行？你表演什么？乔院长到底让你表演什么？

他撸一撸袖管说，我能表演什么？捆人啊。

母亲很快明白过来，眼里气出了泪花，跺脚道，都是你爷爷害人啊，井亭医院去不得了，你这孩子的魂，丢了，丢了，也丢了！我明天跟小美他妈一样，要上街喊魂了！

母子俩在街上拉扯一辆自行车，做母亲的毕竟气力不支，两只手被儿子掰开，眼睁睁地看着自行车飞驰出去了。邻居都出来看热闹，看见保润已经扬长而去，粟宝珍瘫坐在门槛上，拍着胸口为自己疏导怒火。邻居问，保润到底怎么啦？她瞪着天空，指着天说，丢魂了，不公平啊，我们一家四口人，已经丢了两颗魂！邻居追问保润丢魂的症状，她心情不好，又要面子，随口搪塞道，他不肯上学，要去学雷锋。邻居说，学雷锋是好事，怎么是丢魂呢？她站起来拍拍裤子，说，怎么不是丢魂？别人学雷锋做好事，他学雷锋，是去捆人啊！

兔　笼

保润在井亭医院是个大红人了。

乔院长也赏识他的捆绑绝艺。这年春天医院紧跟形势，倡导人性化管理，口号是：井亭医院——幸福港湾。要打造一个幸福港湾，首先要尽可能地消除病人的痛苦，尤其重症病区，护工们习惯了使用皮带齿轮金属器械束缚病人，追求速度，手法粗暴，造成很多病人的皮肉伤害，从一类病人居住的灰楼，到二类病人居住的黄楼，从早到晚回荡着病人们此起彼伏的嚎叫，公路上的路人都听得见，这给医院的声誉多少带来了负面影响。经过医院管理层的研究分析，重症病区被列为改革试点，率先推广人性化的无痛捆绑，这样，保润以业余专家的身份被请到灰楼里，给三十多名男女护工上了一堂观摩课。

上午他多少有点紧张，好在技艺熟练，护工们渐渐地都用艳羡的目光盯着他的手。他演示了自创的九种绳结，手法算得上清晰流畅，护工们普遍有捆绑基础，大多数人当场学会了代表最高难度的菠萝结。乔院长详细询问病人的感受，菠萝结是否无痛？病人一致反映，痛还是有点痛，不过比老式捆绑法舒服多了。

保润辛苦了一上午，灰楼里的现场观摩会初获成功。乔院长请保润去小餐厅吃了午餐，还喝了啤酒。祖父有幸陪同，席间乔院长也表扬了祖父，夸他用自己的身体为保润的绝艺做出了贡献，祖父很谦虚地说，应该的，都是为人民服务啊。

下午移师黄楼，捆绑对象是二类病人。保润本来卸掉了负担，心情是轻松的，不料中途出了意外，仙女提着一篮牛奶瓶，不知怎么混到现场看热闹来了。保润听见牛奶瓶子叮当作响，回头瞥见仙女的身影，一下慌了手脚。两个人的目光在人堆里相撞，是冤家路窄的交锋，她的表情从慌张到好奇，从好奇到轻蔑，至多用了一秒钟的时间。忽然，她咯地笑出了声，所有人都回头看她，她知趣地捂住嘴，还在笑，笑得肩膀不停地颤抖。乔院长过去撵她，这是观摩会，有什么可笑的？你要笑出去笑，别在这儿影响我们。她撇撇嘴，应允道，我不笑了，再笑要出人命的。然后她提起篮子往人堆外面钻，人都走出病房了，又探回半张脸，大声抒发了她的感受，他也算专家了？你们来观摩他？她向众人做了个鬼脸，说，你们这些人，胃口真好啊。

保润愣在那里，看见她的脸一闪，牛奶瓶叮当叮当地响着，朝楼下去了。她太嚣张了，她的嚣张似乎在证明他的窝囊。他追出去，朝那个背影喊了一声，你给我小心点儿，等着瞧！除此之外，他一时不知道该怎么对付她。此后，保润心乱了，心乱手便乱，绳子在病人的身上失去了逻辑和方向，他干脆草草地结束演示，把绳子往乔院长怀里一扔，说，手酸了，不捆了，今天的观摩到此为止。

众人愕然，看着保润怒冲冲地走出病房。他们猜到老花匠的孙女败了他的兴，却不清楚那两个年轻人有过什么样的瓜葛。乔院长觉得很没面子，随口评价了保润，这种年轻人，素养太差了，终归是扶不上墙的刘阿斗。又问大家，你们谁知道他和仙女是什么关系？谈过恋爱的？有个女护工说，他们怎么会恋爱？仙女瞧不起保润的，你们猜仙女背后怎么骂他的？哈哈，仙女骂他是国际大傻逼啊。

春天以来保润经常在老花匠的棚屋附近活动，他在摸索一条最有效的途径，以便与她交涉。有时候他牵着祖父，看起来光明正大的，有时候是一个人晃悠，多少有点鬼鬼祟祟。

以棚屋为圆心，他的活动范围大约在五十米之内，主要是给仙女传递一些讯息，那些讯息看起来有点杂乱，分别使用了粉笔、红砖和煤渣，涂抹在通往铁皮屋的各条小径两旁。祖父以为他在写标语，问他外面是不是又搞运动了，写这么多标语，到底是要批判谁？他说不是标语，是写一个通知。祖父说，通知都要写在大黑板上，挂在大门口，你写在这些僻静的角落里，谁看得见？他随口搪塞祖父，我不通知大家，就通知一个人。祖父追问，通知是给大家看的，怎么通知一个人呢？你通知谁？通知什么事？他说，告诉你也没用，你不认识她。祖父看看铁皮屋的方向，看看保润，眼睛突然亮了，我知道了，我怎么不认识她？你妈妈冤枉我啊，我没有传染你，你丢魂怪不到我头上，我早看出来了，老花匠那孙女勾走了你的魂！

　　他曾经在一堆水泥预制板上改写了一个革命烈士的著名诗歌。生命不可贵，爱情价不高，若为金钱故，两者皆可抛。他自认为这首伟大的诗歌会引起她的注意，果然如此，过了两天，他看见了她的批注：蠢货，那要看是多少钱。他对她玩世不恭的回应不满意，所以用煤渣续上了一行字，八十块，限三日之内还清！他命令式的口气招致了更不客气的答复，太少了，此处不准大小便！她不讲文明，他也不客气了，水泥预制板上已经写不下字，他找到一棵粗大的法国梧桐，用粉笔在树干上写了一圈仙女的名字，又为这个名字作出了很多贬低性的注解，借此抒发他的愤慨之情。妖怪。骗子。贱货。女阿飞。丑八怪。过后他去梧桐树下查看仙女方面的反馈，发现他的留言都被抹去了，梧桐树的树枝上竟然挂出了一块纸牌子，纸牌上写着一排怒气冲冲的大字：安全重地，保润与狗禁止进入！

　　他们之间的对话进入了歧途，游戏的色彩越来越少，恶毒的人身攻击越来越多。保润决定破釜沉舟，干最后一票。他去医院的小卖部买了一枝排笔，一瓶墨水，准备把标语直接刷到她家的墙上，让所有人都认清她的真面目。

　　这一次，他顺利地看见了仙女。仙女在窗后，屋里有隐约的音乐声飘出来。她或许坐着，或许躺着，面孔与上半身隐匿在窗帘背后，只有一条腿架在窗前的桌子上，随着音乐的节拍轻轻摇晃。阳光照耀着她的腿。那条腿被流行的黑色健美裤包裹着，修长，神秘。脚是光裸的，借助黑色的反衬作用，显得精致而苍白。她的脚尖在桌上舞动，与风对话，与阳光玩耍，脚趾甲上新涂了猩红色的指甲油，五颗脚趾不安分地张开了，像五片玫瑰花瓣迎风绽放，鲜艳夺目。她以五颗脚趾迎接保润，也扰乱了保润，他有点发慌，一下忘了自己的来意，人莫名其妙地蹲了下来。

　　他不知道自己为什么会蹲下来。偷窥是有害的，偷窥令人心虚，他觉得自己像一只拧紧的闹钟，正要发出强大的铃声，发条突然断了。他身边是那口废弃的倒扣的大缸，缸底有一个不规则的扁圆形洞孔，他一时不知道该做什么，眼睛贴着洞孔朝内张望，缸内一片漆黑，什么也看不见。他试着朝洞孔里吐了一口唾沫，唾沫没有回声，缸里没有动静，他惊扰了一只花脚大蚊子，它从缸里飞出来，在他脸上狠狠地咬了一口。所以，他记得蹲在缸边的那十几分钟，腿倒是不酸，只是脸上很痒。

起初只是老花匠在小菜园里忙碌，他左手抓着一把韭菜，右手捧着一把菜秧，研究了一番，大声对着屋里说，韭菜老了，菜秧瘦了，这地方的土不好，怎么上肥都没用，菜就是长不好啊。仙女奶奶掀开碎花布门帘出来了，手里拿着一只藤条拍子，她或许听到了什么异常的声音，站在门前向四处瞭望，目光如鹰。她在地面上没有发现可疑之处，又抬头看天，最后对阳光发表了独到的看法，这地方土不好，人不好，连太阳也不好！她对老花匠说，你看这太阳也丢了魂，整天病歪歪的，一点没力气，晒什么都晒不香。

　　一条棉被晾在病歪歪的阳光下，被里是白底绿色条纹的，有一摊血痕留在上面，虽然被清洗过，浅红色的印渍仍然清晰可见。保润看见老妇人在两排晾衣杆之间穿行，举着藤条拍打棉被。她开始批评仙女了，没见过这么懒的丫头，拍拍被子都不肯拍，女孩子家这么懒，以后嫁给谁去？从早到晚守着那个音乐匣听啊，她的魂不在身上了，让那个匣子吸进去啦！啪，啪，啪。一股熟悉的栀子花香被老妇人拍出来了，夹杂着雪花膏与海鸥牌发乳的香味。他能闻到香味。他轻易地鉴别出来，那是仙女的棉被，那是仙女的香味。

　　她的香味在空气里妖娆地回旋。她就在窗子后面，那只脚离他不远。五颗脚趾甲就在窗子后面，离他不远。五瓣红色的花瓣探出了窗子，向着保润开放。这是他们的咫尺天涯，他在这边，而她仿佛在天涯之外。一切都出乎预料，他来复仇，结果他呆呆地蹲在一口大缸边，脸上很痒，脑袋有点晕眩，他的影子蜷缩在地上，又细又瘦，像一摊卑微的水渍。他抬起头，看看天空，天空中的太阳果然是病歪歪的，他觉得自己也病歪歪的，而且下贱，怎么不下贱呢？他明明是来复仇的，现在他眺望着她的窗口，竟然在思念她了。

　　老人们总算进了屋，厨房里有碗碟相撞的声响，看起来，一家三口要吃午饭了。保润注意到老花匠顺手把几片菜秧叶子塞进了兔笼。外面只剩下那只兔笼了。兔笼放在蓖麻丛下，漆成天蓝色的铁丝网格，新近挂上了一个粉红色的心形标牌。两只兔子，一灰一白，沐浴着春天的阳光。她的兔子，她的宠物，她的朋友，离他如此之近。他混乱的头脑忽然一亮，一场濒临绝望的较量，顿时有了新的方向。从两只兔子那里寻求公平，是他的灵感，也是一个最简约的选择，他离开大缸，悄悄地潜过去，提走了那只兔笼。

　　兔子不叫。兔子不像它们刁蛮的主人，从不反抗。它们如此温顺，玛瑙般的眼睛凝视着一个来犯者，没有恐惧，只有一丝好奇。两只兔子在保润的手里颠簸，一只仰望天空，一只怀抱菜叶，像一对安静的情侣。兔笼比他想象的要洁净许多，笼底的纸板刚被打扫过，青草和菜叶看上去新鲜欲滴，他闻了闻笼子，兔子光洁的皮毛也超出了他的想象，闻不出小动物常有的腥臭。现在，兔笼上的那个心形塑料标牌，他总算看清楚了，应该是从长毛绒玩具上剪下来的，上面印刷了三个花体字：我爱你。

他提着兔笼在医院里疾走，那个粉红色的小塑料片不时地触及他的膝盖，它以塑料的名义，对一个陌生的膝盖诉说，诉说盲目而空洞的感情。我爱你。我爱你。我爱你。

天蓝色的兔笼太醒目了，井亭医院几乎人人知道那是仙女的兔笼，为了避免不必要的麻烦，他脱下外套遮住了兔笼。既然把兔子视为人质，便要善待兔子，他准备为两只兔子寻找一个合适的居所。他往僻静的地方去，钻进了医院东北角的小树林。谁都知道树林与草地是兔子的故乡，但这两只兔子有点特殊，除了吃草，它们另有使命。他试着把兔笼挂在一棵枣树的树杈上，兔子升到了半空，它们是快乐还是恐惧，兔子玛瑙般的眼睛未作任何流露，是他自己觉得不妥，兔笼不是鸟笼，不该挂到树上去的。他仔细察看四周的地形，记起来一棵老银杏树，树下有一个废弃的窨井，以前带祖父来散步，被绊了好几次，对于兔笼来说，那倒是一个理想的掩体。他找到了银杏树，奇怪的是废窨井从树下消失了。他东张西望的时候，听见树林里有别人的脚步声，他刻意躲避，没想到脚步声追着他过来了。站住，我是公安！那人发出了夸张的警告，保润吓了一跳，听声音蹊跷，回头一看，是柳生，柳生像一个幽灵尾随着他，进入了树林。

你提着人家的兔笼在这里干什么？功夫不错呀。柳生说，约会才几天，都在替她喂兔子了？

保润镇定下来，想想此事柳生罪责难逃，一系列脏话便喷涌而出，对着柳生破口大骂。柳生眨巴着眼睛，说，你吃错什么东西了吧？我替你做了媒人，你还骂我？保润说，什么狗屁媒人，滚一边去。柳生说，等你把话说清楚了，我马上滚，她到底怎么得罪你了？你不说清楚，我怎么替你摆平啊？保润在火头上，回头骂道，还来跟我吹牛皮，你能摆平什么？摆平你的鸡巴去。柳生倒是有涵养，居然笑起来，摆平鸡巴也不容易，要忙半天呢。保润不好意思再骂柳生，提起兔笼忿忿地端详着两只兔子，他说，告诉你也无所谓了，她吞我八十块钱，连个说法也没有，我扣她两只兔子，做人质！

事情的原委太复杂，说出来很丢面子，说谎最好，可惜保润不擅长说谎，经不住柳生的再三逼问，保润大致透露了工人文化宫之行的遭遇。但这厢的诚实换来了那边的怀疑。柳生狡黠地盯着保润，满脸诡笑，我听不懂。什么旱冰鞋？什么八十块押金？你们的关系不同一般么，上过了？你要是上了她，这事情就摆不平了。

上是什么意思，保润很清楚，香椿树街的男孩都知道上一个女孩意味着什么。他涨红了脸为自己申辩，上她干什么？又不是大美女，有什么可上的？我连她的手都没碰一下。

还是听不懂。柳生目光炯炯，逼视着保润，连手都没碰一下？她凭什么吞你八十块钱？

保润无法佐证自己的无辜和清白，只好赌咒发誓道，我要说谎，全家人都死光，一个都不剩。发了毒誓，柳生不得不相信了保润。柳生说，那好，她不给你面子，就是不给我面子，她耍你就是耍我，这事情我负责到底，人也好，钱也好，都包在我身上了。

尽管柳生说话浮夸，但他的态度渐趋明朗，给了保润些许安慰。剩下的是她和柳生的关系，这一直是保润的心结，他刺探柳生道，你到底怎么做了她的老大？你们两个人，经常一起出去玩？柳生说，也没出去几次，这丫头很任性的，有时候喊她她摆臭架子，不方便带她了，她又像跟屁虫一样盯着你问，明天我们去哪里玩？烦死人。保润说，那你们去哪里玩？你带她出去滑旱冰，还是看电影？柳生说，我没兴致陪她干这些事，我带她去东门舞厅跳舞，跳小拉。保润说，什么小拉？柳生说，小拉就是小拉，小拉你都不知道，还想钓什么女孩？看保润满脸茫然，柳生便在地上走了几个舞步，你听说过水兵舞吧？你知道吉特巴吗？这个小拉，有点像水兵舞，又有点像吉特巴，这个小拉，现在外面最流行啊。保润模仿柳生跳了几步，还是疑惑，什么水兵吉特巴，什么小拉？不会是贴面舞吧？柳生说，贴面归贴面，小拉归小拉，饭要一口一口吃，先小拉后贴面，小拉以后才贴面，懂不懂？保润沉吟了一会儿，有点懂了。又问，听说东门舞厅可以跳贴面舞，你没带她试试？柳生察觉到保润异样的眼神，嘿地一笑，挥挥手说，我知道你要问什么，你他妈的别想歪了，人家是未成年，你没上过，我也没上她，骗你是畜生，我比你好不了多少，她就喜欢跟我跳小拉，除了她的手，我哪儿都没碰过。

这样，他们似乎交了一次心。交心过后，友谊突如其来，他们彼此从对方脸上看见了一丝友谊之光。后来，保润提起地上的兔笼，跟着柳生去了水塔。

柳生挑选这个绝妙的地点安置兔子，保润很满意。水塔就在树林边缘，红砖垒砌的封闭式塔体爬满了暗绿色的藤蔓，塔端的圆柱形泵房像一顶巨人的帽子，抽水声嗡嗡低鸣，陈述着深奥的虹吸原理。他们的脚步声惊动了一只棕黄色的长尾野物，它从水塔里面蹿出来，很快消失在草丛里。保润认为那是一只黄鼠狼，柳生则坚称那是狐狸。保润问柳生，狐狸要不要吃兔子的？柳生说，兔子么，谁不爱吃？人要吃它，狐狸肯定也要吃，不过你放心，我知道什么地方最安全，听我安排就行。

医院方面给水塔焊了一扇铁条门，不知为什么迟迟没有安装，形式主义地斜靠在门框上，一跨就进去了。保润跟随柳生，提着兔笼攀上高高的铁梯，直抵水塔顶部的泵房。泵房里别有洞天，超出了保润的想象。一条圆形甬道环绕着巨大的水箱，甬道的一半是亮的，另一半是暗的，有两颗烟蒂扔在角落里，还有一卷破草席竖起来，靠在水箱上。保润问柳生，怎么有草席，谁跑到这儿来睡觉？柳生嗤地一笑，说，你真是国际大傻逼，谁会跑这儿来睡觉？辛辛苦苦爬到这上面，都是来干那事的，那事，明白了吗？

保润在四周谨慎地考察一番，把兔笼放在了窗洞下面，此处算是泵房最明亮的区域了。两只兔子，一灰一白，它们安静地蜷缩在笼子里，耳朵轻轻耸动。听说兔子的听觉非常灵敏，它们一定在分辨水泵嗡嗡的抽水声，还有水塔外面风吹林梢的颤索声。保润的耳朵也很灵敏，依稀听见了两颗兔子心脏跳动的声音。

对于兔子来说，这也许是世界上最荒芜的角落了，没有草，没有人，只有宁静的水流声。柳生先下去了，保润从地上捧起撒落的几片菜叶，放回笼子里。他走到铁梯上，回头一望，心里突然注满了巨大的空虚，脑袋有点发晕。兔笼上那个粉红色的心形标牌，不知什么时候自动展开了，一道温柔的红光刺破了泵房的幽暗，对着他娓娓倾诉：我爱你。我爱你。我爱你。

我爱你。

会　合

他们约好在水塔里会合。

保润提前到了水塔。有人比他来得更早，泥泞的地上有自行车轮胎的辙痕，还有一颗新鲜的香烟头，他知道是柳生，但是四周不见柳生的踪影。他朝着水塔的顶部叫了几声，除了巨大的回声，没有任何呼应。一切都是柳生安排的，柳生不在，他的心里没有底。他想去上面看看两只兔子怎么样了，刚朝铁梯上走了两步，听见身后哐啷一响，有人撞翻了水塔门口的铁条门。

仙女来了。

她跨过铁条门的一瞬间，那股清凉的栀子花香也涌了进来，保润看见水塔里桶状的阳光跳了一下，他条件反射，跟随阳光一跳，躲到了一只柴油桶后面。他从来没有这样紧张过。这个瞬间值得纪念，他在暗处注视着她。她一来，他整整一个春天的焦灼消失了，她一来，他整整一个春天的等待也结束了。柳生为他吹响了战斗的号角，一场决战将要开始，他灼热的身体莫名地打了个冷战。

她似乎留了点心眼，像一个探险家似的，带了手电筒，又从哪儿捡了一根木棍，牢牢地攥在手里。她先用木棍试探水塔里的动静，嗒嗒地敲，一边敲一边走，敲到了柴油桶，发现暗处有人影一闪，她按亮了手电筒，手里的木棍也高高地举起来了，谁？谁干的？王八蛋！她尖利的嗓音先声夺人，兔子呢？我的兔子在哪里？

保润的脸被手电筒的光罩住，眼睛睁不开，他往暗处挪了几步，一只手抬起来，护住了自己的眼睛，他说，你往哪儿照？不准照我的眼睛。

她认出了保润，一下变得威风凛凛，犯罪分子也怕亮光？偏要照你，照瞎你的眼睛！她用手电筒的光追逐保润的眼睛，嘴里发出一声轻蔑的冷笑，我就知道是你干的，干这种没出息的事，你还算男人吗？快，把我的兔子交出来！

保润缩在角落里，脑袋转来转去，竭力躲避手电筒的光亮。交出来？你让交我就交？没那么容易。他说，我不算男人，你算女人？你也不算女人。

她似乎一心要搜救兔子，顾不上跟他吵架，手电筒从保润的脸上移开，沿着水塔的底部转了几个圈，她大声地喊起来，灰姑娘，白雪公主，你们在哪里？别怕啊，我来了！环形的黑暗被手电筒的光一点点地照亮了，除了几台废弃的医疗仪器，一堆板结的散装水泥，水塔的地面别无他物。她搜到铁梯下面，朝上面张望，看见保润两条粗壮的腿耸立在梯级上，状如两个树桩，起到了路障的作用，她敏感地意识到他的心思，对着铁梯上面喊，灰姑娘，白雪公主，你们在上面吗？保润遮挡着她的视线，嘴里说，什么灰姑娘？什么白雪公主？她们在电影里的，不在水塔里。她狠狠地推了他一把，推不动，便用手电筒去敲他的膝盖，听着，我命令你，五秒钟之内把兔子交出来！

保润不知道柳生是怎么把她约来的，柳生不露面，游戏规则不详，保润有点无助，他不知道如何摆平她，只记得自己的逻辑：一手交钱，一手交兔笼。趁着女孩分神，他突然抓走她手里的手电筒，向女孩摊开了另一只手掌，八十块钱呢？旱冰鞋的押金，先把押金还我！

她毕竟心虚，啪地拍开保润的手，转过脸去嘟囔，什么押金？莫名其妙。她跑到水塔门口，站在光线里眨巴着眼睛，一边把食指含在嘴里，习惯性地咬起指甲，很明显是在思考对策。噗的一声，她吐出一小片指甲，对策也有了。那不是押金。她说，那是罚金，请你搞搞清楚，好不好？

什么罚金？保润反应不过来，怒声道，你罚我什么？

去的时候你把我丢在公路上，回来又把我丢在旱冰场，你忘了？你临走还用可乐瓶子砸我，让我当众出丑，你破坏我的心情，败坏我的名誉，难道你都忘了？她用一种恫吓的眼神瞪着保润，眉毛一拧，罚你八十块钱，算是优惠你了，我欠你什么钱？

她擅长强词夺理，保润早就领教过了，论吵嘴，他不是她的对手。他脑子一热，动手了。突然一下，他揪住了女孩的马尾辫，狠狠地拽一下，高声喊道，你到底要不要兔子？要兔子先还钱，八十块钱，先还我！

她尖叫了一声。对于保润突发性的暴力，她并没有多少准备，保润的腕力很大，无法挣脱，她的面孔被迫仰起来，近距离感受他的怒火。她的目光开始流露出一丝怯意，嘴角还残留着虚张声势的微笑。钱我已经花了，怎么样？听起来她的语气介乎于坦诚与挑衅之间，她说，我买录音机就差那八十元，我买录音机了，怎么样？

保润不相信自己的耳朵，忽然记起那天在铁皮屋外面听见的音乐，是一支流行歌曲。你从哪里来／我的朋友／好像一只蝴蝶飞进了我的窗口。他惊愕地瞪着她，这不是谎话，是真的。她买了录音机。她视他为一堆狗屎，却用他的钱去买了录音机。你真以为我是国际大傻逼？保润这么大吼了一声，老鹰捉小鸡似的把她揪到了水塔门口，骑到我头上拉屎来了？今天饶不了你！走，我跟你回去拿钱，有钱还钱，没钱拿你的录音机，否则，让你偿命！

你狗眼看人低，八十块钱就要我的命？八十块算个屁，你的命才那么下贱！她在挣扎中依然保持了尊严，还有清醒的精于计算的头脑，她啐了他一口，然后发出义正词严的声音，录音机要一百五十元，你八十元想拿我的录音机？你是强盗吗？你要抢劫吗？

保润擦干净脸上的唾沫，一时茫然，听见她又及时地摆出一个方案，听起来很明智，也很公平。我让你听两次音乐行不行？要不优惠你，听五次？她的声音听起来一半是试探，一半是命令，好了好了，

干脆让你听十次算了，八块钱听一次，毛阿敏，程琳，朱明瑛，还有邓丽君啊，你赚大啦！

他在走神，因为无意中触碰到了她小小的紧致的乳房。那种触觉过于敏感，类似不慎触电，从手掌到腹部，有一种微微发麻的热量通过，保润忽然撒开了手。他一撒手，她便占了上风。她捡起地上的木棍向保润比划着，欺负我的人还没出生呢，你再敢来，看我一棍抢死你。她用一根木棍开路，奔向铁梯口，仰起脸向铁梯的上方张望，嘴里高声喊道，灰姑娘，白雪公主，别怕，你们等着我！

她像一头小鹿般的轻盈善跑，一眨眼已经跃上了狭窄的梯阶，保润反应慢了半拍，伸手拉扯，只触到了她的马尾辫的辫梢。他们一路追逐，越追越高。铁梯发出的震颤声被水塔的桶状空间有效放大了，水塔里似乎飞舞着无数雷电霹雳，声浪震耳欲聋。他们先后攀到水塔顶部的泵房，那巨大的回声慢慢收敛起来，直至寂静。仙女弯着腰大口大口地喘气，脑袋转来转去，好奇地环顾着水塔上下的空间，由于刚刚享受了一次意外的刺激，她的嘴里轮流发出喘息和感叹的声音，我的妈，这么高的水塔，这么大的风，我的妈呀，累死我啦。

但是，兔子不见了。

一夜之间，水塔诞生了一个惊人的秘密。泵房的环形甬道还是半明半暗，昨天的铁丝兔笼放在窗下，今天已在暗处。兔笼还在，笼门却被谁打开了，两只兔子不见了。保润愣在那里。他记得很清楚，昨天特意检查过兔笼的门，笼门关得好好的，他还用树枝做了个加固栓。是黄鼠狼或者狐狸吗？听说黄鼠狼和狐狸都是聪明透顶的野物，它们也许会开兔笼的。他隐隐地觉得柳生应该对这个意外负责，于是冲到铁梯边，朝着下面喊起来，兔子怎么跑了？柳生，你在哪里？柳生，你快上来！

柳生不在水塔下面。柳生不知跑哪儿去了。按照柳生的描述，事情一定会摆平，摆平之后还会有点乐子，他们三个人要在水塔上举办一次舞会，跳

小拉。小拉。小拉需要仙女，舞会需要音乐，需要一台录音机。保润正在猜测柳生的去向，会不会是去借录音机了呢？猛然觉得身后撞过来一阵风，仙女举着她的兔笼扑过来了。还我的兔子！仙女满脸是泪，高举兔笼朝他的脑袋砸来，我的兔子哪儿去了？你灭了我的兔子，我灭了你！

他们之间的决战，一下进入了白刃战的阶段，她看起来已经歇斯底里了。保润费了很大的劲儿才夺下那只空兔笼。笼子里腐烂的菜叶和黑色颗粒状的兔粪纷纷撒落在他身上，那个粉红色的塑料标牌晃荡着，染上了一抹鲜红的血迹。我爱你。我爱你。他感到右手食指上一阵尖锐的刺痛，细看之下，食指被兔笼的铁丝戳了一个口子，正在殷殷地出血。他扔下兔笼，抬起一只脚踩在上面，不是我干的，骗你不是人。他冷静地吮干净手指上的血珠，可能让黄鼠狼拖走了，不过就是两只兔子，算我有责任，你开个价吧。

她抹干眼泪，紧张地盯着他那根流血的手指。她曾经从口袋里掏出一块折叠的小纸片，揉捏了一秒钟，又怂怂地塞了回去。也许觉得递纸巾是某种和解的信号，和解太快有失她的尊严，她的神情在瞬间变得幸灾乐祸，然后慢慢恢复了严峻。她开始咬指甲，目光闪烁不定，观察着保润，噗的一声，她吐出一小片指甲，新的方案成熟了。她说，我不欠你钱了，你把灰姑娘弄没了，要赔四十块，白雪公主是白兔，比灰姑娘贵，要赔五十块。你听好了，现在是你欠我钱了，一共欠我十块钱。

保润瞪大了眼睛，发出了几声冷笑，他原想对她进行讽刺挖苦，苦于缺乏相应的口才，最终还是跳起来了，你放什么狗屁？谁没见过兔子？北门市场就有卖兔子的，一块钱一只，你的兔子凭什么这么贵，难道是熊猫生的？

她平静地捡起了兔笼，嫌贵你把兔子给我找回来，找不回来就赔，我养的兔子，就是比熊猫还贵！她提着兔笼走到铁梯旁边，晃了晃笼子，你看你看，兔笼也给你踢坏了，兔笼不要钱买的？五块钱，也要赔吧？你现在倒欠我十五块钱啦。

她的报复以数学为基础，以恶意为逻辑，竟然是流畅而深刻的。她背过身去，他听见了她喉咙里低微的声音，国际大傻逼。他不承认那是一个绰号，那是咒骂，虽然她有意克制了音量，却带给保润从所未有的羞辱，还有绝望。他要一卷绳子。一卷绳子。他下意识朝四周扫视，除了水箱边的那卷草席，水塔里什么也没有，这儿不是祖父的病房，没有绳子。他一个箭步冲到铁梯口，展开双臂堵住她的出路，不准走，柳生还没来，我们等柳生来。仙女冷冷地瞪着他，账都算好了，你欠我十五块，还等柳生干什么？你们还要干什么？他愣了一下，说，不干什么，柳生说要跳小拉。一丝疑云从她乌黑的眼睛里稍纵即逝，她傲慢地笑起来，你跟我跳小拉？我是舞女？你脑子里有细菌啊？我跟你跳，还不如跟一头猪跳！

她原本有机会夺路逃跑，偏偏不舍得扔下手里的空兔笼，兔笼出手帮助主人，以残破的铁丝勾住保润的衣服，结果帮了倒忙。两个人被勾在一起厮打，胜负不言自明。保润箍着她的腰往泵房里走，小拉，去跳小拉。他赌气地喊着，不跳也要跳，跳不跳由不得你。为了防止她咬人，他谨慎地扣住她的脖颈，避开她的牙齿。她的脸被迫向水塔的顶部仰起，涨得通红，面颊上开始有泪珠潸潸而下，尽管如此，她还是努力地念出了一些人物的名字，东门老三你认识吗？珍珠弄的阿宽你听说过吗？告诉你我不是好惹的，惹我你要后悔的，我在社会上认识好多人，老三阿宽都是我朋友，惹了我，你吃不了兜着走！

无论她的威胁多么具体多么务实，为时已晚了，保润咬着牙说，我没惹你，是你一直在惹我，什么老三什么阿宽，我谁也不怕，今天就是要摆平你，今天就要跟你跳小拉。

保润不知道如何开始，他从来没有跳过舞，他从来没有跳过小拉。关于小拉的舞步，柳生略微指点过，但没有合适的舞伴，他怎么记得住？他拽着她在泵房里撞来撞去，碰翻了那条草席，草席在地上缓缓展开，依稀祖露出两具模糊的纠缠的身体，一男一女，雪白的裸体，像两朵花一样绽放开来，淫亵，但有点迷人。小拉。小拉。不合时宜的幻觉让他慌乱，他一脚踢走了草席，听见仙女在他怀里挣扎，嘴里尖叫着，你敢动我一个手指，我让老三剁掉你十个手指，你敢欺负我，我让阿宽活剥你的人皮！

他无心与她斗嘴，听见外面起了风，泵房的小窗外有什么硬物琅琅地撞击着水塔，一抬眼，发现窗销上拴着一条金属链子，金属链子垂向水塔的外面，闪烁着银色的奢华的光芒。他记得去年井亭医院的保安人员曾经在泵房里拴过一条狼狗，那应该是被遗忘的狼狗链子。他腾出一只手去拉狗链子，狗链子仿佛也是被驯服的，一节一节快速爬了上来，嚓，嚓，嚓，一眨眼狗链子已经守候在窗边，等候新主人的命令。他试着拽了一下，链身很长，捏一把，链条有点潮气，但很柔软，他欣慰地叹了口气，好，看我怎么摆平你。

直到狗链子套到她的肩上，冰冷的链子划过她的皮肤，绕了第一下，她才知趣了，及时发出第一次求饶的声音，算了算了，放开我，我不要你的钱了，算我欠你八十块，行不行？保润冷笑道，现在大方来不及了，我们今天清账，谁也别欠谁。她的求饶很快变成了呼救，她喊了几声爷爷，叫了几声奶奶，还喊过乔院长，叫过保卫科李叔叔，很快她意识到向这些人求救是徒劳的，于是想到了柳生，她满眼是泪，绝望地跺着脚，柳生你这个王八蛋，都是你害人！柳生你快来，你死哪儿去了？快来救人啊！

但是柳生救不了她，柳生行踪诡秘，不知道跑哪儿去了。保润从口袋里掏出骑车用的手套，堵塞了她的嘴巴。你放心，手套不脏，刚刚洗过的。他端详着她的眼睛，说，你也知道害怕？不用怕，我不跳小拉了，现在你求我，我也不跳了。他的手在空中一挥，佯装打了她一记耳光，现在怕了？打女孩子不算本事，你放心，我不打你，我就捆你。说到捆这个字，他的脸上出现了一种近乎得意的表情，我捆人的速度，不是世界第一，就是中国第一，今天让你见识一下，你数十二下，十二下，我保证把你捆个结结实实。

他知道仙女不会数，他自己数。数十二下，那不是吹牛，他曾经在祖父的身上做过实验的。一，二，三，交叉。四，五，六，缠绕。七，八，九，跳转，最后三下是打结。这是保润最熟悉的工艺流程。之前他从未使用过狗链子，也从未捆过一个健康的少女，工具有点特殊，对象更是奇特，他在心里比较了一下各种绳结的优劣，还是觉得莲花结合适。莲花结的流程稍微繁琐一些，不过他的技艺炉火纯青，数十二下，没有什么问题。狗链子有点滑，也有点重，她的蓝色牛仔夹克恰好承受狗链子的坚硬质地，咬合也没有问题，只是在狗链子穿越仙女胸部的瞬间，他的心跳加速了，他有问题了。金属链子在她的乳房上绽开莲花的第一个花瓣，他的小腹以下开始激荡一股灼热的气流，气流向下入侵，并且在坠落中升华，生理竟然产生了过激的反应。为此，他感到一阵慌乱。整整一个春天的思念，现在有了回报，整整一个春天的欲望，从黑暗到黑暗，好不容易找到最后的出路，居然还是这条绳索之路。

捆。

捆她。

捆起来。

把她捆起来。

被捆绑后的仙女如此弱小，让他惊讶。因为无助，也因为过度憋气的原因，她的胸部急剧地起伏，风暴席卷两座小小的馒头似的山峦，山峦上弥漫着白色的烈火，那火焰灼伤了保润的眼睛。一，二，三，数十二下。一个少女神秘的肉体世界被镇压了，那个世界天崩地裂，发出喧嚣的碎裂之声，碎裂声穿透她的皮肤，穿透她的身体，回荡在水塔里。四，五，六，数十二下，莲花在她的身上开放了。他的手上留下铁链子冰冷的触觉，还有她皮肤上的体温。七，八，九，十二下，数十二下，数十二下，莲花结上的莲花渐次开放了。

莲花开放在幽暗的水塔里，闪烁着金属特有的尖利的银光。他顺利地把仙女拴在铁梯上，掸了掸手说，等着柳生来救你吧，现在你不欠我了，我们清账了。他听见她嘴里发出了几声含糊的呻吟，眼睛里的怒火渐渐熄灭，变成一堆暗红的灰烬，泪水从灰烬里钻出来，打湿惨白的面孔。这是第一次，保润从她眼睛里发现了羞耻，畏惧，还有绝望。她痛苦地低下了头，用下颚撞击肩膀上的铁链，银色的颈链断了，仿玛瑙坠子闪着一道暗淡的红光，轻盈地跳进了兔笼。兔笼已经毁坏，只有那个粉色的塑料标牌完好无损，依然在黑暗中发出盲目而轻浮的誓言。我爱你。

我爱你。

保润跑出水塔，外面明亮的阳光非常刺眼，风是冷的，但冷得柔软。他很疲惫，手按膝盖，在台阶上蹲了一会儿。他出了好多汗，汗水湿透了衬衣，后背上凉浸浸的。对面的树林里，桃花凋谢了一半，梨花正在盛开，还是春天，别人的春天鸟语花香，他的春天提前沉沦了。巨大的空虚长满犄角，一下一下地顶他的心。他闻自己的手，一般来说手会保留恶行的气味，但这次，他意外地闻到手指留有余香，那股清冽的栀子花香味是属于仙女的，他心里清楚，那是春天的最后一缕香味了。

树林里响起一阵自行车的铃铛声。柳生终于出现了。他注意到柳生的自行车负荷很重，几只鼓鼓囊囊的塑料袋子挂在龙头的两侧，一路摇晃着。

柳生问，你摆平她了吗？

保润先是摇头，然后又点头，含糊地说，摆平了。

怎么摆平的？你上她了？

没有上。我捆。保润说，我把她捆起来了。

柳生朝水塔张望着，表情看起来有点鬼鬼祟祟的。保润瞥见他的裤腿上沾了几丝白色的毛毛，起了疑心，走过去摘下那些毛毛，用手指一捻，发现那是一绺兔毛。

保润嘴里倒吸了一口凉气，惊叫起来，是你干的？你他妈的把兔子弄哪儿去了？

柳生不以为意，脸上流露出一丝诡秘的笑意。你吵什么？千万别吵。我去食堂找小崔了，红烧兔肉不要花时间炖吗？柳生打开车龙头上的一只塑料袋，从里面小心地拿出一只饭盒，打开了盖子。看，两只兔子都在这儿，熟了。他捧着饭盒朝保润递过来，你尝尝，红烧的，加了茴香和花椒，很香啊。

保润闻见了一股热乎乎的扑鼻的香气。他打了个寒颤，脑袋嗡的一响，手一掀，那只沉甸甸的饭盒落在地上，汁液四溅，一块兔肉掉在了柳生的脚下。柳生叫起来，你他妈怎么回事？红烧兔肉那么香，难道你不爱吃红烧兔肉？保润白着脸，匆匆地往树林外走，似乎急于要摆脱一个可怕的恶魔。柳生在后面捡饭盒，嘴里高喊道，不吃兔肉就不吃，我们还要开舞会，你跑什么？小拉，教你跳小拉，你不学小拉了？保润奔跑起来，回头骂了一句，还拉个屁！你不是人，你他妈的吃什么兔肉？给我吃屎去吧！

保润一口气跑到树林外面，有几颗石子追着他，从树林的那一侧唰唰地飞来，越过林梢，最后落在他的脚下。远远地传来了柳生羞恼的叫喊声，保润，你这个国际大傻逼，我都是为你忙，跟你交朋友算我瞎了眼，从今往后，我们一刀两断！

他站在远处仰望水塔。红色的水塔上空覆盖着几朵稀薄的云彩，看不见罪恶的痕迹，听不见她的声音。只有风声。风吹云动，塔顶的云团状如一群自由的兔子。白云，乌云。白兔，灰兔。兔群在天空中食草，排列出谜语般的队形。他觉得自己笨。春天的天空充满谜语，那谜语他不懂。春天的水塔也充满谜语，那谜语他不懂。还有他自己，春天一到，他的灵魂给身体出了很多谜语，他的身体不懂。他的身体给灵魂出了很多谜语，他的灵魂不懂。

他什么都不懂。

白色吉普车

对于香椿树街的居民来说，那辆白色吉普车是久违了。有人记性好，记得吉普车的号牌是四个特殊的字母，ZNZF，只是不知道四个字母是否有什么特殊的意思，有人文化程度高一些，一语道破天机，说那是汉语拼音呀，

ZNZF，就是捉拿罪犯的意思。

国泰民安了，白色吉普车几乎遗弃了香椿树街，那是值得欣慰的好事。但是孩子们不管这一套，看见白色吉普车驶上桥头，不禁欢呼起来，来了，来了，来了一辆！他们追着吉普车沿街奔跑，高喊着他们心目中罪犯的名字，三霸！抓三霸！他们喊得有根据，三霸不仅走私外国香烟，还是火车站一带票贩子的领袖，这在香椿树街是公开的秘密，但吉普车驶过了三霸的烟杂店，三霸伏在柜台上，嘴里啃着一条鸡腿，还向吉普车招了招手。孩子们有点扫兴，继续追，又齐声高喊，是李老四，去抓李老四啦！这次喊得也有道理，那个李老四天天带着钢锯和大剪子出没在铁路码头和荒废的工厂区，专门剪电缆电线，剪了卖钱，剪断了军用光缆就要坐牢，但是白色吉普车从李老四家门前过去了，李老四的母亲坐在门口洗衣服，还向孩子们打听，是谁家孩子犯事了？这白汽车，好久没来啰。

孩子们后来就跑累了，快快地聚在一起休息，不知谁挑了头，他们开始为吉普车的新目标打赌。由于每个孩子心目中都有一个罪犯，很多香椿树街居民无辜的名字从他们嘴里蹦出来，其中不仅包括王德基父子、猪头、黑卵、小武汉，竟然还有德高望重的老干部老年，为人师表的中学教师冯老师。没有一个孩子提及保润，孩子们怎么会想到保润呢？保润当时在街上籍籍无名，很多孩子甚至都不知道保润长得什么模样。

听说白色吉普车开到香椿树街的时候，保润正在马师傅的精品服装店里看热闹。

装潢公司的人在橱窗玻璃上喷墨，先喷出"巴黎时装"四个红色的花体字，保润眯着眼睛端详，这里卖巴黎时装？有没有纽约时装？果然，巴黎时装后面就是纽约时装，只不过字体换了蓝色。他为自己鼓起掌来，去翻看装潢公司的人带来的草图，再来一个东京时装？东京后面再来一个香港？装潢公司的人竟然点头称是，反问保润怎么知道他的设计思路。他得意地说，猜出来的，这种设计谁不会？我也会，设计就是吹牛，吹国际牛皮嘛。

马师母和儿媳妇围着一只纸箱，一个膝盖上铺条裙子，一个怀里抱着衬衣，每人手里一把剪刀，喀嚓喀嚓，忙着剪掉衣服上的线头。保润对时装店的业务如此轻慢，儿媳妇率先表示反感，什么叫国际牛皮？我们店走精品路线，不进地摊货，都进外贸货，出口巴黎，出口纽约，怎么不能叫巴黎时装纽约时装？马师母向媳妇使了一番眼色，悄悄指着自己脑门，意思是此人脑子缺一窍，别跟他论理。她转脸，对保润赔出一张笑脸，保润你没事做了？你妈妈不是说你要去市委上班吗？保润摇摇头，诚实地解释道，不是市委，是市委招待所的食堂，去做饭。马师母笑了笑说，好歹是市委的食堂，做饭给市委领导吃，多好，肯定有前途的。他不知怎么接受马师母的美意，朝自己家方向努努嘴，我不知道做饭给谁吃，是他们在忙这事。马师母说，是啊，一家人么，你伺候你爷爷，你父母为你忙，你爷爷，最近怎么样了？他一挥手说，还那样，三年五年死不了，说不定万寿无疆。马师母说，那你呢，你在那里怎么样？听说你在井亭医院谈了个女朋友？她的目光热切地询问着保润，拿起膝盖上的裙子，抖了一下，身材一定很好吧？要不我打个折，你把这条裙子买给她？

保润涨红了脸，支支吾吾地看着那条裙子，忽然说，那是谣言，我的女朋友，还在天上飞呢。

他迈下服装店的台阶，正好听见那辆白色吉普车急刹车的声音，吉普车停在斜对面老孙家门口，车门打开，跳出来三个穿制服的公安人员，他们朝着服装店门口跑过来，尖利的眼神集中在保润的脸上，乍看热情，细看凛冽。有个人手里抓着一副铐子。保润突然发现来者不善，抓我的？他惊叫了一声，跳起来向着街东的方向狂奔。他跑得飞快，跑出一个漂亮的S形，S形在街道上拖曳了五十多米，不巧赶上鲍三大的黄鱼车迎面过来，鲍三大哪儿会放过这样的机会，他大喝一声，犯罪分子，你往哪里跑？龙头一扭，黄鱼车的车身灵巧地横在街上，保润便扑在一堆冰冻带鱼上了。有个公安人员趁势从后面摁住他。保润被一股浓重的鱼腥味所包围，听见鲍三大得意的声音，我早说过这个孩子要犯罪，你们还不信，这个说他老实，那个也说他老实，现在你们看看，他到底老实不老实？铐走啦！

春天的一个下午，保润被铐着双手走过家门。

这是他人生中的第一次，不是他捆别人，是别人用手铐铐住了他。看上去他很不习惯，一侧肩膀拱起来，身体歪斜，眼睛直直地瞪着手腕上的铐子，似乎在思考脱身的方法。两个公安不时地推搡着他，他的脚步故作悠闲，他的面颊和嘴角沾满了银白色的带鱼细鳞，模样看上去有点滑稽，又有点可怜。

他母亲粟宝珍站在门口，脸色煞白，手里拿着一块肥皂，袖套上湿了一片，都是肥皂沫子。马家婆媳围在粟宝珍身后，婆婆一副爱莫能助的样子，媳妇的脸上是恍然大悟的表情。粟宝珍不敢与公安人员交流，尖声喊着保润的名字，保润保润，你干什么坏事了？保润说，什么也没干，我就捆了一个人，她吞了我八十块钱。粟宝珍扔掉手里的肥皂，跺脚道，什么乱七八糟的？你给我好好说话，讲清楚呀，到底捆了谁？到底是谁吞了那八十块钱？保润咽了一口唾沫，突然烦躁地说，太复杂，讲不清楚！

即使保润口齿流利，也没机会对母亲讲清楚了。两名公安各自伸出了一只手，准确地说，是伸出了白手套，其中一只白手套封盖了保润的嘴巴，另一只白手套拧了下保润的耳朵，然后顺势搭在他肩上，拍一下，又拍一下。那名公安应该来自北方，普通话听起来非常标准，一看就是初犯，还不懂规矩？现在教你规矩，闭上嘴巴。让你说话你才能说话，听懂了没有？

保润点了点头，脸上的表情与其说是恐慌，不如说是腼腆。他不敢分辨两名公安的脸，只是记住了两只白手套不同的气味。一只有清凉油冷酷的气味，另一只白手套闻起来亲切一些，带着一股浓浓的烟丝的香味。出逃的五十米路程，很快走完了，保润看见白色吉普车在街边等他。此去不妙，他知道目的地，那个目的地被香椿树街居民称为里面。里面。他从来没有料到，白色吉普车有一天会为他而来，他也要到里面去了。

他被两名公安干脆利落地塞进了吉普车车门。车上已经有了另一个人，像一件沉默的货物，先行运上吉普车，占据了有限的空间。他看见那人宽阔的后背，还有油腻腻的后脑勺，背影有点像柳生。等到那人回过头，保润发出了一声惊呼，柳生！真是柳生。他不清楚柳生为什么会先到一步。他不清楚自己用狗链子捆人，犯了多大的罪，更不清楚柳生为什么也要到里面去了，据他所知，柳生不过是把她的两只兔子红烧吃了。

柳生的双手被铐在一根特制的不锈钢钢杆上，半跪着，他还穿着肉铺的白色工作服，身上散发着生猪肉特有的膻味。柳生来陪他了，他和柳生仍然在一起，他的心里说不出来是惊还是喜。因为禁止说话，他只好用眼睛询问柳生，几次对视，柳生总是首先移开他的视线，看起来有点心虚。保润注意到柳生不知什么时候挂了彩，他的一只耳朵上，可笑地包着一块纱布。

他们现在被铐在同一根钢杆上了，像两个真正的朋友，即将分享神秘的里面的生活。随着吉普车的颠簸，两个人的肩膀偶尔会撞在一起，保润后来坚持用肩膀发问，但柳生的肩膀刻意地避开了他，柳生看起来很害怕。因为柳生害怕，保润觉得他有必要保持乐观，肩膀不能交流就用脚，保润的一只脚悄悄探出去，故意踩了柳生一下，躲开，便又踩一下。没想到柳生平时那么神气活现，一上吉普车便成了个脓包，保润只踩了他两脚，柳生竟然告了保润的状。这是第一次，保润听柳生卷起舌头说起蹩脚的普通话，报告公安同志，这个人不老实，他用他的脚，踩我的足啊。

拘留所

有好多地方都算里面，保润去的是城北拘留所。

城北拘留所在皮革厂的厂房后面，曾经有个雅号叫无意园，但本地居民都记不住这个深奥的名字，只称其为皮革厂后面。可以想见，皮革厂后面的历史要比皮革厂长久多了。当年园子的主人是个大丝绸商，历时八年修建这个私家园林，未及竣工，解放了，主人逃往台湾，丢下这个半吊子园林，被司法部门作为敌产接收了。对于古典园林的外行来说，这园子已经够漂亮了，一条长廊连着一条长廊，一个天井套着一个天井，还有一片荷叶状的池塘，池塘边堆着太湖石假山，四周红红绿绿，风一吹，旧社会的桂花与竹子在摇曳，新社会的花草和蔬菜在摇曳，它们在一起，正好是历史在摇曳。皮革厂后面的美景，是被封闭的美景，这么诗情画意的一块地方，用来关押嫌犯，有关部门也觉得浪费，动过商业开发的脑筋，但前面的皮革厂是个障碍，要开发后面，必须要把前面搬走，偏偏皮革厂是本地税收的大户，地位比拘留所高，不好动，结果前面后面就都不动了。

保润曾经多次从皮革厂的前面路过，他从未料到，有一天自己会到皮革厂后面来，似乎是梦里走错了路，醒来之后，已经抵达里面，这么短促而诡异的旅程，超出了他对自己人生的想象。

他一步就跨到里面了。里面古怪难闻的空气似曾相识。是典型的皮革厂气味，甜中带腥，腥味里透出些辛辣的苦涩，所有牲畜幸存的皮毛，都还在怀念主人消失的肉体。是一种悼念的气味。四月以来保润夜梦频频，每个梦境都被这种气味所包围。不仅是空气，城北拘留所的一切都似曾相识。他小时候跟随祖父去过本地所有的古典园林，所以，在跨过无意园豪华宽敞的第一道铁门时，他猜想进去后要右拐，右拐后会遇见一个古典式的圆月门，门头上应该雕刻着别有洞天四个字。果然，看守带他右拐，果然，他看见了圆月门，与他的猜想稍显不同，圆月门上额外加装了一扇正方形的铁门，形状像一个过度雕琢的画框，他穿过这道门的时候心里想，别有洞天呢？圆月门上怎么没有别有洞天？会不会刻在反面呢？到了门那边，他偷偷地回头一望，差点失声惊叫，别有洞天！四个字呈扇形排列，赫然出现在圆月门的反面，他的先见之明，奇迹般地得到了印证，无意园里的别有洞天，果然是刻在圆月门的反面的。

到了里面，他竟然变得如此睿智，这也许是偶然，但足以缓解他沉重的心情了。然后是搜身。吐舌头。脱裤。撅屁股。他大方地褪下裤子，撅着屁股让人检查，并没有多少羞辱之感。他惊异于自己与看守们熟稔的配合。从未到过皮革厂后面，从未有人告诉他这一套繁琐的程序，他是怎么做到无师自通的？有一个瞬间，他甚至企望听到几句表扬。他对自己的表现很满意。外面是外面，里面是里面，到了里面，他其实一点也不笨的。

看守带他穿过一条长长的走廊，青砖地上有一道稀薄的波纹状的阳光，它始终在他的脚尖前方波动，引导他往拘留所深处走，像一个神秘的幽灵，前来认领一个失散的亲人。他东张西望，忽然大胆地问看守，下面一道门是曲径通幽吧？看守愕然，问，你是二进宫？以前来过的？他摇头说，我是初犯，第一次进来么，我猜的。看守讽刺他道，没想到你还很有才华呢，那北京中南海里是什么样子，你能猜出来吗？猜猜看啊。他不敢造次，赶紧闭上了嘴。第三道门是盾形的，被几丛竹子所掩映，透过摇曳的竹影，他清楚地看见了门头上曲径通幽四个大字，曲径通幽！他的智慧再次被证明，喜悦不知为何却打了点折扣，他盯着门边摆放的两盆万年青，心里有点小小的遗憾，那丛竹子，还有两盆万年青，怎么就没有猜一下呢？

门那边站着个打扫卫生的囚犯，四十多岁的样子，瘦高个，瓦刀脸，镶着金牙，一看见保润便露出了亲热的微笑，来了？那是老友间打招呼的态度，保润往四周看，没看见任何第三者，不禁有点紧张，向看守声明，我不认识这个人。这次轮到看守为他释疑了，看守说，你不是知道个曲径通幽吗，你不认识他，他可以认识你，曲径就是这么通幽么，你们这些人，迟早要到这里欢聚一堂。

曲径通幽。

他和很多陌生人欢聚一堂了。

他被分配去了听风阁。听风阁从前是主人的书斋，后来被改造成一个特大的囚室，木格花窗都用水泥封堵起来，里面听不到风了，只有一股久未清洗的人体蒸发的臭味，沉积在空气里。一盏昏黄的白炽灯，照耀着一堆陌生的人脸，人脸都靠着墙，组合起来像一幅巨型的浮雕，主题待定。他从人群里寻找柳生，一张张面孔辨认下来，未见柳生的踪影。他问，你们谁见过柳生，香椿树街的柳生？里面的先驱者大多盛气凌人，有人恶狠狠地奚落他，香椿树街在什么地方？柳生是谁？做过什么大事？我们为什么要认识他？也有人不欺生，态度温和地开导保润，找熟人呢？里面的熟人有什么屁用？到了里面，谁还帮得了你？死狗救不了死猫，要找人通关系，到外面去找啊。

他不知道听风阁里为什么有这么多人，外面的世界国泰民安，这么多人犯的什么事？一打听，嫌犯大多来自城南的扫帚巷，是一条街上的街坊邻居。前不久大家争相去挖一只装满黄金的坛子，把一户海外华侨的空屋挖坍塌了，牵连了左邻右舍，有人报警，他们便相聚在这里了。保润一听事情的原委，脑海里立刻浮现出祖父的身影，心里内疚，又不便透露自己的身份，说，你们怎么那么傻？一听就是谣言，从我们香椿树街传出去的谣言啊，我们街上早没人挖黄金了，你们怎么还在拼命挖呢？扫帚巷的人对保润的说法不以为然，他们说，你们香椿树街是穷街，哪能跟我们扫帚巷比？你们那儿不是一只手电筒吗，一只手电筒能装多少黄金？我们那儿是一坛黄金，一坛子黄金埋在地下啊！我们扫帚巷以前住的都是有钱人，国民党的将军，纱厂的资本家，还有妓院的老板，哪家没有半抽屉金货？别说是一坛黄金了，听说还有一只腌菜缸呢，一大缸黄金，以前埋在公共厕所的化粪池下面的，不知谁下手快，给挖走啦！

扫帚巷的人对保润也很好奇，问他怎么进来的，保润敷衍地说，也是手痒，手痒惹的事。别人说，你不是也挖了？你挖到什么了吗？他摇头道，我不挖，我捆人，捆了个人。别人对他的故事有兴趣，纷纷追问，你捆人要干什么？图财还是图色？你捆的人是大老板，还是大美女？他不肯透露实情，犹疑半天说，不是大老板，也不是大美女，捆了干什么，我也不知道。看别人表情诧异，他苦笑了一声，挖着鼻孔说，要是知道了，我也不会进来了。

柳生始终没有被送到听风阁来，他不知缘由，一直苦苦地等着这个伙伴。扫帚巷人发现保润经常趴门缝朝外面张望，调侃他说，女朋友也进来了？你眼巴巴地找你女朋友呢？保润说，不是女朋友，是柳生，这事有点奇怪，我们一辆吉普车过来的，进来他就不见了，放风也看不见他的人影，不知把他关到什么地方去了。扫帚巷的人说，大概关在后面黄鹂轩了吧？我们听风阁的是小案子，黄鹂轩的才是要案大案，你那朋友，情况不妙啊。又有人警觉地追问保润，那个柳生到底犯了什么事？你这么牵挂他，你们是同案吗？是共犯吗？保润心里掂量了半天，谨慎地说，不，不是，我不知道柳生干了什么，反正我就捆了个人，什么也没干。

大约过了一个星期，扫帚巷的人们在听风阁里听到了自由的风声。据说这起挖金案在世界司法史上也是首例，并无任何法规可以借鉴，对于那十七个做发财梦的居民，定罪有难度，起诉太勉强，饶恕他们又天理不容，最后便采取了罚款放人的老办法。有消息称，被挖坍的房子主人，在大洋彼岸得了老年痴呆症，没有办法追究故乡的街坊邻居了，他的不幸，对于扫帚巷居民来说是一个天大的喜讯。案子之所以拖得这么久，主要是各个部门对罚款额度有争议，有的主张多挖多罚，少挖少罚，怎么界定多挖与少挖，以各家搜缴的工具数量为标准，每把铁铲或铁镐罚款五百元，这个方案虽然细致，但需要人手挨家挨户搜查，工作量太大，被否决了。又有人主张简化处理，以认罪态度为参考标准，重罚那些装疯卖傻不思悔改嬉皮笑脸寡廉鲜耻的人，而那些积极检举他人提供线索的，应该得到宽大处理，可以无偿回家，这个方案貌似公平，但也容易引起误解，似乎举报者就可以白挖别人的房屋，也不太科学。为了避免留下诸如此类的后遗症，最后各个部门统一了意见，还是采取平均主义的处理方式，每人罚款五百元，一视同仁，交钱走人。

尽管是偷鸡不着蚀把米，人的自由毕竟要紧，扫帚巷的家属们顾不上冤屈，都欢天喜地去银行取了存款，到皮革厂后面交钱领人。十七条好汉一下走了一大半，热闹的听风阁萧条了许多。有个叫小伍的翻砂工，平素与保润相处不错，他从外面回来收拾东西，直奔保润而去，一只手朝他裤裆里掏了一把，保润你不得了啊，看不出来你鸡巴那么痒，还说你爷爷丢了魂，你的魂才丢了，丢在裤裆里啰！保润一头雾水，捂住裤裆刚要骂人，心里咯噔了一下，问，到底怎么了，你听说我什么事了？小伍眯着眼睛看他，人开始后退，手指一下一下地戳着保润，还跟我打马虎眼？我堂兄是郊区派出所副所长，我有权威消息，我堂兄都告诉我了，你强奸了一个未成年少女，你是强奸犯，出不去了！

保润慢慢地蹲了下来。小伍把外面的空气带进了听风阁，有一股皮革腐臭的气味钻入他的鼻孔，往下，往下，直至喉咙、食道、胃，肺部和心脏，他的身体在瞬间被那股臭味所侵占，甚至他的呼吸，也是臭烘烘的。

然后，他吐了。

藕香亭

有人带保润去了提审室。

提审室在假山上的藕香亭里。此前到天井放风，他注意过假山上过度雕琢的美景，没有想到他会爬上这座假山的石阶，钻到那美景里去。藕香亭四周耸立着奇形怪状的石笋和太湖石，处处鲜花与竹影，竹影把阳光裁成了均匀的条状，铺在弯曲的石阶上，仿佛命运在此铺设了一根根竹签，他走上去，一丝疼痛从脚底传递到头脑。晶莹的竹签状的阳光，那尖削和锋利，暗示正义，象征真理，给他必要的疼痛，然后为他领路，领他去往假山的山顶。

他的前途，现在在假山的山顶上了。

亭子里面有点阴冷，一男一女两个提审员并排坐在花窗前。男的面带烟色，嘴唇发紫，手里捧着一只酱菜瓶子做的茶杯，杯子里是黄褐色的茶汤。女的手里转动着一支圆珠笔，她的五官容貌和发型，包括表情，都很像他母亲粟宝珍。保润坐到椅子上，平生第一次讲究了礼貌。阿姨好。叔叔好。人家没理会他。一束灯光啪地打到他脸上，亮得刺眼，他一下挺直了身子。上半身是端正的，屁股不安分，从右向左，从左向右，悄悄地移动了几个回合。男提审员厉声道，椅子上有钉子吗？你连坐椅子都不会坐？他犹豫了一下，用手摸一下椅子，椅子上没有钉子，好像有水啊。

他们让保润站起来，过来察看椅子，椅子上果然湿漉漉的，男的打量着那一大摊水痕，说，不是水，是尿，前面的八号畏惧法律制裁，尿裤子了。保润绕到椅子背后，谦虚地说，我不用坐，你们坐，我站着就行了。男的推了他一把，谁允许你站？以后有你站的机会，现在不准站，赶紧坐下。他瞥了眼椅子上的尿迹，用征询的目光看着女提审员，阿姨有抹布吗？女提审员微微皱起了眉头，这里不提供抹布，屁股稍稍翘一点就行了，有什么关系？裤子脏了可以洗，脑子脏了不好洗，懂不懂？

起初他听从建议，微微翘着屁股，渐渐地他忘了八号嫌犯的遗尿，瘫坐在椅子上了。小伍所言不虚，险恶的局势远远超出了他的想象。仙女。井亭医院。水塔。星期二的下午。你对仙女做了什么？他们问得仔细，他答得小心。兔子。兔笼。红烧兔肉。我一口没吃。都是柳生干的。他们的神情严峻，目光刀一般地投在他的身上。你什么也没干，那你为什么在这个地方？我们抓错了人了？他抵御不了他们的目光，低下头说，我就是绑了她一下，绑好她我就走了。他们不允许低头，命令他把头抬起来。他抬起头，目光粘在女提审员制服里玫红色的毛衣领子上，再次想起了他母亲，他母亲也有那么一件毛衣，玫瑰红的。女提审员说，我给你一点提示，你最好老实一点。她摊开一页纸念了一段，他听不懂那些医学数据，只听见几个刺耳的音节，处女膜。破裂。然后男提审员也念了一页笔录，似乎是她的口供。他注意到笔录使用了强暴这个字眼，不是强奸，更不是上。以保润的理解，上是一回事，强奸是一回事，强暴又是另一回事，他小声地询问，那个强暴，不是强奸吧？男提审员以为他故意捣蛋，当场拍了桌子，你装什么蒜？没念过书吗？强暴就是强奸，强奸就是强暴！

他吓晕了。尽管口齿不清，他依然努力向审讯人员澄清，这是一场误会，除了捆她，他什么也没做过，可以当面对质。又提醒他们，如果她真的受到强暴，强暴她的一定是柳生，他和柳生，也可以当面对质。女提审员明确告诉他，不需要对质，受害者已经撤销了对柳生的指控，她现在只指控你，你是唯一的犯罪嫌疑人了。他愣了半天，牙齿咬得嘎嘎地响，不敢发作，说，那柳生呢？我算犯罪嫌疑人，他算什么人？男提审员再次命令他端正态度，不准东拉西扯，他说，检举别人也要有证据，要是大家都像你这样，临死拉个垫背的，我们还审得过来吗？我们还要不要睡觉，要不要吃饭？实话告诉你，那个柳生，昨天已经释放了，回家了。

仿佛突遭晴空霹雳，他从椅子上跳起来，一跳起来就泄了气，蹲在地上了。很明显，这是他有限的人生中听到的最大噩耗。他蹲在地上抓耳挠腮，嘴里连声嘟囔，不公平，她不公平，你们也不公平。过了一会儿，他冷静了一些，抱着脑袋，茫然地注视着椅子。椅子上的那摊尿液已经干了，疏淡的阳光透过藕香亭的花窗，在椅座上编织出一条奇妙的链形。男提审员说，你看着椅子干什么？椅子救不了你，站起来，坐到椅子上去。他不情愿地回归原处，绝望的目光掠过那男人烟黄色的脸孔，瞪着女提审员领口露出的玫瑰红毛衣，正是那种亲切而温暖的颜色，让他突然崩溃，他张开嘴，开始嚎啕大哭。他的哭声像一个受尽委屈的小孩子，哭了一会儿，他捂着眼睛提出了一个要求，阿姨求求你，叫我妈妈来一趟，我妈妈叫粟宝珍。女提审员说，为什么不叫你爸爸来？你爸爸在哪儿？他哽咽了一下，说，我爸爸没空，来了也没用，他不会说话的。又过了一会儿，他不好意思了，哭泣声戛然而止，表情看上去坚强了许多，他抹抹眼睛，突然说，历史会证明的，我没有强暴她，我只是捆了她。

捞 人

都知道保润出事了。

粟宝珍到时装店来找马师傅夫妇，吞吞吐吐，要求预支下半年的房租，马师母禁止丈夫随意表态，亲自追问钱的用途，粟宝珍只说出"儿子"两个字，一下哽咽了，捂住了脸。马师母猜到粟宝珍要去捞儿子了，捞人总要花钱，说不定还是无底洞。马师母的为人，属于既热心又精明的类型，权衡之下做出一个聪明的决定，确保了自己的利益，也兼顾了人情。她声称服装店选址失误，生意不景气，半年以后要不要续租还不一定，钱不能算预支，只能是借，给你们救个急。粟宝珍泪汪汪地点头，算预支也行，算借也行，一辈子都没跟人要过钱啊，我们也是逼上梁山，现在只有钱能救一救保润了。

过了几天，保润的父亲来了，把那笔钱原封不动还给了马师傅，说一时用不上，兜里装着别人的钱，他们夫妇晚上都睡不好觉。马师傅很纳闷，你们不救保润了？保润的父亲垂头丧气，说，自己的亲骨肉，怎么不要救？救迟了，现在筹多少钱，都迟了。马师傅说，难道那女孩家不爱钱吗？保润的父亲说，不是不爱钱，是不要我们家的钱。马师傅更纳闷了，奇怪，你们家的钱不是人民币啊？保润的父亲似有难言之隐，羞愧地向马师傅吐露了实情，都怪我没本事，通关系通不上去，柳生家把工作做到了前面，已经把人家摆平了，那女孩一家卷了铺盖走人，连个鬼影子都找不到了。

保润的父母一直在为儿子喊冤，但毕竟是一家之言，不可偏听偏信，左邻右舍的信任自然有所保留。也有人对保润素无好感，根本就不信所谓的冤情，背地里说可怜天下父母心，就是儿子做了江洋大盗，做了杀人犯，也要为他喊几声冤枉。烹饪学校的人登门造访，想与家长一起探讨保润的前途，可惜没有机会。那夫妇俩大清早就出去奔波了，门上一口气挂了三把铁锁。尽管日子已经过得水深火热，老实人总是遵守老规矩，记得这时间自来水公司要来抄水表了，电力公司要来抄电表了，出门前，粟宝珍用粉笔在门板上工工整整地抄写了两排数据，分别是本月电表和水表的度数。电表：1797。水表：0285。不知哪个无家教的调皮孩子，专做歹事，偷偷地在电表度数前加了强奸两个字，数据一下变成了本月强奸1797度。人们经过此地，都注意到门板上的字，大人摇头，孩子哄笑，幸亏马师母及时发现了问题，拿抹布过来擦掉了那个肮脏的字眼，算是做了件好事。

邻居们都频繁地往马家的时装店里跑，不是对店里新来的时装感兴趣，是对保润的案情感兴趣。马师母嗔怪邻居们，平时拉你们进来也不来，这会儿都来了，没想到我这店里攒点人气，还要沾那保润的光。只不过巧媳妇难为无米之炊，粟宝珍不透露案子的进展，马师母也就无法提供什么新的线索，只是说，快了，总要水落石出的。邻居们从各自的见识出发，踊跃分析保润的前景，因为都是自说自话，所以谁也说服不了谁。后来，不知谁提起了祖父，哎呀呀，疯老头现在可怎么办呢？一家人谁也顾不上他，不是又要挖魂了吗？这样，邻居们暂时抛开保润，开始议论起祖父来了。

绍兴奶奶说她去年春天帮过祖父，替他把一把铁锹藏在自家门背后，不过藏了三天，今年她家门背后老是发出一种怪声音，扑哧扑哧地响，尤其半夜三更的时候，那锹声吵得她无法睡觉。绍兴奶奶指着自己的黑眼圈说，你们看我的眼圈，是不是比乌鸦还黑？又是三宿没合眼，哪儿敢合眼呢？我一睡着就梦见保润他爷爷，张着手跟我要铁锹，我的锹呢，谁拿了我的锹？我怀疑他是给我托梦，死人才托梦呀，你们说保润他爷爷会不会是蹬腿走人了？现在家里人都不管他，说不定他成了孤魂野鬼，我们都不知道！

没人敢轻率地推测祖父的生死，但大家一致认为，不管祖父是死是活，他丢失的魂一定还在香椿树街上游荡。至于祖父之魂的形状是什么样子的，那颗魂是附在他的铁锹上，还是躲在别的什么地方，各人见解不尽相同。纺织女工孙阿姨每天上夜班回家，只要她的自行车离家近了，一只白猫肯定会从保润家的房顶上跑过来，跑到她家屋檐上喵喵地叫，等到她掏钥匙开门，那白猫已经蹲在门边了。孙阿姨说，你们说吓人不吓人？我看那白猫皮包骨头，一双眼睛可怜兮兮的，分明是保润他爷爷的眼睛！我说猫咪你快走，猫蹲那儿不动，我说保润他爷爷你快回井亭医院吧，别在这儿瞎转了，你的房间没了。哎呀，说起来你们都不相信，那猫喵呜一声，唰地就跑走了！

众人分不清孙阿姨的描述是否有添油加醋的成分，都瞪大眼睛，发出了或高或低的惊叹声。绍兴奶奶总结说猫有九命，借出一命给祖父，算是大慈大悲了。他们谈兴正浓，有人忽然意识到祖父的话题给马师母带来的尴尬，互相使个眼色，于是大家都噤声，偷偷地观察马师母的脸色。马师母说，你们不用那么看着我，我知道你们心里嘀咕什么呢，怕我在这里做生意风水不好？是不是？马师母颇有大将风度，她的脸上是一种从容而艰深的微笑，告诉你们，风水是门大学问，你们是不懂的。你要是气正，风水跟你转，坏风水能转好了。你要是气不正，你只好跟着风水转，好风水也转坏了。我怎么会不知道疯老头的房间有邪气，我为什么敢在这里做生意？请教过许半仙的，心里有数，邪不压正啊。

女邻居们仍然一知半解，孙阿姨说出了所有人的疑惑，马师母，你怎么知道你的气是正的？你怎么知道你的正气能压过邪气呢？马师母犹豫了一下，解开衣领，露出了脖子上一条黄灿灿的金项链，气要正，要舍得花钱，花钱买黄金！她向邻居们展示着金项链的长度和宽度，耐心地解释其奥秘，我是听了许半仙的话，买了根金项链戴着，二两三钱重呢。许半仙说了，黄金超过二两，就能克住身边的邪气，真是灵验的，你们这个见鬼那个见魂的，我太太平平，什么魂也没见过，就是生意不好，有点烦心。众人凑过去观赏那根项链，羡慕之余，嫉妒心油然而生，这么粗的项链，也只有你马师母戴得起，我们哪儿有这个福气？绍兴奶奶想去摸那根金项链，被马师母的胳膊有意无意地一挡，手伸到半空缩回来，她一扭身离开了时装店，嘴里阴阳怪气地说，老话说有钱能使鬼推磨，谁相信戴一根金项链能降鬼呀？鬼也有善有恶的，保润他爷爷就是去了阴间也是善鬼，你要是哪天碰到个恶鬼试试，别说一根金项链，就是穿上金缕衣扎上金腰带也没用，你一个妇道人家，哪儿降得住恶鬼？

恰逢五一劳动节前夕，以往灰蒙蒙的街道看上去有点艳丽，有点丰腴。沿街有零星的鲜花适时开放，美人蕉和鸡冠花点缀着墙角，月季花虽然大多栽在破脸盆或者旧砂锅里，也发扬艰苦奋斗的精神，开出了鹅黄或粉红的花。天空蓝得发亮，像是涂了一层颜料。风吹在脸上是软的，是孩子们作文里所说的和煦的春风。地上热闹，空中也有风景。学校商店工厂甚至废品收购站都拉出了庆祝节日的横幅标语。有人在石码头上清理一堆山丘般的垃圾，附近回荡着各种重物落地的声音，像性急的节日礼炮提前鸣放。在街道的南侧，化工厂的电工爬在梯子上，正在调试工厂拱形门廊上五颜六色的彩灯装饰，孩子们挤在下面看，嘴里尖声叫喊，亮了，都亮了。

总之，节日就是节日，香椿树街上弥漫着喜庆的旋律，只有一个中年妇女满脸悲凄，过度的悲伤使她在大街上如入无人之境，她捏着一块湿漉漉的手绢，歪歪斜斜地走，看不见车流和人流，听不见汽车喇叭和自行车的铃铛。不时有骑车人呵斥她，甚至有人在车上出手推她，这位大姐，你会不会走路？回头一看，看见一张被泪水泡肿的面孔，两个发青的眼袋状如核桃，她木然地仰起头，看着天色问，同志，现在几点了？骑车人一下谅解了这个妇女，以这样的心情，确实是不必遵守交通规则了。

儿子出事以来，粟宝珍很少出现在白天的大街上。不过是半个多月的光景，这女人以往清秀的容颜已经变老，头发也飘出了几缕白色，有什么不幸，似乎已经尘埃落定。她的哭泣，其实是小声的呜咽，并没有引起别人同情的用意。从香椿树街的东头到西侧，很多人认出了她，一颗恻隐之心被她的泪脸照得发烫，很多人过去拉扯她，想去劝慰她，可惜粟宝珍不领情，她的悲伤不容侵犯，她一边呜咽，一边还反问那些好心人，谁在哭？我哭了吗？有什么好哭的？

路过石码头，粟宝珍忽然站住了，她在这里发现了一个敌人的身影，红肿的眼睛里放出一道尖锐的光芒，所以，她真的不哭了。石码头的空地上聚集着一群业余文艺演出的积极分子，多为香椿树街的各界妇女，不胖不瘦，不高不矮，服装统一，形体一致，她们手持玫瑰红的大羽扇，正在居委会戴阿姨的指挥下排演团体操。一嗒嗒，二嗒嗒，三嗒嗒。十几把羽扇有序摇摆。整齐的波浪形队伍忽然变了形，谁也没有料到粟宝珍会闯进来，她一把抢过戴阿姨手里的电喇叭，对着电喇叭吹了一口气，嘴里一迭声地喊起来，各位街坊邻居，我给大家汇报一下我家保润的冤案，是大冤案！保润没做什么坏事，他被人栽赃了，他是代人受过啊！

排演队伍里一片哗然。粟宝珍嗓音嘶哑而激愤，一阵哽咽之后便语不成声，戴阿姨想趁机夺回电喇叭，被粗鲁地推开了。粟宝珍说，戴阿姨你别急，让我冷静一下，再汇报一句话就走。她果然冷静了一些，那一句话却难以概括出来。大家观察她的眼神，很快发现她是醉翁之意不在酒，她的目光像一把匕首飞向排演队伍中的邵兰英，柳生他妈，我先要向你汇报，我儿子要判刑了，起码十二年，弄不好是无期，你们一家人高兴了吧？高兴了吧？

大家恍然大悟，脑袋都转向了邵兰英。邵兰英是见过世面的人，遇到如此窘境，一点也不慌张，她缓缓收起了手里的羽扇，不卑不亢地说，保润他妈，你这话是从何说起？我跟你无怨无仇，论年纪你儿子是小辈，我是长辈，他判刑坐牢，我为什么要高兴？

这会儿你还能装糊涂，我佩服你！自家儿子做了伤天害理的事，没事了，别人家孩子替他去坐牢，你怎么不高兴？粟宝珍悲怆的声音和呼吸一起被电喇叭放大了，听起来有点刺耳，我家保润做了柳生的炮灰呀，别人不明真相，你心里不清楚？你还说你不高兴？你不高兴还在这儿扭秧歌？你在这儿扭啊扭啊，就不怕闪了你的腰？

我扭秧歌关你什么事呢？不要以为你拿着电喇叭就代表中央了，乱喊乱叫有什么用？邵兰英面露厌恶之色，说话依然慢条斯理，保润他妈，我一直以为你是懂道理的人，这会儿怎么就不讲理了呢？谁该坐牢谁该自由，你说了不算，我说了也不算，人家女孩子是受害者，受害者说了才算，对不对？

此话说到了要害，电喇叭沉默了一下，突然传来粟宝珍凄厉的嘶喊，谁说了都不算，人民币说了算，后门说了算，你们家钱多，后门多，关系多，你们把人家女孩子买通啦！

排演团体操的妇女们都用羽扇遮脸，交头接耳，大多数人听闻柳生和保润是同案犯，谁是真正的主犯，谁是受冤的从犯，她们一时都不敢表态，至于粟宝珍和邵兰英作为母亲的表现，她们是有资格判断的，大家普遍欣赏邵兰英的风度，觉得粟宝珍实在太过分了。戴阿姨过去抢夺她的电喇叭，嘴里劝阻道，保润他妈，你心情不好我们都懂，但是也不能占着电喇叭这么喊下去，我们还要排演，时间很紧，五一节的花车游行，我们香椿树街也要上节目，这是政治任务，耽误不起的。

粟宝珍总算松开了电喇叭，脸上出现了一丝愧疚之色，你们排练好了，政治任务耽误不得，我怎么不懂？我是看见她在这里扭秧歌，实在气不过，对不起大家了。戴阿姨扶她坐到自己的小方凳上，粟宝珍看着天色说，几点了？我没时间坐，一天没进一粒米，还要回去给他爸弄晚饭呢。她想站起来，人站不直了，身体像一只虾，弓着腰顶在墙上。戴阿姨问，你的腰怎么啦？她说，要给孩子伸冤啊，这几天走了八辈子的路，腿走麻了，腰大概也累断了，你们排练要紧，我就这样弓着，歇一会儿。

十几把玫瑰红的羽扇很快恢复了波浪形，电喇叭里又响起戴阿姨热情的声音。一嗒嗒、二嗒嗒。左手起。三嗒嗒、四嗒嗒，右手起。中断的排演继续进行。两个香椿树街的母亲，一个在排练的队伍里，舞姿依然一丝不苟，依稀在示威，一个用腰顶着墙，表情痛苦，红肿的眼睛里射出一道微弱而犀利的光，明显在受难。人们冷眼旁观，两个母亲的目光你来我往，在轻音乐的伴奏下，她们开始以目光交战，半空中刀光剑影，旁观者一时无法仲裁两个人的胜负了。

后来是时装店的马师母闯进了排练队伍，她心急火燎地拨开人群，对着粟宝珍大叫道，保润他妈，你怎么还坐在这里看热闹？快去看看保润他爸，不好啦！粟宝珍愣了一下，我在这儿歇口气，你别吓唬我，他怎么不好了？马师母说，我哪儿忍心吓唬你？你们家门上不是有三把锁吗？保润他爸开了两把锁，第三把钥匙找不到了，我听着他晃那把锁，晃着晃着，骂着骂着，一头就栽倒在门口了，眼珠子又爆出来了，嘴里在吐白沫，怕是又中风了！

排练这次是自动终止了，大家目送粟宝珍仓惶而去，都说保润家流年不利，屋漏偏逢连夜雨，一劫连着一劫，真是可怜了。旁边的邵兰英认可众人的怜悯之心，但她适时地补充了一句，说，可怜之人必有可恨之处。她说得莫测高深，别人便都急于听她的看法，可怜与可恨到底是什么关系。邵兰英说，我也没什么理论，反正我们老百姓的日子都一样，种瓜得瓜种豆得豆，这家人怎么教育孩子的，又是怎么对待老人的？你们街坊邻居不都看在眼里？老天也看在眼里，人在做，天在看啊。我也不怕谁给她传话，我就是这个观点，她怪不了谁，都是报应。邵兰英说到这里，手指翘起来朝天上一指，要怪就怪老天爷去，这户人家，一定是遭天谴了。

众人听得心惊，抬头仰望天空，香椿树街的天空一片湛蓝。神灵也许躲在一片白云后面，也许藏在一束日光里，但是这条街上有那么多可怜的老人，有那么多不孝的子孙，神灵如果主持正义，很多人家都会遭到报应，为什么独独选中了保润一家呢？对此，众人都感到茫然。谁该是遭报应的人？每个人心目中其实都有一份名单，只是碍于人情世故，大家不便宣布罢了。

听说保润的父亲是二次中风。稍具医学知识的人都清楚，一次中风导致腿脚不便，二次中风非常危险，多半危及生命。有人不理解三把锁的事情，说他们家又不是什么万元户，门上为什么要挂三把锁？也有人冷静分析，说丢了第三把钥匙，应该是次要原因，保润的父亲一定是受到了更强烈的刺激，也许马师母没有把门上孩子的涂鸦擦干净。强奸1797度。谁看见了不生气？当然，种种猜测无从验证，验证也没有什么意义了。

听说保润的父亲在医院急救室里躺了五天五夜。抢救的效果很不理想，医生吩咐粟宝珍准备后事。粟宝珍去买了两套寿衣，一套是丈夫的，一套是她自己的，她把两套寿衣都堆放在丈夫的枕边。粟宝珍拍着寿衣，与昏迷中的丈夫交流。她说我知道你在打什么小算盘，想一死了之？想把这个烂摊子扔给我一个人收拾？你休想。你能死，难道我就不能死？我告诉你，没有那么便宜的事，寿衣准备了两套，要不穿都不穿，要穿我们都穿，你敢蹬腿我就敢上吊，你一蹬腿我就替你穿寿衣，穿好你的就穿我的，我要是比你多活十分钟，我就不算人，我们要去一起去，那一老一小，随他们去！

听说是粟宝珍的绝望威慑了昏迷不醒的丈夫，他不敢死。到了第六天早晨，他蹬了一下腿，只蹬了左腿，蹬得很轻，到了第六天的深夜，他的左手又动了一下，正好按住了寿衣，一根手指慢慢地翘起来，似乎在央求妻子，别激动，有事慢慢商量。到了第七天，保润的父亲苏醒过来，粟宝珍破涕而笑，但是医生劝她不要高兴得太早，说病人的性命虽然勉强保住，但是人已经成了一具空皮囊，很脆很薄，一碰就碎，以后是你们家属要小心了，时时刻刻，必须小心看护。

邻居们去医院探视，病人说话呜噜呜噜的，谁也不懂，只有粟宝珍可以翻译他的语言，她说，自己这副可怜样子，还要教育你们呢，他说了，一个家庭要太太平平，第一要孝顺老人，第二要管好子女。邻居们都点头，认为他透露的是经验之谈，头脑还是清醒的。保润的父亲又继续呜噜呜噜，表情越来越激动，粟宝珍却不肯翻译了，不仅拒绝翻译，还哭起来了。邻居们猜到了病人呜噜什么，都去劝粟宝珍，夫妻间总要拌嘴的，何况你们心情不好，不翻译就不翻译吧。粟宝珍抹一抹眼泪，咬牙说，翻就翻，翻了让你们评评理，他在怪我呢，怪我不孝顺他爹，怪我宠坏了保润，怪我贪图钱财，你们大家评评有没有这个道理？他不怪他爹这个害人精，不怪他儿子不争气，不怪他自己没本事，一盆脏水，都泼到我头上来了。

清晨或者夜晚，人们偶尔会在大街上遇见粟宝珍，她形容枯槁，眼神涣散，似乎接受了命运赋予的所有不幸，认输了。很多人同情她，说要评选天下最苦的女人，非粟宝珍莫属，想想都累死了，家里三个男人，一个犯人，一个病人，还有一个疯子，都要靠她一个妇道人家。粟宝珍的大苦大难，别人难以分担，也只能用言语关心一下。有人看见她在桥头的干果摊子买核桃，小心翼翼地与她搭话，保润他妈，核桃买给谁吃，买给老的还是小的？她红着眼圈，叹了口气说，自己吃的，医生让我吃点核桃补脑子，我脑子里每天轰隆隆地响，听说精神病人发病前脑子里都这么轰隆隆响，再这么响下去，我也要进井亭医院了。别人马上宽慰她说，不会的不会的，我也经常头痛，痛得哗哗地响，那我不是也要进井亭医院么？粟宝珍说，你头痛，我头痛，痛得不一样。我迟早要垮的，拖一天是一天，晚一天好一天，我要是垮了，我倒轻松了，就是好端端一个家没了，想想都不甘心。

她那个家还留有一缕人烟，但已经倾颓了一大半，摇摇欲坠了。有一天法院派人来送传票，敲门无人，马师母从店里热情地跑出去，一看是传票，嫌那个牛皮纸信封不吉利，不肯代收了。她帮着人家把传票从门缝里塞进去，听见那人嘴里呲的一声，这是不是一棵苋菜？马师母一低头，发现保润家的门槛下面果然长出了一棵苋菜，高高大大，碧绿碧绿的，叶片上还滚动着一颗莫名其妙的水珠。

回　家

有一天早晨，马师母和儿媳妇去开店门，发现店里出了事。

店堂内涌出一股污浊的怪味，模特儿都衣冠不整，歪歪斜斜挤在一个角落里。她们一眼看见收银台上睡着个老头，嘴里打着响亮的呼噜。老头的身上盖了两件呢子大衣，脚上搭了一件羊毛衫，脑袋下枕着一个绣花靠垫，都是店里的货品，柜台下面还放着一双老式的布鞋，布鞋边摆着一只老式的搪瓷夜壶，不知是从哪儿冒出来的。

她们认出来，那是祖父，久违的祖父回来了。

婆媳俩此起彼伏地惊叫着，仔细一看，店堂与保润家竟然打通了，原本封死的一道暗门被凿开了一个大洞，从时装店这一侧探头出去，可以看见保润家的家具杂物了。儿媳妇吓得跑出了店堂，马师母又气又急，对着那个洞口大叫起来，保润他妈快来，你快来看看吧，这算怎么一出戏，恶心死人啦。洞口那边没有回应。保润的母亲一定留宿医院了。马师母的叫嚷只惊动了一只老鼠，那老鼠身形硕大，它从厨房窜出来，钻到碗橱下面去了。

祖父闻声坐了起来，他的头发长得像个野人，眼窝深陷，眼角上沾满了眼屎，木然地瞪着马师母，你是谁？你不是马家的媳妇吗，跑到我房间里干什么？两件呢子大衣从祖父身上慢慢塌落，祖父出逃者的身份也得以清晰地鉴定，他还穿着井亭医院的蓝白条睡衣，手腕上拴着一个红色的号牌，9-17。有一股又酸又馊的怪味从祖父身上散开来，悠悠地荡漾在店堂里。

马师母镇定下来，急着去捡地上的时装，差点撞翻了搪瓷夜壶，她气昏了头，指着暗门上的那个洞，对着祖父嚷嚷，钻回去，快钻回去，这不是你的房间了！

祖父不愿意听从马师母的指挥，坐在柜台上缓缓地环视着店堂，哪儿来这么多衣服？我的床呢？我的柜子呢？我的照片呢？马师母说，没有了没有了，这儿早不是你房间了。她试图把他从柜台上拉下来，拉不下来，他瘦弱的身体里残存的力气，远远超出她的想象。我的大床呢？祖父说，那么大一张床，你们把床搬到哪儿去了？马师母说，这里没有你的床了，你的床在井亭医院。祖父茫然四顾，那人呢？保润呢，我儿子呢，保润他妈呢？马师母不知如何应付，又兼在气头上，便尖声喊道，不在不在都不在！她一喊，店堂里响起了一阵回声，不在。不在。都不在。那回声把马师母自己吓了一跳，怎么会有回声呢？她瞥一眼暗门上的洞口，正有一团凄凉的寒气从保润家那侧渗透过来，流淌在她的脚下，像一股隐形的不祥的洪水。她突然怕了，跑到店外对儿媳妇喊，你还傻站在这里干什么？快去叫人，把你公公叫来，把老大老二都叫来！

很快马师傅带着两个儿子赶来了。男人们毕竟有力气，处理突发事件也更冷静一些。他们把祖父从收银台上架下来，顺势给他穿好了鞋子。大儿子吸紧了鼻子说，老头的脚好臭，起码一个月没洗了。小儿子说，不是脚臭，好像是裤子臭，他的裤子后面是什么？不会是屎斑吧？马师傅批评儿子们说，别嫌弃人家，谁都有老的一天，你们到时说不定比他还要臭。

祖父还记得马师傅的乳名，用手指戳他的肩膀，你不是马家小八子吗，大清早的，你们怎么一齐跑到我家来呢？我们家的人都到哪儿去了？马师傅把祖父安置在椅子上，叹息道，保润他爷爷，让我跟你说什么好？你不好好地待在井亭医院，跑回来干什么？你好大的本事啊，井亭医院七岗八哨的，你怎么跑回来的？祖父的脸上流露出一丝狡黠之色，竖起三根手指说，三十块，我花了三十块钱。马师傅追问，花了三十块，买通的门卫？祖父忽然意识到什么，抿着嘴唇说，我不能告诉你，告诉你就把老王卖了，下次就不方便。马师傅的两个儿子这时都笑起来，大儿子说，谁说他的魂丢了？没丢干净呢，他还知道贿赂，还知道搞不正之风。小儿子好奇地摸了一下祖父的后脑勺，说，他的魂说不定真的回来了？井亭医院那么远的路呢，还是深更半夜，否则，他怎么找得到家？

马师母已经把祖父的夜壶送到了洞口那侧，嘴里说，恶心死了，恶心死了。按照她的主张，夜壶塞回去之后就轮到人了，祖父是从洞口钻过来的，理应把他从洞口送回去。马师傅过去研究墙上的洞，不禁感叹了一声，这老头，不愧天下第一锹啊！挖地挖得好，挖墙也挖得好，你们看这洞，挖得多整齐多实惠，正好一个脑袋过来，一个肩膀过来，一锹也没多挖呢。

单单从技术上看，把祖父塞回去是可行的，但马师傅不同意老婆的妇人之见，他认为祖父再疯也算长辈，把一个长辈如此塞进洞里了事，不仅草率，而且不近人情。他和儿子媳妇们商量，这一次，必须替保润家分忧了，他们要亲自把祖父送回到井亭医院去。马师母后来被说服了，跑出去给祖父买了大饼油条，说，好人做到底，他好歹回家一趟，让他吃饱了肚子再走。

鲍三大的黄鱼车很快停在了时装店门外，人也等在车上了。无奈祖父狼吞虎咽地吃了人家的早餐，却不肯配合人家的善行，他抱住一个塑料模特儿往地上一躺，像一个小孩一样耍起了赖皮，我哪儿也不去，我回来过节的，祖父说，你们不知道明天是五一劳动节吗？是劳动人民的节日，我要过节。

对待这么一个老人，不宜过分使用武力，大家都手足无措，犯难地看着一家之主。马师傅一时也没有主张，拉着祖父的手，无意中碰到那个井亭医院的号牌，9-17，一低头，马师傅注意到祖父枯皱的手腕皮肤，镌刻着一道深深的暗红色的绳痕。马师傅忽发灵感，想起保润的绳子，眼睛顿时亮了。找绳子，绳子！他打开柜台门，找到了一卷尼龙绳子，绑绑看，我们也来绑绑看，听说他看见绳子就听话，我们也来试一试。

绳子果然是灵验的。店堂里的人记得非常清楚，马师傅手里的尼龙绳在祖父的手腕上只绕了一下，一下，就像念出某种神奇的魔咒，老人身子一颤，头一昂，立刻驯顺地站了起来，他说，松一点，要民主结，我要民主结。

开始听不清楚他的要求，后来闹明白了，他要捆一种叫作民主结的花样。大家都缺乏捆绑经验，讨论了半天，谁也不清楚民主结是怎么捆的，凭着对字义的推测，这种绳结应该比较宽松。马师傅说，好，保润爷爷，这要求不过分的，就给你捆个民主结，你这把年纪了，我们也不忍心给你法制结。父子三人七手八脚的，总算在祖父身上捆出一个想象中的民主结，虽不好看，但松紧适度。一家人带着胜利的喜悦，簇拥着祖父走出店堂，登上了鲍三大的黄鱼车。

鲍三大的黄鱼车在香椿树街上总是威风凛凛的，臭带鱼来了，让开，让开！伴随着他洪亮急迫的喊叫，路人只好纷纷让路，平时总有人对他缺乏尊重，鲍三大，你去充军吗？鲍三大你到殡仪馆拉尸啊？那天的情形有所不同，没有人骂鲍三大，人们发现黄鱼车上的乘客阵容太奇怪，马家父子大家都认识，那个五花大绑面容枯槁的老头，几乎没有人能认出来了。很多人问，你们从哪儿绑了个糟老头啊？那么把年纪做了什么坏事？鲍三大卖弄嘴皮子道，你们太幼稚了，做坏事的不一定绑着，绑着的不一定做了坏事，懂不懂啊？马师傅是正经人，怕别人误会，指指祖父，又指指自己的脑门，是保润的爷爷啊，他从井亭医院偷跑出来的，我们要把他送回去。

被捆绑的祖父面带微笑，显得很慈祥。

他被马家父子搀扶着，端坐在黄鱼车上。从正面看，他的身上有绳子紊乱地穿越，像一名老迈的逃犯，马家父子像他的押解员，再看他的背影，那背影透露着德高望重的气息，像一名游子归乡的贵宾，马家父子像是他的随从和跟班了。祖父对香椿树街的记忆零乱而细密，有着时间的筛选，他只认识三十年以上的邻居熟人。春耕的母亲坐在门口晒太阳，他还按照多年前的老规矩，喊她新嫂嫂，新嫂嫂，吃过饭了吗？可惜新嫂嫂不认识他了，她用手搭着前额打量黄鱼车，说，这是哪一位啊？还叫我新嫂嫂呢，马上都要去火葬场啰。路过公共浴室的时候，正好遇见浴室开门，老锅炉工廖师傅在卷门帘，祖父还记得向廖师傅打听浴池的水温，廖师傅，今天池子水烫不烫？廖师傅正在闹什么情绪，大声说，不烫，上面说要节约能源，不让烧烫，只有温吞水，你们爱洗不洗！后来黄鱼车经过北门桥头，桥上站了一堆少年，不知为什么在起哄，打打闹闹的，还有人对着黄鱼车打唿哨。祖父忽然想起了保润，情绪开始波动，保润呢？他瞪着眼睛问马师傅，保润去哪儿了？我家保润到底跑哪儿去了？

马师傅对两个儿子使了个眼色，说，你家保润出远门了，你家保润去旅游了。

看祖父疑惑的表情，旅游的说法他并不相信。保润，保润，你野到哪儿去了？你丢下我不管，以后要后悔的！他开始躁动，不停地向着街道两侧东张西望，有几次他企图站起来，都被马家父子按住了，黄鱼车不停地摇晃，鲍三大的骑行难度陡然增加，他在前面责怪马师傅父子，你们人道主义搞多了，要让他听话，民主结怎么管用？要搞就搞法制结，绑紧一点，再紧一点！

马师傅父子一起动手，重新调整了绳结的力度。鲍三大的策略果然见效，好言相劝，比不上绳子发言，捆绑对于祖父的化学作用是很明显的，捆得越紧，绑得越密，那个身体就越驯顺。马家父子都是捆绑的新手，只能在实践中探索捆绑的艺术，他们试着加大力度，尽可能地利用长度，把尼龙绳的多余部分一起拴在祖父的膝盖上，这样的探索很快成功了，老人下肢的骚乱骤然停歇，整个枯枝般僵硬的身体渐渐归于柔软。这不是民主结，是个乱结啊，我要民主结！尽管祖父嘴里还在抗议，人总算安静了下来。马师傅端详着自己无意中创造的绳结，觉得它又怪异又可靠，随口问儿子，这应该叫个什么结？儿子们说，我们哪儿知道？这要问保润，他才是专家。鲍三大回过头匆匆扫了一眼，你们不看报不学习，就是没文化，起名字要配合形势的，叫个安定结，多好。

有了那个安定结，祖父确实就安定了。

后来黄鱼车经过护城河上的立体交叉桥工地，四周人山人海，一片繁忙的建设景象，祖父阴郁的面孔上泛起了明亮的微笑，车上四个人清晰地听见了他的感慨，祖父说，祖国的面貌日新月异啊。

中部　柳生的秋天

侥幸岁月

柳生夹着尾巴做人，已经很多年了。

他侥幸躲过了一场牢狱之灾。此后，他的生活被侥幸所定义了，多少年来父母的絮叨像一只闹钟，随时随地提醒他：你的快乐是捡来的，不要骨头轻，夹着尾巴做人吧。你的自由是捡来的，不要骨头轻，夹着尾巴做人吧。你的全部幸福生活都是捡来的，不要骨头轻，你必须夹着尾巴做人。

他的骨头其实不轻。他拖累了整个家庭，这种负罪感抑制了青春期特有的快乐，使他变得谦卑而世故。因为他，家里的债欠得太多了，债主的名单也太长了，邵兰英为此做出了分工。柳师傅交际广，负责回馈法院公安那面的关系网，那些应酬有套路，大抵是烟酒礼券洗桑拿，加上请客吃饭，接近外交事务。邵兰英自己揽下的事情，其实更像复杂的宣传统战工作。她最怕人心多变，仙女那边一旦反悔翻供，儿子还是跑不了。笼络老人用钱最见效，笼络仙女的心，光用钱不行，还要投其所好。邵兰英知悉仙女喜欢漂亮的饰物，买了一堆五光十色的珠链、戒指和头饰去，仙女根本瞧不上那堆东西，嫌低档，嫌俗气，倒是一眼看上了她手上的翡翠手镯，邵兰英不舍得这个祖传的镯子，嘴上客气了一下，强调镯子戴了好多年，不容易摘了。仙女说，你想给我就能摘，我给你拿肥皂来，看好不好摘？她没有办法，忍痛摘下镯子，看着仙女把镯子套到了自己的手腕上，心里嘀咕，这个女孩子，日后不知会嫁到谁家？嫁到谁家，谁家一定要倒霉的。

邵兰英给老花匠一家送礼，一年要送三次，分别是春节、五一节和国庆节，时间合理绵延，像法令一样雷打不动。老花匠一家搬迁到了郊县的双山林场，那条统战之路一下变得更加辛苦，她不怕，照旧带着一只沉甸甸的大篮子坐长途汽车到双山林场去，坚持了好几年。她一心要认仙女做干女儿，仙女不答应，仙女的奶奶倒与她姐妹相称了。直到有一次她去林场，发现老花匠的宿舍里来了新房主，人家告诉她老花匠已经干不动活了，林场辞退了他们，仙女去了外地工作，老夫妇俩回乡下养老去了。她僵立在宿舍前，一声声地长叹，心里不知是喜还是忧。人家又到屋后搬了一盆白兰花给她，说是老姐妹留给她的礼物。白兰花当时正开着，很香。她依稀记得自己说过最喜欢白兰花，说说而已，没想到老花匠夫妇记在了心里。她有点感动，带着那盆白兰花离开林场，无奈左手一篮子礼物没有出手，右手的花盆越来越沉重，走到半途中，她看看四下无人，狠狠心，把那盆白兰花放在路边的草丛里了。

至于柳生自己，他承担了一项特殊的任务。邵兰英指派他给保润家送猪下水，送了几次，猪肝猪肚都被保润的母亲当场扔到街上，他再也不肯去了。邵兰英也没有再逼迫儿子，说，本来是顺水人情，不收就不送了，否则别人往歪处想，以为我们心虚，好心给人当了话柄，小意思就变成没意思了。

这边停止了善意的表示，那边却有了让步的反馈。精品时装店的马师母肩负斡旋的使命，特意到肉铺来找邵兰英谈心，她说人心都是肉长的，保润的父母已经认了命，无心追究柳生了，他们胃口不好，对猪下水没有什么兴趣，家里不缺别的，缺的是人手。三句两句就说到了祖父，好歹是家里的长辈，好歹活着，扔又扔不掉，管又管不了，成了他们的一块心病。马师母婉转地表达了一个意愿，保润替柳生吃了官司，是否让柳生代替保润行个孝道，多去井亭医院照顾一下疯老头？邵兰英虽不认可马师母的逻辑，但心里觉得这要求并不过分，她说，马师母，你给粟宝珍也传个话，我们两家不是冤家，我们两家有缘啊，让她想想，这街上就出了两个精神病，给我们两家摊上了，怎么没有缘？柳生去替保润行孝，谈不上，两家人互相照顾一下，倒是应该的，只当让柳生去学雷锋了。

邵兰英把新任务交给儿子，柳生不赏脸。他说你们虚情假意的干什么？又要做婊子又要立牌坊，要去你们去，我没有那么好的胃口，我看见那老头就犯恶心。邵兰英火了，用鸡毛掸子打了柳生，她说，伤疤还没好，你就忘了疼？让你尾巴夹夹紧，你倒又翘尾巴了？这不是虚情假意，是做人的道理，自己欠下的债，你自己不知道？你年轻力壮的，跑几次井亭医院怕什么？捏着鼻子也要去，我们做父母的不开银行，不能替你还一辈子债的。

母亲总是了解儿子的，柳生必须夹紧尾巴，而他人生的伤疤，其实并没有完全愈合。保润是一个梦魇，说来就来，不分白天黑夜。有一天早晨他骑车路过铁路桥，一列火车正巧轰隆隆地通过桥面，一团黑影从火车上飞落下来，掠过他的肩膀，挂在自行车杠子上。他定神一看，居然是一个绿色的尼龙绳圈，看那绳圈的直径，应该是一个套头圈，他好奇地试了试，绳圈套上他的头部，不大，也不小，严丝合缝地咬住他的脖子。他惊出一声冷汗，火车已经过去了，他还站在桥洞下发怔，突然怀疑，保润会不会出狱了？保润会不会正在那列火车上？他扔掉那个尼龙绳圈，恐惧缓缓地消失了，一种巨大的内疚浮上了心头，他对着火车的影子说，对不起，国际大傻逼。

柳生曾经去枫林监狱探望过保润。

那是一个炎热的夏天，他背着一只旅行包，搭长途汽车到了枫林镇。包里装满了他为保润精心挑选的礼物，香烟、白酒、袜子、墨镜，其中有一支特殊的圆珠笔，是一个亲戚出国带回来的稀罕物，摁一下笔头，笔杆上金发碧眼的女郎会慢慢卸下她的泳装，大大方方展示一个性感的裸体，他喜欢这支笔，他认为保润会更喜欢这支笔，所以他把它小心地插在衬衣口袋上，准备伺机塞给保润。

天气很热，他在监狱门口看见一个老妇人带着包裹，坐在荫凉的墙根下，一边打瞌睡，一边默默地流泪，她的身边竖着一个纸牌，纸牌上写着：李福生是冤案！他不知道李福生是她什么人，也无意打听那冤案是怎么回事，是那个老妇人的哀伤，让他有点震惊。老妇人边睡边哭，呼吸时鼻息浊重，犹如风箱，泪珠则以均匀的速度渗出眼眶，一滴一滴地淌落在面颊上，他盯着那道泪泉注视了一会儿，渐渐地觉得浑身不自在了，冤案？他嘟囔道，有什么稀奇的，这世界上的冤案太多了吧？

他找了一片树荫躲避毒辣的日头，看见一个奇怪的少年沿着监狱的围墙，不停地绕圈，少年穿着汗衫和短裤，满头大汗，走一会儿停一会儿，将耳朵贴着墙，听一会儿，又喊一会儿，大宝，大宝，你给我滚出来！少年的声音尖利而愤怒，他在后面暗自发笑，问旁边卖冷饮的摊贩，他在喊什么？大宝是谁？那摊贩说，好像是个强奸犯，男孩每年都来，说要亲手把那个大宝阉了。

他不宜开口探听，大宝强奸了谁？是少年的母亲还是姐姐，或者是他的女朋友？他在心里猜，猜着猜着觉得扫兴，脸上有点发烫，看看离监狱会客时间还早，他买了根红豆冰棍，一路吃着冰棍，去附近的枫林镇上闲逛了。

枫林镇不仅有个著名的监狱，还是一个古镇。这类有历史的小镇夏天都比较凉快，树木参天，房屋高大古老，总是体贴地给予沿途的行人一片荫凉。他在荫凉处走走停停，看看石板路中央的古井，看看路边墙泥斑驳的祠堂，嘴里说，没意思，这种东西有什么意思？后来就走到了一家杂货店门口，一群小镇青年聚集在此，乱哄哄的，围着一张崭新的台球桌打球。

他停下来看热闹。对于桌球，他其实一知半解，只不过小镇青年们球技太烂，给了他逞能的机会。他嘴巴闭不住，手也闲不住，在旁边指指点点，小镇的青年们不买账，他干脆自己上了场，这一下就玩得不可收拾了。他爱面子，输不起，一局输了不服气，再来一局，这样玩了半天，店主出来收钱，对手让他付钱，说你输当然你付钱，他觉得合理，去找旅行包，这才发现他的包不翼而飞了。问旁边的人，都说不知情，还有人反问他，你真的带了包吗？没见过你的包么。他又急又恼，脱口骂道，怪不得监狱选中了你们枫林镇，原来抓人方便，你们这里到处都是小偷！

他犯了众怒，被杂货店门口的青年们团团围住，差点挨了打。店主出面保护了他，但是同情归同情，打桌球的那笔费用，店主无意豁免，他掏不出钱来，走投无路之间，想起口袋里的特殊礼物，拿出那支圆珠笔摁一下，说，先来看洋妞，我让她干什么她就干什么。他的嘴里发出了快乐的指令，脱，穿，穿上，脱了！店主和青年们都推推搡搡地争抢有利位置，大家瞪大眼睛，盯着他手里的圆珠笔，他一下又威风了，最后，把圆珠笔往店主手里一拍，慷慨地说，德国进口货，三百块也买不到，今天算我倒霉，归你了。

等他赶回监狱门口，会客时间已经过去了。他看着接待室关闭的大门，看看自己两手空空，摊开手，苦笑了一声，说，好。这样也好。虽然误了正事，误得荒唐，但也许那是天意，他很快原谅了自己：反正也没有礼物了，反正他也不一定愿意见我，反正见了面也不知道说什么好。他从裤子口袋里掏出长途汽车的车票，对着监狱大门晃了晃，反正，我已经来过了。

这些年来柳生一家风调雨顺。用邵兰英的话来说，都是积德行善修来的福。花痴柳娟的病奇迹般地好转，出院了，天天坐在家里刺绣，绣鸳鸯戏水，鸳鸯绣得活灵活现的。有人好心来做媒，对方是老西门一个坐轮椅的钟表匠，两个人见面，竟然一见钟情，柳娟及时嫁了，第二年便生了个小宝宝。是个女婴，美如天仙，众人见了，无不赞叹命运对柳娟额外的垂青。本来柳生一家与井亭医院已经撇清了关系，不必与那个晦气地方打交道了，但是，从保润家派来了新的义务，这义务呈现篱笆的形状，一次许诺，某种道义，还有群众舆论，它们一齐将篱笆扎紧，柳生无法脱身了。

柳生就这样成了祖父的访客。

他大老远地跑到井亭医院去，陪着别人的祖父。祖父是一棵疯癫的不老松，以家族的名义幸存于世。他面对祖父枯瘪的面孔和羸弱的身体，仿佛面对一场战争留下的废墟。该凭吊的凭吊了，该安慰的安慰了，所有该做的事情都做好，剩下的，便是百无聊赖。持久的善举，适合一个圣人，并不适合柳生，他做好事，总做得三心二意。外面的世界越来越精彩，香椿树街的万元户越来越多，各行各业都开始流行一句话：时间就是金钱。这句话蛊惑了柳生的心，他愿意浪费一点时间，但浪费的时间最好能换来点金钱。他在荷花弄有个熟识的朋友，靠回收各大医院废弃的医疗器材，出去倒卖，发了横财，柳生受此启发，认定井亭医院里也有商机。所有的商机，都是跑出来的。他有事没事就往医院的办公楼里跑，口头禅是：有没有生意介绍我做做？井亭医院的医务人员也跟他混熟了，没有生意介绍，倒有人热心地介绍对象给他。他说我先要生意再要对象，有了好生意，自然会有好对象。乔院长那里他跑得最勤，给乔院长跑腿，陪乔院长下围棋，只输不赢，输得还很认真，他和乔院长的关系越来越亲密，最终是乔院长拍板，给了他一笔真正的生意，允许他来承包医院的菜蔬肉类供应。柳生当天就回家向父母宣布，我要下海了，我要买一辆面包车。

父母都是有远见的人，他们认为外面形势变了，儿子在肉铺混日子也没有什么出路，下海试试也好。于是，父母动用了自己的积蓄，加上女婿的赞助，给柳生买了辆面包车。

他开着面包车来往于香椿树街和井亭医院，每周都到医院财务科结一次账，再去祖父的病房，心情好了，脸上总是喜洋洋的。有人看见过他把一个红包往祖父的裤腰里塞，关照祖父说，没钱了跟我要，我要是不在，想吃什么想喝什么，找人去买。他甚至还跟祖父开玩笑，想找小姐也可以，告诉我一声，我把小姐给你送过来。

祖父近年来四肢肌肉萎缩得厉害，已经拿不动铁锹铁镐了，无需捆绑，监护就少了很多麻烦。柳生去陪祖父，更多的是打扫他身体的卫生，替他理发，带他洗澡。祖父的头颅与别人不一样，头发剃干净之后，头皮上一块勾形疮疤清晰可见，他问祖父那是不是当年挨批斗，被王德基用煤炉钩打出来的？祖父点头称是，说以前打他的人多了，他不计较王德基，只是那煤炉钩打得不是地方，头上要不是有那么一个通道，他的魂也没那么容易飞走，要是当年敢歪歪脑袋，躲一下煤炉钩就好了，躲一下，说不定他的魂就永远丢不了。柳生说，咳，还说那魂干什么？别的老人都有魂，有魂有什么用，不都翘辫子了？你没魂那么长寿，有什么不好？替祖父洗澡的时候，柳生注意到老人的生殖器像一只田螺，隐藏在稀疏的白毛中间，他好奇地问，爷爷你的怎么那么小了？要是给你送小姐来，你还有没有用？祖父腼腆地捂住了胯下，很诚实地告诉他，以前有用的，我怕它给我惹事，天天严格约束，时间长了，它就安分了，现在恐怕没什么用了。

祖父对他的善举有过疑心。祖父说我家保润哪儿有什么好朋友，就算是好朋友，也好不到你这个份上。你是不是要分我的家产呢？小伙子，你要是有这个心，那就来晚五十年了，我们家以前是阔过，半条香椿树街都是我家的，上海外滩有家美国银行你知道吧？那美国银行里有我们家一只保险柜！可惜都保不住呀，多少房契地契也经不住一把火，多少金山银山也经不住抄家没收，现在我是无产阶级了，你这么伺候我，我只能请人给你写封感谢信啊。柳生嬉笑道，我不算保润的好朋友，我不要你的家产，也不要什么感谢信，爷爷，雷锋你知道吧？你以后就把我当活雷锋好了。

他欠保润的，都还到了祖父的头上。与祖父相处，其实是与保润的阴影相处，这样的偿还方式令人疲惫，但多少让他感到一丝心安，时间久了，他习惯了与保润的阴影共同生活，那阴影或浓或淡，俨然成了他生活不可缺少的色彩。他曾经听见父母在厨房里悄悄地议论，有朝一日保润回家了，对柳生会是什么态度？好心会不会有好报？要是保润不领柳生的情，那我们家岂不是竹篮打水一场空？父母的忧虑伤了柳生的自尊，他冲进厨房，从母亲的汤碗里抓过汤匙就往地上砸，父母还没有弄清儿子撒的什么野，他又抓起一个汤匙，高高地举起来，你们瞎操什么心，世界那么大，还容不下我和他两个人？他斥责着父母，开始砸第二把汤匙，这次动作很潇洒，手一松，汤匙自动坠落在地，砰的一声过后，他用脚归拢地上的碎瓷片，说，你们看见这两把汤匙了吗？这就是我的态度，我和保润，能和平就和平，要是不能，我跟他同归于尽！

特二床

门被撞开了一大半。

有人莽撞地往办公室里面闯，带着一阵寒风，还有一股甜腻而浓烈的香水味。为什么不开门？你们在下棋还是打牌？那女人微胖的面孔率先钻过了门缝，尖利的声音变得激愤起来，好啊，关着门在下棋？知道我们国家为什么落后吗？就因为养了你们一大窝懒虫，混吃等死，上班不干活，天天下棋！

他们是在下棋。柳生经常陪乔院长下围棋，乔院长下棋的时候是不处理工作的，谁若不知趣，就由柳生出面，把人打发走。柳生从椅子上跳了起来，正要去驱赶那个女人，女人从挎包里抽出一把宝剑，只见半空里银光一闪，女人高喊道，闪开，马仔闪一边去！

一听就是郑姐，飞扬跋扈惯了，她不屑打听柳生的名字，从来都喊他马仔。是一个四十多岁的妇女，装扮时髦，时髦得有点不伦不类。她穿着猩红色的羽绒服，黑色健美裤，白色运动鞋，肩上挎了一只棕色的皮制剑鞘，那剑鞘使她看上去盛气凌人，像一个新时代的女金刚。柳生每次看见郑姐的宝剑，都忍不住发笑。听见他的窃笑声，郑姐猛然回头，剑挑柳生的下颚，马仔，你笑我的剑？现在社会上妖孽太多，我随身带把剑斩妖，有什么好笑的？柳生小心地躲闪着剑，我不是妖孽，你别斩我呀。郑姐说，你做妖孽都不配，你是个小马仔，小马仔，你不认识我的？柳生说，我哪儿敢不认识你？你是箍桶巷的郑姐，千万富翁嘛。

谁没听说过箍桶巷的郑姐和她弟弟郑老板呢？那姐弟俩是一个传奇。他们的创业之路与居民的沐浴紧密相关，姐姐承包了箍桶巷口的老澡堂养德池，弟弟最初在池子里帮人搓背，闲来无事，构思了一条精彩的广告：百年养德池，今朝水文化。广告巧妙地迎合了大批浴客崇尚文化的消费心理，养德池从此名噪一时，宾客如云。姐弟俩从箍桶巷起步，很快做大做强，成立了郑氏水文化连锁企业，旗下最多的时候拥有二十多个洗浴中心。后来企业再扩张，易名为郑氏国际投资贸易公司，做发泡塑料生意服装生意钢材生意汽油生意，还走出国门，买下了越南两座矿山的经营权，姐弟俩毫无争议地成为城南首富。荣华富贵来得太快，太多，姐姐懂得如何享受，弟弟一时无法适应，不幸得了妄想症，总是怀疑有人要暗杀他。有一天深夜，郑老板拉着一只旅行箱在大街上狂奔数千米，径直闯进公安局的大门，自称有人追杀他。值班人员发现他浑身上下只穿了一条三角内裤，两只手腕则戴满了名贵的瑞士手表，问他为什么是这副装束，他说，来不及，来不及了。打开箱子检查，里面除了几盒避孕套，都是一捆一捆的人民币，值班人员起初以为遇见一个梦游的富翁，询问之下，才发现不是噩梦的错，是恐惧击垮了年轻的郑老板，他投诉绑架者在他的办公室里留下了很多长长短短的绳子，指称杀手乔装打扮成美艳的按摩小姐，今夜就要伺机下手。值班人员很快联系上郑姐，郑姐当场在电话里哭了，说，他是董事长呀，这个样子，公司还怎么上市？值班民警问，你们公司的股票也要上市？去上海还是深圳？郑姐边哭边说，不去上海了，也不去深圳了，去井亭医院！

郑老板成了乔院长的病人，郑姐却成了他的上帝，上帝不好怠慢，乔院长对柳生使了个眼色，还不快给郑姐泡茶去？自己去打开了药柜。开塞露，开塞露在哪里？他嘴里念叨着，郑老板还在便秘？长期便秘影响肠胃功能，我很重视这个情况的，昨天就吩咐他们多送几瓶开塞露去，都怪李护士不长记性。

郑姐冷笑一声，开塞露开塞露，你就知道个开塞露，昨天就告诉你，我弟弟大便通了，现在不是便秘的问题，是他在这里的地位问题。我们交了那么多钱给医院，你给我们一个特二床，房间朝西呀，什么意思？我弟弟不住朝西房间，要住就住特一床，要朝南！

特级病房是给厅局级以上准备的，给你弟弟特二床，已经算特殊照顾了。乔院长耐心地向郑姐解释着，眼睛突然一亮，说，特一床是康司令，老红军老革命老领导啊，你们见过康司令了吗？你们相处得怎么样？

我们没相处，他瞧不起我们，我们也不稀罕搭理他！郑姐似乎被捅到了痛处，勃然大怒道，少跟我提什么级别，现在是商业社会，钱就是级别！什么样的大干部我没见过？市委书记的手，我握得不想握了，省长的手，我也握过！你少拿康司令来压我们，康司令住院不交钱，我们交了多少钱？凭什么他是特一床，我弟弟就是特二床？

乔院长的脸上有点挂不住了，示意柳生将茶几上的棋子收起来，自己从口袋里掏出一盒风油精，用手指蘸了些，一圈圈地涂在脑门上。头疼头疼，一边是司令，一边是大老板，我哪边也不敢得罪啊。他对柳生苦笑，含沙射影开了个玩笑，这倒霉院长真是个苦差事，赚不了钱，整天得罪人，柳生啊，干脆让给你算了。

多少钱？郑姐突然问。

乔院长一时没有反应过来，什么多少钱？

买你这个院长，多少钱？郑姐的宝剑在半空中挥了一下，她说，干脆我把井亭医院都买下来算了，我弟弟想住哪儿住哪儿，多少钱？你开个价！

办公室里的空气忽然凝滞了，乔院长的脸上是某种震惊的表情，他瞪着郑姐的脸孔，嘴里连声说，荒唐荒唐，郑姐你太荒唐了。郑姐说，你才荒唐，现在市场经济，什么不能买，什么不能卖？日本人买了纽约的帝国大厦，你听说过没有？我有个朋友，一辆小轿车换了个副厅级，你相信不相信？柳生在一旁笑，一千万，卖给她么，医院给她，精神病人也卖给她，

便宜卖，一千块一个。乔院长用眼神制止了柳生的起哄，斟酌半天，最终还是采取了好言相劝的方式，郑姐我知道你有钱，有钱还是花在别的地方好，有钱也别买井亭医院，这医院是国家的，我哪敢跟你开价？再说了，饮水不忘挖井人，你们家今天能够发家致富，靠的是谁？不是靠的共产党吗？共产党靠谁？都靠康司令他们当年打江山，人家是革命的功臣啊，我们怎么好意思跟他抢病房，郑姐你说对不对？

郑姐不愿意点头，也不敢轻易摇头，被迫地产生了些许歉意，但歉意只是从眼神里闪了一闪，马上就消失了，她仍然充满了怒气，乔院长我问你，今天星期几？

柳生朝办公桌上努努嘴说，请看日历，今天星期四。

马仔闭嘴，这里轮不到你说话。郑姐用宝剑指了指柳生，剑头忿忿地转个圈，垂下，对着地面笃笃地敲，今天星期四了，我要的办公室，你准备好了没有？

乔院长也许是健忘了，也许是装糊涂，他迷惑地看着郑姐，什么办公室？郑姐你要到井亭医院来办公？

不是我，是白小姐！我弟弟聘的女公关，不要办公室吗？郑姐叫起来，你把我的话当耳旁风了？上星期就关照你，白小姐今天来报到，三楼东边那空房间，我们要租下来，给她做办公室！

乔院长想起了什么，哦，那个小姐啊。他的表情变得复杂起来，挠着头说，这女公关到底是干什么的，我们也搞不清楚，她在高级病区出出进进，怕影响不好吧？柳生听出了乔院长的担心之处，在旁边帮腔，公关小姐有正规的，有野鸡的，还有挂羊头卖狗肉的，万一是个鸡婆呢？这是精神病疗养院，来个鸡婆到处乱走，你让病人还怎么安心疗养？

你个烂马仔，再插嘴，我一剑斩了你！郑姐忿然地用宝剑对着柳生，做出一个斩人的动作，然后对着门外喊起来了，白小姐，你还站在外面干什么？进来给他们看看，你是正规的还是野鸡的，给他们看看，你是不是鸡婆！

那个白小姐还站在走廊上。

一团暗影在门边晃动，他们这才注意到，门外一直有高跟鞋笃笃敲地的声音。她进来了，像一朵湿润的乌云进来了，柳生记得很清楚，她一进来，室内的光线不知怎么就暗下去了，他迎接这个年轻女人，就像迎接一个悲伤而诡秘的黑夜来临。

白小姐手里拿着一个活页夹，一部手机，手机上坠着金色的花状饰物。她身上有隐隐的栀子花的香味，头部和大半张脸用一条黑色的围巾蒙起来了，柳生只看见她的眼睛，眼睛很黑，很美丽，浓缩了两片愁云。一件深棕色的毛皮大衣覆盖着她的身体，帷幕一样厚重，垂到膝盖以下，露出了修长的小腿，还有那双紫色的镶钻的高跟鞋。

无疑是命运安排的一次约会，他们的目光撞在一起，闪电不期而遇，伴随着一股隐秘的飓风，她头上的黑围巾不知怎么滑落下去，一张苍白而熟悉的面孔暴露在他的视线里，起先是傲慢，后来是惊恐。他们彼此认出了对方。只是两三秒钟的迟疑，柳生看见她转过脸去，对乔院长说，你这里有传真机吗？

是仙女。仙女回来了。记忆匐然一响，成为满地碎片，放射出令人惊悚的尖利的光芒。她的毛皮大衣，一共拖曳着十年的时光。他看见了两只兔子。看见了水塔。看见了保润。他下意识地捂住半边脸，慢慢地往办公室门边移动，乔院长注意到了他反常的举动，柳生你去哪里？我这里好多事，都要你帮忙呢。柳生一时慌张，随口说，等一会儿，我要上厕所。他跑到走廊上，忽然觉得忘了一件事，于是回头，朝办公室里大声喊道，她一定是正规的。

幽灵的声音

她回来了。

他曾经设想过多年以后，设想过与保润的一百种相遇，独独没有设想过与仙女的再次相遇。他记得很清楚，当年仙女亲口向他母亲发过誓，永远不会回到你们这个可恶的城市，永远不想见到你们这些人肮脏的嘴脸，我就是死了变成骨灰，我的骨灰也不会往你们这里飘。他从来没有料到，食言是一个未成年少女的专长，也是她的权利，那个少女，现在回来了。

他有点怕。她一回来，他犯罪的青春也回来了，一个紊乱的记忆也回来了。一连几天，他驾着面包车经过井亭医院的小树林，觉得车厢里的菜蔬猪肉都在慌乱地抖动，废弃的水塔里隐约响起了水的回流声，一页翻过去的历史，被风吹回了原处，让他辨认。他有点怕。他必须辨认。有一个低沉的声音在水塔上呼唤他，上来，柳生你上来。他分辨不出那是保润的声音，还是一个幽灵的声音。

两只乌鸦还栖息在水塔顶上。这么多年过去了，还有两只乌鸦栖息在水塔顶上。树枝分割的时空碎裂了。恍惚之后是惊悚，他忽然发现自己的生活充满了快乐的假相，而真相是连绵不绝的阴影，它像一座云雾中的群山，形状变幻莫测，排列的都是灾难的比喻。这么多年过去了，他还在灾难的包围之中。

大约是第三天，他看见她站在井亭医院的门口，怀里抱着一个文件夹，看样子是在等出租车。她的穿着打扮总是时髦得令人意外，一件高领的宽松式粉色毛衣，一条黑色小羊皮裤子，她的身体曲线有一种写意式的美感，炫耀青春和美丽。在早晨九点钟的阳光里，那双乌黑的杏眼被柔美的光线反衬着，像两个春天的花坛，繁茂的心事以花朵的格式悉数开放。她的面孔裸露在淡金色的阳光里，看起来有点傲慢，有点妖娆。她的嘴唇涂抹了暗色的口红，晶莹而湿润，令他心乱，那是他曾经亲吻过的嘴唇吗？还有她的乳房，它在毛衣下显得那么丰满，那么性感，让他不敢正视，那是他曾经抚摸过的乳房吗？岁月洗涤了某些触觉的记忆，她现在的美貌与性感，改写了他过去的罪恶，他的负罪感在虚幻中悄悄地变异，升华为某种荣耀，竟然夹杂了一丝甜蜜。他想起一句流行歌曲的歌词：曾经拥有。曾经拥有。他为此而慌神，开着面包车从她身边经过时，全身莫名地紧张，随手按了一下喇叭。你好。他的问候很犹豫，喇叭声则清脆响亮，她回过头，眼睛忽然一亮，伸出一条胳膊拦住了车。

师傅帮个忙，带我去市中心。她不容分说地拉开了车门，坐在他的身边，补上一句，我付你车费。四目交接，两秒钟的慌乱，她很快恢复了镇定。我司机生病了，这鬼地方，半天看不见出租车的影子。她吸着鼻子朝面包车后面张望，你这车上什么气味？跟厕所似的，好难闻啊。他没说话，听见她弯起手指敲打车窗，开车，我有急事，将就一下吧。

他注意到她手腕上泛着一小片绿光。是一只翡翠手镯，也许正是他母亲当年赠送的礼物，母亲在家里不止一次地念叨，说那只翡翠手镯是玻璃种，又是祖传老货，现在翡翠升值，不知道要值多少钱了。他不敢仔细辨认那只手镯，随口问道，小姐贵姓？

她侧过脸，嘴边一抹讥讽的微笑，不是见过的吗？叫我白小姐。她的眼睛里有针锋相对的锋芒，你呢？先生你贵姓？

他一下不敢说话了。必须小心谨慎。他们之间的默契脆薄如纸，稍不留神，便破坏了。他们的过去是一杯腐茶，盛在同一只杯子里。必须小心杯盖。打开了杯盖，腐茶的秘密也就暴露了。不能打开。不能相认。不能说话。他默然地开着车，闻到她身上清冽的香水味。现实仿照着梦境，她回来了，梦也回来了。她坐在他的身边，就像一片黑夜降落下来，带着浓重的露水，带着一些诡秘的忧伤。

车过老城门，他忽然听见她嗤地一笑，别演戏了，累死人。她对着化妆盒上的小镜子，用一个眉刷刷自己的眉毛，告诉我，那个国际大傻逼，现在怎么样了？

是她先打开了那只杯盖。他没有料到，这么快她就没有耐心了，转脸一看，她的表情显得僵硬，语气却是平静的。很明显，她在问保润的近况。一杯腐茶重见天日，腐茶里映出了保润模糊的面孔。他低声说，还那样，他还在里面，刑期没满。她低下头，从包包里掏出纸巾，擤了擤鼻子，我感冒了，一到秋天我就感冒。然后她拿出一个粉饼，对着镜子补起了妆，随便问问的，好了，你记住一件事，我不叫仙女了，我是白蓁，以后叫我白小姐。她说，你要是再叫我仙女，小心我对你不客气。

他懂得她的意思，世上没有仙女了，名叫仙女的少女一去不复返了。那是另一种默契，他乐于遵守。他说，白小姐，以后有什么事要我帮忙，用个车什么的，尽管吩咐。她鼻孔里含糊地哼了一声，你能帮我什么忙？救个急罢了，我要是老在你这破车里钻出钻进的，还怎么在外面混？她的傲慢不加掩饰，他有点尴尬，忽然问了一个愚蠢的问题，白小姐，你那么年轻那么漂亮，为什么要给个精神病人当公关小姐呢？

她啪地合上了化妆盒，斜着眼睛看着他。少见多怪。她说，他愿意付钱，我愿意挣钱，哪儿来的为什么？大家都下海了，你不是也下海了吗？

空　屋

香椿树街那么短促，他开着面包车来来往往，不知多少次路过了保润的家。白天路过，他总是加速，匆忙穿越时装店里人群的目光，夜里他反而减速慢行，趁着难得的安静，打量一下保润的家，只是打量，不算观察，也不是睹物思人，他惦记的，其实是一棵树。时装店的霓虹灯光打在那片年久失修的屋顶上，他每次都注意到那棵桑树，一棵桑树，端端正正地长在保润家的屋顶上。不知是哪只鸟衔来的桑葚，在这片寂静的屋顶上找到了沃土，几年下来，桑树足有半人高了，竟然长得枝叶茂盛。

曾经有几个孩子爬上保润家的房顶，去摘桑叶，被时装店的马师母骂下来了。马师母说如果不是她看着，屋顶上的桑树早就被人拔掉去喂蚕宝宝了，不仅是孩子调皮，某些黑良心的街坊邻居说不定也有上房揭瓦之心。谁都有机会爬上保润家的屋顶，因为那片屋顶下面，已经空无一人了。

保润的父亲去了天堂。他死于第三次中风，据说临死前要去拿一只拖鞋，拖鞋只穿上了一只脚，人先走了。来不及说出临终遗言，死者走得不甘心，遗容便显得古怪吓人，他看起来怒发冲冠，眼珠子几乎瞪出眼眶，怎么也抹不拢，嘴巴张大了，保持着呐喊的口型。粟宝珍怕吓着别人，在丈夫的遮脸布上系了带子，像一只口罩绑在脑后，谁也不敢去解开那只口罩，如此，左邻右舍谁也没有瞻仰到死者真正的遗容。

这是香椿树街有史以来最安静的丧事，没有人哭丧，灵床躲躲闪闪地停在幽暗之处。如果不是时装店歇业关门，路人甚至不会注意到保润家门上的白色纸条：谢绝吊唁。居民们都知道，谢绝归谢绝，吊唁归吊唁，该去的还是要去。邵兰英代表柳生一家人，抱着一只花圈去吊唁，先站在门口，试探主人的反应，看粟宝珍没有反对，邵兰英就进去了。她一进去就有惊人的发现，粟宝珍神色呆滞，两边太阳穴上都糊了药膏，守在死者身边，埋头剥瓜子仁。这是很不恰当的表现，她和马师母等人为此交头接耳。粟宝珍注意到了邻居的议论，她说，你们不要这样看着我，我哭不动了，我的眼泪流干了，一滴也挤不出来了。又向众人举起一粒瓜子，这瓜子是给炒货厂剥的，不是我吃的，医生说我的血压太高，很危险，手里做点事，一是防止中风，二是赚点小钱，我万一要是也中风，谁给他出殡呢？

　　保润没有回来，大家都能理解，奔丧也是要有资格的，他没有了这个资格。还有一个亲人，是祖父。祖父有没有资格？这是一个值得商榷的问题。邻居们普遍认为，无论是什么样的父子，最后一面，终归是要见一下的，粟宝珍应该去把祖父接回家。有人怂恿马师母去做说客，马师母一口回绝，不知道她是真心体谅粟宝珍，还是怕祖父回来连累了自己，马师母说，坚决不接疯老头，我替她做主。你们就不要来添乱了，我哪儿是不懂老礼？凡事要从实际出发啊，这个家一共四口人，疯了一个，关了一个，死了一个，只剩下宝珍一个人了，老礼不要紧，她的身体最要紧。

　　葬礼之后，粟宝珍被她妹妹接去了省城。她嫁到香椿树街几十年，为人妻为人母，最终还是靠娘家的亲人，返还她一个温暖的怀抱。临走前粟宝珍续签了房屋租约，租金不升反降，但有一个附加条件，要马家负责照管房子。她对马师母说，我嫁到杨家没享过一天福，想不到在杨家苦了一辈子，最后还要靠妹妹，我妹妹有福气，她嫁得好，妹夫做官越做越大，以后我就跟着妹妹过，看看福气是什么样子的。马师母不知道那女人是心寒了，还是心硬了，试探道，妹妹再好，哪儿比得上儿子？儿子迟早要回来，这儿好歹是你的家，说扔下就扔下了？粟宝珍叹了口气，拍拍膝盖说，什么儿子？一个讨债鬼罢了。这地方也不是家了，是一个墓啊。你知道我为什么半死不活的吗？都是让鬼魂缠的，天天夜里睡不好觉，他家一大堆祖宗的鬼魂，从这里蹦出来，从那里跳出来，都围着我吵，人呢？人呢？他们的人呢？几世几代的鬼魂都来跟我要人啊，好像是我谋害了他家的子孙。马师母听得害怕，环顾四周道，那你一走，他们家祖宗会不会来跟我要人呢？粟宝珍思索了一下，反过来安慰她，鬼魂也讲道理的，你是房客，又不是他家的媳妇，怎么能找你要人呢？

后来马师母向她打听保润的境况，说街东的三霸提前出狱了，又去火车站做票贩子，桑园里的猪头也减刑回家了，在桥上替人修自行车，你家保润，有没有减刑出狱的希望呢？粟宝珍黯然地垂下头，我跑了好几趟了，希望不大。人家说父母怎么跑都没用，主要看犯人在里面的表现，自己的孩子自己知道，保润能有什么好表现？他哪里比得上三霸，哪里比得上猪头？到哪儿都不讨人喜欢，人家不给他加刑，就算便宜他了。

粟宝珍向马师母转交了家里的钥匙，说人算不如天算，等到保润回家的那一天，她不知道自己还在不在人世，只能麻烦你保管这些钥匙了。这样的临别赠言，让马师母差点流出了眼泪，她注意到三串钥匙是一样的，保润和他父亲的那两串，她觉得脏兮兮的，也不吉利，挑出来要还给粟宝珍。粟宝珍摆手道，马师母你都拿着，这个家的钥匙，我一把都不留，不瞒你马师母，我这一走，就不准备回来了，不是我心狠，现在别人的日子都好了，我也想过几天好日子啊。

这样，保润的家也交给马师母打理了。马师傅一家都有商业头脑，精品时装在香椿树街销售不畅，他们一直在酝酿转向经营。近年来香椿树街居民没有了温饱之忧，普遍都很怕死，如何长寿如何养生，成了街头最热门的话题，向街坊邻居出售药物和保健品，无疑是更适合民情的生意。马家早就与一家著名的连锁药店签了加盟合约，店铺要改造，做大做强，之所以迟迟不动，只是碍于房东一家的健康状况，不忍心扰了他们。粟宝珍一走，时机也到了，他们放开了手脚，再一次大兴土木。

连锁药店是连锁的，装修都要听从别人的指挥，连店铺门面的大小尺寸也连锁，不能大，更不能小，原先时装店迎街的店门，比标准还是小了几十公分，所以，保润家的那扇家门，不得不再次让贤，原来的半扇木板门，必须被削去一半。装修工人已经卸下了门，拆下了门框，马师傅心里犯起了嘀咕，说这样做以后会不会惹纠纷，还是要设法找到粟宝珍，商量一下再削门。马师母嫌他啰嗦，让他亲自从门槛上走一走，试一试。她说，你比保润胖，你能过去，以后保润就能过去。马师傅顺利地走过去了，身体与门框正好匹配。马师母说，看，不是过去了？小什么呀？凡事要从实际出发，迎街门面多金贵，你给保润留这么大一扇门，他又没机会走，不是浪费吗？

柳生很少步行路过保润家，路过也从不停留，但有一次例外了，母亲差他去马家的新药店跑一趟，为父亲买胃药。他走到药店，一下被门口崭新的广告牌吸引了。那广告牌像一大块流动的屏幕，遮住了保润家的门洞。一个白种男人在微笑，衬衣口露出黑色的胸毛，一个金发女郎在微笑，比基尼泳装下的肉体散发着湿润而性感的光亮，他们相拥坐在海边的沙滩上，什么也没做，但看上去刚刚做过了什么。广告的文字主要是英文，他看不懂，仅有的几个中文是红色的，特别醒目：男人福音，进口伟哥，独家经销。他朝广告多看了几眼，被马师傅的大儿子注意到了，他给了柳生胃药，并不急于收取药钱，朝四周扫视一圈，一猫腰从柜台里扔出一盒东西来，好东西来了，伟哥，试试伟哥去！原厂进口货，别人嫌贵，你买得起的。

他拗不过对方的热情和抬举，也拗不过自己的好奇心，竟然掏钱买了一盒。柳生记得很清楚，他把胃药拿在手上，那盒伟哥塞到口袋里，忽然听到隔壁的保润家里回旋着一股凄凉的风声。他探头到广告牌后面一看，保润家平时尘封的小门半掩着，有穿堂风从长长的夹弄中夺门而出，吹得广告牌上的西洋男女不停抖动，一辆老式的永久牌自行车倚靠在墙角，车轮钢圈仍旧闪烁着寒冷的光晕。他认得出来，那是保润骑过的永久牌自行车，自行车的后架上，还整整齐齐缠着一圈绳子。

柳生僵立在那里，看见有个粗壮的身影，在自行车边晃动。是十八岁的保润，他躲在门后的阴影里，浓缩成另一块阴影，他在时光的掩护下，等候时光飞逝。他在等谁？他依稀看见了十八岁的保润，胡须初现，肌肉发达，目光如刀。他看见了十八岁的保润，身上穿着旧时代风行的米黄色夹克，手里转动着一条长长的绳子，保润说，进来，柳生你进来，我们好好谈谈。

他不敢进去，看见一个人影从门里出来了，是马师母。马师母戴着帽子和口罩，一手提着水桶，一手举着个鸡毛掸子，嘴里说，家具都烂了，被褥都霉了，墙泥都裂缝了，这个家，我哪儿有本事替她收拾？他匆匆要走，马师母的鸡毛掸子在他后背上拍了一下，柳生你别走，我这儿有几封保润的信，你带去井亭医院给他爷爷。他说，为什么不退回去？信可以退的，他爷爷还看什么家信？马师母说，怎么好退信呢？他爷爷疯归疯，好歹也是亲人，亲人都可以收信的。她从怀里掏出一叠信，指着信封哀叹道，真是可怜啊，爸爸死了这么久，儿子还不知道，看看收信人，还写着他爸爸的名字呢。

柳生带走了那几封信。半途上好奇，偷偷地拆开看。保润的每封信只有一页纸，稚拙的字迹略有不同，有的认真些，有的潦草些，内容几乎一致，像是抄袭了一份样本。开头都是亲爱的爷爷、爸爸、妈妈你们好，内容差不多都是我在这里一切均好请放心。结尾更是雷同，无一例外都是希望你们保重身体，此致敬礼。

他把信封折了一下，塞在裤子口袋里。此致敬礼。此致敬礼。他觉得那些文字长有一排细小的牙齿，轻轻噬咬着他的大腿。分隔多年了，通过几页返潮的信纸，他与保润有了一次神奇的相遇。保润陌生的字迹留有体温，透过牛仔裤厚厚的布料，慢慢融化在柳生大腿的皮肤上。保润的生活以空洞的文字概括了，收入柳生的裤子口袋，竟然是沉甸甸的。柳生觉得大腿处有点疼，还有点烫，口袋深处隐隐飘散出一种古怪的焦煳味。秋天以来他经常闻到这种气味，不知它来自干燥的季节，还是来自干燥的记忆。此致敬礼。透过保润的家信，他隐隐地看见了自己的未来，那个未来冒出了一缕神秘的青烟。

过了几天，他去九号病房探望祖父，带去了保润的家信。不知道是冲动的结果，还是冷静的对策，他脑子里有了一个大胆的计划。他问祖父，你还记不记得保润的模样了？祖父说，现在的模样不记得，就记得他小时候的模样。他又问祖父，你就剩这么一个孙子了，想不想去看他一次？祖父说，想也没用，我连男病区的门都出不去，怎么能去监狱看他？柳生探清了祖父的态度，没有多说什么。他从包里找出理发工具，开始帮祖父理发，刮胡子。然后他替祖父穿上了一套廉价的西装，端详着祖父说，现在像人了，可以去见孙子了，你跟我走，什么也别说，我带你去看保润。

他不顾井亭医院的规章制度，把祖父悄悄地塞进了面包车。祖父钻进一只菜筐里，顺利地闯过井亭医院的三道门岗。到了公路上，他让祖父坐到了副驾驶的位置上，说，怎么样？我对你够意思吧？祖父临窗四望，望见满眼新的风景，嘴里便发出一声欣喜的感叹，祖国的面貌日新月异，真是日新月异啊！

面包车驶往五十公里以外的枫林镇。时隔多年，整个世界花样翻新，枫林监狱还是老样子，灰白色的水泥高墙一望无际，墙上森严的电网一望无际，东侧多了一座瞭望铁塔，塔楼里有人影晃动，一只高音喇叭挂在瞭望窗下，闪闪发亮，喇叭上还站着几只大胆的麻雀。有一幅红色的宣传标语自塔顶垂下，引人瞩目：热烈祝贺枫林监狱荣获十佳文明监狱称号！

他把面包车停在公共停车场，拿出公文包里面的钱。祖父看着他数钱，嘴里帮着数数，数着数着祖父晕了，他说，这么多钱啊，数都数不清，你准备给谁？他说，给保润的见面礼。祖父说，你为什么要给保润这么多钱？犯人不能花钱，会让干部没收的，不如我替保润来保管。他推开祖父的手，笑着说，爷爷，他有钱不好花，你有钱也没用处，还是我自己来处理吧。

他低估了祖父的智商，却高估了祖父的健康状况。他搀扶着祖父走到监狱门口，正好遇上卫兵换岗，有个短小的换岗仪式。下岗的卫兵迈着夸张的步伐向他们走来，上岗的卫兵手持铮亮的自动步枪，对准他们的方向，做了个瞄准的姿势。这次虚拟的射击吓着了祖父，祖父惊叫了一声，枪毙！他甩脱柳生的手，提着裤子就往面包车那里跑。柳生没有想到他跑得那么快，祖父一路跑着，裤管里一路淌下了不明的液体，滴在地上。他猜到那是尿，祖父受到四把自动步枪的惊吓，尿了裤子。

这是一个无法预料的意外事故。祖父不肯下车了，柳生怎么劝解都没用。他说，爷爷，我是陪你来的，你不去看保润，那我们不是白跑一趟吗？五十里路呢，汽油都烧掉很多钱。祖父定下神来说，我不管，我是爷爷他是孙子，让他到车上来看我。柳生说，爷爷你糊涂了，这是监狱，只能你进去，他不能出来的。祖父说，那你一个人去吧，替我问一下，他什么时候能出来？再替我捎句话，我等他出来给我收尸呢，他什么时候出来我什么时候死，再也不赖在这个世界上，再也不给大家添麻烦了。

他掂量了一番，最终把祖父锁在车上，自己去了接待室。访客很多，他挤在人堆里填表登记，觉得心里乱糟糟的。填写名字的时候他犹豫了，起初想填自己的名字，不知为什么有点胆怯，干脆写了疯老头的名字，杨宝轩，还特意注明了身份，爷爷。

然后是等待。他坐在接待室的长椅上观察着周围的人群。透过访客们的年龄以及脸上的表情，他试图分析出受访者的案底，谁是贪污受贿，谁是暴力行凶，谁是风化案子。有对中年夫妇站在墙角，男的在抽烟，女的一直在抹眼泪，悲伤的目光里充满了受创的母性，还有怨恨。他蓦然想起了那年夏天遇见的老妇人，甚至想起了她亲属的名字，李福生。李福生是冤案。他直勾勾地看着那妇女，看她的泪珠如何滴出眼眶，然后被纸巾擦拭干净了。中年男子首先察觉到了他的目光，对妻子说，你别哭了，人家都看着你呢。柳生向他们点点头，笑了笑，他特别的善意引起了那对夫妇的误会，男的走近他，围着他转个圈，突然问，你是不是来看我家张亮的？他没来得及反应，女的也过来了，一只冷津津的手伸过来，抓住了柳生，你是不是张亮的朋友，是不是小黄？你是小黄还是小丁？你怎么不给我家张亮证明一下，他是冤枉的？他吓了一跳，赶紧摆手，我不认识张亮。我不是小黄，也不是小丁。他躲到角落里去，垂下头注视着自己的膝盖，嘴里下意识地嘀咕，谁不是冤枉的？我也有朋友在里面，也是冤枉的。

总算轮到他了。他听到了一个狱警洪亮的喊声，杨宝轩！杨宝轩在不在？他赶紧站起来，跟随着狱警来到走廊上。那狱警很年轻，穿着新潮的裁剪考究的灰制服，腰身与臀部都被勾勒出来，裤腿偏瘦，腿便显得很粗壮。不知为什么，他的体型让柳生想起了保润，他记忆中模糊的保润变得清晰起来，十八岁的保润多么粗壮，现在不知变成什么样了。走廊很长，墙上刷写的标语有了年头：改过自新，重新做人。走廊尽头可见一扇铁门，迎面竖着一面大镜子。他看见自己的影子尾随着狱警，忽快忽慢，越来越慌乱，镜子里的映像，让他感到一种莫名的恐惧，他向角落里闪了一步，避开镜子的映照，这样，他的影子突然从镜子里消失了。那个狱警注意到了他反常的举动，回过头训他，你这人怎么回事？躲什么呢？你到底要不要进去？他站在墙边不动，脸上带着一丝深深的歉意，我不是躲，有什么可躲的？他说，对不起，我听错了，我不是杨宝轩。

他走向停车场，心里弥漫着巨大的空虚。祖父在车上睡着了，歪着头，嘴角边流出一摊口水。他坐到驾驶座上点了一支香烟，烟味熏醒了祖父，祖父问，我家保润怎么样了？他想了想，顺口扯个谎，还那样，老了一点，瘦了一点。祖父说，他到底什么时候出来？他说，快了，该出来就出来了，爷爷你放心吧，总归有人替你收尸的，他不替你收，我来替你收。

他发动了面包车，心里比较了两次失败的枫林监狱之旅，哪一次更可笑一点？他不知道，只是心里充满遗憾。透过车窗抬眼一望，西侧枫林镇的景象有点像海市蜃楼，昔日古朴冷清的小镇如今高楼林立，竟然也有了些许国际化的气象。一道橘红色的橡皮拱门耸立在枫林桥边，拱门上的一排大字异常醒目：羊肉汤之乡欢迎您！他从来不知道枫林镇是个羊肉汤之乡，想起当年被窃的那只旅行包，忿忿地说，不是小偷之乡么，怎么变成羊肉汤之乡了？

枫林镇上不知是谁家办喜事，或者是又一家羊肉汤馆开张大吉，鞭炮爆竹声不绝于耳，空气欢乐地震颤，一只烟火的残骸像鸟一样飞行数百米，先是落在面包车的车顶盖上，然后滚落在地上。他下车察看，发现一个六角形的烟花残骸，恭喜发财的字样还清晰可辨。恭喜我发财？那是一个好兆头。他把烟花捡上了车，放在挡风玻璃前面。他问祖父，爷爷，枫林镇的羊肉汤真的有名吗？祖父说，怎么没有名？我小时候就跟着我爷爷去喝过，坐小轿车去的。他忽然对羊肉汤产生了兴趣，问祖父，你想不想去枫林镇上喝碗羊肉汤？祖父点点头，说，想喝的，我刚才做梦，还喝了一碗羊肉汤。

枫林镇的老街拆了，参天大树不见了，以前的石板小街拓展成了宽阔的柏油马路，路边竖立着欧洲风格的黑铁灯柱。驱车在中心大街上走，每隔百米，便会穿越一座仿古的水泥牌坊。镇子中心有了一个广场，一半是绿油油的仿真草，另一半铺了红色化纤地毯，广场的西侧，一个庞大的建筑体已经拔地而起，黑压压地遮住半边天空。从正面看，那建筑有点像美国首都华盛顿的白宫，从侧面看，又有点像一座寺庙的骨架，柳生研究了半天，终究不敢确定，那是一座白宫，还是一座寺庙。

正逢羊肉最美味的季节，枫林镇的空气里飘荡着羊汤的香味。满街羊肉汤馆都标榜为百年老字号，门口镶嵌的奖状与牌匾，名头都很大，有的是国家级，有的是亚洲级，还有一家是国际羊肉汤协会的定点餐馆。柳生无法鉴别真伪，就凭着经验，把祖父领进了顾客最多的那一家。

祖父的胃口好得惊人，一口气喝了三大碗羊肉汤。起初他鼓励祖父放开肚子喝，后来怕吃出祸来，就让店家收走了他的碗。他打开公文包准备付钱，一下掏到了那盒伟哥，脸埋到公文包上，看了半天，心里不无感伤。近来瞎忙，他几乎忘了包里这个昂贵的新鲜玩意儿，它有多么神秘，它有多么有效，迄今未有证明。他冷眼观察，枫林镇上除了羊肉汤馆，到处都是洗头房、足浴店、桑拿中心，他在娱乐休闲方面嗅觉灵敏，这样的小镇，往往是买春的天堂。热腾腾的羊肉汤催发了他体内某种热能，他看着对面的祖父，不停地摇头。祖父说，你怎么老是对我摇头？加羊肉才要钱，加汤又不要钱，为什么不喝了呢？祖父不知道他秘密的心思，他现在多么想吃一颗伟哥，体验一下传说中神仙般的滋味，这么好的时机，偏偏身边有个祖父碍手碍脚，只好在心里劝自己，算了算了，药还不会过期，下次再说。

羊肉馆斜对面的一家洗头房早早亮起了粉红色的灯光，门口坐着一个年轻姑娘，架着二郎腿飞针走线，刺的是十字绣。她穿着紫色的低胸羊毛衫，黑色的皮裤，身材谈不上多么热辣，但领口处那一道深深的乳沟非常耀眼。他们已经要从洗头房走过去了，那姑娘的脚尖忽然对着柳生转了个圈圈，柳生注意到了那个圈圈，斜着眼睛鉴别，确定她的脚在说话。她的一只脚穿着丝袜，另一只脚是裸的，他确定，那只裸露的涂着蔻丹的脚，对他说了悄悄话。

他一下走不动路了，脑子里斗争一番，还是心痒，把祖父拉到墙边征求意见，爷爷，今天你理了发，头上好多头发渣子，我们去这家店洗个头怎么样？祖父朝洗头房的门脸看了一眼，说，要收钱的吧？洗头自己洗好了，何必花钱让别人洗？他向祖父挤眼睛，说别人洗比自己洗舒服，你不洗不知道，洗了才知道。祖父说，你把我当野狗了？我又不是没让别人洗过头，香椿树街理发店的白师傅，替我洗了五十年的头呀。柳生嘿嘿地笑起来，你那叫什么洗头？这里的小姐给你洗，比白师傅舒服多了，你进去了就知道了。他几乎强行把祖父拽到了洗头房门口，一只手搭在那个年轻姑娘的肩膀上，捏一下，又拍一下，别绣了，来客人了！

姑娘抬头瞄了他们一眼，忽而矜持起来，低下头说，先跟老板娘去谈啊。老板娘已经从沙发上站起来，对门口的一老一少，抛出两个平等的媚眼，从来没遇到过这么孝顺的孙子，带爷爷来洗头啊？你们一老一少的，准备怎么洗呢？

柳生挟着祖父闯进店堂，楼上楼下四处打量了一下，心里有了数，把祖父按在一张转椅上，这还不简单？分开洗。他对老板娘招手，你来给我爷爷洗，就在楼下洗，干洗加按摩，那绣花小姐给我，我要安静一点，我们到楼上去洗。

外面的姑娘扔下十字绣进来了，抱起双臂，对柳生露出一个疲惫的媚笑，张老板，最近生意怎么样啊？柳生猜她认错了人，一时不知如何回答，她一扭身，人朝楼上袅袅地走，嘴里问，老花样？柳生想了想，笑道，老花样没意思吧？来点新花样怎么样？他尾随着她，刚刚走到楼梯拐弯处，祖父那边闹了起来，回来，柳生！柳生你上哪儿去？要洗头一起洗，为什么要分开洗？柳生说，爷爷你别吵，我就在楼上，这位大姐陪着你，有什么要求尽管跟她提，你享受我买单，还不好吗？祖父说，你到楼上我也到楼上，为什么让我一个人在楼下？你这是要搞什么阴谋诡计？他不好对祖父解释什么，指着老板娘说，老板娘你怎么那么笨？赶紧把我爷爷搞定，快给他洗头，洗啊！老板娘忙不迭往祖父头上倒洗发水，祖父惊叫着甩起脑袋，你要干什么？你往我头上倒的什么东西？老板娘也嚷起来了，要死了要死了，洗头膏都洒了，弄到我眼睛里了，这老爷爷从哪个星球来的？你让我怎么伺候他？柳生说，他是从地球来的，就是没进过洗头房，他不懂干洗的，你先给他按摩，好好按几下，你按得好，他不就老实了？老板娘听从柳生的指挥，慌忙将手搭在祖父的脖颈上，才揉了几下，祖父跳了起来，你一个妇道人家，怎么对我动手动脚的？祖父满脸惊惶，头上顶着一堆洗头膏的泡沫，跑到门边，对柳生喊，柳生快跑，这地方不健康，要犯法的！

他几步冲过去，一把揪住了祖父，爷爷你别乱说，这地方，就是为了健康才开的。她们都是我的朋友，我要和那小姐谈点生意，我谈生意你洗头，我谈好生意你洗好头，我们就回去了。祖父仍然睾着，他的一只手顽强地扳住了铝合金的移门，唾沫喷到了柳生的脸上，我说不健康就是不健康，柳生你听我的劝，留在这里要犯法的，你要不走，放我走。柳生终于怒了，眼睛一亮，手一挥，对老板娘说，绳子，找根绳子来！

老板娘虽然不解其意，还是尽职地找了一圈绳子。柳生把祖父按在椅子上，举起绳头在他肩上拍了一下，只拍了一下，老人仿佛被一道闪电击中，身体顿时僵硬，我要民主结。他只说出了这一句话，此后便安静了。柳生的绳子在祖父身上来回穿梭，草草几个回合，祖父已被结结实实地绑在椅子上。老板娘在旁边瞪大了眼睛，发现捆人的冷静，被捆的顺从，不禁咿咿呀呀地惊叫起来，老板，你们到底是从哪儿来的？我做这一行好多年，怪人也见了不少，从来没见过你爷爷这样的人，他不会是有精神病吧？柳生虎着脸说，什么精神病？他什么都懂，就是欠捆，捆了就正常了。他检查了一下祖父身上的绳结，掸去祖父肩上的灰屑，说，老板娘，你去把电视打开，看看有没有动画片？他愿意洗头就洗头，愿意按摩就按摩，不愿意就拉倒，让他在这儿看动画片。

那姑娘一直站在楼梯上，目睹店堂里的这幕好戏，她的表情忽惊忽喜，哎呀要死了，哎呀笑死我了。偶尔发出的几声惊叹，可以理解为对祖父的同情，但柳生是她的客人，她的立场很明显地偏向客人。她耐心等候着，看见被缚的祖父安分了，问，老板，好了吗？柳生掸着手说，好了，捆好他就好了。

楼上空空荡荡的，凝滞的空气里有浓烈的霉味，夹杂着一股康师傅方便面的作料味道。一个十七八岁的男孩坐在一只纸箱上，埋头打游戏机，看见柳生，那男孩露出了一个女孩子般灿烂的微笑，大哥来了？他警觉地停住了脚步，这是谁？那姑娘察觉出柳生的惊诧，说，没事的，放心，他是我弟弟。

她拉着柳生来到一面镜子前，对着镜子补妆，周围并没有房间，柳生正在纳闷，姑娘对着那面大镜子拍拍手，说，芝麻开门。手一推，镜子咿呀一声打开了，里面是个密室，看起来黑咕隆咚的。那姑娘打开灯说，进来呀，里面很安全的。

他的腿进去了，身体不肯进去，朝外面探头一望，那男孩依然坐在纸箱上，聚精会神地打游戏，游戏机的荧光照射着他稚气的面孔，柳生提醒她，你弟弟还在外面。姑娘说，我知道他在外面，他没地方去。他说，你是他亲姐姐吗？她点头，是亲姐姐，怎么了？不知道她是故意装傻，还是有什么猫腻，他开门见山地问，你在里面做服务，让他在外面打游戏机？你们姐弟俩不别扭？她明白了他的意思，撇嘴道，哪个挣钱活不别扭？要挣钱，谁顾得上别扭不别扭？然后她凑到柳生的耳旁，轻声向他透露了一个隐私，我弟弟去年从乡下出来的，也干这一行，去伺候男人。男人哪能伺候男人？丢死人！是我把他从那澡堂子里拉出来的，他现在跟着我，当我的保安了。

柳生一时无语。镜子合上了。那姑娘把一块纱巾搭在台灯上，暗室立刻变成了幽幽的紫罗兰色。凑近了看那姑娘，姿色其实平平，眼睛里一潭死水，脸上敷了很厚的粉，她的性感，她的率真，看起来也都经过了一番世故的粉饰。他闻到一股熟悉的难以形容的气味，是床铺的气味，也是肉体的气味，是别的男人留下的气味，也包含他自己的气味。墙边堵着一口大衣柜，他谨慎地打开柜门，敲敲摸摸，检查了一遍。那姑娘说，你放心，柜子里没什么，这地方刚开放，歪门邪道那一套，大家都没学会呢。他还不放心，手在一堆被褥下面捞了一下，捞到一本杂志，拿起来一看，是《快速致富的十六种渠道》，他认真地说，好书啊，你们了解十五种渠道就行了，最好的渠道，你们不是都掌握了吗？

他是洗头房的常客。此间的服务程序执行统一标准，他了解这套流程。流程是雷同的，但姑娘们的手，嘴唇，以及身体，都是新鲜的，他迷恋的是这种新鲜。他躺在皱巴巴的泛潮的小床上，瞥见床头柜上有一瓶矿泉水，立刻想起公文包里那盒伟哥，手伸到公文包里，嘴里随意问道，你叫什么名字？姑娘说，三号。他说，我不是问你号码，问你叫什么名字？姑娘抿嘴一笑，老板，现在就问名字了？我叫仙女。叫我仙女好了。

他一惊，什么意思？他坐起来瞪着她的脸，你到底什么意思？你是什么仙女？你是哪一路的仙女？

老板怎么大惊小怪的？我是仙女呀。姑娘委屈地说，枫林镇上的人都叫我们仙女，做我们这一行的，都是仙女，叫仙女客气一点，总不能叫我们妓女吧？

他不知说什么好，只是觉得扫兴，深深地叹了口气，躺下去了，说，叫妓女当然不好，不过仙女也不能随便乱叫吧？我不怕妓女，就怕仙女。他指着自己的短裤，半真半假地说，它也怕仙女，你看你看，你说你是仙女，吓得它都降半旗，向你致哀了。

矿泉水瓶盖拧开了，那颗小小的药片已经捏在手上了，他隐隐地觉得不安，不知是对药品不放心，还是对这个仙女不放心，或者是对自己不放心，他把药片又塞回了公文包。姑娘注意到他的动作，问，老板你吃什么药？他开了个无趣的玩笑，速效救心丸，遇到你这样的仙女，我的心脏受不了。然后暗室外面响起了嘈杂的声音，楼梯上有人噔噔地奔走，他吓了一跳，谁来了？公安吗？姑娘贴着暗门听了听，示意他放轻松，不是公安，是你爷爷，你肯定没绑紧他，他找到楼上来了。他贴到暗门上听，听见祖父高声喊着他的名字，他皱起眉头嘀咕，绑得很仔细啊，那么紧的绳结，他怎么松开的？镜子外面传来了老板娘尖利的叫嚷，椅子，小心椅子！今天真是撞了鬼，老爷爷你别到处乱跑，摔了跟斗我要负责的！老爷爷你跟我说实话，你到底是从哪儿来的？是不是从精神病院跑出来的？那个男孩在外面开心地大笑，替祖父回答道，肯定是从杂技团来的，身怀绝技，你看这老头子，绑着把椅子还能上楼呢。

他一下兴味索然，在姑娘身上胡乱地抓了几把，穿好衣服走出了密室。外面的祖父已经急得满头大汗，那把椅子还绑在他的背上，但是方向竟然被调整过来了，祖父与椅子背靠背，看上去像一对苍老的连体兄弟。柳生在火头上，粗暴地拽住那把椅子，一边往楼下走，一边厉声数落祖父，你好大的本事，绑着椅子还能乱跑？哪天把你绑在汽车上，看你能不能背着汽车跑？我算是服了你，以后再带你出来，我就是国际大傻逼。

外面天色已经昏暗，门口的灯箱放射出粉红色的光，鲜艳得令人心慌。他拉着祖父的手，回头朝店堂一看，那姑娘站在楼梯上，已经嗑起了瓜子，脸上表情漠然。倒是那个男孩跟出来，悄悄塞给柳生一张粉红色的名片。大哥，欢迎下次光临。男孩赔着笑脸说，大哥要是过来不方便，可以电话预约，我们提供上门服务。

公关小姐

柳生搜罗了很多娱乐场所的名片，大多是女孩子给他的，设计花里胡哨，洒过香水，那类名片都被他放进一只铁盒子，藏在面包车的储物柜里。白小姐的那张名片，他一直放在钱包里。它来得有点特殊，是他从乔院长办公桌的玻璃台板下偷偷抽出来的。偷名片不算偷，他需要那张名片。它带有法国香水味，米黄色的底板镶嵌着金丝银丝，文字是中英文对照：郑氏国际投资贸易公司。公关部经理。名片右上角有一个女人剪影，长睫毛，高鼻梁，清汤挂面式的头发，是经过艺术加工的白小姐。模模糊糊的美丽，低调的性感，有效地渲染了名片主人神秘的魅力。

他试过自己的胆量，打她的手机，号码拨到最后一个数字，他放弃了。其实根本没想好，要对她说些什么，其实他根本不清楚，他对她复杂的情意中，哪些是歉意，哪些是谢意，哪些出于好奇，哪些出于情欲，还有哪些，是不可表达的柔情蜜意。

谁都承认白小姐是美女。从井亭医院到全世界，到处都是美女的舞台，美女走到哪里，人们的目光便跟到哪里。美女的履历，有的写在她的眼神里，有的锁在秘密的抽屉里，议论与猜测，是那抽屉唯一的钥匙。柳生听到过井亭医院的人们议论白小姐的来路，有人信誓旦旦地指称，白小姐就是世纪夜总会那个草裙女王，亦歌亦舞，妖魅奔放，号称世纪夜总会的当家歌手。这来路可信，郑老板出没娱乐场多年，从夜总会挖人，可说是近水楼台先得月。那么夜总会之前呢？之前她是干什么的？又有人打听到白小姐曾经在深圳生活多年，做过一个香港商人的二奶，是著名的二奶村里最年轻的二奶，香港商人后来又包了三奶，三奶比她还年轻，她一气之下离开了深圳。这样的履历听起来有点不堪，但是依然可信，那么，做二奶以前呢？白小姐做二奶以前是干什么的？一时无人知道，但是有人猜测，猜测之后犀利地断言，以前以后都差不多，这样的女孩子肯做什么正经职业？靠脸蛋吃饭，靠身体吃饭，以前肯定是个三陪小姐吧。

听别人谈论白小姐的过去，谈得越深，柳生的心跳得越是厉害。以前呢？再以前呢？井亭医院人来人去，当年的水塔事件，相信已经被人淡忘了，即使有人记起那件事，涉及的罪恶，也不一定归他。但他总是谨慎地保持沉默，以防别人旁敲侧击，引蛇出洞。除了沉默，没有更好的方法掩饰他内心的风暴了。

她在井亭医院出没，通常是坐一辆柠檬色的小车直抵一号楼，柳生并不容易遇见她。他们之间本该互相回避，这是两个成年人必须遵守的默契。但更多的时候，这份默契不仅给他带来安宁，也给他带来了某种莫名的失落。他发现自己放不下她，他在怀念她。她的少女时代留给他的记忆，是一只破碗，碗里盛满他的罪恶和愧疚，残缺的碗口现在有黏糊糊的液体溢出来了，溢出来的，都是荣耀和骄傲的泡沫。她的初夜，是我的。她的身体，曾经是我的。她的一切，她的一切的一切，曾经都是我的。

他其实想见她，去一号楼外面偷偷观察过好几次。她的办公室里挂着天鹅绒窗帘，窗台上放着一盆仙人掌，开着黄色的花。她在窗帘后面，不知道在干什么，她在那里干些什么呢？隔壁就是郑老板的二号病房，病房外面套着一个阳台，阳台上竖立着一杆遮阳伞，伞下有一张塑料圆桌，桌上也放着一盆仙人掌，开着黄色的花。两盆相仿的仙人掌，两朵黄色的花，清楚地交代了两个房间亲密的关系。他始终放不下一个疑问，她和郑老板，到底是普通的雇佣关系，还是老板与小蜜的关系？所谓的公关小姐，还需要为郑老板做些什么？

他从来没见过郑老板享用那个阳台，只看见他的奔驰轿车停在楼下。在井亭医院，郑老板奢侈而黑暗的生活是医务人员最热衷的话题，也是科学研究的对象。他的恐惧症愈来愈重，先是怕绳子，怕黑夜，后来怕早晨，怕狗吠，怕陌生男子，所有的药物都毫无疗效，所有的精神引导都是对牛弹琴，专家与心理学家组成的治疗小组束手无策，他们联合完成了一篇论文，提交给一个国际性的精神疾病学刊，论文题目为《财富的暴增与财富拥有者的精神紊乱综合征》。郑老板作为典型病例，以患者 Z 先生的化名进入全世界专业人士的学术视野，Z 先生有一个奇特的病理现象，论文中稍有提及，但未及展开，那便是对美色的极度依赖。唯有美色能减轻 Z 先生的狂躁，也唯有美色配合，能让 Z 先生愉快地接受所有的治疗手段。

乔院长亲口告诉过柳生，郑姐已经全面接管了弟弟的生意，只给他留下消费女色的权利。只要郑老板的奔驰商务车停在楼下，就说明他病房里有小姐，那些小姐的怀里巧妙地抱着一束鲜花，像是来探访病人，她们隔三差五地来，每次都是新面孔，每一张新面孔，都比老面孔更漂亮。乔院长感叹说，这个郑老板，有伤风化啊，我这边管理不好做，白小姐的那碗饭也不好端，所有的小姐都是她去物色，要二十五岁以下，要漂亮性感，简直是选美啊！听了这个内幕，柳生不知道为什么很不受用，我操，她穷疯了？他骂骂咧咧地说，这算什么公关小姐，不就是个专职妈咪吗？

郑老板三十岁生日那天，一辆豪华面包车获准进入了井亭医院。面包车停靠在一号楼下，车上下来一群叽叽喳喳的女孩，下来就分成了几堆，有一堆浓妆艳抹半袒半露，主打性感热辣牌，有一堆穿白衣素裙运动鞋，一看就是走清纯可爱路线的，她们像是来自不同公司的时装模特，准备一起登台表演，比较高低，上台前便有了一丝不友好的竞赛气氛。有人开始拌嘴，一个女孩的普通话带着四川口音，你算欧美风？你的鼻子要不是垫出来的，我一口吃下去！另一个东北女孩厉声说，我不算欧美风你倒算清纯派？我垫鼻子你垫哪儿？哪儿？你垫胸！那么大一片硅胶，你不怕爆炸啊？争吵声被白小姐制止了。白小姐说，安静，安静，你们有没有记性？告诉过你们多少次了，这不是夜总会，这是精神病疗养院，谁敢再吵架，我不付费用！

白小姐指挥那支乱哄哄的队伍排好队，鱼贯而入，浓烈的香风卷进了一号楼。门房张师傅拦在楼梯口细细数过，一共三十个女孩子，一下慌了神，问白小姐，不是给郑老板庆生吗？怎么来了这么多女孩子？白小姐说，我们开生日派对呀，郑老板今天三十岁生日，一岁请一个小姐，一岁献一首歌，多什么？一个也不多。张师傅说，三个女人就一台戏了，三十个女孩上去，那要吵成什么样了？这里是高级病房，不是娱乐场所，她们最多进去十个人，其他的都回去。白小姐往张师傅手里塞了个红包，说，张师傅，一个也不能少呀！这地方天天这么安静，你不觉得像个坟墓？相信我没事的，难得狂欢一下，有益身心健康！

三十位小姐在一间病房里开祝寿派对，不敢说是开创了世界医疗史的新篇章，至少在井亭医院是一次辉煌的壮举。起初，欢乐有所收敛，门窗内传出来的歌声大致上是祥和动听的，那样的音色与旋律，大概是来自清纯可爱组的小姐。后来轮到热辣性感组了，果然热辣，果然性感，果然是要把清纯组比下去，有个小姐献唱了一首什么劲歌，听不清一句歌词，只听见她的喘息和喊叫声，COMEON，COMEON，COMEON！有其他女孩子在旁边放纵地起哄，COMEON，脱，COMEON，脱，快脱！这样，二号病房里的狂欢真正有了狂欢的气氛，那股放肆的声浪惊动了整个井亭医院，很多住院病人从病房窗口探出了脑袋，分辨着歌词与欢呼的内容，很快有人听懂了，热烈地呼应起来，卡忙，脱，卡忙，脱，快脱！

郊外寂静的空气就这样被欢乐点燃了，这是井亭医院历史上亘古未有的欢乐。欢乐向着四周蔓延，趋向白热化，欢乐中荡漾着性的暗示，有的奔放，有的忸怩，有的是西方风格，有的是传统风范，它们有效地感染了某些性欲亢进患者，从二号楼三号楼里冲出来很多年轻的男性病人，像一匹匹脱缰的野马。他们一路大叫，卡忙，脱！脱！卡忙，脱！快脱！他们面红耳赤，以参与者的姿态奔向一号楼，奔向狂欢的乐园。

大楼外面的保安来不及阻止这股疯狂的人流，只能向楼里的门卫大声喊叫，病人造反了，关门，快关门！张师傅仓皇地跑出传达室，已经有一个穿三角裤头的男病人跑上了楼梯，手中挥舞着内衣，嘴里亢奋地狂喊，脱，上去再脱！张师傅扑上去，正在与那个病人拉扯，喧闹的音乐中突然响起砰的一声脆响，然后是玻璃碎裂的声音，几秒钟的寂静之后，一号楼里响起女孩子们此起彼伏的尖叫，保安、张师傅与病人都愣在那里，结果是病人先反应过来，抱着脑袋逃向楼外，开枪了，别脱了，有人开枪了！

特一床康司令开枪了。

是特一床康司令开枪了。

柳生跑到一号楼的时候，好戏已经散场，造反的男病人们被护工们拽走了，地上只留下一只孤独的男拖鞋，远看像一个硕大的感叹号。康司令的病房窗口似有人影闪动，他看不清那人影是康司令的勤务兵，还是他的家属，或者是康司令本人，他往前走了几步，凑得太近，那紫红色的丝绒窗帘便刷地合拢了。

过了一会儿，白小姐带着那群女孩子下楼了，她们争先恐后地钻进豪华面包车，一阵香风熏得柳生打了个喷嚏。女孩子们脸上大多有受惊的表情，只有两个女孩颇有大将风度，一路走一路争论着，一个说，是橡皮子弹，吓唬人的吧？另一个说，你想得美，人家是司令，有真枪的。他注意到白小姐抱着一个柱式音箱，面有愠色，嘴里喝斥着一位性急的小姐，先上车，上车再谈钱，不会少你一分钱的！

白小姐精心操办的一场盛典就这样以失败告终了，她的情绪看起来很恶劣。他不知哪儿来的勇气，挤上去说，我来帮你抱音箱。白小姐冷眼扫了他一下，你是谁？我不认识你，闪一边去。他不介意她的无礼，觍着脸说，你不认识我，我认识你的，有什么事要我帮忙，尽管开口。白小姐抱着音箱走到车门口，忽然站住了，回过头瞄着他，你过来，是有一件事要你帮忙。他受宠若惊地跟上去，听见她压低声音说，郑老板也要一把手枪，重金收购，你能买到枪吗？他吓了一跳，听她口气不像玩笑，就摆着手说，这不能攀比的，多少钱也买不到枪啊，人家康司令的枪不是买的，是组织上配的。她眨着眼睛，表情先是失望，然后就变成了明显的鄙夷，狗改不了吃屎呀，你还是嘴上热闹。她用音箱朝他身上拱了一下，厉声说，你能帮什么忙？我还不知道你的德行？给我闪一边去。

她不信任他，这似乎是公平的。

这么多年过去了，他早已经学会夹着尾巴做人，而她依然是那个仙女，大胆，任性，不知世事的深浅。柳生接受她的粗暴，但不能接受她的轻视。他不知道是跟白小姐赌气，还是跟自己赌气，从那天开始，他四处打听，如何能买到一把枪。

三教九流的朋友柳生也认识不少，打听一圈下来，有人让他找火车站开黑车的李大毛试试。他不认识李大毛，特意跑到火车站去，混在一群民工中间挤上了李大毛的黑车。李大毛的样子面熟，他一时想不起在哪儿见过他，就站到驾驶座边假咳几声，企望对方先认出他，但李大毛的胳膊很粗鲁地撞了他一下，你要替我开车吗？站后边去。他只好向李大毛自报家门，我是香椿树街的柳生啊，东门老三的朋友，我们没准在老三家见过面。李大毛头也不回，说，老三是谁？有话快说，有屁快放。李大毛不喜欢绕圈子，他又不能单刀直入，只好小心地试探，听说你有仿真的卖？李大毛斜着眼睛打量了他一下，找错人了，要仿真的去玩具商店，我只有真家伙。柳生赶紧附在他耳边说，我知道的，你开个价。李大毛的表情开始认真起来，一只手从方向盘上移下来，五根手指对着柳生灵活地翻转，缅甸货，三万。美国货，五万。要缅甸货先付八千块定金，要拿美国货，先拿一万块定金。李大毛这么豪气，他反而不敢相信他了，站在车上发愣。民工们都好奇地听着他们的谈话，听不懂，都眨巴着眼睛。他环顾中巴车上黑压压的陌生的人脸，心里有点怕，站起来便下了车，边走边说，钱没问题，回去跟我老板商量一下。

他犹豫了两天，心里还是放不下那件事，无论李大毛那边是否靠谱，这都是为她效劳的机会。他打电话跟她预约见面时间，她一听是他的声音，不管三七二十一，说声打错了，便挂了他的电话。他没办法，只好找上门去。

那天他遇见了久违的郑姐，郑姐从一号楼里出来，身后竟然跟着两个穿袈裟的僧人。他有点纳闷，问门房张师傅，郑姐为什么带着和尚来看弟弟？张师傅说，病急乱投医呀，她嫌医生没用，要试试香火的力量。他与张师傅熟络，扔了一支香烟就上楼了。来到白小姐办公室的门口，他闻见里面飘出来一股浓烈的焚香味，以为走错了，试着推推门，门是虚掩的，那宽大的办公室已经辟出半间，做了一个香火堂。她半躺在一个蒲团上，两条腿笔直地伸到半空中，正在练习瑜伽。她身后的红木供桌上摆放着一尊鎏金的菩萨像，香炉里香烟袅袅，红烛的烛光在她的脸上跳动，她的颧骨和前额处各有一小簇红光，忽明忽暗的。

　　他以熟人的态度跟她打招呼，喂，干什么呢？

　　我认识你吗？她厌恶地看着他，没见我在练瑜伽吗？瑜伽不能打断，快给我出去。

　　她的腿依然倒竖着，他打量了一下她的足尖，她的脚趾甲也涂了猩红色的指甲油，看起来新鲜而湿润。你贵人多忘事，不是让我买枪吗？我替你打听到路子了。他事先想好了自己的好处费，所以对着她缓缓亮出了两个手指，要拿枪先交两万块定金，缅甸货四万，美国货六万，我觉得不算太贵，反正你们郑老板有的是钱。

　　她盯着他的手指，眼神看起来有点诡谲，买枪那么容易？什么缅甸什么美国，什么四万什么六万，你不觉得太便宜了？

　　他观察着她的表情，吃不准弦外之音，正要在价码上做出让步，听见她鼻孔里噗嗤一声，笑了起来。她的笑声让他感到不妙，脸上谄媚的表情立刻僵硬了，郑老板到底要不要买枪？我冒了这么大的风险，忙了半天，你是耍我玩呢？

　　我才懒得耍你，是你自己智商太低。她总算结束了瑜伽练习，站起来松着腰，都是气头上的话，你倒记住这事了？知道他买枪干什么？报复康司令啊！一个精神病人的话，你也当真？你脑子也有问题的？她嘴里奚落着柳生，一只手翘起兰花指，指着菩萨像，看看那是什么？大龙寺请来的菩萨啊，郑老板皈依了，信菩萨了，人家现在天天烧香念经，还买什么枪？

　　他注视着金光四射的佛龛，想骂人，又不敢骂。他像一个痴情的小丑，一场卖力的演出之后，获得的只是无情的嘘声。这让他感到了一丝羞恼。然后她的手机铃声响了，她走到办公桌前拿起手机，一只手朝他挥了挥，你可以走了，我要接电话。他快快地走到门边，心里有气，嘴里嘀咕了一句，烧香拜佛有什么用？都给我小心点儿。她在后面说，你让谁小心点儿？柳生我告诉你，你欠我的债一辈子也还不清，我不过是瞧不起你，懒得让你还。

香火庙

柳生与乔院长每周一次的对弈终止了，乔院长说他近来焦头烂额，没有心思下棋。他不甘心，径直闯到院长办公室去敲门，乔院长出来，毫不客气地把他推到了走廊上，没看见我在接待贵宾？哪儿有时间下棋？康司令的夫人来了。他探头朝门里面一看，有一堆人影在晃动，一个白发苍苍的老太太坐在沙发上，面有愠色，她穿着军绿色的呢子大衣，挂一根乌漆龙头拐杖，回眸朝柳生冷冷地一瞥，不怒自威，柳生识相地闪到一边，替他们关上了门。

他其实知道乔院长的苦经。特级病房的两个病人，一个有钱，一个有枪，两个人偏偏是天敌，互不买账，双方都憋着一股气，乔院长夹在中间，成了一个受气包。比较之下，来自郑老板那边的压力还好应付，最让乔院长头痛的，是康司令的枪。康司令曾经冲进院长办公室，用枪指着乔院长的脑袋批评他见钱眼开，丧失党性，纵容资产阶级暴发户在病房里腐化堕落，大搞封建迷信。那次把乔院长吓得不轻。事后他向康司令的家属展示了脑门上那个枪管印子，暗示他们，康司令再怎么德高望重，毕竟是个精神病人，天天拿着枪恐怕会闹出人命，医院没有权力收缴康司令的枪，你们家属应该要小心点儿，不能让他拿着枪到处发脾气了。康家的家属赞同他的主张，但是也提醒乔院长那个暴发户实在太可气了，不就是搓背搓出来的钱吗？仗着那几个臭钱，把高级病房搞得乌烟瘴气的，你们医院现在都是经济挂帅，我们理解，但你做院长的也要注意原则，要是眼里只认钱，你头上的乌纱帽，兴许会保不住啊。

乔院长嘴上说他不在乎那顶乌纱帽，但柳生知道，无论什么样的乌纱帽，都是宜戴不宜摘，况且，那顶乌纱帽也是柳生的庇荫。他真心想为乔院长排忧解难，苦于插不上手，动了番脑筋之后，他去古玩街的小贩那里买了一块古铜币，准备送给乔院长压惊，那铜币上镌刻着四个字：官运亨通。

他带着那只锦缎小盒，专程到乔院长办公室跑了一趟。这礼物特殊，心意也很隆重，乔院长被打动了，掂了掂铜币说，进来吧，官运通不通，我也顾不上了，先看看棋运通不通吧。

院长办公室里残留着一股香水的气味。那香味使杂乱的办公室显得气氛暧昧。她来过了。她到哪里都不可避免地留下些痕迹，不是香水脂粉的气味，便是金钱的痕迹。他注意到乔院长办公桌的抽屉半开着，露出一个牛皮纸信封，还有一只银色的装饰精致的方盒子，他说，院长的抽屉怎么能敞开呢？要时刻关紧的。他替乔院长关上了抽屉，回头挤了挤眼睛，白小姐来过了？怎么样啊？

他的表情过于轻浮，乔院长很反感，你跟我挤什么眼睛，想哪儿去了？她不是来勾引我，也不是来贿赂我，特级病房又出事了，康司令把郑老板的香火堂砸啦！

他不知道出于什么心理，咯的一声笑了，看看乔院长脸色难看，赶紧摆出适当的表情，说，这康司令的火气，为什么这么大呢？乔院长拿出棋钵放在茶几上，一声声地叹气，看起来还是没有心情下围棋。他追随着乔院长凝重的眼神，注意到办公桌上用红布蒙着的一堆东西，好奇心来了，走过去要揭红布，被乔院长拦住了。别动，先猜猜看那是什么？他先猜香烟，后猜茅台或五粮液，乔院长鄙夷地瞪了他一眼，双手合十，认认真真搓几下，掀开了那块红布，一道金光迸射出来，几乎迷了柳生的眼睛。乔院长说，看，大龙寺的菩萨，现在供到我这儿来啦。

他愕然，一眼认出那是白小姐办公室里的鎏金菩萨像，几天不见，那尊菩萨的头部多了一道刺眼的刮痕。

原来郑姐带了九名僧人去过一号楼，为弟弟念经驱魔，香火旺了点，动静也大了点，浓烈的熏香味与嘈杂的人声，恰好是康司令最反感的两种事物。康司令派勤务兵去抗议，郑姐不买账，康司令便亲自出马，用一条独臂抱起菩萨像，把菩萨扔下了二楼的窗口。郑姐和九名僧人都不相信自己的眼睛，直到菩萨金身在楼外的草地上发出訇然的巨响，他们才尖叫起来，说你是司令就可以这样对待菩萨吗，菩萨才不会考虑你的级别，康司令，你小心报应。后来受伤的菩萨像由九个僧人护送到乔院长的办公室。郑姐跟在后面，悲怆已经大于愤怒，乔院长说郑姐那样的女强人，遇到康司令也终于俯首称臣了，她的眼睛里，第一次出现了软弱的泪花。

乔院长怀着必要的恭敬与歉意，迎接了菩萨。但是办公场所供奉这么一尊神圣的菩萨，实在不是长远之计。趁着郑姐后来冷静下来，他们就菩萨的去向讨论了几个回合，并没有双方认可的结果，白小姐就先来了，带来了那只大信封。乔院长说那不是什么贿赂，是一笔基建费，郑姐要院方负责在井亭医院找个清净的地方，搭建一座香火庙，给郑老板专用。

柳生听得发愣，过后便啧啧地感叹起来，大手笔，牛逼啊！有钱人他妈的就是不一样，枪管用，钱更管用，看起来，有枪的还是难不倒有钱的么。

他们难不倒，难倒我了。乔院长一脸愁容，摊着手问他，你告诉我，上哪儿去找空地盖这个香火庙？井亭医院好歹是名牌医院，文明示范单位的牌牌，挂了好多年了，谁敢破坏医院的环境？检查团一来，媒体一曝光，倒霉的还是我！

他瞥了一眼抽屉，心里想乔院长你不肯盖香火庙，为什么要收下她的钱？话到嘴边又咽了回去。都是大活人，难免口是心非，那么厚的信封拿在手里，谁不动心呢？他眨巴着眼睛思考乔院长的难题，一边铺开围棋棋盘，点了第一手棋，脑子里突然一亮，说，有了。乔院长疑惑地看着他。柳生说，我有地方了，有地方给郑老板烧香了，你不用找空地盖房子，那水塔不是现成的香火庙吗？找人把水塔装修一下，让郑老板去水塔烧香，谁也不影响，多好！

很多时候，柳生自认为要比别人聪明一些，这一次，堪称最完美的例证。他听见乔院长由衷地赞美了自己。赞美了他的智商之后，又赞美他的商业头脑。赞美过后是谈生意。改造，装修，请菩萨，请佛龛，置办香炉烛台，自然要由柳生经办。这种半公半私的事情，利润最大，柳生一向最感兴趣，但这笔生意有点复杂，要赚这笔钱，他就要带人进水塔施工，想到要与水塔朝夕相处，他心里隐隐地发毛，所以，他嘴里胡乱地应付着乔院长，乔院长，我跟你谁跟谁？我们先下棋，工程再商量，慢慢再商量。

他在乔院长眼里是无需商量的角色，需要商量的是郑姐，为此，乔院长做了三个小时的说服工作。由于郑姐坚信菩萨是郑老板最后的希望，香火是菩萨的食粮，对菩萨有诚心，便不可断菩萨之炊，后来她勉强接受了水塔改建香火堂的方案，只是要求工程马上开工，限期十天之内竣工，以便郑老板及时给菩萨进香。

乔院长把柳生喊到办公室去，当场数了一笔钱给他。柳生见钱就拿，拿了又有点胆怯，试探着对乔院长说，修庙请佛我不在行，要不，我再发个包，去替你找个行家来？乔院长疑惑地瞪着他，这要什么行家？你以为是盖大雄宝殿呢？暴发户搞迷信，提供个场所罢了，只要金碧辉煌就可以！我这是头一次见你躲生意，再发个包，你那一份钱不少掉很多吗？柳生还是犹豫，说，不是钱的事，是我心里犯嘀咕，我父母都信菩萨，把菩萨请到那水塔里，菩萨会怪罪我吧？乔院长说，我也信菩萨，菩萨慈悲为怀，四海为家，没你那么小心眼，荒山野岭都能建庙烧香，水塔怎么啦？那水塔是五十年代建的，不是豆腐渣工程，菩萨在里面很安全，怎么会怪罪你？

水塔里的工程超出了他对所有生意的想象。他从来没有料到，十年以后他会回到水塔，利用这座废弃的水塔来赚钱。接手这么一项工程，类似于清除一个噩梦，也类似于包装一个噩梦，难度不高，却需要一根强大的神经。这工程难为了他，但人情与利润累加在一起，抵消了他心里的不安，他终究还是忙碌了起来。

水塔是他的禁区，他已经很多年没去过水塔了。

穿过树林，还是那座水塔，水塔的顶部，依然是乌鸦的家园。青苔覆盖了水塔，尘土覆盖了青苔，岁月被岁月所遮掩，当年的犯罪现场，如今已经了无痕迹。一切应该都被遗忘了。水塔保持缄默，困扰他的是水塔顶上的两只乌鸦，他总觉得乌鸦的鸣叫有点反常，鸦鸣声回荡在清冽的空气中，以尖锐而烦躁的音色，向他历数人间沧桑。他畏惧乌鸦的鸣叫，他记得很清楚，当年逃出水塔的时候正值黄昏，四周一片死寂，唯有那两只乌鸦，发出了见证者尖利的鸣叫。

他带着三个工匠忙碌了一个星期，完成了水塔的改造和装修。施工方案其实简单，水塔被拦腰截断，香火堂设在下面，他让工人把通往水塔顶部的铁梯封死了，按照他的思路，那个位置，正好被用来供放佛龛。当锈蚀的铁梯消失在钢筋水泥之中，一个噩梦被埋葬了，水塔里的世界焕然一新。他欣赏着那堵崭新的墙面，看着工匠往墙面上涂刷乳胶漆，心里陡然升起奇妙的喜悦之情，他创造了那堵墙，似乎借机获得了一次新生，因此，他一反常态，尽情地表扬了工匠们，干得好，堵得很好，刷得也很好。

工程收尾了，他给白小姐打电话，用公事公办的口气要求她来验收工程。白小姐在电话里沉默了一会儿，突然骂了一句脏话。他有此思想准备，敏捷地说，过去的事情，就让它过去吧。她那边挂了电话。他想象着她在电话另一端的心情，认定那样一句脏话，不过出于一种轻微的怨恨，过去的事情，应该已经过去了。他走到水塔外面，仰视泵房幽暗的窗口，恰好一只麻雀从树林那边飞过来，飞进了窗口。从此以后，只有鸟类可以进入那个禁区了。

他感到欣慰。他亲手堵住了一个黑暗的记忆，他亲手堵住了一条通往罪恶的路，他把一个秘密交给菩萨，从此以后，仁慈的菩萨会镇守所有黑暗的秘密。

郑姐选了个黄道吉日去请新菩萨，新菩萨来自更有名的崇光寺。但是黄道吉日管不了天气。那天的天空阴沉沉的，水塔似乎并没有做好迎佛的准备。夏日里缠塔攀升的爬山虎，到了深秋气力已经不支，大风吹过来，枯干的枝蔓迎风飞舞，水塔看上去像一个披头散发的巨人，面目狰狞。他站在水塔的台阶上指挥两个搬运工，把菩萨宝座从面包车上请了下来。搬运工都是新手，干活笨手笨脚的，一不小心，嗞的一声，菩萨脚上的一块金粉被刮掉了，他不得不大声提醒，小心脚！小心手！小心菩萨的头！好不容易，菩萨的金身倾斜着进入水塔，立在一张大理石桌面上，原先模糊的身形显出了庄严的气势，水塔开始被佛光照亮了。他盯着菩萨的金手，那金手是抬起来的，朝着西南方向，指尖上闪烁着五片金色的圆润的光芒。依照他的理解，菩萨的手势不是代表宽恕，便是代表遗忘。他感到安心，彻底信任了那片金光。他记得母亲说过，谁能给新开光的菩萨敬第一炷香，一生将享受菩萨的保佑，他不敢敬第一炷香，怕被郑家人发现痕迹，趁着郑家人还在路上，他跪下来，抢磕了第一个响头，他对菩萨说，菩萨保佑，我已经改过自新，我不是坏人了。

羞　耻

在朋友圈里，柳生的口碑算是不错的。以香椿树街的标准来看，他的生活模式，已经接近一个成功人士了。他会赚钱，也会花钱。每次赚了钱，他必然犒劳自己，买一套西装，或者换一个最新款的手机，如果赚得多了，他要向朋友们吹嘘，吹嘘之后必然请客，请一班朋友吃一顿，洗个桑拿，或者去 KTV 飙歌，让大家都来分享他的成功。水塔工程竣工之后，他照例约了春耕和阿六去洗浴中心。这次去得不巧，做泰式按摩的小姐刚刚把脚踩上他的背，手机响了，他嘴里说关机关机，一看是乔院长的电话，又拿起了手机，对朋友们解释道，乔院长的电话不能不接，他的电话，有商机的。

结果不是商机，是一件麻烦事。乔院长说香火堂的门被人撬坏了，催促他去换一扇结实的防盗门。他没有料到，水塔改建的香火堂在井亭医院受到如此的追捧，郑老板出资修庙，却无福独享烧头香的权利。此间人士都迷信崇光寺的威名，崇光寺请来的菩萨金身就在水塔里，他们抑制不住火热的膜拜之心，有人在清晨时分破门而入，抢在郑老板之前烧了头香，弄得水塔里面满地残灰，又脏又乱。乔院长说郑老板很生气，不是头香，他情愿不进水塔烧香。乔院长说他也很生气，柳生，我给你那份钱也不算少吧？你从哪儿弄了扇老木门来糊弄他们？赚钱也要凭良心，为什么不舍得安一扇防盗门？

　　他的心一沉，放下电话对春耕他们发牢骚，赚点钱也不容易，忙完工程还要忙保修，烦死人啊。他不敢违抗乔院长，马上离开洗浴中心，开着面包车直奔装饰市场，拖上了一扇结实的防盗门，还有一个安装工。面包车开进井亭医院的时候，远远地，他看见水塔外面有一个黑衣女人的身影，很像白小姐，但等到他停好车，与安装工一起拖着防盗门过去，已经找不见白小姐的影子了，只有那两只乌鸦守候在水塔的顶上，呱呱地鸣叫。

　　水塔的门果然被撬坏了。安装工在忙碌的时候，他仔细地察看了一遍香火堂，里面确实乱，乱得触目惊心。四只蒲团不见了，新铺的米色地砖上留下了杂乱的鞋印，墙上雪白的乳胶漆已经被旺盛的香火熏黄，香火烛光熄灭了，佛龛前仍然可见各种自制的香炉，有的是用可口可乐的瓶子裁剪的，有的用一次性纸杯，有的用破损的瓷碗，他看见菩萨的金臂上挽着一条贺联：祝井亭医院全体病人早日恢复健康！菩萨的莲花座上放着很多红色或黄色的小纸条，打开一看，大多是香客们祛除病魔的祈望，其中有几张纸条明显出自医务人员之手，有人拜托菩萨，让一个名叫胖胖的孩子来年考上重点高中，有人要菩萨保佑王彩霞顺利获得会计师执照。他怎么也没想到，会有一张邪恶的白纸混在香客们美好的祈望中，白纸黑字，看起来特别醒目：柳生是个强奸犯！他吓出一身冷汗，无法理解为什么有人要向菩萨告他的状。他下意识地怀疑过白小姐，观察字迹，斟酌之下，又觉得不像她的风格，此后他怀疑祖父，好久没去照料祖父了，那老头会不会使阴招报复他？但他清楚祖父的身体机能，肌肉萎缩，手指早就拿不住笔了。他闻了闻纸条，似乎要辨析那是谁的气味，当然无果，他骂了一声放屁，咬着牙，唰唰几下，撕碎了那张小条子。

　　乔院长嘱咐他把新钥匙交给白小姐，他去了一号楼，推她的门推不开，听听里面没有声音，不知为何不敢敲门。他在楼梯上茫然地转了几圈，最终还是回到了传达室，请门房张师傅把钥匙转交给白小姐。他说麻烦你告诉白小姐，明天开始郑老板就可以去烧头香了，我这次装的门，别说那些精神病人，就是火箭炮也打不开了。张师傅接过那串钥匙挂到墙上，歪着头注视柳生，忽然朝他嘻地一笑，用你的火箭炮呢，柳生？听说你的火箭炮很厉害啊！他听对方的玩笑有点出格，说，老张你什么意思？你又不是小姐，我的火箭炮跟你有什么关系？张师傅说，跟我没关系，跟白小姐有关系吧？听说你以前那个什么……你那个过白小姐的？柳生一惊，脸上乍然变色，什么那个？那个什么？张师傅扭捏一番，"强奸"两个字还是说不出口，竟然用两只手做了个下流手势，问，听说是真的？柳生足足愣怔了两秒钟，拉上传达室的窗子，隔着窗玻璃对张师傅喊，有人还说我搞过你妈呢，你说是不是真的？

他匆匆地离开了一号楼。起初他没有意识到张师傅对他的伤害有多严重，只是觉得胸口有点闷，脑袋发晕，双腿走路是软绵绵的。到了食堂门口，他拉开面包车的车门，食堂门口的两个厨子诧异地打量着他，柳生你怎么了？脸色不对头呀。他先摸了摸自己的脸，我脸色怎么不对了？之后，他的手按在肚子上，揉了几下，他说，我是胃痛，我的胃痛得厉害。

后来，他的胃部竟然真的痛起来了。他从汽车的反光镜里发现了自己惨白的脸色，一滴滴豆大的汗珠正从额头淌到脸颊上。胃痛。真的胃痛了。不仅是胃部，他的五脏六腑都在忍受一种锋利的刺痛。他觉得自己病了。他居然承受不了张师傅的一个手势，那手势像一支尖刀，带着毒液，直捣他的创口。这么多年了，他自以为创口已经痊愈，其实还在溃烂，一戳就痛。在社会上混了这么多年了，他不知道自己为什么越混脸皮越薄。他低估了自己的自尊心。他不知道自己如此自尊，更不知道自己如此脆弱。除了羞耻，除了痛苦，他还感到了一丝自怜。

水塔风波

柳生去医院看胃病。

医生给他做了胃镜检查，找不出什么病灶，随口打听他的职业，他说自己开公司做建材生意的。医生说他的胃毫无问题，身体的不适，也许是工作压力导致的结果，建议他调节一下生活节奏，静养一阵。他乐于接受医生的建议，回家向父母转告医嘱，说他要调节一下生活节奏了，要出去旅游。父母体恤儿子，揽下了井亭医院每天的菜蔬肉食供应，开车送货的活，则委托给了柳生的表弟。

柳生约了春耕和阿六出行，先去了杭州，又去了黄山。他在西湖泛舟，乔院长打过他的手机，他在黄山观云，乔院长的电话又来了。他不肯接电话，春耕和阿六很纳闷，乔院长的电话不是有商机吗，你怎么也不接？他笃定地说，他现在找我没好事，什么时候是商机，什么时候有麻烦，我猜得到。柳生果然是有先见之明的，那些日子井亭医院发生的一场风波，他有幸逃脱了。

郑老板是坐着奔驰轿车去烧香的。郑老板去烧香的时候穿着防弹衣，防弹衣外面罩一件黑色的风衣，加上墨镜、口罩和棒球帽，除了两只耳朵，几乎什么都看不见，无可侵犯。安全保护措施全面启动，郑姐物色了一名退伍侦察兵为弟弟开车，兼任保镖，又招募了一名前举重运动员，做弟弟的护工。两个彪形大汉时刻尾随着郑老板，这使郑老板看上去像电影里的黑社会头目，不怒自威。

从一号楼到树林边的水塔，开车仅需一分钟的时间。郑老板常睡懒觉，他烧第一炷香，有时候要拖到中午十一点左右。对于井亭医院的其他香客来说，这样的早晨相当漫长，有人七点钟就守候在水塔边了，一心等着郑老板的第一炷香，他出来了，别人才可以进去烧第二炷香。这是无可争议的局面。谁都知道水塔香火堂是郑老板出资修建的，郑家姐弟的名字，分别以善男信女的名义镌刻在香火堂的牌匾上，人们清醒地认识到，佛门也是市场经济，香火堂也有老板，老板的特权无法改变，唯一可以争取的是第二炷香。因此，当郑老板进水塔烧香的时候，水塔外面总是一片混乱，抢烧第二炷香的竞争非常激烈，香客们忙于争抢最有利的地形，不免发生冲突，有人互相争吵，吵着吵着就动起手来。这种乱象惊动了院方，乔院长不得不派人去水塔，专门维护香客们的秩序。

或许是咎由自取，香客们与郑老板共享香火堂的时间并不长，仅仅是两三天过后，他们便失去了向崇光寺菩萨祈福的权利。郑老板前脚出来，他的司机便向守门的护工使个眼色，护工立刻锁上了水塔的防盗门。香客们围着护工吵起来，等会儿啊等会儿，你们现在就锁门，让我们怎么敬菩萨？护工说，我没空等你们，我是为郑老板服务的，不是为你们服务的。香客们说，谁敢让你为我们服务？你留个门给我们，我们负责打扫卫生，保证香火堂明天干干净净的，让你们老板来烧头香。那个护工寡不敌众，被香客们逼在台阶上，拼命护着兜里的钥匙，你们别来难为我，小心我把你们举起来，要扔多远扔多远，有事去找李司机！香客们又去追着奔驰汽车跑，有人勇敢地扑到车头上去敲车窗，抗议郑老板做事情太小气，让我们穷人进去供个香，你有什么损失？你那么大的老板，还怕几个穷人的香火把你烧破产吗？郑老板自然拒绝回应，司机怕事情闹大，代表老板向公众表了个态，郑老板不管钥匙，我也不管，钥匙归白小姐管，你们能不能进水塔烧香，去跟白小姐商量，这些杂事，白小姐说了算。

这样，一群人在井亭医院门口拦住了白小姐的橘红色小轿车。有个姚大姐是医院的后勤人员，为儿子的高考来烧香，她自恃有身份，有口才，代表众人与白小姐交涉。白小姐却不愿正眼打量一下姚大姐，她坐在车里，一味地埋头玩着手机，这种傲慢和蔑视的态度很快激怒了姚大姐，姚大姐放弃了交涉，突然对白小姐发难了，你算什么公关小姐？挂羊头卖狗肉而已，你以为没人知道你的底细？从小就不正派，长大还靠男人吃饭，你算个什么大人物？还以为自己是巩俐了？以为自己是撒切尔夫人了？

据说白小姐摇下了车窗，她没有与姚大姐吵架，只是噗的一声，把嘴里的口香糖吐到姚大姐脸上去了。橘红色轿车绝尘而去，姚大姐追上去对车屁股啐了一口，算是泄愤。大家都不了解白小姐的过往，只是觉得这公关小姐冷漠透顶，一颗心好像一块石头。好多不公平的事情，似乎都有公平的逻辑。多数香客们在心里默认，崇光寺的金菩萨确系郑老板的财产，菩萨有义务保佑郑老板，没有义务来保佑他们这些穷人。但有个病人家属吴老师，认真研究过佛学，笃信菩萨的胸怀，他很乐观地鼓励大家，你们不要唉声叹气的，菩萨要是只保佑富人，那还叫什么普度众生？距离不是问题，水塔进不去，我们就在外面进香么，只要心诚，菩萨一定会看见你的香火。

众人受到吴老师的鼓舞，一窝蜂地回到水塔，围绕着水塔的塔身，供上了各自带来的香火。毕竟是在露天，塔边风大，地上潮湿，什么品牌的香火都难以点燃。有人一边给菩萨隔墙上香，嘴里嘀嘀咕咕地埋怨，有人脾气火爆，为了发泄心中的不满，故意把蜡烛沿着水塔台阶，一路铺到防盗门前，扬言道我就偏在门口烧，堵着门烧，反正门外不是他们的产权。还有一些人赌气，干脆放弃了这么低贱的香火，他们离开水塔，恨恨地眺望一号楼，心里燃烧着整个无产阶级的怒火，咬牙切齿地发出了誓言，这个暴发户算什么善男信女？仗势欺人啊！他不把穷人当人，迟早让他尝尝穷人的厉害！

一股仇恨的暗流在井亭医院涌动。仇恨自然地发酵，首先发酵成流言蜚语。关于郑老板的病情，医院内开始流行一种新的说法，说郑老板不仅是一个精神病患者，还是一名艾滋病人。人们大多相信无风不起浪的谣言，郑老板放荡糜烂的私生活，谁都有所耳闻，联想起他平素森严古怪的装束，人们都忍不住惊呼，怪不得，怪不得啊！那艾滋病不是要传染的吗？他什么福都享受过了，死了也不冤，我们要是被传染了，岂不是给他做陪葬？有人跑到乔院长的办公室去闹事，要求院方驱逐郑老板。乔院长迫于各方压力，不得不公开郑老板的血检报告，指着各个检测结果告诉他们，郑老板只是得过淋病，淋病也早治好了，他的 HIV 检测，一直是阴性。但是群众是不管 HIV 的，一份血检报告平息不了这场风波，一场旨在驱逐郑老板的民间运动在井亭医院悄悄地展开了，妖魔鬼怪不知怎么也加入了这支队伍，大肆地兴风作浪，很快，大家听说郑老板的病房闹鬼了。

大批绳子的幽灵在井亭医院里游荡。它们来历不明，去处却固定，所有绳子奔向一号楼郑老板的病房。白色的尼龙绳子来了。绿色的尼龙绳子来了。麻绳来了。草绳来了。钢丝绳也来了。绳子躺在郑老板烧香的必经之路上，绳子套拉在郑老板奔驰轿车的顶上，绳子游荡到郑老板的阳台上，堆在铁艺桌子上，盘踞在仙人掌花盆里。有一根绳子系在郑老板病房的门把手上，打了一个活结，拖着一条标语：艾滋病滚出井亭医院。还有一条银色的金属绳子，后来被证明是终结一切的魔绳，充满正义的魔力，它像蛇一样从郑老板病房的门缝底下钻进去，钻到沙发下面，精确地套住了郑老板的牛皮拖鞋。郑老板在沙发上看电视，要上厕所了，脚往沙发下一探，探到的是那根冰冷的金属绳，他当场喊起了救命，喊了几声便休克了。

乔院长接到白小姐的电话，连奔带跑地赶到郑老板身边，发现年轻的千万富翁已经处于昏迷状态，像个孩子似的躺在护工的怀里。他穿着黑丝绒的睡衣睡裤，脖子上戴着三条金项链，手指上有一枚闪闪发亮的钻戒，那钻石起码三克拉。郑老板的睡裤扣子敞开着，人虽然昏死过去，下身状态特殊，睡裤被顶出一个小山包，乔院长当场指着郑老板的裆部，质问护工，他在干什么？你们干什么了？护工茫然地瞪着乔院长，今天没小姐来，老板什么也没干，就是在看碟片。乔院长回头朝电视屏幕一看，影碟机还在播映状态，一个金发碧眼的裸女叉开双腿，依然尽职地做着自渎的动作。乔院长忿然关掉了电视，一气之下，数落起昏迷的病人来，别怪人家说你是艾滋病，

见过堕落的人，没见过你这样堕落的人，有钱有什么用？有那么多钱，就为自己买一具行走尸肉吗？

虽然狠狠地踩碎了那张黄色碟片，但乔院长心里清楚郑老板的病情，无

关色情的事，是绳子惹了祸。乔院长无法惩治绳子，便亲自在一号楼贴出了告示：此区域严禁携带绳子。要追查绳子闹鬼的元凶，线索太多，难度太大。乔院长深知井亭医院民怨鼎沸，郑老板成了人民公敌，他无力保护，只好寄希望于保安和门卫的责任心，要求他们随时随地注意绳子的动向，见到一根没收一根。但是，所有严密的补救措施都做晚了，郑姐前来兴师问罪，情绪过于激动，竟然挥起宝剑，狠狠地刺了乔院长一剑。

柳生后来看见了乔院长右肩上那块圆形的瘀青，乔院长自嘲说，这是他收治郑老板获得的最好的礼物。柳生当场为他的缺席道了歉，说，要是我不去黄山就好了，要是我在，肯定为你挡掉那一剑。

那天柳生在食堂门口卸菜，听食堂的人说郑老板的二号病房已经人去屋空。特级病房的清洁工捡了大便宜，病房里有很多遗弃的物品，吃的，穿的，用的，都是好东西，当然，有的东西用途特别，比如一箱未开封的名牌避孕套，五颜六色的，还带水果味。女清洁工不舍得扔，又不好意思拿，都送给了男护工。男护工们大概都不用避孕套，转手扔给一个绰号小瓶子的少年病人，小瓶子，给你好多气球，去吹吧，吹了挂到树上去。这样，避孕套便改变用途，变成无数长溜溜的彩色气球，挂在含苞待放的梅花树枝上了。食堂里的人指给柳生看那些气球，看见没有？都是小瓶子用套套吹的，还是小瓶子对郑老板最热情，这是欢送郑老板出院的气球啊。

恰逢白小姐来办理郑老板的出院手续。柳生看见她从住院部出来，怀里抱着一个纸盒，走到小花园的路口，她忽然折返，朝医院北角的健身房走去了。柳生记得健身房所在的位置曾经有一座铁皮棚屋，那是仙女昔日的家。他看见她在昔日的家园转悠，一个紫色的身影时隐时现，远远望过去，影子在光线下波动，散发出一丝哀悼一丝缅怀的气息。健身房里传来了康复操的音乐，有一群病人在医师的带领下做操，可以听见病人们夸张地踩踏地板的声音，偶尔夹杂着某个病人失控的快乐的笑声。他注意到她在一扇窗子边停留了很久，手搭着额头朝健身房里面张望。他不知道她是在找人，还是在找她自己的影子。从前那里有过她的窗子。他还记得那扇窗子，扁扁小小的，像火车的车窗，从前他多次见过临窗而坐的仙女，头发湿漉漉的，插着一把红色的塑料梳子，她坐在窗边，看书，或者发呆，像一个旅行者坐在自己的火车上。

他眺望着她的火车，她的旅程。他可以望见她的火车，但眺望不到她的旅程。对于他来说，他认识的是仙女，白小姐其实是一个陌生人。他不清楚自己在她心目中的形象，他是谁？是另一个陌生人，还是一个十恶不赦的罪人？他眺望着她，借助她的身影追思自己的青春。健身操的音乐骤然变调，那么明快积极的节拍，嗒，嗒，嗒嗒。久违了。小拉。这节奏可以跳小拉。嗒。嗒。嗒嗒。身体轻轻摇摆，抓住舞伴的手，拉，温柔而有力地拉，拉一次，两次，三次，手臂穿梭，身体旋转，交换位置。他的身体轻轻摇摆，突然停顿了。他想起来她是他最后一个舞伴。最后的舞伴。弹指一挥间，他已经十年没跳过小拉了。

她从纸盒里抱出两盆仙人掌，放在健身房的窗台上。看起来，所有的哀悼放下来了，所有的缅怀也都放下来了。她朝医院门口走，白丝巾在风中飘，高跟鞋咯噔咯噔地响。一列神秘的火车要开走了，她的旅程那么遥远，她的停留，也许都是为了远行。他不知道这是他的遗憾，还是他的幸运。有一只瘦骨嶙峋的流浪猫跟着她走，一路喵喵地叫，她站住了，从挎包里拿出了什么零食，丢给那只猫。她看着猫，他看着她，一下想起很多年前她提着兔笼的少女时代，心里升起一种隐晦而热切的冲动，他的手朝车窗外慌乱地一挥，收回来，按响了面包车的喇叭。她猛然回过头，看着他的面包车，他后悔自己的冒失了，他不知道自己为什么要按喇叭。其实，他们之间是否需要道别，他并没有想过，惊慌之下他举起一棵白菜晃了晃，大声说，这白菜很新鲜，要不要给你一棵白菜？

还好，这次她忍俊不禁地笑了。

那天她心情似乎很好。她向他要了一支香烟，吸了几口，咳起来了，扔掉烟说，你这烟太呛，我抽薄荷烟的。她的目光从柳生的脸上散漫地掠过，又返回来，聚焦在他鼻孔下方，她对他的仪表忽然提出一条意见，鼻毛该剪剪了，挺帅的一张脸，钻出来一根鼻毛，恶心不恶心？柳生几乎受宠若惊，忙不迭地用手指塞了几下鼻孔。然后他耳边当啷一响，她扔过来了一把钥匙。你要是闲着没事了，替我去水塔烧几炷香。她袅袅地往井亭医院的大门走，走了几步又回过头，对他说，还有你自己，也多烧几炷香吧。

麻　烦

因为她，柳生后来养成了修剪鼻毛的习惯。

每次对着镜子修剪鼻毛，他的镜子里会浮现两张面孔，她的脸适时地浮在他身后，若隐若现的。他会想起她的玉葱般洁净漂亮的鼻子，还有她的行踪，现在，她的火车开到哪儿去了？直到半年以后，他接到了一个意外的电话，对方自称白小姐，听她的音色腔调是熟悉的，但自报家门之后她就不说话了，似乎在等待他的反应。

他不相信她会联系他。以为是推销小姐们的垃圾电话，又怀疑对方来自某个洗头房或者沐浴中心，有时候在那里遇到心仪的美女，他会留下自己的名片。他问，你是哪个白小姐？对方反问，你认识多少白小姐？然后又沉默了。那沉默带着些揶揄，还有一丝隐隐的压迫感，柳生的心不知为什么狂跳起来，为了谨慎起见，他说，这位白小姐，麻烦你回答我一个问题，请问你小时候叫什么名字？对方迟疑了一下，突然发怒了，你这个娘娘腔，烦不烦人？算了算了，我不是白小姐，我是仙女行不行？他一下从椅子上站了起来，行了，我知道你是白小姐了，你无事不登三宝殿，有什么事要我帮忙，尽管开口。听电话那端有嘈杂的市声，她好像是在大街上。这次你真的跑不掉了。她突兀地一笑，笑声稍纵即逝，这次我真的有事请你帮忙，我们约个地方面谈，行不行？

那会儿他正在餐桌上，父亲在他的侧面，母亲坐在他的对面，两个人花白的脑袋，一个向左，一个向前，都在竭力地辨析那个奇怪的电话。母亲的警惕性总是高一些，她观察着儿子脸上的表情，什么白小姐？哪儿的白小姐？又不是你女朋友，你跟人家献什么殷勤？他心里很乱，嘴里敷衍着母亲，谁给谁献殷勤了？是从香港来的白小姐，约我出去谈生意的。

他一下子就没有胃口了，进了房间关起门，对着屋顶说，什么意思？他不知道她什么意思。他能帮她什么忙？已经半年没见过面了，他对她的近况一无所知。有一个瞬间，他对这次约会的判断倾向于敲诈，下意识地打开抽屉，翻看了一遍自己的存折和现钞，仔细一想，又觉得不必多虑，她似乎不是那样的人，她不像那样的女人。过了一会儿，他开始换衣服。内裤、袜子和衬衣，都换了最好的。他照了照镜子，衣冠楚楚了，只是发型不够时髦，便往头发上喷了好多摩丝。这时候父亲在外面敲房门了，柳生，你在房间里鬼鬼祟祟的干什么？柳生你给我听着，这两年你赚点钱，骨头有点轻！对象八字没一撇，小姐认识了不少，你的生活作风要注意一点啦，别忘了你有污点，一辈子要夹着尾巴做人的。

他穿上了衣橱里最昂贵的一件西服，拍打着袖口往门外走，嘴里说，放心放心，我夹着尾巴习惯了，不夹尾巴还不会做人呢。母亲发现了他身上的西装，赶上来揪住了他的胳膊。这不是那件进口西服吗？脱下来脱下来，那么贵的西服，结婚派用场的，谈生意不能穿！他甩掉了母亲的手，教育她说，你们真是穷惯了，一件西服也当个宝。现在外面是物质社会懂不懂？你们知道什么生意经？告诉你们，穿得好不好代表你的身份，对生意很有影响！

也算是一次约会，地点是她指定的。他找到市中心那家新开张的港式茶餐厅，并不性急，先走到街对面，仔细地观察一番茶餐厅的店堂，然后穿过街道，又扫了几眼店门口的餐牌，店堂是安全的，餐牌价格也不算昂贵。他一手拉着西装的衣襟，以流行的成功人士的步态，走进了茶餐厅的大门。

她先到了，坐在一个角落里，面对着桌上的一壶茶。有一棵仿真棕榈树竖立在她身后，棕榈叶子在光线下交织出一大片锯齿形的阴影，笼罩着她的面部和肩膀。他朝她走过去，忽然觉得四周冷清得蹊跷，偌大的店堂，似乎仅仅在等他一个人。小心。小心一点。是一次鸿门宴吗？是一个精心编织的圈套吗？是一场迟到的敲诈谈判吗？是君子报仇十年不晚吗？种种不祥之念拖累了他的脚步，他站住，朝厕所方向张望。至少先去上个厕所？想一下，小心一点，再想一下。他转了个身，蓦然听见她的声音，你往哪儿走？连我都认不出来了？她从座位上站起来，用手比画成一把手枪，做了个击毙的手势，气死我了，难道我现在这么丑？丑得你认不出来了？

只有老朋友之间的互相迎候，才会如此亲昵，那份亲昵给了他意外的惊喜，他一下子松弛下来。她当然没有变丑，只是追随时尚，挑染了头发，有一部分头发斜挂在额前，遮住她的半边脸，那绺头发是金色的。他坐下来，开始卖弄嘴皮子，肉麻地夸赞她的美貌。她敲敲桌子制止了他，好了，我马上还要去见一个客户，没时间听你的甜言蜜语，赶紧谈正事。她果然直奔主题，说她惹了个麻烦，要他帮忙解决。她斜睨着他的脸，眼神很隽永，忽然嘻地一笑，说，养兵千日用兵一时，我总算给你派上用处啦。

他懂得她的言下之意，而她的麻烦在柳生听来并不新鲜。她向郑老板借了三十万，又转借给马戏团一个人开公司，说好是高利贷，半年还钱，现在逾期一年多了，那人还不出钱，郑家人发怒了，停发了她的薪水，下一步便是炒她的鱿鱼。他立刻明白了她的企图，你是要我帮你追债？她点头，暗示道，你社会上有人吧？他说，我以为什么事呢，这事我能搞定。

她敏感地皱起眉头，你以为是什么事？以为我让你杀人放火？他说，杀人放火不好，追债好。他不知怎么笑了起来，从来都是别人追我的债，这次轮到我讨别人的债了。

他们面对面坐着，一壶水果茶已经冷了，几片苹果、菠萝和香蕉沉在壶底，色彩依然鲜艳。这是第一次，他和她面对面坐着，他坐在她的阴影里，忽然想起她当年的兔笼。现在，他像一只兔子被她的笼子收纳了，他钻进了兔笼，也许已经被她提在手上了。他有点怅然。谈完正事应该谈点别的了，这半年你跑到哪里去了？这半年来你都干了些什么？这些真切而愚蠢的问题都被他咽了回去，他几乎猜得到她的回答，你是我什么人？我在哪里我干了什么，关你何事？他不敢造次，耐心地看她发短信。偶尔地她抬起头，说，郑姐烦死人了，我恨不得杀了她。

他注视着她的手。她的手指在按键上灵巧地闪动，那只翡翠手镯不见了，一条银色的镶嵌宝石的手链坠在纤细的手腕上。她的面颊上斜挂着一绺金色的头发，一抬脸，金色的头发与黑发暂时分离，他注意到她右面颧骨处的一块瘀青，你脸上怎么啦？他忍不住地问。她说，别看我脸，我的脸跟你有关系吗？他不敢多嘴。两个人面对面坐着，他能闻到她身上香水与皮革混合的气味。他觉得这个约会有点古怪，他到底坐在谁的对面？她是谁？是一个朋友还是一个仇敌？或者，仅仅是一个久别重逢的故人，一个欲擒故纵的债主？她发完了短信，终于抬起头，你在想什么？怕我了？我可怕吗？他摇头道，你有什么可怕的？杀人越货的人我也没少见，怕你我就不来了。她从头到脚审视着他，甚至掀开桌布看了看他的皮鞋，今天不错。她忽然莞尔一笑，你今天仪表还不错，发型好，皮鞋很亮，西服也很合身。他有点得意，没来得及表白，她已经站了起来，不过，成功人士不穿你这种老土牌子，郑老板的西服，不是纪梵希就是阿玛尼。她边走边说，你要是讨到了那笔钱，我送你一套阿玛尼！

马戏团

谁不知道桃树街上的东风马戏团呢？

这家马戏团曾经无限风光，风光了三十年。他们驯养的骏马最喜欢挑战熊熊烈火，擅长穿越各种口径的火圈。他们驯养的猴子热爱劳动，善于模仿建筑工人，肩上搭一块花毛巾，心甘情愿地拉拽最沉重的板车。他们驯养的老虎号称音乐家，有着罕见的艺术素养，不仅欢迎驯虎师站在虎背上横吹牧笛，还能用它的虎牙叼着牧笛，吹出《学习雷锋好榜样》的基本旋律。他们驯养的大象对体育运动很有好感，驯象师利用它的身躯锻炼体魄，长长的象鼻是驯象师的单杠，驯象师吊在上面，可以连续做一百个引体向上。

柳生记得以前看过一档电视节目，东风马戏团的一头老虎和一个女驯兽员，分别代表动物和演员，接受主持人的采访。他记得很清楚，老虎名字叫欢欢，女驯兽员的艺名是乐乐。印象最深的是乐乐回忆她与一个非洲总统和东南亚国王的交往，言辞之间，透露出那两位贵宾曾经是她的超级粉丝。主持人问及一段传说中的桃色新闻，乐乐女士，你能不能给我们说说，那个非洲总统是否曾经想把你带回非洲？柳生竖着耳朵听，柳生相信全市人民都竖着耳朵在听，可惜女驯兽员闪烁其词，既没有澄清什么，也没有证明什么。倒是那头老虎的表现让人欢喜，主持人当时请老虎向全国观众说点什么，老虎欢欢嘴巴一张，吐出一个横轴，然后用虎爪铺开横轴，铺开了四个金光灿灿的大字：恭喜发财！

柳生不认识那个名叫瞿鹰的男人，但阿六迷恋过马戏，见过舞台上的瞿鹰。阿六告诉他，瞿鹰就是那个表演白马穿火山的驯马师，论驯术全国一流，又兼外表英俊潇洒，当年曾经大红大紫。东风马戏团解散之后，阿六还见过瞿鹰，说他把马戏团的马牵到西郊游乐场教人骑马，阿六去骑了一次钻火马，只骑了十分钟，也没有钻什么火圈，瞿鹰竟然收他八十块钱，狠狠地宰了他一刀。

去马戏团替人讨债，这事情多少有点怪诞，柳生心里没有底。他原先想约上七八个精兵强将，以此营造必要的声势，但最后的结果不理想，只有阿六和春耕来了。阿六想要两条香烟的犒赏，春耕胃口大一些，说我不要香烟，这次要到了钱，你再带我去香港旅游一趟。

他们在桃树街上寻找马戏团，走来走去，浪费了很多时间，记忆中马戏团那道威严的大拱门，似乎人间蒸发了。马戏团原址东面的红房子改头换面，开了一家游戏厅，很多孩子在里面打游戏，打出一片刺耳的嗡嗡的噪音。西面的房屋被一家丝绸经销部占用，橱窗里挂满了花花绿绿的丝绸，店堂里站着一个男人，拿了一只电喇叭对他们喊，全世界最便宜的真丝，走过路过，不要错过，进来看看进来看看！柳生走进了店堂，对那个男人说，你五大三粗的在这儿卖丝绸啊？我们不买丝绸，我们找马戏团，那么大的一道大拱门，怎么会不见了呢？那人扫兴地放下电喇叭，朝店堂外面指了指，哪儿还有什么大拱门？要找马戏团，到角落里去找吧。

他们转回去，果然在角落里发现了马戏团的门。已经是小门了，准确地说，是一扇侧门，开在游戏厅的西墙上。门上贴着供电局的欠费通知单，还有老军医治疗梅毒的小广告，一张盖着另一张。柳生推开门，看见一条窄窄的弄堂式的通道，通道尽头可见一棵树荫浓密的大树，树上晾着一条格子被单。阿六鼻子灵，先闻到了马粪的气味，他跑进去对着走廊上一堆黑乎乎的东西研究了一番，说，是马粪啊，这儿肯定是马戏团了。

他们穿过通道，都下意识地吸着鼻子。马戏团的空气是不一样的空气，有点腥，有点臭，还有一点点辛辣，那是动物们遗留的气息。走近那棵大树，阿六一眼认出是舞台上的背景，他称之为老虎树。柳生问他为什么叫老虎树，阿六不好意思地解释，我小时候这么叫的，因为这树一摆出来，老虎就要登场了。老虎树下坐着一个五十来岁的女人，不知道是门房，还是过气的演员，她懒洋洋地剥着蚕豆，豆子嗒嗒有声地丢进碗里，空瘪的豆荚都扔到了一面铜锣里。她的目光落在柳生的公文包上，盘问道，你们哪儿来的？来买什么？

不买什么。柳生说，我们来找人的。

知道你们找人，找人买什么？

你们这儿不是马戏团吗？柳生好奇起来，你们马戏团，能卖什么？

什么都卖。卖了东西发工资。女人说，狮子卖了，老虎卖了，猴子卖了，连兽笼都开始卖了。

阿六在旁边插嘴，一只老虎卖多少钱？

女人从头到脚地打量阿六，撇着嘴说，老虎浑身都是宝啊，要好几十万呢，一般人买不起的。

那猴子呢？阿六又问，猴子便宜点吧？会拉板车的猴子，一只多少钱？

女人朝对面一间办公室张望着，小张不在啊。她说，猴子的价格要问小张，他管猴子的。

柳生及时推开了阿六，对女人说，你别听他的，他连猴子也买不起。我们找瞿鹰谈点事，瞿鹰住在这里吧？

找瞿鹰？那你们是来买马的？女人说，只剩下他的几匹马了，他不一定卖，听说要开骑马俱乐部，做生意。你们要找瞿鹰，就跟着马粪走吧，他住在马房里。

马戏团里空寂无人。他们经过了大排练厅，门窗都还开着，地上堆满了乱七八糟的纸箱和木箱，有苍蝇绕着几只快餐盒飞舞，一件鲜红的练功服，不知怎么被人丢在一只木箱上了。马戏团昔日的荣耀与风光都在墙上挣扎，他们看见墙上挂着各种尺寸各种形状的红色锦旗，各个年代的五颜六色的演出海报。有一面铜鼓被遗弃在窗下，鼓槌扔在窗台上，阿六拿起鼓槌，探身进去敲鼓，咚咚咚，排练厅里响起了鼓声的回音。一只老鼠不知从哪儿钻出来，跳到一只纸箱上，审慎地观察着窗外的三个不速之客。阿六扔下鼓槌说，他妈的，这地方以前多牛气，怎么说荒就荒了？我小时候翻墙来看他们排练，被看门老头拎着耳朵打出了门，老头说他们东风马戏团的排练也是国家机密，不能偷看的。

他们跟着马粪走，地上的马粪不见了，马房就到了。马房里阴暗潮湿，一股草料与马粪混合的气味扑鼻而来，透过铁门，依稀可见那三匹神奇的钻火马，它们被拴在水泥桩上，侧向四十五度站立，姿态统一，马眼睛闪闪发亮。马房的角落里辟出了一间古怪的小屋，屋顶盖着一块蓬布，四面墙体用铁栅栏加三合板围拢，挂满了塑料袋和衣物，其中一件银色镶金边的礼服被隆重地套入衣架，放射出奢华而突兀的光晕。看得出来，那铁屋以前应该是虎笼或者狮笼，现在改变用途，算是瞿鹰的卧室了。

兽笼里的被窝蠕动着，有人从里面慢慢地钻出来，趔趄着来到铁门前。一个四十来岁的男人，浓眉大眼，宽肩窄臀，头上扎了一个时尚的马尾辫，穿一条红色的灯笼裤，他的面孔有点浮肿，但眼睛很亮，带着某种拒绝一切的怒意。不卖，不卖。他嘴里嚷嚷着，喷出一股浓烈的酒气，走吧，我不卖马！

我们不买马。柳生说，你是瞿鹰吧？我们是白小姐的朋友，找你谈点事，谈什么你心里应该清楚吧？

不清楚。瞿鹰打量着柳生，你们是她的哪一路朋友？黑道上的朋友？

黑道谈不上，白道也谈不上，我们不管黑道白道，我们只管替白小姐讨债。柳生考虑了一下，手指从公文包里夹出一张名片，他说，我公司不大，业务范围很大，这也算我的业务，三十万，今天我们拿不到钱就不走了。

瞿鹰没有接柳生的名片。他扫视着铁栅门外面的三个人，脸上不屑的表情很快变成了愤怒，他从口袋里掏出手机，朝着柳生亮出了手机屏幕，看看吧，看看就懂了，我跟白小姐是什么关系？我为她妻离子散，我为她无家可归，我们之间谁欠谁还说不清楚，你们来讨的什么鸟债？你们走，不要管我们的事，我会跟她算账的。

柳生看清了手机屏幕，是一张标准的恋人照片。白小姐和瞿鹰合骑一匹马，瞿鹰从后面搂着她的腰，她正转过脸来亲吻瞿鹰，那个瞬间，她一定是幸福的，眼睛里流光溢彩，她的嘴唇，看上去血红血红的，充满爱情的欲望。柳生说了声，不错，很浪漫。然后便推开了瞿鹰的手机，都是以前的事了吧？给我看这个没用，别说一张手机照片，你就是拿一堆床照出来也没用，我们不管感情纠葛，只管要债。他从公文包里掏出一个纸包，塞到铁门栅格中，我也给你看一样东西，我们是干什么的，看一看你就知道了。

那纸包徐徐地绽开，一只猪蹄白花花软塌塌的，带着些血丝，躺在瞿鹰的脚下。你喜欢吃这玩意吗？拿去，红烧炖汤都可以。柳生做了一个剁手的动作，说，实话告诉你，我就是干这个的。

瞿鹰冷笑了一声，你是剁猪手的还是剁人手的？麻烦你说得清楚一点。

剁猪手是专业的，剁人手不熟练。柳生说，剁人手的机会不多，要练，看你给不给我机会了。

给，给你机会！瞿鹰不假思索地将手伸出铁栅，向着柳生上下抖动，来，送给你剁，你不剁不是人养的！你没带刀？找上门来剁我的手，还要我给你找一把刀？

阿六挤上来，一边努力把瞿鹰的手推回去，一边安抚他，我们不带刀，说明我们想解决问题，我们不急，你急什么呢？瞿鹰的手转了个方向，固执地竖到阿六面前，快，他没胆你来剁，剁了不就解决问题了？剁了就滚蛋，滚回你们香椿树街去。柳生一时下不来台，对春耕使了个眼色，春耕过来抓住那只手，弹了一下手掌，你别慌，先给你看看手相，剁不剁我们再商量。春耕眯起眼睛打量着瞿鹰的掌纹，轻蔑地说，这才是天下第一倒霉鬼，比我还倒霉一百倍，怪不得你会混成这样，你这样的手，还真该剁！事业线那么短，爱情线不通，金钱线不通，该通的都不通，就你这种倒霉蛋，还敢借三十万去做生意？还敢跟白小姐谈什么恋爱？

很奇怪，手相打了个岔，瞿鹰像是服用了一帖镇静药一样，激愤的情绪渐渐地缓和下来。看起来瞿鹰对自己的厄运是有所认识的，他在灯笼裤上抹了抹手，对着外面的光线，研究起自己的掌纹来，问春耕，哪条是事业线？哪条是爱情线？哪条是金钱线？他妈的，我怎么老是记不住。

柳生对春耕说，别告诉他，拿出三十万，再告诉他。

瞿鹰放弃了他的手相，手插在灯笼裤的裤腰里，眼睛炯炯地瞪着柳生，嘴里打出了一个酒嗝，别拿三十万来吓唬我，三十万算个屁啊，我是运气不好，遇到了骗子，否则三百万都赚回来了。他这么说着，在暗处摸索了一会儿，忽然一扫腿，踢出来一只午餐肉的罐头，又扫一脚，踢出来一只白酒瓶子，瞿鹰说，午餐肉罐头里有八百块，酒瓶子里有一千块钱。我现在只有那么多，要不要随便你们，我中午喝多了，还要去睡一会儿，你们自便。

午餐肉罐头滚到了阿六脚下，那只酒瓶体积大一些，没能钻过门下的空隙，停在铁门里侧了。阿六捡起了罐头，数了数里面的一卷钱，说，对的，真的是八百。春耕蹲下去扒拉门缝里的酒瓶，被柳生拍了一巴掌，柳生说，捡它干什么？这是打发叫花子呢，这点钱，我都懒得弯腰拿。春耕说，积少成多么，你懒得弯腰我来弯腰，我先拿着，不行吗？

他们试图撞开铁栅门，撞不开，马房里的一切都出奇地坚固，除了它的主人。瞿鹰看起来酒意未消，他往食槽里抓了几把草料，摇摇晃晃地走到马房的角落里，对着一个什么容器撒了一泡尿，而后，又钻回了兽笼里的被窝。兽笼咯吱咯吱响了一会儿，黑暗中忽然传来一阵古怪的声音，他们都分辨得出来，是属于男性的那种强忍的哭泣。瞿鹰哭了。瞿鹰躲在兽笼里哭了。瞿鹰压抑的哭声慢慢变得奔放而流畅，他用手摇撼着兽笼，兽笼发出了哐当哐当的巨响，瞿鹰的哭声混杂着含糊的嘟囔，起初他们以为他在咒骂什么，后来听清楚了，瞿鹰说他后悔，他说后悔后悔后悔后悔后悔死了。

外面的三个人面面相觑。后悔。后悔。谁不后悔呢？他们各自的生活都充满了懊悔，所以他们静静地听着，并无人嘲笑他的哭声。但是，马房里的三匹白马受惊了。三匹白马转过了马头，马脖子侧向四十五度，谛听着主人的动静，马从未听到过主人的哭泣，那奇特的声音并不是它们记忆中的驯令，马的纪律因此出现了漏洞。第一匹马勉强保持了静止，第二匹马焦躁不安，左前蹄试探地伸向半空，马尾左右摆动，等待着主人更加明确的指令，第三匹马看起来是误会了主人的意思，以为要出征舞台，它忽然昂起头，前蹄举升，嘴里发出了尖利悠长的嘶鸣。

马的骚动使瞿鹰的哭泣声戛然而止，他从兽笼里踉跄着钻出来，轮流安抚三匹白马。第一匹马，他抚摸了马鬃，他对马说，胜利，你乖一点。第二匹马，他抚摸了马背，对马说，曙光，你老实一点。第三匹马有点特殊，他捏了一下马的生殖器，对马说，英雄，你别闹了，我心烦，再闹我把你宰了。

午后的阳光略显苍白，一片苍白的阳光带着恻隐之心，从附近的屋顶上逃下来，挤进马房的铁栅，努力勾勒出瞿鹰和三匹马的轮廓，那轮廓芜杂，也是苍白的。他们注意到阳光在瞿鹰瘦削的面颊跳动，他的眼角有一滴晶莹的泪珠。阿六轻声对柳生嘀咕，他在哭，他哭了。柳生冷静地说，不一定真哭，要防备苦肉计，他们吃文艺饭的人，都很会演戏。春耕已经对这趟生意泄了气，他把柳生拉到一边，拿起地上那只白酒瓶子晃了晃，说，这种酒三块钱一瓶呀，一喝就上头，我都不喝它，喝这种酒的人，你跟他讨三十万？哪儿来的三十万？柳生不甘心放弃，竭力地鼓舞朋友们的士气，你们千万别泄气，坚持就是胜利，他不是鹰吗，我们就熬这只鹰，再熬他一会儿，三十万拿不到，兴许拿个几万块，也算给白小姐一个交待。

后来，马房的门从里面打开了。

瞿鹰牵着一匹白马走出来，脸色显得非常平静，那套闪亮的银色礼服搭在马背上，像一张过度考究的马鞍。你把这套礼服穿上。瞿鹰提起礼服对柳生说，穿上礼服，马会听你的话，你把马牵走吧。

柳生一下领会了瞿鹰的用意，大叫起来，谁要你的马？我们来讨债，不是来牵马的。

我没有钱，只有马，胜利是最乖的马，你们把胜利牵走吧。瞿鹰把马缰绳塞到了柳生手里，他说，我不骗你们，这匹马价值不止三十万，请你们转告白小姐，我输光了，她胜利了。

白　马

这个城市没有马，柳生从来没有骑过马。

那天他穿着驯马师的盛装，牵着马穿越大半个城市。一切如在梦中。繁华的街道是梦中的舞台，对于他来说，这舞台太长了，太大了，观众太多了。他有点骄傲，又有点害怕。那匹白马高大俊美，马的眼睛空灵而湿润，偶然的对视，他总觉得马的眼睛里噙着泪，因此他努力地向马示好，但除了抚摸马鬃，他并不知道怎么安抚这匹被主人抵债的马。

柳生的特权让阿六羡慕不已。途中阿六多次央求柳生，他要骑马，要柳生把驯马师的服装脱给他。柳生拒绝了。柳生说阿六你别出这个风头了，要是出点意外，马惊跑了，到手的三十万也没了，我们不是白辛苦一场吗？

　　他怕马受惊，牢牢地拽着马缰，专挑那些安静的街巷走。马蹄声给那几条冷清的街巷带来了节日的气氛，马来了，马来了！很多人从屋子里跑出来看马，有一个大脑袋少年一路尾随着他们，他一定是昔日马戏团的粉丝，一路上都在向白马高声叫喊，胜利，胜利，你去哪儿？白马不认识那个少年，少年便追着柳生跑，叔叔，你要带胜利去哪里？柳生顾不上理睬他，听见春耕在后面对少年说，你喜欢胜利吗？喜欢就回家去，跟你爸爸要三十万，交给我们三十万，你就可以把胜利牵走啦。

　　瞿鹰所言不虚，那套银色的礼服胜似魔服，白马的温驯出乎他的意料。柳生牵着马顺利地通过了北门老桥，来到香椿树街上。回到了自己的地盘，三个人都松了一口气。但是，香椿树街轰动了，乱了，春耕的孩子来了，阿六的侄儿侄女来了，街坊邻居都来了。小孩们追着白马欢呼，恳求一次骑马的机会，柳生无动于衷，嘴里说，闪开，都闪开，踢到了人我不负责。春耕哄骗儿女说，这马我们不敢骑，我们明天骑游乐场的假马去，这是神马呀，价值三十万，你们骑坏了它，爸爸赔不起，只能把你们卖给人贩子。阿六试图把他的侄子抱到马背上去，要拍照留念，柳生毫不客气地制止了他，马怕镁光灯，你不懂的！沿途的居民们站在家门口，看一匹白马破天荒地通过香椿树街，嘴里都啊呀呀地惊叹起来，柳生，哪儿来的马？买的？捡的？还是偷的？有人羡慕柳生身上的那套银色礼服，柳生，你哪儿弄来的这套衣服？穿着好帅，像一个国际巨星啦。他懒得向那么多人解释，一路上只用半句话敷衍他们，抵债的，别人抵债的。

　　柳生牵着马抵达家门口，白马恰巧拉了一摊黑色的粪便，他父亲瞪着地上那摊马粪，愣住了，柳生，你到底在外面忙什么生意？贩起马来了？邵兰英闻讯出来，气得跺起脚来，要死了，要死了，怎么牵了匹马回家？都快三十岁的人了，什么时候能学好？她从门后拿了把扫帚，先打柳生，柳生躲开了，又挥舞着扫帚去打马，白马嘶鸣了一声，前蹄离地，半个身子腾空，似乎要从她头上跃过去，邵兰英吓得蹲了下来。马似乎受惊了，柳生拼命拉住缰绳，对母亲吼，扔掉扫帚，这匹马价值三十万，打不得！邵兰英扔掉扫帚逃回家，砰的一声撞上了门，在门后尖叫，什么三十万？三百万也不准牵回家！你这个不成器的孩子，你和马，都给我滚！

　　他深知母亲的脾性，说破嘴皮子，她也不会允许一匹马进家门的。他和阿六商量过，能不能把马牵到他家天井里养两天，阿六心里对他有气，一口拒绝道，我家天井那么小，都是我妈晾的咸肉咸菜，回扣是你拿，你妈不肯养马，我妈怎么肯呢？他又找春耕拿主意，春耕说，那么大一匹马，谁家能让你放？你还是把马牵到石码头去吧。他接受了春耕的建议。在码头上，他给白小姐打了电话，一心向她报喜，但是，白小姐的电话怎么也打不通了。

　　她的手机始终关机。他很纳闷，给她发了个短信，没讨到钱，只讨到一匹马，速来取马。还是没有回音。柳生不知道她那边是怎么回事，心里有点不安。暗自揣测她的下落，几种下落都不好，有的让他妒忌，有的让他心寒，有的让他害怕，干脆就不去想了。她是一个谜，她的谜底越来越深，他猜不出她的谜底。至于那匹白马真实的价值，也是个谜，解开这个谜，相对要容易一些。他有三教九流的朋友，宠物市场一个绰号叫垃圾的人告诉他，普通的马并不值钱，但是东风马戏团钻火圈的马，价值肯定不止三十万，只不过买家难寻，要出手，必须找对买家。垃圾还向他提议，如果怕麻烦，可以交给他中介，如果不放心他的中介，干脆他来直接收购，出价五万元。柳生知道垃圾从来不做蚀本生意，当场在电话里表态，五万元也不算少了，可惜，是别人的马，不是我的马。

　　第一夜，他把马拴在一台起重机的底座上，撬开操作室锈蚀的铁锁，裹了件棉大衣，凭窗守马，将就了一夜。水泥厂已经倒闭，石码头上一片荒凉，香椿树街的野猫野狗都喜欢来此处过夜，撞见一匹大白马，野猫悻悻地逃走了，野狗绕着白马观察了一番，看看不是猛兽，虚张声势地吠几声，也跑了。从小到大，他从未在室外过夜，码头上的这个夜晚，以其宁静与诡秘触动了他的心。星空下降了，极其温柔地铺在他的头顶上，河水向城外流淌，一路喃喃低语，偶有夜航的船只悄然经过，桅灯昏黄的光束从漆黑的河面上拖曳而过，河水稍稍亮了一下，很快又沉在黑暗里。石码头的夜色渲染了他的心事，他几乎彻夜无眠，明天开始，他要赡养一匹马了。是她的马。是白小姐的马。这个负担来得莫名其妙，带着挑战的色彩，还夹杂了一丝玄妙的诗意。他在夜色中注视那匹白马，发现马的夜晚比他更安详。它在一个陌生之地安睡，鼻息均匀而雄壮，马鬃在月光下闪烁着绸缎般的光泽，那光亮吸引他走出操作室，在马的身边铺满了各种蔬菜，他对马解释道，委屈你了，没有草，只能吃些蔬菜了。然后他轻轻地抚摸了马鬃，发出一声由衷的感叹，胜利你真美，你比美女还美啊。

石码头上养马，毕竟是权宜之计，第二天，他开始为马寻找一个宽敞舒适的马厩。他熟悉香椿树街的每一块空地，圈起空地，便可以搭建一个简易的马房，但他不放心香椿树街的民风，觉得不安全，于是动起了房屋的脑筋。在柳生看来，最现成的马厩是保润的家，那老房子人去屋空，又有天井，养一匹马，倒是天造地设。他牵着马去找马师傅的儿子小马，小马也喜欢马，虽然认为这事有点不道德，但经不住柳生的纠缠，还是找出保润家的钥匙塞给了柳生。

　　柳生打开保润家的门，屋里涌出一股浓烈的霉味，窄窄的过道里有冷风吹过，门缝里射进一道晨光，像一把长剑斜插在地上。他不由得打了个冷战，听见小马的催促声，你发什么呆？我妈快来了，赶紧把马牵进去，别让我妈知道了。他进去展开双臂，试了试过道的宽度，宽度正好可以让马通过。他小心地把马牵进去，先经过灰蒙蒙的客堂，客堂的板壁上还挂着保润父亲的遗照，死者的眼睛从各个角度注视柳生和他的马，目光里似乎充满了惊疑。通往阁楼的楼梯上，还挂着一把黑阳伞，伞面爬满了白色的霉菌。他知道楼梯上就是保润的阁楼，他从来没有上过那个阁楼，突然就抑制不住好奇心了，他丢下马，蹑手蹑脚地爬了上去。

　　差不多是世界上最荒凉的阁楼了。主人的用品都装入了两只蛇皮袋，扔在墙角，行军床上铺满了报纸，一床棉被和枕头堆在床角，枕巾上落满了灰尘，看不出是什么颜色了，他抓起枕巾抖了抖，灰尘散尽，原来是橘黄色的。他注意到枕巾上嵌着一根头发，黑黑粗粗的，摸上去很坚硬，那一定是保润留下的头发，一根十八岁的头发。他用两根手指夹着那根头发，保润，你好吗？头发无言，只在他的手指间飘动，他朝头发吹了一口气，手一松，头发不知飘到什么地方去了。对不起。他说，保润，借你家圈一下马，算兄弟对不起你了。

　　他准备把马养在天井里。推开通往天井的门，第一眼瞥见的是保润的旧自行车，它失意地倚着院墙，龙头上盖了一件塑料雨披，后架上仍然缠着一捆麻绳。保润以前用过的石担和哑铃扔在地上，哑铃生锈了，石担的洞孔里长出了一丛绿油油的青草，他正要把白马往天井里牵，大门那边响起了一片吵闹声，然后他听见了小马恐慌的叫喊，柳生小心，我妈来了！

　　果然是马师母赶来了。柳生被骂了个狗血喷头。马师母说柳生你自己骑在人家头上拉屎不说，还要弄一匹马到他们家里去拉马粪？人在做天在看，这是你妈妈说的，回去问问你妈妈，难道天就看不见她儿子吗？再去问问你妈，别人做坏事天打雷劈，她儿子做坏事，就不怕天打雷劈呀？

柳生知道马师母是一个障碍，为此他有思想准备，马师母你看清楚了，这是一匹马，一匹马关我妈什么事？拜托你别这么乱喊乱叫的，别人听见以为闹地震呢。柳生说，马师母你放心，我从来不白占别人便宜的，这房子空着也浪费，我出钱租下来，行不行？我给保润家创收，行不行？

他忙着与马师母交涉，一时顾不上马。白马胜利滞留在客堂里，正默默地与一幅死者的遗照对峙着，骄傲聪明的马或许感受到了死者的敌意，马脖子忽然一扫，保润的父亲从墙上掉落下来，哐当一声，玻璃镜框碎了一地。马师母吓得跳了起来，脸色煞白地捂住胸口，不好了，柳生你自己看啊，这张照片是粟宝珍留下守家的，连死人都在抗议了，你听不见？柳生你不知道怕的？你要是不把马牵走，我马上就去找你妈妈，让她来牵走！

柳生没有办法了。再僵持下去，人与马都没有好果子吃，他只好牵着马，讪讪地离开了保润家。

他去找小拐，这是事先推敲过的第二方案。小拐在废品收购站收废品。废品收购站的后院堪称香椿树街上最大的院子。小拐对马有兴趣，并且贪图小利，这都是马的福音。他塞给小拐两包香烟，小拐又问他要了一个防风打火机，问，这匹马能不能骑的？他警告小拐道，这马不是人骑的，是骑人的，你只有一条好腿，千万小心点儿，要把好腿摔坏了，我不负责任。小拐交出了后院的钥匙，帮着他一起把白马安顿好了。平心而论，除去保润家的天井，收购站的后院算是香椿树街上最安全最实用的马厩了。院子里的大磅秤权充拴马桩，一口巨型破铁锅正好做了马的食槽。他舒了一口气，抚摸着马鬃说，胜利，这回对不起你了，条件有限，只能将就一下啰。

饲料的麻烦不算太大，柳生弄不到马草，倒是有各种各样的菜蔬，便每天往院子里倒一筐烂菜，以菜喂马。这样养了四天马，马似乎认识他了，他故意不穿那套银色礼服，骑到马背上试了试，马很安静，仅仅甩了一下尾巴。他感到欣慰，表扬了马，也给了马一个慷慨的许诺，表现不错，明天让你钻火圈玩。

大约是第四天的凌晨，他在睡梦中听见了手机的蜂鸣声，他有某种预感，起来一看，果然是一条短信，署名白蓁。短信催促他：火速把马送到纽约花园郑老板家。

手机号码是陌生的。他打回去，接电话的是一个男人，普通话带着明显的台湾口音。听得出来，对方身处夜生活的场所，背景声音很嘈杂。那男人不断地追问柳生，你是谁？柳生说，让白小姐听电话，我是她一个朋友。那男人说，我们都是她的朋友，你是她哪条道上的朋友？柳生耐着性子说，生意上的朋友，你让白小姐听电话，我们有急事，要商量马的事！那男人哈哈笑起来，商量马子的事？那你跟我商量更好，出来吧，我们边喝酒边商量。柳生急了，对着手机大声喊，白小姐！白小姐！你快出来说话。那男人说，白小姐出不来，她在卫生间里吐，她现在只跟马桶说话，她酒量太差，你要是她的朋友，就过来替她喝。对方的手机被谁抢过去了，柳生以为是白小姐来了，结果是另外一个男人，听口音是东北人。东北人喝得更醉，狂笑了一番竟然邀请柳生说，朋友，快过来，过来打炮，今天我请客！柳生忍不住了，我打你老娘的炮！他这样骂了一声便挂断了电话。

　　他很生气。看看时间，已经是凌晨三点钟了。白小姐一定回到夜总会，干起老本行了。已经凌晨了，她和那些男人到底在干什么？他擅长的种种联想都是不洁的、色情的。年轻美貌的姑娘千人千面，风月场上人各有志，但堕落总是雷同的，不过是一条狭窄黑暗的隧道，从无辜的肉体进去，从无辜的肉体出来。他想起很多年前水塔上的那个黄昏。一个被诅咒的黄昏，一个堕落的黄昏，因为诅咒的嘴唇已经合拢，堕落的痕迹已经冲刷干净，关于两个肉体的细节，他只记得自己这一边了。他竭力回忆那个少女的肉体，记忆竟然非常模糊，只记得树林里的夕阳之光打在她瘦削的肩胛骨上，勾勒出一片小巧玲珑的洼地，浅浅的，金灿灿的。他的欲望是金灿灿的稻浪，在这一小片洼地里快乐地歌唱。他记得自己金灿灿的欲望，记得那一小片肩胛骨，除此之外，他什么也想不起来了。

　　是第四天的早晨，天空阴沉沉的。他去废品收购站牵马，发现后院的大铁门虚掩着，一堆新鲜的马粪散落在门外，他惊呼了一声不好，推开大铁门一看，果然不好了，大磅秤孤独地竖立在院子中央，铁锅里还留着昨天的莴笋和卷心菜，白马不见了。他吓出一身冷汗，操起一根铁管奔进收购站店堂，一路大叫着，马，马，我的马呢？小拐刚刚上班，正蹲在地上捆扎一堆纸箱板，他惊恐地看着柳生手里的铁管，竭力表明他的无辜，别瞪着我啊，我以为是你骑走了。小拐说，你拿着铁管要夯谁？不关我什么事，昨天是你自己关的门。柳生怒吼道，是我关的门，我问你是谁开的门，马没有手，它自己会开门逃走吗？小拐抢下他手里的铁管，扔在废旧金属堆里，我怎么可能给马开门？肯定是谁夜里翻墙进来了，谁让你到处吹牛了？你说那马价值三十万，不是给小偷做向导吗？小拐委屈地说，你怎么还瞪着我啊？要是不相信我，你马上去报警！

他回到收购站后院，细细地察看了现场，看了也是白看，大磅秤上留着半截绳子，地上有马蹄印，那印子从泥地上拖曳到大街，最终被大街上的柏油水泥所吞噬，什么也看不见了。

有人看见过那匹白马。

白马在清晨的香椿树街上奔跑，惊动了沿街的菜市，曾经有人想去拖曳马辔头与缰绳，都没成功。那匹马穿行于街市，旁若无人。炸油条的小癞子告诉柳生，白马喜欢火苗，在他的火炉子前停留过至少五分钟，他不知道马的心思，扔了根老油条给它，马不吃油条，跑了。有个卖豌豆苗的女菜贩告诉柳生，白马跑过她的摊位时停了下来，把马脖子伸进了菜筐，豌豆苗很贵，女菜贩不舍得让马吃，拉曳了一下菜筐，马就跑了，女菜贩向柳生夸赞道，你那马懂事啊，比人强，有人买半斤豌豆苗，顺手要抓一大把呢。

柳生找马，找了整整一个上午。相对来说，一匹失踪的马比一个失踪的人要醒目许多，马是向市区方向跑的，他沿途呼喊马的名字，胜利，胜利！听起来像是一个人的游行示威，但没有人嘲笑他，大家都听说柳生丢了一匹马，那匹马价值三十万。从妇产医院上夜班回来的胖阿姨给他提供了最初的线索，说白马曾经出现在人民街和改革路的十字路口，它在花坛边徘徊，马辔头上不知被谁挂了一条粉红色的丝巾，胖阿姨还说那马很讨人喜欢，路人们只要向它挥动丝巾，粉的也行，红的也行，花的也行，它一律抬起前蹄，不停地给人们作揖。公交车司机老徐说白马就在他的十一路汽车前碎步前行，他按喇叭赶马，那马对不文明的喇叭声似乎有所抵触，故意不给汽车让路，步点悠闲而均匀，司机和乘客只好耐着性子，在马路上慢慢地蜗行，直到十一路抵达春风街的站点，公共汽车与白马才分道扬镳。老徐提供的信息提醒了柳生，春风街离桃树街很近，他一拍脑袋说，我怎么那么笨？胜利认识路的，我知道它去哪儿了！

柳生错失了整整一个上午的时间，等他寻到桃树街上，已经是中午时分了。远远地，他看见一辆白色的急救车停在游戏厅的门口，车边挤了一群人，脑袋高低错落，都朝向马戏团的夹弄张望着。他跑过去，听见人们谈论的不是马，而是死亡的方法。两个从游戏厅出来的男孩，一直在高声争论，一个说，是安眠药，三瓶！另一个说，什么安眠药，是割腕，割到了静脉，我看见血了！那个做丝绸生意的小老板也在人群里，他对两个男孩说，吵什么？你们说得都不全面，安眠药他吃了，静脉他也割了，你们以后要是活腻了，记得要像他这么干，要死就死个痛快。

柳生没来得及打听什么，马戏团幽暗的门洞亮了，里面外面响起一片吆喝声，几个白大褂抬着担架从门里出来了。他看见瞿鹰的半张脸露出白色的罩单，像一轮苍白的月亮，他头上的马尾散开了，一绺卷发垂在他尖削的额角上，随着担架的颠簸，微微颤动。瞿鹰的身上有一股刺鼻的酒气，混杂了一丝甜腥味。柳生注意到担架上有血滴落，血像雨珠一样缓缓地洒下来，一沾地，那些血滴就变黑了。他打了个寒噤，嘴里下意识地咕哝了一声，怎么回事？旁边有人说，怎么回事？活不下去，轻生么。他退到人群外面，张大嘴呼呼地吐出几口气，说，我操。好死不如赖活，这道理都不懂？

急救车呼啸起来，很快驶离了桃树街。马戏团门口的人群渐次散去。男孩们跑回了游戏厅，卖丝绸的老板站到店门口，用一根火柴剔着牙，他对柳生说，小瞿是有名的驯马师啊，一表人才，以前很风光的啊，很多女孩迷他，等在马戏团门口要签名。柳生说，有什么用？他有名，女孩子才迷他，他混惨了，还有谁理他？老板说，不光是女孩子，很多中央领导省里领导，还有外宾，都跟他合过影。柳生说，合个影有什么屁用？一转脸谁也不认识谁了。那老板说，他以前手头很阔的，买东西都不还价，上个月还在我这儿买了一堆礼品，花了好几千。柳生说，他阔过？阔过李嘉诚了？阔过比尔·盖茨了？几千块算什么？上个月有几千块，这个月还不是家破人亡了？那老板将柳生引为知己，不停地点头，这位老板是过来人，说得对，今天不知道明天的事！我想通了，今朝有酒今朝醉，我马上关了店门去加州海滩，洗温泉，做按摩，做足疗，来个豪华套餐！老板你去不去加州海滩？我们做伴一起去，可以免一张门票。

柳生的心思在马身上，敷衍几句，便开始打听白马胜利的踪迹。那老板认识白马胜利，说他早晨来开店门，看见胜利站在马戏团门口，浑身都是灰尘，不停地用马嘴拱门。门房龚阿姨被惊动了，出来牵了马，去找瞿鹰，瞿鹰已经叫不醒了。那老板感叹说，胜利是一匹神马呀，它早不回来晚不回来，为什么今天回来？是来给瞿鹰送终的！瞿鹰交过那么多女朋友，谁来了？都跑了。只有马来了，还是马好，马比人有情义啊。

马戏团的那扇侧门还开着，白马胜利应该在里面。柳生的一条腿跨过了门槛，另一只脚不知为什么往后缩，僵在门外了。门内是一个人的死亡现场，似乎也是某些人的犯罪现场。他有点怕，又不知道自己怕的是什么，正扶着门框进退两难，马戏团院子里响起了熟悉的马蹄声。他的眼睛一亮，果然是胜利，他看见了他的马。门房龚阿姨牵着马出来了。她肩上斜挎着一个大布包，眼睛里满含泪水，一边走一边低泣。柳生迎上去说，阿姨，你要把胜利带哪儿去？龚阿姨抬起胳膊用衣袖擦干了眼泪，牵到肖书记那里去，昨天瞿鹰送走的曙光，前天送走的英雄，今天瞿鹰人就不在了，只好我去送胜利了。柳生说，为什么要送到肖书记那里去？她说，肖书记吩咐的，马是国有资产，不是瞿鹰的私人财产，谁要买胜利，要跟肖书记去谈价钱，谈出了好价钱，我们才拿得到全额工资。柳生一把抢过缰绳，说，胜利已经抵债了，胜利是自己跑回来的，阿姨你忘了吗，胜利是我的了。龚阿姨抬起泪眼打量着柳生，突然扬手在柳生胳膊上打了一巴掌，你们这些黑社会，瞿鹰是让你们害死的啊，一条人命都搭给你们了，还不够？还要来抢我们的马？柳生抓紧马缰不松手，阿姨你不要乱说，谁是黑社会？我不过是替朋友要债的，没有这匹马，朋友那边交代不了。龚阿姨说，我不管你的朋友，我不管你是黑社会还是讨债鬼，我问你，你还是不是人？说，是不是人？柳生被她问得一愣，当然是人，你看不出来吗？龚阿姨激愤地叫起来，是人都有良心，你有良心吗？你有良心就别来跟我抢这匹马，看看那匹马，好好看看，马身上都是血，都是瞿鹰的血啊！

他们争抢着马缰，缰绳松脱了，白马胜利碎步通过马戏团幽暗的夹弄，穿越门框的时候，马头熟练地下俯，就像人那样低下了头，庞大的身躯便顺利地挤出了狭窄的小门。现在，白马胜利站在明亮的光线下了，昂着头，侧身四十五度站立。白马的皮毛显得肮脏不堪，马眼睛依然湿润澄澈，目光如同两颗宝石，闪闪发亮。柳生终于看清楚了，马背与马腹洒满的那些暗红色斑点，其实是血痕。它是一匹白马，不是花斑马。他知道那是瞿鹰的血。柳生从来不怕血，但这次不一样，一阵强烈的晕眩袭来，他晕血了。他不知道自己为什么晕血了。他扶着墙走了几步，找到一个墙角蹲了下来，背对着龚阿姨和白马胜利，干呕了几声。他放弃了他的权利。算了，反正不是我的马。他挥了挥手说，算了，不关我的事，你把马牵走吧。

后　悔

好多天过去了，白小姐那边无声无息。柳生不知道她是否听闻了瞿鹰的噩耗。她怎么看待瞿鹰，这是她的事情，而他的义务是那匹马，他以为她会来催讨那匹马，但不知道她是忘了马，还是忘了她的债务，或者是在酝酿什么新的人生计划，他试探着打她的手机，信号已经不在服务区了。他说不出自己的心情是侥幸还是忧虑，设想了某种不祥的可能性，或许，她那边也出事了。

有一天他开车路过善人桥，看见桥堍的台阶上挤了很多人，原来捕捞船刚刚开走，船员们从桥洞里捞上了一具无名女尸。他向那些看热闹的人打听，多大年龄的女尸？是二十五六岁吗？长得什么模样？别人都称自己随便瞎看，没有去注意死者的年龄和容貌。他站在善人桥下，看着桥洞里肮脏而静止的河水发愣，先是担心她的生死，瞥见台阶上来了两名警察，便又开始为自己担心了。他觉得自己是个聪明人，偏偏遇见她，智商便急剧地降低，一不小心又蹚了一次浑水，说不定，公安人员很快会找到他门上来了。

她像一个魅影，悄然侵入他的生活。那魅影躲在暗处，妖冶神秘，充满灾难的气息，不是在守候他，便是在召唤他。白马不在了，她还在，她的魅影像一把剑，亮闪闪地悬在他的头上。他思念那匹白马，也牵挂着白小姐，只是他对白小姐的牵挂显得怪异，那牵挂越来越消极，也越来越像一个道义的负担了。

乔院长算是消息灵通人士。有一天他们下棋，乔院长向柳生透露，郑姐正在到处寻找白小姐，扬言要给她点颜色看了。郑姐声称白小姐骗了郑老板三十万，还不出来，炒她鱿鱼她还委屈，竟然拿走郑老板的一只钻戒，留下一张纸条昭告主人，说钻戒用来做她的遣散费了。乔院长说郑姐很懊恼自己当初顺从弟弟，挑选白小姐做了公关小姐，她弟弟认不出蛇蝎美人，她是应该有这个眼光的。她亲口对乔院长发誓，我饶不了那丫头！迟早要摆平她，有钱还钱，没钱让她选两条路，要么毁容，要么进监狱，这样的丫头，再也不让她在社会上害男人了，我要为民除害！

他听得心惊，背上渗出很多冷汗，打断乔院长说，不关我们的事，我们下我们的棋。但棋局也很肃杀，他定睛一看，他的黑棋已经没有希望了，乔院长要追杀他的大龙，黑棋像一座华而不实的城堡，被一支白色冷箭射塌了。他瞪着棋盘苦笑，我输了，肯定输了。乔院长目光炯炯地看着他，你是输了，输给我是小事，一盘棋而已，千万不要输给她，那是一世人生，你输不起的。他听出乔院长话里有话，哪个她？我还会输给哪个她？乔院长你到底什么意思？乔院长说，你是聪明人，什么意思你心里清楚吧？我消息很灵通，我是为你好。

他母亲邵兰英的消息似乎也很灵通。不知是什么人在街上告诉邵兰英，说柳生和那个仙女谈起恋爱了，还为她去讨债，逼死了一个马戏团的演员。她又惊又怕，回来向柳生兴师问罪。柳生一口咬定是谣言，那是造谣，妈妈你怎么相信谣言？邵兰英说，人家平白无故造你什么谣？他说，怎么平白无故？人家嫉妒！看我家过上了小康生活，那么多人心里不舒服，难道你没感觉？

做母亲的最了解儿子，凡事柳生否认得越彻底，邵兰英通常都越有怀疑。在她看来，儿子当婚不婚，是一个最大的安全隐患，好比一道篱笆，四处镂空，外面的野物容易钻进来，家禽猫狗也容易钻出去，为了防范，一定要扎紧篱笆。柳生这样的儿子，总是需要管束，父母再怎么操心，难免百密一疏，儿子若能缔结一门理想的婚姻，才是扎紧篱笆的正途。邵兰英与丈夫连夜商量一番，很快拟定了一个未来儿媳妇的名单。她走访了相关的几家人家，权衡之下，绍兴奶奶的侄女小金符合她的要求，成了首要人选。邵兰英也是专制惯的，事先没有征求儿子的意见，擅自敲定了约会的时间，没料到柳生不仅违抗母命，还对无辜的小金姑娘进行了人身攻击。

谁要跟她约会？柳生说，她的脸比面盆还大，屁股像一袋面粉，连个腰身都没有，我好歹算个帅哥，你让我跟她约会，不是给我制造丑闻吗？

邵兰英认为儿子如此诽谤小金姑娘的容貌，一半是意气用事，一半是思想幼稚，所以她努力地为小金的外貌辩护，结婚过日子，腰身有什么用？人家小金是双眼皮大眼睛啊，脸盘大一点怎么不好？脸大福大你不懂吗？还有屁股大，算什么缺点？女人的屁股就是要大，屁股大，能生儿子的！

你们那套审美观早过时了，现在流行日韩系美女懂不懂？我的女朋友，还用你们操心？我要海选的，要决赛的，决赛时候要PK，那时候再带给你们看，行不行？

邵兰英不懂什么是PK，也不知道什么样的美女叫日韩系美女，很想弄清楚，香椿树街上哪个姑娘算日韩系美女？那个仙女，现在又出落成了什么系的美女？但她终究没有这个心情，径直跑到儿子房间里，取出那套进口西装，命令儿子穿，给我穿上西装，穿上就去！人要讲信用，约好了人家，你不想去也要去！

柳生穿上了西装，穿上了才向母亲申明，今天我跟春耕他们打麻将，穿西装看看手气好不好，我不见那个丑女，影响心情，是你约的人，要去你自己去吧。

邵兰英劝也没用，恫吓也没用，拿了把扫帚要打儿子，柳生整了整西装迎上去，这套西装三千块，你舍得就扫，随便你扫。邵兰英气昏了头，丢下扫帚跺着脚，冷眼看见桌上的一串佛珠，抓过来就捻，这串佛珠在慈云寺开的光，很灵验，你这孩子还有没有救，我来问问慈云寺的菩萨！她手上恶狠狠地捻着，

嘴里念着经，每一颗檀木珠上映现的都是仙女的面孔，有的模糊，有的清晰，有的正值豆蔻年华，有的已经被岁月打造过，妖媚惑人了。沉重的回忆使邵兰英面色发灰，嘴里不停地哀叹，不好了，不好了，慈云寺的菩萨告诉我了，妖魔又上了你的身！她不是什么美女，是你命里的妖孽啊，柳生我告诉你，你要是还跟仙女纠缠不清，我们这个家，又要灾祸临头了！

他不得不承认，母亲的佛珠不能预见幸福，预测灾祸却是灵验的。该来的麻烦，还是来了。当天他在春耕家的麻将桌上，接到一个陌生人的电话，那人自称是郑老板的手下，催他把白小姐的马送过去。他心往下一沉，嘴里矢口否认，什么白小姐黑小姐？我不养马，我在打麻将，你们要买马去内蒙古大草原，那儿有的是马。对方似乎料到了他的口径，很捧场地大笑，笑完了还祝贺他，手气怎么样？祝你大杠开花啊。祝贺过后，那人才撂下了一句话，我们认识香椿树街，认识你家的门洞，柳生，请你准备点好茶叶，我们去了要泡茶。

那些要喝茶的人，来得很快。

第二天他从井亭医院驱车回家，路上接到他母亲的电话，声音听起来非常怪异，她说有三个男人守在家门口，向她索要一匹马。他一下就猜到，喝茶的人上门来了。母亲在电话里说，你有马就牵回来给他们，没马就去忙你的生意，家里有我们呢。关键时刻，母亲总是可以强压怒火，保持冷静，他听出母亲的暗示：你千万不要回家。关键时候他总是听母亲的，他的面包车在十字路口果断地掉了头，驶向了郊外的方向。

他驾车向西，开了足有二十公里路，再往下走，就是一片连着一片的墓地了，他忌讳墓地，停下车，在公路下的玉米田里坐了一会儿。那三个人到底是谁？他是否认识他们？他脑子里闪现过一排排人脸，又被自己所否决。

东门老三和珍珠弄的阿宽都已经过气，洗手不干了，现在外面谁还在干这种营生，他心里其实也不清楚。他想象了那三个人在他家喝茶的样子，并没有多少恐惧，只是觉得自己渴了。暮色在原野上弥漫，灿烂的云霞转眼变成了无边的黑暗。野外的夜晚来得那么快，他心里忐忑，偏偏手机的电池所剩无几，不宜打电话回家打听什么，他致电春耕，委托春耕去家里察看一下他父母的安危。春耕马上就去了，过了一会儿告诉他，他父母好好的，正在家里招待那几个人喝酒吃螃蟹呢。他松了口气，知道母亲正在施展她擅长的外交攻势，家里暂时应该无恙了。春耕问他，你在哪儿？要不要我过来陪你？你今天反正回不了家么，我们去洗桑拿，找个好地方过夜？他说，你少来趁火打劫，我现在哪儿有心思洗桑拿？我要找个安静的地方，好好想一想。春耕嗤地一笑，好好想一想？你去想什么？你能想什么？他一时答不上来，模仿电视剧里的人物说，想什么？想我的人生之路，不行吗？

他的人生之路，暂时只能局限在公路上。他把面包车开到路边的一间小旅馆，停车进去开房间。老板问他要身份证，他随口说，你们这种破旅馆，客人来是抬举你们，还要什么身份证？老板倒不生气，认真地解释道，我们这种旅馆，公安查得最严了，住我们这儿的客人，好多形迹可疑的，不瞒你说，坏人比好人多啊。他说，那你看我是好人还是坏人？那老板打量着柳生，诚实地说，这个，不好说的，我哪儿看得出来？坏人脸上又不写字。柳生在公文包里掏了半天，没找到身份证，倒是摸到一把陌生的钥匙，举到眼前仔细辨别，是水塔的钥匙，泛着银白色的光。他灵机一动，想起香火堂里专门为郑老板准备了一张双人沙发，睡那张沙发，也许比小旅馆更舒适更安全，于是他傲然地走出旅馆，回头对老板说，你不放心我，我还不放心你呢，干脆，我今天去我别墅住。

这个夜晚要小心行事。他想起以前看过的那些黑帮电影，被追杀者总是尽量缩小自己的目标，面包车无疑是个累赘，要确保安全，必须人车分开。他把面包车停在一个加油站的空地上，自己沿着公路往井亭医院走。公路上夜色四合，天空与路面都是黑黢黢的，风很大，有点冷，野地里似乎鬼影重重。他干脆一路小跑起来，跑了很长的一段路，看见井亭医院温暖的灯光，他弯腰喘气，眼睛不知不觉地湿润了。他不知道自己是怎么回事。

井亭医院的门卫都认识他，他轻易地获得放行，还借到了一个手电筒。夜色中的井亭医院静得出奇，他穿越黑暗中的树林，来到水塔下面，只惊动了两只乌鸦。两只乌鸦在水塔顶部发出沙哑的叫声，似乎在抗议一个夜晚的入侵者。郑老板遗留的香火堂仍然紧锁铁门，借着手电筒的光，可以看见信徒们奉献给菩萨的香火委屈地摆在水塔的台阶上。他穿过无数由塑料碗铁皮盒改制的香炉，还有好多用肥皂改制的烛台，打开了有点锈蚀的门锁。推开门，他一眼看见佛龛前的一团亮光，崇光寺的菩萨端坐于莲花座上，正在黑暗与空寂中普度众生，菩萨的手指向他发射出五道花瓣似的金光。他走过去，小心地触碰了一下菩萨的金手，菩萨，你最近好吗？他不知道菩萨能否听见他的问候，他不知道菩萨是否介意他深更半夜跑来借宿，但既然人们都说菩萨普度众生，众生之中自然包括他柳生，菩萨能保佑别人，也应该会保佑他的。

他跪坐在蒲团上，瞪着菩萨。菩萨就是菩萨，菩萨看起来愿意收留他，菩萨金色的面孔一如既往的慈祥，并无愠色，他感到心定了。香火堂里装了电灯，但他不敢开灯。他在黑暗中给菩萨磕了头，心想光磕头不成敬意，还应该给菩萨上一炷香。郑老板当初置办了很多香火，都藏在一只纸箱里，他找到了那只纸箱，为自己上了第一炷香。香烟在佛龛上笔直地上升，带着某种冲刺的热情，空气里开始溢满檀香和艾草的香味。水塔的往事不堪回首，他努力克制着自己的回忆，突然记起白小姐那天的嘱咐，又到佛龛前郑重地献上了一炷香，他对菩萨说，这炷香是白小姐的，请菩萨收下她的一点心意吧。

外面风声萧萧。他无法入睡。菩萨允许他在水塔里睡觉，有个神秘的幽灵不允许。每当他迷迷糊糊的时候，水塔里便适时地回荡起一种奇怪的声音，那声音来自被堵隔的铁梯，似乎有人在铁梯上轻轻地走动，慢慢上升，上升到水塔顶部的泵房，那声音变得清脆，当，当，被封堵的泵房里传来了隐隐的敲钟声。他害怕起来，睡意全消，仰起头大喊一声，谁？他忽然想起保润，想起保润十八岁的面孔。他打开手电筒，走到佛龛的旁边，屏息倾听佛龛后面的动静，他拉住崇光寺菩萨的金手，以此壮胆，高声对着上面喊，保润，是你吗？保润，是你在上面吗？

幽灵保持沉默，像一个真正的幽灵。他不敢睡了，干脆摞起几个蒲团，坐在佛龛下面抽烟，准备坐等天亮。灯还是要打开，他看着那两炷香火。他的香火，还有她的香火。两股乳白色的香烟在灯光下显得平等，显得匹配。她的，他的。他坐在蒲团上，困倦地回忆自己的人生之路，这不是他所擅长的回忆，况且他的人生之路过于曲折，很快，又呵欠连天了。半梦半醒之间，他听见头顶上传来泵房的声音，似乎是谁绝望的抗议，也似乎是谁委屈的嘟嚷声，不公平，不公平。他被唤醒了，什么不公平？他看一眼香火，觉得泵房的声音是一个命令，他忘了什么，这座水塔里至少应该有三炷香的，他的，她的，还有保润的。于是他起身，点燃了第三炷香。他对菩萨说，这炷香是保润的，菩萨，请你也保佑他吧。

回　家

后来柳生一直相信，崇光寺菩萨是偏心的，普度众生只是信徒们的愿望，该保佑谁，不该保佑谁，菩萨心里自有主张。后来柳生一直相信，那个夜晚他点燃的三炷香，浪费了两炷，菩萨偏心，只接纳了他为保润点的那一炷香。菩萨没有保佑他，也没有保佑她，菩萨仅仅保佑了保润。

那天早晨他去石码头开车，发现车下的垃圾比平日多，以为是野狗野猫干的，并没有在意。他打开驾驶座一侧的车门，听见有人在车厢里打呼噜，一回头，发现一个人的脑袋钻在菜筐里，身子像虾米一样蜷缩着，还在睡觉。他大喝一声，谁？干什么的？呼噜声戛然而止，一张男人的脸慢慢从菜筐里钻出来，苍白，浮肿，眼睛红肿，看起来疲惫不堪。车厢里瞬间充满了惊悚的气氛，他一眼就认出来了，是保润。保润穿着一件肥大的不合体量的西装，头上戴着一顶白色的皱巴巴的棒球帽，帽沿上有香港旅游四个金色的字样。保润憔悴的模样看起来像个中年人，唯有帽舌下的目光还残存着一丝稚气。你是柳生？他好奇地打量着柳生，从头到脚地打量，操，总算等到你了。你混得不错啊，真有汽车了？

柳生打了个冷颤。他下意识地想弃车而逃，一条腿已经跨出了车子，保润扑过来，抓住了他的衣襟，别跑，你跑什么？怕我啊？柳生的另一条腿留在了车内，努力保持着体面，我不是怕你，是怕鬼，以为车子里闹鬼呢，他强自镇定地说，回来怎么不打个招呼？我好歹有个车，可以去接你。

保润在裤子上擦了擦手，之后突然伸出来，和柳生握了一次手。是一次过于隆重的握手，颇具仪式感，柳生感觉到对方的手很有劲道，他不想示弱，把浑身的力气都聚在手上，两个人默默地较量着手劲，目光对视着，保润说，咄，你紧张什么？你的手怎么在抖？柳生抽出了手，甩一下，说，是你的手抖，我的手从来不抖。保润笑了一声，好，我抖没关系，你不抖就好，不抖好开车，我搭你车到井亭医院，去看我爷爷。柳生舒了口气，问，你不先回一趟家吗？

马师母有你家的钥匙，我带你去拿。保润摇着头说，钥匙不急拿，先看我爷爷，其他的事情，一件一件来。

柳生主动向保润介绍了祖父的近况，说老头子好好的，虽说脑子越来越不清楚，身体还很硬朗，一顿要吃两碗饭。又问保润，我每个月给他三百块钱，还给他买营养品，你在里面听说了吗？保润含糊地应了一声，哦，好。算是致谢。过了一会儿问，现在的三百块，就抵以前的三十块吧？柳生不知道他用意何在，谨慎地说，通货膨胀么，现在物价天天涨，什么都涨，连避孕套也涨价，不过你别担心，你家的房租也涨了，听说马师傅每个月给你存一千块，省着点用，也够了。保润说，我担心什么？有你这个大老板在，还能苦了我？是不是？柳生讪笑道，是，那当然。保润拍拍他肩膀，又问，大老板，一个月挣多少钱？出于自我保护的本能，柳生刻意保持了低调，我算什么大老板？天天跟猪肉蔬菜打交道，挣几个辛苦钱糊口，连商品房也买不起，春耕阿六他们都抱儿子了，我跟你一样，到现在还是光棍一条。保润在后面沉默着，突然说，我打光棍不是我的错，你打光棍是你自己的错。他回头看着保润，老兄，什么意思？保润怪笑了一声，那个仙女呢？她对你那么好，怎么不娶她做老婆？

一句话点亮记忆之火，一簇暗火在面包车上无声地燃烧，微妙的热量在他们之间来回流动，柳生觉得脸上有点发烫。他想谈论仙女，又思前顾后，最后叹了口气，说，算了，都是不愉快的事情，还是不谈她了吧。

反光镜映出了保润的脸，那张脸在早晨的光线里颠簸，有时候显得呆滞，有时候显得阴郁。保润的额头上有一片蹊跷的湿润的光芒，他挺直身体端坐在一只倒扣的菜筐上，手里拿着两根胡萝卜。他用一根胡萝卜敲击另一根胡萝卜。咚。咚。咚。敲断了一根，又从菜筐里拿出一根。柳生不知道保润为什么要敲胡萝卜。咚。咚。咚咚。是很多年以后的保润，不是当年的愣头青，是一个危险的陌生人了，他的身上散发着里面特有的气息。柳生很警惕，耳朵里似有风暴隐隐地呼啸。他时刻盯着反光镜，冷眼瞥见一卷白色的包装绳在车子里来回滚动，绳子的一头善解人意地掖紧了，另一端却调皮地拖曳在地上，挑逗那只擅长捆扎的手，保润捡起了那团包装绳，一点点地抖开，往自己的手腕上缠绑，然后他听见了保润沙哑而突兀的声音，她为什么那么恨我？你知道吗？

一个致命的话题，终究绕不过去，该问的迟早要问，该答的却不好回答。

柳生脑子里斟词酌句，嘴里蹦出来的是轻飘飘的套话，算了吧，过去的事情就让它过去吧，大家向前看。又诚恳地说，她现在也可怜，惹了一身麻烦，不知跑哪儿去了，听说去了日本。

后面安静了。保润冷笑了一声，抓起一根胡萝卜咬了一口。柳生听着保润咀嚼胡萝卜的声音，不敢轻易说话，心里有点打鼓，怀疑下面该轮到他了。关于栽赃，关于出卖，关于嫁祸于人，他迟早要对此作出合理的辩解，如何让罪恶听起来合理，他也没有什么良计妙策。柳生朝着车窗外的街道张望，希望遇见个拦顺风车的，车上多一个人，会多出一份安全。说来也怪，平时他的面包车从香椿树街经过，总是有熟人拦车，要去这里要去那里，但是那天早晨街上熟人的面孔不多，更没有任何人需要搭他的车。面包车驶过保润家的门口，他故意放慢了速度。马师母一家肯定不知道保润回来的消息，小马的红色摩托还堵着他家的门，门上贴满着各种小广告，没有人顾得上清理，这使那扇小门看上去更像一个广告栏。到你家了。他回头问保润，要不要停一下，放一放行李？

不停。保润说，我没有行李，你只管开车，开过去。

他们路过了春耕家。一个皮肤黝黑的女人穿着棉毛裤，在门前搭晾衣架，嘴里嘀嘀咕咕，不知在埋怨天气还是骂人，后面跟着一个小女孩，怀里抱着一床棉被，棉被高过了她的头顶。柳生动起了脑筋，对着小女孩高喊一声，小铃铛，让你爸爸出来一下，看看是谁回来了？小女孩不理柳生，女人朝面包车翻了个白眼，气咻咻地说，谁回来也不关我们的事，春耕出不来，还在床上挺尸呢，昨天又是一夜麻将。柳生有点失望，向保润介绍道，那是春耕的老婆，很凶的，母夜叉！他女儿也是个怪小孩，不爱学习，就爱做家务。春耕以前跟你玩得不错吧，要不要下去跟他打个招呼？

我跟春耕不熟。我在街上没什么朋友。保润顿了顿，突然一笑，要说以前，我就跟你玩得不错，对不对？

他听出弦外之音，心里一紧，岔开了话题，你从里面出来，先要去街道登记吧？正好顺路，我带你到街道办事处去登记。

登记不着急。这个街道少我一个人多我一个人，谁也不知道，谁也不在乎。保润说，我知道你的小算盘，别想那么多，今天是我出来头一天，是个喜庆日子，大家太平无事。

一路上果然太平无事。面包车经过工人文化宫门口的广场，刚有车祸发生，交通一时堵塞，车子无奈地停在一幅巨型化妆品广告旁边。柳生从反光镜里注意到，那个广告女郎吸引了保润的目光。广告女郎就是广告女郎，挑逗的嘴唇是猩红色的，湿润蓬乱的头发是金黄色的，裸露的肩胛骨是尖锐而性感的。一个西洋姑娘盲目而放肆的性感释放，在保润的眼睛里找到了聚焦点。柳生心里暗自好笑，回头向保润挤了挤眼睛，怎么样？憋了这么多年了，今天有什么想法？有想法尽管说，我带路，我请客。保润的目光很快从广告上闪开，什么想法？下面早就憋馁了，上面能有什么想法？他在菜筐上欠了欠身子，歪着脑袋思考着什么，过了一会儿，用手指着工人文化宫的大门问，文化宫里那个旱冰场，还在吗？

你想滑旱冰？柳生惊讶地说，你不想打炮，想滑旱冰？

不。我什么都不想。随便问问。

那旱冰场早没了，你看见麦当劳了吗？还有那边的肯德基？柳生说，原来的旱冰场，一半给了麦当劳，一半给了肯德基。

全家福

祖父不认识保润了。

祖父问柳生，保润是谁？

柳生说，保润就是保润，保润你都不认识了？是你孙子啊。儿子的儿子是孙子，你就他这么一个孙子，记起来了吗？

祖父说，我是孤寡老人，孤寡老人哪儿来的儿孙？

你不是孤寡老人，你有儿孙的。柳生说，你记得德康吗？他爸爸是德康，德康是你儿子，保润是德康的儿子，好好想一想，想一想就记起来了。

祖父念叨着德康与保润的名字，过了一会儿，他坚决地摇头，什么德康，什么保润？我一点也想不起来。祖父的脸上露出了痛苦而烦躁的表情，用两只手按摩着脑门，你别让我想事情，一想事情我脑袋就痛，我的脑袋又要爆炸了。

我也拿他没办法。柳生无奈地转向保润，摊开手说，你爷爷身体是不错，脑子越来越糊涂了，去年他还念叨过你，今年谁都不记得了，现在，他就认我一个人啦。

保润站在祖父的床边，他的目光在柳生与祖父之间来回穿梭，有点焦灼，有点失望，渐渐地，他的唇边流露出一丝讥讽的微笑，好像祖父与柳生正在合演一出蹩脚的双簧，他不得不捧场，嘴里发出一些奇怪的喝彩，好，很好。好得很。有一个瞬间，保润似乎要放弃这个糊涂的亲人，他朝病房外面走，走了几步又返回来了。柳生没有料到，保润会突然扑向祖父，他用两只手夹住祖父的脑袋，发疯般地摇晃起来，给我想，我是谁？想，给我好好想，德康是谁？保润是谁？谁是你的孙子？你脑袋疼？疼死也要想，给我想！

祖父发出了一声声惨叫，柳生好不容易把保润拽开，发现祖父的裤子上热乎乎的，床铺上也湿了一片，祖父尿裤子了。柳生对保润说，你看你看，你把你爷爷吓得尿裤子了。他不是故意忘记你的，这叫失忆，你懂不懂？你怎么能这么对待他？

这老东西，气死我了。保润走到窗边，用手蒙着脸说，什么失忆？我怎么不失忆？操他妈的，气死我了。

柳生从柜子里翻出一套病号服，替祖父更换裤子。这样的事情，保润不在他会做，保润在旁边，他做得就更积极了。祖父赤身裸体，瑟瑟地坐在床沿上，听凭他的指挥。祖父雪白的头颅一年一年地萎缩，已经状如婴儿了。祖父的身体处于风烛残年，一切器官都在下垂，眼睑下垂，眉毛下垂，胸脯下垂，睾丸下垂。风烛残年的祖父有点臭了。他的头发是臭的，他的臀部是臭的，他的呼吸不仅发臭，还夹带了一种烂咸鱼的腥气。以前柳生伺候祖父总是吸着鼻子，这次他没有，他替祖父穿好裤子，带着一种解放的喜悦，好了，这次我替你换裤子，下次就是你亲孙子替你换。你熬出头了，我也熬出头了，大家都熬出头了。

他瞥了眼保润，保润站在窗边，表情木然，没有感激之色，也没有妒忌之意。他招呼保润，你过来替他穿袜子，正常人的感情也要慢慢培养，何况你爷爷。从穿袜子开始，慢慢来，万事开头难啊。保润挪了两步，又站住了，他看着桌上一只搪瓷杯子。杯子里浸泡着祖父的假牙，一只苍蝇从窗外飞来，钻进搪瓷杯子里寻觅着什么，保润拿起杯子晃了晃，假牙叮当一响，苍蝇飞走了。保润说，你替他穿，我无所谓，算我也失忆吧。什么他妈的感情，我还稀罕感情吗？早不稀罕了。

柳生不知说什么好，自己动手替祖父穿着袜子，冷眼看见保润在翻床头柜的抽屉，似乎要找什么东西，他问保润，你要找什么？保润说，照片，小时候拍的全家福，看看我们一家人以前是什么模样。抽屉的垫纸下面果然有那么一张照片，保润捏着照片，放到窗前的光线下看，突然笑了一声，他妈的，没我了，我没了。柳生说，不是全家福吗，你怎么会没了？保润说，我的脸没了，我妈妈的身子没了，我爸爸全没了，就他好好的，他都在！

柳生纳闷地凑上去，发现那张全家福照片被水渍浸泡过，影像的侵蚀效果很离奇，产生了神秘的取舍。保润胸前的红领巾还在，但颈部以上都腐蚀了，保润的母亲只剩下半边身体，依稀可见她穿着白色衬衫和黑色裙子，保润的父亲几乎完全消失，唯一残存的是一只皮鞋。全家福照片里只有祖父幸存，祖父在时间与水滴的销蚀中完好无损，祖父的苍老常在，祖父的猥琐常在，祖父的怯懦常在。祖父穿深色的中山装，脚上是一双解放鞋，头发梳得整齐光亮。祖父当时尚属健康，拘谨的眼神透露出一道狭窄的灵魂之光，他用躲躲闪闪的目光注视着摄影师的镜头，似乎向未来表达着某种深奥的歉意。对不起，你们都将消逝，只有我长寿无疆。

旧货交易

不仅是祖父，很多香椿树街居民都忘了保润的名字。

有人注定被历史遗忘，保润是个典型。不知该归咎于他们家族在街上冷淡的人缘，还是要归咎于保润自己不清不楚的声誉，香椿树街对他的回归并没什么热情。保润回家了，保润是回家了，但这消息就像雨天屋檐上的一滴水，仅仅是滴答一声，落下来之后便什么也听不见了。

只有柳生客气，执意要为保润接风。他带着春耕和阿六来征求保润的意见，喜欢什么样的热闹？是拉一帮朋友摆个酒席，还是去桑拿房洗桑拿，或者到歌厅包厢去唱卡拉 OK？保润不肯选择。不要，都不要，你借我一个拉杆箱就行了。他说，我明天去省城看我妈，说不定不回来了，我姨夫当了大官，处级干部，听说很有权，他要是给我安排个好工作，我以后就在省城混了。

保润坐火车去省城探亲，去了几天，一个人回来了。

听说他姨妈一家对他很冷淡。他在亲友圈里一样名声不佳，姨妈带着一丝戒备之心接待这个外甥，姨夫干脆不屑于跟他说一句话。保润在姨妈家吃第一顿晚饭，吃到一半，姨妈姨夫和表妹先后借故离去，饭桌上只剩下他一个人，他脾气上来了，把半碗饭往桌上一扣，从姨妈家扬长而去。与姨妈一家闹翻后，他放低了此行的目标，一心要把母亲接回家。可是，母亲也不是他想象中的母亲了。粟宝珍在省城找了老伴，老伴待她很好，那边的子女慢慢也接受了她。她的暮年生活曾经留下悬念，这个悬念在儿子出狱之后无情地揭晓了，在老伴与儿子之间，在异乡与故地之间，粟宝珍放弃了儿子，放弃了香椿树街。母亲的决定出乎儿子的预料，保润问母亲，你不回去，我一个人怎么过？粟宝珍反问他，都快三十的人了，你还要靠我吗？让我回家去伺候你？他找不到正当的理由劝导母亲，既不肯表态从此要做一名孝子，也羞于倾诉一个儿子对母亲的思念，他说服母亲的方式更接近某种诅咒，到底谁伺候谁，现在谁知道？他说，你以后要是老年痴呆呢？你要是瘫痪了呢？要是得癌症了呢？你要不要我伺候？粟宝珍气得朝地上连吐三口唾沫，她说，我要是有个三长两短，有老张管我，你只要伺候好你爷爷，管好你自己，我就谢天谢地了。他还不死心，又对母亲说，我看你已经得上老年痴呆症了，忘了我是你儿子？儿子还不如一个糟老头？我看那糟老头子蹦跶不了几天的，老头哪天死了，你怎么办，还要不要回家？粟宝珍被逼急了，打了保润一个耳光，你咒我可以，人家老张没得罪你，不准咒他！实话告诉你保润，香椿树街那个家，我早放下了，从今往后都归你了，我的房间你尽管拆，我的东西你尽管扔，我靠不上老张也不靠你，我情愿死在老人院，也不回香椿树街了。

这一次，他看清了自己的未来，是一个剩余的未来，剩余的未来里，不会再有母亲了。探亲之旅戛然终止，他趁着天黑，无声无息钻回家，闭门不出。人们只看见阁楼上的灯光，看不见他的人影。柳生听说保润回来了，去敲门，怎么也敲不开。他有点多疑，问隔壁药店的马师母有没有听到过保润的动静，马师母说，他跟鬼魂没两样，早晨阁楼上有响声，下午就听不见动静了。柳生去撞门，撞了没几下，门开了，保润出现在门后，满嘴酒气，手里拖拽着一条长长的麻绳，你撞什么门？他对柳生说，你们家死人了吗？

柳生说，我们家没死人，我来看看你，看你是不是还活着。

还有几口气，死不了。保润砰地关上门。过了两秒钟，门又打开了，保润堵着门，手里拿着一股绳子，斜着眼睛看柳生。柳生说，你闷在家里玩绳子？这有什么意思，我带你出去散散心？保润沉默了一会儿，将手里的绳子一抖，绳子驯顺地盘缠在他肩上，像一条蛇。我不需要散心，我要温习功课。保润说，好久没玩绳子了，十八种绳结，我已经想起来十一种了，你要进来也可以，让我在你身上试试，试试法制结。柳生摆摆手说，谢谢你对我这么客气，我就不进来了，那个法制结，你还是在自己身上试吧。

几天后保润有了迎接新生活的迹象，开始在家里大扫除了。老房子尘封太久，厨房的碗橱里爬满了蟑螂，五斗橱被潮气腐蚀，门关不上，抽屉拉不出来，靠背椅子断了榫头，洗澡的大木盆漏水，都被他一个个搬出来，放在门口出售。起初标价很高，自然无人问津，后来每隔一天降一次价，街坊邻居还是不捧场，最后实在太便宜了，一个收破烂的货郎路过，用五十块钱把所有旧家具搬上了他的板车。隔壁的马师母走出店堂，正好赶上了最后那笔交易，她听见保润问那个货郎，还有一张大床，便宜给你要不要？货郎检查了一下板车的空间说，便宜就要，床是实木的吗？保润说，是我爹妈的老床，当然是实木，五十块给你，你要我就拆，立等可取！

马师母本要上去阻止，被儿子媳妇拉回了药店，按在店堂里看电视连续剧。隔着大门玻璃，能听见隔壁保润的锤子声。咣。咣。咣。保润在敲。保润在拆卸父母的大床。咣。咣。咣当一下，沉重的床架訇然倒下时，马师母打了个寒颤，捂着胸口说，造孽啊。他们一家人目送着货郎的板车满载而去，这一笔旧货交易，令人目瞪口呆。以和睦幸福的马家人的眼光来看，隔壁人家不啻发生了一起杀父弑母的凶案，连空气都血淋淋的。马师母咬牙切齿地评价道，粟宝珍真是命苦，养了这个孽子，还不如养一条狗护家呢。儿媳妇的感受非常简单，她说，那个保润是蛮恐怖的。只有小马的态度稍微开放一点，他开导母亲和妻子说，你们也别那么骂人家保润，不过是些老东西，迟早都要卖的，旧的不去，新的不来么。

过了没多久，保润来了。保润抱着一只陶瓮推开了药店的门，店堂里涌入一股肃杀的寒气。马家人一齐惊慌地站了起来，就像迎接一个凶手来访。马师母问他陶瓮里装的什么，保润说，我爸爸的骨灰，放在我妈妈床底下的。马师母尖叫起来，你把骨灰盒搬我店里干什么？还要卖？我不买你爸爸的骨灰！保润说，你们店里有没有磅秤？我想借用一下，称一称，我爸爸还有多重。马师母差点被他气哭了，说，没有磅秤，有磅秤也不给你称骨灰！保润低头注视着陶瓮，掂了一下，太轻了，我就是不相信，我爸那么大一条汉子，死了怎么就剩下这一点点？不到一公斤吧？

马师母忌讳那只骨灰瓮，毫不客气地驱逐保润，一边推他出门，一边训斥他，没见过你这样的不孝子啊，你这样慢待你爸爸的骨灰，他的魂灵升不了天的，难道你妈妈没告诉过你，你爸爸的墓地在哪里？赶紧去，赶紧安葬了。保润被马师母推着走，勉强地回过头说，我妈妈说是光明公墓，你们知道光明公墓在哪里吗？马师母挥挥手说，别问我，我们家不跟墓地打交道，去找柳生吧，柳生经常开车带人去扫墓的。

扫　墓

柳生开着面包车，陪保润去了光明公墓。

不是扫墓季节，墓园里很冷清。他们转了几圈，没发现保润父亲的墓地。去管理处打听，人家告诉他们墓地也是分三六九等的，有豪华型普通型经济型，造价不一，保润父亲的墓地是经济型的，不能在正南方向的阳坡上找，要去坡后面找。他们找到了坡后，看见一个小小的墓碑上刻着杨德康的名字，其实，早已经对号入座了，一张黑白照片被提前镶嵌在石碑上，死者的目光穿越时空，带着生前的苦楚，带着某种恨铁不成钢的遗憾，打量着久违的儿子。石屉打开着，里面积满了雨水，等待着一瓮灰的降临。旁边是死者当年为祖父预先购置的墓地，地盘更小一些，两棵马尾松栽得早，长得茂盛浓密，已经蹿到半空去了。

保润比较着两块墓碑，发现父亲的名字是黑色的，祖父的名字是红色油漆描的，他从未到过墓地，不懂其中的奥秘，问柳生，为什么一个是红的，一个是黑的？柳生耐心地告诉他，黑字代表人死了，已经进来了，红字代表人还健在，还没进来呢。保润摸了摸祖父的那块碑，突然咧嘴一笑，好，你看看我们家多好，该来的不肯来，不该来的倒进来了。柳生知道他在说祖父，问，你爷爷万寿无疆，你烦不烦他？保润想了想，摇头说，不烦，好歹是个亲人，就剩他一个了。

有个老头带着塑料桶过来，指挥他们埋置骨灰盒。他们按照老头的吩咐，把骨灰盒放进石屉里，用桶里的泥灰糊好了所有缝隙。老头用瓦刀修了修边，说，好了，泥灰十五块钱，人工五块钱，一共二十块钱。

只要付二十块钱。无需动土，也无需填埋，如此轻易完成一个儿子的大业，出乎保润的预料。他茫然地问柳生，这就好了？柳生说，是好了，你以为要掘土挖墓呢？知道现在是什么社会？现在是服务型社会了，什么都讲求简单快捷。

真的简单快捷。

保润的父亲被严严实实地糊起来了。

真的很简单，真的很快捷。寥寥几分钟，保润的父亲安居于一只小小的石屉内了。

柳生对墓前的仪式较为熟悉，他让保润跪在地上，对石碑磕三个响头。保润磕完了三个响头，忽然将耳朵贴在石屉上，倾听着什么。柳生说，你在听什么？里面有蟋蟀吗？保润说，不是蟋蟀，你来听这声音，我爸的骨灰在里面跳呢。柳生凑上去听，果然听见一些粉末在石屉里的喧嚣，像是米粒在热锅里不停地翻炒。柳生说，不是跳，是你爸阴魂不散，死得不甘心，大概要关照你什么话吧？柳生轻轻拍了几下石屉，没用，里面的骨灰仍然在骚动，他看看自己的手说，我拍没用，他要嘱咐儿子，你来试一试，你说你听见了。保润犹豫了一会儿，终究还是伸出了手，开始拍打石屉，保润边拍边说，爹，你别吵了，我听见了，都听见了。

保润自己也没想到，他在安抚死者方面有如此的天赋，石屉果然静下来了。保润惊讶地说，真的好了，他不吵了。柳生过去亲耳验证，听见那个父亲的亡魂已经归于安静。柳生得意地说，你爸爸人好，很容易搞定，你看，他这不是安息了吗？

后来起风了，他们顶着风朝墓地外面走，穿越了很多陌生人的墓碑。有纸钱和锡箔的碎屑被风卷起，在两个人的头顶上飘飘荡荡，像一群金色的飞蛾追逐着他们。他们在风中点起了香烟。柳生抽了一口烟，问保润，你爸爸嘱咐你什么，你都听进去了吗？

保润说，我不知道他嘱咐我什么了，你听见了吗？

柳生拍一下自己的脑门，我来猜猜，他肯定是嘱咐你，过去的事情就让它过去吧，你要向前看。

保润踩灭了烟头，慢吞吞地说，这都是报纸电视瞎诌的话，过去的事情就让它过去？那，怎么可能呢？

下部　白小姐的夏天

六　月

六月的一天，她回来了。

她与我们这个城市之间，似有一个不公的约定，约定由命运书写，我们这个城市并不属于她，而她天生属于这个城市。她又回来了。一条鱼游来游去，最终逃不脱一张撒开的渔网。

春天与庞先生的欧洲九日游已经烟消云散，什么巴黎，什么罗马，什么埃菲尔铁塔，什么梵蒂冈，她所向往的欧洲，最后变成一些破碎的风景，漂浮在记忆里，脑袋晃一晃，欧洲就消失了。留下来的，是庞先生的一些精子，它们像一堆毒草籽落在肥沃的泥土里，在她体内生根发芽。是一次意外。她依稀记得卢瓦河边那座城堡里的绛紫色客房。因为窗外的河畔美景，因为床边的玫瑰，因为露台上的一瓶香槟，因为一个从未有过的浪漫之夜，她被庞先生打动了，以往应景式的感情忽然有了诚意。那一夜她没有敷衍庞先生，任凭庞先生脱下了她的内裤。玫瑰与香槟酒都是有害的，她勉强的性欲被庞先生悉心发掘，一点点地放大，高涨，最后趋于疯狂。避孕措施是怎么失败的，她一点印象也没有了，她只是觉得自己傻，为了报答一个夜晚的恩情，也许要付出一生的代价。

妊娠反应很强烈，她的演艺生涯被迫中断。酒吧旋转的迷彩灯光让她恶心，麦克风隐喻式的形状让她恶心，劲歌劲舞的节奏和动作也动辄让她恶心。有一天她在酒吧的小舞台上唱着歌，唱到高潮处，忽然就对着架子鼓呕吐起来，秽物喷到鼓手身上，鼓手抱头逃下台，客人们哄堂大笑。女老板看出她是怀孕了，手在她腹部摸索了一圈，把她拉下台说，你该回家了，唱歌归唱歌，赚钱归赚钱，我们不能迫害下一代啊。

第一次遇到这样的麻烦，她并不慌乱，只是感到懊丧，与男人们周旋这么多年，自以为得计，最终还是要用女人的身体买单。不仅是身体的疆域失守了，她生活中某些坚定的信条，也一下子破产了。为什么？她并不爱那个男人，怎么会怀上了他的骨血呢？她发现自己的弱点像雨后春笋，任何一场雨下在任何一个角落，笋尖便会猝不及防地钻出地面，若要长成一棵竹子也好，可惜，弱点的春笋，最终都是被人割去食用的。

她很懊丧。要么是富翁，要么是帅哥，要么服他，要么爱他，这是她选择男友的标准，为某个男人怀孕，则需要这些标准的总和。庞先生在标准之外。在她的眼里，庞先生只是一个普通的台商，矮，微胖，模样不丑但也没有吸引力，有钱，但不算富翁，至于爱，一时无从谈起。她在歌厅酒吧夜总会干了多年，认了不少哥哥，也认了好几个干爹，哥哥们和干爹们替她摆平了不少麻烦。庞先生不一样，他是处于哥哥与干爹之间的那一类客人，她与他的关系，比哥哥要黏糊一些，又比干爹要简洁一点。她始终叫他庞先生，这个捧场者的心，半开半合，有的部分是透明友善的，有的部分浸泡在荷尔蒙里，还有的部分，是一片模糊的阴影，难以看清。她分析过庞先生对她的好，与其说庞先生迷恋她，不如说是庞先生害怕寂寞，她是他治疗思乡的一帖膏药。她答谢庞先生的方法曾经很简单，脸颊上送一个香吻，喂他一杯酒，这些免费，如果陪他去见客户，所有的交杯酒，所有的眉来眼去打情骂俏，都计入劳动报酬，庞先生会赠送她最心仪的礼物，一只名贵的手袋，一款最时尚的手机。如此而已。他们之间的关系比露水还虚无。她很懊丧。原以为庞先生的欧洲游邀请是他发放的最后一次红利，旅游兼顾答谢，逃避兼顾散心，原以为巴黎之行是一场轻松的闭幕式，没想到是一场严峻的开幕式。她离开酒吧的时候，听老板娘正在向旅行社咨询去欧洲的旅游路线，巴黎罗马维也纳这些地名触痛了她的心境，她对老板娘没头没脑地说，欧洲再好，你也不能塞旅行箱里带回来，有什么用？浪费钱！老板娘说，你不是才去过吗？你都去欧洲了，我怎么去不得？她自知这样的阻挠太唐突了，气呼呼地补充道，我是为你好，你钱多得花不了就去，记住千万别去卢瓦河，那地方有灾气，去了要倒大霉的。

她的室友深蓝小姐也是酒吧歌手，比她还小一岁，已经有过两次流产的经验，有幸获得一家妇产医院的 VIP 金卡。深蓝小姐热心地陪她去了那家医院。医院在一个新兴的工业区内，外观看起来像一个休闲会所，有个别致的人性化的名称：雅典娜女性关爱中心。

手术室外等着好几个与她年龄相仿的女孩子，容貌身材各异，焦躁怨恨的表情则显得雷同，这支独特的人马汇聚在一起，每个人的腹腔与子宫里，都秘密地隐藏着一份简短的人生小结，专供医生浏览。错误的性。性的错误。这个时代，很多错误都是用手术来解决的。有一张双人沙发椅空着，她和深蓝小姐走过去，发现沙发上盖了一层塑料膜，掀开一看，塑料膜下布满了星星点点的血痕，有的地方像一块暗红色的袖珍地图，有的局部像涓涓溪流。两个人都捂着心口惊叫，旁边一个戴眼镜的女人为她们介绍了血的来历，介绍得细致而冷静，她说刚才有个拿香奈儿包的女孩子坐在这里，半天没抬头，我以为她在发短信的，看她慢慢躺下来，我还想呢，发短信怎么还躺下来发呢？谁想得到，她手上还有一把刮胡子刀片，跑这儿割腕来了！

她们逃离了那张双人沙发，转移到走廊上。她随口点评了那个女孩古怪的行径，都香奈儿了，都坐到手术室门外了，还割腕？想不开！深蓝小姐回头看着那张沙发，说，不一定是想不开，说不定人家是想开了呢。

雅典娜关爱中心业务繁忙，VIP也要等。她坐在长椅上听女友谈她在深圳的购房计划，起初听得认真，渐渐脑子开了小差，走廊上几个年轻男人等候的身影，让她想起了庞先生。她掏出手机翻找她和庞先生在卢瓦河城堡外面的合影。先看自己，她显得那么开心，鬓上斜插了一朵红玫瑰，像一个女巫，时过境迁之后，她纳闷自己当时为什么会那样地开心。再看庞先生，他围着一条红围巾，搂着她的腰，眼睛里有幸福而内敛的光芒。照片的取景角度掩盖了庞先生的身材缺陷，他显得比任何时候都要年轻、高大。怀孕是微妙的，不仅改变了她，也改变了他。庞先生是受益者。这个瞬间，庞先生在她眼里获得了新生，他不再是那个寂寞而多情的商人了，他以一个男人的方式驻扎在她的身体深处，虽然是毫厘之地，却覆盖了她的一部分未来，她与庞先生，因此陡然亲近起来。她叹了口气，心里承认一个最大的意外悄悄发生了：世上有个男人，她不在乎他，她不爱他，但她开始思念他了。

她第一次向女友亮出手机屏幕，公开了庞先生的真实面目，这个台商，你觉得他怎么样？深蓝小姐仔细地看着手机上的照片，捂嘴一笑，就是个台商大叔，不怎么样啊，比那个驯马的，差了十万八千里。她知道深蓝小姐说的是瞿鹰，心里不悦，收起手机说，

帅哥不能当饭吃，我其实早想开了，帅有什么用？又不能换美元。

她放弃预约的决定来得很突然。有个学生模样的女孩子站在她身边，满脸倦容，靠着墙打着瞌睡，她站起来对女孩说，你来坐吧，坐着睡，我们要走了。深蓝小姐很惊讶，不做手术了？你要去哪里？她说，买机票，回老家，去找庞先生。深蓝小姐说，你不是发过誓，永远不回老家吗？她摆摆手，苦笑道，我发的誓你千万别较真，发了那么多誓，当歌星灌唱片，做生意发大财，找个白马王子嫁出去，哪个誓言实现了？我发的誓，现在连我自己都不相信了。

她们走到医院的门外，看见工业区的大街上车水马龙，初夏的阳光照耀着一个年轻的南方城市，这个城市她来来去去，终究没有成为她的家乡。她拍了拍路边一棵棕榈树的树干，说，我操，又要走了。深蓝小姐说，迟早都要走，就看你往哪儿走，去年你说要去日本，今年你说要去澳洲，没想到一番折腾，最后还是要回老家去。她说，其实也不是我老家，你们都有老家，

我没有，到哪儿我都是一个人。深蓝小姐觉得她的决定太草率，你对他有把握吗？你们以后怎么样，认真谈过吗？她说，谈这种事，我认真不起来，走一步看一步吧，反正我走的都是黑路，摸黑走惯了，哪儿有点亮光就往哪儿走。深蓝小姐问，那个庞先生算亮光吗？她认真地思考了一下，说，我也不知道，他是不是亮光，这次可以测出来了。

庞先生

庞先生起初有点亮。

他开车去机场接她。在出口处，他们有过一个漫长的拥抱。拥抱的时间偏长，那并非出于缠绵的需要，是因为她傲慢的身体投向一个矮胖男人肉鼓鼓的怀抱，从体态到感情，都需要一次艰难的调整。她觉得出口处的人群都在观察他们的拥抱，似乎在观赏一只倦鸟飞上枯树的枝头。一点点屈辱，一点点恐惧，加上一点点暖意，使她的眼泪不可遏止地流了出来。她不想让庞先生发现她哭了，她在他的肩头上擦干了眼泪。不知道他是否意识到衬衣湿了，她听见他还是像往常那样奉承她，你今天看上去好漂亮啊！

汽车音响播放的是她自刻的 CD，都是她在夜总会翻唱的港台流行歌曲。她知道这是他刻意准备的，这份心思让她有点感动，作为回报，她把头枕在他肩上。她说，我们去你的别墅？庞先生说，还是去酒店好，别墅不方便，我太太这几天会来。她说，为什么你太太早不来晚不来，偏偏跟我撞到一起来了？他耸耸肩膀，我也不知道。又说，酒店条件很好，四星的价位，五星的标准。她的头慢慢地离开了庞先生的肩膀，你订了几天酒店？庞先生观察着她的表情，说，你想住多久就订多久，住一辈子也行，我买单。她说，只有做鸡婆的女人，才住一辈子酒店。庞先生分析着她的眼神，你要不喜欢住酒店，就去租房子，找个好一点的公寓，别墅也行，反正我买单。她说，那不是租房子，那叫包二奶，你要包我吗？庞先生有点尴尬，目光来回瞄了她几眼，鼓起勇气说，你要是愿意，我可以包你啊。我们公司，明年要上市了。她的脸扭向车窗外面，嗤地一笑，上市？我怎么觉得我也上市了呢？庞先生说，做小姐的才可以叫上市，要流通么，你不流通，不叫上市。她盯着庞先生侧面的脸部轮廓，我不流通？专门陪你一个人睡觉的？她突然拍了拍他的脸颊，正色道，知不知道我要跟你谈什么事？庞先生关掉了音响，到底什么事？要大老远地飞回来谈？她说，你猜，猜猜看。庞先生开始沉默，过了一会儿他说，我最怕猜谜，还是到酒店再猜吧。

　　酒店在市中心，与夜巴黎俱乐部一街之隔。她离开夜巴黎的时候，酒店还没建好，重返故地，她竟然住进了这幢摩天大楼，恰好面对自己的一页履历。站在房间的窗口，可以看见街对面夜巴黎的霓虹灯已经提前闪亮，英文，法文，日文，中文，四种文字渲染着这家夜总会的国际化路线，五色灯管勾勒出一个年轻女郎的轮廓，侧脸，撅臀，短裙和高跟鞋，看不出是什么种族。霓虹灯是她的一页履历，她的过去，闪烁着艳丽而务实的光芒，那光芒指向虚无。她拉上了窗帘。庞先生从背后抱住了她，鼻孔里呼出了粗气。她说，我没有那个意思。庞先生说，你没有，我有那个意思，可不可以？他的手在她胸部停留了一会儿，越过无袖衬衫，越过裙裤的腰绳，慢慢向下，向下。她挣脱了他，厉声说，不可以，小心伤着你的孩子。庞先生的手触电似的收回来，你说什么？她说，我说小心，我怀孕了，是你的孩子。

　　房间里的气氛一下凝重起来。他倒退着，退到沙发边坐下来。他的表情看起来很僵硬，细小的眼睛里投射出一道戒备的目光，那目光落在她的下半身，然后慢慢上升，我的孩子？在法国？他说，就那一夜，怎么会？

　　你不高兴？她斜睨着他，用刻薄的语气说，我也不高兴，我想怀巴乔的孩子，李嘉诚的孩子，成龙周润发的也行，谁想怀你的孩子？没办法罢了。

　　不会。他说，不会的。我记得很清楚，我戴套了。

　　不会？什么叫不会？她的声音失去了控制，变得尖利起来，是我怀孕了，不是你，你说清楚一点，不会到底是什么意思？

　　不会就是不会怀孕的意思。他干笑了一声，我戴套了，那么好的套子，你不会怀孕的。

　　她的脸发灰了，眼睛里喷射出怒火，怒火从他的脸部蔓延到腹部。他撅了下西裤的裤裆处，架起了腿，一条腿不停地晃悠着。她看见了他的白袜子，他的小腿肚比袜子更白，上面长着稀稀拉拉的几根黑色的汗毛。她说，操，我不管什么套子不套子，我就问你一句话，不是你，难道是鬼让我怀孕了？

　　不是鬼。他沉吟了一下，忽然提醒她道，是鬼佬吧，你不是说鬼佬帅，你不是说鬼佬性感吗？

　　你记性真好，那你告诉我，是哪一个鬼佬？

　　不要搞错了，是你怀孕，不是我怀孕。他嘴角上的微笑消失了，适时地进行反击，是哪一个鬼佬，应该我问你，不是你问我啊。

你把我当婊子看？婊子也只有一个身体，欧洲九天我都卖给你了，白天黑夜都和你在一起，还卖给谁去？她尖声叫喊着，血往头顶上涌，抓起一只杯子便朝他砸过去，算我瞎了眼睛，早知道这样，不如选个鬼佬，谁的遗传基因都比你好！

他没来得及躲闪，额头上出现了一个小嘴巴，鲜血立刻从他额头上钻了出来。她被血吓住了，捂着眼睛惊叫一声，活该，你怎么不闪一下？庞先生仓皇地跑进了盥洗间。她跟过去，被关在了门外。过了一会儿，庞先生用毛巾捂住额头冲出盥洗间，嘴里说，好，好的。她说，我有创可贴，在箱子里！但她没有机会为他敷创可贴了，庞先生已经站在走廊里了，他回过头注视着她，满手是血，眼神充满憎厌，脸上是一种决绝的表情，白小姐，我今天算看透你了。他说，我告诉你你是什么人，你，就是婊子，一个堕落的婊子！

米黄色的地毯上留下了庞先生的血渍，起初是红色的，后来颜色渐渐变黑了。她跪下来，用纸巾擦拭地毯上的血痕，纸巾变红了，地毯上仍然是一串黑斑。她的头脑一片空白。行李箱沾到了庞先生的一摊血，血在尼龙面料上洇出一个图案，像一束小巧而精致的焰火，无声地绽放。她万念俱灰，跪在地上反思自己的过失，忽然想起那个在手术室外割腕的女孩，心里产生了效仿之念。她打开行李箱，找出一把水果刀，试探着手腕上的血管，她分不清什么是静脉，什么是动脉，刀剑胡乱对准一条暗蓝色的血管，终究下不了手。她怕血，怕疼，她根本不想死。但是，除了死，她不知道怎样更好地惩罚自己。后来她专心清洗行李箱，咬着牙，想哭，哭不出声音来。她心里的仇恨吞噬了哀怨，忽然记起来行李箱是庞先生在欧洲买给她的，便朝行李箱恶狠狠地踹了一脚，滚，你才是婊子。

第二天中午她还在昏睡，酒店前台打来了电话，问她是否需要续住房间。她迷迷糊糊地说，别问我，去问庞先生。对方说，庞先生已经结过账了，今天开始他不承担房费了。她清醒过来，拿着电话愣了好久，骂了一声脏话。对方说，这位小姐怎么骂人？她对着电话喊起来，谁有兴趣骂你？我骂姓庞的，你又不姓庞，关你屁事！

她不舍得自费住这么昂贵的酒店，想起粮食局一个人称马处的干爹，平素待她很殷勤，他那里什么都可以报销，以前她去商店买皮鞋买香水，都拿发票给马处报销过的。她给马处打电话，打手机是空号，打他办公室，是个女人接的电话，起初还算客气，问她是马处的什么人，她说是干女儿。女人发出一声冷笑，干女儿算什么人？他干女儿多呢，你是哪一个？她不情愿地说，唱歌的，白小姐！那女人追问，你在哪里唱歌？夜巴黎？棕榈泉？加州阳光？24K俱乐部？她觉察到马处的办公室气氛有点反常，正在揣测马处的现状，听电话那端响起一阵窸窸窣窣翻纸的声音，白小姐，你有没有拿我们局的宝马汽车？她一时反应不过来，你说话我怎么听不懂了？我怎么能拿你们局里的汽车？那女人沉默着，继续翻纸，翻了一会儿向她道歉，对不起，查到了，不是白小姐，是黄小姐拿的宝马。最后那女人总算绕回正题，指点她说，你要找马处？去纪委找吧，马处双规了，现在只有纪委知道他在哪里。

她愣了一下，赶紧挂了电话。想想当初夜总会女孩们对马处的预言应验了，马处迟早要出事，用他要趁早。马处那边，果然靠不上了。那个黄小姐，是不是夜巴黎做大堂领班的那个东北女孩？平素爱谈理想，爱读琼瑶。真可谓真人不露相，她从马处那里得到了几双皮鞋几瓶香水，人家黄小姐竟然开走了马处的宝马汽车。

住宿是当务之急，她来不及为自己惋惜，也无心为自己庆幸，从手机上删除了马处的号码，另一个干爹杨主任的名字便跳了出来。杨主任是一个基金会的领导，也是夜巴黎的常客，他一来，她必定要陪他唱闽南语的《爱拼才会赢》。这个男人尖嘴猴腮，场面上出手阔绰，可惜人有点脏，占了他钱财的便宜，他必定要占你肉体的便宜。她找出杨主任的名片，依稀看见名片上长出了两只汗毛浓重的手，一只手袭向她的胸部，另一只手蠢蠢欲动，准备袭击她的臀部，所以，她拨打杨主任的电话，下意识地绷紧了身子，护着胸部。杨主任的电话倒是畅通的，但他只发出喂的一声，便没有了下文。她以为他挂断了电话，但她清晰地听见杨主任在向什么人评价自己，这个小姐很麻烦的，她找我没什么好事，不理她！杨主任一定是在娱乐场所，隔着遥远的空间，她又听见了熟悉的《爱拼才会赢》的伴奏音乐。她气极了，对着手机骂了一声，去拼吧，拼死你这个老色鬼！

她在房间里转了几圈，算算自己留在这个城市的社交网络，看上去人多势众，其实细若游丝，碰一碰就断了。她决定暂且放弃这个酒店，匆忙收拾了一下，拖着行李箱去退了房。接待小姐似乎知道她的身份，打量她的眼神，多少流露出了一丝不屑。她情绪恶劣的时候锱铢必较，拍拍台子说，看见你们就不爽，你们还狗眼看人低？你们为什么穿得跟一群乌鸦似的？这是酒店，又不是殡仪馆。看小姐们愣在那里，她还不够泄愤，撇撇嘴说，你们这酒店，我住不惯！硬件不行，软件更不行，离五星还差六颗星呢。

这个城市如此熟悉，但她迷失了方向，拿不定主意该去哪里。通往庞先生的这条道路，原本就是偏僻的小径，走不通了，她有心理准备，庞先生的那一点点亮光，原本就微弱，是她自己不小心，亲手弄灭了，让她绝望的是另一个事实：她的世界如此狭窄，一个冲动，一次旅程，这个世界竟然已经到了尽头。

有出租车等在酒店门口，司机的脸探出窗外，眼睛瞥着她的腿，嘴里问，小姐去哪里？她说，等一会儿，没想好。司机又问，火车站还是机场？去火车站天天堵车，要走趁早。她火了，对司机厉声道，老娘哪儿都不去，偏站这儿，这是你家的地方吗？我不能站吗？司机笑了一下，脑袋缩回了车内，车子发动起来，她听见了他报复的声音，那你就站街上吧，你们做小姐的，反正站惯了街。

她站在街上思考下一步的人生。下一步的人生其实很局促。回南方的念头只是一闪而过，她哪儿都不想去了。胎儿还在她子宫里，事情没有完结，她不认输。她赌气。她不宽恕。她要较量。为了一个模糊的未来，她不准备如此放过庞先生。

对面是夜巴黎，十一楼上有一个化妆间，曾经是她与其他人合用的。铁打的营盘流水的兵，她走了，夜巴黎的生意倒越来越红火了。有人在更换玻璃橱窗里的海报，新来了一支外国的乐队，一群男女和一片椰林，花里胡哨地站在橱窗里。她看不清那个女主唱的面孔，很想知道她长得是否漂亮，于是她横过了马路，先问那个更换海报的小伙子，小波你还认识我吗？小伙子打量着她，挠着头说，面熟。是玛丽还是露丝？她猜人家已经不认识他了，不强求，敲敲橱窗问，哪个国家的乐队？答：菲律宾的。她轻蔑地一笑，我猜也是菲律宾的。又朝海报扫了几眼，对浓妆艳抹的女主唱作出了一个恶毒的评价，女猿人似的，不在森林里好好待着，跑这儿来捞钱！

她沿着人行道往工人文化宫的方向走。想想还是要找老阮，工人文化宫的招待所让老阮承包了，住老阮的招待所虽然寒酸，至少不用花钱。打定主意之后，她为自己感到委屈，命运为什么总是对她不公？她的选择，为什么总是错的？生活亏欠她的，什么时候能够偿还？她像一条不安分的鱼，自以为游得很远了，最终发现一切是个幻觉，游来游去，还是逃不脱这个城市的渔网。

这个城市新兴的高楼大厦吞噬了她的影子，一张巨大的疏密有致的渔网随时准备着，放纵她，或者打捞她。她的身上，隐隐地散发着蹊跷的鱼腥味。不，她还不如一条鱼，鱼有大海，而她的大海，海水已经干涸了。

另一个人

有个年轻男人尾随她穿过了十字路口。她打量过他一眼，是这个城市街头常见的游荡者，手提塑料袋，表情略显严峻。他有一张黝黑的方脸膛，脖子上挂着一条金项链，横条的短袖衫配竖条的黑红相间的沙滩裤，再加上一双噼啪作响的塑料拖鞋，某种粗野的底层身份昭然若揭。她自知容貌出众，被街头的年轻男人尾随是很寻常的，只是这名尾随者的目光特别，她不太适应。那目光并无挑逗的色情成分，也不是久违的熟人之间的试探，而是一道凛冽的刀锋般的光芒，刺过来，带着些许凉意。她想尽早摆脱他。走过一家点心店，她闻见门口的大木桶里飘出一股鸡汤的香味，那家店的鸡汤馄饨她一直是喜欢的。她闪了进去，要了一碗馄饨，刚坐下来，发现那男人也进来了。他坐在对面的一张桌子上，一动不动，眯着眼睛看她。看她。他从塑料袋里掏出一条绿色的尼龙绳子，摆在桌上，眯着眼睛，看她。她突然想起保润这个久违的名字，心里一阵惊悸，赶紧起身，换了个位置背对着他。她背对着他，听见了他的声音，仙女，我们去跳小拉？你现在还跳小拉吗？

她一下跳了起来，拉起行李箱冲出了点心店。

他无声地追了上来，尼龙绳子被草草地塞进沙滩裤口袋，露出一截绿色的绳头，像一条摇摆的蛇。你跑什么？你不跟我跳小拉，请我吃碗馄饨行不行？你不请我，我请你？

她回头说，你认错人了，我不认识你。

你不认识我，我认识你呀。他在后面说，我看也别跳小拉了，也别吃馄饨了，我们一起散散步，行不行？

你别跟着我，我心情不好。再跟着我，我就喊了！

喊什么？强奸！强奸！他模仿着女声，兀自笑起来，可以喊么，你再喊一次，我等着听，我心情很好。

我不是吓唬你，往前走十几步右拐，就是派出所，你要是再跟着我，我们就一起去派出所。

好，那就去派出所，你在前面领路，我跟着，我要是跑了，就不是人养的。

她拖着行李箱仓皇而行，人行道路面刚刚被挖过，到处坎坷，箱子底部掉了一个轮子，怎么也拖不动了，她拎起箱子跑了几米，突然崩溃，把行李箱踢倒在地，一屁股坐在行李箱上。你到底要怎么样？不是放出来了吗？不过是坐几年牢，又没死人又没伤残，有什么大不了的？她的样子，像是耍泼，又像是挑战，还有点像一名安慰者，里面待几年也没什么损失吧？外面世道不好，多难混啊。

我在里面比外面好？他不动声色，点了点头。有道理，我明白了。还有什么赐教？今天机会难得，都告诉我。

她的高跟鞋也跟她作对，鞋跟突然松脱了，她脱下高跟鞋，对着地面忿忿地敲紧鞋跟，笃，笃笃。我最近怎么这么倒霉？笃。笃。他妈的，倒了血霉！看，德国行李箱坏了，在法兰克福机场买的，两百欧元呢。鞋子也是好鞋，真正意大利名牌，就这么坏了。她看他无动于衷，自己无趣了，慢慢穿上高跟鞋，言归正传地说，过去的事情，就让它过去吧，你自己活该，谁让你绑我的？

他的脸上凝固着一种古怪的微笑，介乎于嘲讽与悲伤之间。他抖动着腿，交叉抖动，看得出来，这样的交谈，需要他付出极大的耐心，还有克制。他凝视着她的脸，突然说，绑是绑的错，强奸是强奸的罪，谁绑你谁强奸你，这么简单的事，你分不清？

不怪我，我那会儿丢了魂。她嗫嚅着站起来，试了试高跟鞋的鞋跟，忽然意识到软弱的害处，声音一下高亢起来，你不绑我，他怎么做那下流事？你们都不是好东西，你们都犯罪了！

保润说，有道理。我们都犯罪了，我就是不明白，为什么强奸你可以，绑你一下就不可以？你方便不方便说，当初到底拿了人家多少好处？

那算什么好处？那会儿是什么消费水平？小恩小惠罢了。她用诚实的目光看着他，犹豫了一会儿，忽然换了种交心的口吻，说，反正都是陈芝麻烂谷子的事了，我实话告诉你，你以前很丑的，比现在还丑，又丑又抠门，柳生以前多帅啊，花钱大方，舞又跳得好，帅哥么，女孩子心里都喜欢的。

保润点点头，鼻孔里发出吭哧一响，他说，有道理，这回说清楚了，你喜欢他，讨厌我，就把我当他的替罪羊了？

她几乎要脱口承认，注意到他阴郁的眼神，便谨慎地叹了口气，我知道你恨我，我承认你有点冤，你冤难道我不冤？你想报仇来找我，我想报仇，都不知道该找谁去了。

你承认我有点冤？那你告诉我，我该怎么报仇呢？

当面道歉？她探询地说，我是有点对不起你，我说对不起，对不起，行吗？

说一声对不起就打发我？这个态度，哄傻瓜也哄不了。

那你说清楚，你到底要怎样？她的脸上掠过一丝戒备的表情，目光里集合了愧疚、烦躁、委屈、刁蛮，以及非凡的勇气，一滴眼泪涌出她的眼眶，她抹抹眼睛，忽然喊叫起来，我跟你说一百个对不起行不行对不起对不起对不起对不起行了吧？

对面的街道有行人站住了，朝他们这里张望。保润抱着胳膊，冷淡地欣赏她歇斯底里的表演，等她安静了，他摇了摇头，你态度有问题。说对不起不值钱，喊对不起就更没用，喊一万声也没用。我在里面十年，十年时间，你要赔偿。

赔钱？你不早说？她麻利地打开了钱包，数着里面的钱，你别敲竹杠，我不是富婆，一千二，一千三行不行？我自己节省一点好了，我只有一千五，给你一千三，这样总行了吧？

赔偿不一定是钱，我不要你赔钱。保润按住了她的手，严肃地说，我损失什么你赔什么。先赔时间，十年时间，还有自由，你还要赔我十年自由。

她愕然，瞪大眼睛看着他的脸，时间怎么赔？自由怎么赔？你把话说清楚，你到底要赔什么？

我也没想好，我们要商量。保润说，我们找个地方坐下来好吗？要不，我们再去看一场电影？不着急，我们有的是时间，慢慢想慢慢商量，总能商量个结果出来的。

谁跟你去看电影？谁跟你商量？本小姐恕不奉陪！她涨红了脸，指着保润的鼻子说，以为我怕你吗？要杀要剐随便你，我等着！

她想跑，但跑不掉，行李箱被保润一脚踩住了。保润对着大街歪了歪嘴巴，你喊吧，那么多人听着呢，他们会来帮你的，你喊抢劫喊强奸喊杀人都行，我奉陪。

她看着街上来来往往的行人，终究喊不出口，眼泪珍珠般地挂在脸颊上。有个老头从他们身旁经过，以为他们是吵架的一对儿，好言相劝道，小两口有什么事，千万别冲动，回家好好商量。她抹着眼睛抢白老头，谁冲动了？谁跟他小两口？你才跟他小两口！老头转身就走，嘴里怂怂地说，小伙子跟老头子怎么成小两口？现在的年轻人，不识好歹啊，算我狗拿耗子多管闲事。

保润从口袋里拽出了那根尼龙绳，他用绳子的一端搭在手腕上，绕了几下，那手很快被一个绿色的五角星覆盖了，怎么样？他向她亮出手上的绳结，漂亮不漂亮？

依然是他炫耀和示威的方式。绳子。狗链子。她觉得头皮发麻，低下头看他的拖鞋，看他裸露的双脚。塑料拖鞋是廉价的，他的脚趾缝里有黑泥，脚趾甲是灰色的，开裂的，脚和鞋共同泄露了主人穷困潦倒的生活现状。不远处有人在铺设地下管线，一把铁铲靠在墙上。她心一横，奔过去抢过了铁铲，保润追过来，正好撞上枪口，她手持铁铲，像一名女战士拿着冲锋枪，以为我怕你？我什么人没见过？都什么年代了，你还用绳子来吓唬人？别让我笑死！她用铁铲去铲保润的拖鞋鞋底，边铲边说，社会上冤假错案那么多，又不是你一个人吃错官司，还有人冤死在里面呢！赔什么时间，赔什么自由？你这种人，在哪儿都是虚度光阴，在里面在外面，有什么区别？

铁铲铲到了保润的脚。趁着保润躲闪之际，她提起行李箱奔向大街上的一辆红色出租车。毕竟光天化日之下，保润有所忌惮，追了几步，放弃了。她听见他在后面喊，你跑，跑吧，跑一天算一年，我给你记着，你会后悔的！她和行李箱一起撞进了出租车。司机的脑袋探出车窗，好奇地打量着保润，后面那男的什么人？她对司机说，强奸犯！快，快点开，绕两个圈，开到工人文化宫去！出租车发动了，她从车窗里瞥见保润站在人行道上，弯腰察看他脚上的伤势。司机回头看着她，眼神诡谲，那个强奸犯怎么回事？强奸谁了？她觉得有必要作出更正，对司机说，我刚才开玩笑的，他不算强奸犯，他是井亭医院逃出来的疯子！

顺风旅馆

山穷水尽的时候，她投靠了老阮。

老阮的这家顺风旅馆，前身是工人文化宫招待所，更早以前，是著名的工人电影院。她认得出来，旅馆的两樘玻璃门，就是当年工人电影院的大门。她还隐约记得两个年轻漂亮的女检票员，她们穿着浅绿色的制服套裙，梳着长辫，其中一个是独辫，另一个总是将长辫盘在头上。她还记得小时候的梦想，长大了到工人电影院做检票员，天天穿漂亮的制服，还可以免费看到所有的电影。从前许多辉煌的事物，如今都莫名其妙地迅速衰败，工人电影院亦如此，只有一个小小的放映厅被勉强保留下来，缩在旅馆侧面的角落里，天天放映僵尸鬼怪片或者谍战片枪战片。

顺风旅馆的房价便宜，更因为是黄金地段，老阮吸纳了很多长租客户。一楼有一个专治白癜风的私人诊所，门口贴满剪报、奖状和感谢信，布帘子后面依稀可见一个穿白大褂的中年男人，他操四川口音，总是高声大嗓地劝解病人，急啥子么？白癜风又不是伤风感冒，几帖药怎么好得了？慢慢来啰。诊所隔壁是一家温州皮鞋厂的办事处，里面坐着几个叽叽喳喳的姑娘，她们从不讨论皮鞋的业务，总是在争论巩俐和刘晓庆到底谁更漂亮，周润发与张国荣到底谁更英俊。二楼的两个房间打通了，有人在此创立了一个模特儿培训基地。一个高挑的瘦骨嶙峋的女人在教一个少女走猫步，另一个女人更瘦更高，躺在长沙发上午睡，因为头上戴着一个金色的头套，睡姿看起来像一具古老的木乃伊。还有几间客房没有人，门上挂着某某商贸公司某某信息咨询公司的牌匾，里面的桌椅上都积了灰，租户不知去了哪里，只有灰尘与空气默默地做着交易。

她来投奔老阮，老阮是高兴的。老阮给了她一个免费的房间，当天夜里还安排了一场麻将，说麻将桌上有生意谈，要她唱歌助兴，顺便介绍几个大哥给她。她如约进了三楼的棋牌室，里面烟雾腾腾，三个男人都是陌生人，一个阴沉，一个猥琐，另一个看起来比较阳光的，是个大胖子。她早就没有胃口结交这种大哥了，赶任务似的拿起了麦克风，为了配合气氛，特意唱了一首粤语的《恭喜发财》。那个大胖子一边听歌一边笑，问她，你是恭喜老阮一个人发财吧？她逢场作戏地说，都是大哥么，恭喜大家都发财。此后她勉强陪着老阮，说替他收钱，可惜老阮手气不好，她坐了半天，没收到什么钱，好不容易看到一副清一色的筒子大牌，老阮竟然把筒子一只一只地开掉了，她提醒老阮，反被他在腰上掐了一把，她懂了，知道他打的是贿赂牌，不能赢只能输的，一下就兴味索然了。她坐在旁边打起了哈欠，闻到空气里充满了不洁的气味，她怀疑大胖子有口臭，老阮也有口臭，正在思忖，为什么她结交的中年男人口臭比率如此之高，脚上被踩了一下，是左手边的郭老板。她已在心里给他起了绰号：猥琐男。猥琐男努力从眼睛里放电，试图用眼神与她调情，她懂，只是觉得肉麻，腾地站起来说，吃点水果，吃点水果！她把大果盘里的水果分到小碟子里，端到每人的手边，怕再坐下去还有什么难以应付的剧情，就谎称头疼，擅自告辞了。

与庞先生的第一次谈判，她没有出面，是老阮插手张罗的。老阮自己也没去，他有个熟人是庞先生的供货商，供货商去与庞先生结账，顺便谈了她的事。谈判绕了太多的弯，最后的结果倒是简明扼要。庞先生要她把孩子生下来，验DNA，如果孩子是他的，他保证对母子负责到底。她追问庞先生准备怎么负责，老阮说，给钱呗。男人对小蜜负责，不就是给钱吗？又提醒她说，人家是台商，对他动作不能太大，动作太大了犯忌，会牵扯两岸关系的，你懂一点政治的吧？她说，我才不管什么政治，我就要个公平。老阮说，公平可以卖，也可以买，不还是钱的事？你给我一句实话，你到底是要他的钱，还是要他的人？她心里乱透了，回避着老阮的目光，嘴里忿忿地说，谁要那个人？一只矮冬瓜，要了他干什么，冬瓜炖排骨汤啊？

这趟旅程临近终点，她几乎看见了终点的站牌：此路不通。庞先生那里不会给她什么惊喜了，卢瓦河谷催生的柔情蜜意已经零落成泥，那个台商终究是别人的丈夫，他们在对方眼里互相沦落，现在，她成为他一个最难缠的客户，而他半明半暗的亮光，已经在她的生活里彻底熄灭。

第二次去找庞先生，可谓声势浩大。老阮带了三个精壮小伙，一起陪她去了庞先生的公司。庞先生谨慎应对，叫来几个保安，站在他的办公室门口。黑社会那一套毕竟属于电影，他们双方的表现都算明智。老阮西装革履，摆出谈判的架势，要庞先生写一份欠条，庞先生拒绝了。他说，我不欠白小姐的钱，不能留欠条给你们，我们不是清理债务，是做生意，做生意就按规矩办，还是签一份合同好。庞先生在他的文件柜里翻找了半天，亮出了一份期货公司的合同样本。她望文生义，怒声道，你混账，把我的肚子当期货啊？不签！庞先生异常冷静，强调女生的肚子其实就是人类的矿山，铁矿石、铜矿石、棉花、石油都有期货，孩子为什么不能做期货处理呢？我是讲公平信誉的人，相信我，参考期货买卖的条款来签，保证我们谁也不吃亏。她一时无措，用目光向老阮求援，老阮明显也不懂期货买卖的原理，又不肯示弱，摆手道，庞先生你别搞得太复杂了，我们这边不相信期货，搞惯现货的。庞先生说，孩子还在她肚子里，怎么搞现货交易？我们按规矩来，要么一次性买断，我相信你，我冒风险我出价，要么你相信我，分期付款，你出价。二选一。

二选一。他们之间的信任，也只能二选一了。老阮思考了一下，跟她耳语道，期货就期货吧，孩子在肚子里，好像只能算期货。她木然地坐在庞先生的对面，第一次觉得自己无知，而且无用。庞先生的额头上留下了一个淡淡的疤痕，她凝视着那张微胖的保养良好的面孔，依稀发现了某些字迹，他的半边脸上写着"商业"，另半边脸上写着"道义"，往昔的痴情，已经荡然无存了。这样精明世故的男人，痴情是一次性产品，用过即抛，哪里会留什么痕迹？她不怀疑庞先生的信用，唯一怀疑的是自己的算计，如果庞先生不是她的未来，他的骨血怎么能给她提供未来？她对自己的贪欲没有把握，对自己的恨，对自己的爱，都估计不清，其实，她不知道自己是否要留着胎儿，她甚至不清楚，自己是否想做一个母亲，所以，她颓丧地垂下了头，说，我不知道，老阮你替我做主吧。

她从庞先生的公司拿回了一份合同，合同的封面上是一排大号的黑体字：期货买卖合约。从那天开始，她觉得自己的身体像一座矿山，从那天起，她只要看到自己微微隆起的腹部，都会想到那个莫名其妙的沉重的词汇：矿山。

她害怕遇见熟人，在工人文化宫出出进进的时候，都小心地戴着口罩。躲避是必须的，她说不清与这个城市结下了何等的孽缘，糊里糊涂之间，便惹下了那么多的麻烦。她回归这个噩梦之地，孤注一掷，不过是来谈一笔蒙羞的生意。这笔生意，定会被她奶奶的在天之灵所诅咒。奶奶很早便预见了孙女一生的羞耻。很多年前的一个雨天，她从工人文化宫滑旱冰回家，奶奶把她堵在门口，用一块毛巾擦干她的头发，奶奶的眼神充满谴责，表情则无比悲伤，她说，亏你还记得回家的路，你丢魂了，仙女啊，你的魂丢在外面了，女孩子的魂丢不得，今天丢了魂，明天就丢脸了。现在她从心底承认，奶奶世俗的目光能够洞悉她的未来，奶奶讨厌的絮叨，对她具有某种神性。她承认她丢了魂，她承认她丢了脸。但是，她无意取悦奶奶的在天之灵，她总是宽容自己。无论是魂，还是脸面，丢就丢了，她并没有那么羞愧。现在她是谁？谁也不是，她只是一座矿山了。

正逢周末，楼下的小放映厅在促销一部好莱坞僵尸片。一个男人拿着小喇叭在售票窗口边喊，进来看看，买一赠一，新到好莱坞僵尸大片，奉送爆米花，吓不到你，票款全额退还！她领了一包爆米花钻进去，坐在黑暗的放映厅，看着僵尸从墙里钻出来，吸血鬼从抽水马桶里浮上来，起初她以冷笑挑战这些虚假的恐怖，渐渐地她觉得脖颈不适，似有利齿接触，那些死人的鲜血和僵尸的腐液从屏幕上淌下来，沿着地砖悄悄蔓延，她的双脚下意识地悬空了，后来便感到反胃，跑进洗手间干呕一阵，仓皇跑出了放映厅。

她的发展，快于工人文化宫的发展，巴黎都去过了，工人文化宫不再是她少女时代的世界之巅，过去的诸多美好，现在在她眼里只剩下个热闹。热闹是否好，要看她心情。她心情不好的时候，厌恶四周的噪音，厌恶空气里的油烟，心情好了，又乐于享受这种集市般的嘈杂。她躲在顺风旅馆，逛工人文化宫成了她唯一的消遣。她在花岗岩地面上袅袅婷婷地走，有男孩子踩着滑板从她身边绕过，嗖嗖地飞向中心广场。现在的年轻人，没有谁喜欢滑旱冰了，她曾经热爱的那个溜冰场早已不复存在，原址南边竖起了一座埃菲尔铁塔，北边新盖了一幢白色的购物中心，因为外墙面是白色的，人们称其为白宫。埃菲尔铁塔下面是美食一条街，路边摊档陈列着天南海北的各种食物，香的，臭的，腥的，还有酸的。她是孕妇，当然爱酸的。去一个摊档上吃酸菜鱼，不知是鱼的问题，还是胃的问题，她吃了几口又反胃，筷子一放，要求老板收半价，老板还没确定，她扔下几块钱，扔下一锅鱼，擅自走了。她穿过埃菲尔铁塔往白宫走，遇见一对旅游者打扮的母女，请她帮忙拍照，她勉强答应，草草地把埃菲尔铁塔和母女俩一起装进了镜头，心里很鄙夷，忍住了没奚落他们。偏偏那女儿检查了画面，不符合要求，还想请她多拍一张，她居然拂袖而去，嘴里刻薄地说，你们这些人，就喜欢假货！有这么矮的埃菲尔铁塔吗？要拍埃菲尔铁塔，去巴黎拍！这地方有什么可拍的？

她进了白宫。白宫是回廊式的，她觉得自己的身体像一只陀螺，被寂寞狠狠抽了一鞭子，开始无主地旋转，这个回廊，倒是适合陀螺的转动。到处都是售卖外贸衣物的小店铺，她东看西看，觉得所有店主的眼光都有问题，货物不是过时的，就是平庸的，难得看到一件喜欢的白色热裤，一试，穿不上，她怪衣服尺寸标错了，那女店主斜睨着她的腰说，我的尺寸没错，是你身材的错，你，怀孕了吧？她翻了翻眼睛，不好再跟女店主理论，怏怏地离开。她是个孕妇了，必须承认自己身材的变化，不适宜穿热裤了。

只好回到老阮的旅馆去。老阮去广东谈生意了，她暂时卸去一个应酬的负担，乐得清静。她从来没有培养起长久性的业余爱好，夜里早早地休息了，窝在床上看电视连续剧。荧屏上讲述着别人的人生，一波三折，惊喜交集，她一边认真地看，一边严厉地批评剧情，假的，骗人，太可笑了。入夜之后窗外依然人声嘈杂，有一群中学生在楼下的咖啡馆开生日派对，他们在用英文大声地唱生日歌。她也经常为客人唱生日歌的，不知道为什么，她对生日歌一贯厌恶透顶，尤其是在招待所狭小的房间里，那歌声于她几乎是一种冒犯。别人的生日，映衬了她凄凉的身世，别人的快乐，放大了她在这个城市的孤单。她忽然自怜，并且迁怒于窗外所有的人声，她起来跑进卫生间，用漱口杯接了一杯水，朝窗外泼去。她一连泼了三杯水，直到听见楼下一个女人的尖叫声。有人受到惩罚，她感到舒服了一些，用第四杯水刷牙，她对着镜子打量自己，看见一张疲惫而怨恨的面孔，眼圈发青，嘴角一堆牙膏泡沫，是她自己的面孔，她一样讨厌，便把剩下的半杯水泼到镜子上去了。

这个城市里埋伏着她的许多冤家。她新换的电话号码不知被谁泄露给了瞿鹰的前妻，那个女人不断地打她手机，给她发短信，追问一块手表的下落，欧米茄呢？瞿鹰的欧米茄呢？我不要你还人，只请你把手表还给我！她听见瞿鹰的名字，想起他和他的白马，竟然觉得像一部老旧的电影画面，恍若隔世了。后来看见陌生的号码，她总是对着那些阿拉伯数字想象来电者的身份，那些久违的冤家面孔渐次浮现，带着一股肃杀之气。不会有什么好消息了，还接什么电话？别人欠她的，她努力追索，她欠别人的，往往无法偿还。与庞先生的合同已经在手里，她要切断与这个城市千头万绪的联系了。

那天中午她决定离开，房间的门怎么也打不开了。透过门缝，她看见一根绿色的尼龙绳子拴在门把手上，绳子的另一端系在楼梯上，还在微微抖动。绳子来了。绳子是保润的影子，她知道绳子来了，保润便来了。保润就像一个追凶的鬼魂，鬼魂又来了。她打电话叫来了服务员，对她大发雷霆。服务员很委屈地解开了绳子，说，小姐你别对我们发火，我们不知道你们是什么关系，那人就在下面等你，说是你丈夫，你是离家出走的？她指着那女孩的鼻子说，你们都是弱智啊？看看他那副样子，给我当马仔都不配，怎么会是我丈夫？他是井亭医院跑出来的疯子啊！

躲是躲不过去了，她只好选择面对。保润坐在大堂的沙发上看报纸，她拉着行李箱径直走到他面前，你是我丈夫？我离家出走了？她说，那好啊，我现在跟你回家，你告诉我，家在哪里？

她刻意的强悍态度震慑了保润，可惜只有短短的一个瞬间，保润很快露出了一丝古怪的笑意，好，跟我回家，是你自己说的。他说，你跟我走，我有别墅，去了就知道了。

你有别墅，我还有直升飞机呢。她嘴里讽刺着他，眼睛看着柜台里的两个服务员，你们还傻愣在那里干什么？赶紧把手机拿出来，给这个人拍个照。她说，我要是有个三长两短，这个人一定是凶手，你们记得去报案。

两个服务员都很慌张，那小伙子胆大一些，问她，要不要报警？她瞥一眼保润说，现在还不用，先取证，你拍张手机照就可以了。小伙子从身上掏出了手机，看了眼保润，终究不敢造次。保润自己走过去，站得笔挺，你尽管拍，多拍几张。他对小伙子说，我都不怕你怕什么？拍啊，到时去报案，可以拿奖金的。

她用仇恨的目光瞪着保润。保润摆了几次姿势，正面，侧面，还让那小伙子拍了他的后脑勺。拍好手机照，他过来提她的行李箱，好了，取证过了，连后脑勺都拍了，现在你放心了？他说，说话要算数，现在可以走了，跟我去我的别墅。

她抢下行李箱，坐在沙发上不动。跟你这种人，没法好好说话，我找公安局的刘局跟你说话。她嘴角上的微笑带着明显的威胁意味，食指在手机上灵活地闪动，翻了半天号码，最后说，算了，这点屁事，还用惊动刘局？要不，我先礼后兵，请你吃个饭怎么样？她说，你点地方，贵一点无所谓，我今天陪你好好喝几杯。

我倒是爱喝几杯。他嘿地一笑，说，不过请我吃饭喝酒你不划算，吃一顿饭你能喝几杯酒？一杯酒最多抵销一个星期，我在里面十年，你算算，你要喝多少酒，才能抵掉那十年？

能喝几杯算几杯。吃完饭我们去逛商城，你这身衣服太寒酸了，像个难民啊，我给你买几套像样的衣服，然后陪你去唱卡拉 OK，行了吧？

他摇摇头，说，你还是不了解我啊，衣服我无所谓，你送我一件最多抵消一天，卡拉 OK 就免了，我没兴趣，一个小时也不能抵，白花钱了，多不划算。

那你告诉我，怎么样才划算？她的目光尖锐地逼视着他，忽然冷笑一声，我陪你睡最划算？你要睡，睡，睡，是不是？

他的视线慌张地一跳，从她脸上慢慢坠落，落在行李箱上。他开始研究箱子上的那张托运标签，你去过巴黎？洋文我也认识几个，我在里面学外语的。

他用手指在托运标签上勾划了几下，说，巴黎都去过的人，怎么那么俗气？我们的问题，酒解决不了，睡解决不了，我是请你去跳小拉，小拉，你还会跳吗？

像是被针扎了一下，她打了个冷战。她的面孔瞬间变得灰白，咬着牙说，不跳，不会跳，我不跳小拉。

他似乎预想过她的拒绝，并没有发作。你还是不给我面子，啊？我什么舞都不会，只会小拉，在里面学会的，都是跟男人跳，跟男人跳了十年，今天我想跟女人跳，今天我要跟你跳。

谢谢你的抬举，我跳不了，早忘了。她说，都什么年代了，你到舞厅夜总会看看，还有谁在跳小拉？土鳖才跳什么小拉。

我就是土鳖，土鳖请你跳个小拉，行不行？

她斜睨着他的面孔，审视他的眼睛。沉默了一会儿，她轻蔑地笑了，真的是跳小拉吗？有那么简单？拜托你别把我当白痴，你葫芦里卖什么药，趁早给我倒出来。

倒出来也没别的药，还是小拉。去了你就知道了，我没什么别的意思，不过是要个公平。

他话里有话，她开始认真倾听他对公平的解释，但保润点了一支烟，不说话了。他夹烟的手指在颤抖，她第一次从他的脸上发现了伤感之色，还有一丝疲惫。他用手搓着两侧面颊，几次欲言又止。公平是什么？怎样才公平？她猜他说不出来，或者，他说不出口。她从他的香烟盒里抽出一支烟，自己点上了，说，那我们谈笔交易吧，我今天豁出去了，欠你的都还给你，你要什么样的公平，我都给你，从此清账，以后我们桥归桥路归路，行吗？

水塔与小拉

一辆破旧的面包车停在顺风旅馆门外，她惊讶地发现了柳生的身影。柳生穿着白衬衣和黑色西裤，衣冠楚楚的，正用抹布擦着面包车的挡风玻璃。见她在台阶上发愣，柳生满脸堆笑，朝她挤了挤眼睛，哈罗，白小姐，你从日本回来了？

她没有料到柳生等在外面。那两个香椿树街男人的关系令人费解，她分不清他们是朋友，还是敌人，或者干脆就是同伙？她不清楚现在谁是老大？唯一清楚的是她的处境，现在她像一个猎物，他们两个是猎人，她被围剿了。她骂了一句粗话，返身走回旅馆，倚靠着玻璃门怒视柳生，你们两个人，到底搞的什么鬼？

柳生用抹布擦了擦手，走过来要跟她握手，被她用力拨开了。你误会了，我们是来跟你叙个旧。柳生说，保润请我开车，说给他当司机，给你当保镖，他说要请你跳小拉，怕你不给面子，我来了，你不就放心了？

她厉声道，你也不是什么好人，凭什么让我放心？

柳生做了个鬼脸，看看顺风旅馆的招牌，说，连我也不放心？那老阮你总归放心的吧？你去问问老阮认不认识我？他以前开餐馆，都是我给他送菜的。你去问他，我柳生是不是好人？

她仰着脸思忖一会儿，豪迈地走下了台阶，什么好人坏人的，本小姐还怕坏人？她将一片口香糖塞到嘴里，鄙夷地说，你们好我就好，你们坏，我比你们更坏，今天就跟你们走，我倒要见识一下，看你们的小拉怎么跳。

她素来不辨方向，面包车驶上了郊区公路，才发现那是去井亭医院的路，保润所称的别墅，原来是井亭医院的水塔。这个舞会的目的地太阴险了，这样的和解之路，闪着一圈邪恶而深沉的光晕，她的脑袋匐地一响，依稀看见一个黑暗的陷阱，十分钟前的豪迈，忽然便烟消云散了。停车停车，我不跟你们去，我凭什么跟你们去跳舞？她大叫着去拉扯柳生的胳膊，面包车在高速公路上扭出了一个S形。柳生赶紧刹车，面包车停在了路边。冷静，白小姐你冷静点！不过是去叙个旧跳个舞啊，有我在，能出什么事？她朝柳生脸上啐了一口，厉声道，你们俩的智商，加起来也没我高，敢把我当白痴？要跳舞去舞厅，跑水塔去干什么？说啊，你们究竟要干什么？柳生抹了一下脸，委屈地咕哝道，我不好说，是他要去水塔，是他要跟你跳小拉，十年前没跳成么，现在要补跳一次。她回头朝保润瞥了一眼，补？你到底要补什么？你补了损失，我的损失找谁去补？保润朝驾驶座上的柳生努努嘴，说，你的损失，找前面的人补。她的情绪一下失控了，推开车门就往下跳，嘴里喊，两个人渣，你们俩跳小拉去，我不奉陪，本小姐不做你们的舞女！

她没来得及跨过隔离栏，保润从后面擒住了她，他的鼻息急促地喷在她脖子上。然后绳子来了，保润的绳子来了。绳子先是箍住了她的肩膀，然后是胳膊，至多十秒钟，她来不及挣扎，身体已经像一只包裹被保润拽在手上了。今天的舞会少不了你，不给面子只好捆人，算我对不起你了。保润说，这是如意结，记得吗？绳子如意不如意，要看你老实不老实，你老实就如意，你要是犟了，绳子肯定不如意，自己慢慢去体会吧。

车子又发动起来，她被保润按在一只塑料菜筐上，保润的手捂住了她的嘴，那只手大而粗糙，手心上有一丝淡淡的咸味。如意结果然阴险，她越挣扎，绳子便越来越紧。绳子捆扎了她的身体，也勒断了她的意志，她渐渐地安静下来。一个噩梦回来了，一个记忆也回来了。疼痛回来了，羞耻也回来了。水塔在前方，水塔在目的地等待她。她不敢与保润的目光交锋。保润的眼睛愤怒而空洞，空洞堪比当年，而愤怒比当年更炽热更尖锐了。她寄希望于柳生，柳生从驾驶座上回过头来，脸上有些歉意，但更多的似乎是怨气，不怪我，怪不了我吧？你看你，还说你智商高？智商高的人会自讨苦吃？你吃了那么多年娱乐饭，都白吃了？法国日本也去过了，都白去了？拜托你不要装烈女了，开放点嘛！

　　她听懂了柳生的劝告。你不是烈女。请开放一点。她在他们的眼里是下贱的，她的身体在他们看来是一个秘密的花园，而他们是持票的游客，她应该向他们开放。是什么纵容了他们？是什么贬低了她？辱没了她？纷杂的往事里隐藏着千百个理由，千百个理由都不公平。她仇恨地看着柳生的鼻子，那个高挺的鼻子堪称完美，鼻尖上泛着一小圈油光。有一部分封闭的记忆突然喧嚣而至，她记起了柳生青春期刀片似的腹股沟，他的生殖器像一根紫色的萝卜，在水塔的夕照里闪烁锥状的光芒。那光芒原始，蛮横，猝不及防，它剥夺一个少女的贞洁，也刺伤了一个女人的未来。她想起了小拉。小拉。遗弃了十年的舞步，现在她都想起来了。咚嗒嗒咚。她朦胧的爱，从小拉开始，她炽热的恨，也是从小拉开始。咚，嗒，嗒咚。一，二，三四。那舞步的节奏很像一个咒语，你堕落了，你堕落了。小拉，该死的小拉，小拉所有的舞步，都是堕落的咒语。

　　她的泪水落在保润的手上。保润凝视着他的手背，手掌突然一翻，将那滴泪珠抹在绳结上了。绳结无声地吞噬了她的泪水。那绳结出自一个捆绑天才之手，简约而流畅，呈现出一种几何线条，静止不动的时候，她的身体并没有太多的不适。她后来的顺从，不知是出于智慧，还是因为绝望。井亭医院到了，她听见柳生和门卫热络地打着招呼，面包车畅通无阻地经过井亭医院的三道门岗，停在水塔外面的空地上。保润终于松开了手，看看她的面孔，用手指弹掉她眼角的一滴泪珠，不管多漂亮的脸，哭肿了都很难看。他说，哭什么呢？你欠我十年时间，十年自由，跳个舞就还清了，你会吃亏吗？

　　又进水塔了。

她注意到水塔的门上新挂了块小木牌：护工宿舍。她闻到了一股男宿舍特有的酸臭之味，来自鞋袜，来自久泡未洗的衣物。香火堂原有的格局并未有太多的改变，郑老板当年请来的菩萨还放在佛龛里，供着一盘灰蒙蒙的塑料水果，佛龛下面摆了一张行军床，皱巴巴的格子床单上扔着保润的汗衫和运动裤，还有几本花花绿绿的杂志。最奇异的风景悬在她的头顶上，她看见一根粗铁丝横跨半空，铁丝上搭满了长长短短粗细不一的麻绳，门一开，绳子闻风起舞，似乎在向客人表达热忱的敬意。

她命令保润解开身上的绳子，遭到了拒绝。保润说，怎么？都进水塔了，你还想跑？她冷静地说，你到底长没长脑子的？不是要跳小拉吗？你绑着我，我怎么跟你跳？保润观察她的表情，似乎无法判断她的诚意，用眼光征求柳生的意见。柳生说，你别小看了人家白小姐，白小姐也是女中豪杰，说话算话的，你赶紧解开她吧。

她不给柳生留面子，绳子刚刚离身，马上就要复仇，手抬起来，原意是要打保润，但保润凛冽的目光使她胆怯，她退而求其次，走到柳生面前，赏了他一个响亮的耳光。柳生捂住脸说，打我？好吧，没关系，我替兄弟挨你的耳光，算我的荣幸。她气咻咻地说，你们都欠打，绑女人的男人，算什么狗屁男人！

这个瞬间，她的耳朵灌满了时间呼啸而过的声音。水塔的桶状空间隐隐回荡着一个少女尖利的呼救声，它被水塔保存了十年，至今还在井亭医院飘荡，却没有人听见。她抬眼注视着保润的绳阵，门已经关上，水塔里没有了风，但绳阵仍然微微颤动，向她倾诉多年以来的思念之情。她看见了自己一绺一绺的魂，它们在一根粗铁丝上微微颤动。她的魂曾经散落各处，现在被保润收集起来，一绺一绺地挂在水塔里，陈列，或者示众。这座水塔是她的纪念碑，它也许一直在等她，等她来瞻仰自己的魂，等她来祭奠自己的魂。柳生递过来一罐饮料，被她推开了。她的脚在地上跺几下，咚，嗒，嗒咚，准确地跺出了小拉的节奏，然后踢掉了脚上的凉鞋，她突然拍拍手，COME ON！来音乐！今天豁出去了，就做一次你们的舞女！

她的洒脱多少有点可疑。保润靠着墙一动不动，目光追随着她的凉鞋，两只粉红色的坡跟凉鞋，一只被她踢到床上，另一只飞到了佛龛下面。保润说，我这里没有音乐，我从来不听音乐。保润的目光稍稍上升，注视着她裸露的脚踝，我在里面跳小拉，从来没有音乐，是干跳，你陪不陪我跳？

她毫不示弱地说，干跳湿跳随便你，不过你要记得规矩，今天我做你的舞女，不是你的妓女。

柳生斜倚在钢丝床上，表情乍看轻佻，轻佻中透出了一丝紧张，他突然讪笑一声，跳起来往门边走，你们跳，我出去上个厕所。她一下慌了，厉声喊道，柳生你站住，你往哪儿跑？柳生回头对她挤了挤眼睛，外面有我，里面有菩萨，你怕他干什么？他是个老实人么，你白小姐一定能搞掂他的。

水塔的门被撞上了。她倚门而立，眼睛看着佛龛，嘴里咕哝道，老实不老实，跳了才知道。他们各占水塔的一角，僵持着，谁也没有向对方主动靠近一步。她的后背在铁门上不安地晃动，嘴里试探道，这样多别扭啊，我看就算了吧？保润摇了摇头，他端详着她的眼睛，开始用手势命令她，过来一点，再过来一点。她很不情愿地朝保润挪过去，别扭死了，太荒唐了，哪儿有这么跳小拉的？简直笑死人了。保润抓住了她的手，先是左手，抓得拖沓，然后是右手，抓得急切一些。她能感觉到那两只手上有冷汗，像两件湿润的铁器。咚，嗒，嗒咚。她尽职地念出了拍子，小拉其实是四拍，先拉，后拽，跳一会儿才转。她说，我最近容易头晕，你别急着让我转啊。他拉起她的手，摆了一下，突然停住了。她说，手摆得对呀，你忘了步法了？他还是摇头，表情显得很痛苦。她说，怎么了？要不我来带你？他说，不行，这样跳不起来。她说，主要是没音乐，没音乐，本来就跳不起来么。他用一条胳膊箍住她的腰肢，抬头看着铁丝上的麻绳，另一只手突然往空中一探，抽下来一股麻绳，音乐无所谓，还是要有绳子。他说，算我对不起你，我要把你捆起来，捆起来跳。

保润如此依赖绳子，出乎她的预料，所有的妥协，并没有换来任何好结果。她气恼地挣扎起来，放开我，变态！白痴！狗改不了吃屎的毛病！你还不如狗，狗有良心，你没有良心！我一直在配合你，为什么还要捆我？你捆了我还怎么跳小拉？保润说，捆还是要捆，我们不跳小拉了，改跳贴面舞吧，我从来没跳过贴面舞，你教我跳。她不知道他是临时起意，还是事先设计的阴谋，她觉得自己受骗了，大声向外面的柳生呼救。柳生闻声在外面敲门，你们怎么啦，跳个小拉，怎么还吵起来了？保润大声说，我们在商量，我们不跳小拉了，我们要跳贴面了。柳生在外面思考了一下，说，保润你别太急了，从小拉到贴面，要注意过渡啊。

柳生轻薄的表现让她伤心。她在保润的怀里徒劳地挣扎，脑子里想到了一些自救措施。保润你冷静点，她说，贴面就贴面，你别捆我，我保证陪你跳，你对我尊重点行吗？保润说，我很冷静，你也要冷静，我告诉过你了，你今天不会吃亏的。他说话的时候注意力集中在绳子上，他凝视绳子的那道目光，分不清是阴郁还是温存。麻绳很快勒紧了她上身的皮肤，一朵绳结编织的花朵，瞬间在她的腹部绽放。保润说，别说我不尊重你，这是梅花结，梅花结最舒服，你马上就知道了。她尖声叫喊，什么结都不准捆，我不是牲口！你又犯法了知道吗？你才刚刚出来啊，我再告你一次，你又要坐十年牢！他说，无所谓，跳完这支舞你就可以去告，我哪儿怕坐牢？最好的十年都毁了，再来十年怕什么？脑袋掉了，不过碗大一个疤。

　　起初保润并没有贴她的脸，贴住的是身体。他用身体抵住她往前走，不像是跳舞，像是一种稚气的恶作剧。除了绳结带来的刺痛，她能感受到他的胸肌、髋骨和大腿从上而下的压迫，还有紊乱的毫无节奏的冲撞。她敏感地留心他生殖器区域的动态，幸运的是，那个区域，暂时风平浪静。她熟悉各种舞步，如此愤怒的舞步是罕见的，她见识过暴力，如此绝望的暴力是无法反抗的。她在酒吧夜总会遭遇过几次性侵，视其身份地位不同，她给予那些男人不同的惩罚，或者耳光相向，或言语警告，但保润的侵害与众不同，它似乎代表了正义的复仇，它如此粗暴，却合情合理。因为内疚，或者因为软弱，她最终选择了忍受。当他的面孔突兀地贴住她的左侧脸颊，她没有躲避，任凭他粗硬的胡须刮过她脸上的皮肤。她紧咬着嘴唇，在心里默默预设第一道防线，贴就贴吧，不能接吻，严防他的舌头。但是，那张温热而粗糙的脸静止了，它贴着她的左侧脸颊，久久不动，像一块石头依偎着悬崖，像一个受惊的孩童，无助地依偎着母亲。然后，她感到脸上被打湿了，是属于男人的温热而节制的泪水。她听见了他哽咽的声音。她不敢动，不敢看他的脸，僵硬地保持配合的姿势，冷眼瞥见右手边的佛龛被撞倒了，菩萨斜倚在墙角上，一只神圣的金手下降了大约一米左右，正指向她的腹部。她腾出一只右手，探出去够菩萨的金手，勉强触到了菩萨的金手，食指上沾了一小片凉意。突如其来的一阵晕眩，使她的身体摇晃了一下，保润的脸因此离开了。保润凝视着她的左侧脸颊，几秒钟后，目光下垂，落在她的肩胛骨上，她觉得从肩胛往下，有一种被烧灼的感觉。他的呼吸急促，混杂着烟臭与酒气，热乎乎地喷在她脸上。她不知道是什么引发了妊娠反应，也不清楚它来得是不是时候，在一阵强烈的反胃之后，她开始吐了。她吐，吐。她在保润的肩头嗷嗷地吐，不停地呕吐。

保润任凭她的呕吐物滴落在身上，茫然，垂手站着，过了一会儿他拿来一块毛巾，仔细地擦去肩上的秽物，他说，我让你吐了？我在你眼里那么恶心吗？

不，不是你，是孩子。她一边吐，一边拼命地摇头，是一个小宝宝，你放开我，我怀孕了。

公　路

水塔的铁门在她身后砰然关上，她听见了保润沙哑的声音，你跟柳生走吧，从今天开始，我们清账了。

清账了。她半跪在台阶上，下意识地抬头仰望水塔。水塔老了，茂密的爬山虎已经发黑了，枝蔓攀缘到了水塔的顶部，抱墙蔓延，为塔身戴了一顶多余的帽子。泵房的窗口钉了半块木板，剩下的一半黑黢黢的，窗台上栖息着一只乌鸦，另一只乌鸦不知飞到哪儿去了。留守的乌鸦正以苍老的眼神俯瞰着她，俯瞰她蹊跷的命运。她不知道，她的命运，为什么会与一座水塔纠缠不清？水塔是她的纪念碑。她半跪在自己的纪念碑下，仰望一面肮脏的旗帜缓缓降下来，她不知道，降下来的是她的羞耻，还是她的厄运。

柳生从面包车里出来了，手上捧着一块西瓜，来，这是海南西瓜，吃一块消消火。她朝西瓜上啐了一口，滚开，你这个人渣，离我远点。柳生抹了抹脸，表情看起来很无辜，这一趟走得不亏吧？冤家宜解不宜结，那么复杂的三角债，这不清账了吗？她说，没那么容易，你欠我的三角债，我还没跟你清账呢。

她迁怒于柳生，拒绝上他的面包车。柳生说，忘了这是什么地方了？你不坐我的车，看你怎么出门。她不信，从车上拿下行李箱，径直跑到电动门旁边喊门卫开门，老钱，给我开门。老钱的脑袋探出岗亭，打量着她和行李箱，哪个病房的？你要出院？怎么没有主管医生陪着？你的证明呢？她说，我不是病人，我是白小姐呀，老钱你怎么不认识我了？老钱眯起眼睛看了看她的面孔，有点面熟啊，你是新来的医生？你的工作号牌呢？她勉强记起来为郑老板服务时的工作号牌，我是078呀，今天忘了带号牌了。老钱仔细地端详着她，突然朗声一笑，小姐，你别跟我玩这种花招了，我在这儿守了二十年大门，谁是医生谁是病人还分不清吗？赶紧回病房去吧。自以为是的老钱伤了她的自尊，她又羞又恼，跺着脚说，我是仙女，以前铁皮屋里的仙女啊！我爷爷以前是这里的花匠，以前你经常给我糖果吃，我小时候给你跳过新疆舞的，你怎么都忘了？老钱眨巴着眼睛，似乎想起了某些往事，但出于谨慎，他依然不肯开门，我知道你以前是仙女，老钱说，仙女也会有病的，你要是想病好，你要是还想做仙女，赶紧回病房去吧。

柳生的面包车悄悄地滑到了她身边，车门敞开着，她听见了柳生得意的声音，你别犟了，还是上我的车吧。她无奈地上了车，踹一脚门，嘴里骂道，全世界的人都瞎了眼！他凭什么把我当病人？我看起来像个精神病人吗？柳生诡谲地一笑，你现在的样子，是很像女病区出来的人啊。话一出口，看她要翻脸，他轻轻打了自己一个嘴巴，开玩笑的，你别介意，我自罚一个大嘴巴。

去机场的路很远，柳生执意要送她，她归心似箭，也无意反对，坐下来便给深蓝小姐打电话。不知什么缘故，深蓝小姐始终不听电话，而车厢的某个角落有大葱或韭菜在悄悄腐烂，那气味让她嫌厌，她捏着鼻子抱怨，你这是运尸车还是运粪车？怎么臭烘烘的？搭这样的车，我路上肯定要吐。柳生去扔掉了那捆大葱，回到驾驶座上，眼睛偷窥着她的腰肢与腹部，听说，听说你怀孕了？她装作没听见。柳生的手沿着座椅悄悄探巡，快要触及她的腿部了，又缩了回去。你现在的男朋友是谁？干哪一行的？他问得很小心，怕她抢白，自己打圆场道，我是关心你，随便问问，你不方便说就不说。她用纸巾擦着嘴角，冷冷地说，不是方便不方便，告诉你有什么意义？你开面包车，他开宝马车，他跟你，不是一个阶层的。他讪笑道，是个有钱人？有钱人好，不过都是花花肠子啊，哪天他要是对不起你，你告诉我一声，我来替你出气。她说，拜托你不要再跟我甜言蜜语，我看透你的嘴脸了，你好好开车，别说话，你一说话我就想吐。

午后的阳光在公路上流淌，公路像一条银色的河流。面包车驶近那棵老榆树，柳生忽然换挡，车速慢了下来，随后她听见了柳生惊慌的声音，不好了，看保润他爷爷，又跑出来啦！老榆树下果然站着一个老人，他怀里抱着一只纸箱，上身穿着井亭医院蓝白条的病号服，下身只穿了一条破烂的内裤，露出两条枯瘦苍白的腿。她正在纳闷祖父是怎么从井亭医院跑出来的，他是要搭顺风车还是要卖东西给路人，一只白兔的耳朵陡然露出了纸箱，迎风颤动，她贴着挡风玻璃朝纸箱里看，又看见了另外一只灰兔，于是她也失声尖叫起来，兔子，两只兔子！

面包车在老榆树下戛然停住，祖父看见柳生的脸，丢下纸箱便往野地里跑，两只兔子顺势从纸箱里跳出来了，两只兔子，一灰一白，它们在公路上欢快地奔跑。奔逃的祖父与兔子配合默契，兵分两路，难住了他们，她要向前追兔子，柳生要倒车去追人，面包车一时横在了公路上。他们争执之际，注意到前方那辆运煤卡车响起了疯狂的喇叭声，柳生反摁了喇叭，对着运煤卡车大骂，急什么？急着去太平间吗？一个秃顶男人的脸孔从卡车驾驶室里钻了出来，一圈红绳挂了块碧绿的玉佩，在他粗短的脖子上晃荡。卡车与面包车的喇叭声尖锐地对峙，盖住了秃顶男人的骂声，她依稀看见那男人的嘴唇在动，他的眼睛里射出了一道暴怒的白光，短暂的静默不过两三秒种，司机与卡车好像一同做了一次深呼吸，然后哐的一声，运煤卡车像一头巨兽朝面包车直冲过来。她记得自己抱住了脑袋，失声尖叫，来了！那个瞬间她一定识破了命运的预谋，所以她失声尖叫，来了！不仅如此，在面包车飞向老榆树的怀抱之前，她还听清了卡车司机愤怒的吼叫，婊子养的看我们谁去太平间太平间太平间！

轰然一声巨响，整个世界轻盈地弹跳起来，然后沉重地下压，倾倒在她的胸口。她被天空掩埋了。菩萨浮在空中，菩萨的金手，温柔地指向她的腹部。一个倒置的世界围绕着她狂欢，有数道绛紫色的光束挣脱了她的头脑，箭矢般地射出去，她猜那是她的魂。她看见了她剩余的魂，剩余的魂是一绺一绺的，绛紫色的，像箭矢一样，会飞。她剩余的魂，不知飞到哪里去了。

苏　醒

后来医生告诉她，她昏迷了十八个小时。

她苏醒过来的第一眼，看见自己的头顶悬着三只输液瓶。乱糟糟的急诊室里，两个年轻女护士白色的身影来去匆匆。她的左右两边都塞满了病床，空气里萦绕着一股酸臭的气味。有个老妇人在大声地呻吟，疼死我了，你们让我死，不是都嫌这里挤吗？我死了，给大家腾个地方。旁边不知是谁接了她的话茬，你死了，马上又来个抢救的，你能腾出个什么地方来？好死不如赖活，还是活着吧。

她活着。她记起来公路上诡秘的风景，怀抱纸箱的祖父，纸箱里的两只兔子，还有那辆愤怒的运煤卡车。十八个小时之后，她清醒地认识到，她在那条公路上收到了死亡精心修饰的礼物。那个卡车司机的吼声犹在耳边，去太平间去太平间！一个素不相识的男人宣读了命运对她的审判，如此简洁，充满正义。离太平间还有一步之遥，她又活过来了。是谁推翻了那个陌生男人对她的判决？她活着，并没有感到丝毫的庆幸，她的心里充满了委屈，还有气恼。

鼻子里塞了饲管，手上打了针头，身上缠着绷带，她不能动。试了试腿，左腿被固定了，右腿的活动还算自如，于是她用力地蹬踢着床铺，人都死了吗？来人，放开我，快放开我。她的叫声引来一个怒冲冲的护士，护士本来要教训她一顿，看她的表情又凶悍又凄楚，扭身走了，说，我没空跟你吵架，我找你家属来。

最初她以为护士弄错了她的身份，除了过世的爷爷奶奶，她还有什么家属？大约过了十分钟，有个妇女捧了一串香蕉，风风火火地进了急诊室，她只是觉得来人面熟，等到那妇女慢慢靠近她的病床，俯身看着她，那张忧愁而悲恸的面孔充满了尖针一样细碎的寒光，她倒吸了一口凉气，她认出来了，那是柳生的母亲邵兰英。

邵兰英近年老了许多，头发灰白了，以前白嫩的皮肤终究敌不过岁月的腐蚀，不仅起了褶皱，还长了几颗褐色的老人斑。邵兰英摸了下她的头发，摘下一粒煤屑，捻一下，扔掉了，她用床单擦了擦手，说，脏死了。

她容忍邵兰英坐在自己的身边，但及时地把脸孔侧向了另一边，表明她不准备与邵兰英交谈。她等着邵兰英发言，偏偏对方不说话，只是不停地叹气，一声长一声短的。她终于还是无法忍受，率先出言抗议，阿姨为什么要坐我身边叹气？你叹什么气？她说，你儿子，他活着吧？

如此不友善的态度，让邵兰英又多叹了一口气，邵兰英说，仙女啊，我不计较你，从小说话就不中听，出落成这么漂亮的大姑娘了，还是改不了你这臭脾气，他活着，你也活着，不幸中的大幸，难道你不开心吗？

请你别在我身边叹气。她说，我无所谓，我不舒服，听见别人叹气就犯恶心。

邵兰英剥了个香蕉，试图往她嘴里喂，看她紧咬住嘴唇，也不强求，自己吃了。邵兰英说，仙女啊仙女，知道你心情不好，我的心情也不好。你跟我们家有缘分啊，最近柳生的魂不在身上，我右眼皮老是跳，担惊受怕好一阵了。我也不怕你不爱听，我天不怕地不怕，就怕你和柳生在一起！人倒起霉来没办法，怕什么就来什么呀，柳生开车那么多年，从来没出过事，这下可好，捎上你这个仙女，一出就是大车祸，差点丢了命。

阿姨你别说了，我都懂了，我是扫帚星，我承认还不行吗？她闭上眼睛，下了逐客令，我刚刚活过来，没力气陪你说话，去陪你儿子说话吧。

我可没说你是扫帚星。邵兰英说，我知道你没力气说话，你好好躺着，听我说几句。世界那么大，你那么漂亮，又会唱歌会跳舞，可以去香港台湾发展，至少也可以去北京去上海当歌星，为什么要回来我们这个小地方呢？你要回来，我也挡不住你的道，怎么又去招惹柳生呢？人都有记性，也不用我提醒你吧，你们是前世冤家，凑到一起就是祸，谁也没有好果子吃呀。

我有记性，是你儿子没记性。她说，你走吧，去问问你儿子，他为什么没有记性？

他也该骂，男人都是轻骨头，看见漂亮姑娘就犯贱，管不住自己。邵兰英潦草地骂了儿子，还想继续数落她，看看她的眼睛已经泛出了一丝泪光，只好就此打住，伸手替她拉了一下被子，还是你仙女命大啊，什么事也没有，醒过来就能发脾气！邵兰英说，我家柳生这回惨了，人财两空，断了三根肋骨一根腿骨，脸上缝了六针，破相啦！那面包车撞得稀巴烂，以后拿什么做生意？

她湿润的眼睛很快干涸了。那串香蕉放在她枕边，被她用手一扫，扫到地上去了。她说，阿姨你不知道我有多烦，你行行好，快点出去，你要不出去我就起床，我出去。

邵兰英从地上捡起了香蕉，周围的病人们都用同情的目光看着她，她很大度地一笑，说，现在的年轻人，跟他们计较不得，谁懂礼貌？都是长辈宠出来的，受点他们的气，也是活该。她这么安慰着自己，又弯着腰凑到了病床边。我知道你心情不好，我心情也不好，还有最后一句话，说完我就走。邵兰英目光炯炯，两侧的鼻翼不知为何抽搐起来，仙女啊，你躺在病床上，我也不忍心跟你吵架，就是要问问你，这么多年了，柳生欠你的债，是不是还没有还清？以前要是没还清，这下，该都还清了吧？

她惊讶地凝视着邵兰英的面孔，紧紧地咬着嘴角，似乎在心里掂量那一句话的重量。过了几秒钟，她的眼神恢复了常态，烦躁，尖锐，桀骜，嘴角上绽露出一丝坚硬的微笑。

这就还清了？不一定。她用一种夸张的娇滴滴的声音说，阿姨，那可不一定哦！

胎儿还在她的腹中，安然无恙。

医生告诉她，这么严重的车祸，你没有流产，算是一个奇迹了，你的孩子，比你还命大。她对这个喜讯反应木然，只是用手指在腹部小心地揉了一下，说，无所谓，我没什么感觉。这是实情，她的母爱不过是另一个胚胎，处于液体与固态之间，模模糊糊的，忽大忽小的，所谓的母爱，离她还很远。她从来不是那种喜爱婴儿的女人，她只偏爱小动物。现在，什么都丢了，只保住了一个胎儿，她不知道是否值得庆幸。

为了丢在公路上的行李箱，她打电话，找关系，忙了好几天，最终未能如愿。交警抵达之前，肇事的运煤卡车已经不知去向，附近的农民在车祸现场捡拾物品，钱包、手机、衣服和名牌化妆品，无一幸免，她只从警方那里收到一只沾了煤灰的凉鞋，听说农民们最忌讳死人的鞋子，把它踢到公路下的菜地里了。

老阮答允给她送钱，她等了几天，等来顺风旅馆的一个女服务员，送过来两千元。那女孩新近从贵州乡下出来，说话打扮都还很土气，她笨嘴拙舌地转达了老阮的歉意，说老板最近很忙，老板最近手头很紧，又说老板最近找一个大仙算了命，大仙警告老板不得靠近孕妇，以免血光之灾。她一听就明白了，老阮要脱身了，老阮要摆脱她这个大麻烦了。她心寒嘴硬，没等女孩说完就下了逐客令，你也快走，我身上有血光之灾，谁靠近我谁倒霉。那女孩倒是忠厚，说，我什么灾没见过？天灾人祸见得太多了，还怕什么血光之灾？老阮让我来照顾你的。她说，我要你照顾？你傻乎乎的什么都不懂，自己还要人照顾呢，怎么来照顾我？女孩有点倔，一屁股坐在床上，气呼呼地说，不懂可以学，我要是走了，老板不骂你，要骂我的。她发现那女孩憨朴得难缠，便拿起一根拐杖顶她的后背，说，快走快走，你留在这里，那边的工作就黄了，回去告诉老阮，我自己照顾自己，他这样的大哥也算仗义了，以后再也不连累他。

也幸亏老阮的那些钱，救了她的急。临到要出院了，她为服饰打扮焦虑起来，在医院附近的百货公司转了半天，看上一件名牌连衣裙，试试合身，让营业员包好了，才发现钱包里已经没有钱。她跑到柳生的病房借钱，正好撞见邵兰英和柳娟，邵兰英戒备地瞪着她，如临大敌。她慌忙退了出来。柳娟待她倒是热情，跟在后面喊，仙女，仙女，我给柳生熬的鸡汤，给你留了一碗。她回头说，我不爱喝鸡汤！怕柳娟纠缠，她急急地跑到厕所里，把厕格的门关上了。

她静静地坐在厕格里，托腮盘算自己的未来，越盘算越心慌。那个未来被乌云所遮蔽，根本看不清，她只看见自己微微隆起的腹部，像一座神秘的矿山，掩藏着一个陌生的生命。她的身体里住了两个生命，她不知道是自己孕育着一个胎儿，还是那个胎儿在孕育她。未来，就是那个孩子吗？现在，胎儿是她唯一的财富吗？她的腰变粗了，腿略微有点浮肿，怀孕的身体让她感到好奇，这身体犹如一片荒田，以剩余的养料饲育着一棵孤树，那个种树的人，却已经绝情而去。她想起庞先生，心里不免怅然，那份感情来得快，去得更快，但胎儿是一座桥，把她的身体与庞先生联接在一起了。她忽然觉得，她有权抛弃庞先生，庞先生却无权摆脱她，比起那些逢场作戏的男人，庞先生有义务善待她，至少善待她的身体。

她记得与庞先生的合约内容，孩子出世以前，不能见他，但为了那件漂亮的连衣裙，她还是去打了庞先生的电话。听到那个台湾男人的声音，她几乎哭了出来，你包我吧，我可以做你的二奶。这句话已经到了嘴边，是他冷淡的态度让她寻回了尊严。她省略了很多铺垫，要庞先生帮她最后一个忙，去指定的时装店买两套夏装，带到医院来，顺便替她付掉剩余的账单。庞先生追问她为什么会住院，她说，我自杀，到公路上撞汽车，不巧，没撞死。庞先生或许猜到她在随口撒谎，他说请你别骚扰我了，不是都谈妥了吗？我们按合同办事，等到孩子出世以后再联系。他把她的求救视为骚扰，对她是一个莫大的羞辱，她沉默了一下，突然冷静地说，好，很好。我不骚扰你，就去骚扰你太太，你不是喜欢二选一吗？这次也是二选一，你选吧。如此赤裸裸的要挟与威胁，首先吓着了她自己，她为自己的阴险与邪恶感到震惊，因此呼呼地喘起了粗气。但她高估了自己，低估了庞先生，庞先生在电话那头说，好久不见，你成长得很快么，学会敲诈了？然后他发出了很怪诞的笑声，你这是犯罪，懂吗？我有录音，要不要回放给你听听？你要是不敢听，我去放给警察听？她愣了一下，破口大骂，你这个老狐狸，你这个下流胚，你在欧洲舔我的时候怎么不录音？舔得吧唧吧唧的，怎么不录音？庞先生先是干笑，最终长叹了一声，堕落，堕落啊，你这种堕落的女人，我早该料到你的品行，怪我当初瞎了眼睛，还以为你有多单纯。

她失魂落魄地回到病房里，枯坐半天，忽然向邻床的病友借了一支笔两页纸。邻床的病友见她表情凄楚，问她要写什么，她说，不写什么，写个账单。她趴在床上开始写，写了几个字就抽泣起来，如此反常的举动引起了所有病友的注意，有人凑上来要看她写什么，她把那页纸往枕头下面一塞，人往被窝里一钻，说，你们偷看我就不写了，还是睡觉吧。

　　后来柳生拄着拐杖来了。柳生的脸上还蒙着一块纱布，他说，白小姐，听说你在写遗书啊？我问你，遗书的遗字怎么写的？

　　他的声音听起来近乎快乐，某种应有的悲剧气氛被莫名其妙地消解了。她不愿意跟他说话。她转过脸，不让他看见自己的泪脸，却给了他窃取遗书的机会。柳生从枕头下掏出了那页纸，就这样，那份仓促的未完成的遗书暴露在大庭广众面前：我恨死了这个世界，我恨死了这个世界上的人。

　　她怕柳生念她的遗书，起身夺回了那页纸，又羞又气，干脆唰唰地撕碎了。柳生咧着嘴想笑，终究不敢，抬脚扫着那几片纸屑，说，这个世界谁不恨？我也恨，再恨也不至于写遗书么，现在写，不嫌太早了吗？

　　我愿意现在写，关你什么事？她说，你滚，别来烦我。

　　他执着地坐在她的床边，思忖良久，拿起柜子上的圆珠笔，啪地打在一张纸上，好不容易捡回来的命，怎么一点不珍惜呢？你这么轻生，不光是给党和政府脸上抹黑，我的脸面也没地方搁。柳生说，不就是丢了一只箱子吗？等会儿再写张纸，缺什么写什么，我保证三天之内，全给你买回来。

　　幸亏柳生，她得以熬过了医院里的日子。这个不可信的男人，成了她唯一的依靠。他们彼此的亲近，是必然的，也是被迫的。之前她从未想过，柳生的殷勤，甚至轻浮，会变成她的救命稻草。后来的几天，他们像一对幸存者一样互相依赖，像一对情侣一样凑到一起吃饭，不分你我。他们坐在一起，她的膝盖无意中撞到过他的小腿，因为卷起了裤管，可以看见柳生黑色而浓密的腿毛，某种男性荷尔蒙的气息，在他下半身放肆地挥发。她忽而走神，回想起这个男人十年前的样子，英俊，浮夸，轻佻，微卷的头发上抹了过多的钻石牌发蜡。他是她的舞伴。小拉。他们一起跳舞。小拉。咚，嗒，嗒咚。她记得小拉的舞步。她记得钻石牌发蜡的香味。她记得自己当初对柳生紊乱的情感，有时讨厌，有时是喜欢的。如果当初他们是在水塔里跳小拉，如果当初他懂得爱抚女孩的方法，如果当初她爱他多一点，如果水塔之约推迟三年，他们之间的故事会是什么样呢？往事令她心痛，她鼻子发酸，眼睛莫名其妙地湿润了。柳生注意到她异样的神色，关切地问，菜不好吃吗？她回过神来，用不锈钢调羹在他腿上狠狠捅了一下，厉声说，把你的裤管放下来！

留在这个城市待产，是权宜之计，也是柳生劝说她的结果。她答应了柳生，想象预产期的日子，也许会是柳生把她推进产房，她的生活，竟然要交给柳生打理，不免百感交集。有一根绳子伴随着她的生活。有一根绳子，至今仍然捆绑着她的身体，还有灵魂。她犟不过命运，她的命运由绳套控制，那诡异的绳套在一个个男人手上传递，最终交到了柳生手上。她被套住了。绳套对她说，留在这里。绳套对她说，你丢了魂，一切听我的。

房　客

柳生为她租赁的房子在香椿树街上。

对于城北的那条街道，她想象过它的破败与寒酸，但左邻右舍竟然夹道欢迎一个陌生的房客，如此无礼的热情，她缺乏心理准备。她和柳生从出租车上下来的时候，看见香椿树街居民射灯般的目光，她像一个走 T 台的时装模特，面对着两边观众的挑剔或者赞赏，有一种裸身过市的尴尬。空气里有嗡嗡的来历不明的欢呼声，她听清了他们的议论，大多在赞美她的容貌，漂亮的，身材很好，脸盘也很漂亮。除此之外，还有一个刻毒的声音传到了她耳朵里，漂亮是漂亮，就是那做派，有点像小姐吧？她朝那个饶舌的妇女掷过去一个白眼，张嘴要骂人，想想又忍住了，初来乍到的，她还不宜跟人吵架。柳生提醒过她，香椿树街的妇女虽然千人千面，但有一点雷同，她们个个都有吵架的天赋。

隔壁药店的老板娘守在门边，像化验员一样检查着她的面孔和身体，尤其是腰腹部位。她听见老板娘对柳生说，柳生你好本事呀，不声不响的，要当爸爸了？她绕过那个自作聪明的女人，感到腰上被一根手指偷偷地摁了一下。她瞥一眼那女人，不便发作，说，拜托啊，请你不要动手动脚，好不好？那女人撇嘴道，我又不是男人，摁一下有什么？我一摁就知道你几个月。她低头往门里走，嘴里埋怨道，我几个月，关你什么事？柳生说，你还真别那么说，我们这街上，你的事就是大家的事，都是热心人，你要是讨厌就关上门，门一关，就清净了。

于是她用力撞上了大门。那堆香椿树街居民被隔离在门外了，她贴着门听外面的动静，不知是哪个妇女及时发出了暧昧的笑声，笑得很浪荡，哎呦，关门了，大热的天，他们还这么性急！很多人跟着笑。有人说，这柳生，我上个月还看见他跟一个姑娘轧马路呢，怎么一眨眼带回个孕妇？都怀孕了，怎么不回家住？有人答，你蠢不蠢，这叫先斩后奏，邵兰英不准这姑娘进门，柳生才租了这房子，他们这是同居，现在的年轻人都这么干，以后的事以后再说。她一听便恼了，在门里大叫恶心，回头质问柳生，我跟你同居了？你配跟我同居？你到底是怎么跟房东说的？柳生无辜地说，我什么也没说，别冤枉我，是他们自己想歪了。又说，香椿树街上的人其实也不坏，就是喜欢乱嚼舌头，你别听他们的，耳朵不就清净了？

房子被潦草地收拾过，算是干净的，只是室内光线阴暗，家具与墙面都散发着霉味，一只老鼠从客堂的八仙桌上跳下来，飞快地遁入了墙角。往上看，人字形的屋顶很高，木质的椽梁发黑了，顶墙上有漏雨的痕迹。她站在一所陌生的老房子的屋顶下，感到空气里飞行着无数古老而神秘的细菌，她仍旧被围观着，这次，是一个古老家族的幽魂对她围观，那些幽魂在屋顶下焦灼地奔走，互相打听，这是谁？她是谁？

柳生把水壶放到炉子上，从厨房出来了，看她目光游移不定，问她是否选好了卧室。她说，有什么好选的？这破房子，哪儿都阴森森的，我都担心会闹鬼。柳生觍着脸一笑，你要是怕闹鬼，我来陪。看她要翻脸，不敢再轻薄，改口说，你不用怕鬼，不是怀孕了吗？孕妇身上两条命，鬼怕你的。她厉声说，我没心情听你胡说，你嘴里能不能正经点？柳生很认真地说，我正经着呢，香椿树街上的老人都这么说的，孕妇天下最大，连鬼都不敢欺负孕妇。他察看着她的脸色，拿起扫帚胡乱扫了几下，说，这房子的软件配不上你的硬件，克服一下，熬上半年，等孩子生下来，你就有好日子过了。

她用嫌厌的目光四处打量着房子，首先看见了头顶上的阁楼，楼梯一半是水泥的，一半由杂木拼凑而成，一只男人的帽子挂在楼梯柱上，帽子上印着香港旅游四个字。她问柳生，你这个朋友到底是什么人，这么穷，还去香港旅游？柳生笑了笑说，穷人也可以旅游么，你巴黎都去过了，人家就不能去一次香港？她又问，他人呢，房东怎么不露个面？柳生说，我这朋友最不喜欢待在家里，又跑出去旅游了，人家不光去过香港，还去过很多地方呢。

她对阁楼有兴趣，顺手抓起那顶旅游帽，一路扫着楼梯扶手上的灰，爬了上去。阁楼上有点闷热，阳光照耀着一张老式的行军床，草席是新的，还散发着芦草新鲜的香气，枕席没来得及准备，只有一个油腻腻的枕芯竖在床角。有一块椭圆形的光斑在行军床上漂移，鬼鬼祟祟的。她怀疑街上有人在用玻璃观察他们，走到临街的一扇小窗边，一探头，发现街上果然还站满了人，赶紧缩回来，跺脚道，要死了，还没走，他们到底要看什么？柳生说，他们自己也不知道的，都下岗了，没事做么，你不想让他们看，就拿那块床单做窗帘，挂上去。她拿过椅子上的床单，看了看又放下了，敏感地说，现在不能挂，这种人我懂的，挂了床单他们就更不肯走了。

街上杂乱的人声中突然响起一个熟悉的妇女的声音，柳生，柳生，快去医务所，该去换药了！她闪到窗边，一眼看见街上的邵兰英。邵兰英正站在对面人家的门前，嘴里与几个妇女说着什么，视线不时地抬起来，朝小窗瞟一眼。柳生啊，你耳朵聋了？邵兰英高声喊道，你伤还没好透呢，快去换药，医务所快打烊了！

她示意柳生快走。柳生摸了摸身上的纱布，换不换药无所谓了，别去管她，我把你安顿好了再走。她堵着楼梯，像赶鸭子一样赶他，别给我装体贴了，没什么可安顿的了，你把钥匙交出来，赶紧换药去。她说，回去告诉你妈妈，不是我勾引你，不是我逼你，我住到你们香椿树街来，那是落难。柳生点着头，手在口袋里摸着那把钥匙，有点舍不得。要不要我再去配一把？进出方便点？他观察着她的反应，试探着说，我没别的意思，你在这儿人生地不熟，有把钥匙，我好照应你。她沉下脸，厉声道，那不真成同居了吗？别跟我花言巧语的，我再堕落，还没堕落到和你同居的地步。她将手掌朝他摊开，快，快把钥匙交出来，回到你的好妈妈身边去吧。柳生无奈地交出钥匙，走到门口想起了什么，回头说，明天我再过来，春耕他们要为我接风压惊，吃海鲜去，你一起去。

她断然拒绝。什么海鲜？烂鱼烂虾吧？我爱吃鱼翅鲍鱼，你那些朋友请得起吗？我才不跟你一起去，我不做你女朋友的。她随手打开了电视机，屏幕上跳出一个白髯长须的侠客，拿着把刀追杀一个妖怪，她拍打了一下电视机，讨厌死了，又是这种烂片，住在这种地方，要是没有好的电视剧看，日子怎么熬？柳生回头说，打发时间还不容易？不爱看电视就看碟片，阿六的哥哥开碟片店的，你要看什么让他拿什么。她不置可否，见柳生还站在门边，说，你怎么还不走？不走我就多提醒你一句，我们是普通朋友，普通朋友懂吗？你只当我在这房子里坐牢，以后要来探监，事先电话申请。

她被困在一个陌生的屋顶下了。

有一扇木门通往天井，透过门边的小窗，可以看见天井里的满地青苔，堆在露天的杂物，其中一辆老式的二十六寸自行车倚着墙，锈迹斑斑，后架上还整齐地缠着绳子。她去推门，发现门上挂了好几把锁，原来那天井是无法进入的。她在阁楼上朝香椿树街张望，首先看见的是楼下药店的一个灯箱广告：延年益寿，返老还童。这条乏味的街道，这所老旧的房子，是为她的落魄量身定做的。她是一个囚犯，是一个胎儿的囚犯。她是一个人质，是一个模糊的未来的人质。她也是一件抵押品，被命运之手提起来，提到这个陌生的阁楼上了。

第一天她很疲惫，很早就睡了。夜里下了场雨，闷热的空气里有一丝凉意，香椿树街很宁静，没有噪音侵扰，但她还是莫名其妙地惊醒了，似乎有个男人睡在她的身边，睁开眼睛，草席上一片月光，并没有人，只是某种熟悉的男人的气味惊醒了她，那气味从床铺上渗出来，从枕芯里爬出来，缠绕着她的面孔，甚至身体。谁？她朝着楼下先发制人地喊了一声，没有回应，她还是多疑，来到阁楼的小窗边，掀开窗帘检查，看见窗台上有一颗烟蒂，已经被雨水泡软了。街上无人，夜雨为新铺的沥青路面上留下几潭积水，大小不一，都是圆形的，闪着碎玻璃般的光。一只白猫站在对面人家的屋顶上，一动不动，与她隔街对峙，她一贯喜欢猫狗动物，但是这只白猫来得不是时候，它看起来像一个阴险的监视者，她捡起烟蒂朝对面扔过去，猫被她惊着了，一眨眼消失在夜色里。

第二天早晨她听见有人敲门，以为是柳生，开门一看，是隔壁药店的女人。女人提着几只大塑料袋，说，柳生让我送给你的，看他对你多体贴。她接过那些蔬菜水果，要关门，门关不上，那女人一条腿已经跨了进来，目光穿过她肩膀，朝里面张望，你一个人住这儿？不害怕的？她说，有什么可怕的？这屋子闹鬼吗？那女人脸上有一种讳莫如深的表情，摆手道，不是这个意思，鬼不惹孕妇，倒是要提防人，我们这条街风气不好，夜里门窗千万要关紧啊。她说，我知道，我白天也关门关窗的。她做出明显的逐客的姿态，女人却不肯走，视线热切地投在她的腹部周围旋转，有四个月了吧？是柳生的？她傲慢地笑起来，说，怎么可能？我跟他，你看配吗？女人说，那不一定，很多鲜花都插在牛粪上的。女人说着话，一只手悄悄地探过来，试图揿她的腰部，她闪开了。让我揿一下怕什么？我再揿一下，就知道你怀的是男是女了。女人说，跟我不用这么生分的，提防谁都别提防我啊，你到街上打听打听，谁不知道我马师母的为人？街坊邻居有什么难处，都要找我商量的。她说，我没有别的难处，反正是待在这里，吃喝拉撒睡，能有什么难处？马师母说，那不一定，听说要住到生产？还有半年光景呢，说长不长说短也不短的，我们街上是非多，你千万要小心，最好少出门。她说，你们街上的是非，不关我的事，我要是住不惯，说不定明天就搬了。又说，我以前习惯住酒店的，被偷了，没有办法，只好将就了。见她拒人于千里之外的样子，马师母的满腔热情终于凝固，慢慢向门边退，你的气性这么大，对胎儿不好的，要注意保胎啊，我店里新到了保胎药，要不要给你拿一盒来？她跟着马师母去关门，说，谢谢你，保不保胎我无所谓，有了是有了的打算，没了是没了的打算。

房　东

对于她来说，见到那个隐身的房东，不啻见到一个鬼魂。

电视当时开着，她在厨房里煮面条，听见楼梯间有响动，探头出去看见一个男人的背影，他弯着腰，正在搬弄楼梯下面的纸箱。她起初以为是柳生，柳生？你怎么进来的？跟小偷似的！为什么不先打电话？谁批准你进来的？那人缓缓地直起身子，回过头来，向她晃动着手里的一把钥匙。我不是柳生，是房东。保润说，我是房东，这是我的家，我回来拿样东西。

她失声惊叫，以为在做噩梦，拧了自己一把，又惊又疼，原地跳起来了。她撞上厨房的门，顺手在案板上捞了把切菜刀，持刀躲在厨房的门后，跺着脚朝门外喊，混蛋，两个混蛋，我又上你们的当了！为什么骗我住到你家来？你们还要干什么？

外面沉寂了一会儿，她听见保润说，去问柳生，问他要干什么。我也上他的当了，柳生说租房子给他女朋友住，我不知道你是他女朋友。过了几秒钟，又问，你是他女朋友吗？没等她回答，他发出一声冷笑，我明白了，他妈的，你们两个人在我家里同居？有意思，很有意思啊。

她气哭了，朝着厨房的门大声喊道，放屁！谁是他女朋友？谁跟你们这种人同居？哭了几声之后，她的情绪稍稍放松了，听保润在外面翻箱子，她在里面用刀背击打门板，你们在给我演恐怖片吗？比恐怖片还恐怖。她说，世界那么大，我怎么就住到你家来了？怪不得老做噩梦，原来你是房东，我明天就搬走！

随便你，爱搬不搬。保润在外面说，我房子是租给柳生的，不是租给你的。

煤气灶上的水煮沸了很久，面条已经煳了，厨房里蒸腾着水汽，她过去关掉煤气阀，人渐渐冷静下来。现在她才回想起来，阁楼上萦绕不去的男人的气味为何如此熟悉，那正是保润的头油、体味和脚臭混合的气味。也许不是什么阴谋，也许柳生只是为了省钱，捉弄她的，是命运。这么多年过去了，有个魔鬼仍然在他们三人之间牵线搭桥，多么精巧的手艺，多么邪恶的手艺，她不知道该如何脱身。她从门缝里偷窥保润，训斥他道，你在翻什么东西？这么大的人了，懂不懂规矩？房子租给别人就不是你的了，谁付钱是谁的，你还回来翻动找西的干什么？

保润蹲在纸箱旁边，终于找出一张相框，抱在怀里。你别吵，我马上就走。保润说，我爷爷昨天又跑了，找了两天没找着，我回来拿他的相片，要贴寻人启事。

她相信保润没有说谎，祖父又逃走了。让她纳闷的是，井亭医院那么高的围墙，那么多道门岗，祖父到底是怎么跑出去的？她很好奇，又不屑于问。隔着门缝，可以看见保润额头上闪亮的汗珠子，他抱着镜框来回走动，似乎还在找什么东西。照片不是找到了吗，你还找什么？她说，你在这里晃来晃去，我心烦，拜托你快走。

我马上就走，你不用赶我。他说，你要不要进天井？要是嫌屋里憋闷，就到天井透透气，要不要给你把天井的门打开？

那建议听上去是诚恳的，她没料到他会有这份善意，考虑了一下，说，随便你，不去天井憋不死，去了天井也不会多活几年。

保润往天井的门那边去了。我家不怕偷，不防盗的，钥匙都放在门框上，摸一下就摸到了。他踮起脚摸着门框，说，天井里有辆自行车，以前你坐过的，我带你去工人文化宫，还记得吗？打了气车子还能骑，要是不嫌丑，你随便用。

她说，多谢你关心，我不骑自行车，我出门都打车的。

然后她听见他开锁的声音。咔嚓，咔嚓，两把挂锁打开了，一道光线投在阴暗的客堂里，保润的两条腿粗壮地立在门边，脚踝处染了一片明亮的阳光。他把几把钥匙放在了门槛上。钥匙都在这儿了，你放心，我不会再进来的。他说，我们清账了，不算朋友，也算熟人，孩子要紧，你就好好在这里待产吧。

他在厨房的门外，她在厨房里，隔着门，两个人以静默交流，她终于被打动了。她接受了他的善意，这善意来得正是时候。他们之间的和解比想象的要快，而且细碎，但她信任这样的和解。她看见了他怀里的相框，祖父的人像被保润粗壮的胳膊遮住了，那胳膊上沾了一团凝结的灰团，灰团也在光线下发亮。她忽然觉得保润人很好，保润其实很好，作为回报，她也应该对他客气一点。你爷爷，怎么让他跑了？她对着门缝说，你没把你爷爷捆起来吗？

忙不过来。保润说，我现在在井亭医院做临时工，那边的男护工越来越少，我每天忙着捆人，倒把我爷爷漏了。过了一会儿，又说，也下不了手，以为我爷爷半死不活的，不捆也没事了，没想到他还能跑那么远。

该捆还是要捆，捆了才放心。话一出口，她便懊悔地吐了下舌头，捆人的建议出自她口中，听起来不免有点讽刺，还有点下贱，她赶紧申明立场，他是你爷爷，不关我的事，捆不捆要从实际出发，你快走，我要上厕所了。

保润走了。楼梯间的大纸箱还打开着，她过去翻看了一下，纸箱底部是各种各样的绳子，上面盖着几个大大小小的相框。有好几张祖父的标准像，配着统一的黑色塑料相框，祖父以重复的姿态躲在框里，恍惚的眼神里充满了问号，似乎在向她询问，我的魂呢？你知不知道我的魂在哪里？她拿起了另外一个相框，看见一堆人坐在北京天安门前，人很朦胧，天安门也模糊不清，她用湿布抹一下，天安门的轮廓清晰起来，是七十年代盛行的全家福照片，雄伟的天安门其实是画出来的一块布景。四个家庭成员的面孔从尘埃中破茧而出，一个老人，一对中年夫妇，他们坐姿端正，笑容是被摄影师逼出来的，看起来僵硬而勉强，唯一不笑的是后排的少年，一看就是保润，他独自站着，一簇头发突兀地翘起来，形状像一只飞鸟，他怏怏地站着，目光是受骗者的目光，瞳仁里隐隐可见两朵愤怒的火焰。

那天下午她难得地出了门，打着黑阳伞来到锁匠老孙的摊子上，挑了一把门锁。她要求老孙上门替她换锁。老孙狐疑地看着她，姑娘你是谁家的新媳妇吧？街上的人我都认识，怎么不认识你呢？她懒得介绍自己，撇嘴说，我不是谁家的新媳妇，我是扫帚星下凡，下凡到你们香椿树街上来了。老孙面露惊恐之色，认真地问，是谁家？你究竟下凡到谁家去了？她看自己的幽默吓着了对方，不禁捂嘴笑起来，不下凡到你家就行了，你怕什么呀？她说，有意思，你都这把年纪了，还怕扫帚星呢。

街上的沥青路面被太阳晒得热烘烘的，她的凉鞋在路上咔嗒咔嗒地响，老孙提着工具匣跟在她身后走，觉得她的背影比正面更好看。她走路时髋部摆动得很厉害，这使她的步态透出一丝难言的性感，她的花短裙是流行的大红牡丹图案，衬托出两条藕节般的长腿，腿显得很白，最妖娆的风景在她的脚踝上，一根彩色珠子串成的脚链沿途发出细碎的声响，闪烁着艳丽的光。

居民们大多在午睡，街道在寂静中构思黄昏以后的流言蜚语。他们在一只水泥垃圾箱附近遇见了绍兴奶奶的猫，她朝猫表达了爱意，喵地叫了一声，没想到那只猫恩将仇报，跑回家去给主人通风报信，绍兴奶奶急匆匆地从家里冲到街上，用蒲扇挡着光打量她，嘴里发出了一声隐晦而悠长的赞叹，哎呦呦，长得真算标致的，怪不得呀！她听那赞美声刺耳，怪不得是什么意思？她一时猜不透，朝绍兴奶奶翻了个白眼，径直从她身边走过去了。绍兴奶奶与她搭讪不上，追着老孙，用蒲扇去捅他的后背，孙师傅，你跟着个大美人要去哪里？老孙说，美人丑人都是顾客，我跟这位顾客去换门锁么。她的身后有一阵诡秘的静默，然后她听见了绍兴奶奶一语双关的声音，门锁能随便换的？老孙，你可要当心一点呀！

她回了下头，嘴里嘟囔一声，老不死的。她横过街道，到冷饮店里买了一支雪糕，举在手上耐心地吮着，扭着腰肢向前走，凉鞋一路咔嗒咔嗒地响，很快到了保润家门口。她倚到门上，向老孙做了一个表演性的手势，谜底现在揭晓。她说，扫帚星下凡到这户人家来了。老孙茫然，说，这不是保润家吗？她径直开门进了屋，边走边说，过去是他家，现在是我家了，我的房子我做主，老师傅你别在那儿翻眼睛了，没事的，赶紧动手换锁吧。

隔壁药店的马师母端着一只饭盒走出来了，老孙朝屋里努努嘴，悄声问马师母，这姑娘，不是保润的新媳妇？马师母的脸上露出了神秘莫测的表情，不是，不是，这个姑娘很复杂的。老孙说，我也觉得有点复杂，你给我出个主意，这锁给不给她换？马师母回避了老孙的请求，急于陈述事情的复杂性，老孙你猜啊，你猜她是谁，打死你也不相信的。没等到老孙启动他的头脑，马师母迫不及待地凑到了他的耳边，你还记得柳生和保润当年犯的案子吗？我也是刚刚听邵兰英说的，她就是水塔里那个女孩，就是那个仙女啊！马师母拍着膝盖说，你能猜到吗，这三个前世冤家，现在混到一起去啰！

门　外

午睡的时候，门外人声鼎沸。最初她以为是邻居拌嘴，不愿起来，等到那嘈杂声越来越响，她料到自己脱不了干系，爬下床凭窗俯瞰，看见一堆人已经堵住了她的门口。一堆人挤在她的门口吵吵嚷嚷，众星捧月似的围着一个枯槁干瘪的老人。

祖父回来了。

大多数人热衷于打听那只手电筒的下落，关心祖父还有没有返魂的希望，也有人替祖父发表高见，说这些年来香椿树街死了那么多健康的老人，只有祖父成了一棵不老松，说明什么问题？说明丢魂可以长寿，丢魂说不定就是最好的养生之道，还有什么必要去找一只手电筒呢？还有什么必要强求返魂呢？人们针对祖父顽强的生命现象，各抒己见，祖父只是不停地摇头，神情凄苦。有人从家里拿了一瓣西瓜给他，祖父贪婪地啃着西瓜，脸上染了些红色的瓜汁，他身上的衣服黑不溜秋的，隐隐可见蓝白色的条纹，还有胸口一弯红色的月牙，那是井亭医院的徽标。她绝望地俯视着祖父的身影，嘴里不禁抱怨起保润来，又没捆！自己的爷爷都捆不住，你有什么用？

后来，外面的人群开始敲门了。

白小姐快开开门，保润他爷爷要进来！

看在人家那把年纪的分上，你就行行好，让他进来坐一下，他脑子有病，腿脚不便，找回家来不容易呀！

白小姐，你不要这么冷酷，这不是你的家，这是他的家，是他祖上传下来的家产啊，人家魂不在身上，很可怜的，你开门让他进来看一下，坐一会儿，你会死吗？

她的漠然，点燃了街坊邻居胸中正义的烈火。所有人都可怜祖父，都想帮祖父一把，有人开始向楼上的小窗投掷石子，有人干脆撞门了，一边撞，一边发出最后的通牒，白小姐，你不仁我们不义，知道你才换的门锁，你要再不开门，门锁撞坏了，我们不赔。

她在楼梯口徘徊，听着门锁发出尖利的撞击声，脑子一热，抓过桌上的钱包冲到了门口，以为我稀罕住这房子呢？进来，老头进来，你们大家都进来！她打开门说，我走，这烂房子，还给你们！

她侧身穿越人堆，昂首挺胸，以一种倨傲的姿态离开保润的家。后面的人群沉寂了一下，很快响起欢呼声。祖父回来了，她被驱逐了，她被一条街道驱逐了。走了一段路，她回头一看，家门口的人群疏散有致，有人进去了，有人出来了，不知是谁家的一条大黄狗，正欢乐地跳进她的家门。她能想象人们在参观她的厨房，床铺，鞋，内衣，CD机。她能想象他们在研究她的所有物品，尽情地捕捉她私生活中不为人知的信息。但是，仙女作为她的名字，已经在香椿树街上流传，她还有什么需要掩藏呢？除了腹中的孩子，她一无所有。她并没有太多的不安，心里愤愤地想，看吧看吧，随你们看，这么贫贱的生活，就向更贫贱的人们开放吧。

走到善人桥桥堍，她腿脚有点累了，坐在桥栏上给柳生打电话。柳生耐心地听她痛骂自己，不以为意，还勉励她说，你大风大浪都见过的人，还怕一个疯老头吗？你要坚强，忍一忍，我们马上就去给你清场。她又气恼，又自怜，差点哭出来了，但善人桥下人来人往的，实在不是哭泣的好地方，她想不出什么调节情绪的良方，就用手机掩着半边脸，看乌黑的河水从桥洞下流过。乌黑的河水令她联想起一些溺死者惨白的尸体，她有点反胃，脑子里忽然浮现出那封未完成的遗书：我恨死了这个世界，我恨死了这个世界上的人。要是往下写，该再写些什么呢？她头脑一片空白。她知道为什么自己的头脑一片空白，因为她不想死。如何对付这个世界，如何对付这个世界上的人，除了恨，她并不知道其他的方法。

桥上下来一对年轻夫妇，手搀着手，女的是孕妇，步态缓慢而幸福，大概快要临盆了，肚子已经状如山峰。她盯着孕妇的肚子，对方也在研究她的腹部，两个人目光相撞，她先红了脸。遇见别的孕妇，她总是感到害羞，自己也不知道其中的原因。那孕妇已经走过去了，又朝她回眸一笑，你有五个月了吧？有没有做过B超？现在做，可以知道是男孩还是女孩了。她摇摇头，表示缺乏与陌生人讨论婴孩的兴趣，孕妇没再说什么，旁边的男人用自豪而响亮的声音说，我老婆怀的是儿子！

她低声咕哝了一句，神经病。低头看着自己隆起的腹部，一时怅怅然的。她怀的是什么？儿子。女儿。都是庞先生的。她的母性，至今若有若无，有时候类似爱意，有时候类似好奇，更多的时候是某种深深的恐惧。她能不能做一个母亲？她凭什么做一个母亲？想想她失败的生活都缘于各种错误的赌注，千错万错，也许都不及这一次更愚蠢，除了一笔钱，这个巨大的赌注还能赢取什么？她低头凝视着自己的腹部，突然说，算了，不要你了！那恶狠狠的声音在善人桥上回荡，把她自己吓了一跳。她的恨，其实远未波及无辜的胎儿，如此粗暴地威胁胎儿，让她有点自责。她想起马师母探测胎儿的手势，便竖起一根手指对准了自己的腹部，左边摁一下，右边摁一下，试着用一种温和的语气向胎儿摊牌。孩子，你是男的还是女的？不管你是男的还是女的，都是他的，我不要。她说，孩子，你做谁的孩子不好，怎么非要钻我肚子里来？不怪我无情，怪你自己太笨了，对不起，我不做你的妈妈，你找别人做你妈妈去吧。

她从善人桥下来，拦到了一辆出租车，径直去了妇产医院。

妇产医院永远是孕妇的世界，她这个孕妇与众不同，挤在里面东张西望，显得鬼鬼祟祟的。护士以为她要做围产期检查，指导她该去的路线，她说，我不检查，随便看看。她在手术间门口转悠了一会儿，忽然掀开帘子要进去，被护士一把拽住了。她说，里面现在不是空着吗，我要做引产啊。护士见怪不怪，扫一眼她的腹部，皱着眉头问，跟丈夫吵架了？吵架也不能拿胎儿撒气，丈夫的孩子不也是你的孩子吗？她随口说，孩子又不值钱，我丈夫无所谓的，他在外国工作，在巴黎呢。她无意中冒犯了所有母亲的心，孕妇们的目光从四面八方朝她射来，带有围剿的性质，像是注视一个不可饶恕的妖魔。那护士一定也是做了母亲的，问她，孩子不值钱，什么才值钱？她一时答不上来，那护士的脸已经黑下来，话也说得阴阳怪气了，你丈夫在巴黎？巴黎不远么，让他飞回来，引产手术会死人，死了人我们不负责，要亲属签字！

她莫名其妙地惹了众怒，有点悻悻然的，钻到角落里动了一番脑筋，又跑到护士那里。实话告诉你，我从小是孤儿，现在离婚了，变不出亲属来签字。她说，我的亲属就是我自己，自己签，为什么就不行呢？护士觉得她胡搅蛮缠，犀利地打量着她的面孔，你以前是不是孤儿我没法调查，不过我看你那么时髦那么漂亮，现在总有几个亲属吧，就算离婚了，前夫男朋友都算亲属，否则，你怎么怀孕的？她听出护士话里有话，忽然就失控了，尖声喊起来，我没有前夫不行吗？我没有男朋友不行吗？你把我当妓女不行吗，妓女怀上嫖客的孩子，可不可以引产？那护士一定见惯了各式各样的孕妇，反应异常冷静，问，这位小姐，谁说你是妓女？我们是为你好，你怎么不知好歹呢？你的精神状态，正常的吧？她说，现在正常，再拖下去就说不定了！护士说，趁着现在正常，就做点正常的事吧，别自己作践自己，回家去冷静一下，休息一下，明天心情就好了。她跺起脚来，你少给我装好人，什么回家？什么明天？你们有家我没家！你们都有明天，我没有明天！

然后她扑在墙上哭起来了，用手掌咚咚地擂着墙壁。四周的孕妇们都对她心怀反感，并没有谁去安慰她。手机一直在响，她哭够了才想起接电话。是柳生。柳生说祖父已经送回井亭医院了，家里太平无事了，她可以回去了。她抹着眼泪说，那不是我的家，我不回去，你快到妇产医院来，给我签个字。柳生问她在干什么，她气咻咻地说，妇产科的事，你问那么多干什么？赶紧过来，记住，今天你算我的家属，你做我的家属，是你一生的荣幸。

她等了很久，终于等到了柳生，不容分说，一把拽住他闯进了办公室。签字的来了！她用报复性的腔调对护士说，我男朋友来了，我丈夫来了，我家属来了，现在可以给我做了！护士斜着眼睛，先瞄柳生，再睨视着她，这么快就从巴黎飞来了，坐宇宙飞船来的？来了也不行，引产不是人流，是杀生，正常爹妈都不做的，你们做爹妈的不负责任，我们医院要负责任，先登记预约，手术什么时候做，我们还要研究，回去等通知。

柳生很快明白过来，见她还要跟护士理论，大声喊道，暂停！听我家属的！柳生把她拉到了走廊上，指着她鼻子说，你在江湖上混这么多年，看来都白混了，你把孩子拿掉，前面的苦都白吃了，后面的盼头也没了，我现在对你的智商深表怀疑！她疲惫地倚在墙上，说，我改主意了，我饶了姓庞的，救我自己。柳生看了眼她的肚子，嘻地一笑，现在改主意晚了吧？现在要救自己，也迟了点吧？他说，坚持就是胜利，再坚持几个月，你就熬出头啦。她说，我熬不下去了，不跟他赌这口气了，拿掉了这孩子，我回深圳去唱歌，从头再来。柳生摇头，越说你越糊涂了，从头再来？那是唱歌用的歌词！再过几个月，那台湾人就要付你钱了，不是说有六位数吗？我问你，你要挣够六位数，要唱多少歌？她说，你们这种穷人才整天钻在钱眼里，我不稀罕那点钱！他那点资产，他那种男人，不配让我怀孕！柳生既不敢质疑她的新规划，也不敢质疑她的自信，搓着手说，冷静，你冷静，我们再想想办法。他眨巴着眼睛搓着手，眼睛忽然发亮了，就算拿掉这孩子，也不能便宜了那台商吧？你们的合约怎么签的？她低下头，恨恨地说，合约就是二选一，孩子没了，只好便宜他了。柳生叫起来，这合约不公平！台商有钱啊，怎么能这样便宜他？生他的孩子该付钱，拿掉他的孩子也该付钱，营养费，精神损失费，青春补偿费，去跟他要，先付钱再行动！她红着眼圈思忖柳生的建议，觉得是合理的，又不好意思自食其言，思想斗争了半天，吞吞吐吐地说，我不想再见他了，你要是不怕丢人，你去要。柳生说，没问题，要到了我们对半分？她一下又生气了，你好意思对半分？是你怀孕的？你有子宫的？她抢白着柳生，看柳生的表情不太自然了，又慷慨地谦让一步，算了，还是四六开吧，你四，我六，这样行了吧？

柳生和庞先生

事情就这么耽搁下来了。

听说庞太太来大陆了，庞先生带着她去了桂林，又去丽江旅游。柳生找不到他。过了几天，又有消息称庞先生夫妇回来了，柳生去了他们租住的河滨别墅，去的时候摩拳擦掌，回来却是蔫头蔫脑的，对她说，那个庞太太是坐轮椅的，两条腿比筷子粗不了多少，庞先生推着她散步，两个人不分开，我找不到谈判机会啊。

她很震惊。她曾经逼迫庞先生打开钱包，公开他太太的照片，记得那台湾女人姿色平平，但笑容可亲，连眼神里都透露着温良恭俭让的美德。庞先生只说他太太是个会计师，身体不太好，其他方面，他总是三缄其口。她从来不知道，庞先生的太太，竟然是坐轮椅的。她怔了好久，问柳生，庞太太还漂亮吧？柳生说，老妇女了，有什么漂亮不漂亮的？人家是个基督徒，膝盖上摊了本《圣经》，坐在轮椅上研究上帝呢。

她自己也说不清，明明已经对庞先生恩断义绝，为什么却摆脱不了对庞太太的好奇心？她想象那个坐轮椅的台湾女人，就像破解一部悬疑电影的结局，心里燃起一种奇怪的激情。柳生听她说要去见庞太太，以为她开玩笑。她说，不是开玩笑，我真的想见她。见柳生露出讶异之色，她说，你眼睛为什么瞪那么大？我去见庞太太，又不是去见鬼，怕什么？柳生怪笑一声，脱口而出，我是不怕，该怕的是你，你见她干什么？你是小三啊！这一次，她难得地容忍了柳生的冒犯，大概觉得他的观念是人之常情，她撇撇嘴，揶揄自己说，小三跟大婆谈谈心，谈谈孩子，谈谈上帝，有什么不可以吗？

她让柳生陪她去河滨别墅，要求他务必穿得体面，一定要穿名牌，没有真货，情愿到市场上买一套仿冒货。柳生的反应还算敏捷，狡黠地一笑，又让我冒充你家属？明天是冒充男朋友，还是冒充老公？她反问柳生，有什么区别？没听你妈在街上到处宣扬，说我从小就是公共汽车吗？公共汽车谁都可以搭，什么男朋友老公野男人，都是一回事，都是乘客。

适逢星期天，他们谎称是庞先生公司的雇员，骗过了河滨别墅的保安。沿着车道往水边走，很容易发现这个高尚住宅区的高尚之处，看不见什么人，只有各式各样的狗，忠诚地守在主人的花园里，这里的狗也吠叫，但比较起香椿树街的狗来，它们叫得很有教养，人靠近栅栏它们叫，等人走过去了，它们立刻就安静了。对于四周的景致，他们各有各的兴趣。她往沿途的窗内张望，挂着窗帘的，就看窗帘的色泽和花纹，拉开窗帘的，就看室内的家具灯具和小摆设，以及客厅卧室隐约闪动的人影。柳生关注的是停放在车库路边的各种汽车，奔驰！宝马！他一路向她介绍着车款，嘴里发出近乎哀叹的声音，我操，又一辆大奔，一台路虎，这他妈的是什么车？是卡宴吧？她对柳生的表现很反感，不屑地说，你真是没见过世面，这些车有什么大惊小怪的？我在深圳坐过兰博基尼的，好几百万！坐着一点都不舒服，兜了一圈风，下车就吐啦。

　　来到庞先生的别墅外面，他们的脚步踌躇起来。玫瑰和月季花满园盛开，姹紫嫣红的，草地上有秋千架，秋千架上扔着一条绿色的薄毯，裹着一本书。铁栅门开着，一个园丁在花园里锄草。园丁告诉他们，庞先生陪他太太去教堂做礼拜了，家里没有人。她看看楼上的白色百叶窗，再看看花园里的露台，对柳生说，那就等啊，我们去露台上等。

　　经过秋千架，她顺手从毯子里抽出那本书，带到了露台上。书的印刷装帧很粗糙，似乎是非公开发行的，书名是繁体字，看起来很奇怪：如何向上帝赎回丢失的灵魂。露台上有遮阳伞和桌椅，桌子上摆放着一盆鲜花，还有一套紫砂茶具，两只茶盅里还残留着主人喝剩的茶汁。她拿起茶盅闻了闻，说，冻顶乌龙，还香呢。柳生说，他妈的，天天在露台上喝功夫茶，看看人家过的，这才叫生活。她把两只茶盅倒扣在桌上，慢慢地坐在沙滩椅上，不知为何，她叹了口气。打开那本书，看见的第一个标题是，虔诚让上帝听见你的祷告。她若有所思，问柳生，你做过祷告吗？柳生说，什么祷告，不就是念经吗？前年去慈云寺念过，去年到大悲寺念过，我妈妈催我去的，没屁用，要是念经能住上这样的别墅，我倒愿意天天念经。她说，祷告是祷告，念经是念经，祷告是给上帝的，念经是念给菩萨的，上帝比菩萨大，上帝管菩萨的，你连这也不懂吗？柳生说，上帝和菩萨，我都无所谓。我就巴结财神爷，财神爷才是老大，你不信到庙里去看看，谁那儿的香火最旺？谁的香火旺，谁就是老大！

他们正说着话，看见园丁站了起来，迎向车道。

庞先生的汽车鸣了一下喇叭，她条件反射，捂住了耳朵。庞先生一定注意到了露台上的不速之客，他打开车门，朝他们看了一眼，钻出驾驶座，又看一眼。是受惊的目光，一部分恐惧，一部分厌恶，更细微的眼神深处，还有一点点羞耻之色。

轮椅先下来了，在阳光下闪烁镍镉制品锋利的光。他们看着庞先生把一个女人抱到轮椅上，动作娴熟麻利。那女人在庞先生怀里显得娇小，像一个孩子，坐到轮椅上，兀然高大了许多。是庞太太。她见到了庞太太。庞太太穿着一套米色的西装，不施脂粉，梳复古的发髻。膝盖上那部暗红色封皮的书，应该是《圣经》。一切都还在她的想象之中，只不过庞太太的容貌比照片上更苍老一些，她的眼睛，则比照片上更加明亮，更加亲善。

她没有料到庞先生如此之快地镇定下来，他推着轮椅朝着露台而来，嘴里清晰地向庞太太介绍着自己，那个白小姐来了，就是她。她敏感地觉察到，她在庞太太那里不是一个秘密，此前为自己的身份精心准备的谎言，看来是没有必要了。就是她。就是她而已。不必演戏，不必斗智，不必攀比。这样简洁的局面，并没有让她感到轻松，反而使她有一丝沮丧，似乎准备了华丽的盛装赴宴，到了目的地才发现是浴室，她只能与宾客赤裸相对了。

庞太太的身上有一股无名草药的气味，说不上好闻，但也不算怪味。她刻意地打量庞太太伤残的下肢，但它被长裤有效地遮盖了，庞太太的脚上，穿的是一双布鞋，脚背裸露着，露出一片弧形的苍白，除此，并无异样。

你一定是白小姐吧？庞太太主动跟她打招呼，大美女，果然名不虚传，好漂亮啊。

没你漂亮。她像刺猬般地随口防御，自己都觉得无礼，不知如何挽救，瞄一眼庞先生，那意思是说，我不针对你太太，针对的是你，我的无礼，都是你的错。

庞太太摇了摇头，脸上仍然挂着微笑，那种微笑因为充满宽恕的意味，显得温暖而大度，而且牢固。庞太太的手朝她伸出来，认识一下吧，我是庞太太。她差点要说我知道你是谁，不要多此一举，想了想改口说，认识一下也好，我是白小姐。庞太太的手枯瘦苍白，手腕上有一只翡翠镯子，她潦草地捏了下庞太太的手，盯着那镯子看，你的镯子很漂亮，玻璃种，还是冰种？现在要十几万吧？庞太太淡淡一笑，不是什么好翡翠，我在丽江地摊上买的，五十块钱。又补充一句，我从来不戴那么贵重的东西，有罪的。她嗤地一笑，翡翠有罪？凭什么？谁说的？庞太太拿起膝盖上的《圣经》，举高了，庄严地说，耶稣说的，奢侈是罪恶。

她没来得及说什么，旁边的柳生对庞太太的言论不以为然，抢先发表了他的见解，耶稣说什么不算数吧？耶稣管外国人的事，不管我们这里的事。

庞太太瞥了一眼柳生，目光中有温婉的谴责，转过脸问庞先生，这位先生是谁？你怎么不介绍？

庞先生朝妻子摊手耸肩，我不认识这位先生，问白小姐。

她从庞先生的脸上读出了一种潜藏的态度，那是对柳生的蔑视，对她的轻慢，她正在犹豫怎么介绍柳生，是男朋友，还是朋友？或者，干脆给他们一点颜色看，称他是道上的朋友？柳生按捺不住，给夫妇俩各塞了张名片，开始自我介绍了。我谁都不是，我是来打抱不平的。柳生说，庞先生庞太太，我先请教你们一个问题，戴个翡翠有罪，那玩弄女人有没有罪？有人玩弄女人，把人肚子搞大了，拉起裤子就走人，这种事，耶稣怎么说的？

庞先生推一下轮椅，提醒妻子说，他在亵渎，这种问题你不必回答，我推你进去。

可以回答。庞太太面无表情，坚定地看着柳生，有罪。

那好。有罪就好。柳生得意地说，你放一句话下来，他有罪，怎么处置？

有罪要赎罪。要祷告，要忏悔，向上帝赎罪，让上帝听见，宽恕他的罪。

庞太太我佩服你，你太聪明了，我提醒你，孩子在她肚子里，不在上帝的肚子里！上帝宽恕他，白小姐有什么好处？

上帝是来拯救你们的。庞太太想了想，诚挚地说，拯救，就是好处，拯救难道不是好处吗？

没有好处叫什么拯救？救了也是白救！柳生歪靠在墙上，抱着双臂抖着腿，庞太太拜托你来点实际的好吗？我们谈谈妈涅的事，她明天要去引产，营养费总少不了，你们出多少妈涅？

什么妈涅？庞太太迷惑地看着庞先生，他要什么妈涅？

庞先生尴尬地说，钱，Money，英文。他是要钱。

庞太太的脸有点发灰了，她在胸口画了个十字，用手掌盖住《圣经》。太卑鄙了。太肮脏了。她喃喃自语，用一种凄苦的眼神环顾两个客人，一转脸，忽然对庞先生发怒了，你也很脏，你也有罪，我不要跟你们说话了，快推我进去！

她看着庞先生把轮椅推过露台，闻到庞太太身上的草药味从她身边一曳而过，带着些清凉的圣洁的刺激。哐的一声，别墅的大门撞上了。她听见柳生说，虚伪啊，你看，一谈钱就跑，虚伪透顶。她咬着牙，说不出话来，只听见胸口剧烈的心跳。她承认自己又错了。见庞太太，完全不是她所想象的场面，为什么要来见她呢？她不知道自己从庞太太那里受到了无理的羞辱，还是受到了合理的批判，有点想哭，又不甘心哭。她想离开，又不甘心就此离开，离开之前，她至少要看一眼庞先生的别墅。

她毅然地往别墅的大门走，透过大门的玻璃，看见轮椅就在门后，已经空了，《圣经》掉在轮椅的踏脚上，书页打开着。转眼之间，那对夫妇不知发生了什么样的冲突，她惊讶地发现庞太太躺在客厅的地上，半仰着身子，而庞先生从庞太太的身体上跨来跨去，似乎忙着找什么东西，依稀可以听见庞先生愠怒的声音，我不怕讹诈，签过合同的，我们有合同！庞太太的手在半空挥舞，闪着一圈暗绿色的光，抓不到庞先生，那手便垂落下来，不停地拍打着地板，有罪，你们都有罪！你们的合同是跟上帝签的吗？你们太脏了，宽恕不了了，拯救不了了，上帝也救不了你们了！

她不敢推门，室内的景象让她不安，庞太太尖利的哭声击溃了她。是刹那间的感觉，她觉得自己脏。真的有点脏了。她觉得自己有罪。真的有罪了。她转身朝花园里走，柳生追了上来，一把拉住她，要走？你怎么能走？她说，算了，一个残疾人，我不跟她斗。柳生说，女的残疾男的不残疾啊，你怎么能放过姓庞的？她说，算了，又不是没见过钱，饶了他们。柳生愕然地瞪着她，这一趟，就这么白跑了？你不是把我卖了吗？她不管柳生，兀自推开栅栏门朝外面走，回头吩咐柳生，就摘几枝玫瑰带走吧，要黄色的。

走出去大约五六十米远，柳生没有跟上来。迎面跑来几个穿制服的保安人员，好像奔赴战场的样子，有人拿着对讲机说，保安马上就到！她警觉地折返了，尾随着他们。庞先生的别墅门口很嘈杂，远远地可以看见庞太太的轮椅倾翻在地上，柳生和庞先生厮打成一团，看起来双方都要去夺那辆轮椅。她听见了庞先生的叫喊，流氓，人渣，你还算不算人？光天化日你来抢劫残障人士的轮椅？柳生也在喊，我是人渣，你是衣冠禽兽，连人都不算，你不是一毛不拔吗？这轮椅我推走作抵押，抵押白小姐的营养费！

柳生没有去摘黄色的玫瑰，他去推轮椅了。她了解柳生的逻辑，脸一下羞红了。这样的抵押方法，只有柳生想得出来，有点过分，有点下作了。她想过去打个圆场，或者帮柳生下个台阶，走到绿篱旁边，一抬头看见别墅的门在不停地摇晃，庞太太的半个身子爬出了门缝，白小姐，你回来，我们是姐妹，我要跟你谈谈！庞太太仰着面孔嘶喊，眼睛里有晶莹的泪光闪闪发亮，白小姐，要信上帝啊，信上帝！你这样堕落下去，要下地狱的！

她忽然胆怯了，躲到一棵大树后左右察看，决定先脱下高跟鞋再说。她把高跟鞋胡乱塞进挎包，快速地换上一双平跟鞋，踩两下，向别墅区的出口一溜烟地跑去。她的身后传来了保安们的吆喝声，揍他！抓住他！别让他跑了，快报警！一片混乱中，隐隐可以听见柳生在向她求援，白小姐你回来，回来解释一下，这不是抢劫，是抵押！她曾经站定，以一个迟疑的背影背对这起突发事件，终究没有勇气，在路上停留了几秒钟后，她还是一个人跑了。

两个人的夜晚

半夜里有人敲门，她猜到是柳生。

起来打开阁楼的窗子，果然发现柳生缩在门洞里，抬头看着她。我通了关系，派出所刚刚放我出来，算民事纠纷了。柳生在下面做了个胜利的 V 形手势，无罪释放，我没事了！

没事就好，今天算我对不起你了。她先向他道歉，道歉之后又数落他，你有没有脑子的？深更半夜跑这儿来嚷嚷？先回去，有什么事明天再商量。

回不去了。他压低声音说，我妈妈生我的气，不给我开门，我在你这儿过一夜，行不行？

她对着下面冷笑了一声，放屁！她关上窗，关上灯，想想不忍心，又打开了窗子，一个大男人，随便哪儿不能凑合一夜？你睡我这里，自己想想合适不合适？你妈妈知道了，明天又骂我公共汽车！

柳生说，是我妈妈自己说的，她让我睡你这儿来。

你妈妈记恨我，那是气话！她让你来有什么用？我没让你来！回去问问你妈，我这儿是不是妓院，深更半夜随便来？

柳生在下面沉默了一会儿，嘀咕了一声，不仗义。女人都不仗义。他悢悢地走到街上，又朝阁楼的窗子望一眼，这次加重了谴责，他说，我算认识你了，对你好有什么回报？你这个人没良心，没有良心啊。她看见他失意的脸，被路灯照亮了一片，面色惨白，胡子拉碴的，英俊与憔悴结合在一起，显出一丝奇特的性感。我的良心早就让狗吞了，你刚刚知道？她嘴上这么回敬他，心里的怜悯却在一瞬间占了上风，算了算了，她敲着窗台说，公共汽车就公共汽车吧，自己开门。她把钥匙用抹布包好，从阁楼窗子里扔了出去，如她所愿，钥匙落在路面上，只发出噗的一声闷响。尽管这样，她在关窗之前还是观察了一番邻居们黑洞洞的窗口，隐约看见很多潜伏的眼睛和耳朵，她说，随你们明天怎么嚼舌头，本小姐早就身败名裂，无所谓了。

她不肯下阁楼，让柳生去厨房泡了一碗方便面充饥，安排他睡在楼下的大房间里。柳生在天井里用冷水冲了个澡，回到屋里问，你知道保润的衣服放在哪儿？她说，大房间衣橱里有几件男人的衣服，不知道是谁的，自己找去。柳生去了大房间，老旧的柜门和抽屉都被他打开了，楼下传来持续的嘎吱嘎吱的响声，还有柳生的埋怨，这烂裤子怎么能穿？不是保润他爹的，就是他爷爷的，不是死人的，就是疯子的，我上阁楼找一条保润的裤子，行吧？她说，不行！不准上来，我这儿没有保润的裤子，别管死人活人的，你凑合穿吧。

她谨慎地用一只纸箱放在楼梯口，象征一扇门。之后，她关上灯，下面也关灯，四周安静了。这个夜晚有点古怪，她睡在阁楼上，他睡在阁楼下，他们都睡在保润的家里。她觉得这个夜晚好奇怪，她和柳生，居然都睡在保润家的屋檐下。她无端地想起那只天蓝色的铁丝兔笼，想起她饲养的两只兔子。她和柳生，多像两只兔子，两只兔子，一灰一白，它们现在睡在保润的笼子里。

她迷迷糊糊地睡着，依稀觉得消散已久的保润的气味又回到了阁楼，油腻的头发，忘记清洗的鞋袜，还有汗腺挥发的那股酸味，所有保润的气味都回来了，它们萦绕着她，诡谲地质询她，怎么样？你觉得怎么样？直到黎明时分，她被楼梯上的响动惊醒。柳生的脚步来了，那脚步在木质梯级上小心翼翼地探索，忽然就大胆了，咚的一声，一面粗大的人影已经竖在楼梯口。

她从床上坐起来，对着柳生的黑影厉声叫道，怎么了，还想强奸一次吗？

黑影一愣，站那儿不动了。别那么说，我没那个意思，你挺那么大的肚子，畜生才干那种事。黑影跨过纸箱，说，我是心里闷，睡不着，就是想和你说说话。

好，我奉陪，你就站那儿说。她打开灯，把一柄剪刀抓在手里，说吧，你到底要说什么？

柳生坐在纸箱上挠头。要说的太多了，不好开头。先说过去的事，那个那个那个，那个水塔里的事。他说，我其实是个好人，了解我的人都知道我是好人。这么多年我一直不明白，当年怎么对你做了那种事？他们都说我是丢了魂，我的魂不在身上，那年我们街上不是有好多人丢了魂吗？

我知道了，不怪你强奸我，怪你丢了魂。她说，现在呢，现在你的魂在身上了？

现在？现在的情况有点复杂了。柳生说，你不在，我的魂就在，你回来了，我的魂又丢了。

什么意思？我是鬼，勾了你的魂？你妈妈的话，怎么从你嘴里说出来了？

不，不一样，我妈妈迷信，她怪你，我不是怪你。柳生的脸转来转去，最后看着灯，说，这灯泡刺眼睛，照着我不舒服，你能不能关了灯？我跟你再说几句话就下去睡了。

她犹豫了一下，关上灯，在黑暗中举着剪刀。说吧，简短一点，不准表白，不准求爱，我什么都不信了，我烦这一套。

不是求爱，也不算什么表白，就是说几句心里话。他过于努力地搜寻恰当的词汇，话语因此显得艰涩起来，我喜欢的是你，又不是你，我对你好，其实是对仙女好，他说，这个复杂性，我家里人不懂，你懂吧？

她不耐烦地用剪刀拍床铺，厉声说，你要说话就好好说，你一颗大蒜头冒充什么西洋参，跟我来装深奥？你说不清楚我替你说，仙女是我，白小姐也是我，是我让你逍遥法外这么多年，你内疚罢了，还债罢了，有什么不好懂的？

不，很复杂的。不是内疚，不是还债，我的情况比这个复杂。他停顿了一会儿，眼睛在黑暗里放射出诚挚的光芒，你承认不承认，我各方面的条件不算差？知道我为什么到现在不结婚吗？实话告诉你，这些年我睡过不少女人的，好几个美女呀，有比你更漂亮的！可我觉得，谁也不如仙女干净，谁也不如仙女刺激，谁也不如仙女性感，我也不知道自己着了什么魔，睡过了就觉得没意思，你帮我分析一下，这是为什么？

他与她谈论仙女，就像谈论另外一个人，他与她谈论仙女，就像她是另外一个人。她坐在黑暗中，一动不动，心里的钝痛渐渐地变得尖锐，忽然一咬牙，她手里的剪刀朝他掷过去了，我告诉你为什么，人渣！因为她被绑着，因为她是处女，因为她只有十五岁，因为你们这些男人都是强奸犯！强奸犯，给我滚下去！

他闪过了飞来的剪刀，颓丧地站起来，息怒息怒，早知道这样，我就不跟你交流了，人人都说过去的就让它过去，我他妈的怎么就过不去？他站在楼梯上回过头，带着深深的遗憾，说，你看你看，没意思吧？我把你当知心朋友，你还是把我当罪犯！

天已微亮，送牛奶的人推着小车从街上叮叮当当地过去了。她在阁楼上辗转反侧，楼下的大房间里响起了柳生响亮的鼾声，一次不成功的交流，勾起了她的痛楚，却足以使他放下心事。起初她很烦躁，拿了只塑料拖鞋笃笃笃地敲楼板，刚才还谈心，一会儿就打呼，你是猪啊？楼下说，猪没我这么累啊，我不打呼了，我侧着睡吧。他也许真的太累，并不能保证自己的睡姿，很快鼾声又响起来。她把塑料拖鞋拿在手里，却不忍心再往楼板上敲了，她忍受着。忍受是一种化学过程，出现了一个非常意外的结果，渐渐地，那鼾声似乎变奏成一支摇篮曲，像背景音乐了，所有的音符都在哄她，睡吧，你好好睡吧，我在楼下陪你，我陪着你。

黎明之后，她有了睡意。厨房里的水龙头在滴水。滴水声给她带来了安宁的感觉。安宁的背后，是一丝说不清的甜蜜。是的，甜蜜。夜晚过去之后，黎明是甜蜜的。她开始享受这个黎明。岁月有点奇异，岁月仿照她少女时代的兔笼，编织了一个天蓝色的笼子，她像一只兔子，被困在笼子里了。有人陪着她，困在笼子里，她至今不敢指认，是谁在笼子里陪她。她在阁楼的曙色里依稀看见保润的影子，那影子在楼上楼下穿梭游荡，一双纯真悲伤的眼睛，监视着他们，也守护着他们。断断续续的梦来了。梦总是诡异的。保润不在她的梦乡，柳生也没有进入她的梦乡，闯进梦里的是祖父。她梦见祖父坐在房顶上，浑身被缚，满面是泪，他的目光像一只夜鹰，阴郁而悲伤。我的魂丢了，不知丢哪儿去了。姑娘，你看见过一道光吗？有个小女孩偷了我的魂，是你吗？姑娘，是你偷了我的魂吗？

她睡到九点多钟，才姗姗地下了阁楼。从天井里传来了柳生的声音，我熬了一锅粥，你趁热吃吧，我在晾衣服，我的你的，都洗干净了。她朝天井瞥了一眼，问，你为什么还不走？柳生似乎不准备回答这个问题，他把她的一条绛紫色的百褶裙晾上了竹竿，歪着脑袋欣赏一下，用两只夹子将裙子固定在衣架上，他说，这条裙子很漂亮。

炉子上还留着小火，一锅粥冒着新米的香气，桌上有切好的咸鸭蛋，还有一盆榨菜丝。她坐下来喝粥，忽然觉得这个早晨，其实很好。她和柳生在一起，其实没什么不好。他们未经恋爱，未经婚礼，未经相处，竟然像一对恩爱夫妻那样默契了，他在天井里晾衣服，她在厨房里喝粥。她咬了一口榨菜，说，滑稽，真滑稽。怎么不滑稽呢？这是她想象过很多次的家庭生活场景，这是她心目中女人最起码的幸福，她曾经以为驯马师瞿鹰会给她这幸福，她曾经以为庞先生会给她这幸福，她曾经遇见过几个心仪的男人，问过他们相似的问题，你以后会不会为我熬粥？你以后愿不愿意为我洗内裤？他们都作出了郑重的承诺，到头来，承诺者已经不见踪影，为她准备早餐的男人，为她洗衣服的男人，竟然是柳生，这怎么不滑稽呢？

她还想去盛一碗粥，正要站起来，觉得腹中的胎儿突然动了。胎儿踢了她一下，轻轻的一下，从左侧移向右侧，又是一下，这次踢得有点重了，她甚至看见了睡裙面料随之发生的颤动。像是被施了魔法，她僵坐在椅子上，说，滑稽，你怎么会动了？

柳生来到厨房，看她端着一只碗发愣，问，怎么了？你不爱喝粥？她说，不是粥，是孩子，活了，他已经会动了。柳生说，你又看不见孩子，怎么知道他活了？她放下碗，手按腹部，追随着胎儿那只调皮的小脚，他在我肚子里，我不知道谁知道？她说，这是他的小脚，他的小脚，在踢我呀！

惊喜持续了几分钟，胎儿安静下来，她也冷静了。她的脸色看起来很凝重，问柳生，才五六个月大，怎么会蹬腿了？我怀的会不会是怪胎？柳生对她挤了挤眼睛，说，孩子是不是怪胎，要看他爹是人是鬼。她说，我都要愁死了，你给我正经点。柳生的表情一本正经，我怎么不正经了？我在说遗传说基因呢，你认识东风吗？东风他爸爸左手有六根手指，东风的左手也是六根手指！还有阿六，阿六他爸是鹰钩鼻，阿六也是鹰钩鼻，两个鼻子钩得一模一样！她说，那你呢？你的遗传基因怎么样？你以后要是有了儿子，也是强奸犯？柳生被她呛得尴尬，不敢说话了。她垂下头，手指缓缓越过腹部的山峦，指尖渐渐颤抖起来，孩子一动，我怎么害怕了呢？她说，你听没听见那个护士的话？我后天去医院，不是去做手术，是去杀人了。

柳生捂住嘴拍一下，意思是他拒绝说话，看她的目光还在逼问，一摊手说，你别这么瞪着我，又不是我的孩子！要不要孩子，爹妈拿主意，爹是鬼，妈好歹是人，妈自己拿主意。

我心里乱，我请你给我拿个主意呢？

这主意，我不敢替你拿。柳生说，横竖左右都是错，你又不信任我，我出什么主意，最后都落个骂名。

她用异样的眼神盯了他一眼，开始继续喝粥。客堂里电视开着，是甲A联赛的录像，有个狂喜的声音在高喊，进了进了一记世界波终于进球了！她说，吵死了，只有你这种人，还有胃口看中国的足球，去关掉电视，现在，轮到我跟你谈谈了。

柳生狐疑地跑过去关了电视，回来看着她的表情，忽然有点紧张，我们谈心不用这么隆重吧？随便点好，你现在一张嘴管两个人，喝粥不够饱，我出去给你买点肉包子回来吃？

他要跑，被她用力一拽，拉回到椅子上了。你坐这儿，我先要咨询你一件事。她的目光直射在他的脸上，闪闪烁烁的，人人都说我是公共汽车，你觉得我是公共汽车吗？

咨询这个啊？柳生讪笑起来，豁达地说，你要是公共汽车，我就是公交司机，哈哈。哈哈。

说得好。她的表情看不出来是恼怒还是悲壮，她的手指沿着碗沿转圈，微微有点颤抖。我是公共汽车，你是公交司机，我们不正好是一对吗？她突然说，现在你听好，问你第二件事了，我这辆公共汽车，你要不要开？

他一愣，脸陡然红了，连连摆手，我那是开玩笑的，白小姐，你千万别认真。

你不认真我认真。她说，我认命了，没有什么好日子在前面等我了，我想好了两条路，第一条路是留下孩子，让孩子陪我，第二条路要问你，我如果把孩子拿掉，你陪不陪我？

陪？陪是什么意思？他的脑袋撞在橱柜上，里面的锅碗瓢盆震颤起来，他用手捂着后脑勺，怯生生地看着她，这个陪，到底是做老公，还是做情人？

你说呢？她的脸孔发白了，声音开始颤抖，我不是在咨询你吗？你要做老公，还是做情人？

他犹豫了一下，舔舔嘴唇，脸上掠过一丝腼腆的微笑，做老公不合适，我做你情人吧。

厨房里的空气一下凝滞不动了。她感到窒息。她忍不住要哭，眼泪已经在眼眶里打转，但她及时地把头部枕在桌子上，不让柳生看见她的面孔。好，柳生，这下我总算看清楚你了。她枕着桌子笑起来，滑稽，太滑稽了，鲜花要插在牛粪上，牛粪瞧不上鲜花！少女要嫁强奸犯，强奸犯嫌弃她，嫌她不干净，嫌她是辆公共汽车！她笑了一会儿，终于冷静下来，用一根筷子点着柳生的鼻子，你上当啦！我不过是探探你的心，你倒认真起来了？她说，你凭什么做我的情人？你做我的狗我都嫌脏，快滚吧。

柳生移到了她身后，作为一种起码的安慰，他试图抚摸她的肩膀，手在空中虚晃两次，最终还是谨慎地缩回去了。从她眼角的余光里可以看见一个慢慢逃离的身影，柳生站在厨房的门口说，你不要意气用事，冷静一下，春耕在喊我，今天我们要去汽车市场。她没抬头，她端起粥碗，响亮地喝了一口。柳生的脚步又在大门边停留了一会儿，春耕真的在喊我了。柳生大声说，车祸的保险费下来了，我们要去看车，没车做不了生意，我准备买一辆沈阳金杯。

柳生的婚礼

她打定了主意，准备做一个母亲。

作出这个艰难的决定，她浮躁的心安定了许多。

她开始出门，举着一把阳伞去逛商场。她一直热爱购物，只要手头宽裕，她可以在商场里逛上整整一天，绝不嫌累。裙子、首饰、指甲油和睫毛膏，都曾是她迷恋的物品，现在，以往的兴趣淡了，她去商场，焦点务实地聚集在婴儿用品上。这么沉重的身孕，怎么打扮自己都没用了，她想反正无事可做，为未来的孩子逛商场，虚度的时光倒是有了些积极的意义。

她想提前买好一辆婴儿车，但她眼光高，又不舍得乱花钱，兜来转去的，不是嫌婴儿车质量不好，便是嫌售价太高，她向售货员发了一通牢骚，移师服装区，还是处处不称心。好不容易看见货架上一只小太阳帽，帽子上开满了细碎的五彩花朵，价格也适中，偏偏有个孕妇歪着头，也在研究那帽子，她挤过去，先下手为强了。她抓着帽子问售货员，这是女孩的帽子吧？男孩能不能戴？售货员说，都可以戴，婴儿用品么，漂亮就行，你怀的是男是女？她怔了一下说，我还不知道，也不想知道，买下再说吧。

她拿着帽子去收银台，横刺里撞过来一个妇女，汗涔涔地堵在收银台前面，她对这类人素来不客气，出手就推人，这位女士，你难道日理万机的？一共两个人，你还非要插队？那妇女回过头，伸出一只手来，你把小帽子给我吧，我来付钱。她一惊，认出是柳生的母亲邵兰英，愕然中她倒退了几步，把帽子藏到了身后。

把帽子给我呀，算我给小外孙的礼物。邵兰英的脸上堆砌着过度热情的微笑，她说，你别这样瞪着我，我不是你仇人啊，你是我干女儿，记得不记得了？我给小宝宝买个帽子，不是应该的吗？

你在跟踪我？她用憎恶的目光盯着邵兰英，至于吗？我跟你的宝贝儿子早划清界限了，你凭什么还要跟踪我？

这是什么话？你又不是美国特务，谁跟踪你？邵兰英指了指楼上，指了指自动扶梯，我要去五楼买床上用品呀，碰巧看见了你。我平时不到这种高档地方来的，这次没办法，要布置婚房，我家柳生跟小李，要结婚啦！

她愣了一下，突然反应过来，刻薄地说，什么小李，是女的吗？

邵兰英翻了翻眼睛，似乎无意与她计较，你见过我们家小李吗？人很漂亮的！她用一种非常自豪的语气说，小李不光漂亮，还本分，还很贤惠，小李是个公务员啊！

她不知道谁是小李，她没有想到柳生会这么快结婚。很明显，邵兰英是刻意来张扬这个消息的，她闪烁的眼睛流露出欢天喜地的光彩，那光彩由得意、解脱、幸福组成，像一束束胜利的礼花。她看见胜利的礼花在邵兰英的眼睛里尽情绽放，每一朵礼花都在告诉她，驱魔成功了，你这个讨厌的妖魔，总算被驱除了，我儿子柳生，总算得救了。她的心被灼伤了，脸上还保持着矜持的微笑。好啊，小李好，结婚好。她这么说着，突然把帽子朝邵兰英怀里一放，结婚你就抱孙子了，这帽子，买给你孙子戴吧。

她发过誓，从此不见柳生，柳生知趣，也不敢再来敲她的门。关于柳生突如其来的婚讯，她没有机会去核实。来自一位母亲的消息通常是可靠的，但柳生的母亲是邵兰英，邵兰英心眼多，对于她传播的消息，她也不得不多长一个心眼。尊严禁止她打探婚讯的真伪，她在马师母的药店里转悠了好几次，最后买了一堆药，白花了不少钱，该问的事情，始终没有问。那件事情存放在她心里，就像一只舢板漂在水上，总是摇摇晃晃的。直到有一天，一辆崭新的金杯面包车停在街对面，柳生带着他的未婚妻来了。

柳生在外面按喇叭，她知道喇叭为她而鸣，一时手足无措，跑到阁楼的窗边朝外观察，看见西装革履的柳生钻出面包车，站到了药店的台阶上。还是那个柳生，但有点不一样，他新烫了卷发，晃着腿抽着烟，和药店的小马攀谈，显得春风得意。新面包车是银灰色的，车上坐着一个陌生的姑娘，皮肤偏黑，面容轮廓有几分姿色，头发也是新烫过的，发型蓬松，看起来有点老气。那姑娘倚窗仰望，她注意到姑娘的目光锥子似的举着，一点点地向上盘升，开掘，旋转，向着她的阁楼，发出质疑的光芒。

面包车开走之后，她在门缝里发现了一份婚礼请柬。请柬上额外添加了柳生蹩脚的字迹：麻烦你来献几首劲歌。有红包。她哭笑不得，对着请柬研究新娘的信息，并没有什么收获。在请柬上，新娘不过是一个名字，原来新娘不姓李，新娘叫小丽。新娘的名字是崔小丽。柳生从来没谈起过什么崔小丽，她不认识什么崔小丽，但是凭着直觉猜测，那个崔小丽，一定是认识她的。

农历八月初八，这是最流行的结婚的日子，从香椿树街到全国各地，人们都热爱这个日子。

八月初八，柳生结婚。她无意去为柳生贺喜，也没兴趣为婚礼献什么劲歌，只是一心琢磨，八月初八，她该怎样对付这个日子的分分秒秒？她该怎么过得更好一点？她曾经有过一个浪漫的创意，去夜巴黎开一个派对，让别人为她唱歌，为她跳舞，摆玫瑰，开香槟，热热闹闹地过一天。但是，这么好的创意谁来买单？她自知囊中羞涩，只好退而求其次，适合她的欢乐，还是用自己的积蓄款待自己。为此，她早早地写好了八月初八的日程：去丽人行美容店做一次美容，去哈根达斯吃一次冰激凌，去翡翠行买一个玻璃种挂件，去西部牛排吃一块牛排。最后她提醒自己，一定记得把那瓶名叫毒药的香水买回来，她揉了毒药香水回家，这一天，应该就完美了。

八月初八，香椿树街好几户人家办婚礼，有点竞赛的气氛。河对面的荷花弄里也有一个女孩子要出嫁，从早晨开始，对岸就响起了惊天动地的鞭炮声。她在鞭炮声中盥洗打扮，听见屋顶上砰的一响，有什么东西落在瓦上了，很快，空气里有了一股火硝的气味。她跑到天井里察看，不知谁家的礼炮飞到了她的屋顶上，还在冒烟。她担心火种引燃屋顶上的一块油毡，找了根晾衣杆，站到椅子上把礼炮捅下来了。她拿了扫帚簸箕来打扫，这才发现，除了那个红艳艳的礼炮渣，还有一只手电筒，静静地躺在天井的角落里。

是一只式样老旧笨重的铁皮手电筒，筒身已经锈蚀发黑，前端的玻璃罩和小灯头都碎了，积了一层污泥，污泥里奇迹般地长了一株青草。她先用扫帚扫了一下，手电筒以挣扎的姿态滚动了一点距离，很快就滚不动了。手电筒很重，里面似乎盛满了异物，她好奇，费了很大的劲儿才拧开锈蚀的盖子，一股臭味扑鼻而来，她看见一坨板结的泥土被时光浇灌在局促的圆柱体内，泥土里插着两根白骨，骨头上蠕动着一堆灰色的细小的虫子。

她惊叫着扔掉手电筒，忍不住反胃，干呕了几声。这只奇怪的手电筒，来得太蹊跷了。她环顾四周分析手电筒的来历，觉得它应该是从屋顶掉进天井的，也许是随那个礼炮渣一起捅下来的。可是，它为什么会在她的屋顶上？为什么会装满泥土和骨头？为什么会伴随八月初八漫天的鞭炮礼花掉落下来？她无心推敲，屏住呼吸，用一块抹布包住手电筒，奋力往墙外一扔。她听见手电筒在废弃的石埠台阶上滚动的声音，然后，河面上响起扑通一声，那只恶心的手电筒，那只古怪的手电筒，应该沉到水里去了。

她疑心重，洗了三遍手，阴着脸去了隔壁药店，张嘴就盘问马师母，有没有把一只手电筒扔到她的天井里来？马师母起初摸不着头脑，渐渐地听清原委，眼睛便放出了一轮一轮的光，嘴里惊叫起来，给你扔河里去了？保润他爷爷找了十几年呀！他家没祖坟了，只剩下那两根尸骨，你扔的不是一只手电筒，是人家的祖宗啊！闯了那么大的祸，你还委屈？你还骂骂咧咧？赶紧去把手电筒捞回来啊！她听说过祖父的故事，心里一惊，嘴上不肯示弱，说，我才不捞！谁让它掉我天井里？这么恶心的东西，我有权利扔！

八月初八，临近正午，她正准备出去，保润来敲门了。

保润穿着西装，打了领带，明显是准备喝喜酒的装扮。他站在门边核实马师母提供的信息，眼睛却不看她，看着门框，听说你找到我爷爷的手电筒了？她说，不是我找的，是它自己从屋顶上掉下来的。他仍然看着门框，听说你把手电筒扔河里去了？她有点胆怯，先发制人地说，那手电筒恶心死了，又是骨头又是虫子的，不扔河里扔哪里？他沉默了一会儿，脸上并没有多少愤怒的迹象，我能不能进来？他说，我下水去看看，从天井里借个道，行吗？

她开了门，觉得事态比想象的严重，他的态度则比想象的温和，她跟在他身后，为自己开脱道，这事不能怪我，谁知道你爷爷的魂装在手电筒里？谁知道你爷爷的魂放在屋顶上的？保润径直穿过夹弄，神色漠然，我没怪你，几根尸骨而已。又说，都是迷信，都是骗人的，我爷爷的魂早飞上了太空，哪儿还喊得回来？保润的理性使她感到欣慰，她点头称是，说，你爷爷真是个怪人呀，既然是祖宗的尸骨，怎么不好好埋起来？为什么会放到屋顶上去呢？保润似乎也惘然，我也不知道，原来说是埋在冬青树下的，怎么会从屋顶上掉下来？真是出鬼了。他想了想，很认真地说，我爷爷不是怪人，不过是被吓破了胆，他的魂，也是被吓飞的，没准祖先也信不过我爷爷，自己转移了，屋顶上毕竟比地底下安全，不是吗。

天井外面是临河的，但通往河边的小门早就封死了，保润去药店借了把梯子，翻墙到了河边石埠上。她微微侧转身子，小心翼翼地爬到梯子上，她想看，看保润怎么打捞祖父的魂。因为心里有歉意，她在梯子上积极地指挥保润，往那边去一点，往右，还要过去一点。保润几次潜入水中，每一次都无功而返。他的手里抓上来一块条形磨刀石，一只青花小碗，其余尽是河底乌黑的淤泥。她弥补不了自己的错误，那手电筒不知被水流冲到哪儿去了。有人从河对岸的荷花弄跑出来看热闹，大声喊：那是谁？在水里捞什么？她替保润回答，捞一只手电筒！对面的人问，手电筒里有什么？有黄金？她说，有黄金还会扔河里？只有两根死人骨头，你们要不要帮他一起捞？

荷花弄的几个看客很快散去了。保润钻出水面，坐在石埠上休息，浑身湿漉漉的。她扔了一块毛巾下去，保润朝她点了点头，他似乎是不会说谢谢的，谢意只在眼睛里表达。保润的上身裸露着，黝黑，宽厚，有一片水渍在他的肩膀上闪闪发亮，像一片银饰。她看那片水渍穿越他粗壮的大臂，慢慢流下来，干涸了，大臂上的刺青在阳光下显得清晰起来，他的左臂和右臂各刺了两个字，左侧是君子，右侧是报仇。

这是她第一次看见裸露的保润。她不知道保润的大臂上有这样扎眼的刺青，有四簇暗蓝色的火焰在他皮肤上燃烧。君子。报仇。君子报仇十年不晚？十年正好是现在，确实不晚。君子要向谁报仇？她像是看见一份通缉令，通缉令上隐约写着她的名字，突然的窒息感袭来，她的腿发软，赶紧爬下了梯子。

她不怕男人的刺青，但保润的刺青令她畏惧。君子报仇。她想起那四个字，耳朵里响起了绳索爬过皮肤的沙沙之声，她的身上，从肩膀到髋部，竟然产生了微妙的痛感，是绳子勒紧皮肤带来的那种疼痛。她撒腿跑回屋里，找到楼梯下那只大纸箱，把里面的绳子一股脑地抱起来，抱到阁楼上。抱到阁楼上也没用，想想这是他的家，绳子藏哪儿都不安全，她急中生智，找了把剪刀，开始努力地剪绳子。剪绳的工作并不容易，她咬着牙，使出浑身的蛮力，一部分绳子被剪短了，短到无法捆绑的程度，她才罢手，还有几根尼龙绳的质地异常牢固，怎么用力也剪不断，她正在发急，听见天井里有响动，保润放弃了打捞，上岸了，回来了。

大概他惦记着柳生的婚礼，在阁楼下大声问，现在几点了？她慌忙把几根长绳塞到床底下，不早了，一点多了。他说，是不早了，我不捞了，两点钟要帮柳生去接新娘。她说，对啊，你赶紧走，接新娘不好迟到的。她屏着气等他离开，但他固执地站在楼梯口，白小姐，你能不能下来一趟？她的头皮一麻，条件反射地说，干什么？下来干什么？他沉默了几秒钟，说，是一朵莲花，你不要算了。

她从楼梯口探了下头，看见他乌黑的手里抓着一朵睡莲。他说，不知从哪儿漂来一朵莲花，你不是喜欢花的吗？她说，是啊，怎么不喜欢？但她僵立在那里，不敢轻率地下去，偷偷瞄他的胳膊。他的身上闪烁着一层釉彩般的古铜色光芒，右臂用毛巾刻意地包住了，于是她只看见左臂上的刺青：君子。她迟迟不下阁楼，他的神情有点窘，夹杂着些许失望，随手把莲花放在桌子上，一朵莲花而已，喜欢就留着，不喜欢就扔了。

她带着剪刀下去，接过了那朵半开的红色的睡莲，不知怎么想起当年水塔里的夕阳之光，眼睛顿时湿了。她把睡莲捧到厨房，找了一只汤碗装满水，睡莲便浮在碗里了，半开半合，欲言又止的。隔着厨房的窗子，她看见保润一手搂着内裤，一手拿着西服套装，往他父母的房间里钻，嘴里嘀咕道，对不起，我要换一下衣服。她听他推开了他父母的房门，吱呀一声，门销从里面插上了。她感到安心，晃了一下汤碗里的睡莲，大声问，你还要不要回来捞了？还要捞你爷爷的魂吗？

不好捞，也不方便捞。他在房间里迟疑了一下，说，干脆不捞了，我爷爷那魂不值钱，沉在河里也好。

那恰好是她的愿望，但她不敢轻易表态，问，让你爷爷的魂沉在河里，你真的忍心吗？

我是为他好。房间里的保润似乎在拉抽屉，他说，我早总结出来了，我爷爷为什么那么长寿？因为没魂。没魂他长寿，没魂他太太平平的，非要找那魂，不是催他上西天吗？

她笑出了声，搂着嘴，小心翼翼地问他，你爷爷疯疯癫癫的，还那么长寿，你不嫌拖累你吗？

不嫌拖累。疯爷爷也是爷爷，好歹是亲人吧。大房间里面窸窸窣窣的，抽屉和橱柜的门交替发出响声，保润不知怎么咳嗽起来，等到咳嗽平息了，她听见他突然问，我爸那条衬裤呢？灰色的，一直放在衣橱里的，怎么找不到了？

一条衬裤。一条死人留下的衬裤。她想起柳生那天半夜借宿的细节，脱口而出，你爸爸的裤子，让柳生穿走了。

话一出口，她就知道自己嘴快，但是，后悔来不及了，门那边一片死寂。大约过了五分钟，保润从他父母的房间里出来，西装革履，头发已经干了，他的脸色看起来很阴沉，透出一股肃杀之气。她懊丧地守在门边，还想解释什么，还想弥补什么，注意到他的条纹领带有点歪斜，像是遇到了救星，你领带怎么像根麻花？歪了，不好看的。她动手去替他整理领带，啪的一下，手被保润甩开了，保润怒喝一声，婊子，别碰我的领带！

后悔来不及了，她清晰地看见他眼角的一滴泪花。她看着保润往门口走，想解释，甚至想再挽留他一会儿，无奈她说不出口，隐隐觉得那样的澄清，一半是事实，另一半像谎言。他的泪水使她惶恐。她跟着他走了几步，不知道该如何告别，干脆倚着墙，看他慢慢地拉开大门，她说，你心情不好，去多喝几杯吧，一醉方休。

来自香椿树街的光线投在保润的黑色皮鞋上，有一片三角形的光亮忽隐忽现。保润垂首站在门缝里，看着自己的鞋尖或者裤管，过了两秒钟，他突然回过头对她笑了笑，他说，我喝多少酒你明天就会知道的，你等着。

她打了个寒噤，依稀觉得门外的街道上时光倒流，发出恐怖的巨响。这个瞬间，她又听见了保润十八岁的嗓音，她又看见了保润十八岁的眼睛。

天井里的水

半夜的时候，天井里响起了奇怪的声音，像是有人不停地往地上泼水，哗啦啦，哗啦啦，泼得耐心，遵循着一种稳定的节奏。她在楼梯上犹豫了半天，还是不敢下去察看，对着天井虚张声势地喊了几声，谁？干什么的？我是孕妇！很奇怪，她一喊，天井里的水声明显弱了，潺潺地响，听起来像是漏雨管里的流水了。她不知道香椿树街的鬼魂是否真的不惹孕妇，她开着灯，手里抓着剪刀，不敢睡，但白天发生了太多的事情，她太累了，终究没有敌过浓重的睡意。

迷迷糊糊之间，她又梦见了祖父。祖父坐在屋檐上，两只枯瘦的脚垂在她窗前，月光照着他乌黑肮脏的脚趾，脚趾间有水滴源源不断地坠落下来。

她用剪刀去敲祖父的脚趾，你怎么又上屋顶了？下去，下去，你不下去我就剪你的脚趾。祖父不怕她的剪刀，他坐在屋檐上哭泣，姑娘，把手电筒还给我啊，你为什么要把我的魂扔到河里去？你把我的魂还给我，我就下去了。她在梦里记起保润的话，劝导他说，你别不知好歹，没有魂你才那么长寿的，你的魂，还是沉在河里好。祖父说，我不要那么长寿，没有魂活着也是受罪，我受了一辈子罪，就指望下辈子好，你把我的魂沉到河里去，我下辈子就是一条鱼，我苦了一辈子，难道就为了下辈子做一条鱼吗？姑娘，你行行好，把我的魂还我吧。

她被祖父持续的哀求惊醒了。梦醒了，那把剪刀还在手里，两条交叉的刀锋，居然也湿漉漉的。她再也不敢合眼了，想起古人悬梁刺股的故事，把自己的马尾辫栓在墙上的挂衣勾上，恨恨地坐着，瞪着眼睛等天亮。窗外的香椿树街静悄悄的，天井里的水声消失了，但沿河的老墙一直咚咚地响，似乎有人无法逾墙而过，因此烦躁地捶击墙面，惩罚着那堵墙。马师母的预言应验了，她闯下了大祸。闹鬼了。保润的家，果然闹鬼了。河水也不安分，隐隐约约地，她听见不远处的河面上浮动着某种古怪的声音，比鱼类吹吐泡泡的声音要响亮，比人类的咕哝声要低沉，那声音悲伤，压抑，舒缓，但很固执，她悉心辨识那些音节，断定它们来自河底的手电筒，她想，一定是两根死人的骨殖在向她呐喊：

　　捞起来。
　　捞起来捞起来。
　　捞起来捞起来捞起来。

等到天蒙蒙亮了，她有了下楼的勇气。跑到天井里一看，地上果然有大片的水渍，墙头似乎被水浸泡了几个世纪，一夜之间，砖石的缝隙里已经覆满了新鲜的青苔。她招惹了保润家世世代代的鬼魂，它们都来了。据她的观察，天井里到处都是鬼魂们留下的踪迹。除了奇形怪状的水渍，有一片褐色的三角形树叶伏在地上，怎么扫也扫不掉，细看之下，那褐色其实是一层霉菌。一颗珍珠样的颗粒粘在红砖上，扫帚过去，珍珠不见了，扫帚须里飞出了一只白色的蛾子。还有一块五彩的鹅卵石，摸上去居然比海绵还软，差点沾住她的手。一只袖珍型的蜥蜴，她以为是标本，用脚尖碰一下，蜥蜴飞快地爬行，爬到墙上的青苔里，贴着青苔不动了。她知道它们来者不善，她惹恼了保润家的祖先，鬼魂们来声讨她了。

　　整个早晨她都在琢磨如何驱鬼，但她在这方面没有太多的经验，不能确定有效的驱鬼方法。她先挂了一把竹帚在天井的墙上，又怀疑竹帚的力道，这么一把破竹帚，怎么镇得住鬼魂？她在保润父母的房间里翻出一尊毛主席的石膏像，搬来放在墙角上，想想还是不行，毛主席死了这么多年，法力一定退了，何况毛主席也不一定愿意帮她，像她这样一个堕落的女人，完全不符合他对下一代的要求。她知道只有菩萨普度众生，菩萨可以镇妖，偏偏保润家里不供菩萨，她只好摘下脖子上的白金颈链挂到墙上，颈链的翡翠吊坠，好歹也是一尊佛像。忙完了，她将耳朵贴在墙上，谛听来自河面的声音。也许她镇妖降魔的方法不对，四周仍然鬼气森森，她听见河水始终发出一个低沉而清晰的命令，捞起来捞起来捞起来啊。

　　走投无路之际，她去向药店的马师母讨教良方。马师母对她惊悚的描述不以为怪，我早就料到了，保润家要闹鬼！马师母说，人家的祖宗就剩下两根尸骨，给你随随便便扔到了河里，这户人家怎么会不闹鬼？怎么不要捞起来？当然要捞起来啊！她听马师母的话音明显偏袒鬼魂那一方，便绝望地叫道，捞起来捞起来，鬼魂这么说，你也这么说！你们讲不讲人性？我挺这么大的肚子，又不会水，让我下水去捞手电筒，不是存心要我死吗？马师母瞥一眼她隆起的腹部，替鬼魂辩解说，鬼魂也是人变的，人心都是肉长的，哪儿会忍心让你一个孕妇下水捞？鬼魂是计较你的态度啊，你态度不对！她自我检讨了一番，承认她态度不对，问马师母该怎么改正态度，怎么才能与鬼魂和平共处？马师母对此很有经验，她认为人与鬼魂的相处之道，与邻里关系是一致的，

　　不过就是互相尊重，她告诫她不要急着驱鬼，先要笼络鬼魂们的心，而笼络鬼魂最好的方法，就是烧纸。马师母说，古人今人活人死人都喜欢钱的，你要烧纸，天天烧，烧到鬼魂满意了，就不会来烦你了。她半信半疑，说，我不过是个房客，又不是他家的后代，万一他家祖宗不收我的钱呢？万一他家祖宗记恨我，收了钱再来吓人呢？马师母很有主见地说，不会的，鬼魂不也要适应时代么？现在的鬼魂，说不定就爱收别人的钱呢，你赶紧去买纸，多买点，多烧点，走一步看一步吧。

　　她去老严的杂货店里，买了一堆锡箔黄纸。

老严建议她再买一点冥钞，说他的冥钞不仅有十万元面值的人民币，还有美元、日元和欧元，鬼魂收到外币后可以周游列国，一定会很开心的。她捂嘴一笑，听从了老严的建议，人民币和几种外币各买了一捆，扔在塑料袋里。偏偏老严提供的塑料袋是劣质的，她走了没多远，听见手里噗的一声，那只白色塑料袋裂了个口子，锡箔黄纸和冥钞趁势逃离袋子，撒了一地。她下意识地要蹲下来，但沉重的身孕妨碍了她，一个简单的捡拾动作，竟然难以完成，她只好守着那堆东西，向一个过路的男孩子求助，来，学个雷锋，帮我捡一下东西。那男孩弯下腰捡起了一捆冥钞，眼睛瞪着巨大的金额，突然反应过来，烫手似的扔回了地上，假的钱，给死人用的钱，你自己捡去！她看着那男孩一溜烟地跑掉，心里有点气，对男孩的背影大声说，蠢货！要是真的，还轮得到你来捡？

　　是个晴朗的天气，香椿树街浸泡在初秋干爽的阳光里。她不知道那阵风是不是传说中的阴风，那阵风似乎是从地底下钻出来的，呼啸声极其短促，但风力持久而有效。那阵风首先扬起了地上的黄纸，继而是冥钞，她的手在空中徒劳地阻挡，哪儿挡得住风的力量？她眼睁睁地看着黄纸从头顶上一片片地飞过去，然后是人民币、美元、欧元，它们像一支花花绿绿的精灵的军队，从空中突围，由东向西飞行，越过人家的屋顶，消失不见了。只有一捆日元冥钞被橡皮筋捆紧了，还孤零零地躺在地上，她赌气，一脚踢飞了它。

　　她认定那阵风不过是假象，真正的罪魁祸首还是保润家的祖宗，这是他们古老的地盘，他们的幽魂熟识这条街道，他们在闹鬼，他们在向她示威。看起来，保润家的祖宗是记仇的祖宗，难以相处，他们如此阴险地拒绝了她的敬意，令人心寒。谁都拒绝她，谁都厌弃她，连鬼魂也不例外，因此，她很伤心。

　　她空手而归，快快地走到家门口，瞥见药店里挤了一堆人，他们生动活跃的表情显示，香椿树街又有什么大事发生了。马师母在店堂里发现她回来，目光亮得怪异，她预感到那件大事与自己有关，不敢停，又不甘心走，且走且听，马师母果然追出来了，白小姐你过来，出大事了！她回头，站在家门口不动，我知道出事了，到底谁出了事，到底出的什么事？马师母过来一把挽住了她，闹出人命了！昨天夜里保润去闹柳生的洞房，喝多了酒，捅了柳生三刀，三刀！她惊叫起来，怎么回事？马师母嘴里发出啧啧的声音，一笔糊涂账，谁说得清怎么回事？听春耕他妈说，柳生凶多吉少，肠子都露出来了，恐怕救不回来了。她愣在那里，身子虽然吓得瑟瑟发抖，却努力保持冷静，不愿轻信马师母。你别听他们乱嚼舌头。她说，保润要捅早捅了，他们现在是好朋友，好得快穿一条裤子了，保润昨天去喝喜酒的，怎么可能去捅新郎？马师母说，他们说保润喝了一瓶白酒呀，老毛病犯了，他一喝醉就要捆人的，偏偏盯上了新娘子，拿了根绳子满屋子追新娘，劝也劝不住，春耕他们把保润反捆起来，推他到街上去醒酒，没想到他挣开绳子，拿了刀子就冲回洞房，三刀，三刀啊，他们说柳生的喜床上都是血！

她不记得自己是怎么哭起来的。不怪我，我又没去喝喜酒。她边哭边开门，不是我的错，我又不在场。马师母攒上来，眼神戚戚地看着她，我们是不怪你，谁捅人谁犯罪，这道理谁不明白？可是邵兰英受了刺激，脑子不清楚啦，她口口声声说这是清账，说你指使了保润，你们三个人的旧账，我们其实都知道，现在我们这边的人都相信你，街东边那些人都相信邵兰英，都说你是幕后凶手啊。

她默默地点头，泪水刚刚拭去，又涌出眼眶。好，好吧。她捂住脸，深深地呼吸了一下，算我是幕后凶手，他妈的，我在家里等警车来吧。

突　围

她人生最大的风暴来了，来得如此迅猛。

先等到了一个噩耗。下午马师母来敲门，告诉她柳生没有能抢救过来，走了。她一时发懵，听不出走了的意思，反问道，走了？他去哪儿了？马师母看她的样子不像表演，朝天翻了个白眼，你看看，看看，天不怕地不怕的姑娘，这回也吓傻了。

她的耳朵里灌满了风暴尖利的呼哨，除此之外，还有一种隐约的碎裂声，似乎来自窒息的胸腔。风暴卷起她，就像卷起一根枯树的断枝，将她推向一个湍急的漩涡。她拼命站定，张着双臂挡住门，眼睛直直地瞪着马师母，别跟我提他们，不关我的事。马师母说，你怎么跟个刺猬似的呢？你以为我喜欢做你的通讯员吗？还不是看你孕妇的面子？你掌握了他们那边的情报，对你有好处的。她对马师母的表白不置可否。马师母又问她，你知不知道柳生是奉子成婚？可怜那个小丽，她也是个孕妇呀，才做了一天新娘子，就要做寡妇啦。她怔住了，突然翻了脸，你到底什么意思？她是不是孕妇，她做不做寡妇，关我什么事？她关门的动作很突然，很粗暴，马师母猝不及防，手被夹到了，疼得在门外大叫，白小姐，你这人真是不能交啊！马师母踢了一脚门，毫不客气地发出了绝交声明，你这种姑娘，谁关心你谁倒霉，也难怪人家都说你是扫帚星！

她在门后团团转，觉得那团风暴从香椿树街的天空漫卷过来，要把整个房屋原地拔起，卷到一个黑暗的深渊里去。她怀孕之后作出的所有决定，现在证明都是错误的，这条街道，这所房子，终究不是她的避难之地。她横下一条心，命令自己远离此地。说走就走，她匆匆跑到阁楼上去收拾东西，打开行李箱，里面居然飞出来一只灰色的大蛾子，她一惊，突然想到那只行李箱是柳生替她买的，大蛾子说不定是柳生的阴魂呢，万万不能带着它去旅行。她抱着一堆红红绿绿的婴儿用品，不知往哪里放，情急之下，发现新购的折叠婴儿车倚靠在墙角，她灵机一动，果断地拆开了包装。以一辆婴儿车替代一只箱子，是一个明智实惠的办法，她一边往婴儿车里扔东西，一边给深蓝小姐打电话，想让对方做好迎接她的准备。这次，深蓝小姐的电话是一个陌生男人接的，带着山东口音，她以为是深蓝小姐的新男友，结果却是深蓝小姐的父亲，他吞吞吐吐，不肯透露深蓝小姐的行踪。她自报家门，说我是白小姐呀，您上次到深圳，我还陪你们去世界之窗玩呢，还吃了海鲜烧烤，您想起来了吗？老人沉默了一下，忽然怒声大喊，去戒毒所找她吧！你算她什么好朋友？她吸毒，你不劝她？她戒毒你也不知道，世上有你这样的好朋友吗？她惊骇地说，对不起，我不知道，我们好久没联系了，我真的什么都不知道。

她扔掉了电话，尖叫了一声，怎么回事？也许她与深蓝小姐真的算不上好朋友，对方是什么时候吸毒的？为什么？她真的一无所知。好好的一个女孩子，怎么走上这条绝路呢？她在心里对比自己与深蓝小姐的际遇，终究对比不出，谁的厄运更加可悲。不就是吸点粉吗，不就是堕落吗？她在愤慨中得出了一个结论，既消极又解恨，反正是堕落，怎么堕落都他妈的一回事！

稍稍冷静之后，她跑到天井里收取晾晒的衣物。驱鬼用的翡翠佛像还挂在墙上，她顺手摘下来戴在脖子上，拍拍墙，对那些隐藏的鬼魂说，惹不起躲得起吧？我走，这房子还给你们，随你们闹去。老墙静寂无语，鬼魂们大致表露了一种宽容的态度，要走要留，悉听尊便。她跑到厨房里看了几眼，厨房里并没有什么值得带走的东西，只有保润馈送的那朵莲花，还在汤碗里盛开，莲花似乎会喝水，碗里的水剩下了一半，红色的莲花便往下沉沦，也沉沦了一半，她往碗里加满了水，对莲花说，你开着吧，我走了。

但是，她走不掉了。

最初是几颗石子投在阁楼的窗子上，然后是一块碎砖，最后，有只啤酒瓶子咣当一声飞进来，窗玻璃碎了，啤酒瓶子穿越阁楼，滚下楼梯，在她的脚下滚动。她捡起酒瓶回到阁楼窗边，看见下面浮动着一堆大大小小的脑袋，邵兰英披头散发，面色灰白，坐在大门口。不知是谁给她拿了一张小板凳，邵兰英的臀部勉强接触着板凳，身体不停地向下坍陷，像是濒临昏厥，又像要下跪，她女儿柳娟搀扶着她，柳娟的头发上，已经别了一朵白花。

邵兰英身边原本簇拥着一堆人，包括马师母，看见她出现在窗口，马师母他们都走了，剩下几个半大的孩子还仰着脸，痴痴地看着她，出来了，白小姐出来了！她看见邵兰英双手合十，神情肃穆，嘴里念念有词。那不是祈祷，肯定是诅咒。邵兰英的嗓子也许哭坏了，嗓音暗哑不堪，她听不清诅咒的内容，有个男孩很亢奋，自愿充当扩音器，不停地跳起来，大声向着阁楼上传译。

白小姐你听着，邵奶奶说你从小就是破鞋腐化堕落勾引男人！

白小姐你听着，邵奶奶说你是害人的妖精祸国殃民菩萨要为民除害了邵奶奶说你的良心让狗吞了不配做人！

白小姐你听着，邵奶奶问你话了你是狐狸精为什么不去深山老林为什么要跑到香椿树街来害她的儿子她只有一个儿子啊！

白小姐你有没有认真听啊，邵奶奶说你不配生孩子就算你的孩子生出来一定没有屁眼儿！

人群里响起一阵短促而压抑的笑声，她把那只啤酒瓶子朝那男孩扔过去，下面一片惊呼，看，她还那么嚣张，她还有脸扔酒瓶子？随后，有更多的易拉罐甘蔗头和碎玻璃片从窗子里飞进来了，她抱头从阁楼上逃离，逃到了天井里。

天井离街道远，乱哄哄的嘈杂声一下变弱了，但是，流通的空气传导了街坊邻居的愤怒，天井里的鬼魂被活人挑逗了，教唆了，正在骚动，失散多年的鬼魂们从河上石埠上以及墙缝里迅速聚拢，团结在一起，他们从自己家族的利益出发，以遗传性的瓮声瓮气的音色，向她发出熟悉的呐喊，捞上来！捞上来捞上来！捞上来捞上来捞上来！

她徒劳地挥舞着扫帚，看见天井里弥漫着奇异的淡蓝色雾霭，保润家的祖先借助雾霭的掩护，以古老的方式排列了一支幽灵的队伍，向她索取，向她施压。那是一支清算的队伍。她害死过人，也伤害过鬼，现在，鬼和人都来向她清算了。她终于分辨清楚，两天来折磨她耳朵的风暴声，其实是人鬼混合的清算的呼声。

她推起满载行李的婴儿车，跑到大门边，准备从人群里突围，为了应对不测，她顺手拿起了保润家的火钳，作为必要的武器。但是，她走不掉了，不知谁在门外加了把链条锁，她怎么也打不开门。隔着门缝，她看见邵兰英悲伤的头颅，斑白的乱发上也有一朵白色的花。柳娟在门外，红肿的眼睛正对着她，喷射仇恨的光，你想往哪儿跑？让你跑了，我弟弟就白死了！你是幕后凶手，哪儿也不准去，给我待在家里，等警察来抓你！

有一只苍白而粗糙的手爬过链条锁，慢慢地伸进门缝来了，她注意到那只手在颤抖，努力地上升，似乎要抓她的头发。她一时分不清那是谁的手，用火钳狠狠地夹了一下，被夹的手毫不退缩，她一下辨别出来，那是邵兰英的手。那只手无畏地迎接她的火钳，然后是一张灰白浮肿的面孔，颓然歪倒在火钳下方，邵兰英脸上的泪痕叠加起来，闪烁着一层盐霜般的白光，仙女，我后悔啊，早知道今天，当初我情愿让柳生去坐牢，还清你的债！仙女啊仙女，我打不了你，也骂不动你，就问你一句话，现在柳生死了，现在你满意了吗？

她摔掉了火钳，一跺脚，尖声回答，满意了！

去意已定。她横下了一条心，陆路走不了，就走水路。她把婴儿车扔在门边往厨房里跑，一张条桌两把椅子被她搬到了天井，垒在墙边，她开始登高，开始突围。她小心地爬上墙头观察突围的路线，看着外面的石埠与河水，看着河对面荷花弄里绰约的人影，心里不免有点害怕。所有可行的路线都是浸在河水里的，她不知道河水的深浅。蹚水是危险的，她可能会被淹死，她淹死了，胎儿也就淹死了。她的头脑一片空白，隐隐听见荷花弄里有人在喊，快看那个孕妇，挺那么大的肚子，还爬墙头呢！那喊声令她慌乱，如果再犹豫下去，又落一个供人参观的下场，她一咬牙跳下了墙。她跌坐在布满青苔的石埠上，又被台阶上更茂密的青苔接应，带她下滑，引领她扑向河水的怀抱。一切都很意外，一切都很顺利，她听见自己的身体像一节脱轨的车厢沿途颠簸，身体深处发出一阵尖利的嘶喊，她不知道那是她的孩子在嘶喊，还是她自己的灵魂在嘶喊。

河水有点脏，水面上漂浮着一层工业油污，它们在阳光下画出一圈圈色彩斑斓的花纹。水上没有路，她先向河中央慢慢地试探，走几步，水已经没到她的胸前，她放弃了横渡河面去荷花弄的路线，退回来，贴着河边的石埠和房基走。凉鞋不知什么时候脱落了，河底的淤泥和垃圾咬着她的脚，有点黏，有点凉，更多的是疼痛。她怀疑自己在做噩梦，拧一下胳膊，疼，很疼，这不是噩梦，是真的，这是她人生中真实的一天，她必须从河水里寻找最后的一条路。

她蹚过裴老师家临河的窗口，那窗子开着，裴老师的孙女正在窗边写作业，看见她的脑袋在窗下移动，那小女孩吓得尖叫起来，有鬼，爷爷快来，河里有个水鬼！她用手指压住嘴唇，示意小女孩保守秘密。她在河水里艰难地行走，并没有人阻拦她，阻拦她的是蜷缩在驳岸墙根上的一片片垃圾。有一只避孕套令她恶心，似乎刚刚被人使用过，套口还拖曳着一丝黏液，它促狭地尾随着她，提示她的欧洲之行犯下的某个过错：我在人类生活里非常重要，你不善待我，便让你付出惨痛的代价。她推水撵走了那只避孕套，咬紧牙关蹚过十几户河边的人家，总算看见了废弃多年的石码头。两台产自七十年代的固定式起重机，依然张开钢铁的长臂，守望着莫须有的驳船。从石码头上岸，那是她设想的逃跑路线之一。她探到了水下的石阶，石阶上长满了青苔，走不上去，她只好慢慢地爬，爬到一半觉得码头上风声鹤唳的，抬头一看，已经有一堆人提前占据了码头。来了，白小姐来了！她听见了男孩们的喊叫，柳娟从人堆里冲过来，手持一根长长的晾衣竿。柳娟用竿头拍击她周围的水面，回去，回去，回到河里去！柳娟天使般纯洁的眼睛，现在只剩下愤怒的光芒，死仙女，臭仙女！别人不了解你，我还不了解你？柳娟说，你算什么仙女？你不知道你有多脏，回到河里去，好好洗一洗！

她试图去抓柳娟的竹竿，竹竿抽走了，没有抓住。柳娟抱着晾衣竿，像抱着一支枪，严阵以待。码头的水泥地上洒满初秋的阳光，几个男孩躲在柳娟的身后打量她，发现她的身上沾满烂泥和青苔，她的嘴唇上结了一层胡须般的污垢，有人窃笑，有人陡然动了恻隐之心。有个男孩冲到岸边对她喊，白小姐你真笨啊，你为什么非要从这里上岸？从裴老师家能上岸，从小铃铛家也能上岸，你赶紧回到河里去，再找一条路线突围吧。她对着那男孩笑了笑，想说什么，但说不出话了。她感到岸上的香椿树街在拒绝她，整个世界在拒绝她，只有水在挽留她，河水要把她留下，她僵硬的手臂颓然垂下，膝盖一松，水下的青苔顺势把她送回了水中。

她没有挣扎。

她没有抵抗河水的力量。

很奇怪，她仰面浮在河水之上了，以一堆垃圾的速度，或者以一条鱼的姿态，顺流而下。她带着她的胎儿，顺流而下。她不知道溺水是这么美好的感觉，天空很蓝，有几朵棉絮状的白云。她看见了自己绛紫色的魂，一绺一绺散开的魂，一绺一绺绛紫色的魂，它们缓缓上升，与天上的白云融合在一起。河水其实也很美好，水面上有一条宽松而柔软的履带，风的动力在推送这条履带，推她顺流而下。河两岸的房屋富有节律地闪过，一扇窗，又一扇窗，一个人影，又一个人影。杂货店破败的石埠上，一盆被人遗弃的绣球花在怒放，半红半绿的。有个老妇人把一条毛巾毯搭在临河的窗台上晾晒，看见她在河里漂，以为是游泳爱好者，大声劝告她，这么冷的水，这么脏的水，别贪玩了，赶紧上岸吧。

水上的这条路，她走得很顺畅，死神的手以水的形态托举着她，不知为什么，迟迟不肯放下。她顺流而下，心里想这是她在人世间最后的时光了，很快，很快就要沉下去了，应该抓紧对这个世界说些什么，但千言万语，她不知道该先说哪一句。她的耳朵里始终充满水的呓语，水的呓语重复着柳娟的声音，洗一洗。洗一洗。她不接受柳娟的恶意，但她接受河水的训诫，洗一洗。洗一洗吧。她安抚了自己，又用手蘸水，摁一下腹部，以河水安抚胎儿，孩子，好好洗一洗，我们洗一洗再死吧。她的手指感觉到了胎儿的暴动，非常粗鲁，非常愤怒。她腹部每一寸紧绷的皮肤，都传导了胎儿灼人的热量。她绝望地预感到，孩子，她的孩子，不愿在肚子里陪伴一个蒙羞的母亲了。河水的履带渐渐减速，前面是善人桥，河面上突然出现一片圆拱形的阴影，河上这条宽阔的自由之路，终于被堵住了。善人桥下在施工，有几个民工赤身站在河里，打桩，抽水，垒沙包，他们在加固那座古老的石桥颓败的桥身。

她依稀记得自己被几个民工抬上岸，第一次看见了善人桥桥壁上残破的石匾：善人桥。她记得自己的身体上桥，下桥，有一绺绛紫色的烟霭，跟着她上桥，下桥。烟霭那么轻盈，她的身体却如此沉重，她的身体，像一袋破碎的湿漉漉的沙包，她的孩子，要从沙包里钻出来了。她还记得自己在昏迷之前保持了罕见的清醒，我愿意死，我的孩子不想死。她对民工们说，是孩子不想死，我要早产了，麻烦你们把我送到妇产医院去。

红脸婴儿

关于红脸婴儿的诞生，晚报的社会新闻栏目，电视台的娱乐频道，甚至一些地摊读物都曾经作过报道。很多人在不同的媒体上见到过红脸婴儿的影像照片，正面反面，各一张，编辑们出于保护儿童的法律意识，对红脸婴儿的脸部进行了模糊化处理，打上了马赛克。马赛克往往给读者观众造成一定程度的遗憾，同时也极易引发探究的热情，秋天以来，几乎整个城市的人们都急于知道红脸婴儿的脸到底有多红，是火红、紫红、猩红，或者仅仅是桃红色、粉红色？用时尚的话语来说，无图无真相，大家因此只能想象真相。

必须承认，想象有时候是谣言的温床。渐渐地，坊间谣言四起。最浪漫的谣言说红脸婴儿的母亲去亚马逊热带雨林旅游，与一个印第安野人堕入情网，所谓红脸，其实是混血的标志，是一场跨国爱情的纪念。最务实的谣言说红脸婴儿的红脸，不过是一块大面积的胎记，别的婴儿胎记点缀在屁股上，红脸婴儿的胎记，恰好均匀地铺在脸上，如此而已。流传最广的谣言也最简短，几乎接近一个命名，它把红脸婴儿称为耻婴，羞耻的耻，婴儿的婴。耻婴。这是综合了香椿树街居民对那个母亲的不良印象，概括了母子间不可分割的荣辱关系，或许不算谣言，只是偏见，这偏见一针见血地告诉我们，红脸婴儿的红脸，因为母亲的羞耻而生。

妇产医院的育婴室里有个女护士，是网络红人，网名叫作我见过你的孩子。她为了追求粉丝们的点击量，偷偷地往互联网上上传了很多红脸婴儿的私照。与媒体的尺度不同，年轻的女护士关注的是婴儿红色的脸，正好拾遗补缺，我们得以见到了早晨七点钟的红脸婴儿，他的脸是鲜红色的，类似玫瑰怒放的色彩。我们见到了中午十二点三十分的红脸婴儿，他的脸是火红色的，比火苗还要热烈。我们见到了傍晚时分的红脸婴儿，他的脸呈现猩红色，巧妙地呼应窗外天边的晚霞。我们甚至见到了夜里的红脸婴儿，他的面孔像一块小小的炭火，在黑暗中燃烧，放射透明的橘红色光芒。我们看见了他的浓密卷曲的头发，还有硕大漂亮的耳朵，我们见到了婴儿正常的奶油色的身体，甚至可爱的肚脐眼，但遗憾依然存在，我们看不到他的眼睛，因为无论是白天还是黑夜，照片上的红脸婴儿都在哭。哭，不是啼哭，是恸哭。不是早产儿常见的羸弱的啼哭，是老人般的悲怆的恸哭。红脸婴儿捏着拳头恸哭，举着手哭，仰着脸哭，侧着身子哭，他总是闭着眼睛哭，看上去暴躁，而且绝望。

不仅是那些新生儿的母亲，不仅是香椿树街居民，很多知识分子也追捧我见过你的孩子的热帖。有一个著名的抒情诗人跟了帖，发表自己对红脸婴儿的观感，他用诗性的语言，称其为怒婴。怒婴。所有见过红脸婴儿照片的网民，几乎都被这个名字所打动，很快，怒婴便取代耻婴，成为了红脸婴儿最流行的昵称。

听说白小姐得了严重的产后抑郁症，茶饭不思，拒绝哺育自己的孩子。她离开妇产医院的时候，身后跟着大批欢送的人群，人群心照不宣，大家不过是想借机亲眼看一眼红脸婴儿的面孔，但是，这个简单的愿望并不容易实现，白小姐用一块红丝巾严密地遮住了孩子的面孔，人们一直将母子俩护送到汽车上，除了孩子发出的暴烈的哭声，一无所获。有人注意到那辆桑塔纳轿车上印有井亭医院的字样，问，她怎么不回娘家？不就是产后抑郁症吗？为什么要去井亭医院？有人对白小姐的身世略知一二，说人家是在井亭医院长大的，现在无亲无故，井亭医院就是她的娘家了。

她回归井亭医院，确实类似于投奔故乡。乔院长可谓她的长辈，井亭医院勉强可算她的娘家故里。乔院长和他的同事们向她伸出了橄榄枝，只是忌惮于怒婴的名声，唯恐对母子俩安置不当，引起不必要的麻烦。井亭医院的很多病人有读报看电视的习惯，也有追逐名人的癖好，女病区明显不适宜这对特殊的母子，医院方面一时不知道怎么给他们安排病房。她自己向乔院长提议，是否可以住到医院的康复健身馆去？乔院长当然记得从前老花匠的铁皮棚屋，她的少女时代，是在那片土地上度过的。乔院长很为难，说健身馆倒是有个小房间，只不过你带着孩子住在那里，病人们天天要去做操，不是互相影响吗？她立刻说，我不怕他们影响，从小住在这里的，什么样的病人没见过？乔院长笑了，坦言道，你是不怕他们影响，但病人们自制力差，他们会受你们影响啊。乔院长斟酌再三，试探她是否愿意住到水塔里去。也许那住处太特别，太敏感了，她怀疑乔院长别有用心，涨红了脸说，乔院长你什么意思？乔院长诚恳地陈述了水塔的诸多好处，她思忖了一番，最后表态同意了，说她落到这步田地，没什么可挑剔了，水塔好歹安静，她愿意带着怒婴，住在水塔里。

这样，白小姐住进了水塔。

就这样，从前的仙女，又回到了水塔。

水塔前不久还是保润的宿舍。保润走得仓促，给她留下了好多方便面，很多脏衣服，还有一个亟待清洁的宿舍。她花了两天时间打扫水塔的卫生，把保润的衬衣裤子都洗了，晾在一棵大松树的树杈上，另一棵矮一点的松树上，晾着她自己的衣物和孩子的尿布。

她是一个母亲了。

她对怒婴的母爱虽不张扬，但也不容怀疑，乔院长经常看见她抱着孩子坐在水塔门口喂奶，一边听着音乐。不知是她自己想听，还是让孩子听。水塔里回荡着流行歌曲忧伤而寡淡的旋律，有时候是那英，有时候是田震，有时候则是香港的王菲。她记得自己是个抑郁症病人，也记得自己是个母亲，到医师办公室去拿药，或者去食堂打饭，怀里都抱着那个传奇的婴儿。即使是在井亭医院，人们也看不见怒婴红色的面孔，她似乎很注重保护孩子的隐私，怒婴的脸上总是戴着一只自制的小口罩，小口罩上绣了两只白兔，一只在左，一只在右。不过，有很多人看见了怒婴的眼睛，那眼睛，据说是湛蓝湛蓝的，暗处看像海水的颜色，亮处看则像天空的颜色。

后来，水塔附近的树林开始落叶了，秋意深了。

正逢为白小姐会诊的日子，天气骤然降温。乔院长他们在诊疗室没等到她，一群人去水塔找她，看见祖父抱着怒婴，端坐在水塔的门口。门口有一张方凳，凳子上摞着一堆洗净叠好的衣物，翻看一下，衣物都属于保润，其中一件崭新的护工的春秋工装，保润明显还没穿过。凳子后面扔了一只大号的蛇皮袋，塞得鼓鼓囊囊的，渗出一股植物的清香，乔院长好奇地打开袋子，很快又合上了，对同事们说，我一猜就是绳子，果然是绳子，都是保润的绳子。

祖父说白小姐去给孩子买奶粉了，她把保润的衣物和蛇皮袋交给他，把她的孩子也交给他了。祖父向他们抱怨，她拜托他抱一会儿的，可是他抱了整整一上午，怎么还不见她回来？乔院长他们猜到她走了，回来的可能极其渺茫，她的抑郁症也许是加重了，也许是痊愈了。他们在水塔门口探讨着她的去向，有人乐观，有人悲观，也有人的兴趣集中在孩子的身上。这是红脸婴儿，这是怒婴，这是本地生育史上的一个奇迹，母亲不在，倒是有了验证奇迹的机会，有个年轻的医生动手去摘孩子的口罩，想看一眼那张神秘的红脸，祖父及时地拢紧了孩子的口罩，说，白小姐关照的，她不在，孩子的口罩不能摘，等她回来了，你们再看孩子的脸吧。

　　但是，白小姐不见了，怒婴的母亲不见了，谁也不知道她是否回来，谁也不知道何时能够看见怒婴红色的脸。乔院长他们注意到，怒婴依偎在祖父的怀里，很安静，与传说的并不一样。

河岸

上　篇

儿　子

1

一切都与我父亲有关。

别人都生活在土地上，生活在房屋里，我和父亲却生活在船上，这是我父亲十三年前作出的选择，他选择河流，我就只好离开土地，没什么可抱怨的。向阳船队一年四季来往于金雀河上，所以，我和父亲的生活方式更加接近鱼类，时而顺流而下，时而逆流而上，我们的世界是一条奔涌的河流，狭窄而绵长，一滴水机械地孕育另一滴水，一秒钟沉闷地复制另一秒钟。河上十三年，我经常在船队泊岸的时候回到岸上，去做陆地的客人，可是众所周知，我父亲从岸上消失很久了，他以一种草率而固执的姿态，一步一步地逃离岸上的世界。他的逃逸相当成功，河流隐匿了父亲，也改变了父亲，十三年以后，我从父亲未老先衰的身体上发现了鱼类的某些特征。

我最早注意到的是父亲眼睛和口腔的变化，或许与衰老有关，或许无关，他的眼珠子萎缩了，越缩越小，周边蒙上了一层浓重的白翳，看上去酷似鱼的眼睛。无论白天还是黑夜，他都守在船舱里，消沉地观察着岸上的世界，后半夜他偶尔和衣而睡，舱里会弥漫起一股淡淡的鱼腥味，有时候闻起来像鲤鱼的土腥味，有时候那腥味显得异常浓重，几乎浓过垂死的白鲢。他的嘴巴用途广泛，除了悲伤的梦呓，还能一边发出痛苦的叹息，一边快乐地吹出透明的泡泡。我注意过父亲的睡姿，侧着身子，环抱双臂，两只脚互相交缠，这姿势也似乎有意模仿着一条鱼。我还观察过他瘦骨嶙峋的脊背，他脊背处的皮肤粗糙多褶，布满了各种斑痕，少数斑痕是褐色或暗红色的，大多数则是银色的，闪闪发亮。这些亮晶晶的斑痕尤其令我忧虑，我怀疑父亲的身上迟早会长出一片一片的鱼鳞来。

为什么我总是担心父亲会变成一条鱼呢？这不是我的妄想，更不是我的诅咒，我父亲的一生不同寻常，我笨嘴拙舌，一时半会儿也说不清楚他与鱼类之间暧昧的关系，还是追根溯源，从女烈士邓少香说起吧。

凡是居住在金雀河边的人都知道女烈士邓少香的名字，这个家喻户晓的响亮的名字，始终是江南地区红色历史上最壮丽的一个音符，我父亲的命运，恰好与这个女烈士的亡灵有关。库文轩，我父亲，曾经是邓少香的儿子——请注意，我说"曾经"，我必须说"曾经"这个文绉绉的极其虚无的词，恰好是解读我父亲一生的金钥匙。

邓少香的光荣事迹简明扼要地镌刻在一块花岗岩石碑上，石碑竖立在她当年遇难的油坊镇棋亭，供人瞻仰。每逢清明时节，整个金雀河地区的孩子们会到油坊镇来祭扫烈士英魂，近的步行，远的乘船或者搭乘拖拉机。一到码头，就看得见路边临时竖起的指示牌了，所有路标箭头都指向码头西南方向的六角棋亭：扫墓向前三百米。向前一百米。向前三十米。其实不看路标也行，清明时节棋亭的横檐会被一幅醒目的大标语包围：隆重祭奠邓少香烈士的革命英魂。纪念碑竖立在棋亭里，高两米，宽一米，正面碑文，与其他烈士陵园的大同小异。孩子们必须把碑文记得滚瓜烂熟，因为回去要引用在作文里。真正令他们印象深刻的是纪念碑后背的一幅浮雕，浮雕洋溢着一股革命时代特有的尖利而浪漫的风情，一个年轻的女人迎风而立，英姿飒爽，她肩背一只箩筐，侧转脸，凛然地怒视着东南方向。那只箩筐，是浮雕的一个焦点，吸引了大多数瞻仰者的目光。如果看得仔细，你会发现那箩筐里探出了一个婴孩的脑袋，圆鼓鼓的一个小脑袋，如果看得再仔细一点，你可以看见婴孩的眼睛，甚至可以看清那小脑袋上的一绺细柔的头发。

每个地方都有自己的传奇，邓少香的传奇扑朔迷离。关于她的身世，一个最流行的说法是其父在凤凰镇开棺材铺，她是家中唯一的女孩子，所以人称棺材小姐。棺材小姐邓少香是如何走上革命道路的？说法版本不一。她娘家凤凰镇的人说她从小嫉恶如仇，追求进步。镇上别的女孩嫌贫爱富，她却是嫌富爱贫，自己相貌出众，家境也殷实，偏偏爱上一个在学堂门口卖杨梅的泥腿子果农。概括起来，这说法与宣传资料基本保持一致，她出走凤凰镇，是为了爱情，为了理想。而在她婆家九龙坡一带曾经流传过某些闲言碎语，内容恰好与娘家的相反，说邓少香与果农私奔到九龙坡很快就后悔了，不甘心天天伺候几棵果树，更不甘心忍受满脑子糨糊的乡下人的奚落和白眼，先是跟男人闹，后来和公婆全家闹，闹得不可收拾，一把火烧了自家的房子，跺跺脚就出去革命了。这说法听上去是家长里短的庸俗，总结起来就有点阴暗了，邓少香是好高骛远才去闹革命的？是放了火才去闹革命的？这别有用心的说法就像一阵阴风刮过，严重玷污了女烈士的光辉形象。有关方面及时在九龙坡乡派了一个工作组，严加追查，将其定性为反革命谣言，开了三次批判会，分别批斗了邓少香当年的小姑子，还有一个地主婆和两个老富农，很快肃清了流毒，后来就连九龙坡的贫农也没人去散布这种谣言了。

　　无论是娘家凤凰镇，还是婆家九龙坡，邓少香做出那么大的事，是两边的人都不敢想象的，谁想得到呢？战争年代金雀河地区腥风血雨，为金雀河游击队运送枪支弹药的任务，竟然落在这么一个弱不禁风的小媳妇的肩上。游击队在河两岸神出鬼没，邓少香也必须神出鬼没，她恰好有这样的天赋，也有这个资本。凤凰镇上娘家的棺材铺，是一个天造地设的根据地，死人和殡葬的消息总是最先传到棺材铺，每当运送任务繁重的时候，邓少香会设法回到娘家，把枪支弹药藏在死人的棺材板里，自己乔装成披麻戴孝的哭丧妇，一路哭到荒郊野外的坟地，看着棺材入土，她的任务就完成了，其他的事由游击队员来做。所以，有人说邓少香做出那么惊天动地的事，主要是靠了三件宝：棺材、死人，还有坟地。

　　那次到油坊镇来，邓少香的任务其实很轻，只要把五支驳壳枪交给一个绰号"棋王"的地下党员。所以，邓少香有点轻敌了。她没有事先打听油坊镇一带殡葬的消息，也没打听好油坊镇的坟地在什么地方，就确认了接头人和接头的地点。那是唯一的一次，她运枪没有依赖娘家的棺材，只动用了婴孩和箩筐，也许连她自己也没想到，离开了三件宝——棺材、死人和坟地——保驾护航，她的油坊镇之行会变成一条不归路。

　　邓少香把五支驳壳枪缝在婴孩的襁褓里，背着箩筐，搭乘一条运煤船来到油坊镇码头。在码头上她向人打听棋亭的方位，别人向西边的六角亭指了指，说，那是男人下棋的地方，你个妇道人家去干什么？难道你也会下棋吗？她拍拍背上的箩筐，说，我哪儿会下棋？是孩子他爹在那儿看"棋王"下棋呢，我要去找他。

邓少香背着箩筐进了棋亭，她不知道在棋亭里下棋的两个穿长袍马褂的男子，一个是换了便衣的宪兵队长，看上去文质彬彬，貌似"棋王"；另一个面孔白皙，东张西望，戴着眼镜，镜片后的眼神非常犀利，也像一个"棋王"。她一时猜不出谁是"棋王"，就对着棋盘说了接头暗号：天要下雨了，该回家收玉米啦。

下棋的两个人，一个下意识地看看棋亭外面的天空，另一个很冷静地打量着邓少香，拿起一颗棋子放到对方的棋盘上，说，玉米收过了，该将军了！

暗号对上了，邓少香并没有放下背上的箩筐，她注视着石桌上乱七八糟的棋局，突然怀疑他们不会下棋，嘴里敏感地追问了一句，怎么将？

宪兵队长愣了一下，故作镇静地瞥一眼对手，问，你说呢，怎么将？

另一个人斜睨着邓少香，紧张地思考着什么，抽车将，跳马将，炮——炮怎么将？他嘴里念念有词，目光下滑，眼神渐渐猥亵起来，突然他狂笑了一声，棺材小姐你很聪明嘛，你知道炮怎么将？炮往你那里将嘛！

邓少香的脸色变了，背着箩筐就往棋亭外面走，边走边说，好，不管你们了，怪我自己不好，你们男人下棋，我一个妇道人家插什么嘴？

她走晚了。对面的茶馆里突然站起来好多茶客，如临大敌地往棋亭奔来。邓少香走到棋亭的台阶上，看见那么多男人站在棋亭四周，就站住不动了。她说，真没出息，你们这么多男人来对付我一个女人，也不嫌丢人？邓少香的冷静令人惊讶，而她爱美的天性差点让她当场牺牲。宪兵们看她把手往蓝布褂子里伸，都紧张地掏出了枪，不许动，不许动！结果发现邓少香从怀里掏出一个粉色的胭脂盒，她打开盒子，盒子盖上嵌着一面小镜子，她竖起那面小镜子照着四周的人群，一个明亮刺眼的光斑在宪兵们的脸上跳跃。宪兵们纷纷躲避着那个光斑，不许照，不许照，放下镜子！有人慌张地冲上去，用刺刀顶住了她的身体。邓少香这才把镜子对准了自己，手指刮着胭脂，朝脸上扑脂粉。都是胆小鬼，一面小镜子，把你们吓成这样！她一边仔细地扑着粉，一边唔着嘴说，可惜呀可惜，才买了这么好的胭脂盒，都没机会用，也就能用这一次了。

宪兵队长不允许她扑粉，派人上去夺下了她的胭脂盒，邓少香又指着箩筐说筐里有一把木梳，让宪兵递给她，说不让扑粉就不扑了，她还要梳头发。宪兵队长不允许她梳头发，骂骂咧咧地说，你个十三点臭婆娘，死到临头还臭美，打扮得那么好有什么用？你要去阴间相亲吗？

两个宪兵过去拖着那只箩筐跑，箩筐里的婴孩这时候第一次啼哭起来，那婴孩的哭声很奇怪，气息微弱而有节制，听起来像一头小羊的叫声。邓少香如梦初醒，她追着箩筐跑，嘴里说，等等，我的孩子在筐里呢，你们等等呀，别吓着我的孩子。她拼命地撞开宪兵们的腿和胳膊，俯下身去在婴孩的小脸上亲了一口，婴孩的啼哭应声停止，她还要亲第二口，一个宪兵一把揪住她的头发，另一个宪兵反架着她的胳膊，把她推到了棋亭里。

邓少香面无惧色，她知道这一次在劫难逃，对于劫难的细节，她却并不清楚。为什么要到棋亭里来？她问宪兵队长，这是男人下棋的地方嘛，你们要让我在这里示众吗？

示众你还挑地方？轮不到你挑。宪兵队长说，算你聪明，还知道要示众。我们是要拿你示众，拿你的人头示众。

不是先要审问的吗？你们审也不审就枪毙我？吓唬人嘛，我才不信。

审你？那多浪费时间，棺材小姐我告诉你，你还没有那个资格呢。宪兵队长阴险地盯着邓少香的眼睛，他说，今天你是送死来了，抓住棺材小姐格杀勿论，这是上面的命令。你念过书喝过墨水，什么叫格杀勿论，你不会不知道吧？

一个宪兵紧紧地揪着邓少香的头发，防止她反抗。她的脸被迫地仰起，脸颊上闪烁出一片奇异的红晕，过了一会儿，她倔强地转过脸来，将目光投向远处箩筐里的婴孩。不行，要吓着孩子的！她突然尖声叫起来，你们要枪毙我，先派人把孩子送走，送到马桥镇的育婴堂去，送走我的孩子，你们再来枪毙我！

嘿，你把我们当你家用人使唤呢？宪兵队长冷笑起来，送孩子到马桥镇去？你还跟我们谈条件？你想死个清爽？死个痛快？你以为我们要枪毙你？枪毙你这个棺材小姐，太便宜你了！他说着朝棋亭外面使个眼色，拍了拍手，有人拿着个晒衣服的权杆跑过来，朝棋亭的梁上捅了一下，横梁上灰尘四起，掉下来一截麻绳，绳头上一个绳圈已经提前套好了，不大不小，正好容纳一个女人的头颅。见此景象，宪兵们先是一片惊呼，紧接着都鼓起掌来，对这个独特的仪式表示赞赏。

邓少香惊愕地仰望着棋亭的横梁，秋风吹动垂落的绳套，绳套左右摆动着，就像索命的钟摆。只是一瞬间的恐惧，她很快就平静下来了。不是枪毙，是绞死我呀？她说，绞就绞吧，反正怎样都是死，我就求你们一件事，你们千万别让我的舌头吐出来，丑死了。她的要求让宪兵们很犯难，有个宪兵冷酷地叫起来，绞死鬼都要吐舌头，不吐舌头叫什么绞死鬼？还有个宪兵对着邓少香举起了那根权杖，他说，我答应你，这儿不是有个权杖么，要是你舌头吐出来了，我负责把你的舌头捅回去！人群里有人发出了哄笑，邓少香看看权杖，看看那几个哄笑的人，她的嘴边掠过一丝自嘲的微笑，算了，算了，跟你们这些敌人有什么好说的？她仰着脸朝绳套下走，边走边说，死了还计较什么呢，再美再丑，都无所谓了。

邓少香牺牲后，五支驳壳枪自然被取走了，婴孩却还在箩筐里，这是一个谜。不知道是哪个宪兵把婴孩又抱进了箩筐，更不知道是什么人把箩筐从棋亭搬到了河边，一定是听说河上的船民喜欢捡别人遗弃的男婴，那个人把箩筐连同孩子放到了河边码头的台阶上。船没来，拾孩子的船民也没来，是水来了，夜里河上涨起一大片晚潮，冲走了箩筐。

一只漂流的箩筐延续了邓少香的传奇，随波逐流，顺河而下，有人在河边追逐过那只八成新的箩筐，发现一堆茂密的水草像一个勤劳的纤夫，牵引着箩筐，在水上走走停停，停了又走，看上去躲躲闪闪，行踪诡秘，似乎对岸边的打捞者充满了戒心。最后，箩筐漂到河下游马桥镇附近，终于走累了，钻到渔民封老四的渔网里去，打了几个转转就不动了，封老四好奇地打捞起那只神奇的箩筐，发现箩筐里端坐着一个男婴，婴孩面如仙子，赤裸的身体披挂着几丛水草，黄色的皮肤上沾满了晶莹的水珠。封老四把婴孩抱起来，听见婴孩的身下发出泼剌剌的水声，他低头一看，在箩筐的底部，一条大鲤鱼用闪亮的脊背顶开了一堆水葫芦，跳起来，跳到河里不见了。

我父亲就是那个怀抱水草坐在鲤鱼背上的婴孩。从金雀河里打捞起箩筐的渔民封老四，解放后活了很多年，是他在马桥镇的孤儿院指认了我父亲。事隔多年，他无法从面孔上辨认那个神奇的婴孩，辨认的依据是男孩们屁股上的胎记。当时孤儿院有七个年龄相仿的男孩，育婴员把他们带到太阳地里，让他们都扒下裤子，撅着屁股，以便封老四明眼察看。封老四怀着高度的责任感，在男孩们的屁股前走来走去，他先淘汰了四个无关的屁股，留下三个，仔细地鉴别那三个小屁股上的青色胎记，他的手始终卖着关子，高举不落，举得周围的旁观者都紧张起来。育婴员从各自的感情出发，七嘴八舌地叫起来，左边！右边！拍左边的！拍右边的！最后封老四的手终于落下来，啪的一声，不是左边的，也不是右边的，他拍了中间一只小屁股，那是最小最瘦也最黑的屁股。封老四说，是这个，胎记最像一条鱼，就是他，一定是他！

育婴员们发出一片失望的嘘声。封老四拍的是我父亲的屁股。一拍定音。从此人们都知道了，马桥镇孤儿院里最脏最讨人嫌的男孩小轩，其实是烈士邓少香的儿子。

2

我父亲曾经是邓少香烈士的儿子。

一块革命烈属的红牌子在我家门上挂了很多年，证明着我们一家光荣的血缘和显赫的门第。但是天有不测风云，有一年夏天从地区派来了一个神秘的工作组，从夏天工作到秋天，我父亲的命运被他们一天一天地改写。这个工作组来头不小，他们此行的任务秘而不宣，油坊镇的领导班子只能配合，不能参与。四个工作组人员轮流与我父亲促膝谈心，谈的都是邓少香烈士光辉的一生，还有他作为烈士之子的过去和历史，父亲不敢探听虚实，他想入非非地揣测过他们的任务——考察干部，提拔干部，树标兵，立典型，抓特务，揪阶级敌人，他都想到了，独独没有猜到这其实是一个烈士遗孤鉴定小组。

他们驻扎在油坊镇，征用了水上巡逻队的一艘汽艇，来往于金雀河两岸的城镇乡村，其行踪有时公开有时保密。到了八月，工作组开始顶着炎夏酷暑访问河两岸的古稀老人，详细调查封老四尘封的个人履历。对于这个死去多年的人，老人们普遍残存了一个共同的记忆，他们向工作组反映，封老四年轻时做过河匪，后来金盆洗手，在河边搭了个棚屋捕鱼为生，再后来就捕到了那只著名的箩筐，救下了邓少香烈士的骨肉。这些情况工作组都清楚，所以没有什么价值，他们深入到马桥镇最偏僻的河湾村，寻访了封老四老家的族亲，河湾村的老人不知道为什么觉悟都很低，除了炫耀封老四神奇的渔网，谁也不愿意提及这个族人不光彩的往事，只有封老四的一个堂弟，小时候被封老四打瘸了一条腿，还记着仇，不给封老四护短，工作组从他嘴里得到了唯一重要的线索。那个堂弟说封老四风流成性，他的一生都是围着女人转，年轻时做河匪是为了女人，有船有枪，好跟金雀河上一个卖蒜头的风骚船娘厮混，后来他弃船上岸，也是为了女人。他看上了一个在岸边摘蚕豆的农家姑娘，人家姑娘在蚕豆地里把身子给了他，事后埋怨她的蚕豆快被人偷光了，他当场发誓看护她的蚕豆，不让人偷摘。封老四说到做到，他在蚕豆地边搭了个棚子住下来，没有人敢来偷摘姑娘的蚕豆了，可是，那姑娘自己也不来了，等到蚕豆掉了荚，他也没等到那农家姑娘。封老四后来干脆在河岸边住下，改行捕鱼，整天守着三张渔网。堂弟说他一边捕鱼一边捕人，他长相英俊性格剽悍，讨女人欢心，金雀河两岸的风骚女人，像鱼一样往他那里游，他捕到的女人，比渔网里的鱼还多，不知道是哪一个女人，把罕见的花柳病传染给他，彻底摧毁了封老四风流的裤裆，最终也送了他的命。听得出来，那个河湾村堂弟对封老四私生活的描述是添油加醋的，带着明显的主观情绪。工作组里有女同志，听得厌恶，急忙打断他的话，请他揭秘封老四一生最大的疑云，封老四为什么会死在精神病院里？他什么时候得了精神病？堂弟的回答石破天惊，他哪儿有什么精神病？怪他得了那脏病，烂脸烂手烂鸡巴，见不得人了，他是让油坊镇的库书记关进去的！堂弟手指油坊镇的方向说，库书记派了好多民兵来河湾村呀，把他带到拖拉机上，骗他说去医院看病的，谁想得到呢，最后把他送进了精神病院！

八月里金雀河两岸悄悄流传着我父亲和一个死人之间阴森恐怖的故事。我和母亲还蒙在鼓里，甚至我父亲也浑然不觉。直到有一天宣传科长赵春堂把一份批判稿直接送到了综合大楼的广播室里，我母亲拿过稿子一看，纸上虽有工作组的大红印章，稿子的内容却让她产生了疑问，批判封老四呀？为什么要批判这个人，一个普通群众，有什么可批的？人家死了好多年啦。赵春堂严肃地告诉我母亲，封老四的问题已经水落石出，他是一个阶级异己分子！我母亲第一次听说这个深奥的名词，她问赵春堂，什么叫阶级异己分子？赵春堂语焉不详，他说，工作组以后会解释的，反正阶级异己分子是社会的毒瘤，人死了，阴魂不散，流毒还在，工作组说要批封老四，不仅要在广播里批，以后还要开大会，大张旗鼓地批！我母亲是个组织纪律严明的人，她不再质疑什么，当场打开麦克风，用充满激情的声音朗读了批判稿。也就是这一天，我父亲听到了高音喇叭里蹊跷的大批判文章，母亲的声音并没有让他感到亲切，"封老四"这个久违的名字在油坊镇上空回荡，带着阵阵阴风，阶级异己分子，阶级异己分子！父亲在他的办公室里坐立不安，一种模糊而不祥的预感终于变得清晰起来，他一路奔跑着来到广播室，不顾一切地关掉了我母亲的麦克风，别念了，别念了，你知道你在批谁呢？我母亲说，批封老四呀，工作组说他是阶级异己分子，你知道什么叫阶级异己分子吗？父亲脸色煞白，指着母亲说，你糊涂透顶，封老四他算什么阶级异己分子？这是隔山打牛，隔山打牛啊！批封老四，就是批我库文轩，说他是阶级异己分子，就等于说我是阶级异己分子，他们是冲着我来的！

　　我父亲像一只热锅上的蚂蚁，他企图挽回局面，八月里他频频外出，去县城和地区找关系，他也向工作组发出过邀请，请他们到我们家来做客，可惜遭到了拒绝。一切都无济于事了。父亲的历史像一块布满荆棘和沼泽的土地，悬疑丛生，工作组在这片土地上挖地三尺，快刀斩乱麻，努力发掘所有的矿藏。进入九月，神秘的鉴定工作告一段落了，尽管《鉴定报告》属于机密，不得外传，但油坊镇的人们多多少少听到了一些小道消息。工作组中有一个学历史的大学生小夏，他对历史知识活学活用，敢于发挥，敢于想象，他怀疑封老四用狸猫换太子的手段，蒙骗组织，让自己的私生子冒充了女烈士的后代。小夏的推测不免过于大胆，话一出口，其他小组成员都倒吸一口凉气，谁也不敢轻易反对，也不敢贸贸然地赞同，工作组长老杨出于慎重的考虑，建议小夏保留个人意见。小夏的意见最后是否留在《鉴定报告》的"备注"栏里，不得而知，但那个惊人的观点还是在油坊镇悄悄地流传开了。

　　向广大群众普及宣传的是关于胎记的科学知识。鉴定工作小组利用街头的黑板橱窗，做了一次大规模的科普宣传，他们从科学的人种遗传角度，推翻了人们长期以来对鱼形胎记的盲目崇拜，浅显易懂地告知大家：凡是金雀河地区的居民都属于蒙古人种，每个人儿童时期的屁股上都有青色胎记，如果用唯心主义的角度看待胎记，它也许像一条鱼；如果用唯物主义的角度看，那不过是一摊淤血，即使淤血活灵活现酷似一条鱼，还是淤血，纯属巧合，没有任何科学意义。

　　油坊镇的居民偏偏热衷于没有科学意义的事情。那年秋天油坊镇上忽然流行胎记热，人们狂热地探究着亲朋好友的胎记，同时也从别人的嘴里探听自己胎记的大小形状。开始那股热潮局限在四十岁左右的中年男子圈子里，渐渐地胎记热蔓延开来，从男孩到老汉，凡是男性几乎都卷入了这股热潮。在油坊镇的公共厕所甚至僻静的街角，你可以看到这样的景象，男孩们褪下裤子，撅着屁股，认真地比较各自屁股上的胎记。而热气腾腾的公共浴室是胎记热的天堂，大家一丝不挂，多么方便，人们的目光都肆无忌惮地追逐着别人的屁股，当场作出公正的评价。胎记是良莠不齐的，颜色深的，形状大的，人们不吝赞美之词；而颜色浅的若有若无的胎记，普遍地受到了公众的轻视。我们必须承认胎记热的愚昧和荒唐，但是这次热潮过后人们还是有所收获。人的后脑勺是不长眼睛的，原本看不见自己的屁股，幸亏胎记热，它让你借助别人的眼睛，认清了隐蔽的生命的徽章。好几个人活了大半辈子，第一次知道自己屁股上也有鱼形胎记。鱼形胎记其实品类繁多，有的像娇贵的金鱼，有的像野性的鲤鱼，还有的肥大笨拙，像一条海洋里的鲳鳊鱼。胎记热当然也惹了祸，个别人的屁股一下暴露了问题，或者黛黑或者白净的屁股浑然天成，不知道是胎记褪了色，还是根本就没有什么青色胎记。你可以想象这种异相带来的后果：有的主人很慌乱，立刻把屁股遮蔽起来，谁也不让看；有的主人如同遭受天谴，当场面如土色；也有像五癞子这样的无赖，大家都说他是个没有胎记的人，他偏不承认。有一次我看见他在家门口痛打他弟弟七癞子，别人怎么劝他也不肯罢手，原来七癞子不懂家丑不外扬的道理，他跑到哪儿都要告诉别人，我家五癞子的屁股，没有胎记的！

对于我们一家，那是山雨欲来风满楼的季节。我在学校里拒绝了很多同学软硬兼施的请求，在街上我也摆脱了很多大人无休止的纠缠，他们都为了同一件事，要看我的屁股。他们说，耳听为虚眼见为实，你爹的屁股我们看不见，我们要验证你的屁股，看看到底有没有一条鱼。我的屁股又不是展览馆，怎么能允许他们参观呢？我记住了父母的警告，束紧皮带，提高警惕，严防偷袭，我成功地保护了我的屁股，但我保得住屁股保不住我家的荣誉，一场酝酿已久的狂风暴雨已经向我们家的门楣袭来了。

很不幸，我母亲恰好是那场暴风雨的预报者。有一天，镇上的高音喇叭里传来我母亲颤抖的故作镇静的声音，她在连续播放一个紧急通知，催促党员团员全体干部去综合大楼的会议室开会。那天放学回家的路上，我看见很多人朝着综合大楼的方向急匆匆地奔跑，有人事先知道了会议的内容，在路上就激动地喊叫起来，宣布了，总算宣布了，库文轩不是邓少香的儿子啊，库文轩这个阶级异己分子，总算被揪出来啦！

有一天，我父亲被揪出来了。我不知道这是怎么回事。直到现在我还清楚地记得那个特殊的日子，是九月二十七日，恰逢邓少香烈士的纪念日，这一天我父亲本应去棋亭主持一年一度的祭奠仪式，这一天我应该代表少年儿童去棋亭献花，这一天我母亲会在广播室朗诵纪念邓少香烈士的诗篇，这一天，是我们一家最荣耀最忙碌的日子，偏偏在这一天，工作组宣布了他们的鉴定结论，我父亲不是邓少香的儿子了，我母亲不是邓少香的儿媳妇了，我也不是邓少香的孙子了。

我母亲失魂落魄。傍晚时分她从综合大楼的广播室出来，似乎是侥幸从地狱逃出，一条白丝巾被她临时改作了口罩，她把自己的脸蒙得严严实实，骑车穿越热闹的人民街，一路摇晃，一路哭泣，街上的路人看见她的白丝巾都被眼泪打湿了。她骑着车撞进工农街，弄得左邻右舍鸡飞狗跳。在朱铁匠家门口，她跳下了自行车，问铁匠借了一把锤子、一个凿子，朱铁匠注意到她的两片嘴唇在白丝巾后面不停地嚅动，分不清她是在咒骂什么，还是在祈祷什么，他追问道，乔丽敏你借锤子凿子干什么？这是男人干活的工具嘛，你拿去干什么？我母亲拿了工具就走，边走边说，不干什么，我要回去打扫卫生。

九月二十七日傍晚，我听见有人在用什么利器凿我家的院门，出去一看，是我母亲站在凳子上，挥动锤子，叮叮当当地凿门，她很快就把院门上"光荣烈属"的红牌牌凿下来了。我看见她把红牌牌拿在手上掂了一下，吹掉灰尘，顺手塞到了布袋子里，不容看热闹的邻居发问，她把自行车推进院子，撞上门，门一关她就瘫坐在地上了。

我母亲不停地拍着她的胸口，说她的肺气炸了。这并不夸张，看起来她的模样像一堆爆炸过后的废墟，面色灰白，额头和脸颊上却又脏又黑，是门楣上扬起的灰土落在了她脸上，她的眼角眉梢布满泪痕，新的眼泪正在扑簌簌地往下坠落。母亲对我说，去拿药箱来，我的肺气炸了，我要吃点药。我不知道肺气炸是怎么回事，也不知道该拿什么药，我问她，你为什么把烈属牌牌凿下来？她不回答。我又问，你到底要吃什么药？母亲突然叫起来，毒药，给我去拿毒药！我被她吓了一跳。过了一会儿，母亲站起来了，她拉下脸上的白丝巾，歪着身子在院子里来回踱步。我退到墙角，不知该怎么办，我没惹她，是一张小桌子绊了母亲的腿，惹恼了她，她瞪着那张小桌子，双唇气得不停地哆嗦。小桌上还摊开着象棋棋盘和一堆棋子，那是父亲好几天前和我下过的棋局，一直没有收拾。刹那间母亲的脸上掠过一道愤怒的白光，我看见她疾步上来，端起小桌子，凌空一扬，像是倒垃圾一样，她把桌子上的棋盘和棋子都扬到了院墙外面。还下什么棋？从今天开始，我们家不准下棋！她发出了这道命令后，看见窗台上放着我的口琴和乒乓球拍，乘胜追击地扑过去，把口琴和乒乓球拍也扫到地上去了，不许吹口琴，也不许打乒乓球，从今天开始，你给我夹着尾巴做人，取消一切娱乐活动！

我听得见院子外面杂乱的脚步声，夹杂着鹅群嘎嘎的叫声，翻上墙头，一眼看见好多邻居埋伏在下面，他们下意识地去追逐满地乱滚的象棋，有人弯腰捡起了马，有人捡到了兵和卒。傻子扁金不知怎么也带着他的鹅群来到了工农街，他傻笑着，黑糊糊的手里捏着那只"帅"，正炫耀地朝我晃动棋子。仿佛兵临城下，我家的院墙摇摇欲坠，外面的人们不知出于什么目的，聚集在墙下不肯散去，他们向我张望，表情有点诡秘，也有点愉快。金家媳妇与我母亲素来不睦，一直对我痴痴地笑，笑了一会儿，突然沉下脸厉声呵斥我，你这个孬孩子，还神气活现呢，你的好日子到头了，你知道你是谁的孙子？你是河匪封老四的孙子呀！我朝她吐了一口痰，没理睬她。我在墙头上观察着四周的动静，搜寻我父亲的踪影。我看不见父亲，看见的是整个小镇哗变的身影，小镇上空回荡着一股欢乐的气流，从油坊镇的腹部，从更远的地方，隐约听得见男女老少雷鸣般的欢呼，那种胜利的喧嚣声让我感到异样的孤单，从小到大，这是第一次，我被油坊镇的欢乐遗弃了。

我父亲库文轩不是邓少香的儿子了。他不是，谁是？谁是女烈士的儿子？工作组没有透露，据说目前宣布的只是第一阶段的鉴定成果。谁是邓少香的儿子？邓少香的儿子在哪里？党员团员干部们都不知道，群众更不知道，为此，我们家墙外的居民展开了七嘴八舌的争论，那场争论持续了很久，我始终听不清邻居们各自心仪的人选，但是傻子扁金亢奋的叫喊声给我留下了深刻的印象。他一直在向众人嚷嚷，我是，我是，是我！我是邓少香的儿子！我的胎记是一条鲤鱼呀！

墙外的人们起初一片哄笑，后来不知是谁的提议，他们开始扒傻子扁金的裤子，要当场验证他屁股上的胎记，扒，扒，扒他裤子！这叫喊声响成一片。我对傻子扁金的胎记也感到好奇，墙下的人们追着傻子扁金跑，我在墙头上跑，可惜跑了没几步，一根捣衣槌从下面飞到了我的背上。我母亲站在下面，人一跳一跳的，她的愤怒已经完全发泄到我身上了，扔完了捣衣槌她又操起了一把火钳，向着空中不停地挥舞着，你下不下来？你这个没心没肺的孩子，你要把我气死啦！

我不敢再惹母亲，跳下院墙，抱着脑袋逃进了屋里。

所以，那天傍晚很多人参观了傻子扁金的屁股，我却什么也没看见。

3

第二天我就变成了空屁。

这是一种显而易见的连锁反应，我个人的冤屈，开始于我父亲的冤屈。我父亲不是邓少香的儿子，我就不是邓少香的孙子，我父亲不是邓少香的儿子，就什么也不是，我父亲什么也不是，势必连累到我，我库东亮什么都不是了。我不是白痴，但是我万万没想到这个世界变得这么快，仅仅是在第二天，我就成了一个空屁。

第二天早晨我仍然像以往一样去上学。母亲没做早饭，她躺在床上，抱着一个铁皮饼干箱，让我去饼干箱里选东西做早餐。我挑了一个用白纸包着的枕头面包，咬着面包出了家门，听见母亲在屋里对我喊，今天别去招惹别人，记住，以后你要夹着尾巴做人了！

途经朝阳药店的门口，我遇见了五癫子的弟弟七癫子，还有他的姐姐，他们斜倚在铺板上，大概在等待药店开门配药。七癫子的头上缠满了纱布，纱布被不知名的脓疮玷污了，引来了一群苍蝇，围绕着他们姐弟俩飞。我忘了母亲的嘱咐，夹着尾巴做人，这种嘱咐记住也没用，我没有尾巴，怎么夹着尾巴做人呢？所以我停了下来，饶有兴致地看七癫子头上的苍蝇，说，七癫子，你头上开厕所了？为什么苍蝇围着你脑袋飞？他们没理我，我又问，七癫子，你家五癫子真的没有胎记吗？他会不会是杂种呀？这下癫子姐姐不干了，她对我吐了口唾沫，骂道，你爹都被揪出来了，你还神气活现呢，你是河匪的孙子，你才是杂种，你们一家都是杂种！

七癫子对口角不感兴趣，他瞪着我手里的一只奶油面包，咽下一口口水，突然愤怒地对他姐姐嚷嚷道，你看他，天天吃奶油面包！为什么他就天天能吃奶油面包？癫子姐姐撇了一下嘴，挥手赶走弟弟头上的苍蝇，说，什么奶油面包，不好吃的，我们不稀罕。七癫子说，你不稀罕我稀罕，我从来没吃过，没吃过的东西怎么不稀罕？癫子姐姐一时无语，目光在我的手上跳来跳去的，叹了口气说，稀罕是稀罕，六分钱一只呢，我们家买不起的。七癫子还是梗着脖子嚷嚷，他爹都被揪出来了，他凭什么还吃面包？不公平！我要吃，你去跟他要！癫子姐姐被缠得不耐烦了，对她弟弟叫道，我怎么教育你的？人穷志不短你懂不懂，不吃奶油面包你会死吗？七癫子竟然说，会死！你不给我奶油面包，我就去跳金雀河，去死！这下把癫子姐姐逼上了绝境，我看见她跺了跺脚，拍拍藏青色裤子的口袋，掏出了一个镍币。我只有五分钱呀，买不到奶油面包的。她的声音已经带着点哭腔，七癫子你逼死人了，难道要我去抢他的面包吗？

抢。这个字像一团火苗点亮了他们的眼睛。那姐弟俩对视了一眼，炽热的目光很快整齐地射向我手里的面包。我预感到了他们的图谋，抢！我的脑子相信他们会抢，但是我的身体不相信，我僵立在路上，眼睁睁地看着他们冲过来，他们像两头凶猛的豹子，朝我冲过来了。我把手里的面包高举着，抢？你们真的抢？敢抢我的面包，看你们有没有这个种！我的威胁前言不搭后语，姐弟俩一点也不顾忌，他们无所畏惧，在早晨的街道上合力抢我的面包。七癫子跳上跳下，攥住了我的手，癫子姐姐虽然是个大姑娘，但是她的勇气和力道都完全超出了我的想象，她先用牙齿开道，然后用双手一根根地掰开我的手指，从我的掌心里掏出了半只捏烂的面包。

我不相信我被抢了，以为自己在做梦。秋天的阳光明晃晃地照着街道，照着我手上的一块面包屑，照着我脚下的一块肮脏的纱布，那是我唯一的战利品。那是七癫子头上的纱布。我看着几只苍蝇飞过来，在纱布上嗡嗡地盘旋，我有点恶心，干呕了几下，什么也没有吐出来。有一对男女结伴骑车从我身边经过，差点撞到了我，我没怪他们，他们却责怪起我来了，喂，你这孩子干什么呢？怎么站在路中央，天早亮了，你还梦游呢？

有人骂我梦游，我反而清醒过来了。我确实是站在路上，而七癫子和他姐姐转移到了街角的花坛边，一个站，一个坐，显得若无其事，我追过去，看见七癫子狼吞虎咽吃着面包，他姐姐做出了一个母鸡护小鸡的动作，一边警惕地盯着我，一边得意地说，你追来也没用了，已经吃到他肚子里去了。

我不知道怎么对付癫子姐姐，就绕过她去收拾七癫子，七癫子，你敢吃我的面包，马上让你吐出来！我准备用拳头去捅七癫子的肚子，可是我一拳都没捅到，癫子姐姐奋不顾身地挡住了我，嘴里焦急地催促七癫子，快吃光，别管我，我不尝了，你全吃进肚子里，他就没证据了。我不知道怎么搬除癫子姐姐这个障碍，一着急就用脑袋去顶她，恰好顶在她软绵绵的腹部，她尖叫一声，双手捂紧小腹，痛苦地蹲了下来，我以为她被我解决了，正要去抓七癫子，癫子姐姐又发出一声尖叫，她不顾疼痛，一把抓住了我的衣角，人顺势站起来，一挥手给了我一个耳光，你干什么？小小年纪你就耍流氓了？她双目炯炯地怒视着我，你往哪儿撞？你耍流氓，小心我把你送到派出所去！

癫子姐姐的这个耳光把我打蒙了，她对我的警告更是致命的一击，我不知所措，我崩溃了，忍了几下没忍住，终于还是哭出来了。

我一哭，七癫子很高兴，咧着嘴傻笑，癫子姐姐有点慌，她朝街道上的行人张望着，嘴里开导着我，你哭什么哭，不就半个面包吗？你也太小气了，再说这面包上也没写你名字，面包是面粉做的，面粉是麦子磨的，麦子是农民种的，我妈妈就是农民，这面包也有我妈妈一份吧，为什么你吃得，我弟弟就吃不得？

我一边哭一边对她喊，是我的面包，你们抢的！

癫子姐姐眨巴着眼睛东张西望，看得出来她在紧张地思索，用什么理由来平息我的愤怒。我注意到她的目光停留在街角的墙面上，那面墙上有一行石灰水刷的大标语：无产阶级专政万岁！她的眼睛一下发亮了，这不叫抢，这叫无产阶级专政！她突然叫起来，声音听上去义正词严，我们家是革命群众，你们家是河匪，是反革命，是叛徒走资派，是资产阶级修正主义，我们不是抢，是对你无产阶级专政！

癫子姐姐说完拉着弟弟往药店走，我不甘心，抹抹眼泪跟在后面撵他们。街上行人多起来了，很多人侧目看着我们这支奇怪的队伍，我指着那姐弟俩的背影喊，他们抢我的面包，今天让他们吃我的面包，明天请他们吃我的大便！

怪我不擅表达，也怪我年幼无知口无遮拦，路上的行人都忽略了我前面的话，只听见后面的，他们都厌恶地瞪着我，纷纷批评道，看这孩子给惯成什么样了，怎么说话呢？什么吃大便吃小便的，这孩子的嘴，比厕所还臭！

七癫子的姐姐得到了群众的支持，立刻站住了，她回头凛然地瞪着我，举起一只胳膊指向大街，你看看，你听听，街上这么多群众呢，群众的眼睛是雪亮的，谁站在你一边了？她慷慨激昂地说着说着，渐渐有恃无恐了，脸上浮现出一种轻蔑的表情来，你过来呀，小流氓！谁怕你？你是库文轩的儿子又怎么样？库文轩是阶级敌人了，他现在算个屁，你是屁的儿子，连屁也不如，你就是一个空屁！

空屁？

空屁！

癫子姐姐骂我是一个空屁！至今我还记得药店四周的人们对这个音节的反应，七癫子首先赞赏了他姐姐的机智幽默，他尖声大笑，笑得喘不过气来，空屁，空屁，对呀，他现在就是一个空屁！他们姐弟俩的快乐感染了很多路人，在药店的门口，在早晨人来人往的人民街上，在计划生育的广告宣传栏下，到处都有人以快乐回应快乐，以笑声回应笑声，然后我听见整个油坊镇的空气都被一个响亮清脆的音节征服了：

　　空屁

　　空屁　　空屁　　空屁

　　我是空屁。

　　尽管有失体面，但是我必须承认，我就是空屁，这个伴随我一生的绰号，当初是癞子姐姐发明的。远离金雀河的人们不一定懂得"空屁"这个词的意思，那是河两岸流传了几百年的土语，听上去粗俗易懂，其实比较深奥——它有空的意思，也有屁的意思，两个意思叠加起来，其实比空更虚无，比屁更臭。

隔　离

　　父亲在岸上滞留了三个月。

　　国庆节过后母亲收拾了一包日常用品，骑自行车送到春风旅社去。我父亲就在春风旅社的阁楼上，接受工作组的隔离审查。那阁楼与旅社之间临时隔了一道铁门，铁门上有三道锁，两道锁在外面，一道锁在里面，三把钥匙都掌握在工作组的手里，谁也进不去。工作组的干部三男一女，偶尔会出现在街上的杂货店和饭馆里，但我父亲不得走出那道铁门。我路过春风旅社的时候，多次侦查过旅社四周的地形，阁楼是没有窗子的，外面有一个天台，我在天台上从来没见过父亲的影子，只有一次，我看见父亲的衬衫和短裤在晾衣绳上飘荡——一件灰衬衫，一条蓝色的短裤，像两只惊弓之鸟。

　　据说我父亲的问题层出不穷。首先是履历，他的很多履历无法得到证明。他提供的学生时代的证明人，一个男同学一个女同学，男的下落不明，女的是个精神病患者；而他工作多年的白狐山林场，曾经起过一场山林大火，证明人蹊跷地死于火灾；他的入党介绍人更令人生疑，虽然名声很大，大得不光彩，是省城最臭名昭著的大右派，送到大西北去劳动改造，改造得不三不四，突然神秘失踪了。

　　工作组曾经登门家访，他们向我母亲透露，父亲的所有履历都有疑点，这是连我母亲也没有预料到的。他是谁？他到底是谁？当工作组的人这么一遍遍质问她的时候，她崩溃了，对着工作组的人大声叫嚷，我不知道！我也不知道他是谁！过了好久母亲才冷静下来，之后她诚恳地询问工作组，有没有一种脑科疾病，会导致一个人的记忆全部错误？工作组的人拒绝了这次咨询，他们说，你别把问题推到健康方面，库文轩的问题脑科医生治不了，请他们来了也没用，还是要靠他自己好好反省。工作组走后母亲一直坐在黑暗中，痛苦地思考着什么，我听见她在黑暗中拍打自己的膝盖，怪我自己太幼稚，我受骗了，受骗了。母亲自怨自艾的声音加重了室内的黑暗，后来灯打开了，我看见母亲的脸上泪痕已干，她的表情看上去很坚强，决裂！她对我说，决裂，决裂！

油坊镇上关于我父亲伪造身世欺骗组织的传言已经沸沸扬扬，我们家院墙上出现了很多愤怒的涂鸦——骗子，内奸，工贼，反革命分子，现行反革命分子，历史反革命分子，最深奥的就是"阶级异己分子"那个标语，我怎么也琢磨不透，到底怎样才是阶级异己分子。母亲眼看着要发疯，她去综合大楼找各级领导谈心，谈心对她似乎很有效，领导都安慰她，夫妻虽然睡一张床，却可以站在不同的阶级立场上，他库文轩有问题，不代表你乔丽敏也有问题。那段时间我母亲喜怒无常，前一秒钟她还在厨房里精心地择菠菜，后一秒钟她就丧失了耐心，一篮子菠菜一股脑儿都倒进了锅里，还择什么菠菜？她在厨房里忿忿地炒菜，铁锅铁铲乒乒乓乓地响，她说，吃到虫子才好，吃坏肚子才好，吃死了人，就省心了！

母亲这样来料理我们的生活，让我很担心，我不知道她心里到底是怎么盘算的，一家人怎么决裂呢？以后她准备怎么对待我，怎么对待我父亲，还有她自己，她准备怎么对待她自己呢？

我瞒着母亲，偷偷去了春风旅社，走到铁门那里就进不去了。我不停地敲门，一个穿深蓝色中山装的年轻人闻讯出来，我猜他就是小夏，仇人相见分外眼红，我对着他发出了连珠炮似的质问。你们算什么工作组？是造谣工作组还是放屁工作组？你们有什么证据证明库文轩不是邓少香的儿子？又有什么证据说他是河匪封老四的儿子？如果你们拿不出证据，那就证明你们三个男人都是河匪封老四的儿子，还有一个女的，她是封老四的女儿！他被我愤怒的抨击弄得一头雾水，谁派你来的？你这个孩子乳臭未干，居然来跟我们要证据，你懂什么叫证据？他冲出铁门，一路搡走我，一直把我搡出了旅馆，我听见他对旅馆的人大发雷霆，谁放他进来的？隔离审查的规矩你们到现在还弄不清楚？闲杂人员，严禁进入！旅馆的服务员委屈地说，我们没放他进去，他是库文轩的儿子，不知从哪儿溜进去的。那小夏追出来研究我的背影，恍然大悟道，是库文轩的儿子？怪不得满嘴胡言乱语呢，跟他父亲一个样，我看这孩子的思想也有问题，问题很严重！

隔离了两个月后，父亲精神方面果然出现了一些紊乱的迹象。有一天工作组的女同志找我母亲谈了话，承认我母亲的推测有点道理，她说父亲近来的举动很反常，他拒绝交代问题，动不动就要褪裤子，让工作组检查他屁股上的鱼形胎记，不分时间，不分场合，令人难以接受。工作组约请了精神病医院的医生对他进行会诊，怀疑他染上了突发性的精神疾病，出于人道主义考虑，他们决定提前结束对他的隔离审查，通知家属去领人回家。

那天我和母亲站在旅馆的三楼走廊上，等着那扇漆成绿色的铁门打开，等了很久，父亲弯着腰出来了。他一只手提着个旅行包，另一只手里拿着象棋盒子。多日不见阳光，使他的脸有点浮肿，有点苍白，乍看白白胖胖的，细看一脸倦色。他看了看我母亲，目光热切，母亲扭过了脸，那目光马上就胆怯地一跳，跳到我身上。刹那间，他看我的眼神让我浑身起了鸡皮疙瘩，那么谦卑，那么无助，我觉得似乎我是他爹，他是我儿子了，他犯下了严重的错误，正在讨好我，乞求我的原谅。

我不知道如何原谅父亲，正像我不知道如何惩罚他一样。我跟着他往楼下走，看见父亲弯着腰下楼梯，步履谨慎，体态笨拙，像一个风烛残年的老人，这与他两个月来的阁楼生活有关，他低头弯腰走路，已经习惯了。我注意到了他身体的这个变化，我提醒他说，爹，你不在阁楼上啦。他狐疑地看我一眼，我知道呀，我出来了。我说，那你为什么还弯着腰走路？父亲说，我弯腰走路了吗？我说，弯了，弯得像一只大虾米。他一惊，紧张地昂起头，挺直腰背，就是这么一个简单的动作，瞬间损伤了父亲的肢体组织。我听见他突然啊呀叫了一声，扔下了旅行包，又扔掉了象棋盒子，父亲的身体似乎在刹那间折断了，他用一只手托住了后腰，一种极端痛苦的表情掠过他的面孔，疼，疼，怎么那么疼？他的目光求援般地望着我母亲，嘴里嘟囔着，我就挺一下腰，背上怎么会那么疼？

我母亲俯身去提地上的旅行包，似乎没有听见父亲诉苦的声音，她说，你往包里收拾什么东西了，咣啷咣啷的都是什么呀，肥皂，茶杯，都该扔的，还带回家干什么?

我上去扶住父亲,他瞥了母亲一眼,大概是等着母亲去扶他,母亲提着旅行包站在走廊里,扭过脸,一动不动,看上去她对父亲的身体有点戒备,有点厌恶。父亲镇定下来,他推开我说,不用你扶我,我就是腰出了点问题,还没残废呢。

我在楼梯上捡拾散落的棋子,看见父亲的脚上还穿着秋天的塑料凉鞋,一只脚上套着尼龙袜子,另一只脚上是白色的纱袜。他缓缓地把腰背弯下来,一点一点地往下弯,一边往楼下走,一边喃喃自语,没关系,就这样弯着走,背上不太疼,就弯着走吧。

外面的天空很暗淡,空中飘起了冷雨,雨中夹着小雪。父亲站在旅店的棚檐下,看着泥泞的街道,看着街道上仓皇奔走的行人,忽然停住了脚步。

他说,你们有没有带口罩来?

没带口罩。我说,为什么戴口罩?你脸上怕冷?

他不是怕冷,是怕见人。母亲冷冷地说,口罩没用,戴不戴口罩,别人都认得你,戴不戴口罩,你都一样没脸见人了。

父亲苦笑着,他的目光畏葸地落在母亲的脸上,丽敏,我对不起你。这个道歉的声音来得很突兀,一口痰塞住了他喉咙,他清了清嗓子,丽敏,我对不起你。这句话他重新说了一遍,说完他松了一口气,我母亲却像一簇压抑的火苗见风燃烧,因为父亲不合时宜的道歉,她愤怒得浑身颤抖起来。

对不起我算什么?你是对不起你自己,更对不起组织对你的培养!

我母亲的眼泪喷涌而出,为了避免在众目睽睽下出丑,她提起旅行包独自冲到了街道上,我没有料到母亲会如此蔑视父亲的道歉,她竟然扔下我和父亲,自己跑了。

油坊镇上雨雪霏霏,我陪着父亲回家去。我们避开大路,专走僻静的小道,即使这样,路上还是遇到了一些别有用心的好事者,好几个居民涎着脸,假装过来问候我父亲,一律被我连推带搡地驱逐了,看热闹的孩子们,小的被我打跑了,大一点的都被我骂走了。我像一个父亲保护儿子一样,尽心尽职地保护着我父亲,一直走到工农街的家里。

父亲被我领回了家。

隔离审查告一段落,审查结果喜忧参半。我父亲不承认他伪造身世,不承认他欺骗组织,他坚持自己就是邓少香烈士的儿子。但是,对父亲生活作风问题的调查，进展异常顺利，远远超出了工作组的预期。也许是出于诚实，也许是一种避重就轻的心理作祟，抵抗和狡辩没有几个回合，父亲便向工作组坦白了，多年来的坊间传说确有其事，他乱搞男女关系，他的生活作风有问题。

听说问题还很严重。

生活作风

所谓生活作风问题，就是男女问题，这谁不知道呢？一个男人生活作风出了问题，一定是搞了女人，问题越严重，搞的女人越多。我那时候十三岁，性腺半生不熟，我知道父亲作为一个大权在握的男人，就要搞女人，但我就是不知道，他到底搞了多少，搞那么多女人有什么用呢？这事不好问别人，张不开口，我自己琢磨，琢磨得下身勃起了，就不敢再琢磨了。我不敢勃起，因为我母亲不准我勃起，勃起对她是最大的冒犯。她不管我是故意还是无意，一律严惩不贷。有一天早晨，我梦见了熟悉的综合大楼的楼梯，很多年轻貌美的女人像孔雀一样开着屏，朝父亲四楼的办公室拾级而上，她们在楼梯上咯噔咯噔地走，走到三楼，每个人都转过身子，对我回眸一笑。我陶醉在一种陌生而美妙的幻觉里，迷迷糊糊的，我被母亲用塑料拖鞋打醒了，她愤怒地瞪着我支起来的短裤，把我打下了床。她一边打一边骂，无耻的孩子，下流的孩子，上梁不正下梁歪啊，你翘得那么高要干什么？我让你学他的坏样，让你无耻，让你下流！

母亲对男性生殖器感到厌恶和愤怒，我的也一样受牵连。她与父亲的决裂从分床开始，他们划清了界限，但没有马上分道扬镳。起初我以为母亲要挽救父亲，后来我才知道，那不是挽救，也不是恩赐，是一种债务清理。父亲在母亲的眼里已经贱若粪土，没必要挽救了。她要留下时间做一件事，什么事？惩罚。她放不下自己的这项特权，她要惩罚父亲。母亲最初的设想是惩罚父亲的精神，可是天有不测风云，父亲的精神，正如他突然弯曲的脊背，已成一堆废墟，没有多少惩罚的余地了，于是，先惩罚父亲的精神还是先惩罚他的身体，便成为母亲两难的选择。

母亲早晨出门的时候，父亲替她搬过自行车，叮嘱道，路上小心，骑慢一点。母亲说，你那脏手别碰我的自行车，我骑慢骑快不关你的事，让拖拉机撞死了才好，干脆一了百了。父亲知趣地离开自行车，说，那你广播念稿子慢一点，千万别出错，现在墙倒众人推，别给人抓住辫子。母亲冷笑一声，说，多谢你，你还在充善人，现在我还有什么资格念稿子？谁敢给我开麦克风？你知道我在广播室干的什么事？我天天给张小红剪报纸呢！母亲说到她给同事剪报纸的时候情绪失控了，屈辱使她歇斯底里，她的手突然朝地上一指，库文轩，都怪你，你死有余辜，给我跪那儿去，给我跪着！

父亲惊愕地看着母亲，他说，这是你不讲理了，我是好心嘱咐你几句，你怎么能让我下跪呢？

母亲的手不依不饶地指着院门口的地面，跪下，你这种人不配站着，只配跪！你到底跪不跪？今天你不跪，我就不去上班了！

父亲犹豫起来，也许他在心里评估自己的罪恶，是否必须要以下跪来洗清。我在房间里窥视着僵持不下的父母亲，他们大概对峙了两三分钟，父亲作出了一个令人震惊的决定。他朝我的房间窗户观察了一眼，扯了扯裤腿管，慢慢地跪下了，跪下了。他跪在院门口，对母亲故作轻松地笑着，跪就跪吧，我死有余辜，该跪。

母亲脸上的愤怒不见了，她的表情风云变幻，看不出来是满足还是不满，也许是一种深深的悲伤而已，她的眼睛着了魔似的，死死地盯着父亲的膝盖，过了一会儿，她突然说，你跪在院门口什么意思？让街坊邻居来参观吗？人家一开门就看见你了，你还有脸笑？你不嫌丢脸我嫌丢脸。

父亲站起来，嘀咕道，你还记得注意群众影响，很好，那我跪哪儿合适呢？他朝四周扫视了一圈，物色了大枣树下面的一块石锁，他缓缓地跪在石锁上，抬头看着母亲，表情有点讨好，有点无奈。母亲扭过脸去，推了自行车就走，走到院门口，我看见她去拔门闩，拔了几次都没有拔下来，母亲突然回过头注视着石锁上的父亲，她已经泪流满面，我听见了她凄厉的尖叫声，你气死我了！让你跪你就跪？库文轩我告诉你，男儿膝下有黄金你懂不懂？你这种男人，看以后谁会瞧得起你？

父亲在石锁上欠起身子，仰望着母亲，看上去他有所触动，一个膝盖下意识地抬了起来，另一个膝盖却服从向下的惯性，按兵不动。母亲出门后他慢慢地站起来，我冲出了房间，父亲发现了我，羞惭的表情从脸上一闪而过，他拍着膝盖，用一种轻描淡写的语气说，下不为例，下不为例，就这一次，闹着玩的，东亮，你最近为什么不甩石锁了？

我一时说不出话来，就说出了两个字，没用！

什么有用没用的？锻炼身体嘛。父亲弯着腰站在大枣树下，讪讪地思考着什么，过了一会儿，他苦笑了一声，是没用，东亮你说对了，什么都没用了，我们这个家快要散了，你母亲，迟早要跟我决裂的。

我不说话。我不知道该说什么。父亲回家后，一种幼稚而紊乱的理性让我摇摆不定，有时候我同情母亲，更多的时候我怜悯父亲。我盯着父亲衬裤膝盖处的两块黑印，目光小心地向上攀升，我看见他衬裤的褶皱凸显了一个中年男子阳具的形状，斜向下垂，垂头丧气的，像一个毁坏的农具挂在干瘦的树上。我不知道父亲勃起时是什么样子，我不知道父亲搞了多少女人，时间，地点，细节，她们都是什么样的女人？一些幽深而复杂的联想遏制不住，我的目光鬼鬼祟祟，引起了父亲的警觉，他低头看了看自己的衬裤，厉声问我，东亮你在看什么？你往哪儿看？

我吓了一跳，赶紧转过脸去，说，我看什么了？我什么也没看。

父亲恼怒地扯了一下自己的衬裤，撒谎！你告诉我，刚才脑子里在想什么？

我躲避着父亲的目光，嘴里申辩道，你又看不见我脑子，怎么知道我在想什么？我什么也没想。

父亲说，还嘴犟？你脑子里一定在动什么坏念头，你骗得了别人，骗不了我。

我被他逼急了，横下一条心，对着他嚷嚷起来，妈妈说得对，公狗才乱搞母狗！你到底为什么要乱搞女人？我们家现在这个样子，都要怪你的——我没能说出那两个字来，父亲慌张地瞪着我，两只手掐住了我的喉咙，把那两个字消灭在我喉咙里了。即使在愤怒中，他还是保持了冷静，也许怕我窒息，很快他松开了手，在我脸上补充了一个响亮的耳光，他说，没想到两个月不见，你这孩子就不学好了，整天在琢磨什么？下流透顶！

我不知道父亲为什么也骂我下流，与母亲相比，他是没有资格骂我下流的，如果说我下流，那是因为他先下流了。我有满腹的委屈，可我不愿意对父亲说。我正要往屋子里跑，听见院门被撞开了，铁匠的儿子光明拿了个铁箍站在我家门槛上，一声声地喊着，空屁，空屁，我来营救你，我们去滚铁箍吧！

谁要你营救我？我没好气地骂了光明，滚什么铁箍？滚你妈个头去！

我父亲疑惑地看着光明，光明你过来一下，我问你，你叫我家东亮什么？

空屁。光明爽快地回答，叫他空屁呀，现在大家都叫他空屁了。

讨厌的铁匠儿子被我赶走了，留下了一个小小的祸害，他泄露了我的绰号。我父亲对这个绰号很好奇，你为什么叫空屁？他皱着眉头审视着我，以前你没有绰号的，叫什么绰号不行，为什么要起这么难听的绰号呢？

你去街上问别人，我不知道。空屁就空屁，我不姓你的姓了——我不姓库，姓空；我也不叫东亮了，我的名字是屁，我叫空屁。

你给我住嘴，告诉我，这绰号是谁给你起的？

告诉你有什么用？你没用了。我忽然感到伤心，朝父亲嚷嚷起来，都怨你，你把我也连累了！你以后什么用也没有了，我是空屁，你也是空屁！

父亲沉默了。他走到门边，探头朝门外的街道张望了一眼，马上就把门闩上了。很好，很好，我也是空屁，你别委屈了，是我先做了空屁，你才变成空屁。他嘟囔着，突然苦笑一声，骂了句脏话，妈了个×，回到家，还是隔离审查嘛，我犯了什么滔天大罪？工作组审查我，老婆审查我，儿子也审查我！他嘴里发着牢骚，目光几次与我对接，都闪开了，他不敢看我怨恨的眼睛。

后来父亲蹲在横跨院子的晾衣绳下，打量绳子上的一堆鲜艳的演出服装。那都是我母亲年轻时候穿过的，她悉心保存着那些服装，每年冬天都要拿出来晾晒。绳子上悬挂的是春天，一派莺歌燕舞的景象，有维吾尔族的小花帽、镶嵌金线的黑背心、翠绿色的灯笼裙，有藏族的半截袖、毡靴、彩条围裙，有朝鲜族妇女的白色长裙和红色腰带，还有两双芭蕾舞鞋，像四把美丽而柔软的刀子，耀武扬威地挂在绳子上。

父亲仰着头，不时地眨巴着眼睛，看得出来，他是在借助那些服装回忆母亲风华绝代的舞台生涯。他拨弄了一下芭蕾舞鞋，摘下小花帽，轻柔地掸着帽子上的灰尘，我听见他在一声声地叹气，然后他突然与我谈起了母亲的艺术才华，表情看起来非常沉重。东亮啊，你母亲最可怜，我连累了她，她什么舞都能跳，什么歌都能唱，这下哪个文艺团体也调不进去了，可惜了那么好的艺术才华！我说她不调走才好，要不然我们家谁洗衣服？谁做饭？我父亲失望地瞪着我，你这孩子没出息，光知道吃。我说，不跳舞不唱歌死不了人，不吃饭要饿死人的！父亲用惊讶的眼神看着我，这都是谁给你灌输的庸俗思想？我们平时是怎么教育你的？大概意识到自己的处境并不适宜谈教育，教育的话题突然中止，他站起身朝我走过来。东亮，我跟你谈一件很重要的事情，你一定要记在心里。他拍打着我的肩膀，说，现在我们家是非常时期呀，我告诉你，以后要想吃你母亲的饭，要想维持我们这个家庭，都靠你了，你一定要好好表现，要让她高兴，千万千万别惹她生气！

我听懂了父亲的叮嘱，非常时期，我知道母亲对于我们这个家庭的重要性，可惜这个责任落在我肩上，有点张冠李戴，我没有什么信心取悦我母亲。说起来悲哀，我只有惹她发怒的诀窍，至于母亲的快乐，我对此一无所知。我不了解我母亲，不了解她的心，她在文艺舞台上的笑脸是伴随音乐绽放的，家里没有舞台没有音乐，我从来不知道母亲高兴起来会是什么样子。

还是先说说我母亲乔丽敏的艺术才华吧。

她年轻时候是油坊镇上出名的美人，是群众文艺活动的明星，人称油坊王丹凤。如果不是腰身略长，腿稍短，她就比那个电影明星更加美丽更加出众了。她凤眼葱鼻、鹅蛋脸，能歌善舞，尤其音色善变，可以甜美，可以高亢，除了文艺舞台之外，最能展示母亲才华的其实是高音喇叭。对于油坊镇居民来说，广播员乔丽敏字正腔圆的声音是一个神奇的风向标，中音区代表着国内国际形势一片大好，次中音区代表工农业战线捷报频传，次高音区代表人民的生活芝麻开花节节高，最令人叫绝的是她的高音区，那音色里隐藏着稀有的金属质感，带有天然的穿透力和震撼力。在一次公审大会上，她呼喊的口号竟然让历史反革命分子郁文苏当场小便失禁；还有一次，她的口号还没喊完，收购站的贪污腐败分子姚会计就昏倒在台上了。你如果在现场听过我母亲呼喊口号，就知道这不是笑话，她是用整个生命在呼喊，因此她呼出的口号总是气贯长虹，响彻云霄，那声音像一串华丽流畅的惊雷在油坊镇上空炸响，惹得街上鸡飞鸭跳、猫狗发傻，台下所有人的耳朵被震得嗡嗡作响，而一些天生有耳疾的人，由于耳膜脆弱，经不起刺激，不得不提前用棉球塞住自己的耳朵。

父亲曾经说，母亲浑身上下透出一种革命浪漫主义的风韵。革命与浪漫，都是她追求来的结果。她的少女时代是在马桥镇度过的，她的美貌和文艺才华早就被人注意，但马桥镇的世界太小，少女乔丽敏在那里英雄无用武之地。也不知道是妒忌还是偏见，马桥镇人对母亲的评价显得不三不四，他们暗地里叫她"肉铺家的王丹凤"，这绰号暴露了我母亲的出身门第，也暴露了我母系的血缘。在马桥镇上我有个外祖父，但是我从来没见过他，为什么呢，他是屠户出身，一辈子在宰牲口卖猪肉，这门第不是资产阶级，不是地主富农，但也绝对不是无产阶级，这不三不四的家庭出身，与母亲是不匹配的。传说外祖父在饥荒年代卖过人肉馒头，来一次运动，这丑闻就被张扬一次，我母亲无法忍受这种屈辱，一个逃离家庭的计划悄悄酝酿了好几年，终于在她十八岁那年付诸实现。有一次回家，她打碎了心爱的储蓄罐，一边清点储蓄罐里的钱，一边向家里人隆重地宣布，她与这个家庭划清界限了。家里人问她，怎么划清？她说，不吃你们的，不穿你们的，我出去独立生活。家里人又问，你一个女孩子家，靠储蓄罐里这点钱怎么独立生活？你到底有没有对象？你的对象到底是谁？母亲对家里人低估她的未来很愤怒，她说，什么对象不对象？我的对象，告诉你们你们也不懂，我的对象就是文艺舞台！你们别怨我狠心，我不跟你们划清界限，你们就会影响我的前途，你们不要前途，我要前途！

我母亲离开马桥镇的肉铺后在很多地方奔波，她报考过北京的歌舞团、装甲兵的文工团、外省的越剧团、地区的京剧团，甚至还考过一个杂技团，不知为什么每次都是虎头蛇尾，最后一关总是过不了，人家不是嫌她腿短，就是嫌她家庭出身不过硬，总之，正规的文艺团体都不收她，她的盘缠用光了，信心也受到了打击，就放低了要求，转而把目标锁定在群众文艺的舞台上。退一步海阔天空，她顺利地进了丰收氮肥厂，那厂里有一支金雀河地区著名的文艺宣传队。在丰收氮肥厂的文艺宣传队里，我母亲得到了应有的重视，她的美丽终于引人瞩目了。宣传队员白天包装化肥，利用晚间业余时间排练节目，我母亲不是领舞就是领唱，她走出氮肥厂的大门，蓝色工作服上散发着氨水的气味，但敞开的衣领里有一个鲜艳动人的舞台世界。我父亲那时候还在林场锻炼，他去氮肥厂采购化肥的时候遇见了母亲，第一次见到母亲，他吃惊地发现她工作服里的酱红色的丝绸小袄，原来是跳红绸舞的舞台服装，他不知如何评价她的穿着打扮，更不知如何总结这姑娘身上奇特的魅力。我父亲第二次与母亲见面，是熟人撮合的约会，地点在化肥厂外的排污渠边。父亲看见母亲从后门口袅袅婷婷地走出来，身上打扮仍然鲜艳夺目，这次她的内衣是水绿色的，也很眼熟，他想起来那是跳采茶舞的服装，这次他斟酌过了，第一句话就奉承了母亲，也打动了母亲，他说，小乔同志，你的身上，散发着革命浪漫主义的气息呀。

我父母的恋爱，与其说是恋爱，不如说是发现，是一次互相发现，父亲发现了母亲的美貌和才华，母亲发现了父亲的血统和前途。父亲的身高比母亲矮半个头，他们的婚姻，从前看来就不匹配，不匹配，却有结合的理由，直到那年九月父亲的问题东窗事发。母亲不知从哪儿听说我父亲勾引妇女惯用的第一句话，某某某同志，你的身上，散发着革命浪漫主义的气息呀。母亲说她的肺气炸了，也许是她平时过多使用胸腔共鸣，她的肺部似乎特别敏感。我亲耳听她对医院的郝医生描述过肺部古怪的反应，郝医生，我一看见东亮他爸爸就喘不出气来，一看见他的人影，我的肺噼噼啪啪地响呀，我的两片肺叶，至少爆掉一片啦！

愤怒和伤痛使母亲再度发现父亲，牛粪乔装成花园，欺骗了鲜花，她一朵鲜花终究还是插到了牛粪上。那年冬天母亲对这个家的厌恶之情溢于言表。我父亲预感到母亲的心离家越来越遥远，他束手无策，派我去关心母亲。可是每次我去对她表示关心的时候，母亲总是不领情，你总在我面前晃什么晃？你拿杯茶来干什么？谁告诉你我要喝茶？我知道是谁教你的，没用，没用了，我对你们两个人，都死心了。我一气之下就当着她的面，把一杯茶都泼在水池里了，这一下惹恼了母亲，她过来揪住了我耳朵，你要死呀，这么好的茶叶一口没喝就泼掉？你不会挣钱倒会浪费！

说到底我还是擅长惹恼母亲，我就知道会这样。父亲对我的指望落空了，我对自己的表现也很失望，别人都叫我空屁，我就像一个空屁，即使在我母亲身边，我也像一个空屁。我没有办法讨好母亲，我没有办法留住母亲。

母亲开始把洗好的秋装叠得整整齐齐，放进一只樟木箱里，而她以前那些珍贵的舞台服装，都装进了一只皮箱。那皮箱也珍贵，是我母亲辉煌的文艺生涯的凭证，箱盖子上印了一圈红字，丰收氮肥厂，奖给群众文艺演出积极分子。

我们一家三口最后的家庭生活凄凉不堪，甚至吃喝拉撒都充满了冰冷的条文和纪律。母亲把家务分成了三份，一份归她自己，主要负责我和她的午餐晚餐；另一份归我，主要是扫地抹灰倒垃圾；第三份家务繁重得多，早晨为一家人准备早餐，每天两次打扫厕所，包括我父亲自己的所有日常生活料理，他吃什么、穿什么、用什么，都由自己负责。母亲在分配这些工作时明确表示，我这是为你们好，我不会给你们做一辈子老妈子，锻炼锻炼，对你们自己有好处。

也就是那年冬天，我发现了父亲和母亲之间最后的秘密。我母亲仿照了工作组的模式，将他们的卧室临时开辟成一个隔离室，对父亲执行了最后的审查，只不过审查者是我母亲，主题便稍有局限，可以想象，主要内容都集中在父亲的生活作风问题上。母亲的审查通常在晚上七点过后，有线广播里《社员都是向阳花》的音乐响起来，母亲就进了卧室，她打开上锁的梳妆台抽屉，拿出她的圆珠笔和工作手册，对着外面喊，库文轩，你进来！我父亲有一次赖在茅房里不肯进卧室，母亲让我去敲厕所的门，你去，快去把他拉出来！我不肯去，她自己去了，拿了把扫帚，用扫帚柄捅厕所的门，捅了好久，父亲终于被她捅出来了，打开门，弯着腰从扫帚下穿过，他大叫一声我受不了啦，准备朝院门外逃跑，我母亲在后面发出一声尖利的冷笑，看着他跑。父亲跑到门边站住了，回头看着母亲，我什么都说了，没什么可交代的了，我要出去散散心！母亲用扫帚指着他，严厉地说，你开门，你出去散心呀，睁开你的眼睛，好好看一看，看看油坊镇上还有没有你散心的地盘！

母亲击中了要害，父亲果然没有勇气出去了，他在院子里转了一圈，终于驯顺地跟着母亲走进了卧室。卧室门窗紧闭，拉上了红色的窗帘，父母的身影一高一矮，都泛出一种猩红色的光晕，在灯光下晃动。大家心照不宣，这个生活作风问题，应该是关门审理的，他们采取了严密的措施提防我，他们越是提防我，我偷听的热情就越是高涨。事关人的下半身，好多事是难以启齿的，父亲做那些事很大胆，说这些事却很害羞，问深了，问细了，他招架不住，开始躲避，他尝试用闪烁其词、避重就轻的方法回答母亲的问题，这都被母亲看作消极对抗。她控制不住自己，就把家里的卧室当成了公审大会的现场，有一次我清楚地听见母亲高亢愤怒的声音传到了窗外，余音袅袅，飘荡在夜空中，库文轩，坦白从宽，抗拒从严！

其实他们越是吵闹，我越是不在乎，他们越是安静，我越是害怕。那天夜里房间里突然一片死寂，我什么也听不见了，那片死寂让我恐惧。我爬上了院子里的大枣树，视线轻易地穿过了房间的气窗。我看见灯光下的父亲和母亲，母亲拿着她的工作手册，坐在梳妆台边，满面是泪，而我的父亲，正像一条狗似的跪在母亲的脚下，他在褪他的裤子，他又在褪裤子了。他撅着屁股，向我母亲展示着光荣的鱼形胎记。我看见父亲苍白的干瘪的臀部，在暗红的灯光下闪烁着尖锐的光。母亲扭过脸去，她在哭，她哭得喘不过气来了。父亲很固执，裤子一直褪到膝盖下，他开始在地上爬，母亲的脸转到哪里，他就往哪里爬，突然，他一把抓住了母亲的脚，嘴里吼叫起来，快看我呀，你以前喜欢看的，现在为什么不能再看一眼？看我的胎记，我是邓少香的儿子，是真的！看啊，看清楚，一条鱼呀！我是邓少香的儿子，你别急着跟我决裂，决裂也别离婚，离了婚，你以后会后悔的！

一瞬间我的眼泪夺眶而出，我的眼泪，说不清楚是为父亲而流，还是为母亲而流。我说不清楚，我的眼泪是对他们的怜悯之泪，还是恐惧之泪，是伤心过度，还是惊吓过度。我从大枣树上下来，看了看我的家，看了看头顶上暗蓝色的夜空，不知道为什么，我看见天空就止住了眼泪，我抹干了眼泪，对着天空，恶狠狠地说，离婚就离婚，反正都是空屁！

他们的离婚算是顺利的。有一天早晨我开门出去，看见我家门上贴了一张大红喜报，不知道是什么人张贴的：热烈欢迎库文轩同志到向阳船队安家落户。落款是向阳船队全体船民。早晨来了喜报，下午我父母亲就离婚了。我是他们唯一的问题。跟父亲就去向阳船队，跟母亲就留在油坊镇上，我又想去船上，又怕离开岸上，我对父亲说，我半年在船上跟着你，半年在岸上跟着她，行吗？我父亲说，我这儿行，去问你妈妈，她那里恐怕不行。我去问我母亲，母亲恼怒地对我喊道，不行，有我没他，有他没我，上梁不正下梁歪，他这种人教育过的孩子，让我怎么教育？

不选不行，两堆不幸的礼物摆在我面前，一堆是父亲和船，一堆是母亲和岸，我只能选一样，我必须选一样。我选择了父亲。如今船民们偶尔还会谈起我当年的选择，他们絮叨地假设东亮如果跟着乔丽敏，他会怎样怎样，库文轩会怎样怎样，乔丽敏又会如何如何，我不听，这假设没有意义，假设都是空屁。就像水跟着水流逝，草连着草生长，其实不是选择，是命运，正如我父亲的命运，与一个女烈士邓少香有关，我的命运，注定与父亲有关。

是腊月里的事，街上天寒地冻，空气里提前飘荡着为春节熬猪油的香气，油坊镇上家家户户忙着准备过年，我们家不过年。我在油坊镇上的家要消失了，怎么过年呢？我们去船上，母亲也要搬家。我不知道母亲搬家为什么那么仓促，就像急于离开坟墓一样，她手忙脚乱，不停地催促她请来的两个码头工人，快点，请你们快点。结果她把一只花布包扔在我的床上了，我随手一翻，从花布包里翻出了那本工作手册。母亲用画报纸为工作手册制作了一个封套，乍一看，工作手册就像一本隆重出版的书籍，封面是《红灯记》里李铁梅的大半个红润的脸，封底可见李铁梅的一只手，举了一盏完整的红灯。母亲搬家的时候父亲躲在茅房里，我只有很短的时间思考，怎么处置这个特殊的本子，结果我作了一个最大胆的决定，不上交父亲，也不归还母亲，我把那本工作手册藏在了我的被褥下面。

直到现在，我都不知道那是由于母亲的疏忽，还是故意的安排，也许离婚终结了一切恩怨，她想把父亲的罪证交给他自己处理吧？我不清楚，也不敢问。我不知道我是为谁隐藏这个本子，是为了父亲，还是为了母亲，也许是为我自己？这个不可声张的秘密，几乎影响了我的一生。我对母亲的记录倒背如流，或者说我对父亲的罪状倒背如流。我记得工作手册上的每一个字，即使是怀着愤恨，母亲的字迹仍然工整，娟秀。平心而论，手册上的主题内容并没有超越我的想象，生活作风就那么回事，母亲记录了我父亲对她的背叛：数量、时间、地点，偶尔地她在空白处留下了一些愤怒的批注：无耻、下流、气死我了，还有一些红墨水画的感叹号，看上去血淋淋的。最让我吃惊的是一些姑娘媳妇的名字，竟然有那么多女人与父亲有染，我同学李胜利的母亲名字也在上面，还有赵春堂的妹妹赵春美，还有废品收购站的孙阿姨，还有综合大楼的小葛阿姨、小傅阿姨，她们平时多么端庄、多么正派啊，我想不明白，为什么她们的名字都在上面？

河　流

那年冬天我告别岸上的生活，随父亲奔向船与河流，我没有意识到这是一次永远的放逐，上船容易下船难，如今我在船队已经十三年了，再也没有回到岸上。

人们都说，我是被父亲困在船上了。有时候我赞同这样的说法，这说法给我乏味苦闷的生活找到了一个借口，但是对于我父亲来说，这借口是一把锋利的匕首，闪着寒光，时刻对准着他的良心。有时候我对父亲的不满无可抑制，会用这把匕首对着他，控诉他，伤害他，甚至羞辱他，更多的时候，我不忍心如此对待父亲。在船队航行的日子里，我低头看见舷下的河水，会觉得自己被千年流水困住了；我看见岸上的河堤、房屋和农田，会觉得自己被河岸困住了；我看见岸上熟人的面孔和陌生人的身影，看见船队的其他船民，我觉得是那些人把我困在船上了。只有在船队夜航的时候，河流暗下来，整个世界暗下来了，我点亮船头的桅灯，看见昏黄的灯光把我的影子投射在船头，那么小那么脆弱的一摊黑影，像一摊水渍，水在宽阔的河床中流淌，而我的生命在一条船上流淌，黑暗中的河流给我启示，我发现了我生命的奥秘，我，是被自己的影子困在船上了。

金雀河两岸的城镇乡村曾经遍布邓少香烈士的足迹。刚到船队的那一年，我父亲对他的血统还很乐观，他坚持认为那个烈士遗孤鉴定小组来路不正，对他充满了敌意和偏见，所谓的鉴定结果，不过是借刀杀人，是一次疯狂的迫害。在我父亲的信念里，他随船队沿河漂流，是在烈士母亲邓少香的怀抱里漂流，因此他感受到了一种虚幻而巨大的安宁。船过凤凰镇，父亲指着镇上高低错落的木屋告诉我，你看见了吗？那个祠堂，黑瓦白墙的房子，原来做过你奶奶藏枪的秘密仓库。我在船上眺望凤凰镇，小镇上空烟雾缭绕，我只看见化肥厂的烟囱和水泥厂的窑塔，怎么也看不清那间黑瓦白墙的祠堂。我对祠堂不感兴趣，向父亲打听凤凰镇的棺材铺在什么方位。我父亲怒声道，什么棺材铺？没有什么棺材铺，你别听别人污蔑你奶奶，她不是什么棺材小姐，她用棺材运送枪支弹药，是革命需要！他固执地用手指着一个方向，让我仔细看那祠堂的遗址，就在那排木屋的后面啊，你怎么看不见？我怎么也看不见祠堂，我说，没有棺材铺，也没有祠堂，我没看见祠堂！我父亲火了，他打了我一个巴掌，罚我跪在船头，面向凤凰镇，是你奶奶战斗过的地方呀，你敢看不见？他说，不怪你眼睛不好，是你的心里没有烈士，给我跪着，什么时候看见了，什么时候站起来！

我父亲对邓少香漫长的凭吊转移到了河上，每年的清明和九月二十七日，父亲会在我们的驳船上打出标语——邓少香烈士永远活在我们心中。春天一次，秋天一次，邓少香烈士在金雀河上复活两次。我分别听见两个季节的风吹打红色布幔，给我带来了不同的幻觉，秋风吹打父亲的横幅，船体会变得很沉重，令人觉得女烈士的英魂正在河上哭泣，她伸出长满藓苔的手来，拖拽着我们的船锚，别走，别走，停下来，陪着我。秋风放大了船锚敲打船壁的声音，那是女烈士留给我们父子的密语，她的英魂在秋风中显得脆弱而感伤。我喜欢女烈士在春天复活，春风就是春风，它从河上吹来，松软的，小心翼翼的，带着草木的清香，邓少香的名字在水上苏醒过来，我会感觉到女烈士的幽魂频频造访我们的驳船——她黎明出水，沐浴着春风，美丽而轻盈，从船尾处袅袅地爬上来，坐在船尾，坐在一盏桅灯下面。从后舱的舷窗里，我多次看见过一个淡蓝色的湿润的身影，端坐不动，充满温情。那些四月的早晨，我一醒来就去船尾察看女烈士留下的痕迹，她留下了一摊摊晶莹的碎珠似的水迹，还有一次，桅灯下竟然出现了一朵神奇的湿漉漉的红莲花。

我很迷惘。秋天的时候，我相信别人的说法，我父亲不是邓少香的儿子。可是到了春天，我相信父亲了，在我的眼里，他仍然是邓少香的儿子。

天　堂

关于向阳船队的来历，如今已经没有几个人说得清了。

先说那艘乳白色的拖轮，拖轮属于船运公司，是烧柴油的，双舵，马力很大。七八个船员，其实是工人编制，一次运输算一个班次，一个班次结束，他们就下班回家了，他们的家都在岸上，他们其实都是岸上的人。船员们都爱好喝酒，年轻的几个，越喝脾气越暴躁，好好地谈着什么话题，突然就出手打起来了，上船第二天我亲眼看见一个年轻的船员，胸口被人插了一只白酒瓶子，跳到河里，一边骂娘一边向岸边的医院游去。那几个年纪稍长的，平时眉眼温和一些，喝多了耍酒疯也耍得温和一些——有一个络腮胡子喝多了，就把他的宝贝收音机放在肚子上，平躺在甲板上呼呼大睡；另一个猴脸喜欢在后甲板上冲凉水澡，冲澡就冲澡吧，他总是一丝不挂满身皂沫，这里抓抓，那里挠挠，一边向驳船上的姑娘媳妇挤眉弄眼。我对这些船员，没有什么好印象。

我对谁都没有好印象。向阳船队一共十一条驳船，十一条驳船上是十一个家庭，家家来历不明，历史都不清白。金雀河边的人们对这支船队普遍没有好感，他们认为向阳船队的船民低人一等，好好的人家，谁会把家搬到河上去呢？很难说这是不是歧视，由于父亲的出身成了悬案，我们也成了来历不明的人，父亲需要赎罪，他带我到向阳船队，也许不是下放，不是贬逐，是被归类了。

船民们自称祖籍在河上游的梅山，梅山已经从金雀河地区的地图上消失了，在一次水库建设中，梅山的一镇十三村都被沉到了水底，金雀河地区地图的边缘，标示了一块蓝色水域，从前确实是梅山，现在是胜利水库了。我从来不相信他们来自梅山，鬼才相信他们是乡亲，听他们的口音南腔北调，南腔北调中又有自己的方言，很简洁，也很莫名其妙。比如船往马桥镇方向去，应该是往上游去，他们却叫作"下去"，他们一律称吃饭为"点"，称解手为"断"，对于岸上的人们不轻易谈论的性爱之事，他们毫不忌讳，他们把这个事情称为"敲",男人们在一起,总是满脸诡秘地说敲,敲,敲,为什么要说成敲呢?一件复杂的值得研究的事情,让他们敷衍成了敲敲打打的事。

我对他们的生活习俗也没有好印象。船民们大多衣冠不整,天气冷的时候是穿得太多,红绿黄蓝一起套在身上,脖子下有好几个领子层层叠叠。夏秋之际穿得太少,或者干脆不穿,男人们打赤脚,光着膀子,远看黑得像非洲人,他们穿自制的白粗布短裤,布料大多来自丰收牌面粉袋,裆部宽大,裤腰的尺寸一律放到最大,挽一下,再用裤带系上。女人讲究些,讲究得古怪,已婚女人都梳圆髻,头上插一朵白兰花或者栀子花,上身的衣裳五花八门,有人穿最流行的铜盆领小花衬衫,也有人穿着男人的白汗衫,或者祖母式的对襟短衫,但下身都是保守的、统一的,是宽大的长及膝盖的富春纺裤子,黑色或者藏青色的,更讲究的,会在裤腿上绣一朵牡丹花。由于生育和哺乳过于频繁,又不习惯戴胸罩,船上女人的乳房都很疲惫地垂挂下来,显得大而无当,我看见她们在船上走,只看见乳房在来回穿梭,似乎抱怨着什么,也似乎是炫耀着什么。我对那些乳房的印象也不好,所以,尽管它们对我完全开放,却从来没让我产生过兴趣。

船民的孩子们通常是光屁股的,光屁股是节约,也是一种标识,上了岸不怕走丢,走丢了岸上的人会把孩子送回到码头上。他们重男轻女,小男孩脑后留一根细细的小辫,手腕上套镯子,脖子上挂长命锁,女孩子反而没有什么修饰,头发是母亲用剪刀随便剪的,长短不均,乱蓬蓬的像一堆草。没有发育的小女孩,用一条手帕缝制的肚兜遮住私处,发育了的女孩子,穿的不是母亲的衣服,就是父亲的衣服,看上去都不合身。女孩们不受宠,不影响她们对家庭的责任感,她们整天在船板上跑前跑后,卖力地做事,替母亲吆喝年幼顽皮的弟弟妹妹。而船队唯一漂亮的女孩子樱桃,她醉心于扮演母亲的角色,整天用红布带把她弟弟捆绑在背上,走到这家,走到那家,她曾经走到六号船船尾,睁大眼睛,像个哨兵一样监视着我。我说,你来干什么?走开!她说,我在六号船上,又没上你家的船,你管得着吗?我说,谁要管你,不准看我!她说,你不看我,怎么知道我看你?我说,好,那我不看你,你不准跟我说话。她又说,谁跟你说话了?是你先跟我说话的。我斗嘴斗不过她,朝她瞪着眼睛,她不怕我瞪眼睛,突然神秘地一笑,说,别那么神气,我知道你们家的事情,我给你看看我弟弟的屁股,我弟弟的胎记,也是鱼形的!她说着解开红布带,把她弟弟的幼小的屁股露给我看,你看,看这个胎记，多像一条鱼！她有点得意地说着，怀里的婴孩咿呀咿呀闹开了，樱桃就叫了一声，别断，别断，等会儿再断。我知道婴孩是要拉屎了，赶紧转过脸去，我没去看樱桃弟弟的屁股，对于樱桃的行为，我很恼火，所以我一边往船后走，一边骂骂咧咧起来。我效仿的是船民的话语，敲，敲你妈的鱼；敲，敲你妈的胎记。

我在船队很孤单，这孤单也是我最后的自尊。船队的男孩子很多，不是太大太傻，就是太小太讨厌，我没有朋友，我怎么会跟他们交朋友？他们对我倒是充满了好奇和友善，经常跑到七号船上来看望我，有的还带了一把霉豆子作贡品，带一个玩具火车诱惑我，这些东西怎么能打动我？我把他们都赶走了。

初到船队，我的日常生活羞于描述。父亲不愿意我中断学业，让我在船上学习，为了培养我的学习兴趣，他把自己最喜欢的海绵沙发让给我坐了。当时油坊镇上没几个人坐过海绵沙发，那张沙发是父亲从岸上搬到船上的唯一家具，也是父亲地位和权力的见证物，我就天天坐在这么珍贵的沙发上，一心二用，想入非非。我手里拿着书装样子，屁股下坐着我母亲留下来的工作手册，我迷恋上了这个本子，偷偷研究着所有的记录。母亲对父亲私生活越轨之处的文字，其实笔下留情了，最大胆的用词是"搞"。我数了，大概有六十多个"搞"字。"搞"的对象，"搞"的时间、地点、次数，是谁主动？有没有被人撞见？父亲的供词前后并不一致，开头都是女的主动，开头一次都没有被人撞见，后面父亲就如实交代了，几乎都是他主动，被赵春堂撞见过，被打字员小金撞见过。母亲的记录处处可见她的好恶，时而细腻时而粗放，某些细节部分她厌恶，羞于记录，就用一串愤怒的省略号替代，同时加上她悲怆的批注：下流、恶心、公狗、母狗、气死我了、我的肺气炸了！

我没什么可气的。我看着母亲的字迹，努力地捕捉记录传递的真实场景，我沉迷于这样的推理和想象，又害怕推理和想象带来的结果，所有结果都是蹊跷的化学反应，字、词、句子，加上想象力，从上而下，轻易地俘虏了我的身体。在阅读与想象中，我一次又一次地勃起。我的下身在燃烧，一团堕落的肮脏的火焰在船舱里疯狂燃烧，烧得我手足无措。我合上工作手册，文字之火余烬未灭，书套上李铁梅的面孔又来给我添了一把火，不知道怎么回事，尽管李铁梅双目圆睁表现着革命的决心，但她的腮帮子艳若桃花，她的嘴唇那么薄那么红，她的鼻梁那么修长那么挺拔，她的耳朵看上去那么柔软那么肉感，这一切都被我误解成了某种性的挑逗。我也不知道自己是怎么回事，别人都对李铁梅举红灯的姿势肃然起敬，我却总是往歪处想，我觉得自己很堕落，带着一种自救的良知，我用旧报纸把工作手册又包装一遍，李铁梅的面孔被包起来了，我的下身就平静下来了。后舱房里的世界是局促的，我的秘密时刻面临败露的危险，为了安全起见，我把工作手册藏在工具箱里，抱着工具箱悄悄地来到船尾，当我好不容易打开暗舱的门，我听见工具箱在骚动，里面隐隐传来锤子、扳手、铁钉、螺帽的抗议，还有李铁梅焦灼的呼唤亲人的声音，奶奶，您听我说！远处的河岸也在骚动，我依稀感到岸上有个红色的人影，是我母亲沿着河岸奔跑，追着我们的船，一边追一边怒声高喊，快把本子还给我，还给我呀，东亮，你这个无耻的孩子，你这个下流的孩子，气死我了，东亮，你把我的肺气炸了！

　　初到船队，我被湍急的河水和紊乱的青春所围困，阴郁而消沉，而我父亲心情不错。向阳船队勉强保留了父亲的最后一批崇拜者，父亲下放后，他们一直不好意思改口，还是喊父亲库书记，船上的女人们都觉得有责任帮衬我们父子，他们说，乔丽敏够狠心呢，一挥手就把父子俩撵到船上来了，船上没女人，这日子怎么过呢？女人们怀揣着妇道和热心肠来到七号船，送两碗面条，送一壶开水，德盛的女人是最热心的，她洗衣服的时候，常常端着大木盆，扭秧歌似的来到六号船船头，对我父亲喊，库书记呀，出来一下，有什么要洗的？尽管往我盆里扔。

　　我不出去，在舱里悄悄地监视我父亲。他空着手出舱去，连一双袜子也没带，但他讲究礼数，和德盛女人说话去了。从下往上，我能看见德盛的女人光着脚，绣花裤管下露出黢黑的脚背，脚趾甲则是鲜红鲜红的，一看就是染过了凤仙花汁，船上的女人都这样，以为别人都要留意她们的脚趾甲。我父亲果然注意了她的脚趾甲，发出了及时的赞美，他说，德盛媳妇，你身上有一种革命浪漫主义的风情呢。

　　德盛的女人不解其意，嘻嘻地傻笑，说，我天天在船上，哪儿浪漫得起来呢？我知道这是危险的赞美，我认为父亲对德盛女人有一点意思，我认为他对孙喜明的女人也有意思，以我的揣测，他对很多体态匀称面孔红润的女人都有意思。我的脑袋贴着舷窗，内心充满忧虑，只要他和一个女人靠得很近，只要他和一个女人单独说话，我就替他担心，我就会想到一个字，敲！我甚至以自己的经验，从心里对父亲发出警告，小心，小心，不准勃起，不准勃起！我紧张地盯着父亲的下半身，几乎屏住呼吸，值得庆幸的是，无论和德盛的女人在一起，还是和孙喜明的女人在一起，我父亲的裤裆总是风平浪静，从来没出过洋相。我私下猜测，毕竟他做了那么多年干部，人前一套，背后一套，什么都能装吧。

我装不了，我管不住自己。有一次他和德盛女人说话，站的位置偏离了我的视线，我忍不住把脑袋探到了外面，歪着头观察他们两个人的身体。这诡秘的举动被我父亲发现了，他捞起一根竹竿在我头上敲了一下，怒骂道，我和群众聊天，你鬼鬼祟祟看什么？让你看书你打瞌睡，这会儿你的眼珠子瞪得比牛铃还大！

我缩回了脑袋，一时竟然没找到借口。我没有什么借口。不健康的青春期，由无数不健康的细节缝缀起来，我知道自己有多么令人讨厌。我头脑空洞，却又心事重重，看上去对什么都不在乎，其实鬼鬼祟祟。我确实鬼鬼祟祟的。在船上，父亲的生活作风没出什么问题，我的生活作风却出了大问题。我面色憔悴情绪低落，所有表现都不符合朝气蓬勃的标准，我父亲敏锐地察觉到我染上了手淫的毛病。他是过来人，对付这事很有经验——白天他经常突然袭击检查我的手，吸紧鼻子闻我手掌上的气味；夜里睡觉的时候他规定我的手和下身要严格分离，不准我把手放在被子里面；半夜三更的我多次被父亲惊醒，都是一个原因，他发现我的手在被子里面。怎么又放在里面了，给我拿出来！他粗暴地把我的手拉出被子，掖好被头，威胁我说，我再发现你手在里面，就把你手吊到梁上去，让你吊着手睡！

说起来有点冤枉，我从没追究父亲的生活作风问题，父亲却抓住了我的生活作风问题不放手。失去了油坊镇的领导岗位后，他兴趣转移，如何改造我的思想，如何纠正我的生活作风，成了父亲工作的重点。他干什么都喜欢大张旗鼓、制造声势，为了模仿水上学校的模式，他把我们家的船篷布置成了一间流动教室，小黑板、粉笔擦，还有自制的竹枝教鞭，应有尽有。他还剪了四块红纸，分别写上"团结、紧张、严肃、活泼"八个大字，隆重地贴在板壁上。

四条训诫，其实有两条我是遵守的，第一我很紧张，我天天都在提防父亲的检查，怎么会不紧张？第二我很严肃，我每天碰不上一件高兴事，天天都绷着脸，觉得整个世界都欠了我的债。至于团结和活泼，我对前者没兴趣，对于活泼，我有一点兴趣，可是谁都知道，活泼是要具备条件的，无论是打乒乓球还是滚铁箍，要活泼至少要在岸上，我在船上，让我怎么活泼呢？

我对父亲的水上学校不感兴趣，除了一个隐私带来的短暂而尖锐的快乐，我不知道我的快乐在哪里。

那年我十五岁，像一根青涩的树枝被大水冲到金雀河上，我随波逐流，风管辖我，水管辖我，河岸管辖我，父亲天天在管我，偏偏我自己管不住自己，包括我自己的秘密。有一天早晨我被惊醒，是被父亲打醒的，我迷迷糊糊，下意识地捂紧自己的短裤，怪我做的梦不好，梦见了李铁梅，短裤里突起了一座小小的山峦，但这次受罚，不是勃起之罪，是大祸临头了。父亲不知为什么打开了船尾的暗舱，发现了我的秘密。他挥舞着那本工作手册抽我，抽我的脸，我从来没见过如此暴怒的父亲。他头发凌乱，眼角上还挂着眼屎，面孔看上去很古怪，一半是苍白的，另一半因为愤怒，已经涨成了猪肝色。这东西怎么会在你手上？滚起来，给我滚起来，说呀，你藏着这本子干什么？

我迷迷糊糊地站起来，用双手保护我的脸，嘴里下意识地申辩，不是我的，是妈妈的，都是妈妈写的，不关我的事。

我知道是她写的，是你偷的！我问你，为什么偷？为什么偷了不交给我？为什么藏起来？这是我的黑材料呀，你居心何在？

我居心何在？我说不清楚。说不清楚本可以选择沉默，但是我不懂得沉默，为了逃避责任，我说了一句不三不四的话，我藏着玩，好玩嘛。

好玩？怎么个好玩法？这句话彻底激怒了父亲，他狂叫起来，拎着我耳朵，一迭声地追问，什么好玩？这是你母亲整我的黑材料呀，你怎么玩的？

怎么玩呢？我还是说不出口，让我怎么说得出口呢？我从父亲的眼睛里看见了罕见的怒火，预感到灾祸马上要降临，提着裤子就往舱外逃，父亲追出来踹了我一脚，滚，你这个下流坯，不准你在我的船上了，马上给我滚，滚到岸上去，去找乔丽敏吧。

船队正在清晨的金雀河上航行，我逃到船头，再也无处可逃了。我看着别人的船，别人家的船是安全的避风港，但我不想上去。夜航过后，船队的人都早早起来了，有的船上已经升起了炊烟，有的孩子正在船尾撅着屁股解手，早起的船民们向七号船上张望着，发现我被父亲逼到了船头，紧紧抱着缆桩。八号船的德盛大声说，库书记，你家东亮怎么啦，惹你生那么大的气？别再往前逼他了，再逼就逼到水里去了。

我父亲装作听不见，他用一把煤铲对准我，就像用一杆枪对准敌人，他说，滚，你这个下流坯，你这个小阴谋家，给我滚到岸上去，滚到你母亲那里去！我回头看着船下的水，心里有点胆怯，嘴巴不示弱，滚就滚，你让拖轮停下来，我马上就滚。父亲说，你好大面子，让拖轮为你这混账孩子停下来？做梦去，河水淹不死你，你先滚到水里去，自己游到岸上去！我说，水那么冷，我才不下水，只要有河滩，我马上就滚，我才不稀罕这条破船，我上去了就不下来了，你一个人过去吧。

父亲有点犹豫，一边观察着河岸，手里紧紧地握着煤铲，船过养鸭场，他说，好，养鸭场到了，有河滩了，你可以滚了！父亲突然用力将煤铲铲到我的脚下，这样，我就像一堆煤渣一样被他铲起来了，半堆在船板上挣扎，半堆已经悬在空中。六号船上王六指家的一堆女儿挤在一起看热闹，看见我的狼狈样子，居然都痴痴地笑起来，这让我感到了极度的羞耻，撵就撵，推就推，驱逐就驱逐，我怎么也不能谅解父亲使用的工具，用什么不好，为什么要使用一把煤铲呢？一气之下我就对着父亲骂了一句脏话，库文轩，我敲你老娘！

怪我咎由自取，敲父亲的老娘，就是要敲邓少香烈士，父亲怎么能容忍呢？我看见父亲脸上闪过一道残酷的白光，这下他真的把我当作一堆煤炭看待了，他调整了手里的煤铲，弯腰蹲马步，嘴里怒吼一声，双手用力一掀，成功地把我铲到了养鸭场的河滩上。

字

那是我第一次被父亲赶到岸上去。我是在养鸭场那里上岸的，看不见人，一群鸭子在河滩上摇摇摆摆地站成两排，代表陆地夹道欢迎我，欢迎我回归陆地。我朝油坊镇方向走，觉得脚下的路在波动，乡间公路像河一样奔流，反而金雀河的河水纹丝不动，仿佛一片发亮的土地，河上船樯，乍看都是土地上的房屋。我走到变电房附近，迎面又跑来几只鸭子，傻子扁金扛着一根长长的鸭哨，在路上雄赳赳地走。他看见我就亢奋地喊起来了，你是库文轩的儿子吧？我告诉你，你去告诉你爹，工作组又要来了，他们就要来宣布了，我才是邓少香的儿子，我是她的真儿子！

对付一个傻子，我还是有点办法的，我说，傻子，你癞蛤蟆想吃天鹅肉呢，你也配做烈士的后代？我也告诉你，工作组就要来了，他们就要宣布了，你爹是头猪，你娘是只鸭子，你是猪和鸭"敲"出来的！

傻子扁金拿着鸭哨来追我，他明显知道敲的意思，怒视着我说，你小小年纪就满嘴脏话，敲？你知道怎么敲？看我来敲你，敲死你！

我和他在路上赛跑起来，我当然比他跑得快，很快就把他甩掉了。甩掉了傻子扁金，我还在跑，我好久没这么奔跑了，像风一样奔跑，如果不是去了船队，我绝对不会把奔跑也作为一种享受，我像风一样跑到油坊镇中学的红色校舍外面，风停了，我累了。我站在路上喘气，看着油坊镇中学的房舍和操场，突然之间，我感到很难受，肠胃难受，心里也难受。

我在这所学校的初中部上了三个月的课，就走了。摆脱学校曾经让我狂喜过，现在时过境迁，我发现自己有点不舍得学校了。我从围墙外绕到我的教室，从窗户里看见一丛丛男孩女孩的脑袋，像一片高粱在里面起起伏伏，我的座位上，坐了一个穿花棉袄的女孩子，嘴里念着什么，一只手正在掏鼻孔。他们跟随着一个女教师，七零八落地诵读着外语，其实是在嚷嚷，我听不懂他们在嚷什么，踮起脚看见黑板上的一排字，这才知道他们是在上英语课，千万不要忘记阶级斗争，下面配着一排英文字母，我听了好几遍，大体上记住了英语的念法，内佛佛盖特克拉斯斯却歌，这就是千万不要忘记阶级斗争的意思？我下意识地对照了油坊镇的方言，进行了再翻译，一个惊喜的发现让我差点笑出来，综合油坊镇方言和向阳船队的切口，这句英文应该这么念：那么不碍事这样子敲过去！

敲过去。敲过去！这三个响亮而堕落的音节让我莫名地亢奋起来，我在地上找到一截粉笔头，先在墙上写下了"千万不要忘记阶级斗争"这几个字，然后我准备写下我自己的翻译，写到"碍事"的"碍"字，我卡壳了，我不会写这个字，怎么也回忆不起来，我就先写了"敲过去"。一个字不会写，对整个标语的效果很有影响，再念一遍，突然觉得没意思了，别人看见了不会发笑的。于是我另起炉灶，灵机一动，我把"千万不要"的"不"擦掉了，擦了一念，千万要忘记阶级斗争。我觉得这有点意思，又有点担心，这样算不算反动标语呢？我正犹豫着，从窗户里探出一个男孩的脑袋，我不认识他，他倒认识我，一见我就瞪大眼睛叫起来，库东亮，你在干什么？

让他这么一叫，我扔掉粉笔头，又跑了。

我又跑起来，这次是慌张地逃逸。我突然想起来那句话是毛主席的语录，篡改语录都是反动标语，我知道我惹了祸。我抄近路穿过麻袋厂的厂房，朝工农街上跑，跑到街口，突然意识到工农街上没有我的家了。于是我反身朝综合大楼跑，那幢大楼我是最熟悉的，我父亲的办公室在四楼，我母亲的广播室在二楼，我来到综合大楼的门前，这才想起母亲也不在广播室了，我隐约记得父亲说过，母亲调动了，但我不记得她是调到粮油加工站还是粮油管理所了。我在传达室的窗边转悠，看见一群人在传达室外面等着拿报纸，好多人的脸我认识，好多人以前似乎很喜欢我，现在他们都用惊愕的表情看着我，有个女干部说，你不是库文轩和乔丽敏的儿子吗，还来这里干什么？你妈妈不在广播室了。

有人告诉我母亲在粮油加工站，并且给我指了路。那地方很远，快到枫杨树乡了。我走到加工站天色已经暗了下来，碾米机都停止了工作，空气里还残留着新鲜稻米和菜籽油混杂的香味，几个女工结伴出来，对我指指戳戳的。我不认识他们，我问，乔丽敏在不在？他们的脸上都浮现出神秘的笑意，说，在，怎么不在，等着你呢。

我走进碾米车间，看见三个人静静地站在碾米机前，像另外三台碾米机一样静静地注视着我，一个是我母亲，一个是油坊镇中学的教导主任，还有一个青年穿着蓝色的制服，是派出所的警察小洪。我知道我惹下了大祸，我不该进来，还应该跑，可是我再也跑不了了。

我母亲第一个扑过来，她像一头愤怒的母狮朝我扑过来，啪，啪，啪，打了我三个耳光。她向旁边的两个人气呼呼地解释了三个巴掌的意义，我记得很清楚，她说，这三巴掌，第一巴掌归孩子自己；第二巴掌归我，我乔丽敏一生要争气，怎么偏偏生了这么个不争气的孩子；第三个巴掌，赏给他父亲，都是他的教育有方，你们看看，孩子跟着他才几个月，都会写"反标"啦！

码　头

我在粮食加工站的宿舍里住了几天，就决定离开了。

我不得不离开，不知道是我母亲，还是我自己败坏了我的名声，粮油加工站里的所有女工都讨厌我，提防我。隔壁农具修理厂的男工也受了他们影响，不给我好脸色，只有厂里的一条癞皮狗对我高看一眼，很热情地对待我，甚至向我献媚，它天天围着我嗅来嗅去的，尤其喜欢嗅我的裤裆。我不领狗的情，更讨厌那畜牲对我裤裆的特别关注，我再怎么不受欢迎，也不至于要感激一条癞皮狗的友谊，所以我对它拳打脚踢。癞皮狗竟然也有自尊，顿时与我反目了，如果我不是跑得快，肯定要被它咬一口。

癞皮狗追到我母亲的宿舍门外，在走廊上狂吠，其他的女工吓得魂飞魄散。我母亲知道是我惹了那条狗，她拖着一柄湿漉漉的拖把，勇敢地跑出去轰走了癞皮狗。轰走了狗。她去向受惊的女工们打招呼，一定是听到了什么不中听的话，回到宿舍她的脸是阴沉的，看见我无动于衷地躺在床上抠脚丫，她不由得怒上心头，转而用手里的拖把对我发起了进攻，她忽而用拖把柄捅我的腿，忽而用拖把头扫我的手臂，嘴里痛心地喊叫着，你看你这个十恶不赦的孩子，群众孤立你，畜牲也嫌弃你，连一条癞皮狗都来追你呀，狗是吃屎的，吃屎的狗都不肯原谅你！

我很清醒，没有与母亲顶嘴，她发怒的时候我捏紧鼻子屏住气，这个动作提醒她注意我耳朵的功能，你骂什么都没用，你的话从我的左耳里进去，马上从右耳里出来了，骂什么都是空屁。我在母亲的责骂声中默默地吃晚饭，脑子里忽然想起"流亡"这个词，或许我已经开始流亡了，粮油加工站不是我的久留之地，我已经认定母亲那间狭窄的女工宿舍不是我的家，是我的一个驿站而已。什么母亲？什么儿子？空屁而已。我是我母亲的客人，一个不受欢迎的客人，她提供我一日三餐，每一颗米粒上都浸泡了她的悲伤，每一片青菜叶上都夹带了她的绝望。我与母亲在一起，不是她灭亡，就是我疯狂；不是她疯狂，就是我灭亡——这不仅是我母亲的结论，也是我自己的结论。

母亲还在岸上，但岸上没有我的家了。我考虑着自己的出路，权衡再三，向母亲低头认罪是没用的，她自认为品德高尚，难以原谅我，还是父亲那边好一些，他自己也有罪，没资格对我吹毛求疵，我决定向我父亲低头，回到船上去。有一天早晨我不辞而别，离开了粮油加工站的女工宿舍。

那天是向阳船队返航的日子，一个浓雾弥漫的早晨。我在码头等船，等得心神不宁。我说不清是在等我父亲的船回来，还是在等一个家回来；我也说不清，是在等我父亲的家回来，还是在等我自己的家回来。我拿着一只旅行包站在码头上，脑子里想起农具厂的那条癞皮狗，觉得我还不如那条狗，那狗在岸上还有个窝呢，我却什么也没有。我只能回到河上去，我比狗还低贱一等，只能攀比一条可怜的鱼。

早晨大雾不散，大雾把码头弄得湿漉漉的，像是下过一场雨。太阳犹犹豫豫地冲出雾霭，但有所保留，码头的一部分被阳光照亮了，另一部分躲避着太阳。煤山上货堆上，还有许多起重机上挂着薄薄的雾，有的地方太亮，刺人眼睛，有的地方却还暗着，看不清楚，我站在暗处等待。驳岸上人影子很多，但是分不清谁是谁。有人从船运办公室那边过来，匆匆忙忙地朝驳岸走，脚上拖曳着一条跳跃的白光，我认定那是船运办公室的人，对着那人影子大声地喊，喂，你站住，我问你话呢，向阳船队什么时候到？

　　一开口我就后悔了。我遇见的是综合大楼的机要员赵春美。赵春美呀，赵春美！是赵春美，她是油坊镇新领导赵春堂的妹妹。这名字在母亲的工作手册上，起码出现了十余次，赵春美和父亲乱搞过。我脑子里立刻浮现出一些零碎的记录文字，都是父亲亲口向母亲坦白的，他们搞，搞，她躺在打字台上，她坐在窗台上，他们搞，搞。有一处细节比较完整，他们躲在综合大楼存放拖把扫帚的储藏室里，搞，搞，清洁工突然来推门，我父亲临危不乱，用扫帚和拖把挡住自己的下身，用肩膀死死地顶住门，命令清洁工离开此地，他说，今天你回家休息，我们干部义务劳动！

　　我记得以前曾经在综合大楼里见过这个女人，印象最深的是她的时髦和傲慢。她有一双油坊镇上罕见的乳白色的高跟鞋，还有一双更罕见的紫红色高跟皮鞋，她一年四季轮流穿着这两双高跟鞋，在综合大楼的楼梯上咯噔咯噔地走。大楼里的女人都很讨厌她，包括我母亲，她们觉得她是在用高跟鞋向其他女人示威，向男人们调情。我记得她的眼睛里曾经风吹杨柳、风情万种，现在不一样了，她认出了我，那眼神冷峻得出奇，有点像公安人员对待犯罪分子，她盯着我的脸，然后是我手里旅行包，似乎要从我身上找出什么罪证来。我原先是想转过脸去的，突然想起父亲的义务劳动，忍不住想笑，但她突然浑身一个激灵，这反应让我震惊，我再也笑不出来了，我注意到她古怪的表情，那表情已经超越了仇恨，比仇恨更尖锐，她浮肿的脸上被一圈寒冷的光芒包裹住了。

　　杀人了。她哑着嗓子说，我家小唐死了，库文轩杀死了我家小唐！

　　我这才注意到赵春美的头上别了一朵白花，她的鞋子也是白色的，不是高跟鞋，是一双麻布丧鞋，鞋背和鞋跟上分别缀着一小朵细麻绳绕成的小花。她的腮帮肿得厉害，说话口齿并不很清楚，我知道她说她丈夫死了，但我不知道她为什么要指称我父亲杀人，我父亲在河上来来往往，他怎么能杀死岸上的小唐呢？对于死人的事，我本来是有点兴趣的，我很想问她你家小唐什么时候死的，到底是自杀还是他杀？但她阴沉绝望的表情让我害怕，她盯着我，突然咬牙切齿地说，库文轩，他迟早要偿命的！

我被她眼睛里的凶光吓着了。一张女人的脸，无论过去如何漂亮，一旦被复仇的欲望煎熬着，便会显得异常恐怖，赵春美的脸当时就非常恐怖。我下意识地逃离她身边，跑到了装卸作业区。我跑过一台吊机下面，抬头看见装卸队的刘师傅高高地坐在驾驶室里，朝我使着眼色让我上去，似乎有天大的消息要告诉我。我爬上吊机的驾驶室，等着刘师傅告诉我什么，结果他什么消息也没有，只是管闲事而已，刘师傅指了指赵春美，告诫我说，你千万别招惹她，她最近神志不清楚，男人前几天喝农药死了。

我没惹她，是她来惹我。我说，她男人喝农药，是自杀，不关我爹的事！

刘师傅示意我别嚷嚷，他说，怎么不关你爹的事？是你爹的责任，是你爹让人家小唐戴了绿帽子嘛，没有那顶绿帽子压着，小唐不会走那条绝路的。

少来诓人。我本能地替父亲辩解起来，你们没有调查就没有发言权，我了解情况，我爹跟她搞了好多年了，她男人绿帽子也戴了好多年了，怎么现在才想起来喝农药？我爹敲过的女人多了，怎么偏偏她家就闹出了人命？

你个孩子不懂事呢，天下哪儿有男人喜欢戴绿帽子的？都是没办法嘛。刘师傅说，小唐他绿帽子是戴了很多年了，可是以前没多少人知道，别人装傻他才能装傻，现在你爹一垮台，好了，人人都知道这件事，人人都传这件事，多少人戳小唐的脊梁呀，说他为了往上爬，拿自己老婆给领导送了礼！

我回忆起母亲的工作手册上对赵春美夫妻的记录，嘴里忍不住嘟囔起来，也没冤枉他，我了解情况，小唐调到兽医站当站长，就是我爹帮的忙。

小唐人都死了，不兴这么说他！刘师傅瞪着我，禁止我说死人的不是，他说，小唐就是让闲话说掉了一条命。也不怪人家心眼小，背后说闲话，还能装聋子，他去浴室洗澡，有人过去捏他鸡巴，问他能不能硬呀，可怜这白面书生，他在池子里跟人打了一架，没伤着人，自己鼻子给打出血了，别人给他纱布棉球他不要，自己穿好衣服去药店，说买红药水去，结果他去买的不是红药水，是敌敌畏！我老婆亲眼看见的，他从药店出来，一路走一路就把敌敌畏喝下去啦，好多人看见的，以为他在喝酒呢！

我本来还要和刘师傅争论下去的，不管小唐是怎么死的，捏他鸡巴的人才是杀人犯，这条人命凭什么算在我父亲头上呢？我正要说什么，忽然听见下面响起了一阵嘶哑而愤怒的叫喊声，库文轩家的狗崽子，你给我下来！我朝吊机下面一望，看见赵春美追来了，她仰着脸站在下面，对我虎视眈眈的。我心里一慌，对刘师傅说，她到底要干什么？她男人死了，难道还要我爹偿命？我爹不在，她是不是要我偿命？

刘师傅皱起眉头，将脑袋探出吊机的窗子朝下面张望，他对我说，偿命你们偿不起，人家也没真要你爹偿命，她就是钻了牛角尖，天天到码头来守你爹，要你爹到小唐的坟上披麻戴孝呢。

这是刘师傅透露的唯一有用的消息，这消息让我觉得下面那女人的身影更恐怖了。我想钻进吊机的驾驶室里，可是比较各自的处境，刘师傅也许更同情赵春美，他借口安全重地闲人免入，把我推出来了。我一跳下地，就看见赵春美朝我跑过来，边跑边把手伸到外套口袋里，拉出了一团白色的孝带，她的手里挥着孝带，嘴里叫喊着，库文轩的狗崽子，你别跑，你爹不在，你先替他戴上孝带啊。

我没料到遇上了这么恐怖的事情，赵春美疯了，竟然要让我为小唐戴孝带，我对她说了一句痴心妄想，就撒开腿跑了，一口气跑到了煤山上。赵春美朝煤山这里追了几步，不知是体力不支，还是自知跑步登高的才能无法与我抗衡，她停住了脚，对着我嘟嘟囔囔地说了些什么，最后她把一团孝带和黑纱塞到了怀里，放弃了我，站到驳岸上等船去了。

我知道赵春美在守候父亲。那天早晨的油坊镇码头就是如此蹊跷，我在煤山上守望着向阳船队，赵春美在驳岸上等船队归来，我们各怀心事，都在焦灼地等一个人抵达码头，是我父亲库文轩，我们都在等他。

太阳终于大胆地升起来了，码头晃动了一下，杂乱的轮廓清晰起来，甚至连空气都是热情洋溢的，显示出抓革命促生产的繁荣景象。远远地我听见了拖轮的汽笛声，向阳船队模糊的影子，在河面上渐渐清晰起来，从煤山上远望，船队就像一片流动的岛屿，十一条船就像十一座流动的小岛，在河上有组织有纪律地漂流。我猜测船是从五福镇来，从别的码头运来的货物，都可以裸露，都说得上名字。五福镇的货物不同。装船制度不　样，船从五福来，向阳船队的驳船便要蒙上绿色的篷布，我猜得出那篷布下面的货物，多半都是密封的大木箱，木箱上没有收件地址，只有一些神秘的阿拉伯数字和洋文字母，我知道，这批货物最后将辗转运往更神秘的山南战备基地。

我在高处，一眼就看清了七号船，还有船上的父亲。别人的船上都蒙着绿色的油布，看上去是个隐秘而团结的集体，只有我们家的七号船有点特别，光明正大地裸露着。我看见舱里很多白花花黑乎乎的动物在涌动，起初辨认不出是什么，后来看清楚了，竟然是一船生猪，我家的船舱装了三四十头生猪返航了，父亲正弯腰守在舱边，看管着一船白猪、黑猪和花猪。我还不如一头猪，我被父亲驱逐下船，猪群上了我家的船，现在父亲伺候着一船生猪，披星戴月地回到油坊镇来了。

大约是早晨八点钟，高音喇叭里正好在播放广播体操的音乐，一个男人雄壮的声音在喊，上肢运动，一，二，三，四，二，二，三，四。船队就在广播体操明朗激越的节奏里靠了岸，拖轮上的汽笛尖叫几声，与高音喇叭稍作对峙，便草草收场了，十一条驳船游子归来，疲惫地扑向油坊镇的土地，河上水花四溅，船上的船民一片忙乱，铁锚沉入水底，缆绳抛向驳岸，跳板在舷板上刺耳地滑动，我看见父亲在船头上不知所措的身影，很快德盛过去了，王六指也过去了，他们帮我父亲下了锚。

驳岸上的起重机都呜呜地发动起来了，装卸队的工人已经带着麻绳杠棒聚集在岸边，四周一片嘈杂。赵春美在吊机的机械臂下穿行，风风火火地朝船队走，她像一颗子弹朝我父亲射过去了。我知道她戴着丧孝，一时上不了船。船民们迷信，最忌讳死人的家属登船，果然，我看见一号船的孙喜明夫妇把她撵下了船，王六指全家出来堵着跳板，不让她过去。她上不了船，改变策略，沿着驳岸向七号船奔跑，船民们都发现了她的丧孝，他们同仇敌忾，所有的船民都在喊，走开，走开！德盛和老钱甚至用长杆在空中挥舞着驱赶她。我看见她跑着，躲着，忽然振臂一呼，库文轩，你杀了人，快给我滚下船来！也许用尽了全身力气，她这么喊了一声，人就瘫坐在七号船边了。

我预感到会出什么事，当我从煤山上跑下来时，看见从综合大楼的方向过来一群人，他们也匆匆地向码头奔跑，我赶到驳岸上，那群人也到了，很明显他们是赵春堂派来的，我看见他们架着赵春美走，赵春美在哭泣，不是号啕大哭，是带着倾诉的哭泣，我没疯，你们拉我干什么？我不去杀人，不去放火，你们放心，我不会给我哥丢脸的。我注意到她的身体一会儿被别人所包围，一会儿露出一条坚强的腿，一会儿露出一只愤怒的胳膊，在别人的强行拽拉下，她倾斜着身体在驳岸上滑行，头部固执地拧向船队的方向。我与他们逆向而行，经过她身边的时候，她看见了我，身体剧烈地颤动了一下，她用一双红肿的泪眼瞪着我，嘶哑的声音突然高亢起来，听上去凄厉而狂热，去告诉你爹，我不要他偿命，我就要他戴着孝带，去小唐坟上磕一个头！

我拿着旅行包站在驳岸上，看着赵春美被架走，一条白色的孝带从她怀里掉出来，在地上飘飘曳曳的。她人一走，我对她的恐惧也消失了，我觉得她可怜了。搞啊，搞啊，敲啊，敲啊，怎么男的没事，女的没事，偏偏死了那个小唐？我努力地回忆死者小唐的模样，脑子里依稀浮现出一个戴眼镜的男人的模样，长相白净，面容和善，是镇上最讲文明的人之一，他习惯说对不起对不起。他曾经到我家和父亲下过象棋的，吃你的棋，将你的军，他都要说对不起。我想起父亲和他们夫妇之间的关系，忽然觉得这关系充满欺诈和阴谋，父亲大白天和赵春美在综合大楼的储藏间里胡搞，夜里邀请小唐到家里来下象棋。这是安慰人家，还是骑在人家头上拉屎呀？然后我莫名地想起母亲喜欢使用的两个词：主动、被动。谁是主动一方，谁是被动一方？我回忆起母亲的工作手册充满了此类的记录，我不敢认定赵春美有多么被动，父亲有多么主动，但是我肯定那个小唐，他是完全被动的。如此看来，刘师傅的理论是说得通的，我父亲偷偷地给小唐戴了绿帽子，小唐是被那顶绿帽子压死的。

我心如乱麻地看着七号船，盼望着父亲的身影出现，又怕他出来看见我。要卸船了，别的船上都架好了跳板，我们家船上没有跳板。父亲还不出来。我知道他一定躲在舱里，躲着赵春美。他躲起来有什么用？躲得了初一躲不了十五。我听见自己在嘟囔，是不满的声音，有种你出来呀，就知道搞女人，敲，敲，敲吧，看你敲出什么后果来了！

船队的人都看见我在驳岸上徘徊，他们暂时停下了对赵春美的议论，热情地朝我打招呼，东亮你回来了？回来就好，父子俩闹别扭，做儿子的低一低头，什么事都过去了。我没心情理睬他们，他们便朝七号船喊起来，库书记，你出来一下，没什么好怕的，那女人给拉走了，是你家东亮回来啦。

我父亲不出来。他不出来，我也不上船。我站在驳岸上，看见一大群生猪在我家的前舱里拱啊拱啊，一股臭味直扑鼻孔。我不知道他们为什么要安排七号船运生猪，这个安排，是信任父亲，还是不信任？是照顾我父亲，还是为难我父亲？我捏紧鼻子，打量起别的船上的货物，油布篷揭开了，神秘的货物露出了真面目，有一部分是山南战备基地的机器，都用大木条箱封着，封条上有很严厉的禁止打开的警告。还有一部分是油料，我对那些桶装的油料很感兴趣，那些大铁皮桶上印着一排洋文，似乎不是英文，我不知道是哪国的文字，也不知道这是什么毛病，凡是不认识的外文，我都会下意识地念，内佛佛盖特克拉斯斯却歌，千万不要忘记阶级斗争，连锁反应，我念着念着，思路就歪了，那么不碍事这样子敲过去，我念了一半就捂住了嘴巴，心里谴责着自己，难道苦头没吃够吗，我怎么还能这样念字呢？

七号船要最后卸，这很正常，牲畜最难对付。装卸队在肉联厂派来的一个职工的指挥下，带来了碗口粗的竹杠，还有绳子，他们一上船，猪群就嚎叫起来，等到他们把第一头猪四蹄朝天捆绑到竹杠上，一舱猪都骚动起来，就像遇到大风浪。我家的七号船剧烈地颠簸起来，船颠簸得这么厉害，我父亲还在舱里，我觉得不对劲，顾不上摆什么架子了，我从地上捡了块煤渣，对准紧闭的后舱窗子砸了过去，爹，他们卸船了，你快出来呀。

后舱窗户打开了，父亲的手在舱里闪了一下，闪一下就不见了。我不知道他躲在舱里干什么，又高喊了一声，爹，你在舱里干什么？快出来呀。这次舱里有动静了，是走动的脚步声，但父亲还是不出来。德盛一边忙着洗舱，一边留意着我，他用脚踏了踏八号船的跳板，示意我从他家上船，快上船呀，东亮你傻站在驳岸上干什么？还要你爹请你呢？

我摇头说，上不上船，我无所谓，他让我上我就上，他不让上，我就在岸上。

德盛女人在一边笑起来，捅着德盛，还是要他爹请呢。她拖了根长杆跑到船头，用杆头笃笃地捅我家的后舱，库书记出来一下了，快出来一下。她一边捅一边喊，赵春美不在了，你儿子回来了，他要你出来表个态呢，你到底让不让他上船？

我父亲不出来，但舱里的动静大起来了，不知道是什么东西掉在地板上，之后我清晰地听见父亲拉开舷窗的声音，父亲的脑袋从舷窗里慢慢浮起来了，他面如土色，一只手搭在外面，是鲜红色的，父亲的手指上手背上，都是鲜红的血，他朝我木然地注视着，那只血手动了动，上船，东亮你快上船，来帮我一个忙。

我起初以为他把自己的手指剁了。我跳到德盛的船上时，还富有经验地对他喊，快拿红药水，快拿纱布！等我钻进我家的后舱，一下就傻了，我不敢相信自己的眼睛，我不敢相信父亲做的事情。舱里弥漫着一股血腥味儿，地板上的血在流淌，一把剪刀掉在那张海绵沙发上。父亲的下身拖曳着一条黑红色的血线，他剪了他的阴茎！剪的是阴茎！他的裤子褪到了膝盖上，整个阴茎被血覆盖着，看上去还是完整的，但是下半部分随时都会落下来，他的身体已经开始摇晃，慢慢地朝我这边倒过来。帮我个忙，拿剪刀来，剪光它。他一边呻吟一边对我说，它把我毁了，我要消灭它。

我被父亲吓傻了，浑身发抖。闻声赶来的德盛的女人一声声尖叫起来，德盛大声喝住了她，你别在这里尖叫，女人家给我出去，快出去。幸亏有德盛在一边，他平时杀猪宰羊有经验，此时毫无惧色，冷静地蹲下来察看我父亲血淋淋的阴茎，没剪干净，没事！很快他狂喜地喊起来，老库算你命大，掉不下来就好，快去医院，去接上它！

　　我听从德盛夫妇的指挥，用一条毯子裹住了父亲的下身。后来德盛背着我父亲在驳岸上跑，船队的人都从船上向驳岸涌来，装卸队的工人也追着我跑，他们问，这是怎么啦？谁把你爹捅了，这么多血呀！德盛女人在旁边，一边帮衬德盛，一边驱赶那些看热闹的人，她说，血有什么好看的，不是演电影，你们别堵着路给我们添乱了。有人问德盛女人，是东亮捅了他老子吗？德盛女人说，你们是猪脑子吗，儿子怎么忍心捅老子？没看见今天雾这么大？雾大鬼出笼，他今天是鬼上身啦，都怪那个赵春美呀，她就是个活鬼！

　　德盛背着父亲在驳岸上狂奔，我跟着他跑。码头的水泥路面上白花花的，到处反射着强烈的白光，我有一种奇怪的感觉，我们父子似乎听从了赵春美的召唤，正在赵春美为我们铺设的白色丧带上奔跑。我的手一直扶着父亲痉挛的臀部，除了黏湿的渗血，我感觉不到父亲下半身的重量，他的下半身像一片羽毛一样轻。这一天，确实是一个鬼气森森的日子，所有针对父亲的诅咒应验了，男人的诅咒，女人的诅咒，亲人的诅咒和仇人的诅咒，都应验了。透过沾血的毯子，我似乎看见了父亲横行多年的阴茎，它的气焰过去多么嚣张啊，现在它终于投降了，我父亲快刀斩乱麻，亲手镇压了他最大的敌人。

　　到达油坊镇医院门口时，父亲陷入了昏迷，我记得他在昏迷之前对德盛说的两句话。他说，德盛，我不是怕赵春美，长痛不如短痛，这下，我可以彻底改正错误了。他还说，这下我可以保证了，以后一辈子都不会辜负我母亲的英名了。

船　民

1

　　遗忘是容易的。

　　后来我到油坊镇上去，有些孩子已经不知道我的名字了，他们跟着大人喊我的绰号，空屁。如果别的孩子不知道谁是空屁，他们就加一句，向阳船队的空屁。如果还不清楚，他们就再加一个注解，就是半个鸡巴的儿子！这事说不出口也得说，不是秘密了，我父亲已经成为金雀河地区最可笑也最神秘的人物，我的父亲，只有半个鸡巴。

河上第三年，我突然发现我的走路姿态不正常了。我每次上岸都小心地避开驳岸上所有暗红色的痕迹，唯恐那是父亲留下来的羞耻的血痕，我不敢看地上所有白色的垃圾，唯恐那是一条赵春美遗留的丧带。我要么低着头盯着脚走路，要么昂着脑袋看着天走路。有一次上岸去，午后的阳光打到我身上，我留意了自己的身影，看见自己的影子投射在石子路上，有点像鸭子，起初我以为是光线造成的误会，我纠正了步态，侧脸观察自己的影子，我发现那影子痛苦地晃动着，显得更难看了，像一头鹅了。我突然意识到我和德盛春生他们一样，是外八字脚啦。我很诧异，我跟德盛春生他们是不一样的，他们习惯光脚上岸，我穿着皮鞋走路，他们从小在船上长大，脚步时刻受到船舷的限制，在船上走久了，把自己的脚走成了外八字，我在岸上自由行走了十三年，为什么我也变成了外八字呢？我脱下了皮鞋，拿出了鞋垫，抖干净皮鞋里的细沙，鞋底鞋洞细细地搜查，没看见鞋子有什么名堂，我坐在路边研究自己的脚，我的脚虽然有点脏，但双脚没有任何异常，这让我非常迷惑，好好的脚，走了十几年的路，为什么一下就忘了自己走路的方法呢？为什么不是像鸭一样走就是像鹅一样走路呢？

外八字真难看啊，走路外八字的妇女，你凭空多了一条侮辱她的理由，一个妇道人家，把腿脚又得那么开是什么意思，是欢迎欢迎的意思吗？男人走路外八字，也容易误导别人，显得你的阴茎睾丸很大很沉重，要靠腿脚的力量才能勉强支撑。我坐在路边，利用在医院外科病房学到的医学知识，分析比较自己的外八字和德盛春生他们的异同，认定我是一种急性外八字症状，并非是受其他船民的影响，是父亲影响了我。这是一种神秘的并发综合征，自从父亲的阴茎再接手术勉强成功，我总是觉得那一半接到了我的身上，我所有的内裤都嫌小了，我的下半身一天比一天沉重。我的大脑也受到了一定程度的感染，所谓的外八字脚，一定是由外八字的大脑决定的，我的大脑或许也被父亲偷偷剪了一刀，我得了外八字大脑综合征啦，连傻子都清楚河流与土地的区别，我的外八字大脑却把河流与土地混为一谈，它向我的双脚发出小心谨慎的指令，小心小心，双脚用力，踩稳土地，提防土地摇晃，提防道路波动，提防暗流，提防旋涡。我听从了那道指令，小心地在岸上走，依稀看见我头部的阴影里，有一个神秘的外八字闪闪发亮，从此以后，岸上的每一条道路，不是我的左舷板，就是我的右舷板，我要小心地走，从此以后，油坊镇就是一片伪装过的水面，我要小心，我要格外小心地走。

遗忘是容易的。后来，我成了一个外八字脚。我的健康未受父亲的影响，但我的五官系统被父亲身上神秘的细菌感染了，很奇怪，站在我的角度打量河上的世界，总是打量出一个荒唐的结果，我的世界，只剩下半个了。岸上到处莺歌燕舞、流水潺潺，我发现我身边没有莺歌燕舞，只有流水潺潺，流水烦死我了。我在河上来来往往，拖轮高速行驶，疯狂地牵拉着我的驳船，风、速度和神秘的细菌联合起来，与我的耳朵作对，与我的眼睛作对，岸上高音喇叭里的歌声无论怎样激昂，我听见前半句，后半句就被河风吹掉了。我在船头看河两岸的风景，看了左边的麦田就忘了右边的集镇，分不清船队刚刚经过了什么地方。河两岸的景色日新月异，可我的目光过于仓促，我的思维失之于片面，这注定我对岸上的社会主义建设成就是一知半解的。船过养鸭场，远远可见一群工人在河滩上打桩挖掘，我不知道那是胜利水电站的雏形，以为养鸭场要扩建鸭棚呢。我心里还嘀咕，连我在岸上都没个家，怎么鸭子就那么受重视呢？水里是它们的家，岸上还要给它们起房子。船过凤凰镇，我看见镇东头的河边竖起了一个高高的水泥墩子，我想怎么养鸭场那里刚刚建设了水电站，凤凰镇又要建一个新的呢，两个地方是在斗气吗？我根本就没注意到河那边也竖起了一个水泥墩子，人家凤凰镇不是在建设什么水电站，是在建设一座公路大桥。

岸上的人们都在谈论一件大事，我的故乡油坊镇麻雀变凤凰了，这个小镇即将发生翻天覆地的变化，成为金雀河地区的样板城镇。除了改造码头，拆房开路，据传油坊镇还要修建一个战备设施，涉及国家机密，没人说得清到底是什么设施。从岸上到船上，人们为此争辩不休，有人说是一个巨大的防空洞，有人说是一个导弹基地，也有人说是山南军事基地的配套设施，一个输油管道枢纽罢了。我听了很多遍，才知道别人说的样板城镇是什么意思，种种传闻，我不知道谁的说法可靠，如果父亲还在台上，我就可以掌握第一手资料了，可惜，三十年河东，三十年河西，我和父亲，已经成为金雀河地区消息最闭塞的人。

有一天我走上码头，发现油坊镇的天空果然比往日蓝了一点，空气清爽了几分，装卸码头在整顿生产，煤山瘦了一圈，货物贮放从粗放走向了有序，装卸工人一律穿着蓝色的粗布工装，脖子上系着白毛巾，还有码头上的公共厕所，厕所也干净了，消毒药水的气味浓烈了许多，而远处的综合大楼楼顶上嵌满了五颜六色的彩灯，很多红底黄字的宣传条幅在风中猎猎舞动。我走出厕所，路过一间从前堆放化学品的仓库，发现仓库的墙壁粉刷一新，门窗漆成了红色，门前挂了块木牌子，油坊镇码头治安小组。这个突然冒出来的机构让我很好奇，我朝门内张望了一下，看见几张熟悉的脸，五癞子、陈秃子、王小改，他们每人的袖子上都套了一块红袖章，袖章上印着"油治"，这两个字乍看费解，一琢磨就明白了，是油坊镇治安小组的简称，"油治"后面还拖着个括弧，括弧里是个阿拉伯数字，应该是他们各自的代号吧。我的心里生起一股莫名其妙的妒意，故意把脑袋探进去，大声问他们，你们三个人是油脂呀？油脂要下锅熬油的。

他们听出了我的恶意，王小改和五癞子只是倨傲地瞪我一眼，没搭理我，那陈秃子虚荣心作怪，非要对我解释清楚，空屁就是空屁，你狗屁不懂，什么油脂什么熬油的？连治安的"治"字都不认识？我们是治安小组！我说，你们这治安小组是干什么的，谁让你们成立的？陈秃子受辱似的朝我翻了翻眼睛，说，你猪脑子啊，这都要问？治安小组管治安，当然是综合大楼批准成立的！我又问，就你们这三个人，守着一间破仓库，就算治安小组了？陈秃子说，暂时是我们三个人，以后我们的队伍要慢慢壮大的，你别看我们办公室不大，我们的权力很大的！我鄙夷地说，就这么个破码头，货不归你们管，装卸工人不归你们管，你们的权力能有多大？陈秃子还想对我解释什么，被旁边的五癞子推了一把。那个五癞子是七癞子的哥哥，比七癞子更讨厌，他横眉立目地冲出来，对我做了个上手铐的动作，嘴里说，空屁你再在这里胡搅蛮缠，我就把你铐起来，今天我们会让你开开眼的，看看我们的权力有多大！

五癞子一出来我就走了，我倒不是怕他，一看见五癞子我就会想起七癞子，还有癞子姐姐，想起那半只面包，想起我的绰号，看见这一家人我心里就充满仇恨和屈辱，嘴里会冒泡泡似的冒出一串串脏话。我有自知之明，论打架我不是他对手，所以不能当他面骂，我转过身朝镇上走，一边走一边低声骂，可是我走出去没几步远，骂了没几句，突然听见后面响起王小改的声音，怎么让他走了？你们什么记性，他现在不能走的！与此同时，五癞子和陈秃子都对我喊起来，空屁，你站住，你回来，现在你不能到镇上去！

我莫名其妙，站在那里，看着王小改他们朝我围过来。我说，我为什么不能到镇上去？你们治安小组管治安，还管我的腿呀？

你眼珠子瞪那么大干什么？我们就是管你的腿，谁不老实，就管住谁的腿。王小改整理着他袖子上的袖章，提醒我注意他的袖章，我看他的袖章比陈秃子、五癞子的明显要大一号，代号却小一些，是"油治2号"。看我在研究王小改的袖章，陈秃子对我介绍说，王小改是我们治安小组的副组长，他不让你走，你就走不了。

我说，什么副组长？正组长也管不了我的腿，我愿意去哪儿就去哪儿，他凭什么管我？

凭上面的指示！王小改声色俱厉，他推着我走，被我挣脱了，结果五癞子和陈秃子都拥上来一起推我，把我推到了一堆柴油桶边，王小改说，好了，就让他在这里等，等他们船队的人到齐了，让他们一起上岸去。

我终于知道他们葫芦里面卖什么药了，这个治安小组把我气疯了，我一脚踢飞了一只柴油桶，嘴里大叫起来，我们是船队，又不是军队，为什么要集体行动？

你跟我吵什么？跟我吵没用。王小改说，我们是贯彻上级的精神，非常时期采取非常措施，从今天开始，向阳船队靠岸，必须集体登记上岸，任何个人都不得在镇上乱走瞎逛，马上要出公告的！

看上去王小改是在执行什么上级指示，我猜想这个非常时期与建设样板城镇是有关系的，我怂恿地眺望着油坊镇，远处的街路上很多人在自由走动，他们似乎置身于非常时期之外，这个发现让我找到了理由，王小改你把我当傻瓜骗呢？我用手指着那些人影，质问王小改道，为什么船队的人要集体行动，镇上的人可以随便行动呢？

王小改顺着我的视线瞟了一眼远处的行人，忽然阴险地一笑，那你也告诉我，为什么别人都住在岸上，你们要住在船上住在河上呢？

我被王小改戳到了痛处，一气之下对着他破口大骂，王小改我敲你妈个×！

王小改恼了，从腰间拔出一根红白相间的木棍，指着我说，你要敲谁的妈？你爹敲啊敲啊，把鸡巴敲掉了半截，你还不吸取教训？我这治安棍才是敲人的，你嘴巴再逞能，我把你的小鸡巴也敲成两半！

我和治安小组的人正对峙着拉扯着，驳岸上乱了起来，是向阳船队的人成群结队上岸来了。随着陈秃子的一声叫喊，他们来了！三个人迅速地放开了我，他们一边朝驳岸上的船民们张望，一边朝旧仓库那边跑。我看见王小改从口袋里掏出一个哨子，嘿的一声，五癞子和陈秃子听闻哨声越跑越快，王小改还用标准的普通话喊道，各就各位，准备行动！

起初我不知道他们的行动到底是什么。他们从仓库出来时，王小改脖子上多了一架望远镜，五癞子一个人手里拿着两根治安棍，而陈秃子嘴里衔着一支圆珠笔，腋下还夹着一个登记夹。我不知道他们这套古怪的装备有何用途，后来我才惊讶地发现他们有备而来，他们的行动是跟踪船民，望远镜用于瞭望，登记夹用于记录，而治安棍的作用不用我作什么介绍了，它是敲人的。我尾随着向阳船队杂乱的闹哄哄的队伍往镇上去，他们三个人尾随着我，像三条阴森森的猎狗。我回头观察着他们，看见王小改在后面指指戳戳的，很明显他在清点上岸船民的人数，嘴里念念有词；陈秃子一边走一边在登记夹上记录着什么；而五癞子眼露凶光，一路走一路对空中挥舞手里的治安棍，我怀疑他是在练习敲人的动作。

2

起初船民们不知道他们被跟踪了。这一队混乱的人马穿过码头，男女老少衣冠不整，迈着大大小小的外八字步，带着各种各样的容器，箩筐、篮子、塑料桶，虽然吵吵嚷嚷，看上去是一支欢天喜地的队伍。我尾随着他们，队伍就多了一条阴郁的尾巴。他们都回头疑惑地看我，咦，今天东亮心情好，跟着我们走呢，你不嫌弃我们了？德盛说，东亮你不是早上岸了吗？怎么还在这儿？我竖起大拇指，朝后面挥了挥，让他们不要注意我，注意我身后的动静，他们就朝我身后看，看了几眼，男女老少终于都发现了那三条更大的尾巴，咦，五癞子！陈秃子！还有王小改！他们跟着我们干什么？船民就是船民，做贼心虚，不做贼也心虚，好像是王六指先惊叫了一声，快跑，要抓人啦！船民的队形立刻散了，女人下意识地拉着孩子往货堆后跑；男人们的慌乱则表现各异——有的人弯腰握拳地站住，有的人拼命冲到墙壁那里贴墙而立，胆小的春生一下子蹲在了地上，用双手抱住了脑袋。

船民一乱，治安小组也有点乱，王小改慌忙中拿起哨子吹了好几下，吹出来的都是放屁一样的哑哨，他用两个手掌做了合拢的手势，对船民们大声喊起来，保持队形，快保持队形，不要听信王六指造谣，我们不抓人，我们是监督你们，不抓你们！

船民们面面相觑之后，试探着回到码头中央，是谁惹的事？他们到底要监督谁？他们低声议论着，人群中响起春生的嘟囔声，肯定是东亮，他在岸上胡涂乱写的，没准写了"反标"。船民们闻声都盯着我，那种眼神让我很生气，你们看着我干什么？我上岸就撒了一泡尿，什么都没干！他们不敢看我了，都回头看着王小改他们。王小改还是做两手并拢的手势，说，靠拢，靠拢，保持队形，你们该去哪里去哪里，我们保证不抓人。孙喜明厉声说，你不抓人还要我们感谢你？到底出什么事了，你们搞什么名堂？王小改从怀里掏出一张油印的通知单，说，搞什么名堂？自己过来看，综合大楼发下来的通知！孙喜明过去拿通知单，王小改不让他拿，只允许他看，孙喜明是半文盲，无关紧要的字都认得，偏偏"整顿"和"监督"两个词不认识，对着王小改手里的通知看了一会儿，喊我过去了，东亮你过来，看看这通知单上到底写的什么？

我走过去看那张粉红色的通知，果然看见了王小改所说的新规定：即日起整顿油坊镇的社会秩序，非本镇居民及外来闲杂人员需自觉接受治安小组的监督。

我把通知念了一遍，船民们都挤上来听，听着听着吵成一团，德盛先对王小改嚷起来，我们船民不是居民？我们是闲杂人员？没有我们搞运输，你们岸上人吃什么穿什么？没有我们，你们连擦屁股的草纸都没有，凭什么要我们接受你们监督？

李德盛你少来这一套，我们吃饭穿衣用草纸，靠党靠社会主义，不靠你们船上人！王小改反应敏捷，义正词严地驳斥了德盛，他把德盛推到了一边，对孙喜明抖着手里的通知，孙喜明你是队长不是？这会儿你要起带头作用呀，赶紧让他们排好队，排好队才有秩序，你们有秩序，我们保证不会为难你们的。

又是德盛先喊起来，我们不是小学生，不是犯人，排什么狗屁队？

五癞子舞弄着治安棍朝德盛走过去，德盛瞟了眼他手里的治安棍，奚落道，你拿个棍子我不怕，你拿枪来我就怕你了。五癞子冷笑一声，别以为我们拿不出枪，还没到时候，你要是敢破坏治安，看我拿什么对付你！五癞子一句话犯了众怒，船民们都惊叫起来，这到底是怎么了，我们上岸一趟犯了什么罪，五癞子你要拿枪打人呀？没见过你这种狼心狗肺的东西，你五癞子不是爹妈养的？船民们和治安小组在码头上吵成一团，夹杂着妇女们的尖叫，引得四周的装卸工人都朝我们这边奔来。王小改见状掏出哨子，嘟嘟嘟地连吹好几下，大家别吵，目前还是人民内部矛盾，我们不会用枪，请放心，你们排队，快排好队！

德盛说，你拿枪来，我们就排队！

王小改也不示弱了，指着德盛鼻子说，李德盛我告诉你，你这个态度发展下去，就不是人民内部矛盾了，是敌我矛盾！

陈秃子在人群里穿来穿去，抓住了两个孩子，两个孩子倒是不讨厌排队，一前一后顺从地站在那里，咧着嘴笑。陈秃子有点得意，向德盛翻着白眼，就你李德盛脾气大，啊？看看你，还不如小孩子觉悟高，排个队会怎么样？让你们接受一下监督会怎么样呢？会得痔疮还是会得癌症呀？

德盛没来得及说什么，王六指抢在前面喊，不会得痔疮不会得癌症，会秃头，头上连根草也长不出来！

船民们都看着陈秃子的脑袋，发出一片哄笑。孙喜明笑不出来，他总算出来表态了，沉着脸对王小改说，你也都看见了，船上人就是船上人，他们在河上自由惯的，不服我管也不服你们管，要不这样吧，我们配合你们工作，你也配合一下我们。王小改也许是真心要孙喜明配合，表情马上变得和蔼起来，他掏了一支前门牌香烟给孙喜明，孙队长你什么意思？我怎么配合你们？孙喜明接过香烟，犹豫了一下，说，也不是什么难事，你爹不是管菜场吗，待会儿我们去菜场，你让他们把新鲜猪肉拿给我们，我们船民一年四季吃不上新鲜猪肉呀！还有你姐姐不是杂货店主任吗，我们去买个菜籽油红糖什么的，就让她别跟我们要券了。王小改一定没有料到孙喜明提出这样的条件，他眨巴着眼睛斟酌了一会儿，最后竟然说，只要你们配合我们，这些事可以考虑。

这么一来，两边人马对立的情绪缓和了许多，船民们嘴上还吵吵嚷嚷地坚持尊严，脚步却妥协了，默默地配合治安小组排好了队，谁也不敢造次，都怕失去购买新鲜猪肉和免券菜籽油的机会。德盛面子上抹不开，不肯排队，被他女人硬是拉到队伍里去了。一场虚惊过后，这支奇怪的人马总算离开了油坊镇的码头，尾巴还是那三条尾巴，船民们原来松散的队伍则排成一条长龙，男女老少现在是以家庭为单位，紧密地走在这条长龙里，大人拘谨，孩子好奇，大人都紧紧地拽住自己家孩子的手。

只有我形单影只，一个人走在德盛夫妇的后面。船民们如此贪图小利，我对他们很反感，可惜我没资格教训他们，我也是船民，只能排在他们的队伍里。王小改引领船民的队伍往镇上去，他选择的路线舍近求远，不走小道专走大路，这样船民的队伍绕过了综合大楼前的花坛，一条长龙在花坛前意外地搁浅了。灰水泥的综合大楼现在五彩缤纷、花团锦簇，船民们被这幢建筑美丽而雄伟的装扮吸引了，嘴里发出此起彼伏的惊叹声。大楼顶上红旗飞舞，彩灯闪烁，无数巨大的横幅像红色瀑布飞流直下三千尺，船民们仰起了脸痴痴地望着红色瀑布，无论是老人愚昧的黝黑的脸，还是孩子天真的求知的脸，都被一片巨大的红光映红了。几个识字的船民开始高声地朗诵横幅上的标语：全镇人民动员起来，打好关键之战，迎接东风八号工程！苦干加巧干，为把油坊镇建设成社会主义样板城镇努力奋斗！加强治安管理，营造文明环境！快马加鞭，大力发展码头建设！严厉打击投机倒把活动，割掉资产阶级尾巴！祝贺本镇党组织获得三优五好称号！向赵小妹同志学习，向赵小妹同志致敬！欢迎上级领导莅临指导工作！

这么多的横幅内容让船民们眼花缭乱，也对每个人的政治水平和文化素质提出了严峻的考验。孙喜明对很多标语一知半解，但他打肿脸充胖子，一定要分清哪一个最重要。孙喜明去探听王小改的意见，王小改你说说看，哪条标语最重要？王小改打官腔说，都是上级精神，哪个都重要。这话等于放屁。孙喜明很固执，又去问五癞子，五癞子没好气地说，治安管理最重要，你们排好队最重要！还是陈秃子稍微厚道一点，他给孙喜明点破了看横幅的窍门，他说，你看哪个横幅挂在中间嘛，领导开会你见过吧，最大的领导坐中间，横幅也一样，哪条在中间，哪条就最重要嘛。

孙喜明恍然大悟，嘴里叫起来，喏，就是这个东风八号工程，东风八号最重要！

船民们不知道东风八号是什么工程。春生他爹没文化，以为那也是一条驳船，他问春生，那东风八号肯定能装三百吨吧？春生红着脸呵斥他，爹呀，你不懂就别说话，没人把你当哑巴卖！春生他爹打了儿子一巴掌，你懂你告诉我呀，到底多少吨？陈秃子过去拉开了斗气的父子俩，他满脸神秘，嘴巴凑到春生他爹耳边说，东风八号不是船，是军事机密，到底是什么模样，你们下次返航就看见啦。

王小改不允许船民们在综合大楼前久留，吹起哨子催促队伍前进。于是长龙般的船民队伍朝着油坊镇腹地挺进，一步三回头。这样走到人民街的公共厕所那里，王六指提出来要进去解手，春生也捂着小腹附和，王小改批准了他们两个人进厕所，要求其他船民原地不动。我们就原地站着，等王六指和春生。也就是几秒钟的工夫，厕所里突然传来了王六指惊喜的叫喊声，有水龙头了，四个水龙头，都拧得出水啊！然后春生也提着裤子从厕所里跑出来了，他报告给大家另一个喜讯，快来看，厕所现代化了，里面挂了个抽水机，拉一拉绳子，大便全冲走啦！

一石激起千层浪，王小改条件反射似的扑向厕所门口，五癞子和陈秃子抬起手去抓腰里的治安棍，可惜来不及了，一眨眼，船民们争先恐后地涌进了公共厕所，王小改一个人也没挡住，自己反而被撞得东倒西歪。五癞子挥着治安棍，瞄准了几个人的脑袋，一个也不敢敲，结果破口大骂起来，你们这帮臭船佬，活该在水上，厕所装个自来水也大惊小怪，你们参观什么不好，挤破脑袋去参观厕所呀？王小改坚强地守在厕所门口，一把揪住了孙喜明，老孙啊，你还算领导呢，你怎么也来凑这个热闹？孙喜明情急之下推开了王小改，他说，领导也要拉屎撒尿，他们能上厕所，我怎么不能上厕所？

船民们在厕所里围着四个水龙头和一个自动冲洗机欢呼，治安小组在门口商量对策，王小改这时候显示了他随机应变的能力，禁止如厕是不可行的，也缺乏政策依据，他提出要对船民们因势利导，干脆坏事变好事，利用这个机会，对愚昧落后的船民进行一次树文明立新风的现场教育。五癞子和陈秃子虽然认为船民的思想教育不归他们管，但还是勉强同意了，王小改当场作出分工，让五癞子去监督四个水龙头，陈秃子分管自动冲洗机，他自己监督小便池和大便池，至于女厕所那边，人手所限，只好放任自流了。

后来我们的耳朵边就响起了王小改悠扬的普通话腔调的声音，节约用水，水是珍贵的资源，注意节约用水！小便向前一步走，小便请入池，入池你们懂不懂？不要滴滴答答尿在外面，要尿在池子里。我告诉你们，这个厕所是样板厕所，上面经常派人来检查的，你们大小便一定要注意文明卫生！那个小孩是谁家的？白瓷砖好好贴在墙上，碍你什么事？为什么要去敲？你知道一块白瓷砖多少钱，八分钱，敲坏了按价赔偿！王六指你吐痰也要注意了，吐痰也要入池，不要乱吐，你别跟我翻眼珠子啊，我告诉你，这个厕所已经拿过两面流动红旗了，要是下次拿不到流动红旗，你们向阳船队要负政治责任的，我不是吓唬你们！

王小改其实很狡诈，他软中带硬的方法对船民们是适用的，尤其最后的警告是杀手锏，船民们尽管没文化，政治责任是什么责任，心里都是清楚的。他们在人民街公共厕所的狂欢戛然而止，一条长龙由孙喜明带头，依依不舍地盘出了厕所。男人们在厕所门口与妇女汇合，很快恢复了队形，男女老少都带着一种欣慰之情，朝着菜市场走去。

走过人民街的三岔路口，我一眼看见油坊镇邮局的绿色门窗，那个高脚邮筒立在大门边，器宇轩昂，张大了嘴巴，似乎在等待我的到来。我与邮筒是有约会的，每次上岸我的塑料旅行包里都藏着父亲的信，每次上岸，我都要去邮局为父亲寄信，这次不一样，我被困在船民的队伍里了，船民们从不写信，他们不进邮局，我就无法往邮局跑。父亲关照过我，他的信，连信封也别让人看见。我很为难，不知道寻找什么借口摆脱这支队伍。我拉开了旅行包，手伸进去摸到父亲的三封信，那三封信的收信人，地位一个比一个高，地址一个比一个威严，分别是县委的张书记、地委的刘主任、省委的江部长，我像爱护自己的眼珠子一样爱护父亲的信，不爱护不行，我知道父亲的希望都在他的信里。三个信封是温热的，似乎是被父亲火一样的文字烤热的，那个邮筒张大了嘴巴，等着吞下我父亲的冤屈，可是我不敢轻举妄动，我的脑子里响起了父亲的叮咛，油坊镇是赵春堂的天下，你要提高警惕。我摸着父亲的信左顾右盼，猛然发现五癞子盯着我的手，盯着我的旅行包，他的眼睛闪闪发亮，空屁，你包里藏了什么鬼东西？我要检查一下。我慌忙放下三封信，从包里拿出一只酱油瓶子，举起来对五癞子晃荡着，你来检查呀，看看我的酱油瓶子里有没有雷管炸药？五癞子说，谁问你雷管炸药了，你不是写过"反标"吗，我问你，那包里有没有藏"反标"？我举着酱油瓶子，一时不知怎么办。幸亏德盛女人打抱不平，她高声骂起了五癞子，什么"反标正标"的，五癞子你狗仗人势呢，东亮他还是个孩子，犯过错误不能改正了？你那么大个人为难一个孩子，算什么本事？

五癞子没再纠缠我，我紧紧跟住德盛夫妇，排队去了菜场。

王小改先前的许诺决定了船民们的队伍必定解散，一进菜场，队伍轰地一下散了，大家都先跑到猪肉柜台边，在猪肉柜台边挤着闹着。新鲜猪肉最重要，船上的很多孩子生下来就没吃过新鲜猪肉，吃的都是咸猪头和猪油，这也不是孙喜明的谎言。王小改匆匆往办公室去协调，卖猪肉的营业员嘴里惊叫着，你们造反了？柜台挤散架啦，谁告诉你们有新鲜猪肉？连冷冻肉也卖光了，没有猪肉卖给你们呀！陈秃子接过他的哨子拼命吹，向阳船队注意了，队形不要乱，走路排了队，买猪肉更要排队，菜场也有检查团来检查，千万注意秩序，不要哄抢。船民不听他的，兀自挤成一团，妇女都在给男人和孩子分配任务，德盛女人瞅着菜场办公室，对德盛说，王小改怎么还不出来，不会是骗我们的吧？不能一棵树上吊死啊，德盛你去排队打菜油，他们要是跟你要菜油券，千万别给，让他们跟王小改要。

正吵着王小改领着他爹老王头出来了，那老王头白白胖胖，肥头大耳的，嘴上叼着一根香烟，手里拖着半头肥猪，那半头猪看上去是新宰杀的，新鲜光洁，似乎还冒着热气。人和猪肉一出来，船民们骚动起来，木质的柜台被挤得吱吱嘎嘎地尖叫起来，营业员也在柜台里尖叫，别挤别挤，要挤死人了！船民们也在互相指责，别挤我，我排在你前面呀！别挤了，都是一个船队的，别见了猪肉就忘了人情了！孙喜明不好意思挤进去，在队伍外面一次次地跳起来，跳起来对王小改喊，我们船队这么多人，半头猪怎么够割？再去拉一头出来嘛。王小改对孙喜明的贪婪很生气，他翻着白眼，指指猪指指他爹，孙喜明你气死我了，我帮你们这么大的忙，你还不知足？就这半头猪，我跟我爹磨破了嘴皮子！

柜台终于被挤散架了，不知道是卖猪肉的营业员发脾气，还是船民们乱抢乱夺的缘故，一把锃亮的割肉刀竟然从船民们头上飞过去了，像一道流星。船民们对此浑然不觉，菜场里的其他人吓得惊叫起来，快把猪肉拖回去，不能卖，不能卖给他们，再卖要出人命啦。船民们已经不听指挥，王小改一声怒吼，把猪肉拖回去，他们敬酒不吃吃罚酒，镇压！治安小组的三个人开始挥舞着治安棍敲人，人群中响起一片骂声和呼救声，然后就打起来了。德盛和五癞子先抱到了一起，王六指和王小改扭打在一起，胆小的春生也在用脑袋撞陈秃子，妇女也加入了，孙喜明的女人和一个女营业员互相撕扯着头发，而德盛女人在帮衬德盛，挥着塑料桶，一下一下地打五癞子的屁股。

我趁乱过去踹了五癞子一脚，然后就跑走了。不怪我不仗义，这是一个机会，必须跑了，我还有更要紧的事情去做。

我跑到菜场外面，大街上仍然阳光灿烂人来人往，很多路人听见了从菜场里传来的骚乱声，有人拉着我问，菜场里怎么啦，怎么那么吵啊，是打架吗？我甩掉那些讨厌的手，说菜场里卖新鲜猪肉呢，你们赶紧都去排队吧。我在街上拼命地奔跑，像一只自由的鸟。我一口气跑到邮局，把父亲的三封信塞进邮筒的嘴巴里，很奇怪，少了三封信，我的旅行包一下变轻了。我定下神来，打量着四周，没有人留意我，阳光照着油坊镇的街道，还是那几条街，那么几排房子，还是那些镇上人，穿着蓝色、灰色或者黑色服装在街上来来往往，可是我的脚有异样的感觉，三岔路口的街道居然在微微颠簸，路上的石子和水泥都在粗野地冲撞我的脚，石子和水泥似乎在窃窃私语，让他走，让他走开。我不相信我的耳朵，我的脚却告诉我，石子和水泥是在密谈，油坊镇的土地在驱逐我，我不知道这是怎么回事，是不是我的脚成了外八字，油坊镇的土地认不出我的脚了呢？我在这块土地上跑跑跳跳了十三年呀，土地竟然遗忘了我的脚，它把我的脚视若仇敌，不停地发出一种不耐烦的充满敌意的声音，走开，快走开，回到你的船上去。

我还不想回去，我系紧了解放鞋的鞋带。寄掉父亲的信之后该做什么呢，其实我很犹豫，有很多地方可去，有很多重要的事可做，只是我不知道先做哪一件事。我边跑边想，我一直在街道的催促声中奔跑，快点，快点跑。我朝粮油加工站的方向跑，根据我的脚步判断，我要去找我母亲，我是想念我母亲了。乔丽敏那么讨厌，我为什么要去想念她，为什么？我不知道，这是我的脚告诉我的，要去问我的脚。

我把旅行包背在身上，跑了很久，才跑到了粮油加工站。碾米车间里机器轰鸣，空气里悬浮着各种粮食的粉末，粮食的清香混杂着柴油的气味。我在白色的粉尘里穿来穿去，看见几个浑身发白的穿工装的女人在里面忙碌，她们的身材不是太高就是太矮，不是太胖就是太瘦，她们不是我母亲。有个女工发现了我，问我，你找谁？这里太吵，找谁就大声喊。我就是不肯喊，喊不出口，我找乔丽敏，但我没有勇气大声喊出母亲的名字。

我退出碾米车间，来到女工宿舍的窗外。扒开一团枯萎的爬山虎藤蔓，我看见属于母亲的床和桌子，床已经空了，床板裸露着，上面扔了几张报纸，我的心一下沉了下去，她走了？果然走了！这印证了我父亲的猜测。他说她有追求，她一定会离开这个是非之地，她去追求什么呢？我这样想着，嘴里蹦出一句话，空屁。我愤怒地观察着我母亲的桌子，桌子上有一只半旧的搪瓷茶缸，里面的茶水长了白色的霉毛，茶缸上照例印上了我母亲的光荣，奖给业余调演女声小组唱优秀奖。我在窗外说，都长霉毛了，还优秀个屁。我的脸贴着窗户，发现桌子的抽屉半开着，里面什么东西在幽幽地闪着光亮，我用力晃那窗户，窗户被我晃开了，我的身体探进去，打开母亲的抽屉，里面跳出来一只蟑螂，吓了我一跳，我拿出了那个镜框，是一张全家福照片，父亲、母亲，还有我，每个人的面孔都经过人工描色，描得健康红润，看上去像是化了浓妆。我不记得那是什么时候照的，反正照片上的父母还年轻，我很天真，在相框里，我们一家三口紧紧地依偎在一起。

母亲把全家福留在抽屉里了，这是什么意思？我的手犹豫起来，我想把镜框拿走，可是我记得我的右手想拿，想带走它；左手反对，左手想砸，想破坏它。结果我用左手拿出镜框，换到右手，我怒吼了一声，把全家福照片狠狠地砸在了宿舍的地上，玻璃粉碎，溅到了我身上，我对着那些玻璃碎片说，空屁，空屁。

我做的事情，其实不止这么多，当我跑出粮油加工站的大门时，突然听见高音喇叭里响起一段《社员都是向阳花》的旋律，社员——都是——向阳花。我记得母亲曾经在家里排练这个节目，她扮成农民大嫂，头戴花巾，腰束围裙，手拿一朵向日葵，在院子里扭着腰肢，脸躲进向日葵里，社员——都是——脸突然露出来，对我莞尔一笑，都是——向阳花。那是我记忆中母亲不多的笑脸。我想起这张笑脸，眼睛突然一酸，泪水不听话地流了出来，这滴泪水提醒我，我不能饶了我母亲。我要骂她，她听不见，我不知道怎样发泄心里对母亲的怨恨。对面农具厂的那条癞皮狗又跑来看望我，见我对它不热情，它在加工站门口的电线杆下撒了一泡尿，撒完就走了，后来我也朝那根电线杆走过去，拿起半块红砖在电线杆上写了一个标语：打倒乔丽敏！

东风八号

我至今记得东风八号开工的盛大场面，成千上万的劳动大军汇集到油坊镇来，他们把整个油坊镇的土地都剖开了，打开一个巨大的沉睡的腹腔，清理出污秽杂物，人们在临时指挥部的领导下，给这个小镇重新铺设沥青食道、水泥肠子、金属胃，还有自动化的心脏。我后来弄清楚了，流传在综合大楼周边的预测是最准确的，东风八号不是什么防空洞，是金雀河地区有史以来最大的输油管道枢纽工程，是保密的战备工程。

那年秋天正逢百年不遇的洪水，看起来河上的天空被谁捅了一个大窟窿，贮存了几个世纪的雨水都泄下来了，水位不断升高，土地急剧下沉，金雀河上游山洪暴发，波及中下游，沿岸的乡镇几乎都被淹了，陆路交通完全中断，几乎所有的运输都走水路，沧海横流，方显英雄本色，金雀河泛滥，我们的驳船也显示了英雄本色。我从来没有在金雀河上见过那么多船队，所有的驳船都去油坊镇，那么多船把宽阔的河面堵住了，帆樯林立，远远地一看，河面上凭空多了一个浮动的集镇。

向阳船队滞留在河面上，一共两天两夜，第一天我对这种特殊的水上集镇很有兴趣。我在船头东张西望，注意到别的船队大多插有"光荣运输船队"的红旗，我们向阳船队没有；别的驳船运货，也运解放军战士，运民兵，我们向阳船队只负责运送来自农村的民工。我把这个区别告诉我父亲，我父亲说，你懂什么，我们船队，政治成分是很复杂的，让我们运民工，就算是组织的信任了。

第二天我意外地发现河上来了一支流动宣传队，他们把一艘驳船的舱顶改造成临时舞台，一群业余女演员穿红戴绿，分别代表工农兵学商，在雨中表演女声朗诵《战斗之歌》，我惊讶地发现了临时舞台上母亲的身影，她是其中最老的女演员，扮演年轻的女工，一身蓝色劳动服，脖子上系了一条白毛巾，雨水洗掉了她脸上的脂粉和眉线，暴露出一张憔悴的皱纹密布的脸，她浑然不觉，神情很投入，演得很卖力，别人大声一呼，与天斗啊——她举起手臂，挥动拳头，以更高亢的声音呼应，我们其乐无穷！

在岸上我看不见母亲，倒是在河上看见了她。她说老就老了，说难看就难看了，没有自知之明，非要扎在一群年轻姑娘堆里，我怀疑别人都在笑话她，她还臭美呢。这种相遇让我闷闷不乐，我回到船上，看见父亲俯在舷窗上，正朝远处的流动舞台张望。

父亲说，是你母亲的声音，她的声音隔多远我都听得出来。你母亲，她怎么样了？

我反问父亲，什么怎么样？

父亲迟疑了一下，说，各方面，不，她精神面貌怎么样？

我差点想说，她很恶心，但是说不出口。没怎么样，我说，精神面貌还那样。

我好久没看见她了。父亲说，船挡着船，听得见她的声音，就是看不见她的人。

你看了她干什么？有什么用？你要看她，她不要看你。

我父亲低下头，不满地说，你就会说"有什么用，有什么用"，这是虚无主义，要批判的。他从墙上摘下一顶草帽，突然问我，我要是戴个草帽出去，别人能认出我来吗？

　　我知道他的意思，我说，认出来又怎么样？你整天躲在舱里也不是件事，要出去就出去，要看她就看她去，谁能把你吃了？

　　父亲把草帽放下了，他把手搭在前额上，望着金雀河上百舸待发的风景，突然亢奋起来，激动人心，激动人心呀，我不出去了，我来作一首诗吧，题目已经有了，就叫"激动人心的秋天"！

　　这当然是一个激动人心的秋天，几百条驳船竟然把金雀河阻塞了两天两夜。向阳船队从来没与别的船队如此紧密地比邻而居。原先我一直以为世界上所有的驳船上都是一个家，但那次我发现一支奇怪的船队被挤在河中央，六条驳船上竟然是清一色的年轻姑娘，拖轮上的船员也是女的，船头飘扬着一面醒目的红旗，上书"铁姑娘船队"五个大字，船尾则垂挂着姑娘们五彩缤纷的衬衫和内衣，像一排排万国旗。这支稀奇的船队不知从哪儿来，我父亲非常紧张，时刻监视着我的一举一动，白天他不准我到右舷板去，夜里把一块小黑板挂在舱房的右窗上，他不让我看船上的铁姑娘。德盛女人也禁止德盛朝船上的铁姑娘张望，看一眼，德盛的背上就挨女人一竹竿。德盛被打急眼了，强迫女人用竹竿去捅开人家的船，他说，你有本事去弄走她们的船，你戳呀，你捅呀，你没本事弄走她们的船，就别管我眼睛往哪儿看！为了旁边的铁姑娘船队，我和父亲怄气怄了两天两夜，德盛夫妇也差点反目。幸好第三天，船开始动了，堵塞的航道一点点地打通，一群武装民兵跳上船来，左肩背枪，右肩背喇叭，他们临时制定了特殊的航运秩序，所有船只都不准靠岸，只能东行，光荣运输船排在前面，其他船队在后面。这规定果然奏效了，河道强行疏通，所有船队都起航了，大约三百条驳船像一股洪流，穿雨过雾，顺流而下，终于在一场滂沱大雨中抵达油坊镇码头。

　　我不认识油坊镇了，一别多日，这个地方终于迎来了传说中的辉煌。我擅长糊涂乱抹，不善于抒情，我不知道怎么形容那年秋天激动人心的油坊镇。请允许我借用父亲精心创作的诗句，来吧，来吧，洪水算什么，洪水为我们铺开前进的道路。在这激动人心的秋天，红旗飘扬，凯歌高奏，我们前进，前进，奔赴劳动的天堂，就是奔赴革命的前哨！

好不容易，我们奔赴到了前哨，但向阳船队被安排在最后登岸。码头上锣鼓喧天，远远地可以看见少先队员冒雨等候，男孩子夹道站立，高举着手臂行少先队队礼；女孩子们燕子般冲向船板，给光荣船上下来的人戴上一朵朵大红花。欢迎仪式在码头进行，而会战早已经在油坊镇各个角落打响，油坊镇上到处都是扛锹荷镐的劳动大军，雨声激溅，淹没了来自工地的劳动号子。船民们在等待靠岸的时间里，倾听着码头上的高音喇叭，那喇叭里传来一个男人焦虑的声音，红旗船队，开始登岸；东方红船队，抓紧时间，开始登岸了。船民们都准备好了，但那喇叭突然歌唱起来，放了一段高亢嘹亮的音乐，等到音乐停顿，喇叭里沙沙地发出一点噪音，突然，又响起那个男人焦虑的声音，某某某同志，请火速赶到工地指挥部去，有重要事情商量！

向阳船队的船民都站在了船头上，等候高音喇叭的召唤。但看起来我们的运输是最不重要的，负责运送猪肉蔬菜大米的长城船队都被叫到了，我们还在等。孙喜明跑到岸上去了，对着岸上一个穿雨衣的负责人抱怨，我们是运人的，怎么排在猪肉船后面呢？那负责人大声嚷嚷起来，现在是什么时候，你们还争什么名次？现在人货上岸都要登记，这还不明白，物品登记快，人员登记慢，我们就这几个人，当然先登记猪肉！这下大家都恍然大悟了，我听见德盛的女人在问德盛，我们也一样辛苦，给不给我们戴大红花呢？德盛说，革命不是请客吃饭，你要戴花，自己去水里捞一朵水葫芦花戴。

雨小了一些，舱里有人在叫，闷死了，快让我们透透气。我把前舱的篷布揭开了，一股汗酸味儿混杂了烟臭尿骚和呕吐物的臭味冒出来，很多民工的脑袋也从舱里升了起来，男多女少，大多数是青壮年，每个人的背上都绑着一个包裹卷，迫不及待地推搡别人，要抢先看见传说中的劳动者天堂。他们张大了嘴巴，一边呼吸，一边看着码头上劳动的风景，有个女人叫了一声，哎呀，这不是把地兜底翻一遍吗，要累死人啰。她叫得不合时宜，被人呵斥住了，你以为让你来偷懒磨洋工的？吃不了苦的，就不该来油坊镇！很快舱里嘈杂的吵闹声停住了，随船的一个复员军人模样的人，拿着一个花名册，开始清点人数。清点了几个人，岸上的高音喇叭突然喊到了向阳船队，复员军人就一下跳到船板上来了，挥舞着花名册开始发布命令，三号突击队，站到这里来；四号突击队，在那里；高庄突击队、李家渡突击队，都站到后面去！

原来都是突击队员。那么一船乱哄哄的突击队员，说走就走了，偌大的前舱一下空了，只有七八个粪桶分成两排，仍然驻守船舱，每个桶里都满盈盈的，向我散发着热情的臭气。粪桶一定打翻过，泛黄的污水在舱底板上流，看上去很恶心，闻起来令人反胃。我去换了长筒胶鞋，拿了竹条扫帚下去扫舱，突然发现突击队员们留下了一堆奇怪的东西，用军用雨衣包裹着，扔在角落里。我过去用扫帚扫了一下，包裹居然动了起来，一只孩子的小脚飞出来，踢了我一脚，吓了我一跳，雨衣里随即钻出一个小女孩乱蓬蓬的脑袋，我听见了一声脆生生的抗议，你这人，怎么扫我的脚呢？

是两个人藏在那件军用雨衣里。一个三十多岁的女人搂着一个小女孩，看上去是一对母女，她们的身体蜷缩着，两双相似的大眼睛，一双木然，一双明亮，都半梦半醒地瞪着我。

我用扫帚敲舱板，起来，起来，我要扫舱了。

她们站起来了，我注意到女人的样子很疲惫，白皙的面孔似有病容。那件军用雨衣里藏了很多东西，女人匆忙地把军用雨衣摊开了，她很聪明，因陋就简地把雨衣当了包裹布，一只鼓鼓囊囊的挎包和一条捆扎过的毯子，还有一只装着脸盆、饭盒的网兜，一股脑儿都被她包到了雨衣里，然后她把雨衣的帽子和两个袖管收拢到一起，打了个结，一只硕大的包裹就这样被她提在手上了。那小女孩做事也不含糊，怀里抱着一个布娃娃，脖子上挂了个绿色的军用水壶，手上还提着一块小黑板。我看见黑板上有几个笔迹稚嫩的粉笔字：东风八号、慧仙、妈妈。

你们怎么回事？我恶声恶气地数落那个女人，别人都上岸了，你们还在船上睡大觉，你们是什么人？

我们是什么人，偏不告诉你。小女孩示威似的瞪着我，她抢在母亲之前说话，不允许她回答我的疑问，妈妈，这个人很凶，我们偏不理他。

这是突击队的船，你们怎么混上来的？我说。

我们没有混上来。小女孩挑衅地对我嚷，我们是飞上来的，就是不让你看见！

女人用手指梳理着蓬乱的头发，她的目光已经急切地投到了岸上，嘴里训斥孩子道，慧仙，不准这样，没有礼貌！她自己是讲礼貌的，很快把目光从岸上收回来，对我笑了一下，似乎是表示歉意。那个女人带着孩子上岸的情景，我记得很清楚——她提着那件雨衣特制的包裹，领着孩子往舱外爬，看上去有点迟疑，有点疲倦，一边爬一边对我解释，我也是突击队员，怪我睡得太死了，夜里我不敢合眼，白天才睡，我太困了。

母女俩出了舱，很久没有动静，我以为她们上岸了，一抬头，看见那女人正搂着小女孩站在舱板上，打量着岸上史无前例的建设画卷。我清晰地听见了女人的喃喃自语，这就是油坊镇啊？太乱了。

寻 人

不知为什么，从第一眼看见慧仙和她母亲，我就怀疑她们来历不明。

我对来历不明的人，有着天生的敏感。慧仙的母亲如果是突击队员，大家尽管把我库东亮的名字倒着写。我不知道她们从哪儿上的船，也不清楚她们母女俩是靠什么手段通过了检查。事前各条驳船都接到过严厉的通知，规定严禁身份不明者和老弱病残者登船到油坊镇去，突击队员在马桥镇码头登船的时候，我没见过任何孩子上船，或许是在河上堵船的那两天两夜，那母女俩趁乱上了我的七号船？如果是这样，那复员军人为什么睁一眼闭一眼？那一舱突击队员又是怎么被那女人说服的？他们竟然让慧仙和她母亲成功地藏在军用雨衣里，一藏就是两天两夜。

母女俩肯定不是来劳动的，她们应该是来油坊镇寻人的。《寻人启事》每天都会播放几则，确有其人的，播放一次就结束，重复播放的，都是没找到人的。母女俩要找的人，一定重复播过好几次，什么名字，什么人，我却对不上号。茫茫人海，寻人不遇，这不算什么不幸。我一直认为，比起我们家的遭遇，别人的不幸都只是几滴眼泪罢了。

我密切注意慧仙和她母亲，对她们的来历展开了无穷的想象。细细观察，那女人的眉眼和我母亲非常相像，这是我想象中的一条线索。莫名其妙地，我怀疑她们是从马桥镇来，我对母女俩的身份暗中作出了安排，一个是我从未谋面的马桥镇的姨妈，一个是我唯一的小表妹。一连三天，向阳船队都在靠岸待命，别人都很忙，我却清闲，我要做的所有事，都要上岸做，上不了岸，就什么也做不了，所以我叉个腰站在船头，像一个大干部，在船上冷静地视察着码头上的工程建设。很多时候我竖起耳朵听着高音喇叭里的《寻人启事》，那母女俩会不会寻找我母亲乔丽敏呢，找不到乔丽敏，她们会不会找乔丽敏的儿子？喇叭里会不会响起我库东亮的名字呢？高音喇叭不听我的指挥，我从来没有在高音喇叭里听见我的名字，从来没有人寻找我，没有姨妈寻找我，没有表妹寻找我，我的想象最终也成了空屁一场。

天破了，雨声不断。码头上竖起了无数的简易帐篷，帐篷里住满来自周边地区的男女民工，经常有民工跑到我家船边，借几根柴禾，或者借一只水桶，借一只碗，我说没有，我父亲说有，我只好拿给他们，借呀借呀，有借无还，最后，我们自己只剩一只碗了，害得我们父子俩要合用一只碗吃饭。我向父亲抱怨，反而遭到了父亲的批评，几只碗算什么？合用一个碗，就算我们为东风八号做点贡献了。你年纪轻轻的，还可以多做点贡献呀，为什么天天叉着腰站在船上看？事不关己高高挂起？你这种思想，要批判的！

　　我习惯把父亲的批判当耳旁风了，父亲以为我喜欢看热闹，殊不知我关注的恰好是岸上最孤单的人。我的目光搜寻着那对母女。慧仙的母亲穿着那件肥大的绿色军用雨衣，远看不知是男是女，离得近了，你才知道，是个一脸病容的女人。她不是在赶路，是在码头上徘徊。那满脸倦色，掩不住红颜清秀，她眼睛里有一半的妩媚，很温暖，又藏着一半的怨恨，索债似的，让人有点心惊，她比我母亲多情，又比我母亲深沉。每次她靠近驳岸，我很想问她，是不是从马桥镇来，家里是不是开肉铺的，是不是姓乔？但她的目光投射过来，是一缕怨恨的冰冷的光，让人下意识地躲避她，不敢搭讪了。我注意到她的雨衣不仅是防雨的，还有多重功能，那雨衣几乎是一个屋顶，庇护着一个流动的家，雨衣下藏着所有的行李，还有她的孩子——慧仙，那个瘦精精的小女孩，抱着一个被泥水弄脏的洋娃娃，突然从雨衣里钻出来，一眨眼，又躲进雨衣里去了。

　　看起来油坊镇上没有她们的容身之地。以我之见，她们其实可以混进帐篷去，妇女们的帐篷都搭在学校的操场上，清清楚楚写着一个"女"字，凡是妇女都可以进去住，进去住了就能吃免费的大锅饭。也许因为带着个小女孩，也许是胆小的缘故，那女人带着孩子往学校走，从东门进去，又从西门出来了。我隔水观望着母女俩在码头上踯躅的身影，几乎肯定她们是在找人。她们是在找一个人，可是油坊镇上千军万马，究竟谁是她们要找的人呢？

　　最后一天雨势大得吓人，我看见女人用雨衣兜着孩子，在码头上徘徊了很久，一直沿着水边走，像是散步，也像是察看地形。我不知道她们要干什么。天黑以后雨势缓和了，码头上的人们开始挑灯夜战，那母女俩就被灯影人海淹没了。我在船头做好饭，端到后舱给父亲，我问他，马桥镇的那个姨妈，你有没有见过？父亲纳闷地看着我，你这个孩子好奇怪，从没见你念叨过妈妈，怎么反倒念叨起姨妈来了？我说我没念叨姨妈，只是随便问问，她叫什么名字？父亲皱着眉头想了半天，是乔丽华还是乔丽萍？记不清了，还是和你母亲结婚时见过一面，后来想见也见不到了，她们姐妹之间，也决裂啦。我有点遗憾，母亲跟什么人都决裂了，如此看来，她们不会是来投奔我母亲的，她们不是我的姨妈和表妹。我带着一种说不出的怅惘，结束了一次芜杂而古怪的想象。

事情发生在第二天早晨。码头上雨过天晴。向阳船队的十一条驳船装满了残砖废瓦，正要起锚往下游去，一个女孩子尖利的哭叫声在驳岸上炸响了，那声音清脆稚嫩，却是歇斯底里的，盖过了高音喇叭里雄壮的歌声。船民们看见那个小女孩一手抱着个洋娃娃，一手拖着军用雨衣，在驳岸上跑来跑去，她没有方向，只是发狂似的奔跑，一边跑一边哭，那哭声引起了周围所有人的注意。

码头上几个女民工追着小女孩跑，嘴里喊，别跑，别跑，你妈妈会回来的。旁边有人认得慧仙，介绍说这小女孩昨天夜里就大哭大闹的，学校里的每一个帐篷她都闯过，要找她妈妈。小女孩的母亲不见了。起初大家不以为意，猜想做母亲的是临时有事，等到早晨，小女孩还是一个人，他们就认真起来，那穿军用雨衣的城里女人，确实是失踪了。几个女民工手里分别拿着玩具、馒头，还有一朵塑料花，踊跃地去向慧仙表达她们的母爱。可是慧仙反抗着所有人的怜悯和同情，拼命地往船上跑，她在一个女民工的手上咬了一口，又朝另一个脸上啐了一口，像一个灵巧的小动物穿过大人的腿缝。她跑到了一号船的跳板上，一上跳板就晃了一下，她站定了，对着跳板嚷，你别晃我呀，我找妈妈！她展开双臂，像走平衡木似的继续往船上跑，女民工们跟在她身后喊，你上船干什么？你妈妈不在船上。这船不运人走，只运人来的，千万别到船上去！

孙喜明一家看见那小女孩在船舷上跌跌撞撞地走，瞪着惊恐的眼睛朝前舱里张望，嘴里尖声叫喊着妈妈。孙喜明见状连忙跑到舱顶，对着拖轮摇动一面白旗，拖轮的轮机刚刚隆隆地发动起来，又熄火了。孙喜明女人扔下手里的活儿，冲过去抱着慧仙，你是谁家的女孩？怎么在船上乱跑？尽管小女孩换了一件新衣服，红格子娃娃衫，头上的辫子也是新梳的，扎了蝴蝶结，孙喜明的儿子二福还是一眼认出了慧仙，他比他母亲了解慧仙，奔过来介绍道，是她妈妈不见了，她把什么都弄丢了——她脖子上原来有个军用水壶，丢了；她手上原来还有一块小黑板，也给她弄丢了！

我闻声赶往一号船时，好多船民都已经走在我前面。有人一边走，一边隔岸与码头上的民工讨论那城里女人的去向。船上岸上，形成两种不同的观点。岸上的民工大多从农村来，从育女无用的逻辑出发，猜测小女孩是被母亲故意抛弃了，有个民工还特意指出码头来往人多，好心人也多，他们家乡的人丢女儿，最喜欢丢在码头上。船上的人也重男轻女，但他们普遍不赞成这猜测，也许是长年在水上，见多了溺死者，见多了投河轻生的人，所有船民对失踪者的第一反应都不吉祥，任何东西消失不见了，他们都习惯从河面开始寻找，人也一样。我看见春生和他父亲，一个在船东，一个在船西，都蹲着朝船底下的水缝里看，看什么，大家心知肚明。整个向阳船队都被惊动了，拖轮上的船员也爬到了机房顶上，手搭前额，开始搜寻周围的河面。我匆匆走过五条驳船，五条驳船上都有人自觉自愿瞭望着河面上的漂浮物，船民在这件事情上意见一致，小女孩看来找不到妈妈了，那做母亲的，一定是投了金雀河，寻了短见。

死人之事，永远都是船家的忌讳，但是向阳船队的船民们从来没遇到过这么特殊的事件，对于一个六七岁的小女孩，忌讳是无用的，也没有办法与她说理。小女孩有她的逻辑，她认定母亲带她坐船来到油坊镇，离开一定也是坐船的。船民们告诉她，孩子，我们的船，只能运人来，不能运人走的，你妈妈不在我们船上。慧仙不听，小小年纪就懂得去抓大人的破绽，她哭着叫道，你们骗人，船能运人来，也能运人走。

我看见慧仙在孙喜明家的内舱盖上跺脚，她认为母亲躲在那舱下，要把她跺出来。二福过来阻止她，你别跺脚呀，看你把我们家的舱盖都跺坏了，要你赔的。孙喜明女人把儿子揉开了，干脆把前后两个内舱盖都打开，光明正大地让慧仙自己看，孩子，你自己看，舱里哪儿有人，都是砖头呀。

慧仙跪在船板上，脑袋沉下去，朝黑漆漆的底舱里张望，妈妈你在不在下面？妈妈你出来，快点出来！

小女孩呼唤母亲的声音声声凄怆，船民们听不下去了，他们面面相觑，这可怎么办好？这么小的孩子，什么话都听不进去，什么话都说不得呀！德盛的女人抹开了眼泪，侧脸去看德盛。德盛说，你看我有什么用？我又不是水龙王，变不出落水鬼来。德盛女人吓得去捂德盛的嘴，不让他说话，她自己低头看着金雀河奔涌的河水，看得很感慨，忽然说，都怪今年的雨，都怪今年的水，水怎么就这么大？这大水害人呢，你们都试试，往这儿一站，离水近了，看看水这么大，人这么小，是容易想不开呢，也就是跳一下呀，什么都不烦心了。

　　拖轮的汽笛发出几声短促的鸣叫，他们在催促船民们赶紧解决小女孩的问题。可是谁也解决不了这个问题。几乎所有人都聚拢到了孙喜明的船上。王六指打量着河面上飞奔而下的枯枝败叶，马上对河水的流速进行了判断，他突然说，人已经过五福镇了，一定过五福镇了。众人起初不解其意，很快明白过来，王六指是说如果那女人投了水，尸首一定被冲到河下游五福以外了，他们都不点破，只是扭头，痛心地看着五福的方向。孙喜明女人一只手紧紧地拽着女孩，嘴里愤愤地喊起来，天下哪里有这么狠心的母亲，这么小的孩子，扔下她就走了？地上有干部，水里有龙王，该来管管这样的人，不管她往哪里跑了，都要把她绑回来。她没想到自己的谴责惹怒了女孩，女孩挣脱她的手，小手啪啪地打着孙喜明女人的胳膊，怒声叫道，绑你，绑你！

　　慧仙起初没有注意到我。船上的女人都在争相讨好她，她谁也不要，那么多女人凑上去，热情地张开双臂，慧仙一个都不要，她似乎看出了孙喜明的地位，怯怯地站到了孙喜明的身边。孙喜明有点受宠若惊，示意众人说话小心说漏嘴，让女人去拿糖果来给慧仙。孙喜明女人平时吝啬惯的，对慧仙倒大方，塞了一颗糖果到慧仙的嘴里，慧仙顺从地张大嘴，吮了几下，眼睛突然发亮了，她认出了我，指着我大声喊叫起来，就是他，就是他啊，我妈妈在他的船上！

　　我来不及申辩，仓皇地逃跑了。慧仙追了上来，我知道她为什么追我，却不知道自己为什么要逃跑。我的过度反应导致了一个荒唐的场面，整个船队像一个摇晃的跑道，大家都在舷道上互相追逐，大家都在喊，别跑别跑，但大家都在跑。我一边跑一边回头，怕那小女孩会掉到水里，但是她的平衡能力让我吃惊，她像一个复仇的精灵追逐我，在陌生的船舷上步履如飞。

　　人群一下就转移到我家的船头上了。我家船头站不了那么多人，有人就站在樱桃家的船尾上。船民们看着我跳到舱里，把乱砖一块块地往甲板上扔，我一边扔一边对慧仙说，你自己看，都是瓦片砖头，看哪一片瓦片是你妈妈，哪一块砖头是你妈妈。女孩在上面躲闪着乱砖，一边跺着脚说，我妈妈不是瓦片不是砖头，你妈妈才是瓦片才是砖头！孙喜明对我喊，东亮，你就别跟她斗嘴了，你们到底是怎么回事？她好像认得你呀。我正要对船民们解释，一回头发现我父亲从舱房里探出头来，用愤怒而绝望的眼神盯着我，东亮你干什么了？让这么多群众围着你？这下我就算长三张嘴也说不清我的委屈了，我迁怒于船民，对着他们吼起来，你们这么多人跑到我家船上干什么，都给我滚开！

我没了耐心，前面的拖轮也没了耐心，汽笛突然狂鸣一声，拖轮上的船员擅自起航了。船队的十一条驳船像一条冬眠的大蟒蛇忽闻春风，向着河面蹿了出去，所有人都猝不及防，蹲下了马步。德盛女人上来抱住慧仙，侧卧在船头，孙喜明朝拖轮那边叫了起来，别开，别开船，小姑娘还在船上呢！船员们似乎都进了驾驶舱，从电喇叭里传来了他们七嘴八舌商量的声音，不知是谁拿起了电喇叭，吹了口气，朝着我们喊起来，吵什么？后面别吵了，为一个小女孩，你们吵了半个小时了，都是白痴呀？你们不知道谁耽误运输就是破坏生产，破坏生产就是反革命，要抓起来枪毙的！

沙　发

1

慧仙坐在我家的舱里，坐在我父亲的海绵沙发上。这个小女孩烦躁，任性，贪嘴，吃掉了我家所有能吃的零食还不罢休，赖在海绵沙发上，谁来拉她也不肯起来。这是我对慧仙最初的印象，不言而喻，这个印象是比较恶劣的。

说说那只海绵沙发吧。那沙发面料是灯芯绒的，蓝色的底，洒着黄色的向日葵花瓣，如果细细地察看，留有明显的公物痕迹，沙发的木质扶手明显被很多人的烟头烫过，背面材料用的是细帆布，帆布上"革命委员会好"的字样还清晰可见。向阳船队的船民，通常连一把椅子都没有，我家的沙发很久以来一直是船队最奢侈的物品，它像磁石吸铁一样吸引着孩子们的屁股。因此，我维护这张沙发的主权，维护得非常辛苦。船队的孩子为了沙发闯到七号船上来，他们或者婉转或者直接地向我提出要求，让我坐一次沙发，就坐一次，行不行？我一律坚决地摇头，不行，你要坐，交两毛钱来。

慧仙一上七号船，我对沙发的严格管理乱了套，我怎么能向这个可怜的小女孩开口要两毛钱呢？所有的规矩都被她打破了。我记得那天她的小脸和鼻子紧贴着后舱的窗玻璃，在七号船上固执地搜寻着她母亲的踪影。我们家的后舱，是所有驳船上最零乱也最神秘的后舱，舱壁上有一幅女烈士邓少香的遗像，是从报纸上剪下来的，邓少香的面容模糊，因为模糊，她的形象显得神秘而古老。慧仙隔窗研究着女烈士的遗像，突然说，那是死人！她信口开河，别的孩子吓了一跳，观察我的反应，我说，你们看着我干什么？她说的也没错，烈士都是死人，不死怎么叫烈士呢。然后慧仙发现了我家的沙发，她说，那是沙发，海绵沙发！我父亲正坐在沙发上，膝盖上放着一本书，他抬头朝小女孩笑了一下，表示礼貌。外面好多孩子替慧仙表达她的要求，她要坐沙发，她要坐你家的沙发！我父亲站起来，慷慨地指了指沙发，你喜欢坐沙发？来呀，来坐。这邀请来得及时，慧仙抹抹眼泪，就朝后舱里冲下去了，大家都听见她的嚷嚷声，沙发，沙发，我爸爸的沙发！

我不知道慧仙是怎么回事，我们船上的沙发，为什么是她爸爸的沙发呢？那么小的小女孩，说话可以不负责任，我不跟她计较，心里暗自思忖，那女孩的爸爸，大概也是坐沙发的，不是干部，就是大城市的居民。我看见女孩像一只小鸟扑向鸟巢，轻盈地一跃，人就占领了沙发。外面的船民们不知为何鼓起掌来，他们窃窃私语，观察着我们父子的表现。父亲的表现早在他们的预料之中，他垂手站在一边，似乎一个年迈昏庸的国王，把宝座向一个小女孩拱手相让。船民们关注的是我的态度，慧仙堪比一块试金石，孩子们要考验我的公正，大人们则是要借此测试我的仁慈和善良。

起初我很公正，恶狠狠地去拉扯慧仙，手在空中抓了一下，差点抓到她的小辫子，不知怎么手一软，我头一次被仁慈和善良所俘虏，放弃了我的职责。我眼睁睁看着她跳到沙发上，一只脚跷在扶手上，身体非常熟练地沉下去，她的小脸上掠过满足和欣慰之色，这一瞬间，她一定忘记了母亲，我听见她用一种老妇女的口气说，累死我啦。过了一会儿，她瞄着柜子上的饼干盒说，饿死我了。我父亲赶紧把饼干盒递给她，她风卷残云般消灭了盒子里的所有零食，吃光了把盒子还给我父亲，饼干怎么是软的？不好吃。她朝我看看，闭上眼睛，又看看我，再闭上眼睛，几秒钟的工夫，一阵浓重的睡意就把她的眼睛粘住了。

我站在一边说，你把脚放下来，要坐就好好坐，别把沙发弄脏了，快把脚放下来呀。

她已经睁不开眼了，毫不理会我的要求，脚在扶手上踢了一下。我注意到她穿着一双红色的布鞋，布鞋上沾满了泥浆，我还注意到她穿了袜子，一只袜子在脚踝上，另一只滑到鞋里了。我看了看旁边的父亲，父亲说，这小孩累坏了，就让她在沙发上睡吧。

我没有反对，回头看看舷窗外面，二福和大勇他们的脸正挤在玻璃上，一个在扮鬼脸，另一个还在咽口水，表情看上去愤愤不平。

小女孩慧仙像一个神秘的礼物从天而降，落在河上，落在向阳船队，落在我家的七号船上。这礼物来得突然，不知是好是坏，它是赠予向阳船队全体船民的，船民们对这件礼物充满了兴趣，只是一时不知如何分享。船队的很多女人和孩子想起有个礼物在船上，都莫名地兴奋，鱼一样在七号船上来回穿梭，很多脑袋聚集在我家的舱窗口，争先恐后的，就像参观一个稀奇的小动物。慧仙四仰八叉躺在我父亲的沙发上，看上去睡得很香。我要去给她脱鞋，父亲示意我别去惊动她，他从柜子上拿了一件毛线衫，轻手轻脚地给她盖上了，男人的毛线衫盖在她的身上，正好像一条被子，遮住了小女孩的身体。我走到舱门口，听见外面的女人交头接耳，正在表扬我父亲，看不出来，库书记还很会照顾人呢。见我钻出了舱房，她们又表扬我，说东亮表现也不错，这孩子外表凶巴巴的，心肠其实很软的。只有孩子们不懂事，都来与我较劲，男孩子鄙夷地看着我，想说什么难听的话，笨嘴拙舌的不会说；只有六号船上的樱桃，那会儿人还没有一条扁担高，嫉妒心已经很强，她把脑袋伸进舱里，用谴责的目光盯着我，劈头盖脸批评我，库东亮你搞不正之风，我们要坐你家的沙发，坐一下都不行，她就能在沙发上睡，你怎么不让她交两毛钱呢？

我守在舱门口，顾不上和樱桃斗嘴，我注意到父亲在沙发边转悠着，像热锅上的蚂蚁，离开了沙发，他看上去无处可去。他注视着沙发上的小女孩，目光有点焦灼、有点窘迫，还有点莫名的腼腆。我看见他在我的行军床上坐了一会儿，在地上站了一会儿，局促不安，突然，他对我挥挥手，东亮，我们都出去，干脆把舱房让给她吧。

2

父亲终于走出了船舱，他从舱里出来的时候，手里还拿着一本《反杜林论》。

船民们很久没见我父亲出来了，终日不见阳光的舱内生活，使他的脸色日益苍白，与船上男人黝黑的面孔形成天壤之别。他一出来，船民们条件反射，一大堆人群退潮般地往后退。我父亲知道他们为什么往后退，他嘴里向船民们打着招呼，表情窘迫，眼睛里充满了歉意。父亲对王六指说，老王，今天天气不错啊。王六指斜着眼睛看看河上灰暗的天空，还不错呢，没看见河上游都黑下来了，马上要下雨的。父亲看了看河上游的天空，眼睛里的歉意更深了，是呀，我眼神不好了，那边的天已经黑下来了，恐怕是要下雨的。他对大人表示了热情和礼貌，怕冷落了孩子们，又去拍二福的脑袋，二福呀，好久没见，你又长高了嘛。二福缩起脖子从我父亲的手掌下躲开，怂怂地说，我根本没长高，吃不上肉，怎么长得高？父亲满脸尴尬，站在舱篷里，等着船民们开口向他问好，孙喜明总算对我父亲说了句关心的话语，库书记出来了？你是该出来透透气的，天天闷在舱下面，对身体不好。德盛女人的话听起来也受用，她说，库书记呀，都快不认识你了，外面放鞭炮也没法把你引出来，还是舱里的小可怜把你撺出来啦。

　　我在旁边明察秋毫。船民毕竟是船民，他们不会掩饰自己的眼神，眼神泄漏了天机。无论男女老少，目光都像一枚尖利的指南针，直指我父亲的裤裆部位，无论是好奇还是猥亵，所有人的目光都无情地探究着我父亲的裤裆。我觉得父亲像一个裸身的小丑，站在舞台的灯光里。父亲穿着一条灰色维尼纶的长裤，裤洞的纽扣扣得一丝不苟，周围褶皱自然熨帖，看上去一切正常。船民们什么也看不见，看不见不甘心，很多人的眼珠子瞪得比铜铃还大，目光似乎要穿越维尼纶布料，亲眼见证我父亲半个阴茎的秘密。他们还是看不见，看不见刺激了他们的想象，想象撕掉了一层遮羞布，我注意到王六指和春生互相对视一眼，两个人忽然挤眉弄眼起来。几个女人的目光含蓄一些，是跳跃式的，那些目光从父亲的下身一掠而过，跳到别处，跳到岸上，很快又热切地返回原处。我看见樱桃的母亲搂着樱桃做掩护，一只手捂着嘴笑，樱桃不解，扯她母亲的衣袖，你笑什么？樱桃的母亲就虎起脸打了女儿一下，你胡说什么，谁在笑？我哪儿笑了？

　　父亲脸色灰白，迎着众人乱箭般的目光，我看见他弓了弓腰，弓腰是没用的，他的羞耻无处可藏。我看见他的手慌乱地垂下，用《反杜林论》遮挡着裤裆，《反杜林论》也是没用的，一本书遮不住父亲的耻辱。我愤怒了。我的愤怒不仅针对船民的粗野，也针对我父亲的怯懦。我过去拼命把父亲往后舱门口推，你下去，快下去！我像父亲命令儿子一样对他喊，下去，看你的书去。父亲一定知道我的用意，他退到舱门口，尴尬地站到船篷的阴影里，我又去撺其他人，先推大勇，滚，滚开，别在我家船上，你们为什么非要赖在我家船上？推了大勇我又推他妹妹，滚，滚回你们五号船去。我这么大发雷霆，孙喜明他们知趣了，纷纷离开我家舷板，我们是该走，都走吧，舱里还有个小可怜呢，让她好好睡一会儿。樱桃的母亲也带着儿女走了，但是她对我的态度有意见，嘴上一定要报仇，临走丢下一句阴阳怪气的话，这父子俩，把人家小女孩子藏在舱里，还要撵人走，准备干什么啊？樱桃母亲说出这么恶毒的话，我都不知道如何还击了，德盛女人在一边听不下去，高声道，樱桃她妈，你说这种话要小心中风啊，明天落个歪嘴病可怎么办？

一场风波连着一场风波，七号船总算静下来了。一个神秘的礼物在寂静中向我打开，我家船舱里的沙发像船中之船，载着一个陌生的小女孩往下游去。船队已过养鸭场，河面变宽了，来往的船只少了，船尾的浪声反衬着船上死一般的寂静，后舱里的小女孩在睡梦中忽然惊叫了一声，妈妈，妈妈在哪里？那响亮的梦呓把我和父亲都吓了一跳，幸好她是在梦里，她在沙发上焦躁地翻了个身，又睡着了。我注意到她的一只袜子脱落了，小脚丫子正对着我，微微晃动着，闪着一圈模糊的白光。

我和父亲守在舱门口，像两个警卫员守护着一个沉睡的小女孩。父亲沉默着，看上去满腹心事，我不知道他是沉浸在自己的羞耻中，还是在为沙发上的小女孩犯愁。每逢这样的场合，我先说话是不利的，说什么都错，我等着父亲先说。果然，父亲自己打破了沉默，他问我，这孩子的妈妈死了吗？我说，多半是死了，投河自杀了吧。父亲沉吟了一会儿，说，自杀就是逃避呀，她自己倒是解脱了，这小女孩以后要受苦了。

船过鹿桥村，德盛夫妇来了，来打探孩子的动静。不知为什么，那夫妇俩看上去一个喜不自禁，另一个鬼鬼祟祟。德盛女人问我，那孩子乖不乖？我说，还没醒呢，睡得那么死，我怎么知道她乖不乖？德盛看看我，又看看我父亲，脸上突然露出一种诡谲的神情，他推了推女人，你不是有话要跟库书记说吗？趁着现在没闲人，快说呀！德盛女人瞪了男人一眼，说，我开玩笑的话，你倒当真了，我说了库书记肯定要见笑的。我父亲不解其意，看着德盛夫妇，你们有什么话尽管说，我们船挨船的，是邻居，千万别见外。德盛女人扭捏起来，指着舱里掩嘴一笑，也没什么，我看着这小女孩，不知怎么就想起我自己来了，我小时候也是让爹妈扔在码头上，我婆婆把我捡到船上养起来的，养大了就让我嫁了德盛，谁不说我婆婆精明？积了德行了善，还顺便攒下个儿媳妇。德盛在一边催促女人，有话快说有屁快放，你绕什么圈子？德盛女人打了德盛一下，不绕圈子，道理说不清！她对我父亲说，库书记你别嫌我多嘴，我看这孩子跟你们七号船是有缘分的，看看你们老少三个，其实都是一个命——库书记，你的革命妈妈不是牺牲的吗；东亮虽然有妈妈，可惜跑啦；这小可怜的妈妈呢，干脆投水自尽啦——都是可怜人，你们三个有缘分呀！德盛听得不耐烦，瞪着他女人说，天都黑了，你还绕圈子？有缘分怎么的，你倒是快说呀。德盛女人被催得乱了方寸，终于说了，库书记你别嫌我多嘴，你们船上没女人呀，没女人不行，要是把这小女孩留在船上，以后长大了就攒下——德盛女人没有说下去，因为我父亲慌张地打断了她的话，不行不行，我们不养童养媳。父亲不停地朝德盛夫妇摆手，苦笑着说，我知道你们是好意，可是你们不懂规章制度啊，捡一个孩子不是捡一只小猫一只小狗，很麻烦的，要登记要调查，谁家也不能随便留的，别说这孩子这么小，就是个现成的小媳妇大姑娘，也不能留！

我被德盛女人弄了个大红脸，不知她怎么想出来这个锦囊妙计。德盛女人对德盛翻着白眼，你看你看，我跟你说过库书记不会同意的，你非要自讨没趣！说着她瞥了我一眼，表示遗憾，你们男人不会看女孩子呀，这孩子长大了一定会出落成个大美人的。她叹了口气，又朝后舱探出脑袋，集中精力去听女孩甜蜜的呼声，听了一会儿她大发感慨，说，这孩子命很旺的，没有爹妈照样活，你们听，她打呼打得多响，跟一头小猪似的。

德盛夫妇给小女孩留下几个玉米，快快地走了。河上的天空突然一暗，夜色慢慢垂下来，覆盖了漫天的雨云，岸变黑了，我家的后舱也黑了。小女孩还在睡。我和父亲之间，突然被一种很古怪的气氛包围了，我父亲想解释什么，不知从何说起，而我想表白什么，却羞于做任何表白。父亲把油灯挂在舱房的梁上，拧了一小簇火苗，舱房里亮了一圈，我看见了父亲脸上焦灼不安的神情，他弯腰俯视着后舱里的小女孩，突然说，不行，这样下去不行，要防微杜渐！

我疑惑地看着父亲，你说什么，什么防微杜渐？

父亲说，天黑了，要过夜了，这小女孩，不能在我们船上。

我猜到了父亲的心思，一下打了个寒战。父亲的脸在油灯的光线里显得深谋远虑，你瞪着我干什么？他注意到我不满的表情了，挥挥手说，有些事情你不懂的，这么小的女孩，也是女的！是女的就不能在我们船上过夜，我们得把她送走！

把她送哪儿去？我问父亲。

送给组织。父亲脱口而出，话一出口他醒悟到向阳船队是没有什么组织的，便说，送到孙喜明船上去，他是队长嘛。

我知道凡事牵扯到男女关系，都是大问题，必须听父亲的安排。我下到舱里，替慧仙把袜子穿好，拍着她的脚说，醒醒，我们走。小女孩醒了，踢了我一脚，咕哝道，别烦我，我要睡。她的脑袋侧过去，还要睡。我说，不能睡了，天黑了，我们家有老虎，夜里出来咬你。她一骨碌坐起来，瞪着我，骗人，老虎在哪里？你骗人的。她还要往沙发上躺，我像是扛箱子似的，反扣住她柔软的小小的身体，一下把她扛到后背上去了。我感觉到她在我背上挣扎了几下，平静下来了，一觉醒来她又想起妈妈，对我命令道，那你快点，你背我去找妈妈。我说，你不懂事，你妈妈躲着你呢，我不知道你妈妈躲哪儿去了，领导知道，我把你交给领导，让组织上替你找妈妈去。

夜色中我背着慧仙往孙喜明家的船上去。驳船上的桅灯都亮了，我背着慧仙走过了六条船，六条船上的人都拦住我，问我要把小女孩背到哪里去。我说，天黑了，我把她交给孙喜明去。王六指的几个女儿试图拦截慧仙，几个女孩子叽叽喳喳地说她可爱，央求我把慧仙留在她们船上，她们要陪慧仙过夜。我说，不行，你们船比鸟窝还吵，你们这些黄毛丫头也不算个组织，我要把她交给孙喜明去。

一号船上的孙家人刚刚吃了晚饭，孙喜明女人在暗淡的桅灯下唰唰地洗着碗筷，看见我背着女孩上了她家的船，惊叫起来，你怎么把她背来了？黑咕隆咚地走这么多船，多危险！她喜欢睡你家的沙发，就让她睡嘛。你别小气，那么好的沙发，睡不坏的。

不是我不让她睡沙发，是我爹不让。我一时不知怎么解释，就把父亲的话抬出来了，我爹说了，她是女的，不能在我们船上过夜！

孙喜明女人笑起来，笑得弯下腰，这库书记也是的，什么女的女的，这孩子多大一点呀？樱桃她妈乱嚼舌头的话，他也往心里去了？我看你爹是一朝被蛇咬，十年怕井绳，再小心，再提防，也不至于这个孬样呀。

我笑不出来，气呼呼地把慧仙往她怀里塞。孙喜明一家人都围过来了，看起来他们是乐意接收慧仙的，孩子们七嘴八舌地说话，研究着慧仙的辫子和衣服，孙喜明撵走了儿女，对我说，送过来也好，你们船上没个婆娘，也伺候不了这孩子。

慧仙从我的背上下来时，含糊地哭了几声，她仍然睡眼蒙眬。孙喜明女人用力把她抱了起来，慧仙睪着，小脸上有明显的嫌弃之色，是女人耳朵上的一对金耳环吸引了她，她瞪着女人的耳朵，先抓了左耳，又去抓右耳。孙喜明女人欢喜地握住了她的小手，对她说，喜欢我的金耳环呀？长大给我做儿媳妇，两个金耳环，都归你！

是我把慧仙背到一号船上去了。我记得我从孙喜明家往回走，光脚走过六条船冰凉的舷板，越走脚下越凉，一条船凉过一条船。乌云被夜色覆盖了，雨没有落下来，金雀河的尽头早早地升起半个月亮。河上夜色初降，两岸蛙鸣喧天。夜航的船队在河上突突地前进，河水在我脚下汹涌奔流。我的脖子那儿有异样的感觉，一摸，是小女孩辫子上的牛皮筋粘在我脖子上了。我记得很清楚，走过王六指家的舷板时，我还把牛皮筋搭成一把弓箭，朝王六指的小女儿射了过去。我不高兴，也没有什么不高兴。我很正常。反常的是我的后背，一去一回，我的背上已经空空荡荡，一个小女孩带给我的温暖的体温荡然无存，我的后背竟然还保持着惯性，微微弓起来，承接一个不存在的小小的柔软的身体。我的后背有点卑贱，卑贱得很反常，分别不到两分钟，我的后背就开始思念起一个小女孩了。

我弓着背走到我家的船上，看见一盏孤灯在舱篷里摇晃，父亲已经在舱里整理床铺。船上一片凄清，似乎没有人烟，那是第一次，我打量着舷板上一条薄薄的哀伤的影子，发现了自己内心的孤独，还有爱意，它比夜色中的河水更加深不可测。

慧　仙

1

船民们当年是准备把慧仙送到岸上去的，捡到一分钱，也应该缴公，何况是个孩子。船到五福，船队的一群女人簇拥着孙喜明，牵着慧仙去找五福镇的政府。五福镇上那时也很乱，街上到处都是受灾的灾民，随地搭了窝篷吃喝拉撒，星罗棋布的窝棚把政府的办公用房淹没了。他们好不容易在一个旧土地庙里找到了民政科，人家一句话就打了回票，说，孩子哪儿捡的，送到哪儿去处理，我们这儿也很忙，管不了油坊镇的事。他们只好抱着慧仙离开旧土地庙，边走边嘀咕，要是交个皮夹子给他们，他们就不计较是哪儿捡的了，哪儿捡的他们都收，一条人命不如一个皮夹子嘛。

几天后向阳船队返航，船队还没有靠上油坊镇码头，孙喜明女人就跑到船尾，用衣襟蒙着脸呜呜地哭起来。春生的母亲问她为什么哭，她指了指岸上，指了指慧仙的身影，说，舍不得，舍不得呀，孩子跟我睡了这么多天，夜里天天搂着我叫妈妈呀，我不哭一下，胸口堵得慌！这次与小女孩的告别要隆重许多，船民们纷纷往她的口袋里塞东西，塞一只鸡蛋，塞一块手绢，或者塞一把瓜子，这是表示他们的一点心意。孙喜明的女人给慧仙头上戴了朵红花，胸口也别了一朵，德盛女人给慧仙面颊上涂了红红的胭脂，嘴唇上抹了口红，看上去她们不是送她去岸上，像是送她去参加一场盛大的演出。

第一次送孩子没送成功，这次孙喜明谨慎了，他来到七号船上，隔着舷窗说服我父亲一起去送孩子。库书记你做过那么多年的干部，懂政策，说话有水平，你一定要上去一趟。孙喜明说，不是我麻烦你，怪这孩子来得不明不白，怎么说也说不清，我怕说错话遭冤枉，岸上的人嫌我们船上孩子多，污蔑我们拐孩子呢。

那是谣言。我父亲说，凡是有人的地方，都有谣言的。

这次让他们抓了把柄，就不是谣言了。孙喜明说，库书记你一定要出面，帮我们把事情说清楚。孩子我们抱着，我们出力你出嘴，你只管反映情况，行不行？

不行，我早已不是书记了，说什么也没人听。我父亲坚定地摇头，他说，不是我不帮你忙，孙队长你知道我的苦衷的，我发过誓的，这辈子再也不上岸啦。

我就是不明白，你发这个誓干什么？孙喜明嘟囔着，眼睛下意识朝我父亲的裤裆部位瞄了一眼，隔着舷窗，两个人的目光撞在一起，孙喜明知道自己犯忌了，目光慌忙跳起来，热切地看着我父亲的脸，老库你这是赌的什么气？跟谁赌的气？我看你是跟自己赌气！他说，赌那么大一口气，自己吃苦头嘛——你就算是一条鱼，涨水还要跳到岸上去呢；你就算是船上的一根缆绳，靠岸还要拴在岸上呢。库书记你是一个大活人呀，当真一辈子不上岸了？

父亲说，老孙呀，我不是鱼，也不是缆绳，我也不是赌气。老孙你不理解我的，我现在习惯了船上，一上岸头就晕，我不能上岸啦。

那是晕岸！孙喜明立刻叫起来，库书记，那是你自找的麻烦呀，谁让你一年四季不肯下船呢？人在岸上住惯了，上船要晕，人要是老窝在船上不上岸，一样要晕岸的。

父亲说，是啊，老孙，我晕岸晕得厉害，上不了岸啦。

晕岸要治的，多上岸几次就不晕了。孙喜明眨巴着眼睛与我父亲周旋，软磨不行，他心生一计，语气强硬起来，库书记你也是船队的人嘛，这小女孩的事是集体的事，你是我们船队的秀才，集体的事情你不能不管，一点小毛病不能克服一下？你要是晕岸了，我来背你行不行？

父亲突然板起了面孔，毕竟当过多年的领导，面对一个原则问题，他一下摘掉了谦虚谨慎的面具，啪的一声，他怒冲冲地拉上了舷窗，对着窗外喊道，孙喜明你算老几？指挥起我来了？你当我死了，我一辈子不上岸！

我对父亲的态度很意外。孙喜明也愣怔在舷板上了，过了一会儿，他讪讪地对我说，怪我言语怠慢了他，你爹丢了乌纱帽，官架子还在呢，上船这么多年，我第一次看他发脾气，有意思。我哪里敢指挥他呢？看来让他上一次岸，非要毛主席他老人家下最高指示呢。孙喜明是聪明人，没有再纠缠我父亲，他的思路很固执，退而求其次，瞄上了我，要不东亮你跟着去吧，虽说你说话不中听，文化水平倒还不错的，找政府少不了要填写材料，兴许你能派上什么用场呢。

我消极地瞥了他一眼，说，我能派什么用场？你没听见岸上的人都叫我空屁？你们信任我，岸上的人不信任我。

孙喜明说，什么信任不信任的？我们又不是让你去说话，是让你去写字的。

我有点犹豫，指着舷窗对孙喜明使了个眼色，你问他，让不让我去？

孙喜明敲了敲窗子，库书记你不去我也不强求了，让东亮陪着去一趟，行不行？

舱里静了一会儿，传来我父亲的声音，他那文化水平，你们相信他？又静了一下，父亲说，他去不去，随便他。

孙喜明疑惑地追问道，随便是让你去，还是不让你去？

我说，随便的意思你不懂？随便就是让我去了。

那天我在衬衣的口袋上插了一支钢笔，怕钢笔漏水，耽误大事，我还额外准备了一支圆珠笔。船民们在驳岸上集合以后，一支浩浩荡荡的队伍又回流到油坊镇码头。我看见慧仙骑坐在德盛的肩膀上，小脸被妇女们画得浓妆艳抹，她兴高采烈，嘴里吸溜着一根棒棒糖。我知道她为什么这样高兴，都怪王六指的女人非要跟着我们的队伍，跟就跟了，她还非要拍着慧仙的脚，嘴里好大喜功地欢呼，我们上岸去，找妈妈去啰。

　　大水退去过后，油坊镇的每一寸土地原形毕露，到处是废墟和土堆，到处是红旗和人群，在一种忙乱的热火朝天的气氛里，东风八号显示了一项大工程特有的宏伟气魄，你怎么也看不清楚，这工程到底是干什么的。我们一上岸就迷路了。驳岸上看不见路，整个码头都被挖开了，远看很像一块块水田，近看像电影里的一条条战壕，有人在地下战斗，有人在地上战斗。各支突击队的旗帜插在四面八方，船民的队伍却在漫天红旗下寸步难行。孙喜明让我去问路，我拉着一个推烂泥车的小伙子问哪里有路，他反问我是哪一个突击队的，我说我们不是突击队，我们要到镇上去送一个孩子。他打量了一下船民的队伍，脸上露出不加掩饰的轻蔑表情，马上要大会战了，你们还送什么孩子？他说，没有路到镇上去了，你们要去镇上，愿意怎么走就怎么走，走不了就飞过去吧。地上地下都是人，我就是问不到路。我的身边有一面旗帜迎风飘扬，旗帜上"向阳花突击队"几个大字让我思想开了一会儿小差，向阳花总是让我想起母亲，她会不会参加了这个突击队？我爬到高处向地沟里望，没看见母亲的身影，她不在沟里。高音喇叭里有个女声在读一封表扬信，表扬一个昏倒在工地上的民工，说他昏倒了爬起来，挖，又昏倒，又爬起来，挖。我站在驳岸上听，不是听内容，是听那女声，是不是母亲的声音呢？不是的，那声音比我母亲年轻脆亮，却不及我母亲饱含深情。我母亲不在喇叭里，三十年河东，三十年河西，她权威性的革命的声音，已经被一个陌生的年轻姑娘替代了。

　　治安小组的人从一堆废墟后面冒出来了，他们熟练地爬过废墟，朝我们风风火火地跑来，每个人嘴里都紧张地喊叫着，站住，站住，不准上岸，不准上岸！

　　王小改的人马一来，船民的队伍更加慌乱，大家聚拢在一堆水泥管道前，茫然地看着治安小组。那支威武的人马中出现了一个绰号"腊梅花"的女人，大概是治安小组补充来的新鲜血液，她也英姿飒爽地拿着一根治安棍，跟着男同事嚷嚷，你们船民来凑什么热闹？也不看看是什么时候，现在不准上岸的！

　　船民们不知所以然，一个个都看着孙喜明，跟他要主意。孙喜明拍着大腿说，大白天活见鬼啦，上次让我们排队上岸，今天可好，连岸也不许上了，这次又是什么通知？我才不信，你们干你们的工程，我们赶我们的路，井水不犯河水，怎么不准我们上岸呢？

谁说井水不犯河水的？井水都归河水管！腊梅花说，你自己长着眼睛，看看四周围有没有路给你走？码头是工程重地，马上大会战了，你们不是突击队员，不得随便出入。

好，我们是井水你们是河水，我们归你管，你个腊梅花算老几？孙喜明不愿意跟腊梅花说话，忿忿地瞪她一眼，转向王小改，你是领导，我也算个领导吧，你说我会不会故意带人来破坏大会战？不会。今天我们有急事啊，我们要去镇上找领导，不走码头怎么去，你让我们飞过去呀？

王小改冷言道，你们船上能有什么急事？再急的事，急得过大会战？

孙喜明被他一句话噎住了，看看德盛女人怀里的慧仙，正要说什么，德盛对他使了个眼色，抢在他前面说，我们有阶级斗争新动向，要向领导汇报，王小改我告诉你，你不让我们上岸可以，到时候要你负责你别赖账。

王小改不理睬德盛，转过头去观察着孙喜明的表情，孙喜明顺水推舟，脸上挤出一丝高深莫测的微笑，看起来德盛的威胁是有效的，王小改对德盛的话半信半疑，你们船队有什么阶级斗争新动向？在河里捞到台湾特务的降落伞了？他嘀咕着，语气从强硬变得谨慎，特殊情况特殊处理，你们非要上岸也可以，一定要登记，你们的人数姓名，上岸时间离岸时间，都要登记。

陈秃子从腋下抽出一个《货物登记簿》，封面上"货物"两个字被贴掉了，改成了"人口"，陈秃子打开他的《人口登记簿》说，好，一个一个来，来呀，你们买猪肉抢得头破血流的，人口登记怎么都缩在后面？来呀，孙喜明，你先来带个头。

临时性的人口登记从孙喜明开始，到我结束，独独遗漏了慧仙。慧仙靠在德盛女人的怀里，眼睛盯着陈秃子手里的登记簿，她炫耀似的念了两个字出来，人，口，其他字念不出来，就困倦地打了个呵欠。没有人注意到那个打呵欠的陌生小女孩，偏偏腊梅花注意到了，女治安就是不一样，眼睛尖一些，比起男人细心很多。腊梅花凑近了慧仙打量着，还吸紧鼻子闻了闻她的脖子，突然惊叫起来，等一等，这不是德盛家的孩子！看这孩子呀，她不是船上的，我一看就不是船上的孩子，皮肤那么白，身上也不臭，洗过澡的！要问清楚这小女孩的来历，她来历不明！

王小改和五癞子他们一下都扑过去了，他们凑近了研究慧仙，研究了一番，得出了统一的结论，腊梅花说得对，这小女孩，肯定不是船上的孩子。他们的眼睛炯炯发亮起来，盯着孙喜明，一迭声地追问，哪儿来的小女孩？

怪不得有阶级斗争新动向呢，拐孩子了？是谁家拐的孩子？

孙喜明说，你们会冤枉人呢，我们拐孩子干什么，自己的孩子都吃不饱，拐个别人的孩子上船，让她天天喝河水呀？

不准借题发挥，我们不管肚子的问题！王小改打断孙喜明的辩解，尖锐地说，我们负责登记人口，你向我们说清楚，这是谁家的孩子？

要知道是谁家的孩子就好办了。孙喜明挠着脑袋说，是她自己跑到船上去的，她妈妈——那个什么，一时找不见了，我们要把她送给政府。

王小改不耐烦地瞪着孙喜明，你还是船队队长呢，话也说不清，她妈妈到底怎么啦，说清楚呀。

小女孩这时候插嘴道，我妈妈不见了。她失松（踪）了。

什么叫失松？王小改没听懂，转过头对孙喜明说，说呀，她妈妈到底去哪儿了？

孙喜明瞅瞅小女孩，咽了口唾沫，还是不肯说清楚。王小改正要发作，孙喜明对他做了个少安毋躁的手势，把王小改拉到一边，凑到他耳朵边说了几句话。

治安小组终于明白小女孩的来历了，看起来他们没有处理这种事情的经验，三男一女面露难色，围在一起商量着。腊梅花抢在同事的前面，先下了结论，说，不管可怜不可怜，反正这孩子身份不明。陈秃子摊开那个《人口登记簿》，犯难地问王小改，身份不明的小孩子，要不要登记呢？小改也拿不定主意，拿过登记簿，翻看着封底的《登记条例》，没有发现适用的条例，他思考了一会儿，最后说，小孩子也是人口，怎么不登？要登！

我记得是在驳岸上，治安小组的人和一群船民围着慧仙，他们各尽所能，齐心协力，启发，联想，加上创造，艰难地登记了慧仙的第一份档案。我带着一支钢笔、一支圆珠笔，但是哪一支笔都没有派上用场。我没有机会参与任何登记工作。

小孩子，你叫什么名字？

QIANG 慧仙。

一个含糊的声音，带着小孩子常见的口齿不清，听起来难以分辨，陈秃子没有听清，你姓张，弓长张？还是姓立早章？要不然你姓枪？你姓一把枪的枪？

你才姓一把枪的枪，我会写，我写给你们看。慧仙蹲在地上，抓起一块煤渣写了个字，原来是个"江"。旁边的治安队员都异口同声地念出来，江，原来她姓江青的江呀。

小孩子，你记不记得你的出生年月呢？

什么年月？

出生年月听不懂？好，你告诉我们你几岁，我们就知道你是哪一年生的了。

我七岁。去年六岁，明年就八岁了。

我知道你是个聪明孩子，不用说那么多，说今年几岁就行了。爸爸妈妈的名字知道吧？他们都是干什么的？

我爸爸叫江永生，我妈妈叫崔霞，他们都失松（踪）了。

怎么都失踪了呢？你爸爸是怎么失踪的？

我不知道呀，我妈妈说带我来找爸爸，结果她自己也失松（踪）了。

都失踪了？爸爸妈妈都失踪，这孩子的家庭出身肯定有问题。治安小组的人互相交换了一下眼色，王小改指着登记簿对陈秃子说，记下来，爸爸失踪，妈妈失踪，都记下来，这孩子的话，一字一句，统统要记下来。

孩子对记录不知深浅，船民们有点恼了，孙喜明对王小改嚷，你们治安小组拿了鸡毛当令箭呢，一个小女孩，你们查她祖宗八代干什么？德盛女人上去拉过慧仙，不登了不登了，这些人人心不是肉长的，我们走，到镇上找领导去。

船民们七嘴八舌的抗议没用了，王小改和五癞子都把治安棍横在手上，冷冷地盯着船民。王小改问孙喜明，你还算个领导？什么叫登记你都不懂！光有个名字就行了？没有家庭成分，没有家庭住址，没有政治面貌，叫个什么登记？腊梅花在一边帮腔，你们这帮船上人，觉悟就是低，还不如人家一个小女孩，人家还知道配合我们工作，你们就会在一边瞎吵吵！

慧仙很为难，她是要站到船民那边去的，几次要往德盛女人怀里钻，都被腊梅花亲热地搂住了，腊梅花指着自己的红袖章说，孩子，看看这是什么？你听我们的话，不会犯错误的。慧仙没有办法挣脱，就催促陈秃子说，你快点呀，快点问，我要去镇上找妈妈呢。

陈秃子清清嗓子，尽量地做出循循善诱的样子，孩子，你回答问题口齿要清楚。你的口齿清楚了，我们登记不就快了吗？他说，下一个问题是家庭住址，你的家庭住址呢？又不懂了？我是问你家住哪儿？

我家在铁路旁边，两层楼。我家住楼上。楼下有一棵桃树，结很多桃子的。

这不叫住址，住址就是城镇区县，什么区，什么街道，什么公社，什么大队。

都不是。我家门前有一条石子路，路口有个电线杆。我妈妈天天去电线杆那里的。

你妈妈天天去电线杆那里？陈秃子眼睛亮了，嘴里发出啧的一声，告诉叔叔，电线杆上有什么？你妈妈去那儿干什么，是去等人？她去等谁呀？

德盛这时候忍不住了，冲过去一巴掌打掉了陈秃子的登记簿，等谁？等美国特务，等台湾间谍，等你妈了个×！你们算是个什么鸟治安？吃饱了没事做，这么小的孩子还提防她是阶级敌人？你们让她上岸能变天呀？她才七岁呀！

德盛带了头，船民们的愤怒风起云涌，大家的嘴里纷纷骂起了脏话。德盛女人过去把慧仙拉到自己怀里，大叫一声，欺人太甚，不给他们登了，他们问什么，只当他们拉肚子放屁！孙喜明没有骂人，他指挥王六指和德盛，三个男人组成一堵人墙，护住了德盛女人和慧仙。治安小组的人过来抢人，推不动三个船民的人墙，五癞子就挥起治安棍对着王六指的脸打了一下，嘴里大叫起来，你们这帮烂船佬，今天吃了豹子胆，要造反呀？

我本来是站在远处的，船民们跟别人吵嘴，我从来只看不插嘴，可是这一次我也成了当事人，不知道为什么，德盛女人把慧仙朝我这边推过来了。慧仙被吓得不轻，无所适从，嘴里一声声惊叫着，我看见慧仙的手向我探过来，那只求援的小手使我热血沸腾，我顺势拉住慧仙的手，把她从人堆里拽出来，说，跑，跑，我们跑！

跑，这是我最擅长的。码头上虽然找不到路了，但是我急中生智，几乎在一瞬间发现了一条逃跑之路。一条路从驳岸的垃圾堆上蜿蜒过去，越过一堆水泥预制板，通往远处的煤山。我对码头四周的地形再熟悉不过，所以我的逃跑路线设计得天衣无缝，我决定带着慧仙从西边的煤山上翻过去，翻过煤山就是棉花仓库，到了棉花仓库就有路了。

我拉拽着慧仙跑了几步，发现码头工地上所有突击队员都停止了突击，支起身子往驳岸上张望。我回头一看，驳岸上已经乱成一团，女人们也加入了孙喜明他们的人墙，场面变热闹了，也变得惨烈了。五癞子率先舞起了治安棍，陈秃子也学五癞子，拿着治安棍对船民们胡乱挥舞着，这么一来，两队人马短兵相接，厮打起来了，连德盛女人和孙喜明女人都勇敢地投入了战斗。不知道是谁去抓了陈秃子的要害，我看见陈秃子捂着裤裆，在那里一跳一跳的，嘴里发出了凄厉的惨叫。我还听见王小改惊惶的哨子声，暴乱，暴乱！他一边吹哨子，嘴里不停地惊呼着，这是反革命暴乱，快去报告赵书记！

我已经带着慧仙跑到了煤山下，小女孩被身后的场景吓着了，她问我，他们为什么打起来了？我说，你是傻子呀，还不是为你？她还是不明白，我没让他们打架呀，打架不好，破坏纪律的。我顾不上跟她解释什么，拉着她往煤山上爬，她犟头犟脑的，怎么也不肯上煤山，嘴里还不停地抗议，为什么要爬煤山？都是黑煤，看把我的新衣服都弄脏了。关键时刻她不知好歹，我又气又急，强行把她驮到了背上，朝着煤山顶上攀登。她伏在我的背上，起初又打又踢的，很快，她大概感受到了一种新颖的刺激，尖叫几声，又嘎嘎地笑起来，把我当一匹马了，我感觉到她的小手努力地拍着我的屁股，嘴里叫道，驾，驾，驾！

我背着慧仙走到棉花仓库那里，听见后面的煤山响起一片碎煤块哗哗的泻落声，船队的人马欢呼着，就像一支翻身闹革命的队伍，扬眉吐气地冲下了煤山。煤山的那一侧，隐隐可以听见腊梅花尖利的女声，让你们跑，我们秋后算账，你们跑得了和尚跑不了庙！

2

综合大楼就在码头的最北端，看着近在咫尺，偏偏到处都是禁区，到处都挂着"此路不通，请绕行"的牌子。我们离开棉花仓库，在码头工地旁边绕来绕去，好不容易走到那幢灰白色的四层楼楼房下，船民们面面相觑，互相取笑起来，每个人的脸上都沾了黑煤灰，裤管凝结了一层黄泥浆，看上去像一群逃难而来的难民。

阳光照耀着大楼前的花坛，花坛里伟大领袖的汉白玉塑像沐浴着一层灿烂的金光，伟大领袖戴一顶军帽穿一件大衣，微笑着朝向阳船队的船民挥手。突然之间，吵吵嚷嚷的送孩子的队伍安静下来了，一股神秘而严峻的力量震慑了船民们躁动的心，迈向大楼的台阶就在脚下，但船民们看上去有所畏惧，脚步迟疑起来，大家都不愿意走在前面，德盛兀自冲上台阶，被德盛女人拽下来了，她说，你急什么？这大楼不是菜市场，是你随便进的？我们怎么进去，进去说什么做什么，要先商量一下嘛。王六指踮足朝楼上的窗子仰望，嘴里说，王小改他们恐怕在楼里了，他们肯定抢先一步，恶人先告状了。大家都看着孙喜明，孙喜明沉默着，点了颗香烟凶猛地抽了几口，说，我们也有人受伤的，告就告嘛，为了个孩子，有什么大不了的事情？他看看慧仙，又看看我，用香烟指着大楼说，东亮，你是这楼里长大的，熟悉情况，你先进楼里打探一下行不行？送孩子也不能乱送的，进去找到干部，千万说清楚了，我们是捡到了一个孩子，千万打听清楚了，我们到底该往哪儿送孩子。

　　我毫不迟疑地接受了这个任务。为了避免和传达室的顾瘌子纠缠，我让孙喜明他们带着慧仙在大门口等候，自己从一楼厕所的窗子里跳进去了。这楼里的每间办公室，我都熟门熟路，我从一楼跑到四楼，很快发现我们来得不巧，偏偏遇上了干部义务劳动日，综合大楼几乎是一座空楼，妇联、计划生育办公室、民政科，所有办公室都是铁将军把门。我知道应该马上去通知楼下的人，但一到四楼我神使鬼差，忘了肩上的重任。犹如梦游童年仙境，我在走廊里奔跑起来。我跑到赵春堂的办公室门前，抓住门上的圆形把手，向左转动一圈，还是那个把手，还是向左转动，但那扇门打不开了。这里曾经是我父亲的办公室，那扇镶着毛玻璃的门，我再熟悉不过了，过去那门上贴了一张"闲人免进"的纸条，是父亲的笔迹，现在是一块有机玻璃的牌子钉在门梁上，还是"闲人免进"，是四个规整的印刷字体了。我不知道我为什么要去推门，推了好几下，门推不开，门锁发出一种金属尖利的震颤声，那讨厌的声音使我有点慌乱。我走到四楼的楼梯口，听见楼下隐隐传来了船民们的吵嚷声，应该往下走了，可是我神使鬼差地站在楼梯口，不舍得这样离开四楼，我不知道自己要干什么。起初我脑子里有个简单的想法，要不要在走廊上撒一泡尿，给那些耀武扬威的干部做个纪念？转念一想，我又不是小孩子，不该干这种幼稚的事情了。一抬头，我看见了楼梯口的大黑板，黑板上写着干部下工地劳动的紧急通知，那些粉笔字给了我灵感，还是写好，写比较有意义。我从板沿上拿了一截粉笔头，写什么比较有意义呢？越是焦急我的脑子越是一片空白，我急出了一身汗，突然想起当年有人批判我父亲的标语：库文轩是阶级异己分子——那是什么意思？我始终不清楚"阶级异己"是什么罪名，但我断定那批判是尖锐的、深刻的、富有意义的，于是我匆匆地在四楼的走廊上写了那行字：赵春堂是阶级异己分子！

　　写标语是一件令人紧张的事，我扔掉粉笔跑到二楼楼梯上，站在那里平缓自己的情绪。我有点后怕，楼下门厅早就乱哄哄的了，一男一女两个民兵，正端着步枪守在传达室的窗子里，密切监视着船民的动向，传达室的顾瘌子反而在外面，他挥舞着双手，一瘸一拐地推搡船民，嘴里不停地数落他们，你们船上人觉悟就是低，也不看看现在是什么时候，弄个孩子来添乱，东风八号要大会战了，谁还守在办公室里看报纸？谁顾得上接收一个孩子？你们再在这里闹，我不管了，让他们民兵来处理你们。

我一下去孙喜明就朝我冲过来了，他说，你这孩子，楼里没干部呀，你在楼上这么长时间，干什么呢？我没法跟孙喜明解释什么，朝着船民们挥了挥手，干部都在工地上，我们赶紧走，把孩子送到工地上去。

捡孩子容易送孩子难，没想到这么难。孙喜明女人抱着慧仙，船民们簇拥着他们走下综合大楼的台阶，看起来每个人的表情都很委屈。队伍又走过了花坛，走过了伟大领袖的塑像，慧仙大声叫起来，那是毛主席，毛主席挥手我前进！孙喜明摸了摸她的脑袋，叹口气说，你这孩子倒是觉悟高，我们都要前进，就是你麻烦呀，你往哪儿前进呢？德盛女人要替换孙喜明女人，准备把小女孩接过来，孙喜明女人不肯，说，我不累，我要抱她，抱一会儿是一会儿了。她这一句话让船民们都感伤起来，大家一边走，一边扭头看着慧仙，女人都去摸慧仙的辫子，摸她的小脚，王六指女人的嘴里又唱起了不负责任的高调，我们去工地，去找干部，去找妈妈啰。

码头工地上人山人海，我有经验，寻人先要寻红旗，我寻到了一面"人民公仆突击队"的旗帜，领着孙喜明他们拥到坑边，往下一看，果然发现了赵春堂高大魁梧的身影。赵春堂戴着安全帽，穿了长筒胶鞋，正领着一群干部挖土。

孙喜明和几个女人互相交换了眼色，德盛女人立刻弯下腰，朝着坑里先发制人地喊起来，赵书记，总算把你找到了，我们船队捡了个孩子，给你送孩子来了！

土坑里的干部们有的抬眼朝上面看了一眼，有的只顾挖土，没人理睬我们。

孙喜明怪德盛女人嗓门小，示意女人们放开嗓门，这次德盛女人拉上孙喜明女人，还有王六指女人，三个女人此起彼伏地喊起来，赵书记，我们给你送孩子来了。

办公室干部张四旺首先回应了船民，吵什么吵什么？知道你们船队捡了个孩子，怎么闹得跟天塌似的？治安小组已经向赵书记汇报过了。另一个干部在坑里忿忿地说，我们国家这么多人口，丢个把孩子有什么了不起的？这个节骨眼上，他们捡一个孩子来给赵书记添乱，他们向阳船队的人无法无天，为了那孩子，把陈秃子的下身都捏坏了。

　　船民们七嘴八舌地反驳那个干部，一致否认袭击过陈秃子的下身。王六指站到坑边，指着自己的脸说，请各位干部别听治安小组一面之词，你们看看我的脸，我的脸不也肿成馒头了？是谁打的？五癞子打的！我们送孩子有什么错，他们治安小组凭什么打人？

　　赵春堂没有说话，甚至没抬起过眼皮。但我注意到赵春堂在下面的两个动作：第一次是甩手，那意思是让干部们把船民撵走。干部们都过来撵人，船民们怎么肯走？德盛站在坑边说，撵我们没用，你们干部先上来，接下这孩子，我们马上就走。赵春堂的第二个动作有点恼怒，啪地把铁铲插在土里，这下张四旺忙不迭地跑到他身边去了。两个人耳语了一番，张四旺频频点头，突然喊起来，孙喜明，你下来，下来谈。

　　孙喜明带着孩子要下去，旁边的女人们抢下孩子，你下去就行了，孩子不下去。

　　你们妇女安静一点，不要乱插嘴。张四旺在坑里仰着头喊，让孩子一起下来，赵书记要看看孩子是怎么回事。

　　孙喜明又去牵慧仙的手，这次是慧仙不肯下去了。我妈妈又不在下面，她噘着小嘴说，让我下去干什么呀？孙喜明说，你下去见一下干部，干部能耐大，他们才能帮你找到妈妈。她探出脑袋朝坑里望了一眼，大惊小怪地说，坑里都是黄泥巴，我的衣服弄脏了怎么办？王六指这时凑上去了，悄声哄骗她说，坑里的人都是干部，他们又有权又有钱，弄脏了衣服不怕，让他们替你买新的。

　　慧仙被孙喜明驮在肩上，晃晃悠悠地下到了坑里。她端坐在孙喜明的肩膀上打量着坑里的人，颇有大将风度。忽然，她的眼睛被妇联干部冷秋云的花褂子吸引住了，阿姨，你穿的是我妈妈的褂子吗？你看见我妈妈了？

　　大家都去看冷秋云的花褂子，是蓝底洒着金色葵花的布料，圆领子，琵琶式纽扣，很明显，小女孩的母亲也有这样一件褂子。干部们都拖着铁铲朝孙喜明拥过去了，好奇地注视着他肩膀上的小女孩，孙喜明你把孩子放下来嘛，让我们好好看看这小机灵。孙喜明放下了慧仙，几个女干部把慧仙围在中间，研究着她的容貌，她们一致认为这个小女孩很漂亮，尤其是女干部冷秋云，她不计前嫌，拽着慧仙不松手，嘴里啧啧地赞叹着，好俊俏的小姑娘，好机灵的小姑娘，我要是有这么个女儿，梦里都笑醒了。

我看见赵春堂的铁铲还插在泥里，他的一只脚踏在铲子上，抖着，抖着。他也在端详慧仙，就像一个富有经验的邮政人员打量来历不明的包裹，微微皱紧了眉头，表情却是镇定自若的，问问这小孩，会不会背诵毛主席语录？大家看赵春堂的样子半真半假，猜不出他说这话的意图。冷秋云抓住慧仙的辫子，轻轻地揪了一下，我们书记问你呢，会不会背诵毛主席语录？慧仙眨巴着眼睛思考了一下，我会！千万不要忘记斗争斗争！众人先都笑，笑过了纷纷去纠正她，不是斗争斗争，是阶级斗争，你知道什么叫阶级斗争吗？慧仙没心思应付干部们的纠缠，她忽然撒腿朝赵春堂跑去，踮起足尖，要抓赵春堂上衣口袋里的钢笔，我爸爸的口袋里也有三支钢笔！她这么喊着，一只手开始拔赵春堂的钢笔了。孙喜明连忙跑过去拽走她，不能拿书记的笔，快叫人，快叫赵书记。

赵春堂拔了一支钢笔下来，放到慧仙的手上，说，这钢笔送给你，拿回去好好学习。孙喜明说，你看看，赵书记送你一支钢笔呀，赵书记也喜欢你的。上面的船民先是替慧仙高兴，他们等着赵春堂作出进一步的表态，赵春堂却又抓起了铁铲。船民交头接耳一番，看看孙喜明像个没头苍蝇在坑里转悠，德盛就在上面喊了，赵书记，给她钢笔她没用，你要给她一只饭盒一张小床才有用嘛。

这话是在催促赵春堂了。土坑上下的人都静下来，等着赵春堂表态。赵春堂没事人似的，只顾干起活来，他的脚在铁铲上用力一蹬，铲起一大堆泥，轻松地撂到了德盛的脚下。德盛闪了一下，嘴里大叫起来，赵书记你怎么故意把泥往我身上铲呢？赵书记你葫芦里到底卖的什么药？快给个说法嘛，这孩子，我们到底该送到哪里去？赵春堂根本不搭理德盛，对孙喜明招招手，孙喜明一过去，他劈头盖脸地训起孙喜明来，你们向阳船队还有没有一点革命人道主义精神？这么可爱的小孩子，你们非要急吼吼地往政府送？也不看看现在什么形势，这边东风八号大会战，你们抱着个小孩子到处送，搞的什么名堂？这孩子，哪儿都不准送了，就"挂"在你们向阳船队。

船民们普遍不知道"挂"的意思，这个表态太含糊了。孙喜明求援似的望着上面，船民们都看着我，东亮，你知道"挂"是怎么回事？我琢磨了一下，说，"挂"就是等着吧，今天他们不收孩子，要以后再说了。德盛脑子聪明，很快反应过来，说，什么"挂"呀"放"呀，不就是踢皮球么，他把孩子踢还给我们啦。德盛女人附和道，这皮球踢不得呀，东亮他爹说的，捡个孩子养，不比养猫养狗，很不容易的，要口粮，要户口，还要一大堆手续！

孙喜明综合了船民的意见，走到赵春堂面前说，赵书记呀，我知道东风八号比孩子重要，我们船队可以替你们领导分忧，孩子留船上可以，但不是这个留法，这么把她带回船上，孩子算"黑"人，对不起她，别人冤枉我们拐孩子，我们对不起自己，你赵书记要给我们个说法，要立个字据什么的吧？

赵春堂的脸已经是铁青色的了，他朝张四旺使了个眼色。张四旺扔掉了手里的铁铲，上去一把揪住了孙喜明衣领，孙喜明你知道你为什么一辈子入不了党吗？你就是个猪脑子嘛，你领导的什么船队，一帮落后群众，没觉悟，没修养，还没规矩！来了这么多人，都是猪脑子？赵书记的说法那么明确了，"挂"起来！"挂"起来都听不懂，你们还要什么说法？没看见赵书记忙得焦头烂额，你们跟他要孩子的说法，上面跟他要东风八号的说法，哪个说法重要？你自己说呀！

孙喜明张口结舌，慧仙瞪大眼睛观察着坑里大人们的表情，拽着孙喜明的袖子问，你们到底在吵什么？我又不是一件衣服，怎么挂起来呢？干部和船民都难以回答小女孩的问题，德盛的女人在上面怯怯地说，挂起来不是长久之计吧，以后会有麻烦的，现在你们那么多干部在下面，就不能上来一个把孩子安顿了？难道一个孩子还不如一铲土重要？张四旺朝德盛女人瞪了一眼，德盛家的别以为你伶牙俐齿，我告诉你，非常时期，一切都要给东风八号让路，一铲革命的土方，就是比一个孩子重要！

船民们不知如何反驳张四旺，一时间大家都没了主张，眼睁睁地看着孙喜明把慧仙带到了上面。孙喜明女人把慧仙接到怀里，船民们不甘心就此罢休，在坑上面站成一个圈，向坑里的干部们施加压力。干部们也在交头接耳，张四旺一边在赵春堂耳边嘀咕什么，一边向船民们挥手示意，赶紧离开，赶紧滚开！船民们都不肯走，偷听着坑下面干部们各抒己见的声音，他们都用眼睛盯着赵春堂。赵春堂掏出钢笔在一张信笺上写着什么，他们不知道他在写什么。终于，张四旺拿着赵春堂的便条跑到了坑边，挥着便条对孙喜明喊，拿着这条子，去找粮站姚站长领五斤大米！现在粮食紧张，这五斤大米是给孩子的口粮，吃完了再来批条子。我提醒你们，千万别贪了孩子的口粮！

孙喜明接过条子愣了半天，面孔涨得通红。五斤大米？赵书记你把我们当叫花子呢？孙喜明一跺脚，拿了坨泥块啪地压着那便条，我们要贪这五斤大米？你们真把船上人看扁啦！孙喜明脸红脖子粗，对着坑里的干部大声宣告，气死人了，我要再为这孩子的事找你们，我就不姓孙，我就不是人×的，这孩子你们干部不管我们管！拿那五斤大米喂鸡去、喂鸭去，我们不稀罕，我们向阳船队十一条船，还养得起一个孩子！

抓　阄

如果说向阳船队养育了慧仙，必须承认，十几年充满恩情的养育始于一场赌气。向阳船队派了那么多人上岸，走了那么多冤枉路，费了那么大的周折，磨嘴皮子没用，骂娘动拳头没用，我的笔杆子也派不上用场，大家齐心协力，还是送不走一个小女孩。最后是德盛把慧仙驮回了肩上，送孩子的队伍铩羽而归，我观察着船民们的表情，大多是沮丧中夹杂着欣喜，欣喜中带着点惘然。孙喜明女人嘴里一边骂着干部，一边抓住慧仙的小手啪啪地亲，他们不收才好，我还不舍得送你去呢，乖乖呀，他们把你"挂"起来咯，这一挂，不知"挂"到哪个猴年马月了，你要跟着我们做船上人了。

我记得王六指的两个女儿在船头洗毛线，她们第一个发现了德盛肩头的小女孩，丢下毛线盆就在各条船上东奔西窜的，嘴里喊着，没送走，没送走，慧仙回来了！整个船队的人都跑到了外面，七嘴八舌地打听详情，上岸的船民们都学会了使用一个新鲜的词汇，挂。他们说，这小女孩，"挂"到我们船上啦！

这次回来不同以往，船民们对慧仙的态度也有了微妙的变化。她被"挂"在向阳船队，船队便承担了养育和监管的义务，这义务到底由谁承担，多少人承担，都还没商量，只是大家围观小女孩的时候，不再像围着一个可怜的小动物，善良和热情都有了节制，各自的心里都揣着一把小算盘。

被改变的也包括慧仙，两次送上岸去，两次返回船队，她大概知道是岸在拒绝她，岸上的人们不欢迎她，她只能投靠驳船了。小女孩天性中的聪慧迸发出来，指引她顺从船队，顺从船民，几乎是一夜之间，她对船民粗暴任性的态度得到了充分的改善。从镇上回来的那天下午，我看见她手指上缠着一手彩色的丝线，在一号船的船尾东张西望，她在物色绷线线的搭档，后来她物色了樱桃，袅袅地走到樱桃家的船上去，主动邀请樱桃，姐姐，来，我来教你绷线线吧。

樱桃受宠若惊，扭捏了几下就把手举起来了。两个小女孩在船上绷线线，樱桃的哥哥大勇钻过来，傻乎乎地看她们手上翻转的丝线，一只手伺机侵入丝线，樱桃叫起来，快走开，这是女孩子玩的东西，你瞎掺和什么？大勇死皮赖脸地不肯走，樱桃向她母亲告状，樱桃母亲走过来撵走了大勇，自己留了下来。她一边研究着慧仙的脸，心有旁骛，开始不三不四地给儿子"说亲"了，我家大勇喜欢你呢，干脆留在我们家，给我家做小媳妇吧。

慧仙看看樱桃的母亲，看看大勇，摇头说，喜欢我的人多着呢，要是谁喜欢我我就做谁的媳妇，我要做多少人家的媳妇呀？不行的。

没让你做大家的媳妇嘛，一女嫁一夫，谁最喜欢你，你就做谁家媳妇。樱桃母亲痴痴地笑着说，大勇最喜欢你，你就跟他配个娃娃亲吧，做我家媳妇好，我们家船好，生活条件也好，以后船是你的，船上的家当也是你的。

她打量了一下樱桃家的舱篷，说，你们家沙发也没有，怎么好呢？我才不做你家媳妇，谁的媳妇都不做，我是岸上的人，等我妈妈找到我，我要跟她回家的。

大勇不知什么时候又凑过来，在旁边插嘴道，你还回什么家？你妈妈的家就在金雀河里呀，你妈妈是落水鬼，落水鬼要找到你，你就倒霉啦。大勇嘴里威胁着慧仙，眼睛瞟着她的腿，你要小心你的腿，落水鬼拉人下水先拉腿，要是让你妈妈抱住你的腿，你就完了，你也成了落水鬼，身上会长青苔的。

樱桃的母亲来不及制止自己的儿子。慧仙在丝线中翻腾的十指停住了，目光惊恐地瞪着大勇，很明显，她知道落水鬼的意思。樱桃的母亲知道儿子惹祸了，孩子你别听我家大勇胡说，他属狗的，狗嘴吐不出象牙。她把大勇往船那边推，已经来不及了，慧仙挥舞着一团丝线，愤怒地追赶大勇，谁是落水鬼？你才是落水鬼！你身上才长青苔！她嘴里叫喊着，用一团丝线抽打着大勇，她的尖叫声听上去不像一个孩子的声音，一声比一声尖利，一声比一声狂暴，有点歇斯底里，更让人意外的是她学会了船民的脏话，一骂就是一大家，我敲，我敲你，她说，我敲你妈，敲你们一家！

船队的人都被樱桃家船上的动静惊动了，孙喜明女人闻讯跑过来，一来就护住慧仙，也不问青红皂白，指着樱桃的母亲就数落，我说你这人不厚道，你就是不厚道。孩子不懂事，你大人也不懂？欺负这个孩子，老天要报应的。

樱桃的母亲说，你没有调查就没有发言权，谁敢欺负她呀？是她追着大勇打，我家大勇没还一次手呀，这孩子也不是省油的灯呀，你没听她咒我们全家都是落水鬼？你没听她骂脏话，她个小丫头片子，要敲我们全家呢！

孙喜明女人朝樱桃全家人翻着白眼，选择着措辞，一时选不出来，就愤然地摆摆手，不说了不说了，跟你们五号船，说什么也白搭。她用这么一种特殊的口气表示最大的鄙视，拉着慧仙往一号船那边走，一路走一路叮咛，我关照你别乱跑，你偏乱跑。你怎么就记不住我的话呢，人分好人坏人，驳船也分好船坏船，你别看有的船外表漂亮，其实是坏船，坏船上不得的。

樱桃的母亲受不了了，气得在后面追她们，你给我把话说清楚，什么叫好船什么叫坏船？这么小一点孩子，你跟她说什么狗屁闲话呢？她在你家住了几夜，你就是她妈了？你不看看你那模样，狐臭熏死人，大字不识三个，你配做人家小孩的妈妈吗？

孙喜明的女人回头说，我狐臭专熏你不熏别人，熏死你我偿命，我大字不识三个，你认识几个？我不配做她妈妈，你连做她老妈子也不配。别以为我不知道你们夫妻的底细，你们家怎么发配到船队来的？偷宰公社的耕牛腌牛肉吃啊！要不是政府宽大处理，你们就——孙喜明女人没有把话说完，一把凌空飞来的扫帚打在她小腿肚子上，她夸张地叫了一声，回头一看，扔扫帚的居然是樱桃。樱桃叉着腰替她母亲出气，顺便也把气撒到慧仙头上了，你们两个都是狐狸精，一个老狐狸精，一个小狐狸精，你们两个人要好去吧。

樱桃的母亲追到王六指家船上，一口气接不上来，脸色煞白，用两只手捂住了胸口，嘴里嘶嘶地响着，好不容易朝着前方啐了一口唾沫，二福他妈你站住，把话说清楚再走，我们俩比胳肢窝臭，我比不过你，要是比舌头毒，你比不过我！你有什么脸说我们家那点事？你们家的污点才叫大呢，孙喜明睡过你亲妹妹，睡大肚子去打胎，这丑事谁不知道？你爹是恶霸地主，被政府枪毙的！你以为自己是谁？你男人混上个队长，你就是指导员了？我告诉你，这船队十一条船，哪条船都不干净，再怎么瞧不起人，也轮不到我们家垫底，以后你嘴里再敢嚼蛆，看我不撕烂你的嘴！

我不知道这是怎么回事。照理说妇女们吵嘴是平常事，吵得火药味这么浓，就有点不平常了。以前这是船民们心照不宣的禁区，向阳船队家家有污点，家家的历史都不清白。大家无论怎么吵，都不去戳人伤疤，这是平等，也算规矩，为什么慧仙一来，这规矩就守不住了呢？我不知道那些妇女是怎么回事，更说不清慧仙身上有什么神奇的魔力，她似乎用小手揭开了船队最神秘的一口黑锅，船民的慈爱与怜悯从锅里飞出来，各自的心计从锅里飞出来，互相的怨恨也从锅里飞出来了。

两个妇女的骂仗甚至惊动了我父亲，他在舱里问我，是谁在吵架？他们为什么骂得这么难听？我说，樱桃她妈，还有二福他妈，她们都想做慧仙的妈妈。父亲在舱里说，那很好啊，慧仙很可怜，妈妈越多越好么。我说，妈妈多了才吵架的，其实她们两个人，谁都不配做慧仙的妈妈。父亲在舱里沉默了一会儿，突然问，东亮，你觉得谁有资格做她妈妈呢？我思考了半天说，德盛女人嘛，她做妈妈好。我父亲问我为什么选德盛女人，我说她聪明，讲卫生，船队的妇女中间，只有她坚持天天刷牙。我不知道父亲为什么那么敏感，他听了我的理由竟然怪笑起来，什么聪明，什么讲卫生？我知道你为什么选她家，是她家跟我们船靠船吧，你不是给德盛家要女儿，是给你自己要个小妹妹！

我被父亲猜到了一件隐秘的心事，感到莫名的紧张，一声没吭走到船尾去煮饭了。

德盛夫妇也都在船头听吵架，女的偏袒孙喜明女人，男的采取各打五十大板的态度，吵翻天也是瞎吵，都是泼妇，该说的话不会说，不该说的乱说，他们都没资格做孩子的母亲，小孩子跟着她们，长大了也是泼妇。我对德盛说，你们为什么不去领她？你们家条件最好。那夫妇俩对视了一眼，德盛女人说，条件好有什么用？我们要领她好几次了，孙喜明不让呀。德盛打断女人的话，也不是不让你领，孩子现在是正式"挂"到船队了，怎么个养法，要大家商量拿主意呢。这叫民主集中制，先民主后集中，依我看，这孩子到底上哪条船，最后恐怕要抓阄的。

大约是傍晚时分，二福一条船一条船地跑，扯着嗓子喊，每条船派个代表去一号船抓阄，大家都得去抓阄，去抓孩子啰！

果然要抓阄了。我父亲听见了二福的声音，他问我二福到底在喊什么，我告诉他，是去抓阄，决定那个小女孩的事情。父亲说，这不是乱弹琴吗？那小女孩也是个人，又不是一个奖品，怎么能抓阄呢？我试探他的态度，我们家去不去抓？父亲犹豫了一会儿，说，去还是要去，这是集体的事情，不能逃避。不过，他们知道我们的情况，抓到我们七号船，抓了也白抓，你去走个过场吧。

一眨眼工夫，大家都聚集到孙喜明船上来了。很多船民都显得紧张，坐立不安，紧张的原因各不一样——孙喜明家和德盛家是怕自己手气不好，抓不到人；王六指则相反，他是怕自己手气太好，事先向众人打了预防针，我们家孩子多，没口粮，要是我们抓到了，这孩子可是要吃百家饭的。他自私的言论马上遭到了孙喜明女人的抢白，她说王六指你放心，吃不穷你们家的，不管谁抓到，养这孩子都是集体的事。

孙喜明准备了一只硬纸板的鞋盒，盒盖上掏了个洞，周围还隆重地蒙了块红布，做票箱用。鞋盒放在船头，孙喜明第一个示范，伸手进去认真掏着，掏出来了，是一张白纸。二福惊叫起来，爹，你真没用！孙喜明失望地看着儿子和女人，说，让你们抓你们不敢抓，女人手气好，孩子手气也好，应该你们来抓的。

从一号船到六号船，他们都抓了张白纸出来。轮到我了，众人看着我，都去提醒孙喜明，七号船也抓吗？万一让东亮抓到了怎么办？他们父子俩，养不了这孩子的。我对他们的这种态度很厌恶，我说，你们是我肚子里的蛔虫吗，你们怎么知道七号船养不了她？不让我抓我偏抓。孙喜明出来打圆场道，东亮，你这是狗咬吕洞宾不识好人心呢，大家这是为你们父子考虑呢。我问他要是我抓到了算不算数，孙喜明很为难，眼睛盯着那鞋盒说，反正也不会那么巧，你爹不是让你来走过场吗，你就走个过场吧。

我撩起袖子把手伸进鞋盒，结果你们是知道的，一张纸条温情地贴住了我的手心，我抓了一张彩色的纸条出来，舱里顿时响起一片惊呼。我打开纸条，看见一个稚拙的小女孩的画像，乌溜溜的大眼睛，扎了两根羊角辫，辫梢上画了两个硕大的蝴蝶结，纸上有一个歪歪扭扭的落款，慧仙。

我抓到阄了。

这个结果让我莫名地兴奋，我举着那纸条，示威似的瞪着孙喜明，算不算？到底算不算？众人陷入了尴尬之中，一阵沉默过后，德盛先嚷了一声，不算，东亮你赶紧把那纸条放回去，让我们剩下的人再抓。我怎么也不肯把纸条放回去。船民们都狐疑地瞪着我，说，东亮，你不会是认真的吧？抓了阄要领人回去，你真要领她回去？我一时不知说什么好，脸上不知为什么烫得厉害。我举着那纸条，不甘心退让，也没有勇气前进，听见男人们发出了各种怪笑的声音，女人们七嘴八舌地开始表态，东亮是走过场的，不算数，谁抓去都好商量；七号船不能算数，东亮敢领这孩子，我们还不敢放呢。

船民们在一号船上吵成一团。孙喜明捂着耳朵说，不要吵了，你们吵得我脑子炸了。他有点心虚地看着我，动手来抢我手里的纸条，我一下把他的手撂了回去。孙喜明一个趔趄，脸上有点挂不住，嘴里骂起来了，东亮，你他妈的以为这是十块人民币呢，抓着死不松手？这事责任重大，没看见群众都反对你抓这个阄？再说了，你家船上连个女人也没有，人家小孩子愿意上你家的船吗？

这绣球抛到小女孩那里去了。我记得非常清楚，慧仙当时在跟王六指的小女儿绷线线，看见众人一起瞪着她，她没有停下手，两只小手灵巧地一翻，手上的丝线展示出一个美丽而复杂的图形。孙喜明女人上去亲了她一口，孩子，你亲口告诉东亮，他抓的阄不算数，你不愿意去七号船。

我随便。她突然表态了，那语气显出的老练和心智与她的年龄极不相称。她的目光仍然投射在丝线上，嘴里丢出的三个字却像晴天霹雳在船民头上炸响。所有人都愣住了，包括我，其实我也没有思想准备。

孙喜明女人先清醒过来，她跳起来去抱着慧仙，我的小祖宗，不能随便，这事，随便不得呀！德盛女人也焦急地凑到慧仙身边，她在自己鼻子前竖起食指，转动眼珠子，给小女孩表演了一个对眼，别急着表态呀，小祖宗，我会扮小孩的，德盛也会，我们会跟你玩的。樱桃的母亲在一边发出了幸灾乐祸的笑声，这是报复的好机会，她挑衅地逼视着孙喜明女人，说，哪条船是好船，谁家的船是坏船，现在明白了？啊，还以为人家小孩子喜欢你？以为自己是好船？人家瞧不上你家的船，你家也是坏船！

一号船上吵得人声鼎沸，我举着纸条与所有人僵持着，听见了我心里的呐喊，求求你们别吵了，我要带她走，我要一个妹妹！这句话说出来并不难，偏偏我怎么也说不出口。船民们看出了我的犹豫，孙喜明女人第一个采取激将法，东亮你不肯放下阄儿，那你带着她走，走呀，人家小女孩长身体，要吃要喝要穿，还要洗澡，看你们父子怎么伺候她？孙喜明对我好言好语劝告着，那劝告类似揭短，东亮我知道你是想要个妹妹呢，可是养孩子要女人嘛，要妹妹先要有妈妈，你们船上哪来的妈妈？连个姐姐都没有呀，你自己替我想想，我怎么能把孩子给你们七号船？春生说，东亮你要冷静呀，你不是会下象棋的吗，落子无悔，输了怨不得别人。王六指表情诡秘，故作亲热地过来拍我的肩膀，东亮你现在带她上船，不嫌太早了？她才七岁嘛，再过十年你带她上船，我们肯定支持你。

有人应声而笑。我恼了，一下就把王六指的手撂开了，挥着纸条说，你们自己定的规矩，谁抓到了阄，谁就可以带她走，我现在就带她上船。

慧仙站在我的对面，迅速把手藏到了身后，她这么做的时候，小脸上掠过了一丝骄矜的笑意。我察觉到小女孩的目光里充满了对我的鼓励。那种鼓励的目光，小心翼翼的，带着一点试探的意味，然后我发现她挪动了一下脚，是朝我这里挪动。她的脚暴露了她的内心，她要我带她走，她要上七号船去做我的妹妹。

我勇气陡生，命令慧仙道，走，上七号船，坐沙发去！她点点头，迅速和我做出一次默契的配合，一猫腰冲到了舷板上。她冲在前面，我在后面掩护，这样，女人们就没法拉扯她了。慧仙熟练地穿越一号船的舷板，像一只从笼子里脱逃的小鸟。船民们大多愕然，孙喜明女人呼天抢地追上来，嘴里喊着，乖孩子别去，千万别去七号船。我在前面堵着她，她拉我拉不走，推我推不动，就朝孙喜明大吼起来，孙喜明你是死人呀，还不快来帮帮我？孙喜明很冷静，反而在后面奚落他女人，你有劲儿跟孩子去比赛跑船，就去跑呀，我才不管。你也不动脑子想想，这两个孩子能做什么主？我告诉你，七号船是库书记做主，这孩子归谁都归不了七号船，就随他们去瞎跑吧。

事情的结果，被孙喜明不幸言中了。慧仙跑到六号船的船尾，就不敢再往七号船跑了。我父亲闻声出了后舱，他一反常态站在船头上，弯着腰，努力对小女孩挤出一张慈祥的笑脸，但是他笑得比哭还难看，慧仙被他的笑脸吓得不知所措。

小同志，千万要听大人的话。千万别上我们家的船，我们家的船上有老虎。

你骗人，船上哪里来的老虎？

别的船上没有老虎，我们家船上有老虎的，老虎夜里才出来，专门吃小孩的。

我父亲并不擅长和孩子开玩笑。为了渲染谎话的效果，他居然模仿起老虎扑人的动作，双目圆睁，鼻孔里噗噗地发出几声虎啸，两只手交缠着在小女孩头顶上挠了一下，又挠了一下。父亲的动作丑陋而可笑，慧仙哇地惊叫起来，我看见她慌慌张张往回退，退到六号船船尾的桅杆边，她抱住桅杆，勇敢地站定了，你这糟老头，这把年纪还扮老虎呢，讨厌死了。她厌恶地端详着我父亲的面孔，什么老虎狮子大象的？我知道你骗人，你是不欢迎我，不欢迎拉倒，反正别人都喜欢我的，我还不稀罕你们家呢。说着她一扭身，满脸自尊地往回跑，跑到我面前，她把气撒到我身上了，跺脚道，你也讨厌，谁让你把我抓出来了？你们家是坏船，我才不稀罕去你家呢。

我堵住了舷板，她推我推不动，一猫腰，竟然从我双腿之间穿过去，一下扑到孙喜明女人的怀抱里了。后面赶来的船民发出了欣慰的欢呼。我看了看父亲，父亲对我怒目而视，他眼睛里的怒火让我不知所措。我回头，看见慧仙已经从孙喜明女人的怀抱转移到德盛女人的怀里，他们众星捧月般地护着慧仙往一号船上走，我听不见慧仙的哭闹声，隐隐听见船民们哄骗她的七嘴八舌的声音，七号船上是有老虎呀，七号船上有老虎，孩子你去不得。

我与父亲隔船对视，我与父亲的愤怒也在对视，老虎，老虎，我们船上有老虎。我依稀看见父亲的身后蹲伏着一只老虎庞大而斑驳的身影，这个翻然而至的幻象让我感到一阵羞愧，深深的羞愧压着我的心，我快要窒息了。我低头走上船，心里充满了仇恨，偏偏父亲对我兴师问罪的口气，居然与王六指如出一辙，东亮你搞的什么鬼名堂？你心里有鬼呢！你多大，她多大？现在把她带上船，你不嫌早了一点？

我从来没有如此厌恶过父亲，过度的厌恶使我口不择言，你心里才有鬼！半根鸡巴，为什么不躲在后舱里了？你出来干什么？一出来就丢人现眼！

说完我径直朝船篷逃去，我双手抱头提防身后竹竿或其他东西的袭击，但是逃到船篷里，身后还是没有动静，我小心地回过头，看见父亲正瘫坐在船头的缆桩上，浑身颤抖着。喧闹的人群都已经散去，金雀河上残阳如血，父亲沐浴着血光般的夕照，独自坐在缆桩上，他浑身颤抖，像是被闪雷击中了。

我用最恶毒的言辞羞辱了自己的父亲，这使我很内疚，也让我有点担忧，等到父亲缓过神来，不知会用什么方法惩罚我呢。我知道我错了，我心里有鬼，但是我父亲难道就没有错吗，我父亲心里就没有鬼吗？我认为他心里的鬼更加狰狞。我来到船尾，朝河里撒了一泡尿，然后我把抓阄的纸条摊开了，打量着纸上慧仙稚拙的自画像。我不停地折叠那张纸，直到把它折成一个纸箭，最后我朝纸箭哈了口气，用力掷出去，纸箭在河面上勉强飞了一会儿，无声地浮在水上，一眨眼就被一排浪头淹没了。金雀河上夕阳如血，我无法抒发心中的悲愤，忍不住朝着暗红色的河水怒吼了一声：

空屁！

母　亲

初到向阳船队，慧仙就认了孙喜明夫妇做干爹干妈。她丰衣足食，穿得比大福二福好，吃得比大福二福精细，十一条船的船民都盯着一号船，孙家人哪里敢怠慢？一家人都把慧仙当金枝玉叶供着，是负担，同时也是光荣。这小女孩受着万千宠爱，水汪汪的一对大眼睛，一半明亮灿烂，另一半却是乌云密布的，三寸幸福不能顶替百丈忧愁，谁都能看懂女孩子守望码头的眼神，她一直在等自己的母亲呢。

无论是在金雀河上航行，还是在油坊镇或者五福、凤凰、马桥三镇，岸上人海茫茫，独独遗失了慧仙母亲的身影。船队靠岸，偶尔会有陌生的女人上船来，兜售旧衣物、旧炊具和南瓜、蒜头，甚至有过一个年轻的乡下妇女，背着一个装满玉米的箩筐上了德盛家的船。也许是受到了邓少香烈士运枪传说的启发，她也在箩筐里做文章，玉米下面藏了个女婴，卖了玉米，她把箩筐抖了抖，抖出一个女婴的脑袋，对德盛夫妇说，听说你们家要一个女孩子没要到？我这儿有，我不稀罕女孩儿，三十块钱你拿去。德盛夫妇吓坏了，立刻把她赶下了船，德盛的女人蒙着脸不敢看那女婴，嘴里骂着那女人，天底下哪有你这种狠心的女人，你不配做母亲呀！卖个玉米你跟我们讨价还价，卖自己的骨肉，你倒是那么痛快！

很明显，天底下什么样的母亲都有，什么样的母亲都不属于慧仙了，慧仙永远等不到她的母亲。船队的男女老少都知道这件事，偏偏不能说。孩子们因为嘴快，每天都被警告，不准谈论母亲，不准泄露机密，尤其是孙喜明一家，他们小心翼翼地伺候着慧仙，连吃饭都是喂的。孙喜明夫妇对慧仙宠爱得过分了，不免伤了自己孩子的心。二福有一天抹着泪跑到我家船上，向我大声地宣布了一个没头没脑的消息，告诉你，我不是我妈生的，我哥也不是我妈生的，慧仙才是我妈生的，是从她胳肢窝里掉出来的！

要让慧仙忘记母亲，就要消灭那母亲留给女儿的所有痕迹。孙喜明女人没有什么心计，她负责慧仙的日常起居，前怕狼后怕虎，如何藏匿那件军用雨衣成为她一块心病。慧仙算得上乖巧，就是有个不良习惯，睡觉必须要盖军用雨衣，凡事皆有缘由，大家都猜测小女孩是离不开雨衣上母亲留下的气味。孙喜明女人为这件事伤透脑筋。每次她把那件绿色的军用雨衣收起来，给她换上棉被，慧仙都要闹。孙喜明女人特意去买了一条漂亮的牡丹花图案的毛毯，给她铺床，慧仙又不舍得放弃毛毯，要求雨衣和毛毯一起盖。孙喜明女人叫起苦来，小祖宗呀，就是女皇帝也没你难伺候，你非要盖雨衣，让别人说我闲话呀，人家说就是旧社会的小孩也有破棉被，你祖国的花朵怎么盖雨衣？你非要雨衣毛毯一起盖，把这新毯子熏臭了我不在乎，人家会说干妈存心要焐死你呢。

另一方面，慧仙的骄横和世故让孙喜明一家有点担惊受怕。也怪向阳船队定下了不成文的规矩，无论大人还是孩子，和慧仙在一起，必须保证打不还手，骂不还口，大人孩子都争相对慧仙说假话，假装她母亲还活着，假装她母亲有一天会上船来把慧仙带走。慧仙认为她有退路，稍不如意就会使出杀手锏，对着孙喜明夫妇嚷嚷，你们不喜欢我就算了，我不要在船上了，带我上岸去找妈妈！

他们发过誓，再也不带慧仙去找赵春堂了。他们也发过誓，要带慧仙上岸找妈妈，这是个无法完成的任务，偏偏推托不得。每次上岸之前，孙喜明都带一堆旧报纸来七号船，央求我父亲写《寻母启事》。他们一家人带着慧仙去沿街张贴《寻母启事》，孙喜明夫妇轮流抱孩子，大福提糨糊桶，二福抱着一堆旧报纸。贴完启事，他们还要到各个相关部门走走，不去不行，慧仙会提醒他们，政府还没去，你们怎么回去了？说不定我妈妈在办公室等我呢。

假戏不好演，演起来累死人，中断又不行，怕孩子跑上岸自己去找妈妈，闹出什么事来。孙喜明不知怎么算计到我头上，把慧仙领到七号船上，说，让东亮哥哥陪你去找妈妈吧，他有文化，识文断字，什么办公室负责什么事，他最清楚，我们找不到你妈妈，兴许他能找到呢。孙喜明说这话自己脸红了，还向我使眼色，让我对这套说辞不要当真。

船民们私下里都骂我是白眼狼，不讲情面，不好对付，其实他们哪里懂得我的心？我愿意为慧仙做贡献，只是不愿意当傻瓜做蠢事，孙喜明派我去岸上把一个鬼魂找出来，这不仅荒诞，也伤我自尊了，我正要张嘴骂人，看见慧仙已经主动把她的小手伸了过来，搭在我的胳膊上。是一只肉乎乎的粉红的小手，指甲被女人们染了凤仙花汁，看上去就像一朵花搭在我的胳膊上。她乌黑的眼睛注视着我，并非是求助，那眼神看上去带着一点恩赐，一点傲慢，走吧，你就别客气了。她学了大人的腔调，知书达理地说，慢慢找，一时找不到，我也不会怪你的。

我拒绝不了那只花一般的小手，带着小女孩上了油坊镇。这种无可奈何的旅程对我是一次锻炼，我必须在脑海里不停地温习一个善意的谎言，我必须学习照顾一个小女孩，她比我小，比我刁蛮，比我任性，也比我可怜，这是我照顾她的所有理由。从船上到岸上，路上充满各种小小的烦恼，首先我要设法躲避小女孩的手，她习惯被别人牵着手了，非要拉住我的手，你们替我想想，我怎么能够让一个小女孩牵着手在岸上走呢？开始时我走在前面，让她跟在我身后，后来考虑到父亲对我的再三叮嘱——助人为乐，安全第一——码头上货多人杂，怕她腿快走丢了，我就走到小女孩后面去了。向左转，直走，稍息，我用军训的口号指挥着女孩的行走路线，她一开始搞不懂什么是左什么是右，但毕竟是聪明孩子，说几遍就明白了，一明白就喜欢上了，一到路口她就稍息，回头问我，向左转还是向右转？

油坊镇的天是晴朗的天了，我们的头顶上飘扬着醒目的红色横幅：庆祝东风八号工程胜利竣工。码头西侧的宣传橱窗里张贴了很多五颜六色的海报，其中有一张海报与向阳船队密切相关：

喜　讯

为了庆祝东风八号工程胜利竣工，今决定向向阳船队船民开放码头，即日起从上午七点半至下午七点半，船民可在油坊镇各地自由进出。

我的心情不错，油坊镇看起来也是欢天喜地的。东风八号神秘的面纱揭去后，开膛破肚的地面全部合拢了，曾经堆积如山的各种管道深深地掩埋在地下，各种秘密埋下去了，种种传说也埋下去了。油坊镇码头旧貌换新颜，这个熟悉的小镇沉浸在一片繁荣的景象里，隐隐地彰显出一股威武之气。我看见码头的中心竖起了一座圆形的金属铁塔，仿佛青灰色的钢铁巨人，守护着天空。高塔四周围着绿色的铁栅栏，刚刚刷过漆，空气里散发着沥青和油漆苦涩的气味。我不知道那座高塔的用途是用于储油还是用于战备，反正它一定是东风八号的核心。高塔的重要性首先体现在安全戒备的级别上，民兵不再在学校的操场练习拼刺刀，治安小组也疏于管理船民的行踪，他们都来保卫这铁塔了。我看见王小改和五癞子面色凝重，一左一右镇守着铁塔的一扇侧门，像两头忠诚的石狮。他们的身后，一左一右竖着两块醒目的标语牌：

提高警惕，保卫祖国。

我领着慧仙往镇上走。镇上好多热闹的地点还留着那则《寻母启事》，看上去与周围的环境不太合拍。

> 江慧仙小朋友寻找母亲，知情者请在此留下联络方式，或速与向阳船队联系。

那是我父亲的笔迹，有的写在宣传纸上，有的写在报纸上。那些启事张贴的具体地点，慧仙比我清楚，后来她就指挥起我来了，快来，这边有一张的！那边也有一张，你快去看看！她一会儿往这儿蹿，一会儿往那儿奔，我只好紧紧撵着她，像一只愚蠢的陀螺。在综合大楼门口的宣传橱窗边，她突然大叫起来，咦，这张怎么不见了，一定让我妈妈揭走了！我发现玻璃上确实留下一圈糨糊的痕迹，正要告诉她上次的《寻母启事》贴错了地方，传达室的顾瘸子跑出来了，他对慧仙说，小孩子到别处玩去，这里是办公楼，干部办公要安静，不能闹的。慧仙说，我的报纸让妈妈揭走了，你天天坐在这里的，你看见我妈妈了吗？顾瘸子说，你的报纸不是你妈妈揭走的，是我揭走了，玻璃上不能乱贴东西，你在玻璃上乱贴，里面什么也看不见，再好的宣传也白宣传了。慧仙抓着橱窗上的小锁说，你没见这窗子有锁，打不开呀，你有钥匙开锁吗？顾瘸子说，小姑娘，我有钥匙也不能给你开锁，这是宣传橱窗，宣传社会主义建设的，不是宣传你妈妈失踪的。慧仙对顾瘸子说，那我妈妈不见了怎么办？顾瘸子沉吟了一下，脸上是感慨万千的表情，小姑娘你听爷爷一句话呀，以后再别找什么妈妈了。他说，我五岁就没了妈妈，不是一样活下来了？我都活到五十岁了，没有妈妈怕什么，有党就行啦！

我站在一边注视着顾瘸子苍老干瘦的脸，我的表情惹恼了他，他突然对我喊起来，我说得不对？你在那里对我翻什么白眼？别以为我不知道你干的好事，上次你在四楼上写的什么玩意儿？你恶毒攻击赵书记，攻击赵书记就是攻击党的领导，你懂不懂？要不是看在你妈妈的面子上，我早把你移交司法机关啦。

综合大楼不可久留，《寻母启事》也确实贴错了地方，我不便和顾瘸子理论，就对慧仙下命令说，转移，起步走！她不懂转移的意思，勉强起步走了，一步三回头。我说，加速前进啊，你在看什么？还有那么多《寻母启事》呢，你走那么慢，怎么来得及检查？慧仙噘着嘴加快脚步，说，我气死了，气死我了，这老头子为什么这么凶嘛？我正要向她介绍顾瘌子的生平，她的思绪又跳开了，突然抛过来一个棘手的问题，老头说你也有妈妈？他们说你有妈妈，我还不相信呢，东亮哥哥你到底有没有妈妈？我很生气，质问小女孩，我为什么没有妈妈，难道我是石头缝里蹦出来的？她竟然嘻嘻地笑，孙悟空才是从石头缝里蹦出来的，你是孙悟空啊？我忍不住骂了她一句，放屁，你才是石头缝里蹦出来的！看我勃然大怒，慧仙知道自己说错话了，她委屈地瞟我一眼，我没说你是石头缝里蹦出来的，是你自己不好，妈妈不见了，为什么你不去找呢？

看得出来，慧仙人虽小，却是记仇的。我对她的态度一粗暴，她执行我的口令马上就打折扣，我让她前进她偏要稍息，我让她加速她故意减速，这样，我们别别扭扭地走到了人民街街口，查看杂货店门口的那张《寻母启事》。这个地方算是油坊镇的中心了，来往人多，《寻母启事》的浏览量也大，不知道谁手贱，一张报纸被撕掉了半页，剩下的半页上涂满了路人留下的信息，都与寻人无关，是他们自己的心声。有人写了革命委员会好，有人写了李彩霞是大破鞋，有人写了打倒刘少奇，又有人在刘少奇后面加上了五癞子的名字，所有这些涂鸦不足为怪，蹊跷的是有人在报纸下方用红笔画了一条鱼，画得活灵活现的。慧仙惶惑地瞪着那条鱼，东亮哥哥这是什么意思？为什么要画一条鱼？我轻描淡写地说，是哪个孩子画着玩的，没什么意思。她说，骗人，一定有意思的，这是说我妈妈变成一条鱼啦！

慧仙的聪慧超出了我的预料，让她这么一分析，我真的怀疑画鱼的人别有用心，那至少是个暗示，暗示了她妈妈与河水的关系。纸包不住火。我隐隐感到一种危险在逼近，船民们集体掩藏的真相，也许会提前败露了。我注视着旧报纸上那条红色的鱼，灵机一动，决定动用我修改文字和图形的特长化险为夷。我从我的旅行包里拿出一支圆珠笔，伏在墙上修改那条鱼的图形，也就三下两下，我很顺利地把一条鱼改成了一朵向日葵。

向日葵？慧仙在我身后叫，你画一朵向日葵是什么意思？

我随口说了一句，向日葵，代表幸福嘛。

没想到慧仙会追问我幸福是什么意思，这问题一时把我难住了。什么是幸福？幸福是什么？我不是小学老师，也不是一本《新华字典》，我不知道怎么描述"幸福"这个词，就胡乱搪塞道，幸福就是等待嘛，你等啊等啊，等你找到妈妈，你就幸福了。我说完这句话，发现女孩子的眼睛先是一亮，马上就暗淡下去了。我躲开了女孩子茫然的目光，暗自后悔给她编织了一个如此残酷的知识，什么等待，什么妈妈，什么幸福，我这不是在说谎吗？关于母亲和幸福的知识，不属于我，更不适宜她。我知道我犯忌了，我破坏了向阳船队不成文的规矩。

杂货店周围突然嘈杂起来，有人骑车从我们身后经过，咪溜一声把自行车停下来了，还有人站在街对面，朝我和慧仙指指点点的，我本能地去拉慧仙的手，一回头，发现我母亲乔丽敏正站在杂货店的台阶上呢。那天的事情就是这么奇怪，我带着慧仙寻找她母亲，我们正谈论着母亲谈论着幸福，结果我和我母亲在街头相遇了。

很久不见，母亲的面容日益憔悴，穿着打扮却越来越像个姑娘。她戴一顶军帽，梳齐肩的辫子，围一条红色的拉毛围巾，穿一件黑呢子大衣，远看她的身影，散发着父亲所说的革命浪漫主义的气息。等她走近了，你会发现那风姿已经空洞，已经虚弱，她就是乔丽敏而已，一个被事业和容貌一并冷落的业余演员，身上带着一股雪花膏浓重的香气。

我对慧仙说，快跑，快跑！

她的腿向前跨一步，站住了，瞪大眼睛问，为什么要跑？

我一时编造不出什么理由，随口说，老虎来了。

她茫然四顾，跺着脚说，气死我了，你又骗人！这里只有人，没有老虎。

慧仙不听我命令，怪不得我，我四下看了看地形，丢下她就往人民街的公共厕所跑。其实不怪我没出息，我是慌张，是不知所措——当母亲不知去向的时候我慌张，一慌张我就四处去找她，现在她来了，离我那么近，用她焦灼的恨铁不成钢的眼睛注视着我，我还是慌张，所以我还是跑，我一看见她就想逃，我要逃到一个她无法进入的地方去。男厕所，那是我想象的最恰当的藏身之地。

看起来母亲一直在暗中跟踪我们。她手里拿着一份报纸，胳膊上挎着一个尼龙袋子，那模样很像一个职业女间谍。我不知道她跟踪我们多久了，我一跑，她也行动起来，把报纸放进尼龙袋子，双膝一蹲，从杂货店的台阶上跳下来了。她缺乏跑步锻炼，一跑起来就错把街道当舞台，习惯性地扭动腰肢，摇摆双臂，手上的尼龙袋子就像一团红色的火焰。我边跑边回头观察，觉得母亲是在后面跳着红绸舞追赶我，有点滑稽，有点凄楚。她从慧仙面前经过的时候，红绸停止舞动，人站住了。我看见她俯下身，用一根手指托起慧仙的小脸，仔细地审查了一下，她说了句什么，也许是夸她漂亮，也许是在盘问她，我听不见，这会儿我顾不上慧仙了，我追着风声一路狂奔，跑进了人民街的公共厕所。

起先我是在小便池那里站着，厕所也作怪，小便池边的白色瓷砖墙原来很高，现在突然变矮了，挡不住我的脑袋了。我正琢磨这堵墙怎么回事呢，听见洗手池边的水龙头哗哗地溅起水来，探头一看，是七癞子站在那儿洗手。七癞子一手提着裤子，一手泼弄着自来水，嘴里快乐地嘟囔着，节约用水，水是生命之源！几年不见，七癞子的个子蹿得好快，裤子接了三层裤管，看侧影像个大人了，我这才意识到面前的瓷砖墙没有问题，是我长高了，我自己的个子也长高了。七癞子发现了我，一副冤家路窄的样子，空屁，你慌慌张张的干什么？是不是到厕所里来写"反标"的？我不理他，也跑到洗手池边去洗手，七癞子跟过来，跷起食指在我的裤兜处戳了一下，带粉笔了吧？你不是来洗手的，也不是来拉屎的，我看你是来画黄色东西的。我说，我专门画你爹的鸡巴，还画你妈的×，马上画给你看？七癞子指着我说，你嘴凶好了，这墙上乱七八糟的东西，一定是你画的，你在这里等着，我让治安小组来收拾你。他往外走了一步，不甘心，又回来挑衅，嬉笑着说，你拉屎不解裤子的，解下来让我参观一下，你爹只有半截鸡巴，你的鸡巴全不全？我啪地扇了七癞子一个响亮的巴掌，然后一把抓住了七癞子的胳膊，他也不肯示弱，脑袋顶着我的肚子，我们像两个摔跤运动员在厕所里东突西撞，结果我略胜一筹，我把他推到厕所的台阶上去了，我说，七癞子，今天我没心思收拾你，你快滚开，下次再惹我，看我不把你塞到粪坑里去。

我在厕所里全力对付七癞子，外面响起了我母亲的声音，不准打架，东亮，你在跟谁打架？谁呀，谁在跟东亮打架？你们再打，我去叫派出所啦。

母亲已经追过来了，隔墙传来她的一声声警告，一声比一声严厉。七癞子跑出去对她说，我没打架，是空屁在里面打架。我母亲反应很敏捷，说，你这小孩子，说话不实事求是嘛，没有你，东亮一个人怎么打架呢？七癞子愣了一下，忽然咯咯笑起来，你儿子是空屁嘛，空屁打空屁，一个人也能打架的。

我听见母亲在喊我出去，她说，东亮你看你有没有出息？连小孩子也瞧不起你。你最近一定又犯错误了，否则那么怕我干什么？犯了错误躲到厕所里去，这都是受了库文轩的坏影响呀，你跟你爹一个样，逃避，逃避，就会逃避。

我要小便，你别说话。我对着外面喊，你一说话我就小不出来！

母亲偏偏不肯放弃她说话的机会，我说话影响你小便？什么鬼话！这一套也是跟你爹学的，凡事不找主观原因，净找客观原因！她说，我嘱咐过你的，跟你爹在一起，你要有原则，他的优点你要学，他还是有点刻苦钻研精神的，文采不错，毛笔字也可以；他的思想品德千万不要学，他是个骗子，欺骗组织，也欺骗了我，他的生活作风更要引以为鉴，千万千万学不得。我的话你怎么一句也没听进去呢？

我说，你的话我一句也不想听，我听你的话，不如自己去看报纸，听广播。

母亲说，我不怕你讽刺挖苦，我经历了这么大的风浪，很坚强的。不管你什么态度，你是我十月怀胎生下来的，我不关心你关心谁，我不教育你教育谁？本来以为来日方长的，没想到我调动工作那么顺利，今天多说几句，以后要说你，还不知道是哪一天呢！

很突然地，母亲喉咙里发出了一声哽咽，她来访的主题暴露了。我安静下来，外面也安静了。厕所外的苦楝树上掉下一粒苦楝果，正好落在我的脚下，我用脚碾着那颗果子，内心的烦躁变成了一种恐惧，你要去哪里？去哪里？好几次我快问出口，又忍住了。我屏息倾听着外面的动静，母亲不说话了，是慧仙在喊，东亮哥哥你快出来，快点出来吧。

我拉肚子，不能出去！我随口喊了一声，等待着母亲把她的去处说出来，母亲却在外面保持着沉默。有个中年男人进了厕所，风风火火地撒了泡尿，撒完问我，外面是你妈妈和妹妹吧？你们家怎么回事，你在厕所里玩，你妈妈在厕所外面哭呢。

其实我隐隐地听见了母亲的饮泣，只是我不习惯她的哭泣——她鄙视眼泪，从小就教育我眼泪是软弱的标志，我不敢相信，我的母亲乔丽敏竟然在男厕所外面哭泣。她越哭越响，越哭越畅快，似乎顾不上体面了。让她这么一哭，我的方寸乱了，躲在厕所里不知所措，我踮起脚从厕所的窗子里朝外看，看见母亲和慧仙在一起——母亲蹲在地上，慧仙一边吃着一块饼干，一边乖巧地抬起手，替我母亲擦脸上的泪。

那个中年男人好管闲事，系好裤子还不走，眼睛瞭瞭外面说，你妈妈好面熟，你妹妹也招人喜欢，你们到底怎么啦？一家人有什么矛盾不能回家解决，非要隔着个厕所闹？你要算个男子汉，赶紧出去，跟她们回家去吧。

回什么家？哪来的家？我对那男人冷笑了一声，谁告诉你我们是一家人？我们三个桥归桥路归路，谁也不关谁的事！

那男人以为我说的是气话，快快地出去了。一出去就在外面大声教唆我母亲，这种犟头犟脑的孩子，你女人家对付不了，要让当爹的来收拾他，别忘了无产阶级专政呀！

我母亲没接他的话茬儿。过了一会儿，我听不见她的哭泣了，她终于战胜了悲伤情绪，清了清嗓子，又开始对着厕所说话。东亮，我知道你记恨我，你不出来就算了，记住我新单位就行，我要去西山煤矿工作，还是做文艺宣传工作，负责宣传队排练。说到"西山煤矿"，她的嗓音突然变得喑哑不堪，听起来是一个老妇人的声音了，西山煤矿很远的，交通也不方便，这一去，我真的管不到你了，以后你只能自己管自己了。

我的心往下一沉，嘴里却喊，走吧，走得越远越好，谁要你管？

好，我不管你了，真的不管了。我母亲说，你就在厕所里蹲着吧，蹲出痔疮来，害的是你自己。

我是在人民街的公共厕所里得知了母亲去西山煤矿的消息，这已经很奇怪了，告诉大家一件更奇怪的事情，我一听到母亲的脚步渐渐离去，马上感到小腹一阵胀痛，然后我真的腹泻了，突然就腹泻了，我蹲了下来，闻见一股臭气包围着我，一种难听的声音从我屁股下面噼噼啪啪地炸响，就像不合时宜的鞭炮，我很难受，说不出口的难受，我一边呻吟一边说，去吧，去吧，反正是空屁，都是空屁！

然后我听见了慧仙在外面嚎啕大哭的声音，她的尖叫声听上去很愤怒，东亮哥哥你快出来，你不出来我就走了，我要是走丢了，我干爹干妈饶不了你！

我走出厕所的时候，母亲已经不见了踪影。慧仙拿着母亲的红色尼龙袋，站在街对面等我，看见我出来，她还想责怪我，一时没有理想的词汇，就拎起红色尼龙袋对我晃着，你不知好歹，你妈妈给你礼物了，你还躲着她，你还跟她吵嘴！她从袋子里拿出一双布鞋，说，给你的。又掏出一盒动物饼干摇了摇，这是动物饼干呀，老虎和狮子归你，兔子和长颈鹿归我，是你妈妈说的。

河水之声

河水是会说话的。我告诉别人这个秘密，别人都认为我说梦话。我刚上船的时候还保留着一个少年探索世界的热情，河上所有的漂浮物中，我对白铁皮罐头特别感兴趣，看见河面上漂浮的白铁皮罐头，我都要设法捞上来。我不仅收集罐头，还利用它捕捞别的东西。我在白铁皮罐头上戳了两个眼，系上一根铁丝，把铁丝拴在船舷上，罐头沉入水中，像一张暗网随船而行，等到一个航程结束，等到船泊码头，我像渔民收网一样去收铁皮罐头，结果令人沮丧，我从来没有捕捞到任何惊喜。

有一次我捕到了一只田螺，有一次我收获了半根胡萝卜，还有一次最倒霉，我在罐头里发现了一只别人用过的避孕套。我一无所获，但是当我偶尔晃动罐头里的河水，我听见罐头贮存了河水的声音，那声音酷似我的口头禅，只是听上去比我的口头禅更加平淡更加绝望：空屁。空屁。空屁。

我捧着那罐冰凉的河水，怀疑河水是在随口附和我，那么宽阔深邃的河流，怎么能用一句"空屁"来敷衍我呢。我不相信那是河水的声音。我想听到别的声音，于是我对十几个铁皮罐头做出了调整和重组，三个一组，五个一捆，分置于船舷两侧，结果那些罐头在航行途中就贮满河水的声音，那声音满了，满了就溢出来了，我听见它们在水里一路嘟囔，跑到左舷去听，罐头里的河水说，进来，进来，进来。这是河水新的声音，但是"进来"是什么意思呢？让谁进来？让我钻进白铁皮罐头里吗？我不相信那是河水的声音，转到右侧船舷，结果我听见五个白铁皮罐头在水里抱成一团，发出一种低沉而威严的河水之声，下来，下来，下来！

下来——也许这个声音足够威严足够冷峻，我信任了这个声音。下来，下来，此后很长一段时间，我认定那是河水深处发出的最真实的声音。

我父亲认为我已经长大成人，他见不得我做这些孩子气的事情。我把白铁皮罐头藏起来，他一只只地找到，愤慨地扔进河里，东亮你多大了？我十六岁都参加革命工作了，你倒好，还玩罐头！他说，船上是寂寞，寂寞你就学习，你要是实在不爱学习，就多劳动，没事做，就洗船板去。

我在船头洗船板，看见慧仙和樱桃在王六指家的船上跳绳，王六指的女儿起劲地为她们数数，做裁判，突然樱桃就叫起来，不公平，你们为什么要偏袒她，明明我跳了一百，你非说九十五，明明她是九十五，你偏要说一百。王六指女儿去哄骗樱桃，哄不动，反而遭到一顿抢白，你们都是白痴呀？你们这么宠她，不是为她好，是害她！樱桃搬出她母亲的话，气鼓鼓地走了。樱桃一撂挑子，慧仙就用眼睛瞄我家的七号船，这几乎是规律，她和樱桃闹了又好，好了又闹，她们一闹，她就退而求其次，跑到我家的七号船来玩了。

她上了我家的船，并不一定搭理我，把绳子搭在肩上，像一个主人一样，沿着船舷走到后舱那里，朝后舱里张望。她是看那张沙发，她喜欢坐沙发，可是我父亲正坐在沙发上，她就吐吐舌头，失望地绕一圈，从船舷另一侧走过来了。

也许听多了大人们对我们船的议论，她开始管我们家的闲事，一张嘴就是一个沉重的问题，你们家，到底是不是烈士？

谁跟你说的这事？你懂什么叫烈士？我说，我们家的人都活着，怎么是烈士？

谁也没跟我说，我有耳朵，不会偷听呀？她得意地说着，指着我们家后舱，邓——邓香香，是说那照片上的人呢，她是不是烈士？

不叫邓香香，是邓少香。我说，她是烈士，我不是。

她说，你傻呀，她不是你奶奶吗，她是烈士你就是烈士，烈士很光荣的。

我是烈属，不是烈士。我说，我奶奶光荣，我不光荣。

她眨巴着眼睛，还是不懂得烈士和烈属之间有什么区别，不懂她就不装懂了，朝我抖抖绳子，说，洗船没意思，我们来比赛跳绳吧。

我说我不是小女孩，我从来不跳绳。

她小心地观察着我的脸色，放弃了邀请我跳绳的念头，眼神闪闪烁烁的，突然问，你妈妈最近给你寄礼物了吗？

没有，我不稀罕她的礼物。

她失望地看着我，撇着嘴说，她是你妈妈，关心你才给你寄礼物呢，动物饼干很好吃的，长颈鹿的好吃，大象的也好吃。

我知道她是馋嘴了，我说，要是她寄吃的来了，都归你。

她被我一下说破了心思，脸顿时红了，绞着手里的绳子说，我可没有这么说，她是你妈妈，又不是我妈妈，你要是想跟我搞好团结，给我一半就行了。

说到妈妈就说到禁忌了，我不愿谈论我母亲，更不能提及她的母亲。我尝试着与她谈论河水的奥秘，我问她，你在船上这么多日子了，有没有听过河水说话？

她说，你又来骗人，河水又没有嘴巴，怎么说话呢？

我说，河水不说话，是你不给它嘴巴，你给它一个嘴巴，它就说话了。

她愕然地瞪着我，你是白痴呀？河水是水呀，不是人，你怎么给河水安上嘴巴呢？

我开始在河面上寻觅河水的嘴巴，我看见一个来自棉纺厂的木质纱锭正顺流而下，朝我们船队慢慢漂来，纱锭两头是空的，肚子浑圆，是我想象中比较理想的嘴巴。看见没有？这东西，就可以做河水的嘴巴。我用网杆把纱锭打捞了上来，郑重其事地告诉慧仙，你看着，我要让河水说话了。

我把纱锭擦干净了，拿着纱锭走到船的右侧，匍匐在舷板上。慧仙跟过来，问我，你到底搞什么鬼？为什么要到这边来听呢？那边的河水不说话吗？我告诉她河水说什么话与阳光有关，这边的河水背阴，阳光照不到，河水敢开口说话，那边太亮太吵，河水不肯说话，即使说了，也是假话。慧仙半信半疑地瞪着我，她模仿我把纱锭扣在耳朵上，伏在舷板上倾听河水的声音，听了一会儿她说，你骗人，河水就是在流，根本没说话。她要爬起来，被我按下去了，我说，你听河水说话，不能三心二意的，你要屏住气，耐心地听，慢慢地听，就听得见了。她安静地听了一会儿，突然说，听见了，我听见了。我说，好，你听见了什么？她抬起头，神情有点犹豫，还有点害羞。她说，说的话不一样嘛，一会儿说吃吧，吃吧；一会儿又说不吃，不吃。

她还是惦记着吃。神圣的河水之声被她亵渎了。我对这个馋嘴女孩失望透顶。你就知道吃，吃！我抢下了慧仙手里的纱锭，把她的绳子还给她，别听了别听了，你还是去跳绳吧，我看你除了跳绳，就知道个吃！

她噘着嘴，怨恨地看着我，那你听见了什么？你为什么不告诉我？

我说，不告诉你，你是聋子，你是白痴，告诉你你也不懂。

她发怒了，用绳子朝我身上胡乱抽了几下，抽完了就跑，边跑边嚷，我是聋子？我是白痴？库东亮你才是骗子，你们七号船是骗子船，我干妈让我别上你家船，以后我再也不上你家这破船了。

河　祭

这一年秋天金雀河风平浪静，河床收缩了，两岸凭空漫起来一些沼泽，长满了芦苇和野草，偶尔会有白鹭飞临，或是野狗在沼泽地里徘徊，对着河上来往的船只热情地吠叫。岸上风景，繁荣中透出一点凄凉。金雀河边人烟稠密，大大小小的村镇星罗棋布，我曾经熟记沿岸所有村镇的名字，但是一场洪水过后，上游的花各庄消失了，八座染坊搬迁了，你在船上再也看不见花各庄蓝白色的印花土布迎风飘荡；河下游的仙女桥沉在水里，像一个垂暮的老人被岁月淹没，再也抬不起头来；而在李村附近，我追寻铁塔和高压线的轨迹极目远眺，发现一个新兴的集镇正在河边疯狂地铺展，大片大片简易房屋以惊人的速度建成，红色砖墙，白色石棉瓦，远看就像一丛丛蘑菇蓬勃生长。他们告诉我，那个地方叫东风八号新村，安顿了所有不愿回乡的东风八号的建设者。

　　是一个多事之秋。进入秋天，我的腹股沟长满了讨厌的癣癣，奇痒难忍，整天挠啊挠啊，这不雅的动作引起了我父亲的注意，他找出了一瓶紫药水，强迫我脱下裤子，这样我的癣癣暴露了，我的生殖器也被迫暴露在父亲的视线里。那个瞬间，我怎么也忘不了父亲震惊的眼神——不是针对我的癣癣，他说我不爱洗澡不肯洗脚不讲卫生，长癣癣是自作自受，他的震惊缘于我发育蜕变的生殖器官，那顶该死的"钢盔"啊，它新鲜红润，却充满了不祥的邪恶之光。听着我父亲的一声惊叫，我羞愧得无地自容。父亲手拿一瓶紫药水，因为手在颤抖，药水也在瓶子里波动，他的眼神像波动的紫药水一样暴躁而阴郁。僵持了一会儿，他开始厉声质问我，你这个地方是怎么回事？东亮，你夜里究竟在干什么勾当？我慌忙护住了下身，我说我什么也没干，是它自己变成这样的。父亲说，撒谎！栽什么树苗结什么果，这都是你干下流事造成的恶果！我无法证明自己的清白，又羞又恼，无奈之下采取转守为攻的战术，爹，你嚷嚷什么？你天天窝在舱里，什么都不懂！自己去澡堂看看就知道了，大家都这样，六癞子也这样，春生也这样，德盛也这样，这有什么大惊小怪的？我父亲怒吼起来，你还在强词夺理？我不懂你懂？你还要跟别人比？六癞子是个小流氓，人家春生年龄比你大，人家德盛娶了亲结了婚，你才多大？人家可以，你不可以！我警告你，你再这样堕落下去，迟早要走上犯罪道路！

　　我父亲一气之下，把紫药水瓶子丢进了河里。我带着极度的羞耻感把自己关在前舱里，内心默默地忏悔着，有的事情我不能向父亲坦白，一坦白他就有理了，他对我的管束会变本加厉。那天夜里，我又一次梦见父亲来到我的床边，他手持一把尖利的剪刀，剪刀上带着血迹，双翼凌厉地张开，在月光下闪着凛冽的寒光。我在梦中和父亲争夺那把剪刀，夺下剪刀，梦也醒了。我有点后怕，不知为什么我喜欢吸取梦的教训，我半夜起来翻箱倒柜，把三条内裤都套到了身上。

好在是一个多事之秋，烦恼接踵而至，大烦恼来了，小烦恼就隐蔽起来了。临近九月二十七日，临近邓少香烈士的忌日，父亲忙碌起来，我也跟着忙起来。父亲要在船上挂纪念横幅，还要准备河祭的蜡烛和纸花。采购是我的事情，我要到镇上买彩色的绢纸，还要买一坛黄酒。绢纸是用来做纸花的，一坛黄酒则有两个用途，父亲让我洒一半到棋亭的烈士碑下，另一半带到船上给他饮用。我父亲平时滴酒不沾，但九月二十七日是一个例外，他要陪邓少香烈士的幽魂饮酒，而我也破例可以喝上几口。

我先去油坊镇的文具店买绢纸。女店员从货架上抱下一堆绢纸，突然多了心眼，你不是学校的吧？你也不是综合大楼的？为什么买绢纸呢？我说，绢纸敞开供应的，你管我是哪儿的，我要买，你就得卖。她狐疑地盯着我说，要是你买去写"反标"呢？也要卖给你？你别跟我翻眼睛，我认识你的，你不是那库文轩的儿子吗？我说，是库文轩的儿子怎么啦，不让买绢纸？女店员斜着眼睛看我，鼻孔里突然哼了一声，你爹还欠着我们店里的钱呢，他做领导那会儿拿了多少纸去呀，白纸、信笺、绢纸，他还净拿上好的宣纸练毛笔字，光拿不付钱！我说，那是你们自己的责任，为什么不跟他要钱？女店员说，你说得轻巧，他那会儿是土皇帝，说记在综合大楼的账上，谁敢不记？还有你妈妈呢，乔丽敏买东西也不爱掏钱，书包、钢笔、铅笔盒、工作手册，都说是公用，都记账！记呀记呀，这倒好，现在库文轩垮台了，赵春堂不认他的账目，害了我们文具店，我们每年盘点都轧不了账！

那女店员翻出父母亲贪图小利的老账，让我斯文扫地，我敲着柜台说，不关我的事，你别跟我说他们的事，我只管买绢纸，你不卖我就自己来拿了。女店员说，你敢！父债子还，你们家欠了我们钱，你还这么凶？现在谁还怕你？凭什么怕你？我偏不卖你！她注意到我在向柜台逼近，啪的一下关上了小门，嘴里尖声警告我，我谅你也不敢动手抢，派出所就在不远的地方，我一喊他们就听到了！

恰好此时外面传来一阵杂音，一辆三轮车装满了大大小小的纸箱，停在门口。进来一个人，抱着一个大纸箱，纸箱后面露出一个肥头大耳的男人的脑袋，是文具店的主任老尹来了，救星来了。老尹以前经常到我家和父亲下棋，每次来都给我带一样小礼物，好在老尹没有翻脸不认人，他跟我打了个招呼，东亮你来买什么？怎么虎着个脸呢，是要买刀杀人吗？

女店员抢在我前面说，他是要杀人呢，我让他回去提醒他爹一下，欠钱还钱，他就摆出这杀人脸来了。你看他脸挂得多长，别人不知道，以为是我欠他家一百块钱呢。

老尹说，你别尽说人家孩子的不是，你肯定也有不周到的地方，孩子也是顾客，对待顾客要像春风，你这样子哪儿像什么春风呢？像霜降嘛。老尹打了圆场，女店员不便对我耍态度了，换了一种猜疑的语气说，这孩子买这么多绢纸到船上去，你说他是要派什么用场？老尹看看墙上的日历，朝她摆摆手，你就别瞎猜疑了，是给他爹买的，明天是邓少香烈士的祭日，库文轩要做绢花啦。

总算油坊镇上还有人尊重我父亲，为此我很感激老尹。老尹把绢纸按颜色一沓沓地分开了，让我挑选。我说，我不会配颜色，你替我配。老尹就低头开始配绢纸了，一边配纸一边嘀咕，你爹这个人，我一辈子也琢磨不透呀。自己落到这个地步，还年年惦着九月二十七日呢，他一年四季赖在船上，两只脚都踩不上一块土坷垃，怎么祭奠邓少香烈士呢？我说，他没有地，还有水呢，他就在船上祭奠，说是水祭。老尹饶有兴趣地问我，水祭？水祭是怎么个祭法？我说，也没什么特别的，我爹面朝凤凰镇三鞠躬，纸花最后都扔在凤凰镇的码头下。老尹这时抬起头，暧昧地注视着我，你爹还朝凤凰镇三鞠躬？你们在船上真的什么都不知道了？我茫然摸不着头脑，瞪着他说，他不朝凤凰镇三鞠躬，朝哪儿三鞠躬呢？老尹瞥了我一眼，他的样子看上去变得冷酷了，冷酷中带着一点卖弄，你爹这个人是怎么回事，我一辈子都琢磨不透呀，他天天在学习，别人越学越进步，他越学越退步！回去告诉你爹，别守着他那本老黄历了，我亲眼看到的内部资料，邓少香烈士生平有新发现，她不是凤凰镇人，不是我们这地方的人，她是逃难到凤凰镇的孤儿，三岁才让棺材店领养的。领养的，东亮你懂我的意思吗？

我愣在柜台边看着老尹，过了好半天才缓过神来，我懂了。我说，她是孤儿，是领养的，那她究竟是哪儿人呢？

籍贯待考，内部资料上说的！老尹大声地回答道，不管邓少香是哪儿的人，反正凤凰镇不是她故乡，回去告诉你爹，今年不用向凤凰镇三鞠躬了，别让人笑话。

我点了点头，对老尹说，我懂了，她也是来历不明，那我爹该朝哪个方向鞠躬呢？

你这孩子不会说话，邓少香是烈士，怎么能说来历不明？老尹说，回去告诉你爹，以后不用祭奠邓少香烈士了，不用他三鞠躬，哪个方向都不用他鞠躬了。历史是个谜你懂不懂？邓少香烈士是个谜，你爹他自己也是个谜嘛，你听不懂我的话就算，你爹有文化，他会知道我老尹的意思！

走出文具店时我多了一桩沉重的心事。我腋下夹着一卷绢纸，在油坊镇上失魂落魄地走，老尹透露的消息令我陷入了深深的迷惘之中。邓少香烈士的生平履历为什么像季节一样变幻无常呢？邓少香，我光荣的祖母，我神圣的奶奶，你到底是怎么回事，你像一朵祥云在我头上飘来飘去，到底是什么风把你越吹越远了呢？我想象着孤女邓少香的儿童时代，依稀看见一个满面尘埃的小女孩，衣衫褴褛，头发像一堆乱草，她光着脚在年代久远的油坊镇码头上奔跑，嘴里叫喊着妈妈。我看不清小女孩尘土遮盖的面孔，是美丽俊俏的还是愚笨丑陋的。一个孤女可以做另一个孤女的样板，我脑子里渐渐浮现出慧仙的小脸，那个旧时代孤女的形象便清晰了——我看见她躺在凤凰镇棺材铺的一口棺材里，泪痕未干，目光已然流转，她好奇地打量棺材外面的世界，一边向我招手，进来，进来，你快进来呀！我不知道那棺材里的小女孩究竟是谁，是我们船队的孤女慧仙，还是那个传奇的孤女邓少香。

我仰脸朝天，看着远处棋亭方向的天空，街上的路人看我仰脸朝天走路，都好奇地瞪着我，不知谁推了我一下，空屁你怎么走路的？你得精神病了？你到底在看什么？我说我在看历史。棋亭上方的天空灰蒙蒙的，什么也看不清，我看不见什么历史。我仰着脸走到杂货店附近时，身体被一堵人墙挡住了，又有人粗暴地推我，空屁你在梦游呢，怎么走路都忘了？走路还要撞人！天上没有历史，是地上热闹的人声使我冷静下来，我低头一看，杂货店的台阶上站满了妇女和孩子，手里拿着篮子，他们在排队买白糖，杂货店门上贴着一张喜洋洋的通知，国庆节特供的白糖到货，每张糖票供应三两白糖。

我记起来还要买一坛黄酒，挤到杂货店的台阶上，马上被人挤出来了。我声明不买白糖买黄酒，没有用，他们说不管买什么都要排队。有个妇女用胳膊顶着我，提防我插队，嘴里鄙夷地说，你们船上人呀，就是不讲文明，让你们排队就像要你们的命，好好排个队会怎样，会掉两斤肉还是会掉一块钱？她说着还去征求别人的意见，啊？我没冤枉他们船上人吧，我说得对不对？众人都点头称是，一片厌恶的目光整齐地投在我脸上。我有理说不出，都是老人、女人和孩子，他们买白糖我买黄酒，互不影响的事情，偏偏搅和在一起了，我不愿意和他们一起排队，又没人允许我插队，只好从台阶上怂忿地退出来了。

我站在一边看着杂货店门口的队伍，心里焦躁不安，突然记起对面街角应该贴着慧仙的《寻母启事》，过去一看，那半张报纸不知是被风雨侵蚀了，还是被清洁工人撕的，只剩下一片残骸，墙上新刷了层白浆，那一片纸骸被白浆覆盖着，顽强地翘起了一个角，接受我的哀悼。国庆节临近，大街小巷都在搞卫生刷白墙，干干净净迎接节日，那张《寻母启事》寿终正寝了。我看不见我父亲的笔迹，找不到慧仙的名字，不甘心，用指甲耐心地刮除墙粉，刮着刮着，一个小小的奇迹出现了，我清晰地看见我去年重笔描绘的向日葵死而复生，在我的手指下一点点地开放出来。

是那朵向日葵赋予了我莫名的喜悦，我守在街角，耐心等着杂货店门口的队伍渐渐地散去。当我抱着一坛黄酒从杂货店出来时，听见杂货店的会计马四眼在后面对我喊，这黄酒劲道很大，回去让你爹少喝点，就说是马会计说的，借酒浇愁愁更愁啊！

不管他有没有弦外之音，还是酸文假醋，我装作没听见。马四眼以前也常常和我父亲下棋，善于让父亲险胜，他们算是有交情的，交情再深最后也是空屁，我不相信马四眼的劝告出于善意，也许他是用这文绉绉的话来博得柜台里女同事对他的崇敬呢。我不相信别人对父亲的问候，除了我，除了他儿子，油坊镇上还有谁会把库文轩放在眼里呢？

按照父亲的要求，我抱着那坛黄酒去棋亭。棋亭那里很嘈杂，几只鹅嘎嘎尖叫着跑来跑去，好多人影子聚在那里晃悠，把烈士碑给挡住了。走近了我才知道人们在看傻子扁金的热闹，鹅在保卫主人，傻子扁金喝醉了酒，正在烈士碑前耍酒疯。他朝着烈士碑上邓少香的浮雕画像喊妈妈，喊了很久了，他说妈妈妈妈你去跟赵春堂说，让他给我的大白鹅盖个房子。他说妈妈妈妈你去跟杂货店的小王说，让她嫁给我做老婆。他说妈妈妈妈你给我五块钱，我要去买一瓶好酒，他们狗眼看人低，差五分钱都不卖给我。

旁人去拦他，拦不住，有人上去对傻子扁金拳打脚踢，你个傻子也知道浑水摸鱼，认邓少香做妈妈吃香的喝辣的？我们也想认呢，凭什么让你个傻子认她做妈妈？傻子扁金说，凭什么？我屁股上有一条鱼！有人警告他，傻子你小心点，冒充邓少香的儿子该当何罪，你再耍酒疯，派出所就来抓你了。傻子扁金说，我是邓少香的儿子，怕什么派出所？我是烈属，派出所怕我！又有人在一边起哄，空口无凭啊，傻子你干脆把你的屁股亮出来，给大家看一眼你的胎记，到底是不是一条鱼？

我挤进人群的时候，正好看见傻子扁金褪下裤子，把他的屁股大方地展示给众人。轰的一声，棋亭边响起一片喝彩声，男女老少都瞪大眼睛盯着傻子的屁股。一条鱼，是一条鱼，活灵活现的一条鱼！有人惊叫起来，说不定傻子真是邓少香儿子呀！那惊叫声刺激了傻子，他更加主动地配合着众人的要求，撅着屁股绕烈士碑转了一圈，然后人们爆发出一阵更快乐的笑声。有人上去踢了那屁股一脚，傻子，快把裤子穿起来，邓少香要真是你妈妈，她就不是被敌人绞死的，一定是被你羞死的。

棋亭离码头近，派出所没有来人，是治安小组的五癞子和陈秃子来了。他们一来，傻子扁金的酒醒了一半，仓皇地系好裤子，拔腿从人群中逃出来，他带领着几只鹅朝河边逃去，边跑边向路人喊叫，工作组马上就要下来宣布真相了，谁是邓少香的儿子，你们等着瞧吧，欺负过我的人，都给我当心点！

一场闹剧结束之后，终于有人注意到了我，我觉得自己就像一只野兔扑到猎人的枪口上，人们盯着我怀里的黄酒坛子，互相挤眉弄眼，耳语不休，尽管压低了声音，我还是听到陈四眼在人群中对事态刺耳而经典的评价，他说，傻子走了，骗子又来了，邓少香烈士今天不得安生啊！

照理说我不该饶了那个恶毒的陈四眼，蹊跷的是"骗子"这个称号让我感到莫名的心虚，我很想从棋亭逃走，但傻子扁金能逃，我却不能逃，该轮到我表演了。我知道我带着父亲的重托，借这半坛酒告诉大家，库文轩是邓少香的儿子，库东亮是邓少香的孙子，我们库家仍然是光荣的烈属。我抱着黄酒坛走到烈士碑前，正要打开坛子，五癞子饿虎扑食般地冲过来了，一脚踩住了酒坛盖子，空屁，你要干什么？

我说，我给烈士洒酒，纪念烈士，不行吗？

不行。五癞子蛮横地说，赶紧抱着酒坛子，滚出去。

我不理睬五癞子，兀自用手掌劈打着酒坛盖上的封泥，可是我的胳膊又被陈秃子拽住了，陈秃子指着棋亭廊柱上的告示牌说，空屁同志请你往那边看，你不长眼睛的？没看见那儿挂着告示牌？有新规定了，不准借纪念烈士的名义在此地大搞封建迷信活动，所有封建迷信活动，统统禁止！

我凑到那块告示牌下，果然看见了《关于纪念邓少香烈士的几点新规定》，新规定移风易俗，明确禁止油坊镇百姓对棋亭的顶礼膜拜，不准烧纸，不准焚香，丢小孩的人家不准到棋亭来为孩子叫魂，办丧事的人家不准到棋亭来摔碗，办喜事的居民不准到棋亭来放鞭炮，被婆家欺凌的妇女也不准来棋亭向烈士的英魂哭诉。依我所见新规定没什么不好，但无论我怎么逐字逐句，都没有发现不许洒酒祭扫的规定，我说，这规定是禁止封建迷信，哪儿写着禁止洒酒祭扫？

陈秃子说，空屁你的书念哪儿去了，文化水平这么低，洒酒属于封建迷信你不知道？

五癞子嫌陈秃子说话没分量，把他往旁边一推，自己凑过来盯着我的脸，突然，他发出一声轻蔑的冷笑，库文轩的狗崽子，你有什么狗屁资格到这儿来祭扫烈士碑？你要喜欢洒酒，抱着这坛子过河去，到枫杨树乡去，洒到河匪封老四的坟上去！

五癞子这一句话气得我七窍生烟，我扑上去和他厮打在一起了。我们从棋亭里扭打到棋亭外，可惜无论年龄经验还是体力，双方实力相差悬殊，我打架不是五癞子的对手，明明是他羞辱了我，我却像一个可耻的罪犯被他当场抓获了。五癞子把我死死地按在地上，他带着蒜头味道的鼻息喷到了我的脖子上，你鸡巴毛还没长齐呢，想跟我较量？五癞子狡诈地让我保持一种嘴啃泥的姿势，我一时找不到反抗的方法，只能蹬腿，不停地蹬腿，砰的一声闷响，我蹬到了酒坛子。黄泥封的酒坛盖子碎了，酒香溢了出来。我趴伏在地上，闻见一股陈年黄酒特有的醇香弥漫四周，倾泻的黄酒流到了我的脸上。起初我不记得是否哭了，只记得我的嘴角边有点咸，有点辣，有点甜，还有点酸涩。五癞子意识到我放弃了抵抗，松开了手，他松开我，我还是趴在地上，我趴在地上转圈，这是一个非常古怪的姿势，比嘴啃泥还要古怪，我那么转圈的时候泪水终于奔涌而出。我的脸离破碎的酒坛子越来越近，半坛黄酒在我眼前咕咚咕咚地晃荡开了，我的面孔也在酒中晃动，越晃越模糊，最奇怪的是我的脸，就像一个垂死的游子投向故乡的怀抱，我的脸，最后投向了那只破碎的酒坛子。

后来我就做了那件不可饶恕的事情，众目睽睽之下，我先是趴在地上，一边流泪一边舔着那半坛黄酒，后来我不流泪了，抱着那半坛酒站了起来，我走到棋亭外面去喝了。在邓少香烈士祭日的前夕，我用一堆绢纸垫在屁股下，坐在棋亭外面喝酒，我一个人，竟然喝光了半坛子黄酒。

孙喜明和德盛他们闻讯来到棋亭的时候，我脑子还是清醒的，他们拉拽着我往河边码头走，我还吩咐德盛带上那个破碎的酒坛子，交给我父亲。我不记得自己是怎么回到船上的，只记得父亲用拖鞋打我的脸，还舀起一勺勺河水泼我的脑袋，他对我一声声地吼叫着，我听不清他在叫什么，也不记得我是怎么为自己辩解的，我清醒的时候也不善于辩解，何况喝得烂醉呢？我只会说空屁空屁空屁，除了空屁，我不知道还能用什么字眼来为自己辩解。

别人醉酒睡得像一头死猪，我却乱梦颠倒。半夜里，一个绵延不绝的噩梦惊醒了我，突然之间，我发现河水快速凝固，然后疯狂地隆起，一眨眼河面上出现了高山峻岭，层层叠叠地封堵着我的去路，拖轮轰隆隆在水上开路，别的驳船绕过了水上的山峰，我们的船却被船队抛出了队列，在金雀河的河心打转转。我听见船尾那里发出了奇怪的水声，是船尾的铁锚被一只手死死地拉住了，那手来自水中，不大，也不小，五指关节错落有致，手背的一半是美丽而苍白的，另一半看上去可怕极了，长满了古老的墨绿色的青苔。刹那间，黑暗的河流翻了个身，船下幽暗的水面变得亮闪闪的，绚烂的水花开放之处，一个女人的美丽的面孔升起来了，圆脸，大眼睛，鼻梁略有塌陷，我看见她留着旧时代知识妇女的齐耳短发，那乌黑的头发交织着几丛腐烂的水草，闪着晶莹的水光，然后她的肩膀升起来，肩膀升起来后她背上的箩筐也升起来了，我清晰地看见箩筐里的水，那部分水是银色的，里面漂浮着一丛水草，水草晃动，下面露出了一个婴孩模糊的湿漉漉的脑袋。

我有幸看见了邓少香烈士的英魂，看见了她的婴孩。女烈士从水底升起来，用洞察一切的目光凝视着我。那目光告诉我，我所做的一切事情，她都看见了；我所说的每一句话，她都听见了。她就是历史。我在梦里瑟瑟发抖，等待着审判，等待历史透露所有的秘密。女烈士却保持沉默，她不谈自己，不谈自己的子孙。我等待她教育我，可是她不宽恕我，也不批评我，只是威严地举起一只长满青苔的手，拍着她的箩筐，说，下来，下来，给我下来！

我不敢下去，我怎么敢跳进她的箩筐呢？所以，我被吓醒了。我醒来的时候看见舱里的油灯还亮着，父亲在沙发上睡着了。已是半夜时分，他苍老浮肿的半边脸上还残留着愤怒的烙印，另半边脸被灯光所映照，看上去肃穆而庄严，那半边脸上的每一条皱纹都在等待明天，每一块老人斑都在等待明天。明天是邓少香烈士的祭日，也是父亲在河上唯一的节日。父亲挑灯做了好多纸花，他做的纸花很大，很鲜艳，一朵朵地散落在他的膝盖上，地板上。

我不敢惊动父亲，捡起几朵纸花出了船舱。借着月光走到船尾，我看见铁锚依然垂挂在船壁上，闪着微冷的金属之光，铁锚与船壁轻轻地碰撞着，发出了安宁祥和的声音。我醒了，河流却睡着了，金雀河上夜色正酣。月光下的水面波纹乍起，我能看见风过河面的痕迹，是一条银色的鳞片缀成的小径，在水上时隐时现。我能看见岸边垂柳的倒影，偶尔有夜鸟发现自己栖错了枝头，噗噜噜地惊飞起来，消失在远处的田野上。我注意到一堆水葫芦从岔河口开始随船漂浮，像一小片水上的草原追逐夜航的船队，它们应该来自乡间的池塘，我听得见水葫芦在船缝间冲撞的声音，满怀乡愁。我看见了河流的睡姿，听见了河流的鼾声，唯独女烈士邓少香的魂灵，她来过就消失了，除了船尾几滴神秘的水迹，她什么也没有给我留下。

我做了一个噩梦，也是一个好梦。

梦醒之后，我真正长大了。

下　篇

少　女

我盼望慧仙快点长大，这是我心里的第一个秘密。

另一方面，我又害怕慧仙成长发育得太快，这是我心里的第二个秘密。

我青春期的孤僻易怒都与这两个秘密的冲突有关。很多人有日记本，别人的日记主要记录自己的生活。我不一样。大家都叫我是空屁，空屁的生活不值得记录，浪费纸，浪费墨水，浪费时间而已，我有自知之明，所以我的日记只记录慧仙的生活。我用的本子，与我父亲的一样，也与我母亲的一样，是那种牛皮纸封面的工作手册，杂货店有售，文具店有售，四分钱一本，坚固耐用，字写小一点，遣词造句精炼一点，可以用很久。

起初我的记录小心翼翼，按照档案登记的风格，实事求是的原则，主要记录慧仙的身高体重，认识了多少字，学会了什么歌曲。渐渐地我放开手脚，加入了一些生活上的内容，她和谁吵架了，只要我听见，就记下了。她吃了谁家的鸡汤面，好吃不好吃，鸡汤浓不浓，只要她作过评价，我都记录。谁家给她做了新棉袄纳了新鞋子，好看不好看，合脚不合脚，我也都记录。再后来，别人夸奖慧仙或者说慧仙的闲话，只要让我听到，我一律都记录下来。

最后我自己也用笔发言了，我发表了很多紊乱的词不达意的感想，还营造了一些暗号式的句子和词汇，别人不懂，只有我懂，比如我称慧仙为向阳花，称自己为水葫芦，称我父亲为木板，岸上的人基本上以匪兵甲匪兵乙之类称呼，而其他的船民多以鸡鸭牛羊替代。这是预防我父亲偷窥的措施。我在工作手册上写写画画的时候，总能感觉到父亲关注而多疑的目光。他问我，你到底在写什么？为什么不肯给我看一眼？写日记本来是个好习惯，要是你胡写乱写就是个祸害了，你记得油坊镇小学的朱老师吗？他就是对党不满，对社会不满，在日记本上发泄，结果被抓起来了。我说，爹你放心，我对党很满意，对社会也很满意，我就是对自己不满意，你没听见人人喊我空屁，你就把我的日记当空屁好了。

那其实是谎话。我可以是空屁，我的工作手册不是空屁，那是我最大的秘密，也是我排遣孤独最好的工具。我翻开工作手册，文字帮助我亲近了一个骄矜的少女，我用文字呼唤慧仙，她会冲破黑暗钻进我家的船舱，她会坐在我的身边，我能闻见她头发上阳光的气味以及一个少女身体特有的淡淡的清香。我有一个甜蜜而苦恼的矛盾，始终解决不了，我的头脑仍然把慧仙当作一个楚楚可怜的小女孩，我的身体却背叛了我的头脑，从上至下，对一个少女充满了难言的爱意，麻烦事主要来自下身——从下往上，我的体内贮存了一种无法克制的情欲，是这情欲让我苦恼不堪。我翻看工作手册时充满了忧虑，很多时候我抗拒慧仙的成长——她成长，一对浑圆的白馒头般的膝盖就成长；她成长，红衬衫下喷薄欲出的乳峰就成长；她成长，那一双黄玉石般的胳膊下就会长出黑色的腋毛；她成长，一颦一笑对我都是不经意的诱惑；她成长了，目光里风情万种，即使她看一块石头我也容易产生嫉妒。我难免夜梦频繁，梦是安全的，勃起却是危险的，我的勃起比梦还频繁，不分时机场合，这是一个最棘手的麻烦事。我解决不了这个麻烦事，我用头脑与自己的下身进行了残酷的斗争，有时候我战胜了勃起，但是很遗憾，大多数时候我无能为力，是任性的生殖器战胜了理智的头脑。

在我的印象里，夏天是最危险的季节。自从慧仙进入青春期，金雀河地区的气候也迎合了少女的心思，为她穿裙子提供方便，气温一年高过一年，夏天一年长过一年，危险的夏天更危险了。船队停靠码头，也就是停靠在毒辣的阳光里，铁壳驳船常常烫如火炉。船上的男人和男孩都脱光了跳到河里，只有我和父亲不下水，不是我们耐热，是我们对裸体有共同的忌讳。我在船头看，不是看水里光屁股的船民，是看那一群去岸上的女孩子，女孩们排着队走过一号船的跳板，每个人都挽着篮子和脸盆，她们要去驳岸的台阶上洗衣裳。船家女孩都是绿叶，只有慧仙是一朵醒目的向阳花。我看见慧仙腰上架着个木盆，一个人走到了台阶的角落上。我不知道她为什么要跑到角落里去。她把一桶水倒进木盆里，一件小褂子欲盖弥彰地沉在盆底，那条碎花布短裤还是浮起来了，盆里的水是鲜红的。我突然就明白了。为什么水是红的？别以为我不懂。我少年时期已经偷偷通读过《赤脚医生手册》，懂得女孩子的生理特征，她月经初潮了。这是一件大事，我自然要记录下来，可是当我钻到舱里去拿工作手册时，差点撞到了我父亲的身上，父亲正在舱门口监视我。

我监视慧仙，父亲监视我，这就是我夏日生活的基本写照。从早晨到黄昏，父亲幽灵一般的目光追逐着我，从后舱追到前舱，从船篷追到船头，他像一条老练的猎犬，善于精确无误地闻到我情欲的气味。我的生理反应越是强烈，表情就越是僵硬，我的手越是遮遮掩掩，我父亲的目光越是尖锐越是无情。他说，东亮，你鬼头鬼脑在看什么？我说，没看什么，春生他们光着屁股在水里呢。父亲冷笑一声，春生他们光屁股？我看是你光着屁股！他毫不掩饰地逼视着我的下身，突然用一种暴躁的声音对我喊，我知道你在看什么，东亮，你给我小心一点！

我被父亲的目光逼得无处可藏。驳船上的世界如此逼仄，我本能地求助奔腾的河水，父亲不允许我看慧仙，我就跑到船尾去看河水。我看见船下的河水半明半暗，一丛水草神秘地打了个圈圈，河面上冒出一串浑浊的水泡，我听见了河水之声。河水之声在夏季显得热情奔放，充满了善意，下来，下来，快下来。我顺从了河水的指令，果断地扒下身上的白色背心，纵身一跳，跳到河里去了。

我选择了一个最隐蔽的位置，游到了七号船和八号船的船缝之间。为了便于长时间的停留，我抓住了船尾的铁锚，那支铁锚冰冷冰冷的，浸泡在水中的部分结满了青苔，我想女烈士的幽魂在我家的铁锚上来来往往，这铁锚容易长青苔也是正常的。我躲在水中朝四周张望，这个安全之地使我万分欣喜——我看得见河岸，河岸看不见我；我看得见岸上的人，岸上的人看不见我。我听见了父亲在船上焦灼的脚步声，东亮，东亮，你躲到哪儿去了？快出来，给我出来。我保持沉默，内心充满了报复的快感。在两条船的船体交织的阴影下，借助了河水的掩护，我放任自己勃起，然后顺利地平息了来自下身的骚乱。我的身体沉在水里，沉在一片幽暗里，也许水里的鱼看见了我的丑行，可是鱼不说话，我对鱼很放心。春生他们在水里也许会注意到我，他们能看见我的脑袋和肩膀藏在船缝里，我不怕他们看见我的脑袋和肩膀，他们脑子很笨，打死他们也猜不到我在水下干了什么事情。

驳岸那边很喧闹，女孩子们在台阶上蹲成一排，一板一眼地洗着衣裳，她们是一排绿叶，衬托着一朵金黄色的向日葵。我不看绿叶只看向日葵。我看着慧仙，看她挥着棒槌敲打一堆衣服，我嘴里会模拟那堆衣服的声音，噗，噗，噗。看慧仙偏过脑袋躲闪四处飞溅的水珠，我嘴里会替她抗议，讨厌，讨厌，该死，该死！

这么无所顾忌地观察慧仙，对我还是第一次，我心里的快乐可想而知。这女孩子已经到了最爱美的年龄，她胸前佩戴了一朵白兰花，穿着一条绿色的裙子，怕裙角沾到水，把裙子撩到膝盖，两个膝盖便裸露在外面，是乳白色的，像两只新鲜可爱的馒头——不，不是馒头，我不能用馒头这样寻常的食物来形容慧仙，那么，像两只香甜诱人的水果？什么水果像膝盖呢？我正在苦思冥想，突然发现头顶上的一束光线闪了一下，在两只船的缝隙里，在一片狭窄的天空里，出现了我父亲的半张脸和一双眼睛。我吓了一跳，心往下一沉，猛然听见父亲在上面发出一声怒吼，原来你躲在水里！你躲在水里干什么？上来，快给我上来！

我慌忙扎了个猛子，钻到水中，河水嗡嗡地冲击着我的耳朵，河水之声变得空洞而模糊，带着一种爱莫能助的歉意。我试图从河水深处分辨出什么新的密令，但是什么也听不清。我努力地憋气，想象自己是一条鱼，轻盈地游到别处去，可惜我不是鱼类，水性也不好，很快我感到呼吸困难，憋不住气了。我无奈地钻出水面，心里暗暗抱怨水的构造不公平，连珠穆朗玛峰顶上都有空气，为什么水里就没有空气呢？好不容易发现了一个完美的天堂，偏偏那里只收留鱼类，不收留我。

天这么热，我下水凉快一下都不行？我对头顶上的父亲大声抗议，别人都在水里，我为什么不能在水里？

别人在水里消暑，你在水里干什么？别以为我不知道，你一撅屁股，我就知道你是要放屁还是要拉屎。

我什么也没干！爹，你为什么天天盯着我，我又不是罪犯，难道我没有自由吗？

你这样发展下去，离罪犯也不远了。父亲冷冷地说，你还好意思跟我谈自由？我知道你拿自由做什么事，你这孩子，不配有自由！

我仍然是父亲的俘虏。我从水里爬到舷板上，突然感到自己是那么疲倦，那么肮脏。我坐在船舷上一动不动，感到自己像一个上岸的水鬼，带着一股湿润而阴森的气息。我身上五彩斑斓，手掌和胳膊遍布暗红的锈斑，大腿上留有一片墨绿的青苔，我的头发上黏住一根腐烂的菜叶，还有半截金色的稻秆，我的白色田径短裤最蹊跷，它不仅借着水痕无情地勾勒出我的羞处，裤腰上还莫名其妙吸附了一只田螺。我摘下田螺往水里扔，回头看见我父亲正站在舷板上，皱紧眉头厌恶地瞪着我，他拿过一只小吊桶扔给我，还粗暴地推了我一把，站船头上去好好洗，洗三遍，洗不干净不准进舱！

其实我对自己也很厌恶。我带着一种负罪感认真冲洗我的身体，目光偷偷地投向驳岸的方向。女孩子已经把洗好的衣物晾在栏杆上了，五颜六色的棉布、涤纶和人造丝在阳光下放射出鲜艳的光芒。她们一边看护自家的衣物，一边在驳岸上跳房子，岸上传来了女孩子们鸟鸣般的吵嚷声。我父亲拿着一块肥皂在船头监视我，嘴里哀叹道，可惜啊可惜，洗三遍又有什么用？你的身体能洗干净，脑子没法洗干净呀。

父亲的监视永远那么严密，我不敢看慧仙，就偏过脑袋去看驳岸上的栏杆。我一眼看见了慧仙最爱穿的那件碎花衬衫，一小片金色的向日葵花开在桃红柳绿中，分外妖娆。

红 灯

1

除了我，没有人研究慧仙与向日葵的关系，油坊镇的人们都喊她小铁梅。

先从跳房子说起吧。向阳船队的女孩子热衷于跳房子游戏，航行的时候她们在驳船上跳，船靠了岸就到码头上跳。有一次好像是樱桃发起的比赛，很多船家女孩都去了油坊镇码头，有的做裁判，有的做选手。她们围着地上石灰画的方格子，叽叽喳喳地跳着竞争着，跳到的都是五分钱一角钱，哪怕跳到了一百块，都是骗人的游戏而已，只有慧仙一跳定终身，一下跳到了一间命运的好房子里。中午慧仙上岸时还是寄人篱下的孤女，等到下午她从码头归来，孙家的一号船已经留不住她了，岸上的世界为慧仙铺好了锦绣前程。

女孩子们遇见了地区文艺宣传队的宋老师。那宋老师为了国庆花车游行，一直在各个乡镇寻找《红灯记》里李铁梅的扮演者。领导的要求很难办，扮演李铁梅，首先人要淳朴健康，她的年龄不可太大，也不能太小，不仅要形似还要神似，不仅思想要进步，而且身体素质要好。扮演李铁梅要站在花车上手举红灯，一举好几个小时，地区县城里那些美丽而娇气的少女是无法胜任的。宋老师便下了基层物色人选，他沿金雀河的河岸一路寻觅过来，原本是准备渡河去枫杨树乡下的，也是天赐机缘，一上油坊镇的码头，他看见了那群跳房子的船家女孩，就不舍得走了。

在码头上宋老师发现了他想象中最淳朴最健康的少女。船家少女皮肤都黑里透红，腿部粗壮，略显八字形，但八字脚在舞台或者花车上反而是优势，站得稳当，尤其是船家女孩普遍有一双无知无畏的亮眼睛，嗓门大，身体素质好，适合大规模群众文艺活动。当然，宋老师对面孔格外挑剔，像春生的妹妹春花那样长得尖嘴猴腮的，他看都没看一眼。最初宋老师对慧仙和樱桃都一样感兴趣，目光在两个女孩子身上跳来跳去，举棋不定，可两个船家女孩对一个陌生男人的态度截然不同。宋老师从旅行包里拿了一盏红纸糊的灯出来，先让樱桃举——樱桃长得俊俏，就是小家子气，遇到这个陌生的城里男人，她下意识地提高警惕保卫自己，扭扭捏捏地怎么也不肯举。不举就不举了，嘴里还审问人家，你究竟是什么人？凭什么让我举这玩意儿？神经病嘛，大白天的举什么灯？慧仙的态度不一样。她对宋老师身上洋溢的文艺气息有好感，落落大方地观察着他的衣着打扮，她还悄悄地拉了一下宋老师米色风衣的腰带，对春花耳语道，这是风衣，穿风衣的不是演员，就是领导！也许是天生的聪慧帮她判断了宋老师的身份，预先掌握了机会，她整了整衣服，还用口水抿好了蓬乱的头发，一板一眼地举起红灯，对着宋老师笑，同志，是摆一个李铁梅的姿势吧？那宋老师的眼睛顿时亮了，他说，聪明，还是你聪明！你姿势也摆得很好，活脱脱一个小铁梅呀。

后来樱桃后悔也来不及了，一台崭新的海鸥牌相机泄露了宋老师不一般的身份，他用那台相机对着慧仙咔咔地拍照，拍了好多照。慧仙举红灯换了很多姿势，宋老师都说好，他说好啊好啊，眼神也像，身段也很像，气质最像，你就是领导要的小铁梅呀。

慧仙十四岁那年风风光光地上了岸。我详细记录了她临行前一天的食谱，早饭是在王六指家，三个水潜鸡蛋，一碗面条。午饭被德盛家揽下，德盛女人给她炖了鸡汤，还炒了她最爱吃的肉丝雪里蕻。晚饭最关键，一号船当仁不让，孙喜明女人蒸了半只咸猪头，大福二福嫌她小气，偷偷摘了另一半往锅里放，孙喜明女人及时发现，硬是把另半只咸猪头从锅里捞出来了，她对儿子们发怒，本来让你们夹几筷子的，你们破坏我的计划，现在一筷子也不准夹！这半只送慧仙走，她一个人吃，那半只留给她回来吃，也是她一个人吃，你们谁也别动那半只的念头！

我记得那年花车游行万人空巷的盛况。八部样板戏浓缩在八台花车上，八个袖珍舞台在涌动的人潮中流动巡回，所到之处欢声雷动。样板戏里的英雄们都摆出最具代表性的造型，浓妆艳抹地站在花车上，慧仙所在的《红灯记》排在首位。首演就在油坊镇，游行路线是从综合大楼开始，绕油坊镇一周，最后回到综合大楼。慧仙出场的时候船民们的鼓掌声比爆竹还要响亮。我记得慧仙上身穿一件红底白花棉袄，下身是一条蓝色打过补丁的棉裤，扎一条长辫子，画了眉毛涂了胭脂。初上花车，她的表情看上去有点紧张，身体姿势不很协调。宋老师在下面扯着嗓子喊，小铁梅注意眼神，注意眼神！要瞪大眼睛，表示李铁梅继承革命的决心！慧仙眨巴了几下眼睛，眼睛立刻瞪得像个铜铃那么圆那么大了，她注意了眼神就忽略了手，她的手一松劲儿，红灯就架到了肩上。宋老师便又焦急地喊起来，注意红灯，注意红灯，你不要扛着灯呀，举起来，要举起来！

我在人群里替她示范了几次正确的姿势，也不知她看见了没有。慧仙在花车上顽强地举着红灯，花车在油坊镇的街路上滚了大半天，她举红灯也举了大半天，一动都不能动。我担心她的胳膊第二天再也抬不起来。第二天我赶到化肥厂去看花车游行，还是慧仙举红灯，扮演李玉和的男人手里只提着盏小马灯，扮演李奶奶的妇女腰间围了块粗布围裙，干脆空着手，轻轻松松地站在花车上。我觉得这不公平。不公平也没办法，谁让样板戏是这样安排的呢。我注意到群众都盯着《红灯记》里的小铁梅指手画脚，所幸慧仙聪明，第二天眼神和手势都突飞猛进，造型看上去和宣传画上的李铁梅差不多了。别人都为慧仙喝彩，我也为她拍红了巴掌，但我注意到她的嘴角上起了个很大的火泡，油彩也遮不住。我想这可能是急出来的，也可能是累出来的。我有点担心领导容不得李铁梅嘴上长火泡，会不会把她换了？我在混乱的人群中高声叫喊慧仙的名字，指着嘴角提醒她要解决这个火泡问题，她哪里听得见我的声音？也许她不需要我的提醒，一夜过后，看上去她已经适应了这种热闹的大场面，人在高处，目光偶尔悄悄瞥向群众，一丝熟悉的微笑从她嘴角一掠而过，越发骄矜自傲了。第三天花车游行移师马桥镇，走的是水路，三艘崭新的小火轮专程从县城驶来迎接花车和演员。那天早晨，向阳船队近水楼台先得月，船民们都爬到了舱房顶上，看着花车演员穿过码头，千姿百态地向小火轮上走，男男女女都化了浓妆，穿着英雄人物的戏装，令人顿生敬意。船民们一眼认出那个最瘦小的身影是小铁梅，大家都激动地叫喊慧仙的名字，慧仙！慧仙！她不答应，边走边专心地拴着长辫子上的红头绳。拖轮上的船员也凑热闹，他们动用了电喇叭，慧仙——小铁梅——小铁梅——慧仙——电喇叭里的欢呼惊着了那群演员，也把慧仙吓得跳了起来，她朝船队瞥一眼，跺跺脚，很快一猫腰钻到李玉和李奶奶的身后去了。

这是属于慧仙的季节。金雀河两岸成千上万的群众都是见证人，见证了一个少女突然绽放的荣耀之花。慧仙成了名人。沿河的人们都在谈论花车上的小铁梅，说鸡窝里飞出了金凤凰，谁能相信呢，那个人见人爱的小铁梅，竟然是靠向阳船队的百家饭喂大的。人们向向阳船队的船民们求证这个消息，绝大多数船民都自豪不已，露出了功臣一般的笑脸，樱桃一家则忌讳这件事情，樱桃母亲告诉岸上的人，你们只知其一，不知其二呀，本来是我家樱桃演小铁梅的，怪她太老实，没心眼儿，这么好的机会，眼睁睁让别人抢去！

属于慧仙的季节，也是我忙乱而焦虑的季节。我忙着奔赴花车游行的路线地点，忙于记录这段特殊的日子，腿脚很忙，笔头很忙，只有嘴巴保持沉默。尽管没有和任何人讨论过慧仙的未来，但我似乎预见了慧仙将一去不返，心里有一种说不出的焦虑。

国庆节之后运输任务繁重，船队在沿河的码头上靠岸装卸，常常与盛大的花车游行擦肩而过。我跑到岸上，看见的是花车游行留下的欢乐的残骸。临时悬挂的横幅标语已经从半空降落，街上满地垃圾，鞭炮纸屑玉米棒子中混杂着观众被踩掉的鞋子，路人的脸上还遗留着狂欢的痕迹。我追踪着慧仙的足迹，一次次地错过，我只感受到了她的浮华和荣耀。大风乍起，我站在陌生的小镇街头思念慧仙，思念得心痛，一种幻灭感从天而降，我觉得我的向日葵被风吹走了。

我的日记记得很辛苦，向日葵被风吹走了，我看不见她，看不见她，所谓的记录不得不依靠大量的想象。偏偏我的想象力并不丰富，我只好借鉴露天电影的新闻简报格式，努力地想象慧仙的风采。有一天我灵感飞扬，大胆写下了一个最光荣最壮观的场面：今天，天空晴朗，红日高照，油坊镇码头人山人海，群情振奋，毛主席他老人家来到了油坊镇的群众中间，亲切地接见了向日葵，慈祥地问她——问她什么，我想象不出来了，也不敢随便往下写，涉及伟大领袖，怕写不好写成一个反动标语，所以我翻过一页另起一行，写下了我最关心的一个问题：向日葵啊向日葵，你什么时候回到船队呢？

我记住了慧仙离开船队的日子，但我没办法估算她的归期。

2

大约到了腊月，花车游行总算偃旗息鼓了。扮演李玉和和李奶奶的人都回到了原来的工作岗位，一个回农具厂去修拖拉机，一个回杂货店去卖酱油，慧仙没有回来。关于慧仙的消息从综合大楼传到了码头，又从码头传到了向阳船队，概括起来说，她像一块璞玉被发现了，很多领导干部欣赏这个来自船队的小铁梅，表示要把这璞玉打磨成珠宝。宋老师接受了这项任务，他做了慧仙的老师，一心要把她培养成一个全能的文艺标兵。

慧仙先是在地区的金雀戏剧团培训，跟着大名鼎鼎的郝丽萍学戏。郝丽萍是剧团的当家演员，什么都会唱，什么都能跳，样板戏里的女英雄，她个个会演，有人说她粘上一把假胡子，竟然还能演《白毛女》里的杨白劳。偏偏这个郝丽萍对慧仙有偏见，她对慧仙的评价与宋老师截然相反，说她刁钻虚荣、爱耍小聪明，不肯好好练功，就想着一步登天。勉强培训了一段时间，郝丽萍把慧仙领到宋老师那里，退给他了，说这女孩子站花车是不错，上舞台不行，宋老师你挑错人啦，我看这女孩没有一点艺术细胞，倒是有胆量，有野心，她要是被派到前线去，说不定是个女英雄！宋老师怀疑郝丽萍的结论有欠公正，慎重地召集一些地区文艺界的权威人士，对慧仙的艺术才能做了一次综合测试，测试结果也不理想，只有造型一项，慧仙似有天赋，通俗地说她就是擅长站立，擅长做出各种姿势，唱起来，动起来就不行了。宋老师不甘心，很快又把慧仙调到文化馆下属的流动宣传队，那是他直接分管的。他以为这是自己的地盘，慧仙在宣传队会一帆风顺，结果却更糟糕。宣传队的那些女孩子是从小在一起练艺的，团队意识很强——她们在一起跳舞，若是扮一排白杨树，一个眼色大家就站成一排挺拔的白杨了；演一个百花园，梅花一开，杏花桃花月季玫瑰，其他花朵渐次开放，绝不争抢。慧仙不行，她一上台，别人是白杨，她是一棵软绵绵的垂柳，她演一朵荷花，却要抢在梅花前开放。还是在船队宠出来的老毛病，她不管干什么都很有主见，习惯别人对她众星捧月。导演知道她基本功不行，跳群舞故意把她安排在不显眼的位置，慧仙偏偏不满这个安排，一赌气就冲到前面去了，向台下观众显示她的角色也很重要。宣传队的其他演员对慧仙忍无可忍，说她什么也不会，影响了集体的荣誉，她一上台，别人怎么演都是白费功夫，什么评比都拿不到奖项，她不就会举个红灯吗？你们领导都喜欢培养她，就等到花车游行的时候，再让她举红灯去出风头吧。

慧仙去向宋老师告状，宋老师很为难，偏袒了她一个，得罪的是一个集体。他权衡再三，决定把矛盾上交，亲自用自行车把慧仙驮到了地委大院门口。慧仙去向德高望重的柳部长哭诉，哭诉她在宣传队受到的排挤。柳部长听了好半天才明白她的委屈，他没法干预宣传队女孩子的矛盾，就引用了一段毛主席语录关照慧仙：坚持就是胜利。慧仙似有所悟，回到宣传队坚持了一段时间，可是，毕竟一花难敌群芳妒，她虽然坚持了，最终没有等到胜利。有一次彩排《百花舞》的时候，梅花桃花和玫瑰花共同向导演发难，我们不要荷花，有荷花没百花，有百花没荷花！梅花一脚把慧仙的荷花道具踢飞了，更加可气的是桃花和玫瑰花，她们竟然冲过来要把慧仙推下舞台。慧仙临危不惧，她说怕你们是小狗，我就站在这儿，让你们推，看你们两个娇小姐能不能把我推下去。桃花和玫瑰花一起用力，果然推不动慧仙。慧仙朝后面怒喝一声，用力推呀，你们现在推不倒我，待会儿我就来推你们，谁跑谁是小狗！慧仙的嚣张激起了公愤，梅花上来了，杏花月季花也上来了，五个女孩齐心协力，慧仙支持不住，终于被推下了舞台。她跌坐在乐池里，随手把乐谱架子和鼓槌铜锣都扔到了舞台上，最后没东西扔了，就跪在乐池里嚎啕大哭起来。

第三年的春节下了雪，节后雪还不化，河上的浅湾结了层薄薄的冰，驳船上很冷，岸上到处是雪堆，岸上也冷。恰好赶上这么个大冷天，慧仙回来了。赵春堂动用了镇上新购置的一辆吉普车，驱车八十里，亲自把她接回了油坊镇。慧仙回乡的风光掩盖了传说中的失意，她是从那辆崭新的吉普车上下来的，带着两只皮箱，还有一盏红灯。女大十八变，镇上的人们都认不出小铁梅了。她的头发像城里的舞蹈演员一样，挽成一个圆髻，用黑色缎带缠着，一件海军蓝军大衣罩着她丰满匀称的身体，因为宽松而别具一格，里面的红毛衣和白色围巾则是这套服饰要强调的主题。有人盯着慧仙的穿着打扮啧啧称奇，也有人盯着那堆行李为她犯愁，说，向阳船队正在河上跑运输呢，她今天回来，回不了家呀。这种不必要的担忧马上遭到了知情者的讥笑，鸡窝里飞出的金凤凰会回到鸡窝里去？告诉你，她上面有靠山了，领导打招呼要培养她的，向阳船队不是她家了，她的宿舍在综合大楼里，早就安排好啦！

正月十五挂红灯，向阳船队挂着红灯回到油坊镇，岸上果然有喜事，船民们都听说慧仙回来了。孙喜明女人和德盛女人欢天喜地结伴上岸去，去了半个时辰回来了。两个女人都沉着个脸，船民问她们话，谁也没精神搭茬。孙喜明女人一回船就径直下了船舱，孙喜明跟下舱去，看女人已经在乒乒乓乓地拆慧仙的床，孙喜明急忙扯住她胳膊说，你急着拆她床干什么？万一她还要回来住呢？孙喜明女人说，拆，拆，她不会回来了。孙喜明说，谁说要拆她床的？是慧仙自己说的？孙喜明女人扔下锤子，哭起来了，还用她自己说？我就求她回来住一夜，说破了嘴皮子也不肯呀，推三推四的，我又不是傻子看不透她心思，她是翅膀硬了，嫌弃我们了。孙喜明劝不住她，让德盛女人下去劝，德盛女人走到舱门口，看孙喜明女人坐在半个床架上落泪，自己眼圈也红了，对孙喜明说，我怎么劝她？我自己也灰心灰意的，请她回来吃顿饭也不肯呀，毕竟不是自己的骨肉，养不乖的，养来养去也是一场空！

我去综合大楼守过慧仙。守了一上午，壮了几次胆，还是不敢进去问。正逢春节假期，综合大楼有点冷清，顾瘌子回乡探亲了，传达室里坐着一个男青年，始终拿着一份报纸，看完一份又看一份。他不认识我，这让我感到安全。我注意到那辆吉普车停在花坛边，吉普车在楼前，说明慧仙在楼里，我决心等。中午的时候我听见食堂的小包间里传来热闹的声音，悄悄走到窗前，隔着窗子我一眼看见了慧仙。她坐在一群干部模样的人中间，像一只孔雀开屏，不是开给我看，是开给干部们看。她穿着李铁梅的红底碎花对襟棉袄，头上的髻子放下来，一条乌黑的大辫子垂搭在肩上。也许座位不舒服，她的身体斜着，一会儿偏东一会儿偏西，姿势有点散漫，她的脸上却笑得很开心，是那种受了宠爱的笑容。很久不见，她看上去是个大姑娘了，是大姑娘了，我就觉得她有点陌生。他们在喝酒，我在外面看他们喝。慧仙的前后左右，我观察得很仔细，突然发现了一个令人震惊的现象：赵春堂坐在慧仙的旁边，她那条大辫子的辫梢被他抓在手里，赵春堂突然拉一下辫梢，慧仙就站起来了，站起来，举着一只装了橘子水的杯子，与这个碰杯与那个碰杯，碰了这个碰那个，一桌人都碰过杯，赵春堂又拉一拉慧仙的辫梢，慧仙就坐下了。我惊愕地发现，回乡数日，慧仙已经成了赵春堂的木偶，而她那条令人骄傲的大辫子，竟然成了赵春堂手里的木偶牵线！

几乎是在一瞬间，我胸中的怒火燃烧起来了。我从地上找到了一块碎红砖，在窗外瞄了半天，我先瞄准了赵春堂，转念一想，虽然是他拽了慧仙的辫梢，可辫子是长在慧仙头上的，她为什么不甩掉他的手呢？她甘心做他的木偶，我就应该瞄着她。我举起碎砖瞄准了慧仙，我看见我的向日葵在小餐厅里热情地绽放，她把餐厅里的所有干部都当作太阳了，一会儿向这个太阳微笑，一会儿向那个太阳鞠躬，她的脸上起了红晕，眼波流转，我瞄准了她的脸，却怎么也下不了手，那是我秘密的向日葵啊，纵有千错万错，我不忍心砸她。我不知道自己该怎么办，最终我瞄准了餐厅气窗上那块明亮的玻璃，砰的一声脆响，一餐厅的人都回头看着气窗，趁着他们没醒过神来，我撒腿跑了。

我已经很久没这样跑了，砸了玻璃就逃跑，这是孩子干的事。事先我自己也预料不到，我在综合大楼守了半天，竟然干了这么一件没出息的事情。我一边跑一边痛骂自己，没出息，没出息，怪不得你叫空屁，你就是空屁，你没出息！我一口气跑到了码头上，看看后面无人追逐，便停下了脚步。春节期间的码头空空荡荡的，起重机和煤山都在阳光下打盹，没有人看见我的丑行，我还是感到深深的羞愧。我为什么这么没出息呢？是被赵春堂气出来的？是被慧仙气出来的？我闷闷不乐地走到驳岸上，无意间朝船队打量一眼，又发现了另一个怪现象，我看见向阳船队十一条船家家晾出了衣服，别人家的衣服都安静地享受着冬日的阳光，只有我和父亲的两件棉毛衫，像两只惊弓之鸟在船篷里东奔西窜。那两件棉毛衫令我睹物伤情，我突然就想明白了，我干的事情和谁都没关系，怪我自己，我是胆小鬼，世界上所有的胆小鬼都一样——只敢发泄自己的恨，不敢公开自己的爱，他们敢于发泄自己的恨，只因为要掩藏自己的爱。我就是这样一个胆小鬼，我对慧仙的爱是水葫芦对向日葵的爱，这样的爱，比恨更深奥，比恨更离奇，这样的爱，我已经无法公开了。

名　人

1

少女慧仙带着一盏铁皮红灯在油坊镇落了户。

刚回来那两年，慧仙还精心保留着李铁梅式的长辫子，随时准备登上花车。那条又粗又黑的长辫子是她的资产，她平时把辫子盘成髻，一举两得，为了美观，也为了保护这份资产。综合大楼里几个与慧仙接近的女干部说，慧仙夜里经常做噩梦，梦见有人拿着剪刀追她，要剪她的辫子，问她梦见了谁，她也不懂得掩饰，坦然相告，不是一个人，好多人呀！金雀剧团的，宣传队的，还有船队的女孩子，我怎么这么招人恨呢？他们一人一把剪刀，都来追我，都要来剪我辫子，吓死我了！

　　后来金雀河地区又举行过花车游行，由于国际国内形势都在变化，花车主题推陈出新，游行规模缩小了，造型也精简了。是工农兵学商的大团结主题，一共五辆花车，十来个演员，分别拿锤子、抱麦穗、扛步枪、捧书本、打算盘。宋老师带着文化馆的几个年轻导演，又到油坊镇来，他们选角要求男的浓眉大眼，女的英姿飒爽，无论是代表哪个阶层，形象都要清新健康，慧仙自然是天生的人选。宋老师原本安排慧仙在第五辆花车，代表风华正茂的青年女学生，还专门给她配了一副平光眼镜，但排练了几次，她身在曹营心在汉，嫌弃学生花车做的是配角，一心要上第一辆花车。宋老师说，第一辆是工人阶级呀，那青年女工要拿锤子的，你拿锤子不像那么回事，不是那个气质。慧仙说，我什么气质都行！我力气那么大，你还怕我拿不好一把锤子？要么让我上第一辆花车，要么哪辆都不上。宋老师了解她是虚荣心作怪，他坚持原则，还严厉地批评了她几句。没想到慧仙受不了批评，她把宋老师的知遇之恩都抛到了脑后，一味地耍脾气，最后竟然真的撂挑子不干了。

　　照理说，她应该去油坊镇中学上学，她也去过一阵，人坐在课堂上，心思不在那儿。学校里的老师和同学，最初是对她宠爱有加的，几天下来新鲜劲儿过了，大家发现她对学习一点儿兴趣也没有，而且不懂装懂。她不适应学生的生活，还是沉浸在舞台的气氛里，觉得别人都是她小铁梅的观众，一旦感受不到别人的热情，就不肯去学校了。她不去，要找理由，理由与那条辫子有关，说她每天要花很长时间梳那条辫子，来不及上学，又说学校一些女孩也在嫉妒她，书包里藏了剪刀，自己不敢下手，怂恿男孩子来剪她的辫子。这种猜忌没有证据，但大家觉得她爱护辫子是应该的，李铁梅不能没有那条宝贵的辫子。干部们对她特殊的身份达成了某种默契，不去上学也好，否则上面来人，要小铁梅陪同参观陪同吃饭，总去学校叫人，也不合适。

　　她是油坊镇的名人，也是个招牌。一旦上面来了人，她便很忙碌，穿上李铁梅的舞台服装，抓着那条大辫子，跟在一大群干部身后，在吉普车里出出进进的，吃饭的时候她站在小餐厅里，高歌一曲《都有一颗红亮的心》，那是她的例行节目，千锤百炼之后几可乱真了。更多的时候慧仙无事可做，一是她不主动，二是别人不放心她做事情。她的身影出现在各个办公室里，哪里热闹去哪里。热闹的时候，她眨巴着眼睛听别人说话，说到某个领导的名字，她会神秘地一笑，在一边插嘴道，是李爷爷吧，是黄叔叔吧，我认识的，他们的家，我都去过的。

毕竟是吃百家饭长大的，她跟谁都不见外，也没规矩。她的手很好动，综合大楼里所有推不开的门，她都要去推一下，别人的柜子抽屉无论是否上了锁，她一个都不放过，要去拉一下。尤其是几个女干部的抽屉，都让慧仙翻了个底朝天。她拿别人的零食吃，拿别人的小镜子照，还搽别人的雪花膏。女干部们心眼毕竟小，纷纷把抽屉上了锁，慧仙打不开抽屉，就怂怂地摇晃人家的桌子，小气，小气鬼，谁稀罕偷你们的东西？

赵春堂肩负重任，对慧仙的衣食住行有严格要求。一日三餐吃食堂，她爱吃的可以多吃一点；不爱吃的，却不能不吃。食堂有个胖师傅专管她的饭盒，最反感她往泔水桶里倾倒吃剩的食物，慧仙每次往泔水桶边跑，胖师傅就用勺子敲饭盆，浪费啊浪费，小铁梅你别忘了，你是从船上来的，不能忘本啊。饮食受管制，是为她好，衣着打扮受管制，更是为她好。除了夏天，慧仙穿的都是李铁梅的衣服，红底白花的灯心绒对襟夹袄，深蓝色的新裤子上打了一块灰色补丁，赵春堂要求她这么穿。起初她也愿意这么穿，渐渐地她意识到光荣的花车生活结束了，望穿秋水，宋老师不来，通知不来，喜讯不来，她失去了等待的耐心，有点闹情绪，又不知道该跟谁闹，就拿裤子上那块补丁撒气，拿服装撒气。她向女干部们抱怨，真正的李铁梅也该有一两件漂亮衣服换的，为什么天天这么寒酸？好好的裤子，非要打两块补丁，不是像个傻子嘛。女干部们不宜表态支持她，都暧昧地审视她戏装里的身体。这个少女的身体像一朵硕大的花朵含苞待放，那几件舞台专用的对襟夹袄，有的地方绽了线，掉了纽扣，穿在她身上，确实也显得紧了，女干部们建议她去宣传科问问，有没有大号的李铁梅戏装。她说，什么大号小号的，反正不搞花车游行了，我大号小号都不穿。

有一天她抱着那堆服装往宣传科的桌上一扔，扔了就要走，宣传科的干部慌忙拦住她，小铁梅你怎么啦，你是小铁梅呀，不穿这个穿什么？她带着一腔怨气叫起来，谁喜欢这衣服谁穿去！《红灯记》早不吃香了，我还做什么小铁梅？我又不是没衣服穿，非要穿这身累赘，我衣服多呢。她一边说一边翻弄着身上粉红色衬衫的领子，向干部们炫耀，这件看见没有？领子上绣的是梅花，的确良的料子，上海货，是地区刘奶奶送给我的。她展览了她的新衬衫后，又把脚踩到椅子上，让大家注意她的皮鞋，这叫什么知道吗？丁字形皮鞋，油坊镇还没有卖的呢。你们猜猜是谁给我的？柳爷爷呀，是柳爷爷的礼物！

她得罪过向阳船队的船民，但她不是那种无情无义的女孩子，得罪以后知道修复关系，只是修复的方式很独特，让人接受不了。她对孙喜明女人和德盛女人最有感情，偶尔出现在码头上，必然要给她们两个人带礼物来，有时候是两块零头布，花色老气一点的给孙喜明女人，鲜艳一点的给德盛女人，有时候她拎两包点心来码头，甜的给孙喜明女人，咸的给德盛女人，不管是零头布还是点心，都放在两条船的跳板上。别的船她偶有顾及，主要是朝每一条船上扔水果糖，手里的糖扔完了，扭身就跑，也不搭理大人们对她的嘘寒问暖，更不理睬昔日的伙伴。她回去报恩，就像是去施舍，大人感情上难以接受，只有孩子们高兴。好多嘴馋的孩子盼望慧仙回来，但也有人坚决不接受她的糖衣炮弹，比如樱桃，每次她弟弟去捡慧仙的糖，她都一把抢过来，恶狠狠地扔到河里去，说，有什么了不起的？她忘恩负义，我们不吃她的臭糖。

大家知道樱桃嫉妒慧仙，樱桃的母亲也跟着嫉妒，她常常当众唠叨她家樱桃也是有机会上岸的，只不过樱桃不会和宋老师打交道，白白断送了自己的前程。她一唠叨话就没轻没重，说慧仙这孩子也是奇怪，小小年纪怎么就知道和男人打交道了呢，会不会是小狐狸精转世呢？德盛女人听不得她说慧仙坏话，用怪话回敬她的闲话，樱桃她妈你就别提什么狐狸精了，做狐狸精也要条件的，一个闺女一个命，只怪你家樱桃没有做狐狸精的条件。孙喜明女人一针见血，用血统论维护慧仙，顺带着攻击了樱桃母亲，龙生龙凤生凤，谁让樱桃是你肚子里生出来的呢？船上生的闺女留在船上，岸上生的闺女回到岸上，这有什么不对？人家在船上吃这么多年百家饭，是没有办法，那叫落难，落难你懂吗？你再骂人狐狸精，晚上走船小心点，小心落水鬼，小心慧仙她妈来拽你的腿啊。

2

慧仙住进了综合大楼。

她和妇联主任冷秋云共住一间宿舍，是组织安排的，她认冷秋云做干妈，则是双方自愿的选择。有领导关照冷秋云，照顾好小铁梅，也要培养好小铁梅。冷秋云是军属，自己没有孩子，对慧仙这个孤女，起初是热心的，也是尽力的。她给慧仙制定了学习计划，每天要读报纸给慧仙听，但是慧仙根本听不进去，冷秋云读报，她嗑瓜子。冷秋云就很生气，说她最起码的道理都不懂，不尊重人。慧仙说，我听着呢，听是用耳朵，又不用嘴，我嗑点瓜子又不影响你读报，怎么就不尊重你了？冷秋云发现这个女孩子很难管，以她的身世，她不该任性，偏偏她很任性，她不该骄横，偏偏她很骄横，比起同龄的女孩子，有时候她老练得出奇，有时候又幼稚得荒唐。她看不惯慧仙，敌意就慢慢地战胜了理性，打量起慧仙来，目光都是斜着的。后来她干脆去找赵春堂汇报，汇报了慧仙平时的表现，也汇报了自己对她的看法，她原本还要卸掉身上的职责，不想管慧仙了，但赵春堂不同意。赵春堂说，你不管她不行啊，这是上面安排下来的任务，你看不出来？她就是个贵重行李，现在寄存在油坊镇，以后要交还给上面的！别人越是渲染慧仙的未来不可估量，冷秋云越是抵触，她对赵春堂发牢骚说，你们男同志呀，就重视个女孩子的外貌，这种女孩子，好吃懒做，政治觉悟也低，怎么培养？为什么要培养她？你们信我的嘴吧，她没有前途的！

　　大家都知道赵春堂是慧仙的保护伞，这把保护伞，小心翼翼地撑在慧仙头上，随时在等待着什么信号，但是一年过去了，信号闪闪烁烁的，并不确定，又是一年过去了，那信号依然模糊，然后是地县两级干部人事大调动，一条人脉的链条断了，一张棋盘不见了，慧仙这枚棋子不知该往哪儿放，赵春堂陷入了僵局。上面曾经下过一个通知，点名送慧仙去省城的青年妇女干部学习班培训，没几天又来个通知，说学习班的人选有变化，原通知作废了。慧仙收拾过几次行李，最后哪儿都没去成。她成了个闲人，天天守在综合大楼的门廊前，一边眺望着码头方向，一边嗑瓜子。也许是闲出来的毛病，她不知道跟谁学来了嗑瓜子的技巧，小嘴一抿，啪的一声，瓜子壳儿分成两瓣吐出来，整整齐齐的，她停留过的地方，地上会微微隆起一堆瓜子壳的小山。

　　柳部长的孙子小柳来过，名义上是出差，实际上是来看慧仙。小柳瘦瘦高高的，白脸，长头发，花衬衫，三十多岁的人，身上还是散发着大地方青年的时尚气息。那气息对慧仙是有吸引力的。慧仙去四楼的小会议室送茶，事先做了准备，她对着小圆镜子整理了头发和衣领，还往脸上扑了一点点粉霜。她进去送两杯茶，一杯给赵春堂，另一杯给小柳。那小柳不接茶杯，盯着慧仙看。先看她的脸，慧仙端着杯子让他看，小柳平时一定是放肆惯了的，目光往下坠，落到一半处又不动了。慧仙坚持不住了，一下捂住自己的胸部，说，你眼睛往哪儿看？她举了一下茶杯，似乎要砸，最终没有勇气，涨红了脸把茶杯塞到了赵春堂手里，自己一阵风似的跑出了会议室。

这样，所有的准备都白费工夫了。慧仙跑到走廊上，看见几个女干部从办公室里探出半个头朝她看，她不甘心这样离去，整了整衣服，装作若无其事地回去，隔着玻璃门正好听见小柳那一句脏话，慧仙简直不相信自己的耳朵，小柳对赵春堂说，这小骚×，果然是船上百家饭喂大的，狗肉上不了桌啊！赵春堂无言以对，婉转地请小柳具体评价慧仙的外貌和气质。小柳也不客气，说，脸盘倒是不错，八十五分；身材也算匀称，给七十分；屁股马马虎虎，算她六十五分；我最重视胸部，她没有胸嘛，这个胸，最多评个三十分！

慧仙气晕了，对着玻璃门骂了句流氓，掉头就跑。她没有想到柳部长的孙子是这么个人，他是来看她，还是来看一头牲口的？慧仙气晕了，她能够应付各个级别的干部，也能应付各个地方的群众，独独是小柳这样的纨绔子弟，她应付不了——小柳那么无耻，无耻得光明磊落；小柳那么下流，下流的方式却是居高临下。慧仙气晕了，她在走廊上失魂落魄地踱步，一个女干部从办公室里出来，好奇地观察她的表情，小铁梅你怎么不去招待小柳，在外面走来走去干什么？没事进去给他倒点水呀。慧仙把一肚子气撒到了那女干部头上，你爱招待他你进去，我才不给他倒什么水，要倒就倒一杯大粪！

小柳来去匆匆，赵春堂用吉普车送走他，回来推开慧仙的宿舍门，看见慧仙坐在床上，还在生气。赵春堂把一个塑料皮的笔记本扔到她床上，你还在生人家的气？人家也在生你的气，赶了一天的路来看你，结果你这个态度，狗肉上不了席！慧仙嚷嚷起来，什么叫狗肉上不了席？我是狗肉他是流氓，你没见他眼珠子往哪儿瞄，他是个小流氓呀！赵春堂站在门边用谴责的目光瞪着她，你别流氓流氓的叫人家小柳，给我注意影响，他是小流氓柳部长是什么？柳部长是老流氓？赵春堂这么一发火，慧仙瘪瘪嘴，不敢吭声了。她的火气下去了，赵春堂的火气上来了，他说，你好歹也吃过几口文艺饭的，怎么就那么金贵，看一眼都不行？以为自己是什么金枝玉叶大小姐呢，这下好了，以后再也别提你那个柳爷爷了——你得罪了小柳，也没有那个柳爷爷了，没了柳爷爷罩着你，看你还有什么狗屁前途！

慧仙让赵春堂训得呆坐在床上，拿起那个塑料皮笔记本盖住了自己的脸。笔记本是柳部长送给慧仙的礼物，赵春堂声称小柳自己准备的一大包礼物，都原封不动带回去了。她嘴上说不稀罕他的礼物，心里却在猜想自己错过的会是什么礼物，长筒丝袜？雪花膏？连衣裙？会不会是一块上海牌手表呢？赵春堂离开宿舍后，她打开柳部长送的笔记本，一眼看见扉页上写着几个苍凉的毛笔字：慧仙同志，祝你学习进步，工作进步。进步，她知道这是没用的，只是一个问候。她知道小柳的来访很重要，她的表现更重要，但她怎么也不明白自己错在哪里，为什么他骂她是狗肉上不了桌？还有她的胸部，为什么只有三十分？他凭什么打三十分？难道她平时含着胸含错了？难道一个女孩子家应该挺着乳房走路吗？

小柳走就走了，她对他没有留下一点好印象，只是他这一走，她的模糊的未来变得更模糊了。她坐在宿舍里，看着窗外暮色初降，很想哭一场，却怕冷秋云回来笑话，为这个小柳哭，不值得。为她的前途哭，还没到时候。她注视着柳部长的礼物，忽然想起要报复这个微不足道的礼物，就拿起一支铅笔，在"进步"后面加了一个字，屁。报复过后她心情好了一些，想起了胸部的事情，她走到镜子前观察自己，挺起胸试了试，嘴里说，多少分？五十分还是六十分？又含起胸检测一下，说，三十分，这样只有三十分？突然之间，她放不下这个问题了，决定要彻底探究自己的胸部，她插上门，对着镜子撩开自己的衣服，仔细地打量起自己的身体来。

为什么挺着胸的姑娘才是美丽动人的？之前她一无所知。现在她第一次对着镜子观察自己的身体，发现自己的乳房不大也不小，挺起来娇艳动人，一点也不可耻。挺起来比隐藏它好看多了。她站在镜子前面，站立，走动，从侧面正面分析自己身体曲线的变化，她无法确定怎样的曲线是最完美的。都怪她没有母亲没有姐妹，没有要好的朋友，得不到任何评判和建议，她不知道什么样的胸部可以得八十分，甚至九十分一百分。她竭力回忆在城里的女浴室里见过的那些时髦女人，她们乳房的大小形状如何，她从来没有留意过，但是她突然想起来，那些女人都是戴乳罩的！疑云散开，她恍然大悟了。为什么她的乳房只有三十分？她没有乳罩嘛。为什么她没有乳罩？她是在向阳船队长大的，船上的姑娘媳妇都不戴乳罩嘛。她在宿舍里焦灼地思考着，灵机一动，打开了冷秋云的抽屉。她拿出冷秋云的三个乳罩，依次戴上试了一遍。她发现了新大陆，三个白色的乳罩大同小异，每一个都轻松地装扮了她的胸部，镜子里的那个身体有了乳罩，便有了夸张的曲线，也有了一丝令人不安的气息，那气息是骚动的、娇媚的，带着一种幽香。尤其是那个海绵衬垫的乳罩，她戴着很满意，给自己打了一个很高的分数，八十五分。

慧仙决定戴乳罩。买乳罩是少女们掩人耳目的秘密，是母亲们的事，慧仙没有母亲，她有好几个干妈，都闹僵了，她们不会管这件事，所以她决定自己去买。她去人民街的百货店买乳罩，脸上带着一种激烈的殉难似的表情。乳罩在油坊镇上不是什么畅销品，营业员把它们堆在货架的角落里，她看不清楚，伏在柜台上一遍遍地使唤人家，拿这个看看，那个也拿来看看！乳罩的品种颜色本来就不多，她一口气选了五六个，女营业员感到很震惊，脱口而出，你买这么多乳罩回去干什么？派什么用场？慧仙坦然地瞪着她反问，你说干什么？当袜子穿脚上，当袖套戴手臂上嘛！

她染上了一个奇怪的毛病，喜欢打量别的姑娘媳妇的胸部，打量过后还悄悄评分，六十分，七十分。幸好别人不知道她嘴里在嘀咕什么。冷秋云和她一间宿舍，首当其害，尽管慧仙的眼神是好奇的，没有恶意，但正统保守的冷秋云还是感到了一种挑衅和侵犯。冷秋云换衣服总是换得慌慌张张，被慧仙盯得发毛了，就捂住自己的胸部大声呵斥她，往哪里看？你是女流氓啊！慧仙捂着嘴咪咪地笑，我又不是男的，女的看女的，怎么是流氓？看一眼怎么的？冷秋云羞恼地说，不是男的，也不准往这地方看，我看你思想不健康，你脑子里到底在想什么鬼名堂？慧仙就拿赵春堂的话回敬过去，什么健康不健康的，你怎么就那么金贵，看一眼都不行？

冷秋云肩上承担了教育慧仙的责任，她有权检查慧仙的私人物品，趁慧仙不在宿舍，背地里打开她的箱子，看见一堆乳罩隐藏在里面，颜色款式都嚣张，散发着令人担忧的性的气息。冷秋云认为那是一个堕落的证据，却又不好意思拿这东西去赵春堂那里告状，就把这事告诉了其他部门的女干部，有女干部为慧仙辩护，这有什么大不了的？她买再多的乳罩，都是穿在衣服里面，别人又看不见。冷秋云鼻孔里哼了一声，说，防微杜渐！你们忘了防微杜渐了！现在别人是看不见，迟早要看见的。你们看吧，她再这么发展下去，不定什么时候就要穿女流氓的超短裙了，不定什么时候，她要出事的！

慧仙借助一堆乳罩告别了懵懂的少女时代，她自己也不知道，为什么一条康庄大道，被她走成了歪歪扭扭的歧路。她还那么年轻，回想起花车游行的日子却已经恍若隔世。废弃的节日花车堆在农具厂的仓库里，五颜六色的装饰物都发黑了，履带失踪，轮子散落一地，宋老师当年亲手摄影的《红灯记》花车组的宣传照还挂在墙上，照片里的革命家庭隐居墙壁，祖孙三代目睹满地旧物，在一片虚无中缅怀着昔日的风光。照片深锁冷宫，招不来观众了，招来的是霉菌灰尘和蜘蛛网，李玉和和李奶奶的面孔早就被尘埃所遮蔽，只剩下李铁梅双腮绯红，瞪着一双亮晶晶的大眼睛，顽强地高举红灯，与蜘蛛周旋，与灰尘抗争。慧仙路过农具厂的仓库，总是要爬到高高的窗台上，透过窗玻璃朝那宣传照张望一眼，她关注着墙上的李铁梅的命运，就像在对比自己的前途一样。有一次她蹲在窗台上哭了，因为她看见宣传画上的自己变成了阴阳脸，半个面孔蒙了一层黑灰，而她手里的那盏红灯的光芒，最终不敌一只小小的蜘蛛，那蜘蛛正在红灯四周放肆地织网。她蹲在窗台上，越哭越伤心，引起了农具厂工人的注意，他们惊讶地问她，你不是那个小铁梅吗，你爬到窗台上面干什么？她没法解释，擦干眼泪，慌慌张张地跳下窗台逃走了。农具厂的仓库让她心酸，其实，那堆东西不看也罢，她心里是清楚的，都结束了，李铁梅永远卸下了妆，她的荣耀来得突然，去得也匆忙，一切都结束了。

她不是李铁梅了，她仅仅是江慧仙了。

3

解决了胸部的问题后，如何拾掇那根垂腰长辫，成了慧仙的心病。慧仙先是把又粗又长的独辫子打散，梳成两根辫子，过了一阵，她嫌拖着两根长辫子土气，又把辫子盘回去，不甘心盘以前老套的圆髻，这次盘成一个高髻，顶在头上，看上去人高了一块，很时髦，也很突兀。她的新发型在综合大楼引起了争议，尽管干部们一致认为那髻子状如马粪，但谁都不能否认，慧仙在摆脱了李铁梅的造型之后，仍然引人注目，她突然焕发的光彩，有点艳俗，有点轻佻，但是属于她自己的光彩了。头顶高髻的慧仙出没在综合大楼里，她的青春鲜嫩欲滴，像一只孔雀，旁若无人地开屏，引起的是一些人的赞叹、一些人的非议，而赵春堂则被那个马粪般的大髻子惹怒了。

赵春堂极其讨厌慧仙的新发型，有一次他在综合大楼的楼梯上发现那堆"马粪"在前面漂浮，一下怒不可遏，操起墙角的一把长杆竹帚，用扫帚杆子去捅慧仙头顶的"马粪"，放下来，把你头上那堆马粪放下来，你在这大楼里臭美什么？慧仙惊叫着躲开了扫帚杆子，站在楼梯上拍心口，给自己压惊。赵春堂顺势把扫帚扔到了慧仙的脚下，他说你不肯穿铁梅的衣服，我没跟你计较，别以为我对你放任自流了，你是李铁梅，不是少奶奶，好好的一条辫子，不准堆得那么高！慧仙对赵春堂惧怕三分，踢走了扫帚，噘着嘴拿下七八个发卡，一点一点地把辫子放下来，放得不甘心，嘴里忍不住埋怨起来，你一个男人家，美不美的你懂什么？我的辫子又不是公共财产，你天天管着我的辫子干什么呀？赵春堂先是一愣，继而冷笑一声，你还讨厌我管你？哪天我不管你了，你不要哭鼻子！

　　谁都看得出来，赵春堂对慧仙的宠爱已经大打折扣。这也不奇怪，国际国内风云变幻，培养慧仙的计划渐渐地成了一个无头案，赵春堂为她打保护伞的手酸了，要放下了。综合大楼里有慧仙的一张课桌，最初是给她学习用的，桌上曾经堆满了书和作业本，后来作业本先消失了，再后来连一本书也没有了。慧仙在桌子上摆了她的一张照片，抽屉里放了些乱七八糟的东西，镜子、搽脸油、头箍、袜子和草纸，还有好多糖纸。那课桌曾经在四层楼上摆了很长时间，面对赵春堂的办公室，与机要室、档案室、小会议室为邻，可见当时培养她的决心有多大。马粪髻事件后，有一天赵春堂在办公室抽烟，发现烟灰缸没有了，他向女打字员打听烟灰缸的下落，女打字员说，是让慧仙拿去的，她拿烟灰缸装瓜子壳呢。赵春堂看慧仙的桌子上没有烟灰缸，打开课桌抽屉，一抽屉的瓜子壳泻落在他的鞋子上，烟灰缸从瓜子壳里俯冲出来，掉到了地上。赵春堂气得七窍生烟，拿起桌子上慧仙的照片，重重地砸在地上，嘴里大喊起来，后勤科，后勤科快来人，把这桌子搬走，马上给我搬走！

　　那课桌当场就被人搬到了三层，原来要放到妇联去，但冷秋云说现在不准搬进来，不是要培养她嘛，等她什么时候做了妇联主任，我就让她的桌子进来。结果后勤科的人抬着桌子站在走廊里，不知道怎么办好。恰好这时候慧仙上楼来了，站在楼梯上木然地看着自己的桌子。过了一会儿，她在楼梯上闪开了一条路，对后勤科的人说，你们愣在那里干什么？搬呀，往下搬，我又不怪你们。她没有跟搬桌子的人纠缠，也没有上楼跟赵春堂闹，但是冷秋云从妇联办公室探出头来时，她找到了发泄的目标，冷秋云你探头探脑干什么？毛主席说的，要光明正大，不要搞阴谋诡计！冷秋云也许考虑到和一个女孩子斗嘴影响不好，装作没听见，砰的一声撞上了办公室的门。慧仙做了个轻蔑的鬼脸，对后勤科的人说，以为她那妇联是什么好单位呢，整天管的都是什么闲事，恶心死了！跟她一个宿舍我是没办法，谁要跟她一个办公室？她求我我也不去，你们搬呀，给我往下搬，哪儿热闹搬哪儿，你们后勤科热闹，干脆搬你们那儿去！

慧仙的桌子最后搬到后勤科去了。那是综合大楼最忙乱最不体面的办公室，人来人往，堆满了杂物，所谓的干部专管跑腿打杂的事情，没有什么前途，没前途工作作风就很随便，平时主要是下棋打牌大侃山海经。桌子搬到这么个地方，慧仙倒是有兴趣坐下来了。似乎是她知趣，也似乎是不知趣，她认定后勤科是自己的地盘，很快摆出一副主人的姿态。她很喜欢打扑克，无奈牌艺粗陋，打不好，大家都不带她，让她在旁边观摩，她不肯，占了位置抓了牌就不肯下去，别人只好在她后面垂帘听政，一招一式地教她。偏偏她是自我中心的，对别人的好意指点，一不领情二不虚心，有个什么差错，都埋怨别人。开始大家抹不开面子，都让着她，时间一长就想开了，她不再是小铁梅了，她都从四楼搬到二楼了，宠她爱护她凭的什么呢？于是就都撵她，她一到牌桌边他们就挥手说，走，走，你哪里会打扑克？谁跟你搭伙谁倒霉，给我们做后勤，倒点茶来！

慧仙毕竟是聪明的，她察觉到后勤科那些人不买她的账了，撒娇没用，耍泼没用，为他们倒茶是不可能的，她选择走开，自己一个人去玩扑克。她知趣了，轮到别人不领情，有人把一箱灯泡有意无意地放到慧仙的课桌上，一放放了好几天。慧仙要人把那箱灯泡搬走，没人过来搬，她千仇百恨涌上心头，自己搬起纸箱来重重地砸到地上，一声很脆很尖利的巨响，就像一枚炸弹爆炸。这一响把周围的人都引过来了，七嘴八舌地批评她，说你这个丫头无法无天了，敢故意打碎一箱灯泡，要赔的，很多钱！你这丫头，怎么培养你也没用，天生是船上的野孩子，野惯了，没有规矩的！还有人干脆指着慧仙的鼻子说，你还以为你是小铁梅呢？现在你算老几？这综合大楼里，没你耍泼的地方了。

慧仙受到了群情激愤的围攻，一下傻眼了，她一张嘴吵不过十几张嘴，跑到赵春堂办公室去搬救星，已经迟了。有人先拿着碎灯泡在那里告状，赵春堂虎着脸把她关在门外，说，不准进来，你还有脸跑我这儿来？回去写检讨，写一份深刻的检讨，马上给我交来！

她坐在四楼的楼梯上哭，哭也没用，那份检讨磨磨蹭蹭写了三天，最后还是交出去了，贴在综合大楼门厅的墙上。她每天去食堂吃饭要从门厅那里经过，像罪犯低着个头。对于综合大楼这个忽热忽冷的家，她开始有了一点畏惧，除了一日三餐，终日躲在宿舍里，哪儿也不去了。那几天她尝试过学习，各种书籍都找出来隆重地放在枕边，从《实践论》到《绒线编织法》，可惜一本也看不下去，她就俯在窗台上看外面的风景，看着风景，忍不住地要嗑瓜子，越苦闷越想嗑，她的苦痛，最后依旧化作了窗台上的一大堆瓜子壳。

她开始反思自己的人际关系，与冷秋云为敌，对她很不利，慧仙心里是清楚的。她一厢情愿地要和冷秋云改善关系，在冷秋云的桌上放了南瓜子，床上放了盒饼干，枕头下面塞了一双卡普龙丝袜，可惜这种努力来得太迟了，冷秋云对着那礼物冷笑，拿这东西来收买我？收买我干什么？我不是你的柳爷爷，也不是你的赵叔叔！她拿起瓜子和饼干从窗口扔下来，正好顾瘌子在楼下走过，结果南瓜子和饼干全都落在顾瘌子身上，顾瘌子把瓜子扫到垃圾箱里，把饼干拿走了。

油坊镇是慧仙的天堂，也是她的地狱。好多地方她不屑于去，好多地方她不敢去——好多地方她一去，就被人指指点点的，一去就后悔了。有一天她嗑着瓜子往码头上走，走到驳岸上，看见向阳船队的十一条船正好停泊在岸边卸油料，这一瞬间时光倒流，她鬼使神差地往一号船的跳板上跨。刚跨上去，人还没站稳，孙喜明女人看见了她，啊呀慧仙，慧仙你总算知道回来了！这惊喜的喊声粗声大嗓，反而把慧仙吓了一跳，她一慌把手里的一纸包瓜子扔进河里去了，船民们闻声出来，看见她正歪着身子站在一号船跳板上，扭头看河里漂浮的一堆瓜子。几条船上的呼唤声此起彼伏响起来，慧仙，到我家来！慧仙，上我家的船，来吃饭！孙家的小儿子小福怕慧仙被别人抢去，冲到跳板上来拉慧仙，姐姐快过来，快走过来啊，上我家吃饭！跳板一晃，慧仙惊叫起来，她平衡着身子抬起脸，脸色竟然是煞白煞白的，晕，怎么这么晕呢？她指指自己的额头，朝小福勉强地笑了笑，姐姐头晕呢，我不会走跳板啦，下次再过来看你们。说完她朝孙家人挥挥手，一扭身跑了。

慧仙的回家之旅走了一半就取消了，是她自己取消的，这让向阳船队的船民们感到有点伤心。她不惦记船队，船队的人惦记她，她不关心向阳船队，船民们却四处打听她的前途和未来。她的事情反正也不算什么机密，很快大家就打听清楚了，慧仙在综合大楼失了宠，前途很渺茫，未来很模糊。这结局是谁也没料到的，船民们都想知道她以后会怎样，去问孙喜明。孙喜明果然知道一点内情，他唉声叹气地说，你们有谁听说过人有"挂"命的？慧仙这孩子，就是个"挂"命——小时候"挂"了那么多年，才出息没几天，听说最近又被赵春堂"挂"起来啦。

人民理发店

那一阵子，慧仙天天到人民理发店去。

人民理发店是油坊镇的时尚中心，俊男靓女都去那里，自以为是俊男靓女的，也要去那里。这一批人以理发师老崔为中心形成一个小圈子，理发店的店堂便成了一个公共小沙龙，每天都有人来，不一定来理发，主要来交流服饰发型方面的最新情报，偶尔也要讨论一下文学、电影和戏曲。这个地方的人见多识广，不以成败论英雄，反而有点以貌取人。他们是接受慧仙的，也是欢迎慧仙的。慧仙喜欢理发店的热闹，理发师老崔他们欣赏她的名气和美貌，他们在一起志趣相投——她坐到人民理发店去，像一条鱼回到了水里；理发店接纳她，也像一条河收留一条孤单的鱼，正好是两全其美。

她总算获得了安宁。理发店里镜子多，四处反射出她的倩影，她百无聊赖，一边在镜子里打量自己，一边看理发师给时髦女人们做头发。也许是从别人的发型里发现了自由之光，突然有一天，她决定让自己的头发投奔自由。她坐在椅子上把头上的发卡一个一个地摘掉，拆掉了高髻，对镜端详了半天，最后抓着自己的长辫子走到理发师老崔面前，老崔，把我的辫子剪了，我烦了，再也不想要这根辫子了。

老崔哪里敢剪这条辫子？他不肯剪，慧仙自己去抓剪子，对着镜子要动手，老崔大叫道，别动，李铁梅的辫子呀，那么好的辫子怎么舍得剪？剪子下去，你就不是李铁梅啦。慧仙尖利地嚷嚷着，我烦死了这根辫子，我烦死李铁梅了！她怒目圆睁跟老崔抢一把剪子，那眼神和动作都是破坏性的，老崔有点害怕，他说小铁梅你的辫子是公共财产呢，要剪，一定要请示赵春堂。慧仙跺脚道，不准再叫我小铁梅，我不是小铁梅，是江慧仙！我的辫子归我管，爱剪就剪，你去请示赵春堂，我就自己剪！

最终还是老崔屈服了。辫子要剪，剪什么也是个大问题。他和慧仙探讨了一番大地方流行的几种发型，决定开风气之先，为慧仙做一个《杜鹃山》里女英雄柯湘的发型，也就是时尚圈子里谈论的"柯湘头"。也许是出于压力，剪辫子的时候老崔的剪刀抖得厉害，自己不敢下手，让小陈过来干这粗活。小陈年轻，有点没心没肺的，嘴里一声咔嚓，抓过辫子就是一剪刀，那条粗黑的长辫子坠落在地上，竟然发出了闷闷的回响，慧仙尖叫了一声。老崔以为小陈剪到了她耳朵，问她怎么回事，慧仙白着脸摇头，没怎么，就是头上突然轻了，空空的不习惯。老崔看她用眼睛瞟着地上那条辫子，提醒她说，现在后悔也来不及了，你自己不听劝，辫子剪了接不回去的。慧仙说，谁后悔？老崔你门缝里看人呢，我做事从来不后悔。她侧脸盯着地上的那条长辫子，看上去嘴角是笑着的，眼睛里却闪出了一丝泪光，她说，你们看，这辫子还会爬呢，像不像一条蛇？理发店里鸦雀无声，大家瞪着地上的辫子，没有人发现那辫子有爬行的功能，也没有人认为那辫子像一条蛇，只有一个女顾客想到了辫子与钱的关系，慧仙，你快把辫子收起来，可以卖给收购站的，这么好一条辫子，起码七八两重，值很多钱呀。

谁稀罕，卖给收购站的东西，能值钱吗？她冷笑一声转过头去，义无反顾地看着镜子，对老崔说，还磨蹭什么，来，来做"柯湘头"呀！

李铁梅变柯湘，变的是发型，这事在油坊镇上并没有引起轰动。慧仙长大了，失去轰动效应了。她留着"柯湘头"在理发店一坐坐了大半年，早晨离开综合大楼，晚上回到大楼里的宿舍，就像上下班一样。赵春堂不管她，她也主动割断了与综合大楼纠缠不清的关系。理发店里的人都说她把综合大楼当了旅馆。但是那旅馆终究也出了问题，有一天冷秋云私自换了宿舍的门锁，她回去开不了门，就把门砸开，跟冷秋云大吵了一场。第二天再回宿舍，门锁又换了，纠纷也升级了，慧仙看见她的箱子铺盖被扔到走廊上，那盏铁皮做的红灯放在箱子盖上。她在走廊上大叫大嚷起来，冷秋云不知躲到哪里去了，高挂免战牌，旁边宿舍的人出来劝她不要冲动，说冷秋云也有难处，她丈夫要来探亲了，你住里面，他们夫妻不方便的。慧仙说，她不方便，我还不方便呢，这是我们两个人的宿舍，一人一半，我不同意，她丈夫就不能住进来！人家说你不同意有什么用，这是集体宿舍，书记同意了，你就得让宿舍，冷秋云问过赵春堂了，让你住到三楼小会议室去呢。慧仙惊叫起来，把我当什么了？桌子椅子才住会议室，我不是桌子，不是椅子，我不住会议室！

慧仙气白了脸，一件件查看走廊上的东西，越看越气，一跺脚嘴里便骂起了脏话，冷秋云，你这个茄子货，敲，敲死你，看我敲不死你个茄子货！旁边的干部知道"茄子货"的意思，更知道"敲"的意思，那都是向阳船队骂人的脏话。他们先是目瞪口呆，很快反应过来，群情激愤地对她进行了围剿，小铁梅你该死呀，组织上白教育你了，白培养你了？怎么一下子就堕落成这个样子？同志之间有矛盾，再怎么也不能像船上的泼妇那样满嘴脏话呀！慧仙意识到自己犯了众怒，你们为什么都帮她说话？她活该挨骂，人不犯我我不犯人，人若犯我我必犯人，毛主席说的！她竟然引用毛主席语录为自己辩解，旁边的干部们都又好气又好笑，有个女干部尖刻地说，你们听听，谁说她不爱学习？她也学的，都学到歪门邪道上去了。

她提着那盏红灯去四楼找赵春堂。赵春堂一向知道她和冷秋云的纠纷——以前有纠纷，大多是慧仙的错，他袒护慧仙，站在慧仙一边，这次明明是冷秋云扔她的东西，赵春堂却怪罪了慧仙。她人还没进赵春堂的办公室，就听见赵春堂先发制人的声音，你是什么资产阶级的娇小姐？啊？你还有脸来告状？人家夫妻团聚，你怎么就不能在会议室将就几天？

慧仙提着红灯站在门口，不识时务地嚷嚷，你偏心，我好欺负呀？凭什么我要住会议室，为什么他们不去住会议室？

他们一个是军人，一个是军属，组织规定要优先照顾，你是什么？我照顾你照顾得还不够？赵春堂斜睨着慧仙手里的红灯，掩饰不住鄙夷的口气，你还提着那盏红灯干什么？看看你现在的样子，还有资格举红灯吗？自己去拿个镜子照一照，你身上现在还有没有一点李铁梅的影子！

慧仙提起手里的红灯看了看，放下来，拿红灯轻轻撞着自己的腿，我为什么非要像李铁梅？我不是李铁梅，难道就不能住宿舍了吗？

赵春堂说，你不是李铁梅，就什么都不是，什么都不是，就给我靠边站一下，请你照顾一下军属，住会议室去。

靠边站就靠边站，靠边站也不照顾她！她今天扔我的箱子，我明天去扔她的被子！

你敢去扔她的被子，我就把你人扔了，扔回向阳船队去，你信不信？赵春堂拍拍桌子，嫌厌地逼视着慧仙，向阳船队去不去？啊？不愿意回船上去了？不愿意，就听我的安排，住到会议室去。

为什么非要让我住会议室？还有三间女宿舍呢，我都愿意住的。

你愿意，人家不愿意！赵春堂说，你以为自己群众关系很好吗？你早不是当年的小铁梅了，现在谁还喜欢你？一共四间女宿舍，我都问过了，没一间欢迎你！

她们不欢迎我，我还不待见她们呢。慧仙悻悻地说，反正我不住会议室，我一个女孩子家，住那儿不安全，也不方便。

什么叫不安全？什么叫不方便？你是娇气，任性，麻烦多！赵春堂不耐烦了，他转头朝窗外的街道扫了一眼，眼睛里突然闪过一道决绝的寒光，别跟我闹了，你干脆从综合大楼搬出去，住人民理发店去，你不是天天泡在理发店吗，你不是最喜欢研究资产阶级生活方式吗，干脆住那儿，那儿对你最安全，也最方便！

慧仙愣住了，她没有料到赵春堂会这么逼她。这种逼迫先是让她震惊，很快震惊转变成了愤怒，她的嘴唇颤抖起来，把红灯往地上一扔，去就去，我要写信告诉地区的领导，你是怎样培养我的！等什么时候柳部长问起我来，你别后悔！

赵春堂这时候冷笑起来，小姑娘也学会耍政治手段了，拿柳部长压我呢？过来，给你看一样东西。他从桌上拿起一份报纸，打开了对准慧仙，来，来看看，你不看报不学习，什么都不知道，你的柳爷爷前几天心肌梗塞，去马克思那儿报到啦。

慧仙走过去便看见了报纸下端的讣告，一个熟悉的银发老人，以前在餐桌上慈祥地注视她，在舞台的后台慈祥地注视她，现在他变成一小块黑白照片，躲在报纸上看着她，目光里仍然充满了慈爱和温情。

柳爷爷你别死，别死！她大叫一声，人一下蹲在地上，捂着脸哭起来了。

那天傍晚她提着箱子和一盏红灯走进人民理发店，还是泪痕满面的，一进去，自作主张地把"停止营业"的牌子挂到了玻璃门上。幸亏临近打烊时间，理发店的顾客都已散去，没人看见慧仙狼狈的模样。老崔看看她的泪脸，看看她的行李，吓了一跳，摆手说搬不得搬不得，你跟干部怎么闹都行，我们不敢掺和，千万别往我们理发店搬家，你好好的一个小铁梅住在理发店，算怎么回事呢？

慧仙打了老崔一下，嘴里叫起来，不准你叫我小铁梅，你偏叫！现在我是江慧仙，是野狗，是野猫，就配住理发店了。

老崔说，慧仙你千万不能使性子，你把行李往哪儿搬都行，就是不能搬出综合大楼，你跟冷秋云处不来，就换一间宿舍好了，那么大一幢综合大楼，还怕腾不出一间宿舍？

谁稀罕住那综合大楼？我跟谁都处不来，那楼里一窝豺狼，没一个好人！

慧仙看老崔和小陈态度消极，突然意识到什么，嘴里便嚷嚷起来，老崔，小陈，连你们也不欢迎我吗？我把你们当朋友，我在岸上就你们两个好朋友，难道我又瞎了眼睛？

不是我们不欢迎你，是不敢欢迎！老崔急了，一急说话就不顾情面了，江慧仙，你使性子也要看个天时地利，做人谁不受点气？你这么任性，这样破罐子破摔，自作孽不可饶啊，这样下去你的前途就毁了，前途，前途！前途你到底懂不懂？

老崔这一句话把慧仙问哭了，她抬脚踩住箱子，先是仰着脸哭，然后又闷着头哭，她一边抹眼泪一边朝老崔嚷嚷，前途，前途，前途个屁呀！柳部长死了，何爷爷调走了，赵春堂跟我翻脸了，我一个关系也没了，再也没有人培养我了，我还有什么前途！

理发师们最终拗不过慧仙，临时安排慧仙住在后面的小锅炉屋里，这也是螺蛳壳里做道场，好在天气冷，靠着锅炉还可以取暖。老崔招呼小陈把两张顾客坐的长椅拼起来，做了一张床，朋友毕竟是朋友，两个理发师努力把锅炉间改造成慧仙的临时宿舍，一边忙碌一边耳语，反正是临时的，让她凑合几天，我们也凑合几天，她毕竟是赵春堂的一张牌，赵春堂不会不管她的。

他们在锅炉边整理床铺，慧仙从店堂里进来了，抱着几件白大褂，要把白大褂挂在窗子上。老崔叫道，你把白大褂做窗帘，我们明天穿什么剃头？慧仙回头不满地瞪着老崔，说，你的工作服重要还是我的名誉重要？睡觉不挂窗帘怎么行？你们不知道这镇上情况很复杂？有人表面上假正经，暗地里不干正经事，喜欢偷看我的！

也不知道她在说谁，老崔他们没有心思多问。理发店接收慧仙，毕竟是权宜之计——这姑娘的离奇身世，油坊镇人人都听说过，她像一只神秘的包裹，不时地更换寄存处，现在不过是寄存到理发店来了，老崔他们认为一切都是临时的。过了好几天，只见慧仙出去，不见综合大楼来人，老崔才知道情况不妙。他差遣小陈去综合大楼打听情况，小陈去大楼里转了几个办公室，回来向老崔汇报说，打听不到什么消息，谁也没兴致谈慧仙的事嘛，那楼里，好像没人管她的事了。

大约是在四天以后，赵春堂来到了人民理发店。他一来，理发店里的人一下都站起来了，唯有慧仙坐在长椅上一动不动，只用眼角的余光瞄了瞄赵春堂。老崔不知道他此行是来理发，还是来挽救慧仙的，看赵春堂往转椅上一坐，赶紧拿着梳子剪子过去，赵书记是来理发，还是来找慧仙的？赵春堂摆摆手说，什么都不是，你先帮我把头发修一修。老崔莫名地感到心惊，小心翼翼修着赵春堂的头发，侧脸对慧仙使眼色，要慧仙趁机过来搭讪几句。慧仙一扭头，装作没看见，拿了把指甲刀沙沙地锉她的手指甲。老崔放下梳子又去拿剃刀，赵书记要不要刮刮胡子？赵春堂没表态，这次慧仙胆大包天，竟然在那边说起怪话来了，喊，赵书记又没胡子，刮什么胡子？老崔感觉到赵春堂的身体动了动，他慌了，差点去按住赵春堂，但赵春堂只是欠起身子朝店堂里的人看了看，群众能不能先暂时回避一下？老崔和慧仙留下，我们谈点工作，几分钟就好。

几个顾客不情愿，但最后都跟着理发师小陈出去了，他们头发剃得不三不四的，身上还围着罩布，站在门外探讨，那么三个人在一起，牛头不对马嘴的，他们会谈什么样的工作？也就过了几分钟，老崔来开门了，是给赵春堂开门，赵春堂带着一股凤凰牌润发油的香味走出理发店，表情有点轻松，又有点悲伤。顾客们目送赵春堂的背影离去，拥进了店堂，看见那慧仙涨红了脸高举着一把梳子和一把推剪，左手的梳子不停敲击右手的推剪，啪啪啪，啪啪啪。她嘴里一迭声地叫喊，谁要剃头，谁要我剃头？给点面子，我给你们来剃头！

他们听出慧仙的声音歇斯底里的，外面的人不知里面谈话的内容，也就不知道慧仙为什么一下如此冲动。老崔过来抢夺下慧仙手里的东西，把她推进锅炉间去，慧仙你冷静一点，注意影响！他大喊一声撞上门，把她反锁在里面。店堂里的人都七嘴八舌地向老崔打听，你们开的什么会？慧仙到底出什么事了？老崔不愿意多嘴，只是一声声地嘟哝，这算什么任命？什么组织决定呀，理发店这堆事，也就是剪洗刮吹那一套，有什么好培养的？有什么好锻炼的？培养好了锻炼好了，能进中南海给中央领导剃头去？

老崔不肯把话说清楚。是慧仙自己在锅炉间里大喊大叫，老崔啊，小陈啊，从明天开始，我们三个人就是一条战壕里的战友啦！理发师小陈不相信自己的耳朵，瞪着老崔说，开玩笑？让她来我们店里了？她再怎么失宠，也不至于这么安排她吧！老崔说，你瞪着我干什么？这么大的事情，谁有心思开玩笑？赵春堂一亮底牌，我也不相信自己的耳朵呀，谁想得到这小铁梅风光一场，最后成了个女剃头的！

关于慧仙的消息总是跑得比马还快。第二天向阳船队的人都听说了，慧仙下放到人民理发店，做了个女剃头的！之前各家的船上都还在猜测慧仙的去向呢，猜什么地方的都有，县城地区甚至省城，猜什么职业的都有，广播站宣传队妇联团委甚至县委领导班子，船民们都往好地方猜，往高处猜，谁会猜到人民理发店去呢？慧仙，慧仙，向阳船队的骄傲！从此以后，她骄傲的身影将站在人民理发店的玻璃橱窗后面，继续接受大众的检阅；从此以后，她骄傲的双手将回报油坊镇人民，回报养育她的向阳船队。慧仙，慧仙，我秘密的向日葵，从此以后，她要为人民服务了，她要为大家刮胡剃须剪头发啦。

那一年，慧仙刚满十九岁。

理 发

河上十三年，最后一年我的心留在了岸上。

我到人民理发店去，走到门边，看见理发店的两侧墙壁被打穿了，改造成两个玻璃橱窗，左边的一个摆放了三个塑料头模，都代表女人，分别披挂着波浪形的假发，三块小牌子，标示很清楚：长波浪，中波浪，短波浪。我搞不清楚，又不是金雀河的河水，又没有大风，为什么女人们都要把头发搞成各种波浪？我去看右边的橱窗，看见里面张贴了好多画报上撕下来的剧照，画质模糊，很多来历不明的城市女郎顶着各种新奇古怪的头发，在橱窗里争奇斗妍。有一张照片却是特别清晰熟悉的，那是慧仙自己，她举贤不避亲，把自己也陈列在里面了，照片上的慧仙侧着身子，明眸闪亮，注视着侧前方，她的头上顶着一堆古怪的发卷，像是顶着一堆油炸麻花。

我研究着她新奇的头发，没有觉得那发型好看，也没觉得丑陋，脑子里想起我在工作手册上抄下的格言：向日葵的脑袋偏离了太阳，花盘就低垂下来，没有未来了。我知道慧仙这朵向日葵已经偏离了太阳。她离开综合大楼，让我觉得亲近，可是这不代表我有了亲近她的机会——她做了女理发师，仍然有人对她众星捧月，镇上那个时尚小圈子的人有机会亲近她，理发店的老崔和小陈天天和她一起吃饭一起工作，好多垂涎女色的大胆之徒没有机会创造机会去亲近她，我既没有那样的无耻，也没有那样的胆量，如果不剃头，我怎么也不敢走进理发店去。

我的头发不长，我的头发长得很慢，这是我的一个大烦恼。我坐在人民理发店的斜对面，坐在一家弹棉花的作坊门口。我必须坐着，把旅行包放在脚边，这是代表我在歇脚，坐得光明磊落。作坊里的工人弹棉花弹得很卖力，嘣，嘣，嘣，钢丝弦弹击棉花的噪音有点像我的心跳。我不能在理发店门口徘徊，徘徊容易引起注意，我更不能趴在理发店的玻璃门上向里面张望，白痴才做那样的傻事。我必须坐在斜对面，我坐着，看见人们从玻璃门里进进出出的，无论是熟人还是陌生人，我对他们都有一种本能的妒意。治安小组的王小改来得很勤，看得出来，他对慧仙心怀鬼胎，可是王小改就有这样的本事，明明心怀鬼胎，却能一本正经地走进去，谈笑风生地走出来。船队的船民中，数德盛女人最爱跑理发店，德盛女人爱美，德盛又宠她，别人都省钱，去街头摊子上剪头，她舍得花钱，要赶潮流，偏偏又与慧仙亲密，坐到理发店，既要和慧仙说话，又要做头发，还要东张西望观察镇上时髦女人的打扮，她一心三用，一时半会儿是不会走的。德盛女人一来，我就只好钻进棉花作坊去，去看工人弹棉花，德盛女人什么都好，就是爱管闲事不好，如果她问我怎么天天坐在这个地方歇脚，我怎么回答好呢？

我坐在那里，心里怀着秘密，身体有时候发热，有时候却又冷又僵。理发店是公共场所，为什么我不能像别人一样大大方方地进出理发店呢？其实我自己也说不清楚。为了慧仙，我坐在那里，比所有人想象的更温柔，也比所有人想象的更阴冷。我被父亲监督了十三年，只有在岸上，我才能彻底摆脱父亲雷达般严酷而灵敏的目光，这是我最自由的时光，我却利用这宝贵的时光来监督慧仙——不，也许不是监督，是守护——也许不是守护，是监视。无论是守护还是监视，那都不是我的权利，我只是莫名其妙地养成了这个习惯。

进出理发店的男人很多，谁心里有鬼，我都看得出来。我心里有鬼吗？也许有。也许我心里有鬼。每次上岸我都穿上两条内裤，防止不合时宜的勃起，害怕勃起，证明我心里有鬼，两条内裤就是罪证。我心里有鬼，这使我胆怯，也使我紧张不安。透过人民理发店的玻璃窗，有时候能侥幸看见慧仙的身影固定在转椅边，更多的时候，她白色的身影是在晃动的，我离慧仙很近，也很远，那距离恰好在诱惑我想象慧仙，这是我最害怕的事，也是我最享受的事。隔着几米远的距离我想象慧仙，想象她和店堂里每一个人的谈话，想象她一颦一笑的起因，想象她为什么对张三亲热对李四冷淡。她保持静止，我想象她的内心，她偶尔走动，我想象她的腿和臀部的曲线，她的推子剪子在别人头上反复耕作，我想象她的手指如何灵巧地运动。我不允许自己想象她的身体，可有时候我控制不了自己，我把想象范围局限在她的脖颈以上膝盖以下，一旦越过界线，我会强迫自己去看路边的垃圾箱，不知什么人在垃圾箱上写了两个字：空屁。我怀疑那是对我发出的警告，对于我来说那是一种灵验的秘方，我对着垃圾箱连续念叨三遍，空屁空屁空屁，我性腺内的温度就降下来了，那种令人难堪的冲动便神奇地消失了。

五月里春暖花开，油坊镇上街边墙脚的月季花鸡冠花晚饭花都开了，人民理发店店堂门口的向日葵也开花了，我从店堂门口走过去，那硕大的金黄色花朵竟然在我的腿上撞了一下，就是那么轻轻一撞，让我想起了多少往事，是一朵向日葵在撞我。不是暗示就是邀请，我怎么能无动于衷？勇气突然从天而降，我提着旅行包推开了那扇玻璃门，走进去了。

店堂里坐满了人。我进去的时候并没有谁注意我。几个男理发师都在忙，没人招呼我，慧仙背对着门，正在给一个女顾客洗头，她的脸倒映在镜子里，我的目光在镜子里与她不期而遇，她的眼睛一亮，只是一瞬间，又暗淡下去，身子侧过来一点，似乎要仔细看看我，又放弃了，慢慢地扭回去。她也许认出了我，也许错认了我。我不知道她是怎么回事。我注意到店堂里有一个报架，一份几天前的《人民日报》被翻阅得皱巴巴的，精疲力竭地从架子上垂下来，我立刻决定利用这份报纸做我的掩体。我坐在角落里，一直在调整我的脑袋与报纸的距离和落差，怎么调整也不稳妥。一定是我心虚的原因，我总觉得慧仙在镜子里看我，我越是想表现得坦荡，就越是坐立不安。其实我不知如何与慧仙相处，过去不懂，现在还是不懂。我甚至不知道怎样跟她打招呼——以前在船队的时候，我从来不叫她的名字，也不敢叫她向日葵，我叫她"喂"，我一叫"喂"，她就过来了，知道我有零食给她吃。现在她变了，我也变了，更不知道该怎么和她说话了。我想来想去，还是决定听天由命——如果慧仙先跟我说话，算我走运；如果她不愿意搭理我，也没什么大不了的，说到底，我不是来跟她说话套近乎的，我是来监督她的。

女人饶舌，到理发店里来做头发的时尚女人更饶舌。她们对慧仙的手艺好奇，对她一落千丈的现状更好奇。慧仙的打扮乍看像个医生，穿白大褂，戴一副医用橡胶手套，她倒提起女治安队员腊梅花的一把头发，搓羊毛似的搓她的头发。腊梅花的脑袋埋在水盆上，满头肥皂沫子，嘴不肯闲着，东一句西一句地盘问慧仙，你不是要去省里学习的嘛？大名鼎鼎的小铁梅呀，怎么到理发店来干这行？慧仙应付这样的问题，显然已经很老练了，她说，还小铁梅呢，早就是老铁梅了，理发店怎么啦，低人一等？到哪儿不都是为人民服务嘛。腊梅花摆出一副见多识广的样子，鼻孔里哼了一声，你们这些吃文艺饭的，嘴里就是没一句真话。我可是了解你们这些人的，整天跳啊唱啊化妆啊卸妆啊，你们是种过一株稻子还是造过一颗螺帽？什么为人民服务？是人民为你们服务！慧仙说，你这话说别人去，跟我没关系，我早不吃文艺饭了。现在是我给你洗头吧？是你坐着我站着吧？你自己说，我们谁在为谁服务？腊梅花一时语塞，过了一会儿突然抬起头，眼睛里闪闪烁烁地瞥一眼慧仙，小铁梅你别唱高调了，你不会甘心为我们这些人服务的，我知道你为什么在理发店啦，一定是在锻炼你的技术，要派你去给高级领导剃头理发吧？慧仙说，你还真能瞎编呢，高级领导我也不是没见过，人家有炊事员，有警卫员，还有秘书，没听说有女理发师的。腊梅花的鼻孔里又哼了一下，说，别以为你见过世面，你还嫩着呢，我告诉你一句话，女人靠自己的劳动吃饭，只能喝稀饭，女人凭姿色吃饭，凭靠山吃饭，才能吃香的喝辣的！慧仙说，说得对呀，我没有姿色，也没有靠山，只能为你服务了。腊梅花嘴里喷喷地响了几下，思考着什么，突然说，也奇怪了，听说你有好多靠山的呀，镇上有赵春堂，县里有何书记，地区还有个柳部长，那么多靠山，怎么一下都不管你了呢？慧仙恼了，冷冷地说，你是来做头发还是来造谣呢，什么靠山靠水的？我连爹妈都没有，哪来的靠山？你们稀罕靠山，我不稀罕！腊梅花被抢白了一通，嘴巴安静了，脑子没停，过了一会儿她终于还是没管住自己的舌头，小铁梅呀，我知道你为什么在这里了，是"挂"基层吧？"挂"半年？一年两年？我劝你跟领导要个期限，听我这句话，再年轻的女孩子，也有人老珠黄的一天，老了丑了，就没有前途啦！这下慧仙不耐烦了，我看见她面露怒容双目含恨，两只手在腊梅花的头发上粗暴地揉了几下，随手从架子上抽了块毛巾，拍在腊梅花的头上，嘴里说，"挂"多久是多久，"挂"一辈子也不怕，要你操什么心？我从小就被"挂"惯了，不怕"挂"！

　　也不知道为什么，这时我的脑袋再也藏不住了，我收起报纸，忍不住朝腊梅花恶狠狠地瞪了一眼，茄子货，不说话会憋死你！我这么小声地嘀咕了一句，被骂的没听见，理发师小陈听见了我的声音，回头盯着我说，你骂谁茄子货呢，你要憋死谁？人家妇女拌嘴，你个大小伙子多什么嘴？

　　我一慌，连忙矢口否认道，我什么都没说，我在看报纸。

　　小陈说，你会凑热闹呢，这么多人在店堂里，你还挤进来看报纸？这儿是理发店，又不是公共阅报栏。

小陈说话嗓门大，他嗓门一大我更慌乱，一乱就前言不搭后语了。我不是来看报纸的，我说，谁不知道这儿是理发店？我是来剃头的。

你到底是来看报还是剃头？小陈说，我看你不是来看报纸的，也不是来剃头的，你鬼鬼祟祟的像个美蒋特务，你什么人，是从哪儿来的？

这么一来，理发店里的人都注意到我了。我看见慧仙的目光投过来，余怒未消，懒懒的，很散漫的，突然双眸一亮，她似乎认出了我，用一把梳子指着我说，是你呀，你是那个——那个什么亮嘛。

她对我莞尔一笑，惊喜的表情中夹杂着困惑。我看着她绞尽脑汁回忆我名字的样子，心里沮丧极了，怎么也没想到，她竟然记不起我的名字了，不管是库东亮，还是东亮哥哥，哪怕是我的绰号空屁，她至少应该说出来一个吧？她的兰花手指朝我翘了半天，终于放下来了，脸上流露出歉意来，看我这什么烂记性，我明明记得的，怎么说忘就忘了？什么亮？你是向阳船队七号船的？我记得的，你们家船舱里有一张沙发！你别那么怪里怪气地看着我嘛，不过是一时想不起你的名字来了。她一定是注意到了我失望的表情，内疚地笑着，转身环顾店堂里的人，他叫什么？你们谁快提醒我一下呀，说一个字就行，我肯定能记起来的。

店堂里有个穿花格子衬衫的青年，是码头上开吊机的小钱，他认识我，一直在那边怪笑，这时捏着嗓子说了一个字——空。

什么空，你少捣乱，哪儿有姓空的？慧仙说，他姓空，你姓满啊？

小钱说，你不是说只要一个字吗？我就知道他绰号，叫空屁嘛。

慧仙啊呀一声恍然大悟，不知是出于羞愧，还是出于敏感，我注意到她的脸颊上风云变幻，升起了两朵红晕，她卷起白围兜对着我肩膀打了一下，然后用白围兜蒙住脸痴痴地笑，看我这烂记性，你不是库东亮嘛，小时候我吃了你不少零食呢。说时迟那时快，我听见耳边唰的一声，一阵轻风袭来，带着光荣牌肥皂的清香，她已经把白围兜对准我抖开了，用一种命令般的口吻说，库东亮，来，我来给你剃头！

我本能地抱住了头，头发不长，今天不剃，我马上就回船上去了。

你怕我剃不好？我现在技术很好，不信你问他们。她的手朝店堂里潦草地一指，眼睛审视着我的头发，嘴里咿咿呀呀叫起来，你梳头用梳子还是用扫帚呀？这算什么头发，是个鸟窝嘛，留着它干什么，下蛋呀？来，剃了！

她挥动白围兜，啪啪地清扫着转椅上的碎发，坐上去，客气什么？快坐上去呀。我左右为难，看见她对准转椅踢了一脚，转椅自动转了一圈，转出了风，风把她的白色大褂吹开了，我看见她里面穿的是一条齐膝的蓝裙子，裙子也扬起来了，露出了她的两个膝盖。膝盖，膝盖，两个馒头般可爱的膝盖，两个新鲜水果一样诱人的膝盖。一瞬间时光倒流。我条件反射，赶紧低下了头。我低下了头，耳边依然响起一声严厉的警告，小心，给我小心。好像是我父亲的声音，也好像是我自己的声音。我低着头，眼睛不知该往哪里看。目光是危险的，目光最容易泄露天机，每当这种危险降临的时候，我就提醒自己，脖颈以上，膝盖以下。可是我不敢看她的脖颈以上，也不敢看她的膝盖以下，我只能往店堂的水泥地上看。这样，我看见了地上一堆堆黑色的长长短短的碎发，慧仙的脚正踩在一堆碎发上，就像踩着一座不洁的黑色小岛，她穿一双白色的半高跟皮鞋，肉色的卡普龙丝袜，一缕黑头发不知是男客还是女客的，正悄悄地伏在她的丝袜上。

你怎么啦？看你失魂落魄的，是刚偷过东西，还是刚杀过人？她狐疑地盯着我的脸，一边跟我打趣，几年不见了，你怎么还是怪里怪气的？不剃头，你跑理发店干什么？

我被她问得哑口无言。她不过是要给我剃个头而已，我为什么这么害怕呢？我到底在怕什么？我觉得自己心里有鬼，心里有鬼嘴里就支支吾吾起来，今天剃头来不及了，我爹身体不好，得回去给他做饭了。

她哦了一声，大概想起了我父亲和他著名的下半身故事，突然想笑，不好意思笑，赶紧捂住嘴，巧妙地打了个岔，我干爹我干妈怎么样？我让德盛婶婶捎了好几次口信了，让他们来理发，他们就是不肯来，是对我有意见吧？

她有时候无情有时候有义，全凭心血来潮，我知道这是问候孙喜明夫妇了，就替他们打圆场，他们对你哪来的什么意见？是嫌你们这儿理发贵，他们节约惯了，舍不得钱吧。

贵什么？人民的理发店，能贵到哪儿去？回去告诉他们，他们一家来，洗剪吹烫，我都给他们免费，我现在就是为人民服务的。

我嘴里应承着，到角落里去拿我的旅行包。店堂里的人都好奇地瞪着我，每个人的表情看上去不一样，但都若有所思。这里的人明显是有门第观念的，慧仙对我的热络引起了几个人的反感，他们觉得我不配，尤其是花格子衬衫小钱，他坐在椅子上，一只脚挑衅地伸出来踢我的旅行包，空屁，你的包里到底藏了什么鬼东西？每次上岸都带着个包，鬼鬼祟祟的，我要是治安小组，一定要好好查一查你的包。我打开了旅行包的拉链，针锋相对地瞪着他，你要不要查我的包？我让你查，看你敢不敢查？小钱朝我包里扫了一眼，没来得及说什么，旁边的理发师小陈粗鲁地推起我肩膀，走吧走吧，都别在这里耍威风，以后不剃头的禁止进来，我们这儿是理发店，不是公园。

那小陈对待我的态度最恶劣，看在他是慧仙同事的分上，我不便发作。我拿起旅行包走到门口，慧仙跟过来为她的朋友们开脱，她说，别怪他们反感你，我们这里的人，都很时髦的，你看看你这行头，土八路进村，一个大小伙子上岸，也不知道拾掇一下自己。她拍着我的旅行包，手在包上东捏一下西捏一下。这个动作我熟悉，长这么大了，她居然还改不掉这个习惯，喜欢捏别人的包。我的包里装满了坛坛罐罐，她摸得出来，不感兴趣，手缩回去伸进自己的白大褂口袋，摸出一颗泡泡糖，举高了，郑重其事地交给我，你替我带给小福，我上次在街上碰到他，他跟我要泡泡糖吹呢，我答应送他一颗，说话一定要算话。

我刚把泡泡糖扔进包里，又听见她问，樱桃呢，她怎么样了，要嫁人了吧？

樱桃是她的冤家，我的名字她记不住，冤家的名字她倒不忘记。我有点生气了，你还惦着她？我不知道她的事，她嫁不嫁人，不关我什么事。

随便问问的，你紧张什么呀？她俏皮地指了指我鼻子，我又不给你们说媒，我让你给她捎话呢。看起来她与樱桃的嫌隙还在，我等着她捎的话，她斟酌了一下说，回去替我转告樱桃，让她别在背后说我闲话了，我现在什么也不是，一个女剃头的，没什么值得她嫉妒了，还说我什么闲话？

我走出理发店时心情复杂，这次相遇，我不知道是幸运还是不幸。她对我的态度比想象中的热情，那热情坦坦荡荡的，让我感到三分温暖，却有七分不满。她为什么会忘了我的名字？她问这问那，为什么不问问我的情况？我站在街上，回头瞥见那只垃圾箱上的涂鸦，忽然感到一种深深的哀伤。空屁。我在她的眼里是空屁？空屁。我对她的思念是空屁？我思念慧仙思念了这么多年，记了这么多文字，吃了这么多苦，那一切都是空屁？

河上十三年，最后一年我频频上岸到油坊镇去。

我不知道着了什么魔，旅行包里明明装着父亲的信，必须尽早投进邮筒，可是经过邮局时我的腿迈向了人民理发店的方向。船上的柴米油盐都是我负责采购，可是路过菜市场的时候我总是安慰自己，不急不急，排队的人这么多，等会儿再来没关系。我急着到人民理发店去。我的魂丢在人民理发店了。也许是为了让慧仙记住我，也许是为了强迫自己遗忘慧仙，我怀着一半爱意一半仇恨，枯坐在理发店的店堂里，一坐就是半天。我强行闯入那个时尚的小沙龙，有时候我像一个哑巴沉默不语，只观察不说话，有时候我像一个盲人，坐在角落里闭着眼睛晒太阳，只倾听不抬眼。我的行为酷似侵略者的行为，起初是几个理发师想方设法驱逐我，我自岿然不动，后来连慧仙也讨厌我了，她讨厌我自己不好意思说，竟然绕个圈子让德盛女人来转告。

有一天德盛女人悄悄地把我喊到船尾，她站在八号船船头凝视着我，目光很古怪，你今天又去理发店了？我说，我又不是反革命，行动自由，我去理发店犯法吗？她冷笑一声说，不犯法，犯恶心，慧仙说你去监视她呢！然后德盛女人就劈头盖脸谴责起我来，东亮，你究竟在动什么糊涂心思？慧仙是你什么人？你是她什么人？大老远的，你凭什么跑去监视她？你再这样监视她，我告诉你爹去！

监视。德盛女人一语道破天机。尽管嘴上不认账，我心里承认，她们没有冤枉我，我是开始监视慧仙了。河上十三年，最后一年我成了慧仙的监视者。

一　天

1

不知道德盛女人是否向我父亲打过小报告，也不知道父亲从船民们嘴里听到了什么闲话，有一天我上岸前突然被父亲叫住了，他手里拿了一张纸说，东亮，我给你制定了上岸日程表，你好好看看，从今天起，你每次上岸都要按照日程表上的规定，不准延时，不准到岸上干不三不四的事情！

我接过纸一看，果然是一张上岸日程表的表格，内容大致如下：上岸时间总计两小时，购置船上生活用品限制在四十分钟之内，洗澡理发上厕所不得超过三十分钟，去邮局寄信去医院配药之类杂事二十分钟，剩余时间用于步行或机动。我拿着日程表心里就凉了，对父亲嚷道，我不是犯人，犯人放风才规定放风时间呢！父亲说，我再不严加管教，你离监牢也不远了。别以为我在船上什么都不知道，告诉你，你在油坊镇上放一个屁，我都听得见！

我心里有鬼，只好忍气吞声。上岸之前我先拾掇旅行包，然后我精心修饰了一番自己的仪表，父亲在旁边不满地瞪着我，头发抹那么多油干什么？皮鞋擦得那么亮有什么意义？外表不重要，心灵美才是美你懂不懂？他指着舱里的闹钟重申他的规定，我在船上看着闹钟呢，两个小时，你千万别忘了，超过一分钟，我也不会饶了你。我提上旅行包爬出后舱，走到舱门口，听见父亲的又一道命令，站住，还有一条规定我忘了说，从今天起，你每次上岸前都要向你奶奶宣誓！我迷惑地看着他，今天又不是九月二十七日，我上岸去买油买米，宣的什么誓？他拉拽住我的胳膊，抬起我的下巴，让我仰望着舱篷上悬挂的邓少香烈士遗照，你不会宣誓我教你，宣誓不一定背诵什么豪言壮语，看着你奶奶的照片，看一分钟！我就那么被父亲托着下巴，站了一分钟。一分钟过后我听见了父亲严肃而沉重的声音，记住，你可以欺骗我，不可以欺骗你奶奶，不该去的地方千万别去，不该干的事情千万别干。岸上现在风气不好，你干什么都要想一想，你是谁的后代，千万别给你奶奶的英魂抹黑！

　　这么多年了，我们家光荣的血统已经命若游丝，父亲却依旧守护着那圈血统的光辉。我对我的血统其实很迷惘，父亲为一张烈属证申诉了十三年，我的迷惘却无处申诉。我是库东亮，库东亮是库文轩的儿子，如果库文轩不是邓少香的儿子，那我就不是邓少香的孙子了，不是邓少香的孙子我就是一个空屁，如果我是一个空屁，我与邓少香烈士有什么关系呢，一个空屁怎么会抹黑邓少香烈士的英魂呢？

　　我上岸的时候看见王六指的女儿大凤和二凤在船舷上晒雪里蕻，大凤抱着一棵雪里蕻，眼睛火辣辣地盯着我，她说库东亮你打扮得那么讲究，去相亲呢？我不理大凤，大凤没怎样，她妹妹二凤为姐姐打抱不平了，她恶狠狠地说，大凤你怎么就那么贱，没事不能去跟河水说话？你跟他说什么屁话？谁不知道他上岸去干什么？到人民理发店去，癞蛤蟆吃天鹅肉去！也不知道二凤是不是故意吓唬我，她还特意朝我家的七号船瞟了一眼，嘴里说，也真是的，船队这么多嚼舌头的，他这么不学好，怎么就没有人告诉他爹去？我加快了脚步穿越大凤姐妹俩的视线，就像通过一个危险的雷区。穿过驳岸跑过油泵房，我听见油泵房里传来李菊花朗诵诗歌的声音，青春啊青春，你是一团火，为了共产主义，燃烧，燃烧！我急着赶路，看见李菊花自己也像一团火从油泵房里闪出来，差点和我撞个满怀。她撞了我一副又羞又气的样子，你这人，走路走这么快干什么，救火去呀？我对她说，你普通话这么差，朗诵了诗歌干什么？她不介意我对她的挖苦，摆弄着两根辫子说，库东亮，你替我去杂货店买两根牛皮筋好吗，我的牛皮筋快断了。我说我没有空，哪儿有时间去杂货店买牛皮筋。她鼻孔里发出轻蔑的笑声，库东亮你会没有空？你没空跑理发店一坐坐半天？我都不好意思说你呀，你难得上岸，时间宝贵，就不能去看看报纸打打篮球，做点健康向上的事？理发店里有马戏团啊？你天天去理发店，让人说闲话呢！

父亲的日程表让我惜时如金。那天我一路小跑，跑进人民理发店的时候不免有点喘。我一进去就听见店堂四周的声音，又来了，他又来了，跑得直喘气！我假装没听见，坐在老崔的转椅上说，剃个头！他们都不理我，有个妇女顶着满头卷发器斜眼看我，说，今天他聪明，剃个头，就有借口在这里泡蘑菇了。老崔拿着推子剪子过来，不知怎么我觉得他气势汹汹的，似乎是提着杀猪刀过来了。我剃头是被迫，他为我剃头不情愿，不时地扳正我的脑袋，说，你坐好，坐好，眼睛别乱看，这儿是理发店，不是电影院。我眼睛看着镜子，目光像向日葵一样朝向慧仙站立的方向，这样我的眼睛看上去就是斜眼。老崔从镜子里发现我的目光，手在我肩膀上粗暴地拍了一下，空屁，你看电影也该正眼看，老是斜着眼睛看什么呢？眼珠子都快掉出来啦。我发现镜子泄露我的秘密，就去拿了张报纸，准备用报纸掩盖我的眼睛。老崔不耐烦了，抢过报纸扔到椅子上，你又不是大干部，剃头看什么报纸？是我自己要剃头的，我只好自认倒霉。那老崔给女人理发一律温柔体贴，对我却粗暴无礼，他把我的头部当一块荒凉的黑土地了，剪子推子一起上，像耙犁一样犁我的头皮，像联合收割机一样收割我的头发，我还不能喊疼，一喊疼，他就停下，一脸不快地对慧仙说，慧仙你来，你招来的人都归你，你来给他理。

慧仙不愿意担待这个罪名，当场洗清了自己，怎么是我招来的？这儿不是谁家的地盘，是理发店呀，他是顾客我们是理发师，他有权利进来，我们没权利赶他走嘛。慧仙的立场听上去不偏不倚，但我琢磨不透她的心思，我发现了一个新的怪现象，当初她要替我剃头，我不敢，现在我盼望她过来，是她不敢了。她说，老崔呀你是服务标兵，不能对顾客耍态度，你手艺好，就替他理吧，他又不肯让我理的。

她已经学得巧舌如簧。我不知道她为什么不肯过来，是怕我还是厌恶我，是厌恶我的头发还是厌恶我的身体，是怕我的身体还是怕我的心？她对我一次冷淡过一次，我不怨她，幻想终归是幻想，我不迷恋幻想。我坐在转椅上，有时候脑子里会浮现出一些卑贱的念头，我情愿是理发店里的一张转椅，天天与慧仙朝夕相处；我情愿是慧仙手上的那把推剪，天天可以看见她，看见她的每一个顾客。我对自己的身份越来越清醒了，我什么也不是，我是一个监视者。慧仙的一举一动都将被我记录在案，店堂里这个小圈子更值得我观察研究，小圈子里到底都是什么人？他们来理发店到底是什么动机？为什么有人磨磨蹭蹭地专门等慧仙，是约定还是一厢情愿？他们不着边际谈天说地，是聊天还是调情？我都要监视。我的眼睛是为慧仙特制的照相机，我的耳朵是为慧仙设置的留声机，依我对这个小圈子的观察，起码有五个青年人一个中年人对慧仙有非分之想，但我不知道慧仙心仪的对象是谁，她似乎在等，肯定不是等我，我不知道她在等谁。

那天不巧，我的头发剪了一半，赵春美和医院药房的金阿姨结伴驾到，扭着腰肢走进了人民理发店。这两个女人徐娘半老风韵还在，都穿了双白色高跟鞋，提着个白包包，一人坐一张转椅，都要等老崔做头发。也许我在店堂里的形象显得突兀，赵春美一眼认出了我，眉眼间的妩媚立刻烟消云散，我听见她尖声叫起来，这个人来干什么？什么人都来，这儿还是人民理发店吗？

老崔咕哝道，你问我我问谁去？谁让这儿是人民理发店，他是人民，来理发嘛。

他是什么人民？他算人民就没有阶级敌人了。赵春美说，你们知道不知道啊？他喜欢写"反标"的，经常写我哥哥的"反标"！

冤家路窄。我一看见赵春美和金阿姨就抬不起头来了。这是我从小到大的秘密，一看见父亲敲过的女人，我就会脸红心慌，原因不宜陈述。我记得那几个女人的名单曾经对我进行了性的启蒙，如今她们的名字仍然像一个隐秘的春梦，肉欲而性感，带着悲剧的阴影。几年不见，赵春美越来越瘦，金阿姨越来越胖，她们松弛的面孔上堆满了脂粉，两个人都穿着收腰的列宁式女装，一件杏黄，一件墨绿，凸显出一个臃肿肥胖的腰肢，还有一个愤怒上翘的臀部。青春期的记忆让我感到窒息，耳边依稀响起父亲的喊叫，小心，小心！我悄悄做了一个小动作，双手紧紧地掖紧白色的兜布，把自己的身体全面隐藏起来了。

我听见了慧仙为我辩护的声音，赵春美你不要上纲上线嘛，反对毛主席反对共产党才算"反标"，他反对的是赵书记，赵书记也就是个科级干部嘛，写他的标语，不算"反标"的。

赵春美嘴里喊的一声，立刻把矛头对准了慧仙，你个小铁梅倒跳出来替他辩护了？你算他什么人，他是你什么人？我哥哥白疼你一场啊，你的立场跑哪里去了？

那金阿姨在旁边为赵春美帮腔，怪笑道，春美你是犯糊涂啰，他们本来就是一个立场，都是向阳船队的，都是船上人的立场嘛。

慧仙的脸上幡然变色，把手里的剪子往桌上一拍，走到里面的锅炉间去了，边走边说，好，我是船上人，你们是岸上人，惹不起你们还躲不起你们？今天我休息了，嫌烦！

我看着慧仙进了锅炉间，她一走，理发店明亮的店堂就暗淡了，萧瑟了，寒意逼人。她一走我感到四面楚歌，也急着要走，老崔却扔下我去侍弄赵春美的头发了。我对老崔喊，老崔，我这里剃到一半，你怎么能走？我还有急事呢！老崔说，在那儿等着，你能有什么急事？你不是我们理发店的一把活椅子吗，今天怎么就那么急？我说，我今天有急事，等不了，你把我的头剃好再走！老崔没来得及说什么，那赵春美从转椅上愤然地回过头，向我翻了个白眼，然后对着老崔大叫道，库文轩的狗崽子，你去理他干什么？他再敢这么嚣张，我就给大家透露个内幕消息！她这么一说店堂里所有人的眼睛都瞪着她了，什么内幕消息？你说给我们听，轻声一点就行了。赵春美豪迈地一挥手，说就说，我还怕他听见？我告诉大家，库文轩他冒充烈属冒充了几十年，他不是邓少香的儿子，是河匪丘老大的儿子呀，他妈妈不是邓少香，是烂菜花。烂菜花是什么人，解放前在酒船上做妓女的呀！

店堂里一下变得死寂无声，然后突然像是炸开了锅，我听见"丘老大、烂菜花、妓女"这几个音节像一群苍蝇在店堂上空飞旋。我朝赵春美冲过去的时候，被一只手揪住了衣袖，是慧仙闻声出来了，她拼命地把我往椅子上推，一边厉声叫起来，赵春美你疯了？嘴里积点德吧，就算你跟他家有天大的冤仇，也不能这么编派人家的祖宗，小心天打雷劈！赵春美躲到一张转椅后，嘴巴毫不示弱，我编派他家祖宗？我没有那个闲空，也没有那个水平，告诉你们这是内部消息。我哥哥说了，姓库的要是再闹事再告状，内部消息就升级成参考消息；再告再闹，参考消息就是公开消息了！

我再次朝赵春美冲过去的时候，是老崔和小陈死死地架住了我，这会儿他们看上去有点同情我。老崔劝我冷静，冷静冷静，你别跟个妇道人家一般见识，男人跟女人打仗，男人都要吃点亏，你个男子汉去打一个女人算什么英雄呢？小陈说反正是内部消息，是真是假还难说，就我们这几个人听到了，我们保证谁也不外传。两个理发师把我架到了玻璃门边，我正要推开他们自己出去，听见那赵春美不依不饶地还在耍泼，老崔小陈你们拉他干什么？让他来让他来，我欢迎他来，正愁没法收拾他呢，他要是敢打我，正好把他绳之以法！我一气之下心里就盘算起来，如何可以杀杀赵春美的威风。也是一瞬间的选择，我想起母亲那个工作手册上最私密的内容，嘴里就高声嚷嚷起来，我也给大家透露个绝密情报，大家听好了，赵春美给库文轩吹过喇叭！吹喇叭你们懂吗？不懂问赵春美，她是吹喇叭专家！

赵春美一时愣在那里，老崔他们眨巴着眼睛瞪着我，那个金阿姨大概预感到了牵连的危险，抓过一把梳子朝我扔过来，下流，下流死了，你们快把这小流氓撵出去啊！

金阿姨反而引火烧身了，我在气头上，毫不留情地抖出了她的隐私，金丽丽你少装蒜，你也不干净，你主动替库文轩吹喇叭，一个月吹过五次，一九七零年六月，吹了五次，你承认不承认？

店堂里炸开了锅，这回是两个女人要冲过来和我拼命。我站在门口没有躲，随着仇恨以一种酣畅淋漓的方式发泄出来，我浑身战栗，眼泪都快掉出来了。我就站在那里等，报复招惹报复，报复者等待报复者，这是公平交易。老崔和小陈他们都掩饰了不正经的笑意，去拉拽两个女人，嘴里忙不迭地安慰她们。我听见赵春美在尖叫，拿刀来，我要捅死库文轩的狗崽子！金阿姨凄楚地嚎哭起来，一边哭一边埋怨，是哪个糊涂领导把库文轩下放船队的？他们父子应该去充军，去大西北劳教，应该枪毙，永远别到油坊镇来！

慧仙拿着个草帽三步两步出来了，她把草帽塞到我手里，一边拼命把我往门外推，快走快走，库东亮你也不是好东西，这么下流的事，亏你说得出口！我一时说不出话来，指了指我的阴阳头。她拍拍草帽说，不给你草帽了吗，你怎么这么笨？戴着草帽走吧，快走，冤冤相报没尽头，这两个女人你惹不起的！

是该走了。我还记得父亲制定的日程表。时间越是珍贵，我越是掌握不好，半个小时浪费在理发店里，我只收获了一腔怒火，还有脑袋上剃了一半的阴阳头。我把慧仙的草帽戴在头上，那草帽传递了一份温情，也帮助我恢复了冷静。下一步我应该去粮油站买油买面，我朝粮油站方向走，走了没几步发现我的旅行包丢在了理发店里，没有油壶我拿什么买油，没有面袋我拿什么买面粉？我应该回去拿我的旅行包，可是我不敢回去，赵春美和金阿姨也许还在理发店里。

我走过了街角的工农浴室，站在门口犹豫，要不要趁这工夫进去洗个澡呢？一抬眼我看见文具店的老尹腋下夹着一包衣裤从浴室里面出来了，他说东亮你怎么戴个草帽来洗澡？你们船队好多人在里面洗呢，快进去找他们吧。他这么一说就打消了我的念头，从小养成的习惯改不了，我从来不跟船民一起洗澡。我看着老尹红光满面的面孔，突然想起他是油坊镇的消息灵通人士，赵春美披露的那件骇人的丑闻是真是假，至少应该向他了解一下。我就说老尹我不是来洗澡的，是来问你一件事的。老尹嘴里哎呀一声，似笑非笑地看着我，你有什么事尽管问，就怕你问的事情太难，我也答不上来。我原来想直接求证赵春美的说法，话到嘴边又没了勇气，我问他，老尹你知道丘老大是什么人吗？老尹说怎么不知道？不知道他我还研究什么地方志？丘老大是解放前金雀河河匪头子！我问他，那你知道烂菜花叫什么名字，她是干什么的？老尹说，烂菜花姓蓝，又叫蓝姑娘，她干什么的——这职业对你们年轻人还真不好说。我说，有什么不好说的？不就是妓女吗？老尹叫起来，你知道还故意问我，东亮你到底是什么意思？我终于憋不住了，一跺脚说，老尹你行行好，请你告诉我，我爹他到底是谁的儿子？老尹一惊，用古怪的目光注视了我一眼，突然搬过浴室门口的一张凳子，兀自整理着他换下的衣裤。整理好了衣裤，他突然对我说，别去管你爹的出身了，管好你自己就行，东亮我劝你一句话，千万要记住，历史是个谜，历史是个谜啊。

我和老尹在浴室门口分了手，他朝文具店走，我朝菜市场走。也怪老尹的话故弄玄虚，我一听到"历史"这个字眼，就忍不住朝棋亭方向的天空看，对于我来说，历史就在棋亭的上空飘扬，历史之谜也隐藏在棋亭的地下。我仰着头走了没多远，听见身后有自行车呼啸而来，没等我看清周围的动静，我头上的草帽就不见了。我的草帽被人掀到了地上，两个十六七岁的中学生骑着自行车朝我撞过来，一个手里高举着一把链条锁，另一个正看着我的阴阳头傻笑。我认出那个举链条锁的是金阿姨的儿子张计划，空屁你吃了豹子胆了，敢欺负我妈！张计划高喊一声，旋着那链条锁就朝我甩过来，我下意识地躲开了链条锁，冲过去捡那只草帽，另一个中学生敏捷地把自行车骑过来，车轮子准确地碾住了草帽。我去推车轮子推不动，两个中学生跳下车来，我们三个人刚刚扭打在一起，听见街对面拥出一群人，一个中年男人的吼声率先响起来，李民张计划，你们吃了豹子胆了，旷课跑到大街上打架来了？两个中学生闻声推上自行车，飞一样跑了。我回头一看，街对面竟然就是油坊镇中学的新址，校门口站着一排衣冠楚楚的人，不是教师就是校工，那中年男人我认识，是顾校长，他也曾经是我的政治老师。我发现顾校长眯着眼睛打量我，怕他认出我来，迫不得已之下，我也像那两个中学生一样，飞一样地跑了。

总算是一场虚惊，可恨那个张计划临走还使坏，他把我的草帽拿走了。那是慧仙给我的草帽，我很心疼。我捂着脑袋走了一段路，发现路人都好奇地打量我手掌下的脑袋，没有办法，我只能到花布巷去买一顶新草帽。

花布巷一带阳光灿烂，有几个老汉在巷口的老虎灶外摆了张桌子，一人一个小竹凳，坐在一起喝茶闲聊。老汉们大多认识我，压低声音议论着，这就是那个库公子呀，小时候是太上皇，到哪儿都耀武扬威，现在没办法，受人欺负啰，你们看，还给人剃了阴阳头！

我买了草帽走出花布巷，听见那些老汉正在争论儿子好还是女儿好的问题。那个脖子上长了大瘊子的老汉是五癫子的父亲，以前开铁匠铺的，他不停地咳嗽吐痰，吐一口用鞋底踩踩一下，他说女儿好啊，我养那么多儿子，抵不上一个女儿，每年过年，七个儿子送我七瓶酒，一个女儿就送了八瓶酒来。戴军帽的老汉我也认得，他是理发师小陈的父亲，原来在澡堂工作，擅长掏耳屎修鸡眼，我记得以前他经常带着一只木箱子上门为我父亲服务的，没想到他对养儿养女的看法还有点水平，什么儿子好女儿好的，只要他们自己有出息，儿子女儿都好；要是没出息，儿子女儿都不好，做绝育手术最好！我注视着那几个老汉其乐融融的样子，想起船舱里孤独的父亲，不由得百感交集。河上的父亲未老先衰，岸上的老汉看上去却返老还童了，岸上就是比水上好。岸上的老汉们很好，他们的儿子也很好。我忽然冒出一个古怪的念头，如果所有人的血缘都容许更改，那该多么有趣啊！如果我不是库文轩的儿子，如果那老铁匠是我父亲，如果那掏耳屎的老头是我父亲，我会成为五癫子和小陈那样的人吗？如果我是五癫子我是小陈，好不好呢？我站在那里思考了很久，被自己的心声吓了一跳，我竟然在羡慕五癫子那混账东西，我竟然向往着和理发师小陈调换身份，我的答案竟然是，很好！

我路过沈麻子的烧饼摊子，闻到香味，才觉得肚子饿了，我买了个烧饼。

正啃着烧饼，听见身后有一个清脆的声音叫着我名字，是德盛女人，她大惊小怪地瞪着我，东亮你还有心思在这儿啃烧饼呢！你在理发店到底惹了什么事？治安小组到处找你呢！我说，治安小组找我干什么，我在大街上走路，破坏了什么治安？德盛的女人神色严峻地看着我，你跟我羣嘴有什么用？理发店的人说赵春美让你逼得去上吊了，人家刚刚把她从梁上救下来呀，你招惹谁不好，怎么偏偏去惹她呢？

2

　　我再次走进人民理发店去，店堂里弥漫着饭菜和光荣牌肥皂混合的气味，理发师们用两张方凳拼凑成一张小桌子，正围着一起吃午饭，他们看见我回来都惊讶，我比他们更惊讶，因为我发现治安小组的王小改在理发店搭伙，他挤在理发师们的中间，正夹了一只荷包蛋往嘴里塞，而孙喜明一个人尴尬地坐在长椅上，看见我进去如遇大赦，站起来对王小改说，王小改，东亮来了，我可以走了吧？

　　王小改在饭桌上头也不抬，说，不可以，你要在场，等问题解决了再走。

　　我不知道他们葫芦里卖的什么药。我原本是要让理发师们把我的头剃完的，看店堂里空气不对，拿起角落里的旅行包就要走，王小改扔下饭盒跑过来，一把夺下旅行包，你往哪里走，惹了祸就想溜，哪儿有这么便宜的事？

　　我知道他是在说赵春美的事，我说，我跟她的矛盾怎么起来的，你了解清楚了吗？

　　王小改说，你倒会说话，你都把她逼上吊了，那还叫矛盾？

　　我说，是她先逼我的，她在这里说的什么话，大家都听见了，不信你问他们。

　　理发师们这时都放下了手里的饭盒，表情看上去很暧昧，老崔说，空屁你差点惹了人命，还要我们替你说话？我要说话就说公道话，这事开头错在赵春美，后面都是你的错，千错万错，大错小错，谁逼人上吊谁是大错！

　　很明显，老崔他们的立场最终站到了赵春美一边。我的目光忍不住去看慧仙，慧仙却到火炉边用火钳翻弄着烤架上的几片馒头，她也不回应我求援的眼神，拿了块烤馒头径直走到孙喜明面前，强行塞到孙喜明手里，干爹你不吃我的饭，吃块馒头，就算给我个面子。孙喜明看看手里的馒头，又看看我，慧仙，你别操心我了，你在镇上人头熟，关系广，还是帮东亮出出点子，趁早解决问题吧。慧仙沉默了一下，眼睛瞟我一眼，眼神有点虚无，她说，他那个怪脾气，谁捉摸得透，我出点子他不爱听呢。孙喜明对我使了个眼色，替我表态说，爱听，你有点子，他爱听。慧仙这时叹了口气，谢谢你们高看我一眼，我也不是诸葛亮，哪儿有什么好点子？我看就让王小改带着库东亮负荆请罪去吧，上门去道个歉，不管她赵春美过得去过不去，先道歉，什么叫解决问题？走一步看一步嘛。

王小改鼻孔里哼了哼，说得轻巧，口头道个歉就行了？这就算解决问题了？你们把赵春美当什么人了？

慧仙竖起了柳眉，目光炯炯地瞪着王小改，那要怎么办？把库东亮杀了，拿他的人头去向她道歉？他们库家也死一个人，就解决问题了？

王小改一时语塞，看上去他对慧仙充满崇拜之情，不敢开罪她，就又把目标对准我，推了推我的肩膀，你们看他犟头犟脑的，哪儿有个道歉的样子？不要到了人家门上再闹起来，我的面子往哪儿搁？带他去道歉，不是不可以，先让他保证，打不还手，骂不还口。

王小改这一番话把我气坏了，嘴里就嚷起来，王小改你放屁，我凭什么打不还手骂不还口？要我道歉可以，赵春美也要向我爹道歉！我说完这句话就意识到自己错了，店堂里的人都对我做出了鄙夷的鬼脸。王小改对慧仙说，你看看，我没说错吧？这人狗咬吕洞宾不识好人心的，你去帮他干什么？孙喜明急了，低声对我说，东亮你怎么犯糊涂呢？你这提的什么要求？你没有资格呀，男子汉大丈夫的，跟女人道个歉有什么？去就去。

孙喜明又替我表了态，他拉着我手往门边走，嘴里说道歉去道歉去，眼睛催促着王小改，王小改站在那儿不动，用眼神征求慧仙的意见。事情的发展有点神奇，慧仙似乎成了事件的主宰者，不知为什么，她扮演这角色，让我感到安心。我也看着慧仙，慧仙的表情看上去深不可测，嘴角上浮出一点笑意来。我怎么成了李奶奶了，这不是李玉和上刑场告别李奶奶吗？她开了个玩笑，一只手拿起了桌上的推剪，一下一下地试着推剪，忽然朝我钩了钩手指，来，库东亮，上刑场前先做头发，你把草帽摘下来，我来替你把头发剪好。

我迟疑着，看见慧仙已经把白罩布打开了，用手指提起来拍打转椅上的碎发，来，坐下来吧。她说，李奶奶给李玉和剃个头，你剃好再走。

我不知道她为什么要开这个玩笑。我骑虎难下，在王小改他们嘲弄的目光中向转椅走过去，一种罕见的紧张感让我的脚步有点踉跄，我听见慧仙说，你把旅行包放下。我没放。我坐在方凳上，把旅行包安置在我的膝盖上，慧仙说，你那旅行包里装了金条呢，谅你也没有金条，怕谁偷？她的手伸过来一拎，把我的旅行包扔到一边去了。

她站在我身后，身体与我若即若离。一种陌生的丰富的香味包围了我，我无法描述那香味——一半来自慧仙的身体，是她脸上脂粉带出的茉莉花香，还有一股淡淡的香味来历不明，我怀疑那是她的体香，是向日葵花盘的清香。说出来没有人相信，慧仙的身上真的有一股向日葵花盘的香味。我感到有点窒息。我听见老崔在一边说怪话，还是慧仙对他好呀，他们两个有朴素的阶级感情。慧仙说，老崔你说什么怪话呢，我对谁都有朴素的阶级感情，别的感情都没有。我沉默着，我的身体却无法保持安静，随着慧仙的手势和身体的移动，有时候我紧张，有时候我躲避。慧仙说，库东亮注意你的脑袋，你脑袋怎么了，怎么那么僵硬？你端着肩膀干什么？把头低下去，低下去呀。我把头低下去，感觉到一只手按在我的脑袋上，轻柔地抓了一把，然后她的两根食指在我的双耳里缓缓地转动了一圈，两圈。我记得很清楚，就那么转了两圈，我旧病复发了，我忘了我的艰难处境，从头顶到脚底，我的身体完全被生理反应所俘获了，一股神秘的强烈的电流从我的头顶急速穿越身体，下坠，下坠，我勃起了，我又勃起了。勃起！可怕的勃起！我感到一阵窒息。危险，危险，危险！我听见自己的头脑嗡嗡作响，理发店的空气对我发出了越来越强烈的警告，快走，快走，快离开慧仙！

在慧仙毫无准备的情况下，我突然跳了起来，站到一边说，好了！

慧仙诧异地说，什么好了，还没好呢，后面没修，鬓角也没剃好。

我瞥了一眼镜子说，差不多就行了，反正我是去赵春美家道歉，又不是去相亲。

你这人，跟个怪物似的，琢磨不透你！慧仙上下打量着我，把手里的梳剪往旁边一扔，随便你吧，反正是你的脑袋，你想怎样就怎样。

大约是午后一点钟左右，我像一个被押的罪犯在街上走，王小改在我左边，孙喜明在我右手，他们挟持着我带我去绣球坊赵春美家。

赵春美家的门虚掩着，王小改先进去张望了一下，出来和孙喜明商量，人躺在床上呢，还要不要进去？孙喜明犹豫，我不想进去，人已经退到门洞外，被孙喜明拉住了，东亮来都来了，道个歉就走，不用她起床的。我被他们两个人推搡着往里屋走，一眼看见已故的小唐在墙上的黑镜框里，阴沉沉地注视着我。我想起很多往事，不知怎么倒吸了一块凉气。孙喜明见我脚步拖沓，猜到我有点害怕，对我耳语道，记住了，打不还手骂不还口，就几分钟，挺一挺就过去了。

赵春美的房间窗户对着天井，王小改站在窗户前敲窗，春美姐，我带空屁来跟你负荆请罪了，你要打要骂都可以，好好出出气。

房间里静了一下，突然咣的一声，什么东西砸到窗户上了。里面响起赵春美嘶哑的吼叫声，滚开，给我滚开！

王小改说，他是要滚开的，不能让他这么滚开呀，太便宜他了，他要道歉，道完歉才能滚开。

窗户后面响起了一阵窸窸窣窣的声音，赵春美好像起来了，窗户吱吱嘎嘎呻吟了一声，大开了，赵春美的脸出现在一团幽暗里，我看见一张浮肿的泪光潋滟的脸，脑门上贴了一张膏药。她的目光停留在我的身上，看上去不是那么尖锐可怕，是一种冷静幽远的目光，带着一点点悲伤。道歉我不稀罕，我要库文轩的狗崽子下跪。她突然说，他要下跪，向我跪五分钟，再去向我家小唐的遗像下跪，替库文轩跪，跪五分钟！

我没有想到赵春美要我下跪，王小改和孙喜明一时也愣在窗前了。我转身就要往外面跑，孙喜明过来死死地抱住我，东亮你别走，她是气话，怎么解决问题我们再商量。我听见赵春美在窗户那边说，谁说是气话？他要么下跪，要么滚开，没什么可商量的。王小改觍着脸说，时间上能不能通融一下？五分钟加五分钟要十分钟，跪十分钟怕他不肯呢。赵春美拍着窗台尖叫起来，不肯就给我滚开，我让赵春堂来解决这个问题！孙喜明说，赵大姐呀你能不能变通一下，出来打他骂他，狠狠打，狠狠骂，一样出气的，下跪太难看，他跪不下去的。赵春美冷笑一声说，打他我怕脏了我的手，骂他我没那么多唾沫，我限你们一分钟时间，不下跪就都给我滚开。

王小改和孙喜明急眼了，王小改居然按住我肩膀往下压，嘴里警告我说，空屁你今天要是再不听话，别怪我手段辣，看我把你交给谁处理去！孙喜明急得在天井里团团转，东亮你就跪一下吧，跪一下也死不了人的。我们不看你下跪，我跟王组长到外面去，保证不看你行不行？

我一句话也说不出来，发疯般地左右摔打，挣脱了王小改和孙喜明的四条胳膊，我朝着赵春美家的门外飞奔而去，一口气跑出了绣球坊，依稀听见身后王小改的喊叫，空屁你跑，跑吧，你跑得了和尚跑不了庙！

跑到人民街上，我感到一阵疲惫，突然想起父亲的日程表，看看手表，早就超过了父亲规定的时间，我上岸已经三个小时了，正经事什么都没做，倒是惹下了一堆大麻烦。我走过杂货店门口的台阶，看见一堆人围在台阶上排队买花生米，不知是谁大喊一声，空屁，空屁来了！一支队伍都扭过头来看我，对我指指点点的，他们一定知道我惹下的祸了。我觉得自己像一只过街的老鼠，赶紧避开大路走小路，我拐进了七步巷，抄小路往人民理发店去，去拿我的旅行包。七步巷那么僻静那么狭窄，我却劈面遇到了孙喜明的儿子小福，小福一见我就对我喊起来，我爹上哪儿去了？我妈让我来找他，找不着他啊！我不好跟小福解释，就搪塞他说，你爹在绣球坊，自己找去！小福说，什么绣球坊？我不认识，你带我去找！我推开小福说，我没空，上岸都快三个小时了，我什么事都没办。小福在后面对我嚷嚷，站住，空屁你快站住，我不认识绣球坊呀，你没良心，我爹都是为你的事忙，忙到现在还空着肚子，你还没空？你要是个人，就带我去绣球坊！我被缠得不耐烦了，回头对小福喊，没空就是没空，我不是人，我是空屁，你们谁也别把我当人！

3

我第三次走进人民理发店，险些没能活着出来。

起初我没有注意到金阿姨的弟弟三霸。我只注意慧仙，慧仙不在，老崔和小陈一个埋头看报，一个对我挤眼睛，我也没有留意老崔的眼色。店堂里似有一股肃杀之气，没有一个女顾客，只有几个陌生男人的身影散落在长椅上水池边，我急着要去买米买盐，没有留意任何异常现象，径直到角落里去拿旅行包，这才发现我的旅行包被人锁起来了，一把自行车锁从旅行包提手上穿过去，挂在一根水管上。

一回头我看见了三霸阴森狰狞的脸，三霸说，空屁，你好大的胆，你惹我姐姐就是惹我，你才多大，怎么活得不耐烦了？

我仓皇地奔向理发店的门，已经来不及了。那三个陌生的青年堵住了门，我冲了几次没冲出去，双臂被他们反剪到了身后，身体像一个麻袋一样，被他们扔到了地上，我的脸恰好贴在三霸的腿边，看见了他小腿上的那个著名的老虎刺青。三霸顺势对我的脸踢了一脚，他说，空屁，我亲手修理你，传出去丢人，你别怕我，我不动手，让我小兄弟给你好好上一课吧。

那三个青年来者不善，像三颗阴沉沉的炸弹包围着我，其中一个留八字胡膀大腰圆的，人称李庄老七，他在金雀河一带的知名度与命案有关，少年时代捅死过人，劳教几年出来，又捅死一个，又进去，不知怎么又放出来了。我知道他们是三霸叫来的人，可是我不知道他们要给我上什么课。三个人都比我年轻，也就十八九岁的样子，统一穿着白色的大喇叭裤，色彩相仿的花格子衬衫，腕上戴着时髦的液晶电子手表，李庄老七裤子皮带上悬着个皮套，皮套露出一点寒光，里面是一把锃亮的电工刀。一个青年问三霸，大哥，今天上什么课？三霸没说话，李庄老七骂他的同伴，蠢货，当然是解剖课，拆他的喇叭！我注意到李庄老七的神情轻松而调皮，说着话还朝我挤眉弄眼，我听懂了他们的暗语，心里一慌，嘴里就向老崔和小陈求援起来，老崔，小陈，你们帮帮我！小陈摊开手，一副爱莫能助的样子，老崔则向门外指了指，我循着他的手势往门外一看，看见还有一个穿白色喇叭裤的青年在外面晃荡，很明显是在望风。我懂了老崔的意思，三霸严密部署了这堂"课"，他们都爱莫能助了。

　　很奇怪，我在绝望之下想起了慧仙，忍不住喊了一声，慧仙！慧仙不在。她不知跑哪儿去了。我听不见她的回应。三霸嘴里嬉笑着，眼睛却凶恶地瞪着我，你喊慧仙干什么？慧仙是你什么人？你是慧仙什么人？这会儿谁也救不了你，上课铃响了。

　　一个青年模拟起上课铃声，丁零零，丁零零。李庄老七朝手心吐了口唾沫，掏出电工刀来，在我的裤裆里点了一下。我下意识地大叫起来，李庄老七狞笑道，你叫什么，不过是拆掉你喇叭，不疼的。听说你爹喜欢吹喇叭，吹剩了半截喇叭，我们来替你圆一个孝道，让你向你爹学习，让你向你爹致敬！我用双手护住下身，拼命挣扎着站起来，朝店门外跑，门外那个青年身手矫健，迅速把玻璃门拉上了。我的头正好撞在玻璃门上，我的腰被李庄老七箍住了，腿也被另外两个青年绊住了，我精疲力竭，觉得自己像一张纸一样被他们摊在地上，他们解我皮带时我听见了自己的叫声，爹，爹！我自己都不相信，那是我的呼救声，我不知道为什么会向我父亲呼救，也许他是我在这世界上唯一的亲人了。我这么一喊，三霸对着我冷笑起来，你个没出息的空屁，喊你爹干什么？要不是你爹喇叭惹的祸，我们也不会摘你的喇叭，吹喇叭吹喇叭，我来挽救你们父子俩，让你们一辈子吹不了喇叭。

　　我看见李庄老七的电工刀拖曳着一道白光，在我的下身附近巡回，翘呀，翘起来，快翘起来，你不翘我们不好做手术！他开始当着其他人的面，用刀子挑弄我的生殖器，挑弄得饶有兴致。我感到一阵尖锐的冰凉的刺痛。这个瞬间，所有的羞辱和恐惧都被我忽略了，我忘了我躺在理发店里，似乎是躺在我家驳船的后舱里，躺在一个熟悉的噩梦里，三霸他们的脸在我面前晃动，每一张脸都是模糊的，但我父亲的脸在他们的身后时隐时现，眼角的皱纹和下颚的瘢癣清晰可辨。他的眼睛里噙满了泪水，苍老的脸上却浮现出一丝欣慰的笑容，我依稀听见了父亲劝解的声音，东亮别犟，别犟，忍一下就过去了，让他们剪，剪了也好，剪了就解脱了，剪了我对你就放心了。

外面响起了一阵尖厉的哨声，店堂里静了一下，我感觉到锁着我身体的所有手和腿有所松动，从三霸的腿缝间我看见了玻璃门外的动静，我的救星来了，是王小改和五癞子，他们站在门外跟慧仙说着什么话，那个负责望风的青年已经转移到店堂内，对三霸说，肯定是那小铁梅去报信的，这小骚货，胆子还挺大！

治安小组和三霸他们在玻璃门边对峙，三霸说，王小改你们手里抓的什么东西，接力棒啊？别拿这棍子来吓我，空屁他把我姐姐气得犯了心脏病，你说我能不能饶他？我来私了，你给我个面子，等五分钟再进来。王小改说，三霸你也给我个面子，你要私了，千万别在这里，这里闹出事情来是我的责任，换个地方，谁管你的闲事谁是小狗。

两拨人堵着门谈判的时候，慧仙在外面喊老崔和小陈的名字，两个理发师都不敢答应，慧仙就要往理发店里闯，两个小青年上去截住了她，李庄老七嬉皮笑脸地说，小铁梅你小心啊，你袒护空屁，就得罪我们大哥了，你不让我们拆空屁的喇叭，我们就让你帮我们吹喇叭。一句下流话把慧仙惹急了，她啪地打了李庄老七一个耳光，你们别以为我落到这一步，就由你们欺负了！欺负我的人还没有生出来！我认得你们，现在让你们嚣张，明天我一个电话打给地区人武部，让王部长派人来，带枪来收拾你们！

他们对慧仙还算客气，慧仙终于从三霸他们的人墙里挤了进来，抓起一把扫帚走近我，在我身上打了一下，你自作自受啊，活该，还不爬起来？我挣扎了几下，身体散了架似的，怎么也爬不起来。慧仙的手伸过来，还是没法把我拽起来，一跺脚对着老崔小陈嚷起来，老崔小陈你们是不是人？都什么时候了，还在看热闹？快过来帮帮忙，把他送出去！

老崔和小陈把我送到了门边，趁着三霸他们队形混乱，我跑到理发店门外。李庄老七先追上来，朝我腰间踢了一脚，我躲闪不及，被他踢中了。另一个青年抓过理发店的剃须刀追出来，拿剃须刀做飞镖，朝我的脖子飞，刀子从我的耳边掠过去了。我跑到街上，听见三霸在我身后大声叫喊，空屁我让你跑，岸上你能跑，水上我看你往哪儿跑！我可记得你家的船，向阳船队七号船对不对？你回船上等着我！

4

我拼命地奔跑。

我惊魂未定，身体各个部位都疼痛难忍，但我一直坚持在跑。恍惚中我觉得自己这样奔跑了很多年了。我从不练习跑步，可是我从小到大一直在经历各种各样的险情，必须拼命奔跑，不跑不行。奔跑途中我瞥见一个穿酱红色毛衣的女人从杂货店的台阶上走下来，那个高挑匀称的身影在我的左前方忽隐忽现，从背后看酷似我母亲乔丽敏。我从街路的右侧跑到了左侧，仿佛一条垂死的鱼追逐最后一滴水，我尾随着那个女人，突然强烈地思念起我母亲来了，我拼命地逃跑，心里软弱到了极点，明明知道我是在尾随一个母亲的幻影，但我仍然紧追不舍。我跑过杂货店，撞见一支排队买白色田径鞋的队伍，队伍里混杂了几个青少年，他们好奇地看着我，目光都沉在我的下身部位。有个愣头青冲出队伍追逐我，嘴里喊，空屁，空屁，三霸给你上的什么课？三霸拆你的喇叭了？我哪儿顾得上跟他们纠缠，折返到街道的右侧继续奔跑，我必须跑，不跑不行。经过一排宣传橱窗的时候，我瞥见了橱窗里"只生一个好"的计划生育宣传画，画上那个怀抱婴孩的年轻妇女再次让我想起了母亲乔丽敏，那张鲜艳而失真的面孔似乎临摹了我母亲的青年时代，一样灿烂的微笑，一样空洞的幸福，临摹得惟妙惟肖。我跑到街道的右侧，街道左侧母亲的幻影就消失了，我回头一望，恍惚中看见我母亲的幻影在后面监视我，她躲在梧桐树的树荫下，用一只塑料拖鞋不停地拍打树干，不成器的儿子呀，看着我干什么？现在想起我来了？已经迟啦！

我从棉花仓库边的小路穿出去，下意识地折向码头方向，一抬眼看见母亲的影子又出现在小路上，她从仓库幽暗的门洞里闪出来，举着拖鞋对我说，你往哪儿跑？别去船上，三霸他们会追来的。我挥手驱赶那个幻影，听见母亲的声音说，你还要撵我呢？这世上只有我会救你了，东亮你快回家去，回家去！我仓皇地停下了脚步，很奇怪，我停下脚步，母亲的幻影也消失了，她尖利的敦促和警告声也消失了。回家。我想回家。可是我的家在哪儿呢？我身心交瘁，头脑却很清醒，我的家在向阳船队的驳船上，我在油坊镇上没有家了，上船十三年，我在岸上早就没家了。这么熟悉的街道，这么熟悉的房屋，这么多的门洞和窗子，都是别人的家，没有我的家。我无处可去，在棉花仓库附近踯躅了一会儿，正要朝路边的水泥管子里钻，听见西北方向传来了学校放学的铃声，那铃声悠然回荡，让我回忆起了十三年前的放学之路，我恍恍惚惚地翻越了一大片堆放建筑垃圾的小山，我要回家去。这条通往工农街的捷径上缀满了我少年时期的足迹，时光在废墟中逆向流淌，我在满地报废的铁皮油桶和货箱中间穿梭包抄，有时候小心翼翼，有时候健步如飞，也就是三五分钟过后，一条熟悉的小街霍然在目，我看见了工农街九号，看见了我十三年前的家。

暮色掩映着油坊镇最幽静的心脏地区，工农街名不副实，街上的普通居民都已搬迁，只剩下了干部之家，街口停放的一辆吉普车、一辆上海牌小轿车显示了这地段的高贵，石子路刚刚铺上了沥青，所有人家门扉紧闭，掩映在梧桐树的浓荫里，显得门第森严。工农街九号的房顶院墙几经翻修，清除了鸟窝，斩掉了瓦檐草，崭新的红瓦和雪白的院墙在暮色中闪着洁净而温暖的光芒。

是我小时候的家。房子几经易主，新主人是综合大楼的纪主任，据说是副团级干部，去年刚刚转业，他有一个欣欣向荣令人羡慕的大家庭，两个儿子在部队，一个是海军，一个是空军。我站在两扇绿漆大门前，看见一大片茂盛的丝瓜藤叶从院子里爬到了门楣上，门上钉了好几块小牌子，五好家庭、光荣军属、优秀党员之家。我注意到纪主任家的信箱，还是我们家用过的旧铁皮信箱，刷了一遍奶黄色的油漆。我瞪着那信箱上隐隐泛出的"库"字，心里一阵酸楚，说不出是温情还是哀伤。抬头一看，院子里的枣树还在，一片枣树叶子落在我头上，我甩了甩头，树叶掉到了我的肩上，我摘下那片树叶，心里想房屋比人还健忘，看起来只剩下这片枣树叶记得我了。好多年没来工农街，悠闲的时候不来，心情好的时候不来，偏偏这个时候来了，我觉得自己像一条丧家犬，在狗窝的废墟上流连。有个男孩滚着铁箍从我身边经过，瞪着一双圆溜溜的眼睛盯着我，你是来送礼的？纪主任家人都上班去了，晚上才有人。我说，我不送礼，我是房管所的，来看看这房子。

十三年后，这个家对我只剩下凭吊的意义了。我沿着院墙走，看见墙根处我当年垒的兔子窝还在，纪家的人现在把它改做了垃圾箱。我走到东面的窗子前，窗子紧闭着，新加了一排铁栅栏，窗后挂了一条花窗帘，里面黑漆漆的看不清楚。那窗子后面曾经是我的小房间。我的铁床就放在窗下。我在窗边徘徊，注意到窗玻璃上贴着一对蝴蝶窗花，我换了几个角度，试图看清楚房间现在的布局，突然我被自己的举动吓了一跳，那一定是纪主任女儿的闺房呀，看不得。看不得！姑娘家的窗下，过去是我的禁地，现在仍然是，我一猫腰，从纪主任家的窗下走开了。

小街的另一侧有一棵大梧桐树，我打量着大树的树干和浓荫，灵机一动，对我来说那是我藏身的好地方，不仅安全，也便于登高观望我从前的家。我爬上了树，视线豁然开朗，院子里老枣树还在成长，整个院子被枣树的树冠覆盖了一半，另一半到处架着晾杆和绳子，纪主任家不知从哪儿弄来这么多的鸡鸭鱼肉，一时吃不掉，鸡和鸭，猪头和鱼，都分门别类地腌过，晾在院子里。那不是我家的院子了。凭我的记忆，枣树下应该有个花坛，花坛里有一丛月季花，我母亲栽了很多年月季，别人的月季都开花，母亲栽的不开花，花事为我们一家的命运埋下了伏笔。我们搬出工农街的那年春天，月季花正好开了几朵，是第一次开花，粉红色的花骨朵小小的、瘦瘦的。我现在还记得半夜里起来撒尿，看见月光下母亲坐在花坛边，对着那丛月季花总结自己的人生。她对我说，这是我的命呀，都是你爹作的孽，月季花总算开了，我却要滚蛋了，看不见花了！

我在梧桐树上看见了母亲最后的幻影。我进不了工农街九号，母亲的幻影却顺利地进去了。我看见母亲穿着酱红色的毛衣站在枣树下，她的目光越过院墙，恨铁不成钢地怒视着我，不准爬树，快下来，回家，回家！我的头脑很清醒，幻影的指令是听不得的，这个家近在咫尺，可惜不是我的家了。我坐在树上，感到腰部渐渐地疼痛起来，我知道李庄老七那一脚很厉害，也许会给我留下祸害，我坐在树上揉着我的腰，忽然百感交集，这是第一次，我在反思自己的人生。父亲和母亲，我为什么选择父亲呢？如果当初我不从母亲身边逃走，我的前途会不会好一点？父亲和母亲，谁的教育对我好一点，谁更有资格把我培养成人？如果跟着母亲，我会失去驳船，失去河流，但至少在岸上有一个家。河上岸上，哪一种生活对我好一点？我思考不出什么结果，然后我听见了自己心里绝望的回答，都是空屁，是空屁，哪一种生活都不好！河上岸上都一样，我还不如在这棵树上住一辈子呢。

我趴在树上，对着梧桐树的枝杈和树叶发呆，街上的一条黄狗首先注意到了我，黄狗悄悄跑到树下，猛地对我吠叫起来。我吓了一跳，以为是李庄老七他们追来了，我向更高的树杈上攀登，凭高一望，工农街上静悄悄的，有一户人家的门打开，探出来一个花白的脑袋，四下张望一番，又缩回去了。狗吠引来了那个滚铁箍的男孩，男孩来到树下，大惊小怪地朝我叫道，你那么大的人还爬树？你爬到树上干什么？我说，不干什么，我累了，在树上睡觉呢。男孩说，骗人，鸟才在树上睡觉呢，你是人，怎么在树上睡觉？我说，我是人鸟，我的家在树上，人鸟累了都睡树上啊。男孩狐疑地观察着我，突然又叫道，骗人，哪来什么人鸟？你不是说你是房管所的吗，房管所修房子，不修树，你爬到树上干什么，是不是要偷东西？你一定是小偷吧！这下我有点急了，我说，爬到树上就是小偷？你个小杂种也狗眼看人低？我告诉你，我在这儿住的时候，你还没从你妈肚子里钻出来呢。

男孩收起他的铁箍，风风火火往东边一个门洞跑，我怕他要去叫大人，赶紧从高处往下转移。我看了看手表，按照父亲的规定，我的上岸时间已经超时六个小时了，不管三霸和李庄老七他们是不是已经守在船上，躲在树上总不是长远之计，我心急如焚，毅然跳下了树。跳下树我才意识到自己两手空空，我的旅行包没了，我的旅行包忘在理发店里，上岸大半天，我都干了些什么呀？倒霉事接二连三，面粉没有买，菜油没有买，粮油站却要关门了。

我左顾右盼地赶到了人民理发店门口，为了预防埋伏，我四下观察了很久，没有什么异常，只是在附近的垃圾堆里，出现了一大堆闪亮的玻璃碎片，我能够分辨出哪些是镜子的残骸，哪些是桔子水瓶的残骸，但我不知道我逃走后理发店里发生了什么样的冲突。人民理发店提前打烊了，门口的波纹灯停止了转动，花坛里那两朵向日葵似乎受了惊吓，蔫蔫地躲在肥大的叶片里，不再亮相。理发店门窗紧闭，人已散去，玻璃门上新贴的一张告示引起了我的好奇，我过去一看告示，马上屏住了呼吸，告示上的每个字都像一颗子弹射入了我的胸膛。

即日起禁止向阳船队库东亮进入本店。

人民理发店全体职工

他们禁止我进入理发店了。他们没有禁止三霸和李庄老七进入理发店，禁止的是我！我有什么错，他们凭什么禁止我进入公共场所？我的肺气炸了。我用手去撞那扇玻璃门，里面没人，撞门声惊动了对面弹棉花的浙江人，夫妇俩都一头棉絮地出来了，男的手里提着我的旅行包，女的拿着一捆白花花的新棉被。男的嘴里啧啧地替我庆幸，对我说，你跑得很及时哦，三霸其实叫来了四个人呢，幸亏大阎王去买香烟了，否则你今天就吃大苦头了，大阎王你听说过吗，他比李庄老七厉害多了，最爱砍人胳膊，在凤凰镇一口气砍过四条人胳膊，我亲眼看见的！女的推开丈夫，急着把旅行包和棉被交给我，这棉被是慧仙送给你爹的，说是还她小时候欠下的人情。她强行把那条新棉被塞到我的怀里，拿上东西快点走吧，你看见对面那布告了吧？慧仙让我转告你呢，说是集体意见，你以后理发去别处理，他们不欢迎你进人民理发店了。

我猜得出慧仙的心思，这是要跟我划清界限了，这个结果是在情理之中，却在我的意料之外。我抱着那条棉被，抱了一下，又塞回到那女人手里，我说，一床棉被我不稀罕，她要还人情，让她还到别人家去！我拿过旅行包，心里突然生起一种不祥的预感，马上伸手去夹层里摸，没有摸到我的工作手册，这应了船民们常说的一句话，怕丢什么丢什么，包里的坛坛罐罐一样不少，偏偏那本工作手册没有了。我几乎惊叫起来，工作手册呢？谁拿了我的工作手册？我惊恐的样子把那对夫妇吓着了，男的一脸狐疑蹲下来，帮着我一起在包里翻查，女的不乐意了，撇着嘴牢骚满腹地往作坊里走，嘴里大声说，这船上人就是难缠，你好心替他保管个包包，他赖你拿他东西呢，我们再穷也穷不到那份儿上，谁要拿你一个本子？我以前开小店卖过本子的，一个本子只卖五分钱呀！

惩　罚

超时那么久，父亲的惩罚在所难免。

不仅是超时的后果，一定是谁听说了我在人民理发店的丑事，或者是看见了玻璃门上的告示，反正有人管不住自己的嘴，告诉了我父亲，我人还没回到船上，父亲就知道我在岸上闯了大祸，他一反常态地钻出了船舱，左手拿着擀面杖，右手拿着一圈绳子，像一尊别出心裁的复仇者的雕像。

别人看他站到船头上公开亮相，都去跟他搭讪，老库你怎么气成那副样子，你拿绳子擀面杖干什么？他说，不干什么，我在等东亮，你们看见他了吗？大家都说没看见。父亲说，没看见就算了，其实我知道他在哪里。别人又问，你拿个擀面杖到底要干什么，要打东亮？他勉强扔掉了擀面杖，不是不是，我等着他面粉擀面呢，等了一天，没等来他的面粉！德盛女人听说他没饭吃，端了一碗饭菜过来，安慰他，老库你别性急，东亮马上就回来给你做饭了，你先吃点垫个肚子。他拒绝了德盛女人的好意，又对她说了一半真话，我气都气饱了，吃不下饭，我不是为了饭，他胆大包天了，一去不回呀，他一定在岸上戳穿天了。德盛女人说，东亮那么大的人了，岸上一定有什么事耽误他了，说不定会对象去呢，早点回晚点回，他都要回来，有什么大不了的，再怎样你也不至于拿绳子捆人吧？我父亲说，德盛家的你不知道啊，听说他去岸上干下流事了，国有国法家有家法，他思想品德有问题，动不了国法动家法，不捆不行！

　　我提着旅行包走到驳岸上，一眼看见了父亲手里的那圈绳子。船队的人有的幸灾乐祸地看我，有的好心地朝我摆手，让我不要上船。父亲的愤怒在我的想象之中，我不吃惊。我做了他最不可容忍的事情，我和赵春美金阿姨莫名其妙搅和在一起，我准备承受相应的惩罚，也许是五个耳光，也许是下跪五个小时，也许是写一篇五千字的检讨书，这取决于我的悔改态度。我万万没想到他翻出了那根绳子站在船头，居然要捆我！我二十六岁了，王六指的几个女儿都看着我，春生的妹妹也看着我，码头上的李菊花也许正在油泵房里悄悄地注意着我，我怎么能让他捆？我的腰痛得厉害，我刚刚逃脱了三霸的追剿，累得像一条狗，我的父亲，我的亲生父亲，他竟然要捆我！我在岸上已经没法混了，如果被他当众绑起来，我在船上也没法混了，我还怎么活下去，怎么追求幸福的明天？

　　我决定留在驳岸上，等父亲消了气放下那根绳子。小福不计前嫌，跑过来帮我的忙了，我让他把旅行包放到船上去，转念一想，万一父亲今天不准我上船，万一我要在驳岸上过夜，万一我被父亲赶下船来，我要快刀斩乱麻，痛痛快快在岸上开始新的生活，坐火车坐汽车，旅途离不开旅行包，这个旅行包暂时要留下。我把瓶瓶罐罐从包里一样样拿出来交给小福，小福聪明地将这些东西分了类，先把酱油瓶子醋瓶子抱上船去，放在我父亲的脚下。父亲很礼貌地对小福说，谢谢你小福，你是个好孩子。我看他对小福和颜悦色，以为他气消了呢，没想到小福刚一转身，父亲就把酱油瓶子扔到岸上来了，他说库东亮你个孬种，你没有腿了，还是没有胆了？让人家一个孩子做你的搬运工？

酱油瓶子在我脚下碎裂，一瓶酱油都溅到了我裤管上。我擦拭着裤子，火气也冒到了头顶，你也有腿，你也有胆，不是要绑我吗？你到岸上来，来呀，上岸来绑我。

我说完就后悔了，这种激将法损人不利己。父亲的脸色气得发绿了，他说，好，你真的以为我不敢上岸？我两条腿好好的，怎么就不敢上岸？我就上岸，上岸来绑你。

多年不上岸，父亲不会走跳板了。他勇敢地走到跳板前，一只脚试探了一下跳板的韧性，另一只脚小心地跟进，却不敢往前跨了。父亲以一种怪异的立正姿态，颤颤巍巍站在板头上，我不由得喊了一声，小心！他竭力保持着身体的平衡，上气不接下气，用手指着我说，小心什么？别来这一套，我知道你的阴谋，我掉到河里淹死了，你就自由了！可惜我没那么容易死，我只要有一口气，就要管着你，我跟你同归于尽！

德盛跳到七号船上去了，过去把我父亲拉下了跳板，老库你别冲动，千万别上去了，你这是晕板，硬撑着走，会掉到水里去的。

我父亲抓住德盛说，怎么会晕板呢？我以前走惯的，扛着一麻袋大米都能走的。

德盛说，这不奇怪，老库你多少年不上岸了？你这样下去，别说晕板，就是不晕板上了岸，你还会晕岸呢。

德盛左右摇晃着身体，手抱脑袋，模拟着晕岸的样子，晕岸跟晕船一个道理，从来不坐船的人容易晕船，从来不上岸的船民就容易晕岸，你老是躲在舱里，躲出毛病来了，你把船当了地面，把地面当了船，所以就晕岸啦。

德盛这一席话把我父亲说得有点走神，他惶恐地巡视着河岸，眼睛一眨一眨的，似乎在思考德盛的理论，然后他的目光猛然一跳，跳到我身上，愤怒重归他的脸上，你还不上来？等我晕板还是等我晕岸呢？他用手指绞着绳子，对我高喊道，你好大的胆子，惹了这么大的祸，还在负隅顽抗？

我说你要捆我，我就负隅顽抗，你把绳子交给德盛，我就上来。

交给德盛干什么？他不是专政机关，也不是你爹，我是你爹，什么叫绳之以法你忘了？今天你犯下了滔天大罪，我要对你绳之以法。

我们父子俩隔岸对峙着，德盛女人也上了七号船，劝我父亲把手里的绳子交给她，说东亮那么大的人了，自己都到了做爹的年龄了，船上岸上这么多人看热闹呢，他力气比你大，怎么能让他绑？你就算绑住他，那是他孝顺，顺了你，自己就没脸面了，传出去他以后怎么做人？德顺女人说的话既得体也在理，周围看热闹的船民听了直点头，只有我父亲摇头，他说，德盛家的，我不是要他孝顺，是要他进步，你们不知道，让他进步比登天还难呀，我教育他他不进步，我放松教育他就退步，我最近对他松了一点，他就到岸上违法乱纪去呀，他是贱骨头，他不要宽大，我就对他专政。

德盛女人撇嘴说，什么进步退步，船上用不了这些的。不就是过日子嘛，日子太平就好。我去跟他说说，让他上船认个错，以后不要惹你生气了？

父亲说，他认错没用的，他天天认错天天不改，他就是屡教不改的典型呀。

德盛女人第一个注意到我反常的面色和痛苦的表情，她指着驳岸说，你看看东亮，那脸色煞白煞白的，他好歹算个孝子，把你气成这样，自己也不好受呢。老库你快放下绳子吧，要不你拿着绳子进舱里，家法国法随便你用？东亮他是要个脸面，没人看见不丢脸，你先让他上了船再说吧。

德盛配合着他女人，在一边试探地抽了一下我父亲的绳子，父亲警惕地把绳子攥紧了，嘴里说，什么孝子？你们不知道的，他是个孽子！绳子没松手，父亲脸上的愤怒出现了松动的迹象，德盛发现了，又用力抽一下，这次，他成功地把绳子抽出来了。

父亲的脸上出现了疲惫而厌倦的神情，好，看在大家的面子上，我不捆他了，他今天也不要上船了，到岸上去，让他腐化堕落去，寻衅闹事去，违法乱纪去，我不用家法，自然有人用国法，他这样下去，迟早要尝到无产阶级专政的滋味。

我以为父亲让步了，刚走到跳板上，一根擀面杖迎面飞过来，谁让你上船的？要上船先跪下！跪下！父亲对我喊道，你不肯跪？不肯跪就滚回岸上去！我身体一闪，闪过了擀面杖，腰上的伤痛却因此加剧了。我的腰痛越是厉害，委屈就越是强烈，委屈越是强烈，愤怒越是无法遏制，我突然用手指着父亲，向他发出了最后的通牒，你今天到底让不让我上船？告诉你，今天不让我上船，我就永远不上这条船了。

你敢用手指我鼻子？你敢威胁我？我还怕你的威胁？父亲挥舞着手对我吼起来，你滚，滚到岸上去，从今往后，我没有你这个儿子。

一股热血冲上我的头顶，恶向胆边生，刹那间无数恶毒的语言从我的嘴里倾泻出来，犹如汹涌的洪水向我父亲奔涌而去，谁稀罕做你的儿子，谁稀罕你这个爹？库文轩你脱下裤子给大家看看，谁稀罕你这个爹？别人的爹都有一根鸡巴，为什么你只剩半截鸡巴？半截鸡巴，还有什么脸教育我？半截鸡巴你还有什么脸绑我？库文轩我告诉你，我落到今天这个地步，都怪你的鸡巴！

我这么一嚷，听见船队十一条船上訇地一响，船民们嘴里同时发出了惊叹声，东亮造反了，造反了！我看见父亲面色惨白，身体在船上摇晃，他注视我的目光像最后一根绳子，仓促地抛过来，没有套住我，自己散开了，断了。他的眼神与其说是惊恐，不如说是绝望，一口痰呛到了他的喉咙，他吐痰，吐不出来，引发了一阵剧烈的咳嗽。

德盛夫妇还在船上，他们过去搀扶住我父亲，扶着他往舱篷里走，德盛边走边瞪着我，说，东亮你今天是鬼魔附身了？你爹是你的阶级敌人，你把他往死里打？别人贬损他的脏话，我们都说不出口，今天都让你说光了！德盛女人一边拍打我父亲的肩膀，一边对他说，千万别介意，最近有人在镇上大白天撞见鬼，白天见鬼会丢魂，东亮一定是在镇上丢了魂啦。

我沿着驳岸朝码头奔跑，双腿发软，肩膀莫名地颤抖，我知道这是我生命中最累的一天，偏偏又是必须奔跑的一天，我必须跑，不跑不行了。

孙喜明夫妇俩在驳岸上堵住了我，他们注视我的表情不一样——男人看上去很焦急，女人的眼神躲躲闪闪，掩藏不住她的内疚，从那眼神里我一下就猜到她是告密者。孙喜明一把抓住我的胳膊说，东亮你往哪里走？你敢走？你到底要去哪里？

我一时没有目标，挣脱着他的胳膊往前走，别管我去哪里，地球那么大，我就不信没有我去的地方。

孙喜明紧追不舍地撵着我走，一把抓住了我的旅行包喊道，地球是很大，可地球不归你，归党归社会主义的！

孙喜明女人在后面拍手跺脚，东亮你到底要往哪里走啊？大家都说你这不好那不好，我说他们都瞎了眼睛，东亮干活好，又是个大孝子呀，马上船队要评选光荣船了，我们都说要评你们七号船，你这一走，还怎么给你戴光荣花呢？

我对她本来就没好气呢，回头对她喊，我不稀罕光荣花，送给你戴去，你告密有功！孙喜明的手在我的旅行包上狠狠地拍了一下，东亮，你别撒不出尿来怪夜壶！小福他妈是好心办坏事，怕你爹担心才给他透了点底！你爹不是赵春美，他怎么打你骂你你也得认，不准跑，你跑了让他怎么办？我又对着孙喜明叫喊起来，再不跑我还算个人吗？我受够他的罪了，他不缺胳膊不缺腿，以后让他自己管自己。孙喜明说，好，好，你算个人，你管不管你爹是你们家私事，我管不了，运输生产我要管，你一走驳船怎么办？明天舱里要装油料了，船上的事你爹什么也不懂，你不能影响生产呀。我说我什么也不管了，从今天开始，我跟向阳船队一刀两断，我要到岸上去旅行，去北京，去上海，还要去广州，去哈尔滨！

我跑了一阵，好不容易摆脱了孙喜明夫妇的纠缠，船队几个男孩子腿快，不知怎么追到我前面来了。小福问我，五癫子说你的鸡巴今天差点让人剪了，差点就跟你爹一样了，是不是真的？春耕鬼头鬼脑地盯着我的裤裆，说，你是畏罪潜逃吧，王小改说你一天到理发店去三次，说你去对慧仙耍流氓，你敲过她了？怎么敲的呀？我被他们说恼了，又无心跟这帮孩子计较，就用力踹了春耕一脚，闷着头向前跑。我把春耕踹痛了，他抱着膝盖在后面嗷嗷大叫，一边叫一边骂我，库东亮你这个花痴，癞蛤蟆敲天鹅，剪你鸡巴是活该！

路过码头油泵房，一个纸团从里面飞出来，落在我脚下。我下意识地停住脚步，看见李菊花一身蓝色工装，倚在门口看我，她看我的神情不同以往，眼神严峻，嘴角上浮现出一丝讥嘲的冷笑。我说，李菊花我怎么得罪你了，你对我到底有什么意见？她说，你没得罪我，我就是在想呢，知人知面不知心，看你的外表仪表堂堂，怎么心里这么肮脏呢？我愕然地瞪着她，李菊花你把话说清楚，我心里怎么肮脏了？她掸掸身上工装的袖子，说，我没那个兴致说，你自己做的事，还用我说？她看我一脸茫然的样子，鄙夷地说，装傻呢？还要我提醒你，你在理发店对小铁梅干什么了？那种事，王小改说得出口，我说不出口！我突然明白了，一个可怕的谣言以讹传讹，正像细菌一样在码头四周扩散。我一时愣怔在油泵房门口，气得手脚冰凉，耳朵里隐隐听见李菊花的嘟囔声，随你堕落去，反正不关我的事，你也不是我什么人，你堕落到监狱去也不关我的事。

我没必要向李菊花申诉我的冤屈，径直朝治安小组办公室奔去，我满腔怒火去找王小改算账，跑到窗边一看，王小改不在办公室，杂乱的屋子里只有陈秃子和五癫子在下棋。两个人头顶头，嘴里都骂骂咧咧的，我注意到他们头顶上挂着一块黑板，我的名字赫然在目：

今日治安状况通报

向阳船队船民库东亮在人民理发店调戏妇女。

那一行歪歪扭扭的粉笔字看得我眼冒金星，我一时失控，忘了门在哪里，撞开窗子就要往里面跳，屋子里的两个人闻声回过头，竟然都发出一声怪叫，五癞子敏捷地抓起了桌上的治安棍，先朝我扑过来，好呀，你个空屁，你今天把油坊镇搅得六缸水浑，我们这个月的工资要扣光了，正愁没空收拾你，你倒自己送上门来了！

我搬起一张小凳子朝五癞子砸过去，五癞子闪了一下，陈秃子冲上来了，我看见陈秃子怀里的东西就傻眼了，他不知从哪个角落里悄悄抱出来一杆步枪！步枪上了刺刀，刀尖闪着寒光，陈秃子抱着那杆步枪，眨巴着眼睛，威风凛凛地向我一步一步逼来，空屁，今天我让你看看治安小组的厉害！

也不知道是出于理智还是胆怯，看见那步枪我就跳下了窗台，鸡蛋不撞石头，我拼命地跑，不跑不行，今天到底是个什么样的日子啊，陈秃子竟然向我亮出了一杆步枪！我一口气跑到棉花仓库那里，回头一看，陈秃子站在办公室门外，举起枪对我瞄准，嘴里模拟着子弹出膛的声音，砰，砰，砰！我知道他没有子弹，但那刺刀狭长而刺眼的光令我胆寒，我不敢再去惹他们了。在棉花仓库的门口，我做了一次短暂而重要的调整，拿起看门人遗忘在小凳子上的搪瓷杯，喝了一口茶水，还捡起他的破毛巾擦了一把脸，然后我抬眼看了看东边棋亭的方向，棋亭上空飘浮着几片苍老的晚霞，我一看见晚霞映照的棋亭，立刻想起了"历史"这个深沉的字眼，棋亭啊棋亭，它是邓少香烈士生命的终点，却将成为我生命的起点，我要到棋亭去，我要出发了！

众所周知，棋亭附近是一个类似黑市的陆路交通枢纽，从公路上来的油罐车卸下油料后，司机会在棋亭边滞留一会儿，顺便拉上几个搭顺风车的客人，交五毛钱，你就可以坐上汽车去很远的地方了。

多日不见，棋亭的外观让我吃了一惊，我发现古老的六角棋亭只剩下三个角，青龙飞檐不见了，亭柱被彩条塑料布包围起来，六根石柱子从塑料布里勉强地探出头，提醒过往的人们，这里曾经是油坊镇最庄严的地方。岸上发生了这么大一件事，我却不知道。这是谁干的？一定是赵春堂啊，他到底要干什么？我的注意力被毁坏的棋亭转移了，匆匆跑过去，看见两个很邋遢的工人蹲在地上，就着一缸茶水吃馒头，脚边扔了一堆大锤子、小榔头和千斤顶之类的工具。

我指着那工人说你们好大的胆子，怎么敢拆棋亭，谁让你们来拆的？一个工人嘴里嚼着馒头，坦然地回答，我们没这胆子，赵春堂派我们来的！另一个工人说，赵春堂也没这个胆子，是上面同意他拆的。我问他们上面是谁，是哪一级领导？他们说是哪一级要问赵春堂去。我问他们拆了棋亭要干什么，一个工人说，这地盘金贵嘛，好像是要扩建停车场，现在油坊镇这么多车，油罐车、农用车，还有军用车辆，停车没地方啦。我一气之下就大声质问起他来，你们猪脑子啊，是停车重要还是纪念革命烈士重要？那工人被我问得一愣，推托说，你别问我，问领导去！他们再也不肯理睬我，我换了和缓的口气问他们一个关键问题，拆了棋亭，纪念碑怎么办？你们准备把纪念碑竖到哪里去？这问题问了好几遍，两个工人都不愿意回答，我给他们一人敬了一支香烟，一个工人才开了金口，就这么一块石碑嘛，地下还有个衣冠冢，移址很容易，说是移到县城的革命历史博物馆去。

另一个工人看我情绪冲动，有点好奇我的来头，目光忽上忽下，研究着我身上的旅行包和衣服皮鞋，终究搞不清我的身份，小心地问我，这位同志，你是什么人？我差点脱口而出，邓少香烈士的孙子！话到嘴边人忽然清醒过来，想起这个光荣的身份已经烟消云散，三十年河东三十年河西，现在我还不知道是谁的孙子呢。我只好对着棋亭叹了口气，非要是什么人吗？我什么人也不是，是群众，随便问问！

闹了半天你是群众？那工人顿时舒了口气，轻蔑地瞟了我一眼，那你对我们发什么火？你是群众我们也是群众，你有什么火气向领导发去。

事关烈士纪念碑，都是各级领导的决定，我确实没有资格指手画脚。我走到棋亭边撩开塑料布朝里面看，一股酒气袭来，原来拆亭子的人马来了不少。还有两个工人躺在里面，四仰八叉地睡觉，一张旧报纸上陈列着他们的残羹剩饭，几只大白鹅在饭盒和酒瓶间漫步。鹅来得蹊跷，引起了我的注意——大白鹅在哪里，傻子扁金就在哪里。我再朝亭子里侧细细一看，果然发现了傻子扁金的身影，他怀里抱着一只小鹅，正坐在角落里吃工人的剩饭呢。

我不知道傻子扁金为什么要到棋亭来。看见傻子我就会想起他的屁股，想起他的屁股我就会联想我父亲的屁股。鱼形胎记。屁股上的一条鱼。我父亲在血缘上与一个傻子竞争，已经竞争了好几年了，这场奇怪的竞争让我感到屈辱。我不愿意和傻子扁金在一起。几乎是一种条件反射，我害怕人们比较的目光，岸上船上的很多糊涂人，他们一看见我和傻子碰到一起，就兴致勃勃地议论我们各自的长相血缘，库家父子，傻子扁金，到底谁是邓少香的后代？船上的人大多倾向我们父子；岸上的人却采取不欺负弱者的态度，坚持说傻子屁股上的鱼形胎记最像一条鱼；还有人慷慨激昂地表示过，他们情愿烈士的后代是个傻子，也不愿意库文轩这样的腐化堕落分子来给烈士的英魂抹黑。

我站在棋亭外揣摩傻子扁金的来意，不远处的茶摊边有几个镇上人在观察我，他们竟然为我和傻子扁金的相遇雀跃起来，看啊，傻子在这儿，库东亮也在这儿呢！他们七嘴八舌地争论着什么，不知怎么话题集中在我的屁股上了，几个人的眼睛都怀着探求的欲望，火辣辣地盯着我的屁股。陈秃子的堂哥陈四眼看上去有文化有教养，还戴个眼镜，可他竟然上来拉扯我，提出了一个非分的要求，空床你来得正巧，你爹天天窝在船上，他的屁股我们没机会看，你把屁股亮出来跟傻子比一比，你们谁是邓少香的子孙，让我们群众先来评个公道！陈四眼是找死，要动嘴要动手他都不是我对手，但我没有心情和这帮人纠缠，陈四眼你滚开，让你老婆来，我前面后面都给她看，你没得看！我嘴上回敬着陈四眼，脚步却对他退避三舍，匆匆地跑向了停车场。

棋亭上空的晚霞中回旋着一股不祥的寒流，我感到浑身不适，从码头到棋亭，到处都是我的是非之地，我要走，越快越好。我注意到停车场上停着几辆油罐车，有一辆车已经发动了，司机发现我要搭车的样子，从驾驶室里朝我招手，你去哪里？快点，快点上车。我朝油罐车跑去，脚都踩到驾驶室的台阶上了，听见司机在里面说，我的车去幸福，你顺不顺路？顺路先交五毛钱！我不知道司机说的幸福在哪里，是乡下还是集镇？管它在哪里呢，幸福，这地名听上去多好，我去，我就去幸福。

司机打开驾驶室的门，一只手朝我摊开，五毛钱，先交钱后上车。我刚要掏钱，听见耳边掠过一阵奇异的人声，不远处的路口一片嘈杂，有人在轮番叫喊我的名字，库东亮，站住，你不准走，库东亮，你不准走！那不是幻觉，一群孩子呼喊着我的名字，从码头方向拥过来了，是向阳船队的一群孩子，他们像胡蜂一样朝我嗡嗡地包围上来，有人抱住了我的腿，有人夺下我的旅行包，小福像个老妇女一样跺着脚，对我叫嚷道，库东亮，你还在这里游手好闲，你爹出事了，他喝了农药，送到医院抢救去啦！

噩耗来得无情，却又自然而然，我打了个冷战，跳下卡车就往医院方向跑。我摆动双臂，以为自己跑得很快，可我的腰痛发作了，腿是软的，胸口喘不过气来，怎么跑也跑不快。小福在我的左前方，边跑边训斥我，还不快跑，你爹在医院里抢救，你还慢吞吞地跑，你是人还是畜牲？春耕在我的右面，他也学着小福的样子骂我，都是你惹的祸，好汉做事好汉当，你算什么好汉，现在害怕了？把自己亲爹气得喝农药，自己做了缩头乌龟，你跑得比乌龟还慢！春耕的妹妹四丫头跑在最后督阵，她竟然拿了一根树枝来打我屁股，就像打一头消极怠工的老牛屁股，还不快跑？你要赶紧去立功赎罪！她一边喘气一边控诉我，库东亮你罪大恶极，自己的亲爹再不好也是亲爹，每个人只有一个亲爹一个亲妈，死了就没有了——你把自己的亲爹扔下就跑，没良心——要不是我妈喝过农药，要不是我爹鼻子灵，你爹死在舱里都没人知道呀！

　　我听见四丫头的话，再也忍不住了，一边跑一边呜呜地哭起来。孩子们从来没见过我哭，我一哭，他们都停下来慌张地看我的脸。我捂住脸，不让他们看我的眼泪，我捂住脸在街上跟踉着跑，孩子们以为是他们把我骂哭了，撵哭了，有点心软，不再骂我撵我了。四丫头说，别哭别哭了，我们不骂你就是了，这次犯了错误，以后记得要改正啊。春耕皱着眉头说，空屁你丢人呢，妇女都知道坐下来哭，你边跑边咧着个大嘴哭，还不如妇女！街上有过路人好奇地看着我们这支奔跑的队伍，喂，你们跑什么？船队死了人啦？四丫头尖声说，我们船队从来不死人，你们镇上才经常死人！小福推搡开那些好管闲事的路人，我们跑步呢，关你们什么事？闪开，都闪开，你们没见过长跑比赛啊？

　　德盛女人和孙喜明女人站在油坊镇医院的门口迎候我们，两个女人交流了欣慰的眼神，一个说，还好，东亮没走成。一个说，我家小福真能干，真的把东亮带来了。看见那两个女人，我有了主心骨，人反而崩溃了，我爹没事吧？我这么喊了一声，身体一软就瘫倒在她们身边。我站不起来，感觉到两个女人在拉拽我的手，一人拉一条胳膊，我把胳膊交给了她们，但我的身体以及灵魂都恐惧地赖在地上，不肯起来。哪来的农药？谁给他的农药？我们家没有农药的。我浑身瑟瑟发抖，嘴里机械地重复着几句话。德盛女人说，现在追究不了这件事，先要追你爹的一条命，你站起来，快站起来呀。孙喜明女人用手指点着我脑袋，嘴里不停地数落我，现在知道害怕了？刚才跟你说道理，你怎么就不肯听？岸上的人你不信，我们的话你也不信？哪儿有你这样造反的？你差点反掉你爹一条命呀。

他们径直把我带进了急诊室。一别数年，我不记得这急诊室的格局和设施了，却清楚地记得房子里特殊的气味，脚臭味血腥味还有碘酒气味和饭菜香味混杂在一起，闻到这股气味，我就犯恶心。河上十三年，这间急诊室竟然成了父亲与油坊镇土地的唯一联系。上一次来，是为了缝合父亲的阴茎；这一次，是为了救父亲的生命——每一次我都罪责难逃。我也是谋害父亲的凶手。我是凶手。凶手再怎么跑也没用，我跑不掉了。我站在门口，感到一阵强烈的反胃，我怕自己会吐出来，就蹲在一只痰盂前，迟迟不敢站起来。孙喜明女人说，东亮你怎么回事，你爹在角落里躺着呢，你怎么蹲在这儿？我揉着自己的腹部说，等一下，等一下。德盛女人看看我的脸色，又看看孙喜明女人，那就等一下吧，这一天东亮过的什么日子啊？他一定是想吐，不是饿出来的，就是吓出来的。

我蹲在痰盂边，目光努力地抬起来搜寻父亲。我看见急诊室几张正规的病床上都躺着人，父亲躺在角落里的一张长椅上，被氧气瓶输液架和人群包围着。两个女护士围着他跳来跳去，一个男医生正在给他洗胃，忙乱中有个声音在喊，按住，按住，按住腿，按住肚子！撬开，撬开，把他的嘴撬开，把他的舌头撬开！父亲像一头衰弱而倔强的老牛，拒绝屠宰加工。他不合作的态度引起了女护士的不满，女护士不便向病人发作，厉声呵斥着旁边的几个船民，你们怎么这么笨？这么多男人这么大的力气，弄不住一个老头，看他又喷了我一身！船民们在长椅边仓皇地穿梭，终于各就各位：王六指按住了父亲挣扎的身体，孙喜明和德盛守在长椅两侧，一个人手里端着痰盂，一个人举着一只输液瓶。然后孙喜明突然发现了我，眼睛一瞪，来不及骂人，最终给我下了一道命令，你还愣在那里干什么？赶紧过来帮帮王六指，按住他的肚子，你不知道你爹有多犟，他不想抢救，不肯洗胃！

我什么也顾不上了，冲过去按住了父亲的腹部。父亲的眼睛瞪着我，瞪得比铜铃还大，他想说什么，无奈嘴里塞满了管子，一句话也说不出来，他想用手来推我，偏偏他的双手都被王六指死死地扣在椅子上了，动弹不得。我知道父亲的痛苦，父亲不知道我的痛苦，我的痛苦不比他轻，头疼欲裂，胃里翻江倒海，呕吐已经憋不住了。我知道我不能吐，应该让父亲先吐。我拼命按住他的肚子，爹，快吐，快吐啊，吐出来就好了。父亲还在犟，嘴巴一吐一吸，试图把嘴里的橡皮管子吐出去，我用手掌牢牢地保护住那些橡皮管了，爹，快吐，不是吐管子，快把农药吐出来，吐出来就好了。

父亲憋了一口气，愤怒的眼神突然变得轻松了，一股腥臭发黑的污水从他嘴里飞出来，溅到了我的脸上，我没有躲闪。很奇怪，父亲一吐，我再也憋不住了，我也吐。吐。吐。父亲吐到了我脸上，我吐到了他的身上。

孤　船

父亲出院的时候，向阳船队已经离岸走了。

我背着父亲走到码头上，远远看见七号船孤零零地停在驳岸边，一条被遗弃的驳船，似乎停靠在世界的尽头。河上十三年，七号船第一次脱离了向阳船队，成为一条孤船。我突然觉得驳船变得那么陌生，河岸变得那么陌生，甚至金雀河水也变得陌生了——平时河水流得那么匆忙，隔得很远就可以听到水流的声音，河面上到处可见彩色或银灰色的油污，上游冲下来的枯枝败叶，还有淹死的小动物腐烂的尸体，那天下午的金雀河上没有任何漂浮物，洁净得令人生疑，宽阔的河面像一匹暗蓝色的旧绸缎在我眼前铺展，静止不动，看上去很美，可是，美得荒凉。

医院三日，父亲的身体已经很臭了，我一路背着他，先后闻见他嘴里的气味，头发上的汗臭味，还有来自他衣裤的酸馊味，所有气味集合起来，竟然是一股强烈的鱼腥味。我很困惑，父亲为什么这么腥？我背着他回家，就像背着一条巨大的空瘪的腌鱼回家。

父亲早已经清醒，但一路上他拒绝跟我说话，沉默是他最后的威严，他保持沉默便保持了惩罚我的姿态。除了偶尔晃动的两只脚，我看不见背上的父亲，看不见他的眼睛，可是我知道他的眼神已经没有了仇恨，那眼神空洞、虚无，带着一点痛苦，类似鱼的眼神。出院时医生建议我和父亲多说话，说很多轻生的老人存活之后，会并发老年痴呆症。我想和他多说话，却不知道怎样开头，更不知道怎样结束，与父亲交谈，仍然是考验我的难题。父亲干枯的身体紧贴着我的后背，我们父子的心，却已经远隔千里。我看不见父亲的嘴巴，看见的是他嘴里吹出来的一个个泡泡。不知是医生的医疗事故，还是我父亲的生理原因，经过了几次全面的肠胃清洗之后，他的嘴里开始间歇性地吐泡，起初他吐出的泡泡是褐色的、浅棕色的，吐到后来那些泡泡的品质改变了，它们变得晶莹透明，看上去惹人喜爱。我背着父亲走到码头上，阳光从河面上折射过来，秋风吹拂父亲的脸，吹下他嘴边最后一个泡泡，那泡泡先落在我的肩上，然后慢慢地滚落在我的身前，我惊喜地发现那个泡泡变色了，它先是呈现金色，继而闪烁出彩虹般的七彩之光。

装卸区站着三个抽烟的码头工人。那个刘师傅对我喊，空屁，你们家出了什么事？别的船都走光了，你家的船怎么还在岸边？他们很快发现我背上驮着个老头。库文轩出来了！刘师傅这么叫了一声，三个人一下子鸦雀无声，很快我听见了他们小声的商议，去看一眼，去看一眼。我知道工人们对我父亲很好奇，但他们的态度我接受不了，我父亲又不是什么稀有动物，为什么要说看一眼呢？我拼命朝刘师傅摇头，三个人不管不顾，径直冲到我们面前，过来研究我父亲的脸和身体。我用脑袋撞开了他们，三个人不得已退到了一台起重机下，纷纷发表观感，一个小伙子嗤地一笑，说，果然是个怪人，他的嘴里还会吹泡泡呢，跟一条鱼似的！刘师傅的声音听上去充满同情心，感叹道，也就十几年没见，他怎么老成这样了？这个人的人生，好坎坷啊！第三个码头工人自作聪明，见到了我父亲马上质问刘师傅，你说他就是邓少香的儿子？亏你相信这套鬼话，这老头子明摆着是冒牌货嘛，你们算一算邓少香牺牲的时间，那箩筐里的婴儿现在也顶多四五十岁吧，看看老头那张脸，他起码七十岁了，怎么可能是邓少香的儿子！

父亲在我背上动了一下，一股腥味扑入我鼻孔，他的嘴巴又张开了。我以为这次他要为自己的年龄辩护，结果他把别人的错误归到了我的头上。你安的什么心？这么宽敞的路，你非要往人前走，快绕过去往船上走啊！父亲在我的大腿上蹬了一脚，手在我的脖子上掐了一把，他说，不情愿背你别背啊，要背你就好好背，你背不了几步路了，把我放到船上你就可以走了，我再也懒得管你，我把自由还给你。

一只野猫正蹲在我家的船头俯瞰着河水的动静，那野猫长年在码头一带流浪，也许认识我，发现主人回来便自觉地撤离驳船，从我脚边一溜烟地逃走了。我背着父亲小心地走过跳板，看见野猫在船头给我们留下了纪念品——一堆猫屎，外加一条柳条鱼精致的骨骸。前舱的舱板不知被什么人拉开了一半，偌大的前舱是空的，一半沐浴着阳光，一半沉在暗影里，无油可运，空置的船舱嗡嗡地收集着河水的回声。我对河水的声音是如此敏感，走过舷板的时候，我听见前舱忠实地复制着河水的声音，下来，下来。很明显，河水之声被放大了，父亲也听见了什么，他的脑袋在我的肩膀上无力地抬起来，前舱里是什么声音,他们在输油吗?我说,我们的船不输油了,爹,前舱是空的,什么也没有。

我把父亲背进后舱,安置在他的沙发上,他颓然地躺下去,嘴里发出了一声满足的轻叹。我说,爹,我们到家了,到家就好了。父亲说,是我的家,不是你的家,你把我送到家,我要谢谢你,你不是要到岸上去到处流窜吗?现在可以去了,去流窜吧!我说我走不了,你身上脏了,还要给你烧水洗澡呢。他犹豫了一下,说,那就再谢谢你,再谢一次,我是该洗个澡,洗好澡你就可以走了。

那天下午的金雀河躁动不安,我起身拿了吊桶去河里吊水,吊桶投进河中,收集起一片河水的秘语,河水在吊桶里说,下来,下来。我在灶上支锅烧水,河水煮开了仍旧不依不饶,河水的秘语在铁锅里沸腾,下来,下来,下来。我坐在船头守着火灶,心里充满了莫名的恐惧,我不知道河水的秘语是赠送给谁的,是给我还是给我的父亲?

向阳船队的船民都清楚,我父亲洗澡麻烦多,需要一级戒备。我把大木盆搬进舱里,小心地把舷窗都关上了,这是防止窥视的常规手段。我父亲也许是金雀河两岸最特殊的男人,别的男人光着身子跳大神也没人稀罕,我父亲的裸体,始终是人们争相偷窥的对象。他的裸体不同凡响,正面背面都极具观赏价值。倘若你有幸窥见他的正面裸体,便可看见传说中的半截鸡巴,那是我父亲的羞耻。倘若你有机会看见他的背面裸体,也就看见了他屁股上的鱼形胎记,那是父亲的荣耀。这几乎是一场漫长的防御战,父亲悉心保护他的光荣,也全力以掩藏他的羞耻。即使是我,也没有机会正眼面对父亲的裸体,每当父亲在后舱洗澡,我的任务是掩护和阻击,我沿着舷板巡逻,负责驱赶那些前来窥望的孩子。那天下午本来是父亲最好的沐浴时机,驳岸上没有人,岸边只剩下我们一条船,不需要我出舱巡逻了。我关上窗,发现父亲的目光还是很胆怯,他左顾右盼地说,外面谁在吵,我耳朵里嗡嗡的,是什么人在岸上?我说,船队早走了,岸上没有人,没人来偷看你,你放心洗吧。他警惕地瞪着舱门和舷窗,说,小心为好,我觉得外面有人,不安全,你把舱门也关上吧。

关上舱门,舱里一下变得很闷热。我把热水灌进大木盆里,替父亲脱下了酸臭的衣服。脱到裤衩了,他说,裤衩不脱,到盆里自己脱。我把他扶进盆里,看他歪斜着身子慢慢地往水里坐,那样子似乎有点半身不遂。你不要看我，有什么好看的？他皱着眉头对我说，把毛巾给我，背过身去，背过身去你就可以走了。

我顺从地背过身去，可是我不能走。我看着舱壁上邓少香烈士的遗像，刹那间我产生了一个奇异的幻觉，似乎看见邓少香烈士沉睡的灵魂苏醒过来，从墙上偏过头打量着木盆里的那个裸体，目光幽远，充满忧伤。库文轩，你真是我的儿子吗？库文轩，你到底是谁的儿子？我身后响起了断断续续的泼水声，听起来有气无力，我不敢回头，爹，你洗得动吗？洗澡很累的，要不要我来帮你洗？他说，我还有一口气呢，前面我能自己洗，后面你帮我洗。我正要转身，听见父亲喊，别过来，现在别过来，再等一会儿。我只好等，等了一会儿，父亲终于允许我转身了，他说我的后背一定脏死了，天天都很痒，我不是故意要拖住你，你帮我洗了后背就可以走了，抹上肥皂冲洗干净，你就可以走了。

我蹲到木盆边，一眼看见父亲臀部上那个鱼形胎记，鱼的头部和身体已经褪色，几乎辨认不出了，只剩下一个鱼尾巴，还顽强地留在松弛苍白的皮肤上。我大惊失色，忍不住叫起来，爹，你的胎记怎么回事，怎么都褪了？就剩下一个鱼尾巴啦！

父亲在木盆里打了个寒噤，什么鱼尾巴，你胡说什么？他的脖子艰难地向左下方转动，转不过来，你吓唬我呢？我的胎记跟别人不一样，我的胎记不会褪的。

真的褪了，爹。原来是一条鱼，现在只剩下个鱼尾巴了。

父亲的脑袋转向右下方，还是转不过去，他急眼了，身体扭来扭去，一只手在我身上狂乱地拍打着，你是故意在骗我？我不信你的鬼话，你让我看，让我自己看。

爹，你糊涂了，胎记长在屁股上，你自己看不见的，是褪了，我不骗你，这么大的事情，我怎么敢骗你？

父亲坐在木盆里一动不动，他湿漉漉的身体不停战栗，枯槁的脸上老泪纵横，眼睛里燃烧起一股猜忌的怒火。我知道了，是医生给我洗掉的。怪不得最近那儿很疼很痒，好呀，好一个阴谋，借着救死扶伤的名义害人，他们销毁我的胎记，就是在销毁证据，他们要割断我和你奶奶的联系呀！

爹，你别赖到医生头上，我天天在医院看着他们呢，医生给你洗了三次胃肠，没见他们洗你的胎记。

你幼稚！幼稚！你看得见他们洗我的胃，看不见他们迫害我的阴谋。岸上都是赵春堂的人，医院里都是赵春堂的人，他们早就串通好了。你们为什么要送我去洗胃？你们也没安好心，为什么送我去岸上？送我上他们的手术台，不如直接把我推到太平间去啊！

父亲的脸已经完全扭曲了，随着情绪的波动，他嘴里频频孕育出大大小小的泡泡，一串串泡泡疯狂地向我飘来，带着浓重的鱼腥味。我又惹了大祸。我后悔莫及。为什么我就管不住自己的嘴巴呢？刚渡过一劫，还没得到父亲的宽恕，我又惹祸了。我手足无措，努力寻找着莫须有的理由安慰他，爹，那鱼尾巴好歹还在呢，就算鱼尾巴也没有了，你还是邓少香的儿子！真的假不了，假的真不了，搞阴谋的人，搬起石头砸自己的脚——我昨天在医院听说，地区工作组又要下来了，要给你翻案来啦。

翻案？你听谁说的？他的眼睛一亮，亮了又暗淡下去，又来诓骗我？你不用撒这个谎了，现在我想通了，不用他们为我翻案，只要给我颁发一张烈属证，我把烈属证留给你，就可以去见马克思了。父亲坐在木盆里，突然像个孩子一样呜咽起来，想想我这辈子，我不甘心，我能甘心吗？他攥紧我的手，一边呜咽一边问我，我坚持了十三年了，等了十三年，我等到了什么好消息？我等到的都是坏消息啊，谣言、诽谤，还有阴谋！父亲突然抹抹眼泪，指着我鼻子说，还有你，也要怪你不争气，我只有你这么一个儿子，我辛辛苦苦教育你，教育了十三年，可我得到了什么回报？天天都听到你堕落的消息啊！

爹，我以后会为你争气的，你要坚持，坚持下去，迟早会等到好消息。

我不是铁人，恐怕再也坚持不住啦。父亲慢慢止住了哭泣，也许是体力透支的原因，他的脑袋突然后仰，撞在我的肩膀上，他的声音变得疲惫而沙哑，东亮，你告诉我，你一定要说实话，我活着还有什么意义？你是不是盼着我死？我是不是该去死了？

我什么也说不出来，情不自禁地抱紧了父亲干瘦的身体，父亲下意识地挣扎，他越挣扎我把他抱得越紧。我的眼泪夺眶而出。绝望的父亲被我抱在怀里，我觉得他像我的儿子。这个身体已经接近一条风干的腌鱼，鱼脊般的脊柱又脆又薄，背部长满了来由不明的银色的斑片，就像一片片鱼鳞。光荣牌肥皂的气味已经掩不住父亲身上奇特的腥味，我抱着父亲的身体，忽然觉得父亲的来历疑云重重，历史是个谜，他也是一个谜。父亲，我的父亲，你到底从哪儿来，你会到哪里去？我感到茫然，目光投向邓少香烈士的遗照，女烈士躲开了我热忱的目光，她在墙上飞快地转过脸去，只给我留下一个模糊的背影。我颓然低下头，这一低头的瞬间，我看见了父亲背上的那个金色光斑，那光斑来得如此神奇，它有头有尾，微微摆动，看起来是一条活灵活现的金色鲤鱼！起初我不知道那光斑来自何处，四下一看，终于发现它来自紧闭的舷窗，窗子已经被风推开了一条缝。在一厘米的窗缝间，我看见了历史的金色光束，金色的历史降落在河面上，半个世纪之前的金雀河水向我奔涌而来，苍苍茫茫，我看见邓少香烈士遗留的竹编箩筐随波逐流，一个婴孩和一条鱼乘着箩筐随波逐流，我看见浩荡的河水淹没了婴孩，一条鱼跳出了箩筐。鱼。一条鱼。是一条鱼。我为自己的发现感到恐惧，那是历史的谜底吗？我父亲如果不是那个箩筐里的婴孩，是那条鱼吗？

外面很吵啊。父亲在我的怀里闭了一会儿眼睛，突然又睁开，东亮你还没走？外面为什么这么吵？不是人的声音啊，是河水在说话？今天河水怎么说起话来了呢？

我惊讶于父亲灵敏的耳朵，他的身体如此羸弱，竟然听见了河水的秘语。我试探地问，爹，你听见什么了？河水在说什么？

他屏息听着，茫然地说，是河水在对我说话，下来，下来。

我感到震惊，原来以为只有我听得懂河水的秘语，现在我父亲也听见了，这不是什么好兆头。我看着父亲沉默不语，我不知道那天下午的金雀河出了什么事。河水一旦泄露所有的秘密，驳船为什么还要停在河水之中呢？我感到铁壳驳船在摇晃，我父亲的生命在摇晃，我的水上之家也在摇晃。下来，下来。父亲的听觉很敏锐，河水的秘语越来越清晰。我没有办法跳下河去捂着河水的嘴巴，河水呀河水，你为什么这样性急，你是在呼唤我父亲，还是在呼唤一条鱼回到你的怀抱？

我抱着父亲走投无路，无意间瞥见铁床下扔着一团绳子，我盯着绳子，心里突然萌生了一个大胆的主意。我的心跳加剧，匆匆地把父亲从木盆里抱起来，放到我的铁床上。父亲在我怀里叫起来，错了，我不上你的床，把我放到沙发上去，放沙发上你就可以走了。我不敢说话，默默地替父亲换上干净的衣服，趁着给他换袜子，我自然地蹲了下来，从行军床下悄悄抽出了一截绳头，开始在父亲的脚上缠绕第一圈绳子。起初他并没有察觉，是我的手不争气，一直不停地颤抖，引起了他的注意，父亲突然尖叫起来，双脚拼命地蹬踏，你干什么？你在用绳子捆我？儿子捆老子啊，你疯了，你这是要报复我吗？

爹，不是报复，我要救你。我一着急，不分青红皂白地加大了捆绑的速度，爹，你忍着点，一会儿就捆好了，今天河上很危险，我不准你下去，不准下去，有我在，我绝不能让你下去！

父亲没什么力气，挣扎了一会儿就放弃了。捆吧，你捆吧，我养你这么大，教育你这么多年，最后就落了这么个下场。他的眼睛里渗出一点泪光，一个晶莹的泡泡从他嘴里不自觉地吹出来，掉在木盆里不见了。父亲含泪凝视着我，他说，迟了，河水都在催我下去了，不管你做孝子还是做孽子，现在都迟了，我捆你没用，你捆我也没用，现在什么都迟了。

父亲的绝望令我害怕，也让我伤心，我觉得一股热血朝我的头顶涌，不迟，不迟，爹，你等着！我一边向父亲发誓，一边开始把他的手绑在铁床架上，爹，你别犟，别犟啊，你等着，我马上上岸去，今天非要让赵春堂那狗杂种上船来，给你道歉，给你送烈属证来！

我父亲叫起来，不准做蠢事，也不全是他的错，强迫的道歉不算道歉，逼来的烈属证不是烈属证，我不要。你不准去岸上，不准去，你要去，把我扔到河里再去！

我决心已定，被束缚的父亲阻止不了我的计划了。我抱着大木盆出去，泼掉了盆里的污水。为了不让父亲的皮肉受苦，我还检查了所有的绳结，不能太紧，也不能太松。我准备了两个馒头一杯水，放在父亲的脑袋旁，爹，我出去不知多久回来，你饿了自己吃馒头，渴了就喝口水。我手里还提着一只夜壶，准备放在他的屁股下，转念一想，父亲的手脚都捆着，怎么小便呢？我去解父亲的裤子，父亲的身体蜷缩起来，他怒吼着朝我脸上啐了一口。我知道我触犯了他的禁忌，只好与他商量，爹，不脱不行呀，要是你想小便怎么办呢？你爱干净，总不愿意尿在裤子上吧？父亲停止了无谓的抗争，他的眼睛里淌出两行浑浊的泪水，大约僵持了两分钟以后，父亲背过脸去，我听见他说，脱吧，你不要看，答应我，你不要看。

我答应了父亲，但是脱下他短裤的一瞬间，我无法克制地朝那里看了一眼，父亲的阴茎把我吓着了——它像一只废弃的蚕茧，小心翼翼地躲藏在毛丛里。它的形状超出了我的想象，比我想象的更丑陋更卑琐，散发着一种凄苦的气息。我下意识地蒙住了眼睛。我蒙着眼睛往舱门口走，走上木梯我才放下了双手。我不知道我哭了，当我松开手，觉得手上湿漉漉的，我看见我的两只手，手掌心和指缝间都是泪水。

纪念碑

我上岸去了。

上岸的时候金雀河尽头的晚霞已经暗淡下去，缤纷斑斓的云朵越来越少，一眨眼就变成了虚无的灰色云团。晚上七点钟，平时这应该是我从岸上回船的时辰，但这个黄昏不一般，我有计划，我上岸去了。

码头上的照明设施已经提前亮了，有一片探照灯的灯光守护着油泵房，雪白的光束穿过码头上的货堆和空地，蔓延到驳岸上，我看见我家的船被照亮了一半，还有一半则消沉地浸在水里，看上去满腹心事。我一下船，那只流浪的野猫不知从哪儿窜出来，又跑到了我家的船头上去了。我没去驱赶它，野猫上去也好，父亲一个人在舱里，无人托付，只好让野猫暂时守护他了。

晚风吹过来，被汗水湿透的棉毛衫贴着我的身体，我感到有点冷。码头的水泥地面不久前铺过沥青，软软的有点黏脚，有点温暖，我发现了沥青的温柔和怜悯，才意识到自己忘了穿鞋子。从驳岸到装卸区一路平安，四周空无一人。白天积存的所有货物都已卸空，码头看上去空旷得出奇，也安静得出奇。油泵房里隆隆的机器停止了运转，李菊花和她的同事都下班了，装卸作业区的工人也走光了，一台龙门吊和几台轻型塔吊都安静地匍匐在夜色中，抬眼仰望着高大巍峨的圆形储油塔，储油塔塔顶亮着一排蓝色的小彩灯，看上去像蓝色缎带拴着一个巨人的脖子。

我不相信安静，太安静了就有鬼。我走过治安小组办公室，果然，那里面还亮着昏黄的灯光，窗子里有人在朗诵什么诗歌或者散文。突然朗诵停止，传来几个人放肆快乐的笑声，陈秃子和五癞子笑得响亮，那个女治安腊梅花笑得喘不过气来，一边笑一边求饶似的喊道，别念了别念了，要笑死人了，我的肠子快要笑断啦。

我悄悄站到窗边，警觉地听着里面的动静，他们笑了一会儿，王小改又开始朗诵了，这次我清晰地听见了一个熟悉的句子。啊，水葫芦爱着向日葵，海枯石烂不变心！

我头脑里嗡地响了一声，一下就用手捂住了耳朵，没有人比我更熟悉那个抒情的句子，啊，水葫芦爱着向日葵，海枯石烂不变心！工作手册，五十四页或者五十五页，写于慧仙在地区金雀剧团的日子。我不知道这是怎么回事，我的工作手册为什么会落到王小改的手里？他们为什么要朗诵我的日记？我正要往治安办公室里闯，听见腊梅花说，小改你怎么不念了，再念点有意思的让我们听听啊。王小改说，我就抢到了这几页，老崔拿了几页，小陈也撕了几页，其他的，都让人家慧仙拿走了，我们也不好跟她争，她是向日葵嘛！腊梅花嘴里喷喷地响着说，其实这空屁也很可怜的，他不是痴汉等老婆吗？

腊梅花那一句话让我愣在门口，半天缓不过神来，我为自己的日记而羞愧。我很后悔，可是事到如今，后悔有什么用呢？我每次上岸都把工作手册藏在旅行包夹层里，是为了提防父亲翻看我的日记，结果我防住了父亲，日记却落到了这些人的手里！我站在治安办公室门口犹豫了半天，终究没有勇气冲进去，只听见自己嘴里的嘟囔声，秋后算账，秋后算账。其实我不知道要找谁秋后算账，是王小改、老崔、小陈，还是慧仙？或者是要找三霸和李庄老七报仇？我抬头看了看黄昏的天空，回头看看河岸，七号船孤零零地停泊在一片暮色中。我很快清醒了，父亲现在比我重要，父亲的一条命比我的工作手册更重要，今天夜里我谁也不找，我要去找赵春堂。

我直奔综合大楼，到了大楼前才意识到我的计划是一厢情愿，我来晚了，干部们都已经下班。除了传达室和零星的几个窗子亮了灯，四层楼的大部分窗口都是黑的。我搜寻着赵春堂的专车，那辆曾经风光一时的吉普车看来已经被闲置，委屈地栖息在角落里。原先停吉普车的地方，现在停了一辆苏联产的伏尔加轿车，黑色的、崭新的，看上去很气派。

司机小贾拖了一根水管，认真地冲洗着伏尔加轿车，冲得遍地污水。我绕过了一摊摊水渍，去向小贾打探赵春堂的行踪，你在等赵春堂下班吗？赵春堂在不在楼上？司机小贾斜着眼睛看我，你算老几，打听这干什么？我说，不干什么，我有要紧的事情向他反映。小贾还是对我横眉冷对的，手里继续冲水，嘴里傲慢地说，你有什么事情先向我反映，看看值不值得向书记反映，你能有什么要紧事情？又是为个烈属证来闹事吧？

在油坊镇上办事要先敬烟，我给小贾递了一根香烟，他勉强接过去，看了看香烟上的徽标说，飞马牌的？不抽。我只抽大前门。他把香烟扔到驾驶座上，鼻孔里哼了一声，都什么时代了，只有你们船上人还把飞马牌当个好烟。看他的脸色稍微和缓了一点，我对小贾说，我不是找赵春堂闹事的，是让他去救一个人，你告诉我他在哪里，我下次送你一条大前门香烟，不送就是畜牲！小贾皱起了眉头，一条大前门香烟算个屁啊，好意思说！你鬼鬼祟祟地找赵书记到底干什么，他又不是医生，救什么人？我被小贾逼急了，干脆对他和盘托出，我不是求他救人，是求他救命，我爹要寻短见，今天赵春堂一定要到我家船上走一趟！小贾冷冷地一笑，你爹刚出医院，怎么又要寻短见了？你们家的事我可是清楚的，你爹寻死觅活，都是让你气的，只有你救得了他，赵书记去也没用，救不了他！

我放弃了小贾，到综合大楼的传达室打听赵春堂的下落，幸亏传达室里的女人是新来的，不认识我，看我火急火燎的样子，她倒是向我透露了一个有用的信息，赵书记今天很忙的，来了三批检查团，夜里还要陪客人吃饭呢！我特意绕到大楼的侧面，朝食堂的窗子一望，小餐厅里黑灯瞎火的很冷清，只有两个陌生的干部模样的人对坐在窗边，不知在吃饭还是在说话。我跑到窗边向那两个干部打听，你们是不是检查团，赵春堂今天陪你们吃饭了吗？一个女干部打量了我一眼，脸上露出暧昧的笑容，我们是计划生育检查团，赵书记不陪我们吃饭，陪别人吃饭去了。我又问，赵书记陪谁吃饭去了，在哪儿吃饭？另一个男干部掩饰不住酸溜溜的心情说，陪谁吃饭我们不清楚，光是听说他们去吃螃蟹，客人有级别，餐馆也有级别，哪儿有级别高的餐厅，你就去哪儿找嘛。

我突然记起来春风旅社的阁楼最近改造成了一个豪华大包间，那个曾经隔离我父亲的阁楼，听说成了赵春堂宴请贵宾的秘密场所。我朝春风旅社的方向匆匆地走去。路上遇见一个瘦高挑的竹竿似的少年，戴个眼镜，耸着肩膀，书包夹在腋下，他从学校的方向过来，与我擦肩而过。我知道那是理发师老崔的孙子，油坊镇中学的尖子生，老崔在理发店多次吹嘘这个孙子学习如何拔尖，如何有前途。有前途的人一般不和没前途的说话，我没准备和他交谈，这男孩从我身边傲慢地过去了，突然折返回来，追着我边走边问，你是库东亮吧，我问你一个历史问题，毛主席他老人家什么时候到过油坊镇的？我敏感地意识到这突兀的问题与工作手册有关，便装作没听见，加快了脚步。没想到这个讨厌的高中生居然不依不饶地追上来了，他喘着气对我说，你跑什么？我向你请教问题呢，毛主席不接见油坊镇的人民群众，怎么偏偏去接见一朵向日葵呢？伟大领袖接见一种农作物，怎么可能？库东亮，你为什么随便编造历史啊？

很明显，我的日记快变成大众读物了，老崔的孙子一定看到了我的日记，也许是三十页，也许还有三十一页三十二页，这个书呆子少年怎么会懂得我的秘密呢？我没有兴趣跟他探讨历史，更没有义务透露我青春期的秘密，我瞪着眼睛对他大吼一声，历史是个谜！你个狗屁孩子懂什么历史，给我滚！

撵走了那少年，我有点心虚，走在黄昏的油坊镇上，仿佛看见自己的隐私像一盏盏路灯，慷慨地照耀着这个小镇，照亮了小镇人寂寞的生活。我怀疑好多人家窗子里传来的笑声与我有关，与那本工作手册有关。我沿着街道的阴影线朝春风旅社走，一路小心地避开所有行人，一个沉重的谜团始终压着我的心，我的工作手册还剩下多少页了，剩下的日记还在慧仙的手上吗？

在春风旅社的门口，我停下了脚步。旅社门口还挂着欢庆五一的灯笼，周围冷冷清清，没有车马的痕迹。我抬头朝旅社的窗子张望，三层楼的水泥楼房，包括顶楼那个神秘的隔离室，每个窗子都拉上了紫红色的窗帘，我无法判断工作组检查组是否在此入驻。我吸紧鼻子，闻不到炒菜的香味儿，屏息倾听，听不见杯盘觥筹的声音。我的心沉了下去，走到旅社大门边去推门，门反锁着，从门玻璃上可以看到有个人趴在服务台后面打瞌睡，我敲玻璃，敲了几下，服务台后的脑袋没有抬起来，一个懒洋洋的女人的声音传出来，谁？住宿要证明，先去派出所开证明。我在门外说，我不住宿，我来找人。里面的女人说，找谁？找人也要登记，你是什么人？你找什么人？我没有透露自己的名字，说，你们这里有个豪华包间吗，赵春堂在不在里面陪客人吃饭？女人睡眼惺忪地站起来，努力朝外面张望，声音听上去充满戒备，你到底是谁？你听谁说我们这儿有豪华包间的？我想了想，耍了个小聪明，是赵书记啊，赵书记让我上这儿来找他。那女人还是不肯开门，眯着眼睛朝门玻璃张望，我不认识你，你不是什么干部嘛。她的脑袋很快地沉到服务台后面去，恶声恶气地说，找书记去综合大楼，我们这里没有书记，只有旅客。

我扑了个空，这也怪不得别人，怪我捕风捉影，我至少应该去赵春堂家里看看的。我转身朝红旗街走，走到红旗街上，看见满街的残垣断壁竖立在夜色里，状如怪物，这才想起来赵春堂的家拆迁了，他早就搬了家，我不知道他家搬到哪儿去了。我泄了气，一屁股坐到了一只破板凳上，我觉得自己疲惫到了极点，人累过了头，伤患就作怪，我的腰部疼得厉害，坐在板凳上怎么也站不起来了。

红旗街街口还耸立着一座孤零零的石头房子，是李麻子的豆腐作坊。作坊里亮起了灯，门里门外堆着一袋袋黄豆，这么晚了，李麻子夫妇还在灯下忙碌，呼啦呼啦地推着石磨磨豆子。父亲很喜欢吃他家磨的豆腐，李麻子的豆腐不要券，我想机会难得，应该带几块豆腐回去给他补补身体。于是我坐在板凳上朝豆腐作坊喊了起来，两块豆腐，两块豆腐！李麻子的女人在里面应一声，手上托了两块豆腐出来，看门外没人，怪叫起来，遇到鬼了，是谁喊买豆腐的？我朝她招招手，这儿，这儿买豆腐。她看我坐在一片废墟上，先是吓了一跳，看清楚我的脸，嘴里又叫起来，黑灯瞎火的你坐在那里买豆腐？你是存心吓唬人呢！我试着站起来，突然想起这豆腐买不得，我拿了两块豆腐满世界去找赵春堂，算怎么回事呢？我就朝李麻子的女人摆摆手说，算了，不买豆腐了，我喊着玩呢。她恼了，嘴里咿咿呀呀地叫起来，你拿我们寻开心呢，这红旗街上现在拆得鬼气森森的，你坐在黑处买豆腐，买了又不要，我真要把你当鬼魂了！我站起身来到亮处，对她含含糊糊表达了歉意，大嫂呀，我是来找人的，你知道赵春堂家搬到哪里去了吗？

这一问提醒了她什么，她没有回答我的问题，托着两块豆腐，眼睛闪闪烁烁地直视着我，嘴里又是哎呀一声，我认识你的，你不是那库文轩的儿子吗？我知道你找赵春堂干什么，要烈属证吧？你找赵春堂没用，找谁都要不到烈属证了，邓少香烈士的儿子找到啦，不是你爹，不是傻子扁金，五福镇的蒋老师才是真命天子，人家本来就是中学校长，现在已经提拔成教育局长啦。李麻子的女人说到一半，注意到我脸上的表情起了变化，她夸张的声音突然变得胆怯了，唉呀呀，你这小伙子怎么这么瞪着我呢？要吃人呢？吃我？又不是我让你们家当不成烈属的，我是听综合大楼的王阿姨说的，王阿姨是听人家工作组的同志说的。

李麻子扎了个围裙气势汹汹地出来了，他看也没看我一眼，一出来就劈头盖脸地把女人训了一顿，你这个长舌妇在这儿卖豆腐，还是在卖情报？你就是做间谍卖情报，也要问问什么价钱，也要问问卖给谁吧？什么狗记性，你忘了他爹以前派人来割我们的资本主义尾巴？一共就三袋子黄豆，都没收了，连石磨都充公了，你忘了那天你怎么鬼哭狼嚎的，现在好了伤疤就忘了疼啦？他要问什么，先还我们三袋黄豆来！

我没想到李麻子对我父亲这么记仇，更不知道父亲在岸上树敌无数，其中还包括磨豆腐的李麻子夫妇。红旗街也不宜久留，我顶着李麻子夫妇敌对的目光向前走，咬着牙跑出了他们的视线。来到了人民街上，我终于松了一口气。天色已经黑下来了，路灯亮了，油坊镇的街道在灯光下半掩半露，干净的主街看起来更干净了，肮脏的小巷则更显肮脏了。空气里残留着路边人家晚餐的气味，有的是猪肉诱人的香味，有的是炒腌菜辛辣刺激的味道，我饥肠辘辘心急如焚，却不知道该去哪里。李麻子女人透露的那个消息，虽然无从考证真伪，但这消息一定传开了，邓少香烈士的后代有了新人选！我知道父亲漫长的等待将在崩溃中结束，他不会相信，他不相信，他不相信也没用了。

刹那间的绝望让我改变了上岸的路线，我丧失了寻找赵春堂的勇气。我到棋亭去，起初并没有什么非分之想，那里人多嘴杂，小道消息满天飞，我想去找人证实五福镇蒋老师的消息。走到棋亭那里，我意外地发现四周人影寥寥，摆茶摊的方寡妇撤了摊，平时聚在茶摊前的人也就不见了。停车场上倒是停着几辆油罐车和卡车，几个外地司机铺了张塑料布在地上，聚在一起打扑克，有个满脸络腮胡子的司机坐在驾驶室里，看见我便朝我挥手，搭便车的？快上来，我马上开车了，五毛钱送你到幸福！

五毛钱去幸福。到幸福去。那么好的地方，那么便宜，可惜我去不了了。

我在棋亭旁边徘徊，看见路灯下自己的影子忽长忽短，游移不定。我突然开始怀疑我上岸的意义了，空屁，空屁，我对父亲的誓言是空屁。我上岸干什么来了？我什么也做不了，我什么用也没有，我什么也不是，我是空屁，空屁。我对着棋亭自怨自艾，看见夜色中的棋亭还是岌岌可危的破败样子，一阵风吹来，围挡着棋亭的塑料布被风吹开了，吹开一角，亭子里钻出一片奇异的三角形的幽光，刺痛了我的眼睛，我记得自己就是被那片幽光所吸引，鬼使神差地钻进去了。

棋亭里面乱七八糟地堆放着工人们留下的工具，锤子、铁镐，还有一个小型的千斤顶。没有工人，傻子扁金也不在，我看见他的两只鹅——一只鹅调皮地站在一把锤子上，另一只鹅不可原谅地蹲在烈士碑上，拉了一摊恶心的鹅屎。

是邓少香烈士的纪念碑在向我散发那道幽光，给了我人生中最大的一个灵感。我看见那块石碑平躺在地上，石碑四周都捆上了粗麻绳，看起来搬运工作已经准备就绪，也许是明天，也许是后天，石碑要搬走了，邓少香烈士的英魂要迁徙了，她是迁往河上游的凤凰，还是迁到四十里路以外的五福镇？

刹那间我脑子里灵光一闪，热血沸腾，一个辉煌而疯狂的念头诞生了，我不能空手而归，我要留下纪念碑，我要搬走纪念碑，我要把纪念碑带回家，我要把邓少香烈士的英魂还给我父亲！

事不宜迟说干就干，我一脚踢飞傻子扁金的大白鹅，擦干净烈士碑上的鹅屎。在搬运开始前，我没有忘记向石碑恭敬地鞠上一躬。搬运重物对于一个船民来说是寻常的工作，我用双手扣紧石碑上的绳子，努力地提拉，沉重的石碑温顺地站立起来，站成了一个适宜的角度，配合着我的手臂和腰腹的力量，慢慢地在地上滑动。我感觉到石碑的重量起码超过两百斤，以我的经验，一个人的人力拖不动它，但是石碑给了我一个巨大的惊喜，它在配合我，它在表达对我的善意和怜悯，那么沉重的碑体，在水泥地上滑动得如此流畅，移动干脆，绝不迟疑。我喜出望外，很快就把石碑拉出了棋亭，神不知鬼不觉，只有傻子的两只鹅目睹了这个奇迹，它们追赶着我，发出了惊惶的叫声。鹅叫声引起了对面停车场上司机们的注意，他们以为我是小偷，有个司机站起来咧着嘴笑，挥着扑克牌对我喊，我就知道你有三只手，在那儿踩点踩半天了，就为偷块石料呀？要石头干什么，回家盖新房娶新娘？

算我侥幸过了一关，那帮司机是外地人，不管油坊镇的闲事，只是他们的讥笑声把我惊出了一身冷汗。这是油坊镇，到处都有群众雪亮的眼睛，我的冒险随时可能半途而废，一定要快，要快，快。我对自己不停地吆喝着，快，快，快呀。我催促着石碑，快点，走快点！我的催促似乎冒犯了石碑，它渐渐地向我显它的尊严和重量，我拖着石碑走，就像拖着一座山走，手臂越拖越麻木。拖到棉花仓库那边的小路上，我觉得两只胳膊快断了，胸口喘不过气来了。我被迫停下来，本来是想歇口气，回头一望，第一批追踪者已经赶上来了，是两只大白鹅和三只鸭子，它们一路摇摆着嘎嘎地叫着，沿途拉响警报，然后我看见了第二个追踪者的身影，是鹅鸭的主人傻子扁金，他的手里挥舞着一根鸭哨，库东亮，站住！空屁，你给我站住！他愤怒的叫喊惊雷般地响彻夜空，空屁你好大的胆，你手里拖着什么东西？快站住，你还敢跑，你往哪里跑？

傻子扁金的鸭哨一响，更多的鹅鸭闻风而动，从码头的四面八方向主人跑来，一转眼，我陷入了傻子扁金和鹅群鸭群的包围之中。人和鹅鸭都在嚷嚷，我听不懂鹅鸭对我的抗议，只听见傻子激愤的喊叫声，好你个库东亮，我还以为有人要偷锤子偷铁镐呢，没想到锤子铁镐没人偷，是石碑让你偷了，你胆大包天,敢偷邓少香烈士的英魂!

我说傻子你别胡说,我不是偷英魂,我是把纪念碑拖到我爹那儿去,给他看一看,我爹病得很严重,看见这块碑,他的病就会好了。

你才是傻子!纪念碑又不是灵丹仙药,怎么给你爹治病?傻子扁金一手叉腰,一手指着我鼻子,空屁你知道你这是什么行为?是现行反革命,要枪毙的!

我说傻子你是个傻子,跟你傻子说不清楚,枪毙我是我死,不关你的事,你给我滚开。我踢走挡道的一只鹅两只鸭,兀自拉着石碑朝驳岸那里走,感觉傻子扁金在拽我的衣角,你往哪里走?棋亭里的每样东西,都归我保管,我怎么能让你走?

我不仅低估了傻子的智商,也低估了他的身手,他突然纵身一跃,跳到了石碑上,我的胳膊差点被那股突然增加的重量折断,手一下就松开了绳扣。看我丢下石碑,傻子扁金要上来控制绳子,我和他的手一起伸向石碑上的绳子,两双手纠缠在一起,两颗脑袋也撞在一起了,嘭的一声,我觉得眼前直冒金星。我克制不住心头的怒火,一把揪着傻子的破衬衫,把他往路边推,傻子,好狗不挡道,你要是一条好狗,就别挡我的道,你要挡我的道,我拧掉你的狗头!这次我是低估了傻子的勇气和胆量,他竟然真的把脑袋往我怀里钻,说,你来拧,我让你拧,你要拧不下来,你就是一条狗!

怎么想得到呢,我竟然和傻子扁金扭打在一起,打得难解难分!这是一场严峻的战役,起初我一心要抢占制高点,大多数时候我占领着石碑,结果证明这战术藐视了敌人,我如果无法制服傻子扁金,就根本挪动不了纪念碑。后来我干脆丢下石碑,一心对付傻子扁金,我从后面扑到他身上,擒住他的身体和双臂,死死地压着他。他毕竟年岁大了,一时动弹不得,不停地蹬着腿,嘴里一边喊疼一边尖叫起来,来人,来抓库东亮,来抓反革命!

尖叫声引来了棉花仓库的守夜人老邱,老邱端着个饭盒跑过来,看清是我和傻子扁金,连拉架的兴趣也没有,失望地端起饭盒,往嘴里扒了一口饭,说,是你们两个人闹呢,抓什么反革命?一个傻子,一个空屁,做反革命你们谁也不够级别,我不管!

傻子焦急地叫道,他偷烈士纪念碑就是反革命,现行反革命,你快去报告派出所!

老邱没搭理傻子扁金,他端着饭盒过来察看着石碑,又疑惑地看看我,空屁你拉这纪念碑上船干什么？给你爹做纪念去？其实就是块石头嘛，拖来拖去也不嫌累赘，我看你爹脑子里都是糨糊，是烈属怎么样，不是烈属怎么样？过日子才要紧，健康才要紧嘛。

老邱的话我听不进去，傻子扁金也听不进去，他抬起头对着老邱嚷嚷，老邱你不去报告派出所，还站在这里说烈士的闲话，你是包庇犯，你是教唆犯，包庇犯教唆犯也要判刑的，三到五年有期徒刑！

老邱气得朝傻子屁股上踹了一脚，你个臭傻子，我教你数数，教你几十年都学不会，数六只鹅，你还要扳手指头，三年徒刑五年徒刑的，你倒比法官都清楚！老邱气不过，对准傻子扁金的屁股又补上了一脚，这一脚把傻子扁金踢傻了，他惨叫了一声，一只手急躁地拍打着地面，人呢？人都死到哪儿去了，革命群众都到哪里去了？他的声音带着哭腔了，我趁势拎起他的衣领，发现他的身体是软绵绵的，我以为傻子扁金放弃了，刚要放开他，棉花仓库屋后有两个人影一闪，傻子扁金见到了救星，又高声叫喊起来，来人啊，快来抓反革命，立了功要发奖状的！

那是一对青年男女，躲在仓库后面不知道在干什么。傻子一喊，男的过来了，女的一闪就不见了。那男青年二十多岁样子，浓眉大眼，精心修饰过的分头，中山装口袋里一口气插了三支钢笔，那模样似曾相识，我叫不出他的名字，他对我和傻子却都熟悉，看看地上的石碑，看看我们两个人，忽然一笑，是你们两个人啊，你们争这石碑干什么？一个争邓少香的儿子，一个争邓少香的孙子？你们不用争了，谁也不是！我一边喘着粗气，一边向他核实李麻子女人的说法，你知道五福镇的蒋校长是怎么回事？他立刻明白过来，挥挥手说，都是谣传，五福镇的蒋校长也是冒牌货！我的最新研究成果马上要上内部资料了，我告诉你们，不得外传，邓少香虽然已婚，但她和丈夫感情不和，根本没生育，那箩筐里的婴孩不是她儿子，是向别人借来的，借来做掩护的！

女青年的身影在岔路上又闪了一闪，年轻干部身在曹营心在汉，仓促地透露了这个消息后就跑了。他一走，我才记起来那是综合大楼新分配来的大学生，专门研究革命历史的。他的惊人之语使我和傻子扁金一时都愣住了，半天回过神来，我对着那背影说，放屁！傻子扁金也目送着那个背影，咬牙切齿地喊，你造谣，你敢污蔑烈士无后啊？

我和傻子难得有一致的立场，可惜这未能让我们化敌为友，两个人都坚守石碑，一个蹲一个跪，双方虎视眈眈。很快，我们开始重新争夺石碑上的绳扣。我说，傻子你还跟我抢？你听清楚没有？邓少香没儿子，我爹不是，你也不是，别做那个白日梦了，你没资格拦我，再拦我就对你不客气了！傻子说，我不管那么多，我誓死保卫烈士碑，抛头颅洒热血！你来对我不客气呀，快点，我看你能不能打死我？你打死我就把碑拖走，打不死我你就跟我去派出所自首。我说，傻子你别逼我，我不稀罕打你，打一个傻子，打死你也不光荣。傻子竟然先踹了我一脚，踹了就跑，眼睛宁死不屈地瞪着我，嘴里喊，打呀，来打我，我不怕抛头颅洒热血，你把我打死了，你枪毙，我是烈士，我光荣！

我抬头看了一眼驳岸的方向，看得见夜色中闪亮的河水，看不见我家驳船的灯火，想起父亲还被缚在铁床上，想起他望穿双眼等我回船，我却两手空空，被一个傻子困在岸上，心中不由得怒火万丈。我的拳头举在空中，晚风吹拂我的拳头，拳头像火把，晚风像火种，我的拳头被风点燃了，像一个火把熊熊地燃烧。打，打他，打死他，他是傻子，打他是白打。晚风吹来一个神秘而阴险的声音，那声音摧毁了我的理智，我明明知道打人不打脸，别人打人都挑隐蔽的地方下手，我却决定先打他的脸。我抓住扁金的衬衣领子，把他的脸托举起来，他的脸是扁平的，唯有鼻子突出，我就先打鼻子，为了准确，我用拳头在扁金的鼻子上量了一下，我瞄得很准，啪的一声，他的鼻子在我的拳头下爆炸了，有糊状的液体带着血溅出来，我偏转脸躲开傻子的鼻血，傻子，你鼻子出血了，还让不让路？傻子不顾我的威胁，他一定没有感到痛，大义凛然地嚷嚷，不让！鼻子出血算什么？抛头颅洒热血我也不怕！打呀，打呀，你把我打成烈士，你自己枪毙，一命抵一命，我不吃亏！

我不敢看傻子扁金鼻子里流出的那道血线，我觉得他快把我逼哭了。风吹我的拳头，我又听见了风中阴险的低语，打就打，打呀，反正他是孤儿，没爹没娘没朋友，打死他也没人管。我觉得那低语声蹊跷而邪恶，那声音在不停地逼迫我，快把我逼哭了。我的拳头在扁金的脸上游走，发现那张脸像一个孩子，肮脏、瘦小、无辜，带着孤儿们天然的凄苦表情，凄苦中流露出不知所云的纯洁。我的拳头在他凸起的颧骨处停了下来，算了，算了。我说，傻子你也是可怜虫，打你我下不了手，打死你都没人替你收尸。傻子扁金不领我的情，他恶狠狠地嚷了一声，你算我不算，你不打我我就打你，我跟你秋后算账，秋后算账！

秋后算账——这一声威胁就像一根火柴，点着了我心头积聚十三年的无名大火，新仇旧恨一齐涌上心头，我的拳头似乎被一股神圣的力量举高了，秋后算账，秋后算账！我怒吼着，拳头暴雨般地打向傻子扁金的脸，秋后算账就秋后算账！你们岸上的人，都欠我爹的债，都欠我的债，老账新债都让你个傻子来偿还，这就叫秋后算账！

我听见了扁金凄厉的惨叫声，我的眼睛，你打到我眼睛了！因为惊恐到了极点，他说话有点口齿不清，别打眼睛，不准打眼睛！要么你打死我，要么打别的地方，你打瞎我眼睛，让我以后怎么放鹅？你打瞎我的眼睛，我的鹅怎么办我的鸭子怎么办？我注意到扁金捂住眼睛的双手，指缝里有血流出来，我如梦初醒，松开手，看见扁金的脑袋痛苦地垂下去，他终于给我让了一条路，人从石碑上滚到地上，捂着眼睛哭泣起来。

微弱的路灯光下，有人拿着棍子朝我们这边奔跑而来。谁在打架？码头上不准打架！治安小组终于来人了，远远看见一颗发亮的脑袋，我知道来的是陈秃子。陈秃子按照执法惯例，挥起治安棍，不由分说各打五十大板，他朝我肩上打了一棍，朝傻子胳膊上也打了一棍，这一棍下去，傻子捂住胳膊张大嘴巴，像个委屈的孩子嚎啕大哭起来，你打我？你怎么打我？你们治安小组也敌我不分啊？

看见傻子满脸是血，陈秃子大吃一惊。空屁，是你把他打成这样的？你他妈的出息大了，别人欺负你，你就欺负个傻子？他蹲下来察看着傻子扁金的伤势，一眼看见了鼻梁骨的伤势，不好，打到鼻梁骨了，空屁你闯祸了，你把他鼻梁骨打断了！

我说他活该，打断鼻梁骨，我赔他鼻梁骨。

傻子扁金松开手让陈秃子察看他的眼睛，你看看我的眼珠子还在不在，我的眼睛看不见了，他把我的眼睛打瞎了。陈秃子用治安棍抬起傻子的下巴，检查他的眼睛，嘴里又惊声大叫，空屁你闯大祸了，你比法西斯还毒辣呢，怎么打他眼睛，你把他眼睛打瞎了怎么办？

我说他活该，打瞎他眼睛，我赔他眼睛。

赔，赔，你还嘴硬，你他妈的有几只眼睛可以赔他？陈秃子掏出一块肮脏的手绢盖在傻子的眼睛上，一边用治安棍捅我，空屁你中了什么邪了？惹了这么大的祸，你还愣在那里干什么？还不赶紧把他送到医院去？万一出了人命，你担待不起！

我说我不去，是他要一命抵一命的，反正我和他命都不值钱，他死了，我偿他的命。说到这儿我满眼的泪水终于掉出了眼眶，我的身体也坚持不住了，慢慢地跪倒在石碑边。我的脸正好贴着石碑，一种尖锐的凉意袭来，脸颊上冰凉冰凉的，似乎有一股清水潸然流过，我不知道那是我自己的泪水，还是邓少香烈士的泪水。我哭了，烈士之魂在审判我，烈士在向我显灵。我先是对傻子扁金感到深深的愧疚，为了惩罚自己丧尽天良，我挥起手在自己脸上打了一巴掌，一巴掌解脱不了我的罪恶感，带来的是更多的自怜更多的哀伤。为了惩罚自己的哀伤和自怜，我又狠狠打了自己一记耳光，这个耳光异常响亮，我的脸颊一下失去了知觉，于是我捂住自己的脸呜呜地哭起来了。

我对着石碑尽情哭泣，陈秃子的治安棍在旁边不停地捅我，他说，你还有脸哭呢，负责打人就要负责送人去医院，快把他送到医院去挂急诊呀，哭有个屁用？你打的人，还要我负责送医院吗？我坐在那里捂着脸哭，语无伦次地回答他，明天，明天再去。陈秃子叫起来，这还能等明天？你也不看看他的伤势，明天他的眼睛就保不住了。我任凭陈秃子捅我拉我，跪在地上再也不愿起来。泪眼中我看见陈秃子拽着傻子扁金往医院方向走，一群鸭子也跟着他们去了，两只大白鹅却留了下来，它们留下来为主人复仇——一只进攻我的左脚，一只进攻我的右脚，左右夹攻我的双脚。

夜色浓烈了，空气里弥漫着一股古怪的腥味儿，不是鱼腥，不是水草腐烂的气味儿，也不是码头上废铜烂铁特有的铁腥味，更不是河对岸枫杨树乡村飘来的化肥气味。那股奇怪的腥味转移了我的注意力，我止住了哭泣，嗅紧鼻子追寻腥味的源头，首先发现我的右手有血，右手指缝里留下了一道干涸的血痕，就像一片桑树叶那么大，我的衣袖上也有血，像一片红色的柳叶粘住了衣袖，还有裤子膝盖处，也有零乱的血迹。我的身上到处是傻子扁金的血，怪不得那么腥呢。我回忆起很多年前父亲留在后舱里的血迹，觉得傻子扁金的血比父亲的血腥多了。我注意了一下纪念碑，碑上也沾了傻子扁金的血，傻子的脸部停留过的地方，都凝结了一摊圆润的血污，血污在夜色中闪烁着微微的红光。我感到深深的惶恐，赶紧捡了半张旧报纸，擦了好几遍，勉强把石碑擦干净了。

他们走了，我也哭过了，身心经过一番调整，终于复归冷静。我看见那块烈士纪念碑安详地躺在地上，躺在月光下。我看一眼石碑，石碑也看我一眼。我不想放弃它，却不知道它是否会遗弃我，我试着抓住纪念碑上的绳扣，向前拉了一步，石碑迟疑了一下，还是移动了，恍惚间我觉得石碑昂起头，朝七号船张望了一眼，然后它便开始移动了。一个奇迹。是一个奇迹。我忽然相信这石碑有一双看不见的腿，有一颗深不可测的爱心，不是我偷，不是我抢，是石碑要去船上探望我父亲。这一定是个奇迹。我朝四周看看，码头上很静，一切犹如梦境，油泵房的探照灯恰好照亮驳岸的一角，我看见我家的驳船还静静地靠在岸边，河水与岸、船和父亲，都整齐地沉在一个幸福的梦境里。我积聚了最后的力量，拖着纪念碑朝驳岸走，听见石碑在水泥地上沙沙地滑动，走，走，走啊。一直走到驳船边，我回头一看，看见一个明亮清净的码头，静得离奇，月光和探照灯轮流巡视，独独放过了我。月光不追我，灯光不追我，也没有人来追我，只有那只野猫在黑暗中匍匐，目光炯炯地注视着我。

我来不及思考这一夜为什么苦尽甘来，为什么我如此幸运，因为我突然发愁了，这么大这么沉的石碑，该怎么把它拖上船奉献给父亲呢？一块跳板是不够的，借不到别人的跳板，怎么办，再搭一把竹梯行不行？我脑子里紧张地考虑着搬运的技巧，嘴里已经好大喜功地叫起来，爹，我回来了，回来了，你来看啊，我把什么东西给你带回来了？

下　去

河上十三年，回顾我和父亲共同度过的时光，我最大的遗憾是我捆绑过父亲。我至今记得那夜把他从绳索里解放出来时，他说，轻一点，轻一点，你弄疼我了。他注视我的眼睛布满血丝，眼神疲惫，却充满罕见的慈父的恩典，他宽恕了我。我领着父亲穿过舷板去看驳岸上的纪念碑，他拉着我的衣角，颤颤巍巍地跟着我，像我驯顺的儿子。我知道父亲有点害怕，但是看见邓少香的纪念碑，他的灵魂似乎被一片神灵之光照耀了，疑虑和恐惧烟消云散，我看见他对着石碑微笑，他说，好，这样也好，干脆把你奶奶带回家吧。

我没有办法把石碑运上船，只好借用驳岸上的吊机，趁着四周无人，我卸下吊机房的一块玻璃钻了进去。之前我从来不知道如何操控吊机房里的仪表板，但那天夜里我如有神助，顺利完成一次装卸作业，并没有费太多的周折。吊臂抓起石碑在夜空中作了一次惊险的亮相，然后就平稳移动，从半空中慢慢地降落到船头，父亲站在船头向着石碑张开了他的怀抱。小心点，小心点，我听见了他兴奋的声音，不知道他是在嘱咐我，还是在嘱咐石碑小心。

这块沉重的纪念碑，是我送给父亲的唯一一件礼物。按照父亲的意愿，他是要把石碑放进后舱，竖在他的沙发边上，坐北朝南。可是后舱门太狭窄了，无法实现他的这个愿望，父亲拖着衰弱的身子，在下面亲自指挥我，石碑还是下不去，半个碑身卡在舱门上，父亲不得已放弃了他的主张。他爬出舱门，坐在舱篷里，一遍遍地抚摸着石碑，那你就在上面吧，在上面也好，舱里太闷了。他说，上面空气好，风景也好，妈妈你看看河上的风景吧。

夜已经很深，金雀河上洒着一片皎洁的月光。我把船上的所有油灯都点亮了，一共四盏灯挂在舱篷里，温暖的灯光照耀着父亲和他的烈士碑。父亲起初面对石碑正面的悼词，看了很久，他要看碑后的那幅浮雕，我用力将石碑转过去，让浮雕对着父亲，很快我听见了父亲那一声恐怖的惊叫，没有了，我没有了！

我被吓了一跳，一时反应不过来，听见父亲又叫了一声，我没有了，又没有了！父亲的手绝望地停留在浮雕的箩筐上方，不停地颤抖，我顺着他的手看过去，一下明白过来，是箩筐上方那婴儿的脑袋不见了。

这箩筐怎么空了？小脑袋呢，我的脑袋怎么没有了？

爹，你一定是眼花了，石头上雕刻的东西，怎么会没有了呢？我慌忙摘了一盏油灯，凑上去检查，结果让我大吃一惊。在油灯的灯光下，浮雕上箩筐的竹纹还清晰可见，那探出箩筐的婴孩小脑袋，果然看不见了。

这是怎么回事，他们把我消灭了？父亲说，我的胎记没有了，我的脑袋也没有了。

我仔细搜寻浮雕上斧凿的痕迹，什么也没有发现，似乎不是人为的破坏。凭借着手指的触觉，我侥幸摸到箩筐上方微微隆起的一块圆形，应该是婴孩的小脑袋所在的位置，我仔细地触摸那个位置，感到手指上冰凉冰凉的，爹，你来摸，那颗小脑袋，圆鼓鼓的，用手摸，还是摸得出来呀。

父亲已经绝望地转过脸去，看着夜色中的河水。我抓过他的手，强行把他的手指按在浮雕上面，爹，你自己来摸呀，还摸得出来，你还在上面呢。父亲闭起眼睛，任凭我摆弄他的手指，过了一会儿，他开始转动手指，轻轻揉搓那个模糊的小脑袋。只剩这么一点点了？是那颗小脑袋吗？不是。这不是我。我已经不在上面了。父亲的脸上掠过一片恐惧的阴影，我离开岸上才十三年，就算用毛笔写用颜料画，十三年也不一定褪光，这是石碑呀，好好的一个小脑袋藏在箩筐里，怎么就看不见了呢？

父亲的手从石碑上无力地滑落，最后垂在他的膝盖上，还在颤抖。我注意到那只手在油灯光下散发出一道湿润而苍白的光芒。父亲累了，闭上了眼睛，我想让他休息，试探着去扶他，爹，可能天黑看不清呢，明天再看，这么晚了，你该下舱睡觉了。他把脸贴在碑上，没有动弹。我又去拉他，爹，别把脸贴着石碑，寒气太重，你会受凉的。父亲从石碑上抬起脸来，灰白色的脸上已经老泪纵横。我听见了，听见你奶奶的声音了。父亲说，我再也不怪赵春堂了，我都听见了，是你奶奶嫌弃我，改造十三年，没有用，我没有得到你奶奶的原谅，是你奶奶不要我了。

我抱住了父亲枯槁的身体，那身体像一段顽强的朽木顶风冒雨，站立十三年，终于在一阵暴风中倒伏下来。我想安慰他，可是我自己的眼泪也在眼眶里打转，喉头哽咽，说不出一句话来。看着石碑上"邓少香烈士永垂不朽"那一行字，我突然有点害怕，我辛辛苦苦运上船的纪念碑，到底是给父亲带来了福音，还是灾难？

金雀河黑暗的尽头已经渐渐泛出一道荧光，我看着那道河上最早的曙色，看看岸上沉睡中的油坊镇，匆匆地朝船头奔去，我知道天一亮会有人来，天一亮纪念碑就不属于我们父子了，我准备连夜起锚，带着碑离开油坊镇。我在船尾起锚的时候还有力气，一切正常，可是当我跑到船头的缆桩边，一圈一圈解着缆绳，我的手突然软了，我的眼睛怎么也睁不开了，一阵沉重的睡意袭来，我趴在缆桩上，竟然睡过去了。

不知过了多久，父亲过来摇醒了我，我迷迷糊糊地站起来收船缆，一边收缆一边说，爹，我们去河上，河上是我们的地盘。

父亲说，不，不去河上了，河上漂了十三年没有用，我们跑到天边也没有用，哪儿也不去了，我们就在这儿。东亮，你去睡，我守着碑。

我拗不过父亲，更敌不过那阵极度的疲惫和睡意，被父亲推下了后舱。河上十三年，这一夜我第一次沐浴了父亲难得的慈爱，他替我铺好了床，一条旧毯子平平整整地盖在行军床上，掀开一个角。我恍然觉得那是父亲封闭多年的怀抱，在最后一刻向我豁然打开，那怀抱坚硬毛糙、线条平整，呈现出一个尖锐而规则的三角形。我躺进了父亲三角形的怀抱，先感到一阵奇异的刺痛，然后温暖荡漾开来，父亲的恩情把我包裹起来了。我想把父亲也喊下舱睡觉，但是这一天来我太累太困了，几乎是在一瞬间，我就沉入了梦乡。

黎明时分我在梦里，在梦里看见了河流与船。我清晰地听见船后泼刺刺的水声，半明半暗的河面上泛起一片轻盈的水泡，铁锚嗒嗒地敲击船壁，嗒，嗒，嗒，一，二，三，河面爆裂之处，一个旧时代的女人从水下钻出来，她的短发上滴落着晶莹的水珠，面孔沾着模糊的水光，眼神里的悲伤清晰可见，她轻启红唇吐出河水的秘语，下来，下来，快下来吧。即使在梦里，我对她仍然充满敬畏。我屏息倾听，听见她说，下来，下来，快下来吧。女烈士的手紧紧地抓着铁锚摇晃，驳船也随之摇晃起来，下来，快下来，下来了你们就得救了。她离我那么近，我甚至看清了她手背上凝结的一片青苔，我崇敬地注视她的脸，看她甩动齐耳短发，脸上的水珠像珍珠一样泻落在河里，露出一张焦灼的慈母的面孔。

我惊醒了，睁眼一看舱里已经灌满淡蓝的曙色。天快亮了，我爬起来朝舱门上方张望，父亲还在船篷里守着纪念碑，挂在篷梁上的四盏油灯，已经熄灭了两盏。父亲身上浓烈的鱼腥味儿扑鼻而来，他的头倚靠在石碑上，额头停留着一片来历不明的阴影，膝盖上放着一个用三夹板自制的象棋棋盘，棋盘上还留着几颗棋子，其他的都散落在地板上了。

我去捡起散落的棋子，听见父亲在身后说，东亮，我没睡，我一直在听河水说话，你听见河水说话了吗？

河水夜里不说话，爹，你耳朵不好了，那是铁锚打船的声音。

不，不是铁锚打船，河水夜里也说话，它说了一整夜，我听了一整夜。

我把父亲架起来，强迫他到舱里去睡觉，父亲一遍遍地甩开我的手。没时间睡了，他们快来了。他对我指点着码头上开始流动的人影，嘴角上浮出一丝古怪的微笑，天亮了，他们快来了，纪念碑保卫战要打响了。

父亲的言语如此轻松，让我有点意外，也有点害怕。我不知道这个不眠之夜，他是在回忆过去，还是在盘算未来。天确实亮了，油坊镇码头开始苏醒，高音喇叭訇然一响，一支歌颂劳动者的大合唱奔涌而出，歌声慷慨激昂，咱们工人有力量，每天每夜工作忙！从煤山到油泵房，沉睡一夜的机器苏醒过来，隆隆轰鸣，装卸区的起重机吱吱嘎嘎地呻吟起来，翻斗车里的货物倾倒在空地上——水泥包落下来声音很闷；黄沙落地像一片雨声；煤矸石倾泻下来，像一群女人尖利细碎的吵嘴声；大青石落下来，发出天崩地裂的吼叫，像一道道晴空霹雳。我看见码头上的圆形储油塔在晨光中肩披霞光，远看酷似一座蓝色的钢铁舞台，舞台上鸟声唧啾，不知道什么原因，从金雀河对岸的枫杨树乡村飞来了无数麻雀，它们大胆地聚集在塔顶，发出了鸟类神秘而尖利的大合唱，对抗着高音喇叭里的音乐。

码头醒了，岸上来人了。

先来了四个人。是治安小组的王小改、五癞子和陈秃子，他们还带来了油坊镇派出所的肖所长，四个人肃杀地出现在驳岸上。我又看见了陈秃子怀里的那杆步枪，刺刀已经上膛，闪着一条狭长的寒光。我飞奔出去抽掉了搭在驳岸上的跳板，五癞子第一个反应过来，他拼命朝驳船跑过来，一只脚试图踩住跳板的板头，踩了个空，嘴里便骂起来，空屁你是疯了还是傻了，你偷什么我都信，怎么偷起烈士纪念碑来了？你他妈的怎么不到北京去，怎么不到天安门广场去，去偷人民英雄纪念碑？

我顾不上说话，提着斧子跑到缆桩边，一斧头劈断了缆索，三十六计走为上，船必须离开码头。我对着船篷里的父亲匆匆喊了一句，爹，我们走，到河上去！我从舷板的铁扣里拉出了多年不用的撑竿，这是迫不得已，没有拖轮只能用人力，我只能撑着船走了。驳船离开岸有四五米远，驳岸上的四个人看着船干瞪眼，七嘴八舌地争论着上船的方法。五癞子带头脱了鞋子，卷起裤腿沿着台阶走到水里，准备涉水追船，他站在水里嫌水冷，嘴里嘶嘶地叫，水怎么这么冷？好像还有漩涡呢。王小改在岸上说，你瞎说，金雀河里哪儿来的漩涡？你勇敢点，往前走呀，河边的水都很浅的。五癞子不肯往前走了，他说，浅个屁，这儿水很冷很深，还像气泵一样吸我的腿呢，王小改你勇敢你下来，你他妈的快下来追呀。

王小改自己不肯下水，他指挥不动五癞子就去指挥陈秃子，陈秃子你装什么蒜，你他妈的拿杆枪做鱼竿的？开枪，快开枪呀！听王小改这么一喊我有点害怕，蹲下了身子，但是蹲了半天什么也没有发生，我听到陈秃子在岸上抱怨，开什么枪？哪来的子弹？你就领了一杆枪，又没领到子弹。

王小改开始在岸上对我高声地威胁，空屁你就逃吧，逃到河上有个屁用，金雀河不是你家的河，你撑个破竹竿能把船撑哪儿去？你撑一天还在油坊镇辖区，你逃一个月，逃出金雀河也没用，一个电话紧急联防，你还是要落在我们手上。你逃吧，你逃得到太平洋上去？逃得到大西洋上去？你能逃到美帝国主义那儿去？你逃到美国也没用，我们发射一个导弹就把你们炸成碎片！

派出所的肖所长比他们冷静，也有政策水平，他拿本杂志卷起来做了个简易的喇叭，站在岸上对河上喊话，七号船的老库和小库，你们注意了，侵占革命历史文物是犯法的，你们不要犯法，回头是岸，回头是岸。

我们没法回头了，回头是他们的岸，不是我们父子的岸。保卫纪念碑的战役打响了，我心急如焚。河上十三年，都是那艘大火轮牵引着驳船在河上来来往往，我几乎不会撑船。我拼命地用撑竿头抵住肩部，竿尖抵住河底，把身体弯成一张弓，别人都是这样撑船的，我也这么撑，可是铁壳驳船不听我的话，我让船往前走，船却犟头犟脑横在河中央，似乎要跟我赌气，我听见父亲在船篷里喊，到右边去，快到右边去！我拖着撑竿跑到了右边舷板，不幸的父亲也不懂行船，纯属瞎指挥，我跑到右舷上撑船，这次船动得快了，竟然向驳岸一侧自投罗网去了，父亲又在船篷里叫起来，回到左边去，去左边。我在船的两侧舷板上跑来跑去，狼狈不堪，听见王小改五癞子他们在驳岸上的狂笑声。王小改对我高喊着，空屁你别白费工夫了，水上纠察队马上到了，汽艇一到，我们骏马追乌龟，看你们这破船能跑到哪儿去！

我心急如焚，在舷板上跟铁壳驳船较上劲了，我没空去照看舱篷里的父亲和纪念碑，舱篷里的动静，我一点也不知道。远远的河上传来了水上纠察队汽艇的马达声，驳岸那边先是响起了欢呼声，突然欢呼声沉寂下去，注意舱篷，注意库文轩！王小改他们开始追着驳船跑，嘴里互相提醒着什么。我回头一看，岸上已经一片骚动，派出所又来了好几个警察，码头上的装卸工人也跑来看热闹了，他们所有人的身体都歪斜着，脑袋歪斜着，朝船上的舱篷里翘首张望。那个肖所长已经站到了一只油桶上，高高举起杂志做的喇叭，他的喊话声变得很急促很严峻，库文轩同志，请你冷静请你冷静，你做事要考虑后果要考虑后果啊！然后他突然对我骂起脏话来了，空屁你他妈个白痴，你还撑你还撑，快去船篷，快去拦住你爹呀！

我丢下撑竿跑到船篷里的时候，正好看见父亲驮碑投河的最后一幕，我不相信自己的眼睛，我不相信他有这么大的力气，我不相信纪念碑保卫战以这种方式结束了。我的父亲，我的父亲库文轩，他用绳子将自己的身体和纪念碑捆绑在一起了，他驮着纪念碑在船板上爬！他的身体被石碑压住了，我看不见他的头部和身体，只看见他的两只脚，左脚蹬一下，右脚蹬一下，人和碑一起向船边爬，父亲的左脚是赤脚，右脚上还穿着一只海绵拖鞋。我扑过去，只抓住了父亲的一只海绵拖鞋；我扑过去，只听见了父亲对我的最后一声叮嘱，东亮，我下去了，你好好守着船，等着船队回来！

这是一个奇迹。我父亲生命的最后一刻和纪念碑捆在一起，成为了一个巨人。我拉不住他。一个巨人投奔河流，我拉不住他。然后我的眼前突然一片虚无，金雀河河面上响起爆炸似的一声巨响，水花四溅，岸上一片惊呼，我父亲不见了，纪念碑不见了，巨人也不见了。我没有留住父亲，只留住了父亲的一只海绵拖鞋。

鱼或尾声

连续几天，我都在金雀河里寻找父亲。

河底也是一片茫茫世界，乱石在思念河上游遥远的山坡，破碗残瓷在思念旧日主人的厨房，废铜烂铁在思念旧时的农具和机器，断橹和缆绳在思念河面上的船只，一条发呆的鱼在思念另一条游走的鱼，一片发暗的水域在思念另一片阳光灿烂的水面，只有我在河底来来往往，我在思念父亲，我在寻找我的父亲。

世上有几只驮碑远行的乌龟，都被供奉在庙堂里，那是民间的传说。世上也许只有一个驮碑投河的人，那不是传说，是我的父亲库文轩，庙堂不要他，金雀河的河底收留了他。

第三天我找到了那块石碑，依稀看见石碑下有个人影，我憋不了那么长一口气，再潜下去，石碑下的人影子已经不见了，我把手探到碑下，感觉到一个冰凉的宽阔的缝隙，里面似有生命，我的手背被轻柔地啄了一下，一条鱼从碑下游出来，我看不清那是一条鲤鱼还是草鱼，它的游姿轻盈而欢快，嗖的一下，就从我眼前游走了。我去追那条鱼，很快就失去了方向。我不是一条鱼，怎么追得上一条鱼呢？就这样，我眼睁睁地看着它游走了，我觉得那是我父亲，那一定就是父亲，父亲消失在河水深处了。

父亲下去了，我还在船上。很奇怪，父亲下去之后我再也听不见河水的秘语。父亲下去了，河水缄默不语，既不向我致哀，也没有向我祝贺。我不知道这是怎么回事。第三天我湿漉漉地坐在船头，看见船头上阳光灿烂，阳光照耀着船头上的水迹，噼啪有声，一会儿大摊的水迹便凝结成几颗水滴了。我对着那几颗水滴说，空屁。那余下的水滴很快也消失了。空屁。我对着船板上的阳光说，空屁，空屁。阳光比水固执，它没有消失，更加热情地照着我的脸和身体，照着我的驳船。我被阳光照得浑身暖洋洋的，眼睛开始朝岸上张望，我突然意识到我的悲伤就像那片水迹，已经被阳光晒干了，我不知道这是怎么回事，父亲才去世三天，我就又想到岸上去了。

我到码头西侧的船运办公室去，去看船讯公告，黑板上的公告说向阳船队从五福镇起航，三天后到岸。我站在船运办公室门口对着告示牌发呆，心里想着怎么度过这三天的时间，突然听见有人喊我的名字，空屁，空屁，你跟我来一趟。陈秃子捧着个水杯从船运办公室里面出来，拉着我胳膊就往治安办公室那边走。我问他为什么拉我，他说，你慌什么？我受人之托，给你一件东西。我被陈秃子一直拽到了治安办公室门口，站在门口，看着陈秃子开门进去又开柜子，一串钥匙叮当叮当地响。我以为是我母亲乔丽敏来过了，我以为是我母亲的包裹。等了一会儿，陈秃子拿着一个包裹出来了，我接过包裹在手上掂了一下，觉得包裹里的东西有点奇怪，不像母亲的包裹，不知为什么，我不敢拆。陈秃子说，你怕什么？又不是炸弹，谁给你的，你打开就知道了。

我小心地打开包裹外面的蓝花布，一眼看见了那盏铁皮红灯。

我没有想到，是慧仙的红灯，慧仙把她的红灯送给了我。

她为什么要给我这件东西？我问陈秃子。

是交换么，她的红灯换你的日记，她的宝贝换你的宝贝，公平了吧？陈秃子观察着我的表情，我的表情让他感到意外，他叫起来，你别不知足，你那日记就一堆乌七八糟的字，不值钱的；人家的红灯是李铁梅的红灯，革命传家宝呀，空屁，你赚啦！

她为什么要把红灯换给我？我问陈秃子。

哪来这么多为什么？陈秃子不耐烦地嚷嚷起来，你是十万个为什么呀？这么好的宝贝，你不要给我，慧仙要走了，嫁人去，嫁给县文化馆的小朱！

我提起那盏红灯，想起过去的往事，鼻子一酸，差点落泪。我怕当着陈秃子的面丢脸，提着红灯就跑。我跑得有点慌张，就像带着一件价值连城的赃物，就像带着一件失而复得的信物，带着安慰，也带着伤痛。我提着红灯朝船上奔跑时，看见灯罩里飘出来一张泡泡糖的糖纸。我捡起糖纸，看见那红白两色的糖纸上有一个年轻姑娘的头像，烫了夸张的波浪形卷发，正咧着嘴笑呢，那是代表泡泡糖带来幸福生活的意思吧？嚼泡泡糖为什么会带来幸福呢？莫名其妙，我不知道这是怎么回事。

第三天下午阳光灿烂，我在船头一遍遍地擦拭慧仙的红灯，擦到红灯的铁皮泛亮了，红色的塑料罩片在阳光下反射出一道绚丽的红光，我终于满意了。我把红灯挂在船篷里，听见船头那里响起了奇怪的声音，探头出去一望，我突然发现搭在驳岸上的跳板没有了，进舱就那么一会儿工夫，跳板怎么会没有了呢？猛然间我听到岸上响起鹅和鸭子嘎嘎咕咕的吵嚷声，然后一个人晴空霹雳般的怒吼在我耳边响起来，秋后算账，秋后算账！我一抬头，看见傻子扁金正站在驳岸上，他穿着一件蓝白条的病号服，一只眼睛蒙着块眼罩子，另一只眼睛里射出一道复仇者的寒光，他的额头有淤伤，他的鼻子最古怪，鼻梁被雪白的纱布贴出了一个"丰"字。

是傻子扁金出院了，找我秋后算账来了。他的手脚活动自如，一只脚牢牢地踩着我家的跳板，他的两只手，正抓住一块流动告示牌，满地搜寻着告示牌的支点。

起初我看不清那块告示牌的内容，等到傻子扁金放弃了地面的支点，干脆对着我高高举起牌子，我才看清楚，那告示牌上不是船运消息，不知道是谁替傻子扁金写了一幅告示，告示的措辞是模仿人民理发店的，其内容却比人民理发店严厉了一百倍。

六号公告

即日起禁止向阳船队船民库东亮上岸活动！！！

中篇小说

妻妾成群

1

四太太颂莲被抬进陈家花园时候是十九岁、她是傍晚时分由四个乡下轿夫抬进花园西侧后门的。仆人们正在井边洗旧毛线，看见那顶轿子悄悄地从月亮门里挤进来，下来一个白衣黑裙的女学生。仆人们以为是在北平读书的大小姐回家了，迎上去一看不是，是一个满脸尘土、疲惫不堪的女学生。那一年颂莲留着齐耳的短发，用一条天蓝色的缎带箍住，她的脸是圆圆的，不施脂粉，但显得有点苍白。颂莲钻出轿子，站在草地上茫然环顾，黑裙下面横着一只藤条箱子。在秋日的阳光下颂莲的身影单薄纤细，散发出纸人一样呆板的气息。她抬起胳膊擦着脸上的汗，仆人们注意到她擦汗不是用手帕而是用衣袖，这一点给他们留下了深刻的印象。

颂莲走到水井边，她对洗毛线的雁儿说，让我洗把脸吧，我三天没洗脸了。雁儿给她吊上一桶水，看着她把脸埋进水里，颂莲弓着的身体像腰鼓一样被什么击打着，簌簌地抖动。雁儿说，你要肥皂吗？颂莲没说话，雁儿又说，水太凉是吗？颂莲还是没说话。雁儿朝井边的其他女佣使了个眼色，捂住嘴笑。女佣们猜测来客是陈家的哪个穷亲戚。他们对陈家的所有来客几乎都能判断出各自的身份。大概就是这时候，颂莲猛地回过头，她的脸在洗濯之后泛出一种更加醒目的寒意，眉毛很细很黑，渐渐地拧起来。颂莲瞟了雁儿一眼，她说，你傻笑什么，还不去把水泼掉？雁儿仍然笑着，你是谁呀，这么厉害？颂莲揉了雁儿一把，拎起藤条箱子离开井边，走了几步她回过头，说，我是谁？你们迟早要知道的。

第二天陈府的人都知道陈佐千老爷娶了四太太颂莲。颂莲住在后花园的南厢房里，紧挨着三太太梅珊的住处。陈佐千把原先下房里的雁儿给四太太做了使唤丫环。

第二天雁儿去见颂莲的时候心里胆怯，低着头喊了声四太太，但颂莲已经忘了雁儿对她的冲撞，或者颂莲根本就没记住雁儿是谁。颂莲这天换了套粉绸旗袍，脚上趿双绣花拖鞋，她脸上的气色一夜间就恢复过来，看上去和气许多，她把雁儿拉到身边，端详一番，对旁边的陈佐千说，她长得还不算讨厌。然后她对雁儿说，你蹲下，我看看你的头发。雁儿蹲下来感觉到颂莲的手在挑她的头发，仔细地察看什么，然后她听见颂莲说，你没有虱子吧，我最怕虱子。雁儿咬住嘴唇没说话，她觉得颂莲的手像冰凉的刀锋切割她的头发，有一点疼痛。颂莲说，你头上什么味？真难闻，快拿块香皂洗头去。雁儿站起来，她垂着手站在那儿不动。陈佐千瞪了她一眼，没听见四太太说话？雁儿说，昨天才洗过头。陈佐千拉高嗓门喊，别废话，让你去洗就得去洗，小心揍你。

雁儿端了一盆水在海棠树下洗头，洗得委屈，心里的气恨像一块铅坠在那里。午后阳光照射着两棵海棠树，一根晾衣绳拴在两根树上，四太太颂莲的白衣黑裙在微风中摇曳。雁儿朝四处环顾一圈，后花园阒寂无人，她走到晾衣蝇那儿，朝颂莲的白衫上吐了一口唾沫，朝黑裙上又吐了一口。

陈佐千这年刚好五十整。陈佐千五十岁时纳颂莲为妾，事情是在半秘密状态下进行的。直到颂莲进门的前一天，元配太太毓如还浑然不知。陈佐千带着颂莲去见毓如。毓如在佛堂里捻着佛珠诵经。陈佐千说，这是大太太。颂莲刚要上去行礼，毓如手里的佛珠突然断了线，滚了一地。毓如推开红木靠椅下地捡佛珠，口中念念有词，罪过，罪过。颂莲相帮去捡，被毓如轻轻地推开，她说，罪过，罪过，始终没抬眼看颂莲一眼。

颂莲看着毓如肥胖的身体伏在潮湿的地板上捡佛珠，捂着嘴无声地笑了一笑，她看看陈佐千，陈佐千说，好吧，我们走了。颂莲跨出佛堂门槛，就挽住陈佐千的手臂说，她有一百岁了吧，这么老？陈佐千没说话，颂莲又说，她信佛？怎么在家里念经？陈佐千说，什么信佛，闲着没事干，滥竽充数罢了。

颂莲在二太太卓云那里受到了热情的礼遇。卓云让丫环拿了西瓜子、葵花子、南瓜子还有各种蜜饯招待颂莲。他们坐下后，卓云的头一句话就是说瓜子，这儿没有好瓜子，我嗑的瓜子都是托人从苏州买来的。颂莲在卓云那里嗑了半天瓜子，嗑得有点厌烦，她不喜欢这些零嘴，又不好表露出来。颂莲偷偷地瞟陈佐千，示意离开，但陈佐千似乎有意要在卓云这里多呆一会，对颂莲的眼神视若无睹。颂莲由此判断陈佐千是宠爱卓云的，眼睛就不由得停留在卓云的脸上、身上。卓云的容貌有一种温婉的清秀，即使是细微的皱纹和略显松弛的皮肤也遮掩不了，举手投足之间，更有一种大家闺秀的风范。颂莲想，卓云这样的女人容易讨男人喜欢，女人也不会太讨厌她。颂莲很快地就喊卓云姐姐了。

陈家前三房太太中，梅珊离颂莲最近，但却是颂莲最后一个见到的。颂莲早就听说梅珊的倾国倾城之貌，一心想见她，陈佐千不肯带她去。他说，这么近，你自己去吧。

颂莲说，我去过了，丫环说她病了，拦住门不让我进。陈佐千鼻孔里哼了一声，她一不高兴就称病。又说，她想爬到我头上来。颂莲说，你让她爬吗？陈佐千挥挥手说，休想，女人永远爬不到男人的头上来。

颂莲走过北厢房，看见梅珊的窗上挂着粉色的抽纱窗帘，屋里透出一股什么草花的香气。颂莲站在窗前停留了一会儿，忽然忍不住心里偷窥的欲望，她屏住气轻轻掀开窗帘，这一掀差点把颂莲吓得灵魂出窍，窗帘后面的梅珊也在看她，目光相撞，只是刹那间的事情，颂莲便仓皇地逃走了。

到了夜里，陈佐千来颂莲房里过夜。颂莲替他把衣服脱了，换上睡衣，陈佐千说，我不穿睡衣，我喜欢光着睡。颂莲就把目光掉开去，说，随便你，不过最好穿上睡衣，会着凉。陈佐千笑起来，你不是怕我着凉，你是怕看我光着屁股。颂莲说，我才不怕呢。她转过脸时颊上已经绯红。这是她头一次清晰地面对陈佐千的身体，陈佐千形同仙鹤，干瘦细长，生殖器像弓一样绷紧着。颂莲有点透不过气来，她说，你怎么这样瘦？陈佐千爬到床上，钻进丝棉被窝里说，让她们掏的。

颂莲侧身去关灯，被陈佐千拦住了，陈佐千说，别关，我要看你，关上灯就什么也看不见了。颂莲摸了摸他的脸说，随便你，反正我什么也不懂，听你的。

颂莲仿佛从高处往一个黑暗深谷坠落，疼痛、晕眩伴随着轻松的感觉。奇怪的是意识中不断浮现梅珊的脸，那张美丽绝伦的脸也隐没在黑暗中间。颂莲说，她真怪。你说谁？三太太，她在窗帘背后看我。陈佐千的手从颂莲的乳房上移到嘴唇上，别说话，现在别说话。就是这时候房门被轻轻敲了两记。两个人都惊了一下，陈佐千朝颂莲摇摇头，拉灭了灯。隔了不大一会儿，敲门声又响起来。陈佐千跳起来，恼怒地吼起来，谁敲门？门外响起一个怯生生的女孩声音，三太太病了，喊老爷去。陈佐千说，撒谎，又撒谎，回去对她说我睡下了。门外的女孩说，三太太得的急病，非要你去呢，她说她快死了。陈佐千坐在床上想了会儿，自言自语说，她又耍什么花招。颂莲看着他左右为难的样子，推了他一把，你就去吧，真死了可不好说。

这一夜陈佐千没有回来。颂莲留神听北厢房的动静，好像什么事也没有。唯有知更鸟在石榴树上啼啭几声，留下凄清悠远的余音。颂莲睡不着了，人浮在怅然之上、悲哀之下。第二天早早起来梳妆，她看见自己的脸发生了某种深刻的变化，眼圈是青黑色的。颂莲已经知道梅珊是怎么回事，但第二天看见陈佐千从北厢房出来时，颂莲还是迎上去问梅珊的病情，给三太太请医生了吗？陈佐千尴尬地摇摇头，他满面倦容、话也懒得说，只是抓住颂莲的手软绵绵地捏了一下。

颂莲上了一年大学后嫁给陈佐千，原因很简单，颂莲父亲经营的茶厂倒闭了，没有钱负担她的费用。颂莲辍学回家的第三天，听见家人在厨房里乱喊乱叫，她跑过去一看，父亲斜靠在水池边，池子里是满满一池血水，泛着气泡。父亲把手上的静脉割破了，很轻松地上了黄泉路。颂莲记得她当时绝望的感觉，她架着父亲冰凉的身体，她自己整个比尸体更加冰凉。灾难临头她一点也哭不出来。那个水池后来好几天没人用，颂莲仍然在水池里洗头。颂莲没有一般女孩无谓的怯懦和恐惧，她很实际。父亲一死，她必须自己负责自己了。在那个水池边，颂莲一遍遍地梳洗头发，借此冷静地预想以后的生活。所以当继母后来摊牌，让她在做工和嫁人两条路上选择时，她淡然地回答说，当然嫁人。继母又问，你想嫁个一般人家还是有钱人家？颂莲说，当然有钱人家，这还用问？继母说，那不一样，去有钱人家是做小。颂莲说，什么叫做小？继母考虑了一下，说，就是做妾，名份是委屈了点。颂莲冷笑了一声，名分是什么？名分是我这样人考虑的吗？反正我交给你卖了，你要是顾及父亲的情义，就把我卖个好主吧。

陈佐千第一次去看颂莲，颂莲闭门不见，从门里扔出一句话，去西餐社见面。陈佐千想毕竟是女学生，总有不同凡俗之处，他在西餐社订了两个位子，等着颂莲来。那天外面下着雨，陈佐千隔窗守望外面细雨蒙蒙的街道，心情又新奇又温馨，这是他前三次婚姻中前所未有的。颂莲打着一顶细花绸伞姗姗而来，陈佐千就开心地笑了。颂莲果然是他想象中漂亮洁净的样子，而且那样年轻。陈佐千记得颂莲在他对面坐下，从提兜里掏出一大把小蜡烛，她轻声对陈佐千说，给我要一盒蛋糕好吗。陈佐千让侍者端来了蛋糕，然后他看见颂莲把小蜡烛一根一根地插上去，一共插了十九根，剩下一根她收回包里。陈佐千说，这是干什么，你今天过生日？颂莲只是笑笑，她把蜡烛点上，看着蜡烛亮起小小的火苗。颂莲的脸在烛光里变得玲珑剔透，她说，你看这火苗多可爱。陈佐千说，是可爱。说完颂莲就长长地吁了口气，噗地把蜡烛吹灭。陈佐千听见她说，提前过生日吧，十九岁过完了。

陈佐千觉得颂莲的话里有回味之处，直到后来他也经常想起那天颂莲吹蜡烛的情景，这使他感到颂莲身上某种微妙而迷人的力量。作为一个富有性经验的男人，陈佐千更迷恋的是颂莲在床上的热情和机敏。他似乎在初遇颂莲的时候就看见了销魂种种，以后果然被证实。难以判断颂莲是天性如此还是曲意奉承，但陈佐千很满足，他对颂莲的宠爱，陈府上下的人都看在眼里。

2

后花园的墙角那里有一架紫藤，从夏天到秋天，紫藤花一直沉沉地开着。颂莲从她的窗口看见那些紫色的絮状花朵在秋风中摇曳，一天天地清淡。她注意到紫藤架下有一口井，而且还有石桌和石凳，一个挺闲适的去处却见不到人，通往那里的甬道上长满了杂草。蝴蝶飞过去，蝉也在紫藤枝叶上唱，颂莲想起去年这个时候，她是坐在学校的紫藤架下读书的，一切都恍若惊梦。颂莲慢慢地走过去，她提起裙子，小心不让杂草和昆虫碰蹭，慢慢地撩开几枝藤叶，看见那些石桌石凳上积了一层灰尘。走到井边，井台石壁上长满了青苔，颂莲弯腰朝井中看，井水是蓝黑色的，水面上也浮着陈年的落叶。颂莲看见自己的脸在水中闪烁不定，听见自己的喘息声被吸入井中放大了，沉闷而微弱。有一阵风吹过来，把颂莲的裙子吹得如同飞鸟，颂莲这时感到一种坚硬的凉意，像石头一样慢慢敲她的身体。颂莲开始往回走，往回走的速度很快。回到南厢房的廊下，她吐出一口气，回头又看那个紫藤架，架上倏地落下两三串花，很突然地落下来，颂莲觉得这也很奇怪。

卓云在房里坐着，等着颂莲。她乍地发觉颂莲的脸色很难看，卓云起来扶着颂莲的腰，你怎么啦？颂莲说，我怎么啦？我上外面走了走。卓云说，你脸色不好，颂莲笑了笑说身上来了。卓云也笑，我说老爷怎么又上我那儿去了呢。她打开一个纸包，拉出一卷丝绸来，说，苏州的真丝，送你裁件衣服。颂莲推开卓云的手，不行，你给我东西，怎么好意思，应该我给你才对。卓云嘘了一声，这是什么道理？我见你特别可心，就想起来这块绸子，要是隔壁那女人，她掏钱我也不给，我就是这脾气。颂莲就接过绸子放在膝上摩挲着，说，三太太是有点怪。不过，她长得真好看。卓云说，好看什么？脸上的粉霜可刮掉半斤。颂莲又笑，转了话题，我刚才在紫藤架那儿呆了会儿，我挺喜欢那儿的。卓云就叫起来，你去死人井了？别去那儿，那儿晦气。颂莲吃惊道，怎么叫死人井？卓云说，怪不得你进屋脸色不好，那井里死过三个人。颂莲站起身伏在窗口朝紫藤架张望，都是什么人死在井里了？卓云说，都是上代的家眷，都是女的。颂莲还要打听，卓云就说不上来了。卓云只知道这些，她说陈家上下忌讳这些事，大家都守口如瓶。颂莲愣了一会儿，说，这些事情，不知道就不知道吧。

陈家的少爷小姐都住在中院里。颂莲曾经看见忆容和忆云姐妹俩在泥沟边挖蚯蚓，喜眉喜眼天真烂漫的样子，颂莲一眼就能判断她们是卓云的骨血。她站在一边悄悄地看她们，姐妹俩发觉了颂莲，仍然旁若无人，把蚯蚓灌到小竹筒里。颂莲说，你们挖蚯蚓做什么？忆容说，钓鱼呀。忆云却不客气地白了颂莲一眼，不要你管。颂莲有点没趣，走出几步，听见姐妹俩在嘀咕，她也是小老婆，跟妈一样。颂莲一下蒙了，她回头愤怒地盯着她们看，忆容嗤嗤地笑着，忆云却丝毫不让地朝她撇嘴，又嘀咕了一句什么。颂莲心想这叫什么事儿，小小年纪就会说难听话，天知道卓云是怎么管这姐妹俩的。

颂莲再碰到卓云时，忍不住就把忆云的话告诉她。卓云说，那孩子就是嘴没遮拦的，看我回去拧她的嘴。卓云赔礼后又说，其实我那两个孩子还算省事的，你没见隔壁小少爷，跟狗一样的，见人就咬，吐唾沫。你有没有挨他咬过？颂莲摇摇头，她想起隔壁的小男孩飞澜，站在门廊下，一边啃面包，一边朝她张望，头发梳得油光光的，脚上穿着小皮鞋。颂莲有时候从飞澜脸上能见到类似陈佐千的表情，她从心理上能接受飞澜，也许因为她内心希望给陈佐千再生一个儿子。男孩比女孩好，颂莲想，管他咬不咬人呢。

只有毓如的一双儿女，颂莲很久都没见到。显而易见的是他们在陈府的地位。颂莲经常听到关于对飞浦和忆惠的谈论。飞浦一直在外面收账，还做房地产生意，而忆惠在北平的女子大学读书。颂莲不经意地向雁儿打听飞浦，雁儿说，我们大少爷是有本事的人。颂莲问，怎么个有本事法？雁儿说，反正有本事，陈家现在都靠他。颂莲又问雁儿，大小姐怎么样？雁儿说，我们大小姐又漂亮又文静，以后要嫁贵人的。颂莲心里暗笑，雁儿褒此贬彼的话音让她很厌恶，她就把气发到裙裾下那只波斯猫身上，颂莲抬脚把猫踢开，骂道，贱货，跑这儿舔什么骚？

颂莲对雁儿越来越厌恶，至关重要的一点是她没事就往梅珊屋里跑，而且雁儿每次接过颂莲的内衣内裤去洗时，总是一脸不高兴的样子。颂莲有时候就训她，你挂着脸给谁看，你要不愿跟我就回下房去，去隔壁也行。雁儿申辩说，没有呀，我怎么敢挂脸，天生就没有脸。颂莲抓过一把梳子朝她砸过去，雁儿就不再吱声了。颂莲猜测雁儿在外面没少说她的坏话。但她也不能对她太狠，因为她曾经看见陈佐千有一次进门来顺势在雁儿的乳房上摸了一把，虽然是瞬间的很自然的事，颂莲也不得不节制一点，要不然雁儿不会那么张狂。颂莲想，连个小丫头也知道靠那一把壮自己的胆，女人就是这种东西。

到了重阳节的前一天，大少爷飞浦回来了。

颂莲正在中院里欣赏菊花，看见毓如和管家都围拢着几个男人，其中一个穿白西服的很年轻，远看背影很魁梧的，颂莲猜他就是飞浦。她看着下人走马灯似的把一车行李包裹运到后院去，渐渐地人都进了屋，颂莲也不好意思进去，她摘了枝菊花，慢慢地踱向后花园，路上看见卓云和梅珊，带着孩子往这边走。卓云拉住颂莲说，大少爷回家了，你不去见个面？颂莲说，我去见他？应该他来见我吧。卓云说，说的也是，应该他先来见你。一边的梅珊则不耐烦地拍拍飞澜的头颈，快走快走。

颂莲真正见到飞浦是在饭桌上。那天陈佐千让厨子开了宴席给飞浦接风，桌上摆满了精致丰盛的菜肴。颂莲睃巡着桌子，不由得想起初进陈府那天，桌上的气派远不如飞浦的接风宴，心里有点犯酸，但是很快她的注意力就转移到飞浦身上了。飞浦坐在毓如身边，毓如对他说了句什么，然后飞浦就欠起身子朝颂莲微笑着点了点头。颂莲也颔首微笑。她对飞浦的第一个感觉是出乎意料的英俊年轻，第二个感觉是他很有心计。颂莲往往是喜欢见面识人的。

第二天就是重阳节了，花匠把花园里的菊花盆全搬到一起去，五颜六色地搭成福、禄、寿、禧四个字。颂莲早早地起来，一个人绕着那些菊花边走边看。早晨有凉风，颂莲只穿了一件毛背心，她就抱着双肩边走边看。远远地她看见飞浦从中院过来，朝这边走。颂莲正犹豫着是否先跟他打招呼，飞浦就喊起来，颂莲你早。颂莲对他直呼其名有点吃惊，她点点头，说，按辈分你不该喊我名字。飞浦站在花圃的另一边，笑着系上衬衫的领扣，说，应该叫你四太太，但你肯定比我小几岁呢，你多大？颂莲显出不高兴的样子侧过脸去看花。飞浦说，你也喜欢菊花，我原以为大清早的可以先抢风水，没想到你比我还早。颂莲说，我从小就喜欢菊花，可不是今天才喜欢的。飞浦说，最喜欢哪种？颂莲说，都喜欢，就讨厌蟹爪。飞浦说，那是为什么？颂莲说，蟹爪开得太张狂。飞浦又笑起来说，有意思了，我偏偏最喜欢蟹爪。颂莲睃了飞浦一眼，我猜到你会喜欢它。飞浦又说，那又为什么？颂莲朝前走了几步，说，花非花，人非人，花就是人，人就是花，这个道理你不明白？颂莲猛地抬起头，她察觉出飞浦的眼神里有一种异彩水草般地掠过，她看见了，她能够捕捉它。飞浦叉腰站在菊花那一侧，突然说，我把蟹爪换掉吧。颂莲没有说话。她看着飞浦把蟹爪换掉，端上几盆墨菊摆上。过了一会儿，颂莲又说，花都是好的，摆的字不好，太俗气。飞浦拍拍手上的泥，朝颂莲挤挤眼睛，那就没办法了，福禄寿禧是老爷让摆的，每年都这样，老祖宗传下来的规矩。

颂莲后来想起重阳赏菊的情景，心情就愉快。好像从那天起，她与飞浦之间有了某种默契。颂莲想着飞浦如何把蟹爪搬走，有时会笑出声来。只有颂莲自己知道，她并不是特别讨厌那种叫蟹爪的菊花。

你最喜欢谁？颂莲经常在枕边这样问陈佐千，我们四个人，你最喜欢谁？陈佐千说那当然是你了。毓如呢？她早就是只老母鸡了。卓云呢？卓云还凑和着，但她有点松松垮垮的了。那么梅珊呢？颂莲总是克制不住对梅珊的好奇心，梅珊是哪里人？陈佐千说，她是哪里人我也不知道，连她自己也不知道。颂莲说那梅珊是孤儿出身？陈佐千说，她是戏子，京剧草台班里唱旦角的。我是票友，有时候去后台看她，请她吃饭，一来二去的她就跟我了。颂莲拍拍陈佐千的脸说，是女人都想跟你。陈佐千说，你这话对了一半，应该说是女人都想跟有钱人。颂莲笑起来，你这话也才对了一半，应该说有钱人有了钱还要女人，要也要不够。

颂莲从来没有听见梅珊唱过京戏，这天早晨窗外飘过来几声悠长清亮的唱腔，把颂莲从梦中惊醒，她推推身边的陈佐千问是不是梅珊在唱？陈佐千迷迷糊糊地说，她高兴了就唱，不高兴了就哭，狗娘养的。颂莲推开窗子，看见花园里夜来降了雪白的秋霜，在紫藤架下，一个穿黑衣黑裙的女人且舞且唱着。果然就是梅珊。

颂莲披衣出来，站在门廊上远远地看着那里的梅珊。梅珊已沉浸其中，颂莲觉得她唱得凄凉婉转，听得心也浮了起来。这样过了好久，梅珊戛然而止，她似乎看见了颂莲的眼睛里充满了泪影。梅珊把长长的水袖搭在肩上往回走，在早晨的天光里，梅珊的脸上、衣服上跳跃着一些水晶色的光点，她的绾成圆髻的头发被霜露打湿，这样走着，她整个显得湿润而忧伤，仿佛风中之草。

你哭了？你活得不是很高兴吗，为什么哭？梅珊在颂莲面前站住，淡淡地说。颂莲掏出手绢擦了擦眼角，她说也不知是怎么了，你唱的戏叫什么？叫《女吊》，梅珊说，你喜欢听吗？我对京戏一窍不通，主要是你唱得实在动情，听得我也伤心起来，颂莲说着，她看见梅珊的脸上第一次露出和善的神情。梅珊低下头看看自己的戏装，她说，本来就是做戏嘛，伤心可不值得。做戏做得好能骗别人，做得不好只能骗骗自己。

陈佐千在颂莲屋里咳嗽起来，颂莲有些尴尬地看看梅珊。梅珊说，你不去伺候他穿衣服？颂莲摇摇头说他自己穿，他又不是小孩子。梅珊便有点悻悻的，她笑了笑说，他怎么要我给他穿衣穿鞋，看来人是有贵贱之分。这时候陈佐千又在屋里喊起来，梅珊，进屋来给我唱一段！梅珊的细柳眉立刻挑起来，她冷笑一声，跑到窗前冲里面说，老娘不愿意！

颂莲见识了梅珊的脾气。当她拐弯抹角地说起这个话题时，陈佐千说，都怪我前些年把她娇宠坏了，她不顺心起来敢骂我家祖宗八代。陈佐千说这狗娘养的小婊子，我迟早得狠狠收拾她一回。颂莲说，你也别太狠心了，她其实挺可怜的，没亲没故的，怕你不疼她，脾气就坏了。

以后颂莲和梅珊有了些不冷不热的交往，梅珊迷麻将，经常招呼人去她那里搓麻将，从晚饭过后一直搓到深更半夜。颂莲隔着墙能听见隔壁洗牌的哗啦哗啦的声音，吵得她睡不好觉。她跟陈佐千发牢骚，陈佐千说，你就忍一忍吧，她搓上麻将还算正常一点，反正她把钱输光了我不会给她的，让她去搓，让她去作死。但是有一回梅珊差丫环来叫颂莲上牌桌了，颂莲一句话把丫环挡了回去，她说，我去搓麻将？亏你们想得出来。丫环回去后梅珊自己来了，她说，三缺一，赏个脸吧。颂莲说我不会呀，不是找输吗？梅珊来拽她的胳膊，走吧，输了不收你钱，要不赢了归你，输了我付。颂莲说，那倒不至于，主要是我不喜欢。她说着就看见梅珊的脸挂下来了，梅珊哼了一声说，你这里有什么呀？好像守着个大金库不肯挪一步，不过就是个干瘪老头罢了。颂莲被呛得恶火攻心，刚想发作，难听话溜到嘴边又咽回去了。她咬着嘴唇考虑了几秒钟说，好吧，我跟你去。

另外两个人已经坐在桌前等候了，一个是管家陈佐文，另一个不认识，梅珊介绍说是医生。那人戴着金丝边眼镜，皮肤黑黑的，嘴唇却像女性一样红润而柔情。颂莲以前见他出入过梅珊的屋子，她不知怎么就不相信他是医生。

颂莲坐在牌桌上心不在焉，她是真的不太会打，糊里糊涂就听见他们喊和了，自摸了。她只是掏钱，慢慢地她就心疼起来，她说，我头疼，想歇一歇了。梅珊说，上桌就得打八圈，这是规矩。你恐怕是输得心疼吧。陈佐文在一边说，没关系的，破点小财消灾灭祸。梅珊又说，你今天就算给卓云做好事吧，这一阵她闷死了，把老头儿借她一夜，你输的钱让她掏给你。桌上的两个男人都笑起来。颂莲也笑，梅珊你可真能逗乐，心里却像吞了只苍蝇。

颂莲冷眼观察着梅珊和医生间的眉目传情，她想什么事情都是逃不过她的直觉的。当洗牌时掉下一张牌以后，颂莲弯腰去捡，一下就发现了他们的四条腿的形态，藏在桌下的那四条腿原来紧缠在一起，分开时很快很自然，但颂莲是确确实实看见了。

颂莲不动声色，她再也不去看梅珊和医生的脸了。颂莲这时的心情很复杂，有点惶惑，有点紧张，还有一点幸灾乐祸。她心里说，梅珊你活得也太自在了也太张狂了。

3

秋天里有很多这样的时候，窗外天色阴晦，细雨绵延不绝地落在花园里，从紫荆、石榴树的枝叶上溅起碎玉般的声音。这样的时候，颂莲枯坐窗边，睇视外面晾衣绳上一块被雨淋湿的丝绢，她的心绪烦躁复杂，有的念头甚至是秘不可示的。

颂莲就不明白为什么每逢阴雨就会想念床笫之事。陈佐千是不会注意到天气对颂莲生理上的影响的。陈佐千只是有点招架不住的窘态。他说，年龄不饶人，我又最烦什么三鞭神油的。陈佐千抚摸颂莲粉红的微微发烫的肌肤，摸到无数欲望的小兔在她皮肤下面跳跃。陈佐千的手渐渐地就狂乱起来，嘴也俯到颂莲的身上。颂莲面色绯红地侧身躺在长沙发上，听见窗外雨珠迸裂的声音，颂莲双目微闭，呻吟道，主要是下雨了。陈佐千没听清，你说什么？项链？颂莲说，对，项链，我想要一串最好的项链。陈佐千说，你要什么我不给你？只是千万别告诉她们。颂莲一下子就翻身坐起来，她们？她们算什么东西？我才不在乎她们呢。陈佐千说，那当然，她们谁也比不上你。他看见颂莲的眼神迅速地发生了变化，颂莲把他推开，很快地穿好内衣走到窗前去了。陈佐千说你怎么了，颂莲回过头，幽怨地说，没情绪了，谁让你提起她们的？

陈佐千快快地和颂莲一起看着窗外的雨景。这样的时候整个世界都潮湿难耐起来。花园里空无一人，树叶绿得透出凉意，远远地那边的紫藤架被风掠过，摇晃有如人形。

颂莲想起那口井，关于井的一些传闻。颂莲说，这园子里的东西有点鬼气。陈佐千说，哪来的鬼气？颂莲朝紫藤架努努嘴，喏，那口井。陈佐千说，不过就死了两个投井的，自寻短见的。颂莲说，死的谁？陈佐千说，反正你也不认识的，是上一辈的两个女眷。颂莲说，是姨太太吧。陈佐千脸色立刻有点难看了，谁告诉你的？颂莲笑笑说谁也没告诉我，我自己看见的，我走到那口井边，一眼就看见两个女人浮在井底里，一个像我，另一个还是像我。陈佐千说，你别胡说了，以后别上那儿去。颂莲拍拍手说，那不行，我还没去问问那两个鬼魂呢，她们为什么投井？陈佐千说，那还用问，免不了是些污秽事情吧。颂莲沉吟良久，后来她突然说了一句，怪不得这园子里修这么多井，原来是为寻死的人挖的。陈佐千一把搂过颂莲，你越说越离谱，别去胡思乱想。说着陈佐千抓住颂莲的手，让她摸自己的那地方，他说，现在倒又行了，来吧，我就是死在你床上也心甘情愿。

花园里秋雨萧瑟，窗内的房事因此有一种垂死的气息，颂莲的眼前是一片深深幽暗，唯有梳妆台上的几朵紫色雏菊闪烁着稀薄的红影。颂莲听见房门外有什么动静，她随手抓过一只香水瓶子朝房门上砸去。陈佐千说你又怎么了，颂莲说，她在偷看。陈佐千说，谁偷看？颂莲说，是雁儿。陈佐千笑起来，这有什么可偷看的？再说她也看不见。颂莲厉声说，你别护她，我隔多远也闻得出她的骚味。

黄昏的时候，有一群人围坐在花园里听飞浦吹箫。飞浦换上丝绸衫裤，更显出他的倜傥风流。飞浦持箫坐在中间，四面听箫的多是飞浦做生意的朋友。这时候这群人成为陈府上下关注的中心，仆人们站在门廊上远远地观察他们，窃窃私语。其他在室内的人会听见飞浦的箫声像水一样幽幽地漫进窗口，谁也无法忽略飞浦的箫声。

颂莲往往被飞浦的箫声所打动，有时甚至泪涟涟的。她很想坐到那群男人中间去，离飞浦近一点，持箫的飞浦令她回想起大学里一个独坐空室拉琴的男生。她已经记不清那个男生的脸，对他也不曾有深藏的暗恋，但颂莲易于被这种优美的情景感化，心里是一片秋水涟漪。颂莲踟蹰半天，搬了一张藤椅坐在门廊上，静听着飞浦的箫声。没多久箫声沉寂了，那边的男人们开始说话。颂莲顿时就觉得没趣了，她想，说话多无聊，还不是你诓我我骗你的，人一说起话来就变得虚情假意的了。于是颂莲起身回到房里，她突然想起箱子里也有一支长箫，那是她父亲的遗物。颂莲打开那只藤条箱子，箱子好久没晒，已有一点霉味，那些弃之不穿的学生时代的衣裙整整齐齐地摆着，好像从前的日子尘封了，散出星星点点的怅然和梦幻。颂莲把那些衣服腾空了，也没有见那支长箫。

她明明记得离家时把箫放进箱底的，怎么会没有了呢？雁儿，雁儿你来。颂莲就朝门廊上喊。雁儿来了，说，四太太怎么不听少爷吹箫了，颂莲说，你有没有动过我的箱子？

雁儿说，前一阵你让我收拾箱子的，我把衣服都叠好了呀？颂莲说，你有没有见一支箫？箫？雁儿说，我没见，男人才玩箫呢！颂莲盯住雁儿的眼睛看，冷笑了一声，那么说是你把我的箫偷去了？雁儿说，四太太你也别随便糟践人，我偷你的箫干什么呀？颂莲说，你自然有你的鬼念头，从早到晚心怀鬼胎，还装得没事人似的。雁儿说，四太太你别太冤枉人了，你去问问老爷少爷大太太二太太三太太，我什么时候偷过主子一个铜板的？颂莲不再理睬她，她轻蔑地瞄着雁儿，然后跑到雁儿住的小偏房去，用脚踩着雁儿的杂木箱子说，嘴硬就给我打开。雁儿去拖颂莲的脚，一边哀求说，四太太你别踩我的箱子，我真的没拿你的箫。颂莲看雁儿的神色心中越来越有底，她从屋角抓过一把斧子说，劈碎了看一看，要是没有明天给你个新的箱子。她咬着牙一斧劈下去，雁儿的箱子就散了架，衣物铜板小玩意滚了一地。颂莲把衣物都抖开来看，没有那支箫，但她忽然抓住一个鼓鼓的小白布包，打开一看，里面是个小布人，小布人的胸口刺着三枚细针。颂莲起初觉得好笑，但很快地她就发觉小布人很像她自己,再细细地看,上面有依稀的两个墨迹:颂莲。颂莲的心好像真的被三枚细针刺着,一种尖锐的刺痛感。她的脸一下变得煞白。旁边的雁儿靠着墙,惊惶地看着她。颂莲突然尖叫了一声,她跳起来一把抓住雁儿的头发,把雁儿的头一次一次地往墙上撞。颂莲噙着泪大叫,让你咒我死!让你咒我死!雁儿无力挣脱,她只是软瘫在那里,发出断断续续的呜咽。颂莲累了,喘着气倏尔想到雁是不识字的,那么谁在小布人上写的字呢?这个疑问使她更觉揪心,颂莲后来就蹲下身子来,给雁儿擦泪,她换了种温和的声调,别哭了,事儿过了就过了,以后别这样,我不记你仇。不过你得告诉我是谁给你写的字。雁儿还在抽噎着,她摇着头说,我不说,不能说。颂莲说,你不用怕,我也不会闹出去的,你只要告诉我,我绝对不会连累你的。雁儿还是摇头。颂莲于是开始提示。是毓如?雁儿摇头。那么肯定是梅珊了?雁儿依然摇头。颂莲倒吸了一口凉气,她的声音有些颤抖了。是卓云吧?雁儿不再摇头了,她的神情显得悲伤而麻木。颂莲站起来,仰天说了一句,知人知面不知心呐,我早料到了。

陈佐千看见颂莲眼圈红肿着,一个人呆坐在沙发上、手里捻着一枝枯萎的雏菊。陈佐千说,你刚才哭过?颂莲说,没有呀,你对我这么好,我干什么要哭?陈佐千想了想说,你要是嫌闷,我陪你去花园走走,到外面吃宵夜也行。颂莲把手中的菊枝又捻了几下,随手扔出窗外,淡淡地问,你把我的箫弄到哪里去了?陈佐千迟疑了一会儿,说,我怕你分心,收起来了。颂莲的嘴角浮出一丝冷笑,我的心全在这里,能分到哪里去?陈佐千也正色道,那么你说那箫是谁送你的?颂莲懒懒地说,不是信物,是遗物,我父亲的遗物。陈佐千就有点发窘,说,是我多心了,我以为是哪个男学生送你的。颂莲把手摊开来,说,快取来还我,我的东西我自己来保管。陈佐千更加窘迫起来,他搓着手来回地走,这下坏了,他说,我已经让人把它烧了。陈佐千没听见颂莲再说话,房间里一点一点黑下来。他打开电灯,看见颂莲的脸苍白如雪,眼泪无声地挂在双颊上。

这一夜对于他们两个人来说都是特殊的一夜,颂莲像羊羔一样把自己抱紧了,远离陈佐千的身体,陈佐千用手去抚摸她,仍然得不到一点回应。他一会儿关灯一会儿开灯,看颂莲的脸像一张纸一样漠然无情。陈佐千说,你太过分了,我就差一点给你下跪求饶了。颂莲沉默了一会儿,说,我不舒服。陈佐千说,我最恨别人给我看脸色。颂莲翻了个身说,你去卓云那里吧,反正她总是对人笑的。陈佐千就跳下床来穿衣服，说，去就去，幸亏我还有三房太太。

第二天卓云到颂莲房里来时，颂莲还躺在床上。颂莲看见她掀开门帘的时候打了个莫名的冷战，她佯睡着闭上眼睛。卓云坐到床头伸手摸摸颂莲的额头说，不烫呀，大概不是生病是生气吧。颂莲眼睛虚着朝她笑了笑，你来啦。卓云就去拉颂莲的手，快起来吧，这样躺没病也孵出毛病来。颂莲说，起来又能干什么？卓云说，给我剪头发，我也剪个你这样的学生头，精神精神。

卓云坐在圆凳上，等着颂莲给她剪头发。颂莲抓起一件旧衣服给她围上，然后用梳子慢慢梳着卓云的头发。颂莲说，剪不好可别怪我，你这样好看的头发，剪起来实在是心慌。卓云说，剪不好也没关系的，这把年纪了还要什么好看。颂莲仍然一下一下地把卓云的头发梳上去又梳下来，那我就剪了。卓云说，剪呀，你怎么那样胆小？颂莲说，主要是手生，怕剪着了你。说完颂莲就剪起来。卓云的乌黑松软的头发一绺绺地掉下来，伴随着剪刀双刃的撞击声。卓云说，你不是挺麻利的吗？颂莲说，你可别夸我，一夸我的手就抖了。说着就听见卓云发出了一声尖厉刺耳的叫声，卓云的耳朵被颂莲的剪刀实实在在地剪了一下。

甚至花园里的人也听见了卓云那声可怕的尖叫，梅珊房里的人都跑过来看个究竟。她们看见卓云捂住右耳疼得直冒虚汗，颂莲拿着把剪刀站在一边，她的脸也发白了，唯有地板上是几绺黑色的头发。你怎么啦？卓云的泪已夺眶而出，她的话没说完就捂住耳朵跑到花园里去了。颂莲愣愣地站在那堆头发边上，手中的剪刀当地掉在地上。她自言自语地说了一声，我的手发抖，我病着呢。然后她把看热闹的佣人都推出门去，你们在这儿干什么？还不快给二太太请医生去。

梅珊牵着飞澜的手，仍然留在房里，她微笑着对颂莲看。颂莲避开她的目光，操起芦花帚扫着地上的头发，听见梅珊忽然格格笑出了声音。颂莲说，你笑什么？梅珊眨了眨眼睛，我要是恨谁也会把她的耳朵剪掉，全部剪掉，一点不剩。颂莲沉下了脸，你这是什么意思？难道我是有意的吗？梅珊又嘻笑了一声说那只有天知道啦。

颂莲没再理睬梅珊，她兀自躺到床上去，用被子把头蒙住，她听见自己的心怦然狂跳。她不知道自己的心对那一剪刀负不负责任，反正谁都应该相信，她是无意的。这时候她听见梅珊隔着被子对她说话，梅珊说，卓云是慈善面孔蝎子心，她的心眼点子比谁都多。梅珊又说，我自知不是她对手，没准你能跟她斗一斗，这一点我头一次看见你就猜到了。颂莲在被子里动弹了一下，听见梅珊出乎意料地打开了话匣子。梅珊说你想知道我和她生孩子的事情吗？梅珊说我跟卓云差不多一起怀孕的，我三个月的时候她差人在我的煎药里放了泻胎药。结果我命大胎儿没掉下来。后来我们差不多同时临盆，她又想先生孩子，就花很多钱打外国催产针把阴道都撑破了，结果还是我命大我先生了飞澜，是个男的。她竹篮打水一场空生了忆容，不过是个小贱货，还比飞澜晚了三个钟头呢。

4

天已寒秋，女人们都纷纷换上了秋衣，树叶也纷纷在清晨和深夜飘落在地，枯黄的一片覆盖了花园。几个女佣蹲在一起烧树叶，一股焦烟味弥漫开来。颂莲的窗口砰地打开，女佣们看见颂莲的脸因愤怒而涨得绯红。她抓着一把木梳在窗台上敲着，谁让你们烧树叶了？好好的树叶烧得那么难闻。女佣们便收起了笤帚箩筐，一个胆大的女佣说，这么多的树叶，不烧怎么弄？颂莲就把木梳从窗里砸到她的身上，颂莲喊，不准烧就是不准烧！然后她砰地关上了窗子。

四太太的脾气越来越大了。女佣们这么告诉毓如。她不让我们烧树叶，她的脾气怎么越来越大了？毓如把女佣呵斥了一通，不准嚼舌头，轮不到你们来搬弄是非。毓如心里却很气，以往花园里的树叶每年都要烧几次的，难道来了个颂莲就要破这个规矩不成？女佣在一边垂手而立，说，那么树叶不烧了？毓如说，谁说不烧的？你们给我去烧，别理她好了。

女佣再去烧树叶，颂莲就没有露面，只是人去灰尽的时候见颂莲走出南厢房，她还穿着夏天的裙子，女佣说她怎么不冷，外面的风这么大。颂莲站在一堆黑灰那里，呆呆地看了会儿，然后她就去中院吃饭了。颂莲的裙摆在冷风中飘来飘去，就像一只白色蝴蝶。

颂莲坐在饭桌上，看他们吃。颂莲始终不动筷子。她的脸色冷静而沉郁，抱紧双臂，一副不可侵犯的样子。那天恰逢陈佐千外出，也是府中闹事的时机。飞浦说，咦，你怎么不吃？颂莲说，我已经饱了。飞浦说，你吃过了？

颂莲鼻孔里哼了一声，我闻焦糊味已经闻饱了。飞浦摸不着头脑，朝他母亲看。毓如的脸就变了，她对飞浦说，你吃你的饭，管那么多呢。然后她放高嗓门，注视着颂莲，四太太，我倒是听你说说，你说那么多树叶堆在地上怎么弄？颂莲说，我不知道，我有什么资格料理家事？毓如说，年年秋天要烧树叶，从来没什么别扭，怎么你就比别人娇贵？那点烟味就受不了。颂莲说，树叶自己会烂掉的，用得着去烧吗？树叶又不是人。毓如说，你这是什么意思，莫名其妙的。颂莲说，我没什么意思，我还有一点不明白的，为什么要把树叶扫到后院来烧，谁喜欢闻那烟味就在谁那儿烧好了。毓如便听不下去了，她把筷子往桌上一拍，你也不拿个镜子照照，你颂莲在陈家算什么东西？好像谁亏待了你似的。颂莲站起来，目光矜持地停留在毓如蜡黄有点浮肿的脸上。说对了，我算个什么东西？颂莲轻轻地像在自言自语，她微笑着转过身离开，再回头时已经泪光盈盈，她说，天知道你们又算个什么东西？

整整一个下午，颂莲把自己关在室内，连雁儿端茶时也不给开门。颂莲独坐窗前，看见梳妆台上的那瓶大丽菊已枯萎得发黑，她把那束菊花拿出来想扔掉，但她不知道往哪里扔，窗户紧闭着不再打开。颂莲抱着花在房间里踱着，她想来想去结果打开衣橱，把花放了进去。外面秋风又起，是很冷的风，把黑暗一点点往花园里吹。她听见有人敲门。她以为是雁儿又端茶来，就敲了一下门背，烦死了，我不要喝茶。外面的人说，是我，我是飞浦。

颂莲想不到飞浦会来。她把门打开，倚门而立。你来干什么？飞浦的头发让风吹得很凌乱，他报着头发，有点局促地笑了笑说，他们说你病了，来看看你。颂莲嘘了一声，谁生病啊，要死就死了，生病多磨人。飞浦径直坐到沙发上去，他环顾着房间，突然说，我以为你房间里有好多书。颂莲摊开双手，一本也没有，书现在对我没用了。颂莲仍然站着，她说，你也是来教训我的吗？飞浦摇着头，说，怎么会？我见这些事头疼。颂莲说，那么你是来打圆场的？我看不需要，我这样的人让谁骂一顿也是应该的。

飞浦沉默了一会儿说，我母亲其实也没什么坏心，她天性就是固执呆板，你别跟她斗气，不值得。颂莲在房间里来回走着，走着突然笑起来，其实我也没想跟大太太斗气，真的，我也不知道自己是怎么回事，你觉得我可笑吗？飞浦又摇头，他咳嗽了一声，慢吞吞地说，人都一样，不知道自己的喜怒哀乐是怎么回事。

他们的谈话很自然地引到那支箫上去。我原来也有一支箫，颂莲说，可惜，可惜弄丢了。那么你也会吹箫啦？飞浦高兴地问。颂莲说，我不会，还没来得及学就丢了。飞浦说，我介绍个朋友教你怎样？我就是跟他学的。颂莲笑着，不置可否的样子。这时候雁儿端着两碗红枣银耳羹进来，先送到飞浦手上。颂莲在一边说，你看这丫头对你多忠心，不用关照自己就做好点心了。雁儿的脸羞得通红，把另外一碗往桌上一放就逃出去了。颂莲说，雁儿别走呀，大少爷有话跟你说，说着颂莲捂着嘴扑哧一笑。飞浦也笑，他用银勺搅着碗里的点心，说，你对她也太厉害了。颂莲说，你以为她是盏省油灯？这丫头心贱，我这儿来了人，她哪回不在门外偷听？也不知道她害的什么糊涂心思。飞浦察觉到颂莲的不快，赶紧换了话题，他说，我从小就好吃甜食，像这红枣银耳羹什么的，真是不好意思，朋友们都说，女人才喜欢吃甜食。颂莲的神色却依旧是黯然，她开始摩挲自己的指甲玩，那指甲留得细长，涂了凤仙花汁，看上去像一些粉红的鳞片。喂，你在听我讲吗？飞浦说。颂莲说，听着呢，你说女人喜欢吃甜食，男人喜欢吃咸的。飞浦笑着摇摇头，站起身告辞。临走他对颂莲说，你这人有意思，我猜不透你的心。颂莲说，你也一样，我也猜不透你的心。

十二月初七陈府门口挂起了灯笼，这天陈佐千过五十大寿。从早晨起前来祝寿的亲朋好友在陈家花园穿梭不息。陈佐千穿着飞浦赠送的一套黑色礼服在客厅里接待客人，毓如、卓云、梅珊、颂莲和孩子们则簇拥着陈佐千，与来去宾客寒暄。正热闹的时候，猛听见一声脆响，人们都朝一个地方看，看见一只半人高的花瓶已经碎伏在地。

原来是飞澜和忆容在那儿追闹，把花瓶从长几上碰翻了。两个孩子站在那儿面面相觑，知道闯了祸。飞澜先从骇怕中惊醒，指着忆容说，是她撞翻的，不关我的事。忆容也连忙把手指到飞澜鼻子上，你追我，是你撞翻的。这时候陈佐千的脸已经幡然变色，但碍于宾客在场的缘故，没有发作。毓如走过来，轻声地然而又是浊重地嘀咕着，孽种，孽种。她把飞澜和忆容拽到外面，一人掴了一巴掌，晦气，晦气。毓如又推了飞澜一把，给我滚远点。飞澜便滚到地上哭叫起来，飞澜的嗓门又尖又亮，传到客厅里。梅珊先就奔了出来，她把飞澜抱住，睃了毓如一眼，说，打得好，打得好，反正早就看不顺眼，能打一下是一下！毓如说，你这算什么话？孩子闯了祸，你不教训一句倒还护着他？梅珊把飞澜往毓如面前推，说，那好，就交给你教训吧，你打呀，往死里打，打死了你心里会舒但一些。这时卓云和颂莲也跑了出来。卓云拉过忆容，在她头上拍了一下，我的小祖奶奶，你怎么尽给我添乱呢？你说，到底谁打破的花瓶？忆容哭起来，不是我，我说了不是我，是飞澜撞翻了桌子。卓云说，不准哭，既然不是你，你哭什么？老爷的喜日都给你们冲乱了。梅珊在一边冷笑了一声，说，三小姐小小年纪怎么撒谎不打愣？我在一边看得清清楚楚，是你的胳膊把花瓶带翻的。四个女人一时无话可说，唯有飞澜仍然一声声哭嚷着。颂莲在一边看了一会儿，说，犯不着这样，不就是一只花瓶吗？碎了就碎了，能有什么事？毓如白了颂莲一眼，你说得轻巧，这是一只瓶子的事吗？老爷凡事喜欢图吉利，碰上你们这些人没心没肝的，好端端的陈家迟早要败在你们手里。颂莲说，耶，怎么又是我的错了？算我胡说好了，其实谁想管你们的事？颂莲一扭身离开了是非之地，她往后花园去，路上碰到飞浦和他的一班朋友，飞浦问，你怎么走了？颂莲摸摸自己的额头，说，我头疼，我见了热闹场面头就疼。

颂莲真的头疼起来，她想喝水，但水瓶全是空的，雁儿在客厅帮忙，趁势就把这里的事情撂下了。颂莲骂了一声小贱货，自己开了炉门烧水。她进了陈家还是头一次干这种家务活儿，有点笨手拙脚的。在厨房里站了一会儿，她又走到门廊上，看见后花园此时寂静无比，人都热闹去了，留下一些孤寂，它们在枯枝残叶上一点点滴落，浸入颂莲的心。她又看见那架凋零的紫藤，在风中发出凄迷的絮语，而那口井仍然向她隐晦地呼唤着。颂莲捂住胸口，她觉得她在虚无中听见了某种启迪的声音。

颂莲朝井边走去，她的身体无比轻盈，好像在梦中行路一般，有一股植物腐烂的气息弥漫井台四周。颂莲从地上拣起一片紫藤叶仔细看了看，把它扔进井里。她看见叶子像一片饰物浮在幽蓝的死水之上，把她的浮影遮盖了一块，她竟然看不见自己的眼睛。

颂莲绕着井台转了一圈，始终找不到一个角度看见自己，她觉得这很奇怪，一片紫藤叶子，她想，怎么会？正午的阳光在枯井中慢慢地跳跃，变幻成一点点白光，颂莲突然被一个可怕的想象攫住，一只手，有一只手托住紫藤叶遮盖了她的眼睛，这样想着她似乎就真切地看见一只苍白的湿漉漉的手，它从深不可测的井底升起来，遮盖她的眼睛。颂莲惊恐地喊出了声音，手，手。她想返身逃走，但整个身体好像被牢牢地吸附在井台上，欲罢不能。颂莲觉得她像一株被风折断的花，无力地俯下身子，凝视井中。在又一阵的晕眩中她看见井水倏然翻腾喧响，一个模糊的声音自遥远的地方切入耳膜：颂莲，你下来。颂莲，你下来。

卓云来找颂莲的时候，颂莲一个人坐在门廊上，手里抱着梅珊养的波斯猫。卓云说，你怎么在这儿？开午宴了。颂莲说，我头晕得厉害，不想去。卓云说，那怎么行？有病也得去呀，场面上的事情，老爷再三吩咐你回去。颂莲说，我真的不想去，难受得快死了，你们就让我清静一会吧。卓云笑了笑，说，是不是跟毓如生气呀？没有，我没精神跟谁生气，颂莲露出了不耐烦的神情，她把怀里的猫往地上一扔，说，我想睡一会儿。卓云仍然赔着笑脸，那你就去睡吧，我回去告诉老爷就是了。

这一天颂莲昏昏沉沉地睡着，睡着也看见那口井，井中那片紫藤叶，她浑身沁出一身冷汗。谁知道那口井是什么？那片紫藤叶是什么？她颂莲又是什么？后来她懒懒地起来，对着镜子梳洗了一番。她看见自己的面容就像那片枯叶一样憔悴毫无生气。她对镜子里的女人很陌生。她不喜欢那样的女人。颂莲深深地叹了一口气，这时候她想起了陈佐千和生日这些概念，心里对自己的行为不免后悔起来。她自责地想，我怎么一味地耍起小性子来了，她深知这对她的生活是有害无益的，于是她连忙打开了衣橱门，从里取出一条水灰色的羊毛围巾，这是她早就为陈佐千的生日准备的礼物。

晚宴上全部是陈家自己人了。颂莲进饭厅的时候看见他们都已落座。他们不等我就开桌了。颂莲这样想着走到自己的座位前，飞浦在对面招呼说，你好了？颂莲点点头，她偷窥陈佐千的脸色，陈佐千脸色铁板阴沉，颂莲的心就莫名地跳了一下，她拿着那条羊毛围巾送到他面前，老爷，这是我的微薄之礼。陈佐千嗯了一声，手往边上的圆桌一指，放那边吧。颂莲抓着围巾走过去，看见桌上堆满了家人送的寿礼。一只金戒指，一件狐皮大衣，一只瑞士手表，都用红缎带扎着。颂莲的心又一次咯噔了一下，她觉得脸上一阵燥热。重新落座，她听见毓如在一边说，既是寿礼，怎么也不知道扎条红缎带？

颂莲装作没听见，她觉得毓如的挑剔实在可恶，但是整整一天她确实神思恍惚，心不在焉。她知道自己已经惹恼了陈佐千，这是她唯一不想干的事情。颂莲竭力想着补救的办法，她应该让他们看到她在老爷面前的特殊地位，她不能做出卑贱的样子，于是颂莲突然对着陈佐千莞尔一笑，她说，老爷，今天是你的吉辰良日，我积蓄不多，送不出金戒指皮大衣，我再补送老爷一份礼吧。说着颂莲站起身走到陈佐千跟前，抱住他的脖子，在他脸上亲了一下，又亲了一下。桌上的人都呆住了，望着陈佐千。陈佐千的脸涨得通红，他似乎想说什么，又说不出什么，终于把颂莲一把推开，厉声道，众人面前你放尊重一点。

陈佐千这一手其实自然，但颂莲却始料不及，她站在那里，睁着茫然而惊惶的眼睛盯着陈佐千，好一会儿她意识到发生了什么，她捂住了脸，不让他们看见扑簌簌涌出来的眼泪。她一边往外走一边低低地碎帛似的哭泣，桌上的人听见颂莲在说，我做错了什么，我又做错了什么？

即使站在一边的女仆也目睹了发生在寿宴上的风波，他们敏感地意识到这将是颂莲在陈府生活的一大转折。到了夜里，两个女仆去门口摘走寿日灯笼，一个说，你猜老爷今天夜里去谁那儿？另一个想了会儿说，猜不出来，这种事还不是凭他的兴致来，谁能猜得到？

5

两个女人面对面坐着，梅珊和颂莲。梅珊是精心打扮过的，画了眉毛，涂了嫣丽的美人牌口红，一件华贵的裘皮大衣搭在膝上；而颂莲是懒懒的刚刚起床的样子，手指上夹着一支烟，虚着眼睛慢慢地吸。奇怪的是两个人都不说话，听墙上的挂钟嘀嗒嘀嗒响，颂莲和梅珊各怀心事，好像两棵树面对面地各怀心事，这在历史上也是常见的。

梅珊说我发现你这两天脾气坏了，是不是身上来了？

颂莲说这跟那个有什么联系，我那个不准，也不知道什么时候来，什么时候又去了。

梅珊说聪明女人这事却糊涂，这个月还没来？别是怀上了吧？

颂莲说，没有，没有，哪有这事？

梅珊说，你照理应该有了，陈佐千这方面挺有能耐的，晚上你把小腰儿垫高一点，真的，不诓你。

颂莲说，梅珊你真是嘴没遮拦的，亏你说得出口。

梅珊说，不就这么回事，有什么可瞒瞒藏藏的，你要是不给陈家添个人丁，苦日子就在后面了。我们这样的人都一回事。

颂莲说，陈佐千这一阵子根本就没上我这里来，随便吧，我无所谓的。

梅珊说你是没到那个火候，我就不，我跟他直说了，他只要超过五天不上我那里，我就找个伴。我没法过活寡日子。他在我那儿最辛苦，他对我又怕又恨又想要，我可不怕他。

颂莲说，说这事多无聊，反正我都无所谓的，我就是不明白女人到底是个什么东西，女人到底算个什么东西，就像狗、猫、金鱼、老鼠，什么都像，就是不像人。

梅珊说，你别尽自己糟践自己，别担心陈佐千把你冷落了，他还会来你这儿的，你比我们都年轻，又水灵，又有文化，他要是抛下你去找毓如和卓云才是傻瓜呢，她们的腰快赶上水桶那样粗啦。再说当众亲他一下又怎么样呢？

颂莲说，你这人真讨厌，我不是这个意思，我是说我自己。

梅珊说，别去想那事了，没什么，他就是有点假正经，要是在床上，别说亲一下脸，就是亲他那儿他也乐意。

颂莲说，你别说了真让人恶心。

梅珊说，那么你跟我上玫瑰戏院去吧，程砚秋来了，演《荒山泪》，怎么样，去散散心吧？

颂莲说，我不去，我不想出门，这心就那么一块，怎么样都是那么一块，散散心又能怎么样？

梅珊说，你就不能陪陪我，我可是陪你说了这么多话。

颂莲说，让我陪你有什么趣呢，你去找陈佐千陪你，他要是没工夫你就找那个医生嘛。

梅珊愣了一下，她的脸立刻挂下来了。梅珊抓起裘皮大衣和围脖起身，她逼近颂莲朝她盯了一眼，一扬手把颂莲嘴里衔着的香烟打在地上，又用脚踩了一下。梅珊厉声说，这可不是玩笑话，你要是跟别人胡说我就把你的嘴撕烂了。我不怕你们，我谁也不怕，谁想害我都是痴心妄想！

飞浦果然领了一个朋友来见颂莲，说是给她请的吹箫老师。颂莲反而手足无措起来，她原先并没把学箫的事情当真。定睛看那个老师，一个皮肤白皙留平头的年轻男子，像学生又不像学生，举手投足有点腼腆拘谨。通报了名字，原来是此地丝绸大王顾家的三公子。颂莲从窗子里看见他们过来，手拉手的。颂莲觉得两个男子手拉手地走路，有一种新鲜而古怪的感觉。

看你们两个多要好，颂莲抿着嘴笑道，我还没见过两个大男人手拉手走路呢。飞浦的样子有点窘，他说，我们从小就认识，在一个学堂念书的。再看顾家少爷，更是脸红红的。颂莲想这位老师有意思，动辄脸红的男人不知是什么样的男人。颂莲说，我长这么大，就没交上一个好朋友。飞浦说，这也不奇怪，你看上去孤傲，不太容易接近吧。颂莲说，冤枉了，我其实是孤而不傲，要傲总得有点资本吧。我有什么资本傲呢？

飞浦从一个墨绸箫袋里抽出那支箫，说，这支送你吧，本来也是顾少爷给我的，借花献佛啦。颂莲接过箫来看了看顾少爷，顾少爷颔首而笑。颂莲把箫搁在唇边，胡乱吹了一个音，说，就怕我笨，学不会。顾少爷说，吹箫很简单的，只要用心，没有学不会的道理。颂莲说，就怕我用不上那份心，我这人的心像沙子一样散的，收不起来。顾少爷又笑了，那就困难了，我只管你的箫，管不了你的心。飞浦坐下来，看看颂莲，又看看顾少爷，目光中闪烁着他特有的温情。

箫有七孔，一个孔是一份情调，缀起来就特别优美，也特别感伤，吹箫人就需要这两种感情。顾少爷很含蓄地看着颂莲说，这两种感情你都有吗？颂莲想了想说，恐怕只有后一种。顾少爷说，有也就不错了，感伤也是一份情调，就怕空，就怕你心里什么也没有，那就吹不好箫了。颂莲说，顾少爷先吹一曲吧，让我听听箫里有什么。顾少爷也不推辞，直箫便吹。颂莲听见一丝轻婉柔美的箫声流出来，如泣如诉的。飞浦坐在沙发上闭起了眼睛，说，这是《秋怨曲》。

毓如的丫环福子就是这时候来敲窗的，福子尖声喊着飞浦，大少爷，太太让你去客厅见客呢。飞浦说，谁来了？福子说，我不知道，太太让你快去。飞浦皱了皱眉头说，叫客人上这儿来找我。福子仍然敲着窗，喊，太太一定要你去，你不去她要骂死我的。飞浦轻轻骂了一声，讨厌。他无可奈何地站起来，又骂，什么客人？见鬼。顾少爷持箫看着飞浦，疑疑惑惑地问，那这箫还教不教？飞浦挥挥手说，教呀，你在这儿，我去看看就是了。

剩下颂莲和顾少爷坐在房里，一时不知说什么好。颂莲突然微笑了一声说，撒谎。顾少爷一惊，你说谁撒谎？颂莲也醒过神来，不是说你，说她，你不懂的。顾少爷有点坐立不安，颂莲发现他的脸又开始红了，她心里又好笑，大户人家的少爷也有这样薄脸皮的，爱脸红无论如何也算是条优点。颂莲就带有怜悯地看着顾少爷，颂莲说，你接着吹呀，还没完呢。顾少爷低头看看手里的，把它塞回墨绸袋里，低声说，完了，这下没情调了，曲子也就吹完了。好曲就怕败兴，你懂吗？飞浦一走箫就吹不好了。

顾少爷很快就起身告辞了，颂莲送他到花园里，心里忽然对他充满感激之情，又不宜表露，她就停步按了按胸口，屈膝道了个万福。顾少爷说，什么时候再学箫？颂莲摇了摇头，不知道。顾少爷想了想说，看飞浦安排吧，又说，飞浦对你很好，他常在朋友面前夸你。颂莲叹了口气，他对我好有什么用？这世界上根本就没人可以依靠。

颂莲刚回到屋里，卓云就风风火火闯进来，说飞浦和大太太吵起来了。颂莲先是愣了一下，接着就冷笑道，我就猜到是这么回事。卓云说，你去劝劝吧。颂莲说，我去劝算什么？人家是母子，随便怎么吵，我去劝算什么呢？卓云说，你难道不知道他们吵架是为你？颂莲说，耶，这就更奇怪了，我跟他们井水不犯河水，干吗要把我缠进去？卓云斜睨着颂莲，你也别装糊涂了，你知道他们为什么吵。颂莲的声音不禁尖厉起来，我知道什么？我就知道她容不得谁对我好，她把我看成什么人了？难道我还能跟她儿子有什么吗？颂莲说着眼里又沁出泪花，真无聊，真可恶。她说，怎么这样无聊？卓云的嘴里正嗑着瓜子，这会儿她把手里的瓜子壳塞给一边站着的雁儿。卓云笑着推颂莲一把，你也别发火，身正不怕影子斜，无事不怕鬼敲门，怕什么呀？颂莲说，让你这么一说，我倒好像真有什么怕的了。你爱劝架你去劝好了，我懒得去。卓云说，颂莲你这人心够狠的，我是真见识了。颂莲说，你太抬举我了，谁的心也不能掏出来看，谁心狠谁自己最清楚。

第二天颂莲在花园里遇到飞浦。飞浦无精打采地走着，一路走一路玩着一只打火机。飞浦装作没有看见颂莲，但颂莲故意高声地喊住了他。颂莲一如既往地跟他站着说话。她问，，昨天来的什么客人？害得我箫也没学成。飞浦苦笑了一声，别装糊涂了，今天满园子都在传我跟大太太吵架的事。颂莲又问，你们吵什么呢？飞浦摇摇头，一下一下地把打火机打出火来，又吹熄了，他朝四周潦草地看了看，说，呆在家里时间一长就令人生厌，我想出去跑了，还是在外面好，又自由，又快活。颂莲说，我懂了，闹了半天，你还是怕她。飞浦说，不是怕她，是怕烦，怕女人，女人真是让人可怕。颂莲说，你怕女人？那你怎么不怕我？飞浦说，对你也有点怕，不过好多了，你跟她们不一样，所以我喜欢去你那儿。

后来颂莲老想起飞浦漫不经心说的那句话，你跟她们不一样。颂莲觉得飞浦给了她一种起码的安慰，就像若有若无的冬日阳光，带着些许暖意。

以后飞浦就极少到颂莲房里来了，他在生意上好像也做得不顺当，总是闷闷不乐的样子。颂莲只有在饭桌上才能看到他，有时候眼前就浮现出梅珊和医生的腿在麻将桌下做的动作，她忍不住地偷偷朝桌下看，看她自己的腿，会不会朝那面伸过去。想到这件事她心里又害怕又激动。

这天飞浦突然来了，站在那儿搓着手，眼睛看着自己的脚。颂莲见他半天不开口，扑哧笑了，你葫芦里卖的什么药，怎么不说话？飞浦说，我要出远门了。颂莲说，你不是经常出远门的吗？飞浦说，这回是去云南，做一笔烟草生意。颂莲说，那有什么，只要不是鸦片生意就行。飞浦说，昨天有个高僧给我算卦，说我此行凶多吉少。本来我从不相信这一套，但这回我好像有点相信了。颂莲说，既然相信就别去，听说那里土匪特别多，割人肉吃。飞浦说，不去不行，一是我想出门，二是为了进账，陈家老这样下去会坐吃山空。老爷现在有点糊涂，我不管谁管？颂莲说，你说的在理，那就去吧，大男人整天窝在家里也不成体统。飞浦搔着头沉默了一会，突然说，我要是去了回不来，你会不会哭？颂莲就连忙去捂他的嘴，别自己咒自己。飞浦抓住颂莲的手，翻过来，又翻过去研究，说，我怎么不会看手纹呢？什么名堂也看不出来。也许你命硬，把什么都藏起来了。颂莲抽出了手，说，别闹，让雁儿看见了会乱嚼舌头。飞浦说，她敢我把她的舌头割了熬汤喝。

颂莲在门廊上跟飞浦说拜拜，看见顾少爷在花园里转悠。颂莲问飞浦，他怎么在外面？飞浦笑笑说，他也怕女人，跟我一样的。又说，他跟我一起去云南。颂莲做了个鬼脸，你们两个倒像夫妻了，形影不离的。飞浦说，你好像有点嫉妒了，你要想去云南我就把你也带上，你去不去？颂莲说，我倒是想去，就是行不通。飞浦说，怎么行不通？颂莲搡了他一把，别装傻，你知道为什么行不通。快走吧，走吧。她看见飞浦跟顾少爷从月牙门里走出去，消失了。她说不清自己对这次告别的感觉是什么，无所谓或者怅怅然的，但有一点她心里明白，飞浦一走她在陈家就更加孤独了。

6

陈佐千来的时候颂莲正在抽烟。她回头看见他时的第一个反应就是把烟掐灭。她记得陈佐千说过讨厌女人抽烟。陈佐千脱下帽子和外套，等着颂莲过去把它们挂到衣架上去。颂莲迟迟疑疑地走过去，说，老爷好久没来了。陈佐千说你怎么抽起烟来了？女人一抽烟就没有女人味了。颂莲把他的外套挂好，把帽子往自己头上一扣，嬉笑着说，这样就更没有女人味了，是吗？陈佐千就把帽子从她头上捞过来，自己挂到衣架上。他说，颂莲你太调皮了。你调皮起来太过分，也不怪人家说你。颂莲立刻说，说什么？谁说我？到底是人家还是你自己，人家乱嚼舌头我才不在乎，要是老爷你也容不下我，那我只有一死干净。陈佐千皱了下眉头说，好了好了，你们怎么都一样，说着说着就是死，好像日子过得多凄惨似的，我最不喜欢这一套。颂莲就去摇陈佐千的肩膀，既不喜欢，以后不说死就是了，其实好端端的谁说这些，都是伤心话。陈佐千把她搂过来坐到他腿上，那天的事你伤心了？主要是我情绪不好，那天从早到晚我心里乱极了，也不知道为什么，男人过五十岁生日大概都高兴不起来。颂莲说，哪天的事呀，我都忘了。陈佐千笑起来，在她腰上掐了一把，说，哪天的事？我也忘了。

隔了几天不在一起，颂莲突然觉得陈佐千的身体很陌生，而且有一股薄荷油的味道，她猜到陈佐千这几天是在毓如那里的，只有毓如喜欢擦薄荷油。颂莲从床边摸出一瓶香水，朝陈佐千身上细细地洒过了，然后又往自己身上洒了一些。陈佐千说，从哪儿学来的这一套。颂莲说，我不让你身上有她们的气味。陈佐千踢了踢被子，说，你还挺霸道。颂莲说了一声，想霸道也霸道不起呀。忽然又问，飞浦怎么去云南了？陈佐千说，说是去做一笔烟草生意，我随他去。颂莲又说，他跟那个顾少爷怎么那样好？陈佐千笑了一声，说、那有什么奇怪的，男人与男人之间的有些事你不懂的。颂莲无声地叹了一口气，她摸着陈佐千精瘦的身体，脑子里倏地浮现出一个秘不可告人的念头。她想，飞浦躺在被子里会是什么样子？

作为一个具有了性经验的女人，颂莲是忘不了这特殊的一次的。陈佐千已经汗流侠背了，却还是徒劳。她敏锐地发现了陈佐千眼睛里深深的恐惧和迷乱。这是怎么啦？她听见他的声音变得软弱胆怯起来。颂莲的手指像水一样地在他身上流着，她感觉到手下的那个身体像经过了爆裂终于松弛下去，离她越来越远。她明白在陈佐千身上发生了某种悲剧，心里有一种奇怪的感情，不知是喜是悲，她觉得自己很茫然。她摸了下陈佐千的脸说，你是太累了，先睡一会儿吧。陈佐千摇着头说，不是不是，我不相信。颂莲说，那怎么办呢？陈佐千犹豫了一会儿，说，有个办法可能行，就是不知道你肯不肯？颂莲说，只要你高兴，我没有不肯的道理。陈佐千的脸贴过去，咬着颂莲的耳朵，他先说了一句话，颂莲没听懂，他又说一遍，颂莲这回听懂了，她无言以对，脸羞得极红。她翻了个身，看着黑暗中的某个地方，忽然说了一句，那我不成了一条狗了吗？陈佐千说，我不强迫你，你要是不愿意就算了。颂莲还是不语，她的身体像猫一样蜷起来，然后陈佐千就听见了一阵低低的啜泣。陈佐千说，不愿意就不愿意，也用不到哭呀。没想到颂莲的啜泣越来越响，她蒙住脸放声哭起来。陈佐千听了一会儿，说，你再哭我走了。颂莲依然哭泣，陈佐千就掀了被子跳下床，他一边穿衣服一边说，没见过你这种女人，做了婊子还立什么贞节牌坊？

陈佐千拂袖而去。颂莲从床上坐起来，面对黑暗哭了很长时间，她看见月光从窗帘缝隙间投到地上，冷冷的一片，很白很淡的月光。她听见自己的哭声还萦绕着她的耳边，没有消逝，而外面的花园里一片死寂。这时候她想起陈佐千临走说的那句话，浑身便颤得很厉害，她猛地拍了一下被子，对着黑暗的房间喊，谁是婊子，你们才是婊子！

这年冬天在陈府是不寻常的，种种迹象印证了这一点。陈家的四房太太偶尔在一起说起陈佐千，脸上不免流露暧昧的神色，她们心照不宣，各怀鬼胎。陈佐千总是在卓云房里过夜，卓云平日的状态就很好，另外的三位太太观察卓云的时候，毫不掩饰眼睛里的疑点，那么卓云你是怎么伺候老爷过夜的呢？

有些早晨，梅珊在紫藤架下披上戏装重温舞台旧梦，一招一式唱念做都很认真，花园里的人们看见梅珊的水袖在风中飘扬，梅珊舞动的身影也像一个俏丽的鬼魅。

四更鼓哇
满江中啊人声寂静
形吊影影吊形我加倍伤情
细思量啊
真是个红颜薄命
可怜我数年来含羞忍泪
枉落个娼妓之名
到如今退难退我进又难进

倒不如葬鱼腹了此残生

杜十娘啊拼一个香消玉殒

纵要死也死一个朗朗清清

颂莲听得入迷，她朝梅珊走过去，抓住她的裙裾，说，别唱了，再唱我的魂要飞了，你唱的什么？梅珊撩起袖子擦掉脸上的红粉，坐到石桌上，只是喘气。颂莲递给她一块丝帕，说，看你脸上擦得红一块白一块的，活脱脱像个鬼魂。梅珊说，人跟鬼就差一口气，人就是鬼，鬼就是人。颂莲说，你刚才唱的什么？听得人心酸。梅珊说，《杜十娘》，我离开戏班子前演的最后一出戏就是这。杜十娘要寻死了，唱得当然心酸。颂莲说，什么时候教我唱唱这一段？梅珊瞄了颂莲一眼，说得轻巧，你也想寻死吗？你什么时候想寻死我就教你。颂莲被呛得说不出话，她呆呆地看着梅珊被油彩弄脏的脸，她发现她现在不恨梅珊，至少是现在不恨，即使她出语伤人。她深知梅珊和毓如再加上她自己，现在有一个共同的仇敌，就是卓云。颂莲只是不屑于表露这种意思。她走到废井边，弯下腰朝井里看了看，忽然笑了一声，鬼，这里才有鬼呢，你知道是谁死在这井里吗？梅珊依然坐在石桌上不动，她说，还能是谁，一个是你，一个是我。颂莲说，梅珊你老开这种玩笑，让人头皮发冷。梅珊笑起来说，你怕了？你又没偷男人，怕什么，偷男人的都死在这井里，陈家好几代了都是这样。颂莲朝后退了一步，说，多可怕，是推下去的吗？梅珊甩了甩水袖，站起来说，你问我我问谁，你自己去问那些鬼魂好了。梅珊走到废井边，她也朝井里看了会儿，然后她一字一句念了个道白：屈、死、鬼、呐——

她们在井边断断续续说了一会儿话，不知怎么就说到了陈佐千的暗病上去。梅珊说，油灯再好也有个耗尽的时候，就怕续不上那一壶油呐。又说，这园子里阴气太旺，损了阳气也是命该如此，这下可好，他陈佐千陈老爷占着茅坑不拉屎，苦的是我们，夜夜守空房。说着就又说到了卓云，梅珊咬牙切齿地骂，她那一身贱肉反正是跟着老爷抖，你看她抖得多欢，恨不得去舔他的屁眼说又甜又香，她以为她能兴风作浪，看我什么时候狠狠治她一下，叫她又哭爹又喊娘。

颂莲却走神了，她每次到废井边总是摆脱不了梦魇般的幻觉。她听见井水在很深的地层翻腾，送上来一些亡灵的语言，她真的听见了，而且感觉到井里泛出冰冷的瘴气，湮没了她的灵魂和肌肤。我怕，颂莲这样喊了一声，转身就跑。她听见梅珊在后面喊，喂，你怎么啦？你要是去告密我可不怕，我什么也没说过。

　　这天忆云放学回家是一个人回来的，卓云马上就意识到什么，她问，忆容呢？忆云把书包朝地上一扔说，她让人打伤了，在医院呢。卓云也来不及细问，就带了两个男仆往医院赶。他们回家已是晚饭时分，忆容头上缠着绷带，被卓云抱到饭桌上。吃饭的人都放下筷子，过来看忆容头上的伤。陈佐千平日最宠爱的就是忆容，他把忆容又抱到自己腿上，问，告诉我是谁打的，明天我扒了他的皮。忆容哭丧着脸，说了一个男孩的名字。陈佐千怒不可遏，说，他是谁家的孩子？竟敢打我的女儿。卓云在一边抹着眼泪说，你问她能问出什么名堂来？明天找到那孩子，才能问个仔细，哪个丧尽天良的禽兽不如的东西，对孩子下这样的毒手？毓如微微皱了下眉头，说，吃你们的饭吧，孩子在学堂里打架也是常有的事，也没伤着要害，养几天就好了。卓云说，大太太你也说得太轻巧了，差一点就把眼睛弄瞎了，孩子细皮嫩肉的受得了吗？再说，我倒不怎么怪罪孩子，气的是指使他的那个人，要不然，没冤没仇的，那孩子怎么就会从树后面窜出来，抢起棍子就朝忆容打？梅珊只顾往碗里舀鸡汤，一边说，二太太的心眼也太多，孩子间闹别扭，有什么道理好讲？不要疑神疑鬼的，搞得谁也不愉快。卓云冷冷地说，不愉快的事在后面呢，这口气怎么咽得下去？我倒是非要搞个水落石出不可。

　　谁也想不到的是，第二天吃午饭的时候，卓云领了一个男孩进了饭间。男孩胖胖的，拖着鼻涕。卓云跟他低声说了句什么，男孩就绕着饭桌转了一圈，挨个看着每个人的脸，突然他就指着梅珊说，是她，她给了我一块钱。梅珊朝天翻了翻眼睛，然后推开椅子，抓住男孩的衣领，你说什么？我凭什么给你一块钱？男孩死命挣脱着，一边嚷嚷，是你给我一块钱，让我去揍陈忆容和陈忆云。梅珊啪地打了男孩一个耳光，骂，放屁，我根本就不认识你个小兔崽，谁让你来诬陷我的？这时候卓云上去把他们拉开，佯笑着说，行了，就算他认错了人，我心中有个数就行了。说着就把男孩推出了吃饭间。

　　梅珊的脸色很难看，她把勺子朝桌上一扔，说，不要脸。卓云就在这边说，谁不要脸谁心里清楚，还要我把丑事抖个干净啊。陈佐千终于听不下去了，一声怒喝，不想吃饭给我滚，都给我滚！

　　这事的前后过程颂莲是个局外人，她冷眼观察，不置一词。事实上从一开始她就猜到了梅珊，她懂得梅珊这种品格的女人，爱起来恨起来都疯狂得可怕。她觉得这事残忍而又可笑，完全不加理智，但奇怪的是，她内心同情的一面是梅珊，而不是无辜的忆容，更不是卓云。她想女人是多么奇怪啊，女人能把别人琢磨透了，就是琢磨不透她自己。

7

颂莲的身上又来了，没有哪次比这回更让颂莲焦虑和烦躁了。那摊紫红色的污血对于颂莲是一种无情的打击。她心里清楚，她怀孕的可能随着陈佐千的冷淡和无能变得可望而不可即。如果这成了事实，那么她将孤零零地像一叶浮萍在陈家花园漂流下去吗？

颂莲发现自己愈来愈容易伤感，苦泪常沾衣襟。颂莲流着泪走到马桶间去，想把污物扔掉，当她看见马桶浮着一张被浸烂的草纸时，就骂了一声，懒货。雁儿好像永远不会用新式的抽水马桶，她方便过后总是忘了冲水。颂莲刚要放水冲，一种超常的敏感和多疑使她萌生一念，她找到一柄刷子，皱紧了鼻子去拨那团草纸，草纸摊开后原形毕露，上面有一个模糊的女人，虽然被水洇烂了，但草纸上的女人却一眼就能分辨，而且是用黑红色的不知什么血画的。颂莲明白，画的又是她，雁儿又换了个法子偷偷对她进行恶咒。她巴望我死，她把我扔在马桶里。颂莲浑身颤抖着把那张草纸捞起来，她一点也不嫌脏了，浑身的血液都被雁儿的恶行点得火烧火燎。她夹着草纸撞开小偏屋的门，雁儿靠着床在打盹，雁儿说，太太你要干什么？颂莲把草纸往她脸上摔过去，雁儿说，什么东西？等到她看清楚了，脸就灰了，嗫嚅着说不是我用的。颂莲气得说不出话，盯视的目光因愤怒而变得绝望。雁儿缩在床上不敢看她，说，画着玩的，不是你。颂莲说，你跟谁学的这套阴毒活儿？你想害死我你来当太太是吗？雁儿不敢吱声，抓了那张草纸要往窗外扔。颂莲尖声大喊，不准扔！雁儿回头申辩，这是脏东西，留着干什么？颂莲抱着双臂在屋里走着，留着自然有用，有两条路随你走。一条路是明了，把这脏东西给老爷看，给大家看，我不要你来伺候了，你哪是伺候我？你是来杀我来了。还有一条路是私了。雁儿就怯怯地说，怎么私了？你让我干什么都行，就是别撵我走。颂莲莞尔一笑，私了简单，你把它吃下去。雁儿一惊，太太你说什么？颂莲侧过脸去看着窗外，一字一顿地说，你把它吃下去。雁儿浑身发软，就势蹲了下去，蒙住脸哭起来，那还不如把我打死好。颂莲说，我没劲打你，打你脏了我的手。你也别怨我狠，这叫作以其人之道还治其人之身。书上说的，不会有错。雁儿只是蹲在墙角哭，颂莲说，你这会儿又要干净了，不吃就滚蛋，卷铺盖去吧。雁儿哭了很长时间，突然抹了下眼睛，一边哽咽一边说，我吃，吃就吃。然后她抓住那张草纸就往嘴里塞，发出一阵撕心裂肺的干呕声。颂莲冷冷地看着，并没有什么快感，她不知怎么感到寒心，而且反胃得厉害。贱货。她厌恶地看了一眼雁儿，离开了小偏房。

雁儿第二天就病了，病得很厉害。医生来看了，说雁儿得了伤寒。颂莲听了心里像被什么钝器割了一下，隐隐作痛。消息不知怎么透露了出去，佣人们都在谈论颂莲让雁儿吞草纸的事情，说四太太看不出来比谁都阴损，说雁儿的命大概也保不住了。

陈佐千让人把雁儿抬进了医院。他对管家说，尽量给她治，花费全由我来，不要让人骂我们不管下人死活。抬雁儿的时候，颂莲躲在房间里，她从窗帘缝里看见雁儿奄奄一息地躺在担架上，她的头皮因为大量掉发而裸露着，模样很吓人。她感觉到雁儿枯黄的目光透过窗帘，很沉重地刺透了她的心。后来陈佐千到颂莲房里来，看见颂莲站在窗前发呆。陈佐千说，你也太阴损了，让别人说尽了闲话，坏了陈家名声。颂莲说，是她先阴损我的，她天天咒我死。陈佐千就恼了，你是主子，她是奴才，你就跟她一般见识？颂莲一时语塞，过了会儿又无力地说，我也没想把她弄病，她是自己害了自己，能全怪我吗？陈佐千挥挥手，不耐烦地说，别说了，你们谁也不好惹，我现在见了你们头就疼。你们最好别再给我添乱了。说完陈佐千就跨出了房门，他听见颂莲在后面幽幽地说，老天，这日子让我怎么过？陈佐千回过头回敬她说，随你怎么过，你喜欢怎么过就怎么过，就是别再让佣人吃草纸了。

一个被唤作宋妈的老女佣，来颂莲这儿伺候。据宋妈自己说，她在陈府里从十五岁干到现在，差不多大半辈子了，飞浦就是她抱大的，还有在外面读大学的大小姐，也是她抱大的。颂莲见她倚老卖老，有心开个玩笑，那么陈老爷也是你抱大的啰。宋妈也听不出来话里的味道，笑起来说，那可没有，不过我是亲眼见他娶了四房太太，娶毓如大太太的时候他才十九岁，胸前佩了一个大金片儿，大太太也佩了一个，足有半斤重啊。到娶卓云二太太，就换了个小金片儿。到娶梅珊三太太，就只是手上各戴几个戒指。到了娶你，就什么也没见着了，这陈家可见是一天不如一天了。颂莲说，既然陈家一天不如一天，你还在这儿干什么？宋妈叹口气说，在这里伺候惯了，回老家过清闲日子反而过不惯了。颂莲捂嘴一笑，她说，宋妈要是说的真心话，那这世上当真就有奴才命了。宋妈说，那还有假？人一生下来就有富贵命奴才命，你不信也得信呀，你看我天天伺候你，有一天即使天塌下来地陷下去，只要我们活着，就是我伺候你，不会是你伺候我的。

宋妈是个愚蠢而唠叨的女佣。颂莲对她不无厌恶，但是在许多穷极无聊的夜晚，她，一个人枯坐灯下，时间长了就想找个人说话。颂莲把宋妈喊到房间里陪着她说话，一仆一主的谈话琐碎而缺乏意义，颂莲一会儿就又厌烦，她听着宋妈的唠叨，思想会跑到很远很奇怪的角落去，她其实不听宋妈说话，光是觉得老女佣黄白的嘴唇像虫卵似的蠕动，她觉得这样打发夜晚实在可笑，但又问自己，不这样又能怎么样呢？

有一回就说起了从前死在废井里的女人。宋妈说那最后一个是四十年前死的，是老太爷的小姨太太，说她还伺候过那个小姨太太半年的光景。颂莲说，怎么死的？宋妈神秘地眨眨眼睛，还不是男男女女的事情？家丑不可外扬，否则老爷要怪罪的。颂莲说，那么说我是外人了？好吧，别说了，你去睡吧。宋妈看看颂莲的脸色，又赔笑脸说，太太你真想听这些脏事？颂莲说，你说我就听，这有什么了不得的？宋妈就压低嗓门说，一个卖豆腐的！她跟一个卖豆腐的私通。颂莲淡淡地说，怎么会跟卖豆腐的呢？宋妈说，那男人豆腐做得很出名，厨子让他送豆腐来，两个人就撞上了。都是年轻血旺的，眉来眼去地就勾搭上了。颂莲说，谁先勾搭谁呀？宋妈嘻地一笑说，那只有鬼知道了，这先后的事说不清，都是男的咬女的，女的咬男的。颂莲又问，怎么知道他们私通的？宋妈说，探子！陈老太爷养了探子呀。那姨太太说是头疼去看医生，老太爷要喊医生上门来，她不肯。老太爷就疑心了，派了探子去跟踪。也怪她谎撒得不圆。到了那卖豆腐的家里，挨到天黑也不出来。探子开始还不敢惊动，后来饿得难受，就上去把门一脚踹开了，说，你们不饿我还饿呢。宋妈说到这里就咯咯笑起来。颂莲看着宋妈笑得前仰后合的，她不笑，端坐着说了声，恶心。颂莲点了一支烟，猛吸了几口，忽然说，那么她是偷了男人才跳井的？宋妈的脸上又有了讳莫如深的表情，她轻声说，鬼知道呢？反正是死在井里了。

夜里颂莲因此就添了无名的恐惧，她不敢关灯睡觉。关上灯周围就黑得可怕，她似乎看见那口废井跳跃着从紫藤架下跳到她的窗前，看见那些苍白的泛着水光的手在窗户上向她张开，湿漉漉地摇晃着。

没人知道颂莲对废井传说的恐惧，但她晚上亮灯睡觉的事却让毓如知道了。毓如说了好几次，夜里不关灯，再厚的家底都会败光的。颂莲对此充耳不闻，她发现自己已经倦怠于女人间的嘴仗，她不想申辩，不想占上风，不想对鸡毛蒜皮的小事表示任何兴趣。她想的东西不着边际，漫无目的，连她自己也理不出头绪。她想没什么可说的干脆不说，陈家人后来都发现颂莲变得沉默寡言，他们推测那是因为她失宠于陈老爷的缘故。

眼看就要过年了，陈府上上下下一片忙碌，杀猪宰牛搬运年货。窗外天天是嘈杂混乱。颂莲独坐室内，忽然想起了自己的生日。自己的生日和陈佐千只相差五天，十二月十二。生日早已过去了，她才想起来，不由得心酸酸的，她掏钱让宋妈上街去买点卤菜，还要买一瓶四川烧酒。宋妈说，太太今天是怎么啦？颂莲说，你别管我，我想尝尝醉酒的滋味。然后她就找了一个小酒盅，放在桌上。人坐下来盯着那酒盅看，好像就看见了二十年前那个小女婴的样子，被陌生的母亲抱在怀里。其后的二十年时光却想不清晰，只有父亲浸泡在血水里的那只手，仍然想抬起来抚摸她的头发。颂莲闭上眼睛，然后脑子里又是一片空白，唯一清楚的就是生日这个概念。生日，她抓起酒盅看着杯底，杯底上有一点褐色的污迹，她自言自语，十二月十二，这么好记的日子怎么会忘掉？除了她自己，世界上就没人知道十二月十二是颂莲的生日了。除了她自己，也不会有人来操办她的生日宴会了。

宋妈去了好久才回来，把一大包卤肺、卤肠放到桌上。颂莲说，你怎么买这些东西，脏兮兮的谁吃？宋妈很古怪地打量着颂莲，突然说，雁儿死了，死在医院里了。颂莲的心立刻哆嗦了一下，她镇定着自己，问，什么时候死的？宋妈说，不知道，光听说雁儿临死喊你的名字。颂莲的脸有些白，喊我的名字干什么？难道是我害死她的？宋妈说，你别生气呀，我是听人说了才告诉你。生死是天命，怪不着太太。颂莲又问，现在尸体呢？宋妈说，让她家里人抬回乡下去了，一家人哭哭啼啼的，好可怜。颂莲打开酒瓶，闻了闻酒气，淡淡地说了一句，也没什么好哭的，活着受苦，死了干净。死了比活着好。

颂莲一个人呷着烧酒，朦朦胧胧听见一阵熟悉的脚步声，门帘被哗地一掀，闯进来一个黑黝黝的男人。颂莲转过脸朝他望了半天，才认出来，竟然是大少爷飞浦。她急忙用台布把桌上的酒菜一股脑地全部盖上，不让飞浦看到，但飞浦还是看见了，他大叫，好啊，你居然在喝酒。颂莲说，你怎么就回来了？飞浦说，不死总要回家来的。飞浦多日不见变化很大，脸发黑了，人也粗壮了些，神色却显得很疲惫的样子。颂莲发现他的眼圈下青青的一轮，角膜上可见几缕血丝，这同他的父亲陈佐千如出一辙。

你怎么喝起酒来了，借酒浇愁吗？

愁是酒能消得掉的吗？我是自己在给自己祝寿。

你过生日？你多大了？

管它多大呢，活一天算一天，你要不要喝一杯？给我祝祝寿。

我喝一杯，祝你活到九十九。

胡诌。我才不想活那么长，这恭维话你对老爷说去。

那你想活多久呢？

看情况吧，什么时候不想活就不活了，这也简单。

那我再喝一杯，我让你活得长一点，你要死了那我在家里就找不到说话的人了。

两个人慢慢地呷着酒，又说起那笔烟草生意。飞浦自嘲他说，鸡飞蛋打，我哪里是做生意的料子，不光没赚到，还赔了好几千，不过这一圈玩得够开心的。颂莲说，你的日子已经够开心的了，哪有不开心的事？飞浦又说，你可别去告诉老爷，否则他又训人。颂莲说，我才懒得掺和你们家的事，再说，他现在见我就像见一块破抹布，看都不看一眼。我怎么会去向他说你的不是？

颂莲酒后说话时不再平静了，她话里的明显的感情倾向对着飞浦来的。飞浦当然有所察觉。飞浦的内心开放了许多柔软的花朵，他的脸现在又红又热，他从皮带扣上解下一个鲜艳的绘有龙凤图案的小荷包，递给颂莲。这是我从云南带回来的，给你做个生日礼物吧。颂莲瞥了一眼小荷包，诡谲地一笑说，只有女的送荷包给情郎，哪有反过来的道理呀？飞浦有点窘迫，突然从她手里夺回荷包说，你不要就还给我，本来也是别人送的。颂莲说，好啊，虚情假意的，拿别人的信物来糊弄我，我要是拿了不脏了我的手？飞浦重新把荷包挂在皮带上，讪讪说，本来就没打算给你，骗骗你的。颂莲的脸就有点沉下来了，我是被骗惯了，谁都来骗我，你也来骗我玩儿。飞浦低下头，偶尔偷窥一下颂莲的表情，沉默不语了。颂莲突然又问，谁送的荷包？飞浦的膝盖上下抖了几下，说，那你就别问了。

8

两个人坐着很虚无地呷酒。颂莲把酒盅在手指间转着玩,她看见飞浦现在就坐在对面,他低着头,年轻的头发茂密乌黑,脖子刚劲傲慢地挺直,而一些暗蓝的血管在她的目光里微妙地颤动着。颂莲的心里很潮湿,一种陌生的欲望像风一样灌进身体,她觉得喘不过气来。意识中又出现了梅珊和医生的腿在麻将桌下交缠的画面。颂莲看见了自己修长姣好的双腿,它们像一道漫坡而下的细沙向下塌陷,它们温情而热烈地靠近目标。

这是飞浦的脚,膝盖,还有腿,现在她准确地感受了它们的存在。颂莲的眼神迷离起来,她的嘴唇无力地启开,蠕动着。她听见空气中有一种物质碎裂的声音,或者这声音仅仅来自她的身体深处。飞浦抬起了头,他凝视颂莲的眼睛里有一种激情汹涌澎湃着,身体尤其是双脚却僵硬地维持原状。飞浦一动不动。颂莲闭上眼睛,她听见一粗一细两种呼吸紊乱不堪,她把双腿完全靠紧了飞浦,等待着什么发生。好像是许多年一下子过去了,飞浦缩回了膝盖,他像被击垮似的歪在椅背上,沙哑地说,这样不好。颂莲如梦初醒,她嗫嚅着,什么不好?飞浦把双手慢慢地举起来,作了一个揖,不行,我还是怕。他说话时脸痛苦地扭曲了。我还是怕女人。女人太可怕。颂莲说,我听不懂你的话。飞浦就用手搓着脸说,颂莲我喜欢你,我不骗你。颂莲说,你喜欢我却这样待我。飞浦几乎是哽咽了,他摇着头,眼睛始终躲避着颂莲,我没法改变了,老天惩罚我,陈家世代男人都好女色,轮到我不行了,我从小就觉得女人可怕,我怕女人。特别是家里的女人都让我害怕。只有你我不怕,可是我还是不行,你懂吗?颂莲早已潸然泪下,她背过脸去,低低地说,我懂了,你也别解释了,现在我一点也不怪你,真的,一点也不怪你。

颂莲醉酒是在飞浦走了以后,她面色酡红,在房间里手舞足蹈、摔摔打打的。宋妈进来按她不住,只好去喊陈老爷陈佐千来。陈佐千一进屋就被颂莲抱住了,颂莲满嘴酒气,嘴里胡言乱语。陈佐千问宋妈,她怎么喝起酒来了?宋妈说我怎么会知道,她有心事能告诉我吗?陈佐千差宋妈去毓如那里取醒酒药,颂莲就叫起来,不准去,不准告诉那老巫婆。陈佐千很厌恶地把颂莲推到床上,看你这副疯样,不怕让人笑话。颂莲又跳起来,勾住陈佐千的脖子说,老爷今晚陪陪我,我没人疼,老爷疼疼我吧。陈佐千无可奈何地说,你这样我怎么敢疼你？疼你还不如疼条狗。

毓如听说颂莲醉酒就赶来了。毓如在门口念了几句阿弥陀佛，然后上来把颂莲和陈佐千拉开。她问陈佐千，给她灌药？陈佐千点点头，毓如想摁着颂莲往她嘴里塞药，被颂莲推了个趔趄。毓如就喊，你们都动手呀，给这个疯货点厉害。陈佐千和宋妈也上来架着颂莲，毓如刚把药灌下去，颂莲就啐出来，啐了毓如一脸。毓如说，老爷你怎么不管她，这疯货要翻天了。陈佐千拦腰抱住颂莲，颂莲却一下软瘫在他身上，嘴里说，老爷别走，今天你想干什么都行，舔也行，摸也行，干什么都依你，只要你别走。陈佐千气恼得说不出话，毓如听不下去，冲过来打了颂莲一记耳光，无耻的东西，老爷你把她宠成什么样子了！

南厢房闹成一锅粥，花园里有人跑过来看热闹。陈佐千让宋妈堵住门，不让人进来看热闹。毓如说，出了丑就出个够，还怕让人看？看她以后怎么见人？陈佐千说，你少插嘴，我看你也该灌点醒酒药。宋妈捂着嘴强忍住笑，走到门廊上去把门。看见好多人在窗外探头探脑的。宋妈看见大少爷飞浦把手插在裤袋里，慢慢地朝这里走。她正想让不让飞浦进去呢，飞浦转了个身，又往回走了。

下了头一场大雪，萧瑟荒凉的冬日花园被覆盖了兔绒般的积雪，树枝和屋檐都变得玲珑剔透、晶莹透明起来。陈家几个年幼的孩子早早跑到雪地上堆了雪人，然后就在颂莲的窗外跑来跑去追逐，打雪仗玩。颂莲还听见飞澜在雪地上摔倒后尖声啼哭的声音。还有刺眼的雪光泛在窗户上的色彩。还有吊钟永不衰弱的嘀嗒声。一切都是真切可感，但颂莲仿佛去了趟天国，她不相信自己活着，又将一如既往地度过一天的时光了。

夜里她看见了死者雁儿，死者雁儿是一个秃了头的女人，她看见雁儿在外面站着推她的窗户，一次一次地推。她一点不怕。她等着雁儿残忍的报复。她平静地躺着。她想窗户很快会被推开的。雁儿无声地走进来了，带着一种头发套子，绾成有钱太太的圆髻。颂莲说，你上哪儿买的头发套子？雁儿说，在阎王爷那儿什么都有。然后颂莲就看见雁儿从髻后抽出一根长簪，朝她胸口刺过来。她感觉到一阵刺痛，人就飞速往黑暗深处坠落。她肯定自己死了，千真万确地死了，而且死了那么长时间，好像有几十年了。

颂莲披衣坐在床上，她不相信死是个梦。她看见锦缎被子上真的插了一根长簪，她把它摊在手心上，冰凉冰凉。这也是千真万确的，不是梦。那么，我怎么又活了呢，雁儿又跑到哪里去了呢？

颂莲发现窗子也一如梦中半掩着，从室外穿来的空气新鲜清冽，但颂莲辨别了窗户上雁儿残存的死亡气息。下雪了，世界就剩下一半了。另外一半看不见了，它被静静地抹去。也许这就是一场不彻底的死亡。颂莲想我为什么死到一半又停止了呢，真让人奇怪。另外的一半在哪里？

梅珊从北厢房出来，她穿了件黑貂皮大衣走过雪地，仪态万千容光焕发的美貌，改变了空气的颜色。梅珊走过颂莲的窗前，说，女酒鬼、酒醒了？颂莲说，你出门？这么大的雪。梅珊拍了拍窗子，雪大怕什么？只要能快活，下刀子我也要出门。梅珊扭着腰肢走过去，颂莲不知怎么就朝她喊了一句，你要小心。梅珊回头对颂莲嫣然一笑，颂莲对此印象极深。事实上这也是颂莲最后一次看见梅珊迷人的笑靥。

梅珊是下午被两个家丁带回来的。卓云跟在后面，一边走一边嗑着瓜子。事情说到结果是最简单了，梅珊和医生在一家旅馆里被卓云堵在被窝里，卓云把梅珊的衣服全部扔到外面去，卓云说，你这臭婊子，你怎么跑得出我的手心？

这天颂莲看着梅珊出去又回来，一前一后却不是同一个梅珊。梅珊是被人拖回北厢房去的，梅珊披头散发，双目怒睁，骂着拖拽她的每一个人。她骂卓云说，我活着要把你一刀一刀削了，死了也要挖你的心喂狗吃。卓云一声不吭，只顾嗑着瓜子。飞澜手里抓着梅珊掉落的一只皮鞋，一路跑一路喊，鞋掉啰，鞋掉啰。颂莲没有看见陈佐千，陈佐千后来是一个人进北厢房去的，那时候北厢房已经被反锁上了。

颂莲无心去隔壁张望，她怀着异样沉重的心情谛听着梅珊的动静。她很想知道陈佐千会怎么处置梅珊。但是隔壁没有丝毫的动静。一个家丁守在门口，摇着一串钥匙，开锁，关锁。陈佐千又出来了，他站在那里朝花园雪景张望了一番，然后甩了甩手，朝南厢房里走过来。

好大的雪，瑞雪兆丰年呐。陈佐千说。陈佐千的脸比预想的要平静得多。颂莲甚至感觉到他的表现里有一种真实的轻松。颂莲倚在床上，直盯着陈佐千的眼睛，她从中另外看到了一丝寒光，这使她恐惧不安。颂莲说，你们会把梅珊怎么样？陈佐千掏出一根象牙牙签剔着牙，他说，我们能把她怎么样？她自己知道应该怎么样。颂莲说，你们放她一马吧。陈佐千笑了一声说，该怎么样就怎么样。

颂莲彻夜未眠，心如乱麻。她时刻谛听着隔壁的动静，心里想的都是自己的事情。每每想到自己，一切却又是一片空白，正好像窗外的雪，似有似无，有一半真实，另外一半却是融化的虚幻。到了午夜时分，颂莲忽然又听见了梅珊唱她的京戏，有点不相信自己的耳朵，屏息再听，真的是梅珊在受难夜里唱她的京戏。

> 叹红颜薄命前生就
> 美满姻缘付东流
> 薄幸冤家音信无有
> 啼花泣月在暗里添愁
> 枕边泪呀共那阶前雨
> 隔着窗儿点滴不休
> 山上复有山
> 何日里大刀环
> 那欲化望夫石一片
> 要寄回文只字难
> 总有这角枕锦衾明似绮
> 只怕那孤眠不抵半床寒

整个夜里后花园的气氛很奇特，颂莲辗转难眠，后来又听见飞澜的哭叫声，似乎有人把他从北厢房抱走了。颂莲突然再也想不出梅珊的容貌，只是看见梅珊和医生在麻将桌下交缠着的四条腿，不断地在眼前晃动，又依稀觉得它们像纸片一样单薄，被风吹起来了。好可怜，颂莲自言自语着，听见院墙外响起了第一声鸡啼，鸡啼过后世界又是一片死寂。颂莲想，我又要死了，雁儿又要来推窗户了。

颂莲迷迷糊糊半睡半醒着。这是凌晨时分，窗外一阵杂沓的脚步声惊动了颂莲，脚步声从北厢房朝紫藤架那里去。颂莲把窗帘掀开一条缝，看见黑暗中晃动着几个人影，有个人被他们抬着朝紫藤架那里去。凭感觉颂莲知道那是梅珊，梅珊无声地挣扎着被抬着朝紫藤架那里去。梅珊的嘴被堵住了，喊不出声音。颂莲想他们要干什么，他们把梅珊抬到那里去想干什么。黑暗中的一群人走到了废井边，他们围在井边忙碌了一会儿，颂莲就听见一声沉闷的响声，好像井里溅出了很高很白的水珠。是一个人被扔到井里去了。是梅珊被扔到井里去了。

大概静默了两分钟，颂莲发出了那声惊心动魄的狂叫。陈佐千闯进屋子的时候看见她光着脚站在地上，拼命揪着自己的头发。颂莲一声声狂叫着，眼神黯淡无光，面容更像一张白纸。陈佐千把她架到床上，他清楚地意识到这是颂莲的末日，她已经不是昔日那个女学生颂莲了。陈佐千把被子往她身上压，说，你看见什么？你到底看见了什么？颂莲说，杀人。杀人。陈佐千说，胡说八道。你看见了什么？你什么也没有看见。你已经疯了。

第二天早晨，陈家花园爆出了两条惊人的新闻。从第二天早晨起，本地的人们，上至绅士淑女阶层，下至普通百姓，都在谈论陈家的事情，三太太梅珊含羞投井，四太太颂莲精神失常。人们普遍认为梅珊之死合情合理，奸夫淫妇从来没有好下场。但是好端端的年轻文静的四太太颂莲怎么就疯了呢，熟知陈家内情的人说，那也很简单，兔死狐悲罢了。

第二年春天，陈佐千又娶了第五位太太文竹。文竹初进陈府，经常看见一个女人在紫藤架下枯坐，有时候绕着废井一圈一圈地转，对着井中说话。文竹看她长得清秀脱俗，干干净净，不太像疯子，问边上的人说，她是谁？人家就告诉她，那是原先的四太太，脑子有毛病了。文竹说，她好奇怪，她跟井说什么话？人家就复述颂莲的话说，我不跳，我不跳，她说她不跳井。

颂莲说她不跳井。

刺青时代

　　男孩小拐出生于一月之夜，恰逢大雪初歇的日子，北风吹响了屋檐下的冰凌，香椿树街的石板路上泥泞难行，与街平行的那条护城河则结满了厚厚的冰层。小拐的母亲不知道她的漫长的孕期即将结束，她在闹钟的尖叫声中醒来，准备去化工厂上夜班。临河的屋子里一片黑暗，小拐的母亲在黑暗中摸索了一会儿，提起竹篮打开了面向大街的门。街上的的积雪已经结成了苍白的冰碴，除了几盏暗淡的路灯，街上空无一人。小拐的母亲想在雨鞋上绑两道麻绳以防路滑摔跤，但她无法弯下腰来。小拐的母亲就回到屋里去推床上的男人，她想让他帮忙系那些麻绳。男人却依然呼呼大睡着，怎么也弄不醒。小拐的母亲突然着急起来，她怕是要迟到了。她对着床上的男人低低咒骂了几声，决定抄近路去化工厂上班。

　　小拐的母亲选择从结冰的河上通过，因为河的对岸就是那家生产樟脑和油脂的化工厂。她打开了平时锁闭的临河的后门，拖着沉重的身体下到冰河上，像一只鹅在冰河上蹒跚而行，雨鞋下响起一阵细碎的冰碴断裂的声音。小拐的母亲突然有点害怕，她看见百米之外的铁路桥在月光里铺下一道黑色的菱形阴影，似乎有一列夜间货车正隆隆驶向铁路桥和桥下的冰河。小拐的母亲用绿头巾包住她整个脸和颈部，疾步朝对岸的土坡跑去，她听见脚下的冰层猛地发出一声脆响，竹篮从手中飞出去，直到她的下半身急遽地坠进冰层以下的河水中，她才意识到真正的危险来自于冰层下的河水。于是小拐的母亲一边大声呼救一边用双脚踢着冰冷的河水。她的呼救声听来是紊乱而绝望的，临河窗户里的人们无法辨别它来自人还是来自传说中的河鬼，甚至没有人敢于打开后窗朝河面上张望一下。

　　第二天凌晨，有人看见王德基的女人穿着红毛衣躺在冰河上。她抱着她的花棉袄，棉袄里包着一个新生的婴儿。

男孩小拐出生没几天他母亲就死了，在香椿树街的妇女看来，小拐能活下来是一个奇迹，她们对这个没有母亲的婴孩充满了怜悯和爱心，三个处于哺乳期的女人轮流去给小拐喂奶，可惜这种美好的情景只持续了两三个月。问题出在小拐的父亲王德基身上，王德基在那种拘谨的场合从来不回避什么，而且他有意无意地在喂奶的妇女周围转悠，那三个女人聚在一起时都埋怨王德基的眼睛不老实，她们觉得他不应该利用这种机会占便宜，但又不好赶他走。终于有一次王德基从喂奶妇女手中去接儿子时做了一个明显的动作，一只手顺势在姓高的女人的乳房上摸了一把。姓高的女人失声叫起来，该死，她把婴孩往王德基怀里一塞，你自己喂他奶吧。姓高的女人恼羞成怒地跑出王家，再也没有来过，姓陈和姓张的女人也就不来了。

　　男孩小拐出生三个月后就不吃奶了，多年以后王德基回忆儿子的成长，他竟然不记得自己是怎么把小拐喂大的。他向酒友们坦言他的家像一个肮脏的牲口棚，他和亡妻生下的一堆孩子就像小猪小羊，他们在棚里棚外滚着拱着，慢慢地就长大了，长大了就成人了。

　　七十年代初期在香椿树街的男孩群中盛行一种叫钉铜的游戏。男孩们把各自的铜丝弯成线圈带到铁路上，在火车驶来之前把它放在铁轨上，当火车开走那圈铜丝就神奇地变大变粗了。男孩们一般就在红砖上玩钉铜的游戏，谁把对方的铜圈从砖上钉落在地，那个被钉落的铜圈就可以归为己有。

　　曾有一个叫大喜的男孩死于这种游戏，他翻墙去铜材厂偷铜的时候被厂里的狼狗吓着了，人从围墙上坠下去，脑袋恰恰撞在一堆铜锭上。大喜之死给香椿树街带来了一阵惶乱，人们开始禁止自己的孩子参与钉铜游戏，但是男孩们有足够的办法躲避家人的干扰，他们甚至把游戏的地点迁移到铁路两旁，干脆就在枕木堆上继续那种风靡一时的游戏。每个人的口袋里塞满了铜丝，输光了就临时放在轨道上等火车碾成铜圈，那年月来往于铁路桥的火车司机对香椿树街的这群孩子无可奈何，他们就一遍遍地拉响尖厉的汽笛警告路轨旁的这群孩子。

　　后来人们听说王德基的儿子也出事了，男孩小拐的一条腿也在这场屡禁不绝的钉铜游戏中丧失了。这次意外跟小拐的哥哥天平有关，是天平让小拐跟着他上铁路的，那天天平输红了眼睛，他没有心思去照看年幼的弟弟，他不知道小拐为什么突然窜到火车前面去捡东西。大概是一只被别人遗漏的铜圈吧。火车的汽笛和小拐的惨叫同时刺破铁路上的天空，事情就这样猝不及防地发生了。

香椿树街的居民还记得天平背着他弟弟一路狂奔的情景，从天平残破的裤袋里掉出来一个又一个铜圈，从小拐身上淌下来的是一滴一滴的血，铜圈和血一路均匀地铺过去。那一年小拐九岁，人们都按着学名叫他安平，叫他小拐当然是以后的事了。

小拐在区医院昏死的时候他的两个姐姐陪着他，大姐锦红和二姐秋红，锦红不断地呜呜哭泣着，秋红就在一旁厉声叱责道，哭什么哭？腿轧断了又接不回去，光知道哭，哭有什么用？

王德基在家里拷打肇事的天平，他用绳子把天平捆了起来，先用脚上的劳动皮鞋踢。踢了几脚又害怕踢了要害得不偿失，就解下皮带抽打天平。王德基一只手拉着裤腰一只手挥舞皮带，多少有点不便，干脆就脱了工装裤穿着个三角裤抽打天平。天平起先一直忍着，但父亲皮带上的金属扣刮到了他的眼睛，天平猛然吼叫一声，操，我操你娘。王德基说，你说什么？你要操我的娘？天平一边拼命挣脱着绳子，一边鄙夷地扫视着衣冠不整的父亲，你算老几？天平舔了舔唇边的血沫说，实话告诉你吧，我已经参加了野猪帮，你现在住手还来得及，否则我的兄弟不会饶过你的。王德基愣了一下，捏着皮带的手在空中滞留了几秒钟，然后就更重地往天平身上抽去，我让你参加野猪帮，王德基边打边说，我还怕你们这帮毛孩子，你把野猪帮的人全叫来，我一个个地抽过去。

王德基为他的一句话付出了代价。隔天夜里他去轧钢厂上夜班，在铁路桥的桥洞里遭到野猪帮的袭击。他的自行车被横跨桥洞的绳子绊倒了，人还没从地上爬起来，一只布袋就扣住了他的脑袋，一群人跑过来朝他腹部和后背一顿拳脚相加，王德基只好抱住头部在桥洞里滚。过了一会儿，那群人散去，王德基摘下头上的布袋想辨别袭击者是谁，他看见七八条细瘦的黑影朝铁路上散去，一眨眼就不见了。周围一股香烟味，那根绳子扔在地上。然后他发现手里的那只布袋上写着"王记"二字，原来就是他家的量米袋子。王德基想起儿子天平昨天的威胁，不禁惊出了一身冷汗。一辆夜行列车正从北方驶来，即将穿越王德基头顶上的桥洞，桥洞的穹壁发出一阵轰鸣声。王德基匆匆忙忙地把量米袋子夹在自行车后架上，跳上去像逃似的穿过了铁路桥。

一条香椿树街静静地匍匐在月光下，青石板路面和两旁的低矮的房屋上闪烁着一些飘游不定的阴影，当火车终于从街道上空飞驰而过时，夜行人会觉得整条街都在咯吱咯吱地摇晃，王德基骑在车上朝前后左右张望，他生平第一次对这条熟悉的街道产生了一丝恐惧之心。

男孩小拐对于车祸的回忆与目击者的说法是截然不同的，他告诉两个姐姐锦红和秋红，有人在火车驶来时朝他推了一把，他说他是被谁推到火车轮子下面的。但当时在铁路上钉铜的男孩有五六个人，其中包括他的哥哥天平，他们发誓没有人推过小拐，他确实是想去捡一只被别人遗漏的铜圈的。

香椿树街的人们认为小拐在说谎，或者是那场飞来横锅使他丧失了记忆，这个文静腼腆的男孩从此变得阴郁而古怪起来，他拖着一条断腿沿着街边屋檐游荡，你偶尔和他交谈几句，可以发现这个独腿男孩心里生长着许多谵妄阴暗的念头。

是你推了我。小拐走进红旗的家里对红旗说。红旗家里的人都围着饭桌吃饭，他们用厌恶的目光斜睨着小拐，谁也不理他。是你推了我。小拐碰了碰红旗端碗的手，他的声音听上去是干巴巴的。他等待着红旗的回答，但红旗突然放下饭碗，双手揪住小拐的衣领把他拎了起来，一直拎到门外，红旗猛地松开手，小拐就像一个玩具跌在地上了。红旗的鼻孔里哼了一声，揍不死你。他摊开手掌在门框上擦了擦，然后就撞上门，把小拐关在门外了。隔着门红旗又高声警告他，下次再敢来我敲断你的好腿，你以为我怕你哥哥天平？回去告诉天平，他们野猪帮如果动我一根毫毛，白狼帮和黑虎帮的人就来铲平他们的山头。

红旗是一个过早发育的膀大腰圆的少年，他与天平曾经是好朋友，后来又反目为仇，一切缘于他们参加了两个不同的帮派。小拐三番五次的无理纠缠使红旗非常恼怒，他不知道为什么小拐会咬定是他推了他一把。红旗怀疑在小拐的后面隐藏着另一种挑衅，它来自天平和野猪帮那里。那些日子里红旗出门不忘在鞋帮里别上一把三角刀，而且他特意挑选傍晚街上人多的时候坐在门口磨刀，一块偌大的扇形砂轮，砂轮边躺着三种刀器：三角刮刀、劈柴的斧子和切菜用的菜刀。少年红旗就坐在门口，蘸着一盆暗灯的水，沙啦沙啦地磨刀。他瞥见小拐站在街角杂货店门口，小拐抓着一根树枝无聊地抽打着墙壁，他似乎窥望着红旗家这边的动静。红旗仍然在路人的侧目下磨着刀，脸上露出倨傲的微笑，他从来没把小拐放在眼里。

几天后的一个早晨，红旗家的人不约而同地发现家里有一股味，像是死物身上散发出来的，一家人满屋子寻找臭味的根源，终于在米缸后面找到一只腐烂的死猫。红旗用竹竿把死猫挑到街上，他母亲就跟出去在门口高声咒骂起来，一家人都认定是王德基的断腿儿子干了这件卑劣下流的事情。

　　王德基家离红旗家隔了七八户门洞，红旗看见男孩小拐的脸在门口探了一下，然后就缩进去不见了。红旗扔掉手里的竹竿，冷笑着说，只要让我抓住，看我不把他揍成肉酱。

　　男孩小拐第二天夜里就被红旗抓住了，小拐手里捧着一包东西，刚要往红旗的门上涂抹，红旗就像猛虎窜出去揪住了小拐，小拐慌忙扔掉了那个纸包，但粪便的臭味残留在小拐的手心和指缝里。红旗抓住小拐的手闻了闻，就势打了他一耳光，然后他把小拐压在电线杆上开始揍他。揍不死你，红旗的两只脚左右开弓踢小拐的臀部和肋下，揍不死你。红旗的踢踏动作随小拐的呼救愈发迅疾猛烈起来，小拐一声声尖叫着，一只手孤立无援地指向自己的家，另一只手紧紧抱着电线杆。

　　先是锦红和秋红从家里奔出来了，两个女孩冲上去想架住红旗，但红旗力大无比，手一甩就把她们甩开了。锦红上去抱住了小拐，秋红却趁红旗不防备突施冷箭，她学了香椿树街妇女与男人干架的有效措施，在红旗的双腿之间猛地捏了一把。不要脸的畜生，秋红咬着牙骂道，欺负小拐算什么本事？有种你跟我家天平打去。

　　少年红旗就这样狂叫起来，叫声引来了红旗一家人。秋红的耍泼无疑把他们激怒了。红旗的母亲和祖父祖母都参与了这场街头混战，他们撕扯着王家姐妹的头发和衣裳，并且用肮脏的语言咒骂着他们。秋红和锦红保护着小拐夺路而逃。在一片哭叫声中，附近人家沿街的窗户纷纷推开，邻居们看见王家的三个儿女像一群被拔光了羽毛的鸟禽，从窗前仓皇而逃。后来街上就响起了红旗母亲无休无止的诅咒声，主要是针对秋红的。狼心狗肺的小婊子货，你想让我家断子绝孙？红旗是三代单传的男丁，你捏坏了他赔得起吗？秋红在她家门后不甘示弱地回敬一句，他活该，谁让他欺负小拐？红旗的母亲被秋红再次激怒了，她用什么硬物敲着王家的门，一窝没人管教的小畜生，红旗的母亲边敲边说，我家红旗要是有个三长两短，我就割了你的小 × 喂狗吃。

　　那天夜里恰巧王德基上夜班，而天平正在别人家里玩扑克牌。香椿树街的人认为这是一个蓄意的巧合，否则那天夜里的事情是不会就此平息的，六月的石灰厂之祸也许就在当天发生了。

男孩小拐对他哥哥天平充满了崇拜之情，他总是像一个影子似的尾随着天平，天平走到哪里小拐就跟到哪里。但自从天平加入野猪帮以后这种情形就难以为继了，天平开始厌恶小拐影子般的追随。别跟着我，他用一种不耐烦的语言驱逐小拐，你不能跟着秋红玩吗？有时候天平干脆利用小拐的行动不便，在路上加快步子伺机甩掉他弟弟小拐。即使这样小拐也能准确地捕捉到天平的踪影，有时候天平刚刚在骆驼家系上练功的皮带，小拐就像一个幽灵闪进了院门，他悄然缩在墙角，静静地审视着天平的一举一动。天平就变得烦躁起来，操，他一边击打着沙袋一边发泄着对小拐的恼恨，为什么要跟着我？谁要是欺负你你来告诉我，好端端的为什么老是跟着我？

红旗打了我。男孩小拐抠了抠鼻孔，他用单拐的端部在地上划着圈说，红旗家的人还打了秋红和锦红。

这事我知道了，我答应你们找红旗算账的。

红旗打了我，他还打了秋红和锦红。小拐重复了一遍他已说过的话。

我知道了。天平皱着眉头说，这些事你不懂，是我们野猪帮和他们白狼帮的事，别着急，收拾他们的日子快要到了。

男孩小拐不知道他哥哥的允诺就是几天后发生的石灰厂之战。那场大规模的血殴后来轰动了整个古城，成为血性少年们孜孜不倦的话题。而男孩小拐在他的少年时代常常向别人提及著名的石灰厂之战和他哥哥天平的名字，信不信由你，小拐对别人说，野猪帮的人是为了我去石灰厂的，那封生死帖是我哥哥送给白狼帮的，信不信由你，我哥哥是为了给我报一箭之仇。

事实上除了石灰厂砖窑上的几个工人之外，几乎没人有机会目击五十一名少年在垃圾瓦砾堆上的浴血之战。他们选择的地点是香椿树街以北三里的石灰厂后面的空地，时间则是天色乍亮的清晨五点钟，砖窑上的工人看见两拨人从不同的方向朝空地上集结而来，有人把铁链挂在脖子上，有人边走边转动手里的古巴刀，白狼帮的人甚至扛着一面用窗帘布制成的大旗，旗上有墨汁绘成的似狼似狗的动物图案。在仅仅几分钟的对峙后，两支队伍就乱成一堆了，从刀器和人的嘴里发出的呼啸声很快覆盖了石灰厂那台巨大的粉碎机运转的噪声。

砖窑上的那几个工人对那堆血战不堪回首，他们心有余悸地描摹当时的情景，疯了，那帮孩子都疯了，他们拼红了眼睛，谁也不怕死。他们说听见了尖刀刺进皮肉的类似水泡翻滚的声音，他们还听见那群发疯的少年几乎都有着流行的滑稽的绰号，诸如汤司令、松井、座山雕、王连举、鼻涕、黑×、一撮毛、杀胚。那帮孩子真的发疯了，几个目击者摇着头，举起手夸张地比划了一下，拿着刀子你捅我，我劈你的，血珠子差点就溅到我们砖窑上了。

男孩小拐记得那天早晨他是被街上杂沓的脚步声和救护车的喇叭惊醒的。街上有人尖声喊着：石灰厂，出人命啦。锦红和秋红已经穿好了衣裳准备去看热闹，小拐心急慌忙地摸不到他的拐杖，就一把攥住了锦红的长辫子。带我去，小拐叫道，带我去看死人。

锦红背着弟弟小拐，秋红边跑边用木梳梳着头发，姐弟三人也汇聚在街上的人流里朝北涌动，他们不知道石灰厂到底发生了什么事。秋红边跑边问旁边的人，怎么回事？是谁死了？那人气喘吁吁地说，打架，听说死了好几个。姐弟三人不知道天平就是其中之一，所以后来他们看见几个警察把天平从瓦砾堆里拖出来时都吓呆了，天平的衣服被撕割成布条在晨风中飘动，半尺长的刀口处露出了肠子，从他的身体各处涌出的血像泉眼沿途滴淌。天平的眼睛怒视着天空，但是他被人拖拽的情形就像一根圆木了无生气，看样子他已经死了，男孩小拐记得两个姐姐同时失声狂叫起来，然后他就从大姐锦红的背上摔了下来。

男孩小拐坐在瓦砾上环顾四周，石灰厂附近笼罩着一种杂乱的节日般的气氛。小拐看见他们把天平抬上一辆平板车，锦红和秋红哭叫着拉住一个车把，快送他去医院，秋红跺着脚对警察喊，快点吧，快去医院。板车另一侧的一个警察说，还去什么医院？他已经咽气了。另一个却阴沉着脸说，他要没咽气还得去拘留所。小拐看见那辆平板车在工业垃圾和杂草间颠动着，慢慢地朝他这边拖来，现在他知道板车上的那具死尸就是他哥哥天平，他觉得天平就像一根圆木被人装在板车上，就像一根圆木在车上颠动着，一切都显得离奇而古怪。小拐迎着板车站起来，他怀着惶惑的心情朝天平的手臂猛地一触，触及的是天平饱满发达的肱二头肌，但那是近乎瞬间的一次触碰，男孩小拐的手像是被火烫了一下，或者是被冰刺了一下，他惊惶地缩回了他的手，曾经与他并手比足的那个身体突然变得如此恐怖如此遥远，男孩小拐第一次发现天平的手臂上刺了图纹，那是一只简单而丑陋的猪头。

他有刺青。男孩小拐突然叫道，他的手臂上有一只猪头，他是野猪帮的大哥了。

六月初王德基家的天平死了，天平的丧事办得很简单，这是因为那些日子天气异常炎热，王德基没有钱去冰厂定购那种大冰砖，死者在家里只停放了一天一夜就送出门了。王德基在悲伤而忙碌的日子里精疲力尽，他对那些前来吊唁的邻居说，早知道这样，不如我自己动手结果他的性命。

租用火葬场的白色灵车也是要花钱的，王德基舍不得掏钱，就去邻近的石码头借了辆三轮车，然后用塑料布为天平制作了一个简易凉棚。这样，六月灼热的阳光被遮挡住了，天平盖着白被单躺在车上，看上去就像一个苍白的患了急病的少年。王德基自制的灵车从容地经过香椿树街，有不知详情的路人在街口问他，老王，送谁上医院？王德基闷闷地说，儿子。低着头骑了一程，王德基看见天平就读的红旗中学的铁门从身边一掠而过，操场上有一群男孩正在踢足球。王德基突然悲从中来，一边骑着车一边哽咽起来，操，别人家的孩子都活蹦乱跳的，偏偏就轮到我家，废了一个不够，现在又死了一个。王德基就这样骑着灵车涕泗满面地经过城北的街道，他不知道小拐早悄悄地钻到了车上，他毫无畏惧地坐在天平的尸体旁边向往着火葬场新鲜的不为人知的风景。后来灵车经过北门的瓜果集市，王德基想起天平一直是贪吃西瓜的，小时候曾经为了抢夺秋红的那块，王德基扬手打掉了天平的一颗门牙。王德基犹豫了一会儿停下车，就近买了半只切开的红瓤瓜放到天平身旁，猛地就发现了小拐，小拐直直地瞪着西瓜，说，我要吃西瓜。王德基的手下意识扇过去，但最后只滞留在小拐的头顶上，过了一会儿他说，你吃吧，反正天平也不会吃瓜了。

男孩小拐后来就坐在天平的灵车上吃西瓜，那是一只南方罕见的又甜又脆的西瓜，直至几年以后小拐还记得嘴里残留的那股美妙的滋味。除此以外占据小拐记忆的依然是天平手臂上的刺青，在去火葬场的途中，男孩小拐多次撩起死者的衣袖，察看他左手臂上的猪头刺青，它在死者薄脆的皮肤上放射着神奇的光芒。

警车呼啸着驶进狭窄的香椿树街，警察们带走了松井、鼻涕、汤司令这帮少年，而白狼帮的红旗却突然从他家里消失不见了。一个梳着羊角辫的女孩子穿过围观的人群，用一种冷静的语调向警察报告了红旗的踪迹。他在河里，女孩指着河的方向说，他泡在水里，头上顶了半只西瓜皮。她后面跟着一个跛脚的男孩，男孩则尖声指出头顶西瓜皮是从电影里学来的把戏，男孩说，我知道他是从《小兵张嘎》里学来的，是我先看见他的。

所以红旗被推上警车的时候是光着脚的，身上只有一条湿漉漉的短裤头。一个警察从红旗的头顶上摘下那半只西瓜皮，扔出去很远，围观的人群里就发出一片哄笑声。有人将惊诧的目光转向王德基家的两个孩子，秋红和小拐，秋红像一个成熟的妇女那样撇了撇嘴，然后她拍了拍她弟弟的脑袋，小拐，我们回家。

夏天的大搜捕使城市北端变得安静萧条起来，那些三五成群招摇过市的少年像草堆被大风吹散，不再有尖厉的唿哨刺破清晨或黄昏的空气，凭窗而站的香椿树街的居民莫名地有点烦躁，他们觉得过于清净的街道并非一种平安的迹象，似乎更大的灾祸就要降临香椿树街了。

男孩小拐穿着他哥哥天平遗留的白衬衫在街上游逛，有一天他在码头的垃圾里看见一面残破的绘有狼形图案的旗帜，旗上可见暗红色的疏淡不一的干血。小拐认出那是白狼帮的旗帜，他不知道他们为什么要把旗帜扔在这里，也许那帮人在大搜捕后已经吓破了胆，也许伤亡和被捕使强大的白狼帮形如匆匆一掠的流星。小拐拾起了那面旗帜，小心地把它折起来掖在裤腰里，他想把它带回家藏好。石码头上有装卸工在卸一船油桶，油桶就在水泥地上骨碌碌地滚向街道另一侧的工厂大门，男孩小拐灵活地绕开油桶往家里走，他相信装卸工们没有发现他藏起了一面白狼帮的旗帜。从此以后男孩小拐拥有了一个真正的秘密。

作为男孩小拐唯一的朋友，我曾经见过精心藏匿的白狼帮的旗帜，他打开一只木条钉成的工具箱说，这就是我的百宝箱。箱子里装满了过时的铜片、烟壳、玻璃弹子和破损了的连环画，那面神秘的令人浮想联翩的旗帜放在箱子的最底层，上面还铺盖了几张报纸。

这是白狼帮的旗，男孩小拐的眼睛在阁楼暗淡的光线里闪闪烁烁，他把那面旗快疾地摊开，然后又快疾地叠好。我哥哥他们的野猪帮大旗我还没找到，小拐说，他们也有一面旗，比这面旗大多了，我看见过野猪帮的大旗。

你藏着它想干什么？

小拐没有回答我的疑问，或许他根本没听见我的疑问，我看见他把百宝箱用挂锁锁好了，推到阁楼的角落里，然后用一种坚定的语气说，我会找到那面旗的，我要复兴野猪帮。

那是红鸡冠花盛开的晚夏的一天，在小拐家闷热肮脏的阁楼上，我清晰地听见男孩小拐说，我要复兴野猪帮。

　　九月孩子们重归学校，假期发生的石灰厂之战仍然使高年级的男孩津津乐道，他们坐在双杠和矮墙上谈论着白狼帮和野猪帮孰优孰劣，各执一词难以统一意见。后来校工老董的儿子董彪说，你们别争了，白狼帮和野猪帮算什么人物，真正厉害的是城西的梅花帮，梅花帮的人胸前都刺一朵梅花。

　　董彪在胡说。男孩小拐当着许多人的面戳穿了董彪的谎言，他说，城西没有什么梅花帮，只有龙虎八兄弟，他们和野猪帮是盟友，左臂刺龙，右臂刺虎，根本不刺梅花。

　　男孩小拐因此招来了董彪日复一日的追逐和报复。我看见男孩小拐像一只袋鼠在泡桐树林里绕行奔跑，因早发育而成为学校一霸的董彪快乐地追逐着小拐，董彪最后把小拐按在树干上，用膝盖猛力地顶击小拐完好的那条左腿，这样男孩小拐总是应声倒在董彪的脚下。有一次董彪忽发异想地解开裤扣，对着手下败将撒了泡尿。董彪说，去叫你哥哥来，你哥哥算什么？就是他活着我也敢揍你。

　　我知道那是小拐童年时代最灰暗的日子，几乎每一个男孩都敢欺负王德基的儿子小拐，他姐姐秋红和锦红对他的保护无法与天平活着时相比，在香椿树街的生活中叽叽喳喳的女孩子一向是微不足道的。除我之外大概没有人知道小拐心里那个古怪而庞大的梦想，关于那面传说中的野猪帮的旗帜，关于复兴野猪帮的计划。小拐曾经邀我同去寻访那面旗帜的踪迹，被我拒绝了。在我看来小拐已经成为一种羸弱无力备受欺辱的象征，他的那个梦想因此显得可笑而荒诞。

　　曾经有人效仿董彪在学校沙坑那儿追打小拐，体育教师上去把他们拉开了。体育教师责问那个男孩，为什么要打他？你欺负他腿不好？那个男孩很诚实，他说，他哥哥天平死了。体育教师又问，他哥哥死了你就打他？这是为什么？男孩涨红了脸踩踏着沙坑里的黄沙，最后他又说了一句大实话，他腿瘸，他跑不快。

　　关于男孩小拐的拜师习武在香椿树街有种种说法，人们普遍认为那是王德基为了儿子免受欺侮的权宜之计，是王德基把小拐送到延恩巷的武林泰斗罗乾门上习武的，还有一种说法误传天平是罗乾的门徒之一，罗乾肯收下小拐是缘于这段人情，但是男孩小拐后来轻蔑地否定了这些想当然的猜测，他说罗乾从来不搭理那些少年帮派，当然也不认识他死去的哥哥天平，他父亲王德基就更不认识罗乾了，他那种人怎么会认识罗乾？男孩小拐提及他父亲时满脸不屑之色，然后他用一种神秘的口气说，我是我师父的关门弟子，你别告诉人家。

他为什么要收你做关门弟子呢？回话的人毫不掩饰话里的潜台词，为什么罗乾要收一个断了一条腿的孩子做关门弟子呢？

我跪着求他，我跪了很长时间。男孩小拐终于把所有的秘密和盘托出，我给他看腿上手上的伤，我告诉他所有的人都来欺负我，你猜他最后怎么说？男孩小拐环顾着周围的孩子，眼睛里充满了喜悦和激情之光，罗乾最后把我抱起来，他说既然所有人都来欺负你，那我就教你去欺负所有的人。

男孩小拐本人的说法也令人半信半疑，但是香椿树街上有不少人亲眼目睹他出入于延恩巷罗乾的家门，不管怎么说，小拐现在是一个习武的孩子，香椿树头的男孩们再也不敢轻易对他施以拳脚了。

最初小拐把三节棍插在书包里去上学，每次在学校遇见董彪时，小拐仍然提防着董彪对他的袭击，他的手紧紧地抓住三节棍的一端。董彪试探着靠近他，你拿着三节棍装什么蒜？董彪说，你腐了条腿怎么用三节棍？但是小拐猛地从书包里抽出三节棍时董彪还是害怕了，董彪嘀咕了一句就溜走了。他妈的你吓唬谁？他边走边说，吓唬谁？

那是男孩小拐开始扬眉吐气的日子，我曾经在他的书包里看见过多种习武器械，除了他随身携带的三节棍外，还有九节鞭、月牙刀、断魂枪等等，这些极具威慑力和神秘色彩的名称当然是小拐亲口告诉我的。我记得一个秋日的黄昏，在石码头布满油渍的水泥地上，男孩小拐第一次当众表演了他的武艺，虽然是初学乍练，但我们还是听到了三节棍和九节鞭清脆悦耳的声音，舞鞭的男孩小拐脸上泛起鲜艳的红晕，双目炯炯发亮，左腿的疾患使小拐难以控制身体的重心，他的动作姿态看上去多少有些生硬和别扭，但是在石码头上舞鞭弄棍的确实是我们所鄙夷的男孩小拐，到了秋天他已经使所有人感到陌生。

四五个男孩坐在石码头的船坞上，听小拐描绘他师傅罗乾的容貌和功夫。秋天河水上涨，西斜的夕阳将水面和两岸的房屋涂上一种柑橘皮似的红色，香椿树街平庸芜杂的街景到了石码头一带就变得非常美丽。空气中隐约飘来化工厂油料燃烧的气味，而那些装满货物的驳船正缓缓通过河面，通过围坐在船坞上的孩子们的视线。

我师傅只比我高半个脑袋，男孩小拐用手在头顶上比划了一下，他看了看其他孩子的表情又补充道，你们不懂，功夫深的人个子都很矮小。

我师傅留一丛山羊胡子，雪白雪白的，你们不懂，功夫深的人都要留山羊胡子的。男孩小拐还说。

我对延恩巷的武林高手罗乾的了解仅限于那天男孩小拐的一夕之谈，像所有的香椿树街少年一样，我也曾渴望拜罗乾为师学习武艺，但据说那个老人深居简出性情孤僻，除了小拐以外，拒绝所有陌生人走进他的种满药草的院子。整个少年时代我一直无缘见识罗乾的真面目。后来我知道关于延恩巷罗乾的传说完全是一场骗局，知悉内情的人透露罗乾只是一个年老体衰的病人，他每天例行的舞刀弄棍只是他祛病延年的方法，因为罗乾患有严重的哮喘和癫痫症。这个消息曾令我莫名惊诧，但那已经是多年以后的事了，昔日的男孩小拐已经成为香椿树街著名的风云人物，骗局的受害者也已淡忘了许许多多的童年往事。

城北的居民风闻野猪帮又重新出现，他们对此都觉得奇怪，因为野猪帮的那批少年在夏天的大搜捕中已经被一网打尽了。但是许多人家养的鸡都在夜晚相继失踪，石码头的垃圾上堆满了形形色色的鸡毛，从这一点判断确实又有少年们在歃血结盟了。

人们想不到野猪帮的新领袖是王德基家的小拐，更想不到新的野猪帮只是一群十四五岁的男孩。

歃血结盟的仪式是在王德基家的阁楼上举行的，狭小低矮的阁楼里充满了新鲜鸡血的腥味，大约有九个男孩，每人面前放了一碗鸡血，他们端起碗紧张而冲动地望着小拐。喝下去，小拐说，他的声音听上去不容违抗，你们怕什么？人血都不怕还怕鸡血吗？

一个男孩先端起碗在碗沿上小心地舔了一下，另一个男孩则捏着鼻子喝了半碗，突然大叫起来，太腥了，我要吐了。你们能干什么事？然后小拐出乎意料地亮出了他的九节鞭，你们到底喝不喝？不喝就挨鞭子，小拐晃动着他的九节鞭说，喝鸡血还是挨鞭子？你们自己挑吧。

阁楼上的那群男孩终于还是选择了鸡血，但是他们的呕吐物已经把床铺和板墙弄得污秽不堪，在一片反胃的呕吐声中小拐打开了他珍藏的白狼帮的旗帜，我没找到野猪帮的大旗，就拿它代替吧，小拐把那面破旗铺在地板上，考虑了片刻说，把白狼用墨汁涂掉，画上一只猪头就行了，他们就是这么干的。

小拐的大姐锦红这时候从竹梯爬上了阁楼，你们在上面闹什么？都给我下去。锦红一转脸就发现了满地秽物，不由尖叫起来，该死，你们到底在干什么坏事？阁楼简直成了猪厩了。已经有人开始往竹梯前走，但是男孩小拐伸出他的九节鞭挡住了他们的去路。

谁也不许逃。男孩小拐声色俱厉，他说，仪式刚刚开始，谁也不许逃。

让他们走，小拐你快让他们走。锦红忙着要清扫地板，一边扫一边对男孩们说，要闹到外面闹去，你们把我家当公园啦？

你别管我们的事，下楼去，我让你下楼去。男孩小拐用鞭柄朝锦红背上戳了一下，我让你别管你就别管。

不准再闹了，要闹到外面去，别在阁楼上闹。锦红说着就用扫帚把男孩们往竹梯上赶，但是随着一声清脆的鞭击，少女锦红就像一只受惊的鸟尖叫着跳起来，她的手伸到背后去摸她的长辫，摸到的是一只失落的蝴蝶结和一绺断发。

是男孩小拐用九节鞭抽落了他姐姐的半截辫梢和辫子上的红蝴蝶结。那群男孩看见少女锦红因惊吓过度而异常苍白的脸，她的嘴哆嗦着似乎想骂小拐，但终于什么也没有说。而持鞭的男孩小拐坐在那面破旗上，眼睛里依然喷射出阴郁的怒火，他说，我让你别来管我的事，为什么你偏偏不听？

香椿树街两侧的泡桐树是最易于繁殖的落叶乔木，它们在潮湿而充满工业废烟的空气里疯狂地生长，到了来年的夏季，每家每户的泡桐树已经撑起一片浓密的树荫，遮盖了街道上方狭窄的天空。香椿树街的男孩也像泡桐一样易于成长，游荡于街头的少年们每年都是新的面貌和新的阵容，就像路边的泡桐每年都会长出更绿更大的新叶。

七五年之夏是属于少年小拐的。新兴的野猪帮在城市秩序相对沉寂之时犹如红杏出墙，吸引了人们的目光。在黄昏的街头，一群处于青春期的少年簇拥着他们的领袖，矮小瘦弱的少年小拐，他们挤在一辆来历不明的三轮车上往石灰厂那里集结而去。石灰厂外面的空地是他们聚会习武的最好去处，就在那里他们把校工老董的儿子绑在树干上，由小拐亲自动手给他剃了个丑陋的阴阳头，然后小拐用红墨水在董彪暴露在外的头皮上打了几个叉，据说这是被野猪帮列入黑名单者的标志。被列入黑名单的还有其他六七个人，甚至包括学校的语文教员和政治教员。

我知道少年小拐在制定帮规和戒条时煞费苦心，他告诉我天平他们的野猪帮是有严格的帮规和戒条的，由于保密小拐无从知道它们的内容。他对此感到茫然。后来少年小拐因陋就简地模仿了解放军的三大纪律八项注意条令，稍作修改用复写纸抄了许多份散发给大家，至于戒条则套用了一句流行的政治口号：人不犯我，我不犯人，人若犯我，我必犯人。

少年小拐面临的另一个问题是如何刺青。城里仅有的几个刺青师傅都拒绝替这群未成年的少年文身，而且拒绝传授刺青的工艺和技术。失望之余小拐决定自己动手摸索，他对伙伴们说，没什么稀罕的，他们不干我们自己干，只要不怕疼，什么东西都能刺到身上去。

新野猪帮的刺青最终失败了。他们想像用一柄刀尖蘸着蓝墨水在皮肤上刻猪头的形状，但是尖锐的疼痛使许多人半途而废。少年小拐痛斥那些伙伴是胆小鬼，他独自在阁楼上百折不挠地摸索刺青技术，换了各种针具和染料。少年小拐一边呻吟一边刺割着他的手臂，渴望猪头标志跃然于他的手臂之上，他的手臂很快就溃烂发炎了，脓血不停地从伤处滴落下来。在王德基每天的咒骂和奚落声中，少年小拐终于允许他姐姐锦红和秋红替他包扎伤口，他说，十天过后，等纱布拆除了，你们会看见我手臂上的东西。

拆除纱布那天少年小拐沉浸在一种沮丧的情绪中，他发现自己的冒险彻底失败了，手臂上出现的不是他向往的威武野性的猪头标志，而是一块扭结的紊乱的暗色疤瘢。少年小拐捂着他的手臂在家里嗷嗷地狂叫，就像一条受伤的狗。叫声使刚从纺织厂下班回家的锦红难以入睡，锦红烦躁地拍打着床板说，别叫了，让我睡上一会。少年小拐停止了叫喊，他开始用拳头拼命捶击阁楼的板壁，整座朽败的房子微微摇晃起来。锦红一气之下就尖着嗓门朝阁楼上骂了一句，我操你妈，你只剩了一条腿，怎么就不能安分一点？锦红骂完就后悔了。她看见弟弟小拐从竹梯上连滚带爬冲下来，手里举着一把细长的刀子，锦红从小拐阴郁而暴怒的眼神中判出他的可怕的念头，抱着枕头就跳下床，慌慌张张一直跑到门外。

锦红光着脚，穿着背心和短裤站在街上，手里抱了一只枕头。过路人都用询问的眼神注视着王德基家的女孩锦红，锦红你怎么啦？锦红脸色煞白，她不时地回头朝家里张望一眼，朝问话的那些人摇着头。锦红不肯告诉别人什么，她只是衣衫不整地倚墙站着，用枕头擦着眼里的泪。没什么，锦红牢记着亡母传授的家丑不可外扬的道理，她对一个追根刨底的邻居说，我跟小拐闹着玩，他吓唬我，他吓唬要杀我。

少女锦红很早就显露出南方美人的种种风情，人们认为她生在王德基家就像玫瑰寄生于一摊污泥之中，造化中包含了不幸。香椿树街的妇女们建议锦红耐心等待美好的婚姻，起码可以嫁一个海军或者空军军官，但是锦红在十九岁那年就匆匆嫁给了酱品厂的会计小刘，而且出嫁时似乎已经有了身孕了。街上有谣传说王德基曾和女儿锦红睡觉，但那毕竟是捕风捉影的谣言。真正了解锦红的当然是她妹妹秋红，锦红出嫁前夜姐妹俩在灯下相拥而泣，锦红对秋红说的那番话几乎使人柔肠寸断。

我知道我不该急着嫁人，可是我在这个家里老是担惊受怕，我受不了。锦红捂着脸呜咽着说，不如一走了之吧。

你到底怕什么？秋红问。

以前怕父亲，后来怕天平，现在怕小拐，锦红仍然呜咽着，她说，我一看见小拐的眼睛，一看见他那条断腿，心里就发冷，现在我最怕他。

小拐怎么啦？秋红又问。

没怎么，可我就是害怕，他迟早会惹下大祸。锦红最后作出她的预言。秋红注意到姐姐说话时忧心忡忡的表情，她想笑却笑不出来，这个瞬间锦红美丽的容颜突然变得苍老而憔悴了，这使秋红对锦红充满了深情的怜悯。

那天夜里少年小拐又出门了，王家的人对此已习以为常，他们临睡前用椅子顶在门上，这样不管何时小拐都可以回家睡觉。凌晨时分锦红姐妹被门口杂沓的脚步声惊醒了，起床一看小拐带着七八个少年穿过黑暗的屋子往后门涌去，秋红想去拉灯绳，但她的手被谁拽住了。别开灯，有人在追我们。秋红睡意全消，她试图去阻挡他们，你们又在干什么坏事？干了坏事就都往我家跑。少年们一个个从秋红身旁鱼贯而过，消失在河边的夜色中。最后一个是少年小拐，你别管我们的事，小拐气喘吁吁地把一匹布往秋红的怀里塞，然后他把通向河埠的后门反锁上，隔着门说，这匹布给锦红做嫁妆。

秋红回忆起那天夜里的事件一直心有余悸，布店的人带着几个巡夜的民兵很快就来敲门。锦红到阁楼上藏起那匹布，秋红就到门口去应付。来人说，让我们进去，偷布的那帮孩子跑你家来了。秋红伸出双臂把住门框两侧，她像一个成熟的妇女一样处乱不惊。秋红说，你们抓贼怎么抓到我家来了？难道我家是贼窝吗？布店的人说，你家就是个贼窝。这句话激怒了秋红，秋红不容分说朝那人脸上扇了记耳光。我操你八辈子祖宗，我让你糟蹋我们家的名声，秋红边骂边唾，顺手撞上了大门。她听见门外人的交谈仍然很不中听，一个说，王德基家的孩子怎么都像恶狗一样的？另一个说，一个比一个坏，一个比一个凶。秋红的一点恐慌现在恰巧被满腔怒火所替代，她对着门踢了一脚，高声说，你们滚不滚？你们再不滚我就拎马桶来，泼你们满身是粪。

少年小拐和伙伴们偷来的是一匹白色的棉布，这匹布令锦红啼笑皆非。锦红怀着一种五味混杂的心情注视着小拐和白布，她说，办喜事不能用白布，这是办丧事用的。锦红伸手在弟弟的头顶上轻抚了一下，这个举动意味着她最后宽恕了少年小拐。

没有人知道少年小拐和武界泰斗罗乾的关系是如何中断的，那种令人艳羡的关系也许持续了半年之久，也许只有短短的两三个月。我记得少年小拐后来不再谈及罗乾的名字，有人追问罗乾的近况时，小拐的回答令人吃惊，他用一种满不在乎的语气说，他中风了，不行了，现在我用一只手就能把我师傅拍死。然后少年小拐眉飞色舞地说起另一位大师张文龙的故事，那是风靡一时的龙拳的创始人，武功非凡，方圆百里的少年都梦想成为张文龙的门徒，但是张文龙只卖伤药不授武艺。他经常在北门吊桥设摊卖他的跌打风湿膏药，卖完药就卷摊走路，从来没有人知道张文龙的住处。胆大的少年去他的药摊前打听时，张文龙就拿一块膏药塞过来说，先掏钱把药买去，你们这帮孩子就缺伤药了，你们打吧，你们天天打架我的药就好卖了。当你死磨硬缠刺探他家的住处时，张文龙眨着眼睛说，我哪里有家呀？我天天在野地里为你们采药熬膏，夜里就睡在水沟里，睡在菜花地里。

你们知道张文龙的刺青刺了什么？少年小拐最后向他的伙伴提出了一个热门的问题。

是一条龙。有人回答道。

可是你不知道那是一条什么样的龙，少年小拐的神情显得非常冲动，他先在自己的腹部用力划了一下，龙头在这儿，然后小拐的手顺着胸前往肩部爬，最后在后背上又狠狠戳了一下，龙尾在这儿，你说这条龙有多大？小拐说着叹了口气，他的脸看上去突然变得幽怨起来，罗老头背上那条龙比起张文龙来算什么？汤司令和红旗他们的刺青就更提不起来了。

少年小拐羞于正视自己左臂上那块失败的刺青，说那番话时我注意到他的目光不时偷窥他的左臂，海魂衫肥大的短袖子遮掩了那片疤瘢的一半，另一半却袒露在夏日阳光里，我发现从那片疤瘢中无法看清猪头的形状，它们看上去更像秋天枯萎的黑红色的树叶。

这年夏天少年小拐疯狂地追逐着张文龙的踪迹，我听说他长时间地蹲在北门吊桥的药摊前，期待河上吹来的风卷起张文龙那件黑布衬衫的下摆，他渴望亲眼目睹那条恢宏而漂亮的盘龙刺青，大风却迟迟不来。少年小拐在一阵迷乱的冲动中向张文龙的衬衫伸出了手，听说小拐的手刹那间被张文龙夹在腋下，张文龙半愠半笑地说，你这孩子断了一条腿不够，还想再断一条胳膊吗？

桥上的遭遇对于少年小拐是一个沉重的打击，在张文龙匆匆离去后他仍然站在北门吊桥上，受辱后的窘迫表情一直滞留在他苍白的脸上，伙伴们的窃笑使少年小拐恼羞成怒，他对着桥下的护城河骂了一声，张文龙，我操你妈，再过五年，你看我怎么报一箭之仇。

谁都能发现少年小拐在受到伤害后情绪低落，他担心自己在新野猪帮内的地位受到损坏或者排挤，有一天我惊讶地发现他采取了杀鸡儆猴的做法，在一番关于张文龙籍贯的争执中，少年小拐突然缄口动手，他突然从皮带缝里抽出一把飞镖朝朱明身上掷去，你也想来反对我？小拐冷笑着审视朱明的表情，他说，我说他是东北人就是东北人，别来跟我犟。那把飞镖从朱明的耳朵一侧飞出去，朱明惊呆了，谁也没想到少年小拐突然翻脸，事后少年们对小拐的举动褒贬不一，支持小拐和同情朱明的人形成了两个阵营，据我所知这也是新野猪帮最后分崩离析的原因之一。

几天后少年们相约在石灰厂外面集合，准备搭乘长途汽车去清塘镇寻找一个姓王的刺青师傅，那个人是朱明家的亲戚，但是朱明和他的几个朋友却迟迟不来。小拐就派人去朱明家喊他。派去的人到了朱明家，看见几个人正围坐在桌前打扑克牌，朱明的脸上贴满了纸条，头也不抬地对人说，我们不去了，要去你们自己去吧，不过我提醒你们，清塘镇的人们比香椿树街的可野多了，小心让他们踩扁了抬回来。

聚集在石灰厂的少年们没有把朱明的话放在心上，他们拦住了去往清塘镇的长途汽车。去的时候大约有七八个人，当天回来的却只有三个人，而且都是鼻青脸肿的，他们提着撕破的衣服和断损的凉鞋从街上一闪而过，像做贼似的溜进各自的家门。他们告诉前来打听儿子下落的那些妇女说，小拐他们留在清塘镇了，清塘镇的人把他们扣起来了。侥幸逃离清塘镇的三个人惊魂未定，用一种夸张的语言描述那场可怕的殴斗。我门一下长途汽车就有人来撩拨逗事，也不知道是怎么打起来的，他们用的都是铁搭、锄头和镰刀，那么多人追着我们打，我们还来不及编队形就给他们打散了。

好好的他们为什么打你们？有人提出了简单的疑问。

不知道，他们说不准我们在清塘镇耀武扬威。

王德基家的秋红也挤在那堆焦灼而忙乱的妇女中间，她关心的自然是她弟弟小拐的情况，秋红刚想开口问什么，那三个少年几乎异口同声地说，小拐最惨了，他头上挨了一铁搭，开了两个洞。

他怎么啦？他不是会武功吗？秋红惊叫过后问。

他腿不好，跑不快，那么多人围上来，会武功也没有用。一个少年说。

他没带三节棍和九节鞭，光是一支飞镖对付不了人家的锄头铁搭。另一个少年表示惋惜说，小拐今天要是带上他的家伙就好了，我们也不会输那么惨了。

带上家伙也没用，清塘镇的人一个比一个野，再说小拐本来就不怎么样，我看见他第一个被清塘镇的人按在地上。第三个少年说起小拐却已经显得很轻蔑了。

旁边的秋红听到这里勃然生怒，她指着三个少年的鼻子说，一帮不知廉耻的杂种，你们知道小拐腿不好，跑不快，你们就不肯拉他一把？你们就不能背上他跑吗？

你说得轻巧！一个少年斜睨着秋红反驳道，那种时刻谁还顾得上谁？我背了小拐谁又肯来背我？

愤怒的秋红一时哑然失语，她的丰腴而红润的脸上不知不觉挂上了泪珠。人们都用一种隔膜而厌恶的目光注视着她，似乎没有人为秋红的一腔姐弟之情所感动。事实上那是一个混乱的人心浮躁的黄昏，人们关注的是自己的滞留在清塘镇生死未卜的儿子或家人，每个人的心情其实都是相仿的。

少年小拐和他的伙伴直到第二天早晨才返回香椿树街，负责接送的警察对围观的人们说，这次还幸亏没打出人命，否则就直接把他们送拘留所了。王德基和秋红也在街口等候，看见小拐他们依次爬下了卡车。王德基舒了一口气、他对旁人说，这帮孩子是不是吃了疯狗的肉？在街上闹不够，打架竟然打到清塘镇去了。那人问，回家要收拾你儿子吗？王德基被问得有点尴尬，从小收拾到大，就是收拾不了他，想想真奇怪。王德基苦笑一声，随后说了一句令人伤感的话，孩子他母亲搭上她一条命，换了这么个宝贝儿子，想一想真是奇怪。

少年小拐扶着墙与他父亲和姐姐逆向而行，他的头部缠着一条肮脏的被血洇透的纱布，看上去小拐显得出奇的从容而冷静。秋红跑过去想察看他头上的伤势，被他推开了。我死不了，小拐说，你回家去，别来管我的事。秋红就跟在他后面说，让你别打架你偏不听，这回好了，头上弄了个窟窿让人看笑话。街上的人都看着王家姐弟，看见小拐突然回过头打了秋红一记耳光，让你别来管我你偏不听，你为什么老是要来管我？小拐几乎是在吼叫，他的仇视的目光使秋红不寒而栗，秋红掩面坐在地上哭号起来，不管就不管，秋红绝望地拍打着地面，边哭边叫，我要再管你的事我就是畜生。

　　从清塘镇铩羽而归的少年们很快就聚集在朱明家门口，隔着窗子他们看见朱明那帮人仍然在桌前玩扑克牌，只是每个人的膝盖上都添了一根一尺多长的角铁，屋里的人对窗外的人显然已有防备，少年小拐和他的伙伴无法对朱明他们实施惩罚。判徒，有人伏在窗台上对屋里的人喊。而少年小拐嘴里吐出的是一句江湖行话：君子报仇，十年不晚。他的声音听来冷峻而充满杀机。我看见他提起撑拐，用一种轻柔的动作在朱明家的窗户上捣了一个圆孔，屋里人朝外面张望了一眼，并没有作出任何反应，紧接着是一声哗啦啦的脆响，少年小拐挥舞着他的撑拐，砸碎了朱明家窗户上的每一块玻璃。

　　到了中秋节前夕，香椿树街的新野猪帮已经分裂成两派，人多势众的那派由少年小拐统辖，另外一派的六七个少年则死心塌地跟着朱明，他们从此开始了漫长的此长彼消的内战。我之所以如此清晰地记得这个时间概念，是因为那天香椿树街上弥漫着糖果铺煎制鲜肉月饼的香气，那种一年一度的香味诱使许多人聚集到糖果铺的煎锅前面。少年小拐他们和朱明他们的人就在那儿相遇了。我记得朱明他们一共只有三个人，三个人每人手里捧了一包月饼往人堆外挤，但是朱明突然被什么绊了一下，绊他的是小拐腋下的那根撑拐。

　　买那么多月饼独吃？好意思吗？小拐似笑非笑地说。

　　朱明没说什么，他迟疑了一会儿抓了两块月饼给小拐，但小拐没去接，他的表情已经显露出寻衅的端倪，我看见他用撑拐的底端拨了拨朱明拿月饼的手。

　　给兄弟们每人两块。小拐说。

　　你在玩我？朱明说，你以为我们怕你们？要打架约个地方和时间，我操，你真以为我们怕你们？

　　铁路桥下面怎么样？你要是嫌桥洞里不好上铁路也行，你要是带的人多就去石灰厂外面，或者就去石码头？随你挑，时间也随你挑。

我随你挑，你真以为我们怕你们？朱明的嘴里咬了一块月饼，含糊地嘀咕着往小拐他们的人圈外走。朱明带着两个人走出去几步远，没有明确回复小拐的挑衅，却说了一句莫明其妙的话。朱明说，他算什么人物？他姐姐跟他爹睡觉，肚子都睡大啦。

我看见少年小拐的眼睛里倏地迸出罕见的可怕的红光，他狂叫了一声，从别人手里夺过九节鞭，率先发起了对朱明他们的攻击。九节鞭准确地抽到了朱明的后颈上，小拐的伙伴们一拥而上，本来应该避人耳目的混战就这样猝不及防地发生了，糖果铺周围一片骚乱，女店员在柜台后面尖叫着，快去喊警察，要打出人命啦。更多的香椿树街人则训练有素地退到糖果铺的台阶上，或者爬到运货的三轮车上，居高临下地观望了少年小拐棍鞭齐发痛打朱明的场面，观望者们除了对少年小拐身残志坚的英武形象赞叹几声外，并没有太多的惊诧，虽然他们亲眼看见朱明他们满脸血污地在街上翻滚，这毕竟还是少年们之间的小型殴斗，生活在香椿树街的人们对此已经司空见惯。

平心而论中秋之战在小拐一方也并不光彩，谁都注意到朱明他们是赤手空拳的，而且人数少于小拐他们。另外他们选择的地点也缺乏考虑，糖果铺的煎饼锅最后被人群挤翻了，一锅热腾腾的鲜肉月饼全部倾倒在地，一些馋嘴的孩子和妇女趁乱捡走了好多月饼。糖果铺的女店员们一气之下去少年们就读的红旗中学告了状。

三天之后红旗中学的门口出现了一张布告，龙飞凤舞的毛笔字流露出校方卸除一份重负后的喜悦。被开除的名单很长，包话从初一到高二的几十名学生，有人用手卷成喇叭形状朗读着那份名单，其中包括了少年小拐常常被人遗忘的学名：王志刚，而在糖果铺之战中吃了亏的朱明也遭到了校方同样的发落。

少年小拐当天下午在石码头听说了这个消息，伙伴们听见他发出一声难以捉摸的怪笑，怎么拖到现在才开除？少年小拐的笑声突然变得疯狂而不可抑制，他坐在一只空油桶上用右脚踢着油桶，笑得弯下了腰，我的教科书早都擦了屁股，他说，怎么拖到现在才开除？

白狼帮的红旗在九月的一个傍晚出狱归来。红旗提着行李东张西望地出现在香椿树街上时，人们一下子就认出了他。虽然在狱中的两年红旗已变成一个膀大腰圆的青年，虽然他的脑袋剃得光溜溜的胡须反而很长，但红旗的眼睛却像以前一样独具风格，它们仍然愤怒地斜视着。

现在看来红旗的狱中归来其实宣告了少年小拐的英雄生涯的结束，很少有人敏感地觉察到这一点，少年小拐也许觉察到了，也许没有。他们在街口不期而遇时，红旗的嘴角浮出一丝含义不明的微笑，而双眼却习惯性地愤怒地斜视着少年小拐。那是一次典型的狭路相逢，但当时什么也没有发生。少年小拐避开了红旗的目光，他突然回首眺望不远处的铁路桥，桥上恰巧有一辆满载着大炮和坦克的军用货车通过。

少年小拐和他的伙伴们曾经暗中观察红旗的行踪，大多数时间红旗都在家门口拆卸自行车，或者站在家门口吃饭，偶尔他会朝门后唠叨不休的母亲骂几句粗话，红旗和城东白狼帮、城西黑虎帮似乎中断了一切联系。唯一值得警惕的是朱明，朱明几乎天天去红旗家，红旗一出狱朱明就和他打得火热，不难看出势单力薄的朱明他们正在竭力拉拢新的盟友。

他去拉红旗有什么用？少年小拐极其轻蔑朱明的算盘，他对伙伴们说，你们千万别以为从监狱里出来的人就怎么样，红旗不怎么样，看他样子凶，其实是个孬种。

小拐的这番话意在安抚日渐涣散的野猪帮的人心。到了九月他发现伙伴们中间弥漫着一种消极的恐慌的情绪，香椿树街上到处纷传说本地警察对少年帮派的第二次围捕就要开始。每当谁向他提起这个话题时，小拐就显得极不耐烦，你怕吗？他说，你怕就到你妈怀里吃奶去。说话的人于是极力否认他的恐惧，小拐就笑着甩出他的口头禅，东风吹，战鼓擂，现在世界上究竟谁怕谁？

人们想象中的警车云集香椿树街的场面没有出现，它们驶过香椿树街街口去了城东，也去了城西，唯独遗漏了铁路桥下面的这个人口和房屋同样稠密的地区，或许香椿树街与城市的其它角落相比是一块安宁净土，或许警察们是有意把街上的这群少年从法网中筛了出来。尖厉的令人焦虑的警车汽笛在深夜戛然而止，那些夜不成寐的妇女终于松了口气，她们看见儿子仍然睡在家里，她们觉得一个关口总算度过了。那些妇女中当然包括少年小拐的姐姐秋红，秋红在夜空复归宁静后爬下阁楼，察看了弟弟小拐的床铺，小拐正在酣睡之中，小拐竟然睡得无忧无虑，这使秋红心里升起无名之火，贱货，秋红一边唾骂自己一边回到阁楼上，她对自己发誓说，我要再为那畜生操心我就是个不折不扣的贱货。

男孩小拐幸运地逃脱了九月的大搜捕，这使他们得以重整旗鼓，更加威风地出现在香椿树街上。不久少年小拐在石码头召集了野猪帮的聚会，宣布将朱明等六人开除出野猪帮。就在这里少年小拐突然向伙伴们亮出一面大红缎子的锦旗，旗上新野猪帮四个大字出于小拐亲笔，笨拙、稚气却显得威风凛凛。至于这面锦旗的来历，少年小拐坦言是从居民委员会的墙上偷摘的，本来那是一面卫生流动红旗。我有幸参加了新野猪帮的石码头聚会，记得在那次聚会中少年们处于大难不死的亢奋中，他们商讨了惩治叛徒朱明和去西汇湾踩平那里新兴的小野猪帮的计划，谈的更多的当然是座山雕的刺青技术，座山雕与小拐死去的哥哥是割头兄弟，他与红旗几乎同时出狱归来，作为对天平的一种悼念，座山雕答应为少年小拐在手上刺一只猪头，但是他只肯为小拐一个刺青。少年小拐注意到伙伴们对此的不满情绪，最后他安慰他们说，明天我先去，我会把座山雕的刺青技术学来的，等我学会了再给你们刺，别着急，每人手臂上都会有一只猪头的。那天石码头上堆放着化工厂的一种名叫苯干的货物，苯干芳香而强烈的气味刺激着少年们的鼻喉和眼腺，许多人一边打喷嚏一边流泪，它给这次聚会带来了强制性的悲壮气氛，恰巧加深了少年们对最后一次聚会的回忆。我看见少年小拐后来对着河上的驳船挥舞那面野猪帮的红旗，一边狂呼一边流泪，但是我并不知道那是小拐一生中最后的辉煌时刻。

少年小拐是在去刺青的路上遭到红旗和朱明的伏击的，后者选择的时机几乎是天衣无缝，令人怀疑其中设置的骗局和精心策划，或许是小拐朝夕相守的伙伴里出现了奸细，或者是小拐所信赖的座山雕参与了这次阴谋也不得而知。作为少年小拐的知心朋友，我清晰地记得他遭到伏击的时间是黄昏，地点是在香椿树街北端的羊肠弄。

去座山雕家必须通过狭窄的仅容一人通过的羊肠弄，羊肠弄的一侧是居民的后窗和北墙，另一侧是五金厂的后门和破败的围墙。红旗就是从围墙的断口突然跳到少年小拐身上的，小拐来不及拔出腰带里的匕首，在短短的一个瞬间他意识到一直担心的伏击已经来临，他后悔单身一人来刺青，但是一切都无法改变，他看见朱明和几个人从五金厂的后门和弄堂口朝他包抄过来。

你们搞伏击，这么多人对付我一个，传出去多丢脸。少年小拐被那帮人抬了起来，他的声音悲壮而愤慨。

我们不管什么丢脸不丢脸的，我们今天就是要把你摆平。朱明说。朱明的脸上洋溢着申冤雪耻的喜悦。

山中无老虎，猴子称大王，好好的香椿树街让你这个小瘸子称王称霸？红旗一直揪着少年小拐的耳朵，他指挥着朱明他们把少年小拐抬进了五金厂的后门。五金厂的工人已经下班，由几间破庙宇改建的厂房静悄悄的，小拐不知道他们把他弄到这里来干什么。他不知道他们到底想对他干什么。他现在无力挣脱那么多双手的钳制，于是也就不想挣脱了，他想呼救但喉咙也被老练的对手红旗卡住了，少年小拐突然对眼前事物产生了一种似曾相识的感觉，他记起九岁那年在铁路上发生的灾祸，当那列火车向他迎面撞来的时候，他也是这种无力挣脱的状态，他也觉得有一双手牢牢地钳住他的腿，有一个人正在把他往火车轮子下面推。

他们把少年小拐抬到了一台冲床旁边，朱明拉上了电闸后冲床开始工作，而红旗坐在冲床后面朝小拐挤了挤眼睛，冲床的钻头正在一块钢片上打孔，嘎嘣、嘎嘣，富有韵律和残酷的美感。现在少年小拐终于知道了红旗新奇的出人意料的绝招，他听说红旗发明了一种讨巧的置人于死地的办法，原来就是他天天操作的冲床。

把他那条好腿搬上来。红旗命令朱明，红旗的嘴里发出一种亢奋的哂笑，他说，快点，让我来试试冲人的技术，冲人比冲刀片难多了。

别碰我的好腿，别碰它。少年小拐的目光注视着冲床上下律动的钻头，不难发现他的目光从好奇渐渐转向恐惧，他的尖厉的抗议声也渐渐地变成一种哀告，别碰我的好腿，你们干什么都行，千万别碰我的好腿了。

据朱明后来告诉别人说，小拐那天跪在冲床边向他求饶，向红旗和其他人求饶，他的可怜而卑琐的样子令人作呕。朱明和红旗让他过了第一关，但是第二关却是由座山雕控制的。从五金厂的后门出来，他们按照事先的约定把少年小拐挟到座山雕家里，五六个人按住半死半活的少年小拐，由座山雕为他刺青，刺的不是小拐想象中的野猪标志，而是歪歪扭扭的两个字：孬种；刺青的部位不在常见的手臂上，而在少年小拐光洁的前额上。座山雕在完成了他蓄谋已久的工程后得意地笑了，他说的话与红旗如出一辙，山中无老虎，猴子称大王，香椿树街怎能让一个小拐子称王称霸？

我知道那么多人出卖少年小拐缘于一个简单的事实，他们无法容忍少年小拐在香椿树街的风光岁月，尽管那是短暂的昙花一现的风光岁月。命运如此残忍地捉弄了小拐，他额上的"孬种"标志是一个罕见的物证。

香椿树街的人们后来习惯把王德基的儿子叫作孬种小拐，孬种小拐在阁楼和室内度过了他的另一半青春时光，他因为怕人注意他的前额而留了奇怪的长发，但乌黑的长发遮不住所有的耻辱的回忆之光，孬种小拐羞于走到外面的香椿树街上去，渐渐地变成孤僻而古怪的幽居者。

　　孬种小拐的两个姐姐出嫁后经常回来照顾父亲和弟弟的生活。有一次锦红和秋红到阁楼上清理出成堆的垃圾，其中有小拐儿时的百宝箱，姐妹俩在百宝箱里发现了一些霉烂的布卷，打开来一看像是旗帜，旗上画的野猪图案依然看得清楚。锦红皱着眉头问孬种小拐，这是什么鬼旗子？孬种小拐没有回答，秋红在一边说，把它扔掉。然后姐妹俩开始收拾床底下的那些刀棍武器，锦红抓着三节棍问孬种小拐，这东西你现在用不着了吧？扔吗？孬种小拐仍然没有回答，他坐在阁楼面向街道的小窗前，无所用心地观望着街景，秋红在一边说，什么三节棍九节鞭的，都给我去扔掉，留着还有什么用？后来姐妹俩从箱子里倒出许多铜圈、铜锁、铜片来，阁楼上响起一阵铜片相撞的清脆的声音，孬种小拐就是这时候回过头阻止了秋红，他对她说，把那些铜圈给我留下，我一个人没事的时候可以钉铜玩。

　　作为孬种小拐唯一的朋友，我偶尔会跑到王德基家的阁楼上探望孬种小拐。他似乎成了一个卧病在家的古怪的病人，他常常要求我和他一起玩儿时风行的钉铜游戏，我和他一起重温了钉铜游戏，但许多游戏的规则已经被我们遗忘了，所以钉铜钉到最后往往是双方各执一词的争吵。对于我们这些在香椿树街长大的人来说，温馨美好的童年都是在吵吵嚷嚷中结束的，一切都很平常。

一九三四年的逃亡

　　我的父亲也许是个哑巴胎。他的沉默寡言使我家笼罩着一层灰蒙蒙的雾障足有半个世纪。这半个世纪里我出世成长蓬勃衰老。父亲的枫杨树人的精血之气在我身上延续，我也许是个哑巴胎。我也沉默寡言。我属虎，十九岁那年我离家来到都市，回想昔日少年时光，我多么像一只虎崽伏在父亲的屋檐下，通体幽亮发蓝，窥视家中随日月飘浮越飘越浓的雾障，雾障下生活的是我们家族残存的八位亲人。

　　去年冬天，我站在城市的某盏路灯下研究自己的影子。我意识到这将成为一种习惯在我身上滋生蔓延。城市的灯光往往是雪白宁静的。我发现我的影子很蛮横很古怪地在水泥人行道上洇开来，像一片风中芦苇。我当时被影子追踪着，双臂前扑，扶住了那盏高压氖灯的金属灯柱。回头又研究地上的影子，我看见自己在深夜的城市里画下了一个逃亡者的像。一种与生俱来的慌乱使我抱头逃窜。我像父亲。我一路奔跑，经过夜色迷离的城市，父亲的影子在后面呼啸着追踪我，那是一种超于物态的静力的追踪。我懂得，我的那次奔跑是一种逃亡。

　　我特别注重这类奇特的体验总与回忆有关。我回忆起从前有许多个黄昏，父亲站在我的铁床前，一只手抚摸着我的脸，一只手按在他苍老的脑门上，回过头去凝视地上那个变幻的人影，就这样许多年过去我长到二十六岁。

　　你们是我的好朋友。我告诉你们了，我是我父亲的儿子，我不叫苏童。我有许多父亲遗传的习惯在城市里展开，就像一面白色丧旗插在你们前面。我喜欢研究自己的影子。去年冬天我和你们一起喝了白酒后，打翻一瓶红墨水，在墙上画下了我的八位亲人。我还写了一首诗想夹在少年时代留下的历史书里。那是一首胡言乱语、口齿不清的自白诗。诗中幻想了我的家族从前的辉煌岁月，幻想了横亘于这条血脉的黑红灾难线。有许多种开始和结尾交替出现。最后我痛哭失声，我把红墨水拚命地往纸上抹，抹得那首诗无法再辨别字迹。我记得最先的几句写得异常艰难：

我的枫杨树老家沉没多年
我们逃亡到此
便是流浪的黑鱼
回归的路途永远迷失

你现在去推开我父亲的家门，只会看见父亲还有我的母亲，我的另外六位亲人不在家。他们还在外面像黑鱼一般涉泥流浪。他们还没有抵达那幢木楼房子。

我父亲喜欢干草。他的身上一年四季散发着醇厚坚实的干草清香。他的皮肤褶皱深处生长那种干草清香。街上人在春秋两季总看见他担着两筐干草从郊外回来，晃晃悠悠挑入我家大门。那些黄褐色松软可爱的干草被码成堆，存放在堂屋和我住过的小房间里。父亲经常躺在草堆上面，高声咒骂我的瘦小的母亲。

我无法解释一个人对干草的依恋，正如同无法解释天理人伦。追溯我的血缘，我们家族的故居也许就有过这种干草，我的八位亲人也许都在故居的干草堆上投胎问世，带来这种特殊的记忆。父亲面对干草堆可以把自己变作巫师。他抓起一把干草在夕阳的余晖下，凝视着便闻见已故的亲人的气息。祖母蒋氏、祖父陈宝年、老大狗崽、小女人环子从干草的形象中脱颖而出。

但是我无缘见到那些亲人。我说过父亲也许是个哑巴胎。当我想知道我们全是人类生育繁衍大链环上的某个环节时，我内心充满甜蜜的忧伤。我想探究我的血流之源，我曾经纠缠着母亲打听先人的故事。但是我母亲不知道，她不是枫杨树乡村的人。她说，你去问他吧，等他喝酒的时候。我父亲醉酒后异常安静，他往往在醉酒后跟母亲同床。在那样的夜晚，父亲的微红的目光悠远而神秘。他伸出胳膊箍住我的母亲，充满酒气的嘴唇贴着我的耳朵，慢慢吐出那些亲人的名字：祖母蒋氏、祖父陈宝年、老大狗崽、小女人环子。他还反反复复地说，一九三四年。你知道吗？后来他又大声告诉我，一九三四年是个灾年。

一九三四年。

你知道吗？

一九三四年是个灾年。

有一段时间，我的历史书上标满了一九三四这个年份。一九三四年迸发出强壮的紫色光芒，圈住我的思绪。那是不复存在的遥远的年代，对于我也是一棵古树的年轮。我可以端坐其上，重温一九三四年的人间沧桑。我端坐其上，首先会看见我的祖母蒋氏浮出历史。

蒋氏干瘦细长的双脚钉在一片清冷浑浊的水稻田里一动不动。那是关于初春和农妇的画面。蒋氏满面泥垢，双颧突出，垂下头去听腹中婴儿的声音。她觉得自己像一座荒山，被男人砍伐后种上一棵又一棵儿女树。她听见婴儿的声音仿佛是风吹动她，吹动一座荒山。

在我的枫杨树老家，春日来得很早，原白色的阳光随丘陵地带曲折流淌，一点点地温暖了水田里的一群长工。祖母蒋氏是财东陈文治家独特的女长工。女长工终日泡在陈文治家绵延十几里的水田中，插下了起码一万株稻秧。她时刻感觉到东北坡地黑砖楼的存在，她的后背有一小片被染黑的阳光起伏跌宕。站立在远处黑砖楼上的人影就是陈文治。他从一架日本望远镜里望见了蒋氏。蒋氏在那年初春就穿着红布圆肚兜，后面露出男人般瘦精精的背脊。背脊上有一种持久的温暖的雾霭散起来，远景模糊，陈文治不停地用衣袖擦拭望远镜镜片。女长工动作奇丽，凭借她的长胳膊长腿把秧子天马行空般插，插得赏心悦目。陈文治惊叹于蒋氏的做田功夫，整整一个上午，他都在黑砖楼上窥视蒋氏的一举一动，苍白的刀条脸上漾满了痴迷的神色。正午过后蒋氏走出水田，她将布褂胡乱披上肩背，手持两把滴水的秧子，在长工群中甩搭甩搭地走，她的红布兜有力地鼓起。即使是在望远镜里，财东陈文治也看出来蒋氏怀孕了。

我祖上的女人都极善生养。一九三四年，祖母蒋氏又一次怀孕了。我父亲正渴望出世，而我伏在历史的另一侧洞口，朝他们张望。这就是人类的锁链披挂在我身上的形式。

我对于枫杨树乡村早年生活的想象中，总是矗立着那座黑砖楼。黑砖楼是否存在并无意义，重要的是它已经成为一种沉默的象征，伴随祖母蒋氏出现，或者说黑砖楼只是祖母蒋氏给我的一块布景，诱发我的瑰丽的想象力。

所有见过蒋氏的陈姓遗老都告诉我，她是一个丑女人。她没有那种红布圆肚兜，她没有农妇顶起红布圆肚兜的乳房。

　　祖父陈宝年十八岁娶了蒋家圩这个长脚女人。他们拜天地结亲是在正月初三。枫杨树人聚集在陈家祠堂，喝了三大锅猪油赤豆菜粥。陈宝年也围着铁锅喝，在他焦灼难耐的等待中，一顶红竹轿徐徐而来。陈宝年满脸猩红，摔掉粥碗欢呼，陈宝年的鸡巴有地方住啰！所以祖母蒋氏是在枫杨树人的一阵大笑声中走出红竹轿的。蒋氏也听见了陈宝年的欢呼。陈宝年牵着蒋氏僵硬汗湿的手朝祠堂里走，他发现那个被红布帕蒙住脸的蒋家圩女人高过自己一头，目光下滑最后落在蒋氏的脚上，那双穿绣鞋的脚硕大结实，呈八字形茫然踩踏陈家宗祠。陈宝年心中长出一棵灰暗的狗尾巴草，他在祖宗像前跪拜天地的时候，不时蜷起尖锐的五指，狠掐女人伸给他的手。陈宝年做这事的时候神色平淡，侧耳细听女人的声音。女人只是在喉咙深处发出含糊的呻吟，同时陈宝年从她身上嗅见了一种牲灵的腥味。

　　这是六十年前我的家族史中的一幕，至今犹应回味。传说祖父陈宝年是婚后七日离家去城里谋生的。陈宝年的肩上圈着两匹上好的青竹篾，摇摇晃晃走过黎明时分的枫杨树乡村。一路上，他大肆吞咽口袋里那堆煮鸡蛋，直吃到马桥镇上。镇上一群开早市的各色手工匠人看见陈宝年急匆匆赶路，青布长裤大门洞开，露出里面印迹斑斑的花布裤头，一副不要脸的样子。有人喊，陈宝年把你的大门关上。陈宝年说狗捉老鼠多管闲事大门敞开进出方便。他把鸡蛋壳扔到人家头上，风风火火走过马桥镇。自此马桥镇人提起陈宝年就会重温他留下的民间创作。

　　闩起门过的七天是昏天黑地的。第七天门打开，婚后的蒋家圩女人站在门口，朝枫杨树村子泼了一木盆水。枫杨树女人们随后胡蜂般拥进我家祖屋，围绕蒋氏嗡嗡乱叫。他们看见朝南的窗子被狗日的陈宝年用木板钉死了。我家祖屋阴暗潮湿。蒋氏坐到床沿上，眼睛很亮地睇视众人。她身上的牲灵味道充溢了整座房子。她惧怕谈话，很莽撞地把一件竹器夹在双膝间酝酿干活。女人们看清楚那竹器是陈宝年编的竹老婆，大乳房的竹老婆原来是睡在床角的。蒋氏突然对众人笑了笑，咬住厚嘴唇，从竹老婆头上抽了一根篾条来，越抽越长，竹老婆的脑袋慢慢地颓落掉在地上。蒋氏的十指瘦筋有力，干活麻利，从一开始就给枫杨树人留下了深刻印象。

　　你男人是好竹匠。好竹匠肥裤腰，腰里铜板到处掉。枫杨树的女人都是这样对蒋氏说的。

蒋氏坐在床上回忆陈宝年这个好竹匠。他的手被竹刀磨成竹刀，触摸时她忍着那种割裂的疼痛，她心里想她就是一捆竹篾被陈宝年搬来砍砍弄弄的。枫杨树的狗女人们，你们知不知道陈宝年还是个小仙人会给女人算命？他说枫杨树女人十年后要死光杀绝，他从蒋家圩娶来的女人将是颗灾星照耀枫杨树的历史。

陈宝年没有读过《麻衣神相》。他对女人的相貌有着惊人的尖利的敏感，来源于某种神秘的启示和生活经验。从前他每路遇圆脸肥臀的女人就眼泛红潮穷追不舍，兴尽方归。陈宝年娶亲后的第一夜，月光如水泻进我家祖屋，他骑在蒋氏身上俯视她的脸，不停地唉声叹气。他的竹刀手砍伐着蒋氏沉睡的面容。她的高耸的双颧被陈宝年的竹刀手磨出了血丝。

蒋氏总是疼醒，陈宝年的手压在脸上像个沉重的符咒沁入她身心深处。她拼命想把他翻下去，但陈宝年端坐不动，有如巫师渐入魔境。她看见这男人的瞳仁很深，深处一片乱云翻卷成海。男人低沉地对她说：

你是灾星。

那七个深夜，陈宝年重复着他的预言。

我曾经到过长江下游的旧日竹器城，沿着颓败的老城城墙寻访陈记竹器店的遗址。这个城市如今早已没有竹篾满天满地的清香和丝丝缕缕的乡村气息。我背驮红色帆布包，站在城墙的阴影里，目光犹如垂曳而下的野葛藤缠绕着麻石路面和行人。你们白发苍苍的老人，有谁见过我的祖父陈宝年吗？

祖父陈宝年就是在竹器城里听说了蒋氏八次怀孕的消息。去乡下收竹篾的小伙计告诉陈宝年，你老婆又有了，肚子这么大了。陈宝年牙疼似的吸了一口气问，到底多大了？小伙计指着隔壁麻油铺子说，有榨油锅那么大。陈宝年说，八个月吧？小伙计说，到底几个月要问你自己，你回去扫荡一下就弹无虚发，一把百发百中的驳壳枪。陈宝年终于怪笑一声，感叹着咕哝着那狗女人血气真旺哪。

我设想陈宝年在刹那间为女人和生育惶惑过。他的竹器作坊被蒋氏的女性血光照亮了，挂在墙上吊在梁上堆在地上的竹椅竹席竹篮竹匾一齐耸动，传导女人和婴儿浑厚的呼唤撞击他的神经。陈宝年唯一目睹过的老大狗崽的分娩情景是否会重现眼前？我的祖母蒋氏曾经是位原始的毫无经验的母亲。

她仰卧在祖屋金黄的干草堆上，苍黄的脸上一片肃穆，双手紧紧抓握一把干草。陈宝年倚在门边，他看着蒋氏手里的干草被捏出了黄色水滴，觉得浑身虚颤不止，精气空空荡荡。而蒋氏的眼睛里跳动着一团火苗，那火苗在整个分娩过程中自始至终地燃烧，直到老大狗崽哇哇坠入干草堆。这景象仿佛江边落日一样庄严生动。陈宝年亲眼见到陈家几代人瞻养的家鼠从各个屋角跳出来，围着一堆血腥的干草欢歌起舞，他的女人面带微笑，崇敬地向神秘的家鼠致意。

一九三四年，我的祖父陈宝年一直在这座城市里吃喝嫖赌，潜心发迹，没有回过我的枫杨树老家。我在一条破陋的百年小巷里，找到陈记竹器店的遗址时，夜幕降临了。旧日的昏黄街灯重新照亮一个枫杨树人，我茫然四顾，那座木楼肯定已经沉入历史深处，我是不是还能找到祖父陈宝年在半个世纪前浪荡竹器城的足迹？

在我的已故亲人中，陈家老大狗崽以一个拾粪少年的形象站立在我们家史里，引人注目。狗崽的光辉在一九三四年突放异彩。这年他十五岁，四肢却像蒋氏般的修长，他的长相类似聪明伶俐的猿猴。

枫杨树老家人性好养狗。狗群寂寞的时候，成群结队野游，在七歪八斜的村道上排泄乌黑发亮的狗粪。老大狗崽终日挎着竹箕追逐狗群，忙于回收狗粪。狗粪即使躲在数里以外的草丛中，也逃脱不了狗崽锐利的眼睛和灵敏的嗅觉。

这是从一九三四年开始的。祖母蒋氏对狗崽说，你拾满一竹箕狗粪去找有田人家，一竹箕狗粪可以换两个铜板，他们才喜欢用狗粪肥田呢。攒够了铜板，娘给你买双胶鞋穿，到了冬天你的小脚板就可以暖暖和和了。狗崽怜惜地凝视了一会儿自己的小光脚，抬头对推磨碾糠的娘笑着。娘的视线穿在深深的磨孔里，随碾下的麸糠痛苦地翻滚着。狗崽闻见那些黄黄黑黑的麸糠散发出一种冷淡的香味。那双温暖的胶鞋在他的幻觉中突然放大，他一阵欣喜把身子吊在娘的石磨上，大喊一声，让我爹买一双胶鞋回家！蒋氏看着儿子像一只陀螺在磨盘上旋转，推磨的手却着魔似的停不下来。在眩惑中蒋氏拍打儿子的屁股，喃喃地说，你去拾狗粪，拾了狗粪才有胶鞋穿。等开冬下了雪还去拾吗？狗崽问。去。下了雪地上白，狗粪一眼就能看见。

对一双胶鞋的幻想使狗崽的一九三四年过得忙碌而又充实。他对祖母蒋氏进行了一次反叛。卖狗粪得到的铜板没有交给蒋氏，而放进一只木匣子里。狗崽将木匣子掩人耳目地藏进墙洞里，赶走了一群神秘的家鼠。有时候睡到半夜，狗崽从草铺上站起来，踮足越过左右横陈的家人身子去观察那只木匣子。在黑暗中，狗崽的小脸迷离动人，他忍不住搅动那堆铜板，铜板沉静地琅琅作响。情深时狗崽会像老人一样长叹一声，浮想联翩。一匣子的铜板以橙黄色的光芒照亮这个乡村少年。

回顾我家历史，一九三四年的灾难也降临到老大狗崽的头上。那只木匣子在某个早晨突然失踪了。狗崽的指甲在墙洞里抠烂抠破后，他变成了一条小疯狗。他把几个年幼的弟妹捆成一团麻花，挥起竹鞭拷打他们，追逼木匣的下落。我家祖屋里一片小儿女的哭喊，惊动了整个村子。祖母蒋氏闻讯从地里赶回来，看到了狗崽拷打弟妹的残酷壮举。狗崽暴戾野性的眼神使蒋氏浑身颤抖。那就是陈宝年塞在她怀里的一个咒符吗？蒋氏顿时联想到人的种气掺满了恶行，有如日月运转衔接自然。她斜倚在门上，环视她的儿女，又一次怀疑自己是树，身怀空巢，在八面风雨中飘摇。

木匣子丢失后，我家笼罩着一片伤心阴郁的气氛。狗崽终日坐在屋角的干草堆里，监察着他的这个家。他似乎听到那匣铜板在祖屋某个隐秘之处琅琅作响。他怀疑家人藏起了木匣子。有几次，蒋氏感觉到儿子的目光扫过来，执拗地停留在她困倦的脸上，仿佛有一把芒刺刺痛了蒋氏。

你不去拾狗粪了吗？

不。

你是非要那胶鞋对吗？蒋氏突然扑过去揪住了狗崽的头发说，你过来，你摸摸娘肚里七个月的弟弟，娘不要他了，省下钱给你买胶鞋，你把拳头攥紧来朝娘肚子上狠狠地打，狠狠地打呀。

狗崽的手触到了蒋氏悬崖般常年隆起的腹部。他看见娘的脸激动得红润发紫朝他俯冲下来。她露出难得的笑容拉住他的手说，狗崽打呀，打掉弟弟娘给你买胶鞋穿。这种近乎原始的诱惑使狗崽跳起来，他呜呜哭着朝娘坚硬丰盈的腹部连打三拳。蒋氏闭起眼睛，从她的女性腹腔深处发出三声凄怆的共鸣。

被狗崽击打的胎儿就是我的父亲。

我后来听说了狗崽的木匣子的下落，禁不住为这辉煌的奇闻黯然神伤。我听说一九三五年南方的洪水泛滥成灾。我的枫杨树故乡被淹为一片荒墟。祖母蒋氏划着竹筏逃亡时，看见家屋地基里突然浮出那只木匣子，七八只半死不活的老鼠护送那只匣子游向水天深处。蒋氏认得那只匣子那些老鼠。她奇怪陈家的古老家鼠竟然力大无比，曾把狗崽的铜板运送到地基深处。她想那些铜板在水下一定是绿锈斑斑了，即使潜入水底捞起来，也闻不到狗崽和狗粪的味道了。那些水中的家鼠要把残存的木匣子送到哪里去呢。

我对父亲说过，我敬仰我家祖屋的神奇的家鼠。我也喜欢十五岁的拾狗粪的伯父狗崽。

父亲这辈子对他在娘腹中遭受的三拳念念不忘。他也许一直仇恨已故的兄长狗崽。从一九三四年一月到十月，我父亲和土地下的竹笋一样负重成长，跃跃欲试跳出母腹。时值四季的轮回和飞跃，枫杨树四百亩早稻田由绿转黄。到秋天，枫杨树乡村的背景一片金黄，旋卷着一九三四年的植物熏风，气味复杂，耐人咀嚼。

枫杨树老家这个秋季充满倒错的伦理至今是个谜。那是乡村的收获季节。鸡在凌晨啼叫，猪在深夜拱圈。从前的枫杨树人十月里全村无房事，但这个秋季却是个谜。可能就是那种风吹动了枫杨树网状的情欲。割稻的男女为什么频频弃镰而去，都飘进稻浪里无影无踪啊，你说到底是从哪里吹来的这种风？

祖母蒋氏拖着沉重的身子在这阵风中发呆。她听见稻浪深处传来的男女之声，充满了快乐的生命力，在她和胎儿周围大肆喧嚣。她的一只手轻柔地抚摸着腹中胎儿，另一只手攥成拳头顶住了嘴唇，干涩的哭声倏地从她指缝间蹦出去，像芝麻开花节节高，令听者毛骨悚然。他们说我祖母蒋氏哭起来胜过坟地上的女鬼，饱含着神秘悲伤的寓意。

背景还是枫杨树东北部黄褐色的土坡和土坡上的黑砖楼。祖母蒋氏和父亲就这样站在五十多年前的历史画面上。

收割季节里，陈文治精神亢奋，每天吞食大量白面儿，胜似一只仙鹤神游他的六百亩水稻田。陈文治在他的黑砖楼上远眺秋景，那只日本望远镜始终追逐着祖母蒋氏。在十月的熏风丽日下，他窥见了蒋氏分娩父亲的整个过程。映在玻璃镜片里的蒋氏像一头老母鹿行踪诡秘。她被大片大片的稻浪前推后涌，浑身金黄耀眼，朝田埂上的陈年干草垛寻去。后来她就悄无声息地仰卧在那垛干草上，将披挂下来的蓬乱头发噙在嘴里，眸子痛楚得烧成两盏小太阳。那是熏风丽日的十月。陈文治第一次目睹了女人的分娩。蒋氏干瘦发黑的胴体在诞生生命的前后变得丰硕美丽，像一株被日光放大的野菊花尽情燃烧。

父亲坠入干草的刹那间血光冲天，弥漫了枫杨树乡村的秋天。他的强劲奔放的啼哭声震落了陈文治手中的望远镜，黑砖楼上随之出现一阵骚动。望远镜的玻璃镜片碎裂后，陈文治渐渐软瘫在楼顶，他的神情衰弱而绝望。下人赶来扶拥他时，发现那白锦缎裤子亮晶晶地湿了一片。

我意识到陈文治这人物是一个古怪的人精，不断地攀在我的家族史的茎茎叶叶上。枫杨树半村姓陈，陈家族谱记载了我家和陈文治的微薄的血缘关系。陈文治和陈宝年的父亲是五代上的叔伯兄弟还是六代上的叔侄关系并非重要，重要的是陈文治家十九世纪便以富庶闻名方圆多里，而我家世代居于茅屋下面饥寒交迫。祖父陈宝年曾经把他妹妹凤子跟陈文治换了十亩水田。我想枫杨树本土的人伦就是这样经世代沧桑浸蚀几经沉浮的。那个凤子仿佛一片美丽绝伦的叶子掉下我们家枝繁叶茂的老树，化成淤泥。据说那是我祖上最漂亮的女人，她给陈文治家当了两年小妾，生下三名男婴，先后被陈文治家埋在竹园里。有人见过那三名被活埋的男婴，他们长相又可爱又畸形，头颅异常柔软，毛发金黄浓密却都不会哭。消息走漏后，整个枫杨树乡村震惊了多日。他们听见凤子在陈家竹园里时断时续地哀哭，后来她便开始发疯地摇撼每一棵竹子，借深夜的月光破坏苍茫一片的陈家竹园。那时候陈宝年十七岁还没娶亲，他站在竹园外的石磨上，冻得瑟瑟发抖。他一直拚命跺着脚朝他妹妹叫喊，凤子你别毁竹子，你千万别毁陈家的竹子。他不敢跑到凤子跟前去拦，只是站在石磨上，忍着春寒喊，凤子亲妹妹，别毁竹子啦，哥哥是猪是狗，良心掉到尿泡里了，你不要再毁竹子呀。他们兄妹俩的奇怪对峙以凤子暴死结束。凤子摇着竹子慢慢地就倒在竹园里了，死得蹊跷。记得她遗容是酱紫色的，像一瓣落叶夹在我家史册中，令人惦念。五十多年前，枫杨树乡亲曾经想跟着陈宝年把凤子棺木抬入陈文治家。陈宝年只是把脸埋在白幔里，无休止地呜咽，他说，用不着了，我知道她活不过今年，怎么死也是死。我给她卜卦了。不怨陈文治，也不怪我，凤子就是死里无生的命。五十多年后，我把姑祖母凤子作为家史中一点紫色光斑来捕捉。凤子就是一只美丽的萤火虫匆匆飞过我面前，我又怎能捕捉到她的紫色光亮呢？凤子的特殊生育区别于祖母蒋氏，我想起那三个葬身在竹园下面的畸形男婴，想起我学过的遗传和生育理论，有一种设想和猜疑使我目光呆滞，无法深入探究我的家史。

我需要陈文治的再次浮出。

枫杨树老家的陈氏大家族中，唯有陈文治家是财主，也只有陈文治家祖孙数代性格怪异，各有奇癖。他们的寿数几乎雷同，只活得到四十坎上。枫杨树人认为，陈文治和他的先辈早夭是耽于酒色的报应。他们几乎垄断了近两百年枫杨树乡村的美女。那些女人进入陈家黑幽幽的五层深院，仿佛美丽的野虻子悲伤而绝情地叮在陈文治们的身上。她们吸吮了其阴郁而霉烂的精血后，也失却了往日的芳颜。后来她们挤在后院的柴房里，劈拌子或者烧饭，脸上永久地贴上陈文治家小妾的标志：一颗黑红色的梅花痣。

间或有一个刺梅花痣的女人被赶出陈家，在马桥镇一带流浪，她会发出那种苍凉的笑容勾引镇上的手工艺人。而镇上人见到刺梅花痣的女人便会朝她围过来，问及陈家人近来的生死，问及一只神秘的白玉瓷罐。

我需要给你们描述陈文治家的白玉瓷罐。

我没有也不可能见到那白玉瓷罐。但我现在看见一九三四年的陈文治家了，看见客厅长案上放着那只白玉瓷罐。瓷罐里装着枫杨树人所关心的绝药。老家的地方野史《沧海志史》对绝药作了如下记载：

　　家宝不示。疑山东巫师炼少子少女精血而制。壮阳健肾抑或延
年益寿不详。

即使是脸上刺梅花痣的女人也无法解释陈家绝药，她们只是猜想瓷罐里的绝药快要见底了。这一年夏末秋初，陈文治像热锅上的蚂蚁在村里仓皇乱窜。他甩开了下人，独自在人家房前屋后张望，还从晾衣架上偷走了好多花花绿绿的裤衩塞进怀里，回家关起门专心致志地研究。那堆裤衩中有一条是我家老大狗崽的，狗崽找不见裤衩，以为是风吹走的。他就把家里的一块蓝印花袱布围在腰际，离家去拾狗粪。

狗崽挎着竹箕一路寻找狗粪，来到了陈文治的黑砖楼下。他不知道黑砖楼上有人在注意他。猛然听见陈文治的管家在楼上喊，狗崽狗崽，到这儿来干点活儿，你要什么给什么。狗崽抬起头，看着那黑漆漆的楼想了想，是去推磨吗？就是推磨，来吧。管家笑着说。真的要什么给什么吗？狗崽说完就把狗粪筐扔了，跑进陈文治家。

这事情是在陈家后院谷仓里发生的。那座谷仓硕大无比，在午后的阳光下蒸发着香味。狗崽被管家拽进去，一下子就晕眩起来，他从来没见过这么多的生谷粒。他隐约见到村里还有几个男孩女孩焦渴地坐在谷堆上，咯嘣咯嘣嚼咽着大把生谷粒。

磨呢？磨在哪里？

管家拍拍狗崽的头顶，怪模怪样地歪了歪嘴，说，在那儿呢，你不推磨磨推你。

狗崽被推进谷仓深处。哪儿有石磨？只有陈文治正襟危坐在红木太师椅上，他的浑身上下斑斑点点洒着金黄的谷屑，双膝间夹着一只白玉瓷罐。陈文治极其慈爱地朝狗崽微笑，他看见狗崽的小脸巧夺天工地融合了陈宝年和蒋氏的性格棱角，显得愚朴而可爱。陈文治问狗崽，你娘这几天怎么不下地呢？

我娘又要生孩子了。

你娘……陈文治弓着身子突然挨过来解狗崽遮羞的包袱布。狗崽尖叫着跳起来，这时他看清了那只滚在地上的白玉瓷罐，瓷罐里有什么浑浊的气味古怪的液体流了出来。狗崽闻到那气味禁不住想吐，他蹲下身子两只手护住蓝花包袱布，感觉到陈文治的瘦骨嶙峋的手正在抽动他的腰际。狗崽面对枫杨树最大人物的怪诞举动六神无主，欲哭无泪。

你要干什么你要干什么？

狗崽身上凝结的狗粪味这一刻像雾一般弥漫。他闻到了自己身上的浓烈的狗粪味。狗崽双目圆睁，在陈文治的手下野草般颤动。当他萌芽时期的精液以泉涌速度冲到陈文治手心里又被滴进白玉瓷罐后，狗崽哇哇大哭起来，一边哭一边语无伦次地叫喊：

我不是狗我要胶鞋给我胶鞋给我胶鞋。

我家老大狗崽后来果真抱着双新胶鞋出了陈文治家门。他回到土坡上，看见傍晚时分的紫色阳光照耀着他的狗粪筐，村子一片炊烟，出没于西北坡地的野狗群撕咬成一堆，吠叫不止。狗崽抱着那双新胶鞋在坡上跌跌撞撞地跑，他闻见自己身上的狗粪味越来越浓，他开始惧怕狗粪味了。

这天夜里，祖母蒋氏一路呼唤狗崽来到荒凉的坟地上，她看见儿子仰卧在一块辣蓼草丛中，怀抱一双枫杨树鲜见的黑色胶鞋。狗崽睡着了，眼皮受惊似的颤动不已，小脸上的表情在梦中瞬息万变。狗崽的身上除了狗粪味又增添了新鲜精液的气味。蒋氏惶惑地抱起狗崽，俯视儿子，发现他已经很苍老。那双黑胶鞋被儿子紧紧抱在胸前，仿佛一颗灾星陨落在祖母蒋氏的家庭里。

一九三四年，枫杨树乡村向四面八方的城市输送二万株毛竹的消息，曾登在上海的《申报》上。也就是这一年，竹匠营生在我老家像三月笋尖般地疯长一气。起码有一半男人舍了田里的活计，抓起大头竹刀赚大钱。嗤啦嗤啦劈篾条的声音在枫杨树各家各户回荡，而陈文治的三百亩水田长上了稗草。我的枫杨树老家湮没在一片焦躁异常的气氛中。

这场骚动的起因始于我祖父陈宝年在城里的发迹。去城里运竹子的人回来说，陈宝年发横财了，陈宝年做的竹榻竹席竹筐甚至小竹篮小竹凳现在都卖好价钱，城里人都认陈记竹器铺的牌子。陈宝年盖了栋木楼。陈宝年左手右手都戴上金戒指，到堂子里去吸白面儿睡女人，临走就他妈的摘下金戒指朝床上扔哪。

祖母蒋氏听说这消息倒比别人晚。她曾经嘴唇白白地到处找人打听，她说，你们知道陈宝年到底赚了多少钱，够买三百亩地吗？人们都怀着阴暗心理乜斜这个又脏又瘦的女人，一言不发。蒋氏发了会儿呆，又问，够买二百亩地吗？有人突然对着蒋氏窃笑，猛不丁回答，陈宝年说啦，他有多少钱花多少钱，一个铜板也不给你。

那一百亩地总是能买的。祖母蒋氏自言自语地说。她吁了口气，双手沿着干瘪的胸部向下滑，停留在高高凸起的腹部。她的手指触摸到我父亲的脑袋后便绞合在一起，极其温柔地托着那腹中婴儿。陈宝年那狗日的。蒋氏的嘴唇哆嗦着，她低首回想，陶醉在云一样流动变幻的思绪中。人们发现蒋氏枯槁的神情这时候又美丽又愚蠢。

其实我设想到了蒋氏这时候是一个半疯半痴的女人。蒋氏到处追踪进城见过陈宝年的男人，目光炽烈地扫射他们的口袋裤腰。陈宝年的钱呢？她嘴角蠕动着，双手摊开，幽灵般在那些男人四周晃来荡去。男人们挥手驱赶蒋氏时，胸中也燃烧起某种忧伤的火焰。

直到父亲落生，蒋氏也没有收到城里捎来的钱。竹匠们渐渐踩着陈宝年的脚后跟拥到城里去了。一九三四年是枫杨树竹匠们逃亡的年代，据说到这年年底，枫杨树人创始的竹器作坊已经遍及长江下游的各个城市了。

我想枫杨树的那条黄泥大路可能由此诞生。祖母蒋氏亲眼目睹了这条路由细变宽从荒凉到繁忙的过程。她在这年秋天手持圆镰守望在路边，漫无目的地研究那些离家远行者。这一年有一百三十九个新老竹匠挑着行李从黄泥大道上经过，离开了他们的枫杨树老家。这一年蒋氏记忆力超群出众，她几乎记住了他们每一个人的音容笑貌。从此黄泥大路像一条巨蟒盘缠在祖母蒋氏对老家的回忆中。

黄泥大路也从此伸入我的家史中。我的家族中人和枫杨树乡亲密集蚁行，无数双赤脚踩踏着先祖之地，向陌生的城市方向匆匆流离。几十年后，我隐约听到那阵叛逆性的脚步声穿透了历史，我茫然失神。老家的女人们，你们为什么无法留住男人同生同死呢？女人不该像我祖母蒋氏一样沉浮在苦海深处，枫杨树不该成为女性的村庄啊。

第一百三十九个竹匠是陈玉金。祖母蒋氏记得陈玉金是最后一个。她当时正在路边。陈玉金和他女人一前一后沿着黄泥大路疯跑。陈玉金的脖子上套了一圈竹篾。腰间插着竹刀逃，玉金的女人披头散发光着脚追。玉金的女人发出了一阵古怪的秋风般的呼啸声，她极善奔跑。她擒住了男人。然后蒋氏看见了陈玉金夫妻在路上争夺那把竹刀的大搏斗。蒋氏听到陈玉金女人沙哑的雷雨般的倾诉声。她说，你这糊涂虫，到城里谁给你做饭，谁给你洗衣，谁给你操，你不要我还要呢，你放手，我砍了你手指，让你到城里做竹器。那对夫妻争夺一把竹刀的早晨漫长得令人窒息。男的满脸晦气，女的忧愤满腔。祖母蒋氏崇敬地观望着黄泥大道上的这幕情景，心中潮湿得难耐。她挎起草篮准备回家时，听见陈玉金一声困兽咆哮，蒋氏回过头目击了陈玉金挥起竹刀砍杀女人的细节。寒光四溅中，有猩红的血火焰般蹿起来，斑驳迷离。陈玉金女人年轻壮美的身体迸发出巨响，仆倒在黄泥大路上。

那天早晨，黄泥大路上的血是如何洇成一朵莲花形状的呢？陈玉金女人崩裂的血气弥漫在初秋的雾霭中，微微发甜。我祖母蒋氏跳上大路，举起圆镰跨过一片血泊，追逐杀妻逃去的陈玉金。一条黄泥大道在蒋氏脚下倾覆着下陷着，她怒目圆睁，踉踉跄跄跑着。她追杀陈玉金的喊声其实是属于我们家的，田里人听到的是陈宝年的名字：

陈宝年……杀人精……抓住陈宝年……

我知道一百三十九个枫杨树竹匠，都顺流越过大江，进入南方那些繁荣的城镇。就是这一百三十九个竹匠点燃了竹器业的火捻子，在南方城市里开辟了崭新的手工业。枫杨树人的竹器作坊水漫沙滩，渐渐掀起了浪头。

一九三四年我祖父陈宝年的陈记竹器店在城里蜚声一时。

我听说陈记竹器店荟萃了三教九流地痞流氓无赖中的佼佼者，具有同任何天灾人祸抗争的实力。那些黑色竹匠聚集到陈宝年麾下，个个思维敏捷身手矫健一如入海蛟龙。陈宝年爱他们爱得要命，他依稀觉得自己拾起一堆肮脏的杂木劈柴，点点火，那火焰就蹿起来，使他无畏寒冷和寂寞。陈宝年在城里混到一九三四年，已经成为一名手艺精巧处世圆通的业主。他的铺子做了许多又热烈又邪门的生意，他的竹器经十八名徒子之手，全都沾上了辉煌的邪气，在竹器市场上锐不可当。

我研究陈记竹器铺的发迹史时，被那十八名徒子的黑影深深诱惑了。我曾经在陈记竹器铺的遗址附近，遍访一名绰号小瞎子的老人。他早在三年前死于火中。街坊们说小瞎子死时老态龙钟，他的小屋里堆满了多年的竹器，有天深夜那一屋子竹器突然就烧起来了，小瞎子被半米高的竹骸竹灰埋住，像一具古老的木乃伊。他是陈记竹器铺最后的光荣。

关于我祖父和小瞎子的交往，留下了许多轶闻供我参考。

据说小瞎子出身奇苦，是城南妓院的弃婴。他怎么长大的连自己也搞不清。他用独眼盯着人时，你会发现他左眼球里刻着一朵暗淡的血花。小瞎子常常带着光荣和梦想回忆那朵血花的由来。五岁那年他和一条狗争抢人家楼檐上掉下来的腊肉。他先把腊肉咬在了嘴里，但狗仇恨的爪刺伸入了他的眼睛深处。后来他坐在自己的破黄包车上结识了陈宝年。他又谈起了狗和血花的往事，陈宝年听得怅然若失。对狗的相通的回忆把他们拧在一起，陈宝年每每从城南堂子出来，就上了小瞎子的黄包车，他们在小红灯的闪烁灼灼中，回忆了许多狗和人生的故事。后来小瞎子卖掉他的破黄包车，扛着一箱烧酒投奔陈记竹器铺拜师学艺。他很快就成为陈宝年第一心腹徒子，他在我们家族史的边缘，像一颗野酸梅孤独地开放。

一九三四年八月，陈记竹器店抢劫三条运粮船的壮举，就是小瞎子和陈宝年策划的。这年逢粮荒，饥馑遍蔽城市乡村。但是谁也不知道生意兴隆财源丰盛的陈记竹器铺为什么要抢三船糙米。我考察陈宝年和小瞎子的生平，估计这源于他们食不果腹的童年时代的粮食梦。对粮食有与生俱来的哄抢欲望，你就可能在一九三四年跟随陈记竹器铺跳到粮船上去。你们会像一百多名来自农村的竹匠一样，夹着粮袋潜伏在码头上等待三更月落时分。你们看见抢粮的领导者小瞎子第一个跳上粮船，口衔一把锥形竹刀，独眼血花鲜亮夺目,他将一只巨大的粮袋疯狂挥舞。你们也会呜啦跳起来拥上粮船,在一刻钟内掏光所有的糙米,把船民推进河中让他嚎啕大哭。这事情发生在半个世纪前的茫茫世事中,显得真实可信。我相信那不过是某种社会变故的信号,散发出或亮或暗的光晕。据说在抢粮事件后,城里自然形成了竹匠帮。他们众星捧月环绕陈宝年的竹器铺,其标志就是小巧而尖利的锥形竹刀。

值得纪念的就是这种锥形竹刀,在抢劫粮船的前夜,小瞎子借月光创造了它。状如匕首,可穿孔悬系于腰上,可随手塞进裤褂口袋。小瞎子挑选了我们老家的干竹,削制了这种暗器。他把刀亮给陈宝年看,这玩艺好不好,我给伙计们每人削一把。在这世上混到头就是一把刀吧。我祖父陈宝年一下子就爱上了锥形竹刀。从此他的后半辈就一直拥抱着尖利精巧的锥形竹刀。陈宝年,陈宝年,你腰佩锥形竹刀混迹在城市里,都想到了世界的尽头吗?

乡下的狗崽有一天被一个外乡人喊到村口竹林里。那人是到枫杨树收竹子的。他对狗崽说陈宝年给他捎来了东西。在竹林里,外乡人庄严地把一把锥形竹刀交给狗崽。

你爹捎给你的。那人说。

给我?我娘呢?狗崽问。

捎给你的,你爹让你挂着它。那人说。

狗崽接过刀的时候,触摸了刀上古怪而富有刺激的城市气息。他似乎从竹刀纤薄的锋刃上,看见了陈宝年的面容,模模糊糊但力度感很强。竹刀很轻,通体发着淡绿的光泽。狗崽在太阳地里端详着这神秘之物,把刀子往自己手心里刺了两下。他听见了血液被压迫的噼卟轻响,一种刺伤感使狗崽呜哇地喊了一声,随后他便对着竹林笑了。他怕别人看见,把刀藏在狗粪筐里掩人耳目地带回家。

这个夜晚,狗崽在月光下凝望着他父亲的锥形竹刀,久久不眠。农村少年狗崽愚拙的想像被竹刀充分唤起,沿着老屋的泥地汹涌澎湃。他想着那竹匠集居的城市,想象那里的房子大姑娘洋车杂货和父亲的店铺,嘴里不时吐出兴奋的呻吟。祖母蒋氏终于惊醒,她爬上狗崽的草铺,将充满柴烟味的手摸索着狗崽的额头。她感觉到儿子像一只发烧的小狗软绵绵地往她的双乳下拱。儿子的眼睛亮晶晶地睁大着,有两点古怪的锥形光亮闪灼。

娘,我要去城里跟爹当竹匠。

好狗崽你额头真烫。

娘，我要去城里当竹匠。

好狗崽你别说胡话，吓着亲娘，你才十五岁，手拿不起大头篾刀，你还没娶老婆生孩子，怎么能去城里，城里那鬼地方好人去了黑心窝，坏人去了脚底流脓、头顶生疮。你让陈宝年在城里烂了那把狗不吃猫不舔的臭骨头，狗崽可不想往城里去。蒋氏克制着浓郁的睡意絮絮叨叨，她抬手从墙上摘下一把晒干的薄荷叶，蘸上唾液贴在狗崽额上，重新将狗崽塞入棉絮里，又熟睡过去。

其实这是我家历史的一个灾变之夜。我家祖屋的无数家鼠在这夜警惕地睁大了红色眼睛，吱吱乱叫几乎应和了狗崽的每一声呻吟。黑暗中的茅草屋被一种深沉的节奏所摇撼。狗崽光裸的身子不断冒出灼热的雾气探出被窝，他听见了鼠叫，他专注地寻觅着家鼠们却不见其影，但悸动不息的心已经和家鼠们进行了交流。在家鼠突然间平静的一瞬，狗崽像梦游者一样从草铺上站起来，熟稔地拎起屋角的狗粪筐打开柴门。

一条夜奔之路，洒满秋天醇厚的月光。

一条夜奔之路，向一九三四年的纵深处化入。

狗崽光着脚耸起肩膀，在枫杨树的黄泥大道上匆匆奔走，四处萤火流曳，枯草与树叶在夜风里低空飞行，黑黝黝无限伸展的稻田回旋着神秘潜流，浮起狗崽轻盈的身子像浮起一条逃亡的小鱼。月光和水一齐漂流。狗崽回首遥望他的枫杨树村子正白惨惨地浸泡在九月之夜里。没有狗叫，狗也许听惯了狗崽的脚步。村庄阒寂一片，凝固忧郁，唯有许多茅草在各家房顶上迎风飘拂，像娘的头发一样飘拂着。他依稀想见娘和一群弟妹正挤在家中大铺上，无梦地酣睡，充满灰菜味的鼻息在家里流通交融。狗崽突然放慢脚步像狼一样哭嚎几声，又戛然而止。这一夜，他在黄泥大道上发现了多得神奇的狗粪堆。狗粪堆星罗棋布地掠过他的泪眼。狗崽就一边赶路一边拾狗粪，包在他脱下的小布褂里。走到马桥镇时，小布褂已经快被撑破了。狗崽的手一松，布包掉落在马桥桥头上，他没有再回头朝狗粪张望。

第二天早晨，我祖母蒋氏一推门就看见了石阶上狗崽留下的黑胶鞋。秋霜初降，黑胶鞋蒙上了盐末似的晶体，鞋下一摊水渍。从我家门前到黄泥大路，留下了狗崽的脚印，逶迤起伏，心事重重，十根脚趾印很像十颗悲伤的蚕豆。蒋氏披头散发地沿脚印呼唤狗崽，一直到马桥镇。有人指给她看桥头上的那包狗粪，蒋氏抓起冰冷的狗粪嚎啕大哭。她把狗粪扔到了围观者的身上，独自往回走。一路上她看见无数堆狗粪向她投来美丽的黑光。她越哭，狗粪的黑光越美丽，后来她开始躲闪，闻到那气味就呕吐不止。

我会背诵一名陌生的南方诗人的诗。那首诗如歌如泣地感动我。去年父亲病重之际，我曾经背对着他的病床，给他讲了父亲和儿子的故事，在病房的药水味里，诗歌最有魅力。

> 父亲和我
> 我们并肩走着
> 秋雨稍歇
> 和前一阵雨
> 像隔了多年时光
>
> 我们走在雨和雨
> 的间歇里
> 肩头清晰地靠在一起
> 却没有一句要说的话
> 我们刚从屋子里出来
> 所以没有一句要说的话
> 这是长久生活在一起
> 造成的
> 滴水的声音像折下一支
> 细枝条
> 父亲和我都怀着难言的恩情
> 安详地走着

我父亲听明白了。他耳朵一直很灵敏。看着我的背影，他突然朗朗一笑。我回过头，从父亲苍老的脸上，发现了陈姓子孙生命初期的特有表情：透明度很高的欢乐和雨积云一样的忧患。在医院雪白的病房里，我见到了婴儿时的父亲，我清晰地听见诗中所写的历史雨滴折下细枝条的声音。这一天，父亲大声对我说话，逃离了哑巴状态。我凝视他就像凝视婴儿一样，就是这样的我祈祷父亲的复活。

父亲的降生是否生不逢时呢？抑或是伯父狗崽的拳头把父亲早早赶出了母腹。父亲带着六块紫青色胎记出世，一头钻入一九三四年的灾难之中。

一九三四年，枫杨树周围方圆七百里的乡村霍乱流行，乡景暗淡。父亲在祖传的颜色发黑的竹编摇篮里，感觉到了空气中的灾菌。他的双臂总是朝半空抓捏不止，啼哭声惊心动魄。祖传的摇篮盛载了父亲后，便像古老的二胡凄惶地叫唤。一家人在那种声音中都变得焦躁易怒，儿女围绕那只摇篮爆发了无数战争。祖母蒋氏的产后生活昏天黑地。她在水塘里洗干净所有染上脏血的衣服，端着大木盆俯视她的小儿子，她发现了婴儿的脸上跳动着不规则的神秘阴影。

出世第八天，父亲开始拒绝蒋氏的哺乳。祖母蒋氏惶惶不可终日，她的沉重的乳房被抓划得伤痕累累。她怀疑自己的奶汁染上横行乡里的瘟疫变成哑奶了。蒋氏灵机一动，将奶汁挤在一只大海碗里喂给草狗吃。然后她捧着碗跟着那条草狗一直来到村外。渐渐地，她发现狗的脑袋耷拉下来了，狗倒在河塘边。那是财东陈文治家的护羊狗，毛色金黄茸软。陈家的狗竭力地用嘴接触河塘水，却怎么也够不着。蒋氏听见狗绝望而狂乱的低吠声深受刺激。她砸碎大海碗，慌慌张张扣上一直敞开的衣襟，一路飞奔逃离那条垂死的狗。她隐约觉到自己哺育过八个儿女的双乳已经修炼成精，结满仇恨和破坏因子，如今重如金石势不可当了。她忽而又怀疑是自己的双乳向枫杨树乡村播撒了这场瘟疫。

祖母蒋氏夜里梦见自己裂变成传说中的灾女，浑身喷射毒瘴，一路哀歌，飘飘欲仙，浪游整个枫杨树乡村。那个梦持续了很长时间，蒋氏在梦中又哭又笑死去活来。孩子们都被惊醒，在黑暗中端坐在草铺上分析他们的母亲。蒋氏喜欢做梦。蒋氏不愿醒来。孩子们知道不知道？

父亲的摇篮有一夜变得安静了，其时婴儿小脸赤红，脉息细若游丝，他的最后一声啼哭唤来了祖母蒋氏。蒋氏的双眼恍惚而又清亮，仍然在梦中。她托起婴儿灼热的身体，像一阵轻风卷出我们家屋。梦中母子在晚稻田里轻盈疾奔。这一夜枫杨树老家的上空星月皎洁，空气中挤满胶状下滴的夜露。夜露清凉甜润，滴进焦渴饥饿的婴儿口中。我父亲贪婪地吸吮不停。他的岌岌可危的生命，也被那几千滴夜露洗涤一新，重新爆出青枝绿叶。

我父亲一直认为，半个多世纪前，祖母蒋氏发明了用夜露哺育婴儿的奇迹。这永远是奇迹，即使是在我家族的苍茫神奇的历史长卷中也称得上奇迹。这奇迹使父亲得以啜饮乡村的自然精髓度过灾年。

　　后代们沿着父亲的生命线，可以看见一九三四年的乌黑的年晕。我的众多枫杨树乡亲未能逃脱瘟疫，一如稗草伏地。暴死的幽灵潜入枫杨树的土地深处呦呦狂鸣。天地间阴惨惨黑沉沉，生灵鬼魅浑然一体，仿佛巨大的浮萍群在死水里挣扎漂流，随风而去。祖母蒋氏的五个小儿女，在三天时间里，加入了亡灵的队伍。

　　那是我祖上亲人的第一批死亡。

　　他们一字排在大草铺上，五张小脸经霍乱病菌烧灼后，变得漆黑如炭。他们的眼睛都如同昨日一样淡漠地睁着凝视母亲。蒋氏在我家祖屋里焚香一夜，袅袅升腾的香烟把五个死孩子熏出了古朴的清香。蒋氏抱膝坐在地上，为她的儿女守灵。她听见有一口大钟在冥冥中敲了整整一夜召唤她的儿女。等到第二天太阳出来，香烟从屋里散去后，蒋氏开始了殡葬。她把五个死孩子一个一个抱到一辆牛车上，男孩前仆女孩仰卧，脸上覆盖着碧绿的香粽叶。蒋氏把父亲缠绑在背上，就拉着牛车出发了。

　　我家的送葬牛车迟滞地在黄泥大道上前行。黄泥大道上，从头至尾散开了几十支送葬队伍。丧号昏天黑地响起来，震动一九三四年。女人们高亢的丧歌四起，其中有我祖母蒋氏独特的一支。她的丧歌里多处出现了送郎调的节拍，显得古怪而富有底蕴。蒋氏拉着牛车，找了很长很长时间，一直找不到合适的坟地。她惊奇地发现，黄泥大道两侧几乎成了坟茔的山脉，没有空地了，无数新坟就像狗粪堆一样在枫杨树乡村诞生。

　　后来牛车停在某个大水塘边。蒋氏倚靠在牛背上，茫然四顾。她不知道是怎么走出浩荡的送葬人流的，大水塘墨绿地沉默，塘边野草萋萋没有人迹。她听见远远传来的丧号声若有若无地在各个方向萦绕，乡村沉浸在这种声音里，显得无边无际。晨风吹乱我祖母蒋氏的思绪，她的眼睛里渐渐浮满虚无的暗火。她抓往牛缰慢慢地拽拉朝水塘走去。赤脚踩在水塘的淤泥里，有一种冰凉的刺激使蒋氏噉噉叫了一声。她开始把她的死孩子一个一个地往水里抱，五个孩子沉入水底后，水面上出现了连绵不绝的彩色水泡。蒋氏凝视着那水泡，双脚渐渐滑向水塘深处。这时缠在蒋氏背上的父亲突然哭了，那哭声仿佛来自天堂，打动了祖母蒋氏。半身入水的蒋氏回过头问父亲，你怎么啦，怎么啦？婴儿父亲眼望苍天，粗犷豪放地啼哭不止。蒋氏忽地瘫坐在水里，她猛烈地揪着自己的头发朝南方呼号：陈宝年陈宝年你快回来吧。

　　陈宝年在远离枫杨树八百里的城市中，怀抱猫一样的小女人环子，凝望竹器铺外面的街道。外面是三四年的城市。

　　我的祖父陈宝年回味着他的梦。他梦见五只竹篮从房梁上掉下来，蹦蹦跳跳扑向他，在他怀里燃烧。他被烧醒了。

　　他不想回家。他远离瘟疫，远离一九三四年的灾难。

　　我听说瘟疫流行期间，老家出现了一名黑衣巫师。他在马桥镇上，摆下摊子祛邪镇魔。从四面八方前来请仙的人群络绎不绝。祖母蒋氏背着父亲去镇上，亲眼目睹了黑衣巫师的风采。她看见一个身穿黑袍的北方汉子站在鬼头大刀和黄裱纸间，觉得眼前一亮，浑身振奋。她在人群里拼命往前挤，挤掉了脚上的一只草鞋。她放开嗓子朝黑衣巫师喊：

　　灾星，灾星在哪里？

　　蒋氏的沙哑的声音淹没在嘈杂的人声中。那天数千枫杨树人向黑衣巫师磕拜求神，希望他指点流行乡里的瘟疫之源。巫师边唱边跳，舞动古铜色的鬼头大刀，刀起刀落，最后飞落在地上。蒋氏看见那刀尖渗出了血，指着黄泥大道的西南方向。你们看啊。人群一起踮足而立，遥望西南方向。只见远处的一片土坡蒸腾着乳白的氤氲。景物模糊绰约。惟有一栋黑砖楼如同巨兽蹲伏着，窥伺马桥镇上的这一群人。

　　黑衣巫师的话倾倒了马桥镇：

　　　西南有邪泉
　　　藏在玉罐里
　　　玉罐若不空
　　　灾病不见底

　　我的枫杨树乡亲骚动了。他们忧伤而悲愤地凝视西南方的黑砖楼，这一刻神奇的巫术使他们恍然觉悟，男女老少的眼睛都看见了从黑砖楼上腾起的瘟疫细菌，紫色的细菌虫正向枫杨树四周强劲地扑袭。他们知道邪泉四溢是瘟疫之源。

陈文治

陈文治　　　陈文治

陈文治　　陈文治

祖母蒋氏在虚空中见到了被巫术放大的白玉瓷罐。她似乎听见了邪泉在玉罐里沸腾的响声。所有枫杨树人对陈文治的玉罐都只闻其声未见其物，是神秘的黑衣巫师让他们领略了玉罐的奇光异彩。这天，祖母蒋氏和大彻大悟的乡亲们一起嚼烂了财东陈文治的名字。

枫杨树两千灾民火烧陈文治家谷场的序幕就是这样拉开的。事发后黑衣巫师悄然失踪，没人知道他去往何处了。在他摆摊的地方，一件汗迹斑斑的黑袍挂在老槐树上随风飘荡。

此后多年祖母蒋氏喜欢对人回味那场百年难遇的大火。她记得谷场上堆着九垛谷穗子。火烧起来的时候谷场上金光灿烂，喷发出浓郁的香味。那谷香熏得人眼流泪不止。死光了妻儿老小的陈立春在火光中发疯，他在九垛火山里穿梭蛇行。一边抹着满颊泪水一边摹仿仙姑跳大神。众人一齐为陈立春欢呼跺脚。陈文治的黑砖楼惶恐万分。陈家人挤在楼上呼天抢地痛不欲生。陈文治干瘦如柴的身子在两名丫环的扶持下，如同暴风雨中的苍鹭，纹丝不动。那只日本望远镜已经碎裂了，他觑起眼睛仍然看不清谷场上的人脸。我怎么看不清那是谁，那是谁？纵火者在陈文治眼里江水般地波动，他们把谷场搅成一片刺目的红色。后来陈文治在纵火者中看到了一个背驮孩子的女人。那女人浑身赤亮形似火神，她挤过男人们的缝隙，爬到谷子垛上，用一根松油绳点燃了最后一垛谷子。

我也点了一垛谷子。我也放火的。祖母蒋氏日后对人说。她怀念那个匆匆离去的黑衣巫师。她认定是一场大火烧掉了一九三四年的瘟疫。

当我十八岁那年，在家中阁楼苦读毛泽东经典著作时，我把《湖南农民运动考察报告》与枫杨树乡亲火烧陈家谷场联系起来了。我遥望一九三四年化为火神的祖母蒋氏，我认为祖母蒋氏革了财东陈文治的命，以后将成为我家历史上的光辉一页。我也同祖母蒋氏一样，怀念那个神秘的伟大的黑衣巫师。他是谁？他现在在哪里呢？

枫杨树老家闻名一时的死人塘在瘟疫流行后诞生了。

死人塘在离我家祖屋三里远的地方。那儿原先是个芦蒿塘，狗崽八岁时养的一群白鹅曾经在塘中生活嬉戏。考证死人塘的由来时，我很心酸。枫杨树老人都说，最先投入塘中的是祖母蒋氏的五个死孩子。他们还记得，蒋氏和牛车留在塘边的辙印是那么深那么持久不消。后来的送葬人就是踩着那辙印去的。

埋进塘中的有十八个流浪在枫杨树一带的手工匠人。那是死不瞑目的亡灵，他们裸身合仆于水面上下，一片青色斑斓触目惊心，使酸甜的死亡之气冲天而起。据说死人塘边的马齿苋因而长得异常茂盛，成为枫杨树乡亲挖野菜的好地方。

每天早晨马齿苋摇动露珠，枫杨树的女人们手挎竹篮朝塘边飞奔而来。她们沿着塘岸开始了争夺野菜的战斗。瘟疫和粮荒使女人们变得凶恶暴虐。她们几乎每天在死人塘边争吵殴斗。我的祖母蒋氏曾经挥舞一把圆镰，砍伤了好几个乡亲，她的额角也留下了一条锯齿般的伤疤。这条伤疤以后在她的生命长河里，一直放射独特的感受之光，创造祖母蒋氏的世界观。我设想一九三四年枫杨树女人们都蜕变成母兽，但多年以后她们会不会集结在村头晒太阳，温和而苍老，遥想一九三四年？她们脸上的伤疤将像纪念章一样感人肺腑，使枫杨树的后代们对老祖母肃然起敬。

我似乎看见祖母蒋氏背驮年幼的父亲奔走在一九三四年的苦风瘴雨中，额角上的锯齿形伤疤熠熠发亮。我的眼前经常闪现关于祖母和死人塘和马齿苋的画面，但我无法想见死人塘边祖母经历的诡谲痛苦。

我的祖母，你怎么来到死人塘边凝望死尸沉思默想的呢？乌黑的死水，掩埋了你的小儿女和十八个流浪匠人。塘边的野菜已被人与狗吞食一空。你闻到塘里甜腥的死亡气息，打着幸福的寒噤。那天是深秋的日子，你听见天边滚动着隐隐的闷雷。你的破竹篮放在地上，惊悸地颤动着预见灾难降临。祖母蒋氏其实是在等雨，等雨下来，死人塘边的马齿苋棵棵重新蹿出来。那顶奇怪的红轿子就是这时候出现在田埂上的。红轿子飞鸟般地朝死人塘俯冲过来。四个抬轿人脸相陌生，面带笑意。他们放下轿子，走到祖母蒋氏身边，轻捷熟练地托起她。上轿吧，你这个丑女人。蒋氏惊叫着在四个男人的手掌上挣扎，她喊，你们是人还是鬼？四个男人笑起来，把蒋氏拎着像拎起一捆干柴塞入红轿子。

轿子里黑红黑红的。她觉得自己撞到了一个僵硬潮湿的身体上。轿子里飞舞着霉烂的灰尘和男人衰弱的鼻息声，蒋氏仰起脸看见了陈文治。陈文治蜡黄的脸上有一丝红晕疯狂舞蹈．陈文治小心翼翼地扶住蒋氏木板似的双肩说，陈宝年不会回来了，你跟我吧。蒋氏尖叫着用手托住陈文治双颊，不让那颗沉重的头颅向她乳房上垂落。她听见陈文治的心在绵软干瘪的胸膛中摇摆着，有气无力一如风中树叶。她的沾满泥浆的十指指尖深深扎进陈文治的皮肉里，激起一阵野猫似的鸣叫。陈文治的黑血汩汩流到蒋氏手上，他喃喃地说，你跟我去吧，我在你脸上也刺朵梅花痣。一顶红轿子拚命地摇呀晃呀，虚弱的祖母蒋氏渐渐沉入黑雾红浪中昏厥过去。轿外的四个汉子听见一种苍凉的声音：

我要等下雨，我要挖野菜啦。

她恍惚知道自己被投入了水中，但睁不开眼睛。被蹂躏过的身子像一根鹅毛飘浮起来。她又听见了天边的闷雷声，雨怎么还不下呢？临近黄昏时，她睁开眼睛。她发现自己睡在死人塘里。四周散发的死者腐臭，浓烈地黏在她半裸的身体上。那些熟悉或陌生的死者以古怪多变的姿态纠集在脚边，他们酱紫色的胴体迎着深秋夕阳熠熠闪光。有一群老鼠在死人塘里穿梭来往，仓皇地跳过她的胸前。蒋氏木然地爬起来，越过一具又一具行将糜烂的死尸。她想雨怎么还不下呢？雨大概不会下了，因为太阳在黄昏时出现了。稀薄而锐利的夕光泻入野地，刺痛了她的眼睛。蒋氏举起泥手捂住了脸。她一点也不怕死人塘里的死者，她想她自己已变成一个女鬼了。

爬上塘岸蒋氏看见她的破竹篮里装了一袋什么东西。打开一看她便向天呜呜哭喊了一声。那是一袋雪白雪白的粳米。她手伸进米袋，抓起一把塞进嘴里，性急地嚼咽起来。她对自己说，这是老天给我的，一路走一路笑，抱着破竹篮飞奔回家。

我发现了死人塘与祖母蒋氏结下的不解之缘，也就相信了横亘于我们家族命运的死亡阴影。死亡是一大片墨蓝的弧形屋顶，从枫杨树老家到南方小城覆盖祖母蒋氏的亲人。

有一颗巨大的灾星追逐我的家族，使我扼腕伤神。

陈家老大狗崽于一九三四年农历十月初九抵达城里。他光着脚走了九百里路，满面污垢长发垂肩，站在祖父陈宝年的竹器铺前。

竹匠们看见一个乞丐模样的少年把头伸进大门，颤颤巍巍的，汗臭和狗粪味涌进竹器铺。他把一只手伸向竹匠们，他们以为是讨钱，但少年紧握的拳头摊开了，那手心里躺着一把锥形竹刀。

我找我爹。狗崽说。说完他扶住门框降了下去。他的嘴角疲惫地开裂，无法猜度是要笑还是要哭。他扶住门框撒出一泡尿，尿水呈红色，冲进陈记竹器店，在竹匠们脚下汩汩流淌。

日后狗崽记得这天是小瞎子先冲上来抱起了他。小瞎子闻着他身上的气味不停地怪叫着。狗崽松弛地偎在小瞎子的怀抱里，透过泪眼凝视小瞎子，小瞎子的独眼神采飞扬，以一朵神秘悠远的血花诱惑了狗崽。狗崽张开双臂勾住小瞎子的脖子，长嘘一声，然后就沉沉睡去。

他们说狗崽初到竹器店睡了整整两天两夜。第三天，陈宝年抱起他在棉被上摔了三回才醒来。狗崽醒过来第一句话问得古怪，我的狗粪筐呢？他在小阁楼上摸索一番，又问陈宝年：我娘呢，我娘在哪里？陈宝年愣了愣，然后他掴了狗崽一记耳光，说，怎么还没醒？狗崽捂住脸打量他的父亲。他来到了城市。他的城市生活这样开始了。

陈宝年没让狗崽学竹匠。他拉着狗崽让他见识了城里的米缸，又从米缸里拿出一只竹箕交给狗崽：狗崽你每天淘十箕米做大锅饭，煮得要干，城里吃饭随便吃的。你不准再偷我的竹刀，等你混到十八岁，爹把十一件竹器绝活全传你。你要是偷这偷那的，爹会天天揍你揍到十八岁。

狗崽坐在竹器店后门守着一口熬饭的大铁锅。他的手里总是抓着一根发黄的竹篾，胡思乱想，目光呆滞，身上挂着陈宝年的油布围腰。一九三四年秋天的城市蒙着白茫茫的雾气，人和房屋和烟囱离狗崽咫尺之遥却又缥缈。狗崽手中的竹篾被折成一段一段的掉在竹器店后门。他看见一个女的站在对面麻油店的台阶上朝这儿张望。她穿着亮闪闪的蓝旗袍，两条手臂光裸着叉腰站着。你分不清她是女人还是女孩，她很小又很丰满，她的表情很风骚但又很稚气。这是小女人环子在我家史中的初次出现。她必然出现在狗崽面前，两人之间隔着城市湿漉漉的街道和一口巨大的生铁锅。我想这就是一种具体的历史含义，小女人环子注定将成为我们家族的特殊来客，与我们发生永恒的联系。

你是陈宝年的狗崽子吗？

你娘又怀上了吗？小女人环子突然穿越了街道，绕过大铁锅，蓝旗袍下旋起熏风花香，在我的画面里开始活动。她的白鞋子正踩踏在地上那片竹篾上，吱吱吱轻柔地响着。狗崽凝神望着地上的白鞋子和碎竹篾，他的血液以枫杨树乡村的形式在腹部以下左冲右突。他捂住粗布裤头，另一只手去搬动环子的白鞋。

你别把竹篾踩碎了，别把竹篾踩碎了。

你娘，她又怀上了吗？环子挪动了她的白鞋，把手放在狗崽刺猬般的头顶上。狗崽的十五岁的身体在环子的手掌下草一样地颤动。狗崽在那只手掌下分辨了世界上的女人。他闭起眼睛在环子的诱发下，想起乡下的母亲。狗崽说，我娘又怀上了，快生了。他的眼前隆起了我祖母蒋氏的腹部，那个被他拳头打过的腹部，将要诞生又一个毛茸茸的婴儿。狗崽颤索着目光，探究环子蓝布覆盖的腹部，他觉得那里柔软可亲，深藏了一朵美丽的花。环子有没有怀孕呢？

狗崽进入城市生活，正当我祖父陈宝年的竹器业飞黄腾达之时。每天有无数竹器堆积如山，被大板车运往河码头和火车站。狗崽从后门的大锅前溜过作坊，双手紧抓窗棂观赏那些竹器车。他看见陈宝年像鱼一样在门前竹器山周围游动，脸上掠过竹子淡绿的颜色。透过窗棂，陈宝年呈现了被切割状态。狗崽发现他的粗短的腿脚和发达的上肢是熟悉的枫杨树人，而陈宝年的黑脸膛已经被城市变了形，显得英气勃发略带一点男人的倦怠。狗崽发现他爹是一只烟囱在城里升起来了，娘一点也看不见烟囱啊。

我所见到的老竹匠们至今还为狗崽偷竹刀的事情所感动。他们说那小狗崽一见竹刀眼睛就发光，他对陈宝年祖传的大头竹刀喜欢得疯迷了。他偷了无数次竹刀，都让陈宝年夺回去了。老竹匠们老是想起陈家父子为那把竹刀四处追逐的场面。那时候陈宝年变得出乎寻常的暴怒凶残，他把夺回的大头竹刀背过来，用木柄敲着狗崽的脸部。敲击的时候，陈宝年眼里闪出我们家族男性特有的暴虐火光，侧耳倾听狗崽皮肉骨骼的碎裂声。他们说，奇怪的是狗崽，他怎么会不怕竹刀柄，他靠着墙壁僵硬地站着迎接陈宝年，脸打青了连捂都不捂一下。没见过这样的父子⋯⋯

你说狗崽为什么老要偷那把

你再说说陈宝年为什么怕

　　　　大头竹刀

　　　　　　丢失呢

我从来没见过那把祖传的大头竹刀。我不知道。我只是想到了枫杨树人血液中竹的因子。我的祖父陈宝年和伯父狗崽假如都是一竿竹子，他们的情感假如都是一竿竹子，一切都超越了我们的思想。我无须进入前辈留下的空白地带，也可以谱写我的家史。我也将化为一竿竹子。

我只是喜欢那个竹子一样的伯父狗崽。我幻想在旧日竹器城里，看到陈记竹器铺的小阁楼。那里曾经住着狗崽和他的朋友小瞎子。阁楼的窗子在黑夜中会发出微弱的红光，红光来自他们的眼睛。你仰望阁楼时心有所动，你看见在人的头顶上还有人，他们在不复存在的阁楼上窥伺我们，他们悬在一九三四年的虚空中。

这座阁楼，透过小窗，狗崽对陈宝年的作坊一目了然。他的脸终日肿胀溃烂着，在阁楼的幽暗里，像一朵不安的红罂粟。他凭窗守望入夜的竹器作坊。他等待着麻油店的小女人环子的到来。环子到来，她总是把白鞋子拎在手里，赤脚走过阁楼下面的竹器堆，她像一只怀春的母猫，轻捷地跳过满地的竹器，推开我祖父陈宝年的房门。环子一推门，我家历史就涌入一道斑驳的光。我的伯父狗崽被那道光灼伤，他把受伤的脸贴在冰冷的竹片墙上摩擦。疼痛。"娘呢，娘在哪里？"狗崽凝望着陈宝年的房门，他听见了环子的猫叫声湿润地流出房门，浮起竹器作坊。这声音不是祖母蒋氏的。她和陈宝年裸身盘缠在老屋草铺上时，狗崽知道她像枯树一样沉默。这声音渐渐上涨，浮起了狗崽的阁楼。狗崽飘浮起来。他的双手滚水一样在粗布裤裆里沸腾。"娘啊，娘在哪里？"狗崽的身子，蛇一样躁动缩成一团，他的结满伤疤的脸扭曲着，最后吐出童贞之气。

我现在知道了这座阁楼。阁楼上还住着狗崽的朋友小瞎子。我另外构想过狗崽狂暴手淫的成因。也许我的构想才是真实的。我的面前浮现出小瞎子独眼里的暗红色血花。我家祖辈世代难逃奇怪的性的诱惑。我想狗崽是在那朵血花的照耀下，模仿了他的朋友小瞎子。反正老竹匠们回忆一九三四年的竹器店阁楼上，到处留下了黄的白的精液痕迹。

我必须一再地把小瞎子推入我的构想中。他是一个模糊的黑点缀在我们家族伸入城市的枝干上，使我好奇而又迷惘。

我的祖父陈宝年和伯父狗崽，一度都被他吸引，甚至延续到我，我在旧日竹器城寻访小瞎子时，几乎走遍了每一个老竹匠的家门。我听说他焚火而死的消息时失魂落魄。我对那些老竹匠们说，我真想看看那只独眼啊。

继续构想。狗崽那年偷看陈宝年和小女人环子交媾的罪恶，是否小瞎子怂恿的悲剧呢。狗崽爬到他爹的房门上朝里窥望，他看见了竹片床上的父亲和小女人环子的两条白皙的小腿，他们的头顶上挂着那把祖传的大头竹刀。小瞎子说，你就看个稀奇，千万别喊。但是狗崽趴在门板上突然尖厉地喊起来，环子，环子，环子啊！狗崽喊着从门上跌下来。他被陈宝年揪进了房里。他面对赤身裸体脸色苍白的陈宝年一点不怕，但看见站在竹床上穿蓝旗袍的环子时眼睛里滴下灼热的泪来。环子扣上蓝旗袍时说，狗崽你这个狗崽呀！后来狗崽被陈宝年吊在房梁上吊了一夜，他面无痛苦之色，他只是看了看阁楼的窗子。小瞎子就在阁楼上关怀着被缚的狗崽。

小瞎子训练了狗崽十五岁的情欲。他对狗崽的影响已经到了出神入化的地步。我尝试着概括那种独特的影响和教育，发现那就是一条黑色的人生曲线。

这条黑曲线缠在狗崽身上尤其强劲，他过早地悬在"女人"这个轨迹点上腾空了。传说狗崽就是这样得了伤寒。一九三四年的冬天，狗崽病卧在小阁楼上，数着从头上脱落的一根根黑发。头发上仍然残存着枫杨树狗粪的味道。他把那些头发理成一绺，穿进小瞎子发明的锥形竹刀的孔眼里，于是那把带头发缨子的锥形竹刀，在小阁楼上喷发了伤寒的气息。我祖父陈宝年登上小阁楼，总闻得见这种古怪的气息。他把手伸进狗崽肮脏而温暖的被窝，测量儿子的生命力，不由得思绪茫茫浮想联翩。在狗崽身上，重现了从前的陈宝年。陈宝年抚摸着狗崽日渐光秃的前额说，狗崽你病得不轻，你还想要爹的大头竹刀吗？狗崽在被窝里沉默不语。陈宝年又说，你想要什么？狗崽突然哽咽起来，他的身子在棉被下痛苦地耸动，我快死了……我要女人……我要环子！

陈宝年扬起巴掌又放下了。他看见儿子的脸上已经开始跳动死亡火焰。他垂着头逃离小阁楼时，还听见狗崽沙哑的喊声，我要环子环子环子。

这年冬天，竹匠们经常看见小瞎子背驮重病的狗崽去屋外晒太阳。他俩穿过一座竹器坊撞开后门，坐在一起晒太阳。正午时分，麻油店的小女人环子经常在街上晾晒衣裳。一根竹竿上飘动着美丽可爱的环子的各种衣裳。城市也化作蓝旗袍淅淅沥沥洒下环子的水滴。小女人环子圆月般的脸露出蓝旗袍之外，顾盼生风，她咯咯笑着朝他们抖动湿漉漉的蓝旗袍。环子知道竹器店后门坐着两个有病的男人。（我听说小瞎子从十八岁到四十岁一直患有淋病。）她就把她的雨滴风骚地甩给他们。

我对于一九三四年冬天是多么陌生。我对这年冬天活动在家史中的那些先辈毫无描绘的把握。听说祖父陈宝年也背着狗崽去晒过太阳。那么他就和狗崽一起凝望小女人环子晒衣裳了。这三个人隔着蓝旗袍互相凝望该是什么样的情景，一九三四年冬天的太阳照耀这三个人该是什么样的情景，我知道吗？

而结局却是我知道的。我知道陈宝年最后对儿子说，狗崽，我给你环子，你别死。我要把环子送到乡下去了。你只要活下去，环子就是你的媳妇了。陈宝年就是在竹器店后门对狗崽说的。这天下午，狗崽已经奄奄一息。陈宝年坐在门口，烧了一锅温水，然后把狗崽抱住，用锅里的温水洗他的头。陈宝年一遍遍地给狗崽擦美丽牌香皂，使狗崽头上的狗粪味消失殆尽，发出城市的香味。我还知道，这天下午小女人环子站在她的晾衣竿后面，绞扭湿漉漉的蓝旗袍，街上留下一摊淡蓝色的积水。

这么多年来，我父亲白天黑夜敞开着我家的木板门，他总是认为我们的亲人正在流浪途中，他敞开着门似乎就是为了迎接亲人的抵达。家中的干草后来分成了六垛。他说那最小的一垛是给早夭的哥哥狗崽的，因为他从来没见过哥哥狗崽，但狗崽的幽魂躺到我家来会不会长得硕大无朋呢，父亲说人死后比活着要大得多。父亲去年进医院之前就在家里分草垛，他对我们说最大的草垛是属于祖母蒋氏和祖父陈宝年的。

我在边上看着父亲给已故的亲人分草垛，分到第六垛时，他很犹豫，他捧着那垛干草不知道往哪里放。

这是给谁的？我说。

环子。父亲说，环子的干草放在哪儿呢？

放在祖父的旁边吧。我说。

不。父亲望着环子的干草。后来他走进他的房间去了。我看见父亲把环子的干草塞到了他的床底下。

环子这个小女人如今在哪里？我家的干草一样在等待她的到达。她是一个城里女人。她为什么进入了我的枫杨树人的家史？我和父亲都无法诠释。我忘不了的是这垛复杂的干草的意义。你能说得清这垛干草为什么会藏到我父亲的床底下吗？

枫杨树的老人们告诉我，环子是在一个下雪的傍晚出现在马桥镇的。她的娇小的身子被城里流行的蓝衣裳包得厚厚实实，快乐地踩踏着泥地上的积雪。有一个男人和环子在一起。那男人戴着狗皮帽和女人的围巾深藏起脸部，只露出一双散淡的眼睛。有人从男人走路的步态上认出他是陈宝年。

这是枫杨树竹匠中最为隐秘的回乡。明明有好多人看见陈宝年和环子坐在一辆独轮车上往家赶，后来却发现回乡的陈宝年在黄昏中消失了。

我祖母蒋氏站在门口，看着小女人踩着雪走向陈家祖屋。环子的蓝旗袍在雪地上泛出强烈的蓝光，刺疼了蒋氏的眼睛。两个女人在五十年前初次谈话的声音，现在清晰地传入我耳中。

你是谁？

我是陈宝年的女人。

我是陈宝年的女人，你到底是谁？

你这么说，我不知道自己是谁了。我怀孕了，是陈宝年的孩子。他把我赶到这里来生。我不想来，他就把我骗来了。

你有三个月了，我一眼就看出来了。

你今年生过了吗，我带来好多小孩衣裳，给你一点吧。

我不要你的小孩衣裳，你把陈宝年的钱带来了吗？

带来了好多钱，这些钱上都盖着陈宝年的红印呢，你看看。

我知道他的钱都盖红印的，他今年没给过我钱，秋天死了五个孩子了。

你让我进屋吧，我都快冻死了，陈宝年他不想回来。

进屋不进屋其实都一样冷，是他让你来乡下生孩子的吗？

（我同时听到了陈宝年在祖屋后面踏雪的脚步声，陈宝年也在听吗？）

环子踏进我家，首先看见六股野艾草绳从墙上垂下来，缓缓燃烧着，家里缭绕着清苦的草灰味。环子指着草绳说，那是什么？

招魂绳。人死了活着的要给死人招魂，你不懂吗？

死了六个儿女吗？

陈宝年也死了。蒋氏凝视着草绳半晌，走到屋角的摇篮边抱起她的婴儿，她微笑着对环子说，只活了一个，其他人都死了。

　　活着的婴儿就是我父亲。当小女人环子朝他俯下脸来时，城市的气味随之抚摸了他的小脸蛋。婴儿翕动着嘴唇欲哭未哭，一刹那间又绽开了最初的笑容。父亲就是在环子带来的城市气味中学会笑的。他的小手渐渐举起来，触摸环子的脸。环子的母性被充分唤醒，她尖叫着颤抖着张开嘴咬住了婴儿的小手，含糊不清地说："我多爱孩子，我做梦梦见生了个男孩，就像你小宝宝啊。"

　　追忆祖母蒋氏和小女人环子在同一屋顶下的生活，是我谱写家史的一个难题。我的五代先祖之后从没有一夫多妻的现象，但是枫杨树乡亲告诉我，那两个女人确实在一起度过了一九三四年的冬天。环子的蓝衣裳常洗常晒，在我家祖屋上空飘扬。

　　他们说怀孕的环子抱着婴儿时期的父亲在枫杨树乡村小路上走，她的蓝棉袍下的腹部已经很重了。环子是一个很爱小孩的城里女人，她还爱枫杨树里东一只西一条的家狗野狗，经常把嘴里嚼着的口香糖扔给狗吃。你不知道环子抱着孩子怀着孩子想到哪里去，她总是在出太阳的时间里徜徉在村子里，走过男人身边时丢下妖媚的笑。你们看见她渐渐走进幽深的竹园，一边轻拍着婴儿唱歌，一边惶惑地环视冬天的枫杨树乡村。环子出现在竹园里时，路遇她的乡亲都发现环子酷似我死去的姑祖母凤子。她们两个被竹叶掩映的表情神态有惊人的相似之处。

　　环子和凤子是我家中最美丽的两个女人。可惜她们没有留下一张照片，我无法判断她们是否那么相似。她们都是我祖父陈宝年羽翼下的丹凤鸟。一个是陈宝年的亲妹妹，另一个本不是我的族中亲人，她是我祖父陈宝年的女邻居，是城里麻油店的老板娘，她到底是不是姑祖母凤子的姐妹鸟？我的祖父陈宝年，你要的到底是哪只鸟？这一切后代们已无从知晓。

　　我很想潜入祖母蒋氏乱石密布的心田，去研究她给环子做的酸菜汤。环子在我家等待分娩的冬天里，从我祖母蒋氏手里接过了一碗又一碗酸菜汤，一饮而尽。环子哑着嘴唇对蒋氏说，我太爱喝这汤了。我现在只能喝这汤了。蒋氏端着碗，凝视环子渐渐隆起的腹部，目光有点呆滞，她不断地重复着说，冬天了，地里野菜也没了，只有做酸菜汤给你吃。

酸菜腌在一口大缸里。环子想吃时就把手伸进乌黑的盐水里捞酸菜，抓在手里吃。有一天，环子抓了一把酸菜，突然再也咽不下去了。她的眼睛里沁出泪来，猛地把酸菜摔在地上，跺脚哭喊起来，这家里为什么只有酸菜酸菜啊。

　　祖母蒋氏走过来，捡起那把酸菜放回大缸里，她威严地对环子说，冬天了，只有酸菜给你吃。你要是不爱吃也不能往地上扔。

　　钱呢，陈宝年的钱呢？环子说，给我吃点别的吧。

　　陈宝年的钱没了。我给陈宝年买了两亩地。陈家死的人太多，连坟地也没有。人不吃菜能活下去，没有坟地就没有活头了。

　　环子在祖母蒋氏古铜般的目光中，抱住自己的哭泣的脸。她感觉到脸上的肌肤已经变黄变粗糙了，这是陈宝年的老家给予她的惩罚。哭泣的环子第一次想到她这一生的悲剧走向。她轻轻喊着，陈宝年陈宝年你这个坏蛋，重又走向腌酸菜的大缸。她绝望地抓起一把酸菜往嘴里塞，杏眼圆睁着嚼咽那把酸菜，直到腹中产生一阵强烈的反胃，哇哇巨响。环子从她的生命深处开始呕吐，吐出一条酸苦的黑色小溪，溅上她的美丽的蓝棉袍。

　　我知道环子到马桥镇上卖戒指换猪肉的事，就发生在那回呕吐之后。据说那是祖父送给她的一只金方戒，她毫无怜惜之意地把它扔在肉铺柜台上，抓起猪肉离开马桥镇。那是镇上人第二次看见城里的小女人环子。都说她瘦得像只猫，走起路来仿佛撑不住怀孕三个月的身子。她提着那块猪肉走在横贯枫杨树的黄泥大道上，路遇年轻男人时，仍然不忘她城里女人的媚眼。我已经多次描摹过黄泥大道上紧接着长出一块石头，那块石头几乎是怀有杀机地绊了环子一下。环子惊叫着，怀孕的身体像倒木一样飞了出去。那块猪肉也飞出去了。环子的这声惊叫响彻暮日下的黄泥大道，悲凉而悠远。在这一瞬间，她似乎意识到从天而降的灾难指向她的腹中胎儿，她倒在荒凉的稻田里，双手捂紧了腹部，但还是迎来了腹部的巨大的疼痛感。她明确无误地感觉了腹中小生命的流失。她突如其来地变成一个空心女人。环子坐在地上，虚弱而尖利地哭叫着，她看着自己的身子底下荡漾开一潭红波。她拼命掬起流散的血水，看见一个长着陈家方脸膛的孩子在她手掌上停留了短暂一瞬，然后轻捷地飞往枫杨树的天空，只是一股青烟。

　　流产后的小女人环子埋在我家的草铺上，呜咽了三天三夜。环子不吃不喝，三天三夜里失却了往日的容颜。我祖母蒋氏照例把酸菜汤端给环子，站在边上观察痛苦的城里女人。环子枯槁的目光投在酸菜汤里，一石激起千层浪。她似乎从乌黑的汤里发现了不寻常的气味，她觉得腹中的胎儿就是在酸菜汤的浇灌下渐渐流产的，猛然如梦初醒：

大姐，你在酸菜汤里放了什么？

盐，怀孩子的要多吃盐。

大姐，你在酸菜汤里放了什么把我孩子打掉了？

你别说疯话。我知道你到镇上割肉摔掉了孩子。

环子爬下草铺，死死拽住了祖母蒋氏的手，仰望蒋氏不动声色的脸。环子摇晃着蒋氏喊，摔一跤摔不掉三个月的孩子，你到底给我吃什么了，你为什么要算计我的孩子啊？

我祖母蒋氏终于勃然发怒，她把环子推到了草铺上，然后又扑上去揪住环子的头发，你这条城里的母狗，你这个贱货，你凭什么到我家来给陈宝年狗日的生孩子。蒋氏的灰暗的眼睛一半是流泪的，另一半却燃起博大的仇恨火焰。她在同环子厮打的过程中断断续续地告诉环子：我不能让你把孩子生下来……我有六个孩子生下来长大了都死了……死在娘胎里比生下来好……我在酸菜汤里放了脏东西，我不告诉你是什么脏东西……你不知道我多么恨你们……

其实这些场面的描写我是应该回避的。我不安地把祖母蒋氏的形象涂抹到这一步，但面对一九三四年的家史我别无选择。我怀念环子的未出生的婴儿，如果他（她）能在我的枫杨树老家出生，我的家族中便多了一个亲人，我和父亲便多了一份思念和等待，千古风流的陈家血脉也将伸出一条支流，那样我的家史是否会更增添丰富的底蕴呢。

环子的消失如同她的出现，给我家中留下了一道难愈的伤疤，这伤疤将一直溃烂到发酵，漫漫无期，我们将忍痛舔平这道伤疤。

环子离家时掳走了摇篮里的父亲。她带着陈家的婴儿从枫杨树乡村消失了，她明显地把父亲作为一种补偿带走了。女人也许都这样，失去什么补偿什么。没有人看见那个掳走陈家婴儿的城里女人，难道环子凭借她的母爱长出了一双翅膀吗？

我祖母蒋氏追踪环子和父亲追了一个冬天。她的足迹延伸到长江边才停止。那是她第一次见到长江。一九三四年冬天的江水浩浩荡荡，恍若洪荒时期的开世之流。江水经千年沉淀的浊黄色像钢铁般的势大力沉，撞击着一位乡村妇女的心扉。蒋氏拎着她穿破的第八双草鞋，沿江岸踯躅，乱发随风飘舞，情感旋入江水，仿佛枯叶飘零。她向茫茫大江抛她的第八双草鞋就回头了。祖母蒋氏心中的世界边缘就是这条大江。她无法逾越这条大江。

我需要你们关注祖母蒋氏的回程，以了解她的人生归宿。她走过一九三四年漫漫的冬天，走过五百里的城镇乡村，路上已经脱胎换骨。枫杨树人记得蒋氏回来已经是年末了。马桥镇上人家都挂了纸红灯，迎接一九三五年。蒋氏两手空空地走过那些红灯，疲惫的脸上有红影子闪闪烁烁的。她身上脚上穿的都是男人的棉衣和鞋子，腰间束了一根草绳。认识蒋氏的人问，追到孩子了吗？蒋氏倚着墙竟然朝他们微笑起来，没有，他们过江了。过了江就不追了吗？他们到城里去了，我追不上了。

祖母蒋氏在一九三五年的前夕走回去，面带微笑渐渐走出我的漫长家史。她后来站在枫杨树西北坡地上，朝财东陈文治的黑砖楼张望。这时有一群狗从各个角落跑来，围着蒋氏嗅闻她身上的陌生气息，冬天已过，枫杨树的狗已经不认识蒋氏了。蒋氏挥挥手赶走那群狗，然后她站在坡地上，开始朝黑砖楼高喊陈文治的名字。

陈文治被蒋氏喊到楼上，他和蒋氏在夜色中遥遥相望，看见那个女人站在坡地上，像一棵竹子摇落纷繁的枝叶。陈文治预感到，这棵竹子会在一九三四年底逃亡后，植入他的手心。

"我没有了——你还要我吗——你就用那顶红轿子来抬我吧——"

陈文治家的铁门在蒋氏的喊声中嘎嘎地打开，陈文治领着三个强壮的身份不明的女人，抬着一顶红轿子出来，缓缓移向月光下的蒋氏。那支抬轿队伍是历史上鲜见的，但是我祖母蒋氏确实是坐着这顶红轿子进入陈文治家的。

……

就这样我得把祖母蒋氏从家史中渐渐抹去。我父亲对我说，他直到现在还不知道她叫什么名字。他关于母亲的许多记忆也是不确切的，因为一九三四年他还是个婴儿。

但是我们家准备了一垛最大的干草，迎接陈文治家的女人蒋氏再度抵达这里。父亲说她总会到来的。

祖母蒋氏和小女人环子星月辉映养育了我的父亲，她们都是我的家史里浮现的最出色的母亲形象。她们或者就是两块不同的陨石，在一九三四年碰撞，撞出的幽蓝火花就是父亲，就是我，就是我们的儿子孙子。

我们一家现在居住的城市就是当年小女人环子逃亡的终点，这座城市距离我的枫杨树老家有九百里路。我从十七八岁起，就喜欢对这座城市的朋友说，我是外乡人。

我讲述的其实就是逃亡的故事。逃亡就是这样早早地发生了，逃亡就是这样早早地开始了。你等待这个故事的结束时，还可以记住我祖父陈宝年的死因。

附：关于陈宝年之死的一条秘闻

一九三四年农历十二月十八夜，陈宝年从城南妓院出来，有人躲在一座木楼顶上，向陈宝年倾倒了三盆凉水。陈宝年被袭击后，朝他的店铺拼命奔跑，他想跑出一身汗来，但是回到竹器店时，浑身结满了冰，就此落下暗病。年底丧命，死前紧握祖传的大头竹刀。陈记竹器店主就此易人。现店主是小瞎子。城南的妓院中漏出消息说，倒那三盆凉水的人就是小瞎子。

我想以祖父陈宝年的死亡给我的家族史献上一只硕大的花篮。我马上将提起这只花篮走出去，从深夜的街道走过，走过你们的窗户。你们如果打开窗户，会看到我的影子投在这座城市里，飘飘荡荡。

谁能说出来那是个什么影子？

短篇小说

一个礼拜天的早晨

    李先生大约在早晨五点钟左右醒来，他不记得自己是被邻家的公鸡啼醒的，抑或是被李太太梦魇中的一条腿压醒的，他记得有什么东西在他胸前重重地敲了一下，然后他就醒了。

    是暮春的一个早晨，并且是礼拜天的一个早晨。李先生不用在打开煤炉煮粥的同时心急火燎地批改学生作业。李先生把李太太肥胖的身体温柔地搬动了一下，然后下床找到了四只拖鞋中的两只。右脚觉得紧绷绷的，仔细一看是女鞋，于是及时地作了调整。尽管这样，李先生走到天井里时心情仍然是愉快的，礼拜天的早晨总是使李先生感受到一丝别样的安慰和怜悯。

    天井里的夹竹桃花开得很鲜艳，花蕊及枝叶间微微蕴藏了几滴露珠。李先生用一把小刀给那些价廉物美的花草松了松土，这时候他突然想起李太太昨夜关照的事情，买蹄髈。李先生嘀咕了一句，跳起来就回屋子，他找到菜篮子朝床上的女人嚷嚷了一句，我去买蹄髈啦。然后他把旧自行车哐哐啷啷地推出天井，走到外面的香椿树街上。

    李先生就是那个骑自行车的人。李先生不管是去学校上课，不管是去杂货店买香烟火柴还是去公共厕所解手，都喜欢骑着那辆破旧的蓝漆已经斑驳的自行车。

    自行车的圆锁已经锈蚀得很厉害，李先生没有再配新的，现在他用的是一种自制的由铁丝和废挂锁组合的链条锁，李先生骑在车上时就有一种琅琅之声尾随在他身后。

    菜市场的电灯仍然乱七八糟地亮着，电灯下人头攒动，买菜的人们脸上普遍残存着眼屎和瞌睡的痕迹。李先生看见他班上一个女生在买莴笋，她看见他时眼神好像非常惊恐，一猫腰就消失在菜筐后面，李先生觉得这个女生的表现很滑稽，到菜场买菜有什么不好意思呢？我是你的先生，我不是一样要拎着菜篮来买菜吗？人活着都要吃饭，要吃饭就要买菜的。

给我挑一只蹄髈。李先生对肉贩子说。

这只怎么样？肉贩子从案板上拎起一大块肉，大概有四斤重，便宜一点卖给你好了。

太大了，我家里的让我买一只两斤重的。李先生观望着案板上的一摊摊的肉、内脏和骨头，他说，吃不起，现在的猪肉比人肉还贵。

两斤重的还真难挑。肉贩子的手在案板上摸了一圈，最后拎起一块肉扔进秤盘里，就称这块吧，看上去肥了一点，其实是肉蹄。

李先生根据形状判断肉蹄是蹄髈的某一变种，于是认可了肉贩子的选择。最后他很干脆地跟肉贩子讨价还价，少付了两角钱。

李先生在替盆栽仙人掌浇水的时候，听见厨房里乍然响起一声尖叫，什么蹄髈，是一堆肥膘。李太太伏在菜篮上表情悲痛欲绝，紧接着那块肉从窗口飞过来，恰巧落在李先生的脚背上。

是肉蹄，肉蹄就是蹄髈。李先生捡起肉对李太太申辩道，你怎么把肉当皮球一样乱扔呢？

你气死我了，连肥肉和蹄髈都分不清楚，我从来没听说过有肉蹄这种东西，什么肉蹄？是肉贩子骗你的鬼话，你还当真了，你要把我气死了。

李先生将肉举高了，仔细地检查了一遍，他的愠怒的表情渐渐变得无可奈何，最后他气馁地说，好像是更像肥肉一些，但瘦肉也还不少，就凑合吃吧。

说得轻巧。李太太隔窗厌恶地看着李先生和李先生手上的肉，她提高了嗓音说，多少钱一斤？他是按蹄髈的价格卖给你的吧？

不知道，反正我跟他还价了，我杀了他两角钱。李先生喏嚅着，以一种息事宁人的态度安慰女人，就算是肥肉吧，做红烧肉也挺香的，我最喜欢吃你做的红烧肉了。李先生拎起那块肉往屋里去，他想把肉放到水池里。但是李太太突然冲过来用身体把他挡在门外，李太太的眼睛里闪着愤怒和怨恨的泪花，这使李先生感到惶惑不安，以往只有在李先生动手打她时，李太太才会有这种激动的反应。

你怎么啦，李先生拎着肉，站在台阶上进退两难，他说，为了一块肉，何必发这么大的脾气？

你倒是想得开？我问你你每月挣几个钱？那几个钱养家糊口都难，你凭什么白白给肉贩子送去六块钱？李太太穿着棉毛衫和短裤堵住李先生，她的脸因为情绪激愤而变得苍白。李太太突然想起一些伤心事，眼泪忍不住挂了下来，她说，我弟弟的结婚大事，你当姐夫的只肯掏五十元，可你今天白白送给肉贩子六块钱，你真的要把我气死了。

不到六块钱。李先生皱了皱眉头，他不满意李太太这种夸张的说法，我一共付了六块钱，怎么会是白白送他六块钱呢？这块肥肉本身也起码值三块钱。李先生扭过脸看着天井里的夹竹桃花，他停顿了一会说，肉贩子最多赚三块钱，赚就赚吧，只当是买回一只真蹄髈，反正一样地吃到肚里。

你要把我气死了，李太太抬手掠了一下蓬乱的头发，她用一种陌生的严峻的目光直视着李先生，你马上去菜场找那个肉贩子，你把这块肥肉还给他，把六块钱给我要回来。

我不去。我不想为了三块钱一天跑两次菜市场，要不是照顾你身体，我今天也不会去菜市场，也不会买回这块倒霉的肉。

你就这样照顾我。李太太鄙夷地冷笑了一声，然后伸手去夺李先生手里的肉，她说，你不去我去，你不在乎六块钱我可在乎，你身体娇贵一天不能跑两次菜市场，我是做用人的命，一年四季我哪天不跑菜场？冬天买处理大白菜时我一天跑过五次菜场！

李先生躲闪着退到天井里，李太太不依不饶地冲过来，李先生终于忍不住又打了女人一次，准确地说是连推带搡了一次。李太太跌坐在地上，立刻发出凄凉的哭叫声。

你又打我，你白白送给肉贩子六块钱，还有脸动手打我。李太太边哭边说。

我没有打你，我只是推了你一下。

我天天头晕眼花，你却来动手打我，这日子看来是没法过下去了。李太太边哭边说。

李先生突然想起女人这两天是病着的，于是心里一阵发虚。他低头看了看手中的肉，迁怒于肉但又无从发泄，他舍不得把这块惹是生非的肉扔到香椿树街上去，假如扔出去它无疑会被街坊邻居捡回自己的锅里。李先生抖了抖手中的肉，有一些淡红色的血沫和黏液从指缝间流了出来。他听见女人的哭闹已经转为低声啜泣，她一边啜泣一边倾诉她在家庭生活中的辛劳及其种种不幸。李先生叹了口气，他说，别哭了，为了一块肉不值得这样，我去找肉贩子退赔不就完了吗?

李先生就是那个骑旧自行车的人。阳光已经升得很高,香椿树街的石板路面泛出一种刺眼的光泽。空气中充溢了主妇们生煤炉弄出的煤烟,两侧房屋的屋檐上已经跨满了晾衣的竹竿,来往路人就从煤烟和湿衣服下通过。李先生咣啷咣啷地骑着自行车,曾经有数滴水珠从高空中坠落,落在他的鼻尖上,给他一种奇异的冰凉刺骨的感觉。在街口拐弯的时候,李先生遇到学校的同事朱先生,朱先生下了自行车朝他迎过来,好像有什么话要说。但李先生装作没看见,他用一只手遮挡住自行车龙头上悬挂的肉,加快速度冲过了街口。他听见朱先生在后面喊,喂,老李你上哪儿去?李先生装作没听见,李先生根本不想被熟人知道他这天庸俗的行踪,否则第二天自己将成为办公室的课前闲聊的话题。

菜市场已经渐趋冷落,烂菜叶和鸡屎混染的气味却依然如故。李先生匆匆忙忙地拨开挎菜篮的人群往里面站。有许多摊贩在提前撤摊,李先生赶到肉市恰恰看见那个年轻的肉贩子在清洗案板,他用潮抹布狠狠地擦着肉案,一些血水夹杂了几星肉沫溅得到处都是。

别撤摊,你骗了我。李先生把那块肉扔到案板上,他指着肉质问肉贩子,你说这是蹄膀还是肥肉?

是肥肉。肉贩子镇定自若地打量着李先生。

可你刚才说是肉蹄,你把它按蹄膀的价格卖给我。一块肥肉,你竟然要了我六块钱。

不会的,肥肉是肥肉的价,蹄膀是蹄膀的价,肥肉怎么卖得出蹄膀的价呢?肉贩子绞干了抹布,朝旁边的一辆黄鱼车走去。他说,我天天在这里卖肉,从来没干过这种缺德事,你肯定记错了,要不你就是存心来诈我。

我没记错,就是你。你还说这肉看上去肥了一点,其实是肉蹄。李先生追上去挡住了肉贩子的黄鱼车,他用愤恨的目光盯着肉贩子年轻而红润的脸,他说,你别溜,请先把六块钱退给我,我不会让你这么溜掉的。

我溜?肉卖完了我得回家睡觉。肉贩子鄙夷地扫了李先生一眼,然后跨上黄鱼车的座垫,他说,你大概是穷疯了,买块肥肉还不想花钱,还想让我贴补你六块钱?你让大家评评世上有没有这个道理?

旁边已经围上来一群看热闹的人。李先生气得满脸通红,这种庸俗的局面使他感到一丝恐慌，也使他的一腔义愤转化成另一种自怨自艾的情绪。他拎起案桌上的那块肉嘟囔道，我自认倒霉好了，我要向市场管理委员会反映，一块肥肉竟然卖了六块钱！李先生拎着肉冲出围观的人群，胸口觉得很闷。他朝地上吐了一口唾沫，好像要把心中的怨气一起吐出来。那辆破旧的自行车原来是靠在一辆运货板车上的，板车被人拖走后自行车就倒在了地上。李先生把自行车扶起来，心想我今天真是倒霉透了。然后他发现自制链条锁的钥匙不见了，搜遍每个口袋都没有，急得李先生想骂娘，正要弯腰拾砖砸锁的时候，那把钥匙从他手掌心里掉了下来，原来钥匙一直就在他的手心里。

李先生骑上自行车，猛然看见那个年轻的肉贩子骑着黄鱼车从他身边擦过，肉贩子骑黄鱼车的动作幅度很大，透露出一股骄横的不可一世的气息，他的背影对李先生是一个强烈的刺激，李先生的与之论争到底的念头也就在瞬间突发而起了。

破旧的蓝漆斑驳的自行车发出一阵哐啷哐啷的巨响，李先生现在与肉贩子保持并行的速度，他冷静地对肉贩子侧目而视，就像一个猎人紧紧地盯住狡猾而强悍的猎物。

你跟着我干什么？你要是闲着没事，不如回家睡个回笼觉，盯着我有什么用？

你骗了我，你得把六块钱退还给我。

别瞎缠了，你想跟我回家？跟我回家也没用，我起早贪黑挣几个钱，凭什么白白地还给你六块钱？一分钱一分货，我从来不做赔本的买卖。

我不是缠你，我桌上还堆着学生作业没批，哪有工夫来缠你？问题是凡事都得讲理，我这样的家庭经济素来拮据，你怎么能白白骗去我六块钱呢？

六块钱，六块钱！肉贩子突然不耐烦地叫起来，难道那块肉就不要钱买吗？什么六块钱，最多一块钱。

李先生感到一阵欣喜，事实上肉贩子至此已经承认了他的欺骗。李先生用力蹬了几下他的破自行车，这时候他也换了一种温和的口气，怪我说错了，不是六块，但也不止一块。根据这块肉的重量和价格来推算，你应该退还给我三块，这样我也不用把肉还给你，带回家做红烧肉其实也好吃的。

三块？你认为肥肉就不是肉啦？有时候你想买肥肉都买不到。肉贩子放慢了黄鱼车的速度，侧过脸对李先生说，最多退还你一块五，算我今天倒霉吧。

两块钱。李先生想了想很坚决地说，你最少得还我两块钱，因为那块肉最多值四块钱。

好吧，两块就两块吧，我缠不过你。肉贩子终于失去了耐心，他单手扶着车把，另一只手伸进围裙的大口袋里掏钱，掏出一大把油腻腻的毛票。肉贩子懒得下车，他就抓着那把毛票隔车递给李先生，算我倒霉，白白赔了两块钱。

李先生匆忙跳下车去接钱。李先生将自行车停在香椿树街与龙门路交会的十字路口，人就站在交通红线内侧清点那堆毛票。李先生在点钱之前仍然没有忘记交通规则。

他点了两遍，发现总数都是一块八，肉贩子少给了两毛钱，恰恰就是李先生买那块肉时杀下的价钱。李先生的胸口再次感到沉重的一击，他抬起头发现肉贩子的黄鱼车已经疾速通过了十字路口，从他的背影中李先生再次感受到了嘲谑和污辱。

回来，你少给我两毛钱！李先生举起那把毛票朝马路对面高声大喊。肉贩子没有回头，肉贩子也许听见了也许根本没有听见。要知道十字路口往往是嘈杂和繁忙的，来往的车辆喇叭淹没了李先生嘶哑的声音。

李先生突然怒不可遏，他骂了一句粗鲁的下流话，然后飞快地骑上自行车去追赶那个肉贩子，他决定跟奸猾而可恶的肉贩子纠缠到底。李先生不顾一切地骑车横贯路口。这是一个不容选择的灾难的时刻，一辆运送冰冻海鱼的卡车迎面驶来，司机在踩动刹车闸的同时听到一声狂叫，然后是自行车被撞倒后发出的清脆的令人恐怖的声响。

是一个暮春的早晨，并且是一个礼拜天的早晨。阳光散淡地照耀着路口的车祸现场。香椿树街的人们来到路口，看见水泥地上有一摊鲜红的血污，血污的旁边横陈着一辆熟悉的破旧的自行车，现在它已经完全散架了，而自行车笼头上悬挂的一块肥肉却完好无损。在早晨九点钟的阳光下，那块肥肉闪烁着模糊的灰白色的光芒。

天使的粮食

　　暴风雨过后，河两岸的土地还在呻吟，被大风连根拔除的玉米苗成堆地漂浮在河水里，它们像一块新生的土壤漂浮在河水里，上面停息着一只死去的母鸡或者猪崽。通往村庄的土路泥泞不堪，一条浑黄色的溪流从土坡那里奔泻而下，在水洼处突然消隐，但它没有完全消失，几条泥浆流从水洼里挤出来，蜿蜒地爬行着，一直爬到村里人家的台阶下。暴风雨过后，村里人纷纷走出茅屋，许多人注意到台阶下的积水里浮满了金黄色的稻谷，他们从水中捞起稻谷，捻去糠皮放进嘴里嚼着，是很新很香的稻谷，他们觉得这件事情很奇怪，现在不是收获季节，这些稻谷是从哪儿漂到村里来的呢？

　　天使的牛车终于出现在村外的土坡上，第一个发现天使的是牧鹅少年全子。全子看见一个身披蓑衣的男人拉着那辆牛车上了坡。那男人边走边唱，嘴里哼着奇怪的小调。全子不认识那个人，他赶着鹅群蹚过一片河滩地，堵住了陌生人的路。

　　你从哪里来？全子用柳枝在泥地上划了一道线，充满戒意地盯着那个人，他说，我们村死了好几口人，不准外人进村。

　　我不是外人，那个人说，我是天使。

　　谁管你姓天还是姓地呢，反正你是外人。全子注意到天使的牛车用芦席覆盖着，几粒金黄色的稻谷正从芦席缝隙中泻落下来。全子的声音因此亢奋起来，你车上装的什么？是稻谷吗？

　　是稻谷。天使微笑着回过头，他走到牛车边掀开芦席一角。看，多么饱满的稻谷，天使说，可惜天气不好，路上难走，洒了好多谷子。

　　全子跑过去把脑袋埋在车上，使劲嗅了嗅，他说，你是来卖粮食的吗？现在来卖粮食肯定赚死人。

　　我是天使，天使不做买卖。天使拉着牛车小心翼翼地下了坡，边走边眺望着村子，没有炊烟，真的没有炊烟，他若有所思地说，人间的消息总是来迟一步，可惜我来迟了。

全子不知道什么是天使，也不懂他说的话。全子赶着鹅群跟在牛车后面，他看见那个自称天使的人脚步疲惫，赤裸的双腿沾满了泥浆，他的蓑衣上不时有晶莹的水珠滚落下来。天使的牛车越过了地上的横线，全子不再阻拦它，因为他知道一车稻谷可以填满许多空空的肚子，有了粮食，许多人就能熬过这个春天。全子记得他已经吃了好多天的野菜树皮，没想到天使的牛车来了，牛车上的稻谷散发着如此诱人的芳香，饥饿的牧鹅少年忍不住把手伸到车上，偷偷地抓了一大把谷子。

村民们聚集在村长家的院子外面，面黄肌瘦的男女老少，每个人手里拿着一只粗布米袋，伸长脖颈望着村长家的门板。挤在前面的人扒着门上了院墙，这样他们看见了那个自称天使的人，看见了天使的牛车，一车金黄色的稻谷奇迹般地出现在村长家的院子里。墙上的人便狂喜地叫喊起来，全子没骗人，真的是一车谷子，真的来了一个大善人！

村长终于打开了门，村长满面红光，头上肩上都落满了谷糠。一个一个地进去，每人分五斤米，谁也不准多舀一粒米。村长高声大嗓地说，李家媳妇，王家婆娘，你们别在那里嘀咕，你们要是疑心我多吃多占就昧了良心啦，我要是多吃多占就是乌龟王八蛋！

那是哪儿来的大善人？村民中有人问。

我也闹不清楚。村长说，说是个天使，我也闹不清楚天使是干什么的。

天使在天上飞的呀，怎么会跑这里来？人群中的私塾先生惊叫起来，他瞪大眼睛说，天使都长着两个翅膀，那个人身上长着翅膀吗？

你胡说八道些什么？村长怒视着私塾先生骂道，你个不知好歹的东西，饿死你活该，人家好心送粮食来，你却诬赖人家长翅膀，他又不是鸟，怎么会长翅膀？

村长的话博得了大家的同感。你别来拿人家的粮食，他们一哄而起，干脆把私塾先生推出了队伍。孩子们平时对他又恨又怕，这时乘机朝他的后背吐唾沫。牧鹅少年全子则冲到私塾先生面前愤愤地说，他是好人，他不是鸟，我第一个看见他的，是我把他领到村长家的，你这么诬赖人家，为什么还来拿他的谷子？

人群乱了一阵，挤在前面的人已经进了院子，后面的人便都急，一窝蜂地往前拥。有个妇人被挤到别人的脚下，扯着嗓子尖叫起来。村长拼命用双手撑住摇摇欲坠的门框，嘴里斥骂着村民们，吃个白食就猴急成这样？这辈子没见过粮食？再这样没出息，我就让天使把粮食拉回去！

村长发了火，人群稍稍安静下来，很明显谁也不想失去救命的粮食。又有人突然问，这粮食真是白拿吗？不会秋后算账吧？

闭上你们的臭嘴，村长不耐烦地说，让你们拿你们就拿，什么事都有我顶着呢，你们吃上饭记着我村长的好，那我就满意啦。

现在领取粮食的村民都看见了天使，天使就站在牛车的后面，他有着一张年轻而枯槁的脸，神情肃穆而安详，让人们感到奇怪的是天使的手和手里的东西，那双手像两朵雪白的莲花洁白无瑕，那双手轻盈地托住一只黑陶坛子，合抱在胸前。黑陶坛子吸引了更多的目光，有人提着米袋挤过去，好奇地朝坛子里张望，他们发现坛子是空的。天使手中的坛子使人们感到迷惑，他们不敢贸然向天使打听，退出去后就争论起来。有人认为那只坛子是装粮食用的，说天使没有米袋，所以就用坛子装米。又有人说，有钱的大善人才不稀罕那五斤米，一个人假如把他的房子送了人，绝不会再去揭房顶上的一片瓦，坛子肯定有别的用途，说不定是夜里起夜的便器呢。

牧鹅少年全子领到粮食后一直站在天使的身边，好像天使是他家的亲戚。全子不仅凑着坛子朝里面看，还把手放上去乱摸一气，摸过了就对别人说，什么也没有，空的。

天使没有责怪全子，天使的眼睛巡视着每一个村民的眼睛，他的安详的表情渐渐显得有点哀伤。人们不知道他在想什么，也许他后悔把粮食白白送人了吧，也许他等着别人的什么回报？人们突然就有点心虚，扛着米袋往外面退。全子却不走，他朝天使的坛子里又看了一眼，忍不住嚷嚷起来，你怎么不说话？你成哑巴啦？我问你呢，你想往坛子里装什么？人群倏地安静下来，几乎所有人都眼巴巴地望着天使，所有的人都竖起耳朵等待着天使的回答。

天使疲惫干瘦的脸上掠过一丝微笑，他低下头，轻柔地将手中的坛子转了一圈，然后他说，这是一只圣坛，我将用它装满人间的眼泪。

村民们面面相觑，他们盯着天使手中的坛子看了一会儿，脸上不约而同地显露出一种惊悸之色，有些人拎着米袋慌慌张张逃了出去，不知是谁在院子外面怪叫了一声，捏着嗓子喊道，他是疯子，是个疯子！

几天来村里充满节日般的气氛，这个贫穷的村子曾经因为饥饿而奄奄一息，但天使带来的粮食使人们再次焕发出生命的活力。孩子们又在村头追逐玩耍了，河滩上又响起了女人们捣衣舂米的声音，而男人们又聚集在大槐树下，抽起已经发霉的旱烟，互相开起粗鄙下流的玩笑。

牧鹅少年全子看见天使坐在祠堂的台阶上，天使似睡非睡，他的双手仍然紧紧抱着那只黑陶坛子。一只蜜蜂围绕着天使嗡嗡地飞了一会儿，落在天使的蓑衣上。全子怕蜜蜂欺生叮他，就用细竹竿赶走了蜜蜂。天使仍然闭着眼睛，他的脸上有一种神秘的金黄色的光。全子端详着天使的脸，突然想起私塾先生说过的话：天使都有两只翅膀，村里有些人是相信他的话的，全子很想知道天使是否真的长着翅膀，他忍不住地把竹竿伸向天使，他想挑开天使身上的蓑衣。但就在这时天使醒了，天使的眼睛突然睁开了，他说，孩子，你还饿吗？

不饿啦，我刚喝了三碗粥。全子撩起衣服让天使看他的浑圆的肚子，全子说，怎么没见你喝粥，你在村长家吃干饭了吧？

孩子，你忘了我是天使，他说，我是天使，天使不吃五谷杂粮。

村里人都说你是疯子，他们的良心让狗吃了，我知道你是个大好人，只有你这样的大好人才会把粮食送给别人，自己却饿着肚子。

我不是疯子，也不是大好人。天使说，我是天使，可惜你们以前从来没见过天使。

我知道你是天使，可天使也有家吧，你家住哪儿呀？全子说，天使你怎么还不回家？

天使这时候露出了苦涩的微笑，他朝全子晃了晃手里的黑陶坛子。坛子是空的，天使说，我不能回去，我不能带着一只空坛子回家。

你真的要用这坛子盛眼泪吗？全子扑哧一笑，但天使投来的目光使他忍住了喉咙里的笑声，全子就捂着嘴说，可是，可是，你上哪儿去弄那么多眼泪呢？

我以为这是个有许多眼泪的村庄，也许我错了，天使凝望着远处大槐树下的那群男人，他说，真奇怪，这里没有人哭泣，你听，他们正在那儿笑呢。

他们没事就坐在那里聊，一聊开就会笑。全子说，婴儿才喜欢哭呢，可是村里好几个婴儿都死了，死了就不哭了。

死了这么多人，为什么听不到哭声呢？天使说，这真奇怪，他们不为自己的亲人哭泣吗？

刚开始死人时有人哭的，后来死人多了，他们就不哭了。全子说，我奶奶饿死了，我爹我娘都没哭，我也没哭。

为什么不哭，你奶奶不疼你吗？

奶奶疼我，可她死了呀。全子说，我爹说死人不能复生，哭有什么用？怎么哭也不能把她闹醒的。

我不相信你们会没有悲伤。天使说，我不相信，这么多灾多难的村庄却没有眼泪。

我们没有眼泪，不骗你，我们真的没有眼泪！

我以为你们的眼泪流成了河，可是我已经等了三天了，坛子里还是空的。天使把坛子轻轻地放在地上，突然想起了什么，孩子我问你，我进村以前有人哭吗？当你们饿得没办法时有人哭吗？

没有，全子摇了摇头说，饿急了就没力气哭啦，也有人躺在床上哼哼，他们光是哼哼，没有眼泪。

孩子我再问你，当你们分到稻谷后有人哭吗？天使又问，有没有人因为感激而掉下眼泪呢？

没有，全子更坚决地摇了摇头，他说，分到粮食就更不会哭了，有了吃的还哭，那不是傻瓜吗？

这时候，天使沉默了一会儿，他注视着全子，眼睛里充满了忧伤。

你这人真奇怪，为什么要让别人哭呢？

天使忧伤的目光眺望着黄昏的村庄，他看见那些茅屋顶上又升起了炊烟，而大槐树下那群男人的声音清晰地传了过来，你听，他们在说些什么，天使的脸上浮现出痛苦的表情。他说，我不敢相信，他们用铁锹打妇人的脚，用铲子拍妇人的手，那些可怜的妇人，她们正在河边为他们洗衣服呢，那些挨打的妇人也不哭吗？

有的妇人会哭，可她们光是干嚎，一滴眼泪也没有。别说这些了，老说这些有什么意思？全子不耐烦了，他看见一只鹅出了群，就追上去打它的屁股，一只鹅蛋恰好落到地上，鹅生蛋啦！全子惊喜地叫了一声，这是今年第一只蛋！全子高高地举着鹅蛋，送到天使面前。给你，他说，你送给我们那么多粮食，我该把这鹅蛋送给你，拿着蛋回家吧，别在这里等眼泪了，再等下去每个人都会把你当疯子，他们会把你捆起来扔到河里去的！

我是天使，天使不怕捆绑，不怕水火。天使摇了摇头，伸出一只手在全子的头顶上轻轻按了一下。他说，孩子，只有你让我感到安慰，你的眼睛里藏着许多眼泪，总有一天它会流出来的。

天使冰凉的手从牧鹅少年的头顶上轻轻滑落。当那只手快碰到全子的眼睛时，全子莫名地打了个冷战，凭着某种本能甩掉了天使的手。他看见天使惊愕的表情和目光，看见天使的蓑衣猛地向两侧滑落，像一只打开的河蚌，然后全子便发出了那声刺耳的尖叫。

翅膀

他有翅膀

翅膀

牧鹅少年全子朝大槐树下狂奔而去，一路上不停地尖叫着。几乎每一个村里人都听见了他的叫声。人们闻声跑出屋子，恰好看见祠堂周围突然升起一片淡黄色的烟霭，隐约可见天使站在烟霭之中，岿然不动。他们当时还看不见天使的翅膀，只是看见天使手中的黑陶坛子，它在烟霭之中放出一种神奇的金色的光芒。

村民们是在第三天夜里开始驱逐天使的。村长带着一群人来到天使寄居的祠堂，他们手里的火把把祠堂附近的天空照得如同白昼。

火把之光也映红了天使的脸。天使似乎预感到了村民们的来意。我知道你们会来，只是没想到是在今天夜里。天使的脸上除了忧伤又添了焦灼之色，他的双手也急迫地捧出黑陶坛子，呈送到每个人面前。你们知道我只想要眼泪，他说，三天了，你们仍然没有眼泪吗？

你别说疯话了。村长无所畏惧地推开了天使的坛子。他说，我们以为你是个大善人，谁知道你是个怪物，早知道你是怪物，我们情愿饿死也不吃你的粮食。

我不是怪物，你们知道我是天使，天使说，我的粮食赐给每一个饥饿的人，收下的只是你们的泪水。

我们从来不哭，你休想得到我们的眼泪。村长瞪着天使身上的蓑衣，凶狠地说，你怎么还不走，难道想让我们扯开你的蓑衣吗？我们才不管你是天使还是地使呢，长着翅膀的人就是怪物，是怪物就不准呆在我们村子里。

翅膀不是怪物的标志，是天使的荣耀，可惜你们还不知道什么是荣耀，什么是耻辱。天使的眼睛悲哀地注视着村民们，他把圣坛紧紧地抱在胸前发出了一声长叹。他说，我猜到你们会使用暴力，假如暴力会使你们后悔，假如后悔会使你们流泪，我会留在这里，任凭你们撕碎我的襄衣，折断我的翅膀，可是请你们告诉我吧，你们会流泪吗？

住嘴。我们就是把你扔进火堆也不会流泪！村长跺着脚高声大吼起来，你以为一车谷子就能让我们跟你一起发疯？快走吧，快点离开我们的村子，你要再说疯话我们就要动手了！

天使站在火把的光焰下沉思了一会儿，他的脸现在看上去洁白如雪，他的眼睛里有一滴泪水慢慢流出来，像一颗珍珠挂在他的面颊上。村民们突然都后退了一步，他们看着天使抱着圣坛慢慢走出人群，脚步迟缓而疲惫。祠堂附近的空气一下子变得湿润而黏稠起来，许多人感到脸上有水，胸口喘不过气来。天使走到村口，回头朝这个村庄望了最后一眼。许多人看见了他脸上的第二滴第三滴泪水，那些泪水像珍珠雨一样泻落在圣坛里，朗朗有声。天使就那样一边哭泣一边对村民们说，你们永远不会哭泣了，现在让我为你们哭泣吧，让我为你们大声哭泣吧！

然后村民们便听见了天使的哭泣，天使的哭泣犹如一串春雷，震荡了方圆一百里的土地和村庄，甚至夜空中的月亮和星星都摇晃起来了。后来村民们回忆起天使的哭泣时，耳朵仍然有刺痛的感觉。他们说天使的哭泣比人要响亮一百倍，天使的眼泪也比人的眼泪要晶莹一百倍。令人遗憾的是没有人看见天使的飞翔，有人说那是因为黑夜的缘故，你在夜里看不见飞翔的鸟，所以你也看不见飞翔的天使。

凡是天使降临的地方必然留下他的痕迹，牧鹅少年全子有一天在河滩上发现了那只黑陶坛子，他认出那是天使遗留下来的圣坛。圣坛卡在卵石和淤泥之间，坛子里积满了水。全子知道那不是河水，他用一根手指蘸了蘸坛子里的水，放进嘴里品尝着，就像他所预料的那样，圣坛之水果然有一种苦涩而清凉的味道。

牧鹅少年知道那是天使自己的眼泪。

神女峰

　　轮船码头比任何一个集市都要拥挤和肮脏，滞留此地的人们有的蹲着，有的站着，还有的四仰八叉地躺在仅有的几块空地上，张大嘴呼吸着污浊的空气，一边打着响亮的呼噜。轮船尖利的汽笛声没有惊动那些人，很明显他们并不是旅客。

　　最后的两名旅客大概就是描月和李咏。描月的一只手被李咏紧紧地拽着，另一只手一直提着她的黑色长裙，像一个木偶被牵拉到了检票口。描月意识到自己像一个木偶，因此她的脸上一直凝固着一种窘迫的表情。当她在检票口撞到一个农民模样的人时，描月没有向那人道歉，却猛然甩掉李咏的手，你干吗这么慌慌张张的，描月说，船还没开呢，你慌什么？

　　李咏回过头匆匆瞥了女友一眼，他的手上肩上各挎了一只旅行袋，脖子上挂着描月的女士皮包。李咏察觉到描月在生气，但他没生气。李咏踮起脚尖朝轮船的甲板上张望，突然高声叫起来，我大哥，我看见我大哥了！李咏朝甲板上的一个男人挥着手，一边揽着描月的肩膀说，看见我大哥了吗？他正跟我们挥手呢。

　　描月看见一个穿蓝白条衬衫打着领带的男人，叼着香烟伏在栏杆上，一只手高高地举起来，朝左右两侧潦草地晃了两下，他挥手的姿势活像是一个大人物。描月下意识地回头看了看，后面当然没有什么人。她其实知道他在向自己挥手，只是故意不看他。其实不用李咏介绍，描月也知道了，那个人就是老崔。

　　上船的时候描月仍然目不旁视，但是冷不丁地说了一句，你大哥？哼，你大哥就这模样呀？

　　描月嘴快，说了话往往自己也不知道是什么意思。描月是个喜欢贬低一切男人的女孩，其实就站在甲板上的老崔来说，他的体型要比描月想象的高大魁梧，他的长相也比她想象的要年轻一些，英俊一些。

他们三个人包下了一个二等舱，舱室不大，却还算干净。描月是第一次坐船，不禁有点喜形于色，她在舱内扫视了一圈，摸了摸床铺说，挺舒服的么。描月说完就后悔了，她看见老崔投来的目光，那么匆匆一瞥，却让她后悔得要命。

老崔含笑道，是第一次坐船吧？

第一次怎么啦？描月说，坐轮船有什么可得意的，又不是坐航空母舰。

老崔愣了一下，看看李咏，说，厉害。

她就是嘴厉害，李咏说，心眼还挺好的。

谁告诉你我心眼好的？描月说，你根本不了解我。

李咏尴尬地笑了笑，转移话题说，操，就我们三个人，没有外人来了，这多痛快。大哥还是你英明，坐二等舱就得包舱。

有钱么，有钱就能摆阔。描月从小包里取出化妆盒，细细地在脸上补了点妆。描月对着小镜子说，我倒希望再来一个人，有趣一点的人，要不，这一路上还不把人闷死。

描月听着两个男人无言以对，总算觉得解了气，又觉得他们嘴笨，忍不住偷偷一笑。她从镜子后面偷窥两个男人，他们都微笑着，脸上是一种相仿的宽容的表情。李咏这时候凑到描月耳边，轻声说，你对我大哥客气点，你忘了你的工作都是他帮忙找的？

描月撇了撇嘴，想说什么又忍住了，描月的报复本来已经完成，没想到李咏紧接着就做了那件事。李咏从床下拿出了三双拖鞋，第一双给了老崔，第二双给了描月，第三双放在自己脚下。描月看着他拿鞋的次序，心里很不舒服。偏偏老崔在说话了，老崔说，李咏你又错了，该先给你女朋友呀。老崔话音未落，描月已经把拖鞋踢了出去。

没出息，描月冲着李咏喊道，你是男人吗，他有钱你就甘心当他的奴才？

你这是什么话？他是我大哥呀。李咏涨红了脸，讪讪地说，一双拖鞋，先给谁还不一样？

老崔在一边哈哈大笑起来，他的笑声听上去快乐而暧昧，他一边笑一边拍着李咏的肩膀，然后附到李咏耳边说着什么。描月瞪着他们，她想听清楚他们在说什么，却看见老崔注视着自己。老崔的眼神有点古怪，似乎在赞赏她，似乎又不是，描月觉得那种眼神很隐秘。

不知怎么，描月不敢正视老崔的眼睛。她转过脸去望着船窗外面，窗外码头上的景物已经开始移动，昏黄的江水缓缓地后退，船已经离港了。旅行开始了，描月的心情也一点一点好起来，她的脑海里迅速闪过南京、武汉、万县、重庆这些地名，那是她记得的三峡旅行将要经过的城市。描月的心情一点一点地好起来，她想象着长江三峡美丽壮观的景色，依稀看见一座形状奇特的陡峭的山峰，那就是著名的神女峰。描月是在一张长江游览图上知道它的，神女峰的形状确实像一个守江而望的女人。描月也不知道为什么独独是神女峰让她产生了无限的想象。

描月从小包里找到了那张皱巴巴的游览图。描月的手指沿着图上的长江优美地移动着，在标示神女峰的红点上突然停顿了。神女峰，描月莞尔一笑，叹了一口气说，唉，船开得真慢，什么时候才能到神女峰呀？

李咏已经脱下衬衫光着上身了，他正用毛巾在腋下抹擦着。急什么？李咏说，船不是刚开吗，那个什么峰肯定在三峡里，过了武汉才进三峡，进了三峡才能看见呢。

那用得着你说？描月朝李咏轻蔑地瞥了一眼，她意识到自己是在问老崔，但不知怎么她的目光一旦与老崔相遇就慌忙躲开了。描月又埋头盯着游览图，像是自言自语他说，我估计船过神女峰是在第三天，要不就是在第四天？

我也不知道是第几天，老崔在另一张床铺上收起手里的报纸，说，我就知道第二天到武汉，到了武汉就该下船啦。

武汉有什么意思？描月仍然低着头说，我小姨妈就住在武汉，我妈去过那儿，说夏天热死人，冬天冻死人，又没什么好玩的。

我知道三峡很美，武汉很没意思，可我就是没空往上游走，没时间呀。老崔说，我要是像你们这么自由自在就好了，生意人没时间，我就不能陪你们往上游走了。

大哥得在武汉下船，李咏坐在描月的身边，说，我不是告诉过你吗，大哥在武汉有许多生意。

谁跟你说话了？描月抬起肘部推着李咏，皱着眉头说，没见过你这么讨厌的人，你就一张嘴，说话还结结巴巴的，还想把全人类的话都说完？

李咏似乎从来不生女友的气，他从描月的身边坐到老崔的身边，对老崔挤着眼睛，说，怎么样，厉害吧？

老崔却哈哈大笑起来，兄弟别生气，他一下一下地拍着李咏的肩膀说，有个幽默的女朋友是男人的福气，男人么，不受点女人的气就做不成男人！

描月这时候扑哧一笑，准确地说，那是发生在她和老崔两个人之间的会心一笑。这种微妙的情景来得很突然。描月的心咚地跳了一下，她猛地转过脸去，心里隐隐地有一种不安的感觉。她甚至不知道这是怎么发生的，她与老崔突然达成了某种默契，他们好像是在合伙捉弄或者欺负李咏。

轮船微微轰鸣着行驶在江面上，从窗口望出去天已黄昏，江岸上的乡野景色笼罩在淡淡的暮霭之中，看上去单调而朦胧。描月想打开船窗，但发现窗子被钉死了。李咏挤过来，拼命想把窗子往上拉。这次描月没有责怪他，她只是指了指那几颗钉子，用眼神告诉他，他是多么愚笨。然后描月含了一颗话梅在嘴里，拿出一本时装杂志看了起来。

轮船进入夜航以前两个男人就开始喝酒了。描月难以想象他们这么喝酒有什么乐趣，可是他们就这么津津有味地喝开了。尤其是李咏，他的白净清秀的脸上满是酒色，说话声也变得亢奋而粗鲁。他一直大声说着一个同事卷走五百万公款潜逃国外的事，大哥你想不到吧，猴子竟敢干这种事，李咏说，操，知人知面不知心，猴子那么胆小一个人，就敢干这种事，操，现在的人，想钱都想疯了。

这事你跟人说了有一百遍了。描月厌烦地说，我看你想钱也快想疯了。

老崔对李咏的絮叨却很有耐心，他说，都疯了就好了，疯了就不想钱了。

描月扑哧一笑，确切地说，又是与老崔的会心一笑。描月有点不自然了，转过脸注视着李咏手里的小酒瓶。桌上的两只烧鸡只剩下半只了，李咏还在努力撕扯一只鸡翅膀，描月就用杂志捅了捅他。李咏回头说，怎么了，猴子的事又不是国家机密，报纸都登了，有什么不能说的？

描月说，谁管你什么猴子大象呢，我让你嘴下留情，人家买的烧鸡，倒全让你吃了。

咳，你在说什么呢，李咏说，我跟大哥谁跟谁？我吃了就等于他吃了，大哥你说对不对？

老崔的脸上停留着那种隐秘的笑容，他对李咏点着头表示赞许，手里的酒杯却出其不意地朝描月送过来，坐船无聊，他说，怎么样，你也来一口？

我不喝酒！描月几乎惊叫起来，她觉得自己推开酒杯的动作过于惊慌了，她的声音也过于尖锐刺耳，似乎老崔的酒杯里盛着毒药。描月意识到了自己的失态，她羞红了脸退到门边，看看李咏，又看看老崔，然后猛地打开舱门跑出去了。

灯光下的甲板半明半暗，描月站在暗处，心里乱糟糟的。江上的夜景一片昏朦，甲板上看夜景的人不多，他们说话的声音也湮没在水浪的轰响之中。按照原来的设想，她和李咏应该在这里一起看夜景的，但这次旅行变得有点莫名其妙了，现在她独自一人站在这里，眼前看见的却是一杯酒，老崔手里的那杯酒。描月想，也许自己太敏感了，也许那杯酒没有什么含义，他和李咏是那么好的朋友，会有什么含义呢？

夜幕沉重地垂在江面上，甲板上的人看见的夜景其实只是一片无边的黑蓝色，半轮月亮，点点繁星，还有远处近处散落的灯光。江风很大很猛，描月在风里站久了，觉得有点凉意，脑子里便突然掠过一个奇怪的念头，要是李咏现在来为她披上一件衣服，他们的爱情也许还有希望，可是她知道那只是一种浪漫的想象。

描月走回二等舱去拿衣服，到了门口突然长了个心眼，想听听两个男人的酒话。她把耳朵凑到门边，听见的却是一阵反胃的声音，不知是谁喝吐了。紧接着便听见了李咏的声音，女朋友算什么？兄弟是手足，女人是衣服，想脱就脱！描月怒不可遏，正想闯进去，门被打开了，老崔拽着烂醉如泥的李咏冲出来，看见描月他并不吃惊。他喝多了，老崔轻描淡写地说，拉他到厕所，让他吐，吐掉就好了。

描月跟着他们走了几步，看见李咏一只脚上有拖鞋，另一只脚是光着的。走了几步，李咏就吐开了，描月看见他嘴里喷出一摊污液，溅在走廊上。她本能地站住了，扭过头去喊道，恶心！

舱室里弥漫着一股酒气，描月挥着手徒劳地驱赶那股气味，挥了一会儿就罢手了，她从旅行袋里抽出一件外衣，匆匆逃了出去。经过厕所时她瞥见两个男人挤在里面，一个仍然在吐，另一个却抬起头，用一种明亮而尖锐的目光看着描月。描月低着头疾步而行，她听见李咏在喊她的名字，描月，描月，你在哪里，你怎么不管我？描月一边走一边冷笑，说，有你大哥呢，吐吧，吐完了继续喝！

描月无处可去，走着走着又回到了甲板上。有个船员在栏杆边忙着，一直抬头盯着描月。描月就冲着他发火，你看什么？我又不跳海！描月朝他翻了个白眼，靠着栏杆生闷气。描月在生李咏的气，也在生老崔的气，她不知道自己为什么会生老崔的气，也许仅仅与那杯白酒有关。

甲板上来了几个人，又走了几个人。有一对情侣在夜幕的掩护下紧紧地依偎在一起，那女孩的头发被江风吹乱了，男孩就用双手捧着它。描月后来一直偷偷地窥望着他们，心情渐渐变得湿润而沉重。她突然想起不久前的一个夜晚，她和李咏在街心花园也这么拥吻过，一样热烈，一样浪漫，可是仅仅过了几天，热吻的滋味已经无法回味，这一切竟变得虚假而陌生起来。描月不知道问题出在李咏身上，还是出在她自己身上。

夜航的轮船又驶过了一个港口，万家灯火一点一点地暗淡了，隐隐可以听见岸上哪台电视机的伴音，晚间新闻正告结束，更多的人离开了甲板，只有那对情侣和描月还留在甲板上。描月想着自己和李咏的事，那些事竟然越想越乱，她命令自己不去想它，就把十根手指一根根地掰开，一根根地数着，不知数了多少遍。描月发现一个人影悄然来到她身后，那不是陌生人，不是别人，是老崔。

别数了，老崔笑着说，怎么数还是十根手指。

描月看了老崔一眼，没说话，过了一会儿她说，他怎么样了？

睡下了，吐了一厕所，老崔说，别担心，醉酒没什么，吐完就没事了。

怎么不继续喝？你还没醉嘛。描月说。

我不容易喝醉。老崔说，你有没有听说过，好人一喝就醉，李咏一喝就醉，所以李咏肯定是好人。

我知道他是好人，你可不是好人。描月说。

我是坏人中的好人，可李咏绝对是好人。老崔说。

为什么跟我说这些？莫名其妙。描月突然笑了，扭过脸看着江面说，什么好人坏人的，这儿又不是道德法庭。

到处都可以做道德法庭。老崔说。

你要审判我？你凭什么审判我？描月昂起头直视着老崔，脸上是一种挑衅的表情。

我没资格审判你，我只是在怀疑你。老崔说。

怀疑什么？怀疑我是美国间谍吗？

你这么单纯的女孩做不了间谍。老崔沉吟了一会儿，一只手不停地拍打着栏杆，然后他说，李咏头脑简单，不懂女人，可我一开始就看出来了，你不爱李咏。

描月的心又咚地一响，她扭过脸看着更远处的江岸，为了掩饰某种慌乱，描月故作轻松地摆动她的肩膀，爱是怎么样的，不爱又是怎么样的？她说，这事跟你有什么关系？

有一点关系。老崔的脸上仍然保持着那种暧昧的笑容，他摸出烟盒，抖出一支烟叼在嘴上。李咏是个大好人，老崔说，他是我兄弟，你知道的，他很信赖我。

我知道他信赖你。描月说，你们男人喜欢说这句话，朋友有难两肋插刀，你现在准备捅我一刀吗？

老崔脸上的笑容现在看上去更神秘了，他的眼睛在夜色里明亮如灯。在一阵沉默之后，老崔用一种异常轻柔的声音说，不，谁要让我这么做，我会先用刀捅了他。

夜色遮蔽了描月脸上突然泛起的红晕，现在她丧失了正视老崔的勇气，别说了，她几乎是嗫嚅道，我已经懂了。

每当描月慌乱失措的时候，她就慢慢地数自己的手指。那天夜里老崔的目光明亮如灯，描月却看不见自己的手指，只看见老崔的那只手，那只大手从容不迫地伸过来，握住了她所有的手指。描月没有抗拒，唯一让她不安的是，这事情来得太快了。

描月任凭老崔握住她的手。描月说不出话。

明天就到武汉。老崔说，武汉没有神女峰，可有个黄鹤楼，武汉不如北京和上海，可也很热闹很繁华，你不想逛一逛吗？

描月说不出话，只是凝视着老崔的那只手，过了好久，她说，我小姨妈就在武汉，她一直写信让我去玩呢。

描月说完那句话时看见天上的月亮摇晃了一下，月亮大概钻进了云翳深处，甲板上显得更加空旷更加黑暗了，而船桅上的所有旗帜都迎着江风飒飒舞动，发出一种清脆的碎裂的声音。

船到武汉是在第二天傍晚，下船的人很多，他们所携带的行李也很多，因此船坞出口处显得异常混乱。不知过了多久，船和码头渐渐安静下来，岸上的职员关上了出口处的铁门，下客用的跳板被撤掉了，轮船驾驶员又拉响航行的汽笛，就在这时候我们看见了那个奇怪的青年，他衣冠不整，一副宿醉未醒的模样，从二等舱那里一路狂奔下来。我们看见他在走廊上撞来撞去，沿路高喊着一个女孩的名字，描月，描月，你在哪儿？描月，描月，你跑哪儿去了？

谁都能看出来那青年快急疯了，这很自然，要是别人的女朋友也这么失踪了，也会像他一样失魂落魄的。但旁观者总比当事人清醒，有人说，既然你们坐的是二等舱，为什么不去问问二等舱的服务员呢？

　　那个青年却似在梦里，木然地说，服务员在哪里？

　　于是一大群人就领着他去找服务员，幸运的是那服务员的工作非常称职，她对二等舱内的每一个旅客的情况了如指掌。你是说那个穿得像乌鸦的女孩？不是在武汉下船了吗，跟她男朋友一起下的船。说到这儿她突然意识到什么，用疑问的目光端详着李咏，说，我正要问你呢，你们舱里三个人，二男一女不是？那个女孩，她到底是谁的女朋友？

　　我们大家都用热切的目光询问着李咏。李咏面色惨白，鼻孔里呼呼喘着粗气，他慢慢地蹲下来，双手抱着自己的脑袋，先往左边扳，又往右边扳，拒绝回答任何问题。就这样他把大家都搞糊涂了。我们依稀记得与他同行的另一个男青年，穿着名牌衬衫打着名牌领带，有人在昨天夜里看见他和那个女孩一起在甲板上。一件简单的事也会变得如此蹊跷，我们当时真的糊涂了，那个名叫描月的女孩到底是谁的女朋友？

　　船过武汉才是真正往三峡去了。船上剩下的旅客大多是去三峡观光的。我们记得后来的旅程中李咏一直郁郁寡欢，只是在轮船经过著名的神女峰时，李咏突然露出一种难得而古怪的微笑，他盯着神女峰凝望了好久，最后说，操，这就是神女峰？

茨菰

　　姑妈回家先看见了两只芦花大公鸡，它们被网线袋包围着，一只坐，一只站，但看上去都还乖巧。看见芦花大公鸡，姑妈就知道我表哥回家来了，她仔细地看了看地上，也不知道是鸡讲卫生，还是饿着肚子无法便溺，总之地上很干净。姑妈抓过一只公鸡的鸡冠检查了一下，说，不会是病鸡吧，光知道带公鸡回来，又不能炖汤，又不能下蛋的，早晨还吵死人。姑妈走到厨房边，正要去抓米给鸡吃，看见天井里坐着一个穿桃红色衬衣的陌生姑娘，正在用瓷片刮茨菰。

　　她以为是我表哥带女朋友回来了，有点喜悦，又有点紧张，像做贼一样地往厨房里一闪，闪进去了，又出来，捃着头发，站在那里咳嗽。刮茨菰的姑娘抬起头来，抬起一张黑里透红的脸，一看就是个乡下姑娘。她从板凳上跳了起来，说不上来是害羞还是礼貌，正努力地向姑妈笑着。姑妈听见她嘴里含糊地吐出一个称谓，是乡下方言，分不清是在叫她什么。姑妈下意识地皱起了眉头。那姑娘垂着手，目光在姑妈身上撞了一下，缩回去，怯怯地看着我表哥的房间，突然叫起来，小杨同志，你出来一下，出来一下呀。我表哥就睡眼惺忪地出来了，他一出来那姑娘就埋着头钻了进去。看见我姑妈愣在那里，表哥挠着肚子干笑起来，对她说，你眼睛瞪那么大干什么？以为我带女朋友回来了？我思想还没那么先进呢，找乡下人做女朋友！我姑妈等他往下面解释，他却不解释了，指着房间里的人，又指指地上的两只芦花大公鸡，敷衍了事地说，是顾庄的顾彩袖，人家遇到了麻烦，要在我家住几天，避一避风头！

　　无论彩袖的故事怎么曲折，本来应该发生在我姑妈家，与我们家是没什么关联的。但那天夜里我姑妈提着一篮茨菰心急火燎地跑到我家来了，说是要和我母亲商量个急事。其实那急事就是彩袖的事，急不到哪儿去，只不过我姑妈用了一种人命关天的语气描述，就显出事情的棘手来了。我那会儿还小，不知道换亲这种农村盛行的婚姻形式，光是听清了其中的交换关系，很像我们数学课上学的方程，x＋y＝x1＋y1。彩袖的哥哥娶媳妇，那媳妇的哥哥就要娶彩袖。姑妈强调说那男人年纪很大，有羊角风，发病的时候把自己舌头咬掉了，所以还是个没有舌头的男人。听到这儿，我母亲便失声大叫起来，这怎么行，好好个姑娘，让她嫁个没舌头的？顾庄不归毛主席管呀，把女同志不当人，他爹妈做下这等糊涂事，党组织就不管呀？姑妈说，你就别来这套了，乡下的党组织忙着学大寨嘛，都忙不过来，哪里管得了谁家换亲的事？又说麻烦在于生米煮成了熟饭，彩袖的哥哥已经把人家妹妹娶回家了，这边彩袖却被一帮知识青年做了思想工作，不肯嫁过去了。

　　我姑妈提到了一个叫巩爱华的女知识青年，说彩袖本来是准备为她哥哥牺牲自己的，是巩爱华不答应，替她做主，还帮她制定了一个详细的出逃方案。我姑妈一方面数落彩袖的父母狼心狗肺，为了儿子，把女儿往火坑里推；另一方面她一直在数落那个巩爱华，她就是个爱出风头的人，是野心家！不要她下乡她非要下乡，就为了上报纸！到了乡下还要先进，还要上报纸，就拿人家彩袖垫她的脚。我姑妈心怀怨恨，说，她先进我也不反对，她救人我也不反对，可她不能光荣匾自己扛，把麻烦丢给别人，我们家大猫没脑子呀，他就听巩爱华使唤，让他领回来他就领了。你说我们家那么窄，又都是男孩子，留个乡下姑娘住在家里算怎么回事？不让人家说闲话么？我姑妈说到这儿，见我母亲收了茨菰却没有什么表示，终于把那件急事兜出来了。我们家没地方搭她的床呀，你们家阁楼就小妹一个人睡，让那姑娘跟小妹一起住阁楼吧。住五天，就五天，算帮我一个忙吧。我姑妈伸出一个巴掌在我母亲面前晃着，晃着，一直等到我母亲点头为止。最后她松了口气，说，我家那个没脑子的说了，我们家是第一交通站，还有其他联络站指挥所呢，他们把这事当革命大业做！等巩爱华国庆节回来，我就让大猫把人家姑娘送到巩爱华家去，我告诉大猫了，我们家那么多孩子，交通够忙的了，哪儿还做得了别人的交通站？

　　我对那个叫彩袖的乡下姑娘一无所知，但姑妈提到的巩爱华我是知道的。她和我表哥是不一样的知识青年，被有关方面树了典型。我们学校的宣传橱窗里挂着她的照片，一个大眼睛女孩，脸盘尖尖的，胸口扎了一朵大红花。

由于拍照的时候微微侧身，摆了姿势，她的目光看上去非常悠远，而且是向上的，在我看来那是一种胸怀共产主义理想的姿势。

夜里我表哥打着个手电筒，把彩袖和一只公鸡送到了我家。他就像押送两件行李似的，货进仓库，人就掉头跑了。我母亲让他把盛茨菰的篮子带回家去，他嘴上答应得好好的，最后篮子还是让他丢在门后的角落里了。

彩袖就这样成了我们家的客人。

公鸡被一只木条箱倒扣在天井里，彩袖和我姐姐一起睡在阁楼上。我们家从来没有接待过这样的客人，不是亲戚，但接待亲戚的礼数少不了。第一天早晨，我母亲煮了一碗水潜蛋给她。她忸怩了一会儿，不知道怎么客气，就接过碗吃下了一个鸡蛋，突然瞥见我的眼神，一下就知道客气的方法了，把碗推给我，说给弟弟吃吧，我们乡下鸡蛋多，经常吃的。我母亲嘴里威胁我，眼睛里却对彩袖表示着赏识，我看得出来，所以我把水潜蛋端到外面吃。我母亲并没有再阻止我，随口对彩袖说，那你喝粥吧，早晨还是喝粥最舒服，容易消化。

我瞥见彩袖喝粥的样子，碗盖住了她的脸，她不用筷子，几乎是像喝水一样，捧着碗往嘴里倒。

彩袖你慢点喝，粥一大锅呢。我母亲说，彩袖你夜里睡得好吗？

她不会城里人的敷衍，想了想，摇头道，醒了好几次，怎么半夜里还有火车叫，轮船也叫，吓死我了。

你不是睡得挺好的吗？八点钟才起床！我听见你还打呼噜呢。我姐姐在旁边斜着眼睛看她，发牢骚说，我才没睡好，六点钟就醒了，让你磨牙磨醒的！

就你耳朵眼儿娇气，磨个牙就把你磨醒了？人家乡下喝生水，肚子里有蛔虫，夜里睡觉都磨牙的。我母亲制止了姐姐的抱怨，又问彩袖，彩袖，你在乡下也八点才起床呀？

公鸡没叫，我以为天没亮呢，在乡下我听鸡叫起床的。也怪了，你们夜里火车叫轮船叫，公鸡倒不叫的。她朝天井瞥了一眼，轻轻地嘟囔道，公鸡也怕生的，到了城里都不打鸣了。

公鸡不在啦。我母亲说，孩子他爸一大早已经把鸡宰了，腌了做咸鸡，过年吃正好。

厨房里静下来了，彩袖放下了粥碗，她的表情看上去很惊愕，不知为什么要惊愕。那种表情让我们一家人都感到某种莫名的不适。我姐姐刺耳的声音便响起来了，我们这儿是卫生先进街道，不让养鸡的！

彩袖斜着身子往天井走，脸色有点发灰。她朝晾衣绳上那只光裸的公鸡瞟了一眼，靠在门框上，她没说什么，但是我看得出来，她很不开心。

我们这儿不让养鸡的。我母亲追过来，一边打量彩袖的表情，一边开导她，是只公鸡呀，又不是小兔小羊的，有什么不舍得的，鸡养大了都要宰的。

不是不舍得。彩袖摇头否认，说，那公鸡是我从孵房里挑的小鸡，是我喂大的。

那还是不舍得。是你喂大的，就更不舍得了。我母亲试探地看着她，说，宰都宰了，也没办法了吧？

彩袖依然摇头，说，不是不舍得。我母亲等着她的下文，她却没有什么下文，闪烁其词地说，一只公鸡宰了也吃不到几块肉，我们乡下，不兴吃公鸡的。

我母亲听出来那是有点谴责的味道了，偏偏是个乡下姑娘在谴责她，我母亲有点下不来台，丢下她走了，边走边说，你们乡下要听公鸡打鸣，我们不要，有闹钟的，公鸡还是腌了吃实惠！

公鸡茂盛而漂亮的鸡毛被我父亲拔下来，摊在旧报纸上晒太阳。彩袖蹲在那堆鸡毛前，挑起一根金黄色的鸡毛，捏了捏又放下了，留着鸡毛干什么呢？她问，做毽子吗？弟弟你踢毽子的？

谁踢毽子？我又不是女孩子。我不耐烦地告诉她，晒干了卖给收购站，鸡毛可以卖钱的！

毕竟彩袖是我们家的客人，无论她是否讨人欢喜，待客之礼是一样少不了的。第一天我姐姐带着彩袖出去，说是去逛公园，但彩袖对公园不感兴趣，草草地转了一圈就出来了。彩袖说就那么些大树，就那么个池塘，池塘边堆个假山，假山上搭个亭子，就是公园了？就要收钱了？出来了看见别人都往公园里面走，彩袖又后悔，对我姐姐说，不该这么快出来的，反正不能把三分钱要回来，不如在里面多走走。我姐姐说彩袖一路上都在为那三分钱心疼，直到经过了东风照相馆，她才忘了公园给她的伤害。

彩袖站在东风照相馆门口不肯走了，对着橱窗里陈列的那些漂亮姑娘的照片左看右看的。我姐姐反正也喜欢照相馆的橱窗，就耐心地陪她看。彩袖说她从来没有拍过照片，又打听拍照要花多少钱。我姐姐猜到了她的心思，有点犯难，说，我妈就给我一块钱，说是你的招待费，只够拍半寸的小照片，拍出来就手指甲那么大。彩袖竖起手指掂量了一下，说，那什么也看不见呀，拍了也白拍，再大一点的尺寸有吗？我姐姐说，怎么没有，一寸两寸的都有，就是要你自己贴钱了，你有钱吗？彩袖犹豫了一下，看看街上的行人，把我姐姐拉到了自己身边。你挡着我。她嘱咐我姐姐。我姐姐便用身体挡着她，听见她窸窸窣窣地在裤带下面忙碌，最后摸出了一卷毛票，是用橡皮筋捆好的。彩袖说，我有钱，我们顾庄的女孩子，我钱最多。

她们之所以回来那么晚，就是因为在东风照相馆排队拍照。女孩子在照相馆拍照大多是矫揉造作的，她们回来时还是那种模样。彩袖穿着我姐姐的白色绣花衬衣，两条长辫子卷成一堆马粪似的，盘在了头上。她的头发现在和我姐姐是一样的了。也许是故意没有把照相馆提供的口红抹干净，彩袖的嘴唇很红，看上去像是刚刚从舞台上下来，有点亢奋，有点害羞的样子。由于弄不清楚样片的意义，我听见她一再地问，那么多女孩子去拍照，照相馆会不会弄错，把别人的照片给她，她的照片反而给了别人。怎么会呢？我姐姐被她问烦了，说话不免有点刻薄，告诉你多少遍了，取照片都是要看样片的，谁要别人的照片？你又不是美女，别人拿了你的照片有什么用？

我被迫和彩袖相处了五天。我不认为彩袖有我父亲说得那么朴素，也不认为她像我母亲说得那么有心计。那五天时间里，彩袖留给我的印象几乎是一个谜。比如说我不明白她为什么在饭桌上吃得那么少，却要趁厨房里没人的时候打开菜罩子。她像做贼一样地偷吃茨菇烧肉，我看得很清楚，她用手去扒开茨菇，挑里面的肉吃。她偷吃菜不稀罕，我也经常偷吃的，但她把我们家放白糖的罐子抱在怀里，偷吃白糖的动作让我很惊讶，我就向她大喊了一声，你在干什么？我把彩袖吓了一跳，糖罐子落在地上，很干脆地变成一堆碎片，半罐子白糖都撒到了地上。

彩袖的脸吓得煞白煞白的，她傻站在那里，半天回过神来，跺着脚对我喊，你看你干的好事！

我没想到她倒打一耙，尖叫起来，你偷吃糖，是你干的好事！

我干什么了？糖罐里飞进了一只苍蝇，我把它抓出来了。她很快镇定下来，跪在地上，小心地把白糖拢到一只碗里，我不喜欢吃糖的，我的嘴也没那么馋。她抬起头看着我，语气不那么坚定了，就算我嘴馋，你不吓我，糖罐子也不会掉地上，弟弟你也有责任的。

我没有责任，是你在偷吃白糖！

她不怎么慌乱了，眼睛闪闪烁烁的，一定是在开动脑筋。阿娘他们就要回来了，她把一碗白糖放回到木架上，试探着看我，这糖罐子，就说是我不小心弄碎的，不过弟弟你不能诬赖我偷吃白糖，千万别诬赖人，啊？

谁诬赖你？我看见你偷吃了。我突然对这个乡下姑娘充满了歧视和仇恨，一句残忍的评价脱口而出，你这种人，只配嫁一个羊角风男人！

彩袖一定没料到我会说出如此刻薄的话来，她惊恐地瞪着我，谁教你的这句话？我看见她的眼睛里有一道暴怒的白光一闪，预感到她会做出什么危险的举动，要跑来不及了，彩袖喉咙里咯地响了一声，她低下脑袋，像一头野兽一样向我的胸口冲撞过来，我一下就失去控制，一屁股坐到我家的水缸上去了。

那也许是我和彩袖唯一的一次正面交锋。这么个不伦不类的事，没有失败也没有胜利，胜利也没意思。糖罐事件后我没有和彩袖说过话。后来她一定后悔用头撞我了，我去上学的时候还殷勤地替我整衣服领子，我对她的手充满厌恶，一下甩掉了她的手。她识趣地退到一边，不知道是安慰我还是安慰她自己，说，没事的，小孩子家，没事的。我当然没什么事，只是每次走过学校的宣传橱窗，看见巩爱华的照片就会想起彩袖，想起彩袖就觉得那橱窗里还匍匐着一个人影，是一个陌生的乡下男子，没有舌头，口吐白沫，于是那个明亮的橱窗一下变得阴森起来。

我姐姐把她和彩袖的样片取回来了。她们像是举行一个隆重的秘密活动，躲在阁楼上看，我听见她们在上面又笑又闹的。照片给我姐姐带来的永远是不满，她总觉得摄影师把她拍丑了；而那张一寸大的样片，给彩袖带来的是一种惊喜，不仅与容貌有关，也许是与生命有关了。我看见彩袖那天从阁楼上下来，黑红的脸上洋溢着一种无与伦比的喜悦。然后彩袖带着那份喜悦在厨房里刮茨菰，我姐姐在一旁给炉子换蜂窝煤，她突然想起那个有羊角风的男人，回头问彩袖，羊角风什么样子？为什么叫个羊角风呢？

彩袖沉默了一会儿，大概是等待我姐姐放弃这种损人不利己的问题，但我姐姐不仅没有放弃的意思，还更深入地问了一句，羊角风要打人吗？彩袖这次毫不含糊地回答，不打人，他怎么打人？人不打他就算好的了。她的声音听上去异常冷静。你见过得病的疯羊吗？就像羊犯疯瘟病一样，倒在地上，抽筋，发抖，嘴里吐白沫。彩袖说到这里突兀地干笑了一声，然后笑声一下沉下去。又过了一会儿，我听见彩袖在厨房里说，其实他们都糊涂，我嫁谁都没有好日子，嫁给他，不是我苦，是他的日子更苦。我姐姐听不懂她的意思，还要打破沙锅问到底，彩袖就把手里的瓷片往地上一扔，蒙着脸冲出厨房，又往阁楼上去了。

　　我记不清楚那是彩袖到我家来的第四天还是第五天了，只记得是傍晚，我们一家人和彩袖正在吃晚饭呢，我姑妈仓皇地跑来，一来就对彩袖摆手，别吃了，别吃了，快上阁楼躲起来！

　　原来是彩袖的哥哥长寿来了。我姑妈明显没有做好应对这个突发事件的准备，她满头虚汗，把彩袖推到阁楼的梯子那里，对彩袖说，你哥哥吓死我了，蹲在我家门口，带了一只化肥袋，里面装的是一条大麻绳，他是要来绑人呀！我父亲拍着桌子说，光天化日的带绳子来绑人，还有没有王法了，把他扭送到派出所去！大家都对那条大麻绳感到愤怒，愤怒过后却有点发慌，毕竟是人家的家务事，不好那样对待他的。我母亲对姑妈说，是认准门牌号码来的吧，会不会蹲到我家门口来了？我姑妈让她放心，说长寿认到了她家的门，不会认识我家门的。我母亲却不放心，说你们家旁边那几个邻居我还不知道，都是长舌头，不问她们都会说出来的。我姑妈嘴里一迭声地否定着这种可能性，心里却是虚的，她的脑门上急出了汗，捞了一块毛巾擦着，突然眼睛里冒出怨恨的火光，巩爱华，都是她弄出来的麻烦！姑妈叫起来，她做好人，什么也不管，天下哪有这么便宜的事，我不管她有没有回来，明天就把彩袖送她家去，长寿认识我家，我认识她家！

　　大家一下子都不表态。我父亲示意姑妈降低她的大嗓门，别让阁楼上的彩袖听见。姑妈压低了声音，但是凭着那股怨恨，她说，不怕她听见，无亲无故的，我们对她很不错了。

　　太平无事的香椿树街一下风声鹤唳了。我母亲让我去门外看一看，门外没有人，是对面铁匠家的大黄狗蹲在我家门口。我朝街东方向望过去，远远看见我姑妈家门口堆了一团人影。也不知道是我眼花还是过于敏感，我依稀看见那里的人都在向我家指指点点的。

　　等我回到屋里的时候，姑妈已经作出了决定，她要马上把彩袖从我家转移出去。你们替我招待她好几天了，不能再连累你们家了。姑妈说，乡下人蛮不讲理的，万一她哥哥来闹，闹出个什么意外来，我对你们家没法交代。我母亲问，现在就送巩爱华家去？巩爱华不是没回来吗？姑妈说，夜长梦多，绍兴奶奶和钱阿姨她们的嘴，我也不放心。迟早要送，不如现在就送，巩爱华不在家怕什么？不都是做父母的替孩子受过嘛，我不是心狠，是要个公平，该轮到巩爱华的父母照应彩袖去了。

姑妈把我父亲的自行车推了出来，她要亲自把彩袖驮到小柳巷的巩爱华家，她不去也不行，只有她认识巩爱华的家。我母亲和姑妈商量着行车的路线，怎么能绕过姑妈家门口，掩人耳目，她们一致认为从油脂加工厂穿出去是最科学的路线。为了更加稳妥，我母亲还拿了一套蓝色的工作服出来，准备让彩袖穿上。然后我听见姑妈在楼梯那里叫彩袖的名字。彩袖，彩袖，下来吧。姑妈说，我们去巩爱华家了。阁楼上没有声音。姑妈又对着阁楼喊，彩袖彩袖下楼吧，去巩爱华家最安全，你哥找不到你的。彩袖的沉默让大家都聚到了楼梯那里，每个人的脑袋都不安地向上面仰望着。我母亲说，彩袖，不是我们怕事，是为了你好，你哥哥带绳子来的，你们怎么闹都是亲兄妹，都是家务事，我们夹在中间不好办的。姑妈看上去很急躁，她用自行车钥匙敲打着楼梯，彩袖你倒是快下来呀，马上你哥哥就来了，他来了你要走也走不了啦，我们只好看他把你绑回乡下去。姑妈一急就有点像骗小孩子了，她不再把矛头指向巩爱华身上，反而向彩袖夸大巩爱华家的种种优越性。巩爱华家在曲里拐弯的小弄堂里，你哥哥找不到的。又说，巩爱华家旁边就是派出所，她又是先进人物，你哥哥敢到她家去闹，派出所就把他绑起来！

彩袖白着脸下了阁楼。也不知道她是不是哭过，她始终垂着眼睛，是被羞辱过后的严峻的表情，也可以说是悲伤释放过后轻松的表情，我注意到她的下巴颏那里是湿的。彩袖提着她那个灰色的人造革旅行包，慢慢地走下来，走到楼梯最后一格，我看见她突然扔下旅行包，捂着肚子，坐在了梯子上。

我姐姐冲过去扶她，彩袖你肚子疼？

彩袖先点头，看看我母亲已经抻开了那件蓝色的工作服，又摇头，推开我姐姐，自己站了起来，像个木头人一样站着。她们七手八脚地替彩袖穿好了工作服，我姐姐端详着彩袖，彩袖你去照照镜子，你不像你了！她的建议受到了我母亲和姑妈一致的抗议，你来添什么乱，都什么时候了，哪儿有心思照镜子？

穿上工作服的彩袖仍然是彩袖，她不说话，你就不知道她心里在想什么。然后是彩袖跟着姑妈的自行车，我们跟着她，一行人小心谨慎地来到街上。看看街东方向，姑妈家门口的一堆人影子厚了好多，说明泄密的危险越来越大。快点走！彩袖几乎是被我们一起架到了自行车后座上。彩袖坐到自行车上，我才知道她为什么走得魂不守舍的，照片，照片！她突然回过头对我姐姐喊，我的照片，你怎么给我？

那天夜里长寿果然跑到我家门口来了。他敲门，敲门没人开，他就用拳头擂门，一边擂门一边喊，彩袖，你给我出来，死出来！我父亲后来去开门了，不是为了让长寿进来，是他自己要出去叫人。我父亲冷静地从那只化肥袋上跨过去，瞥了一眼袋子里的绳子，冷笑了一声，你还带了绳子来捆人，还不知道这绳子最后捆谁呢。

我从床上爬起来的时候，父亲的人马已经到了。一大群男人，有老人，是来做说服工作的，还有几个都是我表哥的朋友，三把手之流的人，都是膀大腰圆的，一看就知道他们是来干什么的。三把手他们把长寿从门里拽出来，一边拽一边骂他，你这个乡下佬，把自己妹妹当畜生卖，还敢跑我们这里来闹事？你这种人，买块豆腐撞死算了！

长寿矮小，但很粗壮，他的身体被抬出我家门框，很快又顽强地进来了，彩袖，彩袖，你给我死出来！他被按倒在地上，但一只手死死地抓住我家门框，要往里边来。对于别人的辱骂，他并不计较，也不反驳，只是一味地叫喊着他妹妹的名字。昏黄的灯光照着他的脸，可以发现他的脸和彩袖异常地相像，方脸，鼻梁是塌的，眼睛却很大很亮。这样混战了好一会儿，长寿终于安静了，不安静也不行，三把手他们趁他的裤腰带掉下来，干脆把他的裤子扒下来一半，威胁他说，你再闹就这样把你送派出所去，按流氓罪把你抓起来！长寿拼命拉着自己的裤子，终于安静下来。三把手他们停不下来，他们把长寿推来搡去的，又开始骂他，娶不到老婆就不娶了，你们乡下那么多猪那么多羊，你不会操老母猪去，操母羊去，为什么把亲妹妹换给羊角风老头？把裤腰带还给你，你用裤腰带把自己吊死算了！

长寿不还嘴，目光躲避着那几个青年，似乎他们的辱骂都是某种事实。他也不听老人们对他的政治教育和道德教育，似乎他们是在教育他们自己。他坐在地上，一只鞋子被谁踩掉了，长寿就一条一条地拨开别人的腿，找他的另一只解放鞋。那只鞋就在我父亲的身后，长寿探起身子去捡那只鞋，三把手手疾眼快，一把捡起来，扔到很远的地方去了。去捡吧，捡完了不准再回来！三把手推了长寿一把，给我往东走，到长途汽车站过一夜，天一亮就有班车了，你哪儿来的就给我滚哪儿去！

看得出来那只鞋对长寿很重要。我们看见长寿站在三把手身边，愤怒地瞪着他。三把手说，你瞪我干什么？又脏又臭的解放鞋，你不赶紧去捡，狗就把它当屎给啃啦。长寿试着推了推三把手，三把手怪笑起来，你还敢推我，你别敬酒不吃吃罚酒，再闹我把你的人也扔出去，你信不信？

长寿去捡那只鞋了，他走路有点罗圈腿，走得很艰难的样子，又有点像伤到了什么关节。我们看着他去捡鞋。我父亲有点不安，对三把手说，你吓唬他一下就行了，怎么那么整他？三把手说，这种乡下人，要无产阶级专政的，不专政治不了他，等他回来还要吓他。大家都以为长寿捡了鞋还会回来的，但出乎大家的预料，长寿只是在远处停留了一会儿，停了一会儿就真地向东走了。他走得很慢，一条矮小的身影，慢慢地在香椿树街的灯光里漂移，大家都以为长寿被驯服了，突然一声凄厉的叫声又在远处炸响，彩袖，彩袖，你给我死出来！

他又开始叫他妹妹的名字了，这回是沿着深夜的街道叫，所以声音听起来有点恐怖，伴随着空旷的回声。我记得很清楚，隔着很远，能依稀听见长寿哽咽的声音，令人同情的哽咽过后，还是那恐怖的叫声，彩袖，彩袖，给我死出来，跟我回家去！

几天以后我姐姐把照片送到小柳巷去。她千辛万苦找到了巩爱华家，却没有看见巩爱华，也没有看见彩袖，只是隔着厨房的窗子，见到了巩爱华的老奶奶。

巩爱华的奶奶也在厨房里刮茨菰。我姐姐说她一眼认出那是来自顾庄的茨菰，胖胖的，圆圆的，尾巴是粉红色的。看见顾庄的茨菰就看见了顾庄来的人。可是我姐姐没能把巩爱华喊下楼来。巩爱华的奶奶满头白发，也许是老糊涂了，也许不是糊涂，是精明，我姐姐在窗外朝里面张望，她不动声色地注视着外面，严密监视我姐姐。我姐姐喊巩爱华的名字时，那老妇人才颤巍巍地站起来。别这么大声叫，邻居有上夜班的，正在睡觉呢。隔着窗子，她忙不迭地对我姐姐摆手，爱华不在家，她是大忙人，又去省里开会啦！

我姐姐说她看见一个短发姑娘的脸从楼上的窗边一闪而过，她怀疑那是巩爱华，而且楼上支出来的晾衣架上有一件白色的年轻姑娘穿的胸衣，还在滴着水，这加深了我姐姐的怀疑。她不知道巩爱华为什么会不在家。我姐姐只好向老妇人打听彩袖的下落，老妇人更加警惕起来，她问我姐姐，你是谁？哪儿来的？这么个简单的问题偏偏把我姐姐难住了，她说不清楚她是谁，一赌气就把彩袖的照片扔到了临窗的桌子上，我才不管别人闲事呢，我就是送照片来的。扔进去了我姐姐又不放心，退回窗台，手伸进去挡住老妇人，从小纸套里摸了一张出来，说，人家拍一张照片不容易，你们家这个态度，我不放心，替她留一张下来吧。

我姐姐临走听到了彩袖最后的消息。那消息是巩爱华的奶奶透露的，老妇人明显对彩袖的事情有偏听偏信之处，或者说她完全误解了巩爱华在这件事情上所起的作用。她隔着窗子批评我姐姐，你们不要把我家爱华当枪使，什么麻烦事都来找她。人家姑娘的婚事也要她来管？你们就不怀好心，看着爱华是先进，故意影响她的前途！我姐姐让她批评得摸不着头脑，站在那里向老妇人翻白眼。老妇人就忿忿地扔了个茨菰尾巴出来，说，你别跟我翻白眼，那乡下姑娘的事，不归我家爱华管，归妇联管，你要找她，去妇联找！

关于彩袖去了妇联的消息，是我姐姐带回来的。后来我们知道彩袖确实去过市妇联的办公室。是巩爱华的父亲带她去的，他也是个机关干部，最知道什么机关解决什么问题，哪个上级单位管辖哪个下级单位。但是很明显，我们这里的妇联一时无法解决彩袖的麻烦。巩爱华的父亲让彩袖向妇联的干部详细反映她的情况，他急着要去上班，便给彩袖画了张自己家的地图，让她自己找回家来。他们说彩袖那天坐在妇联的办公室里，坐了很长时间，也说了很长时间，旁人都不知道她是在说自己的事，看上去她是在描述一桩别人的可怕的婚姻。后来她被送出办公室，并没有离开，她很安静地坐在一张长椅上，听一对闹离婚的男女在走廊上互相谩骂，互相揭露对方的私生活，她还上去劝了那女方几句，劝什么，别人也听不懂。再后来妇联下班了，干部们都走了，接待处的一个女干部路过铁狮子桥，看见那个顾庄来的姑娘坐在铁狮子桥的桥堍下，一边喝一分钱一杯的热茶水，一边东张西望地对照着那张画在信纸上的地图。女干部去桥堍下的贩米船上买了一包籼米回来，再瞥一眼茶摊，那彩袖还坐在那里，但彩袖的悲伤已经像早晨的太阳喷薄而出了，彩袖捧着一杯茶哭，彩袖看着铁狮子桥上来来往往的人哭，茶摊的主人和几个热心的路人都围到了彩袖身边，他们以为那乡下姑娘是为了那张信纸哭，可是信纸被摊展开来，那些热心的人们看见的是一张简陋的用圆珠笔勾勒的地图。那个女干部犹豫了一会儿，最终还是急着回家做晚饭了，因为她听见有人热心地站出来了，说，小柳巷？你要去小柳巷？我认识，我来带你去！

现在我们都知道了，那个热心人后来并没有把彩袖带回巩爱华的家。这是一个令人费解的结果，直到现在，与此事有关的人们还在争议，那个带路的人到底是谁？他到底把彩袖带到哪里去了。长寿后来没有找到他妹妹，他在巩爱华家闹了两天，没看见彩袖的人影，巩爱华也始终没露面，倒是派出所的人来了，按照有关条文，他们把长寿强行押到长途汽车站，遣送回去了。

我们这一边后来谁也没见过彩袖，我姐姐有一天回来告诉我母亲，她在铁狮子桥下面看见一张寻人告示，是找彩袖的。我母亲说，彩袖失踪了，当然要贴告示。但我姐姐哭了起来，一边哭一边嚷，那张照片，照片！我母亲一下明白过来，明白过来脸就发白了，说，你现在知道哭了，让你带她出去玩，你偏带她去拍照片，为什么要拍那张照片？为什么？这张照片拍了干什么用的，啊？啊？我母亲冲动地质问着我姐姐，把自己也问得哭了起来。她们从逻辑上推理出来的结果是沉重的，我姐姐脱不了干系，因此我母亲在道义上承担了沉重的压力。为了宣泄这份压力，我母亲必然要责问我姑妈，最后的结果可想而知，我母亲和我姑妈绝交了，我们两家住那么近，住在一条香椿树街上，我姑妈是我父亲的亲妹妹，我父亲是我姑妈的亲哥哥，可是我们两家就这么绝交了。

彩袖后来是搭一条贩茨菇的船回到顾庄去的，这些消息都确凿，因为确凿让我们和姑妈一家高兴了一阵子。只是彩袖消失的那几天里，她到底是在哪里度过的，怎么度过的，和谁在一起度过的，这些细节从来都是个无头案，我们大家一点也不清楚。

表哥说彩袖后来兑现了家里的许诺，嫁给了那个患有羊角风的中年人。我表哥春节回来过年时还说他们的婚姻不错，看见彩袖和她男人去赶集，女的卖了小鸡，男的买了锄头，在路上一前一后地走。到了五一节回来，表哥不肯提彩袖的名字了，一追问就问到了那个令人震惊的消息，彩袖服农药自杀了。表哥说彩袖死得很有计划，她在菜园里打农药，打完农药别人看见她拿着个塑料桶坐在地里，都以为她是在喝水，说彩袖刚才还看见你喝水的，怎么一会儿又渴了？彩袖说今天天热，渴死人了。彩袖当着好多人的面喝了半桶农药。我姑妈那边，我们家这边，都被这个消息吓着了。我表哥闪烁其词地提到了村里的一些流言蜚语，说彩袖死的时候可能怀了身孕，大家都怀疑彩袖怀的孩子是野种，不是羊角风的。姑妈立刻大叫起来，羊角风不影响生育的，不是他的是谁的？

然后大家都突然沉默了。想到了彩袖失踪的那段时间，想到她是带着一个秘密回到顾庄去的，一下谁都不敢说话了。每个人都在掩饰自己慌乱的内心，却掩饰不住那种带有犯罪感的表情。后来我姑妈突然站起来，一句话让大家都得到了解脱，她说，我们对彩袖问心无愧的，彩袖苦命，怪不得别人呀，要怪就怪那个巩爱华，不是她惹这个麻烦，彩袖她也不至于落这么个下场。

香椿树街一带的居民，习惯于把亲朋好友的照片压在玻璃台板下面。彩袖的那张照片一直压在我家五斗柜的玻璃台板下面，平时那位置上是放一瓶塑料花的，那瓶塑料花常年盖着彩袖的照片，就像是盖着一件隐私一样，无法丢弃，也不愿暴露。我们有我们庸常而繁冗的日常生活，谁会无端地想起顾庄的一个乡下姑娘来呢？我们几乎把彩袖遗忘了。直到那年搬家，我和我姐姐清理玻璃台板下面的照片时，突然看见彩袖的照片，一时竟然都想不起来照片上的人是谁了，我努力地揭下那张粘连在玻璃上的照片，是什么人，脸那么熟？我姐姐突然叫起来，是彩袖呀，怎么她的照片还在这下面？

于是我也想起了彩袖，不知为什么，想起彩袖我就想起了茨菰。小时候我不爱吃茨菰，但茨菰烧肉我爱吃；现在人到中年，我不吃茨菰，茨菰烧肉也不吃了。

香草营

1

尽管香草营与医院的住院部仅仅是一墙之隔，梁医生却从来没有走进过那条小巷。除了名字，这巷子实在乏善可陈。巷口有个公共厕所的标示牌，告诉路人前进二十米有公共厕所，有一次梁医生上班途中内急，差点就向香草营深处走了，他只走了五米左右，巷子里杂乱的人流和露天摊档挡住了他匆忙的脚步。路边有两个老妇人突然停止了聊天，其中一个对他露出了突兀的热情的笑容，王医生！是王医生吧？你怎么上这儿来了？梁医生不清楚那老妇人是喊错了名字，还是认错了人，他的生理需要被莫名其妙地干扰了，他朝两个老妇人挥挥手，果断放弃了原计划。梁医生是个思维缜密、行事讲求科学的人，他想，与其前进二十米去这么个公共厕所，不如后退，多走几步路去自己的医院，毕竟医院里的厕所环境好一些，而且是天天消毒的。

梁医生万万没想到，有一天他会住到香草营来。

租房的事情一直由三病区的勤杂工老孙替他张罗，多少带一点秘密的性质。他把这么重要的事情委托给老孙，是不得已，也是必然。一方面老孙是医院附近锣鼓坊的老居民，周围人头熟，信息来源广泛；另一方面也是出于私交。梁医生是三病区最出名的主刀大夫，多年来不知收到了多少病人的礼物，他习惯把一部分廉价的礼物赠送给底层人员，勤杂工老孙是受惠最多的，因此也格外领情。每次到梁医生的办公室去拿东西，老孙总不忘向梁医生表达他的感激之心，梁医生，你有什么事情尽管吩咐，你的事情就是我的事情！

为什么要在医院附近租房？租房派什么用场？不用梁医生多费口舌，老孙替他说了理由，梁医生，你家住得那么远，又不开车，早该在附近租个房啦，你们开刀的医生，不缺钱，就是缺休息，租个房好，什么时候想休息就可以休息啦！至于这件事情为什么需要绝密，梁医生强调他妻子比较小气，又生性多疑，如果知道他花钱在外面租房子，一定疑神疑鬼，家里会吵翻天的。老孙没有追问他妻子会在哪方面疑神疑鬼，只是暧昧一笑，那点租金算什么？你跟我们不一样，老婆乌眼鸡似的，天天盯着你口袋里那几文钱，我可是知道你们医生的口袋深呀，红包奖金夜班费什么的，你夫人怎么知道。梁医生察觉到他的理由没有让老孙信服，他说老孙我跟你说知心话，你怎么不相信我呢？要是让别人知道我在香草营租房，那我就是搬起石头砸自己脚了！随后梁医生开始抱怨他的病人太多太麻烦，其他科室不管有没有必要都喜欢邀他会诊，而实习医生凡事都要请教他，要是知道他在附近租房，一定会天天找上门来，那他反而得不偿失了。听起来梁医生说的确实是知心话，老孙感受到了某种莫名的压力，他一边思考，一边开始频频点头，脸上的表情显得愈加复杂起来，眼神也深邃了许多，最后他用戴着橡胶手套的手在梁医生肩上重重地拍了一下，梁医生你放心，我只管给你找房子，其他的事，不该说的不说，就是该说的，我也不说！

2

老孙告诉他房子就在香草营，单门独院，一切都符合他的要求，不知为什么，梁医生当时有点意外。老孙以为他嫌远，说，香草营就是医院隔壁的巷子呀，几步路就到了，你还嫌远？梁医生摇头，不，不是嫌远。老孙眼睛一亮，那你嫌太近了？近了也不好？梁医生敏感地瞥了老孙一眼，反问道，近了怎么会不好？我不是嫌远嫌近，是觉得那条巷子有点那个，那个什么。老孙初步理解了梁医生的意思，我知道了，梁医生是嫌香草营环境不好吧？环境是差一点，没法跟你们家花园别墅比，可梁医生你想一想，租那儿的房子不是为了享受，是图方便，环境计较不得呀，你就把它当小旅馆住，人家小马的房子什么都有，比小旅馆干净多了，也，方便多了。

梁医生跟着老孙匆匆地去看了一次房子。房子离那个公共厕所不远，是一幢再普通不过的七层楼房，楼体像一块巨大而笨拙的积木竖在香草营深处，所有的窗子和阳台都朝向街道，分别展示着鸟笼、盆花、拖把、棉被、腊肉、雪菜，以及形形色色的湿漉漉的衣物。五个门洞依次开在大楼的背面，每个门洞里都塞满了自行车和杂物，看上去乱糟糟的。老孙其实夸了海口，小马的房子根本不是什么单门独院，就是一个普通的底楼单元房，二室一厅，但这房子的隐蔽性似乎好过了梁医生的预期，位于第一个门洞，进出方便，还带有个临街的院子，院子里高高低低地堆满了木板箱和杂物，乍一看好像是战场上的临时工事，也像是一排天然的保护隐私的屏障。

梁医生对室内的陈设和家用电器并不关心，他最关注卧室的隐秘性，对卧室窗外面的那个小院，他观察得尤其细致。院子里有一棵梧桐树，树枝被房东发挥了衣架的作用，挂满了晾晒的衣物，衣物以及梧桐的树阴遮盖着房子的门窗，室内的光线显得幽暗而神秘。梁医生隔着窗子研究满院子的杂物和木板箱，它们勾勒出了一座棚屋的轮廓。人在窗内，仍然可以听见鸽子低沉的咕哝声，空中偶有鸽哨清脆地掠过，几只鸽子从远处归来，落在白塑料和油毛毡铺成的屋顶上，左顾右盼，姿态安详。很明显，院子里的棚屋是一个鸽房，梁医生并不讨厌鸽子，但那些鸽子让他产生了第一个疑问，鸽子怎么办？我搬进来以后，鸽子怎么办？

老孙说，鸽子哪儿要你管？小马说了，房子归你，院子归他的鸽子，鸽子当然是小马管。

梁医生说，还是有问题，他怎么去管鸽子？房子归了我，他不能从房间里进出了，怎么进那个院子？院子里没看见有边门，除非他天天跳墙头！

跳墙头？对啊，他跳墙头！老孙突然笑起来，小马就是这么说的，暂时他就只好跳墙头，他准备在院子里开个边门，但是开那个门要向街道申请，还要等批准，十天半月开不了。

他们正要离开，房东小马风风火火地赶来了。一个三十多岁的男子，眉眼周正，体形微胖，剃了个板寸头，脖子上用红线挂了块玉坠子，胳膊上夹了个黑色的人造革公文包。乍一看，他的身上穿得衣冠楚楚，但总觉得什么地方不协调。细细观察，梁医生差点笑出来，原来，房东小马的脚上竟然穿了一双塑料拖鞋。

房东小马嗓门很大，寒暄也跟吵架似的，他说，梁医生，你不认识我，我可是认识你的，你是医院的大名人！

梁医生谦虚地说，什么名人不名人的，我就是动刀子动多了，有点小名气罢了。

老孙在旁边补充道，你忘了，梁医生还是市里的政协委员啊。

梁医生摆摆手说，那也没什么了不起的，开开会举举手罢了。

房东小马笑着点了点头，对梁医生的谦逊表示欣赏，随后他话锋一转，梁医生你肯定不知道，我其实也很有名的！不养鸽子的人不认识我，只要他养鸽子，他一定知道香草营小马的名字，我是养鸽爱好者协会的副秘书长啊！

梁医生看见小马在掏名片，掏半天没有掏出来，便客气地制止了对方，不用名片了，我租你的房子，以后打交道的机会多呢，我看你性格很豪爽，我也一样，说不定我们会成哥们呢。

那天梁医生有手术要做，他向老孙交代了几句，急着赶回医院去。他伸出手去跟房东小马握手，这一握握了起码有两分钟。小马似乎对他的手依依不舍，他兀自摊开梁医生的手掌，察看梁医生的掌纹，嘴里说，梁医生我看看你的手相，看一下，马上就好！小马的手劲道很大，也很执着。出于礼貌，梁医生不好挣脱，任凭对方紧紧地捏着自己的手。老孙的脑袋也凑了上来，一边调侃小马道，你既然会看手相，先把自己的命好好算算嘛，人家梁医生的命，你的道行是看不出来的。梁医生无奈地看着两颗男人的脑袋在他的手掌上方浮动，小马的头发油腻腻的，沾着白色的头皮屑，老孙则未老先衰，满鬓白发，头顶上散发出一股难闻的热乎乎的酸臭味。然后梁医生听见了小马对自己命运的宣判：看见没有？到底是大名人，手长得也跟我们不一样，生命线、财富线、爱情线，样样都是畅通的！

3

梁医生和女药剂师的私情发端于一年以前在海南岛的集体旅游，阳光沙滩和海浪并不一定能催生性欲，但在那样的环境里，匆忙的野合也容易给人浪漫的自我感觉。他们的私情就像海南森林里的亚热带植物，生长速度接近疯狂，一年以后就枝繁叶茂了，而且难以修剪。他们是一枚钱币的正反两面，肉体紧紧地纠葛在一起，心却是朝着不同的方向。他们都还深爱着自己的家庭，双方一直小心地逃避着某些严峻的话题，不谈家庭，不谈离婚，更不探讨将来。都是中年人了，或许他们清楚，偷欢是他们唯一正确的出路。他们巧妙地把幽会与工作结合起来。这一年间他们在医院各个掩人耳目的角落里做爱，仓促，紧张，有点刺激，但非常危险。他们互相思念对方的肉体，然后以快速的方法解决问题。当然，男女有别，对于梁医生来说，浇灭欲望之火是容易的，就像饥肠辘辘的时候吃一碗快餐面，谈不上美味，但可以果腹，而女药剂师总是要受点委屈。梁医生有点歉疚，毕竟都是从事医务工作的，有狂热的时候，必定会有冷静的时候，在医院附近租房幽会，是男方提议女方默许的结果。

他们去香草营的房子，大多是趁午休的时候，这个时间离开医院，可以有一个冠冕堂皇的理由，没有人会特别在意。通常是梁医生先到，五六分钟后女药剂师就闪身进来了。有时候女药剂师在外面转一圈再进来，那是因为有邻居在门洞前晒衣物或者给自行车轮胎打气。他们是很谨慎的，尽量不与别人打照面，毕竟是医生嘛，你不认识别人，不代表别人不认识你。

防盗门关起来，窗帘拉起来，室内就是一个安乐窝了。他们最初的几次幽会非常热烈，甚至有点狂暴，一切都很顺利。只是有一次客厅里的电话突然响了，他们不得不中断了好事，面面相觑之间，都从各自的眼神里发现了恐慌之色。梁医生说，是找小马的，我忘了，该把电话拔掉的。女药剂师抬起头环顾着房间的四周，说，我怎么也忘了，这是别人的房子啊！梁医生拔掉了电话线，然而双方的激情自此打了折扣，都有点心神不定的。女药剂师说，你听，外面什么声音？我老觉得外面有人走动。梁医生劝她放宽心，说，不是人，是鸽子，外面有个鸽房，小马在院子里养了好多鸽子。

他们掀开窗帘一角，朝窗外的院子观望。午后的阳光照耀着小马的院子，院子显得愈加凌乱不堪，几只灰鸽站在鸽棚的屋顶上，正面看鸽子，它们似乎正在监视窗内的人，侧面望过去，鸽子却像是在守护他们的窗子了。女药剂师说，这些鸽子是信鸽还是肉鸽？梁医生说，不知道，不管是信鸽还是肉鸽，都好吃，听说信鸽的肉更鲜嫩。女药剂师指着院子角落里的一包饲料说，鸽子吃小米，小米很贵呀，这房东自己那么穷酸，还养这么多鸽子！梁医生说，穷人有穷人的乐趣，那小马还是什么养鸽爱好者协会的头头呢。女药剂师环顾着卧室的四周，脸上露出一种恍惚的神色，好奇怪，我老觉得这屋子里有堆人影子在晃，是一家三口人的影子，女的影子在厨房里晃，男的影子到处走，还有一个小男孩扒着房门朝我们张望。梁医生不以为然地笑起来，你是恐怖电影看多了！女药剂师沉默了一会儿，又问，那小马的老婆孩子，你见过吗？梁医生说，没见过，见他们干什么？小马离婚好几年了，老婆带着孩子又嫁人了。女药剂师说，我倒是想看看那一家子的照片，可惜他把屋子收拾得干干净净的，一张照片都没留下。他们这么说着话，两个身体渐渐地冷了，两双手却握在了一起。女药剂师突然吸着鼻子说，你能闻到这屋子里的气味吗，我能闻出来，这房子里有一股又酸又苦的味道。梁医生也吸紧鼻子，试图闻出房子的气味，但除了女药剂师身体的体味和床下电蚊香片的香味，他什么也闻不出来，然后他听见女药剂师问，你换过门锁吗？他说，门锁换了，小马当着我面换的，你放心，他保证不会进来的，三把钥匙都在我们手上了，这房子现在不是他的，是我们两个人的。

房子是他们的了，但利用率并不高。除了卧室和卫生间，他们什么也不需要。通往小院的卧室门反锁了，还额外加了一把挂锁。他们与一群鸽子为邻，鸽子是无害的，尽管一只鸽子曾经飞到卧室的窗台上，轻轻啄击窗子的玻璃，打扰了窗子那一侧的好事，但鸽子毕竟是鸽子，它的羽毛和眼睛都显示出罕见的纯洁性，室内的男女并不怪罪鸽子。他们受到的惊吓还是来自人，来自房东小马。

那天上午医院开会，他们开会的时候四目相对，临时起意，两个人先后溜出了会议室。这次他们去香草营去早了，巷子里人多眼杂，不知什么人在公厕那里吵架，厕所外面围了一群人，最初是一个女人和一个男人吵，后来是一群女人和一个男人吵，再后来就是一片噪音了，只有一个声音依稀可辨，流氓，流氓，流氓。梁医生莫名地有点烦躁，他等了很久，才等到了女药剂师。女药剂师一进门就显出了懊恼之意，以后上午来不得了，这破巷子怎么那么多人？出什么事了？人都站在街上聊天，聊天就聊天吧，还都抽空瞪你一眼，不会有人认得我吧？梁医生宽慰她说，公厕那边有人吵架，你别疑神疑鬼，他们最多认得我，不会认得你的，你既不门诊又不发药，这里的居民怎么会知道你是谁呢？

他们在宽衣解带的时候听见了院子里的动静。先是墙角处响起一阵均匀急促的水流声，似乎有人正对着院墙撒尿，然后那个人开始走动，很大声地刷牙，一边刷牙一边清理喉咙。室内的两个人脱了一半，又都慌忙地穿上了。透过窗帘的缝隙，他们看见了刷牙的房东小马，头发零乱，睡眼惺忪，上身穿了一件西装，下身则套着一条紧绷绷的旧棉毛裤，嘴角上沾满了白色的牙膏沫，看那样子，小马一定是刚刚起床的，这令人起疑，他的床在哪里呢？室内两个人的目光不约而同地落在那个狭窄破陋的鸽棚上，鸽棚的网窗里隐隐可见一条悬空的绳子，绳子上晾着一条毛巾，三只衣架分别挂着一件西装，一件衬衫，一条藏青色的裤子。梁医生从女药剂师的身体语言中感觉到她有惊叫的预兆，赶紧捂住了她的嘴。

他们完全没有料到，小马住在鸽棚里，他和鸽子住在一起！

室内的两个人面面相觑，对于这个意外的发现，他们都没有承受的准备，一时也无法作出理性的分析。女药剂师的眼神被一片惶恐的乌云笼罩着，似乎发现了一场阴谋，她不仅有一种被算计的感觉，还有上当受骗的错觉，她涨红了面孔质问梁医生，你们这唱的是哪一出戏？怪不得我老是闻到院子里有尿臊味，那房东一直住在鸽棚里呀，他没别的地方住，为什么要把房子租给你？天底下哪儿有这样的房东？你和他到底是什么关系？梁医生发现他突然陷入了一个荒唐的困境之中，不由得苦笑起来，指天发誓道，冤死我了，我和他什么关系都没有！是老孙介绍的，我什么都不知道，早知道是这个情况，再方便再便宜我也不租这房子。

女药剂师不知什么时候爬到了床角，人倚着墙，两只手把脸蒙住了。梁医生过去要摸她的脸，摸到的是她的手，很奇怪，他从她的手指上感受到了她紊乱的心跳。梁医生说，真不知道这人怎么混的，还吹牛呢，什么养鸽爱好者协会，什么副秘书长！父母家、兄弟姐妹家、朋友家，都可以想办法的，为什么偏要住鸽棚呢？女药剂师的眼睛透过指缝注视着梁医生，目光里有一种明显的怨恨，我们也可以想别的办法的，你为什么非要租他的房子呢？我们这种事本来没什么，这会儿，我怎么觉得自己那么脏呢？她瞥了一眼梁医生被三角裤包裹的突出部位，又补充道，你也一样，你也脏，像一个臭流氓。梁医生试探着去搂她，被果断地推开了。女药剂师侧过脸，看着窗帘说，谁还有那个心情？这地方，以后来不得了。梁医生知道她的意思，人颓唐地躺下来，顺手捏着女药剂师的脚趾，一颗一颗地捏过去，忽然觉得自己很冤屈，忿忿地说，谁让他穷呢，是他穷疯了！我们出钱租房天经地义，只要不犯法，干什么都行，我们有什么错呢？女药剂师没说什么，但她的脚趾从梁医生的手里逃逸了。梁医生要抓没抓住，就拍了拍床铺说，咳，你不必那么高尚的，其实也不关我们的事，没准他喜欢和鸽子住一起呢。

4

他们的罗曼史就像在高速公路上行驶的汽车，突然遭遇了一场交通事故，不得不停下来，再启程，发现这辆汽车的引擎发动机也出故障了。房东小马无疑是那个肇事者，肇事过程如此奇特，梁医生没有办法让他作出任何赔偿。

梁医生和女药剂师还是经常在医院的走廊上或者食堂里相遇，每次梁医生用眼神询问她是否可以幽会的时候，那女药剂师总是按一下她的鼻子，那是代表她不方便。梁医生起初以为她是不愿意去香草营，他悄悄地告诉她，还有别的地方可以去。女药剂师还是按她的鼻子，说她是真的不方便，又说她丈夫最近对她很好。梁医生心里清楚了，不是她不方便，是她不需要他了。他们炽热的私情已经被一阵风吹冷了，房东小马就是那阵冷风。梁医生是个理性的人，处理自己的私生活也一样理性，他不会对一个秘密情人死缠烂打，但心里多少有点失落，失落过后就有点迁怒于房东小马。他当着老孙的面发泄对小马的怨气，我见过不把自己当人的，没见过这么自轻自贱的，我见过穷人怎么挣钱，没见过这么挣钱的，他还人模狗样的，天天穿西装打领带呢！老孙替小马打圆场，说小马还有一套房子，是毛坯房，没来得及装修。梁医生思维敏捷，当场驳斥了老孙，你听他吹牛，他就会吹牛！住毛坯房也比住鸽棚强一百倍，他要真有毛坯房，还用得着跟鸽子一起住？我看他穷得只剩下那套西装了！

香草营的房子，梁医生再也不愿意去了。他每天上班经过香草营巷口，下意识地会偏转脑袋，不敢朝巷子里张望，唯恐不小心撞见了房东小马。他自己都觉得很奇怪，一个故事匆匆开始，又草草收场，他留下了一些记忆，扫除了一些痕迹，香草营，这条巷子，现在跟他又没有关系了。

好在梁医生只预付了三个月的房租。租期未到，他就把钥匙交给了老孙。老孙拿着钥匙很诧异，说，你不是说要租一年的吗？梁医生说，还一年呢，住这样的房子，摊上这么个房东，迟早要惹上一大堆麻烦！

老孙还钥匙的时候一定与小马发生过什么插曲，回来后一直躲着梁医生，一千元的押金也没了下文，估计拿不回来了。有人说老孙跟人打架了，脸颊上新添了一块淤青。梁医生觉得蹊跷，去找老孙，一眼看见老孙的脸上果然有伤。是小马打的？梁医生问，他为什么打你？就因为我没住满一年？老孙吞吞吐吐的，自己要面子，还替小马要面子，什么要害都不肯说，只说没事没事，说小马的脾气来得快去得也快，这房子的事他负责到底了，有什么事都有他老孙挡着。

梁医生没想到房东小马会闯到他办公室来。那天小马仍然穿得西装革履，胳膊下夹了一只公文包，他径直走过来和梁医生握手，一边握手一边说，梁医生你不把我当朋友啊，租不租房没关系，一年三个月也没关系，你至少要跟我打个照面道个别吧？

梁医生说他忙。

忙？小马笑了一声，说，我知道你忙，你忙什么我也知道。

我忙什么？梁医生镇定地注视着小马的眼睛，我忙什么你说说看。

我不说。你忙那些事，跟我没关系，以前我生意好的时候，我也忙那些事。小马向梁医生挤眉弄眼，看对方脸色不好，自己拉了一把椅子坐下来，他从包里拿出一页纸，举起来给梁医生看，看看我在忙什么吧，梁医生，我忙什么跟你有关系的。我忙了一个多月，总算把院子开门的手续跑下来了，我刚刚找人把院墙砸开了，你却把钥匙送回来了。

这跟我没关系啊，房子以后租给别人，你又要养鸽子，那院子总要开个门的。

谁说我的房子还要租给别人的？我的房子，不是随便什么人都可以租的。是你梁医生梁委员面子大，我才租房给你的。

梁医生不置可否，耸了耸肩膀。

你不相信？小马说，你以为我是穷人？要靠房租吃饭过日子？

没有，我没那么说。

你没那么说，可你是那么想的。小马仍然目光炯炯地注视着梁医生，过了好一会儿，他突然叹了口气，我为你跳院墙跳了一个月，梁医生你不够朋友啊，你也够粗心的，你有没有注意到床底下的席梦思是新的？你有没有发现卫生间的热水器也是新的？

梁医生茫然地摇了摇头，席梦思？热水器？真的没注意。

我知道你们医生爱干净，我把旧的热水器拆了扔了，给你新装了一台，是阿里斯顿啊，进口的！席梦思也是名牌，你拿钥匙的前一天才放到床上的，还有沙发，台灯，都是新的！

那你的意思是？

没别的意思！你是名人，是知识分子，是政协委员，租我房子是我的荣幸，我不能怠慢你。你给我的三个月房租，我都花在房子里了，没赚你一分钱！你说要租一年，我相信你，我有计划的，可是你一点都不讲信用，才两个月多一点，你就拍屁股走人了。

你到底有什么计划？梁医生突然从小马的话里听出了悬念，他警觉地追问，你的计划跟我有关系吗？

有。小马点点头，直视着梁医生，忽然笑了笑，不过计划赶不上变化，你也不用打听了，现在我的计划要保密了。

梁医生的身体突然打了个冷战，他站起来，用一种强硬的口气说，我有手术要做，没时间陪你说话了，你就打开天窗说亮话吧，今天来，你到底想要干什么？

不干什么。小马说，我就是来告诉你，我把手续跑下来了，我把院墙都砸了，你却把钥匙还给了我，我就是来告诉你，你耍了我。

那要不要我赔偿你的经济损失？

我不稀罕钱，你那一千元押金，我也还给你。小马从公文包里拿出一沓钱，啪地砸在桌上。这一千块钱，我本来想请你去顺风楼吃饭的，他说，现在我明白了，你瞧不起我，不会给我这个面子的。

梁医生突然觉得过意不去，押金应该是归小马的，他拿起那沓钱要往小马的公文包里塞。但小马敏捷地闪开了，表情看上去不屑一顾。小马夹着公文包走出办公室，带上门，又返身推开，从门缝里露出半张脸，对着梁医生挤眼睛，他的神情看上去有点诡谲，又有点轻薄，他说，梁医生啊，你那个女朋友，看上去很面熟嘛。

5

梁医生有了心病，尽管他不能确定小马的所谓计划是什么，但是按照常规的思维，他一直提防着来自香草营的敲诈勒索。

他与女药剂师的关系，一点一点地降温，他的理性能够果断地放下这段感情，但是欲望一时是放不下的，他每次看见女药剂师丰满性感的身影时，总是要制服自己的欲望。他制服欲望的媒介就是房东小马。有时候他会想象那场敲诈勒索的细节，涉及多少相关人士，涉及多少金钱。有时候他会想象小马敲诈勒索的手段，是写匿名信？给他和她写，还是给他们的妻子和丈夫写，或者写给医院？他会不会直接闯到医院来摊牌？梁医生的想象往往会产生奇妙的效果，有一次女药剂师从他面前经过，他耳朵里忽然灌满鸽子扑扇翅膀的声音，然后他眼前出现了那个荒诞的幻觉，他看见女药剂师的两个肩膀上站了两只鸽子，一灰一白，两只鸽子！

夏天风平浪静地过去了，什么事也没发生。梁医生对小马的戒备渐渐地放松了。八月的一天，老孙突然来梁医生的办公室，有事要说的样子。梁医生很敏感，跟着老孙到了走廊上。果然，老孙劈头第一句话就是小马来了，小马来了！梁医生的心悬了起来，他向走廊两边张望着，故作镇定地问，在哪儿？来干什么？老孙说，在四病区，他胃癌，晚期了。结果令人意外，梁医生愣了好一会儿，一时竟然不知道该说什么。老孙观察着梁医生的表情说，小马的意思要麻烦梁医生去四病区打个招呼，他到处跟别人说，说他和梁医生是好朋友，别人不相信他，他说你去打了招呼就好了。梁医生点了点头，抬腿就往楼梯口走，走了几步又站住了，回头问老孙，这人怎么回事？晚期了才进医院？这胃癌很疼的，他以前不知道自己得病了吗？老孙说，他以为自己是胃溃疡，一直乱吃药撑着，到现在都不相信自己得这个病。

　　他们再次相遇是在梁医生的地盘上，几个月不见，梁医生胖了一点，小马则消瘦了许多。梁医生忘不了他走进病房的时候小马向他伸出的那只手，那只干瘦的手上布满了输液针孔的痕迹，剧烈地颤抖着。他的眼神在梁医生和病友之间游移不定，落在梁医生脸上时，那眼神是感激的，因为感激过度而显得有一点卑琐，落在病房里的其他人身上时，则带着明显的炫耀和得意。他握住梁医生的手不放，一边对病房里的一个护士说，我告诉你我和梁医生是老朋友，这回你信了吧？

　　梁医生不管辖胃癌病人，但小马的病他确实没少过问。他向四病区的同事打了招呼，也仔细看了小马的病历。依照医生的职业判断，他知道小马的性命凶多吉少，这使他对小马没有了任何戒备，多的是一种深深的怜悯。他以老朋友的姿态出现在小马面前，两个人的亲近不是那么自然，却来得正是时候。有一次病房里没有旁人，他突然想起小马的那个神秘的计划，干脆就开口问了，小马，你那个计划到底是怎么回事？你是想修理我，还是讹诈我？小马的反应出乎他的预料，他的脸涨红了，眼睛里几乎渗出了委屈的泪水。梁医生你把我当什么人了？冤枉死我啦！小马指天发誓，否认了任何恶意，他说，我的计划其实也不叫计划，就是想趁你租我房子的机会，和你交个朋友！梁医生觉得他的解释不够令人信服，反问道，为什么要花那么大的成本和我交朋友？我对你有什么用，就是看个病方便一点罢了。小马这时候又露出了他诡谲的微笑，他竖起一根手指摇着，梁医生你错了，我这大半辈子为什么失败？就是缺少你这样的朋友，路越走越窄。你是名医，又是政协委员，政界商界，什么头面人物你不认识？你神通广大路路通，我要是和你交上了朋友，没有大路还有小路呢，升官我不想，发点小财总是有机会的。我是没想到你走那么快，联络感情的机会都没有，竹篮打水一场空呀。梁医生看他说得有点动容，赶紧安慰他说，我们这不交上朋友了吗？小马沉默了一会儿，苦笑着说，是啊，算是交上朋友了，可惜人算不如天算，最后身体不争气，就落了个看病有照应啦！

　　他们都是中年人了，互相知道信任的意义，百分百的信任是不存在的。梁医生多年行医阅人无数，他始终觉得小马的真诚与浮夸是一体的，小市民特有的狡黠和谋略，有时候会以一张率真的面孔出现。梁医生隐隐觉得小马还会有求于他，很快这预感被印证了。小马有一天以非常直露的语言，要求梁医生去区里帮他疏通关系，他想当养鸽爱好者协会的秘书长，而不是副秘书长。梁医生又好气又好笑，他无法理解这个狗屁职务对一个胃癌病人的意义，又不便当面奚落他，就含糊地表了个态，你先养好病，养好了病才能当秘书长！小马听得出梁医生的推诿，一下发急了，他说，万一这病养不好呢？万一我翘辫子了呢？我要是在养鸽爱好者协会都扶不了正，这一生不是太失败了吗？梁医生你替我想想，死了连悼词都不好写呀！梁医生想笑又不敢笑，他意识到这件荒唐的事情对于小马是一个最真切的梦想，他既不忍心伤害他，也不愿意鼓励他，就随口说，好吧，什么时候遇见刘区长，我试试看。

　　梁医生其实没有把这件事情放在心上，他凭着常识认定这养鸽爱好者协会的职位，不值得他出马走关系。小马进手术室的前一天，他去看望小马，小马的床竟然是空的，原来他溜回香草营伺候鸽子去了。梁医生知道他对自己的病情盲目乐观，也许这是好事，也许并不一定是好事。傍晚时分他准备离开医院回家，发现小马穿着病号服在楼梯口等他，他刚要批评他擅自离开医院，小马先急迫地开了口，梁医生，你见到刘区长了吗？那事再不办，我的黄花菜都凉了！梁医生一下恼了，虎着脸从他面前径直下了楼梯，一边走一边说，什么刘区长刘主任的，我没兴趣，你还是给我准备一下明天的手术吧！

　　覆水难收，后来梁医生一直懊悔他那天对小马粗暴的态度。小马的手术结果很坏，主刀医生打开他的腹腔后又缝上了，因为癌细胞已经完全扩散，没有了做手术的必要。梁医生是第一时间知道这个结果的，很奇怪，他当时第一个想到的是香草营鸽棚里的那些鸽子，然后他眼前依稀出现了女药剂师丰满性感的身影，她从走廊上一闪而过，肩膀上驮着两块灰色的生动的影子，那应该是两只鸽子。

手术过后小马在四病区又住了一个多月。纸包不住火，小马最终知道自己是个没有未来的人了。梁医生去看望他的时候，发现他变得很沉默，他不再提养鸽爱好者协会的职务问题了，也不爱说话。他的眼神是冷的，怀着一丝敌意，还有讥讽，梁医生察觉到小马的心里涌动着仇恨。不公平的命运容易让病人情绪失衡，这一点梁医生能够理解，但他万万没想到，小马的仇恨最后是向他发泄出来的。有一天他收到病人送的一篮水果，一转身就提到四病区给小马了。小马没有接那篮水果，他在床上翻了个身，用屁股对着梁医生。然后他就听见了小马一串愠怒的叫声，少来这一套，谁要吃你的水果！你算什么名医？什么成功人士？什么政协委员？都他妈是骗人的，别人不知道你，我可知道你的底细，你是自私鬼、伪君子、大骗子，你还是一个大流氓！

梁医生是个自尊的人，各种各样的病人也见多了，他扪心自问，除了一次小小的食言，自己并不亏欠小马什么，实在没有理由遭受小马的侮辱。他不动声色地吩咐护士给小马服用镇定剂，走出了病房，从此以后再也没有去四病区看过小马。

小马出院的那天，老孙跑来告诉梁医生，说小马想跟他见个面，有话要跟他说。梁医生犹豫了一下，还是借故推托了，我要准备手术，他要说什么话尽管跟你说，你转告我就行了。老孙说，这话不好转告，他大概是要当面跟你道歉呢。梁医生假装糊涂，道什么歉？没什么可道歉的，他不欠我什么，我也不欠他什么呀。梁医生看了一会儿报纸，什么也看不进去，就走到窗边朝楼外面张望，正好看见四病区那里出来几个人：小马西装革履地坐在一辆自行车后座上，垂着脑袋，他的背影看上去像一个孩子；有个肥胖的穿红衣服的中年女人推着自行车；自行车后面跟着一个腰背佝偻的老妇人，手里提着大包小包，一路小跑着。梁医生知道他们是小马最后的亲人，推车的是他轻度智障的姐姐，另一个是他年迈的母亲。

梁医生与香草营小马的故事风起云涌，最后却是一个不太愉快的记忆，既然不愉快，干脆就忘了。他的职业容易忽略一些旧的故事，因为每天都有新的故事开始。这年秋天梁医生买了一辆小汽车，天天开车来医院，不从香草营走了。他与香草营小马的相识缘于一段隐秘的私生活，当私生活无疾而终，小马也淡出了梁医生的记忆。直到十一月的一天，梁医生从手术室回到办公室，发现外面的秋风已经带着深深的寒意，桌子上躺着几片干枯的梧桐叶。办公室里很冷，他去关窗，忽然看见两只灰鸽子一左一右，静静地站立在窗台上。鸽子不怕他，他也不撵鸽子，他和两只鸽子隔窗对峙，发现两只鸽子的脚上都拴着一条黑布，鸽子灰色的羽毛看上去很湿润，像是被雨水淋湿了，一股悲伤的酸楚的气息扑面而来。

香草营离医院这么近，那边在下雨吗？不，不是下雨。梁医生敏感地扳了扳指头，一个月，两个月，三个月，三个月了。梁医生的心抽搐了一下，作为医学专家，他能够估算小马这类病人的寿限，他猜，香草营那边一定是有丧事了。

但梁医生不知道小马的鸽子为什么飞到他这里来。鸽子不应该喜欢医院的窗台，也许它们只是来替主人捎话的？鸽子捎来的是什么话，梁医生一时半会儿还猜不透，他不知道鸽子是来替主人道歉的，还是来替主人索债的。

散文

自行车之歌

　　一条宽阔的缺乏风景的街道，除了偶尔经过的公共汽车、东风牌或解放牌卡车，小汽车非常罕见，繁忙的交通主要体现在自行车的两个轮子上。许多自行车轮子上的镀光已经剥落，露出锈迹，许多穿着灰色、蓝色和军绿色服装的人骑着自行车在街道两侧川流不息，这是一部西方电影对七十年代北京的描述——多么笨拙却又准确的描述。所有人都知道，看到自行车的海洋就看到了中国。

　　电影镜头遗漏的细部描写现在由我来补充。那些自行车大多是黑色的，车型为二十六寸或者二十四寸，后者通常被称为女车，但女车其实也很男性化，造型与男车同样地显得憨厚而坚固。偶尔地会出现几辆红色和蓝色的跑车，它们的刹车线不是裸露垂直的钢丝，而是一种被化纤材料修饰过的交叉线，在自行车龙头前形成时髦的标志——就像如今中央电视台的台标。彩色自行车的主人往往是一些不同寻常的年轻人，家中或许有钱，或许有权。这样的自行车经过某些年轻人的面前时，有时会遇到刻意的阻拦。拦车人用意不一，有的只是出于嫉妒，故意给你制造一点麻烦；有的年轻人则很离谱，他们胁迫主人下车，然后争先恐后地跨上去，借别人的车在街道上风光了一回。

　　我们现在要说的是普通的黑色的随处可见的自行车，它们主要由三个品牌组成：永久、凤凰和飞鸽。飞鸽是天津自行车厂的产品，在南方一带比较少见。我们那里的普通家庭所梦想的是一辆上海产的永久或者凤凰牌自行车，已经有一辆永久的人家毫不掩饰地告诉别人，还想搞一辆凤凰；已经有一辆男车的人家很贪心地找到在商场工作的亲戚，说，能不能再弄到一辆二十四寸的女车？然而在一个物质匮乏的时代，这样的要求就像你现在去向人家借钱炒股票，只能引起对方的反感。

　　有些刚刚得到自行车的愣头青在街上"飙"车，为的是炫耀他的车和车技。看到这些家伙风驰电掣般地掠过狭窄的街道，泼辣的妇女们会在后面骂：去充军啊！骑车的听不见，他们就像如今的赛车手在环形赛道上那样享受着高速的快乐。也有骑车骑得太慢的人，同样惹人侧目。我一直忘不了一个穿旧军装的骑车的中年男人，也许是因为过于爱惜他的新车，也许是车技不好，他骑车的姿势看上去很怪，歪着身子，头部几乎要趴在自行车龙头上，他大概想不到有好多人在看他骑车。不巧的是这个人总是在黄昏经过我们街道，孩子们都在街上无事生非，不知为什么那个人骑车的姿势引起了孩子们一致的反感，认为他骑车姿势像一只乌龟。有一天我们突然冲着他大叫起来：乌龟！乌龟！我记得他回过头向我们看了一眼，没有理睬我们。但是这样的态度并不能改变我们对这个骑车人莫名的厌恶。第二天我们等在街头，当他准时从我们的地盘经过时，昨天的声音更响亮更整齐地追逐着他：乌龟，乌龟！那个无辜的人终于愤怒了，我记得他跳下了车，双目怒睁向我们跑来，大家纷纷向自己家逃散。我当然也是逃，但我跑进自家大门时向他望了一眼，正好看见他突然站住，他也在回头张望，很明显他对倚在墙边的自行车放心不下。我忘不了他站在街中央时的犹豫，最后他转过身跑向他的自行车。这个可怜的男人，为了保卫自行车，他承受了一群孩子无端的污辱。

我父亲的那辆自行车是六十年代出产的永久牌。从我记事到八十年代离家求学，我父亲一直骑着它早出晚归。星期天的早晨我总是能看见父亲在院子里用纱线擦拭他的自行车。现在我是以感恩的心情想起了那辆自行车，因为它曾经维系着我的生命。童年多病，许多早晨和黄昏我坐在父亲的自行车上来往于去医院的路上。曾经有一次我父亲用自行车带着我骑了二十里路，去乡村寻找一个握有家传秘方的赤脚医生。我难以忘记这二十里路，大约十里是苏州城内的那种石子路、青石板路（那时候的水泥沥青路段只是在交通要道装扮市容），另外十里路就是乡村地带海浪般起伏的泥路了。我像一只小舢板一样在父亲身后颠簸，而我父亲就像一个熟悉水情的水手，他尽量让自行车的航行保持通畅。就像自信自己的车技一样，他对我坐车的能力表示了充分的信任，他说：没事，没事，你坐稳些，我们马上就到啦！

多少中国人对父亲的自行车怀有异样的亲情。多少孩子在星期天骑上父亲的自行车偷偷地出了门，去干什么？不干什么，就是去骑车！我记得我第一次骑车在苏州城漫游的经历。我去了市中心的小广场，小广场四周有三家电影院，一家商场。我在三家电影院的橱窗前看海报，同一部样板戏，画的都是女英雄柯湘，但有的柯湘是圆脸，有的柯湘却画成了个马脸，这让我很快对电影海报的制作水平作出了判断。然后我进商场去转了一圈，空荡荡的货架没有引起我的任何兴趣。等我从商场出来，突然感到十分恐慌，巨大的恐慌感恰好就是自行车给我带来的：我发现广场空地上早已成为一片自行车的海洋，起码有几千辆自行车摆放在一起，黑压压的一片，每辆自行车看上去都像我们家的那一辆。我记住了它摆放的位置，但车辆管理员总是在擅自搬动你的车，我拿着钥匙在自行车堆里走过来走过去，头脑中一片晕眩，我在惊慌中感受了当时中国自行车业的切肤之痛：设计雷同，不仅车的色泽和款式，甚至连车锁都是一模一样的！我找不到我的自行车了，我的钥匙能够捅进好多自行车的车锁眼里，但最后却不能把锁打开。车辆管理员在一边制止我盲目的行为，她一直在向我嚷嚷：是哪一辆，你看好了再开！可我恰恰失去了分辨能力，这不怪我，令人不可思议的事情总是发生在自行车上。我觉得许多半新不旧的"永久"自行车的坐垫和书包架上，都散发出我父亲和我自己身上的气息，怎能不让我感到迷惑？

自行车的故事总与找不到自行车有关，不怪车辆管理员们，只怪自行车太多了。相信许多与我遭遇相仿的孩子都在问他们的父母：自行车那么难买，为什么外面还有那么多的自行车？这个问题大概是容易解答的，只是答案与自行车无关。答案是：中国，人太多了。

到了七十年代末期，一种常州产的金狮牌自行车涌入了市场。人们评价说金狮自行车质量不如上海的永久和凤凰，但不管怎么说，新的自行车终于出现了。购买"金狮"还是需要购车券。打上"金狮一辆"记号的购车券同样也很难觅。我有个邻居，女儿的对象是自行车商场的，那份职业使所有的街坊邻居感兴趣，他们普遍羡慕那个姑娘的婚姻前景，并试探着打听未来女婿给未来岳父母带了什么礼物。那个将做岳父的也很坦率，当场从口袋里掏出一张盖着蓝印的纸券，说：没带什么，就是金狮一辆！

自行车高贵的岁月仍然在延续，不过应了一句革命格言：排除万难，去争取胜利。我们街上的许多人家后来品尝了自行车的胜利，至少拥有了一辆金狮，而我父亲在多年的公务员生涯中利用了一切能利用的关系，给我们家的院子推进了第三辆自行车——他不要"金狮"，主要是缘于对新产品天生的怀疑，他迷信"永久"和"凤凰"，情愿为此付出多倍的努力。

第三辆车是我父亲替我买的，那是一九八〇年我中学毕业的前夕，他们说你假如考不上大学，这车就给你上班用。但我考上了。我父母又说，车放在家里，等你大学毕业了，回家工作后再用。后来我大学毕业了，却没有回家乡工作。于是我父母脸上流露出一种失望的表情，说：那就只好把车托运到南京去了，反正还是给你用。

一个闷热的初秋下午，我从南京西站的货仓里找到了从苏州托运来的那辆自行车。车子的三角杠都用布条细致地包缠着，是为了避免装卸工的野蛮装卸弄坏了车子。我摸了一下轮胎，轮胎鼓鼓的，托运之前一定刚刚打了气，这么周到而细致的事情一定是我父母合作的结晶。我骑上我的第一辆自行车离开了车站的货仓，初秋的阳光洒在南京的马路上，仍然热辣辣的，我的心也是热的，因为我知道从这一天起，生活将有所改变，我有了自行车，就像听到了奔向新生活的发令枪，我必须出发了。

那辆自行车我用了五年，是一辆黑色的二十六寸的凤凰牌自行车，与我父亲的那辆"永久"何其相似。自行车国度的父母，总是为他们的孩子挑选一辆结实耐用的自行车，他们以为它会陪伴孩子们的大半个人生。但现实既令人感伤又使人欣喜，五年以后我的自行车被一个偷车人骑走了。我几乎是怀着一种卸却负担的轻松心情，跑到自行车商店里，挑选了一辆当时流行的十速跑车，是蓝色的，是我孩提时代无法想象的一辆漂亮的威风凛凛的自行车。

这世界变化快——包括我们的自行车，我们的人生。许多年以后我仍然喜欢骑着自行车出门，我仍然喜欢打量年轻人的如同时装般新颖美丽的自行车，有时你能从车流中发现一辆老"永久"或者老"凤凰"，就像一张老人的写满沧桑的脸，让你想起一些行将失传的自行车的故事。我曾经跟在这么一辆老"凤凰"后面骑了很长时间，车的主人是一个五十来岁的男人，他的身边是一个同样骑车的背书包的女孩，女孩骑的是一辆目前非常流行的捷安特，是橘红色的山地车，很明显那是父女俩。我也赶路，没有留心那父女俩一路上说了些什么，但我要告诉大家的是，两辆自行车在并驾齐驱的时候一定也在交谈，两辆自行车会说些什么呢？其实大家都能猜到，是一种非常简单的交流——

黑色的老"凤凰"说：你走慢一点，想想过去！

橘红色的"捷安特"却说：你走快一点，想想未来！

河流的秘密

对于居住在河边的人们来说，河流是一个秘密。

河床每天感受着河水的重量，可它是被水覆盖的，河床一直蒙受着水的恩惠，它怎么能泄露河流的秘密？河里的鱼知道河水的质量，鱼的体质依赖于河流的水质，可是你知道鱼儿是多么忍辱负重的生灵，更何况鱼类生性沉默寡言，而且孤僻，它情愿吐出无用的水泡，却一直拒绝与河边的人们交谈。

河流的秘密始终是一个秘密。"亲爱的，我永远也不会对你讲／河水为什么这么缓慢地流淌。"这是西班牙诗人加西亚·洛尔迦的诗句。这是一个热爱河流的诗人卖关子的说法，其实谁又能知道河水流得如此缓慢，是出于疲惫还是出于焦虑，是顺从的姿态还是反抗的预兆，是因为河水昏昏欲睡还是因为河水运筹帷幄？

岸是河流的桎梏。岸对河流的霸权使它不屑于了解或洞悉河流的内心，岸对农田、运输码头、餐厅、房地产业、散步者表示了亲近和友好，对河流却铁面无情。很明显这是河与岸的核心关系。岸以为它是河流的管辖者和统治者，但河流并不这么想。居住在河边的人们都发现河流的内心是很复杂的，即使是清澈如镜的水，也有一个深不可测的大脑器官。河流的力量难以估计，它在夏季与秋季会适时地爆发一场革命，湮没傲慢的不可一世的河岸。这时候河与岸的关系发生了倒置，由于这种倒置关系，一切都乱套了。居住在河边的人们人心惶惶，他们使用一切可能使用的建筑材料来抵挡河水的登门造访。不怪他们慌张失态，他们习惯了做水的客人，从来没有欢迎河水来登堂做客的准备。河边的居民们在夏季带着仓皇之色谈论着水患，说洪水在一夜大雨之后夺门而入，哪些人家的家具已经浮在水中了，哪些街道上的汽车像船一样，在水中抛锚了。他们埋怨洪水破坏了他们的生活，他们没有意识到与水共眠或许该是他们正常生活的一部分。河水与人的关系被人确立，河水并没有发表意见，许多人便产生了种种误会。其实本着公平交易的原则，河流的行为是可以解释的，试想想，你如果经常去一个地方寻找欢乐，那么这地方的主人必将回访。回访是一种礼仪。水的性格和清贫决定了它所携带的礼物：水，仍然是水。

河流在洪水季节中获得了尊严，它每隔几年用漫溢流淌的姿势告诉人们，河流是不可轻侮的。然后洪水季节过去了。河边的居民们发现深秋的河流水位很高，雨水的大量注入使河水显示出新鲜和清澈的外貌，秋天的河流与岸边的树木作反向运动，树木在秋风中枯黄了、落叶了，而河流显得容光焕发、朝气蓬勃。如果你站在某座横跨河流的大桥上俯瞰秋天的流水，你会注意到水流的速度、水流的热情足以让你感到震撼：那是野马的奔腾；是走出囚室的思想者在旷野中的一次长篇演讲；那是河流对这个世界的一年一度的倾诉，它告诉河岸，水是自由的、不可束缚的，你不可拦截不可筑坝，你必须让我奔腾而下。河流告诉岸上的人群：你们之中，没有人的信仰比水更坚定，没有人比水更幸运。河流的信仰是海洋，多么纯朴的信仰啊！海洋是可靠的，它广阔而深邃的怀抱是安全的，海洋接纳河流，不索香火金钱，不打造十字架，不许诺天堂，它说，你来吧。于是河流就去了。河流奔向大海的时候一路高唱水的国歌，是三个字的国歌，听上去响高而虔诚：去海洋，去海洋！

谁能有柔软之极雄壮之极的文笔为河流谱写四季歌？我不能。你恐怕也不能。我一直喜欢阅读所有关于河流的诗文篇章，所有热爱河流关注河流的心灵都是湿润的，有时候那样的心灵像一盏渔灯，它无法照亮岸边黑暗的天空，但是那团光与水为友，让人敬重。谁能有锋利如篙的文笔直指河流的内心深处？我没有，恐怕你也没有，我说过河流的秘密不与人言说，赞美河流如何能消解河流与我们日益加剧的敌意和隔阂？一个热爱河流的人常常说他羡慕一条鱼，鱼属于河流，因此它能够来到河水深处，探访河流的心灵。可是谁能想到如今的鱼与河流的亲情日益淡薄，新闻媒体纷纷报道说河流中鱼类在急剧减少，所有水与鱼的事件都归结为污染，可污染两个字怎么能说出河流深处发生的革命，谁知道是鱼类背叛了河流，还是河流把鱼类逐出了家门？

现在我突然想起了童年时代居所的后窗。后窗面向河流——请容许我用河流这么庄重的词汇来命名南方多见的一条瘦小的河，这样的河往往处于城市外围或者边缘。有一个被地方志规定的名字却不为人熟悉，人们对于它的描述因袭了粗犷的不拘小节的传统：河，河边，河对岸。这样的河流终日梦想着与长江、黄河的相见，却因为路途遥远交通不便而抱恨终生，因此它看上去不仅瘦小而且忧郁。这样的河流经年累月地被治理，负担着过多的衔接城乡水运、水利疏导这样的指令性任务，河岸上堆积了人们快速生产发展的房屋、工厂、码头、垃圾站，这一切使河流有一种牢骚满腹自暴自弃的表情，当然这绝不是一种美好的表情——让我难忘的就是这种奇特的河水的表情。

从记事起，我从后窗看见的就是一条压抑的河流，一条被玷污了的河流，一条患了思乡病的河流。一个孩子如何判断一条河是否快乐并不难，他听它的声音，看它的流水，但是我从未听见河水奔流的波涛声，河水大多时候是静默的。只有在装运货物的驳船停泊在岸边时，它才发出轻微的类似呓语的喃喃之声。即使是孩子，也能轻易地判断那不是快乐的声音，那不是一条河在欢迎一条船，恰好相反，在孩子的猜测中，河水在说，快点走开，快点走开！在孩子的目光中，河水的流动比他对学习的态度更加懒惰更加消极，它怀有敌意，它在拒绝作为一条河的责任和道义。看一眼春天肮脏的河面你就知道了，河水对乱七八糟的漂浮物持有一种多么顽劣的坏孩子的态度：油污、蔬菜、塑料、死猫、避孕套，你们愿意在哪儿就在哪儿，我不管！孩子发现每天清晨石埠前都有漂浮的垃圾，河水没有把旧的垃圾送到下游去，却把新的垃圾推向河边的居民，河水在说，是你们的东西，还给你们，我不管！在我的记忆中河流的秘密曾经是不合道德的秘密。我记得在夏季河水相对洁净的季节里，我曾经和所有河边居民一样在河里洗澡、游泳，至今我还记得第一次在水底下睁开眼睛的情境，我看见了河水的内部，看见的是一片模糊的天空一样的大水，就像天空一样，与你仰望天空不同的是，水会冲击你的眼睛，让你的眼睛有一种刺痛的感觉。这是河流的立场之一，它偏爱鱼类的眼睛，却憎恨人的眼睛——人们喜欢说眼睛是心灵的窗户，河流憎恨的也许恰好是这扇窗户。

我很抱歉描述了这么一条河流来探索河流的心灵。事实上河流的心灵永远比你所能描述的丰富得多，深沉得多，就像我母亲所描述的同一条河流，也就是我们家后窗能看见的河流。那是一个多么神奇的故事：有一年冬天河水结了冰，我母亲急于赶到河对岸的工厂去，她赶时间，就冒失地把冰河当了渡桥。我母亲说她在冰上走了没几步就后悔了，冰层很脆很薄，她听见脚下发出的危险的碎冰声，她畏缩了，可是退回去更危险，于是我母亲一边祈求着河水一边向河对岸走。你猜怎么着,她顺利地过了河!对于我来说这是天方夜谭的故事,我不相信这个故事。我问我母亲她当时是怎么祈求河水的,她笑着说,能怎么祈求?我求河水,让我过去,让我过去,河水就让我过去了!

如果你在冬天来到南方,见到过南方冬天的河流,你会相信我母亲的故事吗?你也会像我一样,对此心怀疑窦。但是关于河流的故事也许偏偏与人的自以为是在较量,这个故事完全有可能是真实的,请想一想,对于同一条河流,我母亲作了多么神奇多么瑰丽的描述!

河水的心灵漂浮在水中,无论你编织出什么样的网,也无法打捞河水的心灵,这是关于河水最大的秘密。多少年来我一直难以忘记我老家一带流传的关于水鬼的故事,我一直相信那些湿漉漉的浑身发亮的水鬼掌握了河水的秘密,原因简单极了,那些溺死的不幸者最终与河水交换了灵魂。他们看见了河水的心灵,这就是水鬼们可以自由出入于水中不会再次被溺的原因,他们拿到了一把钥匙,这把钥匙能够打开河流的秘密之门。

可是在传说之外我们从来没有与水鬼们邂逅过,不管是在深夜的河岸边,还是在沿河航行的船上。水鬼如果是人类的使者,那他们一定背叛了人类,忠实于水了,他们不再上岸是为了保持河流的秘密。水鬼已经被水同化,如今他们一定潜伏在河流深处,高昂着绿色的不屈的头颅,为他们的祖国发出了最后的呐喊:岸上的人们啊,你们去征服月球,去征服太空吧,但是请记住,水是不可征服的!

一份自传

　　我一九六三年一月二十三日出生于苏州家中。是小年夜的夜里。那夜我母亲原来准备去厂里上夜班的，仓促间把我生在一只木盆里。这当然是母亲后来告诉我的。

　　童年时代在苏州城北一条古老的街道上度过。那段生活的记忆总是异常清晰而感人。我的许多短篇小说都是依据那段生活写成，诚如许多评论家所说，是"童年视角"、"童年记忆"，这肯定是些幼稚单薄的东西，不好意思。

　　我从小就听话，在学校里听老师的话，在家里听父母的话，在孩子堆里听孩子王的话，有一年我生了病，很严重的肾炎，医生不让我吃盐，我就听医生的话，将近半年时间没沾一粒盐。到了现在，我也依然很听话，听领导的话，父母的话，妻子的话，还有朋友的话。有一位朋友建议我去买一台微波炉，我就去买了，结果发现我根本不需要微波炉。我妻子说，不需要你就再卖给别人吧，便宜一点也行，于是我就把它降价卖给了别人。

　　我从来不具有叛逆性格和坚强的男性性格，这一点也让我不好意思。

　　我唯一坚定的信仰是文学，它让我解脱了许多难以言语的苦难和烦忧，我喜爱它并怀着一种深深的感激之情，我感激世界上有这门事业，它使我赖以生存并完善充实了我的生活。

　　我小时候家境贫困，从来没有受到过修养的操练和艺术的熏陶。我有两个姐姐一个哥哥。我二姐喜欢文学，她经常把许多文学名著带回家中，那是她向别人借的。借期往往很短，三至五天，她一天看完轮到我看。我有时候在一个下午读完《复活》或者《红与黑》，读得昏头昏脑，不知所云，但我仍然执着于这种可笑的不求甚解的阅读。也许因为这些书，使我回避了街头少年的许多不良恶习，我总是静坐家中，培养了某种幻想精神。

　　我上高中的时候就写过小说，还投稿了，结果当然是退。我还写诗，最初的诗写在一个塑料皮笔记本上，现在还留着。从来没再翻阅过，但我珍惜它们。

一九八〇年我考上北师大，九月初的一天我登上北去的火车，从此离开古老潮湿的苏州城。在经过二十个小时的陌生旅程后我走出北京站。我记得那天下午明媚的阳光、广场上的人流和十路公共汽车的天蓝色站牌，记得当时我的空旷而神秘的心境。

对于我来说，在北京求学的四年是一种真正的开始。我感受到一种自由的气息，我感受到文化的侵袭和世界的浩荡之风。我怀念那时的生活，下了第二节课背着书包走出校门，搭乘二十二路公共汽车到西四，在延吉冷面馆吃一碗价廉物美的朝鲜冷面，然后经过北图、北海，到美术馆看随便什么美展，然后上王府井大街，游逛，再坐车去前门，在某个小影院里看一部拷贝很旧的日本电影《泥之河》。

这时候我大量地写诗歌、小说并拼命投寄，终获成功，一九八三年的《青春》《青年作家》《飞天》和《星星》杂志初次发表了我的作品。我非常惧怕憎恨退稿，而且怕被同学知道，因此当时的信件都是由一位北京女同学转交的。她很理解我，以她的方式一直鼓励支持我。我至今仍然感激她。

大学毕业时我选择去南京工作，选择这个陌生的城市在当时是莫名其妙的，但事实证明当初的选择是对的，我一直喜欢我的居留之地，说不清是什么原因。我在南京艺术学院工作了一年半时间，当辅导员，当得太马虎随意，受到上司的白眼和歧视，这也不奇怪。因祸得福，后来经朋友的引荐，谋得了我所喜爱的工作，在《钟山》杂志当了一名编辑。至此我的生活就初步安定了。

一九八七年我幸福地结了婚。我的妻子是我中学时的同学，她从前经常在台上表演一些西藏舞、送军粮之类的舞蹈，舞姿很好看。我对她说我是从那时候爱上她的，她不相信。一九八九年二月，我的女儿天米隆重诞生。我对她的爱深得自己都不好意思，其实世界上何止我一个人有一个可爱漂亮的女儿？不说也罢，至此，我的生活要被她们分割去一半，理该如此，也没有什么舍不得的。

就这样平淡地生活。

我现在蜗居在南京一座破旧的小楼里，读书、写作、会客，与朋友搓麻将，没有任何野心，没有任何贪欲，没有任何艳遇。这样的生活天经地义，心情平静、生活平静，我的作品也变得平静。

其他还有什么？没有什么可说的了。

想到什么说什么

一

　　种种迹象表明：我们的文学逐渐步入了艺术的殿堂。今天我们看到为数不少的具有真正艺术精神的作家和作品涌现出来。这是一点资本，我们不妨利用这一点资本来谈谈一些文学内部和外层的问题。不求奢侈，不要过激。既然把文学的种种前途和困境作为艺术问题来讨论，一切都可以做得心平气和，每一种发言都是表现，这就像街头乐师们的音乐，每个乐师的演奏互相联系又相对独立，但是你看他们的态度都是宁静而认真的。

二

　　形式感的苍白曾经使中国文学呈现出呆傻僵硬的面目，这几乎是一种无知的悲剧，实际上一名好作家一部好作品的诞生在很大程度上有赖于形式感的成立。现在形式感已经在一代作家头脑中觉醒，马原和莫言是两个比较突出的例证。

　　一个好作家对于小说处理应有强烈的自主意识，他希望在小说的每一处打上他的某种特殊的烙印，用自己摸索的方法和方式组织每一个细节每一句对话，然后他按照自己的审美态度把小说这座房子构建起来。这一切需要孤独者的勇气和智慧。作家孤独而自傲地坐在他盖的房子里，而读者怀着好奇心在房子外面围观，我想这就是一种艺术效果，它通过间离达到了进入（吸引）的目的。

　　形式感是具有生命活力的，就像一种植物，有着枯盛衰荣的生存意义。

形式感一旦被作家创建起来也就成了矛盾体，它作为个体既具有别人无法替代的优势又有一种潜在的危机。这种危机来源于读者的逆反心理和喜新厌旧的本能，一名作家要保存永久的魅力似乎很难。是不是存在着一种对自身的不断超越和升华？是不是需要你提供某个具有说服力的精神实体，然后你才成为形式感的化身？在世界范围内有不少例子。

博尔赫斯——迷宫风格——智慧的哲学和虚拟的现实；

海明威——简洁明快——生存加死亡加人性加战争的困惑；

纪德——敏感细腻——压抑的苦闷和流浪的精神孤儿；

昆德拉——叛逆主题——东欧的反抗与逃避形象的化身。

有位评论家说，一个好作家的功绩在于他给文学贡献了某种语言。换句话说，一个好作家的功绩也在于提供永恒意义的形式感。重要的是你要把你自己和形式感合二为一，就像两个氢原子一个氧原子合二为一，成为我们大家的水，这是艰难的，这是艺术的神圣目的。

三

小说应该具备某种境界，或者是朴素空灵，或者是诡谲深奥，或者是人性意义上的，或者是哲学意义上的，它们无所谓高低，它们都支撑小说的灵魂。

实际上我们读到的好多小说没有境界，或者说只有一个虚假的实用性外壳，这是因为作者的灵魂不参与创作过程，他的作品跟他的心灵毫无关系，这又是创作的一个悲剧。

特殊的人生经历和丰富敏锐的人的天资往往能造就一名好作家，造就他精妙充实的境界。

我读史铁生的作品总是感受到他的灵魂之光。也许这是他皈依命运和宗教的造化，其作品宁静淡泊，非常节制松弛，在漫不经心的叙述中积聚艺术力量，我想他是朴素的。我读余华的小说亦能感觉到他的敏感、他的耽于幻想，他借凶残补偿了温柔，借非理性补偿了理性，做得很巧妙很机警，我认为他有一种诡谲的境界。

小说是灵魂的逆光，你把灵魂的一部分注入作品从而使它有了你的血肉，也就有了艺术的高度。这牵扯到两个问题：其一，作家需要审视自己真实的灵魂状态，要首先塑造你自己；其二，真诚的力量无比巨大，真诚的意义在这里不仅是矫枉过正，还在于摒弃矫揉造作、摇尾乞怜、哗众取宠、见风使舵的创作风气。不要隔靴搔痒，不要脱了裤子放屁，也不要把真诚当狗皮膏药卖，我想真诚应该是一种生存的态度，尤其对于作家来说。

四

诗歌界有一种说法叫 Pass 北岛，它来自于诗歌新生代崛起后的喉咙，小说界未听过类似的口号，也许是小说界至今未产生像北岛那样具有深远影响的精神领袖。我不知道这种说法是好是坏，Pass 这词的意义不是打倒，而是让其通过的意思，我想它显示出某种积极进取的倾向。

小说界 Pass 谁？小说界情况不同，无人提出这种气壮如牛的口号，这是由于我们的小说从来没有建立起艺术规范和秩序（需要说明的是艺术规范和秩序与百花齐放百家争鸣没有对应关系）。小说家的队伍一直是杂乱无章的，存在着种种差异。这表现在作家文化修养艺术素质和创作面貌诸方面，但是各人头上一方天却是事实。同样的，我也无法判断这种状况是好是坏。

实际上我们很少感觉到来自同胞作家的压力。谁在我们的路上设置了障碍？谁在我们头上投下了阴影？那就是这个时代所匮乏的古典风范或者精神探求者的成功，那是好多错误的经验陷入于泥坑的结果。我们受到了美国当代文学、欧洲文学、拉美文学的冲击和压迫，迷惘和盲从的情绪笼罩着这一代作家。你总得反抗，你要什么样的武器？国粹不是武器，吃里扒外也不是武器，老庄、禅宗、"文革"、"改革"，你可以去写可以获得轰轰烈烈的效果，但它也不是你的武器。有人在说我们靠什么走向世界，谁也无法指点迷津，这种问题还是不要多想为好，作家的责任是把你自己先建立起来，你要磨出你的金钥匙交给世界，然后你才成为一种真正的典范，这才是具有永恒意义的。

五

有一种思维是小说外走向小说内，触类旁通然后由表及里，进入文学最深处。具有这种思维的大凡属于学者型作家。

我们似乎习惯于一种单一的艺术思维，恐怕把自己甩到文学以外，这使作家的经验受到种种限制，也使作家的形象在社会上相对封闭。在国外有许多勇敢的叛逆者形象，譬如美国诗人金斯堡六十年代风靡美国的巡回演讲和作品朗诵；譬如作家杜鲁门·卡波特和诺曼·梅勒，他们的优秀作品《冷血》、《刽子手之歌》、《谈谈五位女神之子》中的非小说的文字，他们甚至在电视里开辟了长期的专栏节目，与观众探讨文学的和非文学的问题。可以把这种意识称为有效的越位。它潜伏着对意识形态进行统治的欲望（至少是施加影响），它使作家的形象强大而完整，也使文学的自信心在某种程度上得到加强。

我想没有生气的文坛首先是没有生气的作家造成的，没有权利的作家是你不去争取造成的。其他原因当然有，但那却构不成灾难，灾难来自我们自己枯萎的心态。

答自己问

1. 谈谈你的创作经历和早期生活。

顽皮一点说，最早的创作是儿童时代在水泥地上的胡涂乱抹。我曾在化工厂的门口用粉笔描摹了墙上的一句口号"革命委员会好"，受到了人们的一致称赞。那时候我是学龄前儿童。

我十岁那年得了场重病，休学在家，终日躺在竹榻上，与《艳阳天》这部小说做伴，最早读过的小说就是《艳阳天》，那时候有一奇怪的癖好，在纸上写下一连串臆造的名字，然后在名单后面注明这人是党支部书记，那人是民兵营长，其实是在营造人物表。前些年我在家中翻抽屉时还找到过一张这样的人物表。也许这是我对文学最初的白日梦。

我上大学时写过一阵诗，那时候十个大学生中有九个是诗人。诗歌创作对语言起了相当重要的磨砺作用，至少对我是这样。我后来开始学习创作小说，在一九八三年的《青春》七月号上发表了处女作《第八个是铜像》。竟然是写一个老知青的改革道路的，竟然在次年混到了青春文学奖。我拿到奖金后就纠集几个好朋友在北京的鸿宾楼吃了一顿，以示庆贺。

2. 谈谈外国作家对你的影响。

这是一串长长的名单。他们包括世人皆知的那些大作家：海明威、福克纳、塞林格、博尔赫斯、马尔克斯。

少年时代我曾迷恋过高尔基的《单恋》之类的流浪汉小说。而真正看到的第一片世界文学风景是在上海译文出版社出版的《当代美国短篇小说集》中，辛格《市场街的斯宾诺莎》中那个迂腐、充满学究气的老光棍形象让我念念不忘。那时候我在苏州的一所中学里上高中。

以我个人的兴趣，我认为当今世界最好的文学是在美国。我无法摆脱那一茬茬美国作家对我投射的阴影，对我的刺激和震撼，还有对我的无形的桎梏。

3. 谈谈你自己的作品。

这一点最好不谈，我深知自己作品的缺陷，别人一时可能还没发现，我自己先谈了就有家丑外扬之嫌。

有时候我像研究别人作品那样研究自己的作品，常常是捶胸顿足。内容和艺术上的缺陷普遍存在于当代走红的作家作品中，要说大家都说，要不说大家都不说。

4. 谈谈"流行"和"不流行"的作品的优劣。

这牵涉到对"流行"这词的理解。"流行"的含义是被时尚肯定，受人欢迎。排除了文学的其他体裁，流行的小说就是被人普遍接受、对同时代起影响作用的小说。举个例子，譬如"伤痕"文学、"改革"文学、"寻根"文学。这是一九八五年之前的流行模式。一九八六年以后的中国文学起了一种质的变化，一批极具作家独特个性的作品登上文学主峰，它们同样在短时间内获得了流行效果。这就像赛马中彩后，马和驭手都具有流行的意义。在文学界，这样的马有《棋王》《遍地风流》《你别无选择》《透明的红萝卜》等，这样的驭手有阿城、刘索拉、莫言等。无疑，他们首先是优秀的，然后才是突然在瞬间爆发的。他们这些作品因流行而奠定了地位，也影响了大批文学作品风格。

所谓"不流行"，当然有两种含义。一种不流行是作品本身低劣的原因，它无法流行。另外一种，我想就是那些不流行的好作家了，不流行的好作家一般不易受人注意，一旦受到注意并被推崇后他们往往仍然不流行。原因很复杂，似乎他们不具大众性，不具可摹仿性，他们的个性色彩深藏于作品中，不易摄取，因而产生了另外的效果，不是流行，而是间离，通过间离达到吸引目的。这样的作家也可找出些例子，譬如湖南的残雪，江苏的叶兆言。

"流行"与"不流行"之间没有优劣，它们同样是产生好作品的土壤。

5. 谈谈创作障碍问题，你怎样对待？

每个人在小说创作过程中都会遇到这个问题。障碍来自各个方面，包括政治方面的，包括他人的，最重要的恐怕还是来自自身的障碍。

一个作家在成功的同时也就潜藏着种种危险。成功往往是依靠作家的艺术个性和风格，但是所谓个性和风格很容易成为美丽的泥沼，使作家深陷其中，不能自拔。一个作家的成功总是贴上某种新鲜的标志，随着时间流逝，这种标志会褪色，失去新鲜的意义。喜新厌旧的读者往往会产生厌烦心理，而作家不甘心轻易甩掉自己的风格模式（事实上也不太容易甩掉或者突破），许多作家都是停留在原地继续筑巢的，就像鸟不肯飞离老巢，以一种固守的心态顺应文学潮流。这种自我胶滞状态常常导致写作障碍。避免和消除障碍的一个办法是无所留恋，把自己打碎，重新塑造，一切都从头做起，这很不容易，需要极大的勇气。

障碍来自枯萎的心态。如果我使我的每个故事都不同以往，每句语言都异常新鲜，每种形式一俟成立又将其拆散，那么我的创作会多么富有活力，可惜的是这实在太不容易了。

障碍是什么？是作家自己给自己套上的小鞋，穿着挤脚，扔了可惜，扔了要是找不到鞋怎么办？这是一种普遍的忧虑。

6.你认为性格是怎样形成的？

成功的作品总是带有强烈的个性风格的，透过作品可以窥视作家的整个意识领域。当作家把他的作品处处打上代表个人的特殊印记时，个性就从中凸现了，风格也就绰约可人了。好的作家往往怀有对传统和规范的逆反心理，在作品中对此采取一种强制性的破坏手段，通过文字的暴力夺取自身价值。刻意求新永远是有效的进攻和自卫的武器。

许多作家的个性风格究其实质是个人情结的艺术张扬，它们通常都是反常的，有违人伦的，个人情结有时成为创作的潜机，而且具有强盛的爆发力，这一点体现在许多国内外名家身上，不便细说，可以自己去体会，或者说，你可以自由地去窥视。

7.你心中至高至上的艺术境界是什么样的？你认为你自己的小说有没有魅力？

我个人的毛病，总是沉湎于过去生活的枝枝节节，对未来却缺乏盘算。艺术境界是一种光，若有若无，可明可暗。我希望达到的境界含有许多层次，我希望自然、单纯、宁静、悠远，我又希望丰富、复杂、多变。它们有一点是共通的，那就是必须是纯粹的艺术的。

我读到一些优秀作品，它们就有那种我所向往的"光"，譬如卡佛的《马缰头》《简单之至》，譬如塞林格的《献给艾丝美》，譬如巴思的《迷失在开心馆中》等等。我真正喜欢的往往是这样优秀的短篇。它们对于我是一种永远的诱惑和动力。

说到魅力，这是个让人羞涩的问题。某种程度上，魅力是权术诡计的演变。我从来不玩权术，我认为我的作品没有多大的魅力，但是我不否认在创作上有时耍些小诡计，所以也不能否认魅力也许存在。对于这一点最好心中无数，否则容易矫揉造作、搔首弄姿。魅力是别人眼里的虚幻物，而小说是实在的，它需要你一字一字地创作，不得矫饰，不得盲动。

8. 你怎样看待先锋小说和先锋作家？

吴亮对此已作了严密而正直的分析阐述，特别喜欢其中的一个标题《真正的先锋一如既往》。

所谓先锋派文学是相对的，在所有的文化范畴中，总有一种比较激进带有反抗背叛性质的文化，它们或者处于上升阶段，或者瞬间便已逝去，肯定有一种积极意义。"先锋"们具有冒险精神，在文学的广场上，敲打残砖余壁，破坏或创造，以此推动文学的发展。

中国当代的先锋只是相对于中国文学而言，他们的作品形似外国作家作品，实际上是在另外的轨道上缓缓运行。也许注定是无法超越世界的。所以我觉得他们悲壮而英勇，带有神圣的殉道色彩。对于他们，嘲笑是无知的表现，冷漠是残忍的表现。我希望人们善良，起码应该有一种保护婴孩的正常心理。

真正的先锋对自己的位置和价值应该有清醒的认识，他们应该有圣徒的品格和精神。所以，真正的先锋永远是一如既往的。

我为什么写《妻妾成群》

一九八九年春天的一个夜晚，我在独居的阁楼上开始了《妻妾成群》的写作，这个故事盘桓于我想象中已经很久。

"四太太颂莲被抬进陈家花园的时候是十九岁……"，当我最后确定用这个长句作小说开头时，我的这篇小说的叙述风格和故事类型也几乎确定下来了。对于我来说，这样普通的白描式的语言竟然成为一次挑战，真的是挑战，因为我以前从来未想过小说的开头会是这种古老平板的语言。

激起我创作欲望的本身就是一个中国人都知道的古老的故事。妻、妾、成、群，这个篇名来源于一个朋友诗作的某一句，它恰如其分地概括了我头脑中那个模糊而跳跃的故事，因此我一改从前为篇名反复斟酌的习惯，直接把它写在了第一页稿纸上。

或许这是一张吉祥的符咒，正如我的愿望一样，小说的进程也异常顺利。

新嫁为妾的小女子颂莲进了陈家以后怎么办？一篇小说假如可以提出这种问题也就意味着某种通俗的小说通道可以自由穿梭。我自由穿梭，并且生平第一次发现了白描式的古典小说风格的种种妙不可言之处。

自然了，松弛了，那么大大咧咧、搔首弄姿、一步三叹、左顾右盼的写作方法。

《妻妾成群》这样的故事必须这么写。

春天以后窗外的世界开始动荡，我的小说写了一大半后锁在了抽屉里，后来夏天过去秋天来了，我看见窗外的树木开始落叶，便想起我有一篇小说应该把它写完。

于是颂莲再次出现在秋天的花园里。

我想写的东西也更加清晰起来。我不想讲一个人人皆知的一夫多妻的故事。一夫四妻的封建家庭结构正好可以移植为小说的结构，颂莲是一条新上的梁柱，还散发着新鲜木材的气息，却也是最容易断裂的。

我不期望在小说中再现陈家花园的生活，只是被想象中的某些声音所打动，颂莲们在雪地里蹑足走动，在黑屋里掩面呜咽。不能大步走路是一种痛苦，不能放声悲哭是更大的痛苦，颂莲们惧怕井台，惧怕死亡，但这恰恰是我们的广泛而深切的痛苦。

痛苦中的四个女人，在痛苦中一齐拴在一个男人的脖子上，像四棵枯萎的紫藤在稀薄的空气中互相绞杀，为了争夺她们的泥土和空气。

痛苦常常酿成悲剧，就像颂莲的悲剧一样。

事实上一篇小说不可能讲好两个故事，但一篇小说往往被读解成好几种故事。

譬如《妻妾成群》，许多读者把它读成一个"旧时代女性故事"，或者"一夫多妻的故事"，但假如仅仅是这样，我绝不会对这篇小说感到满意的。

是不是把它理解成一个关于"痛苦和恐惧"的故事呢？

假如可以作出这样的理解，那我对这篇小说就满意多了。

附录

苏童主要作品出版年表

1988 →《1934 年的逃亡》（小说集），上海社会科学出版社

1990 →《祭奠红马》（小说集），江苏文艺出版社

《妻妾成群》（小说集），台湾远流出版公司

《妻妾成群》（小说集），香港天地图书公司

1991 →《米》（长篇小说），江苏文艺出版社

《米》（长篇小说），台湾远流出版公司

《妻妾成群》（小说集），花城出版社

《妇女乐园》（小说集），浙江文艺出版社

《红粉》（小说集），台湾远流出版公司

《伤心的舞蹈》（小说集），台湾远流出版公司

1992 →《米》（长篇小说），香港天地图书公司

《我的帝王生涯》（长篇小说），花城出版社

《我的帝王生涯》（长篇小说），台湾麦田出版公司

《红粉》（小说集），长江文艺出版社

《红粉》（小说集），香港天地图书公司

《伤心的舞蹈》（小说集），香港天地图书公司

《南方的堕落》（小说集），台湾远流出版公司

《南方的堕落》（小说集），香港天地图书公司

1993 →《我的帝王生涯》（长篇小说），香港天地图书公司

《武则天》（长篇小说），江苏文艺出版社

《一个朋友在路上》（小说集），台湾麦田出版公司

《一个朋友在路上》（小说集），香港天地图书公司

《刺青时代》（小说集），长江文艺出版社

《离婚指南》（小说集），华艺出版社

《离婚指南》（小说集），台湾麦田出版公司

《离婚指南》（小说集），香港天地图书公司

《苏童小说精品》（小说集），西南师大出版社

1994 →《武则天》（长篇小说），台湾麦田出版公司

《武则天》（长篇小说），香港天地图书公司

《十一击》（小说集），台湾麦田出版公司

1995 →《城北地带》（长篇小说），作家出版社

《城北地带》（长篇小说），台湾麦田出版公司

《城北地带》（长篇小说），香港天地图书公司

《刺青时代》（小说集），台湾麦田出版公司

《刺青时代》（小说集），香港天地图书公司

《樱桃》（小说集），香港天地图书公司

《寻找灯绳》（散文随笔集），江苏文艺出版社

1996 →《把你的脚捆起来》（小说集），台湾麦田出版公司

《桥边茶馆》（小说集），香港天地图书公司

1997 →《天使的粮食》（小说集），台湾麦田出版公司

《天使的粮食》（小说集），香港天地图书公司

1998 →《碎瓦》（长篇小说），江苏文艺出版社

1999 →《当代中国文库精读：苏童卷》（小说集），香港明报出版社

《纸上的美女》（散文随笔集），人民日报出版社

2000 →《米》（长篇小说），台海出版社

《妻妾成群》（小说集），台海出版社

《中国当代作家选集丛书：苏童卷》（小说集），人民文学出版社

《苏童文集》（1－8卷）（文集），江苏文艺出版社

《苏童散文》（散文随笔集），浙江文艺出版社

2001 →《我的帝王生涯》（长篇小说），北岳文艺出版社

《枫杨树山歌》（小说集），中国社会科学出版社

《你丈夫是干什么的》（小说集），广西师大出版社

《像天使一样美丽》（小说集），广西师大出版社

《一个礼拜天的早晨》（小说集），广西师大出版社

《当代中国小说名家珍藏版：苏童卷》（小说集），文化艺术出版社

2002 →《蛇为什么会飞》（长篇小说），云南人民出版社

《蛇为什么会飞》（长篇小说），台湾一方出版公司

2003 →《二十世纪作家文库 另一种妇女生活》（小说集），江苏文艺出版社

2007 →《河岸》（小说集），人民文学出版社

2011 →《枫杨树山歌》（小说集），重庆大学出版社

2013 →《黄雀记》（长篇小说），作家出版社